BIBLIOTHÈQUE NATIONALE

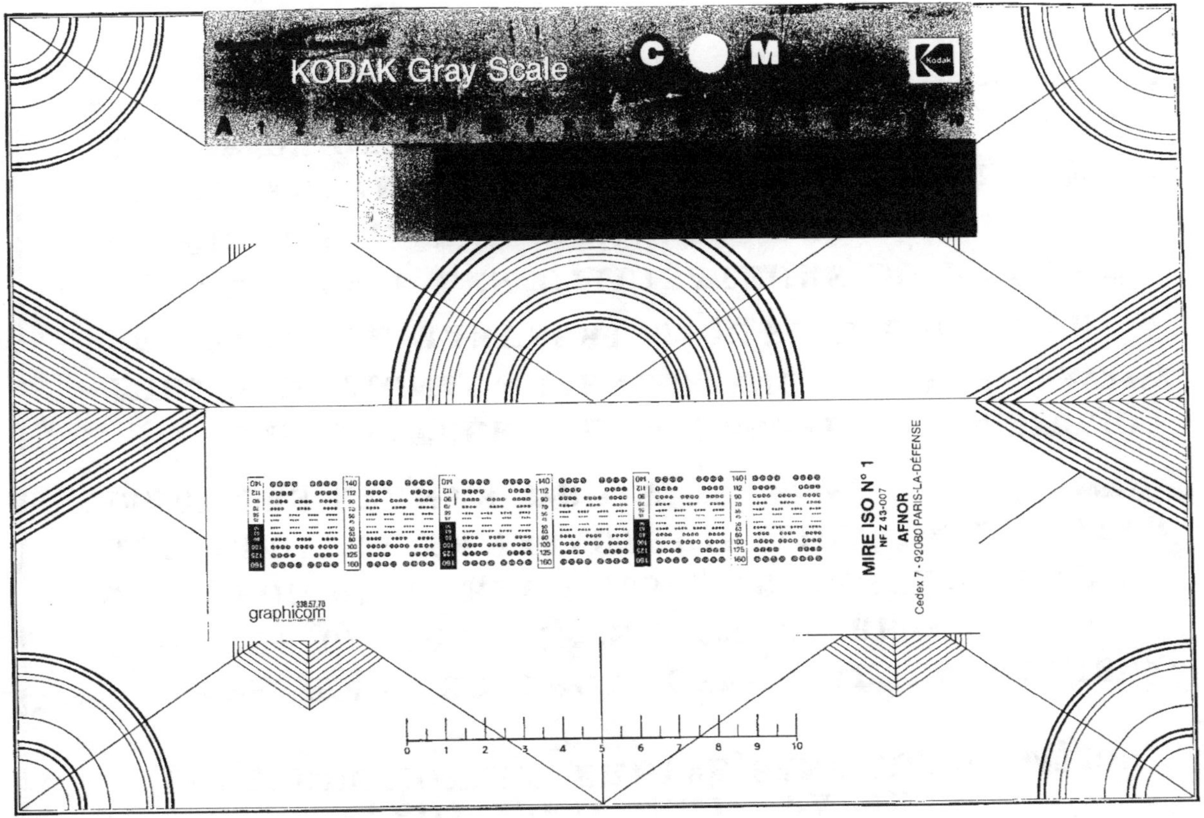

SERVICE PHOTOGRAPHIQUE

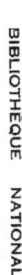

KODAK Gray Scale

MIRE ISO N° 1
NF Z 43-007

AFNOR
Cedex 7 - 92080 PARIS-LA-DÉFENSE

graphiCom

BIBLIOTHEQUE NATIONALE DE FRANCE

DEPARTEMENT DES LIVRES IMPRIMES

FILMOTHEQUE DE SECURITE

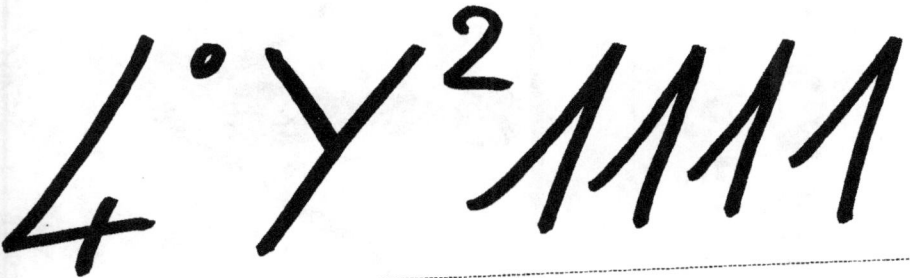

Entier

R 115500

Service de la Reproduction
PARIS-RICHELIEU

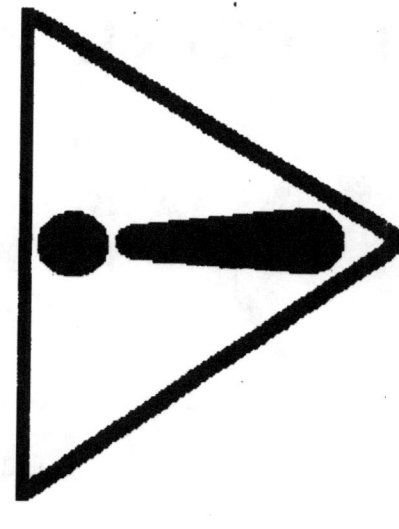

LE FIACRE N° 13

PAR

Xavier de Montépin

Clair Guyot   A. Jeannot

F. ROY, libraire-éditeur, 185, rue Saint-Antoine, PARIS

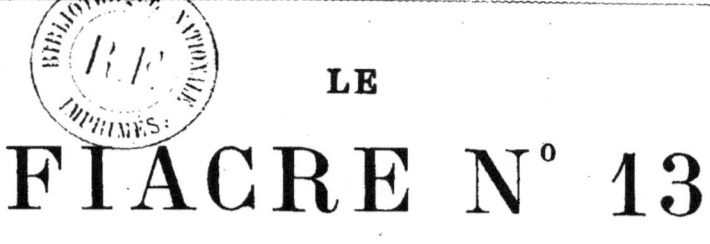

LE
FIACRE N° 13

PREMIÉRE PARTIE

ABEL ET BERTHE

I

Dix heures du soir venaient de sonner.

Une nuit splendide succédait à une belle journée du milieu de septembre de l'année 1857.

A l'horizon, derrière les hauteurs de Belleville, la lune presque dans son plein émergeait comme un bouclier d'argent et, joignant ses clartés blanches au scintillement des étoiles sans nombre, rendait l'obscurité transparente.

Sur le talus des fortifications, près de la barrière de la Chapelle, un homme était étendu de tout son long dans l'herbe qu'une rosée fine et fraîche commençait à mouiller.

La tête soutenue par ses deux mains, cet homme prêtait l'oreille au plus léger bruit et surveillait d'un œil attentif le chemin côtoyant les cultures maraîchères qui longent les fortifications entre la voie du chemin de fer du Nord et la route de Saint-Denis distante d'environ cinq cents mètres.

Ce guetteur nocturne pouvait avoir soixante ans.

Des cheveux blancs taillés en brosse couvraient sa tête nue. — Une barbe grisonnante, inculte, épaisse et longue, tombant presque jusqu'à la poitrine, donnait une apparence sauvage à son visage bistré, tanné, où sous des paupières flasques et rougies luisaient deux prunelles de chat.

L'homme portait un pantalon de treillis, une cotte de toile bleue serrée à la taille par une ceinture de cuir, et sur cette cotte une vieille redingote d'une couleur indéfinissable. — Un chapeau de paille défoncé se voyait à côté de lui.

— Sacrebleu ! — murmura tout à coup cet inconnu d'apparence éminemment suspecte, en frappant du poing avec impatience le sol qui lui servait de couche, — il me fait poser ou le diable m'emporte ! — Depuis une demi-heure il devrait être ici ! — Qu'est-ce qu'il fait donc, le *failli chien?*...

Cette expression : *failli chien*, très usitée parmi les matelots, pourrait donner lieu de croire que le singulier vieillard avait été marin.

Une telle supposition serait erronée, et nous présentons à nos lecteurs, en la personne de Raoul Brisson, surnommé *Plume-d'Oie*, un ci-devant notaire.

Le vrai peut quelquefois n'être pas vraisemblable!

Raoul Brisson s'était vu jadis titulaire, dans une petite ville des environs de Paris, d'une étude fort suivie et d'un très agréable rapport ; il possédait quelque fortune personnelle et n'avait qu'à vouloir pour épouser une héritière, devenir tout à fait riche et faire souche d'honnêtes gens.

Le goût du jeu, de la table et des femmes, joint à un déplorable talent de faussaire, avait causé sa perte.

Traduit en cour d'assises et reconnu coupable de deux cent quatre-vingt et quelques faux, Raoul Brisson passa de son étude au bagne de Brest, assurément très vexé, mais ni repentant ni corrigé.

Cet honorable tabellion joignait à l'amour de la calligraphie la bosse de l'imitation.

Il reproduisait en se jouant et à main levée des parafes prodigieux, et plaçait dans ses aptitudes de faussaire sa joie, sa vanité, sa gloire.

Il se plaisait à raconter, non sans un légitime orgueil, qu'un certain jour, au bagne, on l'avait mis en liberté sur un ordre venu de Paris et émanant du ministère de la justice, ordre parfaitement en règle, couvert de timbres et de signatures officielles.

Or tout était faux, signatures et timbres, y compris ceux de la poste.

Raoul Brisson ne fut repris que trois jours plus tard, lorsque le télégraphe eut signalé la prodigieuse mystification dont les autorités du bagne venaient d'être victimes.

En quittant Brest, — (où, soit dit entre parenthèses, son vocabulaire s'était enrichi de bon nombre d'expressions locales, dont celle de *failli chien* faisait partie), — il avait mis son talent de spécialiste au service de quiconque voulait le lui payer ; mais la vieillesse étant venue, la main commençant à trembler, l'ex-notaire était tombé dans la catégorie des voleurs du dernier ordre, vagabonds sans feu ni lieu, vivant au jour le jour du produit de leurs misérables rapines, couchant dans les fours à plâtre, dans les carrières, dans les maisons en construction, quand leur manquent les quelques sous nécessaires pour payer une part du grabat des bouges immondes où *on loge à la nuit.*

Un bruit de pas se fit entendre tout à coup.

Le ci-devant notaire prêta l'oreille avec un redoublement d'attention et ne perdit plus des yeux le chemin bordant les talus dans la direction de la route de Saint-Denis.

Les pas se rapprochaient; mais à son grand étonnement, quoique la nuit fût claire, Raoul Brisson ne voyait personne.

Sans doute le promeneur avait soin de se tenir dans l'ombre projetée par les fortifications.

Le bruit cessa, puis au bout de quelques secondes, au milieu du silence, une voix rauque lança ces syllabes bizarres articulées d'une façon toute particulière et qui servent de signal et de cri d'appel aux rôdeurs de nuit :

— *Pi... pi... uit !...*

Raoul Brisson répondit par un signal pareil. — Une forme vague apparut alors à quelque distance et se mit à gravir le talus gazonné.

Le nouveau venu était un homme de quarante-cinq ans tout au plus, de taille moyenne et d'une maigreur presque invraisemblable.

Une vareuse de canotier, boutonnée jusqu'au cou, flottait sur ses épaules saillantes et sur son torse étriqué. — Ses tibias de squelette ballottaient dans un pantalon bleu, presque collant, — l'ensemble du costume semblait propre.

La chevelure autrefois d'un blond filasse, maintenant poivre et sel, formait sur les tempes de longs accroche-cœurs pommadés et coquets; — le visage piqué de taches de rousseur était glabre et blafard; — les petits yeux, enfoncés sous de profondes arcades sourcilières, exprimaient à la fois l'astuce et le cynisme.

La casquette plate, de velours bleu, posée sur le derrière de la tête, découvrait un front très bombé qui, d'après les adeptes de la science phrénologique, dénotait chez son possesseur une intelligence réelle, mais applicable exclusivement au mal.

L'ex-notaire, reconnaissant aux clartés de la lune la silhouette caractéristique de celui qu'il attendait, changea de position et s'assit les jambes croisées.

— Eh! tonnerre du diable, — dit-il, — arrive donc, traînard!! — Je commençais à désespérer. — Tu es en retard d'une demi-heure.

— Mieux vaut tard que jamais, mon compère... — répliqua l'homme-squelette, dont la voix rauque sortait d'un gosier corrodé par l'alcool, — j'ai bien manqué ne pas venir.

— Pourquoi ça? — Qu'est-ce qu'il y a donc?

— Il y a que Fil-en-Quatre ne voulait plus être trois dans l'affaire... — Il soutenait que lui et moi ça suffirait grandement, et j'ai vu la minute où nous marchions sans toi...

— Par exemple! — murmura Brisson scandalisé et inquiet.

— Dame! tu sais. c'était son droit... — reprit le nouveau venu. —C'est Fil-en-

Quatre qui a déniché l'opération... — Il dépendait de lui de choisir son monde...

— Et maintenant?...

— Oh! maintenant, c'est arrangé... — J'ai parlé pour toi... j'ai plaidé ta cause et j'ai réussi... — Mais, sapristi! ça n'a pas été sans peine... Tu me dois un fameux cierge!... — Il était bigrement mal disposé, Fil-en-Quatre...

— Qu'est-ce qu'il me reproche?.

— Il dit comme ça que tu deviens poire molle... que tu manques de nerf... que tu étais bon aux écritures, autrefois, mais qu'à présent la vue baisse, la main tremble, et que tu n'es plus bon à rien... — V'là ce que c'est que de vieillir...

— J'ai beau vieillir... j'en vaux un autre...

— C'est mon avis, parbleu! mais Fil-en-Quatre pensait autrement. — Tu sais, on n'est pas louis d'or pour plaire à tout le monde...

— Enfin, qu'est-ce qui est décidé?

— Nous trouverons Fil-en-Quatre au *Petit-Assommoir*, à minuit moins un quart... — Il a ses habitudes par là... et nous conviendrons de l'ordre et de la marche...

— T'a-t-il mis au courant de l'affaire?

— Il ne m'en a pas soufflé mot.

— Tu sais cependant de quoi il retourne?

— Ma foi, non. — Je sais seulement qu'il s'agit d'un coup de fortune, mais qu'il faudra peut-être jouer du couteau...

Le ci-devant notaire eut un petit frisson.

— Assassiner... — murmura-t-il d'une voix que l'épouvante altérait.

— J'ai dit *peut-être*. — Et puis, qu'est-ce que ça te fait, mon vieux?

— Je n'aime pas le *sang*...

— Moi non plus, foi de Jean-Jeudi!... — Je n'ai jamais *refroidi* quelqu'un pour le plaisir, ou pour m'entretenir la main... — Mais quand il faut, il faut... — Nous n'avons point de rentes... — Sois paisible d'ailleurs, on te donnera un simple poste d'observation... — Nous machinerons cela avec Fil-en-Quatre... — Allons, en route, mon vieux Plume-d'Oie... — toi par un chemin, moi par un autre... — Inutile qu'on nous rencontre trop souvent ensemble...

Raoul Brisson se leva et prit à gauche, tandis que Jean-Jeudi tournait à droite, rentrait dans Paris et remontait, en sifflant un air de quadrille, la grande rue de la Chapelle.

Le *Petit-Assommoir* était un de ces bouges infects si nombreux — à l'époque où commence notre récit — aux environs des barrières, qui n'avaient point encore été reculées jusqu'aux fortifications.

Ce débit de vin bleu et de liqueurs frelatées se trouvait non point au rez-de-chaussée, mais dans le sous-sol d'une vieille maison voisine de la barrière de la Chapelle et faisait partie d'un pâté de constructions chancelantes, tombées depuis sous la pioche des démolisseurs pour faire place à un square.

Un escalier d'une douzaine de marches permettait de descendre dans l'établissement qui *jouissait* d'un fort mauvais renom et sur lequel la police avait les yeux ouverts.

Ceci n'étant ignoré de personne, on pourrait s'étonner de la présense en un tel bouge de gens que la police inquiète, — on aurait tort. — Il est de notoriété publique que les *souricières* attirent fatalement les malfaiteurs.

Jean-Jeudi, surnommé Rossignol, descendit l'escalier avec la désinvolture d'un habitué, traversa la première salle, — ou la première cave si l'on veut, — éclairée par les mèches fumeuses de deux lampes à becs suspendues à la voûte et, sans s'inquiéter des rôdeurs de barrières qui buvaient autour du comptoir d'étain, il entra dans une seconde salle beaucoup plus vaste, éclairée de la même façon.

Un billard crasseux se trouvait au centre.

II

Une dizaine de petites tables s'alignaient le long des murailles. — Toutes étaient occupées par des hommes qui, pour la plupart, semblaient des bandits ou des recéleurs, et par des filles de la dernière catégorie dont la laideur égalait le cynisme.

Fil-en-Quatre jouait au billard avec un jeune garçon de dix-sept ou dix-huit ans, d'une jolie figure et d'une élégance relative.

Lui-même pouvait avoir vingt-cinq ans.

C'était un solide gaillard bien pris dans sa taille, au visage régulier, à la mine avenante.

Rien dans son apparence ne semblait suspect; le physionomiste le plus habile n'aurait pu deviner en lui un bandit capable de tout, même de tuer un homme en souriant.

La tenue de Fil-en-Quatre était celle d'un ouvrier dans l'aisance ou d'un commissionnaire endimanché.

Jean-Jeudi lui frappa sur l'épaule.

Le joueur de billard se retourna.

— Ah! c'est toi, — dit-il, — tu es seul?...

— Comme tu vois...

— Et le notaire?...

— Il arrive, le notaire...

— Bon... — Assieds-toi et bois un coup en l'attendant... — Je finis ma partie... — Attention, Jules... — Dix-huit à douze...

Jean-Jeudi s'installa sur un banc, prit un verre, le remplit, le vida, et renouvela trois ou quatre fois de suite la même opération.

Cinq minutes plus tard Raoul Brisson, surnommé Plume-d'Oie, entrait à son tour dans la seconde salle du *Petit-Assommoir*, juste à temps pour trinquer avec Jean-Jeudi et avec Fil-en-Quatre, qui venait d'achever sa partie par une série de brillants carambolages.

— Allons-y, mes enfants... — dit-il alors.

Où nous mènes-tu ?

— Dans un endroit où nous serons à notre aise pour causer... — Chez Bibi... — Bibi, c'est moi... — Je passe le premier pour vous montrer le chemin.

Au lieu de traverser la première salle, de gagner l'escalier et de quitter le cabaret, Fil-en-Quatre se dirigea vers une petite porte pratiquée dans la muraille du fond et donnant sur un couloir obscur.

Il s'engagea dans ce couloir.

— Vous me suivez, hein ? — demanda-t-il en se retournant.

— Parbleu ! !

L'ex-notaire et Jean-Jeudi lui marchaient en effet sur les talons.

Tous les trois firent ainsi une vingtaine de pas, au sein d'une obscurité profonde, frôlant de leurs mains étendues les parois du boyau noir, afin de ne pas se heurter.

— Halte ! — dit tout à coup Fil-en-Quatre. — Nous sommes arrivés. — C'est ici que je niche... provisoirement.

Il ouvrit une seconde porte, fit craquer sous son ongle une allumette chimique, et l'approcha de la mèche d'une chandelle.

On put voir alors une chambre étroite et basse, ou plutôt un caveau, recevant de l'air par une sorte de soupirail donnant sur une cour de deux mètres carrés.

La terre battue servait de plancher. Les murailles étaient blanchies à la chaux, mais verdies par l'humidité.

Le mobilier se composait d'un lit de fer, d'une table en bois blanc, d'une commode et de deux chaises boiteuses.

Au-dessus de la commode était accrochée au mur une petite glace couverte de moisissures.

Une malle assez grande, en bon état, soigneusement fermée, se trouvait sous la table.

— Asseyez-vous... — dit Fil-en-Quatre en désignant les deux chaises à ses hôtes et en se jetant lui-même sur le lit. — Nous allons dialoguer...

— Il n'y a rien à boire ? — murmura timidement l'ex-notaire, fervent adorateur de la dive bouteille.

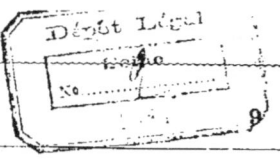

Ce guetteur nocturne était étendu de tout son long dans l'herbe. (Page 3.)

— Non, ma vieille... — Les liquides font défaut pour le quart d'heure... — Mais on peut fumer... voilà mon tabac...

Jean-Jeudi bourra sa pipe.

Fil-en-Quatre roula une cigarette.

Raoul Brisson, fidèle à ses vieilles habitudes, se contenta d'une prise qu'il puisa dans une tabatière dite *queue-de-rat*, et qu'il huma avec un bruit de trompette.

Liv. 2. F. ROY, édit. — Reproduction interdite.

2

— Alors, — commença Jean-Jeudi pour nouer l'entretien, — l'affaire est sérieuse?

— Si sérieuse qu'elle doit nous rapporter pas mal de papier Garat... dix mille francs, au moins, pour chacun...

— Dix mille francs!! — répéta le ci-devant tabellion dont les yeux étincelèrent sous leurs paupières avachies, — dix mille francs!

— Oui, mon vieux Plume-d'Oie, et peut-être plus... Tu pourras avec ça, si le cœur t'en dit, monter un joli cabinet d'affaires... — C'est une position très utile... — On reçoit toutes sortes de renseignements dont on fait son profit.

— Je ne dis pas non, — répliqua Raoul Brisson, — mais je commencerai d'abord par retirer mes frusques et mes malles qui sont en plan depuis pas mal de temps...

— Voyons... voyons... — interrompit Jean-Jeudi, — ne nous embrouillons pas dans les feux de file. — Ça ne sert à rien de perdre ses paroles... Causons peu, mais causons bien... — Le temps se passe... — De quoi s'agit-il? — Où est le magot? — Qu'y a-t-il à faire pour mettre la main dessus?

— Le magot se trouve rue de Berlin... — répondit Fil-en-Quatre.

— Dans une maison à locataires?

— Non, dans un petit hôtel qui porte le numéro 24...

— Isolé?

— Oui. — Une maison en construction à droite. — Un jardin à gauche et, derrière, des terrains vagues entourés de planches... — On est là comme chez soi et l'on s'y cache en attendant l'heure de franchir un petit mur et d'entrer dans l'hôtel par une des fenêtres du rez-de-chaussée, qui de ce côté-là n'ont point de volets...

— Connu! — s'écria Jean-Jeudi. — Ça n'est pas la mer à boire!... — Simple comme bonjour, le procédé!... — Avec un diamant de vitrier et une boule de poix, un trou rond est bientôt fait... — Le trou sert à passer le bras, on manœuvre l'espagnolette, et crac! en deux temps et trois mouvements on s'amène chez les particuliers qui dorment bien tranquilles en comptant sur la porte close... — Je me suis servi plus d'une fois du petit truc... — Je me souviens même qu'un certain jour, ou plutôt une certaine nuit, ça ne m'a pas réussi...

— Il y a longtemps de ça?... — demanda l'ex-tabellion.

— Vingt ans tout juste. — C'était en 1837...

— De l'histoire ancienne, alors!!

— Comme tu dis. Aussi n'en parlons plus, et revenons au petit hôtel de la rue de Berlin. Tu crois donc que le magot a du corps?

— J'en suis sûr... — répondit Fil-en-Quatre.

— Comment en es-tu sûr?

— J'ai vu les billets.

— Ah! bah! — raconte-nous l'anecdote...

— La voici : — Il y a trois jours, vers le soir, j'étais allé à la gare du chemin de fer du Nord, côté de l'arrivée...

— Tu attendais quelqu'un?

— J'attendais l'occasion de soulager n'importe quel voyageur d'une valise embarrassante ou d'un sac de nuit gênant... — histoire de lui rendre service.

— Eh bien?

— Eh bien, rien à faire... — Outre les *sergots* aux portes, il y avait des *mouches* en bourgeois dans la salle d'attente... — J'ai l'œil américain, moi... — Les *mouches* ont beau faire, je les reconnais tout de suite. — J'allais filer pour chercher autre chose, quand on siffla l'arrivée du train de Calais. — J'attendis... — Demandez-moi pourquoi... — Je n'en sais rien... une idée...

— C'est comme au lansquenet, — dit le ci-devant notaire; — on a des inspirations...

— Tout juste, ma vieille Plume-d'Oie... — Il n'y avait pas beaucoup de monde; la sortie fut vite faite... — Je la croyais finie, et je me préparais à décamper pour de bon, quand je vis paraître deux dames en tenue de voyage. — Des paroissiennes huppées, je ne vous dis que ça!... — Quel chic, mes petits enfants, quel chic! Ah! c'était un peu réussi!!

— Des femmes de la *haute*, pour lors? — demanda Jean-Jeudi. — Des femmes bien?...

— Tout ce qu'il y a de mieux... pas de camelote! — La mère et la fille pour sûr... mais la mère presque aussi jolie que la fille, ma parole d'honneur!... — Quarante-quatre ou quarante-cinq ans, tout au plus, et conservée superbement!... — Des cheveux bleus à force d'être noirs, et des yeux à mettre le feu à un boisseau de charbon... — Ah! sacrebleu, la belle commère!... — Si elle me demande en mariage, je l'épouse!

Un éclat de rire accueillit cette facétie que les projets ultérieurs du bandit rendaient sinistre.

— Quant à la jeune demoiselle, qui doit marcher sur ses dix-sept ans, — continua Fil-en-Quatre, — figurez-vous une petite blonde, mignonne comme un amour et fraîche comme une rose... — Une vraie pomme d'api, quoi! — On y donnerait de bon cœur un fameux coup de dent! — La dame aux cheveux noirs portait à la main un sac de voyage en maroquin rouge à fermoirs d'argent qui me tira l'œil... — Je m'approchai, la casquette à la main, et je demandai :

« — Vous faut-il une voiture, ma princesse?

« La dame me dévisagea du haut en bas.

« — Vous êtes commissionnaire? — fit-elle ensuite avec un petit accent anglais.

« — Pour vous servir, yes, milady...

« — Eh bien! allez chercher deux voitures, une pour moi, l'autre pour mes bagages.

« — J'y vole, milady...

« Et je courus, dare, dare, embaucher les sapins... — Je vous fiche mon billet que ce ne fut pas long...

« Après la visite de la douane, la dame me dit .

« — Voulez-vous donner un coup de main aux employés pour charger les bagages, et monter ensuite sur le siège afin d'aider les cochers à descendre les malles quand nous arriverons à mon hôtel ?...

« Je répondis que ça m'allait comme un gant.

— Drôle de métier, tout de même... — s'écria Jean-Jeudi en riant.

— Métier de commissionnaire, et je l'étais... sauf la médaille. — Le sac de maroquin rouge continuait à me tirer l'œil, d'autant plus que la dame ne s'en dessaisissait pas une minute et se gardait bien de le poser soit à droite, soit à gauche... — preuve qu'il devait être truffé de *banks-notes*, comme disent les milords anglais...

« Quelle ribambelle de bagages, mes enfants !! — Des caisses, des malles, des cartons, des valises !! ça n'en finissait pas !! Les petits *rossards* des deux sapins en avaient plus que leur charge.

« Avant de monter sur le siège, je m'approchai de la portière, et je demandai comme un laquais de grande maison :

« — Où faut-il conduire milady ?

« — Rue de Berlin, numéro 24...

« Les fiacres roulèrent. — On arriva en face d'un petit hôtel à deux étages, bien bâti. — Les volets intérieurs de toutes les fenêtres étaient hermétiquement fermés.

« Je dégringolai du siège pour aider les dames à descendre...

III

— Elle était plus leste que moi, la commère aux cheveux noirs !... — poursuivit Fil-en-Quatre. — Elle avait, de son pied léger, sauté sur le trottoir, et tirant une clef de sa poche elle s'occupait d'ouvrir une petite porte pratiquée dans la porte cochère de l'hôtel.

« L'occasion me parut bonne et je hasardai :

« — Si Milady le veut, je tiendrai son sac qui la gêne...

« Elle n'avait qu'à le lâcher seulement une seconde, et le tour était joué, je détalais comme un lapin...

« Par malheur la bonne dame ne perdait pas la boule...

« — Inutile... — me répondit-elle sèchement. — Tirez les verrous de cette porte et poussez les battants

« Tout décontenancé, j'obéis. — Les voitures entrèrent dans la cour et on déchargea les colis, tandis que la dame se mettait en devoir d'ouvrir les autres portes.

— Ah çà ! mais il n'y avait donc personne pour les recevoir ? — s'écria l'ex-notaire.

— Pas un chat.

— Point de portier ? point de domestiques ?

— Personne...

— C'est drôle, ça !

— Ce n'est pas drôle du tout, c'est tout simple... — répliqua Fil-en-Quatre. — D'après un bout de conversation que j'ai entendu entre la mère et la fille, j'ai compris que la mère était venue seule à Paris, huit jours auparavant, pour louer l'hôtel où nous étions... — Sa location faite, elle avait mis la clef dans sa poche et repris le chemin de Londres, qu'elle habite, afin d'en ramener sa fille...

— Comment sais-tu qu'elle habite Londres ? — demanda Jean-Jeudi.

— Je sais du moins qu'elle en venait puisque sur les bagages il y avait : *London*...

— Est-ce une Anglaise ?

— C'en doit être une. — Les adresses des malles m'ont appris qu'elle s'appelle mistress Dick Thorn, mais elle parle le français comme un professeur, sauf un petit accent...

— Dick Thorn... — répéta l'ex-notaire. — C'est un nom écossais, cela...

— Anglais ou écossais, peu importe... — Ça ne fait rien à la chose...

— C'est juste... Dis-nous la fin.

— La fin n'est pas plus compliquée que le commencement... — J'aidai les cochers à monter les colis au premier étage dont on venait d'ouvrir les volets, ce qui me permit d'admirer un mobilier de premier choix, soie et dorures, des tapis, des lustres, enfin tout le tra-la-la du grand genre... — La dame paya les cochers qui s'en allèrent contents.

« — Et à vous, mon ami, — me demanda-t-elle, — qu'est-ce que je dois ?

« — Ça vaut cent sous, milady...

« — Les voici...

« Elle fouilla dans son porte-monnaie, et n'y trouva rien. — Elle venait de donner aux cochers le reste de son argent blanc.

« — N'ayez pas d'inquiétude, — reprit-elle en souriant, — vous serez payé...

« J'étais bien tranquille, je vous assure.

« Alors elle ouvrit son fameux sac de maroquin rouge qui me tirait l'œil depuis si longtemps, et qu'elle avait placé sur un guéridon...

— Qu'est-ce qu'il y avait dedans ? — fit vivement Jean-Jeudi.

— Ah ! mes enfants, j'ai failli tomber à la renverse et j'en suis encore tout étourdi au moment où je vous parle... — Elle prit une boîte au fond du sac... —

Cette boîte était pleine de pièces d'or de toutes les dimensions... — Il pouvait y en avoir pour quatre ou cinq mille francs.

— Mazette!!

— Mais ceci n'est rien... — Tandis que la dame me donnait une petite pièce de cinq francs en or, j'avais eu le temps de glisser dans le sac un œil américain...

— Et tu avais vu des billets de banque?... — interrompit Raoul Brisson, surnommé Plume d'Oie.

— Quatre ou cinq liasses... et très épaisses... — des liasses de plus de dix mille francs chacune...

— Et tu n'as pas sauté dessus!... — s'écria Jean-Jeudi.

— Eh bien, et les femmes, tu les oublies!

— Il fallait les *étourdir*..

— J'y ai bien pensé, mais ça ne se pouvait...

— Pourquoi?

— Les cochers étaient encore dans la cour... — Au premier cri ils seraient remontés et je me serais fait pincer pour rien.

— Tu as raison... — C'est partie remise. — Ces billets, nous les aurons...

— Aussi sûr que s'ils étaient déjà dans notre poche...

— Et tu dis qu'il n'y a pas de domestiques?...

— Il n'y en avait pas ce soir-là... — Mais aujourd'hui il y en a...

— Des hommes?

— Non, deux femmes.

— Tu en es sûr?

— Parfaitement... — Vous pensez bien, mes enfants, que depuis deux jours je rôde autour de l'hôtel et je vois tout ce qui entre et sort... — La mère et la fille logent au premier... — La femme de chambre et la cuisinière couchent dans les mansardes, au-dessus du second étage... Rien à craindre de ce côté-là... — Nous pouvons donc naviguer d'aplomb la nuit prochaine... — Nous sommes certains de ne rencontrer que quatre femmes, ou plutôt que deux femmes, la mère et la fille... — A nous trois il nous serait bien facile de les mettre à la raison, si elles avaient la sottise de se réveiller pendant notre visite nocturne, et l'indélicatesse d'appeler à l'aide... — Qu'est-ce que vous dites de l'opération?

— Elle s'annonce à merveille... — fit le ci-devant tabellion.

Jean-Jeudi ne répondit pas.

Il était devenu songeur et baissait la tête.

— Qu'as-tu, ma vieille? — demanda Fil-en-Quatre. — Est-ce qu'il y a quelque chose qui te chiffonne?...

— Oui.

— Quoi?

— Je réfléchis à ce que tu viens de nous raconter... — Il est positif que l'affaire semble belle... — Reste à savoir si elle est bonne.

— Comment! si elle est bonne!! — répéta Fil-en-Quatre scandalisé. —Quant à ça, j'en réponds... — Tu n'as donc pas compris? Nous n'aurons affaire qu'à des femmes...

— C'est justement ça qui m'inquiète! — s'écria Jean-Jeudi.

— A quel propos?

— Je ne crains pas les hommes et j'ai peur des femmes...

— Toi?

— Oui, moi... — Et je suis payé pour ça... — Il y a vingt ans, à Neuilly, j'ai été pincé par une femme qui m'a roulé comme un conscrit, qui m'a turlupiné, raillé, emprisonné, qui m'a fait tuer un homme, et qui m'a finalement lâché avec un litre de poison dans mon bocal!...

— Qu'est-ce que tu nous racontes là? — dit Fil-en-Quatre stupéfait.

— La vérité la plus littérale, — répondit Jean-Jeudi, que ces souvenirs lointains faisaient pâlir et frissonner. — Oui, une femme m'avait pris en flagrant délit d'effraction, d'escalade et de vol, la nuit, à main armée, dans une maison habitée... — Je ne pouvais me défendre avec un simple couteau contre ses pistolets... — Elle me tenait, cette femme!... — Au lieu de me livrer au procureur du roi de ce temps-là, elle se servit de moi comme complice, ou plutôt comme outil, d'accord avec son amant, et ne trouva rien de mieux ensuite que de m'empoisonner, dans la crainte sans doute que je la retrouve un jour ou l'autre, et que je la fasse chanter sur un air de ma façon avec pas mal de billets de mille à la clef...

— Elle ne savait pas son métier, la dame!... — interrompit le notaire avec un gros rire.

— Comment?

— Elle t'a empoisonné il y a vingt ans, — dis-tu, — et tu te portes comme le Pont-Neuf!

— J'ai été trois mois entre la vie et la mort... et quand je pense à ce que j'ai souffert, ça me fait grincer les dents!! — Voilà pourquoi je suis devenu *taffeur* quand il s'agit des femmes... — J'aimerais mieux avoir en face de moi, après une escalade, quatre mâles que deux femelles...

L'ex-notaire était devenu songeur à son tour.

— Cette femme dont tu parlais, — fit-il tout à coup, — cette femme et son amant, tu ne les as jamais revus?...

— Jamais! — Ce n'est pas faute de les avoir cherchés, cependant! — Tonnerre du diable! nous avions un joli compte à régler ensemble!

— Tu ne savais pas leurs noms?

Jean-Jeudi haussa les épaules.

— C'est bête comme tout, ce que tu me demandes là, ma vieille Plume-d'Oie! — répliqua-t-il. — Si j'avais su leurs noms, je serais riche à cette heure.

— Ils habitaient quelque part, cependant...

— Oui, à Neuilly, une maison louée à la semaine sous un sobriquet de fantaisie... — Quand je suis sorti de l'hôpital, ils n'y étaient plus, et personne ne les connaissait dans le pays et ne pouvait me donner de leurs nouvelles... — Qu'importe?... — Quoique vingt ans se soient passés depuis, j'espère encore... — Il n'y a que les montagnes qui ne se rencontrent pas... — Les chances sont maigres, je le sais bien, mais je me cramponne à une idée fixe... — Je suis superstitieux... — Il me semble que l'heure de ma vengeance sonnera, et que cette heure approche... — Je ne veux pas seulement exiger le salaire du crime accompli; je veux aussi, je veux surtout, me venger de ce que m'ont fait souffrir ces misérables, ces lâches, ces infâmes, qui, après avoir exigé de moi l'assassinat d'un homme et d'un enfant, ont voulu m'assassiner à mon tour pour me fermer la bouche.

Le ci-devant tabellion, devenu fort attentif, tressaillit.

— Un homme?... un enfant? — répéta-t-il.

— Oui... — murmura Jean-Jeudi d'une voix sourde. — Tu as dû entendre parler de ça autrefois, notaire, car Fil-en-Quatre est trop jeune pour se souvenir de la fameuse affaire... l'*Affaire du pont de Neuilly*... — C'est le nom qu'on lui avait donné dans les journaux du temps...

— L'*Affaire du pont de Neuilly!* — s'écria Raoul Brisson frissonnant, — c'est cela, c'est bien cela!... — Je m'en souviens comme si ça datait d'avanthier... Je m'en souviendrai toujours... — Un homme fut accusé d'avoir tué son oncle, qui était médecin quelque part dans les environs de Paris, n'est-ce pas?

— A Brunoy, oui...

— C'est juste, à Brunoy...

- J'ai lu les détails du procès en sortant de l'hôpital, le lendemain du jour où Paul Leroyer, le neveu du vieux médecin, avait payé de sa tête le crime d'un autre sur l'échafaud de la barrière Saint-Jacques! — Car Paul Leroyer était innocent!

IV

— Paul Leroyer était innocent, dis-tu? — s'écria l'ex-notaire.

— Plus innocent que l'enfant à naître, oui... — répliqua Jean-Jeudi.

— Tu en es certain?

— Parbleu!... — J'étais du coup dont il n'était pas et à propos duquel on l'a condamné...

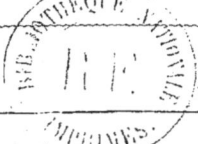

Fil-en-Quatre serra la main aux deux hommes et les fit sortir.

— Tu en étais, avec un homme et une femme, n'est-ce pas?

— Oui, la femme qui m'a empoisonné en me faisant boire — soi-disant pour me donner du cœur à la besogne — au moment où elle me mettait le couteau dans la main...

— Comment était-elle, cette femme?

— Pas très grande, brune, jolie comme un cœur, avec des cheveux superbes et des yeux magnifiques, mais la physionomie bigrement méchante.

LIV. 3. F. ROY, édit. — Reproduction interdite.   3

— Des cheveux d'un noir bleu, hein?

— C'est bien ça...

— Et l'affaire se passait il y a vingt ans, en 1837?

— Oui.

— Au mois de septembre?

— Oui.

— Le 24 septembre?

— Le 24 septembre, à onze heures du soir, oui... — Ah ! je m'en souviens ! — murmura Jean-Jeudi qui devenait de plus en plus sombre.

— Vous aviez pris l'homme à la place de la Concorde, près du Pont-Tournant?...

Jean-Jeudi fit un geste de stupeur et s'écria :

— Tonnerre du diable !! Comment sais-tu tout ça?

— Je le sais, — répondit Plume-d'Oie, — parce que c'est moi qui ai écrit la lettre par laquelle on donnait rendez-vous au médecin de campagne sur la place de la Concorde.

— Mais alors, — dit Jean-Jeudi en saisissant avec violence le bras de Raoul Brisson, — mais alors tu les connais tous les deux, l'homme et la femme?...

— Je n'ai jamais vu l'homme... j'ai vu la femme une fois seulement, quand elle est venue me commander la lettre qu'elle m'a payée dix louis... — Si j'avais deviné ce qu'elle en voulait faire, j'en aurais demandé vingt...

— Tu n'as pas eu l'idée de la suivre?

L'ex-notaire secoua la tête.

Jean-Jeudi reprit :

— Tu sais au moins le nom de celui dont tu imitais l'écriture et la signature?...

— Pour signature il n'y avait que des initiales... — répliqua Plume-d'Oie.

— Ces initiales, tu ne les as pas oubliées?

— Non, parbleu!... — Il me semble les voir encore...

— Et c'était?

— C'était : DUC S. DE LA T. V.

— Un duc! mazette ! — Ça se passait dans un monde un peu *chouette!* — On voulait supprimer l'enfant du duc !... — Pour avoir une fortune bien sûr...

— Ça saute aux yeux !... — Et tu as supprimé le moucheron?...

— Non...

— Ah! ah!...

— J'avais tué l'homme... j'allais noyer l'enfant... — Je fus pris de remords, de pitié, de je ne sais quoi... — Que veux-tu? On n'est pas parfait ! — Et alors...

— Mais ce n'est pas de ça qu'il s'agit... Revenons à la chose qui m'intéresse...

— Tu connaissais les initiales et tu n'as pas cherché à deviner les noms qu'elles cachaient.

— Si, j'ai cherché...

— As-tu trouvé quelque chose?

— Oui, en m'aidant de l'Armorial...

— L'Armorial?... — Connais pas... — Qu'est-ce que c'est?

— C'est comme qui dirait l'*Almanach Bottin* de la noblesse et des gens titrés...

— Et tu as déniché là-dedans des noms et prénoms faits sur mesure pour le titre et les initiales?...

— Oui : DUC SIGISMOND DE LA TOUR-VAUDIEU... — Et j'ai appris le lendemain que le duc venait de mourir...

— Assassiné?

— Non, tué en duel...

— Alors, je n'y vois goutte...

— Eh bien, moi, en ma qualité d'ancien notaire, je comprends parfaitement... — reprit Raoul Brisson. — L'enfant était le fils du duc... — Le duc avait un frère... — L'enfant empêchait le duc d'hériter, mais le duc mort et l'enfant aussi, le dernier des la Tour-Vaudieu entrait en possession de toute la fortune...

— Ça serait alors ce paroissien-là, qui, après s'être servi de moi pour lui déblayer le chemin, m'aurait fait empoisonner par sa maîtresse...

— Ce n'est ni lui, ni sa maîtresse peut-être, mais des gens payés pour le servir, et travaillant dans son intérêt...

— Ah! murmura Jean-Jeudi. — Voilà ce qu'il faudrait savoir... — Ça se peut-il?...

— Ça se peut très bien, — dit Fil-en-Quatre, qui jusqu'à ce moment n'avait pris part à l'entretien que comme auditeur. — Je crois, mes petits enfants, que nous sommes sur la trace d'un filon d'or... d'un véritable placer californien...

— J'en suis convaincu depuis longtemps... — répliqua Plume-d'Oie. — Le filon existe... — C'est l'exploiter qui est difficile...

— Pourquoi?...

— Parce que je ne nous vois guère en passe de nous faufiler dans le grand monde où vivent tous ces gens de la haute...

— Bah! Il suffirait que Jean-Jeudi fasse un peu de toilette et se déguise en particulier très chic, pour s'introduire sous un prétexte chez le duc actuel de la Tour-Vaudieu, simple histoire de s'assurer en le dévisageant si c'est bien son particulier de Neuilly...

— Inutile d'entrer chez lui pour ça... — répliqua Jean-Jeudi. — Je suis timide de ma nature, et ça me gênerait de me mettre en vue... — Il suffira de savoir où il demeure... — Je monterai la garde aux environs de sa porte, sans en avoir l'air, et je saurai bien le reconnaître, rapportez-vous-en à moi pour ça...

— L'idée est bonne! — répondit Raoul Brisson; — une fois certain de l'identité, notre camarade pourra se présenter la tête haute... — Il lui suffira de se nommer, si toutefois l'homme de Neuilly connaît son nom.

— Il le connaît, et la femme aussi, car je leur ai raconté mon histoire et pourquoi je m'appelais Jean-Jeudi... — Mais ce n'est pas lui surtout que je voudrais trouver, c'est la femme...

— Quand tu tiendras l'un, tu tiendras l'autre...

— Notaire, — demanda Fil-en-Quatre, — te souviens-tu mot pour mot du contenu de la lettre que tu écrivais au médecin de campagne?

— Je me souviens du rendez-vous donné au Pont-Tournant... Voilà tout...

— Y avait-il autre chose encore?

— Je n'en sais plus rien...

— Ah! c'est fâcheux!... c'est bien fâcheux!...

— Mais je l'ai, ou du moins je l'avais, cette lettre... — reprit Plume-d'Oie.

— Tu l'avais?...

— Oui, la copie... — Je suis un homme d'ordre. Je ne manquais jamais de copier pour mes archives toutes les pièces qu'on me chargeait d'imiter... — Donc, je possédais celle-là comme les autres...

— Que sont devenues ces paperasses?...

— En plan, mon fiston!...

En plan? — répéta Jean-Jeudi.

— Au clou, si tu veux...

— Depuis quand?

— Depuis cinq ans, dans trois malles laissées en garantie.

— A qui?

— Au propriétaire d'un logement que je ne pouvais payer... — Brave homme, du reste, le père Chaboisseau...

— Où, ce logement?

— Rue de la Reynie, numéro 17...

— Elles sont là pour une grosse somme, les malles?

— Assez grosse...

— Combien?...

— Cinq cent vingt-cinq francs, sans compter les intérêts...

Jean-Jeudi fit la grimace.

— Bigre! — s'écria-t-il, — c'est salé!...

— Il faut les avoir... — dit Fil-en-Quatre.

— On les aura en payant; sans ça, bernique!...

— Sais-tu où ton propriétaire, ce père Chaboisseau que tu dis si brave homme, a remisé les colis en question?...

— Oui, au quatrième étage de sa maison, dans une petite chambre qu'il réserve à des parents de province qui viennent quelquefois à Paris...

— On pourrait tenter une visite domiciliaire...

— On se ferait pincer...— La chambre touche à son propre logement...

— Depuis cinq ans, les malles sont-elles encore là?...

— Oui... — j'ai rencontré Chaboisseau il y a deux mois... — Il m'a dit qu'il m'attendait toujours et que les colis n'avaient pas bougé...

— Nous reparlerons de ça plus tard... — fit Jean-Jeudi. — Laissez-moi réfléchir et combiner un plan... — Le principal est d'avoir quelques sous pour agir...

— Eh ! — s'écria Fil-en-Quatre, — ces quelques sous nous les aurons demain soir...

Jean-Jeudi fronça le sourcil.

— Oui, —murmura-t-il d'un air sombre, — dans l'hôtel aux quatre femmes... Ça ne me va guère...

Fil-en-Quatre haussa les épaules et s'écria :

— Faut pas nous *raser*, tu sais, avec tes venettes sans queue ni tête ! — T'es tombé une fois sur une particulière qui t'a roulé proprement... C'est-il une raison pour que t'aies la malechance de tomber sur une autre donzelle qui t'en fasse autant?... — Parlons peu, mais parlons bien... — Es-tu de l'affaire, oui ou non ?

— J'en suis, parbleu! Je ne laisserai point échapper une chance de me remettre à flot, mais je n'y vais pas de bon cœur.

— Sois paisible, ma vieille, on saura maintenir les commères...

— Pour trouver la grenouille, il faudra fouiller partout... — dit l'ex-notaire.

— Eh bien! on fouillera...

— Et si les femmes s'éveillent?

— Tant pis pour elles!... — répliqua Fil-en-Quatre avec un geste féroce. — On les rendormira...

— Pas de sang... pas de sang... — balbutia Raoul Brisson. — Le bagne, passe encore, mais l'échafaud... brrr...

— C'est bon... — On tâchera d'éviter l'*abbaye de Monte-à-regret*... Mais, à tout hasard, prenons demain soir de solides couteaux... Jean-Jeudi se chargera du diamant de vitrier et de la boule de poix, c'est sa spécialité... — Toi, notaire, tu viendras ici chercher des trousseaux de fausses clefs et des rossignols... On peut en avoir besoin... — J'aurai soin, moi, de me munir d'une petite monseigneurette... — Inutile d'apporter une lanterne... — Des allumettes chimiques suffiront... Il y a des bougies partout dans l'hôtel.

V

— Où le rendez-vous ? — demanda l'ex-notaire.

— A la barrière de Clichy, chez Loupiat, — répondit Fil-en-Quatre.

— A *la Canette d'argent*, dans la ruelle des Acacias? — fit Jean-Jeudi.

— Oui, mon vieux...

— Méfions-nous...

— De quoi ?

— La police y fait souvent des descentes. Ne nous laissons pas pincer.

— Rien à craindre... Nous n'y resterons que cinq minutes... — Simple histoire de se retrouver...

— A quelle heure? — reprit Jean-Jeudi.

— A onze heures...

— Et la visite de politesse à l'hôtel de mistress Dick Thorn ?

— Entre minuit et une heure... c'est l'instant du premier sommeil qui est le plus solide...

Jean-Jeudi se leva.

— A demain donc, — dit-il, — et bonne nuit...

Fil-en-Quatre serra la main aux deux hommes et les fit sortir, non par le cabaret mais par une petite porte pratiquée dans le couloir et donnant sur le boulevard extérieur.

— Allons, bonsoir... — dit Plume-d'Oie à Jean-Jeudi. — Je vais me coucher...

— Où ça ?

— Dans les carrières de Montmartre... — Pas un radis pour payer le garni...

Jean-Jeudi se fouilla et tira de sa poche une pièce blanche.

— iens, — fit-il en la donnant au ci-devant tabellion, — voilà vingt sous...

— Les carrières de Montmartre, c'est une vraie souricière... — Tu t'y ferais ramasser...

— Merci... — Je te rendrai ça demain, après l'opération... Je vas me payer un cabinet au *Petit-Château*, rue de Flandres. C'est un endroit tout à fait comme il faut...

Les deux gredins se séparèrent et Jean-Jeudi prit le chemin de la rue des Vinaigriers, où il demeurait.

Tout en longeant le canal Saint-Martin, il réfléchissait à ce que Raoul Brisson venait de lui apprendre relativement au crime du pont de Neuilly.

— Patience ! — se disait-il tout bas, — J'ai attendu vingt ans sans me lasser, sans désespérer. — Le hasard fait aujourd'hui ce que n'avaient pu faire mes recherches... — J'en profiterai, mais avec réflexion, avec prudence... — Il faut que mon secret me rapporte non seulement la vengeance — (ce serait maigre), mais la fortune !... — Ceci est une affaire à moi seul, et dont seul je veux profiter... — Le ci-devant notaire nous a raconté que parmi ses papiers se trouvait un double de la lettre écrite par lui il y a vingt ans pour attirer le médecin de campagne dans le piège qu'on lui tendait et où il devait périr... — Cette paperasse m'est nécessaire... — Je veux l'avoir, je l'aurai par n'importe quel moyen, et quand je la tiendrai je pourrai agir...

Ce long monologue conduisit Jean-Jeudi jusqu'à sa porte.

Il rentra dans son taudis, se coucha et dormit jusqu'au matin de ce calme sommeil que donne une conscience pure.

Le récit de Fil-en-Quatre a fait assister nos lecteurs à l'arrivée de mistress Dick Thorn et de sa fille rue de Berlin.

Nous allons à notre tour franchir avec eux le seuil du petit hôtel.

La jolie femme aux cheveux noirs et aux yeux noirs, mère d'une adorable enfant blonde aux yeux bleus, était d'origine franco-italienne.

Le nom de Dick Thorn lui appartenait par suite de son mariage avec un très riche Écossais établi à Londres.

Cet Écossais, ayant perdu presque toute sa fortune dans des spéculations imprudentes, n'avait pas eu la force de survivre à sa ruine.

Il était mort de chagrin.

Sa veuve le pleura de façon très sommaire et s'occupa fiévreusement de réunir les épaves du naufrage, autrement dit les débris de la fortune.

Son but unique, son idée fixe, étaient de venir à Paris.

Les événements ne tarderont point à nous apprendre les motifs de cette idée fixe.

La jeune fille, dont le bandit n'avait nullement exagéré la beauté, se nommait Olivia.

Deux semaines avant son installation rue de Berlin, mistress Dick Thorn était venue seule à Paris où elle n'avait passé que trois jours, employés presque exclusivement à trouver un hôtel, confortable et richement meublé, à louer dans un quartier élégant de Paris.

L'hôtel de la rue de Berlin réunissant les conditions voulues, elle s'était empressée de s'en assurer la possession en payant à l'avance six mois de loyer, puis elle avait regagné Londres afin d'en ramener sa fille et ses bagages.

Pour des raisons particulières elle ne gardait aucun des domestiques attachés en Angleterre à son service et à celui de feu Dick Thorn.

Le lendemain de son arrivée définitive la belle veuve (nous le savons déjà) prit une femme de chambre et une cuisinière, mais ceci n'était que provisoire ; elle se promettait, dans un délai très bref, de monter sa maison sur un certain pied et d'avoir chevaux et voiture, cocher et valet de chambre.

Midi sonnait.

Mistress Dick Thorn, immédiatement après déjeuner, s'était enfermée dans une petite pièce qui lui servait de boudoir et de fumoir, car elle fumait la cigarette comme une Sévillane.

Assise devant un délicieux bureau d'ébène incrusté d'ivoire et de cuivre, elle mettait en ordre divers papiers tirés d'un portefeuille en chagrin noir.

Elle prit ces papiers les uns après les autres pour les ranger dans un des tiroirs du petit meuble. — C'étaient son acte de naissance, son acte de mariage, l'acte de naissance de sa fille, l'acte de décès de son mari, son passeport, quelques autres documents à conserver et diverses notes et factures.

Ceci fait, elle ouvrit de nouveau le portefeuille.

L'une des poches contenait plusieurs lettres et une large enveloppe scellée de trois cachets armoriés que surmontait la couronne ducale.

La partie supérieure de cette enveloppe avait été tranchée.

Mistress Dick Thorn la laissa dans le portefeuille, mais elle en tira d'autres lettres et les parcourut.

— Allons, — dit-elle ensuite presqu'à haute voix, et avec un sourire triomphant, — j'ai là plus qu'il ne faut pour que le duc Georges de la Tour-Vaudieu redevienne, quand bon me semblera, le très docile serviteur de son ex-maîtresse et complice Claudia Varni, et courbe comme autrefois la tête sous mes volontés et sous mes caprices... S'il a tout oublié, tant pis pour lui ! Moi je me souviens !

La belle veuve quitta son siège et se mit à marcher de long en large dans le boudoir avec une agitation fébrile.

— Vous êtes riche, monsieur le duc, — poursuivit-elle en souriant d'un mauvais sourire, — immensément riche et non moins ingrat ! — En vous servant jadis, je travaillais pour moi... Mon dévouement était de l'égoïsme... — Je ne vous aimais pas ! — J'ai touché une faible part de l'héritage ramassé dans le sang de votre frère et j'ai pris mon parti de votre abandon... — Vous n'avez pas entendu parler de moi aussi longtemps que ma fortune a été l'égale de la vôtre, et vous vivez en paix, convaincu sans doute qu'entre nous tout est fini, bien fini, fini pour toujours !

Après un éclat de rire contenu, d'une expression sinistre, mistress Dick Thorn continua :

— Ah ! monsieur le duc, quelle erreur ! — Aujourd'hui je suis ruinée !... Il me faut deux fortunes, l'une pour moi, l'autre pour ma fille... — J'ai compté sur vous pour les obtenir, et je vous défie, monsieur le duc, de me les refuser ! — Telle vous m'avez connue et telle je suis encore, avec vingt ans de plus ! — Les années ont glissé sur moi sans paralyser mon énergie, sans amoindrir mon esprit d'intrigue !... Vous me retrouverez toujours la même, car la Claudia Dick Thorn d'aujourd'hui (mon miroir me l'affirme) est presque aussi belle que la Claudia Varni de 1837 !

Le marchand de vin, d'une main tremblante, remplit les deux verres.

L'ancienne maîtresse du marquis Georges de la Tour-Vaudieu, le frère et l'héritier du duc Sigismond assassiné, serra dans le portefeuille les lettres qu'elle venait de relire, puis, ouvrant le sac de voyage placé près d'elle, à portée de sa main, elle y prit des liasses de billets de banque qu'elle posa sur le bureau d'ébène.

— Tout ce que je possède ! — ajouta-t-elle en regardant les précieux chiffons, — quatre-vingt mille francs, — une misère, — dont je vais dépenser la plus forte partie pour monter ma maison... — Il importe d'agir vite et d'aller droit au but si je ne veux me trouver sans ressources... — Heureusement mes plans sont faits, — avant un mois, il y aura du nouveau.

L'ex-Claudia Varni entassa les billets de banque dans le tiroir où elle avait déjà placé ses papiers de famille.

Elle mit le portefeuille sur les liasses, repoussa le tiroir, ferma le meuble à double tour et réunit la clef à celles qui formaient un petit trousseau dont elle ne se séparait pas.

En ce moment une lourde voiture s'arrêta dans la rue. — On entendit retentir le timbre de l'hôtel et, deux minutes plus tard, on frappa doucement à la porte du boudoir.

— Qui est là? — demanda la veuve.

— Moi, mère... — répondit une voix fraîche.

— Entre, mignonne...

— Impossible, tu es enfermée...

— C'est juste...

Mistress Dick Thorn se leva pour ouvrir et dit en embrassant Olivia sur le front :

— Qu'y a-t-il, mon enfant?

— Mère, ce sont les bagages venus par la petite vitesse, et qu'on apporte du chemin de fer.

— Bon... — J'y vais.

Et la veuve suivit la jeune fille.

Les bagages en question consistaient en une demi-douzaine de coffres très lourds et en deux longues et larges caisses plates, relativement légères, sur lesquelles se lisait en grosses lettres le mot : FRAGILE.

Les deux caisses contenaient les portraits en pied, de grandeur naturelle, de Richard O'Donnel Dick Thorn, et de Claudia Varni, sa femme.

Ces toiles portaient la signature de l'un des maîtres de la peinture anglaise et n'avaient pas coûté moins de mille livres sterling (environ vingt-cinq mille francs) quinze années auparavant.

Claudia tenait à ces portraits pour plusieurs raisons. — Elle les admirait tous les deux comme œuvres d'art; — elle savait gré au sien de la reproduire dans la fleur de sa verte jeunesse et de son éclatante beauté; — enfin il lui convenait d'étaler à tous les regards l'image imposante de feu son mari, lequel avait été durant sa vie entière un gentleman *de la plus haute respectabilité*, comme disent nos voisins d'outre-Manche.

Il semblait à la belle veuve que quelque chose de cette *respectabilité* rejaillissait sur elle...

VI

Un menuisier fut appelé pour ouvrir les caisses, et séance tenante on accrocha les deux portraits dans un petit salon qui précédait le boudoir.

Claudia s'habilla ensuite et se fit conduire avec sa fille chez un marchand de chevaux et chez un carrossier de l'avenue des Champs-Élysées.

Elle acheta une paire de doubles poneys irlandais d'une grande distinction et un joli coupé d'un vert sombre rechampi de rouge.

Tout cela, payé comptant, devait être amené chez elle le lendemain.

Le carrossier fournissait un cocher sortant d'une bonne maison et dont il répondait.

La mère et la fille allèrent en voiture de louage faire un tour au bois de Boulogne qu'Olivia ne connaissait pas, et rentrèrent ensuite rue de Berlin pour dîner.

Les deux femmes étaient trop fatiguées ce soir-là pour sortir de nouveau.

Elles se mirent au lit vers dix heures, dans deux chambres voisines, et s'endormirent presque aussitôt d'un profond sommeil.

.*.

Nous prions nos lecteurs de nous accompagner avenue de Clichy, ruelle des Acacias, au cabaret de la *Canette d'argent*.

La *Canette d'argent*, comme le *Petit-Assommoir* de la barrière de la Chapelle, était une de ces tavernes que hante une population dangereuse, toujours en guerre avec la société.

Il y avait foule.

Dans l'après-midi l'ex-notaire était allé chez Fil-en-Quatre chercher le paquet de rossignols dont on devait se servir pour l'expédition projetée.

En même temps il avait emprunté à son collègue quarante sous, remboursables sur les bénéfices futurs et, se sentant le gousset garni, il se prélassait au cabaret longtemps avant l'heure du rendez-vous et absorbait des petits verres d'alcool afin de se donner du ton.

Raoul Brisson, dit Plume-d'Oie, ne brillait point par l'énergie.

En face d'un pupitre, la plume à la main, quand il s'agissait d'imiter des écritures et de contrefaire des signatures, personne n'aurait pu lui damer le pion, mais l'effraction et l'escalade lui causaient une insurmontable terreur.

La seule pensée d'un vol à main armée faisait claquer ses dents.

Jamais gredin ne fut plus incapable d'un acte de témérité.

Bref, il s'était installé dans une des salles du bouge où grouillaient des consommateurs inconnus les uns aux autres, et il s'assimilait de fortes doses de courage sous forme d'eau-de-vie frelatée.

Vers dix heures Fil-en-Quatre arriva et s'assit en face de Brisson.

Le nouveau venu, ce soir-là, n'était pas causeur.

Le ci-devant tabellion voulut parler à demi-voix et à mots couverts de l'affaire qui les réunissait. — Fil-en-Quatre lui imposa silence et se mit à fumer sans desserrer les dents.

Tout autour d'eux on menait grand tapage.

Quelques-uns des clients, notablement avinés, chantaient à tue-tête. — D'autres jouaient en buvant et se disputaient avec force clameurs.

C'était un tohu-bohu infernal.

A une petite table, cependant, on voyait un homme dont la mine, la tournure et la toilette, annonçaient clairement qu'il ne devait point faire partie des bandits habitués de ce repaire.

Cet homme, — un beau garçon d'une quarantaine d'années, à l'œil intelligent, aux traits réguliers, à la figure franche et ouverte entourée d'un collier de barbe brune. — portait un costume simple, mais très soigné et presque élégant.

Son pardessus de demi-saison, de couleur foncée, couvrait un veston et un gilet gris fer. Son pantalon large, de même nuance, tombait sur des bottines bien faites.

Un petit chapeau de feutre couvrait à demi sa chevelure épaisse, dont les boucles courtes moutonnaient autour de sa tête.

Tout cet ensemble était sympathique et ne manquait pas de distinction.

Les mains seules, blanches et propres mais légèrement calleuses, trahissaient l'homme qui se livre à des travaux manuels.

Il fumait un cigare, sans toucher au contenu d'une bouteille de vin blanc placée devant lui et escortée de deux verres. — Le personnage en question, parfaitement inconnu des clients auxquels il ressemblait si peu, avait été regardé d'un mauvais œil par les consommateurs au moment de son entrée.

On le prenait pour un *mouchard* et déjà l'on songeait à lui chercher querelle; mais, quand on avait vu M. Loupiat, le maître de l'établissement, aller à sa rencontre, l'embrasser sur les deux joues, lui serrer les mains avec une expression de joie vive et l'installer juste en face du comptoir, les soupçons s'étaient dissipés aussi vite qu'ils étaient venus.

— Ce n'est pas *une mouche*, se dirent l'un à l'autre les rôdeurs, — c'est un ami ou un parent du *mastroquet*.

Loupiat avait apporté une bouteille et deux verres sur la table de l'inconnu, sans doute pour trinquer avec lui, mais les exigences de son service le forcèrent à s'occuper d'abord des clients qui le réclamaient à cor et à cri.

Deux garçons en manches de chemise et en tabliers bleus se multipliaient sous les ordres du marchand de vin.

En outre Mme Loupiat trônait d'habitude derrière le comptoir d'étain supportant des files de verres de toutes les dimensions, et des pots en grès noir dans lesquels on servait le vin bleu. Elle faisait les comptes et rendait la monnaie.

Une absence momentanée de la femme obligeait le mari à tenir sa place et compliquait notablement le service.

Mme Loupiat rentra.

Loupiat, débarrassé du tracas de la comptabilité, vint aussitôt s'asseoir en face du personnage bien vêtu et dit, en lui donnant une nouvelle et chaleureuse poignée de main :

— La bourgeoise est au comptoir... — Nous pouvons présentement causer tout à notre aise en buvant une bonne bouteille de vieux chablis, et ça ne sera pas dommage, garçon, car voilà bigrement de temps qu'on ne s'est vu!... — Je ne veux pas faire le compte des années... — Ça me vieillirait trop.

— Bah ! mon brave monsieur Loupiat, nous sommes, grâce à Dieu, solides autant l'un que l'autre, et je suis bien content, je vous le jure, de vous retrouver si gaillard ! ! !

— Je te crois, garçon ! ! !... Et de ton côté tu ne doutes pas de la réciproque ! !

Le marchand de vin, d'une main que l'émotion rendait un peu tremblante, remplit les deux verres.

— A ta santé ! — dit-il en trinquant...

— A la vôtre, et d'un fameux cœur !

Loupiat reprit :

— Alors, mon petit René... Oh ! tu sais, je t'appelle *petit*, c'est une habitude de l'ancien temps... et je te tutoie... Tu ne m'en veux pas de ça?...

— Par exemple !...

— C'est qu'aujourd'hui tu n'es plus un gamin, sapristi ! ! Tu es un homme, et un homme fait... — A propos, quel âge as-tu !

— Quarante ans...

— Tant que ça !... s'écria le propriétaire de la *Canette d'argent* avec stupeur. En es-tu sûr?...

— Mon Dieu, oui... — répondit l'étranger en souriant.

— Fichtre, ça commence à compter !...

— Parbleu !... ça compte même un peu trop..

— Dame ! il me semble toujours te voir il y a vingt-cinq ans, lorsque tu fus embauché chez Paul Leroyer, le mécanicien dont les chantiers étaient à côté de mon établissement, sur le canal Saint-Martin...

— Oui, j'avais quinze ans.

— Et tu n'en paraissais que treize ou quatorze... — Pas plus de barbe au menton que sur ma main !...

— Elle a poussé depuis, — répliqua celui que nous venons d'entendre nommer

René, — et même elle grisonnera bientôt... — Quand on la regarde de près, on y voit déjà des poils blancs.

— Qu'est-ce que tu veux! — reprit Loupiat. — Les années, ça vous change un homme... — Raconte-moi un peu ce que tu es devenu, depuis le temps...

— Vous savez que M. Paul Leroyer était non seulement mon patron, et un bon patron, mais mon protecteur... — Quand je perdis coup sur coup mon père et ma mère, il veilla sur moi comme si j'avais été son propre fils... Il me fit apprendre le dessin, l'ajustage et me mit au courant de la mécanique de précision.

— Oui... oui... — interrompit Loupiat. — Je sais... — Ah! il t'aimait bien... il t'aimait et il t'estimait... — Je me souviens lui avoir entendu dire qu'il était fier de toi et tranquille sur ton avenir, attendu que tu étais un ouvrier modèle, plein de cœur, d'intelligence, de courage... enfin qu'il ne te manquait rien de ce qu'il faut pour réussir.

— Pauvre cher homme... — murmura René en passant sa main sur ses yeux humides. — Ah! il était bon, celui-là... et ils l'ont tué!...

— Il est mort innocent, selon toi? — murmura Loupiat.

— Il est mort martyr!...

Après un silence, René poursuivit :

— La ruine du patron avait précédé sa mort. Quand le couteau de la guillotine eut fait tomber sa tête, tout fut vendu par autorité de justice... — Il me fallut chercher un autre atelier... — Je fus six mois sans en trouver... — L'ouvrage n'allait pas... — C'était un moment de crise... Partout on congédiait les anciens ouvriers au lieu d'en embaucher de nouveaux... — Vous savez que je n'avais guère d'économies... — Je commençais à me serrer le ventre et à voir l'avenir pas du tout couleur de rose, quand j'appris par hasard qu'en Angleterre on demandait des mécaniciens français.

VII

— Et, — fit Loupiat, — tu n'en fis ni une ni deux. Tu partis...

— Bien entendu! Crever de faim à Paris, ou gagner sa vie de l'autre côté de la Manche, impossible d'hésiter...

— Et tu trouvas de l'ouvrage tout de suite?

— Dès le lendemain de mon arrivée.

— Et tu es resté tout le temps chez les *Englischmen!*

— Comme vous le dites, père Loupiat... — D'abord à l'étau pendant deux ans, puis cinq ans à l'ajustage et je passai contremaître... — Il a fallu la mort de Jack Polder, mon patron, pour que je me décide à quitter sa fabrique... —

Du reste, ella n'allait plus que de bric et de broc, avec un gendre agaçant, qui faisait son malin et qui n'entendait rien aux affaires...

— Étais-tu à Londres même?

— Non, à Portsmouth...

— N'as-tu donc pas trouvé là-bas une autre position?

— Si... — Trois ou quatre maisons de Plymouth et de Londres avaient entendu parler de moi et me faisaient des offres... — Mais je voulais revoir le pays...

— Paris t'attirait, hein, mon gaillard!... fit Loupiat en riant.

— Certes Paris n'est point à dédaigner... répondit René. — Mais j'avais un autre motif plus sérieux pour désirer revenir en France...

Le cabaretier remplit les verres.

— A ta santé, garçon! s'écria-t-il; puis il ajouta : — Je vois ça d'ici... Une affaire d'amour... — Est-ce que je me mets le doigt dans l'œil?

— En plein...

— Bah!... — Tu m'étonnes, car enfin tu es jeune encore et bigrement bien bâti... — Tu as dû inspirer plus d'un sentiment...

— Des sentiments comme ceux dont vous me parlez, autant en emporte le vent, mais l'amour sérieux m'a toujours fait peur... — On est si libre quand on est garçon!... On n'agit qu'à sa fantaisie!... Personne ne vous taquine! — Et puis sait-on si l'on aura la chance de tomber sur une bonne femme?... — Bref je n'ai jamais songé à quitter le célibat... J'aurais pu me marier cependant, car je suis à mon aise...

— Tu as des économies?...

— En travaillant là-bas pendant dix-neuf ans j'ai amassé quarante mille francs qui ne doivent rien à personne...

— Peste! c'est une petite fortune... — Tu pourrais épouser une brave fille qui t'en apporterait autant, et tu serais presque riche...

— Je sais bien que ça me donnerait le moyen de m'établir à mon compte, et cette perspective n'est point désobligeante... — Mais pour le moment je rêve autre chose...

— Quoi donc, fiston?

— Ah! c'est une idée drôle, que vous ne comprendrez peut-être pas... — Vous penserez que je suis un peu fou... Mais je n'y peux rien... — C'est une monomanie, une toquade, une idée fixe...

— Enfin, dis-la, cette idée...

— Eh! bien, c'est de retrouver la veuve de mon protecteur Paul Leroyer et ses enfants...

— Je comprends ça parfaitement, attendu que, quoique je vive au milieu de tout ce qu'il y a de pis dans Paris, je n'en suis pas moins un brave homme... Paul Leroyer t'a fait du bien autrefois, tu veux rendre ce bien aujourd'hui à la veuve et aux enfants s'ils en ont besoin, c'est naturel et je t'approuve... — Ça ne sera pas difficile de les retrouver, j'imagine...

— Très difficile, au contraire...

— Comment?

— A mon départ de Paris je vis Mme Leroyer, je lui promis de lui écrire et je ne manquai pas de le faire...

— Elle te répondit?

— Jamais... — Au bout de deux ans, comme elle ne me donnait pas signe de vie, je me lassai, je n'écrivis plus, et dix-sept ans se passèrent sans nouvelles... — Ces jours derniers, en arrivant à Paris, j'allai droit au logement que la famille habitait rue Saint-Antoine après avoir quitté celui de la place Royale au moment du procès de mon ex-patron... — Mme Leroyer n'y demeurait plus depuis je ne sais combien d'années, mais le portier se souvenait d'elle et me donna l'adresse qu'elle avait laissée... — Je courus à cette adresse, impatient d'embrasser la pauvre femme et les enfants que j'avais fait sauter si souvent sur mes genoux... — Une déception m'attendait... — La veuve avait encore changé de demeure, mais cette fois sans dire où elle allait... Je perdais la trace...

— Ah! diable! — Espères-tu la retrouver?...

— Je n'en désespère pas... — J'ai mis en chasse trois individus qui battent Paris de leur côté comme je le bats du mien... — J'ai même donné rendez-vous à l'un d'eux ici ce soir... un brave homme... un commissionnaire.

— Comment as-tu appris ma nouvelle adresse?...

— On me l'a donnée à votre ancien établissement du canal Saint-Martin...

— Où je n'avais guère réussi... — interrompit Loupiat. — Ici je n'ai pas à me plaindre... ça marche... mais la clientèle est bien mêlée... ou pour mieux dire elle ne l'est pas du tout... Tous sujets à caution, mes clients...

— Vous n'avez jamais entendu parler de ceux que je cherche?...

— Non... Après l'exécution de Paul Leroyer on ferma les ateliers... — Depuis cette époque je n'ai revu ni la pauvre veuve ni ses mioches... — Voilà du reste quinze ans que je suis ici, et je ne mets guère les pieds dans mon ancien quartier... — Pourquoi ne t'adresses-tu point à la préfecture de police?...

— Je l'ai fait.

— Eh bien?

— Eh bien, on ne m'a pas répondu... Peut-être Mme Leroyer est-elle morte, peut-être a-t-elle quitté Paris...

— Peut-être aussi n'a-t-elle pas besoin de toi, ce qui serait fort à souhaiter.

— Oui, mais moi j'ai besoin d'elle... — répliqua le mécanicien.

— Tu as besoin d'elle?... — répéta le cabaretier.

— Oui...

— Et pourquoi?

— N'avancez pas, — rugit ce dernier, — ou je vous éventre...

— Pour lui donner sa part de ma tâche !,.. — Pour réclamer son aide dans l'œuvre de réhabilitation de la mémoire de Paul Leroyer qui a payé de sa tête le crime d'un autre !...

— Alors, positivement, c'est chez toi une conviction que ton ex-patron était innocent ?

— Est-ce que vous l'avez cru coupable, vous ?...

— Dame !... écoute donc... il y avait du pour et du contre... Assurément je

doutais d'abord qu'il ait commis le crime, parce que je le connaissais honnête, travailleur, rangé, bon mari et bon père... — Quoiqu'il eût fricassé toute sa fortune dans ses inventions de mécaniques, je ne pouvais pas me persuader que la misère avait fait de lui un assassin... et l'assassin de son propre parent... — Mais, à la fin, il a bien fallu, comme les juges... comme tout le monde... me rendre à l'évidence...

— Oh! — s'écria René, — l'évidence est souvent trompeuse!... Elle l'a été effroyablement ce jour-là!

— C'est ton idée...

— C'est ma certitude... — J'affirmerais sur mon honneur que le médecin de campagne assassiné au pont de Neuilly ne l'a point été par son neveu!!!

— Par qui donc, alors? — Il faudrait connaître les vrais coupables...

— Je les connaîtrai...

— Quelle entreprise!!

— Je la conduirai à bonne fin, et je rendrai l'honneur au nom de **Paul Le**royer qui m'a servi de père...

— Si tu en viens à bout, tant mieux! — Tu es un brave cœur et je souhaite sincèrement que tu réussisses!...

— Je réussirai, foi de René Moulin!

— En attendant, vidons une autre fiole...

— A condition que je la payerai...

— La prochaine fois, tant que tu voudras, mais aujourd'hui c'est moi qui régale...

Loupiat se leva pour aller chercher une seconde bouteille de chablis.

Au moment où il revenait s'asseoir en face du mécanicien, un homme vêtu en commissionnaire entrait dans l'établissement et promenait ses yeux autour de la salle.

A coup sûr il cherchait quelqu'un.

René le vit et lui fit un signe.

— C'est mon individu... — dit-il au cabaretier, puis il demanda à l'homme qui s'approchait de lui : — Eh bien? y a-t-il du nouveau?

— Rien...

— Ce matin vous espériez un peu, cependant.

— Oui, et je suis allé dans l'endroit où je comptais trouver un renseignement utile... — C'était une fausse piste... — On m'a bien dit qu'une dame veuve avait habité la maison dans le temps avec son fils et sa fille, tous les trois de l'âge que vous m'aviez indiqué, mais ils ne s'appelaient pas Leroyer...

— Quel était leur nom?

— Monestier...

— La veuve avait quitté peut-être le nom du supplicié... — dit Loupiat.

— Peut-être en effet... — répliqua René. — Vous êtes-vous informé de l'adresse actuelle de cette Mme Monestier?

— On l'ignore...

— Avez-vous demandé comment se nommaient le jeune homme et la jeune fille vivant avec leur mère?

L'homme tira un carnet de sa poche, l'ouvrit et répondit ·

— Ils se nommaient Abel et Berthe...

— Abel et Berthe! — répéta le mécanicien avec une indicible expression de joie. — Ce sont eux! — Vous aviez raison, père Loupiat... La malheureuse femme, dans l'intérêt de ses enfants, a cru devoir changer de nom...

Il ajouta, en s'adressant à son commissionnaire :

— Et l'on n'a pas pu vous donner la nouvelle adresse?

— Non, mais on m'a promis pour demain des indications qui pourront sans doute me mettre sur la voie.

— Eh bien! demain nous irons ensemble, et, Dieu aidant, nous trouverons! D'ailleurs si la mauvaise chance nous poursuit encore, et si la piste nous échappe une fois de plus, j'userai d'un autre moyen, et celui-là je le crois infaillible...

— Quel est-il? — demanda curieusement Loupiat.

— J'irai au cimetière Montparnasse...

— Au cimetière Montparnasse! — répéta le cabaretier stupéfait.

— Oui, et je suis certain d'y rencontrer un jour la veuve sur la tombe de son mari... — Allons, mon vieux camarade, remplissez mon verre.,. — Je me sens heureux ce soir... — Abel et Berthe sont vivants et mes pressentiments me disent que je les retrouverai bientôt...

VIII

Tandis que ces choses se disaient en face du comptoir d'étain, Fil-en-Quatre et l'ex-notaire buvaient toujours à leur table et n'échangeaient que de rares paroles.

Ils semblaient inquiets; — leurs regards se tournaient avec une impatience manifeste du côté de la porte d'entrée.

Onze heures étaient sonnées depuis dix minutes et Jean-Jeudi ne paraissait pas.

— Qu'est-ce qu'il peut faire, ce failli-chien?... — murmura Raoul Brisson entre ses dents.

— Le rendez-vous était bien pour onze heures, cependant... — dit Fil-en-Quatre.

— Est-ce que tu as confiance, toi, dans ce paroissien-là?...

— Pourquoi me demandes-tu ça, notaire?

— Parce qu'il pourrait très bien, pendant que nous sommes ici à droguer en l'attendant, s'en aller rue de Berlin et, profitant de ton indication, *lever* le magot à lui tout seul...

Fil-en-Quatre se mit à rire.

— *Lever* le magot à lui tout seul... — répéta le bandit, — non... non... je ne crains pas ça... — il n'y a pas longtemps que je connais Jean-Jeudi, mais je le connais bien... — c'est un bon garçon, franc du collier, et qui n'a jamais lâché les amis... — Tu as tort de le soupçonner, notaire, car il ne se défie pas de toi, lui, à preuve qu'hier il plaidait ta cause vis-à-vis de moi, pour me décider à te mettre dans l'affaire... et je te garantis qu'il s'en tirait comme un avocat.

— Je sais bien... je sais bien... — balbutia Raoul Brisson, — bon enfant, je ne dis pas, mais rudement *ficelle* tout de même...

— *Ficelle* ou non, il n'a qu'une parole...

A ce moment la porte, qui de la salle donnait sur la ruelle des Acacias, s'ouvrit d'une façon bruyante.

Fil-en-Quatre et Plume-d'Oie se retournèrent convaincus qu'ils allaient voir entrer Jean-Jeudi.

Une désagréable surprise leur était réservée et les fit pâlir.

Sur le seuil se trouvait un commissaire de police ceint de son écharpe et escorté d'une demi-douzaine d'agents en bourgeois.

L'ex-notaire et Fil-en-Quatre se levèrent. — Presque tous les buveurs en avaient fait autant, les uns avec stupeur et les autres avec épouvante.

Le père Loupiat quitta vivement la table de René Moulin et s'avança vers le magistrat.

Plume-d'Oie se pencha vers Fil-en-Quatre :

— C'est une descente de police... — murmura-t-il à son oreille. — On cherche quelqu'un... tâchons de filer...

Ils se firent petits et se faufilèrent comme des couleuvres au milieu des groupes de buveurs pour gagner le fond de la salle, où une porte de sortie connue des habitués s'ouvrait sur les derrières.

Quelques habitués de particulièrement mauvaise mine, qui comme eux ne désiraient point avoir affaire à la justice, les suivirent. — Déception nouvelle.

A la minute précise où ils allaient atteindre cette porte, elle s'ouvrit, laissant voir dans la pénombre une nouvelle escouade d'agents.

— Pincés ! — se dirent nos personnages avec une irritation manifeste.

Le commissaire s'était avancé dans la salle, suivi de ses acolytes.

— On sait à la Préfecture que vous êtes un honnête homme et que vous ne protégez pas les voleurs, monsieur Loupiat, — dit-il au cabaretier qu'il connaissait de longue date, — mais votre maison est mal famée et mérite sa réputation... — Nous avons été prévenus que des repris de justice en rupture de ban se trouvaient chez vous ce soir. — Au nom de la loi, que personne ne sorte !

Il se fit un murmure parmi les buveurs.

— Silence dans les rangs! — commanda le propriétaire de la *Canette d'argent*. — Il y a d'honnêtes gens ici, n'est-ce pas? — Que tous ceux qui n'ont rien à craindre avancent à l'ordre et viennent répondre à M. le commissaire...

— Tonnerre!... — murmura le ci-devant tabellion. — Pas moyen de m'en tirer!... — Le diable emporte Jean-Jeudi de m'avoir fourré dans cette souricière!

Un assez grand nombre de buveurs s'étaient approchés successivement du magistrat.

Ces buveurs n'avaient sur eux aucune preuve matérielle de leur identité, mais ils étaient connus du père Loupiat comme habitants du quartier.

On les avait laissés sortir librement.

Il ne restait plus dans le bouge que René Moulin et une douzaine de rôdeurs, faisant piteuse mine pour la plupart.

Fil-en-Quatre s'avança d'un air délibéré.

— Mon commissaire, — dit-il, — je demande à m'en aller... Je suis un particulier tranquille...

— Votre nom?

— Jacques Hébert.

— Vos papiers?

— Ignorant que j'en aurais besoin ce soir je ne les porte pas dans mes poches, mais j'ai un domicile...

— Où demeurez-vous?

— Rue de la Charbonnière...

— Au *Petit-Assommoir*, n'est-ce pas?... et vous vous appelez Claude Landry, surnommé Fil-en-Quatre.

— Mais, mon commissaire... — balbutia le bandit, stupéfait de se voir si bien connu.

— C'est précisément vous que je cherchais... — Je vous arrête...

— Je proteste... — C'est une abomination... — Je n'ai rien fait...

— Vous expliquerez alors sans la moindre peine au juge d'instruction la provenance légitime des montres que l'on vient de trouver au fond d'une malle en faisant perquisition dans votre chambre. — Empoignez-moi ce gaillard-là... — ajouta le commissaire en s'adressant aux agents, — et ligottez-le s'il résiste, — il est dangereux...

Fil-en-Quatre grinça des dents et serra les poings.

— Le premier qui me touche, je le descends! — s'écria-t-il d'une voix étranglée par la fureur.

En même temps il tira de sa poche un couteau catalan, l'ouvrit et le brandit au-dessus de sa tête.

Les agents, qui déjà l'enveloppaient, eurent un moment d'hésitation et reculèrent devant le misérable prêt à frapper.

Le commissaire leur donna l'exemple du courage.

— Vous avez peur de ce joujou! — fit-il en haussant les épaules. — Soldat de la loi, je marche au danger comme un soldat... — Voyez!...

Et il marcha vers Fil-en-Quatre.

— N'avancez pas, — rugit ce dernier, — ou je vous éventre...

Aussi calme qu'au moment de son entrée dans le cabaret, le commissaire avançait toujours.

Fil-en-Quatre s'élança, le bras levé.

Il allait frapper.

Le magistrat stoïque était en péril de mort lorsqu'un homme, faisant par-dessus les tables un bond prodigieux, tomba sur le bandit par derrière, l'enlaça de son bras gauche, et de la main droite lui arracha le couteau catalan.

Le misérable, écumant, voulut tenter une résistance impossible. — En un clin d'œil il fut à terre, maintenu sous le genou de René Moulin qui l'avait déjà désarmé.

Les agents lui mirent les menottes et le contraignirent à se relever, ce qu'il fit de fort mauvaise grâce.

Pendant la lutte, une pince et un ciseau à froid étaient tombés de ses vêtements.

— Ah! ah! — fit le commissaire, — vous vous étiez muni de vos instruments de travail... — Vous alliez sans doute en expédition cette nuit?...

Fil-en-Quatre baissa la tête sans répondre.

— Monsieur le commissaire, — s'écria l'un des agents qui avait mis la main sur l'ex-tabellion, lequel — nous devons le déclarer, — s'était laissé fouiller sans opposer la moindre résistance, — en voici un de sa bande... — Regardez...

Et l'agent exhibait les trousseaux de fausses clefs qu'il venait de saisir sur Raoul Brisson.

Le ci-devant notaire fut ligotté, ainsi que le reste des rôdeurs.

— Je vous remercie de votre courageuse intervention, monsieur, — dit le commissaire à René Moulin, — sans vous j'étais en grand péril... — Permettez-moi de vous demander votre nom...

Le mécanicien se nomma.

— Monsieur le commissaire, — s'empressa d'ajouter Loupiat, — c'est un brave garçon de mes amis, qui arrive d'Angleterre et qui était venu me voir avec ce jeune homme...

Et il désigna le commissionnaire de René Moulin.

— Votre main, mon ami... — reprit le magistrat en s'adressant au mécanicien.

— Je n'oublierai point que je vous dois la vie, et je vous demande de ne pas l'oublier non plus... — Je suis votre obligé et je me trouverais très heureux de vous payer ma dette en me mettant à votre disposition si vous aviez par hasard besoin de moi...

— C'est à mon tour, monsieur, de vous remercier pour ces bonnes paroles...
— répliqua René Moulin. — Soyez sûr que je m'en souviendrai et que, le cas échéant, j'irai vous trouver avec confiance...

Sur l'ordre du commissaire les agents sortirent du cabaret en faisant défiler entre eux les gredins qui venaient d'être mis en état d'arrestation. Naturellement il y avait foule dans la rue, l'éveil ayant été donné par les buveurs laissés libres.

Plus de deux cents personnes s'entassaient devant l'établissement du marchand de vin, et les agents avaient quelque peine à frayer un passage pour eux et pour leur gibier au milieu de cette cohue affolée de curiosité, qui voulait à toute force s'offrir le régal des figures piteuses des voleurs pris dans la souricière.

En ce moment un homme de mauvaise mine et de maigreur invraisemblable se dirigeait d'un pas rapide vers le cabaret de la *Canette d'argent*.

Cet homme s'arrêta court en voyant la masse des curieux et jeta sur cette masse un regard inquiet.

Nos lecteurs ont reconnu Jean-Jeudi, arrivant un peu tard au rendez-vous donné par Fil-en-Quatre.

En présence d'un pareil rassemblement à une heure aussi avancée il ne lui fut pas difficile de comprendre qu'il se passait quelque chose d'anormal au cabaret de la *Canette d'argent*.

— Qu'y a-t-il donc, ma petite mère? — demanda le maigre coquin à une commère pérorant au milieu d'un groupe.

La bonne femme mit ses poings sur ses hanches et répondit :

— Pardine, toujours la même chose... Une descente de police... — Depuis que le père Loupiat, ce mastroquet de malheur, est venu s'établir ici, le quartier est empoisonné de mauvaises gens, filous et voleurs, et pis encore...

XI

— Comment! — s'écria Jean-Jeudi avec un aplomb superbe, — on reçoit cette clique-là dans des endroits publics!!... — C'est révoltant, parole d'honneur!! — On expose un honnête homme, un bon travailleur, un ouvrier sans défiance, à trinquer ou à faire un cent de piquet avec un gredin, au risque d'être compromis et de se trouver mal noté sans le savoir...

— C'est ce qui a failli m'arriver tout à l'heure, camarade... — fit un jeune homme proprement vêtu, en prenant part à la conversation. — J'étais à la *Canette d'argent* où je consommais un *petit noir*, quand le commissaire est arrivé avec ses agents pour faire sa rafle... — Si je n'avais pas été un voisin, et connu de Loupiat, je risquais d'aller coucher au Dépôt... — On a beau avoir sa conscience pour soi, ça ne pose pas bien un homme.

— Je crois, moi, — dit un autre, — que dans cette affaire-là il n'est point question de voleurs...

— Et de quoi donc, alors? — demanda Jean-Jeudi.

— On parle d'un complot politique... — On assure qu'il y a en ce moment à Paris des gens venus de Londres avec une machine infernale comme du temps de Louis-Philippe, à seule fin de faire sauter le gouvernement.

— Faire sauter le gouvernement! — dit un ouvrier avec un gros rire. — Comme vous y allez, camarade! — Tout ça, c'est des cancans!... tout ça, c'est des potins de bonne femme! La boîte du père Loupiat est une souricière à filous, un vivier à coquins où la police pêche en eau trouble, et pas autre chose!... Regardez-moi un peu ces gaillards qu'on emmène... — Ça a-t-il l'air de conspirateurs?...

Et l'ouvrier désignait les gens arrêtés qui, les menottes aux poignets, commençaient à sortir du cabaret entre les agents.

Soudain Jean-Jeudi tressaillit.

Il venait de reconnaître Fil-en-Quatre, solidement ligotté, et de plus tenu par deux hommes.

— Tonnerre! — murmura-t-il, — l'animal s'est laissé pincer!... que le diable l'emporte!

Immédiatement après Fil-en-Quatre, venait l'ex-notaire, le tête basse.

— Plume-d'Oie aussi! — reprit Jean-Jeudi, — allons, le coup est manqué.

Avec une louable prudence il se dissimula dans la foule.

Il avait peur qu'un signe de reconnaissance maladroit de l'un des prisonniers ne vînt le désigner à l'attention du commissaire de police.

Les agents et leurs captures s'éloignaient, suivis par les curieux qui ricanaient et poussaient des huées.

Jean-Jeudi se trouva bientôt presque seul dans la rue déserte.

— Pas de chance! — balbutia-t-il, furieux et désappointé. — Au moment de mettre la main sur un magot superbe, — un vrai coup de fortune, — patatras! tout s'effondre! — Et ça n'est pas ma faute, je les avais prévenus, les nigauds! Je leur avais corné dans les oreilles que la *Canette d'argent*, c'était la poêle à frire! — Qu'est-ce que je vais faire, moi, à cette heure?... — Il ne me reste pas cent sous! — Comment me remplumer?

Jean-Jeudi réfléchit pendant quelques secondes, puis il releva la tête.

Le découragement empreint sur son visage avait disparu.

Ses yeux étaient brillants. — Il souriait.

— Sapristi, que je suis bête!! — reprit-il en poursuivant son monologue. — Je me demande ce que je vais faire? — Parbleu, c'est bien simple... — J'ai tous les renseignements, toutes les adresses, je tenterai le coup à moi tout seul, pas

Jean-Jeudi tressaillit : il venait de reconnaître Fil-en-Quatre solidement ligotté..

plus tard que cette nuit, et si je réussis, ce qui est bien possible, car je suis un malin, j'irai rue de la Reynie, numéro 17, retirer les malles de Plume-d'Oie en payant son propriétaire, et chercher les paperasses dont l'ex-notaire a parlé et qui vaudront des mille et des cents entre les mains d'un homme habile... — Les autres sont sous clef... ils y restetont un bon bout de temps, et la grenouille entière sera pour Bibi !... — Décidément j'aurais grand tort de prendre la chose au tragique... — J'ai mon diamant de vitrier, ma boule de poix, un eustache

bien affilé... — je suppléerai au reste comme je pourrai... — Il est encore trop
tôt pour aller flâner rue de Berlin... — Rien ne m'empêche d'entrer chez Loupiat... — La police ne fait jamais deux rafles de suite, et je pourrai casser une
croûte et boire un coup en toute tranquillité...

Jean-Jeudi franchit d'un pas délibéré le seuil de la *Canette d'argent*.

Le cabaret était à peu près désert.

Il ne s'y trouvait que le propriétaire, sa femme, et René Moulin, car le commissionnaire employé par ce dernier venait de partir.

— Bonjour, la compagnie... — dit Jean-Jeudi en saluant avec une politesse
raffinée. — Une *chopine*, s'il vous plaît...

La mère Loupiat remplit la chopine demandée qu'un garçon plaça sur la
table voisine de celle où son mari et le mécanicien avaient repris place vis-à-
vis l'un de l'autre.

— C'est tout ce qu'il vous faut? — demanda le garçon.

— Je voudrais avoir, si ça se peut, un morceau de fromage et deux sous de
pain.

— Ça se peut très bien... — C'est-il du brie ou du gruyère que vous voulez?

— Oh! ça m'est égal... n'importe lequel... — Je suis sobre par tempérament
et je n'aime pas boire sans manger...

Le garçon apporta le pain et le fromage.

Jean-Jeudi se tourna vers Loupiat.

— Tout à l'heure, — lui dit-il, — la rue était noire de monde... — Qu'est-ce
qu'il y a donc eu chez vous? — Une batterie?...

— Non, — répliqua le cabaretier, — des arrestations...

— Tiens... tiens... des voleurs sans doute?...

— Oui, une bande de vauriens... et même celui qui semblait être le chef, et
que j'ai entendu nommer *Fil-en-Quatre*, a voulu jouer du couteau sur le commissaire.

— Pas possible!...

— C'est pourtant comme ça...

— En voilà un gredin! — s'écria Jean-Jeudi avec conviction. — On va
l'expédier à Brest ou à Toulon, bien sûr, et il n'aura que ce qu'il mérite! —
Un commissaire dans l'exercice de ses fonctions, c'est sacré! — Moi, je respecte
les commissaires et je vénère les agents de police! — S'il n'y en avait pas,
qu'est-ce que deviendraient les honnêtes gens?... — On ferait bien de mettre
la main sur tous les filous de la capitale... — Paris n'est plus sûr, parole
sacrée!... — On n'ose pas sortir le soir quand on a sur soi des valeurs... — On
risque d'être dévalisé à chaque pas... — C'est effrayant...

En disant ce qui précède Jean-Joudi mangeait d'un grand appétit son pain et
son fromage.

Il se versa à boire.

— A votre bonne santé, messieurs... — fit-il.

— A la vôtre... — répondit le père Loupiat à qui ce nouveau client, de mine médiocre, il est vrai, mais très poli et beau parleur, ne déplaisait pas.

— Fameux, votre petit bleu... — s'écria Jean-Jeudi, après avoir bu.

— C'est un joli Suresnes... — répliqua le cabaretier flatté, — il est jeune, mais il est franc... — Il me semble que je vous ai déjà vu... — ajouta-t-il. — Est-ce que vous êtes du quartier?...

— Non, monsieur, mais j'y viens souvent, et j'ai déjà eu l'occasion d'entrer dans votre établissement dont j'ai remarqué la bonne tenue. Je suis employé aux courses chez un grand quincaillier de la rue Saint-Antoine, et on m'envoie de temps en temps porter des paquets à Clichy et aux Batignolles...

— Ce n'est pas tout près...

— Fichtre non!... Aussi ça fait soif.

Jean-Jeudi se mit à tousser.

— Saperlotte! — reprit-il, — voilà que je m'étrangle et ma chopine est vide... — Donnez-m'en vite une autre...

— Ne vous étranglez pas, — dit René en prenant la bouteille placée devant lui, et en remplissant le verre de Jean-Jeudi. — Buvez ça en attendant qu'on vous serve...

— Merci, monsieur... C'est un velours... du vrai chablis, je m'y connais... — Eh bien! au lieu de la chopine, qu'on m'en donne une bouteille, ça me procurera l'avantage de vous rendre votre politesse...

— Ah! c'est bien inutile... — fit le mécanicien en riant.

— J'y tiens, monsieur, et vous ne voudriez pas me désobliger en refusant un verre de chablis...

— Soit... — Mais rien qu'un... — Il faut que je me sauve... — Je demeure loin d'ici.

— Où es-tu descendu? — demanda Loupiat.

— A l'hôtel du *Plat-d'Étain*, rue Saint-Martin, et il y a loin...

— Bon... nous ne te retiendrons pas... — Je vais chercher moi-même la bouteille de monsieur...

Et le cabaretier quitta son siège.

— Paraîtrait que vous n'habitez point Paris... — dit Jean-Jeudi à René.

— Non, et j'ai passé dix-neuf ans sans y mettre le pied, quoique je sois Parisien pur sang...

— Vous étiez en province?...

— Non... à l'étranger... en Angleterre...

— A Londres, sans doute?

— Non, à Portsmouth.

— Mais vous êtes allé à Londres?

— Cinq ou six fois...

— Vous y avez des camarades?

— Fort peu... Trois ou quatre collègues, car il faut vous dire que je suis mécanicien de mon état...

— Une belle partie, où l'ouvrier gagne beaucoup quand il est habile... — J'ai toujours eu envie de voir l'Angleterre, mais vous comprenez, pas moyen, faute de monnaie pour payer le voyage... — Je connais quelqu'un qui habitait Londres et qui a travaillé pour un personnage très cossu, nommé Dick Thorn...

— Dick Thorn... — répéta René Moulin.

— Vous en avez entendu parler, peut-être?

— Il me semble que ce nom ne m'est pas inconnu...

— Ça n'aurait rien d'étonnant, puisqu'il s'agit d'un millionnaire...

— Je cherche où je l'ai entendu... — Ah! je me souviens... C'est dans l'hôtel où je suis descendu à Londres la veille de mon départ pour la France... — Un motif particulier me donnait le désir de savoir quelles personnes avaient habité avant moi le logement que j'occupais... — Je demandai communication du registre de l'hôtel... — Les personnes qui m'avaient précédé se nommaient mistress et miss Dick Thorn... — Voilà pourquoi ce nom m'a frappé...

X

Jean-Jeudi écoutait son interlocuteur avec une curiosité manifeste, quoique rien de ce qu'il entendait ne vînt confirmer ou démentir les renseignements donnés par Fil-en-Quatre.

Une phrase de René Moulin le frappait et l'intriguait, celle-ci : — « Un motif particulier me donnait le désir de savoir quelles personnes avaient habité avant moi le logement que j'occupais. »

— Que signifie cela? — se demandait Jean-Jeudi. — Ce bonhomme serait-il un mouchard? — il n'en a pas l'air... — En tout cas, c'est assez causé...

Loupiat était revenu s'asseoir. — La bouteille était bue.

Jean-Jeudi se leva.

— Combien vous dois-je? — demanda-t-il.

— Une chopine, deux sous de pain, deux sous de fromage... total douze sous...

— Et la bouteille que vous oubliez...

— C'est moi qui paye... — dit René.

— Ah! mais non! — s'écria Jean-Jeudi. — J'ai offert, je veux payer... — Je ne suis pas bien riche, c'est vrai, mais je sais vivre, et d'ailleurs inutile d'économiser... — Le moment n'est pas loin peut-être où j'aurai le gousset bigrement bien garni et où je lâcherai la quincaillerie...

— Vous attendez un héritage? — demanda Loupiat en riant.

— Ça vous paraît cocasse, et c'est cependant positif, ou à peu près... — Ma fortune dépend de bien peu de chose... — Une femme à trouver... ou plutôt à retrouver, et me voilà riche...

René Moulin dressa l'oreille.

— Une femme?... — répéta-t-il.

— Une femme que je n'ai pas vue depuis vingt ans... oui, camarade... c'est la pure vérité...

— Depuis vingt ans! — s'écria René Moulin, de plus en plus surpris et intrigué.

— C'est comme j'ai l'avantage de vous le dire... — Que diable trouvez-vous d'étonnant à cela?...

— Une étrange similitude de position entre vous et moi...

— Est-ce que, par hasard, de votre côté, vous cherchez quelqu'un?...

— Oui.

— Une femme aussi?

— Une femme que, comme vous, j'ai perdue de vue depuis bien des années...

— Ah! ah! -- Tiens, c'est drôle, en effet. Mais il n'y a guère de chance que ce soit la même.

— Comment s'appelle la personne dont vous avez perdu la trace? — demanda le mécanicien.

— Ça serait difficile à vous dire, — répliqua Jean-Jeudi.

— Pourquoi?

— Je n'ai jamais su son nom.

— Allons donc! vous plaisantez!

— Pas du tout!... — Ça a l'air d'une blague et pourtant ça n'en est pas une... — Pour retrouver la paroissienne en question il faut que je la rencontre et que je la reconnaisse... — Ah! c'est toute une histoire... une histoire de famille... et, vous savez, les histoires de famille, ça cache souvent des secrets qu'il est prudent de garder pour soi... Aussi, je n'en dirai pas plus long...

— Et vous ferez bien... — murmura René convaincu par la réflexion que ses recherches et celles de son compagnon de hasard ne pouvaient avoir un même but.

Nos lecteurs savent déjà qu'il se trompait à moitié et qu'un lien sinistre unissait Claudia Varni à la veuve du supplicié.

— Allons, au plaisir de vous revoir... — dit le voleur émérite en se levant. -- Vous avez l'air d'un bon garçon... — Quand je reviendrai dans le quartier je serai content de vous retrouver ici pour trinquer avec vous et, si jamais je touche mon fameux héritage, je vous payerai un déjeuner qui se portera bien...

Il était en ce moment un peu plus de minuit.

Jean-Jeudi paya sa dépense, quitta le cabaret, descendit du côté de la rue de Clichy, gagna la rue d'Amsterdam et arriva rue de Berlin.

Celle-ci, à l'époque où se passaient les faits que nous racontons, n'était pas telle qu'on la voit aujourd'hui.

Huit ou dix maisons seulement s'échelonnaient de distance en distance, isolées les unes des autres par des terrains vagues entourés de palissades.

Les rôdeurs de barrières, les coquins sans domicile, avaient l'habitude de s'ouvrir un passage en déclouant une planche qu'ils replaçaient ensuite, et campaient la nuit dans les terrains vagues où les rafles de la police avaient peu de chance de réussite.

L'hôtel loué par mistress Dick Thorn se trouvait entre deux enclos qu'encombraient d'énormes pierres de taille destinées à des constructions futures.

Un enclos pareil s'étendait par derrière, séparé de la cour par un petit mur d'une hauteur d'environ neuf pieds.

Jean-Jeudi n'avait point oublié le numéro donné par Fil-en-Quatre.

Il fit halte en face de l'élégante construction, et il en examina attentivement la façade.

Toutes les fenêtres étaient closes. — Aucune lueur, pas même celle d'une veilleuse, ne filtrait à travers les persiennes.

--— Hum ! — murmura le bandit, — on jurerait qu'il fait noir là-dedans comme dans un four, mais il ne faudrait nullement s'y fier... — Dans les maisons riches il y a des volets intérieurs, ou des doubles rideaux très épais, et la lumière que je ne vois point pourrait fort bien briller incognito... — Faut de la prudence... — Il s'agit d'étudier maintenant l'envers du logis, mais je ne voudrais pas escalader les palissades... On y risque sa peau et je tiens à la mienne, n'en ayant aucune autre de rechange... — Si je pouvais trouver une planche facile à déclouer, ça ferait bien mon affaire...

Jean-Jeudi alluma sa pipe et, se donnant des allures de flâneur, marcha lentement le long des palissades qui fermaient les chantiers dont nous avons parlé, tâtant les planches au passage dans l'espoir que l'une d'elles, moins bien assujettie que les autres, fléchirait sous la pression de la main.

A droite et à gauche de l'hôtel ses résultats furent négatifs... — la clôture était solide.

Le voleur tourna l'angle d'une rue nouvellement percée et longeant les terrains situés derrière l'hôtel.

Là, tout devenait sombre et lugubre.

Pas de maisons ; — pas de becs de gaz ; — pas de trottoirs.

Une boue gluante, des ornières profondes creusées par les roues des fardiers chargés de matériaux.

A droite et à gauche, des chantiers.

— Saperlotte! — se dit Jean-Jeudi. — Aucun risque que les patrouilles se promènent dans ce *margouillis...* — Si je ne me trouve pas d'ouverture de ce côté-ci, je pourrai sans crainte me permettre l'escalade...

Et il suivit la clôture.

Tout à coup il s'arrêta.

Les palissades étaient remplacées par une muraille.

— Inutile d'aller plus loin... — pensa le maigre coquin. — Point d'ouvertures... — Il faut enjamber... — Allons-y!

Il éteignit sa pipe, la mit dans sa poche, s'éleva à la force des poignets avec une vigueur et une précision de gymnaste jusqu'à la traverse qui reliait les planches entre elles, et bientôt il fut de l'autre côté sur un terrain solide encombré de hautes herbes.

Rien ne lui fut si facile que de s'orienter. — Il se trouvait juste en face des derrières de l'hôtel habité par mistress Dick Thorn.

A sa droite des blocs énormes, des cubes gigantesques d'une blancheur crayeuse, attendaient le marteau du tailleur de pierre.

A sa gauche se trouvait un hangar.

— Pourvu qu'il n'y ait personne là-dedans... — murmura le bandit, — il faut s'en assurer...

Il se coula entre les blocs de pierre, ayant grand soin de s'effacer dans l'ombre pour éviter d'être aperçu si le hasard voulait que le hangar servit d'asile ou de cachette à quelqu'un.

En moins de deux minutes il arriva sans encombre à son but.

Sous la construction légère et provisoire se trouvaient des amas de planches, des perches d'échafaudage, des échelles, des cordes, des tombereaux, des brouettes, des outils de toutes sortes, pelles, pioches, leviers, pinces, scies, etc...

Jean-Jeudi passa rapidement l'inspection de toutes ces choses et fureta dans les moindres coins afin de s'assurer qu'aucun rôdeur ne s'y trouvait endormi ou aux aguets.

Ces recherches minutieuses lui donnèrent à cet égard une sécurité complète.

Il quitta le hangar après l'avoir exploré et se dirigea vers le mur qui fermait la cour de l'hôtel.

Les fenêtres, de ce côté, n'étaient garnies ni de volets, ni de persiennes. — Aucune ne se trouvait éclairée.

— La besogne, — se dit le voleur, — ne me semble pas bien difficile, mais le mur est trop haut pour mes petits talents gymnastiques... — Je me casserais les reins en tentant l'aventure; en outre, une fois de l'autre côté, je ne pourrais peut-être pas remonter et je serais pincé comme un rat dans une ratière... — heureusement que j'ai sous la main des échelles à bouche que veux-tu !! — C'est une veine carabinée !

Jean-Jeudi retourna au hangar.

Il choisit, parmi plusieurs échelles de maçons, la moins longue, la plus légère, et la plaçant sur son épaule, il revint auprès du mur contre lequel il l'appuya sans bruit.

Avant de gravir le premier échelon il tâta ses poches afin de s'assurer qu'il n'avait perdu ni son diamant de vitrier, ni sa boule de poix, ni le couteau à lame épaisse et bien effilée qu'il appelait son *eustache* et dont il comptait ne faire usage qu'en cas de stricte nécessité, c'est-à-dire si l'une des femmes se réveillait et criait à l'aide.

Lorsqu'il eut constaté que rien ne lui manquait, il ajouta mentalement, en se grattant la tête :

— C'est très bien, mais c'est insuffisant... — Il me faudrait ouvrir les meubles, et je n'ai pas un seul rossignol... — Je comptais sur Fil-en-Quatre ! — Impossible cependant de crocheter une armoire ou un bureau avec mes doigts ! — Voyons un peu si je ne trouverai pas là-bas quelque chose...

Il reprit pour la troisième fois le chemin du hangar.

Le ciel s'était couvert depuis un instant. — De gros nuages cachaient la lune et rendaient les ténèbres opaques.

Jean-Jeudi mit la main en tâtonnant sur des pinces, mais elles étaient trop grosses, trop lourdes surtout, et l'obscurité ne permettait point d'examiner les petits objets.

Le bandit eut une inspiration.

XI

Il se dirigea vers un des tombereaux qui dormaient, les brancards en l'air. — Ils étaient munis de lanternes. — Il en retira une de la douille qui la soutenait, l'ouvrit, s'assura qu'elle contenait un godet à huile et une mèche, fit craquer une allumette et mit le feu à la mèche.

Alors, cachant à demi la lanterne sous sa casquette, il lui devint possible, grâce à la faible lueur qui s'échappait des vitres crasseuses et mouchetées de boue, de chercher sous le hangar ce qu'il désirait.

Soudain il tressaillit en se trouvant en face d'une petite forge portative comme on en voit souvent dans les chantiers de construction.

Cette forge était garnie de ses ustensiles, tenailles, pinces, ciseaux, limes de toute espèce, marteaux et crochets.

Il enjamba le rebord et se laissa glisser à l'intérieur; retenant sa respiration, il prêta l'oreille.

Il prit une lime et deux ou trois crochets, éteignit le lumignon fumeux et regagna son échelle.

— Tout ceci est de fameux augure ! — pensait-il, — je réussirai...

En une seconde il fut assis sur le chaperon de la muraille.

Les nuages s'étaient écartés. — Un rayon de lune lui montra sous ses pieds le toit d'une petite bâtisse pouvant servir de volière et arrivant juste à moitié de la hauteur du mur.

— Bon ! — se dit le voleur nocturne, — voilà qui vaut un grand escalier...
— Ça m'évitera de passer l'échelle de l'autre côté...

Il se laissa glisser sur le toit et atteignit avec la plus grande facilité les
pavés de la cour.

Pendant un instant il prêta l'oreille. — Les bruits de Paris expiraient dans
le lointain. — Autour de lui, tout était silencieux.

L'*affaire* s'annonçait à merveille. — L'escalade avait réussi. — Il s'agissait
maintenant de mener à bien l'effraction d'une porte ou d'une fenêtre.

Au rez-de-chaussée de l'hôtel, à côté de la voûte servant à l'entrée des voitures, se trouvaient une porte et trois fenêtres.

— La porte, — se dit Jean-Jeudi, — il n'y faut pas penser, à moins qu'on
ait oublié de la fermer à clef hier au soir, ce qui n'est guère probable...

Il posa la main sur le bouton et essaya de le faire tourner, mais sans
résultat.

— J'en étais sûr, — poursuivit-il. — Heureusement j'ai mes petits instruments et la manière de s'en servir ; mais c'est égal, il faut avoir bigrement
besoin de se remplumer, et un fameux toupet pour entrer tout seul dans une
maison où il y a quatre femmes... Il n'y en avait qu'une à Neuilly, en 1837, et
j'ai été roulé tout de même... — Tonnerre du diable ! la rude gaillarde... — le
pistolet, le poison, tout lui était bon... — Enfin, il ne s'agit pas de réfléchir...
— Quand il y a chance de mettre la main sur un magot de gros calibre, on peut
risquer sa peau... — Quelle fenêtre attaquer ? — Il y en a trois... — Bah ! la
première venue... »

Le bandit s'approcha d'une croisée, fit sonner légèrement la vitre sous son
ongle et murmura :

— Bigre ! du verre double ! on n'épargne rien aujourd'hui !... — Trop consciencieux, les entrepreneurs !... — Je vais avoir du mal...

Jean-Jeudi tira de sa poche son diamant de vitrier et une boîte de fer-blanc
ronde, contenant une boule noire grosse comme un œuf.

Il échauffa cette boule de son haleine et la roula dans ses mains, de façon à
rendre peu à peu la poix malléable et fortement adhérente.

Appuyant alors son diamant contre la vitre il se mit en devoir de pratiquer
une incision circulaire large comme le fond d'un chapeau.

Le voleur ne se pressait pas. — Il agissait à la façon d'un honnête ouvrier
travaillant au grand jour.

Son incision achevée, il reprit sa boule de poix, l'échauffa de nouveau entre
ses mains et l'appliqua au point central du cercle qu'il venait de tracer.

Après s'être assuré que l'adhérence était suffisante, il fit sur le verre une
pesée lente et forte. — On entendit un petit craquement sec, semblable à celui
que produit le ressort d'un pistolet qu'on arme.

Le morceau de verre venait de céder.

Jean-Jeudi l'attira, grâce à la boule gluante qui jouait le rôle du bouton d'un couvercle, le posa sur le rebord de la fenêtre, détacha la poix, la réintégra dans la boîte en fer-blanc, et se dit en souriant avec un légitime orgueil, en même temps qu'avec la sérénité pure du devoir accompli :

— Bravo, ma vieille ! — Voilà ce qui s'appelle travailler promptement. — A cette heure il ne s'agit plus que d'ouvrir la fenêtre...

Il glissa son bras dans le trou rond, plia le coude, chercha et trouva le bouton mobile remplaçant l'espagnolette démodée, le mit en mouvement, et la fenêtre tourna sans bruit sur ses gonds.

Immobile et retenant sa respiration Jean-Jeudi prêta l'oreille.

Tout était silencieux dans l'hôtel.

Il enjamba le rebord et se laissa glisser à l'intérieur.

— Où suis-je ici ? — se demanda le voleur qu'enveloppaient des ténèbres opaques. — Je n'y vois goutte... — Méfiance !... — Je n'aurais qu'à heurter quelque chose, et patatras ! !

La flamme éphémère d'une allumette lui permit de jeter un regard autour de lui.

Il était dans la cuisine.

Un bougeoir posé sur la cheminée attira son attention. — Il le prit et alluma la bougie qu'il contenait.

— Maintenant, — poursuivit-il, — soyons prudent.

La prudence, en ce moment, consistait pour lui à se déchausser. — Il ôta ses souliers, les plaça près de la fenêtre et murmura :

— Me voilà prêt... — En avant, et au petit bonheur !

Le bougeoir à la main il se dirigea vers la porte de la cuisine, l'ouvrit, traversa un office, ouvrit une nouvelle porte et franchit le seuil d'une salle à manger meublée avec luxe.

— Il doit y avoir de l'argenterie dans les tiroirs... — pensa le misérable. — En toute autre circonstance on pourrait s'en contenter, mais aujourd'hui c'est les papiers Garat qu'il me faut... — Où sont-ils ?... — Pas ici, certainement, puisque Fil-en-Quatre a dit que la dame avait déballé son sac à malice dans une chambre du premier étage... Où diable prend-on l'escalier ?

Jean-Jeudi, promenant ses yeux à droite et à gauche, compta trois portes à deux battants.

Il en ouvrit une au hasard et pénétra dans un large vestibule fermé par des vitrages.

Au fond de ce vestibule se trouvait l'escalier dont un épais tapis de moquette rouge couvrait les marches.

— Voilà mon affaire, — murmura le voleur, — je vais présentement pousser là-haut une petite reconnaissance.

Non sans des précautions infinies il gravit les degrés.

En atteignant le palier du premier étage, il vit en face de lui plusieurs portes.

Comme au rez-de-chaussée il lui fallait s'en rapporter au hasard pour choisir celle qui devait le conduire à son but.

Déjà il portait la main sur la serrure de l'une d'elles quand il s'arrêta, frissonnant, pour écouter.

Un léger bruit, — il le croyait du moins, — se faisait entendre dans la pièce voisine.

Jean-Jeudi tira son couteau, l'ouvrit, et appliqua son oreille contre un panneau.

Pendant quelques secondes il écouta avec une attention profonde qui n'était par exempte de terreur.

Le bruit ne se renouvela point.

— J'ai rêvé... — se dit le gredin, puis, mettant son couteau entre ses dents, il fit jouer le pêne dans la gâche. — La porte tourna sur ses gonds, laissant libre l'entrée du petit salon où le matin de ce même jour mistress Dick Thorn avait fait placer les tableaux arrivés de Londres, son portrait en pied et celui de feu son mari.

Ce petit salon, — nous devons le rappeler à nos lecteurs, — touchait au boudoir où mistress Dick Thorn avait serré ses papiers de famille, et les liasses de billets de banque constituant les débris de sa fortune, dans un bureau d'ébène incrusté de cuivre et d'ivoire.

Ce boudoir lui-même séparait le salon de la chambre à coucher. — La porte de communication était close.

Rassuré par le silence profond, Jean-Jeudi promena autour de lui un coup d'œil rapide et fut comme ébloui par la richesse de l'ameublement.

— Saperlipopette ! — grommela-t-il en remettant dans sa poche son couteau tout ouvert, — c'est un peu reluisant, ici ! — Tout soie et dorures ! — Sont-ils assez veinards, ces riches, de pouvoir se payer des mobiliers pareils !... — — Si je repince jamais mes deux brigands de Neuilly, je veux me loger dans ce chic-là !... — Je ne me refuserai rien !... — Canapés, fauteuils, tapis, lustres, candélabres, pendules en vrai argent et tableaux peints à l'huile, je m'offrirai tout !...

En disant ce qui précède Jean-Jeudi se servait de sa main droite en guise de réflecteur et dirigeait la lumière de son bougeoir, d'abord sur le portrait de feu Dick Thorn, puis sur celui de la belle veuve.

A peine avait-il regardé ce dernier tableau qu'il recula terrifié et que le bougeoir vacilla dans sa main.

Cette figure de femme, qui dans la pénombre avait l'air vivant et dont les regards semblaient se fixer sur lui, prenait à ses yeux quelque chose de fantastique et de surnaturel.

Un immense effroi le dominait ; une sueur froide mouillait la racine de ses cheveux.

— Tonnerre du diable !... — murmura-t-il en passant son mouchoir sur son front, — je ne me trompe point... je suis bien éveillé et je ne suis pas ivre... Cette figure, je la connais... Cette femme, c'est la femme qui m'a mis un couteau dans la main et qui m'a dit : — *Tue !* — et qui a cru me tuer ensuite ! C'est l'empoisonneuse de Neuilly ! !

Un frisson passait sur sa chair. — Il tremblait de tout son corps, et pendant un instant son unique pensée fut de battre en retraite.

Au bout de quelques secondes cependant il reprit un peu d'aplomb, sinon de courage, et élevant de nouveau sa bougie il se rapprocha du portrait afin de l'examiner mieux.

XII

— Ah ! — poursuivit-il, — c'est bien elle, — impossible de garder l'ombre d'un doute... — Voilà sa figure pâle, ses yeux noirs, son regard perçant, ses lèvres rouges, ses cheveux d'un noir bleu... — On croirait qu'elle va parler... — Ah ça ! mais où suis-je donc ici et chez qui ?... — Fil-en-Quatre a nommé mistress Dick Thorn... une Anglaise... — L'homme que voilà, son mari sans doute, n'est pas l'homme que j'ai vu là-bas et dont je me souviens... — Qui était-il, cet homme ?... — le frère du duc de La Tour-Vaudieu, peut-être... — Je m'y perds... — Le hasard m'aurait-il conduit juste chez l'empoisonneuse que je cherche depuis vingt ans ?... — Non... non... c'est impossible !... — Mistress Dick Thorn a loué certainement cet hôtel tout meublé... Ces tableaux s'y trouvaient sans doute... et d'ailleurs il y a des gens qui se ressemblent tant qu'on ne peut les distinguer l'un de l'autre... c'est connu... c'est dans l'histoire, témoin Lesurques et le Courrier de Lyon. — Si c'était elle, pourtant... — Si c'était elle... — Oh ! je le saurai, et alors...

Jean-Jeudi, sans achever sa phrase, fit un geste menaçant, puis il continua:

— Si c'était elle, ça n'est pas sa mort immédiate que je voudrais... sa mort par un coup de couteau... Non... non... Ce serait fait trop vite... Il me faudrait mieux que cela... Il me faudrait toute sa fortune d'abord, et ensuite tout son sang goutte à goutte... — Ah ! oui, je saurai si c'est elle, mais plus tard... — à présent il faut être calme et tâcher de mener à bonne fin ce que je suis venu faire ici.

Le bandit se calma en effet, poursuivit ses investigations et s'assura bien vite que le petit salon ne renfermait pas un seul de ces meubles auxquels il est prudent de confier la garde d'une grosse somme.

Donc il fallait chercher ailleurs.

Jean-Jeudi se dirigea vers la porte conduisant au boudoir, l'ouvrit et la repoussa derrière lui, mais sans la refermer.

— Ah! ah! — se dit-il en voyant le bureau dont un tiroir contenait les billets de banque et les papiers de mistress Dick Thorn, — voici un meuble qui pourrait bien servir de coffre-fort à une jolie femme... — l'oiseau est coquet, reste à savoir s'il est truffé, et je vais m'en assurer au plus vite.

En même temps il s'approchait du bureau et l'examinait avec une attention d'ébéniste connaisseur et de voleur émérite.

— Tonnerre du diable! — murmura-t-il avec une moue significative, quand son examen fut achevé. — Mauvaise affaire!! — Une serrure de sûreté!... Mes crochets n'entreront jamais là-dedans, et je n'ai rien pour opérer une pesée sur la tablette!! — Saperlipopette, est-ce que je ferais chou blanc? Est-ce que je serais contraint de m'en aller les mains vides quand trois ou quatre centimètres d'épaisseur de bois me séparent des billets de banque, car ils sont là-dedans, je le sens!! — Ah! malheur!... ça serait trop bête!! — Comment m'y prendre?

Le bandit se retourna et fit le tour du boudoir, cherchant quelque objet de nature à faciliter l'effraction.

Un coussin de velours posé sur le tapis le fit trébucher.

Il ne tomba point, mais dans son mouvement maladroit il heurta un fauteuil et se dit en s'arrêtant :

— Animal bête! Je fais du bruit à réveiller les morts!

A peine achevait-il mentalement cette phrase, qu'une voix s'élevant dans la chambre voisine demanda :

— Qui donc est là?... — Olivia, est-ce toi?...

— Sacrebleu! — pensa le voleur, — je vais avoir la mère sur les bras!...

Presque en même temps un pas léger retentit derrière la porte.

Le temps manquait pour la fuite.

Jean-Jeudi éteignit sa bougie, se jeta sous un grand canapé qui se trouvait à côté de lui et dont les effilés tombaient presque jusqu'à terre, retint son souffle et comprima les battements de son cœur.

A peine était-il caché que la porte s'ouvrit.

Mistress Dick Thorn parut sur le seuil, enveloppée dans un long peignoir blanc, ses splendides cheveux noirs inondant ses épaules.

De la main gauche elle tenait un flambeau, et de la main droite un mignon révolver à crosse d'ébène.

Elle promena un long regard autour du boudoir, le traversa, ouvrit tout à fait la porte entre-bâillée du petit salon et examina l'intérieur de cette dernière pièce.

— J'avais entendu quelque chose, certainement... — dit-elle presque à haute voix. — Ce n'était rien de suspect... — un meuble aura craqué...

Elle revint sur ses pas, s'arrêta pendant une ou deux secondes, les yeux fixés sur le bureau d'ébène, puis elle rentra dans sa chambre où elle s'enferma.

A travers les effilés de soie, Jean-Jeudi avait pu contempler le visage de la belle veuve et ne pas perdre de vue un seul de ses mouvements.

Il était pâle comme un mort.

Dès que mistress Dick Thorn eut disparu, le bandit quitta sa cachette et, rampant à plat ventre sur le tapis avec des précautions infinies, pour éviter quelque nouveau choc qui trahirait sa présence d'une façon définitive, il atteignit la porte du petit salon et se mit debout pour l'ouvrir car Claudia l'avait refermée.

Une fois dans ce salon il ralluma sa bougie et, après avoir jeté un coup d'œil au portrait de femme, il descendit l'escalier, traversa le vestibule, la salle à manger, l'office, et se retrouva dans la cuisine où il avait laissé ses souliers qu'il s'empressa de chausser.

Ceci fait, il éteignit la lumière, remit le bougeoir sur la cheminée, enjamba la fenêtre, la referma consciencieusement en passant son bras par le trou de la vitre, grimpa sur le toit de la volière, escalada le mur, se laissa glisser dans le terrain servant de chantier, reporta l'échelle sous le hangar puis, ces diverses besognes achevées, s'assit sur une pierre, s'essuya le front et monologua ainsi qu'il en avait l'habitude.

— Ah! — se dit-il, — le portrait ne me trompait pas! — C'est elle... c'est bien elle... à peine changée depuis vingt ans, et presque aussi belle qu'autrefois... — Un révolver a remplacé dans sa main le pistolet de Neuilly... Voilà la seule différence... — J'aurais pu tout à l'heure la frapper d'un coup de couteau entre les épaules quand elle me tournait le dos... — Elle serait tombée raide morte, sans pousser un cri, me laissant libre de forcer en paix le meuble aux billets... Mais il me faut mieux que cela! — J'ai retrouvé mon empoisonneuse... — Elle est riche... — Je veux une fortune et je veux la vengeance!...

Jean-Jeudi, rafraîchi par la brise nocturne, quitta son siège improvisé, franchit la palissade et prit la direction de la rue Saint-Lazare.

Vers trois heures du matin il rentrait dans son gîte rue des Vinaigriers.

*
* *

René Moulin, le contre-maître mécanicien revenu de Londres, s'était, nous le savons, donné la tâche de retrouver la famille de Paul Leroyer, son ancien protecteur. — L'un de ses émissaires, après avoir suivi sans résultat plusieurs pistes, était venu lui rendre compte de ses dernières démarches au cabaret de la *Canette d'argent*, et s'y trouvait en sa compagnie au moment de la descente de police si funeste à Fil-en-Quatre et à l'ex-notaire.

Les renseignements acquis lui permettaient d'affirmer à peu près à coup sûr que la veuve du supplicié avait changé de nom, puisque le fils et la fille de la prétendue Mme Monestier s'appelaient Abel et Berthe, comme les deux enfants d'Angèle Leroyer.

Le lendemain matin, — (ainsi que cela avait été convenu la veille), — le commissionnaire vint prendre René à l'hôtel du *Plat-d'Étain*, et tous deux se rendirent à la maison où ils espéraient trouver de nouveaux indices.

Le concierge de cette maison se mit avec beaucoup de complaisance à la disposition du mécanicien et répondit de son mieux à ses questions multiples.

De ces réponses résulta non plus la probabilité, mais la certitude, que Mme Monestier et Mme Leroyer ne formaient qu'une seule et même personne, mais par malheur cette personne avait déménagé depuis quinze mois, sans donner sa nouvelle adresse...

Tonte trace disparaissait donc... — la piste était perdue... — le fil conducteur se brisait.

Désolé, mais non découragé cependant, le mécanicien se demanda ce qu'il devait faire.

Disons tout de suite que ses recherches persistantes avaient un double motif.

Il voulait retrouver Mme Leroyer, d'abord pour lui témoigner sa reconnaissance impérissable et lui venir en aide au besoin, si, — chose trop vraisemblable, — sa situation était difficile. — Il le voulait ensuite et surtout pour lui communiquer une découverte qu'il venait de faire à Londres, et grâce à laquelle il espérait rendre un jour l'honneur à la mémoire du supplicié.

En conséqnence René Moulin résolut d'employer le moyen suprême auquel nous l'avons entendu faire allusion dans son entretien avec Loupiat, au cabaret de la ruelle des Acacias.

Le lendemain du jour où sa dernière démarche aboutissait à un résultat négatif, il quitta de bonne heure l'hôtel du *Plat-d'Étain* et se rendit au cimetière Montparnasse.

Il allait chercher la tombe de son ancien patron.

Angèle Leroyer, — il n'en doutait pas, — devait venir comme autrefois prier sur cette tombe, et il espérait l'y rencontrer.

Mais depuis tant d'années l'aménagement du cimetière avait subi des modifications profondes. — Les terrains avaient été bouleversés. — Les arbustes étaient devenus des arbres dont l'ombre s'étendait sur les marbres funéraires, et des avenues remplaçaient les sentiers de l'enceinte agrandie.

Après avoir pendant deux heures parcouru le cimetière dans tous les sens, le mécanicien ne retrouva point l'humble mausolée de Paul Leroyer.

— Il doit exister encore, cependant... — se disait René Moulin. — On avait acheté une concession à perpétuité, j'en suis certain, lorsque la justice rendit le corps à la famille qui le réclamait... Je ne puis croire que la veuve ait négligé cette tombe et la laisse ensevelie sous les ronces comme tant d'autres dont l'as-

A peine était-il caché que la porte s'ouvrit, mistress Dick-Thorn parut, un révolver à la main.

pect m'a serré le cœur... La noble femme ne peut avoir oublié le martyr qu'elle a tant aimé! — J'ai tout exploré cependant, je ne trouve rien... — Il ne me reste qu'une ressource, c'est de m'adresser au conservateur...

Et le mécanicien se dirigea vers le bâtiment où sont situés les bureaux de ce fonctionnaire.

Nous allons l'y précéder de quelques instants.

XIII

Tandis qu'il se livrait à de vaines recherches, un coupé noir très simple, mais dont la couronne ducale surmontait les armoiries et dont l'attelage valait au bas mot vingt mille francs, avait fait halte devant la grille du cimetière.

Un homme de cinquante-cinq à cinquante-six ans, en grand deuil, descendit de ce coupé et franchit le seuil du champ de repos.

Ce personnage était de haute taille et de tournure aristocratique.

Ses traits fortement accusés et d'une irréprochable correction, quoiqu'un peu durs, offraient ce cachet patricien qui décèle à première vue l'homme de race, et cependant son visage, malgré sa régularité et sa distinction, n'était point de ceux qui commandent la symphathie, il s'en fallait beaucoup.

Le nez de forme busquée faisait penser au bec d'un oiseau de proie. — Les yeux d'un bleu presque gris offraient une insupportable expression de morgue. — Le crâne dépouillé luisait comme du vieil ivoire. — De rares cheveux d'une blancheur d'argent formaient une couronne monacale au front rayé de rides profondes et pressées.

Un cercle de bistre estompait le rebord des paupières et tranchait sur la pâleur bilieuse du visage.

La bouche bien dessinée avait par instants un sourire à la fois moqueur et cruel.

Ou le visiteur qui nous occupe avait beaucoup souffert, ou il avait usé sans mesure de tous les plaisirs.

La seconde de ces deux suppositions était la plus vraisemblable.

Il entra dans les bureaux et salua légèrement un employé qui vint à sa rencontre.

— Monsieur, — dit-il à cet employé, — je viens régler divers comptes relatifs à des travaux que j'ai fait faire au tombeau de ma famille...

— A qui ai-je l'honneur de parler?

— Au duc Georges de la Tour-Vaudieu.

L'employé salua.

— Ces travaux, — poursuivit le duc, — ont été commencés lors de l'inhumation de la duchesse ma femme... — Sont-ils terminés?

— Oui, monsieur le duc.

— Je vais donc vous donner les signatures nécessaires, et vous ferez toucher à la caisse de mon intendant, à mon hôtel de la rue Saint-Dominique...

Le conservateur qui avait écouté, s'approcha.

— Veuillez vous asseoir, monsieur le duc, — dit-il, — et prendre la peine d'attendre que j'aie préparé les pièces que vous devez signer...

— Faites, monsieur...

Le duc Georges de la Tour-Vaudieu prit un siège qu'on lui avançait avec empressement et s'assit.

Le conservateur demanda :

— L'inhumation de madame la duchesse date du mois dernier, n'est-ce-pas?

— Oui, monsieur... — j'ai dû faire ajouter un caveau au tombeau de famille devenu insuffisant...

— Auriez-vous la bonté de me rappeler la date exacte ?

— Le 2 août...

— Merci, monsieur...

Le conservateur ouvrit un cartonnier et chercha, parmi des liasses de papiers, un dossier assez volumineux qu'il consulta.

— *Achat de la concession à perpétuité d'un terrain libre attenant au monument funéraire de la famille de la Tour-Vaudieu,* — dit-il à haute voix, — *et frais de construction d'une annexe...*

— C'est bien cela.

— Je vais faire établir les comptes... — Monsieur Brice... — ajouta le conservateur en s'adressant à un employé, — veuillez prendre les souches du mois d'août, douzième division... — Vous ferez le relevé de ce qui concerne monsieur le duc...

Le subalterne se mit aussitôt à la besogne.

En ce moment, René Moulin entra dans le bureau.

L'employé par qui Georges de la Tour-Vaudieu avait été accueilli demanda au mécanicien :

— Monsieur désire?...

— Un simple renseignement, monsieur.

— De quelle nature?

— Voici ce dont il s'agit : — Trop confiant en ma mémoire infidèle, je parcours le cimetière depuis plus d'une heure, cherchant une tombe... J'ai cru que je parviendrais à la trouver seul, mais c'était une illusion...

— Le terrain où se trouve cette tombe a-t-il été l'objet d'une concession à perpétuité?

— Oui, monsieur...

— A quelle division appartient ce terrain?...

— Je ne l'ai jamais su.

— A quelle époque remonte la concession?

— A vingt ans.

— Le nom de la famille concessionnaire du caveau?

— Ce n'est point un caveau, monsieur, c'est une simple tombe, très humble, mais bien facile à reconnaître, car sur la pierre tumulaire se trouve gravé ce seul mot : — JUSTICE!

— Cette tombe est en effet très connue... — répliqua l'employé. — C'est celle d'un condamné à mort dont la famille a réclamé le corps après l'exécution...

— Oui, monsieur...

Le duc Georges de la Tour-Vaudieu, en attendant les pièces qu'on devait présenter à sa signature, écoutait machinalement cette conversation.

Les dernières paroles de l'employé le firent tressaillir. — Il fronça les sourcils et prêta l'oreille avec une attention inquiète.

L'employé poursuivit :

— Ce condamné à mort s'appelait Leroyer... — Paul Leroyer, si je ne me trompe...

— Vous ne vous trompez pas...

— Il fut exécuté pour crime d'assassinat commis sur la personne d'un de ses proches parents, un médecin, je crois...

René Moulin fit avec émotion un signe affirmatif.

— Eh bien ! monsieur, la tombe du guillotiné se trouve dans la douzième division... — Tout le monde ici la connaît et le premier gardien que vous rencontrerez vous désignera son emplacement.

Georges de la Tour-Vaudieu pâlissait et rougissait tour à tour. A coup sûr le nom de Paul Leroyer produisait sur lui une impression profonde, mais personne ne songeait à remarquer sa physionomie bouleversée.

— Quel peut être cet homme ? — se demandait-il en regardant René avec une angoisse voisine de l'effroi.

Le mécanicien reprit :

— Pardonnez-moi, monsieur, si je vous questionne encore, et soyez convaincu que ce n'est pas un simple sentiment de curiosité qui me fait agir...

— Je suis tout à votre disposition et prêt à vous répondre...

— La tombe de Paul Leroyer est-elle entretenue ?

— Je ne sais, monsieur... Les détails d'entretien regardent les concessionnaires et se font à leurs frais... — Nous n'avons pas à nous en occuper...

— Vous ignorez, par conséquent, si la famille du condamné vient visiter sa sépulture...

— Je l'ignore...

— Il est donc inutile de vous demander si la demeure actuelle de cette famille vous est connue ?

— Inutile, oui, monsieur, mais les gardiens du cimetière, exerçant une surveillance incessante, seront certainement à même de vous renseigner beaucoup mieux que moi, et rien ne vous empêche de les interroger...

— C'est ce que je vais faire... — Merci, monsieur...

René Moulin quitta le bureau et s'engagea pour la seconde fois dans les sombres avenues de la cité des morts

Le duc de la Tour-Vaudieu se leva, en proie à une agitation fébrile qu'il cherchait vainement à cacher.

— Dois-je attendre longtemps encore? — demanda-t-il à l'expéditionnaire chargé de la besogne qui le concernait.

— Dix minutes environ, monsieur le duc.

— J'en profiterai pour jeter un coup d'œil aux travaux exécutés par mes ordres.

— Quand monsieur le duc reviendra, j'aurai fini.

Georges de la Tour-Vaudieu sortit derrière René Moulin.

Il l'aperçut à cinquante pas de lui, causant avec un des gardiens du cimetière.

Le gentilhomme s'arrêta comme pour examiner les sépultures placées sur son chemin, mais dans le but unique de surveiller cet inconnu qui venait de réveiller dans sa mémoire un souvenir terrifiant, endormi depuis longtemps.

René disait au gardien :

— Voulez-vous m'indiquer, monsieur, la douzième division?...

— Parfaitement... — Vous n'avez qu'à suivre l'allée dans laquelle nous nous trouvons... C'est au bout, à droite et à gauche... — Je vais par là du reste et je puis vous conduire...

— J'accepte bien volontiers...

Les deux hommes se mirent en marche, côte à côte.

Le duc de la Tour-Vaudieu, les voyant s'éloigner, quitta son poste d'observation et les suivit.

— C'est un tombeau que vous cherchez? — demanda le gardien à René.

— Oui, monsieur, — répondit ce dernier, — le tombeau d'un supplicié dont le corps a été réclamé par la famille...

— Ah! ah!... la TOMBE JUSTICE, comme nous la nommons ici à cause du mot unique gravé sur la pierre...

— Celle-là même...

— Très bien... — C'est une des curiosités du cimetière Montparnasse... Ce que je me permettrai d'appeler une sépulture légendaire... — Nous ne manquons jamais de la faire voir aux visiteurs... Elle se trouve placée non loin de celle, encore plus légendaire, des quatre sergents de la Rochelle...

— Cette tombe est-elle entretenue?

— Dans la perfection.

René Moulin, en entendant cette réponse, eut un mouvement de joie vive.

— Par les soins de qui? — demanda-t-il.

— Par les soins d'une femme âgée, toujours en deuil, et d'un beau jeune homme... — La veuve et le fils du condamné sans doute...

— Viennent-ils souvent ici?

— Pas une semaine ne se passe sans qu'on les voie s'agenouiller sur la tombe et prier longuement.

XIV

La joie du mécanicien grandit.

Il allait donc retrouver enfin ceux que jusqu'à ce jour il avait cherchés avec tant d'ardeur et vainement.

— Pourquoi supposez-vous que ces visiteurs pieux soient la veuve et le fils du mort? — reprit-il.

— Qui serait-ce si ce n'étaient eux?

— Ne sont-ils point accompagnés quelquefois d'une jeune fille?

— Jamais.

— Vous en êtes certain?

— Absolument certain.

— Et vous les voyez, dites-vous, chaque semaine?

— Oui, monsieur...

— Ont-ils un jour fixe?

— Je n'oserais l'affirmer de façon positive, mais il me semble bien que c'est lo jeudi qu'ils viennent.

— Le matin, ou dans l'après-midi?

— Entre neuf et dix heures, le matin.

— Et toujours ensemble?

— Toujours autrefois, mais, depuis un mois environ, la dame âgée vient seule...

— Seule? — répéta le mécanicien avec inquiétude.

— Oui, monsieur... — J'ignore si son fils est absent ou malade, mais quand je rencontre et quand je salue la pauvre femme, il me semble que son regard est encore plus sombre et son visage encore plus triste que de coutume ..

René sentit son cœur se serrer sous l'étreinte d'un funeste pressentiment.

— Mᵐᵉ Leroyer ne se faisait accompagner que par son fils... — se dit-il. — Berthe serait-elle morte?... — Maintenant elle vient seule... — Quel motif impérieux, et douloureux sans doute, peut éloigner Abel de ce touchant pèlerinage?...

L'esprit inquiet, l'âme oppressée, il baissa la tête, et pendant un instant n'adressa pas au gardien de question nouvelle.

Le duc de la Tour-Vaudieu hâtait le pas, peut-être à son insu, et se rapprochait.

Le surveillant prit une allée à gauche, puis un sentier à travers les tombes, et s'arrêta devant un massif d'arbres résineux formant un rideau très épais.

— Nous y voici... — dit-il.

De l'autre côté du rideau de verdure se voyait une plaque de marbre noir inclinée.

Sur le marbre était gravé ce mot, surmonté d'une croix :

JUSTICE!!!

'intérieur de chacune des lettres avait été peint en rouge sombre.

On eût dit qu'un sang liquide, ayant coulé goutte à goutte dans les entailles profondes du marbre, s'y était figé comme pour rendre impérissable un souvenir sinistre.

Une grille très simple entourait cette tombe... — les fers de lance de la grille supportaient des couronnes d'immortelles...

Tel était, dans son ensemble, le monument funèbre de Paul Leroyer.

Ce coin isolé et mystérieux offrait un aspect particulièrement triste, même au milieu des tristesses du séjour de la mort, et serrait le cœur.

René s'arrêta et se découvrit respectueusement.

Une sensation poignante s'empara de tout son être... — il ploya les genoux et ses lèvres murmurèrent une prière, puis sa pensée remonta vers un passé lointain.

En un instant il revit l'atelier où jadis, quand il était un tout jeune homme, Paul Leroyer l'avait introduit.

Il revit le petit appartement de la place Royale où vivaient heureux et souriants la charmante femme et les deux enfants de l'inventeur.

Il entendit les sanglots déchirants de ces êtres bien-aimés, alors que la police venait d'arracher de leurs bras celui qui pour eux était tout au monde.

La prison, la cour d'assises, l'échafaud, passèrent successivement devant ses yeux.

Les rumeurs de la foule retentirent à ses oreilles... — La tête sanglante roula devant lui...

Une pâleur mortelle envahissait son visage.

De grosses larmes, — dont il n'avait point conscience, — tombaient une à une de ses paupières et roulaient sur ses joues.

Le gardien, silencieux, le regardait avec un étonnement mêlé de curiosité et d'émotion.

Ni l'un ni l'autre n'entendirent un pas furtif fouler le sol tout près d'eux.

Ils ne virent point un homme se glisser derrière les arbustes plantés autour de la tombe, et, à l'abri de ce rideau végétal, guetter leurs mouvements, épier les paroles qu'ils pourraient prononcer.

Cet homme, — on le devine, — était le duc Georges de la Tour-Vaudieu.

Au bout de quelques minutes le gardien rompit le silence.

— Vous connaissez celui qui dort là? — demanda-t-il en étendant la main vers la plaque de marbre.

— Je le connaissais... — répondit le mécanicien, — je le connaissais... et je l'aimais de toute mon âme...

— Vous étiez son parent, peut-être?...

— Non! mais un de ses ouvriers, ou plutôt de ses apprentis... — Paul Leroyer était un inventeur du plus rare mérite... il aurait dû devenir célèbre et millionnaire!... Combien d'autres le sont aujourd'hui qui ne le valaient pas!... — J'entrai tout gamin dans ses ateliers... Il fut bon pour moi, comme il était bon pour tous, et, quand je perdis mon père et ma mère, il me conseilla, il me guida, il fit de moi un travailleur et un honnête homme...

— Et il est mort sur l'échafaud!... — murmura le gardien.

— Et il est mort sur l'échafaud... — répéta René d'une voix sourde.

Le gardien poursuivit :

— J'étais déjà surveillant au cimetière Montparnasse il y a vingt ans... — Je me souviens qu'on raconta beaucoup de choses étranges au sujet du supplicié, et j'ai entendu plus d'une fois discuter sa condamnation...

— Personne n'a su la vérité... — répliqua le mécanicien.

Georges de la Tour-Vaudieu, attentif, retenant son souffle, sentait un frisson courir sur sa chair. — Ses mains tremblaient.

Qu'allait-il apprendre?

— Ainsi, vous, monsieur, — reprit le gardien, — vous croyez à l'innocence de Paul Leroyer?...

— Par instinct je n'en ai jamais douté... — Je respectais cependant l'arrêt de la justice et je me demandais parfois avec épouvante : — *N'est-ce pas moi qui suis dans l'erreur?...* Aujourd'hui je ne peux plus m'adresser cette question... — Aujourd'hui j'affirme que Paul Leroyer fut un martyr et non pas un coupable!!

Le duc porta les deux mains à son cou pour desserrer sa cravate qui l'étouffait. — Il lui semblait qu'un coup de sang allait le foudroyer.

— Un martyr! — répéta le gardien.

— Oui.

— Simple supposition, sans doute?...

— Non, certitude!... — J'ai des preuves...

— Est-ce possible?

— C'est tellement possible que si je retrouve la famille de Paul Leroyer — et je la retrouverai! — elle aura le devoir, le droit et le moyen de réclamer judiciairement la réhabilitation de l'innocent condamné à mort, et elle l'obtiendra!!

M. de la Tour-Vaudieu fut obligé de se soutenir aux branches d'un cyprès. Une indicible épouvante anéantissait ses forces; — il défaillait.

Sur le marbre était gravé ce mot surmonté d'une croix : Justice !!!

Le gardien regardait son interlocuteur avec étonnement, presque avec inquiétude, et se demandait s'il n'avait point affaire à un homme atteint d'aliénation mentale.

René s'agenouilla tout à fait devant la tombe.

— Oui, chère victime, — dit-il à haute voix, — je te paierai ma dette de reconnaissance!... — Je rendrai l'honneur à ton nom, je le jure, ou je périrai à la tâche...

Il se releva en essuyant ses larmes.

— Ainsi, — balbutia le surveillant, — vous ne savez pas ce qu'est devenue la famille du supplicié?...

— Non... — J'arrive d'Angleterre où j'ai passé de longues années... — Aussitôt à Paris j'ai cherché et fait chercher la femme et les enfants de mon ancien patron... Les recherches ont été vaines... — La veuve, m'avez-vous dit, — (car évidemment c'est la veuve), — vient ici chaque semaine...

— Oui.

— Le jeudi, n'est-ce pas?

— Il me semble bien que c'est le jeudi.

— C'est donc ici que je la retrouverai, dussé-je l'attendre tous les jours pendant une année... — Ce n'est point en vain que je serai revenu d'Angleterre... ce n'est point en vain que le mot : JUSTICE est gravé sur cette tombe!...

René remercia cordialement le surveillant qui avait bien voulu se faire son cicerone et répondre à ses questions... — Il jeta un dernier regard sur la plaque de marbre et s'éloigna.

Le gardien, encore sous le coup de l'involontaire émotion qu'avait fait naître en lui la scène à laquelle il venait d'assister, se dirigea vers un autre point du cimetière en murmurant :

— Quelle histoire!... — C'est bien singulier, tout cela!

Le duc Georges de la Tour-Vaudieu restait seul auprès du tombeau, les mains toujours crispées sur les rameaux du cyprès dont il se faisait un point d'appui, les pieds cloués au sol, les yeux hagards, les tempes mouillées d'une sueur froide.

— Un vengeur! — murmura-t-il d'une voix sourde. — Un vengeur après vingt ans!! — Quel est cet homme? — D'où sort-il? — Quelles sont ces preuves dont il parle? — Quel hasard a mis entre ses mains le mot d'une énigme indéchiffrable jusqu'à ce jour, la clef d'une mystérieuse affaire oubliée depuis si longtemps et qu'il veut faire revivre?...

Le vieillard laissa retomber sa tête sur sa poitrine avec accablement, mais il la releva presque aussitôt et un éclair de résolution brilla dans ses prunelles.

— Cet homme arrive de Londres, — reprit-il, — et c'est ici qu'il compte retrouver la veuve de Paul Leroyer... C'est ici qu'il viendra l'attendre... — Voilà qui est bon à savoir...

La lueur fauve que nous avons signalée s'alluma de nouveau sous ses paupières molles et tombantes, il quitta son poste d'espionnage, fit quelques pas en arrière et s'arrêta en face d'un monument funéraire qu'une allée étroite séparait de la tombe du décapité.

Ce monument, de dimensions imposantes et d'un grand style architectural, était tout en granit.

Sur le fronton se lisaient ces mots, en lettres de métal que surmontait un écusson timbré de la couronne ducale :

FAMILLE DE LA TOUR-VAUDIEU

XV

Par un caprice du hasard dont nos lecteurs ne tarderont pas à comprendre l'étrangeté, Paul Leroyer dormait son dernier sommeil tout près de Sigismond, duc de la Tour-Vaudieu...

Le vieillard jeta un coup d'œil rapide et distrait sur les travaux d'agrandissement qu'on venait d'achever, puis il regagna le bureau du conservateur et donna les signatures qui motivaient sa présence au cimetière Montparnasse.

Dix minutes plus tard il remontait en voiture et reprenait le chemin de son magnifique hôtel de la rue Saint-Dominique, hôtel dont il avait hérité de sa mère après la mort de son frère Sigismond, tué en duel le jour même où le docteur Leroyer, l'oncle de Paul Leroyer, était assassiné au pont de Neuilly par Jean-Jeudi.

Il était environ dix heures du matin.

Le duc, en mettant pied à terre, donna l'ordre de ne point dételer et prévint qu'il ne déjeunerait pas à l'hôtel.

Il se rendit ensuite dans son cabinet de travail, écrivit quelques lignes sur une feuille de papier à ses armes, mit cette feuille sous enveloppe et traça la suscription suivante :

« *Monsieur Théfer,*
« *Inspecteur de la brigade de sûreté.*
« *Préfecture de police.* »

Ceci fait, il plaça l'enveloppe dans son portefeuille, quitta son siège, prit son chapeau et ses gants, et s'apprêtait à rejoindre sa voiture quand on frappa discrètement à la porte.

— Entrez... — dit-il.

La porte s'ouvrit et un jeune homme en grand deuil franchit le seuil.

Ce jeune homme avait environ vingt et un ans ; il paraissait de cinq ou six ans plus âgé, non qu'il fût un viveur précoce et que son teint pâli, ses paupières rougies, offrissent les traces irrécusables des nuits passées autour des tapis verts ou dans les cabinets du café *Riche* et de la *Maison-d'Or*, en galante et joyeuse compagnie, mais, — (chose rare à notre époque), — le nouveau venu était un travailleur ardent, obstiné, et l'étude le vieillissait prématurément.

— Bonjour, mon père... — dit-il en s'approchant du duc et en lui tendant les mains que le vieillard prit et serra sans grande effusion, en répondant :

— Bonjour, mon cher Henry... Bonjour...

Le jeune homme que nous venons de présenter à nos lecteurs se nommait de par la loi Henry, marquis de la Tour-Vaudieu.

Nous disons : *de par la loi*, car il était non pas le fils véritable, mais le fils adoptif du duc Georges.

Cette adoption avait eu lieu dans des circonstances assez bizarres, qu'il est important de connaître.

Un an après la mort de son frère aîné Sigismond, Georges de la Tour-Vaudieu, dont nous ne tarderons point à raconter brièvement le passé, devenu duc et énormément riche, se rallia à la branche cadette, ce à quoi Sigismond n'avait jamais consenti, et devint un familier des Tuileries.

La reine Marie-Amélie désira lui faire épouser une orpheline de grande famille et de grande beauté, Mlle de Pontarmé, presque sans fortune il est vrai, mais qui devait hériter d'un grand-oncle plus qu'octogénaire et singulièrement original, le marquis de Lesnevel.

· L'héritage futur était considérable. — Le nouveau duc, devenu ambitieux et désirant se concilier les bonnes grâces de la reine, consentit sans répugnance, comme aussi sans entraînement.

Une fois marié, Georges de la Tour-Vaudieu entreprit de se faire bien venir de l'oncle de sa femme et n'y réussit point.

Le marquis de Lesnevel, bizarre au delà du possible, fantasque jusqu'à l'invraisemblance, et âgé de quatre-vingt-neuf ans, lui déclara carrément un beau jour que sa nièce n'hériterait point de ses biens, qu'elle en aurait seulement la jouissance, et qu'il comptait en laisser la propriété à l'enfant qui naîtrait de l'union de Mlle de Pontarmé et de M. de la Tour-Vaudieu.

— Et encore faudra-t-il que cet enfant soit un garçon, — eut-il soin d'ajouter, — sinon mes domaines et mes titres de rentes iront aux hospices jusqu'au dernier morceau de terre et jusqu'au dernier sou.

Ce fut un coup très rude pour le duc Georges, et aussi pour la duchesse à laquelle il fit part de la résolution de son oncle, résolution irrévocable, ils le sentaient bien tous les deux, étant donnés le caractère absolu et l'entêtement du marquis.

Rien cependant n'empêchait encore d'espérer que les conditions imposées par le marquis seraient remplies.

Mais une année s'écoula, puis une seconde, et nul symptôme de grossesse ne se manifestait.

Les stations de la duchesse aux eaux thermales les plus recommandées pour leurs vertus spéciales demeuraient sans résultat.

Une consultation fut provoquée.

Les princes de la science déclarèrent que Mme de la Tour-Vaudieu resterait stérile.

— Je suis volé comme dans un bois ! — pensa le duc en se servant du langage imagé de son orageuse jeunesse.

Néanmoins il ne jeta point, comme on dit, le manche après la cognée.

La reine avait souhaité le mariage accompli, c'était à elle de parer au désastre.

Des amis du duc et de la duchesse, amis fort bien en cour, mirent respectueusement Sa Majesté au courant de ce qui se passait.

Elle promit d'intervenir et le fit en effet.

Le vieux maniaque ne céda point tout de suite à la royale intervention, — il avait son idée fixe et n'en voulait pas démordre.

Il finit cependant par proposer un accommodement.

— J'ai résolu, — dit-il, — que l'héritier du nom et des biens du duc Georges serait aussi mon héritier, et cela sera, sinon tout ira aux hospices ; mais si M. et Mme de la Tour-Vaudieu ne peuvent avoir d'enfant, rien ne les empêche d'en adopter un... — Je me contenterai d'un fils adoptif...

C'était un ultimatum.

Il ne s'agissait point de discuter mais d'agir et d'agir au plus vite, car le marquis baissait rapidement et pouvait s'éteindre d'un moment à l'autre. — A coup sûr cependant il ne se laisserait pas surprendre par la mort sans avoir testé.

Où prendre le fils indispensable ?

M. de la Tour-Vaudieu s'en alla tout droit à l'hospice de la rue d'Enfer, et quinze jours plus tard un petit garçon, déposé dans le tour des Enfants trouvés pendant la nuit du 24 septembre 1837, devenait par acte authentique marquis de la Tour-Vaudieu.

Il était temps...

Un mois après cette adoption le marquis de Lesnevel mourut, et le duc Georges, tuteur de son fils adoptif, entra en jouissance des biens qu'on laissait à ce fils.

Henry grandit à l'hôtel de la rue Saint-Dominique.

Dès son plus jeune âge il fit preuve d'une vive intelligence, d'un bon caractère, d'un cœur excellent, et conquit l'affection de ceux qui l'entouraient.

Le duc lui-même s'attacha vaguement à lui et l'aima tout autant qu'il pouvait aimer, c'est-à-dire d'une façon fort égoïste.

L'enfant se développa rapidement au physique et au moral.

L'intelligence que nous avons signalée devenait brillante. — L'amour du travail, la soif de savoir, s'emparaient de l'adolescent, et quoique ses idées et ses aspirations ne fussent point conformes à celles du duc Georges, ce dernier le laissait agir à sa guise.

Ses études classiques achevées, il voulut faire son droit.

Son droit terminé, son diplôme d'avocat en poche, il voulut plaider.

Le duc haussa les épaules et demanda :

— Est-ce sérieux ?

— Mais oui, mon père, — répondit le jeune homme, — rien n'est plus sérieux...

— A quoi bon ?

— A remplir un devoir, mon père...

— Votre devoir est de porter dignement un grand nom... de vivre comme l'exige votre rang... de faire honneur à votre fortune...

— Dans l'oisiveté, mon père ?

— Sans doute... — Vous êtes mineur, mais ma bourse vous est ouverte... puisez-y sans compter... — Amusez-vous...

— M'amuser... — répéta le jeune homme en souriant, — cela m'ennuierait horriblement...

— Quel plaisir pourrez-vous trouver à vous faire le *défenseur de la veuve et de l'orphelin ?* — reprit le duc avec ironie.

— Ce ne sera pas du plaisir, ce sera du bonheur...

— Il y a des gens dont c'est le métier...

— C'est le mien, puisque je suis avocat...

— Vous n'avez pas besoin de gagner d'argent, vous êtes riche...

— La veuve et l'orphelin, ainsi que vous venez de le dire, mon père, auront donc en moi un défenseur gratuit.

— C'est votre fantaisie ?...

— C'est mon vœu le plus cher...

— Bref, vous allez faire inscrire au tableau le *marquis de la Tour-Vaudieu?*

— Non, mais Henry de la Tour-Vaudieu, tout simplement, mon père... — Le titre que j'ai l'honneur de porter pourrait éloigner de moi des plaideurs humbles et timides, et c'est à ceux-là surtout que je veux être utile...

— Ce sont là des idées vulgaires...

— Soit, mais elles sont honorables...

— J'aime mieux céder que de discuter... — Vous êtes libre de suivre vos goûts...

— Ma conduite vous déplaît, mon père ?

— Elle m'étonne, voilà tout... — Je vous rends d'ailleurs pleine justice... Vous êtes un bon fils... J'aimerais seulement à vous voir plus mondain, plus brillant, plus répandu... Mais chacun envisage le bonheur à sa façon, et Dieu me garde de vous tyranniser... — Encore une fois, vous êtes libre...

— Merci, mon père.

Henry de la Tour-Vaudieu débuta donc au barreau, et ses débuts furent assez brillants pour attirer sur lui l'attention générale.

Le duc, que bon nombre de ses amis félicitaient chaudement, se contentait de répondre en haussant les épaules :

— Il a du talent, c'est bien possible, mais à quoi ça le mènera-t-il ? — Que voulez-vous, c'est un original!

XVI

Au moment où nous venons de le voir entrer dans le cabinet de celui qu'il appelait son père, Henry était un jeune homme d'une apparence remarquablement séduisante.

De taille moyenne et très mince, il avait un teint pâle, d'une blancheur et d'une finesse toutes féminines.

Ses cheveux d'un blond cendré se bouclaient sur son front pur, et l'expression de ses grands yeux bleus offrait une douceur infinie.

Le duvet soyeux d'une barbe blonde et presque naissante estompait les contours harmonieux de son visage.

Cet enfant trouvé, recueilli dans un hospice, offrait le type accompli et un peu anglais d'un *gentleman* appartenant à la plus haute aristocratie.

— Je vous trouve bien pâle ce matin, Henry, — lui dit le duc, — êtes-vous souffrant?...

— Nullement, mon père... mais j'ai travaillé cette nuit...

— Pourquoi vous fatiguer ainsi ?...

— J'avais à étudier un dossier...

— Il fallait l'étudier plus tard... — Rien ne vous pressait, je suppose...

— Pardonnez-moi, mon père... — L'affaire dont il s'agit vient demain à l'audience, et la plaidoirie que je dois prononcer me préoccupe beaucoup...

— Allez-vous encore défendre quelque ennemi de nos institutions?... — demanda M. de la Tour-Vaudieu d'un ton sec.

— Non, mon père... — Je plaiderai dans un procès en adultère, pour une pauvre femme coupable assurément, mais que la conduite odieuse de son mari rend presque excusable.

— A la bonne heure... — Je préfère mille fois cette cause à celle que vous avez soutenue il y a deux jours...

— Ah ! vous savez cela, mon père... — dit Henry avec quelque embarras.

— Je sais tout ce qui vous concerne... — Je ne pouvais donc ignorer que vous avez prêté l'appui de votre parole à l'un de ces dangereux journalistes qui, faisant de leur plume une arme empoisonnée, prétendent régenter l'État et substituer leurs opinions subversives à celles du souverain et des grands corps constitués...

Disons en passant que Georges de la Tour-Vaudieu s'était rallié à l'empire comme jadis à la royauté de Juillet, ce qui lui avait valu le titre de sénateur et les émoluments attachés à ce titre.

— Et, — continua-t-il, — vous avez eu la funeste habileté d'obtenir pour ce folliculaire un scandaleux acquittement... — Je ne vous en félicite point.

— On en parlait hier en haut lieu sans paraître s'apercevoir de ma présence, on déplorait votre conduite en une telle occurrence, et je me trouvais, par votre fait, dans une situation bien embarrassante et bien fausse, je vous assure... — Je vous le demande avec instance, mon fils, ne commettez plus de légèretés dont on pourrait injustement me rendre responsable...

— Je suis au désespoir de vous avoir déplu, mon père, — répondit Henry, — mais je ne comprends guère comment on pourrait vous rendre responsable de ma conduite, quelle qu'elle soit.

— Ce serait une injustice, je le répète, — reprit le duc, — mais je suis dans une position trop élevée pour n'avoir pas beaucoup d'envieux, par conséquent beaucoup d'ennemis, enchantés qu'il se présente un prétexte, bon ou mauvais, pour s'attaquer à moi... — Souvenez-vous, Henry, que je me suis rallié à l'empire, qu'il a droit à mon dévouement et à celui des miens, et qu'il importe de faire oublier que mon frère aîné et moi-même avons été les défenseurs ardents et convaincus de la royauté légitime d'abord et du trône de Juillet ensuite... — Évitez donc de vous compromettre, et de me compromettre en même temps, en prêtant l'appui de votre éloquence aux ennemis acharnés du gouvernement.

— Mon père, j'ai plaidé selon ma conscience...

— Soit, mais votre conscience ne vous empêcherait point de vous taire... — Vous êtes un la Tour-Vaudieu que diable !... ne l'oubliez pas !... — D'imprudentes plaidoiries pourraient vous faire perdre...

— Quoi donc mon père ? — interrompit Henry. — L'estime des honnêtes gens ? Je ne le crois pas. — Mon client avait émis dans son journal une opinion sincère et qui n'avait en somme rien de subversif. — La forme seule de sa polémique était trop violente... — Je ne pouvais lui refuser le concours qu'il sollicitait de moi... — L'avocat est investi d'un mandat comme le prêtre... — Il se doit à tous... et surtout à l'accusé qu'il considère comme non coupable... — Mon client était dans ce cas, et le tribunal s'est trouvé en communion d'idées avec moi puisqu'il a répondu par un acquittement au réquisitoire du ministère public.

— Il a eu tort ! — s'écria le duc.

— Je vous demande respectueusement, mon père, la permission de n'en rien croire...

— Où prenez-vous des opinions si différentes des miennes ?... — Est-ce le comte de Lilliers, charmant homme d'ailleurs, mais poussant l'absurdité jusqu'à se croire et se dire libéral, qui vous les inspire ?...

La porte s'ouvrit, et un jeune homme en grand deuil franchit le seuil...

— J'honore et j'aime M. de Lilliers, que vous estimez aussi, mon père, puisque vous recherchez son alliance en songeant à me marier avec sa fille, mais pour les opinions je ne prends conseil que de moi seul... Je vous en supplie, mon père, évitons de parler politique, et soyez sans inquiétude à mon sujet... — Je n'oublierai jamais que par vous je m'appelle Henry de la Tour-Vaudieu.

Le duc poussa un soupir. — Il n'était pas convaincu.

Liv. 10. F. ROY, édit. — Reproduction interdite.   10

Le jeune homme reprit, pour changer la conversation :

— Votre valet de chambre vient de m'apprendre que vous ne déjeunez pas à l'hôtel...

— Oui, — j'ai des courses à faire... — Je m'arrêterai dans un restaurant quelconque et j'irai ensuite au Sénat... — Aviez-vous quelque chose à me dire ce matin ?

— J'avais à vous demander si vous aviez bien voulu vous occuper de mon ami Étienne Loriot ?...

— Ah ! ce jeune médecin dont le nom est si ridicule...

— Son nom est ridicule peut-être, quoique je ne voie pas trop en quoi, mais Étienne est rempli de cœur et de talent...

— Cela doit être, puisque vous vous intéressez à lui... — Eh bien ! j'ai fait hier une démarche dans son intérêt, et je regrette de ne pouvoir vous donner une bonne nouvelle aujourd'hui...

— Ainsi, cette place de médecin sous-chef à l'hôpital Beaujon, que je sollicitais pour lui ?...

— A été accordée, il y a trois jours, à l'un de ses concurrents...

— Ah ! tant pis ! tant pis !... — Cela m'afflige beaucoup !... — Certes le choix qu'on a fait peut être bon ; mais, je le déclare avec certitude, le docteur Loriot méritait mieux la place que celui qui l'a obtenue, si distingué qu'il fût ! — Quelles objections a-t-on soulevées contre lui ?

— Une seule... son âge...

— Il a vingt et un ans, c'est vrai, et l'on n'admet pas qu'un si jeune homme puisse en savoir aussi long qu'un homme de trente ans ! — Et cependant, pour certaines natures d'élite, les années de travail comptent double... — Étienne a la science d'un vieux médecin...

— C'est ce que j'ai cru pouvoir certifier, d'après votre affirmation. — Je n'ai rien obtenu pour votre condisciple...

— Dites mon ami, mon père, mon meilleur ami... — Nous sommes entrés au collège, Étienne et moi, le même jour, à la même heure... Qui donc pourrait le connaître mieux que moi, puisque nous ne nous sommes jamais quittés ?... — Marchant côte à côte dans les mêmes classes, nous avons reçu notre diplôme de bachelier ensemble et, le jour où on le proclamait docteur en médecine, on me nommait, moi, docteur en droit... — Si j'étais malade, très malade, je ne voudrais pas à mon chevet d'autre médecin que lui, car il me semble que lui seul pourrait me sauver.

— Eh ! mon Dieu, je ne discute pas son mérite, mais je voudrais vous voir des amis de votre rang... des jeunes gens de votre monde...

— Étienne, mon père, est le fils d'un ancien soldat tué sur un champ de bataille en Algérie... — C'est une noblesse qui en vaut une autre, celle-là ! !

— Je sais... je sais... — fit le duc avec un sourire de dédain, — et il a été recueilli par son oncle... un cocher de fiacre...

— Un honnête homme, mon père, et un cœur généreux, puisque avec ses humbles ressources il a trouvé moyen de faire donner à son neveu l'éducation que je recevais moi-même... moi, Henry de la Tour-Vaudieu... — C'est beau, cela, mon père ! c'est superbe et c'est émouvant ! — Ne le trouvez-vous pas ?

— Sans doute, mais je vous trouve aussi beaucoup trop enthousiaste dans vos amitiés !... Vous êtes jeune, plein d'ardeur, d'inexpérience, et par conséquent d'imprudence !... — Prenez garde de vous embarquer à l'aventure dans des relations qui engagent l'avenir et qui pourraient plus tard vous sembler bien gênantes... — Il est probable qu'après moi la bonté du souverain vous appellera à siéger à ma place au Sénat, mais il faudra mériter une si haute faveur... — C'est déjà bien assez, c'est déjà trop peut-être, de songer à prendre pour femme une jeune fille dont le père, — un bon gentilhomme cependant, — siège à la Chambre sur les bancs de l'opposition...

— Je vous l'ai fait observer déjà, mon père, — interrompit Henry, — c'est à vous qu'est venue la pensée de ce mariage...

— Parce que je vous savais épris de Mᴵˡᵉ de Lilliers, qui est une adorable jeune fille, et je ne veux point contrarier vos sentiments...

— En amour ? — fit Henry avec un sourire.

— Ni même en politique... — poursuivit le duc qui sourit à son tour... — Avec l'âge vos opinions se modifieront... quand l'ambition viendra...

— J'en doute un peu, mon père...

— Et moi j'en suis sûr... — Cet entretien a duré longtemps... Je vous quitte... — Vous déjeunez ici ?

— Oui, mon père.

— Et ensuite vous irez au Palais ?

— Non, je ne plaide pas aujourd'hui et je compte faire quelques visites...

— Au dîner nous nous reverrons.

— Oui, mon père... — Ah ! une question encore... — Vous deviez aller ce matin au cimetière Montparnasse...

Le duc tressaillit légèrement.

— J'en arrive... — répondit-il.

— Eh bien ! le tombeau de Mᵐᵉ la duchesse ?

— Tout est terminé...

— Aujourd'hui même j'irai prier pour celle que j'appelais ma mère, et lui porter des fleurs.

Le père et le fils se séparèrent.

Georges de la Tour-Vaudieu monta dans le coupé qui l'attendait devant le péristyle de l'hôtel.

— Où va monsieur le duc? — demanda le valet de pied en fermant la portière

— Au *Café Anglais...* — Mais d'abord au bureau de poste de la rue de Bourgogne.

A l'endroit désigné la voiture s'arrêta.

XVII

M. de la Tour-Vaudieu descendit et jeta lui-même dans la boîte la lettre adressée à M. Théfer, inspecteur de la brigade de sûreté, à la préfecture de police.

Henry déjeuna rapidement, sortit à pied, gagna la rue du Bac, puis le quai et traversa le Pont-Royal.

Il allait s'engager sur la place du Carrousel quand il s'arrêta en entendant prononcer son nom.

En même temps un fiacre s'arrêtait près de lui en se rangeant le long du trottoir.

Un jeune homme descendit de ce fiacre tandis que le cocher, mettant son chapeau à la main, s'écriait :

— Monsieur Henry, bien des salutations!... — Croyez-vous que j'ai de la veine aujourd'hui !... je trimballe dans mon sapin, dans mon fameux numéro 13, la gloire future de la faculté de médecine... aussi Trompette et Rigolette ont des jambes, les bonnes bêtes, à damer le pion à l'express de Marseille!...

— Bonjour, monsieur Loriot... — répondit le jeune homme en souriant de la prose imagée du cocher de fiacre, et en tendant la main au jeune homme qui s'avançait vers lui.

Ce jeune homme, beau garçon de vingt et un ans, aux cheveux et aux yeux noirs, aux traits réguliers, à la figure énergique et douce à la fois, n'était autre qu'Étienne Loriot dont Henry et le duc s'entretenaient une heure avant cette rencontre.

Pierre Loriot, son oncle, solide gaillard d'une cinquantaine d'années, à la figure ronde et rouge, aux cheveux grisonnants et coupés en brosse, avait une physionomie ouverte, des yeux vifs, de bonnes grosses lèvres où se trouvait en permanence un sourire jovial.

— Mon cher Étienne, — dit Henry au médecin, — je serais allé te voir dans l'après-midi, car je viens de causer de toi, longuement, avec mon père...

— Monsieur le duc a-t-il eu la bonté de s'occuper de moi? — demanda vivement le jeune homme.

— Tu n'en doutes pas...

— A-t-il réussi?

— Hélas ! non... et j'en suis désolé...

Étienne Loriot devint un peu pâle.

— Ainsi, — murmura-t-il, — un concurrent l'a emporté sur moi ?...

— Oui, mon ami, et avant que mon père ait pu appuyer ta demande... — Quand il a parlé tout était fini...

Le jeune médecin baissa la tête et fit un geste de découragement.

Du haut de son siège Pierre Loriot avait entendu et il intervint :

— Eh bien ! quoi, garçon, — s'écria-t-il, — tu ne vas pas, j'imagine, te faire du chagrin et te mettre la cervelle à l'envers pour si peu de chose ! C'est un petit malheur, après tout !... — La place qu'on te refuse aujourd'hui, on te la donnera demain, ou une autre meilleure... — Tu peux dormir en paix...

— Sans doute, mon cher oncle, — répondit Étienne, — mais cependant...

— Il n'y a pas de *mais cependant*, — interrompit Pierre Loriot en descendant de son siège et en se réunissant sur le trottoir aux deux jeunes gens, — à vingt et un ans, que diable, tu ne peux pas espérer toucher au but du premier coup, quoique tu le mérites dix fois plus que n'importe qui ! *Petit à petit l'oiseau fait son nid !* C'est un vieux proverbe, ça, et je te fiche mon billet qu'il n'est pas sot !... — J'ai commencé, moi, tel que tu me vois, avec deux haridelles poussives qui ne tenaient pas sur leurs pattes... les pauvres bêtes... et qui sont tombées fourbues dans l'avenue de Neuilly, pas loin du pont, par une vilaine nuit, il y a juste vingt ans !... Je conduisais un berlingot dont la ferraille craquait de partout, qui ne valait pas cent écus et qui portait le numéro 13... un mauvais numéro, à ce qu'on dit... Je n'en crois rien, ayant la preuve du contraire... — Eh bien ! aujourd'hui j'ai dans mon écurie quatre bons chevaux, qui ne travaillent que tous les deux jours, histoire de ne point les esquinter, et sous ma remise trois voitures aussi cossues que les calèches de grande remise qui servent pour les noces bourgeoises... — Regardez un peu celle-là... c'est justement mon numéro 13 !... — Et dans mon secrétaire, qui est en acajou, s'il vous plaît, un petit paquet d'obligations de la ville de Paris... Mais, dame ! il m'a fallu du temps pour amasser tout ça !... Fais comme j'ai fait... prends patience... *Tout vient à point à qui sait attendre...* — C'est encore un proverbe, ça, et pas plus sot que le premier... — Médecin sous-chef d'un grand hôpital à ton âge, le morceau est trop gros, ça te donnerait une indigestion... — Laisse couler l'eau... tu as du temps devant toi, grâce à Dieu !... voilà ma manière de voir.....

— C'est la bonne, — dit Henry en souriant. — M. Loriot a raison cent fois pour une... — Tu viens d'avoir une déception, il faut en prendre bravement ton parti et ne point t'affliger...

— Je le reconnais, mon ami, — répliqua le jeune médecin, — mais je ne puis commander à ma tristesse...

— Pourquoi donc ?...

— Au poste que j'ambitionnais étaient attachées bien des choses!! — Mon avenir, mon bonheur en dépendaient...

— Ta! ta! ta! — fit Loriot, — tout ça n'a pas le sens commun!... — Ton avenir est assuré!... Tu as déjà une clientèle... elle ira toujours en grossissant...

— Quant à ton bonheur... eh bien! quoi, sois philosophe... Il viendra, je t'en réponds... Si ce n'est pas demain, ce sera dans six mois...

— Mais, mon oncle, — reprit Étienne, — ma nomination m'aurait permis enfin de reconnaître les sacrifices que vous vous êtes imposés pour moi depuis mon enfance... — Je vous ai coûté beaucoup d'argent...

— En voilà une bêtise! — s'écria le cocher de fiacre avec un gros rire. — Il était à toi, cet argent!... — Non seulement tu ne me dois rien, mais je suis ton obligé, puisque tu soignes mes rhumes et mes lumbagos sans me réclamer d'honoraires...

— J'aurais voulu vous voir quitter un état fatigant et vivre tranquille auprès de moi.

— Halte-là! garçon! halte-là! — dit Pierre Loriot d'une voix émue. — Abandonner mon fouet et mes guides! — Ah çà! tu n'y penses pas! — C'est mon plaisir, à moi, c'est ma vie! — Le jour où je descendrai du siège de mon numéro 13 pour n'y plus remonter, c'est que l'huile manquera dans la lampe, et alors tu n'auras plus besoin de t'occuper de moi que pour commander ma dernière chemise... une chemise solide en vrai cœur de chêne!... — Cocher je suis né, vois-tu, cocher j'ai vécu, cocher je mourrai, voilà mon idée, et allez donc!...

Pierre Loriot s'interrompit pendant une seconde et reprit en changeant de ton :

— Je vous demande pardon, monsieur Henry, mais il faut que je rappelle à mon docteur que je dois aller prendre quelqu'un à midi... — Or, nous étions en route pour le quartier du Luxembourg et voilà qu'il est onze heures un quart...

— Mon cher oncle, — dit Étienne, — j'ai encore à causer avec M. de la Tour-Vaudieu... Ne vous occupez plus de moi, et allez où vous êtes attendu...

— Alors, je file... — Quand viendras-tu me voir?

— Bientôt, mon cher oncle...

— Tu sais que tu m'as promis de me présenter un de ces jours à... à quelqu'un... ne l'oublie pas...

— Je n'aurai garde...

— C'est que, vois-tu, je tiens à voir ma nièce future... je ne peux pas l'aimer sans la connaître, et il me tarde de l'aimer.

Une subite rougeur empourpra les joues du jeune médecin qui balbutia quelques paroles indistinctes.

— A bientôt, garçon... — Monsieur Henry, à l'avantage!... — dit Pierre

Loriot, qui remonta sur le siège du fiacre n° 13, fit claquer son fouet et adressa une bonne parole à Trompette et à Rigolette.

Les deux juments partirent au grand trot.

— Quelle loyale et franche nature! — s'écria Henry en regardant s'éloigner l'oncle d'Étienne.

— C'est le meilleur des hommes... — répondit ce dernier. — J'éprouve pour lui une tendresse vraiment filiale, et si j'avais été nommé, comme j'osais presque le croire, je n'aurais pas désespéré d'amener peu à peu ce cher oncle à vivre auprès de moi, malgré son amour, ou plutôt sa passion pour le fouet et les guides...

Henry secoua la tête.

— Tu aurais eu beaucoup de peine à y parvenir... — répliqua-t-il. — Ton oncle nous l'a dit : son état, c'est sa vie! — Mais entre nous, et la main sur la conscience, est-ce pour cela surtout que la déception te semble si rude? — D'après les dernières paroles de ton oncle, — et je crois les avoir bien comprises, — il est question pour toi d'un projet de mariage...

— Un projet... — murmura mélancoliquement Etienne. — Il serait plus juste de dire : *Un rêve...*

— Il s'agit sans doute d'une riche alliance que ta nomination à un poste important facilitait?

— Non, l'alliance que j'ambitionne ne m'apporterait pas un sou...

— Alors, tu es amoureux?...

— Oui, mon cher Henry.

— Amoureux sérieusement?

— L'amour n'existe qu'à condition d'être sérieux... Autrement il change de nom et s'appelle le caprice.

— Celle que tu aimes?

— Est une humble et charmante enfant, sans fortune et sans avenir...

— Tu la connais depuis longtemps?

— Écoute, c'est une histoire bien courte et bien vulgaire : — Appelé, il y a un mois environ, au chevet de son frère, un jeune homme à peu près de notre âge, qu'une maladie de poitrine conduit rapidement à la tombe, je fus ébloui d'abord par la touchante beauté de Berthe, puis ému des soins continuels, de la sollicitude de toutes les heures, dont elle entoure le pauvre moribond... — La mère atteinte elle-même, et dangereusement, je le crains, ne peut qu'à peine aider sa fille dont rien n'égale le courage, le dévouement, et qui succomberait à la tâche sans son admirable énergie... — Le cœur et la volonté, chez elle, soutiennent les forces défaillantes... — Elle se brise et ne parait même pas s'apercevoir de la fatigue... — J'ai donné mon cœur à cette enfant héroïque dont le frère va s'éteindre... — Dans quelques jours elle restera seule avec sa mère, bien malade aussi, je te le répète, et que semble miner quelque chagrin pro-

fond... — Le travail du fils était l'unique ressource de ces deux femmes...
— Quand Abel aura succombé, quand Mme Monestier sera morte, Berthe abandonnée, désespérée, ne succombera-t-elle pas à son tour?... — Aura-t-elle le
courage de vivre? En aura-t-elle le désir? — Où puiserait-elle la force nécessaire?

— Dans son amour pour toi...

— Hélas! mon ami, suis-je aimé? — Je l'ignore et j'en doute...

XVIII

— Tu n'as donc pas avoué ta tendresse à cette jeune fille

— Non...

— Il fallait le faire...

— Je n'ai pas osé...

— Pourquoi?...

— Il m'aurait semblé commettre une mauvaise action en parlant d'amour
auprès d'une couche d'agonie... — Berthe, d'ailleurs, m'aurait-elle écouté et
m'aurait-elle compris?

— Il fallait adresser ta demande à sa mère...

— J'attendais... — Tu connais la raison qui maintenant me condamne au
silence...

— Cette nomination qui t'échappe?

— Oui.

— Eh bien! tu as tort... — Je sais à merveille qu'une position bien assise,
te mettant hors de pair du premier coup, t'aurait donné beaucoup d'assurance,
mais l'écroulement d'un espoir prématuré ne doit point être selon moi un
obstacle à tes projets... — Tu gagnes assez d'argent pour assurer à la jeune
fille qui deviendra ta femme une existence heureuse dans sa simplicité...
D'ailleurs l'avenir t'appartient et je te réponds qu'il sera brillant... marche donc
en avant sans crainte... — N'hésite plus... — déclare-toi...

— Et si je ne suis point aimé?... — murmura Étienne Loriot avec un
soupir.

— C'est impossible!... — Qui ne t'aimerait?...

— Tu juges les autres d'après toi...

— En aucune façon... — Je suis logique, voilà tout... — Mlle Berthe n'a pu
te voir sans t'apprécier, sans t'estimer, sans te regarder au moins comme un
ami... — De l'amitié à l'amour, entre une charmante jeune fille et un beau
garçon, la distance est facile à franchir... — La pauvre enfant n'a connu sans
doute que les amertumes de la vie... — Elle accueillera avec une affection

Abel le frère de Berthe subissait les atteintes suprêmes du mal qui devait l'emporter à vingt-cinq ans.

reconnaissante l'homme qui lui montrera l'avenir paisible et souriant... — Va, tu seras heureux!

— Vrai! tu crois mon bonheur possible?

— Si j'en doutais, il faudrait donc douter du mien!... — Nos destinées se côtoient, tu le sais bien... Nos lignes de chance sont parallèles... — Nos études nous ont réunis sur les mêmes bancs... Nous avons partagé fraternellement les couronnes universitaires... — Tu étais reçu docteur en médecine au moment où j'étais reçu docteur en droit... — Tu es amoureux, je le suis aussi, et j'espère bien que le jour où Mlle Isabeau de Lilliers deviendra ma femme, tu donneras ton nom à Mlle Berthe Monestier.

A mesure que parlait Henry, on voyait s'effacer l'expression de tristesse et de découragement empreinte sur le visage d'Étienne, et le sourire reparaissait sur ses lèvres.

Il saisit les mains du jeune marquis et les serra entre les siennes avec effusion.

— Ah! — s'écria-t-il, — que tu es bien un véritable ami!

— En doutais-tu?

— Non, certes!... Mais tu viens de me le prouver une fois de plus!... Tes paroles ont ranimé mon courage! — Je faiblissais et me voici fort! — Tu as raison, je dois espérer... — Plus de défaillances désormais!... Je me sens renaître... et c'est à toi, c'est à ton amitié que je le dois!!...

— A la bonne heure!..., — s'écria Henry de la Tour-Vaudieu, en répondant par une pression semblable à l'affectueuse étreinte des mains d'Étienne Loriot.

— Je retrouve mon vaillant camarade et je suis certain que désormais tu garderas ta foi dans l'avenir qui ne saurait manquer à tout homme d'énergie, de talent et d'honneur!

Puis, changeant de ton, il demanda :

— Mlle Berthe a-t-elle d'autres parents que sa mère et son frère?...

— Non... — Mme Monestier est veuve depuis vingt ans et n'a jamais quitté le deuil d'un mari qu'elle adorait...

— Et son fils est perdu?

— Pour le sauver j'ai tenté l'impossible... — Tout ce qui peut se faire, je l'ai fait en vain... — La phtisie pulmonaire atteignait son dernier période lorsque j'ai été appelé, et d'ailleurs c'est un mal qui ne pardonne pas... — A peine ai-je pu calmer un peu les souffrances du malheureux jeune homme...

— Il était, m'as-tu dit, l'unique soutien de sa mère et de sa sœur?

— Oui... — Élève distingué de l'École des arts et métiers, excellent sujet, contremaître dans un des premiers ateliers de mécanique de Paris, il ne pouvait manquer de prendre rang un jour parmi nos savants et nos industriels les plus distingués... — Sa mort sera un coup de foudre pour les deux pauvres femmes...

— S'attendent-elles à cette mort?

— Le courage m'a manqué pour leur dire combien la catastrophe est proche, mais je ne leur ai laissé que bien peu d'espoir...

— Je les plains de toute mon âme... — Heureusement tu leur resteras... — Tu seras leur conseil, leur appui, leur sauveur...

— Si Mlle Berthe veut bien m'en donner le droit... — murmura le jeune médecin.

— N'oublie pas que tu peux compter absolument sur moi... — reprit Henry.
— Je serai fier de t'aider dans une si noble tâche... — Je mets à ta disposition
le crédit de mon père, et mes quelques économies... — En disposant de moi
comme au besoin je disposerais de toi, tu me prouveras ton affection...

— Merci, mon ami, merci de tout mon cœur... et adieu... — Je vais rue
Notre-Dame-des-Champs...

— A bientôt, n'est-ce pas ?

— Oui, à bientôt...

— Tu me tiendras au courant ?

— Je te le promets...

Les deux jeunes gens se séparèrent. — Henry traversa pédestrement la place
du Carrousel. — Étienne monta dans une voiture de place qui passait à
vide.

Il avait hâte d'arriver.

Mme Monestier, ou plutôt Mme Leroyer — (car nos lecteurs ont deviné déjà
que tel était son véritable nom), — habitait avec ses deux enfants un petit
appartement au troisième étage d'une maison modeste de la rue Notre-Dame-
des-Champs, près de la rue Vavin, dans le quartier du Luxembourg.

Ce logement se composait de quatre pièces: une salle à manger servant
aussi de salon, deux chambres à coucher et une cuisine.

Cet humble intérieur était meublé comme le sont d'habitude les logements
des ouvriers aisés, c'est-à-dire d'une façon extrêmement simple; mais un ordre
parfait, une exquise propreté, lui donnaient bonne apparence.

Nous devancerons Étienne Loriot rue Notre-Dame-des-Champs, afin de présenter à nos lecteurs les nouveaux personnages qui doivent jouer un rôle important dans ce récit.

A peine avait-on franchi le seuil de la première pièce qu'on sentait en
quelque sorte flotter autour de soi une atmosphère de tristesse.

Abel, le frère de Berthe, étendu depuis près de deux mois sur son lit de dou_
leur, subissait les atteintes suprêmes du mal inguérissable qui devait l'emporter
à vingt-cinq ans...

Il avait été très beau, on devait même dire qu'il l'était encore, mais on ne
pouvait contempler ce jeune visage marqué déjà du sceau de la mort sans se
sentir le cœur serré.

Les joues creuses du malade offraient une teinte d'un blanc mat.

Les pommettes saillantes et vermillonnées tranchaient d'une façon sinistre
sur cette pâleur de mauvais augure.

Les cheveux noirs mouillés de sueur se collaient sur le front et sur les
tempes, creuses comme les joues. — Sous les arcades sourcilières profondes les
yeux brillaient du feu de la fièvre. — Les lèvres entr'ouvertes et décolorées
laissaient voir les dents éclatantes. — Les narines se pinçaient. — La maigreur

des membres était prodigieuse. — Le réseau des veines se dessinait en saillie sous la peau transparente.

Comme dans les dessins fantastiques du grand Albert Dürer, on croyait voir la Mort, écartant de sa main de squelette les rideaux de cette couche d'agonie, et guettant le dernier souffle pour emporter sa proie.

Au pied du lit, dans un fauteuil de bois de noyer recouvert d'une cretonne sans valeur, une femme assise, les mains jointes, les yeux tournés vers le malade, remuait silencieusement les lèvres.

Cette femme, — *Mater Dolorosa*, — élevait son âme en une prière ardente et demandait à Dieu de faire un miracle.

Elle avait quarante-cinq ans au plus, mais ses cheveux prématurément blanchis, ses traits flétris par d'indicibles angoisses, sa santé lentement détruite et qui, nous le savons, inquiétait Étienne Loriot, lui donnaient l'air d'avoir soixante années au moins.

Une jeune fille de vingt-deux ans, — paraissant, au contraire, âgée tout au plus de dix-huit ans, — une jeune fille aux yeux d'un bleu pur, adorablement jolie malgré sa pâleur, sous les ondes épaisses de ses cheveux blonds, se tenait debout, attentive et muette, au chevet du lit. — Elle ressemblait à ces vierges martyres dont les peintres italiens de la grande époque aimaient à reproduire les traits charmants et les touchantes attitudes.

C'était Berthe.

Abel fit un mouvement léger et balbutia :

— J'ai soif !

Berthe prit aussitôt une fiole pleine de potion et versa dans une cuiller de maillechort une partie du liquide que renfermait cette fiole.

Elle glissa son bras gauche sous les épaules de son bien-aimé malade, et, cherchant à le soulever, elle lui dit, en approchant de ses lèvres la cuiller :

— Bois, cher Abel...

Cette prière tendre et émue parut galvaniser le jeune homme.

Il tourna la tête vers sa sœur. — Un sourire affectueux glissa sur ses lèvres et il répliqua d'une voix éteinte :

— Merci, petite sœur...

Ensuite il but avidement.

Le breuvage dont Étienne avait donné la formule produisit un effet immédiat.

Abel secoua pour un instant la torpeur dans laquelle il était plongé. — Ses joues pâles se colorèrent légèrement. — La lueur fiévreuse qui brillait dans ses prunelles s'éteignit.

Il se souleva de lui-même, presque sans efforts, prit la main de sa sœur, la pressa contre ses lèvres et murmura :

— Berthe... Berthe, que tu es bonne !...

Ces mots, si simples, causèrent à la mère et à la fille, un attendrissement profond, leurs cœurs trop gonflés débordèrent. — De grosses larmes coulèrent sur leurs joues.

— Vous pleurez !... — fit tristement Abel. — Pourquoi pleurez-vous ? — Ai-je dit quelque chose qui vous ait affligées ?...

XIX

— Rien, cher frère, — répondit Berthe en essuyant ses yeux et en embrassant le malade, — aucun chagrin ne saurait nous venir de toi, mais notre cœur se brise en te voyant souffrir...

Abel ébaucha un geste de dénégation, tandis qu'une toux sèche et sifflante ébranlait sa poitrine, puis il répliqua vivement :

— Rassure-toi donc... — Je ne souffre pas... je t'assure que je ne souffre pas, et dès que les bons soins du docteur m'auront délivré de cette toux plus agaçante que douloureuse, j'irai mieux, beaucoup mieux, et ma convalescence ne se fera guère attendre... — Ainsi, mère chérie, ainsi, petite sœur, essuyez ces vilaines larmes qui me désolent, et venez m'embrasser toutes les deux.

La pauvre femme se leva d'une façon lente et pénible, car ses forces étaient à bout, s'approcha de son enfant et se pencha vers lui.

Berthe, de son côté, en faisait autant.

Abel enveloppa de ses bras amaigris les épaules des deux femmes ; il attira leurs têtes au niveau de son visage, les embrassa longuement et, pris d'une émotion soudaine, se mit à pleurer à son tour.

Angèle se déroba la première à cette touchante et suprême étreinte.

— Tu te fatigues, cher enfant... — dit-elle en affermissant de son mieux sa voix et en refoulant dans sa gorge les sanglots qui l'étouffaient. — Oublies-tu donc que le docteur t'a recommandé d'être calme si tu voulais hâter ta guérison ?... — Obéis à notre ami... — Sois sage...

— Oui, mère, oui, tu as raison... je serai docile... je veux guérir... — balbutia-t-il en laissant retomber sa tête sur l'oreiller.

Après une nouvelle crise de toux, qui mit au bord de ses lèvres une écume rougeâtre, il demanda :

— Le docteur va venir, n'est-ce pas ?

— Oui, frère, — répondit Berthe, — l'heure de sa visite approche...

— Ce cher docteur, — poursuivit Abel, — comme il est bon !

— Bon, dévoué, généreux... — dit avec effusion Mme Leroyer. — Il se conduit avec nous comme s'il était notre ami depuis longtemps.

Berthe baissa la tête sans prononcer une parole, tandis qu'un beau nuage d'un rose vif chassait la pâleur de son visage.

Abel reprit :

— Comment pourrons-nous jamais le payer de ses soins?...

— Ah ! — s'écria Berthe avec un involontaire entraînement, — ah ! ne te préoccupe pas de cela!...

Et le nuage pourpre s'épaissit de plus en plus.

— Nous sommes si pauvres maintenant... — poursuivit le malade. — Voilà deux mois que je suis dans mon lit... deux mois que je ne gagne rien... Nos économies s'épuisent... bientôt ce sera la misère... la misère pour vous... mon Dieu!... la misère...

Le visage d'Abel prit une expression navrante et de nouveau fut inondé de larmes.

Berthe et Mᵐᵉ Leroyer appuyèrent tour à tour leurs lèvres sur son front.

— Tu te trompes, cher enfant, — dit la mère, — tes inquiétudes n'ont point de motif sérieux... — Notre argent s'épuise, il est vrai... il nous en reste encore un peu cependant... nous avons d'ailleurs quelques petits bijoux et du linge dont la vente nous permettrait au besoin de vivre jusqu'à ta guérison complète...

— Vos pauvres petits bijoux... votre linge... vos seules ressources... — répéta le malade d'une voix profondément altérée. — Oh! ne dites pas cela, ma mère, car je voudrais me le cacher à moi-même... voilà d'où vient mon épouvante... — Si je mourais, que deviendriez-vous?...

— Mourir, toi!... mon Abel!... — s'écria Mᵐᵉ Leroyer en frissonnant. — Ne prononce plus ce mot... ne le prononce jamais si tu veux que je vive! — je sens qu'il me tuerait.

— Frère, — fit Berthe à son tour, — je t'en supplie, chasse ces idées tristes qui te font beaucoup de mal et qui nous brisent... — Je suis forte, moi, je suis courageuse... — Mon travail peut suffire à tout... — Même si ta convalescence est longue nous ne manquerons de rien... nous n'aurons à subir aucune privation... — Le docteur Étienne est aussi désintéressé, j'en suis sûre, qu'il est bon et qu'il est savant... — Il m'a promis de te guérir... — Il nous accordera le temps nécessaire pour lui payer ses honoraires... — Ma mère le disait tout à l'heure, il se conduit avec nous comme s'il avait toujours été notre ami... Donc, encore une fois, plus de soucis, plus d'inquiétudes... — Laisse-toi vivre en paix, et songe que bientôt tu seras fort comme autrefois.

Abel secoua mélancoliquement la tête.

— Ne crois-tu donc pas à ta prochaine guérison? — demanda Mᵐᵉ Leroyer, dont le cœur se serrait.

— Je crois, ma mère, que Dieu est le maître... Je suis dans ses mains puissantes, comme toutes les créatures... je vivrai s'il veut que je vive...

Pour la première fois le jeune malade semblait exprimer un doute.

Angèle et Berthe, en l'écoutant, ne pouvaient qu'à grand'peine étouffer leurs sanglots.

Une quinte de toux plus aiguë, plus prolongée que les précédentes, déchira la poitrine d'Abel.

Sur ses tempes perlait une sueur froide. — Quelques gouttes de sang vinrent à ses lèvres.

Berthe s'empressa de les essuyer avec son mouchoir, espérant cacher à sa mère cet effrayant symptôme.

— Maudite toux! — murmura l'agonisant en laissant retomber sa tête sur l'oreiller, — quand donc finira-t-elle?...

Mᵐᵉ Leroyer cacha son visage dans ses mains en se disant :

— Mon Dieu, nous n'avons plus d'espoir qu'en vous... Mon Dieu, prenez pitié de nous...

La pauvre femme commençait à comprendre que la mort, d'une minute à l'autre, pouvait lui arracher son enfant bien-aimé.

Elle n'ignorait pas qu'il était bien malade, mais jusqu'à ce jour et jusqu'à cette heure elle avait lutté contre l'évidence, elle avait voulu croire la guérison possible...

L'illusion se dissipait maintenant. — La réalité terrible se montrait sans voiles et le désespoir étouffait la malheureuse femme.

Berthe depuis longtemps savait la vérité, mais elle trouvait dans son héroïsme la force de cacher sa douleur.

Un coup de sonnette se fit entendre à la porte de l'appartement.

Berthe tressaillit.

— C'est le docteur... — dit-elle, heureuse de cette arrivée qui allait interrompre une scène désolante.

Elle courut ouvrir.

Le visiteur était bien en effet Étienne Loriot.

Un rayon de joie éclaira le visage attristé de la jeune fille dont la pâleur s'empourpra de nouveau, mais ce fut un éclair.

— Soyez le bienvenu, monsieur Étienne... — murmura Berthe. — Nous vous attendions avec impatience...

Le docteur prit la main que lui tendait la sœur d'Abel, et la serra presque en tremblant...

— S'est-il produit depuis hier quelque chose de grave dans l'état de notre cher malade? — demanda-t-il d'une voix émue.

— Il est à peu près comme vous l'avez laissé hier, monsieur Étienne... — répondit Berthe. — Cependant la faiblesse augmente et les crises de toux deviennent plus fréquentes et plus longues... — Voilà pour le physique... — Au moral, mon pauvre frère commence à perdre la fermeté qui jusqu'alors l'avait soutenu... — Il s'affecte, il s'attriste... Je crains qu'il ne se sente bien mal... —

Docteur, le courage me manque... — J'en aurais pour moi, peut-être, je n'en ai plus en voyant pleurer ma mère. — La mort d'Abel la tuera...

Berthe se tut, suffoquée par les sanglots.

— Mademoiselle, je vous en supplie, calmez-vous... — balbutia le docteur qui n'était ni beaucoup moins agité, ni beaucoup moins ému que la jeune fille elle-même. — Une catastrophe est inévitable, mon devoir professionnel me défend de vous le cacher, mais nous ferons tout au monde pour que les conséquences du coup terrible que va recevoir madame votre mère ne soient point mortelles... — N'existe-t-il pas un moyen de l'éloigner pendant quelques jours?...

— Ah! monsieur Étienne, gardez-vous bien de lui proposer cela... Ce serait lui faire comprendre que mon frère est condamné... — Jamais, d'ailleurs, elle ne consentirait à se séparer de son fils mourant.

— Pauvre mère!... — balbutia le docteur.

— Ah! oui, pauvre mère! — répéta Berthe, — vous avez bien raison, car elle souffre cruellement... — Quand Abel ne sera plus là, je crains pour elle la folie ou la mort... et je resterai seule... seule au monde... — seule entre deux tombeaux...

Étienne fut au moment de tomber aux genoux de la jeune fille en lui criant :

— Ne savez-vous pas que je vous aime?... — Ignorez-vous que mon vœu le plus cher serait de remplacer pour vous le reste du monde?...

Mais en face de cette douleur poignante il n'osa point trahir le secret de son cœur.

— Vous ne seriez pas seule, mademoiselle, — murmura-t-il timidement, — vous ne seriez pas seule puisque je suis là... — Vous avez en moi un ami... un ami dévoué... En doutez-vous?...

— Non, monsieur Étienne.. — Vous nous avez donné trop de preuves d'amitié pour que le doute soit possible...

— Comptez donc sur moi... — poursuivit le jeune homme. — Dites-vous bien que je suis à vous... absolument à vous... Si vous saviez comme je voudrais vous voir heureuse!!... Si vous saviez...

Pour la première fois, depuis qu'il venait chaque jour dans l'humble logis de la rue Notre-Dame-des-Champs, le docteur parlait ainsi à Berthe.

Malgré sa timidité, l'émotion qui le dominait venait de lui arracher un commencement d'aveu.

La jeune fille l'écoutait, rougissant et frissonnant à la fois.

Les paroles d'Étienne, et surtout l'accent avec lequel il les prononçait, allaient droit à son cœur dont elles faisaient vibrer toutes les cordes.

Ce fut comme un lambeau d'azur au milieu d'un ciel sombre, comme un rayon de soleil éclairant à l'improviste des ténèbres profondes.

Berthe comprit ce que le docteur n'osait lui dire encore. — Elle devina son secret tout entier... — Elle se sentit aimée, non pas d'amitié, mais d'amour...

— Merci, docteur... de votre dévouement et de votre affection... Au nom de ma mère, je les accepte.

XX

Cette révélation produisit instantanément chez elle un sentiment complexe.

Elle tressaillit de joie en même temps que sa candeur virginale s'effarouchait un peu, et pour couper court à une situation embarrassante elle dit brusquement :

— Monsieur Étienne, venez auprès de mon frère...

Et, devançant le jeune médecin, elle entra dans la chambre du malade.

Dans son inexpérience à peu près absolue des choses de l'amour, Étienne ne comprit point la profonde allégresse que son aveu, tout incomplet qu'il fût, venait de causer à Berthe.

Il craignit au contraire d'avoir froissé la jeune fille, et il la suivit en se reprochant d'avoir été trop expansif.

Mme Leroyer quitta son siège en le voyant entrer.

Abel tourna vers lui la tête, essaya de lui sourire et lui tendit une main qu'on aurait crue détachée de quelque préparation anatomique, tant elle était maigre, et tant les os et les veines saillaient sous la peau parcheminée et quasi transparente.

D'un coup d'œil rapide, et tout en serrant cette main fiévreuse, Étienne constata le changement sinistre qui depuis la veille s'était opéré chez son malade, mais sa physionomie resta calme, rien ne trahit ce qui se passait en lui.

— Je suis heureux de vous voir, cher docteur... — dit Abel d'une voix presque éteinte.

— Comment vous trouvez-vous aujourd'hui, mon ami ? — demanda le jeune médecin en ayant l'air d'interroger le pouls.

Abel répondit par un mouvement d'épaules qui signifiait clairement :

— Pourquoi me questionner à ce sujet?... — Vous connaissez mon état mieux que moi...

— Il tousse beaucoup, docteur... — fit Mme Leroyer, et elle montra le mouchoir couvert de taches sanguinolentes avec lequel on essuyait les lèvres du mourant.

Étienne, ne pouvant dire brutalement la vérité et ne voulant pas mentir, garda le silence.

Il se contenta de faire un signe de tête et d'échanger avec Berthe un regard douloureux.

Abel, dont les yeux étaient fixés sur le docteur, surprit l'expression de ce regard.

Pour l'éclairer il n'en fallait pas plus.

Le pauvre enfant ne pouvait pâlir, mais pendant le quart d'une seconde les pommettes de ses joues perdirent leur nuance d'un rouge vif.

Pour la seconde fois il tendit la main à Étienne et l'attirant à lui, le forçant en quelque sorte à se pencher sur le lit, il murmura d'une voix basse et sifflante tout près de son oreille :

— Je suis un homme et j'ai du courage... — Ne me cachez plus rien... A

quoi bon me tromper?... C'est fini, n'est-ce pas? — Depuis un instant je le sens...
je le devine... — Il me semble que ma vie ne tient qu'à un fil... et que ce fil
sera coupé demain... — Est-ce vrai?...

Étienne, malgré sa grande jeunesse, avait assisté déjà à bien des agonies. —
Au contact assidu des souffrances physiques et des douleurs morales il s'était
en quelque sorte bronzé. — La lutte suprême de la vie et de la mort le laissait
non pas indifférent, mais froid, ce qui du reste arrive à tous les médecins très
occupés. — C'est une grâce d'état.

Il frissonna cependant de tout son corps en entendant les paroles d'Abel. —
Ses yeux se mouillèrent. — Une indicible angoisse lui étreignit la gorge et lui
serra le cœur.

Sans répondre à l'agonisant, — hélas! qu'aurait-il répondu? — il appuya son
doigt sur ses lèvres pour lui commander le silence...

— Que vous dit-il, docteur?... — demanda Mme Leroyer avec épouvante.

— Rien qui doive vous inquiéter, madame... — Notre cher malade voudrait dormir, et je vais faire préparer une potion qui lui donnera le sommeil...

Le jeune médecin s'approcha d'Angèle qui s'était laissée retomber, presque
anéantie, sur son fauteuil.

— Mademoiselle Berthe, — ajouta-t-il — voulez-vous mettre à ma disposition du papier et une plume?

Abel jeta au docteur un long regard attendri et reconnaissant.

La jeune fille s'empressa de placer sur une table tout ce qu'il fallait pour
écrire.

Étienne rédigea une ordonnance.

— C'est la dernière... — se disait-il. — Pauvre mère!... pauvre sœur!...
Et malgré lui ses yeux se mouillèrent.

Quand il eut achevé, il ajouta :

— Vous ferez prendre une cuillerée de cette potion à notre cher malade
de quart d'heure en quart d'heure, jusqu'à ce que le sommeil soit venu...

— Vos prescriptions seront religieusement suivies... — murmura la blonde
enfant.

Étienne se tourna vers Mme Leroyer.

— Et vous, madame, — lui demanda-t-il, — comment vous trouvez-
vous?...

— Bien faible, — répondit-elle d'une voix lente et sourde, — l'angoisse et
le chagrin me tuent...

— Soyez courageuse, je vous en supplie... — poursuivit Étienne avec
l'accent d'une tendresse toute filiale, — raidissez-vous contre la douleur... —
Votre état, sans être grave, réclame des soins constants... — Il vous faudrait
du calme...

— Du calme!... — répéta Mᵐᵉ Leroyer, d'un ton plein d'amertume. — Est-ce que c'est possible, mon Dieu??...

Et d'un geste furtif elle indiquait la couche où se mourait Abel.

— A quoi bon vivre?... — ajouta-t-elle tout bas, — à quoi bon vivre, si je dois le perdre?..

— Songez à votre fille...

— Ah! vous avez raison, je le sais... je le sens... mais je ne puis songer qu'à lui...

Mᵐᵉ Leroyer se leva, prit le bras du docteur et l'entraîna dans la pièce voisine.

— Je veux savoir la vérité... — lui dit-elle avec une exaltation voisine de la folie, lorsque la porte se fut refermée derrière eux. — Espérez-vous encore?... — Mon fils est-il perdu?...

— La vérité, madame, la voici, — répondit le médecin à qui la force manquait pour mentir : — la science est impuissante désormais. — La vie d'Abel, en ce moment, est dans les mains de Dieu qui peut faire un miracle.

— Alors, vous ne pouvez plus rien, vous?...

Étienne ne répondit que par son silence.

Mᵐᵉ Leroyer devint livide; — ses yeux s'agrandirent et prirent une expression d'effarement; elle joignit ses mains et les éleva au-dessus de sa tête; ses lèvres s'entr'ouvrirent pour pousser un cri de révolte contre l'implacable destinée qui tuait son enfant.

— Prenez garde... — murmura vivement le docteur, — prenez garde... il va vous entendre...

Il suffit de ces quelques mots pour enrayer la crise d'effrayant désespoir à laquelle s'attendait Étienne.

Angèle Leroyer laissa retomber sa tête sur sa poitrine, et des torrents de larmes inondèrent son visage incliné.

Le jeune médecin la contempla pendant quelques secondes avec une pitié profonde, puis il rentra dans la chambre d'Abel et s'approcha du lit.

— A ce soir, mon cher enfant, — dit-il au malade en prenant une de ses mains qui n'était plus brûlante, mais glacée. — A ce soir... et du courage...

L'agonisant tourna ses yeux vers le ciel. — Un sourire de résignation vint à ses lèvres tachées de sang et il murmura :

— Du courage : — j'en ai...

Le médecin, s'arrachant à ce navrant spectacle, sortit en faisant signe à Berthe de le suivre; tous deux entrèrent dans la pièce où Mᵐᵉ Leroyer, immobile, inerte et pleurant toujours, ressemblait à une statue de la Douleur.

— Docteur, — fit la jeune fille en appuyant machinalement la main sur l'épaule d'Étienne pour se soutenir, car ses forces la trahissaient, — mon frère verra-t-il se lever le soleil de demain?...

— Faites préparer la potion, mademoiselle... — dit Étienne, — je reviendrai ce soir...

Berthe comprit pourquoi le médecin ne lui répondait pas.

Elle plongea sa tête dans ses mains et ses sanglots éclatèrent.

Étienne lui toucha doucement le bras.

— Songez à votre mère... — murmura-t-il à son oreille en lui montrant Angèle qui, s'absorbant dans une pensée unique, ne s'apercevait même pas de leur présence.

— C'est vrai... — balbutia la jeune fille, — je dois songer que je vais être seule au monde pour veiller sur elle...

— Seule, non... — balbutia Étienne, — je serai là aussi, moi... — Je remplacerai son fils...

— Merci, docteur... merci de votre dévouement et de votre affection... — Au nom de ma mère, je les accepte...

Et elle tendit au jeune homme ses deux mains humides encore des larmes qui venaient de les inonder.

— Je vais faire préparer la potion... — ajouta-t-elle en s'essuyant les yeux, et en s'élançant rapidement dans l'escalier.

Étienne adressa quelques paroles à Mme Leroyer qui ne parut point les entendre, et à son tour il descendit les trois étages qui le séparaient de la rue.

Son âme était profondément triste. — Son cœur gonflé lui semblait mal à l'aise dans sa poitrine contractée par le chagrin. — Il avait peine à refouler en lui les pleurs prêts à jaillir de ses yeux.

L'air du dehors le ranima en le frappant au visage. — Il gagna la rue de Rennes et reprit le chemin du centre de Paris. — Il se sentait plus calme, mais ses poignantes préoccupations n'en subsistaient pas moins.

Retournons à la chambre du malade.

Abel avait épié la sortie de Berthe et du docteur.

Il laissa s'écouler quelques minutes puis, lorsqu'il eut entendu la porte du logement se refermer, il se souleva sur son coude, lentement, péniblement, et d'une voix presque indistincte d'abord, mais qui s'affermit peu à peu quoique toujours rauque et sifflante, il appela sa mère à plusieurs reprises.

Mme Leroyer entendit, ou plutôt devina cet appel et, secouant la torpeur désespérée qui l'engourdissait, elle s'empressa de se rendre auprès de son fils.

— Tu as besoin de quelque chose, cher enfant? — balbutia-t-elle en se penchant sur le lit.

— De rien, mère... — répondit Abel, — mais je veux te parler...

— Me parler? — répéta la pauvre femme.

— Oui... approche donc ton fauteuil et assieds-toi là... tout près... plus près encore, car ma voix est bien faible... — j'ai besoin de causer avec toi en l'absence de ma sœur...

XXI

— Ne crains-tu pas la fatigue, mon enfant bien-aimé ? — répliqua Mme Leroyer en s'asseyant au chevet du lit. — Tu sais que le docteur t'ordonne le silence...

— Qu'importe la fatigue?... Il faut que je te parle, écoute-moi donc...

Il allait commencer. — Un violent accès de toux arrêta la parole sur ses lèvres.

— Tu vois... — balbutia Angèle, — aussitôt que tu désobéis au docteur, cette maudite toux revient!...

— Qu'importe? — dit Abel pour la seconde fois. — D'ailleurs, cela va mieux... c'est fini... — Donne-moi ta main... incline ta tête vers la mienne, et fixe tes yeux sur mes yeux...

Mme Leroyer prit docilement la main de son fils, et étonnée, attendrie, troublée jusque dans les profondeurs de son être, elle le regarda.

— Mère, — poursuivit l'agonisant qui par un suprême effort de sa volonté se donna un semblant de vie, — écoute-moi bien, mais écoute-moi sans larmes, avec courage... avec résignation...

— Je t'écoute, cher enfant... — répondit la veuve dont les pensées se heurtaient confuses. — Que veux-tu me dire?

— Je veux te préparer à la plus grande douleur que tu puisses ressentir...

— Abel... — s'écria Mme Leroyer livide, — Abel...

— Mère, — reprit le mourant, — ne m'interromps pas... — Je t'ai demandé du courage et de la résignation... Je te les demande de nouveau... je te les demande au nom de mon père...

La veuve, en entendant Abel prononcer ces deux mots : MON PÈRE, tressaillit de tout son corps comme si la décharge d'une pile électrique venait de la frapper en plein cœur.

Son visage devint pareil à un masque tragique. — Un éclair fauve jaillit de ses prunelles. — Elle se redressa galvanisée et regarda son fils bien en face.

Ensuite elle répliqua d'une voix sourde, mais qui ne tremblait pas :

— Parle! — Au nom du martyr qui fut ton père, je t'écouterai avec courage, avec résignation!...

— Merci, mère! — Voilà comme je veux te voir à cette heure où je sens que tout est fini pour moi sur la terre...

Un tressaillement convulsif secoua les mains de Mme Leroyer.

— Pas de faiblesse! — poursuivit Abel, — tu as promis, tiens ta parole!... Si le docteur te cache la vérité, moi je te la dis! — Je vais mourir et il faut que tu le saches, car nous avons un secret à garder et, jusqu'au jour de la réhabilitation, jusqu'à l'heure où justice sera faite, ma sœur doit ignorer que nous portons un nom qui n'est pas le nôtre.

— Parle, mon fils! — répéta la veuve, redevenue maîtresse d'elle-même.

Abel eut une suffocation, mais il trouva dans son énergie morale la force de lutter contre le mal et d'en triompher.

Il poursuivit :

— Quand Dieu va m'avoir appelé à lui, ma mort nécessitera de pénibles démarches... — Il faudra produire des pièces authentiques aux bureaux de l'état civil, et ces pièces démontreront qu'Abel Monestier se nommait en réalité Abel Leroyer, et qu'il était fils de ce Paul Leroyer dont la tête est tombée sur l'échafaud il y a vingt ans... — Demande donc à ton amour maternel de te soutenir demain comme il l'a toujours fait... — Charge-toi seule de toutes les démarches, afin que Berthe ne puisse savoir qu'une souillure imméritée pèse sur nous! — la tombe de mon père ne porte qu'un mot : JUSTICE!! — Que ma tombe, à moi, ne porte qu'un nom : ABEL... — Feras-tu cela, ma mère?...

— Je le ferai...

— Tu me le jures?...

— Je te le jure!...

— Ta faiblesse ne te trahira pas?

— Je serai forte...

— Merci, ma mère... — Je pourrai mourir en paix... — Le secret de honte sera bien gardé!!...

— Il sera bien gardé... — répéta la malheureuse femme d'une voix presque ferme, — et jusqu'au jour de la réhabilitation, si ce jour doit venir jamais, Berthe ignorera que son père est mort sur l'échafaud pour payer la dette d'un autre... pour expier un crime qu'il n'avait point commis...

— Bien, ma mère, — reprit lentement Abel. — Il faut qu'il en soit ainsi... — Mon père était innocent, nous le savons, nous en sommes sûrs; mais ses juges aveugles l'ont déclaré coupable, et les preuves matérielles de son innocence, ces preuves que nous cherchons sans cesse, nous échappent depuis vingt années... — Pour les trouver aujourd'hui il faudrait un miracle qui ne se fera pas... — Nous espérions laver la tache sanglante qui souille la mémoire du martyr... — espérance vaine... — Je vais mourir et la souillure existe toujours!...

Le jeune mourant s'était animé en prononçant ces dernières paroles...

Une quinte de toux effrayante vint le suffoquer, et de nouveau le mouchoir qu'il appuya contre ses lèvres se teignit de rouge.

— Abel, mon enfant bien-aimé, tu souffres... tu souffres horriblement... — balbutia la veuve du supplicié.

— Non... — répondit Abel avec héroïsme. — Tu vois que la crise est passée... — Écoute, mère... écoute encore, car je n'ai pas fini... — Plus d'une fois la pensée m'est venue de révéler à Berthe le terrible secret... — Je voulais lui faire promettre de se dévouer à son tour à l'œuvre que nous n'avons pas pu mener à bonne fin... — J'ai réfléchi... — Pour traquer l'assassin au fond de l'ombre où il se cache, une jeune fille serait impuissante comme nous l'avons été... — Elle succomberait sur la route hérissée d'obstacles et de périls... — J'ai gardé le silence... — Il faut que Berthe ne sache rien...

La voix d'Abel devenait si faible qu'elle arrivait à peine à l'oreille de sa mère qui, penchée vers son fils, retenait son haleine afin de mieux entendre.

— Cesse de parler... — dit la malheureuse femme, — cesse de parler, je t'en supplie... tu te tues...

Abel voulut continuer, mais la force lui fit défaut.

— Mère, bénis-moi... je vais mourir... — murmura-t-il.

Et sa tête retomba lourdement sur l'oreiller.

— Ah! je te bénis!... je te bénis!... — s'écria Mme Leroyer à travers ses sanglots, en soulevant le jeune malade dans ses bras et en couvrant de baisers son front humide et ses joues livides, — je te bénis de toute mon âme, toi, le meilleur des fils...

L'agonisant parut se ranimer et reprit d'une voix sifflante :

— Mère... quand je ne serai plus là... tu iras seule... toujours seule... à la tombe de mon père... et tu lui porteras... en mon nom... une couronne... Adieu... mère... adieu...

Mme Leroyer se tordait les bras.

— Non, — balbutiait-elle, — affolée par le désespoir, — non... ne me dis pas adieu... non, ne me quitte pas, mon enfant bien-aimé... si tu pars, je veux partir avec toi...

Elle s'agenouilla près du lit, puis, levant vers le ciel ses mains jointes, elle poursuivit avec une sorte de délire :

— Seigneur mon Dieu... Dieu tout-puissant... Dieu de bonté... Dieu de justice... entendez-moi... faites un miracle... — N'ai-je pas assez pleuré? — N'ai-je pas assez souffert?... — Vous voyez bien que je succombe... — Pitié pour moi, mon Dieu... laissez-moi mon enfant...

Abel, qui ne pouvait plus parler, attachait sur sa mère un regard d'une expression céleste.

En ce moment Berthe rentra, tenant une petite fiole.

La veuve du supplicié se leva d'un bond.

— Vite, la potion!... — lui dit-elle, — vite!...

Et les deux femmes, soulevant la tête du moribond, lui firent prendre une cuillerée du contenu de la fiole.

Il leur sourit et ferma les yeux.

— J'ai à répondre que je suis fautif, mon juge, balbutia Fil-en-Quatre.

Quittons pour un instant l'humble logis où tant de larmes avaient coulé déjà,
où tant de larmes devaient couler encore.

Rejoignons Fil-en-Quatre et l'ex-notaire Raoul Brisson, surnommé Plume-
d'Oie, arrêtés chez le père Loupiat, à la *Canette d'argent*, ruelle des Acacias.

La bande de voleurs sur laquelle la police venait de faire main basse avait
été conduite au poste de la barrière Clichy.

Une voiture cellulaire vint prendre ces gredins pour les mener au dépôt de la Préfecture.

Quelques mots du commissaire ont expliqué pour nos lecteurs l'arrestation de Fil-en-Quatre.

Ce filou émérite, lorsque les *opérations* lucratives faisaient défaut, pratiquait avec succès le vol à l'étalage.

Il avait été signalé comme ayant soustrait une demi-douzaine de montres à la devanture d'un horloger.

Le signalement donné s'appliquant merveilleusement à Claude Landry, dit Fil-en-Quatre, le chef de la sûreté avait sollicité un mandat et fait opérer une perquisition au domicile du bandit, rue de la Charbonnière, au *Petit-Assom-moir*.

Les montres cachées au fond d'une malle fournirent la preuve irrécusable que les soupçons ne s'égaraient point.

Il ne s'agissait plus que d'arrêter le voleur.

Ses habitudes étaient connues.

On devait infailliblement le trouver dans l'un des bouges qui fourmillaient alors plus encore qu'aujourd'hui aux alentours des barrières de Paris, dans la zone comprise entre les boulevards extérieurs et les fortifications.

Justement une descente à la *Canette d'argent* était ordonnée pour ce soir-là.

Nous en connaissons le résultat et nous avons vu Fil-en-Quatre entrant en pleine révolte, cherchant à frapper le commissaire d'un coup de couteau, et n'échouant dans sa tentative que grâce à l'énergique intervention du mécanicien René Moulin.

Arrivés au dépôt, les voleurs arrêtés subirent la visite obligatoire.

On les fouilla, on leur enleva leur argent et les autres objets trouvés sur eux et dont l'état fut régulièrement dressé.

Ces formalités accomplies on leur fit franchir le seuil des vastes salles où se trouvent pêle-mêle voleurs, assassins, vagabonds, *mendiants truqueurs*, attendant qu'après un premier interrogatoire on les mette en liberté, ou qu'on les expédie dans une maison de prévention.

XXII

Le mobilier des salles consiste en lits de camp adossés à la muraille comme dans les corps de garde, — en bancs grossiers et en lourdes tables.

Il y avait peu de monde cette nuit-là dans la salle qui reçut l'ex-notaire et Fil-en-Quatre, ce qui leur permit de trouver place sur l'un des lits de camp où ils s'étendirent l'un à côté de l'autre, tout au bout, de manière à s'isoler autant que possible.

Fil-en-Quatre, le sourcil froncé, la mine farouche, ne desserrait pas les dents.

L'ex-notaire ne soufflait mot non plus; mais, comme il était naturellement bavard, ce mutisme ne lui plaisait point, et, au bout de quelques minutes, il jugea convenable de le rompre.

Il donna un coup de coude à son compagnon d'infortune et lui dit à voix basse, car la nuit, au Dépôt, le silence est obligatoire :

— A quoi réfléchis-tu, camarade?

— Et toi? — répliqua Fil-en-Quatre du même ton.

— Moi, je médite deux vieux proverbes.

— Quels proverbes?

— Celui-ci d'abord : — *Qui compte sans son hôte risque de compter deux fois!* — et ensuite cet autre : — *L'homme propose et la police dispose!*

— Je ne comprends pas les proverbes... — grommela Fil-en-Quatre.

— C'est cependant la Sagesse des nations...

— Oui... — Eh bien! les nations ont trop d'esprit pour moi! — Ce que je pense? c'est qu'au moment d'être cousus d'or, nous v'là au clou!... — C'est qu'au lieu d'être étendus tranquillement dans notre lit, avec un traversin bourré de *papier Garat*, nous v'là sur la paillasse de bois du Dépôt, et que j'ai en perspective je ne sais combien de mois de prison pour l'affaire des montres et pour m'être rébellionné contre le commissaire... — Ça me semble peu drôle!...

— A qui la faute?

— A moi, peut-être?

— Oui, parbleu, à toi! — répondit l'ex-notaire que la perspective d'une condamnation semblait effrayer médiocrement. — Tu as voulu nous donner rendez-vous à la *Canette d'argent*, et Jean-Jeudi t'avait répété sur tous les tons que l'endroit n'était point sûr...

— Tonnerre!... — murmura Fil-en-Quatre en grinçant des dents. — Ne me parle pas de Jean-Jeudi!

— Bah! — Pourquoi?

— Parce que c'est un Judas auquel je dévisserai la tête à notre première rencontre!

Plume-d'Oie, tout interdit de cette sortie, demanda :

— Qu'est-ce qu'il a fait?

— Comment, tu ne comprends pas que c'est lui qui nous a vendus à la police?...

— Allons donc!

— Tu trouves naturel qu'il ait manqué au rendez-vous?

— Non, mais de là à être un Judas il y a loin, et je crois Jean-Jeudi incapable de vendre ses camarades...

— Eh! notaire sans malice, pour faire le coup tout seul il était capable de n'importe quoi!... Pourquoi qu'il n'est pas venu?

— Il sera peut-être arrivé trop tard...

— Des bêtises! — Il avait *mangé le morceau*... — Le commissaire m'a dit : « *C'est justement vous que je cherchais!* » — Tu l'as entendu?

— Ça, oui.

— Eh bien! qui donc, si ce n'est Jean-Jeudi, aurait pu lui raconter qu'on me trouverait à la *Canette d'argent?*

— On avait opéré une perquisition chez toi et mis la main sur la pacotille... on connaissait ton signalement... on faisait une descente ruelle des Acacias... — On t'a reconnu et voilà... — Ça me paraît simple comme bonjour...

— Chacun son idée!... Tu arranges les choses à ta manière... — Moi, je soutiens que Jean-Jeudi nous a fait pincer afin de ne partager avec personne le magot de la rue de Berlin... — Mais je te fiche mon billet qu'il ne le portera pas en paradis!...

— Tu songes à manigancer quelque chose contre lui? — demanda Plume-d'Oie avec inquiétude.

— Rapporte-t'en à moi pour ça!...

— Tu veux le dénoncer?

— Pourquoi pas?

— Mais tu es fou, mon pauvre Fil-en-Quatre!... — Tu as un hanneton dans ta guitare!... — En parlant de l'affaire de la rue de Berlin, dont tu es l'*allumeur* et par conséquent le complice, c'est cinq ans de réclusion que tu empocheras, si tu n'attrapes pas les travaux forcés!

Fil-en-Quatre se gratta l'oreille.

— Tonnerre! — murmura-t-il, — tu pourrais bien avoir raison...

— J'ai raison cent fois pour une... — continua l'ex-notaire. — Suis bien mon raisonnement : — Si Jean-Jeudi n'a pas fait l'affaire de la rue de Berlin il s'en tirera blanc comme neige, et c'est toi qui *écopperas* à sa place... — Est-ce clair?

— Dame! oui...

— Si Jean-Jeudi nous a fait pincer, ce n'est donc pas au sujet de cette affaire-là; il serait trop bête d'en parler, aucun commencement d'exécution n'ayant eu lieu. — Si c'est à propos d'autre chose et afin de garder le coup pour lui tout seul quand nous serons sous les verrous, j'avoue que c'est bigrement canaille, mais je ne vois pas la nécessité de nous dénoncer... — Nous sommes déjà bien assez compromis...

— Il faut cependant qu'il me le paye, et il me le payera...

— Comment?

— Bah! quand on cherche bien, on trouve.

La porte de la salle s'ouvrit pour donner passage à une fournée de rôdeurs qu'on venait d'arrêter.

Toutes les places vides du lit de camp furent immédiatement envahies. — Fil-en-Quatre et Plume-d'Oie durent cesser leur conversation.

L'ex-notaire s'endormit et ronfla bientôt de façon bruyante.

Son compagnon passa le reste de la nuit à réfléchir... — Il combinait ses projets de vengeance.

Au point du jour les gardiens entrèrent et firent lever les dormeurs pour procéder au nettoyage des salles.

Les deux bandits reprirent à voix basse dans un coin leur entretien interrompu.

— On va t'appeler à l'instruction... — dit Plume-d'Oie. — Mettons-nous d'accord... — J'ai contre moi une rupture de ban et pas autre chose... — J'en aurai pour un an... — Tu ne parleras pas de moi?

— Non.

— C'est bien entendu?

— C'est juré... sois sans crainte.

— Tu ne diras rien de l'affaire de la rue de Berlin?

— Je n'en soufflerai mot.

— Tu pardonnes à Jean-Jeudi?

Fil-en-Quatre serra les poings.

— Jamais de la vie! — murmura-t-il.

— Ainsi tu vas le dénoncer?

— Ça me regarde... si tu veux que nous restions bons amis, je te conseille de ne pas t'occuper de lui...

— Cependant...

— Tonnerre! — interrompit le bandit, — vas-tu me laisser la paix!

Les verrous grincèrent et la porte de la salle s'ouvrit de nouveau.

Sur le seuil se trouvaient trois gardiens, dont l'un tenait un papier couvert de noms.

Ce gardien fit quelques pas dans la salle et, après avoir consulté sa liste, il appela d'une voix forte :

— Prosper Landier...

— Présent... — répondit un jeune homme de dix-huit ans, en sortant des groupes.

— Bernard Joliet...

— Présent...

— Claude Landry, dit Fil-en-Quatre... — poursuivit le gardien

— Présent...

Et le complice de Plume-d'Oie s'avança à son tour.

— A l'instruction... — commanda le gardien.

Les trois hommes furent immédiatement remis aux mains des gardes municipaux qui, par des passages et des escaliers formant un véritable labyrinthe, les conduisirent à la galerie sur laquelle s'ouvrent les cabinets des juges instructeurs.

Fil-en-Quatre marchait la tête basse et s'absorbait en de profondes réflexions.

Il préparait ses réponses aux questions que lui adresserait le magistrat devant lequel il allait comparaître, et cherchait le moyen d'englober Jean-Jeudi dans son affaire.

Il fut appelé le premier.

Un garde municipal le poussa dans le cabinet et se plaça derrière lui.

Le juge d'instruction siégeait derrière son bureau.

Près de lui, devant une petit table, était assis le greffier chargé d'écrire l'interrogatoire de l'inculpé.

Le magistrat, avant de procéder à cet interrogatoire, jeta sur Fil-en-Quatre un regard inquisiteur.

Nous savons que le bandit n'avait point mauvaise figure et qu'il était très proprement vêtu.

L'impression produite ne fut pas défavorable.

Après ce rapide examen, le juge commença les questions d'usage :

— Vos nom et prénoms? — Votre âge? — Où êtes-vous né? — Etc., etc...

Fil-en-Quatre répondit du ton le plus doux et le plus humble aux interrogations ayant pour but d'établir correctement son état civil.

Après ces préliminaires indispensables on arriva aux faits sur lesquels reposait l'accusation.

— Vous êtes inculpé, — lui dit le magistrat, — d'avoir soustrait des montres à l'étalage d'un horloger du faubourg Saint-Denis... — Qu'avez-vous à répondre ?

— J'ai à répondre que je suis fautif, mon juge... — balbutia le voleur avec l'apparence d'une profonde contrition. — Comment le nierais-je d'ailleurs, puisqu'on a trouvé les montres chez moi?

— En effet, les voici...

Et le juge d'instruction les fit passer l'une après l'autre sous les yeux de Fil-en-Quatre.

— Néanmoins, — reprit ce dernier, — j'ose affirmer que je suis beaucoup moins coupable que je n'en ai l'air...

Le magistrat fit un haut-le-corps.

— Moins coupable que vous n'en avez l'air ! — répéta-t-il en regardant bien en face l'inculpé ; — la prétention est au moins étrange! — Comment la justifiez-vous?... — Au moment du vol vous avez été vu, et la police a saisi dans votre malle les objets volés!...

— Mon magistrat, je n'étais pas seul... — je regardais faire... mais personnellement je n'ai rien décroché du tout...

XXIII

— Allons donc! — dit le magistrat, — votre signalement a été donné...

— Parce que je me trouvais à côté de l'autre...

— Quel autre? — Votre complice?...

— Oui, mon juge... C'est lui seul, parole sacrée, qui a mis la main sur les bibelots... — Moi, je faisais le guet, tout honnement...

— Et vous prétendez sans doute aussi qu'il a porté les montres chez vous?..

— C'est la vérité, mon juge... — Je me suis chargé de les garder jusqu'à ce qu'on trouve une occasion de s'en défaire... — C'est ma complaisance qui m'a perdu...

— Complaisance intéressée, je suppose?... Le partage de l'argent devait avoir lieu après la vente?...

— Dame! mon magistrat, c'était naturel.

— Comment appelez-vous l'autre voleur, ce prétendu complice?

Fil-en-Quatre baissa la tête, en roulant entre ses mains sa casquette.

Un moment de silence suivit la question du juge.

— Allons, répondez! — dit ce dernier avec quelque impatience. — Si vous n'êtes que complice, nommez l'auteur du vol, sinon vous me ferez croire à une invention maladroite ayant pour but d'éloigner de vous la plus grosse part de responsabilité... — Vous êtes un récidiviste.. Votre première arrestation avait déjà pour cause un vol à l'étalage... — Vous n'aviez pas de mauvais antécédents, aussi ne vous a-t-on condamné qu'à deux mois de prison; mais cette fois les juges se montreront sévères, vous enverront pour treize mois dans une maison centrale et vous placeront pour plusieurs années sous la surveillance de la haute police... à moins que vous ne prouviez l'existence d'un complice plus coupable que vous.

Fil-en-Quatre, en entendant le juge d'instruction, devint très pâle et se mit à trembler.

La *surveillance* cause à tous les voleurs un effroi insurmontable. — C'est la classique épée de Damoclès suspendue sans cesse sur leur tête. — C'est la nécessité, une fois sortis de prison, de résider dans l'endroit que la police leur assigne. — C'est la quasi-certitude d'être arrêtés s'ils viennent se réfugier à Paris, et de subir une nouvelle condamnation pour rupture de ban.

— Comment, mon juge, — s'écria-t-il, pour une demi-douzaine de mauvaises montres, dont deux sont *en toc*, treize mois et la surveillance !!

— C'est le moins qui puisse vous atteindre si vous êtes l'auteur principal du vol en question... Si vous n'en êtes que le complice on usera sans doute d'indulgence. — Peut-être même deviendrait-il possible d'oublier que vous avez commis une tentative de voies de fait contre un commissaire de police...

Fil-en-Quatre joignit les mains et prit une physionomie suppliante et superlativement hypocrite.

— Oh! mon magistrat, — balbutia-t-il d'une voix qui semblait mouillée de larmes, — il faut l'oublier... il le faut absolument... — Je me repens de tout mon cœur, je vous le jure, et pour un peu vous me verriez pleurer comme une Madeleine... — J'avais bu un ou deux coups de trop... J'ai été pris de colère en me voyant pincé... Je suis devenu aux trois quarts fou... — Je ne savais pas ce que je disais ni ce que je faisais quand j'ai menacé, et j'en demande pardon à genoux au digne magistrat qui se donnait la peine de me venir arrêter lui-même...

— Et que vous auriez tué bel et bien, probablement, sans l'intervention d'un brave garçon qui s'est jeté sur vous et vous a désarmé au péril de sa vie... — Mais nous n'en sommes pas encore là... — Finissons-en avec l'histoire des montres et, je vous le conseille, nommez votre complice, si vous en avez un...

— C'est dur de dénoncer un camarade... — murmura le bandit, — mais dame ! après tout, chacun pour soi, et puisqu'il le faut absolument je me décide...

— Parlez...

— Le camarade en question s'appelle Jean-Jeudi, surnommé Rossignol...

Le magistrat instructeur prit une feuille de papier en tête de laquelle on lisait en gros caractères ces deux mots :

MANDAT D'AMENER

Sur cette feuille il écrivit les noms et le surnom que Fil-en-Quatre venait de lui livrer.

Ensuite il demanda :

— Qu'est-ce que ce Jean-Jeudi ?...

— Jean-Jeudi, — répondit Fil-en-Quatre, — est un ancien qui a subi je ne sais combien de condamnations, dont l'une à cinq ans, avec dix ans de surveillance...

— Où demeure-t-il ?

— Rue des Vinaigriers.

— Le numéro ?

— Vingt et un.

Jean-Jeudi suivit le canal Saint-Martin jusqu'à la barrière de la Villette.....

Le juge d'instruction prit note des renseignements fournis par Claude Landry et continua son interrogatoire.

Le greffier donna lecture de ce qu'il avait écrit, et Fil-en-Quatre signa sans sourciller.

— Qu'on reconduise l'inculpé au Dépôt... — commanda le magistrat au garde municipal.

Fil-en-Quatre fit un mouvement pour solliciter l'autorisation de parler.

— Que voulez-vous ? — demanda le juge.

— Mon magistrat, — murmura le prisonnier, — on va certainement arrêter Jean-Jeudi...

— Eh bien ?

— Eh bien ! je sollicite la faveur de ne pas faire ma prévention dans la maison où il fera la sienne... — C'est un mauvais gars, très dangereux, très vindicatif... — Quand il se verra pris il devinera sans peine que c'est moi qui l'ai dénoncé, vous comprenez ça, et comme il est tout nerfs, et que moi je n'ai pas plus de malice qu'un mouton en bas âge, il me cassera les reins très bien. — Ça serait-il un effet de votre bonté de m'envoyer aux Madelonnettes?...

Les *Madelonnettes*, à l'époque où se passe notre récit, étaient une maison de prévention qui devait tomber sous la pioche des démolisseurs quelques années plus tard.

— C'est bien... — répondit le juge, — on avisera.

— Merci, mon magistrat, vous me sauvez la vie...

Le juge d'instruction remplit et signa immédiatement le mandat d'amener sur lequel il avait inscrit les noms de Jean-Jeudi, surnommé Rossignol.

Il traça quelques lignes sur une feuille de papier qu'il joignit au mandat, et sonna l'un des huissiers de service.

— Au chef de la sûreté, — lui dit-il, — et qu'on agisse sur-le-champ.

Cinq minutes plus tard, l'huissier remettait à qui de droit le mandat et la note, en ayant soin de répéter :

— Surtout, qu'on agisse sur-le-champ...

— Je vais donner des ordres... — répliqua le chef après avoir pris connaissance de la note.

Il se tourna vers un agent qui se trouvait dans son cabinet, étudiant un dossier, et il lui dit :

— Jobin...

— Monsieur?

— Il faut vous charger de cette affaire...

— De quoi s'agit-il, monsieur?...

— D'une arrestation à opérer, rue des Vinaigriers, n° 21.

— Qui devrai-je arrêter?

— Un certain Jean-Jeudi surnommé Rossignol.

— Jean-Jeudi surnommé Rossignol... — répéta Jobin en interrogeant sa mémoire. — Attendez donc, — ajouta-t-il au bout d'un instant, — mais je sais qui est ce gaillard-là... — C'est un récidiviste qui est revenu à Paris après sa surveillance... — Nous l'avons guetté longtemps... il n'a pas de ressources et nous supposions bien qu'il devait *travailler* de son état de voleur, mais c'est un malin numéro un ! — impossible de le prendre en flagrant délit...

— Le connaissez-vous de vue ?

— Parfaitement... — Un grand diable de quarante-trois à quarante-cinq ans, maigre comme un squelette.

— Prenez avec vous deux agents de votre choix, et marchez ! — Voici le mandat... — Il paraît que ça presse...

— Pour peu que ce paroissien-là rentre à son domicile il sera ce soir au Dépôt... — répondit Jobin en serrant le mandat d'amener dans son portefeuille.

Il salua et fit deux pas vers la porte du cabinet.

— Un mot encore... — ajouta le chef. — Veuillez, je vous prie, faire pour moi tout de suite une course pressée qui vous retardera fort peu... — Vous prendrez une voiture...

— A vos ordres, monsieur... De quoi s'agit-il ?

Le chef lui tendit un pli cacheté qu'entourait une courroie, et répliqua :

— Il s'agit de porter ce paquet au ministère de la justice, section des affaires politiques... Vous le remettrez en mains propres au chef de bureau de ma part... C'est très important...

— Faudra-t-il en tirer reçu ?

— Inutile.

— J'y vais, monsieur...

Et Jobin quitta le cabinet.

Retournons au Dépôt.

L'ex-notaire attendait le retour de Fil-en-Quatre avec impatience.

— Eh bien ? — lui demanda-t-il dès qu'il le vit.

— L'affaire est faite... — je suis sûr d'attraper pas mal de prison, et peut-être de la surveillance, mais ce gueux de Jean-Jeudi ne portera point sa traitrise en paradis !...

— Tu l'as dénoncé ?

— Comme l'auteur principal du vol des montres, oui...

— Tu n'as pas parlé de moi ?

— De toi, allons donc ! Tu ne m'as rien fait, toi !... — Tu es un ami ! ! — Et d'ailleurs, qu'est-ce que j'aurais dit ? — On va m'envoyer faire mon temps de prévention aux Madelonnettes... C'est convenu avec le juge... — Tâche d'y venir, nous rigolerons. .

Deux heures après l'échange de ces quelques mots Fil-en-Quatre fut appelé au greffe et monta, en compagnie d'autres détenus, dans la voiture cellulaire, vulgairement nommée *panier à salade*.

Pendant le trajet l'honorable personnage se frottait les mains.

— Si tu ne trouves pas moyen de prouver un alibi soigné, gredin de Jean-Jeudi, — se disait-il, — avec des antécédents comme les tiens, ton compte est bon ! !

Une violente déception attendait Fil-en-Quatre à l'arrivée...

Le magistrat instructeur n'avait tenu aucun compte de ses réclamations,

En descendant du panier à salade le misérable fut écroué, non point aux Madelonnettes, mais à Sainte-Pélagie.

XXIV

Jean-Jeudi ne se doutait guère de ce qui se tramait contre lui à la Préfecture.

Il était rentré dans son gîte de la rue des Vinaigriers à trois heures du matin, et s'était endormi, en se demandant s'il venait d'être le jouet d'une ressemblance entre mistress Dick Thorn et la femme du pont de Neuilly...

Le petit logement du voleur se trouvait au cinquième étage d'une vieille maison dont les derrières dominaient des hangars longeant le canal Saint-Martin.

Il se composait de deux pièces mansardées fort proprement tenues.

Une table de bois blanc, quatre chaises, un buffet de cuisine et un petit fourneau en briques, à trois trous, composaient le mobilier de la première.

La seconde contenait un lit de fer, deux chaises, une commode en noyer et un établi de graveur muni de son outillage.

Une malle, dans un coin, renfermait quelques hardes.

Les meubles appartenaient à Jean-Jeudi qui se servait à lui-même de femme de ménage.

Il s'était dit un beau jour :

— Un gaillard de mon acabit ne doit pas loger en garni, c'est trop dangereux... — Faut inscrire son nom sur les registres de police, et ça fait que quand on vous cherche on a tout de suite la main sur vous... — Quand on a son chez soi et qu'on sait se tenir, c'est bien différent... — personne ne s'occupe de vous... on a l'air d'un brave ouvrier qui paye son terme, et on fait ses petites affaires à la sourdine, bien gentiment.

Une fois ce projet ancré dans la tête du voleur il s'agissait de le mettre à exécution.

Un vol avec effraction, commis dans une maison de campagne des environs de Vincennes, rendit Jean-Jeudi possesseur d'une somme de six cents francs.

Au lieu de dépenser cet argent en débauches de toutes sortes, comme le font habituellement ses pareils, il acheta le mobilier que nous avons décrit et loua le logement de la rue des Vinaigriers.

Il l'habitait depuis longtemps déjà.

Son propriétaire faisait grand cas de lui et ses voisins lui supposaient un fort joli talent de graveur sur cuivre.

Ce talent, Jean-Jeudi l'avait possédé dans sa jeunesse.

Il aurait pu gagner largement et honorablement sa vie, mais de mauvais instincts et des fréquentations pernicieuses avaient fait de lui un scélérat de la pire espèce, voleur et assassin.

Sachant à merveille que la police témoigne quelques égards à quiconque possède des moyens d'existence, il se donnait comme un piocheur infatigable et il avait sans cesse sur son établi deux ou trois planches en voie d'exécution auxquelles il était censé travailler.

Sa règle de conduite pouvait se résumer en quelques articles dont voici les principaux : — Payer régulièrement son terme et ses menues dépenses ; — ne recevoir personne chez soi ; — ne jamais donner son adresse, même à ses complices.

Malheureusement il s'était départi une fois de ce système, après de copieuses libations, et Fil-en-Quatre avait recueilli les confidences provoquées par une ivresse trop expansive.

En vieillissant Jean-Jeudi était demeuré fidèle aux habitudes de toute sa vie, mais sa circonspection et sa prudence avaient augmenté.

Ordinairement il *travaillait* seul, c'est-à-dire qu'il volait sans complice, sachant à merveille combien la complicité est compromettante. — C'est par hasard qu'il était entré dans l'affaire de la rue de Berlin que Fil-en-Quatre faisait miroiter sous ses yeux.

Cette affaire loin de l'attirer lui inspirait une défiance instinctive, nos lecteurs savent pourquoi et doivent se rappeler que, depuis l'affaire de la maison de Neuilly Saint-James, Jean-Jeudi avait peur des femmes.

Nous le retrouverons chez lui, après sa visite nocturne à l'hôtel de la rue de Berlin, visite dont il était revenu bredouille et la tête à l'envers, par suite d'une apparition qui lui semblait tenir du prodige.

Neuf heures du matin sonnèrent.

Jean-Jeudi s'éveilla, sauta en bas de son lit, mit son ménage en ordre et fit sa toilette...

Le voleur était toujours vêtu proprement, — il se disait, non sans raison, qu'une tenue convenable et presque soignée éloigne les soupçons de la police

Tout en s'habillant, Jean-Jeudi fouilla dans les poches du vêtement qu'il portait la veille eu soir.

Il en tira le diamant de vitrier dont il savait se servir avec tant de dextérité, et la boîte de fer-blanc qui contenait une boule de poix.

— Laisser traîner ces joujoux-là, — murmura-t-il, — ça ne serait pas à faire !... — Pour compromettre un homme il n'en faut pas plus...

Et, se dirigeant vers la cheminée au fond de laquelle se trouvait un amas de cendres qu'il écarta à l'aide d'une pelle à feu, il mit le carrelage à nu, souleva l'une des briques avec son couteau, puis glissa la boîte et le diamant dans la petite excavation pratiquée sous cette brique.

Il remit ensuite les choses en l'état, et le monceau de cendres reprit sa place.

Désormais on pouvait faire chez lui une visite domiciliaire, aucune pièce à conviction ne viendrait le dénoncer, à moins que quelque agent particulièrement habile ne fût doué d'un flair policier suffisant pour découvrir la cachette.

Le bandit donna un dernier tour coquet à ses accroche-cœurs poivre et sel, en récapitulant les nombreuses courses qu'il se proposait de faire dans la journée.

Plusieurs étaient sans importance.

Une seule le préoccupait sérieusement. — Le but de celle-là devait être de le renseigner sur la nouvelle locataire de la rue de Berlin.

Il se répétait :

— On trouve des gens qui se ressemblent à ce point-là, je le sais bien... Ça s'est vu dans des pièces, témoin le *Courrier de Lyon*, mais c'est rare... Cela peut être cependant... — Il faut donc que je tire la chose au clair avant d'agir... — Quand je saurai le fin mot du rébus, ça ne sera pas difficile de trouver l'adresse d'un gros personnage comme le duc de la Tour-Vaudieu, et je découvrirai si celui-là est bien mon particulier de Neuilly... — Si par bonheur c'est l'homme et la femme, je les tiens tous les deux et ma fortune est faite !...

Après ce court monologue, Jean-Jeudi, rasé de frais, brossé, bichonné, ayant l'air d'un ouvrier bien mis, quitta son logement, ferma la porte à double tour et mit la clef dans sa poche. — A coup sûr il n'avait pas bonne mine, mais il était impossible cependant de le prendre pour un bandit de la pire espèce.

Il suivit le canal Saint-Martin jusqu'à la barrière de la Villette, où il s'arrêta pour déjeuner, puis, longeant la muraille aujourd'hui démolie qui formait l'enceinte des boulevards extérieurs, il se dirigea vers le quartier où il avait *travaillé* la nuit précédente.

Nous le laisserons marcher du pas tranquille d'un flâneur insouciant, s'arrêtant devant les boutiques et fumant un cigare d'un sou, et nous le précéderons à l'hôtel de la rue de Berlin.

Dès le matin la cuisinière, descendant de la chambre mansardée qu'elle occupait, était entrée dans sa cuisine.

Le morceau de verre, taillé en rond et gisant sur le sol, attira d'abord son attention et excita sa surprise, qui ne tarda point à se changer en stupeur à la vue de l'ouverture pratiquée dans la vitre.

Cette fille comprit aussitôt qu'il s'était passé dans l'hôtel pendant la nuit quelque chose d'anormal, un crime sans doute, un assassinat peut-être, et, prise d'une indicible épouvante, elle traversa l'office, la salle à manger, le vestibule, s'élança dans l'escalier comme une folle en criant au secours, et vint frapper à tour de bras à la porte de la chambre de sa maîtresse.

Mistresse Dick Thorn était encore couchée, mais ne dormait pas.

Les clameurs de la servante l'inquiétèrent.

Elle se leva vivement, passa un peignoir et vint ouvrir la porte qu'elle avait u le soin de fermer en dedans.

— Qu'y a-t-il et pourquoi ces cris ? — demanda-t-elle à la cuisinière, pâle, emblante, effarée.

— Je ne sais pas au juste, madame... — balbutia la pauvre fille dont la tête 'égarait, — mais pour sûr il y a des voleurs dans la maison...

— Des voleurs... — répéta l'ex-Claudia Varni stupéfaite.

— Oui, madame... — toute une bande...

Mistress Dick Thorn se souvint du bruit insolite qui lui avait fait quitter son it et sa chambre au milieu de la nuit, et la supposition de la servante lui parut dmissible...

— Avez-vous vu ces voleurs ? — demanda-t-elle.

— Non, madame, grâce à Dieu... si je les avais vus, j'en serais morte de eur.

— Alors, comment savez-vous qu'ils sont venus ?

— Madame, ils ont coupé un carreau dans la cuisine... J'ai vu le carreau et 'ai vu le trou... — C'est par là qu'ils sont entrés... — Il faut appeler la garde, inon nous sommes perdues... ils nous tueront...

— Pas de cris ! — dit impérieusement mistress Dick Thorn. — Nous ne ourons aucun danger...

— Cependant, madame...

— Je vous répète que nous n'avons rien à craindre... — Il fait grand jour t certainement les voleurs, s'ils se sont en effet introduits dans l'hôtel cette uit, sont partis depuis longtemps... Retournez à votre cuisine... j'irai voir tout à l'heure les traces dont vous parlez.

La servante obéit, quoique à contre-cœur, et regagna le rez-de-chaussée.

Mistress Dick Thorn rentra précipitamment dans sa chambre, saisit sous son reiller un trousseau de clefs, revint au boudoir, ouvrit d'une main fiévreuse e petit meuble qui contenait les débris de sa fortune, fouilla les tiroirs et constata que tout était en ordre.

— Allons, — se dit-elle en poussant un soupir de soulagement, tandis qu'un âle sourire écartait ses lèvres, — il faut convenir que ces prétendus voleurs taient d'honnêtes gens, car ils n'ont rien volé... — Que signifie tout cela ? — ette fille aura rêvé sans doute...

Elle se rendit à la cuisine afin de contrôler par ses propres yeux les asser- ions de la servante.

A sa grande surprise elle ne put que constater leur parfaite exactitude.

XXV

— Vous ne vous trompiez pas, — dit Claudia, — cette vitre a été coupée et l'on est entré par la fenêtre... — Voici sur le dallage des empreintes boueuses qui démontrent jusqu'à l'évidence une invasion nocturne...

Mistress Dick Thorn ramassa la rondelle de verre et l'examina soigneusement.

Au milieu de cette rondelle se dessinait une large tache noire, gluante, et d'une odeur à laquelle il était impossible de se méprendre.

— C'est de la poix... — pensa la veuve.

Tout à coup un lointain souvenir s'éveilla dans sa mémoire. Elle pâlit visiblement ; son regard prit une expression indéfinissable et ses sourcils se contractèrent.

— Voilà qui est singulier... — murmura-t-elle. — Il y a vingt ans, à l'époque où nous sommes, un homme, Jean-Jeudi, pénétrait à Neuilly dans ma maison d'une manière identique, pour me voler, devenait mon complice et, après m'avoir servi, mourait empoisonné...

Elle resta silencieuse pendant une ou deux secondes, les yeux toujours fixés sur le morceau de verre qu'elle tenait à la main, et se disant :

— C'est bien étrange... — Jean-Jeudi est-il vraiment mort?

La servante interrompit la rêverie de sa maîtresse dont le mutisme et l'immobilité l'étonnaient.

— Madame, — demanda-t-elle, — il faut aller prévenir le commissaire, n'est-ce pas?

Mistress Dick Thorn tressaillit comme une personne qu'on éveille en sursaut, et répliqua d'un ton sec :

— Il faut aller simplement chercher un vitrier et faire remplacer ce carreau...

— Mais, madame, le commissaire... — balbutia la servante.

L'ex-Claudia Varni lui coupa la parole en ces termes :

— Je n'aime pas qu'on discute mes volontés... — Obéissez donc...

— Oui, madame.

— Et souvenez-vous que je vous défends de dire à qui que ce soit un seul mot de ce qui s'est passé cette nuit... — Une indiscrétion vous ferait congédier sur-le-champ.

— Je ne soufflerai mot...

La servante regardait sa maîtresse d'un air ahuri.

Elle ne comprenait pas qu'on entourât de mystère une tentative de vol qui pouvait se renouveler d'un instant à l'autre.

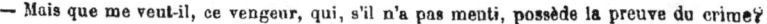

— Mais que me veut-il, ce vengeur, qui, s'il n'a pas menti, possède la preuve du crime?

— Hâtez-vous! — commanda mistress Dick Thorn.

— J'y cours...

La pauvre fille sortit aussitôt, et dès qu'elle fut hors de vue se toucha le front à plusieurs reprises.

Ce geste signifiait :

— Positivement madame est folle...

Claudia Varni restée seule laissa tomber le morceau de vitre qui se brisa sur les dalles de pierre polie, puis, prenant un couteau sur l'un des buffets, elle détacha et mit en pièces les portions de vitre qui restaient adhérentes à la fenêtre.

— Je veux qu'on ignore, — pensait-elle, — et je nierais tout au besoin... — Les enquêtes de police ne sont point de mon goût.

Elle remonta très préoccupée au premier étage.

Sans qu'elle en eût conscience, ses lèvres murmuraient le nom de *Jean-Jeudi*. Elle secoua brusquement la tête.

— Impossible!... impossible! — dit-elle presque à voix haute, — Jean-Jeudi est bien mort... — Si j'ai vainement cherché sa trace il y a vingt ans, c'est que, foudroyé par le poison, il avait roulé dans la Seine où il venait de précipiter l'enfant d'Esther et du duc Sigismend de la Tour-Vaudieu... — Les eaux profondes ont gardé son cadavre... — Le seul complice de l'affaire du pont de Neuilly n'existe plus, et si quelque miracle l'avait sauvé, s'il vivait encore et s'il se trouvait sur ma route, il ne pourrait me reconnaître après vingt ans... — Le mode d'effraction ne signifie rien... — Jean-Jeudi n'en avait point le monopole et, s'il faut en croire les journaux judiciaires, nombre de voleurs en font usage...

Mistress Dick Thorn s'efforçait de se rassurer et n'y parvenait qu'incomplètement.

— Une seule chose me semble inexplicable... — continua-t-elle. — Un homme est entré dans l'hôtel cette nuit... — Il est venu tout près de ma chambre, puisque le bruit de ses pas ou d'un meuble heurté par lui m'a réveillée... — Pourquoi n'a-t-il rien pris? — Quand on pense que je pouvais me trouver, comme à Neuilly jadis, face à face avec un voleur... avec un assassin... — Cela donne le frisson...

La belle veuve frissonnait en effet.

— Allons, — poursuivit-elle, — je ne veux plus penser à cette énigme dont je chercherais en vain le mot... — Je ferai griller les fenêtres qui donnent sur la cour et qu'un mur seulement sépare des terrains vagues... — Cela suffira pour conjurer tout péril futur.

Et mistress Dick Thorn, sonnant sa femme de chambre qui n'était pas encore descendue, se mit à sa toilette, tandis qu'un vitrier, requis par la cuisinière, remplaçait la vitre brisée.

L'ex-Claudia Varni attendait dans la journée les chevaux et la voiture achetés la veille et qui devaient être amenés par un cocher dont le carrossie répondait.

Il ne lui manquerait plus alors qu'un valet de chambre, et le cocher sans doute pourrait en indiquer un présentant toutes garanties.

Mistress Dick Thorn voulait avoir une maison montée, sans se donner le dispendieux embarras d'un trop nombreux personnel, et se proposait de prendre, les jours de réception, des serviteurs supplémentaires.

Jean-Jeudi arriva dans la rue de Berlin, très préoccupé de savoir si l'on s'était aperçu déjà de la tentative de vol et si l'on avait porté plainte.

L'hôtel était silencieux; aucun attroupement ne se manifestait devant la porte.

Le bandit, connaissant bien la badauderie et la curiosité du peuple parisien, conclut de cette solitude qu'aucune enquête de police n'avait eu lieu jusqu'à ce moment.

En face de l'hôtel se trouvait une maison en construction. — Il se glissa derrière les échafaudages et il attendit.

Au bout d'une heure de surveillance inutile il allait quitter son poste, quand il vit arriver au pas une voiture neuve, couverte de sa housse de toile verte, attelée de deux chevaux élégants conduits par un cocher en petite tenue, et escortée de deux hommes qui devaient être des employés du carrossier et du maquignon.

L'un d'eux sonna au numéro 24.

La porte cochère s'ouvrit à deux battants, la voiture disparut sous la voûte et la porte se referma derrière elle.

— Bon... — pensa Jean-Jeudi... — Il va y avoir des domestiques... — Quand ils seront habitués à la maison, dans une huitaine de jours, rien ne me sera plus facile que de me lier avec eux, de leur tirer les vers du nez en douceur, et de me renseigner ainsi sur les tenants et les aboutissants de la dame... — Inutile de perdre mon temps ici davantage aujourd'hui... — Ce qu'il faut savoir *illico*, c'est l'adresse du duc de la Tour-Vaudieu... — Un duc, ça doit avoir un hôtel, ça doit habiter les grands quartiers, le faubourg Saint-Honoré ou le faubourg Saint-Germain... — On n'a jamais rencontré de ducs à Belleville ou à la Villette... — Une fois le logis découvert je m'installe en face, fallût-il y passer huit jours... — Le paroissien sortira à pied, à cheval ou en voiture, je le dévisagerai, et si c'est mon homme de Neuilly, à bon entendeur salut!

Jean-Jeudi descendit la rue d'Amsterdam, prit la rue Tronchet, suivit les boulevards à gauche et s'engagea dans la rue de la Paix, se proposant de gagner les quais par la rue de Castiglione, la rue de Rivoli et la place du Carrousel.

En traversant la place Vendôme il vit trois ou quatre voitures de maître stationnant près de l'entrée du ministère de la justice, cochers sur les sièges et valets de pied sur le trottoir.

Un fiacre, arrêté un peu en arrière, semblait humilié par le voisinage aristocratique de ces luxueux équipages.

Une idée lumineuse vint à Jean-Jeudi.

— Tous ces gens de la haute sont intimes, — murmura-t-il, — et passent leur temps les uns chez les autres... — Voici qui va peut-être m'éviter une trotte à n'en plus finir...

Il se rapprocha des voitures et, avisant un jeune valet de pied d'une vingtaine d'années dont la figure lui parut bienveillante, il l'aborda, le salua avec une politesse raffinée, et lui dit en souriant :

— Pardon, monsieur, si je me permets de m'adresser à vous sans avoir l'avantage de vous connaître... — c'est pour un petit renseignement.

Le jeune domestique lui rendit son salut et le regarda d'une façon encourageante.

Jean-Jeudi continua :

— A en juger par le carrosse et les chevaux qui sont de première catégorie, et par votre tenue qui ne leur cède en rien, vous appartenez à la maison d'un personnage tout à fait huppé...

— Vous ne vous trompez pas, — répondit le valet de pied en se rengorgeant, — mon maître se nomme le marquis de***, sous-secrétaire d'État aux affaires étrangères...

— Saperlipopette, excusez du peu ! — murmura le voleur qui parut ébloui et salua derechef. — Mes compliments... vous êtes dans une belle passe !

— Assez belle, oui, assez belle... — Mais votre renseignement ?

— J'y arrive... — Vous devez connaître et fréquenter toute la noblesse...

— Naturellement.

— Alors vous pourrez sans doute me donner l'adresse que j'ai besoin de savoir... l'adresse d'un grand seigneur...

— C'est probable... — Quel est ce grand seigneur ?

— M. le duc de la Tour-Vaudieu...

Le valet se mit à rire.

— Qu'est-ce que j'ai dit de drôle ?... — s'écria Jean-Jeudi déconcerté et supposant que le jeune homme se moquait de lui.

— Ce n'est pas votre question qui est drôle... — C'est le hasard...

— Quoi ? Comment ? Quel hasard ?...

— Vous voyez ce coupé attelé de deux chevaux noirs ?

— Parfaitement.

— Ce cocher et ce valet de pied en livrée de deuil ?

— Comme je vous vois...

— Eh bien ! c'est la voiture et les gens du duc de la Tour-Vaudieu dont vous demandez l'adresse...

— Ah bah !... — Bien sûr que le hasard est assez cocasse !

Jean-Jeudi se frotta les mains et son visage s'épanouit.

XXVI

— Merci du renseignement, mon jeune monsieur... — poursuivit le voleur.
— Faut convenir que je suis tombé sur une veine, sur une vraie veine!!

Et se dirigeant, la casquette à la main, vers un grand gaillard de mine imposante dont plus d'un homme politique aurait pu jalouser les favoris splendides, il lui dit :

— On vient de m'apprendre, monsieur, que vous aviez l'honneur d'appartenir à la maison de M. le duc de la Tour-Vaudieu...

— En effet... — répliqua le domestique avec condescendance.

— Et vous l'attendez là?

— Oui, nous allons le conduire au Sénat où il doit prendre la parole...

— Alors, tout à l'heure, il va sortir du ministère pour monter en voiture?...

— C'est certain...

— Et je pourrai le voir.

— Sans doute...

— Lui parler?

— Ça, c'est autre chose... — M. le duc n'a pas l'habitude de donner ses audiences dans la rue... — Que diable avez-vous à lui dire?...

— Je suis le propre fils de l'un des anciens serviteurs de feu son père, et je voudrais solliciter de sa grande bonté une petite place dans ses écuries...

— En qualité de?...

— De palefrenier... — c'est mon état.

— Le service est au complet; cependant, si M. le duc se souvient de votre père, peut-être consentira-t-il à s'occuper de vous; mais dans votre intérêt je vais vous donner un conseil...

— J'en serai reconnaissant toute ma vie.

— Eh bien! n'adressez pas la parole à M. le duc sur le trottoir... — Allez l'attendre rue Saint-Dominique à la porte de l'hôtel... — Vous entrerez dans la cour en même temps que la voiture...

— Ah! l'hôtel de M. le duc est rue Saint-Dominique?...

— Ne le saviez-vous pas?...

— Mon père me l'avait dit autrefois, seulement j'ai la mémoire un peu courte... — Je suivrai certainement votre conseil, mais je veux rester là tout de même jusqu'à ce que M. le duc ait passé... — Je serai content de connaître sa figure...

—· A votre aise...

A cette minute précise, un homme dont l'apparence était celle d'un employé, sortit du ministère et se dirigea vers le fiacre qui stationnait derrière les voitures de maître.

Au moment où il allait dépasser Jean-Jeudi, son regard tomba machinalement sur lui. — Il tressaillit, fit halte et examina le voleur avec une persistance singulière.

Cet examen dura près d'une minute.

Au bout de ce temps, certain de ne pas se tromper, il revint sur ses pas et prit par le bras l'interlocuteur du valet de pied.

Le bandit, dont la conscience n'était point tranquille, se sentit envahir par une angoisse effroyable qu'il dissimula de son mieux en donnant à son visage blême une expression d'étonnement.

— Vous me voulez quelque chose, monsieur? — demanda-t-il.

— J'ai deux mots à vous dire... — répliqua Jobin qui venait de remettre en mains propres au chef du bureau de la section des affaires politiques le paquet envoyé par le chef de la sûreté.

— Deux mots, à moi?... — répéta le gredin en essayant de dégager son bras. — Il y a erreur... vous ne me connaissez pas.

— Je vous connais au contraire à merveille...

— Impossible!

Jobin se pencha vers le voleur et lui dit à demi-voix :

— Vous êtes Jean-Jeudi, surnommé Rossignol... — Inutile de nier, je vous ai reconnu du premier coup d'œil.

Le scélérat résolut de payer d'audace et répliqua :

— Supposons que je sois Jean-Jeudi... qui êtes-vous, vous ?...

— Un agent de la sûreté...

— Eh bien, après? — J'ai fait mon temps et ma surveillance... — J'ai payé ma dette à la justice, je n'ai aucun compte à régler avec la police... — Encore une fois qu'avez-vous à me dire?

— Moi, rien du tout... — C'est M. Bouvarel, juge d'instruction, qui désire causer avec vous et qui m'a chargé de vous conduire à son cabinet.

— Je n'irai pas... — dit Jean-Jeudi.

— Croyez-vous ?

— J'en suis sûr...

Le misérable tenta un nouveau et plus violent effort pour se dégager et pour fuir.

Jobin, qui n'avait garde de le lâcher, lui tordit le poignet avec une force irrésistible en lui glissant dans l'oreille ces mots :

— Ni résistance, ni scandale, croyez-moi... — J'ai un mandat d'amener... — Il faut me suivre...

— Un mandat d'amener... — répéta Jean-Jeudi terrifié.

— Oui... — Voulez-vous le voir?...

— Inutile... Mais à quel propos ce mandat?...

— Je l'ignore et vous devez le savoir mieux que moi...

— Je n'ai rien fait...

— Vous direz cela au juge, et il vous relâchera tout de suite...

Deux sergents de ville, de service aux abords du ministère, s'apercevaient depuis un instant qu'il se passait quelque chose d'insolite et se rapprochaient peu à peu.

L'agent de police leur fit un signe.

Ils accoururent.

— Je suis Jobin, de la sûreté... — leur dit-il.

Ce nom était bien connu. — Les sergents de ville saluèrent militairement.

Jobin poursuivit :

— J'ai un mandat d'amener contre ce gaillard-là, qui paraît vouloir faire le malin... Je réclame main-forte...

— Ce n'est pas la peine... — murmura Jean-Jeudi en se donnant une physionomie résignée... — Je suis prêt à vous suivre...

— Avec l'espoir de me brûler la politesse... — répliqua Jobin. — Pas de ça, mon bonhomme... — Je vais prendre mes précautions...

Les sergents de ville s'étaient placés à droite et à gauche de Jean-Jeudi.

L'agent de police tira de sa poche des menottes.

— Ceci vous rendrait docile au besoin, — continua-t-il, — mais j'espère que nous pourrons nous en passer... — L'un de ces messieurs va monter en voiture avec nous et nous accompagnera jusqu'à la Préfecture...

Jean-Jeudi vaincu baissa la tête, tandis que le second sergent de ville faisait avancer le fiacre, dans lequel son compagnon prenait place en face de l'agent de la sûreté et du prisonnier.

— Malheur! — pensait celui-ci. — On m'empoigne sans que je puisse deviner pourquoi, et je n'ai seulement pas vu le duc de la Tour-Vaudieu, quand l'occasion de le dévisager était si bonne... — En voilà de la déveine!... En voilà !!...

La délation de Fil-en-Quatre avait rapidement porté ses fruits, et le hasard venait d'éviter à Jobin la corvée de se rendre le soir même à la rue des Vinaigriers.

Trois quarts d'heure après cet incident, Jean-Jeudi était écroué au Dépôt de la Préfecture.

— Tonnerre! — grommelait-il en se promenant de long en large, avec des allures de bête fauve prise au piège, dans la salle où en ce moment il se trouvait seul, — tonnerre! je touchais peut-être à la vengeance et à la fortune, et me voilà coffré!! — Mon arrestation doit avoir un motif... — Lequel? — L'affaire de cette nuit? — Impossible, puisque je n'ai rien volé... — Comment d'ailleurs pourrait-on deviner que c'est moi qui suis entré dans l'hôtel?... — Tous ces

temps derniers j'ai *travaillé* seul, aucun complice n'a donc pu me vendre... —
C'est raide, tout de même, de pincer un bon garçon contre lequel il n'existe
aucune preuve!! — Il doit y avoir quelque erreur... on me prend pour un
autre... — Au fond, je suis blanc comme neige... — Je n'ai rien à craindre et,
comme me le disait l'agent de la sûreté en se moquant de moi, le juge d'instruction me relâchera tout de suite.

Jean-Jeudi, qui s'était animé peu à peu, parlait presque à haute voix, gesticulait à la façon des fous, et s'absorbait si bien dans son monologue qu'il n'entendit pas la porte s'ouvrir et se refermer.

Une main se posa sur son épaule.

Il se retourna brusquement.

L'ex-notaire était à côté de lui et le regardait en souriant.

— Plume-d'Oie !... — murmura-t-il.

— Oui, ma vieille, et tout étonné de te voir si vite ici...

— Si vite ! — répéta Jean-Jeudi stupéfait. — Tu savais donc que je devais
venir ?

— Parbleu !...

— Comment?

— Dame ! après ce que m'avait dit Fil-en-Quatre, la chose était certaine...

— Qu'est-ce que ça signifie?

— Ça signifie que Fil-en-Quatre t'a dénoncé... — Oh ! bien malgré moi... —
J'ai fait tout pour l'en empêcher... — Ça a été comme si je chantais : *J'ai du bon
tabac*, sur l'air de *Femme sensible*...

— Il m'en voulait donc ?

— A mort !

— Et pourquoi?

— Il se figure que tu nous as fait arrêter à la *Canette d'Argent* afin de garder
pour toi seul l'affaire de la rue de Berlin...

— Ça n'est pas vrai ! — s'écria Jean-Jeudi.

— J'en suis convaincu, mais il s'est mis cela dans la tête et ne veut point en
démordre...

— Nous n'avons pas *travaillé* ensemble... il ne sait rien sur mon compte...
— Qu'a-t-il pu dire ?

— Je l'ignore... — C'est à toi de le deviner et de te tenir sur tes gardes afin
d'avoir réponse à tout.

— Ah! la canaille ! Est-ce qu'il est ici?

— Non, il est allé à l'instruction, puis il y a eu un convoi pour les Madelonnettes... — C'est là, m'a-t-il dit, qu'il fera sa prévention...

Jean-Jeudi grinça des dents et serra les poings.

— Bon! — fit-il d'une voix sifflante. — Pour peu que j'aie la chance d'aller
aux Madelonnettes, on verra. Ça sera drôle !

Théfer, l'inspecteur de la brigade de sûreté.

— Voyons... voyons... ne te monte pas comme une soupe au lait... — reprit l'ex-notaire qui était un homme de conciliation, ennemi des rixes violentes, des yeux pochés, du sang répandu, et qui cherchait à calmer Jean-Jeudi. Quand tu le démolirais, à quoi cela te servirait-il? — Ça rendrait ton affaire plus mauvaise, voilà tout... — Mets de l'eau dans ton vin, c'est le conseil que je te donne, et causons... — Veux-tu causer?

XXVII

— Pourquoi pas?... — répondit Jean-Jeudi d'une voix que la colère rendait indistincte.

— C'est ta faute aussi, tout ça... — Si tu étais venu à la *Canette d'Argent*, rien de fâcheux ne serait arrivé...

— J'y suis allé...

— Bien tard, alors?

— Au moment où la police vous emmenait... — Je vous ai vus passer... — Je n'avais pu venir plus tôt...

— Et pour sûr, — demanda Plume-d'Oie, non sans hésiter, — pour sûr tu ne nous avais pas vendus?

L'œil de Jean-Jeudi s'injecta de sang et son visage blême prit une expression terrible.

— Moi, vendre des camarades! — s'écria-t-il, — allons donc! — Suis-je un lâche gredin comme Fil-en-Quatre? — Me crois-tu capable d'une pareille infamie? — Si tu le crois, ne le répète pas!... — Je t'étranglerais, vois-tu!!

Tout en parlant il approchait ses mains crispées du cou de l'ex-notaire, qui pâlit et recula vivement, en balbutiant :

— Mais non... mais non... je ne le crois point... je t'en donne ma parole d'honneur!... Je sais que tu es un brave garçon, et franc du collier... — Je le répétais à Fil-en-Quatre sur tous les tons...

— A la bonne heure!... — dit Jean-Jeudi en se radoucissant.

— Mais il faut convenir que ton absence pouvait sembler suspecte... — reprit Plume-d'Oie. — C'est ce qui a mis dans la tête de Fil-en-Quatre que tu voulais croquer tout seul le poupon qu'il avait nourri...

Jean-Jeudi haussa les épaules.

— Fil-en-Quatre est une lourde brute! — s'écria-t-il. — L'escalade et l'effraction étaient matériellement impossibles sans aide... — Il aurait dû penser à cela...

— C'est juste... — La malechance lui troublait la boussole, et il y avait de quoi! — Quelle guigne! — Nous avions de si jolies affaires en perspective... surtout celle du duc de la Tour-Vaudieu... tu sais...

Jean-Jeudi fronça les sourcils.

Les paroles de l'ex-notaire rouvraient sa blessure saignante en remettant sous ses yeux ses espérances évanouies.

— C'est vrai... — répondit-il, — la guigne!... C'est dommage...

Un gardien interrompit la conversation des deux bandits. — On les appelait à la cantine.

Laissons-les prendre leur repas frugal et retournons à l'hôtel de la Tour-Vaudieu.

Il était environ neuf heures du soir.

Le duc Georges, après avoir dîné avec son fils Henry, avait gagné d'un air assez soucieux son cabinet de travail éclairé par une lampe et par deux candélabres.

Il s'assit au coin de la haute cheminée sans feu, et frappa sur un timbre.

Son valet de chambre entra presque aussitôt et se tint debout auprès de la porte dans une attitude respectueuse et interrogative qui signifiait clairement :

— Monsieur le duc a des ordres à me donner?

— Ferdinand, — lui dit le sénateur, — j'attends une personne qui se présentera sans doute à l'hôtel entre neuf heures et demie et dix heures... — Ce visiteur se nomme M. Théfer... — Prévenez le concierge afin qu'il vous l'amène sans retard ; vous l'introduirez ici sur-le-champ...

— Oui, monsieur le duc...

— Les journaux du soir?

— Sur le bureau de monsieur le duc...

— Bien.

— Monsieur le duc fera-t-il atteler après la visite qu'il attend?

— Non... — je ne sortirai pas... — Aussitôt après l'arrivée de M. Théfer vous serez libre... — Je n'aurai plus besoin de vous aujourd'hui...

Le valet de chambre se retira.

Georges de la Tour-Vaudieu, quittant son siège, alla s'installer près du bureau ministre en marqueterie de Boule, déchira la bande d'un journal qu'il déploya, et entreprit de lire le *premier Paris*.

Mais, après en avoir parcouru quelques lignes, il s'arrêta.

Sa main distraite laissa tomber la feuille.

Son regard devint fixe, puis morne.

Évidemment de sombres pensées envahissaient son esprit. — Ses mains, agitées d'un petit frisson, témoignaient de l'orage qui naissait au fond de son âme.

Ses lèvres remuèrent, articulant des paroles prononcées si bas que nulle oreille humaine n'aurait pu les entendre.

— Passé terrible !... passé maudit !... — se disait le sénateur à lui-même. — Moi, le duc Georges de la Tour-Vaudieu, moi placé si haut par mon nom, par ma fortune, par mon influence, j'en suis réduit à trembler sans cesse... — Que n'ai-je pas fait pour être investi de ce titre, pour posséder cette fortune qui devaient me donner si peu de bonheur?... — J'ai marché dans la boue jusqu'à la cheville et dans le sang jusqu'au genou !... — Quel mauvais génie me poussait donc au crime?... Claudia! Claudia Varni, ce démon à visage d'ange qui s'était arrogé sur moi les droits du maître sur l'esclave et, profitant de ma faiblesse, exploitait sans relâche mes besoins, mes appétits, mes vices !... — Claudia, qui a fait de moi un escroc, un faussaire, un assassin... — Claudia, qui m'a conduit à la porte du bagne et sur les degrés de l'échafaud... — Si je suis vivant, si je suis libre, si je suis duc, et je ne sais combien de fois millionnaire, c'est par hasard, ou plutôt c'est par miracle ! !...

Et Georges de la Tour-Vaudieu laissa tomber sa tête sur sa poitrine.

Après s'être livré pendant quelques secondes à son abattement douloureux, le duc de la Tour-Vaudieu reprit :

— Claudia, séparée de ma vie depuis plus de vingt ans, avait presque disparu de mes souvenirs. — Je la croyais, je l'espérais morte... — Quelques paroles de cet homme entrevu au cimetière Montparnasse me prouvent qu'elle est vivante et qu'un vengeur va la tirer des ombres qui l'environnaient et se servir d'elle contre moi...

Georges se leva, l'œil en feu, et continua :

— Mais que veut-il, ce vengeur qui, s'il n'a pas menti, possède les preuves du crime ? — Me livrer à la justice ? — C'est impossible, il y a prescription... — Il n'espère pas mon châtiment, mais il veut réhabiliter à tout prix la mémoire de l'innocent qu'on a condamné... et cette réhabilitation c'est la honte pour moi, c'est la flétrissure, c'est l'infamie, puisqu'on proclamera le nom des véritables assassins, que la loi ne peut plus atteindre, mais que l'opinion publique clouera au pilori... et ces assassins...

Le duc s'interrompit, cacha son visage entre ses mains crispées, puis, après un instant de silence, poursuivit d'un ton de résolution farouche :

— Il faut que le secret terrible rentre dans les ténèbres, et malheur à celui qui voudrait l'en tirer !.,.

M. de la Tour-Vaudieu retomba sur son siège avec le regard de la bête fauve prête à se jeter sur sa proie.

Avant de continuer le récit du drame que nous racontons à nos lecteurs, nous croyons indispensable de mettre sous leurs yeux les événements principaux du passé sinistre auquel Jean-Jeudi, Plume-d'Oie, René Moulin, Angèle Leroyer, et son fils Abel, mistress Dick Thorn et Georges de la Tour-Vaudieu ont successivement fait allusion.

En 1835 un honnête homme, célibataire endurci et gourmet émérite, le docteur Leroyer, habitait Brunoy, où il exerçait la profession de médecin depuis un grand nombre d'années [1].

Le docteur Leroyer vivait seul avec une vieille gouvernante absolument dévouée et un peu maîtresse au logis.

Cette gouvernante se nommait Suzon.

L'unique parent du médecin était un neveu, — Paul Leroyer, — marié, père de deux petits enfants, mécanicien très habile, inventeur de premier ordre et rêvant, comme tous les inventeurs, la gloire et la fortune.

1. *Le Parc aux biches*, Dentu, éditeur, 2 volumes.

Un soir de novembre, par une tourmente épouvantable, au moment où le docteur rentrait harassé de fatigue et s'apprêtait à se mettre à table, un garçon d'écurie de l'auberge du *Cheval-Blanc*, — la seule auberge de Brunoy, — lui apporta un billet sans signature.

Ce billet contenait les lignes suivantes :

« *Monsieur le docteur Leroyer est prié de vouloir bien se rendre, sans une minute de retard, à la maison meublée appartenant à Mme veuve Rougeau-Plumeau.*

« *Monsieur le docteur Leroyer est attendu avec impatience et sera accueilli avec reconnaissance ; mais qu'il se hâte, il y va de la vie.* »

Le vieux médecin savait par sa gouvernante Suzon que des étrangers, deux jours auparavant, avaient loué toute meublée la prétentieuse villa gothique de Mme veuve Rougeau-Plumeau.

Quels étaient ces étrangers?

Tout le monde l'ignorait et le billet non signé ne donnait aucun renseignement à ce sujet.

Ces quelques mots : IL Y VA DE LA VIE! ne permettaient pas au docteur l'ombre d'une hésitation et l'obligeaient à se rendre sur l'heure à un appel ainsi conçu.

Malgré les représentations et les supplications de sa gouvernante, il remit sur ses épaules son gros manteau trempé et prit, sous une pluie battante, le chemin de la maison désignée où on l'attendait.

Une servante l'introduisit aussitôt près d'une forte femme, déjà sur le retour, dont l'apparence et le langage lui semblèrent également singuliers.

Après une courte entrée en matière, Mme Amadis, — ainsi se nommait la forte femme, — lui demanda de jurer sur l'honneur que jamais, et dans aucune circonstance, il ne révélerait les motifs qui rendaient sa présence nécessaire.

Le médecin, dont cette proposition bizarre effarouchait la nature droite et loyale, refusa de prendre un tel engagement sans en connaître la portée, et voulut quitter la villa gothique.

A tout prix il fallait le retenir, et la nouvelle locataire de la veuve Rougeau-Plumeau lui fit des confidences très complètes que nous allons résumer brièvement.

Flore-Céphise-Rosalba Pitois, née d'une blanchisseuse de la place Maubert et d'un père inconnu, veuve de feu Amadis Parpaillot, ancien fournisseur des armées impériales, avait environ cinquante-trois ans, possédait une superbe fortune et habitait le premier étage d'une belle maison de la rue Saint-Louis, au Marais.

Mme Amadis, bonne personne au fond, mais entièrement dénuée de sens moral et à qui les absurdes romans du temps de l'Empire et de la Restauration tournaient la tête, avait l'idée fixe, l'ambition suprême, de se trouver mêlée à quelqu'une de ces curieuses et émouvantes aventures si fréquentes dans les livres, si rares dans la réalité.

Le hasard la servit à souhait. — L'idée fixe se réalisa.

XXVIII

Au second étage de la maison de Mᵐᵉ Amadis — la veuve ne portait que ce nom qui lui semblait d'un goût charmant et d'une allure exquise, — demeurait M. Derieux, ex-colonel dans les armées impériales et officier de la Légion d'honneur.

M. Derieux avait brisé son épée à la chute de l'homme dont il faisait un dieu, et naturellement il se mêlait à toutes les conspirations bonapartistes si fréquentes en France depuis 1815.

Le colonel était père d'une fille, jolie et bonne comme un ange, admirablement élevée à la maison de la Légion d'honneur de Saint-Denis, et revenue au logis paternel, son éducation achevée.

Le vieil officier s'absentait souvent.

Esther, restant seule, s'ennuyait beaucoup.

M. Derieux, ignorant le passé de sa propriétaire, Mᵐᵉ Amadis, ne se doutant point des principes plus que douteux résultant du genre de vie que la bonne dame avait mené avant son mariage, et même pendant et après, ne voyant en elle qu'une femme un peu bizarre, un peu prétentieuse, mais bien posée dans le quartier et d'un âge rassurant, se décida à lui confier sa fille quand il s'éloignait pour des journées entières.

Mᵐᵉ Amadis avait maison montée, voiture, et loge à l'Opéra.

Un certain soir, — ne pouvant profiter de cette loge, — elle l'offrit au colonel qui l'accepta, beaucoup moins pour lui que pour Esther.

Le jeune duc Sigismond de la Tour-Vaudieu, pair de France, était à l'Opéra ce soir-là.

Il vit Esther, il la remarqua, il reçut le *coup de foudre*, — comme on disait à cette époque, — en d'autres termes, il devint, séance tenante, éperdument épris.

Sigismond voulut savoir quelle était la jeune fille. — Il le sut.

Rencontre funeste... — Amour fatal...

Cette rencontre et cet amour devaient être le point de départ d'un drame effrayant...

Le pair de France n'eut aucune peine à se faire admettre chez Mᵐᵉ Amadis, dont les visites d'un si grand seigneur flattaient délicieusement l'orgueil.

La passion du jeune duc ne pouvait que grandir dans l'intimité d'Esther et grandit en effet, mais aucune pensée mauvaise ne se mêlait à cette passion.

Le loyal gentilhomme ne songeait point à faire de Mlle Derieux sa maîtresse, — il voulait en faire sa femme ; — par malheur, entre les deux jeunes gens se creusait un abîme que certains préjugés devaient rendre infranchissables.

Sigismond fit part à la duchesse douairière de la Tour-Vaudieu, sa mère, de son amour pour la fille du colonel et de ses projets d'union.

La grande dame adorait son fils et souhaitait ardemment le voir se marier et perpétuer sa race, aussi accueillit-elle d'abord son aveu avec une joie immense, mais, lorsqu'elle apprit le nom de famille de la pauvre enfant, sa joie fit place à la colère.

La mésalliance se présentait en effet dans des conditions particulièrement inacceptables pour elle.

Jean Derieux, avocat au Parlement et père du colonel, siégeait jadis à la Convention parmi les séides de Robespierre. — Il avait voté la mort de Louis XVI.

Esther, la vierge blonde qu'aimait le duc et pair royaliste, était donc la petite-fille d'un régicide.

Mme de la Tour-Vaudieu répondit à Sigismond qu'un tel mariage serait pour lui une honte ineffaçable, et qu'elle aimerait mieux le voir mort que souillé.

Le duc comprit qu'il n'ébranlerait point une décision ainsi formulée et résolut de lutter héroïquement contre son propre cœur afin d'en arracher un amour impossible...

Le résultat d'une telle lutte est prévu.

Quiconque ose se mesurer corps à corps avec l'amour est vaincu d'avance.

Sigismond dut s'avouer bien vite sa défaite ; il retourna chez Mme Amadis et revit Esther qu'il s'était juré de ne plus revoir.

Mme Amadis, heureuse et fière d'être la protectrice de cette romanesque passion, favorisait les rendez-vous et ménageait aux jeunes gens de longs tête-à-tête.

Esther était candide et chaste, mais elle aimait Sigismond.

Sigismond était un honnête homme dans toute la force du terme, mais il adorait Esther.

Une étincelle jaillit un soir d'un brasier. — Cette étincelle alluma un incendie. — L'enfant innocente s'abandonna sans le savoir aux bras de son amant, et l'ange qui veillait sur eux s'enfuit en voilant sous ses blanches ailes la rougeur de son front humilié.

Le pair de France n'appartenait point à la catégorie de ces hommes qui transigent facilement avec leur conscience et s'absolvent volontiers des erreurs dont la passion est cause.

Il se dit qu'il avait commis plus qu'une faute et presque un crime en abusant de la confiance touchante et de l'inconscient abandon d'une vierge de dix-sept ans. — Il se promit d'effacer cette faute, de racheter ce crime, et il s'écria :

— Chère bien-aimée, séchez vos larmes... — Sur ma foi de chrétien, sur mon honneur de gentilhomme, vous serez duchesse de la Tour-Vaudieu !

Trois mois s'écoulèrent sans que la jeune fille rappelât à Sigismond cette promesse.

Enfin un jour elle lui dit avec un triste sourire :

— Tenez votre parole, mon ami... — Donnez un nom à notre enfant...

Sigismond ne resta point sourd à ce suprème appel de sa douce maîtresse.

Il alla, pour la seconde fois, se jeter aux pieds de sa mère, et pour la seconde fois la duchesse fut inflexible.

Le jeune duc songeait à passer outre et à faire à Mme de la Tour-Vaudieu ces sommations que le Code, par antiphrase sans doute, appelle des *actes respectueux.*

Esther ne voulut point consentir à entrer par la violence dans une famille qui la repoussait.

Elle cacha ses larmes et souffrit en silence.

Six mois se passèrent encore.

Le terme fatal approchait.

Esther ne parvenait à dissimuler sa grossesse aux yeux de son père qu'en compromettant sa santé de la façon la plus grave.

Mme Amadis, forcément mise dans la confidence des résultats d'un moment d'oubli, en éprouva un trouble profond et une désolation réelle ; mais, tout en disant son *meâ culpâ*, elle cherchait un moyen d'empêcher le fatal secret d'arriver à la connaissance du colonel Derieux.

Le temps pressait.

Elle enguirlanda le vieux soldat qu'absorbaient d'ailleurs en ce moment de très graves préoccupations, et elle obtint de lui l'autorisation d'emmener pour quelques jours Esther à la campagne.

Nos lecteurs savent déjà qu'elle la conduisit à Brunoy, et nous venons d'analyser ses confidences au docteur Leroyer.

Ce dernier, rassuré sur la portée du serment qu'on exigeait de lui, s'engagea sur l'honneur à garder un silence absolu, fut introduit par Mme Amadis auprès d'Esther, et constata chez la jeune femme une faiblesse inquiétante.

Puis, la nécessité de sa présence n'étant pas immédiate, il reprit le chemin de sa demeure en promettant de revenir au premier appel.

Le jeune pair de France avait un frère cadet, le marquis Georges de la Tour-Vaudieu, à qui sa conduite déplorable interdisait l'accès du logis maternel.

Un garçon d'écurie lui apporta un billet sans signature.

Âgé de trente ans à peine, Georges avait usé et abusé de tout.

Dominé par une maîtresse très belle et profondément vicieuse, Claudia Varni, dont il lui fallait satisfaire les insatiables exigences, Georges, après avoir dévoré jusqu'au dernier sou sa part de l'héritage de son père, était criblé de dettes et réduit aux expédients les plus vils et parfois les plus honteux.

Ces expédients eux-mêmes deviendraient bientôt impuissants.

LIV. 17. F. ROY, édit. — Reproduction interdite.   17

Les dernières ressources manqueraient d'un moment à l'autre. — C'était la misère à bref délai, et plus que la misère, car bon nombre d'honnêtes commerçants dupés porteraient sans aucun doute des plaintes en escroquerie et conduiraient M. le marquis sur les bancs de la police correctionnelle.

Il ne fallait pas compter sur la duchesse douairière qui, profondément ulcérée, ne voulait plus qu'on prononçât devant elle le nom de son second fils.

Vivante, elle ne lui viendrait point en aide et peut-être, à l'heure suprême, elle avantagerait son fils aîné autant que le lui permettait la loi.

Un seul espoir restait à Claudia et à Georges, — la mort de Sigismond ; — mais le duc était dans toute la force de l'âge et jouissait d'une excellente santé.

Cependant, s'il ne se mariait pas, un accident de chasse ou de cheval, un coup d'épée dans un duel, pouvaient donner à Georges le titre de duc et des millions.

En de telles conditions on comprend que Claudia organisait autour du jeune pair de France un système d'espionnage très complet.

Elle apprit ainsi l'amour de Sigismond pour Mlle Derieux, elle devina la grossesse d'Esther, elle suivit la liaison des deux amants jusqu'au jour où Mme Amadis conduisit Esther à Brunoy et l'installa dans la villa gothique où la naissance d'un enfant devait anéantir la dernière espérance de Georges, car le duc ne manquerait pas de reconnaître cet enfant et peut-être de le légitimer par un mariage.

Claudia mit Georges au courant de ce qui se passait.

Ces misérables combinèrent un plan odieux, et, pour le réaliser, vinrent occuper à Brunoy deux chambres de l'auberge du *Cheval-Blanc.*

Mme Amadis avait fait appeler le docteur Leroyer dans la soirée par un billet pressant.

Claudia déguisée en homme épia le vieux médecin, le suivit à la faveur des ténèbres jusqu'à la maison de la veuve Rougeau-Plumeau, et ensuite jusqu'à son propre logis.

Au moment où il allait refermer la grille du jardin elle s'avança résolument et sollicita de lui une audience immédiate que le bon docteur, stupéfait d'une telle succession d'événements mystérieux, n'osa point refuser.

L'infernale créature, jugeant toutes les âmes d'après la sienne, alla droit au but sans circonlocutions, sans périphrases.

XXIX

— Docteur, — fit Claudia, — vous allez d'un jour à l'autre, je le sais, pratiquer un accouchement... — Or, une femme en couches est entre la vie et la mort, et l'existence d'un enfant qui vient de naître ne tient qu'à un fil... — Si la mère succombe et si l'enfant suit sa mère, ceci est à vous...

En même temps elle étalait sur la table dix billets de mille francs.

Le vieux médecin ne comprit pas tout de suite cette proposition monstrueuse et se demanda s'il était bien éveillé.

Mais bien vite la stupeur fit place à l'indignation et à la colère...

M. Leroyer, s'armant d'un pistolet rouillé, chassa de son logis l'infâme qui le croyait capable d'un assassinat et qui osait le lui dire en face.

Claudia rejoignit Georges.

L'une des combinaisons du plan monstrueux venait d'échouer, mais il en restait d'autres.

L'important désormais était de savoir quand sonnerait l'heure de la délivrance d'Esther, et l'on ne pouvait sans se compromettre de façon grave tenter de se ménager des intelligences dans la place, Mᵐᵉ Amadis n'ayant amené qu'une servante absolument dévouée.

Claudia tourna l'obstacle.

— Nous ne devons songer à quitter Brunoy qu'après la naissance de l'enfant d'Esther... — dit-elle à Georges. — Puisqu'il est impossible d'empêcher l'enfant de vivre, il faut au moins que nous sachions à quelles mains il sera confié...

— Ainsi, — demanda Georges, — nous allons rester dans cette misérable auberge?

— Non... — Ce matin même, — car il est plus de minuit, — tu te mettras en quête d'une maisonnette quelconque à louer dans le village... — Tu la prendras pour quinze jours et tu payeras d'avance...

— Bon... — et ensuite?

— Ensuite tu partiras pour Paris...

— Qu'irai-je y faire?

— Me chercher des vêtements de femme... — Aussitôt après ton retour, c'est-à-dire à la nuit tombante, je m'installerai.

— Ne peux-tu te contenter pour si peu de temps de ton costume masculin?

— Je le pourrais si je voulais me condamner à ne jamais sortir...

— Pourquoi cette réclusion serait-elle nécessaire?

— Parce que j'ai toutes les chances du monde de rencontrer le docteur

Leroyer dans les rues de Brunoy, particulièrement aux environs de la villa d'Esther, et que, vêtue en homme, il ne manquerait pas de me reconnaître, ce qu'il faut éviter...

— Tu as raison...

— J'ai toujours raison, tu le sais, mon cher Georges... — Prends donc la bonne habitude de céder sans discuter... — La discussion est superflue puisqu'en fin de compte il faut céder.

Georges en effet ne manquait jamais d'obéir en esclave à son impérieuse et tyrannique maîtresse... — Si parfois il faisait un semblant de résistance, ce n'était que pour la forme...

Claudia d'ailleurs avait un moyen sûr de le réduire à la soumission absolue. — Elle le plaçait brutalement en face de sa situation désespérée, et aussitôt il courbait la tête.

Au point du jour le marquis de la Tour-Vaudieu quitta l'auberge du *Cheval-Blanc* pour se mettre en quête d'une petite maison à louer.

Il revint au bout d'une heure apprendre à Claudia qu'il venait de trouver une *bicoque,* — telle fut l'expression dont il se servit, — adossée au mur d'enceinte du jardin de la villa Rougeau-Plumeau.

Des fenêtres de cette bicoque, — ajouta-t-il, — le regard pouvait plonger, à l'aide d'une jumelle de théâtre, dans la chambre d'Esther.

La muraille de clôture, — ajouta-t-il encore, — était facile à escalader au besoin.

Il avait payé le loyer de quinze jours et rapportait la clef.

— Voilà de la bonne besogne... — dit Claudia, — maintenant, vite à Paris...

Au moment de faire seller son cheval, Georges avisa dans la cour un jeune cocher de fiacre, en train d'atteler ses bidets à son véhicule.

Ce cocher se nommait Pierre Loriot.

Son fiacre, — qui portait le n° 13, — avait amené la veille, à Brunoy, Mme Amadis, Esther Derieux et la femme de chambre.

Pierre Loriot retournait à vide à Paris; — Georges lui offrit dix francs pour l'y conduire.

La proposition fut acceptée avec enthousiasme. — Le cocher monta sur son siège et la voiture partit bon train.

Vers quatre heures, le bruit d'un cheval entrant au galop dans la cour de l'auberge attira l'attention de Claudia.

Elle s'approcha de la fenêtre et reconnut sans grand étonnement le cavalier qui mettait pied à terre en jetant les rênes à un garçon d'écurie.

Ce cavalier n'était autre que Sigismond de la Tour-Vaudieu.

Le jeune duc et pair demanda le chemin de la villa Rougeau-Plumeau, et s'éloigna sans perdre une minute dans la direction indiquée.

Claudia fronça ses sourcils noirs.

La situation se compliquait d'une manière inattendue et fâcheuse.

Sigismond quittait l'auberge, il est vrai, mais il y reviendrait certainement, ne fût-ce que pour reprendre son cheval, et pouvait se trouver face à face avec son frère Georges, dont la présence à Brunoy lui semblerait à bon droit suspecte.

Il fallait donc éviter une rencontre possible.

Georges devait être de retour dans la soirée.

Claudia sortit à la nuit tombante afin d'aller attendre son· amant et de l'arrêter au passage.

Elle fit halte à deux cents mètres de la dernière maison de Brunoy et s'assit sur le revers d'un fossé.

Vers huit heures, les clartés de deux lanternes et un cliquetis de ferrailles de plus en plus distincts annoncèrent l'approche d'une voiture.

La voiture était un cabriolet de régie.

Lorsqu'il ne fut qu'à dix pas, le feu des lanternes permit à Claudia de reconnaître Georges à côté du cocher.

— Stoppe! — cria-t-elle en se levant.

Le cabriolet s'arrêta. — Le marquis avait reconnu la voix de sa maîtresse.
— Il descendit et vint la rejoindre.

En quelques mots dits à voix basse elle le mit au courant de ce qui se passait.

— Diable!! — murmura Georges. — Que faire?

— Éviter l'auberge ce soir et aller droit à la bicoque louée par toi sous un faux nom.

— C'est facile...

Georges remonta dans la voiture où Claudia le suivit, et le cocher reçut l'ordre de traverser Brunoy dans toute sa longueur.

Sur les indications de Georges il fit halte en face d'une maison d'apparence plus que modeste, déchargea un grand carton et un panier de comestibles et de vins, reçut la somme convenue, puis, faisant tourner bride à son cheval, repartit immédiatement pour Paris.

Georges ouvrit la maison, se chargea des paquets qu'il venait d'apporter et alluma une bougie.

La courtisane avait hâte de se livrer à l'examen de l'humble logis où elle comptait passer quelques jours.

Après avoir visité superficiellement le rez-de-chaussée dont les dispositions l'intéressaient peu, elle gravit un escalier étroit et raide, véritable échelle de meunier, qui conduisait au premier étage.

Elle posa son flambeau sur la table de l'une des deux chambres à coucher constituant cet étage; elle courut à la fenêtre, écarta les rideaux de coton jauni, bordés d'une grecque rouge, et jeta les yeux en face d'elle.

Georges avait dit vrai.

De l'endroit où elle se trouvait, la jeune femme dominait le jardin de Mme veuve Rougeau-Plumeau, et les arbres presque entièrement dépouillés de feuilles n'empêchaient pas les regards d'arriver jusqu'à la villa gothique.

Une des croisées de cette villa était éclairée par les lueurs d'une lampe Carcel, et par les flammes d'un grand feu qui pétillait dans l'âtre.

A travers le tissu transparent des rideaux de vitrage on voyait, grâce à l'éclairage intérieur, passer et repasser des formes presque distinctes.

— Inappréciable, ce poste!! — dit Claudia, — et il le serait plus encore si j'avais une lorgnette...

— En voici une... — répliqua Georges, — je l'ai prise exprès pour toi...

— Tu as pensé à tout!! — je t'admire...

La jumelle dont Claudia braqua, séance tenante, le double canon sur la fenêtre lumineuse, lui permit d'assister à un spectacle intéressant pour elle.

Mme Amadis, étincelante de bijoux comme la vitrine d'un orfèvre et assise dans un grand fauteuil au coin de la cheminée, se livrait à une pantomime chaleureuse.

Sigismond de la Tour-Vaudieu allait et venait à grands pas à travers la chambre.

Il s'arrêta tout à coup en face du docteur Leroyer, pour lui parler avec animation.

Au bout de quelques secondes Mme Amadis quitta vivement son siège, tandis que le duc et le médecin s'approchaient du lit où reposait Esther.

— Nous avons bien fait de venir, — murmura Claudia Varni, — il est clair comme le jour que le moment de la délivrance approche...

Il approchait si bien qu'il arriva cinq minutes plus tard.

Esther, épuisée, poussa un cri qui serra tous les cœurs.

A ce cri répondit un vagissement aigu.

Le docteur Leroyer, penché sur la malade, se releva, et présentant une chétive créature au jeune duc et pair que l'émotion faisait trembler il lui dit :

— Vous avez un fils, monsieur...

Un éclair de joie traversa l'esprit de Sigismond, mais l'angoisse reprit le dessus. L'état de sa maîtresse bien-aimée lui paraissait grave.

Il interrogea du regard le vieux médecin.

Ce dernier l'emmena dans la chambre voisine et ne lui cacha point qu'il partageait ses craintes.

Esther se trouvait en danger de mort. Le salut, cependant, n'était point impossible peut-être, mais le docteur n'osait s'en rapporter à ses propres lumières et sollicitait une consultation des princes de la science.

Le duc allait s'élancer dehors, pour courir à Paris ; mais au moment d'atteindre la porte il s'arrêta et revint au docteur.

XXX

Après quelques paroles échangées le vieux médecin quitta la maison. — M. de la Tour-Vaudieu retourna près du lit d'Esther, s'assit et prit entre ses mains la main de la douce malade.

— La disparition soudaine du docteur cache quelque chose... — fit Claudia — Que se passe-t-il donc?

Son incertitude et celle de Georges durèrent plus d'une demi-heure.

Au bout de ce temps la porte se rouvrit et M. Leroyer rentra dans la chambre, avec un prêtre.

— Ah! — s'écria Claudia triomphante, — Esther est condamnée sans doute et le curé de Brunoy vient lui administrer les derniers sacrements...

La maîtresse de Georges ne se trompait qu'à demi, mais ne devinait pas non plus la vérité tout entière.

En prévision de la mort d'Esther, Sigismond voulait légitimer son fils par un mariage *in extremis*.

Le prêtre écouta la confession de la pauvre enfant et lui donna l'absolution. — Il baptisa ensuite le fils du pair de France sous les noms de Pierre-Sigismond-Maximilien, puis on fit entrer les témoins, de braves paysans de Brunoy.

Un instant après, Esther-Éléonore Derieux était duchesse de la Tour-Vaudieu.

Claudia **Varni**, muette de stupeur, avait assisté à ce spectacle en pâlissant de rage.

— Mariés! — balbutia-t-elle d'une voix rauque en se tournant vers Georges. — Entends-tu? comprends-tu?... ils sont mariés!

— Mariés! — répéta le marquis avec un rugissement.

— Oui.

— Ce mariage est nul!...

— Pourquoi?

— Aucune des formalités légales n'a été remplie...

— Oublies-tu que la loi permet les unions *in extremis??*... — Ah! le mariage est bon, et légitime le bâtard!

— Alors tout est perdu pour nous...

— Peut-être...

— Qu'espères-tu donc?

— Je ne sais pas, mais avant de désespérer il faut attendre encore...

Et Claudia reprenant son poste d'observation braqua plus que jamais sa jumelle sur la fenêtre éclairée.

Elle vit Sigismond embrasser Esther et son fils, serrer la main du docteur,

prendre sur un meuble son chapeau, sa cravache et ses gants, et quitter vivement la chambre.

Poussant alors une sourde exclamation, et sans répondre à Georges qui
l'interrogeait, elle s'élança dehors à son tour et se dirigea de toute la vitesse de
ses jambes vers l'auberge du *Cheval-Blanc*, sur les traces de Sigismond qui la
devançait d'une cinquantaine de pas tout au plus.

Le duc entra dans la cour et donna des ordres.

Claudia se cacha sous une porte et attendit.

Au bout de cinq minutes Sigismond reparut à cheval, et partit ventre à
terre.

— C'est à Paris qu'il va... — se dit la courtisane. — Nous avons toute la
nuit pour agir.

La porte de la cour restait entr'ouverte.

Claudia se glissa dans l'entre-bâillement et se dirigea dans les ténèbres vers
un hangar où elle avait remarqué, accrochés à la muraille, de vieux vêtements
de charretiers.

Elle prit à tâtons deux de ces vêtements, passa une blouse sur son costume
masculin, coiffa d'une casquette sa tête nue et, faisant un autre paquet de l'autre
blouse et de l'autre casquette, sortit, se dirigea en toute hâte vers la villa
gothique de Mᵐᵉ veuve Rougeau-Plumeau, et sonna à la porte.

La femme de chambre vint ouvrir.

— Le docteur Leroyer est-il chez vous? — lui demanda Claudia en dégui-
sant sa voix.

— Il y est... — répliqua la femme de chambre. — Qu'est-ce que vous lui
voulez?

— Dites-lui, s'il vous plaît, d'aller à sa maison et de ne point perdre de
temps... — Sa vieille servante vient de tomber en apoplexie... Elle est au plus
mal... — Voilà ma commission faite...

Et la courtisane s'éloigna.

Une minute après le médecin, tout bouleversé, prenait le chemin de sa
demeure.

Claudia avait déjà rejoint Georges.

— Quelle est cette mascarade? — s'écria-t-il en la voyant.

Pour toute réponse la jeune femme lui tendit le paquet et lui dit :

— Déguise-toi vite.

Georges obéit.

— Maintenant, — ajouta-t-elle, — prends de la suie dans la cheminée et
barbouille-toi le visage...

Ce fut fait.

— Viens.

— Où allons-nous?

Sans hésiter, la courtisane tira de sa poche un pistolet et fit feu sur Esther...

— A la villa Rougeau-Plumeau, pour voler les bijoux de la grosse Amadis.

— Voler ! — répéta Georges stupéfait.

— Le vol est un prétexte... — Dans la bagarre tu éteindras les flambeaux... Un meuble tombera, *par hasard*, sur le berceau de l'enfant, et tout sera dit... — Quant à Esther, je la crois mourante... — Inutile de nous occuper d'elle.

Quelques secondes suffirent aux deux complices pour escalader le mur du jardin de la villa.

Une échelle qui servait à la taille des arbres fut appliquée contre la maison et atteignit presque le niveau de la fenêtre d'Esther.

— Va ! — commanda la courtisane.

Georges gravit les échelons, d'un coup d'épaule enfonça la fenêtre et bondit dans la chambre.

Sous les haillons qui l'affublaient et sous la couche de suie qui noircissait son visage, il était hideux.

Deux cris d'épouvante l'accueillirent.

L'un était poussé par Mᵐᵉ Amadis, qui se réfugia dans un angle où elle s'accroupit éperdue, — l'autre par Esther, qui se dressait à demi sur son lit, affolée de terreur...

Georges se souvenait des instructions de Claudia.

Pour égarer les soupçons il fallait faire croire à tout le monde que des voleurs s'étaient introduits dans la villa.

Il arracha quelques-uns des bijoux dont le corsage de Mᵐᵉ Amadis était surchargé et en reculant renversa la lampe.

La chambre ne se trouva plus éclairée que par les tisons qui se consumaient dans l'âtre.

L'amant de Claudia se dirigea vers le berceau de l'enfant.

Il allait l'atteindre, le fouler aux pieds, lorsque Esther, anéantie, mourante un instant auparavant, se dressa devant lui comme une lionne, et faisant au berceau un rempart de son corps s'écria d'une voix sifflante :

— Misérable !... vous ne passerez pas !

Il voulait passer.

Son poing fermé se leva pour frapper Esther en pleine poitrine.

La jeune femme évita le choc, et dans un accès de fureur arrivant jusqu'au délire elle saisit de ses deux mains délicates la gorge du marquis et la serra comme un étau d'acier.

Mᵐᵉ Amadis, secouant sa première épouvante, criait de toutes ses forces :

— Au voleur !... à l'assassin !

En même temps on sonnait avec violence à la porte de la villa.

Georges, à demi suffoqué, se débattait en vain. — Rien ne pouvait desserrer l'étreinte des doigts frêles qui l'étranglaient et dont la colère centuplait les forces.

Claudia avait tout entendu, et deviné ce qu'elle ne voyait pas.

Elle gravit rapidement les échelons.

Georges, renversé, râlait.

Sans hésiter la courtisane tira de sa poche un pistolet et fit feu sur Esther.

La pauvre enfant lâcha prise aussitôt et s'abattit sur le plancher en poussant un gémissement sourd.

Le marquis se releva.

De grands papillons noirs dansaient devant ses yeux. — Sa marche était chancelante. — Il ne se tenait debout qu'à grand'peine.

Claudia le soutint jusqu'à la fenêtre, et tous deux disparurent dans les ténèbres au moment où le docteur Leroyer entrait dans la chambre avec la servante.

Il alluma les bougies et comprit le but de la mystification dont il venait d'être victime.

Esther, couverte de sang, fut placée sur son lit.

Elle était évanouie, mais elle vivait et la blessure n'offrait aucun danger, la balle n'ayant fait en apparence qu'entailler le cuir chevelu.

Mᵐᵉ Amadis courut à l'enfant.

Dieu l'avait protégé. — Il dormait dans son berceau.

Suivons les assassins dans leur fuite.

L'instinct de la conservation surnageait seul chez Georges dans son complet désarroi moral.

Claudia l'entraînait avec elle et il obéissait passivement.

Une fois rentré dans la maison voisine de la villa Rougeau-Plumeau, il se laissa tomber sur un siège, en portant ses mains à son cou où les ongles crispés d'Esther avaient imprimé des marques livides.

La courtisane fit boire au marquis un verre de vin de Madère, étancha le sang qui coulait de ses écorchures et lui commanda de se laver le visage.

L'eau manquait.

Le contenu d'une bouteille de vin de Champagne la remplaça.

Les deux blouses et les deux casquettes furent ensuite jetées dans le foyer sur une bourrée de sarments et réduites en cendres.

Toute preuve matérielle du crime disparut avec elles.

—Maintenant, partons... — dit Claudia.

— Où irons-nous ?...

— A l'auberge du *Cheval-Blanc* où nous avons toujours nos chambres... — Personne ne nous verra rentrer, et si l'on faisait une enquête notre *alibi* serait prouvé...

Au point du jour, une chaise de poste dont les chevaux étaient blancs d'écume fit halte à la porte de l'auberge.

Cette chaise de poste venait de conduire à la villa Rougeau-Plumeau le duc Sigismond et deux des plus illustres médecins de Paris.

Le docteur Leroyer, très agité, les reçut et leur raconta les événements de la nuit.

Esther dormait d'un sommeil fiévreux. — Des gouttelettes de sang s'échappaient du bandeau posé sur sa blessure et traçaient un sillon rose sur la pâleur effrayante de son visage.

Sigismond, frappé au cœur, tomba brisé sur un siège et pleura.

Les deux médecins s'approchèrent du lit.

A peine avaient-ils commencé leur examen et adressé quelques questions au docteur Leroyer, qu'Esther se réveilla brusquement et se dressa sur son séant.

XXXI

Un sourire vint aux lèvres d'Esther. — Elle promena sur les objets qui l'entouraient un long regard, à la fois vague et joyeux.

Puis elle se mit à chanter.

— Elle est sauvée, — dit l'un des médecins, — mais ne vous réjouissez pas trop vite, monsieur le duc... La pauvre enfant est folle...

Ce même jour, Sigismond prit un grand parti.

Il se dit que sa loyauté ne lui permettait pas de cacher plus longtemps au colonel Derieux les faits accomplis, et que la place du vieillard était auprès du lit de sa fille purifiée de toute souillure et devenue duchesse de la Tour-Vaudieu.

En conséquence il partit pour Paris et se rendit rue Vendôme.

La porte cochère de la maison de M⁻ᵉ Amadis était tendue de noir.

Sous les draperies lugubres reposait un cercueil.

Le duc, en passant, jeta de l'eau bénite sur ce cercueil et demanda :

— Qui donc est mort ?

— Le colonel Derieux... — lui répondit-on

C'était vrai.

La veille au matin, un commissaire de police escorté d'agents en bourgeois avait fait invasion dans le domicile du vieux soldat.

Il venait l'arrêter comme impliqué dans un complot contre le gouvernement.

Le colonel était tombé frappé d'une apoplexie foudroyante.

Laissons s'écouler une semaine.

Esther allait de mieux en mieux, au physique sinon au moral... Sa tranquille et douce folie semblait inguérissable.

Sigismond prenait ses mesures pour la ramener à Paris.

Mᵐᵉ Amadis, cause inconsciente des malheurs de la pauvre enfant, ayant offert de la garder sans cesse auprès d'elle, le duc avait agréé cette offre.

Il pensait :

— Si Esther, devenue ma femme par un mariage *in extremis*, possédait sa raison, j'aurais le courage de me jeter aux pieds de ma mère et de lui dire : — *Elle est maintenant votre fille...* — *Il faut la bénir et l'aimer...* — Mais Esther est folle, hélas ! Il faut attendre...

Voilà pour la mère...

Restait l'enfant.

Sigismond demanda au docteur Leroyer d'accepter la mission toute de dévouement de veiller sur ce rejeton inconnu d'une grande race, sur cet héritier futur d'une immense fortune, de se faire son gardien, son défenseur, son appui, presque son père...

Effrayé d'une responsabilité si grande, le bon docteur refusa d'abord, mais Sigismond ne se tint pas pour battu.

Il fit appel au cœur du vieillard en mettant sous ses yeux la touchante position du pauvre petit, plus abandonné qu'un orphelin.

M. Leroyer, — le meilleur des hommes, — était incapable d'opposer une résistance à de tels arguments.

Il s'attendrit et il accepta, mais sans vouloir traiter la question d'honoraires.

Le duc n'insista pas et le pria de ne jamais prononcer son nom lorsqu'il lui faudrait expliquer la présence du nouveau-né dans sa maison, et répondre aux questions sans nombre qui ne manqueraient pas de lui être faites à ce sujet.

Le médecin promit un silence absolu, et quand il promettait on pouvait compter qu'il tiendrait parole.

A la fin de la semaine Mme Amadis et Esther partirent pour Paris dans une voiture que le duc conduisait lui-même, afin d'éviter toute révélation indiscrète.

Ce même jour le docteur, qui s'était procuré à Villeneuve-Saint-Georges une nourrice jeune et avenante, regagna son logis, emportant l'enfant entre ses bras.

Le soir, en couchant son nourrisson, la nourrice trouva dans les langes une enveloppe cachetée qu'elle remit au médecin. La suscription de l'enveloppe était ainsi conçue :

« *Pour M. le docteur Leroyer* »

Elle contenait douze mille francs en billets de banque et un mot de Sigismond qui fixait à ce chiffre la rémunération annuelle à laquelle le docteur aurait droit.

M. Leroyer, fort touché de la libéralité du pair de France, serra les douze mille francs sans même en parler à Suzon, sa vieille servante.

Claudia n'avait point quitté l'auberge du *Cheval-Blanc* où Georges était venu la rejoindre.

Ils savaient qu'Esther, devenue folle, était rentrée à Paris en compagnie de Mme Amadis.

Ils savaient également que le fils de Sigismond avait été confié au médecin et grandirait dans sa maison.

Leur présence à Brunoy cessait d'être nécessaire, puisqu'il ne leur restait rien à apprendre.

Georges aurait voulu ne pas quitter le village avant d'avoir supprimé l'enfant qui leur avait échappé une première fois, mais Claudia Varni, selon son invariable habitude, fit prévaloir sa volonté.

— Quand l'heure sera venue, l'enfant disparaîtra, — dit-elle, — et cela sans risques pour nous... — Compte sur moi, Georges, et garde-toi de douter de l'avenir que je te promets... — Tu seras duc... tu seras pair de France... tu seras l'unique héritier de la fortune des la Tour-Vaudieu !

Une heure après la courtisane et le marquis quittaient pour n'y plus revenir, l'auberge du *Cheval-Blanc* et reprenaient le chemin de Paris.

Abandonnons-les pour un instant, et introduisons dans ce rapide résumé des faits accomplis antérieurement quatre personnages importants, dont trois au moins ne sont pas des inconnus pour nos lecteurs.

Nous voulons parler de Paul Leroyer, le neveu du médecin, d'Angèle, sa femme, et de ses deux enfants, Abel et Berthe.

Abel allait avoir cinq ans, Berthe trois, — Angèle, leur mère, vingt-six à peine.

Paul Leroyer était mécanicien, élève des Arts-et-Métiers.

Ses aspirations, ses études, ses instincts surtout, faisaient de lui un inventeur, c'est-à-dire un de ces hommes que la misère et le désespoir attendent s'ils restent incompris, et qui, s'ils réussissent, marchent rapidement à la gloire et à la fortune.

Il n'appartenait point, hélas ! à la catégorie des inventeurs heureux.

Il n'était pas compris.

Dans les vastes ateliers installés par lui près du canal Saint-Martin de nombreux ouvriers établissaient sur ses dessins et sous sa direction des machines merveilleusement combinées, mais dont le public, par conséquent les acheteurs, refusaient d'admettre le mérite.

La clientèle de Paul Leroyer était donc à tel point restreinte que, lorsqu'une machine sortait de chez lui, le prix de revient était invariablement supérieur au prix de vente.

Les cent mille francs qui constituaient l'héritage paternel ne durèrent pas longtemps et Paul, ayant épousé par amour une charmante fille à peu près sans dot, se trouva près de la ruine et de la faillite !

Il espérait encore cependant, et non sans quelque apparence de raison, car il venait de mener à bien une invention capitale, une machine de premier ordre, utile, indispensable même à cent industries différentes qui trouveraient dans son emploi une fabuleuse économie.

Cette machine devait fonctionner devant une réunion de savants et d'industriels

Au succès de l'expérience était subordonnée la commandite d'un capitaliste dont les billets de banque permettraient d'exploiter sur une grande échelle
l'invention triomphante.

Un accident survenu à la machine remit tout en question.

Il ne s'agissait à la vérité que d'un retard de quelques jours, mais le moyen
l'attendre?

Pour la réparation il fallait de l'argent et Paul Leroyer n'en avait plus...

Allait-il donc échouer au port?

Où trouver les mille francs que la caisse ne contenait pas?

Paul pensa à son oncle Leroyer qui s'était en toute occasion montré parait pour lui, et courut à Brunoy.

Il en revint le soir avec cinquante louis; la réussite ne laissa rien à désirer,
e capitaliste promit de l'argent, en donna même un peu, non de quoi vivre
nais de quoi vivoter, et s'arrangea de façon à fatiguer Paul Leroyer et à le con-
raindre à lui céder son invention pour un morceau de pain.

Deux ans plus tard, c'est-à-dire au commencement du mois de septem-
re 1837, Esther et madame Amadis habitaient toujours ensemble le vieil hôtel
le la rue Saint-Louis, au Marais.

Esther restait folle.

A la vérité, de loin en loin, quelques vagues éclairs de raison semblaient
lluminer la nuit de son intelligence, mais les médecins ne donnaient à M. de
a Tour-Vaudieu qu'un bien faible espoir de guérison.

Chaque mois Sigismond, dans le plus strict incognito, se rendait à Brunoy
hez le docteur Leroyer pour embrasser son fils qui se développait à vue d'œil.

La duchesse douairière déclinait rapidement; — Sigismond voyait approcher
'heure où il pourrait déclarer son mariage et prendre son enfant auprès de lui.

Georges et Claudia Varni ne s'étaient point quittés. — Ils suivaient de loin
e petit-fils grandissant tandis que s'éteignait l'aïeule.

Plus que jamais le marquis de la Tour-Vaudieu en était réduit aux expé-
lients. Les juifs n'acceptaient plus sa signature qu'en prélevant des intérêts de
juatre-vingt pour cent, et encore se considéraient-ils comme fort audacieux
n aventurant ainsi leur argent.

Claudia Varni néanmoins n'abandonnait point Georges et subissait sans se
)laindre des privations de toutes sortes, non par dévouement, ni même par in-
'ouciance, mais parce qu'un mystérieux instinct l'avertissait que son amant
serait bientôt riche, et qu'elle voulait être auprès de lui pour avoir sa part du
;âteau.

Les créanciers de Georges avaient obtenu contre leur débiteur de nombreux
ugements de prise de corps. — Les *gardes du commerce* étaient en campagne.

l fallait se cacher pour éviter la prison pour dettes.

Georges et Claudia habitaient donc à Neuilly, à gauche de l'avenue qui conduit au pont, une maison toute meublée, très isolée, entourée d'un vaste jardin et louée sous un faux nom moyennant une somme très modeste. — Ils y vivaient seuls et n'y recevaient personne.

Claudia était toujours admirablement belle.

XXXII

Le marquis découragé semblait avoir vieilli de dix ans, et son caractère s'était assombri en même temps que ses cheveux grisonnaient.

Un soir Claudia Varni, absente depuis deux heures de l'après-midi, rentra vers neuf heures du soir.

— Apportes-tu de l'argent ? — lui demanda Georges.

— Non. — Les usuriers deviennent intraitables. — Sachant la duchesse ta mère aux portes de la tombe, ils sont allés aux informations et ils ont acquis la certitude que tu avais dévoré non seulement ta part de la fortune paternelle mais encore, et au delà, ce qui devait te revenir après la mort de ta mère... Ça les met en fureur, ces braves gens... — Ils ne parlent plus seulement de te faire emprisonner pour dettes, mais encore de te traduire en police correctionnelle sous prévention d'escroquerie, comme les ayant dupés en leur faisant croire à l'existence de ressources imaginaires.

— Mais alors je suis perdu ! — balbutia Georges avec accablement.

— Non, grâce à moi... — j'ai obtenu huit jours de répit...

— Eh ! que puis-je faire en huit jours ?

— Tu peux être riche.

— Comment ?

— Par une série de combinaisons écloses dans mon cerveau et qui me font, je crois, quelque honneur... — Connais-tu le capitaine Corticelli ?

— Ce prétendu gentilhomme napolitain de première force à l'épée...

— Oui. — Avant huit jours, il aura tué ton frère en duel.

— Allons donc ! — Sigismond ne se battra pas avec un pareil drôle !

— Ce drôle saura l'y forcer, rapporte-t'en à lui pour cela, et il est sûr de son adresse.

— Soit... — Mais le duc mort, restera l'enfant... Sigismond doit avoir écrit son testament...

Claudia tira de sa poche un portefeuille et prit dans ce portefeuille une lettre non cachetée qu'elle mit sous les yeux de Georges...

— Connais-tu cette écriture ? — lui demanda-t-elle.

— Parfaitement. — C'est celle de mon frère... — répondit le marquis après avoir lu tout haut la suscription ainsi conçue : — MONSIEUR LE DOCTEUR LEROYER,

— Si vous tenez à la vie, jetez votre couteau sous le lit.

A BRUNOY. — Comment cette lettre se trouve-t-elle entre tes mains? — ajouta-t-il.

— Je te le dirai tout à l'heure quand tu auras pris connaissance de son contenu...

« Cher docteur,

« Des circonstances imprévues changent tous mes projets, modifient toutes « mes résolutions ; je ne sais encore si je dois m'en affliger ou m'en réjouir.

« Quoi qu'il en soit, j'ai besoin une fois de plus de ce dévouement dont
« vous m'avez donné tant de preuves, et que je n'hésite pas à mettre de nou-
« veau à contribution.

« Trouvez-vous demain, à dix heures du soir, avec l'enfant, sur la place de
« la Concorde, près du Pont-Tournant. — Un homme de confiance vous atten-
« dra avec une voiture et vous amènera près de moi. — Aucune erreur n'est
« possible, car cet homme s'approchera de vous et vous appellera par votre
« nom.

« Discrétion absolue comme par le passé. — Ne répondez point à cette
« lettre, votre réponse ne pourrait me parvenir en temps utile.

« Que personne à Brunoy ne connaisse le motif de votre voyage.

« Faites en sorte de n'arriver à Paris qu'à l'heure convenue et ne voyez
« personne avant de m'avoir vu moi-même. — Ceci est de la plus haute im-
« portance.

« A demain donc, cher docteur. — Votre affectionné et absolument dévoué,

« Duc S. de la T.-V. »

Georges avait achevé sa lecture.

Il regarda Claudia comme pour l'interroger.

La courtisane lui expliqua que cette lettre sans date devait être remise en
temps opportun au docteur Leroyer, qui viendrait plein de confiance au rendez-
vous donné, en apportant l'enfant.

Claudia poursuivit :

— J'ai trouvé dans un de tes meubles de vieilles lettres du duc. — Ma femme
de chambre a séduit le valet qui tous les huit jours met à la poste une épître
adressée à Brunoy... — J'ai eu la dernière entre les mains pendant cinq
minutes, ce qui m'a permis de reproduire exactement les formes affectueuses
avec lesquelles le duc écrit au vieux médecin... — Enfin, j'ai déterré dans Paris
un bien brave homme, un ci-devant notaire retour de Brest ou de Toulon, qui
n'a pas son pareil pour les imitations calligraphiques et qui, moyennant dix
louis, m'a fabriqué ce petit chef-d'œuvre dont, bien entendu, j'ai fourni le texte...

Georges rayonnait de joie.

— Nous sommes sauvés ! — s'écria-t-il, — envoyons cette lettre demain et
agissons après-demain...

— Tu vas trop vite... — répondit Claudia. — Il importe de s'assurer d'abord
le concours du capitaine Corticelli pour le duel et ensuite il nous faut un
homme, un bandit de sac et de corde, à qui nous donnerons quelques pièces
d'or et qui nous débarrassera du vieillard et de l'enfant.

— Où trouver cet homme ?

— Au cabaret du pont de Courbevoie, vrai repaire de bandits...

— Qui l'ira chercher ?

— Toi.

— Quand ?

— Cette nuit.

Vers onze heures, en effet, Georges déguisé se mit en route.

Claudia, brisée de fatigue après une journée si bien remplie, se jeta sur son lit, placé dans l'une des pièces du rez-de-chaussée, et s'endormit presque aussitôt.

Mais, si profond que fût son sommeil, elle ne tarda pas à être réveillée par un bruit bizarre.

Claudia se dressa sur son séant et prêta l'oreille.

Elle put bientôt se rendre compte de la nature du bruit qui frappait son oreille.

On cherchait à forcer le volet de la chambre où elle était couchée.

La courtisane n'était pas une femme ordinaire, nous le savons.

Elle sauta en bas de son lit, passa rapidement un pantalon, — nos lecteurs doivent se souvenir qu'à Brunoy elle se déguisait en homme, — glissa son traversin sous ses draps pour faire croire que quelqu'un dormait dans le lit, prit sur la table de nuit une paire de pistolets et, marchant sans bruit, gagna la pièce voisine dont elle referma la porte à demi, puis elle attendit.

Le volet céda.

Le voleur troua la vitre en employant un diamant de vitrier et une boule de poix, fit jouer l'espagnolette, ouvrit la fenêtre, escalada le rebord et s'introduisit dans la chambre.

Ce voleur était un jeune coquin de vingt-quatre ou vingt-cinq ans, remarquable par sa maigreur exceptionnelle.

Il écouta et, n'entendant aucun bruit, il fit jaillir un rayon lumineux d'une petite lanterne sourde dont il était muni.

Sur la table de nuit brillait l'or d'une montre et de sa chaîne

Le voleur allait s'en approcher à pas de loup, quand il crut distinguer une forme humaine étendue dans le lit.

Il tira de sa poche un long couteau, l'ouvrit, et prit son élan pour bondir et frapper.

Claudia, poussant brusquement la porte, se montra tenant un pistolet de chaque main...

Le voleur voulait fuir. — La courtisane, dont une idée bizarre venait de traverser l'esprit, ne lui en laissa pas le temps.

— Vous êtes à ma discrétion, — lui dit-elle. — Si vous tenez à la vie, jetez votre couteau sous le lit...

Le voleur obéit.

La maîtresse de Georges, dirigeant toujours vers lui les canons de ses pistolets, le contraignit à marcher jusqu'à un cabinet sans issue dont elle lui donna l'ordre d'ouvrir la porte.

Il le fit, et sur une nouvelle injonction il entra dans ce cabinet où Claudia l'enferma à double tour.

Puis elle s'assit, attendant le retour de Georges.

Il revint, ayant complètement échoué, par la raison que les bandits l'avaient pris pour un mouchard.

— Eh bien ! moi, — dit Claudia en riant, — j'ai trouvé ce que tu cherchais...

Elle ouvrit la porte du cabinet.

Le voleur sortit suppliant.

Il se nommait Jean-Jeudi, ayant été trouvé dans un fossé le jour de la Saint-Jean, un jeudi.

On lui promit, non seulement de ne pas le livrer à la justice, mais encore de lui donner de l'argent s'il consentait à tuer, sans courir le moindre risque, un vieillard et un enfant.

Il accepta de fort bonne grâce ; mais, comme il n'inspirait à Georges et à Claudia qu'une confiance relative, on le munit de victuailles et on l'emprisonna dans la cave où il devait rester jusqu'au moment d'agir.

Le lendemain Claudia s'entendit avec le capitaine Corticelli, qui promit de se battre en duel avec Sigismond de la Tour-Vaudieu, moyennant l'engagement écrit de lui payer une grosse somme le lendemain de la mort du duc.

Tandis que se passaient ces choses, la situation de Paul Leroyer n'était point devenue meilleure. — Le malheureux homme de génie continuait à se débattre au milieu d'embarras de plus en plus inextricables.

Son prétendu commanditaire l'avait exploité, nous le savons, puis abandonné.

Plusieurs de ses créanciers venaient d'obtenir contre lui des *contraintes par corps;* — il pouvait être arrêté d'un moment à l'autre...

Mais ceci n'était rien à côté du dernier coup qui le menaçait.

Ce dernier coup lui fut porté par un homme d'affaires de Courbevoie, nommé Morisseau, à qui Paul Leroyer avait fait escompter trois traites de deux mille francs chacune, que lui-même tenait d'un Anglais acquéreur de plusieurs de ses machines.

Les traites revenaient impayées, les signatures étant reconnues fausses ; l'Anglais avait pris la fuite, et Morisseau menaçait de dénoncer l'inventeur au parquet comme complice du faussaire...

L'accusation était plausible... — Comment démontrer son inanité ?... — Paul, l'honnête homme par excellence, pouvait être perdu, déshonoré, condamné, envoyé au bagne...

Morisseau n'accordait que vingt-quatre heures et Paul Leroyer savait qu'il serait inflexible.

XXXIII

Il fallait rembourser six mille francs, le lendemain avant minuit, ou se brûler la cervelle pour éviter la cour d'assises.

Rembourser!...

Comment?...

Une seule personne consentirait peut-être à venir en aide à Paul, c'était son oncle, le médecin de Brunoy...

Angèle exprima cette idée. — Paul refusa d'abord de l'accueillir... — La démarche lui semblait trop pénible et serait sans doute inutile...

La jeune femme supplia au nom de ses enfants dont il fallait sauver le père.

Paul Leroyer céda et promit de partir le lendemain au point du jour.

Au moment où il faisait cette promesse, Claudia Varni mettait à la poste la lettre adressée au docteur Leroyer et dont nous connaissons le contenu.

Le matin de ce même jour, le spadassin Corticelli avait trouvé moyen d'insulter si gravement au bois de Boulogne le duc Sigismond de la Tour-Vaudieu, qu'un duel devait avoir lieu le lendemain.

En 1837, aucun chemin de fer ne conduisait à Brunoy. — Paul se dit qu'il marcherait plus vite que la patache et ne mit que trois heures pour arriver au but de sa course.

Le bon docteur venait de recevoir la prétendue lettre de Sigismond et, ne pouvant révoquer en doute son authencité, il l'avait jetée au feu en se promettant d'en exécuter de point en point les prescriptions.

Au moment où Paul Leroyer partait de Paris, le duc de la Tour-Vaudieu, après avoir passé une partie de la nuit à écrire dans son cabinet, mit sous enveloppe les pages qu'il venait de remplir.

Sur cette enveloppe il traça ces mots :

« CECI EST MON TESTAMENT. »

Une seconde enveloppe reçut cet important dépôt.

Le duc la scella d'un cachet de cire à ses armes et écrivit l'adresse du docteur Leroyer, puis il sonna son valet de chambre et lui dit :

— Vous voyez cette lettre... — Si je ne suis pas rentré à midi, ou si je ne vous ai pas fait donner contre-ordre d'ici là, vous la mettrez à la poste...

— Oui, monsieur le duc.

Les témoins de Sigismond arrivèrent.

On partit.

A huit heures dix minutes le duc de la Tour-Vaudieu, pair de France, tombait mortellement frappé par l'Italien Corticelli.

Paul Leroyer, à peu près à la même heure, entrait chez son oncle.

Le docteur fut épouvanté par la physionomie sinistre de son neveu.

Il l'interrogea avec une si touchante tendresse, que Paul trouva beaucoup plus facile qu'il ne le croyait lui-même d'expliquer le but de sa visite.

Qu'on juge de son ivresse lorsqu'il entendit son oncle s'écrier :

— Eh bien ! quoi de plus simple?... — Il te faut de l'argent?... — J'en ai... — En te le donnant tout de suite, c'est une avance que je te fais sur ton héritage futur... — Je mets quatorze mille francs à ta disposition.

Quatorze mille francs !

Paul était sauvé... bien complètement sauvé cette fois...

Il remercia le bon docteur avec des larmes de joie, et lui fit observer ensuite qu'il avait besoin de cette somme le jour même.

— Nous l'aurons, sois tranquille. — L'argent est chez mon notaire, à Villeneuve-Saint-Georges... — Nous irons nous y promener ensemble après déjeuner et je te donnerai la somme...

On déjeuna, puis le bidet du docteur fut attelé et l'on se mit en route.

Une déception attendait à Villeneuve-Saint-Georges l'oncle et le neveu.

Le notaire était parti de grand matin pour recevoir un testament à douze kilomètres de là, et ne serait de retour qu'a six heures du soir.

Les fonds n'avaient pas quitté la caisse, mais le maître clerc ne pouvait en disposer.

— Je retourne à Brunoy... — dit le vieux médecin. — Nous reviendrons ce soir à six heures.

Paul préféra regagner Paris tout de suite pour rassurer Angèle qui se mourait d'angoisses... — Le docteur lui promit d'arriver à la place Royale, avec l'argent, entre huit et neuf heures. — Il serait plus que temps d'aller à Courbevoie pour payer Morisseau et retirer les fatales traites.

Paul monta dans la patache qui faisait le service de Villeneuve-Sainte Georges à Paris.

Le docteur regagna Brunoy et revint à six heures chez le notaire qui lui remit l'argent, mais ne put obtenir de lui aucune explication relative à l'usage qu'il en comptait faire.

A huit heures précises M. Leroyer, fort embarrassé de l'enfant qu'il portait entre les bras, laissa sa carriole dans une auberge voisine de la place de la Bastille, prit un fiacre à l'heure et se fit conduire chez son neveu.

Avons-nous besoin d'afirmer qu'il fut accueilli par Paul et Angèle comme une vivante incarnation de la Providence.

La jeune femme pleurait d'attendrissement en couvrant de baisers les mains du vieillard, le généreux sauveur de son bien-aimé Paul.

Le docteur coupa court à cette scène touchante, essuya ses yeux humides, et dit avant de regagner son fiacre :

— Je ne retournerai certainement pas à Brunoy cette nuit et je viendrai vous demander un lit, mais je ne sais pas à quelle heure. Donc, si je tarde, ne soyez point inquiets...

Paul devait de son côté se rendre à Courbevoie et la course était longue.

Il descendit avec son oncle qui, après lui avoir serré la main, remonta dans son fiacre, mais sans proposer au jeune homme de l'accompagner. — La prétendue lettre de M. de la Tour-Vaudieu lui recommandait une discrétion absolue.

Lorsque Paul se fut éloigné, le docteur dit à son cocher :

— Conduisez-moi d'abord à l'extrémité de la rue de Rivoli, près de la place de la Concorde.

Paul Leroyer s'était dirigé vers le boulevard Beaumarchais où il pensait se procurer une voiture, mais une pluie fine commençait à tomber et les fiacres avaient été pris d'assaut en un instant.

Il trouva les stations désertes.

Aller à pied de la Bastille à Courbevoie ne se pouvait guère, surtout pour un homme fatigué déjà par la longue course du matin.

Le neveu du docteur suivit la ligne des boulevards, dans la direction du Château-d'Eau, appelant au passage les cochers de voitures de place ; mais ces derniers, dédaigneux comme ils le sont à peu près tous par le mauvais temps, ne prenaient même pas la peine de lui répondre.

Enfin, sur la chaussée du boulevard du Temple, presque en face de l'agglomération de théâtres que formaient à cette époque la Gaîté, les Foiies-Dramatiques, les Délassements-Comiques, les Funambules, le Petit-Lazary et le Cirque, il vit briller les lanternes rouges d'un fiacre jaune à deux chevaux qui semblait chercher fortune.

Paul courut à ce fiacre, l'arrêta, ouvrit la portière et sauta dans l'intérieur.

— A la course ou à l'heure, bourgeois ? — demanda le cocher.

— A l'heure...

— Où faut-il vous conduire ?

— A Courbevoie...

— Tonnerre ! en voilà un ruban de queue ! Enfin on tâchera d'arriver, mais les pauvres bêtes qui sont sur leurs pattes depuis sept heures du matin n'en peuvent plus !... Bourgeois, voici mon numéro... c'est le n° 13... un numéro qui donne la guigne, à ce que disent les bonnes gens, mais je n'en crois rien, car nous ne nous portons pas trop mal, les poulets d'Inde, le carabas et moi ! — Pierre Loriot et ses bidets sont connus sur le pavé de Paris !...

Pierre Loriot, — c'est-à-dire le même cocher qui avait amené à Brunoy deux ans auparavant Esther et M⁻ᵉ Amadis, — fouetta ses haridelles et la voiture roula, cahin-caha, dans la direction indiquée.

Laissons-la rouler et voyons ce qui se passait à la villa de Neuilly.

Georges de la Tour-Vaudieu et Claudia Varni avaient appris non sans une odieuse joie le résultat du duel ou plutôt de l'assassinat du bois de Vincennes.

A huit heures du soir Claudia, vêtue en homme, se dirigea vers Paris.

Elle en revint une heure plus tard, enveloppée d'un carrick à plusieurs collets, cachant à demi son visage sous les bords d'un chapeau de cuir bouilli, et conduisant un vieux fiacre tout délabré, attelé de deux vigoureux chevaux qu'elle arrêta devant la porte de la villa.

Du haut de son siège elle prononça une phrase en anglais. — Georges était aux aguets. — Il ouvrit la porte et la voiture entra dans la cour.

Claudia descendit, franchit le seuil du pavillon et tira d'une poche de son vêtement d'homme un tout petit flacon de cristal et une de ces fioles clissées dont on sert à la chasse ou à la campagne.

— Donne-moi l'une des bouteilles de vin de Madère qui sont dans le placard de la salle à manger, — dit-elle à Georges.

M. de la Tour-Vaudieu obéit.

La courtisane remplit au trois quarts la fiolele clissée, puis elle mêla au vin de Madère le contenu du petit flacon.

— A qui destines-tu ce breuvage ? — demanda le marquis.

— A Jean-Jeudi... — Je crois prudent d'éviter que ce pauvre diable ait la chance de nous rencontrer un jour et la tentative de nous exploiter...

— Tu penses à tout ! bravo !...

On ouvrit la porte de la cave, on mit en liberté le bandit et on lui fit endosser un gilet, un paletot et an chapeau rond apportés par Claudia.

Celle-ci dit ensuite, en lui mettant cinq pièces d'or dans la main :

— Voici la moitié du prix convenu... — La besogne accomplie vous toucherez le reste... — Nous partons... — Venez...

Elle lui fit prendre place sur le siège à côté d'elle, et Georges monta dans le fiacre qui se dirigea rapidement vers l'avenue de Neuilly et gagna les Champs-Élysées.

A dix heures moins un quart il s'arrêta sur la place de la Concorde, non loin du Pont-Tournant.

A cette époque les lampadaires à gaz n'existaient pas encore pour l'éclairage de Paris. — La place était sombre et déserte, — la pluie tombait froide et pénétrante.

Georges ouvrit la portière, sauta sur le pavé boueux et se dirigea vers le Pont-Tournant qui donnait accès, comme on le sait, dans le jardin des Tuileries.

Le docteur Leroyer n'était pas arrivé.

Georges attendit.

Georges était aux aguets. — Il ouvrit la porte et la voiture entra dans la cour.

XXXIV

Quelques minutes s'écoulèrent, puis, comme dix heures sonnaient à l'horloge du palais, Georges entendit un bruit de pas.

— Ce doit être le médecin... — pensa-t-il.

C'était bien en effet le docteur Leroyer tenant dans ses bras et pressant contre sa poitrine l'enfant de Sigismond.

Il s'arrêta à deux pas de Georges qui, malgré l'obscurité, le reconnut ou plutôt le devina et lui dit :

— Vous êtes sans doute, monsieur, la personne que j'ai mission d'attendre...

— Quelle personne attendez-vous? — demanda prudemment l'oncle de Paul.

— Le docteur Leroyer, de Brunoy...

Le marquis ajouta d'une voix plus basse, en se penchant vers son interlocuteur :

— Et moi, je suis le serviteur dévoué, l'homme de confiance de M. le duc Sigismond de la Tour-Vaudieu...

Ces paroles ne laissaient pas de place au doute et au soupçon.

— C'est bien, monsieur, — répliqua le vieillard, — je suis à vos ordres.

— Venez, une voiture nous attend...

Le docteur Leroyer suivit Georges et monta avec lui dans le fiacre conduit par Claudia, qui reprit aussitôt la route de Neuilly.

A trois cents pas en arrière roulait un autre véhicule; — c'était le fiacre n° 13, conduisant à Courbevoie le neveu du médecin.

Les deux bidets de Pierre Loriot, littéralement surmenés, aux trois quarts fourbus, ne se tenaient plus sur leurs jambes. — Ils avançaient par saccades intermittentes et c'est à peine si des avalanches de coups de fouet les galvanisaient par instants pour quelques secondes.

A la porte Maillot la distance entre les deux voitures n'était plus de trois cents pas, mais de six cents...

Paul Leroyer, qu'exaspérait une marche si lente, trépignait au fond de son fiacre.

Enfin la longue avenue fut parcourue presque tout entière, mais à cent mètres environ de la tête du pont de Neuilly, les haridelles de Pierre Loriot s'arrêtèrent brusquement.

Le cocher du fiacre n° 13 eut de nouveau recours à son fouet pour les remettre en marche; ils s'agitèrent convulsivement sous la grêle de coups, mais sans avancer, et l'un d'eux, glissant des quatre pieds sur le pavé boueux, s'abattit et brisa dans sa chute l'extrémité du timon.

Pierre Loriot descendit et, jurant comme un païen, expliqua l'accident à son voyageur.

Paul Leroyer prit son parti d'un mal sans remède, paya largement le cocher et continua sa route à pied.

Le vieux fiacre conduit par Claudia s'était engagé sur le pont de Neuilly.

Au moment d'en atteindre le point central, la courtisane mit ses chevaux au pas.

— Le moment est venu de gagner votre argent et votre liberté... — dit-elle à Jean-Jeudi qui se trouvait près d'elle.

— L'ordre et la marche? — demanda-t-il.

— Prenez ce couteau... — je vais arrêter la voiture. — Vous sauterez en bas du siège... — Les deux personnes qui sont dans le fiacre descendront... — Vous frapperez entre les deux épaules le vieillard qui porte l'enfant, de manière à le tuer d'un coup, et vous jetterez son corps dans la rivière par-dessus le parapet... — Vous en ferez autant pour l'enfant...

— Bien... — murmura Jean-Jeudi.

— On dirait que vous avez peur... Vous tremblez...

— Je ne tremble pas de peur... — Je suis mouillé jusqu'aux os... — Je tremble de froid...

Claudia tira de sa poche la bouteille clissée.

— Tenez, — reprit-elle, — buvez ce madère... Ça vous réchauffera... ça vous donnera du cœur...

Jean-Jeudi avala d'un trait le contenu de la fiole.

— Fameux! — murmura-t-il. — Un velours!

La courtisane arrêta tout à fait son attelage.

Georges et le docteur mirent pied à terre aussitôt, et Jean-Jeudi se glissa derrière eux.

Claudia tourna bride et se dirigea vers Neuilly, pour faire halte cent pas plus loin.

— Où sommes-nous ? — demanda le médecin.

— Tout près de l'endroit où nous attend M. le duc. — Venez... — répondit Georges.

L'oncle de Paul ne fit aucune autre question et suivit son compagnon.

Jean-Jeudi était derrière eux.

Il leva son bras armé et frappa le vieillard. — La lame du couteau disparut tout entière entre les deux épaules.

Le docteur poussa un seul cri, suivi d'un gémissement, et s'abattit lourdement.

L'enfant s'échappa de ses bras.

Jean-Jeudi se baissant souleva le cadavre, le hissa sur le parapet et de là le laissa glisser dans la Seine.

Georges lui donna cinq pièces d'or en lui disant :

— L'enfant, vite! — Il faut en finir...

— Je vais le noyer un peu plus loin... — répondit l'assassin en saisissant la frêle créature et en disparaissant avec elle dans les ténèbres, du côté de Courbevoie.

Le marquis stupéfait se demanda s'il devait le poursuivre, mais il avait hâte de quitter le théâtre du crime et, sans s'occuper plus longtemps de Jean-Jeudi, il se mit à courir pour rejoindre Claudia et la voiture.

A quelques pas du pont il croisa un homme qui marchait, lui aussi, très vite et la tête basse. — C'était Paul Leroyer, pressé d'arriver chez l'agent d'affaires Morisseau.

Quelques secondes auparavant il avait entendu un cri lugubre, une sorte de gémissement douloureux, puis le bruit sourd et sinistre produit par un corps lourd tombant dans l'eau profonde...

Il avait fait halte en prêtant l'oreille ; — on n'entendait plus rien.

— Mes oreilles ont tinté sans doute... — se dit Paul Leroyer, et il continua son chemin.

C'est alors qu'il croisa Georges de la Tour-Vaudieu.

Arrivé au milieu du pont, il lui sembla de nouveau qu'un gémissement montait jusqu'à lui des profondeurs de la rivière.

Il se pencha vers la Seine en s'appuyant sur le parapet dont la pierre grise lui parut marbrée de taches noires ; il écouta, mais le seul bruit qui frappa son oreille fut le murmure doux et monotone des eaux rapides glissant sous les arches.

Cinq minutes plus tard le neveu du docteur sonnait à la porte de l'homme d'affaires Morisseau, auprès duquel une servante l'introduisit.

— Voici l'argent, — lui dit-il, — rendez-moi les traites.

Et il tendait six billets de mille francs.

Morisseau fit un geste de surprise et d'horreur.

— Ces billets sont tachés de sang ! — s'écria-t-il, — et vous avez du sang sur les mains !...

Paul, stupéfait, regarda ses mains et les billets et les vit, en effet, masculés d'empreintes rouges toutes fraîches.

Un effroi sans bornes se peignait dans ses regards ; il se mit à trembler.

— Ah ! balbutia-t-il d'une voix à peine distincte, — je comprends... je devine... Ce cri, ces gémissements, ce bruit sourd, ces taches noires sur le parapet... tout s'explique... Un crime venait de se commettre près de moi... presque sous mes yeux...

— Un crime ? — répéta Morisseau dont un soupçon traversait l'esprit. — De quel crime parlez-vous ?

Paul Leroyer raconta brièvement ce qu'il avait entendu quelques minutes auparavant, en traversant le pont de Neuilly, et la rencontre qu'il avait faite.

L'homme d'affaires l'écoutait, mais à coup sûr il ne le croyait pas.

Il prit néanmoins les six billets et rendit les traites impayées dont la signature était fausse.

L'inventeur regagna Paris ; — Morisseau, quoiqu'il fût près de minuit, alla réveiller le commissaire de police de Courbevoie pour lui faire sa déclaration.

Le lendemain vers midi l'inventeur, très étonné et un peu inquiet de n'avoir point revu son oncle, s'apprêtait à sortir.

Un coup de sonnette retentit.

Il s'empressa d'ouvrir la porte.

Sur le seuil se trouvait un commissaire ceint de son écharpe, et deux agents en bourgeois.

Dans l'escalier brillaient des baïonnettes.

Le commissaire de police venait arrêter Paul, inculpé d'assassinat.

Ce même jour Claudia Varni, déguisée, s'introduisait à Brunoy dans la maison du docteur, après en avoir éloigné la fidèle servante, fouillait dans les papiers et s'emparait de la lettre écrite par Sigismond avant le duel et renfermant son testament.

Par ce testament le duc déclarait l'enfant d'Esther son fils légitime et son unique héritier.

. . . .

Par une matinée sinistre Paul Leroyer, déclaré coupable sans admission de circonstances atténuantes, montait sur l'échafaud où sa tête tombait.

Au milieu de la foule qui frémissait d'une joie sauvage en voyant un bourreau tuer un innocent, se trouvait une femme en deuil, tenant par la main deux petits enfants vêtus de noir, pleurant silencieusement et regardant l'effroyable spectacle d'un air égaré.

C'était la femme, — ou plutôt la veuve du condamné, — avec Abel et Berthe.

Huit jours plus tard la duchesse douairière de la Tour-Vaudieu s'éteignait, et le marquis Georges entrait en possession du titre et de la fortune de son frère.

*
* *

Nous savons que Jean-Jeudi, après avoir frappé le docteur Leroyer et reçu les cinq pièces d'or, complément du prix de l'assassinat, s'était enfui du côté de Courbevoie en emportant le fils de Sigismond.

Au bout du pont il tourna vivement à droite, suivit pendant un instant le chemin de halage qui de Courbevoie conduit à Asnières, et descendit sur la berge.

Il s'arrêta haletant, affolé en quelque sorte, le front couvert de sueur, et regarda la frêle créature qu'il allait tuer comme déjà il venait de tuer le vieillard.

Agé de deux ans à peine, l'enfant ne pouvait avoir conscience de l'immense danger qui le menaçait, il comprenait pourtant par instinct qu'il venait de passer dans des mains étrangères et il avait peur.

XXXV

L'enfant ne criait pas, mais ses yeux limpides se fixaient sur le visage pâle et bouleversé de Jean-Jeudi, ses petites mains crispées serraient les vêtements du misérable.

L'assassin du docteur, certain que la berge était déserte, leva l'enfant au-dessus de sa tête et allait le précipiter dans la Seine, quand la victime désignée balbutia d'une voix faible qui semblait suppliante :

— Dis, monsieur, pas bobo à bébé...

Jean-Jeudi n'acheva point le mouvement commencé.

Quelque chose de singulier et d'incompréhensible se passait en lui.

La voix enfantine venait de faire vibrer en son âme de boue une corde muette jusqu'alors, celle de la pitié.

Il abaissa lentement ses bras, et de nouveau regarda l'enfant qui se sentit soudain rassuré et dont les mains mignonnes caressèrent son visage.

— Tonnerre ! — murmura le bandit. — Quand un chien vous caresse on n'aurait pas le courage de le tuer... — Tu viens de gagner ta cause, pauvre gosse... — que le diable m'emporte si je te noie !... — Tu es trop mignon... — Allons, coco, embrasse-moi...

Le misérable tendit sa joue aux lèvres de l'enfant, gravit la berge, gagna le pont qu'il traversa toujours courant, et s'engagea dans l'avenue de Neuilly.

Il suivait rapidement la contre-allée de gauche quand, à cent mètres du pont, il aperçut, de l'autre côté de l'avenue, un fiacre immobile autour duquel s'agitait un homme fort empêché.

Cet homme était Pierre Loriot qui, après avoir relevé celui de ses chevaux dont nous avons raconté la chute, rajustait de son mieux, à l'aide de cordes, le timon brisé, afin de pouvoir tant bien que mal regagner Paris.

Jean-Jeudi passa.

Que lui importait ce fiacre en détresse?

Il allait si vite qu'il paraissait courir plutôt que marcher.

Tout à coup il s'arrêta.

Un frisson étrange venait de le secouer de la nuque aux talons.

Un nuage passait devant ses yeux. — Une douleur sourde traversait sa poitrine.

— Qu'est-ce que j'éprouve donc?... — se demanda-t-il sans lâcher l'enfant et en essuyant du revers de sa manche son front baigné de sueur. — On dirait que je suis ivre... Je n'ai rien bu cependant... J'ai vidé cette fiole qui contenait deux verres de vin, voilà tout... — Ça n'est pas ça qui peut me mettre dans les bringuezingues... C'est la fatigue sans doute... — Ça va passer...

La douleur se calma et Jean-Jeudi reprit sa marche ou plutôt sa course, mais il sentait ses jambes faillir, ses oreilles bourdonner, une soif ardente dessécher son gosier.

Il avait hâte de se trouver dans Paris, et il commençait à se demander s'il arriverait...

Soudain, et pour la seconde fois, il fut obligé de faire halte.

Sa respiration sifflante sortait pareille à un râle de sa gorge enflammée. — La douleur sourde devenait aiguë et lui donnait la sensation d'une lame d'épée rougie fouillant sa poitrine.

— Tonnerre ! — répéta-t-il, — qu'est-ce que c'est que ça? J'ai un feu de forge dans le corps !... Si je pouvais l'éteindre...

Il s'agenouilla sur le bord du trottoir près du ruisseau qu'alimentait la pluie persistante, et puisant l'eau boueuse dans ses deux mains il but avidement.

Soulagé pour un instant il se releva, reprit l'enfant qu'il avait posé près de lui sur le sol humide, et se remit en marche, toujours à grands pas, mais titubant et festonnant comme un homme en goguette.

Enfin il atteignit la barrière de l'Étoile, la franchit et se trouva dans les Champs-Élysées.

Avant d'arriver au rond-point il s'arrêta pour la troisième fois.

Les arbres lui paraissaient danser autour de lui une ronde effrénée. — Le sol se dérobait sous ses pieds... — Des contractions musculaires effroyablement douloureuses faisaient trembler ses jambes.

— Je ne puis plus marcher... — balbutia-t-il d'une voix éteinte. — C'est sans doute le gosse qui me gêne... — Il est lourd pour son âge, ce crapaud-là !... — Ah bah !... au petit bonheur !... — Il trouvera bien quelqu'un pour l'éduquer, et ça vaudra peut-être mieux pour lui que de rester avec Bibi !

Il s'approcha d'une des maisons bâties en bordure sur l'avenue, embrassa l'enfant, le plaça sous une porte pour le préserver de la pluie, et reprit sa marche inégale.

Le malaise du bandit devenait intolérable. — Le poison versé par Claudia avait fait son effet et paralysait déjà les membres.

Jean-Jeudi fit deux cents pas encore, puis, en proie à des convulsions effroyables, s'abattit lourdement en poussant des cris rauques et des gémissements étouffés,

Deux sergents de ville faisant leur ronde entendirent ces cris et se dirigèrent vers l'endroit où, sur la terre boueuse, se débattait le misérable dont l'état leur parut désespéré.

Ils allèrent chercher une civière au poste de police du Rond-Point et portèrent le moribond à l'hospice Beaujon; — il y fut admis d'urgence et installé sur un bon lit autour duquel se pressèrent les infirmiers et les médecins du service de nuit.

L'un de ces médecins, jeune homme déjà fort remarquable et qui depuis lors est devenu l'une des gloires incontestées de la science contemporaine, ne se trompa point sur la nature du mal qu'il s'agissait de combattre, et prescrivit un contre-poison d'une extrême énergie.

Malheureusement, le toxique avait déjà produit de grands ravages.

Pendant un mois, Jean-Jeudi fut entre la vie et la mort, et plus près de la mort que de la vie.

Enfin le danger disparut et la convalescence commença, lente et pénible, coupée de nombreuses rechutes. — Deux mois encore s'écoulèrent avant que la guérison fût complète.

En même temps que la santé, le misérable avait recouvré la mémoire et la faculté de réfléchir.

Le mal quasi foudroyant auquel il avait failli succomber lui semblait incompréhensible.

Un jour il demanda au médecin quel était ce mal, et il reçut cette réponse :

— Vous avez été empoisonné, mon pauvre garçon... — Ne vous en doutiez-vous pas un peu?... N'avez-vous point quelque ennemi?...

Ces paroles furent pour Jean-Jeudi un trait de lumière.

Il se souvint de la bouteille clissée qu'il avait vidée d'un seul trait. — Cette bouteille expliquait tout. — Les gens de Neuilly, plus infâmes encore qu'il ne l'était lui-même, avaient eu recours au poison pour se débarrasser d'un complice qui pouvait les rencontrer, les reconnaître, et devenir dangereux.

Jean-Jeudi n'avait aucun doute à l'endroit de la tentative d'empoisonnement dont il venait d'être victime, mais il ne pouvait accuser ses assassins sans se livrer lui-même.

Il répondit donc aux questions du médecin par une fable assez bien inventée pour être plausible ; mais, tout en gardant le secret du crime, il jura de se venger si jamais le hasard lui en fournissait les moyens.

Trois mois environ après son entrée nocturne à l'hospice Beaujon, il en sortait complètement guéri et possédant encore les dix louis qui avaient payé le sang du médecin de Brunoy

Ce même jour, la tête de Paul Leroyer tombait sur l'échafaud de la barrière Saint-Jacques.

L'idée fixe de Jean-Jeudi, nous le répétons, était la vengeance, mais tout d'abord il dut s'avouer que la réalisation de son rêve paraissait improbable.

Il trouva déserte la villa de Neuilly. — Les gens dont il avait été le complice et la victime s'étaient évaporés comme des ombres, sans laisser trace de leur passage.

Le propriétaire, payé d'avance, ignorait leurs noms et les croyait Anglais.

Jean-Jeudi ne se découragea point et chercha patiemment de tous côtés, mais ses recherches avaient été vaines, nous le savons déjà, et ce fut seulement

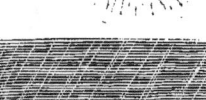

L'un des chevaux s'abattit et brisa dans sa chute l'extrémité du timon...

au bout de vingt années que, mis successivement par un hasard étrange en présence de l'ex-notaire retour de Brest, puis, rue de Berlin, en face de Claudia Varni devenue mistress Dick Thorn, il crut enfin sentir à portée de sa main cette vengeance si longtemps et si vainement souhaitée.

Hélas ! une mauvaise chance semblait s'attacher à lui.

La dénonciation de Fil-en-Quatre venait de l'éloigner du but en le faisant écrouer au Dépôt pour un vol qu'il n'avait pas commis, dont il n'avait pas même connaissance.

— Patience! — murmura-t-il. — Impossible qu'on me tienne longtemps sous les verrous, et comme dit un proverbe pas du tout bête : — *A qui sait attendre, tout vient à point!*

Le bandit s'était demandé plus d'une fois ce qu'avait pu devenir l'enfant déposé par lui sous la porte d'une maison de l'avenue des Champs-Élysées, mais on comprend qu'il s'était bien gardé de tenter la moindre démarche pour satisfaire sa curiosité.

Ce qu'il ignorait, nous le savons, et nous allons l'apprendre à nos lecteurs.

Pierre Loriot, après avoir tant bien que mal *rafistolé* son timon brisé et rattaché les traits de ses haridelles fourbues, était remonté sur son siège et suivait au petit pas, en maugréant de tout son cœur, l'avenue de Neuilly d'abord, puis l'avenue des Champs-Élysées.

Il se demandait si positivement le préjugé populaire avait sa raison d'être, et si le *numéro* 13 ne portait pas malheur, ainsi que bon nombre de gens l'affirment.

Parvenu à deux ou trois cents pas du rond-point, il arrêta ses deux bidets qui d'ailleurs ne demandaient qu'à s'immobiliser.

Des cris d'enfant, faibles et plaintifs, venaient de frapper son oreille.

C'était un bon garçon, plein de cœur et d'humanité, que Pierre Loriot.

Dégringoler de son siège et marcher aux cris comme un soldat marche au canon, fut l'affaire d'un instant pour le brave cocher.

Il fit vingt pas et aperçut dans l'encoignure d'une porte un petit enfant qui pleurait et gémissait en tendant ses mains vers lui.

Le pauvre petit être tout mouillé grelottait, et la lueur des lanternes permit de constater qu'il avait la figure violette.

XXXVI

Le cocher du fiacre numéro 13 le réchauffa de son mieux sous son carrick et le dorlota comme aurait pu le faire une nourrice émérite.

En se livrant à ce genre d'exercice, il se disait :

— Eh bien! par exemple, en voilà une trouvaille!... — Quels sont les brigands qui ont déposé là ce mioche par un temps pareil?... — Il y avait de quoi lui faire passer le goût du pain!... — Faut-il être canaille et avoir un caillou à la place du cœur!... d'autant qu'il doit être gentil, ce moucheron, quand il ne crie pas!...

Et Loriot embrassait l'enfant qui, rassuré et réchauffé, ne pleura plus.

— Ah çà ! mais, mille mille millions de noms d'un nom, — reprit brusquement le digne cocher, — j'y pense, qu'est-ce que je vais faire de ce *môme?* — Le garder? — impossible!... — J'ai déjà sur les bras celui de défunt mon frère, ce qui n'est pas commode pour un célibataire, et si j'adoptais tous les gosses que le hasard me jetterait dans les jambes, comment donc que je m'y prendrais pour les nourrir?

Il réfléchit pendant un instant et poursuivit :

— Eh bien, quoi! la maison de la rue d'Enfer n'est pas faite pour les petits chats, je suppose! Je vais déposer cet insecte à l'hospice des Enfants-Trouvés où on en aura bien soin...

Cette résolution prise, Pierre Loriot ouvrit son fiacre, disposa une sorte de lit avec les coussin recouverts de vieux velours miroité, et sur ce lit déposa l'enfant. — Ensuite il regagna son siège et reprit le fouet et les guides.

Le brave garçon avait sa remise et son logement pas bien loin de la barrière d'Enfer.

Pour rentrer chez lui il passait devant l'hospice des Enfants-Trouvés.

Vers trois heures du matin il agita la cloche du tour dont la porte s'ouvrit aussitôt.

Pierre Loriot y glissa l'enfant, aux vêtements duquel il avait attaché avec une épingle le numéro 13 inscrit sur un carré de papier, le numéro de son fiacre. Le petit garçon fut inscrit sur les registres de l'hospice sous le nom de Henri *Treize.*

Le procès-verbal de dépôt ne contenait aucune autre indication que celle-là et la date, 24 septembre 1837.

Il ne nous restera plus aucun compte à liquider avec le passé quand nous aurons appris à nos lecteurs comment Claudia Varni, maîtresse de Georges de la Tour-Vaudieu, était devenue femme légitime, puis veuve de l'honorable Richard Dick Thorn, gentleman écossais.

Quelles circonstances avaient pu désunir deux scélérats aussi complets, aussi dignes de s'entendre que Georges et Claudia, rivés l'un à l'autre en apparence par la solidarité des crimes commis à l'instigation de Claudia, dont la diabolique intelligence dominait son amant?

Cette domination, précisément, devint une des causes de la rupture.

En sautant par-dessus le bagne et l'échafaud pour retomber à la Chambre des pairs avec le titre de duc, en franchissant le seuil du vieil hôtel de la rue Saint-Dominique dont il était désormais le seul maître, Georges de la Tour-Vaudieu parut transformé.

D'une minute à l'autre il ne lui resta rien de cette faiblesse morale qui laissait tant de prise à l'influence de Claudia Varni.

En mettant la main sur les millions de son frère, en prenant possession de ses domaines et de ses emplois, le misérable changea de nature comme à certaines époques les serpents changent de peau.

Du jour au lendemain son attitude fut méconnaissable. — Il portait haut la tête, il parlait avec autorité, l'orgueil étincelait dans ses yeux.

Claudia lui avait dit :

— On te dédaigne... on te menace... on te persécute... on t'accable. — Dans huit jours on fléchira le genou devant toi...

A cela près que les huit jours avaient duré trois mois, la prédiction de la courtisane s'était réalisée de point en point.

Les créanciers hargneux et intraitables du marquis Georges venaient l'oreille basse, humblement, platement, faire leurs offres de services au duc de la Tour-Vaudieu qui les renvoyait avec insolence à son intendant.

Ce dernier avait l'ordre de les payer, — et de les mettre à la porte.

Le passé n'existait plus.

Georges trouvait partout, et même à la cour, l'accueil auquel son nom et son rang lui donnaient droit de prétendre.

Claudia Varni voulut un jour reprendre ses anciennes habitudes et commander comme autrefois.

Elle désirait sa part d'un butin conquis au prix de toute une succession de crimes.

Elle avait rêvé de devenir duchesse et elle essaya de reconquérir son autorité et d'imposer sa domination.

Georges se révolta bel et bien.

Le règne de la courtisane était fini,

Le gentilhomme, n'ayant plus besoin d'elle, rejetait un instrument désormais inutile.

Très étonnée, très irritée surtout, Claudia menaça.

M. de la Tour-Vaudieu accueillit ses menaces en ricanant. — Qu'avait-il à craindre ? — D'abord il était tout-puissant, ensuite son ex-maîtresse se perdrait elle-même en tâchant de le perdre, donc elle ne tenterait rien.

Cependant la présence à Paris de cette femme, avec laquelle il avait vécu longuement et presque publiquement, le gênait.

Il lui offrit cent mille écus, à condition qu'elle quitterait la France et qu'elle irait se fixer à l'étranger, en Italie ou en Angleterre.

Elle accepta, choisit l'Angleterre et partit pour Londres, en laissant à Paris ses illusions et en emportant trois cent mille francs.

Claudia était encore jeune et toujours admirablement belle.

Fatiguée de la vie galante, elle se donna des allures puritaines et joua la femme honnête avec un talent de premier ordre.

Un riche Écossais du nom de Dick Thorn s'y laissa prendre.

Devenu passionnément amoureux, il offrit sa main à Claudia qui l'accepta et qui, neuf mois et quelques jours après son mariage, mit au monde une fille qu'on appela Olivia.

Richard Dick Thorn était un grand industriel.

Non seulement il possédait une fortune considérable, mais il gagnait des sommes énormes.

Claudia, nous le savons, adorait le luxe. — Elle put dépenser à sa guise et s'en fit d'autant moins faute que son mari l'approuvait en toutes choses.

Elle avait apporté dans la maison de l'industriel les goûts, les élégances, les excentricités parisiennes. — Elle menait à Londres la vie à grandes guides et semait l'or autour d'elle sans compter, croyant inépuisable la fortune de son mari.

Richard Dick Thorn battait des mains et assistait émerveillé aux plus inénarrables folies de sa femme.

Claudia Varni, devenue mistress Dick Thorn, n'avait point oublié Georges de la Tour-Vaudieu.

Elle conservait à Paris sinon des amis bien intimes, du moins des connaissances qui la renseignaient sur le compte de son ancien amant.

Elle suivit de loin le nouveau duc.

Elle apprit son mariage et sut qu'il avait adopté un fils afin de conserver dans sa famille l'héritage important de l'oncle de sa femme.

Elle sut enfin qu'après la révolution de 1848 et le coup d'État de décembre il s'était rallié à l'empire et faisait partie des courtisans du chef de l'État qui l'avait nommé sénateur.

Tout cela l'intéressait et se gravait dans sa mémoire, mais elle collectionnait les renseignements dans le but unique de sa curiosité.

Elle n'en voulait plus du tout à Georges de son abandon.

Il lui suffisait de vivre au milieu d'un grand luxe et dans une agitation continuelle pour se trouver parfaitement heureuse. — Or l'existence qu'elle menait à Londres réalisait son rêve.

Un brusque réveil devait interrompre ce rêve.

Des maisons puissantes se fondèrent en vue de faire concurrence à la maison Dick Thorn jusque-là sans rivale.

Le grand industriel lutta vigoureusement, — il lutta de toutes ses forces et de tous ses capitaux.

Il fut vaincu après avoir jeté dans le gouffre des sommes colossales pour soutenir la concurrence.

Ce n'était point encore la ruine absolue, mais de la fortune à la gêne il n'y a pas loin quand le désordre règne dans un intérieur, et nous savons que Claudia était incapable de calculer.

Richard Dick Thorn, dominé par sa femme, n'osait faire acte d'énergie et, à il place du gaspillage qui régnait en maître chez lui, imposer une économie désormais nécessaire.

Il ne dit rien et laissa marcher les choses comme elles avaient marché jusque-là.

La situation devint de plus en plus difficile... — il ne se plaignit pas, mais il prit à cœur son chagrin silencieux et il en mourut.

Claudia n'avait en aucune façon prévu cette mort. — Elle en fut consternée, non parce qu'elle perdait un bon mari, un fidèle et solide appui, mais parce qu'atteignant les extrêmes limites de la seconde jeunesse, elle voyait se tarir tout à coup le Pactole dans lequel, la veille, elle croyait pouvoir puiser indéfiniment.

Habituée à dépenser deux cent mille francs par an, il ne lui restait pour toute fortune que quelques liasses de billets de banque, représentant quatre-vingt mille francs à peu près.

C'est alors que Claudia se reprit à penser très sérieusement au duc Georges de la Tour-Vaudieu.

Le veuvage la rendant libre, rien ne l'empêchait de revenir se fixer en France.

Un plan du genre de ceux qu'elle combinait si bien autrefois prit naissance et se développa dans son esprit.

Pour mettre ce plan à exécution il fallait être à Paris.

Mistress Dick Thorn liquida ses affaires et, après un court voyage dans le but de louer un hôtel tout meublé et d'avoir des détails nouveaux et très précis sur la façon de vivre du duc et sur son entourage, elle revint à Londres chercher sa fille Olivia pour l'amener à Paris et s'installer avec elle dans l'hôtel de la rue de Berlin.

Nous avons vu Jean-Jeudi s'introduire dans cet hôtel afin d'y voler, et nous savons quel fut le résultat de la tentative du bandit.

XXXVII

Reprenons maintenant notre récit, momentanément interrompu par une excursion rétrospective indispensable.

Maintenant que nos lecteurs connaissent le passé de Georges de la Tour-Vaudieu, duc et sénateur, ils doivent comprendre quelle avait été l'épouvante de cet homme en voyant se dresser à l'improviste, après vingt années, un justicier sous la forme de René Moulin rencontré par lui au cimetière Montparnasse et dont il n'ignorait point les projets menaçants, non pour sa liberté, — la prescription le couvrait, — mais pour son honneur...

Depuis bien des années Georges ne savait pas ce que Claudia était devenue.

Il se mit tout à coup à penser à la courtisane avec une vague épouvante.

Cette épouvante aurait singulièrement grandi s'il s'était douté de la présence à Paris de son ancienne maîtresse, et surtout des intentions qui l'y ramenaient.

Rejoignons le duc de la Tour-Vaudieu au moment où il attendait l'inspecteur de la brigade de sûreté.

Dix heures du soir, sonnant à la pendule de son cabinet, l'arrachèrent à ses sombres réflexions.

Il entendit des pas dans la pièce voisine; — il releva la tête, et les nuages qui couvraient son front disparurent.

On frappa discrètement à la porte.

— Entrez... — dit-il.

La porte s'ouvrit et le valet de chambre parut...

— Que voulez-vous? — demanda Georges.

— Monsieur le duc, c'est M. Théfer.

— Faites entrer.

Le valet de chambre s'effaça pour laisser passer un personnage qui franchit le seuil du cabinet en s'inclinant avec un respect bien voisin de la plus plate obséquiosité.

Ce personnage long et mince pouvait avoir trente-cinq ans.

Sa redingote noire très étroite, boutonnée militairement jusqu'au cou, serrait les hanches et bombait sur la poitrine.

Ses cheveux bruns étaient taillés en brosse comme ceux d'un soldat, et son visage complètement rasé.

Ses traits ne se recommandaient ni par la régularité, ni par la distinction, et constituaient un ensemble des plus ordinaires.

Les yeux seuls, — étincelant d'intelligence, — devaient attirer l'attention d'un observateur et lui prouver qu'il n'avait point en face de lui un homme ordinaire.

Le duc s'était levé.

Théfer s'avança jusqu'auprès du bureau, s'inclina pour la seconde fois et se tint debout et immobile.

Le valet de chambre s'était retiré.

M. de la Tour-Vaudieu et l'inspecteur de la brigade de sûreté restèrent seuls.

— Je vous ai écrit, monsieur Théfer... — dit Georges.

— Ma présence ici prouve à monsieur le duc que j'ai bien reçu sa lettre... — Je n'ai pas perdu une minute pour me rendre à ses ordres...

— Merci de votre empressement.

— L'empressement est un devoir pour moi quand il s'agit d'obéir à monsieur le duc...

— Nous avons à causer... Mais d'abord prenez un siège, je vous prie.

Et le duc, tout en se réinstallant lui-même devant son bureau, indiqua de la main un siège à l'agent qui s'assit.

Il se fit un silence.

L'inspecteur attendait une question de M. de la Tour-Vaudieu.

Ce dernier entama l'entretien en ces termes :

— Êtes-vous toujours content de votre emploi à la Préfecture de police, mon cher monsieur Théfer?

— Toujours, monsieur le duc, et je vous remercie de nouveau. avec une profonde reconnaissance, de m'avoir accordé votre haute protection à laquelle je dois cette place...

— Vous étiez le fils d'un des plus anciens serviteurs de ma famille... Votre père m'a prouvé son dévouement à certaines époques difficiles de ma vie... J'ai cru devoir faire tout ce qui dépendait de moi pour payer au fils la dette contractée envers le père...

— Je serais bien heureux s'il se présentait une occasion de témoigner à monsieur le duc, non par des paroles mais des actes, ma gratitude sans bornes...

— Cette occasion viendra peut-être,.. — Je ne doute pas de vous, soyez-en convaincu, Théfer... — Je sais que vous êtes une bonne nature... une nature reconnaissante... — Aussi j'ai plus que jamais le désir de vous être utile...

— Monsieur le duc me comble... — dit l'inspecteur tout haut ; en même temps il pensait : — Tant de prévenances ont certainement un sérieux motif...

— Ce grand seigneur doit avoir quelque chose à me demander...

Georges de la Tour-Vaudieu avait en effet besoin de Théfer, mais c'est par des chemins tortueux qu'il se proposait d'arriver à son but.

Il reprit :

— Vous faites toujours partie du service qui s'occupe plus spécialement des affaires politiques?

— Oui, monsieur le duc...

— Alors vous connaissez les complots contre l'ordre de choses établi et contre la vie du souverain, qui se trament à l'étranger et dont les instigateurs viennent généralement d'Italie et établissent à Londres une sorte de quartier général avant d'arriver à Paris?

— Je suis au fait de ces menées ténébreuses, oui, monsieur le duc, et je regrette profondément, comme tout bon citoyen, que la noble Angleterre soit un lieu d'asile pour les criminels... — Nous n'ignorons point qu'en ce moment une conspiration s'ourdit de l'autre côté de la Manche et que des

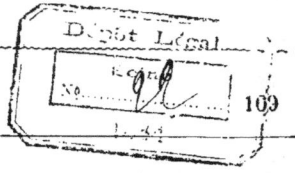

Un écriteau était accroché au-dessus de la porte d'entrée presque monumentale.

jours augustes sont menacés, mais jusqu'à présent tout est vague, tout reste confus. — Les pistes sur lesquelles on nous lance sont presque aussitôt reconnues fausses... — Nous redoublons de vigilance et nous ne parvenons point à opérer une arrestation utile, à mettre la main sur un pauvre diable quelconque qui, par frayeur ou par cupidité, nous livrerait les secrets du complot.

— N'a-t-on pas dernièrement saisi des bombes venant de Londres?

— Oui, monsieur le duc, dans un hôtel garni...

— L'homme à qui elles appartiennent a donc refusé de parler?

— Quand on s'est présenté avec un mandat pour s'emparer de lui, il avait disparu... et l'on n'a pas retrouvé ses traces...

— Théfer, — fit le duc après un silence, — si vous mettiez la main sur un de ces insaisissables agents de l'Italie, arrivant de Londres, on vous en saurait gré à la Préfecture, je suppose?...

Les yeux de l'inspecteur étincelèrent.

— Ah! monsieur le duc, — s'écria-t-il, — à la suite d'une pareille capture, je pourrais tout ambitionner, tout demander, tout obtenir!!...

Théfer avait prononcé les paroles qui précèdent avec un débordement d'enthousiasme, mais ce feu s'éteignit presque aussitôt, ce fut d'un ton d'absolu découragement qu'il ajouta :

— Par malheur, je ne dois espérer rien de semblable, et j'en suis réduit à reconnaître et à déplorer mon impuissance.

— Eh bien! moi, — reprit Georges de la Tour-Vaudieu, — je puis faciliter votre tâche.

— Vous, monsieur le duc!...

— Oui, moi... J'ai vu l'un de ces agents mystérieux, imprenables... — Je me suis trouvé aussi près de lui que je le suis de vous en ce moment...

— Monsieur le duc me permet-il de lui demander où cette rencontre a eu lieu?

— A Paris... — l'homme en question s'y trouve depuis quelques jours...

— Monsieur le duc sait où demeure cet homme?

— Non, et vous comprenez qu'il m'était interdit de le suivre, mais vous pouvez découvrir son adresse...

— Sans doute, si monsieur le duc veut bien me donner le nom et le signalement du personnage.

— J'ignore le nom... je pourrais vous donner le signalement, mais je ferai mieux, je vous indiquerai le jour et le lieu où l'arrestation sera possible...

— Le jour?

— Jeudi prochain...

— Le lieu?

— Le cimetière Montparnasse... — C'est là que j'ai rencontré l'individu suspect; c'est là qu'il viendra s'entendre avec une femme affiliée aux conspirateurs de Paris.

— Monsieur le duc sait-il quelle est cette femme?...

— Non, et comprenez-moi bien, il est inutile de la mêler, quant à présent, à toute cette affaire... plus tard, nous verrons... — L'essentiel est d'arrêter l'homme qui fait partie d'une société secrète menaçant les jours du chef de l'État... Une fois que vous le tiendrez, je désire être instruit de son arrestation

avant tout le monde, vous m'entendez, avant tout le monde, et assister à la perquisition que vous ferez chez lui, dans ses papiers...

L'inspecteur de la sûreté écoutait d'un air respectueux son puissant interlocuteur.

Depuis une minute le motif qui faisait agir M. de la Tour-Vaudieu lui appa-
raissait net et distinct.

Il voulut s'assurer qu'il ne se trompait point, et hasarda presque timidement :

— Cet homme est sans doute un ennemi personnel de monsieur le duc?...

Le sénateur répondit avec solennité :

— Théfer, vous parlez sans réfléchir... — Comment l'individu en question
serait-il mon ennemi, puisque je ne le connaissais pas il y a vingt-quatre
heures?... — Il est l'ennemi de l'empereur et cela justifie contre lui toutes les
mesures préventives.

— J'ai compris, monsieur le duc, et comme à vous l'arrestation me paraît
urgente, mais encore faut-il, cependant, qu'elle ne soit pas trop arbitraire... —
Est-il certain qu'on trouvera chez l'homme arrêté des papiers compromettants?
les indices d'un complot?

— Cela est certain, oui. — La perquisition dont je serai témoin donnera des
résultats considérables, je vous le promets... et utiles à votre avancement...
autant qu'à la sûreté de l'État... Seulement il importe que, jusqu'à nouvel
ordre, on n'en ait point connaissance au parquet...

— Il est indispensable pourtant que je m'adresse à qui de droit pour obtenir
un mandat d'amener... — dit le policier.

— Comment! — s'écria le duc. — Je vous croyais muni de mandats d'amener
en blanc, que vous étiez autorisé à remplir vous-même dans certaines occasions,
et dont vous aviez le droit de faire usage...

— Ceci est fort rare... — Je pourrai néanmoins me procurer un de ces
mandats, car on a confiance en moi, mais pour le remplir il me faudra le nom
de l'inculpé...

XXXVIII

— Laissez la place du nom en blanc... vous la remplirez plus tard... après
l'arrestation...

— Ce sera parfaitement illégal, le flagrant délit n'existant pas dans l'espèce,
comme on dit au Palais...

— Qu'importe? — Vous donnerez une entorse à la légalité, c'est vrai, mais
dans une intention qui justifie tout...

— Eh! monsieur le duc, je risque de compromettre ma situation... et je n'ai que ça pour vivre...

— Soyez sans crainte, je prends la responsabilité de vos actes... — Il faut que l'homme soit arrêté... vous entendez, IL LE FAUT!

— Il le sera donc... — J'attends les ordres de monsieur le duc...

— Jeudi prochain, de huit à neuf heures du matin, l'individu suspect se rendra au cimetière Montparnasse, j'en ai la certitude... — Je me trouverai là, et vous devrez vous y trouver aussi à partir de huit heures...

— Seul?

— Croyez-vous pouvoir agir seul?...

— S'il y a résistance et lutte je puis n'être pas le plus fort... — Mieux vaudrait prendre avec moi deux de mes agents.

— Des hommes sûrs?

— Sûrs et discrets!... — Ils obéissent sans discuter, sans chercher à comprendre, et le mutisme fait partie de leurs devoirs professionnels...

— Prenez donc ces agents puisque vous me répondez d'eux...

— Comme de moi-même... — Où attendrai-je monsieur le duc?

— Près de la grille du cimetière... — Quand l'homme sortira je serai derrière lui et je vous le désignerai... — Le reste vous regardera...

— Et ensuite?...

— Vous me ferez connaître la demeure de l'inculpé...

— Eh! monsieur le duc, il ne sera pas assez naïf pour me donner son adresse, surtout s'il a chez lui des papiers dangereux ou des engins compromettants!...

— C'est juste... — Quel parti prendre?...

— Il me semble que le plus sage serait de le filer sans qu'il s'en aperçût, et de l'arrêter à domicile...

— Peut-être, en effet... — Nous déciderons cela au cimetière où vous n'agirez point sans avoir reçu mes dernières instructions...

— Oui, monsieur le duc... — Mais j'y pense, si l'inculpé demeure dans un hôtel garni, comme c'est possible et même probable, la perquisition ne saurait avoir lieu secrètement... — On voudra savoir où nous allons, qui nous sommes, et en vertu de quels pouvoirs nous agissons...

— Vous fouillerez l'homme, vous prendrez sur lui la clef de sa chambre, et vous vous servirez s'il le faut de votre carte d'inspecteur de la sûreté qui vous confère des droits d'autant plus étendus qu'ils sont moins définis...

— Je crois, monsieur le duc, qu'il sera bon de donner un nouveau croc-en-jambe à la légalité en opérant, à huis clos, une petite perquisition préparatoire qui ne sera constatée par aucun procès-verbal. — Nous laisserons ensuite le commissaire de police et le juge d'instruction faire leur office... — Cela me semble plus prudent...

— Vous me comprenez merveilleusement! — s'écria le duc. — je n'ai jamais rencontré nulle part d'intelligence mieux ouverte et d'esprit plus subtil...

Il ouvrit l'un des tiroirs de son bureau et poursuivit :

— Cette affaire va vous causer quelques dérangements... — Voici de quoi faire face aux premières dépenses qui seront nécessaires... — Ce n'est qu'un acompte... un simple acompte...

Et M. de la Tour-Vaudieu tendit deux rouleaux de mille francs chacun à l'agent de la sûreté.

Ce dernier essaya de balbutier un refus.

— Vous me désobligeriez beaucoup, mon ami, si vous n'acceptiez pas... — dit M. de la Tour-Vaudieu, — et souvenez-vous que dans le cas où votre désir de m'être agréable entraînerait pour vous des conséquences désobligeantes, vous trouveriez auprès de moi protection, soutien, et au besoin large compensation...

— Je sais que je puis compter absolument sur la bienveillance de monsieur le duc, mon puissant protecteur...

— Prenez donc ces cent louis.

Théfer fit glisser dans la poche de son gilet les deux rouleaux d'or, avec une satisfaction contenue mais manifeste.

— Monsieur le duc n'a pas autre chose à me commander? — demanda-t-il.

— Non, pas autre chose... — Soyez jeudi, à huit heures précises, à la grille du cimetière Montparnasse...

— J'y serai, monsieur le duc...

— Donc, à jeudi... — Je vais vous reconduire...

Et M. de la Tour-Vaudieu accompagna l'inspecteur jusqu'à la porte de l'hôtel.

Théfer le salua avec le même respect obséquieux qu'au moment de son arrivée, et se retira.

— Allons, — murmura Georges en regagnant son cabinet, — si l'imprudent ami de la famille Leroyer a chez lui des papiers compromettants pour moi, ils seront bientôt en mon pouvoir... — En tout cas, le juge d'instruction et le commissaire de police dont la perquisition suivra la mienne ne s'en iront point les mains vides... je m'en charge... et l'inconnu venant de Londres, bel et bien convaincu de menées ténébreuses, ne sera plus gênant et ne deviendra point dangereux...

Ce que nous venons de raconter se passait un samedi soir, par conséquent cinq jours avant le jeudi où René Moulin devait aller attendre Angèle Leroyer sur la tombe de son mari.

L'un des surveillants du cimetière, on s'en souvient peut-être, avait dit au mécanicien que le jeudi de chaque semaine la veuve du supplicié venait pleurer et prier au cimetière Montparnasse.

Mais la patience n'était point la vertu dominante de René Moulin.

Le brave garçon n'avait qu'une pensée, qu'un but : — retrouver la veuve et les enfants de son ancien protecteur.

Aussi, le jour même de sa visite à la *tombe Justice*, courut-il jusqu'au soir, continuant sans résultat ses recherches.

Le lendemain il en fut de même, et aussi le surlendemain.

Il se figurait chaque matin avoir découvert une piste nouvelle, qui cette fois devait être la bonne, et il rentrait le soir à son hôtel, harassé de fatigue, brisé moralement, et de plus parfaitement désappointé.

— J'attendrai à jeudi... — se dit-il enfin. — Mais d'ici là, que vais-je faire?

Après s'être adressé une douzaine de fois cette question, il se répondit tout à coup :

— Au lieu de rester à l'hôtel je vais louer et meubler un logement... ça me distraira... Sans compter que l'économie sera considérable! — Je ne me trouve assurément pas mal au *Plat-d'Étain*, mais ça me coûte les yeux de la tête...

Il garnit son portefeuille afin de payer comptant les acquisitions qu'il ferait peut-être, et il sortit :

Tout en marchant dans les rues le nez en l'air pour regarder les écriteaux, il murmurait :

— Deux pièces et une petite cuisine, c'est tout ce qu'il me faudra pour le quart d'heure... — Après comme après... On verra. — Présentement je n'ai point l'intention de donner des bals dans mon Louvre.

Depuis le matin il gravissait des escaliers, visitant les logements indiqués par les écriteaux.

C'était du côté du Marais qu'il avait dirigé ses recherches dont le résultat ne fut point du tout satisfaisant.

Ou les logements lui semblaient trop chers, ou ils n'étaient pas de son goût, et il redescendait sans conclure.

Un peu fatigué de ses ascensions successives, René Moulin alla déjeuner dans un petit restaurant de la place de la Bastille.

Par habitude, par instinct si l'on veut, il revenait dans le quartier où il était né, où il avait grandi, où il avait connu et aimé Paul Leroyer, Angèle, Abel et Berthe.

Volontairement il prolongea son repas afin de rester assis le plus longtemps possible.

— De midi à quatre heures, — se disait-il, — je grimperai bien une soixantaine d'étages, et ce soir les jambes me rentreront dans le corps !

Se sentant à peu près reposé, il reprit ses courses et descendit la rue Saint-Antoine, cherchant toujours.

Tout en marchant, il s'engagea dans une petite rue qui conduit à la place Royale et chercha des yeux la maison qu'avait habitée Paul Leroyer et où lui-même, en revenant à Paris, il était allé prendre les premiers renseignements sur la famille de son ancien patron.

Quand il revit cette maison, son cœur se serra.

Un écriteau était accroché au-dessus de la porte monumentale.

Cet écriteau indiquait un *petit logement* à louer.

— Ah ! par exemple, — murmura René Moulin, — si je déniche là ce qu'il me faut, ça sera singulier...

La loge du concierge se trouvait de l'autre côté d'un grand escalier aux larges marches de pierre usées par les pas de nombreuses générations, et aux rampes de fer forgé d'un beau travail.

La concierge, brave femme d'une quarantaine d'années, suffisait seule à ses fonctions de haute confiance, car son mari occupait un emploi dans une maison de banque du quartier.

La digne personne finissait de déjeuner.

La loge se fermait par une porte basse surmontée d'un vitrage mobile, ouvert en ce moment.

René Moulin introduisit dans l'ouverture la partie supérieure de son corps.

— Vous avez un petit logement à louer, madame ? — demanda-t-il.

— Oui, monsieur, un logement remis à neuf et frais comme un bouton de rose...

— A quel étage ?

— Au quatrième, sur le derrière.

— Le prix ?

— Quatre cents francs.

— Il est libre tout de suite ?

— Dès aujourd'hui, oui, monsieur... — Il était occupé par de bonnes gens qui ont hérité d'un petit bien et sont partis pour leur pays il y a quinze jours... — Alors le propriétaire a fait laver les peintures et poser des papiers très jolis... à soixante-quinze centimes le rouleau...

— Et ce logement se compose ?

— De quatre pièces : une chambre à coucher, une salle à manger, une cuisine et un cabinet.

XXXIX

— Peut-on visiter le logement? — demanda René Moulin.

— Oui, monsieur, mais comme il est inutile de monter pour rien, il faut auparavant que je vous confesse...

— Confessez-moi, madame... — dit le nouveau venu en riant.

— D'abord, s'il vous plaît, quel est votre état?

— Mécanicien.

— Vous travaillez chez vous?

— Jamais... quand je travaille... car en ce moment je me repose, je suis comme qui dirait rentier...

— Ah! voyez-vous, — reprit la portière, — ce n'est point par curiosité, mais nous sommes ici dans une maison tout à fait paisible... le propriétaire ne veut point de bruit...

— Ça se trouve à merveille, car j'adore la tranquillité, moi aussi, une fois que j'ai quitté l'atelier.

— Vous êtes marié?

— Je n'ai pas ce bonheur... ou ce malheur...

— Bonheur... malheur... — répéta la concierge en riant à son tour. — Ça dépend du numéro qu'on tire à la loterie...

— C'est vrai... — Enfin, je n'ai pas encore mis la main dans le sac...

— Alors, point d'enfants?...

— A ma connaissance, pas le moindre...

— Je dois vous prévenir qu'il est interdit aux locataires de votre sexe de recevoir chez eux des personnes du mien... — Sur cet article-là le propriétaire est buté... — S'il venait une *donzelle* chez vous, congé le lendemain...

— Ça m'est égal, madame... J'ai des mœurs de rosière...

— Vrai?...

— Parole d'honneur!...

— Avez-vous des chiens? Avez-vous des chats?

— Ni l'un ni l'autre... — On les défend?...

— Oui; mais on permet les oiseaux en cage, excepté les perroquets, les merles et les sansonnets, parce qu'ils font du tapage et chantent des chansons grivoises...

— Diable!... — La consigne est rigoureuse!! — Ni chiens, ni chats, et des oiseaux triés sur le volet!!

— Idée de propriétaire, monsieur.

— Ah çà! mais dites-moi, madame, vous avez des locataires mariés?...

— Sans doute...

Elle conduisit Esther à la campagne dans une jolie propriété acquise par elle.

— S'il leur arrivait des enfants pendant qu'ils habitent votre immeuble, chose assez naturelle et des plus légitimes, leur donneriez-vous congé?

— *Illico*, oui, monsieur...

— Eh bien, chère madame, — fit René avec un éclat de rire bien franc, — si nous nous entendons ensemble, maintenant que je connais la consigne, je ne me marierai jamais pour ne pas vous quitter... — Faites-moi visiter le logement, je vous prie...

La concierge prit une clef, sortit de sa loge dont elle ferma la porte, et dit en gravissant les premières marches de l'escalier :

— Je vous montre le chemin...

Puis, se tournant et voyant le mécanicien en pleine lumière, elle ajouta :

— Ah çà! mais il me semble que vous êtes déjà venu ici, monsieur... — Est-ce que je me trompe ?

— Vous ne vous trompez pas... — Je suis venu la semaine dernière vous demander des renseignements sur une famille qui avait autrefois habité cette maison...

— Oui... oui, — je me souviens.,. — Et l'avez-vous trouvée, cette famille ?

— Hélas! non, pas encore... mais j'ai beaucoup d'espoir...

On était arrivé au premier étage où se voyait un large palier sur lequel s'ouvraient deux doubles portes à deux battants dont les cuivres éblouissaient.

— Vous voyez comme c'est tenu! — fit la concierge non sans orgueil. — Oh! la maison est tout à fait cossue !... — C'est une vieille dame de soixante-treize ans, puissamment riche, qui occupe tout l'étage... Elle s'appelle Mᵐᵉ Amadis, cette vieille dame... Un drôle de nom, hein?... Elle garde avec elle une pauvre personne encore jeune, Mᵐᵉ Esther... sa nièce, je crois. — Il faut dire que Mᵐᵉ Esther est un peu folle, mais sa folie est douce et surtout pas bruyante... — Elles ont une demi-douzaine de domestiques pour elles deux, et voilà longtemps déjà qu'elles habitent la maison...

La concierge montait toujours en donnant à chaque étage, au mécanicien, des explications relatives aux locataires de cet étage.

On atteignit le quatrième.

— Halte! nous y sommes !

La porte fut ouverte. — On pénétra dans le logement.

Rien de plus simple que sa distribution.

En face la salle à manger, — à droite la cuisine, — à gauche un cabinet vitré, — au fond (derrière la salle à manger par conséquent) la chambre à coucher.

Cet appartement minuscule, — il était facile de s'en rendre compte du premier coup d'œil, — avait été taillé au milieu des pièces immenses de l'un des vieux hôtels de la place Royale, autrefois rendez-vous de la noblesse d'épée et de robe.

René examina chaque chambre.

— C'est suffisamment éclairé... — dit-il ensuite. — Ça me convient beaucoup. — Du cabinet vitré je ferai une resserre pour mes habits, et de la cuisine un cabinet de toilette, car, provisoirement, je prendrai mes repas dehors.

— Bref, ça vous va?

— Oui.

— Je dois vous prévenir que le propriétaire exige un terme d'avance...

— Je vous le payerai en descendant.

— Vous avez des meubles?...

— Non, car j'arrive de l'étranger ; mais j'en aurai avant ce soir...

— Je vous ferai donc votre quittance tout à l'heure, et je vous donnerai les clefs... — Il y en a deux pour la serrure de la porte d'entrée...

— Est-ce une serrure de sûreté?

— Non, mais il n'y en a pas besoin... — Vous voyez le genre de la maison... Rien que des gens honnêtes et tranquilles. — On laisserait sans danger les portes ouvertes... — D'ailleurs les serrures sont bonnes...

La concierge referma le logement et redescendit avec son nouveau locataire.

Comme ils arrivaient ensemble sur le palier du premier étage, l'une des deux doubles portes de l'appartement s'ouvrit, et Mme Amadis parut en personne accompagnée d'une dame encore jeune et suivie de deux femmes de chambre.

René et la concierge s'arrêtèrent pour laisser passer ce groupe qui se disposait évidemment à descendre.

La concierge fit sa plus belle révérence. — René salua.

— Vous allez bien, madame? — demanda la concierge d'un ton de respectueux intérêt.

— Mais oui... mais oui... très bien... — répondit Mme Amadis d'une voix fort assurée. — Je me porte comme le Pont-Neuf... Je suis gaillarde autant qu'à vingt ans... il est vrai que je n'en ai que soixante-treize... — Bon pied, bon œil, et bon appétit... — Telle que vous me voyez, madame Biju , je parierais dix mille écus contre une prune à l'eau-de-vie de chez la mère Moreau que je passerai cent ans... Et je les passerai, souvenez-vous-en.

— Ah ! madame, espérons-le ! — répondit la concierge avec conviction. — C'est bien le moins que le bon Dieu conserve les bonnes gens comme vous !...

Mme Amadis, en vieillissant, avait encore grossi, et rappelait d'une façon frappante ces ballons de caoutchouc représentant des personnages grotesques.

Elle ne teignait plus ses cheveux dont la blancheur tranchait sur sa figure rubiconde et couperosée, sillonnée par des milliers de petites rides comme une pomme de reinette après l'hiver.

La bonne dame conservait néanmoins ses goûts de coquetterie transcendante, et chérissait comme autrefois les toilettes voyantes d'une grande richesse et d'un mauvais goût indiscutable.

Elle se tenait droite malgré son âge, marchait lourdement, mais sans fatigue, mangeait de bon appétit et ne manquait jamais de boire à dîner une bouteille poudreuse de Pontet-canet, — son vin favori.

Elle appelait cela *mettre son bonnet de nuit.*

Sa compagne était Esther, duchesse de la Tour-Vaudieu, dont nous avons raconté la douloureuse histoire.

Esther, âgée de trente-neuf ans environ, avait l'air très jeune encore.

Le long sommeil de son intelligence semblait avoir arrêté pour elle la marche des années.

Pas un fil d'argent ne se mêlait à l'épaisse et soyeuse chevelure blonde couronnant son visage aux traits purs, d'une pâleur marmoréenne.

Sa taille restait souple et charmante; son attitude, gracieuse et digne; — rien en elle ne décelait la folie, sauf l'expression un peu vague de ses grands yeux.

Elle avait cessé de marcher au moment où Mme Amadis faisait sa halte, et ses prunelles couleur d'azur se fixaient sur René Moulin qui se disait avec compassion :

— Cette pauvre dame, c'est la folle...

Les fous ressemblent aux enfants, et les enfants détestent l'inaction.

Esther cessa de regarder le mécanicien, prit Mme Amadis par la main, et lui demanda d'une voix douce et lente :

— Où allons-nous ?

— Nous promener, ma belle amie... prendre un peu l'air... — répondit la grosse femme.

— A Brunoy, n'est-ce pas ? — poursuivit Esther toujours calme.

— Non... non... pas aujourd'hui... — Nous allons à la place Royale.

Mme Amadis ajouta, on se tournant vers la concierge :

— L'entendez-vous ?... toujours sa marotte ! — Ça me fend le cœur !... — Et penser que sans cette turlutaine elle serait raisonnable comme vous et moi... — Au revoir, madame Biju.

Puis la grosse Amadis descendit, tenant Esther par la main et suivie des femmes de chambre.

Ces deux mots : *A Brunoy*, avaient frappé René.

Ils lui rappelaient Paul Leroyer et le vieux médecin de campagne, oncle du mécanicien...

— Qu'est-ce que cette pauvre dame a voulu dire en parlant de Brunoy ? — demanda-t-il à la concierge.

XL

— C'est là, paraît-il, — répondit Mme Bigu, — qu'elle est devenue folle à la suite de ses couches, il y a une vingtaine années, car elle n'est pas si jeune qu'on pourrait le croire en la voyant. — Elle habitait Brunoy avec Mme Amadis... Elle était soignée par un vieux docteur qui a été assassiné depuis, si ce qu'on dit est vrai... — C'est toute une histoire effrayante dont les journaux ont parlé dans le temps... Moi, je sais ça par les domestiques, mais vous comprenez bien que je n'interroge pas... je n'oserais jamais me permettre des questions, quoique Mme Amadis soit une personne à la bonne franquette, et pas du tout fière malgré sa fortune.

Les quelques paroles de la concierge commentant les deux mots d'Esther faisaient naître dans l'esprit de René Moulin tout un monde de suppositions et de conjectures.

Ce vieux médecin de Brunoy, qui jadis avait soigné la jeune femme et qui était mort assassiné, n'était-il point le docteur Leroyer lui-même?...

— Allons, — pensa le mécanicien, — je suis bien aise d'avoir loué dans cette maison... — Qui sait si je n'apprendrai pas ici des choses intéressantes?...

On avait regagné la loge.

René tira de son porte-monnaie un billet de banque et une pièce de dix francs.

— Voici le terme d'avance, — dit-il, — et je vous prie, madame, d'accepter cette petite pièce.

— Certainement, monsieur, j'accepte... et grand merci... — Vous êtes trop aimable pour qu'on vous refuse... — Quant à la quittance, si ça vous est égal, mon mari vous la fera ce soir... moi, j'écris comme un chat...

— Ça m'est égal, mais gardez l'argent... j'ai toute confiance...

— Elle est bien placée, je vous assure... — Voici vos clefs, monsieur.

Et la concierge présentait à son nouveau locataire deux clefs faciles à mettre dans la poche.

Il en prit une et répliqua :

— Gardez la seconde... — Je vais envoyer des meubles d'un moment à l'autre, vous voudrez bien les faire monter dans le logement.

— Soyez paisible... ça sera rangé comme il faut... Je m'en charge.

— Prenez mon passeport que voilà et remettez-le à votre mari... il lui servira pour rédiger la quittance...

— Bien, monsieur... Coucherez-vous ici ce soir?

— Ça me paraît assez difficile, mais demain j'arriverai de bonne heure avec mon petit bagage.

René quitta la maison et se dirigea vers le faubourg Saint-Antoine où il se proposait d'acheter un mobilier.

Au lieu de l'accompagner, nous rejoindrons Esther et Mme Amadis.

Cette dernière, après la tentative de meurtre commise par Georges sur l'enfant de Sigismond et cause déterminante de la folie d'Esther, avait prié M. de la Tour-Vaudieu de lui confier la garde de la pauvre jeune femme, ce à quoi le duc s'était prêté de grand cœur, nous le répétons, sachant la veuve du fournisseur pleine de tendresse et de dévouement, malgré sa ridicule enveloppe et son manque absolu de sens moral.

Mme Amadis, s'accusant *in petto* d'avoir contribué beaucoup au malheur d'Esther par ses imprudences romanesques, se jura de racheter ses torts à force de tendresse quasi maternelle. — Hâtons-nous d'ajouter qu'elle se tint parole, et que cette tendresse ne se démentit jamais.

Pendant deux ans le duc servit à la veuve une pension beaucoup plus que suffisante pour subvenir aux besoins d'Esther. — Pendant deux ans des médecins spécialistes célèbres furent appelés à mainte reprise auprès de la jeune malade et cherchèrent les moyens de lui rendre la raison, mais, tout en multipliant leurs tentatives, ils se déclaraient impuissants.

Le temps seul, ajoutaient-ils, amènerait peut-être le résultat que la science ne pouvait obtenir...

Le duc n'osait plus espérer quand il fut tué en duel par le capitaine Corticelli.

Cette mort causa un profond chagrin à Mᵐᵉ Amadis, qui pleurait en Sigismond le mari de la pauvre folle.

Quant à la grosse pension qui se trouvait supprimée, nous affirmons qu'elle n'y pensait même pas, l'ayant acceptée seulement par déférence pour M. de la Tour-Vaudieu.

Elle possédait d'ailleurs, nous l'avons déjà dit, une fortune personnelle considérable.

L'assassinat du médecin de Brunoy et la disparition de l'enfant d'Esther succédant à la mort du duc la terrifièrent.

Elle crut entrevoir en ces catastrophes successives le résultat d'un monstrueux complot; mais elle ne savait rien de positif; elle n'avait aucune qualité pour intervenir; elle aimait enfin sa tranquillité par-dessus toutes choses.

Bref, elle ne fit part de ses suppositions à personne.

Pendant quatorze ans Mᵐᵉ Amadis habita, l'hiver, la maison de la rue Saint-Louis. — Elle passait la belle saison dans une jolie propriété acquise par elle aux environs d'Orléans, afin d'y conduire Esther à qui la campagne faisait du bien.

Depuis dix ans elle avait abandonné la rue Saint-Louis pour le quartier de la place Royale, et la sinistre histoire du médecin de Brunoy n'existait plus dans son esprit qu'à l'état légendaire.

Au moment où nous la retrouvons elle était revenue à Paris depuis un mois, mais, profitant des derniers beaux jours de l'automne, elle allait chaque après-midi s'asseoir avec Esther sous les arbres jaunissants de la place Royale.

Là elle prenait plaisir à voir s'ébattre autour d'elle les bébés roses et blancs; — à leur intention elle remplissait ses poches de bonbons et de friandises qu'Esther leur présentait d'une main distraite avec un pâle sourire.

Parfois la folle semblait s'animer, et pendant quelques secondes ses yeux rayonnaient de tendresse en se fixant sur les petites créatures brunes et blondes qui venaient l'embrasser et grimpaient sur ses genoux.

On eût dit alors qu'elle se souvenait de son fils et qu'elle croyait le retrouver parmi ces enfants.

En d'autres moments son front pur s'assombrissait tout à coup à la vue des ébats de la joyeuse bande.

Des larmes se suspendaient aux pointes de ses longs cils et roulaient sur ses joues sans qu'elle songeât à les essuyer.

Mais c'étaient là des lueurs essentiellement fugitives.

Au bout d'un instant la pauvre Esther se replongeait dans sa morne insensibilité de statue.

Après avoir respiré le grand air pendant une heure, les deux femmes regagnaient leur logis.

Mme Amadis, — fidèle à son ancienne passion, — dévorait un nombre incommensurable de romans, et les plus vieux lui semblaient les meilleurs.

Esther prenait machinalement un ouvrage de tapisserie et faisait glisser son aiguille entre les mailles du canevas, mais d'une façon si inconsciente qu'elle n'accordait même pas les nuances.

De nouveaux coups de tonnerre devaient-ils gronder encore dans cette existence éteinte ? — L'intelligence de celle qui était bien véritablement duchesse de la Tour-Vaudieu devait-elle se raviver un jour ?

L'avenir nous l'apprendra.

Tandis que les deux femmes s'asseyaient sur un banc de la place Royale, René Moulin menait à bien ses emplettes de toute nature et faisait porter ses nombreux achats au logement qu'il venait de louer.

Tout alla si vite qu'il lui fut possible de s'installer le soir même, au lieu de remettre au lendemain et, après avoir dîné au restaurant du *Plat-d'Étain* et payé sa note à l'hôtel, il chargea ses petits bagages dans un fiacre et vint prendre possession de *son chez lui.*

Il se coucha et s'endormit presque tout de suite, mais son sommeil fut plus d'une fois troublé par les préoccupations dont nous connaissons la nature et que l'allusion faite à l'assassinat du médecin de Brunoy avait ravivées.

Au point du jour il mit en bon ordre son mobilier, sortit ses vêtements des malles qui les renfermaient, les étendit soigneusement pour leur faire perdre les mauvais plis, et ensuite rangea dans son secrétaire les nombreux papiers qui se trouvaient en liasses au fond de sa valise : correspondance, papiers de famille, dessins de mécanique, notes prises à diverses époques, etc., etc.

Tout cela soigneusement casé, René Moulin inventoria les papiers que renfermait son portefeuille et pour lesquels il avait réservé un tiroir spécial.

Il y plaça son passeport, quelques notes et des factures acquittées.

Puis, d'une dernière poche de ce portefeuille il sortit un carré de papier, pas plus grand qu'une demi-feuille de papier à lettre et fripé, fendillé, comme s'il avait été froissé entre les doigts et roulé en forme de boulette.

— Ceci, — murmura-t-il, — c'est sacré!!... — C'est la réhabilitation de Paul Leroyer... C'est l'honneur rendu aux honnêtes gens qui portent son nom injustement flétri!!

XLI

Tout en disant ce qui précède, René Moulin avait déplié le papier sur lequel apparaissaient quelques lignes d'une écriture fine, serrée, toute féminine, zébrée de nombreuses ratures.

— Certes, — continua-t-il en étudiant ces lignes qu'il savait presque par cœur, — je ne me trompe pas! — Là est bien la preuve décisive de l'innocence de Paul Leroyer... Ces phrases se rapportent au crime commis il y a vingt ans, cela est clair, cela saute aux yeux... Il est donc matériellement impossible que celle qui les a écrites n'ait pas été l'instigatrice ou la complice de ce crime.

Et il lut à demi voix :

« Mon cher Georges,

« Vous allez être très surpris sans doute, et peut-être médiocrement enchanté « d'apprendre, après vingt ans, que je ne suis pas morte... malgré votre aban- « don.

« J'arriverai prochainement à Paris et je compte vous y voir... Avez-vous « oublié le pacte qui nous lie?

« Je n'en crois rien, mais tout est possible... — Si vous aviez par hasard la « mémoire infidèle, il me suffirait, pour remettre le passé sous vos yeux, de ces « quelques mots : — PLACE DE LA CONCORDE, — PONT-TOURNANT, — PONT DE NEUILLY, « — NUIT DU 24 SEPTEMBRE 1837.

« Je n'aurai pas besoin, n'est-ce pas, d'évoquer de tels souvenirs, et la Clau- « dia qui fut votre maîtresse sera reçue par vous comme une vieille amie?... »

René Moulin murmura, en repliant soigneusement le précieux papier :

— Évidemment ceci se rapporte au crime du pont de Neuilly... — C'est à l'assassinat du docteur Leroyer que cette *Claudia* fait allusion... — Elle était la complice de ce *Georges* auquel elle écrit... — Pourquoi ont-ils tué ce malheureux vieillard? — Il y a là un mystère que j'éclaircirai... — Cette lettre n'est qu'un brouillon, mais la vérité s'en dégage... — Claudia dit qu'elle vient à Paris... — Elle y doit être en ce moment, et je consacrerai toutes mes heures à la chercher, aussitôt que j'aurai revu la veuve de Paul Leroyer...

Après un silence il reprit :

— Comment cette femme, sans doute habile, a-t-elle commis une impru-

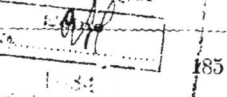

— Ceci, murmura-t-il, c'est sacré !... C'est la réhabilitation de Paul Leroyer.

dence à peine vraisemblable en écrivant ces lignes qui l'accusent ? — Comment a-t-elle perdu ce brouillon dans une chambre d'hôtel où je devais le trouver ?... — Dieu avait décidé sans doute qu'un acte d'incompréhensible folie ferait, au bout de vingt années, jaillir la lumière au milieu des ténèbres !... — Pourquoi d'ailleurs être surpris ? — Tôt ou tard un moment arrive où les criminels endurcis sont frappés d'aveuglement et se livrent eux-mêmes !

René Moulin remit le papier dans la case de son portefeuille, qu'il replaça lui-même ensuite dans un tiroir du secrétaire.

Il importe d'expliquer à nos lecteurs l'imprudence de Claudia, imprudence que le mécanicien trouvait étrange à bon droit, et invraisemblable.

L'ex-Claudia Varni, avant de venir à Paris chercher un hôtel et préparer une installation confortable, s'était occupée de la liquidation des affaires fort embrouillées de feu son mari.

Elle avait trouvé pour l'usine, pour le logis et le mobilier, un acheteur qui s'était mis aussitôt en possession.

En conséquence la mère et la fille, ne conservant pas de domestiques, avaient dû pour quelques jours se loger dans un hôtel garni voisin de la Tamise.

Olivia, pendant le voyage de sa mère à Paris, ne quitta point cet hôtel où les plus grands égards l'entouraient.

Lorsque Claudia revint après avoir trouvé ce qu'elle allait chercher, elle profita des derniers moments de son séjour à Londres pour expédier les nombreux bagages qu'elle dirigeait vers Paris, et pour dresser ses plans de bataille.

Nous savons déjà qu'elle ne tentait rien d'important sans avoir combiné ses moyens d'action d'une manière minutieuse et savante.

Or, le matin même du jour où elle devait s'embarquer pour la France avec sa fille, elle avait résolu d'écrire à Georges de la Tour-Vaudieu afin de le prévenir de sa prochaine arrivée à Paris.

Chacune des expressions d'une semblable lettre, on le comprend, devait être pesée.

Claudia rédigea donc, avec force ratures, le brouillon de la lettre que René Moulin venait de lire.

Elle allait copier ce brouillon en y changeant encore quelques mots, lorsqu'une soudaine évolution se fit dans son esprit.

Brusquement elle changeait d'avis.

— Pourquoi écrire? — se demanda-t-elle. — Sans compter qu'un tel billet est fort compromettant, il ne peut que me nuire en mettant le duc sur ses gardes... — Mieux vaut le prendre à l'improviste et profiter avec adresse de son trouble et de son désarroi... — Je vais brûler ce projet de lettre...

Claudia se disposait à allumer une bougie pour anéantir le brouillon, lorsque sa fille entra vivement.

— Mère chérie, — dit l'enfant blonde, — l'acquéreur de notre maison est là et voudrait te parler, et puis voici les commissionnaires qui viennent enlever les bagages pour les porter au paquebot.

Mistress Dick Thorn, au lieu de brûler le papier comme elle en avait l'intention, le fripa avec impatience, le roula entre la paume de ses mains et le glissa dans la poche de sa robe.

Elle rejoignit ensuite l'industriel qui la demandait, et donna ses ordres relativement aux bagages. L'embarquement devait avoir lieu une heure après.

L'acquéreur de l'usine venait demander à la belle veuve une signature oubliée, et s'entretint pendant quelques instants avec elle.

Le temps passait.

Olivia prévint sa mère qu'il fallait quitter l'hôtel sans retard si l'on ne voulait pas manquer le paquebot.

Claudia mit rapidement un chapeau, une pelisse et, ne pensant plus au brouillon, tira son mouchoir de poche.

La boule de papier tombant sur le parquet roula jusqu'à la cheminée, où elle disparut à demi dans les cendres froides.

Dix minutes plus tard la mère et la fille étaient à bord du paquebot qui se dirigeait à toute vapeur vers l'embouchure de la Tamise.

En pleine mer Claudia se souvint.

Elle chercha son brouillon pour le déchirer et jeter aux vagues ses parcelles et s'aperçut seulement alors qu'elle ne l'avait plus.

Tout d'abord cette perte l'inquiéta et la rendit soucieuse.

Mais elle se rassura peu à peu en songeant que si quelqu'un trouvait et dépliait le papier, — chose d'ailleurs fort peu probable, — les phrases mystérieuses de l'écrit non signé resteraient forcément pour le lecteur des hiéroglyphes incompréhensibles.

Au bout de moins d'une heure elle n'y pensait plus.

Or, à peine mistress Dick Thorn et sa fille avaient-elles quitté l'hôtel, qu'un voyageur, un Français, arrivant de Southampton après le départ du paquebot qui devait le rapatrier, venait demander une chambre.

Il ne restait qu'un appartement disponible, celui que Claudia et Olivia venaient d'abandonner et qui se composait de pièces indépendantes qu'on réunissait au besoin.

Ce voyageur était René Moulin.

On l'installa dans la chambre où mistress Dick Thorn venait d'écrire.

C'est là que, cherchant un fragment de papier pour allumer son cigare, il ramassa et défripa le brouillon roulé en forme de boule.

Les mots français frappèrent machinalement ses yeux et attirèrent son attention.

Il lut une première fois, puis une seconde, et il poussa un cri de stupeur.

Il croyait comprendre, et la réflexion lui prouva qu'il comprenait en effet.

Nous savons le reste.

Revenons à la place Royale.

Lorsque René Moulin eut fini de classer ses papiers dans son secrétaire, il ouvrit une petite sacoche de maroquin noir qu'il portait en bandoulière sous son paletot, et il en tira une liasse mince de billets de banque et quelques rouleaux d'or.

Il plaça les rouleaux d'or sur une tablette du secrétaire, empaqueta les billets de banque et les mit dans sa poche en se disant :

— Ce serait absurde de garder cela ici!... — On ne sait pas ce qui peut arriver... — Les trois mille et quelques cents francs que j'ai là en or me suffiront pour vivre au moins un an, si je ne me remets pas au travail, et je vais m'occuper de trouver pour le reste un placement solide... Mon Dieu, oui! je serai rentier tout comme un autre... On dit que c'est un bon état... — ajouta-t-il en riant.

Il fit sa toilette en un tour de main, introduisit l'une des clefs de son logement dans un anneau brisé qui contenait déjà ses clefs de malle, sortit, déjeuna sobrement d'une tasse de café au lait et d'un petit pain, se rendit ensuite chez un agent de change et donna l'ordre de lui acheter du cinq pour cent avec les quarante mille francs qui composaient à peu de chose près toute sa fortune.

Quittons René Moulin que nous retrouverons bientôt, et disons ce qui se passait rue Notre-Dame-des-Champs dans la modeste demeure d'Angèle Leroyer, la veuve du supplicié.

Étienne Loriot s'était trompé en croyant qu'Abel ne verrait pas se lever le soleil du lendemain.

Abel vivait encore, grâce sans doute à la potion ordonnée par le jeune docteur.

La nuit du samedi avait été calme.

Le dimanche matin, Étienne s'étonna presque de l'effet produit, qui dépassait de beaucoup ses espérances, mais il ne s'illusionna pas sur l'avenir.

— J'ai retardé le moment fatal... — se dit-il. — J'ai mis quelques gouttes d'huile dans la lampe épuisée... — Hélas! ce n'est qu'une trêve... et cette trêve sera courte...

Il n'en prescrivit pas moins une autre potion, plus énergique encore et plus stimulante que la première.

La journée se passa sans accident, mais l'état du malade empira dans la soirée et la nuit fut épouvantable.

Abel sentait la vie se retirer de lui et il se raidissait, non contre la douleur mais contre la mort, non pour lui, mais pour sa mère et sa sœur qu'allait terrifier et anéantir le spectacle de son agonie.

Si près de l'heure suprême, l'héroïque enfant ne songeait qu'à celles qu'il aimait et qu'il allait quitter...

XLII

Dans la matinée du lundi, Abel fit signe à Mme Leroyer de se pencher vers lui et dit tout bas à son oreille :

— Tu sais, mère chérie, ça ne fait pas mourir, et ça console... — Tu m'as élevé dans ta foi... je suis croyant... — Un jour tu regretterais amèrement de m'avoir vu finir comme un païen... — Je voudrais un prêtre...

Angèle inclina la tête en signe d'adhésion et dévora ses larmes.

Le prêtre vint.

Après avoir causé pendant une demi-heure avec le moribond, il s'éloigna en murmurant :

— C'est l'âme d'un ange qui va monter au ciel !...

Vers midi arriva Étienne Loriot.

Son premier regard lui prouva que rien désormais ne pouvait prolonger la vie d'Abel.

Il écrivit cependant une nouvelle ordonnance afin d'abuser encore Mme Leroyer sur l'imminence du dénouement, mais prenant Berthe à part, il lui dit :

— Si vous avez besoin de la présence d'un ami dans une circonstance douloureuse, qui peut être prochaine, faites-moi prévenir à l'instant, mademoiselle, je vous en supplie...

La jeune fille comprit.

Elle ne répondit qu'en serrant avec une profonde émotion les mains d'Étienne, et des larmes silencieuses inondèrent son visage.

Étienne souffrait profondément en voyant ainsi pleurer la chère créature qu'il aimait de toute son âme. — Sa propre impuissance le désespérait. — Il aurait donné la moitié de sa vie pour sauver Abel et pour qu'un sourire pût renaître sur les lèvres pâlies de Berthe. — Il plaignait de toute son âme cette pauvre famille si cruellement éprouvée...

Mme Leroyer cachait de son mieux les amertumes de son âme. — Les blessures de son cœur brisé saignaient toutes à la fois, mais la rigide volonté de cette mère de douleur mettait un masque sur son visage.

Elle avait juré à Abel d'être assez forte en face du malheur pour pouvoir agir seule et pour cacher à Berthe le terrible secret.

Angèle se souvenait et tenait son serment.

Vers le soir, à mesure que les ténèbres remplaçaient le jour, les dernières forces du moribond disparurent...

Ses yeux se voilèrent... — Il ne vit plus sa mère et sa sœur que comme à travers un brouillard qui s'épaississait rapidement.

Une sueur froide mouilla son corps.

La mort venait et il la sentait venir.

Angèle et Berthe, penchées sur le chevet de cette couche d'agonie, assistaient aux péripéties de la lutte horrible du mourant contre l'invisible ennemie qui frappait ses derniers coups.

Toutes deux mordaient leur mouchoir afin de refouler dans leur gorge les sanglots près de jaillir...

Abel, par un suprême effort, étendit ses bras amaigris pour réunir dans une dernière étreinte les deux êtres bien-aimés qu'il entendait encore mais qu'il ne voyait plus...

Ses mains tremblantes se crispèrent autour des têtes inclinées sur lui. — Il attira leur front sur ses lèvres... — Il les effleura d'un baiser...

— Au revoir, mère adorée... — balbutia-t-il d'une voix faible comme un souffle. — Au revoir, sœur chérie... — Mère, souviens-toi... Père, me voici...

Sa tête retomba.

Ses bras s'abattirent, inertes, sur les draps blancs.

Il était mort...

Deux cris déchirants retentirent dans la chambre funèbre.

Mme Leroyer se jeta sur son fils qu'elle couvrit de baisers, comme pour le raviver, en prononçant des mots sans suite.

Berthe, tombée à deux genoux et le front appuyé à l'oreiller du mort, priait et pleurait à la fois.

Pendant une heure les deux femmes semblèrent folles.

Du dehors on entendait les gémissements. — On comprit que le malheur prévu et inévitable venait de les frapper, et les cœurs les plus durs furent touchés de compassion à la pensée de cette mère et de cette sœur étouffant de désespoir auprès d'un cadavre.

— Mon fils... mon enfant... mon Abel... — répétait Mme Leroyer.

— Mon pauvre frère... — sanglotait Berthe.

Enfin les larmes épuisées par leur violence même firent trève pour un instant; un silence lugubre régna dans la chambre qu'une veilleuse seule éclairait...

La clarté pâle et vacillante de cette goutte de lumière mettait tantôt de grandes ombres, tantôt des lueurs indécises sur les traits à jamais immobiles que les femmes contemplaient avec une muette stupeur.

Soudain Mme Leroyer, réagissant énergiquement contre le chagrin qui l'écrasait, essuya ses yeux.

— Berthe, mon enfant, — dit-elle, — nous voici seules sur la terre... — Il nous faut du courage, chère fille... il nous en faut beaucoup... — Embrasse-moi...

La mère et la fille tombèrent dans les bras bras l'une de l'autre et se tinrent pendant quelques secondes étroitement enlacées.

Que de choses dans cet embrassement à côté d'un lit de mort !

Mme Leroyer, la première, dénoua l'étreinte.

— Mon enfant, — poursuivit-elle d'une voix presque ferme, — le docteur Étienne est un ami pour nous... un ami vrai... un ami sincère... — Dans ces derniers temps il me semblait le frère d'Abel... — Il faut qu'il sache que tout est fini... Va le prévenir...

- Vous laisser seule ici, ma mère !... — murmura Berthe effrayée.

— Pourquoi non ?... — Je ne suis pas seule... Abel est encore là !... Va, chère fille... Je n'aurai pas peur... — Prends une voiture et reviens vite... Tu rapporteras un cierge...

Berthe, pleurant et perdant la tête à demi, se vêtit à la hâte, embrassa de nouveau sa mère, jeta un coup d'œil vers le lit et sortit en trébuchant et en étouffant ses larmes.

A peine avait-elle franchi le seuil, qu'Angèle marcha lentement jusqu'à la couche mortuaire.

— Abel, mon enfant bien-aimé, — dit-elle d'une voix lente et grave, — tu es allé rejoindre ton père sans avoir atteint le but de ta trop courte existence, sans avoir fait réhabiliter le nom du martyr... — A moi seule incombe aujourd'hui cette tâche sainte que la mort ne t'a pas permis d'accomplir... — J'irai jusqu'au bout, sans hésiter, mais réussirai-je? — Nous avons échoué quand nous cherchions ensemble... Que pourrai-je faire, maintenant que me voici seule, à moins que du haut du ciel tu ne sois, cher enfant, mon guide et mon soutien !...

Elle déposa un baiser sur le front de son fils, et crut sentir sous ses lèvres le froid du marbre.

Après l'effroyable secousse que venait d'éprouver la pauvre femme, elle ne devait son courage inattendu qu'au sentiment du devoir imposé par la mort, et à la surexcitation que lui donnait la fièvre.

— Il faut profiter de l'absence de Berthe, — murmura-t-elle, — et chercher des papiers qui me sont nécessaires pour aller demain faire à la mairie les déclarations légales...

Elle prit au fond d'un meuble un coffret fermé. — Elle l'ouvrit à l'aide d'une clef suspendue à son cou, en tira des papiers de famille, le referma et le remit à la place qu'il occupait auparavant; puis, après avoir caché ces papiers sous le traversin de son lit, elle revint dans la chambre d'Abel, fouilla les tiroirs d'une commode, en sortit une chemise blanche et, s'approchant de la couche funèbre, fit avec un héroïsme surhumain à son enfant bien-aimé la toilette que l'on fait aux morts.

Les larmes l'aveuglaient, des sanglots convulsifs secouaient sa poitrine à la briser; — elle n'en alla pas moins jusqu'au bout, et seulement après avoir terminé sa tâche maternelle elle tomba à genoux, ou plutôt s'abattit écrasée sous le poids de la douleur.

Berthe était descendue dans la rue comme une folle, ne répondant plus aux voisines qui sortaient sur son passage pour la questionner, et n'entendant même pas leurs questions.

Elle s'élança dans une voiture libre qui descendait vers la rue de Rennes, et cria au cocher :

— Rue Cuvier, numéro 10...

C'était là que demeurait le docteur Étienne Loriot.

Le cheval de fiacre marchait bon train, mais pas assez vite au gré de la pauvre mignonne allant annoncer au jeune médecin la mort d'Abel.

— Faites-moi prévenir... — avait murmuré Étienne à son oreille.

— Va l'avertir que tout est fini... — avait dit Angèle à son tour.

Berthe obéissante était partie, mais sans avoir nettement conscience de ce qu'elle allait faire.

Elle avait hâte d'arriver, hâte de revenir, voilà tout.

Enfin la voiture s'arrêta. — Il était tout au plus neuf heures du soir.

La jeune fille descendit en donnant au cocher l'ordre de l'attendre.

Elle se dirigea vers la porte et sonna d'une main fiévreuse.

Berthe savait qu'Étienne demeurait au second étage ; aussitôt que le concierge eut tiré le cordon, elle s'élança dans l'escalier sans rien demander et, trouvant une porte en face d'elle, elle heurta de toutes ses forces.

Une servante parut aussitôt et s'apprêtait à crier très fort qu'on n'agissait point de cette façon dans les maisons honnêtes.

La jeune fille ne lui en laissa pas le temps.

— Le docteur Loriot, — dit-elle d'une voix tremblante, — est-il chez lui ? — Je veux le voir...

Étienne parut derrière la servante.

Il reconnut Berthe et courut à elle.

— Ah ! docteur... docteur... — balbutia la sœur d'Abel.

Elle ne put en dire davantage.

Les sanglots lui coupaient la parole et les larmes la suffoquaient...

XLIII

Étienne s'empressa de conduire la jeune fille dans son cabinet de travail et la fit asseoir.

Berthe pleurait toujours et le docteur, profondément attendri, mêlait ses larmes aux siennes.

Cependant la nécessité de calmer la visiteuse s'imposait impérieusement, aussi le neveu de Pierre Loriot, devinant que le malheur prévu était accompli

A peine mistress Dick-Thorn avait-elle quitté l'hôtel qu'un voyageur venait demander une chambre.

et que Berthe lui en apportait la nouvelle, s'efforça de dominer son émotion et dit à la jeune fille :

— Je vous avais préparée de mon mieux, mademoiselle, à cette cruelle séparation... — Je sais combien votre souffrance est profonde, je comprends toute votre douleur, mais je vous supplie d'être forte... et je vous demande à deux genoux de ne pas vous laisser abattre...

— Est-ce que c'est possible ?... — balbutia Berthe.

— Il faut que ce soit possible, car il vous reste à remplir de grands devoirs...
— Songez à votre mère... Sa peine égale la vôtre, et le coup terrible qui la frappe en plein cœur compromet gravement sa santé déjà chancelante... — il faut penser à elle avant tout... — Il faut imposer silence à votre désespoir... Il faut paraître calme pour remonter par votre exemple le moral affecté de la pauvre femme... — Vous comprenez cela, n'est-ce pas ?

— Certes, je le comprends, et je ferai tout pour vous obéir, — répondit la jeune fille sur qui la voix d'Étienne exerçait une bienfaisante influence, — mais ma mère est profondément atteinte... Je tremble pour sa vie...

— Ah ! — répliqua vivement le médecin. — Je veillerai sur elle avec une tendresse filiale... J'appellerai à mon aide toutes les ressources de la science, je consulterai pour elle les plus habiles, les plus illustres d'entre mes confrères... et j'espère vous la conserver...

— Que Dieu vous entende, cher docteur !...

— Peut-être n'auriez-vous pas dû quitter ce soir Mme Monestier... — reprit Étienne.

— Vous m'aviez demandé de vous faire prévenir quand le malheur serait consommé... Et c'est ma mère qui m'a dit de venir vous trouver moi-même...

— Nous allons retourner ensemble auprès d'elle...

— Oui... hâtons-nous, je vous en prie...

— Mais d'abord, — continua le jeune homme, — permettez-moi de vous adresser quelques questions...

— Au sujet de mon pauvre frère ?...

— Au sujet de l'avenir...

Berthe frissonna.

Ce mot : *avenir*, ouvrait devant elle de tristes horizons.

La douleur avait un instant éloigné de son esprit les inquiétudes de toute nature qui l'assaillaient à la pensée de cet avenir si incertain, si difficile, pour sa mère et pour elle.

Ces inquiétudes revenaient maintenant en foule.

— Écoutez-moi, mademoiselle, — poursuivit le médecin, — et répondez-moi franchement... sans hésitation, sans réticences... comme on répond à un ami véritable et dévoué... et vous savez bien que je suis le vôtre...

— Je le sais, docteur... — je n'en doute pas... — s'écria Berthe avec entraînement, — aussi j'ai toute confiance en vous.

Les paroles qui précèdent firent battre le cœur meurtri et saignant d'Étienne.

Le jeune homme prit la main de Berthe et la pressa doucement entre les siennes.

Puis il demanda :

— Le travail de votre frère, de notre cher Abel, constituait, n'est-ce pas, la meilleure partie des ressources de votre intérieur ?

Berthe devint pourpre.

Elle répondit cependant sans hésiter :

— Oui, docteur... — Mon frère ne gardait rien pour lui... Il apportait intégralement à ma mère sa paye de chaque quinzaine... Avec le peu que je gagnais à de petits travaux de couture et de broderie, cela nous suffisait pour vivre d'une façon bien simple et bien modeste, mais sans privations.

— Lorsqu'il est tombé malade, aviez-vous des économies ?...

— Quelques-unes, oui, docteur...

— Mais la maladie a duré longtemps... — Ces économies doivent être épuisées... — Elle le sont, n'est-il pas vrai?..

Berthe rougit de nouveau. — Sa physionomie mobile exprimait l'embarras et une sorte de pudeur craintive.

La pauvre mignonne savait bien cependant que la question d'Étienne était l'expression non d'une curiosité indiscrète, mais de la plus ardente sympathie.

Le jeune médecin ajouta d'une voix émue :

— Pardonnez-moi de vous interroger ainsi, et surtout ne vous en étonnez pas... — Si vous saviez quel intérêt immense je ressens pour votre mère et pour vous... Si vous saviez combien je vous aime l'une et l'autre, vous comprendriez que cet intérêt, cette affection, me donnent le droit de m'occuper, presque dans leurs moindres détails, des choses qui concernent votre intérieur, votre vie, votre avenir... — Je voudrais vous dire tout ce que j'éprouve, mais je ne sais pas trouver les mots qu'il faudrait pour cela... — Les pensées qui débordent de mon cœur expirent sur mes lèvres... — Berthe, répondez-moi sincèrement... — Songez que les privations tueraient votre mère dont les forces sont à bout... Donc, au nom de votre piété filiale, je vous conjure de ne me rien cacher ! — La maladie d'Abel et les dépenses qu'entraînait cette maladie ont épuisé vos ressources, n'est-ce pas ?

Berthe balbutia :

— Eh bien ! oui, docteur... oui, c'est vrai, nous sommes très pauvres... — Il ne reste à la maison que bien peu de chose, et je ne sais comment nous pourrons subvenir aux frais de la sépulture de mon frère...

La jeune fille pleurait en parlant ainsi et cachait son visage dans ses deux petites mains.

La douleur de cette enfant adorée brisait le cœur d'Étienne.

— Chère Berthe, — dit-il d'une voix que l'émotion faisait trembler malgré lui, — ne pleurez plus, je vous en prie, car vos larmes me causent un profond chagrin... — Si je me suis permis de vous questionner, c'était pour acquérir la certitude que je ne me trompais pas... Je devinais les difficultés de votre position et je songeais à les aplanir... — Ne voyez plus en moi un médecin, et voyez plus qu'un ami... — A partir d'aujourd'hui je veux être un frère pour vous... un fils pour votre mère... — Ah ! si j'osais...

Étienne s'arrêta de nouveau.

Il sentait que son secret, à moitié dévoilé déjà dans un entretien précédent, allait lui échapper tout à fait, et il se tut.

Le moment n'était pas venu d'avouer à la jeune fille l'ardent amour qu'il ressentait pour elle.

D'ailleurs, à quoi bon parler ?

Berthe avait bien compris ce qu'il ne disait point et lui savait gré de son silence.

— Vous acceptez mon dévouement, n'est-ce pas ? — poursuivit le médecin.

— Au nom de ma mère et au mien, oui, je l'accepte... — répondit Berthe.

Pour la seconde fois Étienne éprouva au milieu de son chagrin une sensation d'ardente joie.

— Et maintenant, — dit-il, — ne perdons pas une minute... allons retrouver votre mère et tâchons de lui éviter des démarches pénibles où s'userait ce qui lui reste d'énergie morale et de force physique... — Je vous dois la vérité sur l'état de Mme Monestier... — Les émotions lui sont funestes... elles abrègent sa vie... — Celles que fatalement elle va subir jusqu'au moment où votre frère sera séparé de vous à jamais, m'inspirent une profonde épouvante... — Elles peuvent la tuer...

Berthe pâlit en joignant les mains.

— Heureusement vous serez là, docteur, — s'écria-t-elle, — vous la sauverez !

— Je ferai tout ce qu'il sera possible de faire, et vous n'en doutez pas... Mais j'ai besoin de votre collaboration pour agir... — Sans vous je ne puis rien...

— Que puis-je donc, moi ? — demanda la jeune fille étonnée.

— M'aider à écarter de votre mère non le chagrin, — l'essayer seulement serait de la folie, — mais les inquiétudes matérielles... — Je désire cacher par exemple à Mme Monestier que vous êtes en ce moment tout près de la gêne... et je n'y parviendrai pas sans vous... — Comment faire ?

— Ce sera facile... — répondit Berthe. — C'est moi depuis deux ans qui mène la maison, et Dieu sait que la tâche n'est pas lourde... Je m'occupe des soins à donner à notre pauvre petit ménage... j'écris les dépenses...

— Et votre mère ne contrôle jamais vos comptes ?...

— Jamais...

— Rien de plus simple, en ce cas, que de la tromper... — commença le médecin.

— La tromper ! — interrompit Berthe avec une expression de révolte. — Ah ! docteur !!...

— Ne vous méprenez pas au sens de mes paroles, chère enfant, — poursuivit le médecin, — la tromperie dont je parle est la plus innocente, la plus légitime, et consistera tout bonnement à laisser croire à Mme Monestier qu'il reste un peu d'argent dans votre caisse vide... — Je vais vous remettre mille francs d'abord... Vous vous en servirez pour vos dépenses les plus urgentes...

— Mille francs! — répéta la jeune fille à qui ce chiffre paraissait énorme et qui jamais n'avait eu dans les mains à la fois le quart d'une pareille somme. — C'est trop... c'est beaucoup trop... je ne puis accepter! — Je suis laborieuse, grâce à Dieu... Je vais reprendre le travail interrompu par la maladie de mon pauvre Abel, et grâce à mon aiguille je ferai vivre ma mère...

— Quoi!... — s'écria douloureusement Étienne, — un refus!... — Vous voulez donc me causer le plus poignant chagrin que je puisse ressentir?... — Pour mériter ce chagrin, qu'ai-je fait?

— Vous êtes bon, monsieur Étienne... — Vous nous aimez, je le sais... — répondit l'enfant. — Loin de moi la pensée de vous affliger en déclinant complètement votre offre généreuse... — J'accepterai de votre amitié la somme qui nous permettra de rendre les derniers devoirs à mon frère, mais pour le reste, n'insistez pas... laissez-moi la dignité du travail... laissez-moi la joie de fournir seule par mes veilles aux besoins de ma mère...

XLIV

— Votre travail, chère Berthe! — reprit le médecin. — Je sais trop bien, hélas! ce que sont payés les travaux des femmes!... — C'est à peine si, en consacrant à un labeur ingrat vos jours entiers et la moitié de vos nuits, vous gagneriez la somme suffisante pour manger du pain, payer votre loyer et subvenir à votre entretien... Au nom de votre mère, au nom de la sainte affection que j'ai pour vous, prenez les mille francs que je vous offre... S'il vous répugne de mentir à Mme Monestier, je vous donne ma parole d'honneur d'aller la trouver d'ici à peu de jours pour lui dire moi-même que je vous ai forcé la main, et que vous avez accepté malgré vous...

La voix passionnée du jeune homme allait droit au cœur de Berthe. — En l'écoutant elle se sentait incapable de toute résistance et de toute volonté, — d'ailleurs elle comprenait bien qu'il avait raison et qu'Angèle affaiblie, malade, aux prises avec la froide misère, irait bientôt rejoindre Abel.

Cette idée fit passer un frisson sur sa chair.

— J'accepte, docteur... — balbutia-t-elle, — et puisse Dieu vous rendre un jour ce que vous faites aujourd'hui pour ma mère et pour moi...

Étienne, heureux pour la troisième fois depuis le début d'un entretien si triste pourtant, ouvrit le tiroir de son bureau, y prit un rouleau d'or et le tendit à la jeune fille.

— Tenez, chère enfant... — dit-il.

— Merci... — répliqua-t-elle avec simplicité.

— Et maintenant, partons...

Étienne descendit avec Berthe.

Cette dernière donna l'ordre au cocher de la conduire rue Notre-Dame-des-Champs, mais elle se fit arrêter en route pour acheter un cierge, ainsi qu'Angèle le lui avait recommandé.

Un quart d'heure plus tard les deux jeunes gens arrivaient à la maison mortuaire.

Mme Leroyer priait toujours auprès de la couche où son enfant bien-aimé dormait son dernier sommeil.

Le visage de la pauvre femme était calme, mais blanc comme un linge, et portait l'empreinte ineffaçable des souffrances qu'elle avait subies.

Elle se leva, se dirigea d'un pas chancelant vers le docteur et lui tendit la main.

En serrant cette main avec une compassion respectueuse, Étienne la trouva glacée.

— Docteur, c'est fini !... — dit Angèle d'une voix mouillée de larmes.

Que de choses lamentables dans ces mots si simples : *C'est fini !* et dans l'accent avec lequel ils furent prononcés.

Étienne frissonna en les entendant. — Il fut épouvanté de l'agonie morale de cette pauvre femme et du changement survenu en elle depuis quelques heures.

Il comprit qu'en parlant à Berthe des inquiétudes que l'état de sa mère lui inspirait, non seulement il n'avait rien exagéré, mais encore que la réalité laissait loin derrière elle ses prévisions funestes.

— Chère madame, — dit-il, — j'ai voulu venir pour vous éviter une trop longue veille... — Vous êtes, sinon malade, du moins accablée de fatigue. — Quelques heures de repos vous sont indispensables... — Vous allez vous coucher... — Mlle Berthe et moi nous passerons la nuit au chevet de notre cher Abel...

— Docteur, — répondit Mme Leroyer avec le même calme étrange, — vous faites preuve à notre égard d'un dévouement bien rare... J'en suis profondément reconnaissante, je vous en remercie de tout mon cœur, de toute mon âme, mais il me reste plus de force que vous ne le croyez... Ma place est là... près de ce lit mortuaire... Je ne prendrai de repos que lorsque mon enfant bien-aimé aura quitté pour toujours cette demeure où il a vécu...

— Que votre volonté s'accomplisse, madame ! — répliqua le jeune médecin. — Vous me permettrez cependant de vous suppléer pour les démarches indispensables qu'il faudra faire dès le matin ?..

— Quelles démarches ?

— Les déclarations légales à la mairie... le service à l'église... les pompes funèbres...

— Je me chargerai de tout cela... — dit Angèle avec fermeté... — et je m'en chargerai seule.

— Mais vos forces n'y suffiront pas...

— Ma faiblesse n'est qu'apparente, je vous le répète...

— Ménagez-vous, je vous en supplie comme ami, et comme médecin je vous l'ordonne... — Songez combien votre vie est précieuse pour ceux qui restent près de vous et qui vous aiment...

— Dieu est le maître de ma destinée, — répondit la mère héroïque, — qu'il dispose de moi... — Je ferai mon devoir...

Après un silence, elle ajouta :

— N'allez pas croire au moins, docteur, que je repousse vos offres bienveillantes... je les accepte au contraire avec une gratitude infinie... Veillez donc auprès de nous, et venez-moi en aide relativement à certains détails dont il m'est difficile de m'occuper moi-même... — Nous sommes trop pauvres et nous connaissons trop peu de monde pour envoyer des lettres de faire-part ; je voudrais cependant que nos rares amis, les camarades de mon pauvre Abel et ses chefs d'atelier, qui l'aimaient tous et qui l'estimaient, puissent lui rendre les derniers honneurs en suivant son convoi... — Écrivez quelques courtes lettres... Je vous en saurai un gré infini... Berthe vous donnera les noms et les adresses...

Étienne regardait et écoutait Angèle avec un étonnement mêlé d'une sorte de frayeur.

Ce calme, ou plutôt cette impassibilité qu'il savait menteuse, l'inquiétait. — Il devinait d'effroyables tempêtes sous ce masque tragique et ne s'expliquait point où cette femme brisée, cette mère au désespoir, puisait l'énergie nécessaire pour oublier ses souffrances physiques et dominer ses douleurs morales.

— Je ferai ce que vous désirez, madame... — répliqua le jeune homme. — Mais à votre tour vous ne refuserez pas de prendre une potion dont je vais donner la formule et sur laquelle je compte absolument pour vous soutenir.

— Je vous obéirai, docteur... — murmura Mme Leroyer, avec un triste sourire.

— Les pharmacies sont encore ouvertes... — dit Étienne en s'adressant à Berthe. — Je vous prierai, mademoiselle, d'aller tout de suite faire préparer mon ordonnance.

— Il y a du papier et des plumes dans la pièce voisine, — répondit vivement la jeune fille.

Elle entraîna le docteur et, dès qu'elle se trouva seule avec lui, demanda d'une voix tremblante :

— Pourquoi cette potion ?... ma mère est donc en danger ?...

— Non, mademoiselle.

— Vous me le jurez ?

— Je vous le jure !... mais le danger peut venir d'un moment à l'autre et mieux vaut le prévenir que d'avoir à le combattre.

— Vous avez raison, docteur... — Voici ce qu'il vous faut pour écrire...

La jeune fille prit l'ordonnance et s'élança dans l'escalier pour courir commander la potion chez le pharmacien.

Étienne rentra dans la chambre mortuaire.

Mme Leroyer avait allumé le cierge acheté par Berthe, et à la clarté pâle de ce cierge elle lisait les prières des morts dans un vieux livre d'heures.

Le jeune médecin la contemplait avec effarement. — Une si grande force d'âme en de telles circonstances lui paraissait absolument surhumaine.

Berthe revint au bout de dix minutes, apportant une petite fiole et un gobelet.

Le docteur agita la fiole, versa dans le gobelet la moitié environ de son contenu, et, s'approchant d'Angèle, lui dit :

— Buvez, je vous en prie...

Mme Leroyer fit un signe affirmatif, avala le liquide jusqu'à la dernière goutte et se plongea de nouveau dans sa lecture.

La jeune fille s'approchant d'Étienne murmura près de son oreille :

— Maintenant, si vous voulez, nous nous occuperons des lettres.

— Dans un moment, — répondit le médecin du même ton.

Berthe n'insista pas, et silencieuse joignit les mains en balbutiant une prière.

Étienne avait les yeux fixés sur Mme Leroyer avec une profonde attention.

Il paraissait attendre quelque chose.

Bientôt il vit la veuve du supplicié faire les mouvements brusques habituels aux personnes qui luttent contre le sommeil.

A plusieurs reprises elle passa la main sur ses paupières qui se fermaient malgré ses efforts.

Sa tête se balança d'une épaule à l'autre et finit par se fixer en arrière, appuyée au dossier du fauteuil.

Le livre d'heures, s'échappant de ses doigts amollis, tomba sur le lit mortuaire.

— Mon Dieu ! — demanda Berthe effrayée, — qu'a-t-elle donc ?

— Silence ! — dit le docteur en appuyant un doigt sur ses lèvres. — Elle dort !...

— Ce sommeil est étrange...

— Nullement... — J'ai usé d'un subterfuge pour éviter à votre mère cette veillée navrante qu'un irrémédiable épuisement aurait suivi sans doute... — Elle a pris un narcotique inoffensif... — Placez un oreiller sous ses épaules...

A peine avait-elle franchi le seuil qu'Angèle marcha lentement jusqu'à la couche mortuaire.

— Quand elle se réveillera elle aura retrouvé les forces dont elle a tant besoin...

Berthe obéit, puis elle passa dans la chambre voisine où le docteur écrivit les quelques lettres de convocation demandées par Mme Leroyer.

Ces lettres, — avons-nous besoin de le dire, — portaient le nom d'Abel Mo- nestier, le seul sous lequel ses camarades connaissaient le pauvre enfant.

Vers quatre heures du matin les deux jeunes gens avaient fini leur travail.

— Maintenant, mademoiselle, — dit Étienne, — prenez un peu de repos...
je vais rejoindre madame votre mère et veiller auprès d'elle.

Berthe secoua la tête.

— Je ne suis pas fatiguée... — répondit-elle, — nous veillerons tous deux.

Et elle alla s'agenouiller au chevet de son frère, tandis qu'Étienne se plongeait
dans une rêverie douloureuse.

A six heures et demie du matin Mme Leroyer dormait encore, mais son
sommeil devenait agité.

— Docteur, — murmura Berthe, — voyez...

— Je vois, mademoiselle... — Elle s'éveillera dans un instant...

Angèle en effet ouvrit les yeux au bout de quelques minutes. — Elle promena autour d'elle un long regard et ne put cacher sa surprise en voyant qu'il
faisait jour.

— J'ai dormi... — balbutia-t-elle, — et vous m'avez laissée dormir !...

— Nous nous serions bien gardés de vous réveiller, madame, car le sommeil
vous faisait du bien...

XLV

— Il me semble en effet que je me sens plus forte...

— Soyez sûre que vous ne vous trompez pas...

— Quelle heure est-il ?

— Près de sept heures...

— Vous avez préparé les lettres ?...

— Oui, mère, — répondit Berthe, — M. Étienne les a écrites et j'ai mis
moi-même les adresses...

— Un commissionnaire les portera ce matin... — dit Mme Leroyer.

— Et je vais les lui donner en descendant... — ajouta Étienne.

— Vous nous quittez déjà, docteur ?

— Il le faut bien, madame... — J'ai des visites à faire...

— C'est juste... — Le malheur rend égoïste... on oublie ! — Berthe, mon
enfant, tu vas me donner ce qu'il me faut pour m'habiller...

— Vous allez sortir, mère ?

— Il faut que j'aille à la mairie faire la déclaration...

Étienne intervint :

— Permettez-moi d'insister de nouveau, madame, pour vous éviter une
démarche pénible... — dit-il. — Donnez-moi l'autorisation de me charger de
tout...

— Je vous remercie comme hier, et comme hier je refuse... — répliqua la mère de douleur. — Il y a là un dernier devoir à remplir envers l'enfant que j'ai perdu... et je veux remplir ce devoir moi-même...

En présence d'une détermination si ferme, aucune insistance n'était possible.

Le docteur serra les mains des deux femmes et se retira en emportant les lettres et en promettant de revenir dans la journée.

Mme Leroyer fut bientôt prête.

Elle mit dans sa poche les papiers de famille qu'elle avait cachés sous son traversin et revint près de Berthe.

— Mon enfant, — lui dit-elle, — nous devons consulter nos ressources avant d'agir... — Je voudrais que ton frère n'ait pas un convoi de dernière classe... que pouvons-nous ?...

— Mère, — répondit la jeune fille, non sans un peu d'hésitation, — vous pouvez ce que vous voudrez...

— Nos économies ne sont donc pas tout à fait épuisées ?

— Il s'en faut de beaucoup, mère...

— Combien reste-t-il ?

— Près de cinq cents francs...

Mme Leroyer regarda Berthe avec stupeur et répéta :

— Près de cinq cents francs ! — Tu ne te trompes pas ?

— Non, mère...

— J'étais bien loin de croire que nous fussions si riches...

— C'est toi qui te trompais... tu vas voir...

Et la jeune fille, pour prouver son dire, alla chercher dans un meuble une partie de la somme qui lui avait été remise par Étienne la veille au soir.

Angèle étonnée murmura :

— C'est vrai...

Puis elle ajouta :

— Mais il ne faut pas oublier que nous avons des dettes.

— Lesquelles ?

— Nous devons beaucoup au docteur Loriot...

Berthe rougit jusqu'au blanc des yeux.

— Le docteur n'acceptera rien... — balbutia-t-elle.

— Il te l'a dit ?

— Oui, mère.

— Ah ! — s'écria Mme Leroyer avec attendrissement, — c'est la Providence qui a placé ce jeune homme sur notre chemin ! Grâce à son affection pour nous, grâce à son désintéressement, Abel aura sinon de belles funérailles, du moins une tombe qui portera son nom et sur laquelle nous pourrons aller prier...

La pauvre mère leva les mains et les yeux vers le ciel, et poursuivit :

— Mon Dieu, Dieu tout-puissant, qui mettez une consolation à côté des plus poignantes douleurs, je vous remercie et je vous bénis...

Les yeux de Mme Leroyer se tournèrent vers le lit.

La forme rigide du cadavre se dessinait sous la blancheur du drap.

Un sanglot monta de la poitrine aux lèvres d'Angèle et d'abondantes larmes inondèrent son visage.

Berthe jeta ses bras autour du cou de sa mère dont elle couvrit les joues de baisers en balbutiant :

— Du courage !... Il en faut beaucoup... mais Dieu ne nous abandonnera pas...

Mme Leroyer domina son émotion, serra Berthe contre sa poitrine avec une véritable furie de tendrese, se munit d'argent, s'enveloppa dans un châle noir, — elle portait le deuil de son mari depuis vingt ans ! — et sortit.

Une fois dans la rue, au grand air, il lui sembla qu'elle respirait avec moins de peine et qu'un peu de force lui revenait.

Cependant, comme elle avait beaucoup de choses à faire et qu'elle craignait une défaillance soudaine, elle prit une voiture et se fit conduire place Saint-Sulpice, à la mairie de son arrondissement.

Elle passa là une heure d'attente interminable dans les bureaux, se rendit ensuite au cimetière Montparnasse pour une concession, et rentra au logis où Berthe, qui avait préparé quelques aliments, la contraignit à prendre un peu de nourriture.

Dans l'après-midi le docteur Étienne revint auprès des pauvres femmes, leur apportant par sa présence seule une sorte de consolation.

L'enterrement devait avoir lieu le lendemain jeudi, à neuf heures précises du matin.

René Moulin attendait ce jour avec une fiévreuse impatience.

Il avait terminé son emménagement, nous le savons, et le mercredi soir, vers sept heures, ayant donné à son mobilier ce qu'il appelait le *dernier coup de fion*, il se rendit dans un petit restaurant du boulevard Beaumarchais où il prenait ses repas depuis son installation à la place Royale.

Après son dîner, qui ne se prolongea guère, il s'installa pour tuer le temps dans un estaminet de la place de la Bastille, se fit apporter du café et demanda un journal du soir.

Le café répondait à un besoin, à une habitude, ma is le journal devait simplement lui servir de contenance, car il ne s'intéressai t guère à la politique.

On lui apporta la *Patrie*.

Ses yeux se fixèrent machinalement sur la première ligne de la première colonne, suivirent cette colonne jusqu'au bout, entamèrent la seconde, puis la troisième, et ne parurent disposés à s'arrêter que lorsqu'ils auraient atteint la signature du gérant et le nom de l'imprimeur.

On aurait pu croire que le journal intéressait prodigieusement René Moulin.

— En réalité il ne lisait pas, ou plutôt il ne savait pas ce qu'il lisait. — Sa pensée était ailleurs ; — son imagination le transportait au cimetière Montparnasse, dans la matinée du lendemain, près de la tombe de Paul Leroyer.

C'est ainsi qu'il parcourut d'une façon absolument inconsciente la nomenclature des mariages, et qu'il arriva sans s'en douter à celle des décès.

Soudain il poussa une sourde exclamation qui fit retourner ses voisins, et où la surprise et la douleur se mêlaient à doses égales.

Le nom de son ancien protecteur, ce nom, cause de sa préoccupation, venait de frapper ses yeux distraits.

En même temps il devenait très pâle.

— C'est impossible... — murmura-t-il à demi-voix. — J'ai mal lu... — D'ailleurs que prouve un nom ? les homonymes sont nombreux partout...

Il relut la ligne qui venait de produire sur lui une impression si profonde et qui faisait partie de la liste des décès du sixième arrondissement.

Abel-Frédéric Leroyer, vingt-cinq ans... — répéta-t-il. — Le même nom de famille, les mêmes prénoms, le même âge ! — C'est étrange ! et je commence à trembler ! — La fatalité continue-t-elle à poursuivre avec acharnement les enfants du martyr ?... — Ne suis-je revenu en France que pour trouver mort le fils auquel j'apportais peut-être la réhabilitation de son père ? — Ce serait désolant !

René Moulin laissa retomber le journal, appuya ses coudes sur la table, posa sa tête dans ses mains et réfléchit pendant quelques secondes.

— Une erreur est invraisemblable, j'en conviens, mais elle est cependant possible... — reprit-il. — Il faut éclaircir ce doute au plus vite... — Je veux savoir... — savoir aujourd'hui même...

Le mécanicien reprit le journal pour le consulter de nouveau et fit un geste de dépit...

La feuille du soir enregistrait le décès d'Abel-Frédéric Leroyer parmi ceux du sixième arrondissement, mais n'indiquait point la rue où avait eu lieu ce décès.

— Il faut prendre mon parti de passer une mauvaise nuit... — murmura René... — J'aurai demain à la mairie l'adresse et tous les renseignements, mais ce soir les bureaux sont fermés depuis longtemps... — Personne ne pourrait me répondre, et je ne possède aucun moyen d'arriver au but sans fil conducteur... — J'attendrai...

Le jeune homme sortit du café où il étouffait, et fit un tour sur les boulevards afin de calmer la fièvre qui brûlait son sang depuis qu'il avait lu le nom d'Abel Leroyer.

Une promenade d'une heure rétablit chez lui l'équilibre physique et moral et rafraîchit son cerveau.

Il se sentait relativement calme quand il rentra dans son logement de la place Royale.

Pendant toute la nuit de mauvais rêves et des cauchemars sinistres hantè-
rent son sommeil troublé.

Dès l'aube il fut debout.

A sept heures il sortit de chez lui et, pour tromper son impatience en allant
plus vite, il prit une voiture qui le conduisit grand train à la place Saint-Sulpice où il entra dans la mairie.

Avons-nous besoin d'affirmer qu'à cette heure matinale les bureaux n'étaient
point ouverts ?

Le concierge auquel il témoigna sa surprise lui rit au nez fort irrespectueu-
sement et lui dit que messieurs les employés arrivaient le plus tard possible
dans tous les cas jamais avant neuf heures.

— J'attendrai... — pensa René comme la veille au soir.

Il avait en effet beaucoup à attendre car il était huit heures à peine. — Il
sortit de la mairie et se mit à marcher de long en large sur la place Saint-Sulpice, allant jusqu'à l'église, foulant le trottoir qui s'étend devant les hautes
murailles du grand séminaire, regardant sa montre toutes les cinq minutes, la
croyant arrêtée, et aussitôt après consultant le cadran de l'horloge et s'étonnant
de la lenteur des aiguilles.

XLVI

Enfin neuf heures sonnèrent.

René n'attendit pas le dernier coup du marteau sur le timbre et se précipita
dans l'édifice municipal.

— Le bureau des décès ? — demanda-t-il au concierge qui le reconnut et le
lui indiqua en riant.

Le mécanicien gravit l'escalier, poussa la porte et entra.

Un garçon de bureau époussetait d'un air endormi, mais pas un employé
n'était encore à son poste.

Trois ou quatre personnes, assises sur les banquettes, attendaient le bon
plaisir des bureaucrates en retard.

Enfin l'un d'eux entra, son chapeau sur le nez, et lisant un journal tout en
marchant.

Le nouveau venu plia ce journal, le plaça sur son bureau, sous un presse-
papier, puis, sans même regarder s'il était attendu, quitta son chapeau et sa
redingote qu'il accrocha symétriquement et qu'il remplaça par une calotte de
velours, par un vieux paletot hors d'usage et luisant de crasse, et par des bouts-
de-manche en lustrine noire, qu'il boutonna au poignet et qu'il attacha au-des-

sus du coude. — Tout cela sans se presser, comme s'il n'existait dans le monde entier aucune occupation plus importante et plus absorbante [1].

René piétinait d'impatience en voyant le sans-gêne absolu de ce personnage que l'administration payait pour remplir des devoirs qu'il comprenait si mal.

Il s'avança vers le bureau.

L'employé, continuant à nouer et à boutonner ses fausses manches, le vit venir, mais sans le regarder, et comme René allait parler, il lui tourna le dos en disant du ton le plus raide :

— Dans un instant.

— Je viens pour me renseigner, monsieur... — commença René d'une voix dont l'agitation trahissait un commencement d'impatience.

— Dans un instant ! — répéta le bureaucrate avec un redoublement de raideur.

René sentit grandir son impatience, mais il comprit qu'il ne gagnerait rien à se mettre en colère et il se contint.

L'employé détacha d'un long clou fixé à la muraille un rond hygiénique en basane verte, le posa sur son siège, s'assit, rangea minutieusement ses ustensiles de bureau, ouvrit un registre, lentement, comme s'il trouvait une joie sans bornes à bien faire sentir au public son omnipotence, prit une plume, en examina la pointe avec attention et enfin, — toujours sans regarder son interlocuteur, — demanda :

— Qu'est-ce que vous voulez ?

René mourait d'envie de répliquer : — *Un peu plus de politesse ou tout au moins de convenance de votre part...* — Mais à quoi bon donner une leçon à ce manant qui n'en profiterait pas ?

Il se contint donc de nouveau et il répondit :

— Je désire savoir où demeurait une personne dont vous avez enregistré hier ou avant-hier l'acte de décès ?

— Ça ne me regarde pas... — dit l'employé d'un ton brutal. — Allez au bureau des renseignements...

Le mécanicien, — dont la patience n'était pas la vertu favorite, — serra les poings, et d'une voix qui commençait à devenir sèche et cassante il reprit :

— Mais, monsieur, avec tant soit peu de bonne volonté vous pouvez me donner satisfaction vous-même, puisque c'est auprès de vous que l'employé du bureau des renseignements viendra chercher les notes nécessaires pour me répondre... — Évitez-moi donc une longue attente, je vous en prie, et songez que je n'ai pas, comme vous, beaucoup de temps à perdre...

---

1. Cette petite scène est photographiée d'après nature. — Nous ne voulons nullement généraliser, mais il est incontestable que messieurs les employés oublient souvent qu'ils doivent au public politesse, empressement, bonne volonté.

La logique inattaquable de ce raisonnement, jointe à la parole brève et à la voix vibrante de colère de René Moulin, en imposèrent au bureaucrate.

Il leva le nez pour la première fois et se décida à regarder son interlocuteur dont la physionomie n'était rien moins que caressante.

Tout aussitôt il baissa le ton et devint conciliant...

— Le nom de la personne décédée, s'il vous plaît ? — demanda-t-il.

— Abel-Frédéric Leroyer...

— Quand la déclaration a-t-elle été faite ?

— Je l'ignore, mais j'ai lu hier l'annonce du décès dans un journal du soir, ce qui permet de supposer que la déclaration date d'avant-hier ou d'hier matin...

L'employé, sans répondre, feuilleta le registre qu'il avait devant lui tout ouvert, et chercha dans les déclarations de l'avant-veille et de la veille, les noms demandés par le demandeur.

— Nous y voici... — fit-il. — Abel-Frédéric Leroyer, fils de Paul Leroyer, décédé, et d'Angèle Simonnet, son épouse...

— C'est cela !... c'est bien cela ! — s'écria René Moulin dont le cœur battait avec violence.

Le bureaucrate poursuivit :

— Le défunt demeurait rue Notre-Dame-des-Champs, n° 19.

— Et pourriez-vous me dire quel jour et à quelle heure aura lieu le convoi, ou s'il a eu lieu déjà ?

— Vous saurez cela au bureau des pompes funèbres...

— Merci, monsieur...

— Monsieur, je suis votre serviteur...

René sortit, mais au moment de chercher le bureau en question il se dit :

— A quoi bon m'informer de l'heure ?... — Je sais l'adresse et je vais m'y faire conduire...

Il monta en voiture et cria au cocher :

— Rue Notre-Dame-des-Champs, 19...

Le cocher fouetta son cheval.

— Impossible de conserver l'ombre d'un doute, — se dit le mécanicien, tandis que son fiacre roulait, — c'est bien Abel, le fils de mon bienfaiteur... — Pauvre mère ! pauvre mademoiselle Berthe !... dans quel état vais-je les trouver, grand Dieu ! — Oserai-je, au plus fort de leur désespoir, me présenter à elles comme un vivant souvenir du passé ?... — Oserai-je leur parler de la triste victime d'une erreur judiciaire, au moment où elles vont mettre leur fils et leur frère dans la tombe ?... — Ce serait cruel... — Je ne raviverai pas aujourd'hui de cuisantes douleurs... j'attendrai... mais je les aurai vues et je saurai si le logis d'Abel était aussi le leur...

Tandis que René se disait ces choses, la voiture franchissait la courte distance qui sépare la place Saint-Sulpice de la rue Notre-Dame-des-Champs.

Le jeune homme prit la main de Berthe et la pressa doucement entre les siennes.

Le cocher fit halte.

Le mécanicien jeta un coup d'œil par la portière.

— C'est le numéro 21, ici, — fit-il, — avancez...

— Impossible, bourgeois... — il y a un fourgon des pompes funèbres devant le 19.

Le fait était vrai, et des employés rangeaient dans ce fourgon les étoffes des tentures qui avaient servi pour l'exposition du cercueil d'Abel.

— J'arrive trop tard... — pensa René.

Il sauta sur le trottoir et entra dans l'allée de la maison.

La portière causait avec une voisine sur le seuil de sa loge et René entendit ces mots :

— Bien sûr que c'est un grand malheur, car ces locataires-là, voyez-vous, ça a beau ne pas être riche, c'est la crème des braves gens.

— Mme Leroyer, s'il vous plaît, c'est bien ici? — demanda René en saluant.

— Leroyer? — répéta la concierge. — Connais pas, monsieur.

— Comment! — s'écria René, — vous ne connaissez pas?

— Ni d'Ève ni d'Adam...

— Mais n'est-ce point la mère du jeune homme dont le convoi a lieu ce matin?

— Jamais de la vie! — La mère du pauvre Abel se nomme Mme Monestier.

René se souvint aussitôt des renseignements recueillis sur son compte, desquels il résultait que la veuve du décapité avait changé de nom.

— Je ne sais où j'avais l'esprit... — reprit-il. — La nouvelle imprévue de cette mort m'a troublé... — C'est Monestier que je voulais dire...

— A la bonne heure... Mais si vous étiez invité pour le convoi, monsieur, vous arrivez trop tard... — Le corps en ce moment doit sortir de l'église et se diriger vers le cimetière...

— Quel cimetière?

— Celui de Montparnasse...

— Et c'est bien ici que Mme Monestier demeurait avec son fils?...

— Avec son fils et sa fille, oui, monsieur... Ah! les pauvres chères créatures, ça faisait mal de les voir et de les entendre... Des cris, des larmes, des sanglots à fendre des pavés en quatre! — Faudrait posséder un caillou au lieu de cœur pour ne pas les plaindre!... — Qu'est-ce qu'elles vont devenir, je vous le demande un peu?... — M. Abel gagnait le pain de la maison... Le voilà parti, et il a été plus de deux mois malade, sans compter qu'un enterrement, ça coûte cher... — Vous comprenez qu'il ne doit pas rester grand'chose dans le petit boursicot de ces pauvres dames!...

Ces paroles de la concierge faisaient monter de grosses larmes aux yeux de René.

Il s'éloigna pour cacher son émotion et regagna sa voiture.

— Où allons-nous, bourgeois? — demanda le cocher.

— Au cimetière Montparnasse... Brûlez le pavé... il y aura un bon pourboire...

La promesse d'un *bon pourboire* ne manque jamais son effet, pour peu que le cheval ait des jambes.

Au bout d'un peu moins de dix minutes le fiacre s'arrêta devant la grille ouverte.

René s'approcha d'un gardien qui stationnait à l'intérieur du champ de repos, près des bureaux de l'administration, et qui tenait un papier à la main.

— Monsieur, — lui demanda-t-il, — auriez-vous l'obligeance de m'apprendre si le convoi de M. Abel Leroyer est entré dans le cimetière?...

— Pas encore, monsieur... — Nous l'attendons d'un moment à l'autre...

Le mécanicien remercia, rejoignit son cocher, le paya largement, revint auprès de la grille et se dit :

— En restant là je ne puis le manquer...

Et pour tromper son impatience il se mit à marcher en long et en large comme il avait déjà fait place Saint-Sulpice.

Tandis qu'il allait et venait d'un pas saccadé, il croisa trois hommes qui se promenaient, eux aussi, en face de la grille, mais avec lenteur.

XLVII

Ces trois hommes étaient l'inspecteur de police Théfer et ses agents.

René ne fit aucune attention à eux.

A l'heure indiquée le convoi d'Abel Leroyer avait quitté la maison mortuaire, escorté par une cinquantaine de personnes dont plus de moitié étaient des ouvriers et des commis de l'établissement où le jeune homme remplissait les fonctions de contremaître.

Le patron lui-même se trouvait en tête.

Il voulait rendre un dernier témoignage d'affection et d'estime à l'un de ses meilleurs employés.

Les locataires de la maison et quelques dames très simples du voisinage, avec qui Angèle et Berthe échangeaient parfois deux ou trois paroles au Luxembourg, complétaient le cortège.

Étienne Loriot, — avons-nous besoin de le dire ? — était là près des deux femmes.

Il ne cherchait pas à les consoler, mais il aurait donné beaucoup pour obtenir que la mère et la sœur ne suivissent point ce chemin du calvaire qui devait les conduire de leur logis au cimetière Montparnasse, en passant par l'église.

Ses tentatives restèrent infructueuses.

M\ume Leroyer semblait calme d'abord, — plus de gémissements, plus de sanglots, — mais ce calme n'était qu'un masque que par un héroïque effort de volonté, elle attachait sur son visage.

Une fièvre violente brûlait son sang : ses yeux étaient tantôt fixes, tantôt hagards.

Le moment de la levée du corps fut terrible.

La volonté d'Angèle devint impuissante, le masque tomba, la malheureuse mère ne put se contenir tandis que le cercueil passait des tréteaux sur lesquels il était exposé à la voiture mortuaire.

Une effroyable crise de douleur secoua ses membres, en même temps que des cris inarticulés s'échappaient de ses lèvres.

Berthe de son côté sanglotait en se tordant les mains.

Le jeune médecin voulut profiter de cette crise pour les éloigner.

Il échoua de nouveau, et tout ce qu'il put obtenir, c'est que la mère et la sœur monteraient dans une voiture pour suivre le cortège.

Nous ne l'accompagnerons point à l'église et nous retournerons au cimetière, mais en ayant soin de remonter de plus d'une heure en arrière.

A huit heures précises trois hommes arrivèrent devant la grille du cimetière par trois chemins différents.

Le dernier venu fit un signe aux deux autres qui s'approchèrent aussitôt de lui et dont l'un demanda, en saluant militairement :

— La consigne, mon inspecteur ?

L'inspecteur, dans lequel on a déjà reconnu Théfer, la créature payée du duc Georges de la Tour-Vaudieu, répondit :

— Elle est bien simple, la consigne... — Vous allez vous placer à droite de la grille... — moi je resterai à gauche... — Vous ferez dix pas en allant, dix pas en revenant, pour ne pas attirer l'attention... mais vous aurez grand soin de ne point me perdre de vue...

— Compris.

— A un moment donné, un peu plus tôt ou un peu plus tard, un homme sortant du cimetière viendra me dire un mot. — Il est probable que cet homme marchera sur les talons du personnage que nous devons arrêter... — Je me dirigerai vers ce personnage de manière à lui barrer le chemin... — Dès que vous me verrez en conversation avec lui, vous viendrez me rejoindre de manière à lui couper la retraite... Les choses doivent se passer sans bruit, si c'est possible... — Est-ce toujours compris ?

— Toujours, mon inspecteur.

Les deux agents firent de nouveau le salut militaire et prirent leur poste d'observation.

Cinq minutes ne s'étaient pas écoulées quand une voiture de place s'arrêta près de l'entrée du cimetière.

Un homme descendit de cette voiture.

C'était le duc de la Tour-Vaudieu.

L'ancien amant de Claudia Varni était vêtu fort simplement, mais il n'en conservait pas moins sa physionomie de grand seigneur et son allure aristocratique.

Théfer s'approcha de lui et le salua respectueusement en disant à voix basse :

—Monsieur le duc voit que je n'ai pas perdu de temps pour obéir aux ordres qu'il a bien voulu me donner...

— Je vous en sais gré, Théfer... — répliqua Georges. — Où sont vos hommes?

— Aux aguets de l'autre côté...

— Bien.

— Monsieur le duc me permettra-t-il de lui demander ce qu'il a résolu?

— Rien encore, car tout dépendra de ce que je dois apprendre ici... — Ne quittez pas cette porte où je viendrai vous rejoindre pour vous désigner le dangereux conspirateur.

— Monsieur le duc peut être tranquille, il me retrouvera où il me quitte... — Mais comment saurai-je s'il faut filer l'homme, ou lui mettre la main au collet séance tenante?

— En cas d'arrestation immédiate j'aurai mon chapeau sur la tête... — Si je juge plus opportun de faire suivre ce scélérat pour l'arrêter à domicile, je me découvrirai...

— Bien, monsieur le duc...

— Théfer, je compte absolument sur vous, et vous vous trouverez bien de m'avoir servi...

— Le bonheur de servir monsieur le duc n'est-il pas à lui seul une récompense suffisante?

Georges de la Tour-Vaudieu sourit d'un air un peu sceptique et ne répondit point.

Après ces paroles échangées, le duc entra dans le cimetière et se dirigea rapidement vers le tombeau magnifique de la famille de la Tour-Vaudieu.

Nous savons déjà qu'un rideau d'arbustes au feuillage toujours vert séparait seul le monument patricien de l'humble tombe du supplicié, de cette dalle de marbre noir sur laquelle on lisait ce mot ironique ou suppliant :

JUSTICE!

Le duc écarta les rameaux et interrogea du regard la sépulture et ses environs.

Tout était désert. — Un silence profond régnait dans la funèbre enceinte. — Les petits oiseaux seuls chantaient joyeusement, sans s'inquiéter du voisinage de la mort.

M. de la Tour-Vaudieu s'appuya contre un des ifs qui le cachaient et il attendit, le regard sombre, la tête penchée sur sa poitrine.

Quelles rêveries noires hantaient en ce moment le cerveau de ce misérable?

Il serait difficile de le préciser. — Mille pensées confuses se heurtaient sous son crâne.

Georges songeait à cette tombe voisine où dormait l'innocent, mort sur l'échafaud pour son crime, à lui!...

Ce crime, il ne le regrettait pas, il l'aurait commis de nouveau sans hésiter s'il l'avait fallu, comme autrefois, pour conquérir une fortune immense et le titre de duc ; mais il tremblait de voir un vengeur sortir de l'ombre tout à coup et se dresser après vingt ans...

Il était inaccessible au remords, mais l'épouvante le dominait, crispait son visage, et rendait irréguliers les battements de son cœur.

Le temps passait.

Nul bruit de pas ne se faisait entendre. Aucun visiteur ne s'approchait du tombeau de Paul Leroyer.

M. de la Tour-Vaudieu interrogea sa montre.

Elle marquait huit heures et demie.

— Le gardien a dit : « *Chaque jeudi, de huit à neuf* », — murmura Georges d'une voix sourde. — Je ne puis m'étonner d'un si faible retard de la veuve, mais comment se fait-il que l'homme ne soit pas déjà là?... — Il semblait cependant attendre avec une fiévreuse impatience le moment de la rencontre...

Après un silence le duc ajouta, les lèvres contractées, les yeux étincelants d'un feu sinistre :

— S'il ne venait pas ! — s'il avait retrouvé cette femme ! — s'il lui avait confié son secret !

Une angoisse effroyable s'emparait de M. de la Tour-Vaudieu.

La pensée que son ennemi, devenant introuvable, agirait contre lui du fond de l'ombre et frapperait des coups impossibles à parer, l'affolait littéralement.

Un frisson nerveux secouait sa chair, tandis que des gouttes de sueur perlaient sur son front ridé.

Neuf heures sonnèrent, et rien encore.

La veuve de Paul Leroyer et le vengeur inconnu du martyr ne paraissaient ni l'un ni l'autre.

Les angoisses de Georges grandissaient dans une proportion plus facile à comprendre qu'à exprimer.

Il se contraignit cependant à attendre encore jusqu'à neuf heures et demie.

— Tout est perdu!... — se dit-il alors en passant la main sur son front humide... — Il est certain que ces gens se sont rencontrés... Leur absence en fournit la preuve... — Que faire?

Répondre à cette question n'était pas facile.

Le duc, absorbé dans son épouvante et cherchant une solution introuvable, se dirigea lentement à travers les tombes du côté de la porte de sortie.

Il était près de l'atteindre au moment où René Moulin allait et venait devant la grille sans s'occuper des trois hommes qui, commençant à trouver la faction un peu longue, s'étaient rejoints, et marchaient côte à côte à petits pas, en échangeant quelques paroles.

Le mécanicien attendait le convoi d'Abel.

Bientôt apparut un corbillard simple, mais décent, suivi d'un cortège recueilli.

René sentit son cœur battre et ses yeux se remplir de larmes.

Le corbillard avait encore à parcourir une cinquantaine de pas pour arriver à la grille.

Le mécanicien cherchait dans la foule la mère et la fille éplorées.

Il ne les vit pas.

— Me suis-je trompé ? — se demanda-t-il ; — n'est-ce point le convoi d'Abel?

Son incertitude fut de courte durée.

Le corbillard atteignit la grille du cimetière et fit halte un instant pour laisser aux personnes qui suivaient à pied le temps de se rapprocher.

Deux femmes en larmes descendirent d'une voiture, accompagnées d'un jeune homme qui les soutenait, en pleurant lui-même.

XLVIII

De longs voiles noirs couvraient les visages de ces deux femmes. — René ne pouvait les reconnaître, mais il ne doutait plus ; — il les devinait.

C'étaient bien Angèle et Berthe.

Elle passèrent à côté de lui.

La mère marchait la tête basse. — Une sorte de gémissement vague, inconscient, s'échappait de ses lèvres.

La jeune fille appuyait son mouchoir sur sa bouche pour étouffer ses sanglots.

René Moulin, profondément ému et les paupières humides, se joignit au cortège qui se remettait en marche.

Le corbillard suivit lentement une des grandes artères de la cité des morts, pour se rendre au terrain dont Angèle avait acheté la veille la concession temporaire pour cinq années.

La veuve de Paul Leroyer n'avait pu payer pour son fils, ainsi qu'autrefois pour son mari, une concession à perpétuité !

Le terrain se trouvait à l'une des extrémités du cimetière.

Au moment où le convoi prenait à droite, un homme sortant d'une allée latérale s'arrêta et se découvrit sur son passage.

C'était le duc Georges de la Tour-Vaudieu.

Ne pouvant traverser, il regarda défiler le convoi.

Soudain il tressaillit.

Au milieu des assistants il venait de reconnaître le personnage inutilement attendu près du tombeau du supplicié.

— C'est lui!... Je ne me trompe pas... c'est bien lui! — murmura-t-il. — Quel est donc ce convoi?... Il faut que je le sache...

Alors, se mêlant à la foule comme avait fait René Moulin, il suivit, lui aussi, le corbillard.

On arriva.

Quatre fossoyeurs, appuyés sur leurs bêches, attendaient près de la tombe ouverte.

Le prêtre, qui depuis l'église accompagnait le corps, descendit de voiture et se rendit le premier sur le bord de la fosse.

Étienne Loriot y conduisit ensuite Mᵐᵉ Leroyer et sa fille qui ne pouvaient détourner leurs yeux du char funèbre.

On apporta le cercueil, le prêtre psalmodia les prières des morts; les assistants jetèrent l'eau bénite l'un après l'autre, puis on laissa glisser la bière au fond du trou béant.

Mᵐᵉ Leroyer et Berthe étaient à genoux, étouffant de douleur.

Quand la pauvre mère entendit les premières pelletées de terre tomber sur le cercueil avec un bruit sourd, elle ne fut plus maîtresse d'elle-même et cria d'une voix déchirante en tendant les bras vers la fosse :

— Oh! mon fils... mon enfant... mon Abel...

Berthe poussait des sanglots à fendre l'âme.

Tous les spectateurs de cette navrante scène de désespoir avaient le cœur serré ; tous les yeux se mouillaient de larmes.

— Mon pauvre enfant... mon fils... — répétait Angèle en se penchant vers le cercueil qui déjà disparaissait sous la terre jetée par les fossoyeurs.

Une crise nerveuse terrassa Berthe. — Elle perdit connaissance; il fallut la porter dans la voiture de deuil qui avait amené le prêtre.

— Venez, chère madame, — dit alors Étienne Loriot à Angèle d'une voix suppliante. — Tout est fini... Vous êtes épuisée... Rejoignons Mᵉˡˡᵉ Berthe et partons...

La veuve du supplicié se leva, brusquement transfigurée, l'œil fixe, le visage tragique.

— Docteur, — répliqua-t-elle d'une voix lente et grave, — j'ai plus de force que vous ne le croyez. — Mes larmes sont taries à cette heure... J'ai tant pleuré qu'il ne m'en reste plus... — Rejoignez Berthe et veillez sur elle...

— Quoi! vous nous quittez? — s'écria le jeune homme.

— Il le faut...

— Mais pourquoi?

Berthe jeta ses bras autour du cou de sa mère dont elle couvrit les joues de baisers.

— Ne m'interrogez pas... je me tairais... — Je puis vous dire seulement que j'ai à remplir un devoir ... un devoir sacré... — J'ai fait une promesse au cher enfant que nous pleurons... C'est cette promesse que je vais tenir...

— Je ne puis cependant vous laisser seule ici... — murmura le docteur inquiet.

La veuve de Paul Leroyer n'écoutait plus.

Un homme s'approcha d'Étienne et lui dit tout bas :

— Éloignez-vous sans crainte, monsieur. — Je veillerai sur Mme Monestier à son insu... je ne m'éloignerai pas d'elle, sans lui laisser soupçonner ma présence...

Cet homme était René Moulin que le duc de la Tour-Vaudieu, caché derrière le rideau de verdure, ne perdait pas un instant de vue.

Étienne Loriot jeta les yeux sur le visage de son interlocuteur et se sentit aussitôt plein de confiance.

— Oui, veillez, monsieur... — répondit-il à demi-voix. — Veillez, je vous en prie...

— Soyez tranquille et rejoignez Mlle Berthe...

Le jeune docteur regarda une dernière fois Mme Leroyer.

Elle s'était agenouillée de nouveau sur la terre, près de la fosse tout à fait comblée... — Elle priait à voix basse. — Plus de larmes, plus de sanglots.

Un peu rassuré, Étienne serra la main de l'inconnu et s'éloigna.

La foule, après avoir déposé des couronnes sur la tombe, s'était retirée.

Les fossoyeurs achevaient leur funèbre besogne.

L'un d'eux prit une croix de bois noir commandée la veille par Angèle, la planta sur l'éminence de terre au milieu des couronnes, et rejoignit ses camarades qu'on attendait un peu plus loin pour creuser une autre fosse.

Il ne restait auprès du tombeau que trois personnes :

Mme Leroyer, toujours agenouillée et priant...

René Moulin, debout à quelques pas derrière elle...

Et enfin le duc Georges de la Tour-Vaudieu, caché par les feuillages...

— Qui donc vient-on d'enterrer là ? — se demandait le misérable.

De l'endroit où il espionnait il ne pouvait s'assurer si la croix de bois noir portait une inscription.

Il se glissa entre les arbustes et les monuments et, lorsqu'il se trouva bien en face, il lut ce simple nom :

ABEL

La mère n'avait point oublié la recommandation de son fils.

— ABEL ! — murmura le duc. — Cela ne m'apprend rien...

Et il regagna son premier poste.

Mme Leroyer pria pendant quelques minutes encore, puis elle se leva et, se penchant vers la tombe, prit une des couronnes qu'on venait d'y déposer.

— Cher mort, — dit-elle presque à voix haute, — tu vois... je me souviens de tout...

— Que va-t-elle faire ? — se demandait René.

— Quelle peut-être cette femme ? — balbutiait en même temps Georges de la Tour-Vaudieu.

Angèle quitta la tombe d'Abel et, d'un pas lent et mal assuré, s'engagea dans un sentier pratiqué au milieu des sépultures.

René Moulin la suivit en ayant soin de laisser entre elle et lui une distance d'une quinzaine de pas.

Le duc, se glissant comme un reptile parmi les arbustes et les monuments, ne les perdait point de vue.

Au bout de cinq minutes Angèle s'arrêta et jeta autour d'elle un coup d'œil rapide comme pour s'orienter.

Certaine sans doute qu'elle était dans la bonne voie, elle se remit en marche et prit une allée transversale.

René Moulin et Georges de la Tour-Vaudieu s'y engagèrent après elle.

A cette heure matinale le cimetière était presque désert, surtout dans la partie reculée où se mouvaient nos personnages.

C'est à peine si on voyait de loin quelques ouvriers disséminés, entretenant les petits jardins ou travaillant à des réparations.

Parvenue dans la zone la plus ancienne, par conséquent la plus touffue du cimetière, Mme Leroyer s'arrêta.

Elle était en face de la plaque de marbre noir portant en lettres sanglantes ce terrible mot :

JUSTICE!

Là elle tomba à genoux, ou plutôt elle s'abattit la face contre terre, et cette femme qui croyait avoir épuisé toutes ses larmes en trouva de nouvelles.

René Moulin n'éprouvait aucun étonnement. — Tandis qu'il suivait Angèle, il savait d'avance qu'elle allait le conduire à la tombe de Paul Leroyer.

Le duc de la Tour-Vaudieu, qui jusqu'à ce moment n'avait rien deviné, commençait à comprendre et frissonnait.

— C'est elle... — se dit-il subitement. — C'est la veuve du supplicié!... — Et cet homme la suit!... — Peut-être lui a-t-il parlé déjà!... — Peut-être connaît-elle l'existence de cette preuve qui peut me perdre...

Les doigts du sénateur se crispèrent de rage sur sa poitrine.

Il se glissa derrière les ifs qui formaient une ceinture au monument de la Tour-Vaudieu, et comme un chasseur à l'affût, il attendit.

Aucune parole ne pouvait être prononcée sans frapper son oreille.

René Moulin s'était arrêtée à quelques pas de la pauvre mère.

Mme Leroyer pria et pleura longtemps; — sans doute la prière la ranimait, car elle se releva plus forte, plus vaillante, et déposa sur la tombe de son mari la couronne qu'elle tenait à la main.

— Martyr bien-aimé, — dit-elle d'une voix basse et frémissante, — c'est la dernière pensée de ton fils qui m'amène, c'est son dernier vœu que j'accomplis...
— C'est Abel qui m'envoie t'apporter une des couronnes de sa tombe... Il est auprès de toi, notre Abel!... Tu l'as revu, cet ange trop parfait pour la terre et que Dieu m'a repris... — Il t'a dit que depuis vingt ans nous sommes venus

chaque semaine nous agenouiller ici et demander à Dieu de nous désigner ceux qui t'ont laissé mourir, innocente victime du crime qu'ils avaient commis !... Nous n'avons rien trouvé et Abel est mort... Attendez-moi tous deux... J'irai vite vous rejoindre maintenant, et combien j'en serais heureuse si Berthe ne devait rester, après moi, seule sur la terre !...

Un sanglot déchira la poitrine d'Angèle.

Elle eut la force de l'étouffer.

XLIX

— Paul, cher Paul, — poursuivit la malheureuse veuve, — moi seule désormais connais le secret de ton martyre... — Berthe l'ignore et ne le saura jamais, si pendant le peu de jours qui me restent à vivre un prodige ne fait jaillir des ténèbres la lumière si longtemps et si vainement cherchée, et ne me fournit les moyens de réhabiliter ta mémoire...

Le duc de la Tour-Vaudieu écoutait les paroles d'Angèle avec une indicible terreur.

— Cette femme ne sait rien encore, c'est évident... — pensait-il. — Mais le vengeur est là, près d'elle, et va tout lui apprendre... et la lumière attendue jaillira des ténèbres... et le prodige s'accomplira...

Sa main cherchait sous ses vêtements, d'une façon toute machinale, une arme qu'il n'avait pas.

Certes, s'il eût trouvé un couteau sous ses doigts frémissants, affolé comme il l'était par l'épouvante, il aurait frappé sans hésitation, sans pitié, l'homme qui, lui aussi, avait entendu les paroles de Mme Leroyer et se rapprochait d'elle insensiblement.

René Moulin n'était plus qu'à deux pas d'Angèle tandis qu'elle prononçait sa dernière phrase, et il répondit :

— Ne désespérez pas, madame... — je vous aiderai...

En ce moment le duc de la Tour-Vaudieu était effrayant.

Livide, le visage contracté par un rictus de bête fauve, il penchait la tête pour écouter mieux ce qu'allait dire l'inconnu.

Ses ongles déchiraient sa poitrine. — Ses prunelles étincelaient d'un feu sombre.

Mme Leroyer s'était brusquement retournée pour voir qui lui adressait la parole.

— Qui êtes-vous, monsieur?... — lui demanda-t-elle. — Quel motif avouable vous fait épier et surprendre la prière d'une pauvre femme désespérée ?...

— Qui je suis, madame ? — fit René en se rapprochant d'elle. — Regardez-moi bien et rappelez vos souvenirs... — Me reconnaissez-vous ?

— Non... — Il me semble ne vous avoir jamais vu... — dit Angèle après un moment d'examen.

— C'est juste. — Au bout de dix-huit années, un gamin comme je l'étais n'est plus reconnaissable... — Mais mon nom vous rappellera tout... — Je me nomme René Moulin.

— René Moulin... — répéta Mme Leroyer.

— Ce nom ne vous rappelle rien ?...

— Rien... — répondit la veuve.

— Je me souviendrai, moi... — murmura Georges de la Tour-Vaudieu. — René Moulin !...

— Ah !... — fit le mécanicien d'une voix triste, — vous avez oublié le petit René que M. Paul Leroyer avait pris par bonté d'âme dans son atelier du canal Saint-Martin... — Le petit René auquel votre mari servit de père... qu'il instruisit... qu'il rendit honnête homme... René qui faisait jouer sur ses genoux Abel et Berthe... René enfin qui vous aimait tous... qui vous aimait de toute son âme... et qui vous aime encore et donnerait sa vie pour vous...

Ces paroles rouvrirent dans la mémoire d'Angèle une case depuis longtemps fermée.

— René... René... — s'écria-t-elle. — C'est donc vous, mon ami !... c'est donc toi, mon enfant !... — Oh ! pardonne-moi de ne pas t'avoir reconnu tout de suite... mais depuis ton départ j'ai tant pleuré... j'ai tant souffert...

— Je sais tout, madame... — répliqua le mécanicien d'une voix attendrie.

— Tu l'as vu, toi, mon pauvre Abel... — reprit Mme Leroyer. — Tu l'as connu quand il était encore un enfant... Tu l'as aimé comme tu aimais son père, et il est mort... Mort sans avoir atteint le but de sa vie !... Mort sans avoir prouvé l'innocence de celui que toi non plus tu ne croyais pas coupable !...

— Hélas ! — murmura douloureusement René, — j'arrive trop tard pour le consoler... — Ces preuves de l'innocence de mon ancien patron... ces preuves qu'Abel cherchait vainement, je les possède...

— Que dites-vous ? — s'écria Mme Leroyer dont une émotion violente fit tressaillir les muscles comme sous le choc d'une étincelle électrique.

— Je dis... mais d'abord, pardonnez-moi, madame, de vous rappeler par ma présence et par mes paroles une douleur cuisante, un souvenir sanglant... Depuis plus de huit jours je vous cherche dans Paris pour vous apporter une espérance... ou plutôt une certitude... — Je dis que nous ne pourrons, hélas ! rendre la vie à celui qui n'est plus, mais que nous pourrons au moins rendre l'honneur à son nom...

L'exaltation passagère de Mme Leroyer avait brusquement disparu.

— C'est rêver l'impossible... — murmura-t-elle d'un ton découragé.

— Pourquoi ? — demanda vivement René.

— Abel et moi nous avons en vain fouillé les ténèbres... Les assassins se sont dérobés à nos recherches comme ils s'étaient dérobés à celles de la police !... Encore une fois, c'est impossible...

— Eh bien ! madame, nous ferons l'impossible !

— Nous connaîtrons les vrais coupables ?

— J'en ai la ferme confiance...

— Nous pourrons les livrer aux juges ?... les envoyer à l'échafaud ?

— Quant à cela, non, madame... — La justice des hommes est impuissante contre eux... — La prescription acquise à leur crime les met à l'abri de tout châtiment, mais non de toute la honte. — Ils seront à jamais flétris... — Ils nous serviront à réhabiliter la mémoire de votre mari, et vous pourrez reprendre et porter haut ce nom de Leroyer que vous avez quitté...

— Et vous êtes sur la trace de ces misérables ?

— Je le crois...

— Vous avez une preuve de l'innocence de Paul ?

— Oui, madame...

— Laquelle ?

— Il y a quinze jours, à Londres, un hasard inouï, ou plutôt la volonté manifeste de la Providence, a fait tomber entre mes mains cette preuve...

— Concluante ?

— Jugez-en... — C'est un brouillon de lettre écrit par une femme, contenant le prénom de cette femme, parlant du crime du pont de Neuilly et donnant exactement la date dont les coupables seuls ou les intéressés peuvent se souvenir aujourd'hui... — Ce n'est pas tout... — Depuis deux jours je possède un autre indice... — Le nom de *Brunoy* prononcé devant moi m'a mis en éveil... — J'ai questionné... et de ce côté comme de l'autre la lumière viendra...

Mme Leroyer écoutait, pâle et tremblante.

L'espoir qu'exprimait René Moulin lui paraissait bien incertain, bien vague. — Elle osait à peine le partager.

Après quelques secondes de réflexion, elle reprit :

— Enfin, ce brouillon de lettre dans lequel il vous semble voir tant de choses, où est-il ?

— Chez moi... — Mais ce soir même il sera dans vos mains... Et alors nous chercherons ensemble, comme vous cherchiez avec Abel... nous aurons pour arriver au but le fil conducteur qui vous manquait... et nous arriverons, je le jure !...

— Ah ! — murmura Mme Leroyer, — Dieu soit béni qui vous envoie m'apporter l'espérance !... — Frappée en plein cœur, à deux reprises, comme je l'ai été jadis, comme je le suis aujourd'hui, vous comprenez bien que ma vie est close... — Tout est fini pour moi sur la terre... — L'unique joie qui désormais puisse m'être donnée, c'est la réhabilitation du martyr !...

Angèle était visiblement épuisée par les souffrances subies depuis si longtemps et par les ébranlements formidables éprouvés depuis quelques semaines.

René Moulin la vit chanceler et porter sa main au côté gauche de sa poitrine, comme si les battements de son cœur s'arrêtaient tout à coup.

— Prenez mon bras, madame... — lui dit-il affectueusement. — Permettez-moi de vous reconduire jusqu'à la rue Notre-Dame-des-Champs... — Je vous laisserai à votre porte... J'irai chez moi et j'en reviendrai avec la preuve promise...

— J'accepte... — balbutia Mme Leroyer, dont la défaillance grandissait et qui commençait à craindre de se trouver mal.

René Moulin l'entoura des soins tendres et respectueux qu'un fils prodigue à sa mère, et s'éloigna lentement avec elle.

Le duc Georges de la Tour-Vaudieu, caché derrière le rideau mouvant des ifs, n'avait pas perdu une syllabe du court entretien que nous venons de sténographier.

Il quitta tout effaré son poste d'espionnage et, s'élançant dans les intervalles des sépultures, sans souci de fouler les pierres tombales, il se précipita vers la sortie qu'il atteignit haletant.

Théfer, en le voyant paraître le visage décomposé et les yeux injectés de sang, comprit qu'il se passait quelque chose d'insolite et n'attendit point d'être appelé pour se rapprocher lui.

— Eh bien! monsieur le duc? — demanda-t-il.

— Il vient, — répondit Georges d'une voix essoufflée et presque indistincte. — Dans quelques minutes il sortira du cimetière.

— Seul?

— Non... en compagnie d'une femme en grand deuil...

— Devrai-je opérer l'arrestation sur-le-champ?

— Oui, car il ne faut pas que ce misérable puisse aller chez lui...

— Monsieur le duc connaît donc maintenant la demeure de cet homme?

Georges de la Tour-Vaudieu fit un signe négatif.

— Dans ce cas, — poursuivit Théfer, — ne vaudrait-il pas mieux le filer jusqu'à son logis?

— Non... — murmura le duc qui se disait tout bas : — Il pourrait donner son adresse à la veuve en la reconduisant, et ce serait un danger...

Il ajouta, mais à voix haute :

— Si j'ignore la demeure, en échange je sais le nom... — l'homme s'appelle René Moulin, il est mécanicien et il arrive de Londres...

— C'est tout ce qu'il me faut pour agir...

— Venez me prévenir dès que vous aurez l'adresse...

— Que monsieur le duc soit tranquille, il recevra bientôt ma visite...

A ce moment René, soutenant Mme Leroyer, parut à quelques pas de la porte de sortie.

Georges l'aperçut.

— Le voici... — dit-il à Théfer d'une voix à peine distincte.

— L'homme à la barbe brune ?

— Oui... — Faites votre devoir.

L

Le duc, tournant sur ses talons, s'éloigna aussitôt et monta dans la voiture de place qui l'avait amené.

En refermant la portière, il dit au cocher :

— Restez là jusqu'à nouvel ordre...

L'odieux personnage voulait assister à l'arrestation provoquée par lui et jouir de son triomphe.

Il souleva le coin d'un des stores et regarda l'agent de police exécuter les ordres donnés.

Théfer, que ses hommes ne perdaient pas de vue, leur fit un signe convenu.

Ils se tinrent prêts à agir.

René s'avançait toujours, soutenant Mme Leroyer.

Il cherchait une voiture pour la reconduire.

De l'autre côté de la chaussée, en face du cimetière, se trouvait une station de fiacres.

Déjà le mécanicien se dirigeait de ce côté ; mais à peine avait-il fait quelques pas qu'il vit en face de lui Théfer, immobile et souriant.

René fit halte.

— Vous avez à me parler, monsieur ? — demanda-t-il.

Théfer, souriant toujours, lui mit la main sur l'épaule et répondit :

— Au nom de la loi, je vous arrête...

Mme Leroyer poussa un cri d'épouvante, et le tremblement nerveux qui la secouait redoubla.

Le mécanicien stupéfait, abasourdi, recula d'un pas.

Les deux agents de l'inspecteur étaient derrière lui, prêts à réprimer toute tentative de fuite.

Le premier moment de stupeur passé, le brave garçon reprit son aplomb.

— Vous m'arrêtez, moi ? — dit-il. — C'est avoir un peu de toupet ! — Je

Les deux agents firent le salut militaire et prirent leur poste d'observation...

ne suis point ennemi du petit mot pour rire ; mais les plaisanteries du genre de celle-là, vous savez, je les trouve mauvaises !

— Malheureusement je ne plaisante pas... — répliqua Théfer.

— Alors, c'est que je ressemble à quelqu'un que vous cherchez...

— C'est bien vous que je cherche.

— Moi ? — fit avec un commencement d'inquiétude l'ancien apprenti de Paul Leroyer. — Pas possible !

— Vous, René Moulin, mécanicien, arrivant de Londres... — Ceci doit vous prouver qu'il n'y a pas d'erreur.

En voyant qu'il était parfaitement désigné et qu'on l'appréhendait au corps en toute connaissance de cause, René perdit un peu la tête et, certes, il y avait de quoi !...

— Qu'est-ce que cela signifie ? De quoi m'accuse-t-on ? — demanda-t-il en élevant la voix sans le savoir.

— Oh ! pas de cris, pas de bruit, pas de scandale ! — fit vivement Théfer. — Cela serait inutile, nous sommes en force... — Allons, monsieur, il faut nous suivre...

— René, mon enfant, — dit à son tour Mme Leroyer, — ce ne peut être qu'une méprise... la moindre explication donnée par vous suffira certainement pour la dissiper... Ne résistez pas, je vous en supplie... Suivez ces messieurs qui remplissent en vous arrêtant un pénible devoir, et n'oubliez pas que je vous attends...

— Oui, madame, oui, ce ne peut être qu'une méprise, — répliqua le mécanicien avec feu. — Je ne crains pas la justice... — Ma conscience est tranquille... — Montez en voiture, retournez chez vous, et attendez-moi dès que je serai libre, ce qui ne saurait tarder, car pour débrouiller cette affaire il faudra cinq minutes à peine... — A bientôt et, en attendant, embrassez-moi, voulez-vous, madame ?

— Ah ! de tout mon cœur !...

Et la veuve de Paul Leroyer se jeta dans les bras de René Moulin, qui la serra contre sa poitrine.

Après une longue étreinte Angèle, brisée par cette nouvelle douleur de voir s'éloigner, prisonnier entre des agents, celui qu'elle devinait honnête et qui lui apportait un espoir inattendu, essuya ses yeux humides et monta dans un fiacre qui s'était approché.

René la regarda partir et lui envoya de la main un dernier adieu.

— Maintenant, monsieur, — dit-il à Théfer, — je suis prêt à vous suivre... — Trouverez-vous ma question indiscrète si je vous demande où vous allez me conduire ?

— Au poste le plus proche, d'abord, — répliqua l'inspecteur, — et ensuite à la Préfecture de police...

— Eh bien ! allons au poste, et soyez tranquille, je ne tenterai pas de m'échapper... — Je suis trop fort de ma conscience pour me donner l'air d'avoir peur...

On se dirigea vers le poste de police de la barrière du Maine.

Théfer avait plusieurs raisons pour ne pas conduire directement son prisonnier à la Préfecture.

Il voulait d'abord inscrire le nom de *René Moulin* dans l'espace laissé en blanc sur le mandat d'amener ; — il voulait ensuite faire une tentative auprès du mécanicien pour connaître son adresse, afin de la donner ou plutôt de la vendre au duc de la Tour-Vaudieu ; — il voulait enfin inventer un prétexte d'arrestation et rédiger un rapport motivé tant bien que mal.

Le misérable tenait à gagner son argent en conscience, — et, autant que possible, sans se compromettre.

Le sénateur n'avait pas perdu le moindre détail de la scène que nous venons raconter.

Quand il se fut assuré que René Moulin s'éloignait entre les agents, il laissa retomber le coin du store et dit au cocher :

— Rue Saint-Dominique...

La voiture partit.

Une demi-heure plus tard M. de la Tour-Vaudieu, rentrant dans son hôtel, traversait le vestibule entre une double haie de valets de pied respectueusement inclinés.

***

Pendant le temps nécessaire pour gagner le poste de la barrière du Maine, René ne prononça pas un mot.

Il marchait la tête baissée, réfléchissant, se demandant ce que signifiait son arrestation, et quels faits compromettants la police la plus soupçonneuse pouvait relever contre lui, qui n'avait pas dans toute sa vie une action mauvaise ou seulement une action douteuse à se reprocher.

René Moulin n'était point un sot, — il s'en fallait même du tout au tout. — Il possédait un esprit fort juste et raisonnait de façon très logique.

Or, voici son raisonnement en cette circonstance :

— Je n'ai jamais tué, jamais volé, et le diable lui-même ne saurait m'accuser de rien de semblable... — Je me trouvais, il est vrai, à la *Canette d'Argent* il y a quelques jours quand on est venu faire des arrestations, mais Loupiat aurait attesté que ma présence dans son établissement avait pour unique motif le plaisir de lui serrer la main... — Je ne puis, d'ailleurs, être compromis pour avoir pris la défense d'un commissaire de police... Je mériterais plutôt les éloges de l'administration... — Donc ce n'est pas cela ; mais qu'est-ce que c'est ? — J'arrive à peine à Paris que j'ai quitté depuis dix-huit ans... — Je n'y ai pas un ami, je n'y connais personne, et les agents me connaissent, puisqu'ils ont prononcé mon nom en m'arrêtant... — C'est la bouteille à l'encre, tout ça !

Soudain il tressaillit.

Trois mots de Théfer lui revenaient à la mémoire. L'inspecteur avait dit :

— Vous êtes bien René Moulin, mécanicien, arrivant de Londres.

Ces trois mots : *Arrivant de Londres*, ouvraient une sorte de percée lumineuse dans les ténèbres où s'égarait le brave garçon.

Il avait entendu parler, comme tout le monde, des sociétés secrètes dont les chefs résidaient en Italie et surtout à Londres.

Il n'ignorait pas que depuis quelque temps on arrêtait volontiers tous ceux qui, à tort où à raison, étaient soupçonnés d'appartenir à ces sociétés.

— C'est positivement cela!... — se dit-il alors. — Quiconque arrive d'Angleterre est suspect... — On aura su mon nom à l'hôtel du *Plat d'Étain*, on m'aura filé et, crac! le grappin, sans plus attendre! — Ça n'est pas du tout commode...
— Comment me disculper tout de suite? — S'il s'agissait d'un crime, les choses iraient sur des roulettes, et je prouverais clair comme le jour que je ne l'ai ni commis, ni pu commettre... mais en matière politique on est absolument dans le vague... — Les juges, qui voient en vous un ennemi du gouvernement et de la société, sont grincheux et défiants, et le moindre rapport d'un agent maladroit ou hostile peut me tenir sous les verrous pour cinq ou six semaines...

René Moulin, dont les mains étaient libres, se gratta l'oreille avec une contrariété manifeste et poursuivit :

— On fera des enquêtes... — Je serai sans doute obligé de donner les adresses de braves Anglais auxquels on écrira pour avoir des renseignements sur mon compte... — Il faudra qu'ils répondent, ces braves Anglais... — Ça n'en finira pas !... Et la bombe éclate juste au moment où je retrouve la pauvre Mme Leroyer... où je lui apporte un espoir... — Ce brouillon de lettre que je lui avais promis, elle ne pourra l'avoir !... — Quelle déception! quel chagrin pour elle !... — Sans compter qu'on ira sûrement opérer une perquisition à mon domicile, qu'on trouvera chez moi ce chiffon de papier auquel on ne pourra rien comprendre, mais dont en s'emparera très bien tout de même... — Alors, adieu ce que j'avais rêvé !...

Pendant une ou deux secondes les traits de René Moulin exprimèrent un découragement absolu, un profond abattement ; puis la flamme, un instant voilée, se ralluma dans son regard.

— Oh! mais, minute! — se dit-il. — Avant de jeter le manche après la cognée, il faut savoir de quoi il retourne ! — Si messieurs les agents n'ont pas mon adresse, ils ne l'auront que lorsque le précieux papier sera entre les mains de la veuve de Paul Leroyer... — Comment je m'y prendrai pour cela? — Le diable m'emporte si je m'en doute, mais il faut que ça se fasse, et ça se fera !...

On venait d'atteindre le poste de la barrière, poste occupé par ces bons petits soldats que dans son vocabulaire pittoresque le peuple aujourd'hui appelle des *lignards*, et qu'il nommait autrefois des *tourlourous*.

— Entrez... — commanda Théfer.

René obéit. — Il franchit le seuil et salua les petits soldats qui regardaient avec des yeux arrondis par la curiosité le visage du prisonnier.

Théfer dit quelques mots à voix basse au sergent commandant le poste, qui l'écouta très attentivement, puis il demanda tout haut :

— Vous avez un *violon*, ici ?

Le sergent fit une réponse affirmative.

LI

— Eh bien ! — poursuivit l'inspecteur, — qu'on y installe ce gaillard-là, jusqu'au moment prochain où j'aurai besoin de lui.

Un soldat fit tourner sur ses gonds la porte du violon qui s'ouvrait dans le poste même.

On allait y pousser René, mais il y entra de la meilleure grâce du monde et sans dire une parole.

Théfer alors frappa sur l'épaule du sergent que cette familiarité laissa très froid, et reprit :

— Maintenant, mon brave, voulez-vous me donner ce qu'il faut pour écrire...

Le sergent désigna de la main une table placée dans un des angles du corps de garde et sur laquelle se trouvaient un encrier de plomb, deux ou trois mauvaises plumes de fer, et un gros registre dont la couverture crasseuse attestait de longs services.

C'était le livre des rapports.

Théfer s'assit à la table, ouvrit le livre, tira de sa poche son portefeuille, et de son portefeuille deux ou trois feuilles à *en-têtes* imprimés qu'il déplia et qu'il étala sur le livre.

Ces feuilles étaient des mandats d'amener.

Théfer s'occupa d'en remplir un, signé d'avance par qui de droit.

Il écrivit son nom d'abord, comme requis par le chef de la sûreté, puis les noms et profession de René Moulin, mécanicien, arrivant de Londres.

Ensuite il songea à confectionner son rapport et à donner une tournure légale à l'arrestation la plus arbitraire qu'il fût possible d'imaginer.

Ici nous ouvrons une parenthèse.

Nous n'étonnerons pas beaucoup nos lecteurs en affirmant que pendant une certaine période de l'empire, période où les sociétés secrètes conspiraient chaque jour contre la vie du chef de l'Etat, les agents avaient reçu de la Préfecture des pouvoirs excessifs, qu'on jugeait indispensables pour les mettre à même de courir sus à toute heure aux ennemis du gouvernement et du repos public.

Il faudrait bien se garder de croire que nous ayons le moins du monde l'intention de faire campagne contre la police. Nous la soutiendrions plutôt contre ses adversaires, et notre estime est tout entière acquise à ces honnêtes et courageux agents qui sont les soldats de la loi, soldats obscurs, d'autant plus héroïques qu'ils affrontent des dangers sans gloire...

Mais les exceptions fortifient les règles.

Nous sommes convaincus qu'à l'époque où se passaient les faits que nous racontons, bien peu d'inspecteurs ont abusé du pouvoir discrétionnaire confié à leur loyauté.

Théfer, ambitieux et avide, était l'exception.

Le rapport du drôle consistait en quelques phrases vagues auxquelles les circonstances prêtaient une apparence de valeur.

Le mécanicien René Moulin, — disait ce rapport, — était signalé comme émissaire d'Italiens réfugiés à Londres qui avaient juré la mort du chef de l'État. — Arrivé à Paris depuis huit jours, sa conduite était absolument suspecte, car il vivait en bourgeois aisé et ne cherchait aucun travail.

Donc il recevait une subvention de ceux qui l'envoyaient en France.

Ces lieux communs suffiraient sans le moindre doute pour provoquer une instruction.

Or, en admettant que cette instruction dût aboutir à une ordonnance de non-lieu, Théfer n'en aurait pas moins fait preuve de zèle, et René Moulin ne serait remis en liberté qu'après quelques jours et même quelques semaines de détention préventive.

Et c'était là tout justement ce que voulait M. le duc de la Tour-Vaudieu.

Son rapport rédigé, corrigé, lu et relu, l'inspecteur enfonça la plume dans la boue noire de l'encrier de plomb et dit à l'un de ses agents :

— Amenez notre homme... — Je vais lui faire subir un premier interrogatoire...

L'agent se hâta d'ouvrir la porte du violon où René attendait sans la moindre impatience, pour des raisons particulières et fort intéressantes, que nous allons connaître.

René avait franchi le seuil de sa prison provisoire sans un murmure, sans une plainte, sans une observation.

Il allait rester seul un instant et l'agent de police, en lui procurant ces quelques minutes de solitude, semblait deviner son désir.

Une fois dans le violon, qu'éclairait assez mal une étroite fenêtre grillagée, le mécanicien tira de sa poche son porte-monnaie et en examina le contenu.

Il y trouva deux billets de banque, un de cinq cents francs et l'autre de cent francs, quelques louis et de la menue monnaie.

L'or et les pièces blanches restèrent dans leurs cases respectives, mais notre ami plia en long et très serrés les billets de banque qu'il introduisit dans un gousset de montre pratiqué entre la doublure et la ceinture de son pantalon.

— On m'enlèverait peut-être ça à la Préfecture, — se dit-il, — et j'en aurai besoin si on me garde... — C'est peu probable, mais tout est possible... — Mieux vaudra déposer cet argent au greffe de la prison, si on me conduit en prison... — Ce gousset de montre est étroit et presque invisible... Au cas qu'on me fouille, on ne pensera pas à regarder là...

Les billets mis en lieu sûr, René tira de sa poche un trousseau de clefs.

— Bigre ! — murmura-t-il, — j'ai oublié la clef de mon secrétaire sur la serrure ! ! En voilà une distraction ! !...

Presque aussitôt il ajouta :

— Après tout, cela ne fait rien, et ça m'évitera la peine de la cacher, mais il faut trouver moyen de mettre à l'abri des recherches celle de mon logement...

Et il retira de son anneau brisé la clef en question.

Elle était de mince volume, nous le savons, la concierge de la place Royale en ayant fait la remarque.

René ôta son pardessus.

Il se servit de son canif pour découdre quelques points à l'envers du collet de ce vêtement, de provenance anglaise et de drap fort épais.

Ensuite, entre l'étoffe et la doublure, il glissa la clef.

Après s'être assuré qu'elle avait toutes les chances du monde d'échapper à des investigations un peu superficielles, il remit son paletot.

En ce moment la porte du violon s'ouvrit.

— Sortez ! — commanda l'agent subalterne.

René obéit et regarda autour de lui comme pour savoir de quel côté il devait se diriger.

— Avancez ici ! — lui cria Théfer.

Le mécanicien s'approcha.

L'inspecteur reprit :

— Vous vous nommez René Moulin ?

— Vous le savez bien ! — répliqua sèchement le prisonnier. — Je n'ai point renié mon nom, ce me semble, et d'ailleurs il est écrit sur votre mandat...

— Ne rendez pas votre affaire plus mauvaise par une attitude insolente ! dit l'inspecteur d'une voix rude.

— Si vous me trouvez insolent, ne me questionnez pas et conduisez-moi devant qui de droit...

— Vous êtes devant qui de droit ! — Répondez donc avec convenance, je vous le conseille dans votre intérêt... — Vous arrivez de Londres ?...

— Vous m'avez déjà dit cela en m'arrêtant... — Je ne me suis point inscrit en faux contre votre affirmation, donc vous étiez dans le vrai...

L'inspecteur fronça le sourcil.

— A quoi voulez-vous arriver en ergotant ainsi ? — s'écria-t-il.

— Je n'ergote pas... — Je constate que vous me demandez deux fois de suite les mêmes choses, ce qui est ennuyeux pour moi, fatigant pour vous, et inutile pour tout le monde...

L'impatience gagnait Théfer.

— Où demeurez-vous ? — fit-il brusquement...

René s'attendait à cette question.

— Où je demeure ? — répéta-t-il. — Ah çà ! mais il me semble que vous devez le savoir...

— Répondez quand même...

— Jamais de la vie ! — Si vous ignorez mon adresse, ce n'est pas à moi de vous l'apprendre... — Faites votre métier, cherchez...

Théfer regarda son interlocuteur bien en face, dans le blanc des yeux, et lui dit d'un ton gros de menaces :

— Alors c'est un parti pris d'impertinence ?

— Je n'ai d'autre parti pris que celui de rester dans mon rôle et de vous empêcher de sortir du vôtre. — Vous êtes un agent de la sûreté, je le crois, quoique vous ne m'en ayez point donné la preuve. — Vous avez un mandat d'amener contre moi... Je ne l'ai pas vu, mais je suis convaincu qu'il existe...

— Vous obéissez à vos chefs, vous m'arrêtez, c'est bien, je n'ai rien à dire...

— Si la police fait un *impair* ce n'est pas votre faute... Aussi, même dans le cas où vous auriez été seul contre moi, je n'aurais pas opposé la moindre résistance, par respect pour la loi que vous représentez ; mais vous n'avez reçu de personne le mandat de me questionner, une fois mon identité reconnue... — Un commissaire de police, ou un juge d'instruction, ou un procureur impérial, ont seuls le droit de me faire subir un interrogatoire... Vous n'avez pas ce droit... — Conduisez-moi devant un magistrat et, quand je saurai de quoi on m'accuse, je verrai ce que j'ai à répondre... — C'est parfaitement compris, n'est-ce pas ? — Alors plus de questions, car je resterai aussi muet que je viens d'être bavard, ce qui n'est pas peu dire...

— Bref, vous ne voulez pas me donner votre adresse ? — reprit Théfer après un silence.

— Non.

— Prenez garde ! — Ce refus sera certainement interprété contre vous...

René ne broncha pas.

— Vous aggravez votre situation.

Même silence.

L'inspecteur frappa du pied.

— Je vous prouverai que je suis le maître... — fit-il en serrant les dents. — On va vous fouiller...

— C'est brutal, mais c'est votre droit... — D'ailleurs vous êtes le plus fort... Fouillez-moi donc...

Livide, le visage contracté, il penchait la tête pour écouter mieux ce qu'allait dire l'inconnu.

Théfer eut un mouvement de colère qui se traduisit par une étrange grimace.

L'inspecteur de la sûreté, — nous n'avons pas encore eu l'occasion de le dire, — était affligé dans certaines circonstances d'un petit défaut de prononciation et d'un tic nerveux très accusé.

Liv. 30. F. ROY, édit. — Reproduction interdite.   30

LII

Lorsqu'il parlait lentement, d'une voix calme, d'un ton digne, il avait un léger zézayement qui pouvait à la rigueur passer inaperçu, et qui disparaissait complètement quand Théfer s'animait et que sa parole devenait brève et brusque.

Il le savait bien, aussi s'appliquait-il à prendre avec ses surbordonnés un ton soldatesque et quasi brutal.

Le tic nerveux, très irrégulier d'ailleurs, contractait par instants ses lèvres et ses paupières, du côté gauche du visage, lorsqu'il était énervé ou irrité.

Il regarda d'un air furibond le prisonnier qui se permettait de lui tenir tête, et le tic se produisit aussitôt, contractant la paupière et crispant la lèvre.

René, qui n'avait point les yeux fixés sur l'agent, ne s'aperçut de rien et répéta :

— Fouillez-moi donc!... — Ce n'est pas ce que vous trouverez dans ma poche qui rendra mon cas plus mauvais...

— C'est bien!... — dit Théfer, puis il ajouta en s'adressant à l'un de ses agents : — Voyez un peu s'il n'a rien déposé dans le violon...

L'agent s'empressa d'obéir.

— Fouillez... — commanda l'inspecteur au second de ses hommes.

— Je vais lui rendre la besogne facile... — dit vivement René en retournant ses poches. — Voici d'abord un trousseau de clefs...

— Les clefs de chez vous?... — demanda Théfer.

— De chez moi ou d'ailleurs... Ça ne vous regarde pas... — Voici mon porte-monnaie, il contient, comme vous pouvez le voir, soixante-sept francs soixante centimes et un bouton de bretelle...

— Pas de balivernes!... — cria l'inspecteur furieux, en appuyant brutalement sa main sur l'épaule de René.

Ce dernier se révolta.

— Ah! — fit-il d'une voix sifflante, — halte-là, monsieur, s'il vous plaît ! — Je vous permets tout en paroles, mais à bas les mains, sinon je ne réponds pas de moi! Je suis très doux de mon naturel, vous en avez la preuve, mais quand on m'exaspère je ne me connais plus... — Donc, dans notre intérêt à tous les deux, faites votre devoir et rien que votre devoir...

Théfer, rongeant son frein, haussa les épaules et demanda :

— Avez-vous des papiers?...

— Parbleu !

— Où sont-ils?

— Pas dans mes poches, bien sûr!... — Vous comprenez que je ne m'attendais guère à en avoir besoin...

— C'est ce dont nous allons nous assurer...

Et l'inspecteur se mit en devoir d'aider son subalterne à fouiller le prisonnier.

Ce dernier ne sourcilla pas, quoique son inquiétude fût grande.

Il craignait qu'en se promenant sur ses vêtements, les doigts des policiers ne rencontrassent sa clef ou ses billets de banque.

Il en fut quitte pour la peur, quoique Théfer pratiquât la fouille non seulement avec conscience mais avec acharnement, désireux de trouver quelque papier, quelque note, qui fournît un renseignement.

Les objets cachés par René d'une façon si adroite échappèrent à ses investigations.

L'inspecteur était pâle de rage, mais il conservait une apparence de calme que démentait son tic nerveux; il ne laissait rien paraître de sa profonde déception.

Le prisonnier ayant obstinément refusé d'indiquer sa demeure, Théfer ne pouvait envoyer l'adresse au duc de la Tour-Vaudieu qui l'attendait avec une fiévreuse impatience. — Cela surtout le mettait hors de lui-même.

— Ce drôle ne parlera que devant le juge d'instruction... — se dit-il. — Peut-être même faudra-t-il quelques jours de prison pour triompher de son entêtement... — Je veillerai... — Le duc attendra... — Dans tous les cas l'homme n'est plus un danger pour lui, puisque le voilà pris, et que dans une demi-heure il sera sous les verrous.

L'agent chargé par Théfer de s'assurer si le prisonnier n'avait pas profité de ses quelques minutes de solitude pour cacher dans un coin du violon des papiers compromettants, reparut.

Les recherches avaient été vaines.

— C'est bien... — fit l'inspecteur, puis se tournant vers le chef du poste qui venait d'assister à toute la scène précédente sans mot dire, il ajouta : — — Sergent, il faut quatre hommes pour conduire ce quidam à la Préfecture.

Le sergent donna des ordres.

René étendit la main vers les louis d'or et les quelques pièces blanches sortis de son porte-monnaie et étalés sur la table crasseuse.

— Pas de plaisanterie... — dit-il. — Je reprends mes capitaux... — C'est bien le moins que je puisse me payer un petit verre à la cantine...

— Cet argent vous sera rendu à la Préfecture si on le juge convenable... — répliqua Théfer.

Et il mit sans autre façon dans sa poche l'or et les pièces blanches.

Les petits soldats requis pour un service d'escorte avaient pris leurs fusils et, surveillés par un caporal, attendaient.

L'idée de traverser Paris sous bonne escorte, en butte à l'injurieuse et stupide curiosité des passants, horripilait René.

— Ah çà! — demanda-t-il à Théfer, — est-ce qu'il est bien utile de déranger ces braves gens? — Est-ce que nous ne pourrions pas, vous, vos hommes et moi, faire paisiblement la route en fiacre?

— A vos frais, alors? — demanda l'inspecteur.

— Bien entendu...

— La chose n'est pas défendue, donc elle est permise, et puisque vous avez de l'argent je ne refuse pas de m'y prêter...

Et Théfer envoya l'un de ses sous-ordres chercher une voiture,

Trois quarts d'heure plus tard, après les formalités d'usage, le mécanicien fut écroué.

Il demanda la *pistole* comme c'était son droit.

On le conduisit dans une des chambres indépendantes des grandes salles du dépôt, et il se trouva isolé.

Théfer alla porter son rapport au bureau du commissaire aux délégations judiciaires, et fit à sa manière le récit de ce qui s'était passé.

— J'ai la ferme croyance, pour ne pas dire la certitude, — ajouta-t-il, — que je viens de mettre la main sur un conspirateur des plus dangereux... — le fait seul de cacher obstinément son adresse est, selon moi, la preuve indiscutable de sa culpabilité... — il lui importerait peu qu'une visite domiciliaire ait lieu chez lui, si la police ne devait découvrir en son logis des papiers importants...

Le commissaire hocha la tête d'une façon affirmative, félicita Théfer de son zèle, et sans perdre une minute envoya le rapport à l'un des juges d'instruction chargés des affaires essentiellement politiques.

A l'époque où se passaient les faits que nous racontons, les buraux des juges d'instruction dont il s'agit étaient encombrés de dossiers, les arrestations se succédant rapidement.

Le résultat fatal de ces choses était d'une part la longueur des incarcérations préventives, et de l'autre la lenteur tout à fait illégale avec laquelle on procédait aux interrogatoires.

Le dossier de René prit donc un numéro d'ordre.

Quant au mécanicien lui-même il fut expédié à Sainte-Pélagie sans avoir été entendu, malgré ses protestations et ses supplications.

— Qu'on me dise seulement de quoi je suis accusé!! — s'écriait-il. — Je me mine à chercher sans trouver rien... Ça me mettra du moins l'esprit en repos...

On ne se donna pas la peine de lui répondre, et on l'engagea à attendre avec patience et résignation que son tour fût venu.

Théfer, voyant la tournure que prenaient les choses, avait jugé nécessaire de prévenir le duc de la Tour-Vaudieu.

Ce dernier ne se sentait qu'à demi rassuré par l'arrestation qui éloignait momentanément le danger.

Il aurait donné de bon cœur une grosse part de sa fortune pour connaître la demeure du mécanicien...

Mais il lui fallait s'armer de patience, lui aussi, et attendre le résultat du premier interrogatoire dont Théfer s'était chargé de lui rendre compte.

— Et ne craignez rien, monsieur le duc! — avait ajouté l'inspecteur. — Dès que nous saurons où loge ce René Moulin, nous devancerons chez lui le juge d'instruction, je vous le promets...

* *

Brisée par des émotions successives, par des douleurs renaissantes, et foudroyée à sa sortie du cimetière par l'arrestation du mécanicien, Mᵐᵉ Leroyer regagna seule, dans un état d'effrayante prostration, son logis de la rue Notre-Dame-des-Champs où le docteur Étienne Loriot, en compagnie d'une voisine pauvre et de bonne volonté, prodiguait des soins à Berthe.

Depuis quelques minutes à peine la pauvre enfant venait de reprendre connaissance...

La crise étant passée, ce fut avec une immense joie qu'elle revit sa mère, mais en même temps avec une profonde angoisse, que partagea le jeune médecin.

Mᵐᵉ Leroyer, prise d'un tremblement nerveux auquel se joignait une fièvre violente, ne semblait plus en pleine possession de son intelligence.

Elle n'entendait ou ne comprenait pas les questions que lui adressait Étienne, et murmurait des phrases inachevées relatives à un événement inconnu de ses auditeurs.

Ses dents claquaient, tandis qu'une abondante sueur mouillait la racine de ses cheveux.

Il fallut la mettre au lit.

Là, Étienne étudia minutieusement l'état de la pauvre mère, et cette étude n'amena pour lui aucune conviction rassurante.

Depuis plusieurs semaines, nous le savons déjà, la veuve du supplicié déclinait rapidement.

Elle était atteinte d'une maladie de cœur à laquelle les dernières et terribles secousses avaient fait faire de grands progrès.

Il devenait impossible de conserver la moindre illusion. — L'ange de la mort allait s'asseoir au chevet de la mère comme il s'était assis au chevet du fils.

La funèbre échéance pouvait désormais arriver d'une heure à l'autre.

Étienne écrivit une ordonnance et, avant de quitter le logis, attira Berthe à l'écart.

LIII

— Pardonnez-moi d'ajouter une douleur à vos douleurs en des moments si tristes... — murmura-t-il à son oreille, — ma conscience m'oblige à ne vous point cacher la gravité de la situation... — Faites prendre à madame votre mère, sans le moindre retard, la potion que le pharmacien vous enverra tout à l'heure par un de ses aides... Mais ce n'est pas tout... Il faut que le calme le plus absolu règne autour de notre chère malade... — La sensibilité morbide du système nerveux a pris chez elle des proportions si anormales que la moindre émotion suffirait pour déterminer une catastrophe... — Veillez donc... veillez sans cesse... — C'est une question de vie ou de mort.

— Je veillerai, docteur... — répondit la jeune fille d'une voix à peine distincte. — Je veillerai, je vous le promets...

— Il faut vous adjoindre quelqu'un... — reprit Étienne.

— A quoi bon ?

— Vous êtes épuisée, mademoiselle... Vous avez besoin de repos, vous aussi... vous succomberiez à la tâche...

Berthe ne répondit pas, tant elle sentait que le docteur disait la vérité.

Étienne poursuivit :

— La personne qui est là... cette voisine qui m'assistait auprès de vous tout à l'heure avec beaucoup de zèle et d'intelligence, vous est-elle assez connue pour que vous l'admettiez dans votre intérieur comme garde-malade si elle est disponible ?

— C'est une excellente et très honnête femme, oui, docteur, avec laquelle je pourrais m'entendre facilement... — Je lui demanderai de me venir en aide pendant quelques jours, jusqu'à ce que je me sois reposée un peu... — Je suis sûre qu'elle le fera volontiers et se contentera d'un modique salaire...

— C'est à merveille et je suis plus tranquille... A vous aussi, chère enfant, je recommande le calme... — Regardez l'avenir sans épouvante, et songez que vous avez en moi l'ami le plus dévoué qu'il y ait au monde...

Berthe prit la main du docteur et la serra avec effusion en murmurant :

— Ah ! oui, je sais que vous nous aimez bien ! — Comment en douterais-je après tant de preuves ?

Étienne sentait son cœur déborder d'amour.

Cédant à un entraînement irrésistible, il attira doucement à lui la jeune fille qui ne résista pas, et ses lèvres effleurèrent son front pur.

Berthe tressaillit sous ce chaste baiser, le premier qu'elle eût jamais reçu ; il lui sembla qu'une atmosphère de feu l'enveloppait et, pendant un instant qui n'eut que la durée d'un éclair, elle oublia ses fatigues et ses douleurs...

Elle se sentait aimée.

Le docteur jeta un dernier regard à Mme Leroyer qui venait de s'assoupir, et partit en annonçant qu'il reviendrait dans la soirée.

Tout en descendant l'escalier il se répétait à vingt reprises :

— Elle sera ma femme, je le jure !

Deux ou trois jours s'écoulèrent.

Berthe s'était entendue avec la voisine qui venait, chaque après-midi, la suppléer pendant quelques heures et effacer les traces du désordre amené au logis par la mort d'Abel.

Mme Leroyer, entourée de soins assidus, restait dans un état de faiblesse extrême et de prostration effrayante.

Devenue tout à fait sombre, elle se complaisait dans un mutisme farouche, et c'est à peine si elle répondait à sa fille et au docteur.

Sans cesse elle pensait à René Moulin, et la ruine de l'espérance qu'elle fondait sur ses révélations lui faisait un mal affreux.

Étienne soupçonnait vaguement qu'Angèle devait avoir un chagrin secret, mais il n'osait interroger et il faisait bien, car nous savons qu'il n'aurait rien obtenu.

Rejoignons un de nos principaux personnages, abandonné par nous depuis longtemps déjà.

Nous voulons parler de Jean-Jeudi.

Huit jours s'étaient écoulés depuis l'arrestation de l'ancien complice de Claudia Varni et de Georges de la Tour-Vaudieu.

Pendant quarante-huit heures le bandit était resté au dépôt de la Préfecture, sans avoir subi l'interrogatoire préliminaire à la suite duquel il devait être conduit dans une maison de prévention.

Ces quarante-huit heures lui avaient paru interminables.

Quoique mis au courant de ce qui se passait par le ci-devant notaire *Plume-d'Oie*, il ne pouvait deviner à propos de quel vol *Fil-en-Quatre* l'avait dénoncé.

Enfin, le troisième jour, il comparut devant le juge d'instruction chargé de l'affaire, et sa légitime curiosité fut satisfaite.

Il jura ses grands dieux qu'il n'était pas coupable, il tenta même de prouver un *alibi* fort réel, mais son casier judiciaire témoignait contre lui ; le juge ne crut pas pouvoir rendre une ordonnance de non-lieu et décida qu'il passerait en jugement.

C'était injuste à coup sûr, mais c'était logique. — Il est bien difficile, il est presque impossible, on le comprend, de croire à l'innocence d'un repris de justice accusé par un camarade.

Jean-Jeudi, très vindicatif de son naturel, aurait voulu tenir Fil-en-Quatre pour lui tordre le cou, au risque d'aggraver singulièrement son affaire.

A entendre Plume-d'Oie, le dénonciateur avait été transféré à la prison des Madelonnettes.

Dans l'intérêt de sa vengeance, Jean-Jeudi supplia le juge d'instruction de le faire conduire aux Madelonnettes, lui aussi, mais le magistrat avait l'habitude de ne tenir aucun compte des sollicitations de ce genre et donna l'ordre d'écrouer le prévenu à Sainte-Pélagie.

Nos lecteurs se souviennent peut-être que Fil-en-Quatre, trompé dans son espérance, s'y trouvait déjà.

Lorsque Jean-Jeudi franchit le seuil de la cour pleine de détenus, les uns se promenant en causant, les autres assis ou couchés sur les dalles de la galerie conduisant à la cantine, le premier visage qui frappa ses yeux fut celui de son ennemi.

De son côté Fil-en-Quatre le vit et devint un peu pâle.

Jean-Jeudi se dirigea vers lui, les poings crispés mais la physionomie souriante.

Ce sourire rassura Claude Landry, dit Jacques Hébert et surnommé Fil-en-Quatre.

— Il n'a pas l'air de m'en vouloir beaucoup... — pensa-t-il, — j'en serai quitte pour quelques reproches...

Et il attendit, fort calme.

Jean-Jeudi, quoique maigre comme un squelette, était doué d'une force musculaire peu commune.

Lorsqu'il ne se trouva plus qu'à un demi-mètre de Fil-en-Quatre, son bras droit qui pendait le long de son corps se banda et se détendit avec la raideur et la rapidité d'un ressort d'acier, et son poing nerveux alla frapper le dénonciateur en plein visage.

Le sang jaillit par le nez et Fil-en-Quatre tomba à la renverse, tout étourdi.

Il se releva cependant et, presque fou de colère et de douleur, il se rua sur son adversaire.

Jean-Jeudi, qui s'attendait à cette agression, saisit par le milieu du corps Fil-en-Quatre que le sang aveuglait, et lui administra une maîtresse correction avant que les gardiens aient eu le temps d'intervenir pour les séparer.

Le détenu si fort malmené fut conduit à l'infirmerie, et l'agresseur mis au cachot.

Peu lui importait. — il était vengé, et se promettait de recommencer à la prochaine occasion.

Le directeur de Sainte-Pélagie s'enquit des motifs de cette rixe et, pour éviter le retour d'une scène scandaleuse, demanda le transfert de Fil-en-Quatre à la prison des Madelonnettes.

Ce transfert eut lieu tandis que Jean-Jeudi subissait disciplinairement la peine de huit jours de cachot.

Cédant à un entraînement irrésistible, il attira doucement à lui la jeune fille...

René Moulin avait été amené du dépôt de la Préfecture à Sainte-Pélagie.

En arrivant au greffe, où il allait être fouillé de nouveau, il fit la déclaration d'une partie de l'argent qu'il possédait. — Le greffier reçut cet argent, lui dit qu'il le tiendrait à sa disposition par petites sommes, et lui demanda s'il désirait aller *à la pistole*. — Le prisonnier répondit négativement. — Il voulait se trouver au milieu des détenus, et il avait pour cela des raisons que nous ne tarderons pas à connaître. — Il conservait sur lui, dans ce gousset de montre invisible dont nous avons parlé, plusieurs pièces d'or, car il avait eu soin de changer son billet de cent francs pour payer la pistole de la Préfecture. La clef du logement de la place Royale était toujours dans le collet de son paletot, et certes il ne songeait guère à l'en retirer, deux perquisitions successives et sans résultat lui ayant prouvé jusqu'à l'évidence qu'elle se trouvait là hors d'atteinte.

En entrant dans la cour de Sainte-Pélagie René Moulin éprouva tout d'abord une sensation de honte, d'embarras, et d'insurmontable dégoût.

Les physionomies patibulaires et les types suspects qui l'entouraient lui faisaient croire qu'il venait d'être transporté en plein bagne.

Il était bien vêtu, il semblait *calé;* peut-être l'effroyable population au milieu de laquelle il se trouvait pourrait-elle tirer de lui quelque chose, du tabac, un verre d'eau-de-vie...

On l'entoura, on le questionna.

Chacun voulait savoir pourquoi il avait été pris et cherchait à s'introduire dans son intimité.

René, songeant à mener à bien un projet mûri dans son esprit, se dit que le plus sage était de hurler avec les loups.

En conséquence il inventa une fable qui, sans le présenter absolument comme un bandit, laissait le champ libre aux conjectures et permettait aux imaginations de travailler.

Il se rendit ensuite à la cantine, se montra généreux, et devint immédiatement sympathique à ses étranges camarades.

Ceci encore rentrait dans son plan.

Que voulait donc le mécanicien?

Tout simplement se faire un ami de quelque détenu prêt à être libéré, et charger ce détenu d'aller rue Notre-Dame-des-Champs porter à la veuve du supplicié une clef et une lettre.

Mᵐᵉ Leroyer pourrait alors se rendre chez lui en son absence et s'emparer de ce brouillon qui devait, — du moins René le croyait fermement, — mettre sur la trace des vrais coupables du crime commis au pont de Neuilly.

LIV

Malheureusement le mécanicien ne tarda point à s'apercevoir que son projet était absolument irréalisable, ou tout au moins que sa réalisation offrait de sérieux dangers...

Les gens qui l'entouraient, mis en confiance par ses manières de *bon enfant* qu'ils prenaient pour des allures de hardi coquin, se dévoilaient à lui peu à peu et lui faisaient des confidences afin d'obtenir son *estime.*

Se montrant sous leur vrai jour ils apparaissaient comme des monstres de dépravation et de cynisme, auxquels on ne pouvait sans folie confier une mission délicate.

En écrivant à Mme Leroyer René Moulin était obligé de lui donner l'adresse de son logement et de lui dire que le fameux brouillon se trouvait dans un tiroir de son secrétaire.

Or ce meuble renfermait, nous le savons, de l'argent et des titres.

Le misérable chargé d'aller trouver Angèle ouvrirait certainement la lettre chemin faisant, ne fût-ce que par curiosité et, une fois qu'il en connaîtrait le contenu, loin de la porter à son adresse il irait lui-même à la place Royale et dévaliserait le logement.

Ces réflexions étaient trop logiques et les résultats d'une imprudence trop vraisemblables pour ne pas arrêter net le mécanicien.

Dieu sait cependant que les occasions ne lui manquaient point.

Chaque jour des voleurs revenaient acquittés de la police correctionnelle, pour prendre leurs effets et partir.

Mais René, plein de défiance, s'abstenait.

Il ne se dissimulait pas, néanmoins, l'impérieuse nécessité d'agir le plus tôt possible...

Que devait penser de lui Mme Leroyer ?

Dans quelle perplexité se trouvait la pauvre femme ?

Ne le considérait-elle pas, lui, René Moulin, comme un personnage très douteux, arrêté pour quelque vilaine action ?... — Certes, elle en avait le droit... — Les apparences étaient contre lui... — Tous les gens qu'on empoigne se prétendent innocents. — Combien le sont en réalité ?...

René s'inquiétait non seulement de cela, mais encore et surtout de la position d'Angèle et de Berthe.

Avec Abel s'étaient éteintes les ressources de l'humble intérieur.

Qu'allaient devenir la mère et la fille ?

La noire misère les menaçait et, au moment où René allait les secourir, les protéger, remplacer auprès d'elles le soutien disparu, la fatalité s'abattant sur lui le réduisait à l'impuissance !

Le mécanicien se livrait à ce sujet aux réflexions les plus sombres, quand la porte de la cour s'ouvrit pour laisser entrer un détenu dont le visage attira sur-le-champ son attention.

— Où diable ai-je déjà vu ce particulier-là ? — se demanda-t-il.

Tandis qu'il interrogeait sa mémoire le détenu fit un geste de surprise, vint droit à lui et lui tendit la main en s'écriant :

— Ah çà ! mais, je ne me trompe pas ! — c'est vous qui étiez à la *Canette-d'Argent*, ruelle des Acacias, il y a une dizaine de jours, le soir de la descente de police... — nous avons trinqué ensemble...

Le nouveau venu était Jean-Jeudi qui venait de finir sa peine disciplinaire.

— C'est bien moi, — répondit René, — et je vous reconnais parfaitement.

— Eh bien! ma vieille, touchez là! je suis vraiment content de vous voir...

— Moi de même quoique, entre nous, j'aimerais mieux vous voir ailleurs...

— Qu'est-ce que vous voulez, on est philosophe ou on ne l'est pas!... — Je le suis...

— D'accord, — répliqua le mécanicien, — mais vous n'êtes pas ici sur la route où vous pourriez rencontrer la personne qui doit faire votre fortune...

— Je la rencontrerai plus tard... C'est une question de temps et de patience...

— Bref, vous ne désespérez point?

— Non, fichtre! bien au contraire! — Depuis que je vous ai vu j'ai même acquis la presque certitude que l'héritage ne peut me manquer.

— Mes compliments, alors!

— Je les accepte et, vous savez, ce que j'ai dit tient toujours... — Noce complète quand j'aurai touché mon héritage, et festival à grand tra-la-la!...

Après une seconde de réflexion, Jean-Jeudi reprit :

— Si vous étiez un solide gaillard, un lapin à poil, un *zig* enfin, il y aurait peut-être moyen de nous entendre... — Voyons, qu'est-ce que vous avez fait? — Pourquoi qu'on vous a arrêté?

— Je n'en sais rien... — répondit René.

— Oh! la bonne blague!...

— Non, parole d'honneur...

— C'est-à-dire que vous avez pas mal de petits péchés sur la conscience e que vous ne savez pas au juste à propos duquel vous êtes pincé...

René comprit que Jean-Jeudi, comme les autres, le prenait pour un voleur. — Si peu flatteuse que fût cette opinion il résolut de ne point le désabuser, afin de se créer des titres à son *estime* et de pouvoir au besoin se servir de lui.

— Il y a du vrai là-dedans... — dit-il, — je n'ai pas encore été conduit à l'*instruction*, et je n'y vois goutte...

— Je vous souhaite, quand vous répondrez au *curieux*, d'avoir plus de chance que je n'en ai eu!... Figurez-vous que j'avais un alibi, un vrai... un sérieux... pas de camelotte... Eh bien! ça ne m'a servi à rien, et je passerai en jugement quoique je sois blanc comme neige du vol dont un gredin m'accuse...

— Ah! vous êtes accusé de vol?... — fit René avec une expression de dégoût que Jean-Jeudi ne remarqua point.

— Oui, un vol à la devanture d'un horloger... — On veut me rendre complice, mais mon alibi reviendra sur l'eau et je serai acquitté..

— Je le souhaite pour vous...

— Merci.

— A propos, avant d'être mis au clou, — reprit le bandit, — aviez-vous trouvé la femme que vous cherchiez?... Car vous aussi vous cherchiez une femme...

— Je l'ai trouvée et cela ne m'a servi à rien. — C'est juste au moment où je venais de l'aborder qu'on m'a mis la main au collet.

— Ah! sapristi, mon vieux, quelle guigne!

— J'ai à peine eu le temps de lui confier ce que j'avais à lui dire... Elle ne peut agir sans moi, et cependant il s'agit pour elle d'une affaire bien sérieuse et de grande importance.

— Bah! vous la reverrez quand on vous lâchera.

— Qui sait? — murmura René d'une voix sourde. — Qui sait si elle ne sera pas morte? Morte de douleur... morte de découragement... morte de mon absence qui m'empêche de lui remettre l'objet qu'elle attend et qui pour elle est tout...

— Une forte somme? — demanda Jean-Jeudi.

— Non, une lettre... une lettre enfermée chez moi et dont l'honneur de son nom dépend...

— Ah! ah!... je flaire un secret de famille.

— Vous ne vous trompez pas...

— Et vous dites que la lettre est enfermée chez vous?

— Oui, dans mon secrétaire...

— Ne craignez-vous pas que la police, en faisant perquisition, n'ait mis la main dessus?..

— Non, car la police ignore mon adresse.

— Vous en êtes sûr?

— Absolument.

— Très bien alors... — Et vous êtes embarrassé pour faire parvenir une lettre à cette dame?

— Sans doute...

— Eh bien! ma vieille, ça prouve que vous n'êtes pas *roublard*... — Comment, mon bonhomme, tu es au clou, dans cette cour où chaque matin quelque camarade part en liberté, et tu n'as pas eu l'idée de charger un de ces bons zigs de faire ta commission!!

Jean-Jeudi tutoyait sans façon son compagnon de captivité.

René Moulin ne s'en irrita point. — Sans savoir pourquoi, il n'éprouvait pas pour le voleur émérite la même répulsion que pour les autres bandits qu'il coudoyait dans ce milieu infâme.

— L'idée m'en est venue... — répondit-il, — mais je n'y ai pas donné suite...

— Pourquoi?

— J'ai des papiers importants chez moi... et qui sait si l'homme chargé de ma lettre n'aurait pas la curiosité de la lire, et ensuite la fantaisie de faire pour son propre compte une perquisition dans mon logis ?

— D'accord... ça se pourrait tout de même, si toutefois et quantes on ne savait pas choisir son monde !... — Dame !... faut avoir du flair, et entre nous tu me fais l'effet, mon vieux, de n'être malgré ton âge qu'un pur et simple conscrit...

— Ah! je ne dis pas le contraire... — murmura René.

— A la bonne heure !... Au moins, si tu n'as pas de jugeotte tu as de la modestie !... ça fait compensation. . — Maintenant parlons peu, mais parlons bien... — Tiens-tu à ce que la dame en question soit avertie de l'endroit où se trouve le papier que tu voudrais lui voir entre les mains ?

— Certes j'y tiens, et je donnerais de bon cœur un joli louis d'or à celui qui ferait consciencieusement la commission.

— Bien sûr que le louis ne gâte rien, mais même sans argent je me chargerais de trouver l'homme...

— Ici ?

— Parbleu ! — Le directeur de Sainte-Pélagie ne me permettrait probablement pas d'aller chercher un commissionnaire rue de la Clef...

— Vous êtes certain de dénicher un garçon sur qui on puisse compter, et qui doive sortir bientôt ?

— Ça ne sera pas malin, puisque je le connais déjà... — C'est un lapin qui fait douze jours pour une simple contravention... un marchand de chaînes de sûreté à quinze sous, contrôlées à la Monnaie, et de billets de théâtre moins chers qu'au bureau... — Un bohémien de Paris, quoi ! ! Un zig qui connaît tous les trucs, mais qui a un vieux fonds de bêtise qu'il appelle honnêteté...— Il doit sortir demain ou après-demain. Veux-tu que je te fasse faire sa connaissance?

— Oui, je le veux... — répondit René avec empressement.

— Eh bien ! ça ne sera pas long...

Jean-Jeudi allait s'éloigner quand la porte du préau s'ouvrit, et un détenu investi des fonctions de commissionnaire et de crieur lança ces mots d'une voix rauque et gutturale :

— A la soupe !

Jean-Jeudi s'arrêta.

LV

- Je lui parlerai après déjeuner, — dit-il, — je suis au pain sec depuis huit jours, ce qui ne garnit pas l'estomac, et je crève de faim...

— Laissez la soupe aux autres — répliqua René. — On m'apporte ma nourriture du dehors, vous en profiterez, et pour vous refaire l'estomac je vous payerai un bon verre de vin à la cantine...

Les prunelles de Jean-Jeudi devinrent étincelantes de convoitise.

— Vrai, vous m'invitez? — demanda-t-il, repris d'un respect soudain et cessant de tutoyer son interlocuteur.

— Je vous invite...

— Eh bien! j'accepte, car je suis sans un liard, et ça n'est pas assez pour manger à la cantine où la moindre chose coûte les yeux de la tête...

En ce moment le crieur appela :

— René Moulin...

Le mécanicien s'avança et reçut un panier contenant des provisions qui avaient été visitées au greffe.

Jean-Jeudi, les dents longues, se frottait les mains et passait sa langue sur ses lèvres minces.

René lui fit un signe et tous deux entrèrent dans le chauffoir où ils s'installèrent sur un banc pour prendre leur repas.

Si René Moulin se morfondait à Sainte-Pélagie et se faisait énormément de mauvais sang, une autre personne, dans une position bien différente, n'était pas moins anxieuse et moins tourmentée que lui.

On devine que nous voulons parler du duc Georges de la Tour-Vaudieu.

Averti par Théfer du refus de René de donner son adresse, il se reprochait amèrement l'imprudence qu'il avait commise en empêchant l'agent de police de le filer jusqu'à son domicile et de l'arrêter quand ce domicile serait connu.

— Un jour l'inculpé se départira du silence où il se complaît aujourd'hui... — murmurait le sénateur. — Serai-je averti à temps, ce jour-là? Pourrai-je entrer chez ce garçon avant les gens de justice, et m'emparer de cette pièce maudite dont l'existence menace mon repos et trouble mon sommeil?

Et Georges de la Tour-Vaudieu, pris d'une épouvante sénile, tremblait de tout son corps.

Il avait donné l'ordre à Théfer de surveiller la demeure de Mᵐᵉ Leroyer.

L'agent savait que la veuve demeurait rue Notre-Dame-des-Champs et il exécutait ponctuellement, mais sans aucun résultat, les ordres de son puissant et généreux protecteur.

Sauf le jeune médecin Étienne Loriot, personne ne montait jamais chez Angèle.

Le titre d'inspecteur donnait à Théfer une grande latitude et une sorte de vague importance à la Préfecture de police, au Palais, et lui permettait de fureter et de questionner tout à son aise dans les bureaux des différents services.

Il s'inquiétait chaque matin de savoir si René devait être appelé dans la journée chez le juge d'instruction chargé de son affaire, et il recevait toujours une réponse négative.

Les lenteurs que nous avons signalées commençaient à lui paraître inexplicables, sinon même inquiétantes.

Il eût donné beaucoup pour pouvoir faire changer le numéro d'ordre du dossier.

Enfin, le samedi, il apprit que René serait conduit le lundi suivant chez le juge d'instruction.

Il se rendit immédiatement à l'hôtel de la rue Saint-Dominique.

L'inspecteur semblait agir en aveugle pour le compte de M. de la Tour-Vaudieu, mais il n'en était rien, et nous connaissons la remarquable clairvoyance de son esprit et le flair subtil de ses instincts de policier.

Le duc ne lui avait confié ni ses craintes réelles, ni ses projets véritables, ni la raison pour laquelle il attachait une telle importance à l'arrestation de René Moulin, mais il devinait bien qu'il s'agissait d'une chose exceptionnellement importante.

Connaissant de longue date la jeunesse débauchée et pleine de turpitudes du vieux duc, il comprenait que toute cette affaire était un reliquat du passé orageux et sombre.

Le duc se trouvait à l'hôtel quand l'inspecteur de la sûreté se présenta pour le voir.

Il donna l'ordre à Ferdinand, son valet de chambre, de l'introduire sur-le-champ dans son cabinet.

— Eh bien ! Théfer, — lui demanda-t-il vivement lorsqu'ils se trouvèrent seuls, — y a-t-il enfin du nouveau ?...

— Oui, monsieur le duc.

— Quoi ?

— René Moulin sera interrogé pour la première fois lundi...

— Cela aura été bien long ! — murmura M. de la Tour-Vaudieu.

— Assurément, mais nous n'avions qu'un seul moyen de combattre ces lenteurs : — Avouer l'intérêt que monsieur le duc porte à cette affaire... et monsieur le duc ne le voulait pas.

Georges approuva de la tête, et reprit :

— Théfer, je crains une chose...

— Laquelle, monsieur le duc ?

— C'est que René Moulin n'ait réussi à envoyer en secret une lettre à cette femme.

— Que monsieur le duc se rassure. — Je fais surveiller d'après ses ordres la maison de la rue Notre-Dame-des-Champs, et j'ai la certitude que jusqu'à cette heure personne n'a rendu visite à Mᵐᵉ Monestier...

— Monestier ? — répéta Georges.

— Eh bien ! lui demanda-t-il vivement, y a-t-il enfin du nouveau ?

— C'est sous ce nom, monsieur le duc, que la veuve est connue... — répliqua Théfer, puis il ajouta : — Personne, excepté toutefois le jeune médecin qui soignait le fils et qui soigne maintenant la mère...

— Elle est malade ?

— Mourante, monsieur le duc... Les voisins affirment qu'il lui reste peu de jours à vivre.

— Puissent-ils dire vrai !... — s'écria le sénateur qui, après cette exclamation, demanda : — Croyez-vous que ni la mère ni la fille n'aient tenté de voir le prisonnier à Sainte-Pélagie ?...

— Je puis affirmer qu'elles ne savent même pas où il se trouve, et qu'aucune demande de permis n'a été faite à la Préfecture... — Si une démarche de ce genre se produisait j'en serais instruit sur-le-champ, et je ne perdrais pas une minute pour avertir monsieur le duc...

— C'est bien, Théfer... — Vous êtes intelligent et dévoué, et je vous remercie...

Le policier, regardant son interlocuteur en dessous, répondit d'un ton lent et mesuré :

— Je fais de mon mieux... — Je sens que monsieur le duc court un danger... un danger grave... et cette pensée me tient en éveil... elle me donne de l'émulation...

Georges de la Tour-Vaudieu eut un instant d'abandon.

— Ce n'est que trop vrai... — répondit-il, — le péril est sérieux... — je pourrais payer cher une folie de jeunesse... — j'ai des ennemis redoutables... prêts à abuser contre moi de la confiance que j'avais en eux...

— Nous les combattrons, monsieur le duc, et nous paralyserons leurs menées...

— Avez-vous fait les recherches dont je vous avais chargé ? — demanda le sénateur avec une agitation visible.

— Relativement à une certaine Claudia Varni ?...

— Oui.

— Certes, monsieur le duc, et les investigations ont été poussées très loin...

— Vous ont-elles appris quelque chose ?

— Elles m'ont donné la certitude que, contrairement aux prévisions de monsieur le duc, aucune femme portant le nom de Claudia Varni n'habite Paris en ce moment.

— Je la soupçonnais de diriger les menées dont je suis l'objet... — balbutia Georges.

— Rien ne nous autorise à le croire.

— N'habite-t-elle pas l'Angleterre ?

— D'après les renseignements pris, elle s'était fixée à Londres il y a quelques dix-huit ans ; depuis cette époque on a perdu ses traces...

— Mais alors, — reprit le sénateur avec une sourde colère, — quelle est donc cette lettre dont René Moulin parlait ?... D'où vient-elle ?... Qui l'a écrite ?...

— Patience... Nous le saurons...

— Comment ?

— Le mécanicien arrivant de Londres ne peut, sous peine de prolonger indéfiniment sa détention, refuser son adresse au juge... — Dès que cette adresse me sera connue, nous agirons, et notre visite domiciliaire, j'en prends l'engagement formel, devancera celle du parquet... — Maintenant, monsieur le duc me permet-il de lui soumettre respectueusement une observation ?

— Je vous le permets...

— Il me semble que monsieur le duc ferait acte de prudence en s'éloignant momentanément...

— Que dites-vous? — Abandonner le champ de bataille ! — s'écria Georges.

— Opérer une retraite stratégique, voilà tout... — Si les ennemis que nous cherchons sont à Paris, ils peuvent tenter un scandale qu'une absence de monsieur le duc rendrait impossible. — L'absence d'ailleurs apaise bien des colères, adoucit bien des haines...

— Je verrai... je réfléchirai... — répliqua le sénateur. — Mais il faut avant tout que j'aie visité moi-même la demeure de René Moulin...

— Monsieur le duc n'a pas d'instructions nouvelles à me donner?

— Non, mais j'ai à vous prier d'accepter ceci...

Et le duc tendait à l'agent de police deux nouveaux billets de mille francs.

Théfer fit quelques façons pour les recevoir, — très peu. — Puis, ayant empoché la somme, il se retira leste et radieux, laissant le sénateur fort inquiet.

De la conversation précédente il résulte que M. de la Tour-Vaudieu n'avait point oublié Claudia Varni, ou plutôt qu'il se remettait brusquement à songer à elle.

Par instinct il la devinait mêlée, volontairement ou non, aux complots ténébreux de ses ennemis inconnus...

A coup sûr, si elle n'était pas l'inspiratrice de ces complots, elle avait commis quelque imprudence et donné, peut-être à son insu, des armes à René Moulin.

Or les renseignements apportés par Théfer, quoique affirmatifs en apparence, ne rassuraient pas Georges le moins du monde.

Si le duc s'occupait de Claudia Varni, celle-ci de son côté songeait beaucoup à l'homme dont elle avait été jadis la maîtresse et la complice.

Elle savait qu'il habitait toujours l'hôtel de la rue Saint-Dominique, qu'il y vivait en grand seigneur plusieurs fois millionnaire, qu'il n'avait rien conservé de ses habitudes de jeunesse, et que le débauché d'autrefois était devenu le plus grave, le plus impeccable des hommes politiques.

LVI

Ceci d'ailleurs étant connu de tout le monde ne lui suffisait pas. — Elle voulait des détails plus précis, plus intimes, sur son intérieur, sur son entourage, et surtout sur son fils.

Claudia s'adressa à l'une de ces agences louches qui font de la police d'amateur pour le compte des particuliers, et vendent très cher des renseignements parfois exacts mais très souvent aussi de haute fantaisie, — l'*agence Roch et Fumel* qui a joué un rôle dans quelques-uns de nos précédents récits [1].

Fumel, chargé plus spécialement des opérations policières, lui demanda cinquante louis d'avance, et trois jours, pour l'initier aux plus intimes particularités de l'existence du sénateur.

Mistress Dick Thorn avait besoin d'être bien renseignée pour combiner avec une précision absolue les derniers rouages de son plan.

Tout en attendant avec impatience le rapport de son agent, elle ne s'endormait point dans l'inaction.

Sa maison était montée sur un pied relativement simple, mais confortable.

Elle se proposait de recevoir bientôt.

Recevoir qui ? — pourraient se demander nos lecteurs, sachant que Claudia n'avait pas de relations à Paris.

Hâtons-nous de leur apprendre que mistress Dick Thorn s'était munie à Londres d'un certain nombre de lettres de recommandation, et que ces lettres lui ouvraient plusieurs maisons parfaitement honorables où sa distinction, son savoir-vivre, ses formes charmantes, et la grâce ingénue de sa fille, lui avaient conquis tout d'abord de vives sympathies.

Donc elle comptait faire les honneurs de ses salons à des invités, sinon très nombreux, du moins triés sur le volet.

Pour mener, ne fût-ce que pendant quelques mois, cette existence mondaine, les ressources de Claudia étaient absolument insuffisantes; elle le savait bien, mais ne s'en inquiétait guère.

Ne lui suffirait-il pas de le vouloir pour puiser à pleines mains dans les coffres inépuisables de Georges de la Tour-Vaudieu ?

Elle songeait volontiers à sa prochaine entrevue avec le sénateur et, se figurant par avance la physionomie piteuse et la mine effarée de son ancien amant, souriait d'un mauvais sourire.

Un matin, elle venait de sortir de table avec sa fille quand le valet de chambre lui remit la carte d'un visiteur qui sollicitait une audience immédiate.

Claudia jeta les yeux sur cette carte et lut :

« *Chevalier Babylas Samper.* »

Et plus bas, au crayon :

« *De la part de M. Fumel.* »

— Conduisez ce monsieur au petit salon, — dit Claudia, — je vais le rejoindre...

Quelques minutes après mistress Dick Thorn se trouvait en face d'un homme

1. *Le Mari de Marguerite.* — *Les Tragédies de Paris.* F. Roy, éditeur.

d'une quarantaine d'années, long et maigre, de mine un peu plus que médiocre, quoiqu'il fût vêtu avec élégance et qu'il portât une rosette multicolore à l'une des boutonnières de son pardessus.

Il fit un salut presque correct et il attendit une question.

— Ainsi, monsieur, — dit Claudia pour entamer l'entretien, — vous êtes auprès de moi le représentant de l'agence Roch et Fumel?

— Oui, madame... — J'ai eu le plaisir d'être chargé par le patron de l'affaire qui vous intéresse...

— Et vous m'apportez des renseignements?

— Croyez bien, madame, que je n'aurais pas eu l'effronterie de me présenter devant vous les mains vides...

— Je vous écoute, monsieur...

— Nous commencerons par M. le duc de la Tour-Vaudieu, n'est-ce pas, madame? — demanda Babylas Samper, chevalier de plusieurs ordres étrangers, s'il fallait en croire sa rosette multicolore.

— Oui, — répondit Claudia.

Le policier marron prit le siège que lui indiquait mistress Dick Thorn, et tira de sa poche un carnet qu'il ouvrit.

— J'ai pensé qu'il était bon, — fit-il, — de m'occuper d'abord du passé de M. le duc... — Pour quiconque a l'habitude de la vie, il arrive presque toujours que le passé explique le présent... — Ai-je eu raison?

— Complètement... — murmura la veuve.

Puis elle ajouta avec une curiosité mêlée d'inquiétude

— Qu'avez-vous appris?...

— Rien de bien inédit... — Les détails manquent un peu...

Claudia respira.

— Enfin vous savez quelque chose, — reprit-elle, — sans cela vous ne parleriez pas de votre enquête... — Que savez-vous?...

— La jeunesse de celui qui s'appelait alors le marquis de la Tour-Vaudieu a été excessivement orageuse... — Ce gentilhomme aimait beaucoup les femmes... il s'était mis, paraît-il, sous la dépendance absolue d'une certaine Claudia Varni, une drôlesse d'une étonnante beauté, mais non moins dangereuse que belle, qui le menait par le bout du nez, se servait de lui pour satisfaire ses moindres caprices, et le conduisait à la misère et au déshonneur par le chemin le plus rapide... — Le marquis Georges était absolument ruiné quand la mort de son frère aîné, tué en duel fort à propos, est venue lui donner des millions...

— Ensuite? — demanda mistress Dick Thorn du ton le plus calme.

— Je ne sais pas autre chose...

— Alors, parlez-moi du présent... — A combien estime-t-on la fortune du duc?

— L'héritage de son frère, joint à un autre héritage qui lui vient d'un grand-oncle de feu sa femme, doit lui constituer un revenu de plus de trois cent mille francs.

— C'est un beau chiffre !... — Que fait le duc de cette fortune ?

— Il en dépense à peine les revenus, quoiqu'il mène un train convenable... — Son existence d'aujourd'hui est aussi régulière qu'elle était autrefois débraillée. — On le dit ambitieux... — Il s'est rallié fort adroitement à l'Empire et il a obtenu comme récompense la dignité de sénateur... S'il faut croire le bruit public, il est fort bien en cour, et même influent...

— Reçoit-il ?

— Quelquefois... Non par goût, mais parce que dans sa position il lui serait impossible de s'abstenir complètement.

— Son état de maison est-il considérable ?

— Il est honorable, et les gens de M. le duc sont presque tous d'anciens serviteurs de sa famille...

— Connaît-on à M. de la Tour-Vaudieu quelque maîtresse en titre ?

— Non. — Ses mœurs actuelles passent pour irréprochables... — Il n'est veuf, d'ailleurs, que depuis six mois à peine.

— Le duc est-il aimé de son entourage ?

— Sans doute, mais moins que son fils Henry qui fait beaucoup de bien, étant très généreux...

— Quel âge a ce fils ?

— Vingt-deux ans.

Claudia réfléchit pendant un instant.

— A quelle époque le duc s'est-il marié ? — demanda-t-elle ensuite.

— Il y a dix-huit ans...

— Alors ce fils est un enfant naturel, antérieur au mariage ?

— Non, madame, mais un enfant adoptif... — Certains arrangements de famille relatifs à la fortune du grand-oncle rendaient une adoption nécessaire, le mariage de M. de la Tour-Vaudieu restant stérile...

— Ce fils d'adoption, d'où sort-il ?

— De l'hospice des Enfants-Trouvés...

— C'est un inutile, sans doute, un oisif ?

— Nullement... — C'est un travailleur, un avocat, et qui plus est, un avocat très distingué, mais en désaccord complet d'opinions politiques avec le vieux duc. — On dit qu'il doit épouser prochainement la fille unique du comte de Lilliers, plusieurs fois millionnaire et député de l'opposition.

Claudia tressaillit et ses sourcils noirs se froncèrent.

— Vous êtes sûr que ce mariage est décidé ? — s'écria-t-elle.

— Je ne suis sûr de rien... — Je me fais en ce moment l'écho du bruit public...

— Comment se nomme Mlle de Lilliers?

— Isabeau.

— Est-elle jolie?

— Charmante.

— Dit-on que M. Henry de la Tour-Vaudieu en soit fort épris?

— On prétend qu'il l'adore...

— La jeune fille le paye-t-elle de retour?

— On affirme que oui...

— Où se trouve l'hôtel de Lilliers?

— Rue Saint-Florentin.

— Vous êtes-vous ménagé des intelligences parmi les serviteurs du comte?

— Oui, madame... — La femme de chambre de Mlle Isabeau n'a pas grand'-chose à me refuser...

— Bref, vous pourriez, au besoin, compter sur elle

— Absolument.

— Bien... — Passons à d'autres détails... — Êtes-vous allé rue Saint-Louis, au numéro que je vous avais indiqué?

— Je n'y ai pas manqué...

— Qu'avez-vous appris?

— Rien de satisfaisant... — Depuis vingt ans la maison a changé quatre fois de concierge... — Il n'existe plus un seul des anciens locataires... — Personne n'a pu me dire si la dame Amadis et la folle qu'elle avait recueillie sont vivantes ou mortes... — Ce qu'il y a de certain, c'est qu'elles n'habitent plus la maison...

— J'ai un intérêt à savoir si ces deux femmes existent encore... — dit Claudia. — Il est indispensable que je le sache... Mettez-vous donc à leur recherche sans perdre un instant.

— La tâche sera difficile.

— Vous n'en aurez que plus de mérite à réussir... — Apportez-moi dans trois jours un renseignement positif, mon cher monsieur Babylas, et je doublerai la somme qui vous est promise...

— Je ferai de mon mieux...

— J'y compte... — Maintenant asseyez-vous à cette table, prenez du papier et une plume, et écrivez un résumé succinct de ce que vous venez de me dire.

***

Après avoir jeté successivement un coup d'œil rapide chez le duc Georges de la Tour-Vaudieu donnant audience à Théfer, et chez l'ex-Claudia Varni en conférence avec le chevalier Babylas, retournons à Sainte-Pélagie.

LVII

Jean-Jeudi avait partagé le repas de René Moulin avec un appétit magnifique et un plaisir qu'il ne cherchait pas à dissimuler.

Les deux verres de vin autorisés par le règlement achevèrent de le réconforter, de le mettre de bonne humeur, et il se promit de témoigner sa reconnaissance à son compagnon en s'occupant sans retard de ses affaires et en les conduisant à bonne fin.

— Attendez-moi là... — dit-il au mécanicien, — je vais chercher votre messager et je vous l'amène...

La cour n'était pas grande. — Jean-Jeudi eut bien vite rencontré celui qu'il cherchait...

— Bonjour, mon vieux *Ugène*... — dit-il au marchand de billets. — Veux-tu rendre un service à un bon garçon, à un vrai zig, et gagner en même temps un joli napoléon de vingt francs?

— Ça me va beaucoup... — Je suis serviable de mon naturel, et le napoléon n'est pas de refus... — De quoi s'agit-il?

— Viens dans le chauffoir, on jabottera...

Le *chauffoir* de Sainte-Pélagie était à cette époque une grande pièce quadrangulaire, un peu plus longue que large, garnie de bancs de chêne scellés aux murs.

Au milieu de cette pièce se trouvait un calorifère entouré d'une grille dont les gardiens conservaient la clef.

La saison étant belle encore et la température très douce, il n'y avait pour ainsi dire personne au chauffoir.

René Moulin, Jean-Jeudi, et *Ugène* purent donc s'installer dans un coin et causer sans être dérangés.

— Voici le camarade en question... — dit Jean-Jeudi en désignant René au marchand de billets qui répliqua :

— Foi de bon garçon, j'en suis bien aise, — il a une figure qui me revient, le camarade... — J'aime mieux rendre service à lui qu'à un autre...

— Merci... — fit René en souriant et en tendant la main à *Ugène*, qui la serra cordialement.

— Quand sors-tu? — reprit Jean-Jeudi.

— Dans trois jours.

— Le matin ou le soir?

— Le matin... — Qu'est-ce que vous avez à me demander?

— D'emporter d'ici une lettre et une clef, — répliqua le mécanicien.

— Possible!... — Après?

— Parlez-moi du présent... A combien estime-t-on la fortune du duc?

— De remettre cette lettre et cette clef dans une maison...
— Et ensuite?
— Ensuite, il n'y a plus rien... — C'est tout...
— Si ce n'est, — ajouta Jean-Jeudi, — de venir flâner par ici le plus tôt que tu pourras et de nous faire passer un paquet de tabac, ce qui voudra dire que la commission est faite...

— Tout ça, c'est convenu... Je porterai la lettre et la clef, et je vous enverrai un paquet de caporal, je vous en donne ma parole d'honneur, et elle vaut
quelque chose, ma parole !... — Vous savez, camarade, je suis ici pour contravention, pas pour autre chose...

— Je sais que vous êtes un brave garçon, — fit René, — aussi je peux bien
vous dire que de la commission dont je vous charge dépendent la vie et le repos
d'une pauvre femme et de sa fille... — Vous leur porterez, non la fortune, mais
le calme et l'honneur... — Ah ! c'est une bonne action que vous allez faire !!...

— Et tu toucheras vingt francs, ce qui est coquet... — ajouta Jean-Jeudi.

— Pas un radis !! — répliqua *Ugène*. — Je n'en veux plus, du louis, à présent que je sais de quoi il retourne... — J'entends me payer le plaisir de faire
une bonne action à *l'œil*.

René Moulin insista.

Le marchand de billets s'obstina dans son refus.

— N'en parlons plus ! — dit-il. — Ça serait inutile... — Je suis entêté
comme un mulet. — D'ailleurs, un jour ou l'autre, nous nous retrouverons sur
le macadam et vous me payerez à déjeuner avec ces vingt francs-là.

— Vous pouvez y compter ! — s'écria le mécanicien. — Ah ! oui, je vous
promets un fameux déjeuner ce jour-là ! Douze douzaines d'huîtres de Cancale,
et du chablis première comme s'il en pleuvait...

— Entendu !! — fit Ugène. — Mais ce n'est pas tout ça, faut songer au
moyen d'emporter d'ici votre lettre et votre clef, car on vous fouille à la sortie
comme à l'entrée, et il ne s'agit pas de se laisser prendre...

— Tout serait perdu !! — murmura René avec inquiétude.

— Est-elle grosse, la clef ? — demanda le marchand de billets.

— Non, car elle tient dans le collet du pardessus que je porte en ce moment...

— Bon !... le truc est chic ! j'en userai... — Quant à la lettre, je la coudrai
dans la ceinture de mon pantalon... — Vous me donnerez ça après-demain
soir, au moment du bouclage, afin qu'on ne vous voie pas causer avec moi le
matin de ma sortie... On se défierait, et la fouille serait plus sévère...

— Et la commission sera faite ? — reprit René.

— Une heure après ma mise en liberté, je vous le promets...

— Merci... — Vous aurez tout la veille au soir...

Jean-Jeudi partagea le dîner du mécanicien comme déjà il avait partagé
son déjeuner, et avec plus de plaisir encore, car cette fois les portions étaient
doublées et la boisson aussi.

Le hasard les réunit dans le même dortoir où leurs couchettes se trouvaient
côte à côte.

— Ainsi vous m'affirmez, — demanda René à Jean-Jeudi, — qu'on peut se
fier absolument à votre camarade ?...

— Oui, — répliqua le voleur émérite, — je réponds de lui comme de moi-même !

Une telle affirmation, formulée par un pareil drôle, était de nature à rendre suspecte l'honnêteté du commissionnaire improvisé...

Mais la bonne foi du coquin sautait aux yeux. — René prit ses paroles au pied de la lettre et ne conçut pas l'ombre d'un doute.

Jean-Jeudi souhaita le bonsoir à son compagnon et s'endormit heureux de se trouver, — (après huit jours de lit de camp), — sur un matelas passable et dans des draps un peu rudes mais parfaitement propres.

René, lui, ne ferma pas l'œil.

Sa lettre, dont il combinait chaque phrase afin de dire beaucoup de choses en peu de mots, le tint éveillé toute la nuit.

Le lendemain matin, à peine levé, il se rendit à la cantine pour y faire emplette de papier, de plumes et d'encre.

Muni de ces objets il entra dans le chauffoir absolument désert, se blottit dans un angle, à genoux contre un banc qui lui servit de table, et il écrivit d'une écriture fine et serrée les lignes suivantes que nous ne donnons point du tout comme un modèle de style, René ne se piquant point de littérature :

« Chère Madame,

« Figurez-vous que je ne connais pas encore le motif de mon arrestation,
« aussi suis-je dans une inquiétude mortelle ; je crois cependant qu'il doit être
« question de politique, ce qui serait bien injuste, car je n'ai pas l'habitude de
« me mêler de ce qui ne me regarde pas.

« Depuis notre entrevue au cimetière, j'ai guetté l'occasion qui se présente
« seulement aujourd'hui de vous faire parvenir une lettre, afin que vous n'at-
« tendiez pas ma mise en liberté pour commencer les démarches qui doivent
« nous amener à la réhabilitation du nom de votre cher mari, mon bien-aimé
« protecteur et patron.

« Le brouillon dont je vous ai parlé et qui contient des indications précieuses
« et le nom de celle qui l'a écrit, est chez moi où aucune perquisition n'a encore
« été faite, car j'ai refusé de donner mon adresse. — Vous trouverez ce
« brouillon dans un tiroir de droite du secrétaire de ma chambre à coucher. —
« La clef est restée sur la serrure ; — il est dans une enveloppe carrée de
« papier anglais bleu, cachetée à la cire rouge, et sur laquelle j'ai tracé ce mot:
« JUSTICE !

« Il faut aller prendre cette enveloppe avec l'argent qui se trouve dans le
« secrétaire et des titres de rente que je confie à votre garde, car je suis forcé
« de donner mon adresse au juge d'instruction qui ne manquera pas d'ordonner
« une perquisition chez moi. — Je ne veux pas que la justice mette sous les
« scellés ce qui constitue ma modeste aisance. J'aurais ensuite à faire des

« démarches trop longues et trop ennuyeuses pour rentrer en possession de
« mon bien.

   « En même temps que cette lettre, je vous envoie la clef de mon logement.
« — Il est situé à droite sur le carré du quatrième étage de la maison de la
« place Royale portant le numéro 24 et qu'autrefois vous avez habitée pendant
« quelques mois...

   « Allez à ma demeure le soir même du jour où vous recevrez cette lettre,
« et montez sans vous adresser à la concierge qui vous questionnerait certai-
« nement... — C'est une brave femme, mais un peu curieuse et bavarde. — Dans
« tous les cas, si elle vous arrêtait au passage, vous lui diriez que vous vous
« rendez chez une couturière, Mᵐᵉ Langlois, qui demeure au troisième étage.

   « On ne ferme jamais la porte de la maison avant dix heures du soir.

   « Courage et bon espoir, chère Madame ! ! — Avec l'aide de Dieu je serai
« bientôt près de vous pour vous aider dans la tâche que moi aussi je me suis
« juré d'accomplir.

   « Le plus ancien de vos amis, et aussi le plus dévoué :

                         « RENÉ MOULIN.

   « P.-S. — Ne donnez mon adresse à personne. »

   Le mécaricien relut sa lettre, la trouva parfaitement claire et suffisamment
explicite, la glissa sous une enveloppe gommée et traça cette suscription :

       « *Madame Monestier*
       « *Rue Notre-Dame-des-Champs*, *n° 19.* »

   Un bruit de pas se fit entendre.

   René cacha vivement l'enveloppe, mais il se rassura en voyant Jean-Jeudi
entrer dans le chauffoir.

   — Ma lettre est écrite... — lui dit-il.

   — Saperlipopette ! vous ne vous mettez pas en retard, vous !...

   — Je me sens plus tranquille à présent que c'est fait ! — Songez qu'il y va
de l'existence, du repos de deux pauvres femmes !...

   — Et votre épître leur portera ça?...

   — Elle leur permettra du moins d'attendre sans angoisse et sans désespoir
le jour de mon acquittement...

   — Vous espérez donc être acquitté?

   — Je puis même dire que j'en suis sûr, — je n'ai rien sur la conscience,
absolument rien...

   — Ça n'est pas une raison...

   René pensa à Paul Leroyer et murmura :

   — C'est vrai !...

LVIII

Le mécanicien avait confiance en Jean-Jeudi dans une certaine mesure, mais pas assez cependant pour lui raconter ses affaires et le but qu'il poursuivait.

Il lui parlait donc avec quelque réserve.

Le voleur émérite, au contraire, était tout expansion. — Il se sentait attiré vers René, non par l'intérêt, mais par une sympathie très vive. — Hâtons-nous de dire qu'il le regardait comme un pur et simple filou profitant de sa bonne mine pour *travailler dans le grand*, et qu'il se proposait de l'associer un jour à l'opération grâce à laquelle il comptait faire d'un seul coup sa fortune

— Tonnerre! — reprit Jean-Jeudi avec une fièvre d'enthousiasme. — Si nous avions la veine d'être jugés ensemble, et la chance d'être acquittés tous deux et mis en liberté le même jour, je vous revaudrais, mon vieux, les bontés que vous avez ici pour moi! — Je vous payerais ma dette avec les intérêts...

— Vous ne me devez absolument rien... — répliqua René. — Je n'agis jamais par calcul...

— Moi non plus, mais ça me plairait, parole d'honneur, que nous devenions richissimes ensemble...

Le mécanicen se mit à rire.

— Vous pensez donc toujours à votre héritage? — demanda-t-il.

— Plus que jamais... — Il en vaut la peine! — Seulement, ce n'est pas un héritage...

— Qu'est-ce donc?

— Un *chantage* épatant...

— Un chantage! — répéta le mécanicien avec une expression de répugnance dont Jean-Jeudi ne comprit pas le véritable sens.

— Oh! rien à craindre! — se hâta-t-il d'ajouter... — Voilà le beau de l'affaire... — Pas le moindre danger que les *chanteurs* vous conduisent chez le commissaire... — Ils se feraient *piger* les premiers... — Doux comme des agneaux, les chanteurs, et forcés de faire une risette à Bibi en lui crachant des billets de banque.

— Ah çà! mais, vous connaissez donc un secret de haute importance?

— Un secret énorme, oui, ma vieille, je ne te dis que ça! — répliqua Jean-Jeudi en recommençant à tutoyer son interlocuteur, — et je crois que tu pourras me donner dans l'affaire en question un joli coup de main... — Tu as des habits bien coupés, du maintien comme un professeur de danse, et tout à fait le galbe d'un monsieur de la haute... — Moi, je me connais... voilà des avantages qui me manquent un peu... — Ta *babillarde* est bien pendue, et pour la rédaction des belles phrases je ne te vais pas à la cheville... — Ça serait bigrement utile, ces choses-là!... — Enfin, nous en reparlerons... — Il s'agit d'abord de savoir si nous sortirons ensemble... — Après, on verra...

René hocha la tête en signe d'acquiescement.

Il se disait tout bas :

— Quel peut être le secret de cet homme? Je le saurai,

Jean-Jeudi aimait le vin et ne le cachait pas.

Le mécanicien comptait utiliser un jour cette faiblesse pour lui délier la langue, mais l'occasion ne se présentait point à Sainte-Pélagie où les règlements interdisent de boire assez pour que l'ivresse s'en suive.

— J'ai affaire à un vrai chenapan, à un voleur de profession... — pensait le mécanicien. — Il n'est nullement garçon de magasin comme il me l'a dit le soir de notre rencontre à la *Canette-d'Argent*... — C'est un repris de justice qui doit en savoir long. — Un jour ou l'autre je le questionnerai sur le passé...

La voix du crieur se fit entendre.

Elle appela plusieurs détenus pour aller à l'instruction.

Jean-Jeudi se trouvait au nombre de ceux-là...

Il ne fut ramené du cabinet du juge d'instruction qu'à une heure avancée de l'après-midi.

René, à qui la conversation pittoresque du voleur émérite faisait paraître le temps moins long, l'attendait avec impatience.

— Eh bien? — lui demanda-t-il, — vos affaires marchent-elles bien?

— Oui et non... — répondit le vieux gredin.

— Comment cela?

— J'avais fait citer des témoins qui ont déclaré qu'à l'heure où cette canaille de Fil-en-Quatre commettait le vol qu'il veut me mettre sur le dos, j'étais à Pantin depuis la veille et que j'en suis parti seulement le soir...

— Alors votre acquittement est certain...

— Hélas! non...

— Pourquoi?

— Parce qu'ayant le malheur d'être récidiviste, je suis mal noté... — Les juges se disent : — « *Si ce gaillard-là n'a pas volé les montres, il a volé autre chose... — On ne risque rien de le condamner...* » — Bref, il me faudrait un avocat qui puisse plaider un peu proprement et démontrer que je suis innocent comme l'enfant à naître...

— Je croyais, — fit René Moulin, — que le tribunal donnait un défenseur à chaque accusé...

Jean-Jeudi haussa les épaules.

— Un avocat d'office! — s'écria-t-il avec dédain. — Ah! oui, parlons-en! — Les avocats d'office, ça ne compte pas... — Autant vaudrait débiter son boniment soi-même!...

— Eh bien! prenez-en un autre...

Jean-Jeudi se mit à rire.

— Tu es bon, toi, ma vieille! — répliqua-t-il. — Un petit avocat de troisième catégorie, à prix réduit, ça coûte encore dans les soixante à quatre-vingts francs, et pour le moment quatre-vingts francs et moi nous ne passons pas par la même porte...

— Il y a un moyen d'arranger ça...

— Lequel? — demanda vivement Jean-Jeudi.

— J'ai l'intention de faire appeler un défenseur pour mon propre compte... — Je le prierai de se charger de votre affaire et je lui payerai les deux plaidoiries...

— Vrai? — s'écria le vieux voleur qui ne pouvait contenir sa joie, — vrai, tu ferais cela?...

— Sans doute...

— Eh bien! mon brave, c'est entre nous à la vie, à la mort!... je ne vous dis que ça... — Si jamais vous avez besoin que je me fasse couper en quatre pour vous, ne vous gênez pas, je suis votre homme!

Et le gredin reconnaissant serrait avec effusion les deux mains de René.

Au bout d'un instant, il reprit :

— A propos d'avocat, en connaissez-vous un?

— Non, mais nous avons le temps d'y songer...

— Mieux vaut y songer tout de suite... — C'est très utile, un avocat... Ça vous indique la marche à suivre, ça vous apprend ce que le juge pense de votre affaire... — Je vous conseille d'en appeler un le plus tôt possible...

— Soit! mais encore faudrait-il savoir à qui s'adresser.

— Ça ne sera pas difficile. — Il a ici en prévention un jeune homme très bien, un fils de famille compromis dans une histoire de diamants et de fausses signatures... — Presque tous les jours il a des entrevues au parloir avec un avocat dont on peut lui demander l'adresse...

— Le connaissez-vous, ce jeune homme?

— Je ne lui ai jamais parlé, mais il y a commencement à tout...

— Eh bien! abordons-le...

Le prévenu en question était un assez beau garçon de vingt-deux ou vingt-trois ans, vêtu avec une élégance prétentieuse. — Ses traits réguliers mais sans expression dénotaient une intelligence au-dessous de la moyenne.

Les exigences d'une cocotte et sa propre faiblesse l'avaient amené à Sainte-Pélagie et allaient le conduire en cour d'assises.

Il occupait une chambre particulière, mais deux fois par jour il se promenait sombre et taciturne dans le préau, évitant le contact de ses compagnons de captivité.

Jean-Jeudi entraîna René Moulin du côté de ce promeneur solitaire, et s'arrêtant devant lui, il dit en le saluant :

— Pardonnez-moi, monsieur, si je suis importun et si je me permet de vous déranger, mais je voudrais vous prier de me donner un renseignement...

— Lequel? — demanda froidement le jeune homme.

— Mon camarade que voici va passer d'un jour à l'autre en police correctionnelle... — Il est très à son aise, mon camarade... — Il voudrait consulter un avocat pour le charger de sa défense...

— Eh bien?

— Eh bien! nous savons que vous en avez un et nous venons vous demander son adresse... si c'était un effet de votre complaisance...

— C'est facile... — répondit le fils de famille. — J'ignore s'il acceptera de plaider pour vous, mais rien ne vous empêche de vous adresser à lui... — Voici son nom et l'indication de sa demeure.

Le jeune homme tira de sa poche un portefeuille bourré de papiers au milieu desquels il prit une carte qu'il tendit à Jean-Jeudi.

Ce dernier jeta les yeux sur cette carte et lut :

— *Henry de la Tour-Vaudieu, avocat, rue Saint-Dominique.*

Il fit un mouvement brusque et demeura comme hébété, les yeux arrondis et toujours fixés sur le carton-porcelaine.

— Qu'avez-vous donc? — s'écria le jeune homme très surpris.

— Rien... rien... — balbutia le voleur dont la main tremblait. — C'est ce nom... Henry de la Tour-Vaudieu...

— Pourquoi vous surprend-il?

— Faut vous dire que je connais beaucoup les messieurs de la Tour-Vaudieu... pour en avoir entendu parler... et je ne savais pas qu'il y eût un avocat dans la famille.

— Cela est, cependant...

— Celui-ci est-il le duc de la Tour-Vaudieu, sénateur? — demanda le vieux bandit.

— Non, c'est son fils... — Il est marquis, son père étant duc, mais il ne porte pas de titre.

— Son fils... — répéta Jean-Jeudi. — Merci, monsieur... — Mon camarade s'adressera certainement à lui.

Il salua de nouveau et battit en retraite. — René le suivant, lui dit :

— Ne m'expliquerez-vous pas, à moi, la cause de la surprise manifestée par vous tout à l'heure? — Qu'y a-t-il donc?

La brave femme lui demanda presque en tremblant de quoi il s'agissait.

LIX

— Il y a... il y a bien des choses! — répliqua Jean-Jeudi. — C'est une chance vraiment épatante qui place cette carte dans mes mains...
— Pourquoi?

— Je vous l'expliquerai plus tard... Avant de parler je veux être sûr...

René pensait :

— La famille de la Tour-Vaudieu, — j'en mettrais ma main au feu, — se trouve mêlée au secret de cet homme...

Le lendemain soir Ugène, le marchand de billets, aborda Jean-Jeudi et René Moulin.

— Votre affaire est-elle prête? — demanda-t-il à ce dernier.

— Oui.

— Eh bien! allons nous affaler sur un banc du chauffoir et vous me coulerez les objets en m'expliquant ce qu'il y aura à faire...

— Allons...

René, pendant la nuit, avait retiré la clef du collet de son paletot; — il la glissa dans la main d'Ugène, puis il en fit autant de la lettre.

— Où faudra-t-il porter cela? — demanda le commissionnaire improvisé.

— Rue Notre-Dame-des-Champs, 19... — L'adresse est sur l'enveloppe.

— Si on m'interroge, que devrai-je répondre?

— Tout simplement ces trois mots : — *Courage et espérance*... — Mais ne vous trompez pas... — Il y a deux personnes dans l'appartement, la mère et la fille... — C'est à la mère seule qu'il faut remettre la lettre et la clef...

— Compris.

— Et, — reprit le mécanicien en serrant la main d'Ugène, — si, quand je serai libre, vous avez jamais besoin de René Moulin, venez hardiment!... — je n'oublierai pas ce que vous aurez fait pour moi...

— C'est bon... soyez tranquille...

— A quelle heure votre écrou sera-t-il levé?

— A huit heures du matin... — Je serai rue Notre-Dame-des-Champs vers neuf heures, et avant onze heures vous aurez votre tabac...

Les trois hommes se séparèrent.

René passa une nuit très agitée. — Il ne recouvra un peu de calme qu'au matin, lorsque le marchand de billets fut appelé au greffe pour la levée de son écrou.

Huit heures et demie, puis neuf heures sonnèrent.

La pensée du mécanicien suivait son messager.

— Il arrive rue Notre-Dame-des-Champs... — se disait-il. — Peut-être en ce moment il remet la lettre... — D'ici à deux heures le paquet de tabac apporté par lui m'annoncera que la commission est faite, et alors quel soulagement!...

Tandis que René Moulin monologuait ainsi, la porte du préau s'ouvrit; — un gardien parut sur le seuil, un papier à la main, et s'avança sous la galerie.

Tous les groupes de détenus se dirigèrent de son côté et, arrivés à portée de la voix, s'arrêtèrent, silencieux et attentifs.

Le gardien fit l'appel d'une dizaine de noms, — parmi lesquels se trouvait celui de René Moulin.

Chaque prévenu répondit :

— Présent.

Le gardien ajouta :

— Apprêtez-vous pour l'instruction...

— Allons, — pensa le mécanicien, — je vais donc enfin savoir pourquoi j'ai été arrêté!... — Si seulement Ugène avait envoyé le tabac, je pourrais répondre franchement là-bas et laisser faire chez moi une perquisition d'où sortirait la preuve que je suis un honnête homme...

— A quoi pensez-vous ? — demanda Jean-Jeudi qui trouvait à son compagnon la physionomie bouleversée.

— Le silence de notre homme m'inquiète.

— Y pensez-vous ! ! — Il n'est pas dix heures !...

— C'est vrai, je suis trop pressé...

Et René poussa un soupir...

L'anxiété du mécanicien nous semble facile à comprendre.

Il était appelé dans le cabinet du juge d'instruction. — On allait lui demander ce qu'il venait faire à Paris, où il demeurait et, à moins de se laisser condamner pour délit de vagabondage faute de domicile, il lui faudrait répondre...

Répondre, c'est-à-dire donner son adresse.

Le pourrait-il s'il ne savait pas que la veuve du supplicié avait reçu sa lettre, et qu'elle irait le soir même chercher le brouillon auquel il attachait une si grande importance?

Mme Leroyer avertie, au contraire, il pourrait parler, car il n'était ni logique ni vraisemblable de supposer qu'on irait le soir même opérer une perquisition au logement de la place Royale.

Et voilà pourquoi René Moulin attendait avec une fiévreuse impatience des nouvelles de son commissionnaire.

.*.

Nous savons que Théfer, l'inspecteur de la sûreté, avait établi un cordon de surveillance autour de la maison de la rue Notre-Dame-des-Champs qu'habitait Angèle Leroyer sous le nom de Mme Monestier.

Voici comment cette surveillance était organisée, grâce aux deux hommes de confiance requis par l'inspecteur et que nous avons déjà vus à l'œuvre.

Un marchand de vin occupait le rez-de-chaussée du numéro 19.

Le lendemain du jour de l'arrestation de René Moulin, un commissionnaire médaillé vint s'entendre avec ce négociant en liquides plus ou moins frelatés, et, grâce à une redevance mensuelle payée d'avance, acquit le droit exclusif de s'installer devant sa boutique avec son crochet et sa boîte de décrotteur.

Ce singulier commissionnaire, quand par hasard on s'adressait à lui, refusait de se charger de la moindre course sous prétexte qu'il était très occupé.

On ne songeait point à se rendre compte de cette anomalie, et on s'adressait ailleurs.

Celui-là, — un des deux agents de Théfer, — veillait au dehors et devait attendre les instructions de son camarade qui faisait la police de l'intérieur.

Il semble, au premier abord, difficile de comprendre comment un détective pouvait, sans éveiller les soupçons des locataires, s'acquitter de sa tâche dans une maison où tout le monde se connaissait.

Cela était pourtant, et l'invention faisait quelque honneur à l'esprit fertile en ressources de l'inspecteur.

Après avoir fait écrouer René Moulin au dépôt de la Préfecture, Théfer s'était rendu rue Notre-Dame-des-Champs, était entré dans la loge et avait dit à la concierge, d'un ton mystérieux, qu'il venait l'entretenir d'une chose très urgente et très grave.

La brave femme, un peu troublée par ce préambule, se hâta de fermer la porte pour se ménager un tête-à-tête avec le visiteur, et lui demanda presque en tremblant de quoi il s'agissait.

— De sauver le gouvernement..... — répondit l'agent de police d'un air sérieux et convaincu.

Ces quelques mots produisirent sur la concierge l'effet attendu.

— Sauver le gouvernement ! — répéta-t-elle tout effarée. — Miséricorde !... est-ce que nous avons des conspirateurs dans la maison ?...

— Silence ! — murmura Théfer en appuyant un doigt sur ses lèvres. — Il suffirait d'une parole imprudente pour faire échouer mes plans... et tout serait perdu, car les misérables, mis sur leurs gardes, disparaîtraient...

— C'est donc vrai ?... — balbutia la concierge, dont l'épouvante grandissait. — Il y en a ?

— Ce n'est que trop vrai, mais taisez-vous.

— Enfin, monsieur, qu'attendez-vous de moi ?

Théfer tira de sa poche un portefeuille dans lequel il prit un billet de banque qu'il déplia et qu'il étala sur la table de la loge.

— Savez-vous ce que c'est que ça ? — demanda-t-il.

— C'est un billet de cent francs...

— Voulez-vous le gagner ?

— Gagner cent francs et sauver le gouvernement ! — Je crois bien, que je le veux !... — Qu'est-ce qu'il faut faire ?

— M'obéir.

— Vous n'avez qu'à parler... — je suis prête...

— Avez-vous un mari ?

— Non, monsieur... — j'ai perdu pauvre défunt mon homme voici tantôt trois ans. — Il m'a laissée veuve sans enfants...

— Avez-vous des parents ?

— Rien qu'un frère...

— Que fait-il ?

— Il est employé à Troyes, en Champagne, dans une manufacture de bonnets de coton...

— Son âge ?

— Cinquante ans.

— Vient-il quelquefois vous voir ?

— Jamais.

— Les locataires de cette maison ne le connaissent pas ?

— Comment le connaîtraient-ils ?... — Voilà plus de quinze ans qu'il n'a mis les pieds à Paris...

— Très bien... — Tout cela va nous servir.

— Mon frère va vous servir !... — répéta la concierge ahurie.

— Oui.

— Et comment donc que ça se fera ?...

— C'est bien simple... — Dès que je serai sorti de votre loge et de votre maison, vous raconterez à tous ceux de vos locataires qui voudront l'entendre que votre frère arrivera demain matin pour passer quelques jours avec vous...

— On verra bien que ce n'est point vrai !... — s'écria la bonne femme. — Mon frère ne peut quitter sa fabrique... — Il ne viendra pas...

— J'en suis convaincu comme vous...

— Eh bien ! alors ?

— Mais un agent de la sûreté viendra à sa place... — poursuivit Théfer, — il aura tout à fait la mine d'un provincial... — Vous le recevrez comme votre frère... vous l'installerez près de vous... il ne bougera pas de la loge et surveillera, sans en avoir l'air, les locataires de la maison et les étrangers qui viendront leur rendre visite...

— Miséricorde ! ils sont donc tous de la conspiration contre le gouvernement, nos locataires ! — Des gens qui paraissaient si tranquilles !

— Pas une question à ce sujet, mes devoirs professionnels m'interdisent de vous répondre...

— Vous avez prévenu le propriétaire ?

— Nullement, il doit tout ignorer...

— Et votre homme, où couchera-t-il ?

— Ici.

— Par exemple ! — murmura la concierge d'un ton de pudeur effarouchée

LX

— Je réponds des mœurs de mon agent... — dit Théfer avec un sourire. — Vous vous contenterez pour quelques jours du cabinet attenant à la loge et vous pourrez vous y verrouiller... — Mon subordonné dormira dans la loge même, sur un lit de camp. — Personne ne trouvera surprenant que vous offriez l'hospitalité à votre frère...

— Mais qui tirera le cordon la nuit ?

— Lui, parbleu ! — Sa consigne n'est-elle pas de savoir qui entre et qui sort ?... Vous lui donnerez la liste des habitants de la maison... — Cela vous convient-il ?

— Les cent francs seront à moi ?

— Immédiatement, et je vous promets de plus une jolie gratification le jour où votre frère repartira pour Troyes...

— Il s'agit de sauver le gouvernement... — J'accepte...

— On vous en saura gré... — Mais de la prudence !

— Soyez paisible, monsieur, je serai muette comme les serins empaillés que j'ai là, sous globe...

Théfer tendit à la bonne femme le billet de banque qu'elle saisit fiévreusement et qu'elle fit disparaître dans sa poche, puis il demanda :

— Ainsi, nous sommes bien d'accord ?

— Oui, monsieur, j'attends mon frère Claude Rigal, demain matin à la première heure... — Je vais m'occuper du lit de camp...

L'inspecteur se retira.

Une heure après son départ, la moitié de la maison était au courant de la prochaine arrivée de Claude Rigal.

Dans la matinée du lendemain un homme de cinquante ans, provincial de la tête aux pieds, provincial de visage, de mise et d'allures, descendit d'un fiacre à la porte du numéro 19, traînant par la poignée une grosse valise, franchit le seuil de la loge et tomba dans les bras de sa sœur improvisée qui pleurait d'attendrissement tant elle prenait son rôle au sérieux.

Deux heures après Théfer, se présentant sous prétexte d'un renseignement à prendre, eut le plaisir de voir fonctionner son homme qui ne quittait point le guichet de la concierge.

Le piège était habilement tendu.

Si quelque personne suspecte demandait à visiter Mme Monestier, il suffirait au faux Claude Rigal de siffler d'une certaine façon, et ce coup de sifflet intimerait l'ordre au prétendu commissionnaire, aux aguets dans la rue, de *filer* le visiteur à sa sortie de la maison.

Mais — (ainsi que nous avons entendu Théfer le dire au duc Georges de la Tour-Vaudieu) — **Angèle Leroyer** ne recevait âme qui vive, à l'exception du docteur **Étienne Loriot**, et les agents en étaient pour leurs frais de surveillance.

La discrétion de la concierge ne se démentait point.

Personne au monde ne soupçonnait que la tranquille maison de la rue Notre-Dame-des-Champs fût métamorphosée en souricière...

Le matin du jour où le marchand de billets Ugène sortait de Sainte-Pélagie en emportant la lettre et la clef de René Moulin, les deux hommes de Théfer continuaient avec conscience leur inutile espionnage.

Aucun incident, même le plus minime, ne venait éveiller leur attention.

Libre à huit heures, Ugène avait pris directement la route du faubourg Saint-Germain.

Vers neuf heures il arrivait en face du n° 19 écrit sur l'adresse de la lettre dont il était porteur.

Là il fit halte pendant une seconde et se mit à réfléchir.

— Il y va de l'existence et du repos de deux personnes, m'a dit le camarade de Jean-Jeudi, — pensait Ugène. — Ce que j'apporte est donc une chose de grande conséquence... — J'ai consigne de remettre les objets à la vieille dame, à elle seule et non à la jeune demoiselle... — La concierge de la maison va peut-être me questionner... — Ces gens-là, ça veut tout connaître, et c'est leur état... — Si je savais à quel étage demeure cette dame Monestier, je monterais sans souffler mot... Mais voilà... j'ai oublié de le demander et on a oublié de me l'apprendre... Enfin je ferai pour le mieux...

Tout en monologuant ainsi, le marchand de billets se dirigea vers l'allée du n° 19.

Au moment où il traversait la chaussée, il vit sortir de la boutique du marchand de vin un commissionnaire qui bourrait sa pipe.

Il tressaillit, pivota sur lui-même et regagna le trottoir qu'il venait de quitter.

— Diable! — murmura-t-il, — je ne me trompe pas! — Ce gaillard-là n'est pas plus commissionnaire que le grand Turc!... — c'est un agent de police... — Je les connais tous de figure... je les vois assez, le soir, sur les boulevards, rôder devant les théâtres pour relever des contraventions contre les pauvres marchands de billets! — Qu'est-ce qu'il fait là? — Prudence et méfiance!

Ugène était fumeur.

Il tira son papier et son tabac de sa poche et roula une cigarette tout en examinant le prétendu commissionnaire qui venait de s'asseoir sur sa sellette de décrotteur.

Tout à coup un individu d'un certain âge, ressemblant à un ouvrier de province endimanché, sortit de l'allée, s'approcha du commissionnaire et se mit à causer avec lui.

L'émissaire de René Moulin eut peine à retenir une exclamation de surprise.

L'ouvrier provincial n'était autre qu'un second agent ; il le reconnaissait comme le premier.

— Pristi! — se dit-il en tournant le dos et en s'approchant d'une porte pour allumer sa cigarette. — La *boîte* est bigrement bien gardée et me fait l'effet d'une souricière de première catégorie!... — Est-ce que ça serait en prévision de ma visite, cette surveillance?... — Tonnerre! ça ne serait pas drôle d'être compromis sans savoir pourquoi!... — Va te faire fiche, et au diable la commission!... — je n'ai pas envie de retourner au clou pour les autres !

Et le marchand de billets, tournant sur ses talons, se dirigea rapidement du côté de la rue de Rennes.

Mais à peine avait-il fait vingt-cinq pas qu'il ralentit son allure et finit par s'arrêter, en s'apostrophant lui-même en ces termes :

— Positivement, mon bonhomme, tu te conduis comme un pas grand'chose ! — Tu trépignes sur ta parole d'honneur quand il s'agit de la vie et du repos de deux braves femmes ! — Fi donc ! — Qu'est-ce qui te prend? De quoi as-tu peur ? — Tu n'as rien sur la conscience, à quel propos te molesterait-on? — Tu connais les agents, mais il est probable que les agents ne te connaissent pas ! — D'ailleurs il doit y avoir un moyen de dépister leur surveillance, il ne s'agit que de le trouver et je le trouverai...

Ugène retourna sur ses pas et se dirigea de nouveau vers la demeure d'Angèle Leroyer.

Le commissionnaire, toujours assis sur sa sellette, continuait à fumer placidement.

Le faux provincial avait disparu.

Le marchand de billets leva les yeux pour examiner les fenêtres de la maison.

Au deuxième étage était accrochée une planche sur laquelle se lisaient en gros caractères ces mots :

LARBOUILLAT

Tailleur à façons

— Voilà le joint! — se dit Ugène en se frottant les mains.

Rien ne l'embarrassait plus désormais.

Il franchit le seuil de l'allée, se dirigea d'un pas résolu vers l'escalier qui se trouvait au fond, et passa devant la loge sans s'arrêter, sans regarder.

Une voix d'homme lui cria d'un ton rogue :

— Hé! dites donc, vous qui filez si vite, qu'est-ce que vous voulez?... Qui demandez-vous?... Où allez-vous?...

Ugène se retourna et se trouva en face du particulier qu'il avait vu un instant auparavant causer avec le commissionnaire.

— Où je vais ? — répliqua-t-il avec assurance. — Parbleu! chez Larbouillat, le tailleur à façons.

On fit monter les prévenus dans la voiture de transfèrement.

Cette réponse était si naturelle et si franchement faite qu'elle ne laissait aucune place au soupçon.

Le prétendu Claude Rigal rentra dans la loge en grommelant :

— A la bonne heure, mais on ne s'introduit pas dans les immeubles sans parler au concierge...

Le brave policier prenait son rôle au sérieux !...

Ugène gravit rapidement l'escalier et fut bientôt au troisième étage.

Sur l'une des portes du carré une plaque indicatrice portait le nom de *Larbouillat*.

— Bah! je vais sonner... — se dit le marchand de billets. — Dans les maisons comme celle-ci tout le monde se connaît... on m'indiquera...

Et il tira le cordon de la sonnette.

Une petite fille d'une douzaine d'années montra son frais museau et demanda :

— Que désirez-vous, monsieur?

— Mme Monestier, est-ce ici, s'il vous plaît, mademoiselle?...

— Non, monsieur... ici, c'est papa... et il est tailleur, papa... — Mme Monestier c'est la porte à côté...

— Merci, mademoiselle...

— A votre service, monsieur... et si vous aviez besoin d'un tailleur à façons, papa se recommande à vous... — Bonne coupe, couture solide et prix modérés...

— J'y penserai, mademoiselle...

Ugène s'apprêtait à sonner chez la voisine de Larbouillat, mais ce fut inutile.

Il entendit marcher à l'intérieur, la porte s'ouvrit, et Berthe, vêtue de grand deuil, lui apparut.

En voyant un homme immobile à deux pas du seuil, la jeune fille balbutia :

— Est-ce chez nous que vous venez, monsieur?

— Oui, mademoiselle, si ce logement est celui de Mme Monestier...

— C'est le sien... — Entrez, monsieur.

Et Berthe s'effaça pour laisser passer le visiteur qui s'était découvert, et qui maintenant paraissait intimidé.

Elle referma la porte et reprit :

— Qu'y a-t-il pour votre service, monsieur?

Ugène, se souvenant de la recommandation à laquelle René Moulin attachait une si grande importance, répondit :

— C'est à Mme Monestier que je voudrais parler...

— Ne puis-je faire votre commission?...

— Non, mademoiselle... — Pardonnez-moi si j'insiste, mais je dois voir Mme Monestier elle-même...

— C'est que ma mère est souffrante, monsieur... très souffrante... et je crois qu'elle repose.

— Éveillez-la, mademoiselle... la chose en vaut la peine... et faites vite, je vous en prie, mes instants sont comptés...

LXI

Angèle Leroyer, entendant depuis sa chambre un bruit de voix, demanda :
— Berthe, qui est là ?... — Est-ce le docteur ?...
— Ma mère ne dort plus... — dit Berthe. — Veillez attendre quelques secondes... — Je vais la prévenir.

Elle entra dans la chambre et répondit à une nouvelle interrogation de la malade :
— Mère, c'est un monsieur que je ne connais pas et qui désire te parler à toi-même.

Mᵐᵉ Leroyer pensa tout de suite à René Moulin et dit vivement :
— Eh bien ! amène-le...

La jeune fille introduisit Ugène qui ne put contempler sans émotion le visage pâle de la veuve, aussi blanc que la toile de l'oreiller sur lequel il reposait

Angèle, en voyant le nouveau venu, éprouva une cruelle déception.

Ce n'était pas celui qu'elle attendait.
— C'est à moi que vous voulez parler, monsieur ? — demanda-t-elle
— Oui, madame... à vous... et à vous seule... — répliqua le messager du mécanicien.
— Ma fille ne peut-elle rester ?
— C'est impossible, madame...
— Pourquoi ?
— Je n'en sais rien moi-même... c'est le secret d'un autre.
— Je me retire... — murmura Berthe en quittant la chambre, très étonnée et encore plus intriguée.
— Nous sommes seuls... — reprit Mᵐᵉ Leroyer. —Expliquez-vous... — Qui vous envoie ?
— René Moulin.

Angèle eut un éclair de joie dans les yeux.
— Est-ce qu'il est libre ? — fit-elle avec empressement.
— Non, madame, pas encore... — S'il était libre il serait venu lui-même...
— Je suis chargé par lui de vous remettre deux choses.
— Lesquelles ?
— Une lettre et une clef... — Les voici...

En disant ce qui précède, Ugène présentait à Mᵐᵉ Leroyer la lettre écrite par René et la clef du logement de la place Royale.
— Merci, monsieur... — fit Angèle. — Est-ce tout ?
— Tout ce que René Moulin vous envoie, seulement il m'a prié de vous répéter de sa part ces mots : Courage et espérance !! — Voilà ma commission

faite, je me retire, mais auparavant je dois vous apprendre une chose que vous trouverez sans doute intéressante.

— Parlez...

— Votre maison est l'objet d'une surveillance spéciale... Il y a deux agents de police à demeure, l'un devant la porte, déguisé en commissionnaire, l'autre dans la loge du concierge... — Pourquoi? — Je n'en sais rien... Vous êtes avertie, c'est ce qu'il fallait... — Madame, je suis votre serviteur.

Le marchand de billets s'inclina devant Mᵐᵉ Leroyer, sortit, salua Berthe qui lui ouvrit la porte du carré, et satisfait d'avoir accompli consciencieusement sa tâche, descendit l'escalier et quitta la maison.

Une fois dans la rue il regarda l'heure au coucou du marchand de vin.

— Neuf heures trente-cinq minutes... — dit-il. — Je ne veux pas faire languir le camarade de là-bas... — je vais me payer un berlingot.

Ugène descendit presque en courant jusqu'à la rue de Rennes.

Un fiacre passait à vide.

Il appela le cocher qui s'arrêta.

— Pouvez-vous aller à Sainte-Pélagie en vingt minutes? — lui demanda-t-il.

— En vingt minutes, ça ne sera pas commode...

— Il y aura dix sous de pourboire.

— Montez, on fera le possible...

— Vous m'arrêterez en route devant un débit de tabac... — Je veux vous payer un cigare...

Le cocher enveloppa d'un vigoureux coup de fouet son cheval qui partit grand train et gagna la rue de Vaugirard.

A l'angle de la rue de Tournon, la voiture s'arrêta.

— Voilà un *débit*, — dit le cocher. — Dépêchez-vous... nous n'avons pas de temps à perdre pour rester dans le programme...

Le marchand de billets descendit et remonta presque aussitôt, porteur d'un paquet de tabac caporal et de deux cigares, un pour lui et l'autre pour le cocher.

Le fiacre roula de nouveau.

A dix heures moins deux minutes il fit halte rue de la Clef, en face de la prison.

Ugène paya son cocher et le renvoya.

A ce moment précis le gardien que nous avons déjà vu franchissait de nouveau le seuil de la galerie et criait :

— Les hommes pour le juge d'instruction !!...

Une voiture dite *panier à salade*, ayant un garde municipal sur le siège à côté du cocher et un autre à cheval pour escorte, attendait les prévenus.

Son unique ouverture, pratiquée à l'arrière comme celle des omnibus, était tournée vers la porte de la prison.

C'est tout au plus si entre le marchepied et cette porte existait un espace libre de soixante centimètres environ.

Ugène, sachant qu'il ne pourrait entrer tout de suite pour remettre à un surveillant le tabac qu'il apportait, attendit, sans s'éloigner, que la voiture cellulaire fût partie.

Les hommes appelés pour l'instruction venaient d'entrer au greffe.

René était du nombre, — se croyant sûr désormais de ne plus recevoir en temps utile l'avis que sa commission était faite, et par conséquent très inquiet, très tourmenté!

L'appel des prévenus eut lieu pour la seconde fois, puis on les fit monter l'un après l'autre dans la voiture de transfèrement.

Le marchand de billets, immobile à trois pas du marchepied, regardait avec attention.

Soudain il poussa un : HUM!... accentué.

René qui passait devant lui tourna la tête de son côté et le vit, le bras levé et un paquet de tabac à la main.

Le mécanicien crut sentir ses épaules allégées d'un poids énorme.

Tout allait pour le mieux! — Il pourrait répondre franchement au juge d'instruction et prouver son innocence.

La voiture était pleine.

On releva le marchepied, on ferma la portière, et en route pour le Palais de Justice!

Ugène entrant alors dans la geôle déposa au nom de René Moulin son paquet de tabac.

. . . .

Théfer, — nous l'avons dit, — était sans cesse aux aguets à la Préfecture de police et au Palais de Justice, depuis qu'il avait accepté de devenir l'instrument ou pour mieux dire le complice du duc de la Tour-Vaudieu.

Fort bien avec tout le monde il pouvait apprendre beaucoup de choses.

Le matin de ce jour il avait causé avec le chef du service des juges d'instruction, et s'était enquis des détenus de Sainte-Pélagie appelés au Palais.

Sur la liste figurait le nom du mécanicien.

Il ne laissa point voir sa joie et s'en alla d'un air indifférent.

Les inspecteurs de la sûreté ont à la Préfecture un bureau spécial.

Théfer se rendit à ce bureau, s'assit à sa place habituelle et écrivit à la hâte ces quelques lignes :

« Monsieur le Duc,

« Veuillez ne point quitter votre hôtel dans l'après-midi de ce jour.

« Il est probable, il est à peu près certain, que j'aurai du nouveau à vous « apprendre, relativement à l'affaire qui vous intéresse.

« Daignez recevoir, Monsieur le Duc, l'assurance du profond respect et de
« l'absolu dévouement de votre très humble serviteur,

« THÉFER. »

Il mit ce court billet sous enveloppe, traça l'adresse, quitta la Préfecture et,
s'adressant à un commissionnaire qui stationnait aux environs de la place Dauphine, lui dit en lui tendant l'enveloppe :

— Il faut porter ça, mon brave...

— Où? — demanda le commissionnaire.

— Rue Saint-Dominique, n°····. — Vous remettrez cette lettre au concierge
de l'hôtel en le priant de la faire parvenir *illico* à M. le duc. — C'est très
pressé...

— Un duc! mazette!... c'est pas de la petite bière!... — Qui est-ce qui me
payera ma course?

— Moi... — Voici trente sous.

Le commissionnaire partit au pas gymnastique.

— Il ne s'agit plus, — pensa Théfer, — que d'avoir l'œil à tout...

L'inspecteur savait l'heure de l'arrivée des voitures cellulaires.

Cinq minutes avant cette heure il se rendit dans la cour où les *paniers à
salade* venaient se débarrasser de leur sinistre chargement.

On introduisait alors les prévenus dans ce qu'on appelait la *souricière*, et
c'est là qu'ils attendaient qu'on les appelât pour les conduire devant le juge
d'instruction.

L'inspecteur entra chez le gardien chef, voulant de la fenêtre voir passer
René afin d'être complètement sûr qu'il n'y avait ni erreur, ni modification à
l'ordre donné.

Au bout de vingt minutes il eut cette certitude absolue. — Le mécanicien descendait du panier à salade et s'engageait avec les autres prévenus dans le couloir de la souricière...

— C'est parfaitement lui! — se dit-il. — Si le juge d'instruction est un peu
malin, avant ce soir nous aurons l'adresse...

Le grand maître du roman moderne, Honoré de Balzac, a consacré plusieurs
chapitres de deux de ses livres immortels : *Splendeurs et misères des courtisanes*
et la *Dernière incarnation de Vautrin*, à décrire l'intérieur de la Conciergerie et
les labyrinthes du Palais.

Nous renvoyons à lui nos lecteurs.

Il nous suffira de dire sommairement qu'à l'époque où ce passaient les faits
dont nous sommes l'historien la *souricière* se composait de trois vastes salles
voûtées, froides et sombres, garnies de bancs de pierre adhérents aux murs, et
prenant jour à trois mètres du sol par d'autres fenêtres munies de formidables
barreaux.

La consigne des factionnaires et des gardiens était de s'opposer à toute tentative d'évasion et à tout désordre.

On pouvait fumer, manger et boire, — en payant, bien entendu.

Un cantinier faisait le service des salles.

La ration de liquide était large, et d'ailleurs les prévenus munis d'argent pouvant faire acheter du vin pour leur compte par leurs compagnons moins heureux, qui recevaient quelques sous en échange de ce service, il arrivait parfois à ces prévenus de remonter le soir à peu près ivres dans les voitures cellulaires.

LXII

René Moulin, l'esprit presque tranquille, se fit servir à déjeuner, mangea de bon appétit, et but une bouteille de petit bourgogne qui lui remonta le moral.

Le temps passait, mais lentement.

Vers quatre heures on appela le mécanicien.

On le conduisit, à travers un dédale d'escaliers et sous la surveillance de deux gardes municipaux, au cabinet du juge d'instruction, M. Camus-Bressoles.

Ce magistrat était assis à son bureau, le dos tourné à la fenêtre, tandis que le prévenu amené devant lui se trouvait en pleine lumière.

A côté du bureau se voyait une petite table pour le greffier.

René, en entrant, salua avec une parfaite aisance.

Il n'avait pas peur et se sentait dispos de corps et d'esprit

Convaincu que le soir même Mme Leroyer aurait dans les mains le brouillon trouvé à Londres, il était disposé à dire la vérité tout entière.

Le juge d'instruction portait des lunettes, qui lui servaient surtout à cacher son regard, car il avait des yeux excellents.

René surprit un rapide coup d'œil que le magistrat jetait sur lui à la dérobée.

— Bon ! — pensa-t-il en dissimulant un sourire, — il doit voir que je n'ai l'air ni d'un coquin, ni d'un imbécile... — Il en aura bientôt la preuve... — Je parlerai carrément... — N'ayant rien à cacher, je n'ai rien à craindre...

— Votre nom ? — demanda le juge.

— René Moulin...

— Vous êtes né ?

— A Paris, rue Saint-Antoine, n° 185.

— Votre âge?

René donna la date exacte de sa naissance.

Le juge d'instruction reprit :

— Votre état?

— Mécanicien.

— Vous avez une famille?

— Non, monsieur... — Plus de parents, ni de près, ni de loin..

— Vous arrivez de Londres?...

— Oui, monsieur... c'est-à-dire de Portsmouth...

— Mais vous avez passé à Londres?...

— Quelques heures seulement, à l'hôtel Canterbury... — J'allais m'embarquer pour revenir en France... — Je venais de Portsmouth, où j'étais contremaître dans une fabrique et où j'ai passé dix-huit ans.

— Dans la même maison?

— Oui, monsieur.

— Pourquoi en êtes-vous sorti?

— Mon ancien patron était mort, et le nouveau ne me convenait pas.

— En dehors de vos heures de travail, que faisiez-vous?

— Je lisais, monsieur... j'étudiais la mécanique... — Dans notre état on a toujours à apprendre..

— Ne vous rendiez-vous pas aux réunions que tenaient à Portsmouth des Français réfugiés?

— J'y suis allé, oui, monsieur, mais rarement... trois ou quatre fois peut-être... Ce qu'on disait là ne m'intéressait guère et je n'y suis plus retourné...

— S'il faut vous en croire, ce qui se disait ne vous intéressait point... — Il était question de politique cependant?

— Rien que de politique et c'est tout justement à cause de cela... — La politique n'est pas ce que j'aime... — elle me porte sur les nerfs...

Le juge d'instruction Camus-Bressolles garda le silence pendant un instant.

Son regard investigateur, se glissant sous les verres de ses lunettes, étudiait le visage de René Moulin et tâchait de lire dans les yeux, qui sont le miroir de l'âme, — du moins beaucoup de gens l'affirment.

Le visage était calme, — les yeux ne trahissaient aucun trouble intérieur.

Le magistrat reprit :

— Des Italiens assistaient à ces réunions de Portsmouth, n'est-ce pas?

— Oui, monsieur, — répondit le mécanicien.

— Nombreux?

— Il y en avait au moins dix ou douze...

— En connaissiez-vous personnellement quelques-uns?

— Oui, monsieur... — Je connaissais les nommés Orsini, Benedetti, Brusoni... mais ce n'étaient pas des amis intimes... — Nous buvions parfois ensemble une bouteille de pale-ale à la taverne, et nos relations s'arrêtaient là.

René répondait aux questions du juge avec volubilité. — Disant des choses absolument vraies, il ne cherchait pas ses phrases.

René, qui passait devant lui, le vit le bras levé, un paquet de tabac à la main.

Camus-Bressolles l'interrompit.

— Parlez moins vite... — commanda-t-il. — N'essayez pas de me donner le change par un flux de paroles... Ce serait inutile.

Le mécanicien s'inclina.

— Ainsi, — reprit le magistrat, — vous avouez votre liaison avec les Italiens Orsini, Benedetti et Brusoni ?

— Mais non, monsieur!... — s'écria René. — Je vous répète au contraire qu'ils étaient pour moi de simples connaissances...

— Ils voyaient beaucoup de Français cependant et dans des termes d'intimité?

— J'ignore s'ils avaient des relations suivies avec mes compatriotes... — Je ne puis donc ni l'affirmer, ni le nier...

— Vous connaissiez leurs opinions?

— Ils étaient révolutionnaires et ne le cachaient point, mais je ne leur donnais la réplique à ce sujet ni d'une façon ni d'une autre...

— Ne pensiez-vous pas comme eux?

— Non, monsieur... — Mon unique préoccupation, c'est mon travail. — La politique m'agace, je vous l'ai déjà dit, et puis j'ai l'horreur du désordre, des émeutes et tout ce qui s'ensuit... Le tapage dans la rue, ça n'est bon qu'à faire fermer les ateliers...

— Au moment de quitter l'Angleterre, avez-vous annoncé votre retour en France à plusieurs personnes?

— A mon patron, à qui je demandais de régler mon compte, et à mes camarades, oui, monsieur...

— Et aux Italiens?

René garda le silence.

Il fouillait sa mémoire, cherchant à se rappeler s'il avait parlé de son voyage à Orsini, à Benedetti ou à Brusoni.

— Vous préparez votre réponse — dit sévèrement le juge d'instruction, — donc vous allez mentir.

— Mais non, monsieur... — répliqua René; — si j'hésite, c'est au contraire dans l'intérêt de la vérité... — Je ne sais plus si j'ai parlé de mon départ aux Italiens... — Pour moi, cela n'avait pas d'importance...

— Qu'êtes-vous venu faire à Paris?

— Revoir mon pays, d'abord, et ensuite chercher du travail... — J'aime mon état de mécanicien et je ne suis pas assez vieux pour me reposer.

— Nous n'aviez pas d'autre but?

— Non, monsieur.

— C'est faux!

René bondit.

— Mais, monsieur... — commença-t-il.

Le juge d'instruction lui imposa brusquement silence et poursuivit:

— Une fois à Paris vous n'avez pas cherché de travail... — Vous êtes allé de maison en maison, dans différents quartiers, questionnant les concierges au sujet d'une famille inconnue, pour sauver les apparences, mais en réalité cherchant vos complices.

René, frappé de stupeur en voyant que la police était au fait de ses démarches, balbutia:

— Il est certain que je me livrais à des recherches...

— C'est-à-dire que vous portiez le mot d'ordre à des complices...

— Des complices!... — répéta le mécanicien. — Mais, monsieur, de quels complices parlez-vous et de quoi suis-je donc accusé?

— Vous prétendez ne pas le savoir?

— Je vous jure que je ne m'en doute pas!

— Ceci est le dernier mot de l'impudence!

— Non, monsieur, c'est le comble de l'ignorance.

— Eh bien! vous êtes prévenu de complot contre la sûreté de l'État et contre la vie du chef de l'État.

René supposait bien qu'il devait être question de politique dans son affaire, mais il était loin de s'attendre à la formidable accusation que Camus-Bressolles venait de formuler.

Aussi pendant quelques secondes fut-il comme foudroyé littéralement.

— Moi! — s'écria-t-il enfin quand il lui fut possible de rassembler ses idées. — Moi, conspirateur!... — Moi complotant de tuer l'empereur et de renverser le gouvernement! — Mais c'est de la folie toute pure! — C'est une abomination!... C'est insensé! — Je proteste!

— Prouvez donc que vous n'êtes pas coupable, sinon de fait au moins d'intention...

— Et comment le prouver?

— En m'apprenant le véritable but de votre voyage à Paris.

— Je vous l'ai déjà dit, monsieur, je venais chercher de l'ouvrage...

— Donnez-moi la liste des patrons auxquels vous vous êtes adressé pour obtenir un emploi dans leurs ateliers...

René n'avait pas prévu cette question.

Pris en flagrant délit de mensonge, puisqu'il n'avait en réalité demandé du travail à personne, il baissa la tête et se tut.

— Vous voyez! — dit Camus-Bressolles triomphant. — Je vous engage à changer de système... Le vôtre ne se tient pas debout... — A la première objection il croule!... — Niez-vous faire partie d'une société secrète?...

— Je le nie, oui, monsieur...

— Bref, à vous entendre, vous n'avez rien sur la conscience?

— Absolument rien...

— Et si vous êtes prisonnier, c'est par erreur?

— Oui, monsieur, je le jure!

Le juge d'instruction interrogeait avec ironie. — René, lui, répondait sérieusement, mais il commençait à se sentir très troublé, très inquiet.

— Puisque vous étiez si sûr de votre innocence, — reprit le magistrat, — et puisque vous n'aviez rien à cacher, pourquoi refusiez-vous de répondre à l'inspecteur de la sûreté qui vous a mis la main au collet?... — Sans doute parce que, pris à l'improviste, il vous fallait du temps pour préparer vos réponses ?

— J'ai refusé de répondre à l'agent, parce que je ne lui reconnaissais pas le droit de m'interroger.

— Ce droit, vous ne me le contestez point à moi, je suppose ?

— Certes, non, monsieur.

— Eh bien ! puisque vous prétendez ne faire partie d'aucune société secrète et ne pas vous mêler de politique, expliquez-moi pour quel motif vous alliez de maison en maison ?

— C'était pour une affaire de famille.

LXIII

— Vous n'avez plus de famille, — répondit le juge. — Cela résulte d'une de vos déclarations au début de l'interrogatoire.

— C'est vrai, je n'ai plus de famille, mais il en est une à laquelle j'appartiens, sinon par les liens du sang du moins par ceux du cœur... — Le chef de cette famille m'avait recueilli et protégé tout enfant quand je suis resté seul au monde... il est mort... Je cherchais les siens pour leur payer ma dette de reconnaissance.

— Les avez-vous retrouvés ?

Pour la seconde fois René ne répondit pas.

Il y avait un danger réel à mêler Mme Leroyer à ces débats.

La pauvre femme dont la vie était atteinte dans ses sources mêmes, la pauvre mère qui déguisait sous un nom d'emprunt le nom qu'une effrayante erreur judiciaire avait couvert de honte, serait frappée d'un coup mortel en se voyant inquiétée par la police et appelée en témoignage.

Ne fallait-il pas en outre cacher à Berthe ce qu'on lui avait laissé ignorer jusqu'à ce jour ?

Ne serait-ce point commettre enfin une irréparable imprudence que de révéler à un magistrat le terrible secret ?

La justice se proclame volontiers infaillible.

N'étoufferait-elle pas dans son germe toute tentative ayant pour but de prouver qu'elle s'était effroyablement et odieusement trompée.

En moins d'une seconde René envisagea toutes ces choses.

— Monsieur, — dit-il au juge d'instruction d'une voix émue, — ne me questionnez pas à ce sujet, je vous en supplie... — Il s'agit d'un secret qui n'est point le mien et dont par conséquent je ne puis disposer, mais je vous fais le serment sur mon honneur, — et je suis un honnête homme, monsieur, — que ce secret est absolument étranger à la politique et ne menace d'aucune façon la sûreté de l'État... — Il s'agit de l'honneur d'une famille... — Ai-je le droit de dire un mot, un seul mot, qui puisse porter atteinte à cet honneur ? — Quant à l'accusation contre laquelle il faut me défendre, elle est tellement absurde que je ne puis la prendre au sérieux... Écrivez à Portsmouth, monsieur, où j'ai passé dix-huit ans, estimé de mes chefs, aimé des compagnons que j'avais sous mes ordres, on vous répondra que René Moulin est un brave garçon, un courageux travailleur et non pas un songe-creux, un toqué, un hurluberlu ; or il faut être tout cela, quand on est ouvrier et bon ouvrier, pour se lancer dans la politique au lieu de s'occuper de son état... Je demande qu'on fouille mon passé, on n'y trouvera pas une tache !...

Ayant ainsi parlé, avec une animation toujours grandissante, René Moulin croisa les bras sur sa poitrine et il attendit.

Les magistrats instructeurs sont rebelles à l'émotion et n'ont point la crédulité facile.

Il ne saurait d'ailleurs en être autrement.

La ribambelle des gredins qui se succèdent dans leurs cabinets n'a d'autre but que de les tromper sans cesse par des affirmations mensongères, par de fausses apparences adroitement présentées.

Ils assistent chaque jour à la comédie des larmes de commande, des indignations hypocrites, des désespoirs étudiés, et cette comédie est jouée le plus souvent par des acteurs de premier ordre.

La conséquence fatale de ces choses est qu'un juge d'instruction doute toujours et, dans la crainte d'être pris pour dupe par des misérables, ne croit plus à rien.

Cependant la voix de René avait un tel accent de sincérité que, pour la première fois depuis bien longtemps, Camus-Bressolles ne se sentait pas absolument sûr d'avoir un coupable devant lui. — Mais, magistrat avant tout, il se raidit contre le sentiment instinctif qu'il éprouvait et, voulant se former sans retard une conviction, il continua froidement l'interrogatoire du prévenu.

— Pourquoi, — demanda-il, — avez-vous obstinément refusé votre adresse à l'agent qui vous arrêtait ?

— Pour la même raison qui me faisait refuser de lui répondre... — Il s'arrogeait un droit que je ne lui reconnaissais point.

— Eh bien ! maintenant que vous vous trouvez en face d'un représentant autorisé par la loi, vous pourrez répondre...

— Oui, monsieur.

— Et vous êtes disposé à le faire ?

— Sans hésiter.

— Où demeurez-vous ?

— Place Royale, numéro 24, au quatrième étage...

— Sous quel nom habitez-vous ce logement?

— Mais sous le mien, monsieur... sous mon nom de René Moulin... — Je n'ai jamais eu de motif pour déguiser mon identité...

— Vous êtes en garni ?

— Non, monsieur, je suis dans mes meubles...

Le juge prit sur son bureau un trousseau de clefs que René reconnut pour être le sien.

— Ceci est à vous, ayant été trouvé dans votre poche quand on vous a fouillé au poste, après votre arrestation... — dit-il.

— Pardon, monsieur, — interrompit le mécanicien, — c'est moi-même qui ai remis ces clefs à l'agent.

— Peu importe. — Vous reconnaissez qu'elles vous appartiennent?

— Oui, monsieur.

— La clef de votre logement se trouve-t-elle parmi celles-ci ?

Encore une question à laquelle René ne s'attendait point !

Il comprit que l'absence de cette clef, absence dont il ne pouvait, pour de bonne raisons, donner une explication plausible, allait lui faire le plus grand tort dans l'esprit du juge.

Naturellement il garda le silence.

Camus-Bressolles dont les convictions, nous l'avons dit, étaient ébranlées, sentit aussitôt revenir sa défiance.

— Voyons, — fit-il brusquement, — répondez!... — Ma demande est bien simple... — Désignez, parmi ces clefs, celle de votre logement...

— Elle ne s'y trouve pas... — murmura le mécanicien.

— Peut-être l'avez-vous laissée chez votre concierge?...

— Non, monsieur.

— Voici qui est au moins singulier !... Vous aviez sans doute un motif bien grave pour faire disparaître cette clef?

— Je ne l'ai pas fait disparaître... je l'ai perdue...

— Quand?

— Au moment où j'ai été arrêté...

— Elle ne tenait donc pas comme les autres à l'anneau brisé ?

— En effet, monsieur, je la portais seule.

Le juge eut un sourire d'incrédulité.

— C'est peu vraisemblable, — fit-il, — et je m'étonne d'un inutile mensonge, car vous paraissez intelligent et vous savez bien que l'absence de cette clef n'empêchera pas de faire perquisition chez vous...

— Je le sais, monsieur, et je sais aussi qu'on n'y trouvera rien de suspect...

— En évidence, peut-être... mais nous avons des agents adroits qui découvrent les objets les mieux cachés...

— Ils ne trouveront rien, je vous le répète...

— Nous verrons.

René, troublé pendant quelques secondes, reprenait son assurance.

Il pensait qu'il était trop tard pour faire le soir même une perquisition à son domicile.

La descente de police serait forcément remise au lendemain.

Or, le lendemain, Angèle Leroyer aurait fait disparaître le papier mysté-rieux qu'il voulait tenir secret.

Camus-Bressolles tira sa montre et regarda l'heure...

— Nous verrons... — répéta-t-il ensuite. — C'est en votre présence que les recherches auront lieu, et peut-être la nuit, qui porte conseil, vous aura-t-elle disposé à des aveux que votre situation commande dans votre intérêt.

Le mécanicien tressaillit de joie.

— Je ne me trompais pas, — pensait-il, — on n'ira que demain... — Tout est sauvé.

— On va vous donner lecture de votre interrogatoire, — reprit le juge d'instruction.

Le greffier lut à haute voix les demandes du juge et les réponses du prévenu.

— Signez maintenant... — dit le magistrat.

René prit la plume, écrivit son nom et traça d'une main ferme le paraphe compliqué qui l'accompagnait.

Un garde municipal se tenait debout, immobile et raide, dans un angle du cabinet, près de la porte.

Camus-Bressolles lui donna l'ordre de reconduire le prévenu.

René salua le juge, sortit, et regagna la souricière entre les deux gardes qui l'avaient amené.

Son interrogatoire avait duré plus d'une heure et demie.

A peine eut-il quitté le cabinet que le juge mit l'interrogatoire du prévenu dans un dossier qui contenait déjà le procès-verbal d'arrestation, prit une feuille de papier blanc, écrivit ces mots : — « *Pour le commissaire aux délégations ju-diciaires et le chef de la sûreté.* » — Et plus bas : — « *Faire demain matin, dès la première heure, une perquisition au domicile du prévenu René Moulin en sa présence. — Saisir tous les papiers ou autres objets qui sembleraient de nature suspecte.* » — Il data, signa, épingla la feuille sur le dossier, et tira le cordon d'une sonnette qui se trouvait derrière lui.

Un employé se présenta presque aussitôt.

— Ceci tout de suite au commissaire aux délégations... — Allez...

L'employé emporta le dossier.

— En voilà assez pour aujourd'hui, — murmura Camus-Bressolles, — je vais dîner.

Il ajouta en s'adressant à son greffier :

— Aubril, vous êtes libre.

.•.

Théfer, nous le savons, n'avait point quitté le Palais de Justice, rôdant comme une âme en peine dans les couloirs des juges d'instruction, et attendant la fin de l'interrogatoire de René pour procéder à une petite enquête au sujet de cet interrogatoire.

Il vit sortir le prévenu qui passa près de lui sans l'apercevoir.

— Bon! — pensa l'inspecteur, — c'est fini... — Il faut à tout prix que je sache s'il a donné son adresse, et que je connaisse cette adresse...

LXIV

Théfer continua sa promenade, guettant le greffier de Camus-Bressolles et convaincu qu'en sa qualité d'inspecteur il pourrait tirer quelque chose de lui, malgré le secret professionnel auquel les greffiers sont astreints.

Tout à coup il entendit un coup de sonnette.

Un garçon de bureau accourut, entra dans le cabinet de Camus-Bressolles, puis en sortit au bout d'une minute, tenant un dossier à la main et lisant quelques lignes tracées sur un papier épinglé à ce dossier.

L'agent arrêta le garçon de bureau au passage.

— Tiens, c'est vous, Lambert! — lui dit-il, — vous voilà en course...

— Pas bien longue, la course, monsieur Théfer, — répondit l'employé. — C'est probablement de la besogne pour vous que je porte à M. le commissaire aux délégations.

— Ah bah! et pourquoi croyez-vous ça?

— Parce qu'il s'agit d'une perquisition à opérer demain à la première heure...

— Chez qui? — demanda Théfer avec anxiété.

— Chez un nommé René Moulin.

Un élan de joie fit monter le sang au visage de l'inspecteur.

— Il a parlé, — pensa-t-il. — Bonne affaire... Avant une heure je saurai ce qu'il faut que je sache...

Puis, tout haut :

— Je descends avec vous... — dit-il.

Et il accompagna en effet le garçon de bureau, mais sans lui adresser une seule question nouvelle.

L'employé porta le dossier dans le cabinet du commissaire aux délégations, et Théfer s'empressa de gagner son propre bureau, voisin de celui du chef de la sûreté.

René Moulin ayant parlé avec animation croisa ses bras sur sa poitrine et attendit.

Habitué à ces sortes d'affaires, il savait à merveille que le dossier allait revenir du commissaire aux délégations au chef de la sûreté, chargé, en de telles occurrences, de commander un service d'agents pour opérer la perquisition.

Il n'en était pas moins très agité, très nerveux, tant il avait hâte de savoir.

— Si je ne suis point convoqué, — se disait-il en piétinant sur place, — je

ferai causer celui de mes collègues qu'on aura choisi, **mais je me fais pour le**
quart d'heure une fameuse pinte de mauvais sang!...

La porte s'ouvrit.

Un huissier parut, tenant un dossier.

Théfer était seul dans le bureau.

— Chargez-vous, je vous prie, — lui dit l'huissier, — de remettre ceci au
patron... — Il est tard et je suis très pressé...

— Comptez sur moi... — répondit l'inspecteur.

— Merci...

L'âme damnée de M. de la Tour-Vaudieu jeta les yeux sur la chemise du
dossier.

— C'est l'interrogatoire en question... — se dit-il. — Le hasard me sert à
merveille... Tout marche comme sur des roulettes...

Et il entra dans le cabinet de celui qu'on nommait familièrement *le patron*...

— Que voulez-vous, Théfer? — demanda le chef de la sûreté.

— Monsieur, — répondit l'agent, — c'est un dossier de M. Camus-Bressolles... — Il a passé par les mains du commissaire aux délégations. — L'huissier
vient de me dire qu'il s'agit d'une perquisition à opérer chez un individu que
j'ai arrêté il y a quelques jours et qui refusait énergiquement alors de donner
son adresse...

— Il paraît que Camus-Bressolles a trouvé le moyen de lui délier la langue!... — fit le chef en souriant. — Il cuisine assez proprement les prévenus...
— Voyons un peu...

Théfer lui présenta le dossier et, sans en recevoir l'ordre, il resta là en face
du grand bureau ministre, debout, son chapeau à la main, attendant qu'on lui
donnât mission de procéder à la visite domiciliaire, et prêt à s'offrir si on ne
pensait point à lui.

Le chef de la sûreté parcourut l'interrogatoire.

— Ah! ah! — s'écria-t-il tout à coup. — Le gaillard connaît les agitateurs
italiens résidant en Angleterre!... — C'est une bonne prise que vous avez faite
là, Théfer... Je vous en félicite...

L'inspecteur s'inclina et devint rouge de joie.

Décidément il était en veine! — En croyant n'opérer que pour le service de
Georges de la Tour-Vaudieu, il avait agi dans l'intérêt de la chose publique!

Il serait complimenté! — Il toucherait une ample gratification! — Il obtiendrait de l'avancement!...

Quel rêve pour un policier!!...

Le chef de la sûreté poursuivit :

— Il était lié là-bas avec des conspirateurs particulièrement signalés comme
dangereux, Orsini, Benedetti, Brusoni!... — Son affaire est mauvaise!!

Après avoir lu pendant un instant tout bas, le patron reprit à haute voix :

— Somme toute, il n'est pas très fort, ce René Moulin! — Mis en demeure d'expliquer son retour plausible à Paris, il se cantonne dans une invention aussi absurde qu'invraisemblable : — il prétend qu'il venait rendre l'honneur à une famille qu'il ne peut nommer, ce secret n'étant pas le sien. — C'est pauvrement imaginé.

Théfer écoutait avec une attention profonde.

Chaque parole dite devant lui se gravait dans sa mémoire.

— Demain, — conclut le chef de la sûreté en refermant le dossier, — demain on fera sortir le prévenu de Sainte-Pélagie et on le conduira à son domicile où on procédera en sa présence... — Je vous charge de cela...

— Bien, monsieur...

— Je vais vous signer un ordre d'extraction... — Vous irez prendre à huit heures le nommé René Moulin à Sainte-Pélagie, et vous le conduirez en voiture à son logement, place Royale, n° 24, au quatrième étage... Je vous attendrai là entre huit heures et demie et neuf heures moins un quart.

L'inspecteur avait peine à cacher sa joie.

— Faites-vous assister par deux agents... — continua le chef, tout en signant l'ordre d'extraction.

— Oui, monsieur...

— Vous avez bien pris vos notes? *René Moulin, place Royale, n° 24, au quatrième étage.*

— Ah! j'avais oublié l'étage.

— C'était sans importance.

— En effet.

— Voici l'ordre... — Veillez avec soin sur le gaillard... — Je vous répète que sa capture est importante, surtout en ce moment où nous avons de sérieuses inquiétudes au sujet des complots qui se trament à l'étranger contre la vie du chef de l'État.

— Soyez tranquille, monsieur, je réponds du prévenu...

Et Théfer sortit enchanté du cabinet.

— Sept heures un quart! — murmura-t-il en regardant sa montre.

Il donna des ordres pour le lendemain à deux agents de sa brigade, quitta la Préfecture en toute hâte, monta dans un fiacre qu'il prit sur la place Dauphine, et indiqua au cocher l'adresse de l'hôtel du duc Georges de la Tour-Vaudieu, rue Saint-Dominique.

*

Mme Leroyer — nos lecteurs doivent le comprendre sans peine — était fort intriguée par la visite de l'émissaire de René Moulin et très désireuse de connaître le contenu de la lettre qu'il venait de lui apporter.

Une chose, en outre, la préoccupait et l'inquiétait.

Le messager du mécanicien venait de lui dire que la maison était surveillée par la police.

Pourquoi cette surveillance qui ne présageait rien de bon?...

Berthe, après avoir refermé la porte du logement derrière le marchand de billets, rentra très agitée, très émue, dans la chambre de la malade.

— Mère chérie, — lui dit-elle d'une voix mal affermie, — je n'ai pas voulu te désobéir..... — L'étranger qui sort d'ici insistait pour ne parler qu'à toi... Je me suis retirée, mais ce mystère m'inquiète et m'effraye... — J'ai peur qu'on ne soit venu t'apprendre quelque chose de fâcheux...

— Rassure-toi, mon enfant... — répondit Angèle, — tes inquiétudes n'ont pas de raison d'être... — On m'apportait une espérance...

— Bien vrai?

— Je te l'affirme... et je l'affirmerai plus certainement encore quand j'aurai lu la lettre que voici.

— Dois-je de nouveau te laisser seule?

— Non, ma mignonne... Reste là, près de moi... — Apprête ma potion du matin.

Mᵐᵉ Leroyer parlait d'une voix si basse qu'elle était presque indistincte.

De jour en jour la pauvre femme, la pauvre mère, — *Mater dolorosa*, — s'affaiblissait davantage.

Et cependant Étienne Loriot ne perdait pas absolument tout espoir.

— Un peu de bonheur pourrait peut-être la sauver encore... — pensait-il.

Berthe prépara donc la potion, tandis qu'Angèle décachetait la lettre de René Moulin et en dévorait le contenu.

Quand elle eut achevé sa lecture, elle la recommença plus lentement.

Pour la première fois depuis des semaines, depuis des mois, une expression presque joyeuse remplaçait la morne tristesse empreinte sur son visage amaigri. — Une coloration légère revenait à ses joues pâles.

Elle avait vécu jadis dans la maison où logeait René Moulin... — C'est là que ses enfants étaient nés...

Cette coïncidence toute fortuite lui semblait d'un heureux augure.

La jeune fille s'aperçut bien vite du changement survenu dans l'apparence de la malade.

— Mère chérie, — lui dit-elle en l'embrassant, — tu viens de recevoir une bonne nouvelle, n'est-ce pas?...

— Oui, mon enfant.

— Me trouveras-tu trop curieuse si je te demande de qui vient cette lettre?

— Elle vient de René Moulin...

— René Moulin, cet ouvrier qu'aimait et protégeait mon pauvre père, qui nous est dévoué par reconnaissance, et que tu as rencontré au cimetière tandis que j'étais évanouie?

— Lui-même, — répondit Angèle dont un souvenir lugubre assombrit de nouveau le front.

— Cette lettre, puis-je la lire ?

Non, c'était impossible, et nous savons pourquoi.

Mme Leroyer secoua la tête.

Berthe n'insista pas tout de suite, mais au bout d'un instant elle reprit :

— Enfin, que dit-il, ce René Moulin ? Ne puis-je l'apprendre ?

— Il me demande un service.

— Et c'est là ce qui cause ta joie !! — s'écria Berthe surprise.

LXV

— Oui, répondit Mme Leroyer, — car je serai très heureuse d'être utile à celui qui nous aime !... A celui que jadis je regardais comme un de mes enfants et qui, tout jeune lui-même, te faisait sauter, petite fille, sur ses genoux.

Berthe ne doutait jamais de la parole de sa mère, mais ces réponses lui paraissaient à bon droit étrangement vagues et embarrassées.

Il lui semblait que Mme Leroyer lui cachait quelque chose.

— Mère chérie, — demanda-t-elle, — pourquoi donc t'écrit-il au lieu de venir lui-même te voir ?

— Parce qu'il ne le peut pas.

— Qui l'en empêche ? — N'est-il plus à Paris ?

— Il est en prison...

— En prison ! — répéta la jeune fille avec effroi. — De quoi donc est-il coupable ?

— De rien... — L'accusation qui pèse sur lui est injuste et menteuse, j'en suis sûre...

— Mère, tu as vu M. René il y a quelques jours, m'as-tu dit ?

— Oui.

— Comment se fait-il qu'aujourd'hui il soit prisonnier ?

— On l'a arrêté le jour même de notre rencontre, en ma présence, à la sortie du cimetière... au moment où il s'apprêtait à m'accompagner jusqu'ici...

— Ah ! c'est horrible ! — Quel coup tu as dû recevoir ! — Pourquoi ne m'as-tu rien dit de cela ?...

— Convaincue, comme René l'était lui-même, que la police commettait une erreur et que cette erreur serait immédiatement réparée, je m'attendais à le voir arriver d'un heure à l'autre, et je trouvais inutile de te parler d'un fâcheux incident...

— Mais on ne l'a point relâché... on n'a donc pas reconnu l'erreur?... — De quoi l'accuse-t-on ?

La lettre elle-même fournissait une réponse à la question de Berthe.

René se croyait impliqué à son insu dans quelque affaire politique, et il le disait.

Mme Leroyer s'empara de cette explication très plausible, et la présenta à sa fille comme indiscutable.

Berthe poussa un soupir d'allègement.

— Me voilà rassurée... — dit-elle. — La politique n'empêche pas d'être honnête. Je craignais qu'on n'imputât au protégé de mon père quelque action mauvaise...

— Une action mauvaise ! ! — répéta Mme Leroyer, — René Moulin en est incapable ! — Il suffit de le voir un instant, il suffit de causer avec lui, pour être certain qu'il est le plus honnête et le plus loyal des homme...

— J'aurais dû le comprendre, mère, puisque tu m'avais dit que tu l'aimais, — répliqua Berthe, — mais le trouble de mon esprit m'empêchait de réfléchir... — M. René t'annonce-t-il dans sa lettre qu'il sera bientôt libre ?

— Malheureusement, il l'ignore...

— Quel est le service qu'il attend de toi ?

— Il me demande de soustraire aux recherches de la police quelques papiers compromettants qui se trouvent dans son logis, et des titres de rente qui consti tuent sa petite fortune...

— Comment feras-tu cela, ma mère?

—En suivant de point en point ses instructions... En allant chez lui...

— Chez lui ! — répéta la jeune fille avec épouvante.

— Pourquoi non, puisqu'il le faut dans un intérêt cher et sacré?... — murmura Mme Leroyer avec une émotion dont Berthe ne pouvait deviner la véritable cause.

— Mais tu n'y penses pas ! — reprit la blonde enfant. — C'est ta liberté que tu risques ! — On peut te soupçonner...

— De quoi me soupçonnerait-on ?...

— D'être complice de René Moulin...

— Complice d'un innocent, ce n'est pas dangereux !... — fit Angèle avec un triste sourire.

— L'innocence de M. René ne l'empêche pas d'être prisonnier... — Donc on le croit coupable... Donc on pourrait t'accuser aussi... On t'a vue lui parler au cimetière... On sait que tu le connais... on t'espionne peut-être...

Angèle se souvint de ce que venait de lui dire le messager du prisonnier.

La maison était surveillée par deux agents.

Elle pâlit.

— Mon Dieu ! — balbutia-t-elle, — je ne puis pourtant pas le laisser en péril sans même essayer de le sauver... — Au risque de me compromettre je ferai ce qu'il me demande... Je le tenterai du moins... — J'irai.

Berthe joignit les mains.

— Mais c'est insensé, mère chérie !... — s'écria-t-elle d'une voix que la douleur et l'effroi rendaient tremblante. — Est-ce que tu peux sortir, souffrante et faible comme tu l'es depuis bien des jours ? Serais-tu seulement capable de faire deux fois le tour de cette chambre ?... — Où prendrais-tu la force et l'énergie d'aller loin d'ici, dans une maison étrangère, dans un logement inconnu, fouiller un meuble et t'emparer de ce qu'il contient ?... Non, non... c'est impossible, et je te prierai à deux genoux de renoncer à ce fatal projet, et si mon influence sur toi est insuffisante, j'en appellerai à notre ami le docteur Étienne qui saura bien se faire écouter, lui, et à qui tu ne refuseras pas d'obéir...

— Silence, mon enfant !... silence !... — dit vivement Angèle.

— Pourquoi me taire ?

— Parce que le secret que m'a confié René Moulin ne doit être connu de personne au monde !... Ce qu'il me demande, je dois le faire, tu entends bien, je le dois !... — J'irai donc chez lui, dussé-je au retour tomber morte !... — Quand il s'agit d'accomplir un devoir, la vie ne compte plus !

La voix de la malade, à peu près indistincte au début de l'entretien, s'était animée jusqu'à devenir presque vibrante. — Le feu sombre d'une résolution irrévocable brillait dans ses yeux caves.

Berthe le comprit et se sentit à demi vaincue.

Néanmoins elle ne courba pas la tête et ne renonça pas à la lutte.

— As-tu donc le droit, quoi qu'il arrive, d'affirmer que ta vie ne compte plus ? — reprit-elle. — Ta vie n'appartient pas à toi seule ! Elle est à moi... à moi, ton unique enfant, ta fille qui t'aime, qui t'adore, et qui mourrait si tu devais mourir ! — René Moulin est notre ami, soit, notre ami dévoué, je le crois, mais il n'est cependant qu'un étranger pour nous, et tu serais bien coupable et bien cruelle en lui sacrifiant le bonheur et l'existence de ta fille ! — Mère, tu m'écouteras, tu ne voudras pas me désespérer, ou je croirai que j'ai perdu ta tendresse et que tu me caches le vrai mobile secret qui te fait agir...

Mᵐᵉ Leroyer frissonna de tout son corps en entendant ces derniers mots.

Elle attira Berthe dans ses bras et la pressa contre sa poitrine, puis d'une voix profondément altérée elle balbutia :

— Mon enfant bien-aimée, ne me demande rien de plus, car je ne pourrais te répondre... — Tu es mon seul amour en ce monde, mais au nom de ta tendresse pour moi, au nom de ton père, au nom de notre Abel bien-aimé, ne m'interroge pas !... — Ces morts chéris m'imposent le silence...

Angèle pleurait en disant ces mots.

Berthe répondit :

— Je me tairai, ma mère, à condition que n'iras pas chez René Moulin...

— J'irai... et tu comprendras un jour... bientôt peut-être... l'obstination qui t'étonne en ce moment...

— La volonté ne suffit point pour agir... — murmura la jeune fille, — il faut la force.

— La force ne me manquera pas... — Tu t'exagères ma faiblesse... — On peut ce qu'on veut... tu vas voir.

Mme Leroyer rejeta d'un mouvement brusque les draps et les couvertures qui montaient jusqu'à ses épaules et, quittant son lit sans l'aide de sa fille, se dressa et essaya de marcher.

Vaine tentative.

Dès les premiers pas ses jambes fléchirent sous le poids bien léger cependant de son corps amaigri.

Elle chancela et serait tombée sur le plancher de la chambre si Berthe ne s'était précipitée pour la recevoir dans ses bras, la soutenir, et la ramener jusqu'au lit qu'elle venait de quitter.

— Je ne peux pas... — balbutia la malheureuse femme avec une expression déchirante. — Dieu m'abandonne... Je ne peux pas... Je vais mourir désespérée...

Et elle éclata en sanglots.

Une soudaine inspiration traversa l'esprit de l'angélique enfant.

— Console-toi, mère chérie... — dit-elle. — Ce qu'il ne t'est point possible de faire, je le ferai, moi...

Angèle releva vivement la tête et ses yeux se fixèrent sur Berthe pour une muette interrogation.

— René Moulin te demande d'aller chez lui prendre dans un meuble des papiers et des titres... — Indique-moi la maison, le logement et le meuble... Je suis prête à te remplacer...

— Toi, mon enfant! — murmura la malade, — toi !

— Pourquoi non? — Ne suis-je pas assez forte, assez vaillante, pour accomplir une mission devant laquelle tu ne reculerais point?

— Mais le danger?

— Il existait pour toi et tu le bravais... Je puis bien le braver aussi...

— Tu es si jeune !...

— Qu'importe mon âge ?...

— N'auras-tu pas peur?...

— Non, je te l'affirme... et d'ailleurs la pensée que j'accomplis un devoir me soutiendra si je tremble...

— Eh bien! que la volonté de Dieu soit faite ! J'accepte ton dévouement...

— Je suis prêt à vous suivre... mais une chose me préoccupe...

— dit Angèle **après** quelques secondes d'une lutte intérieure dont son visage livide trahit l'intensité. — J'accepte, chère enfant, et je te remercie...

— Explique-moi ce qu'il faut faire et je pars...

— Oh ! pas en ce moment...

— Pourquoi ?...

— C'est ce soir seulement, quand la nuit sera close, qu'il faudra se rendre à la place Royale...

L'idée de cette sortie nocturne fit courir un frisson d'angoisse sur l'épiderme de Berthe, qui par un héroïque effort dissimula ce qu'elle éprouvait.

Mme Leroyer poursuivit :

— Écoute-moi bien et grave dans ta mémoire chacune de mes paroles... — René demeure au n° 24 dans une ancienne maison que nous avons nous-mêmes habitée jadis... — Tu étais trop enfant pour t'en souvenir...

— En effet, — murmura Berthe, — je ne m'en souviens pas...

— Son logement est situé au quatrième étage... La porte se trouve à droite. — Voici la clef de cette porte...

LXVI

Et Mme Leroyer tendit à sa fille la clef apportée par Ugène.

Berthe la saisit.

— Continue... — dit-elle ensuite. — J'ai bien compris... la porte à droite du quatrième étage.

— Il faudra partir d'ici de manière à arriver là-bas entre neuf et dix heures du soir... On ne ferme la grande porte qu'après dix heures...

— J'y serai... — Mais si le concierge m'arrête au passage et me demande où je vais...

— René Moulin a prévu le cas... — Si l'on t'interroge tu répondras que tu vas au troisième étage, chez une couturière qui s'appelle Mme Langlois... — Te souviendras-tu de ce nom?...

— *Madame Langlois*... — répéta Berthe. — Je me souviendrai.

— La loge du concierge, si j'ai bonne mémoire, est assez loin de l'escalier et tu pourras peut-être passer inaperçue...

— Ensuite?

— Arrivée au quatrième étage, tu ouvriras la porte de droite et, après avoir allumé une bougie emportée d'ici, tu entreras dans la chambre à coucher... — Là, tu trouveras un secrétaire...

— En avez-vous la clef?...

— Elle est à la serrure... — Tu feras jouer cette serrure et dans un des tiroirs de droite tu trouveras une grande enveloppe carrée facilement reconnaissable, en papier anglais bleuâtre et cachetée de cire rouge. Elle porte pour toute suscription cet unique mot: JUSTICE!

— *Justice!...* — murmura la jeune fille avec un frisson involontaire.

— Oui.

— Après?

— Tu fouilleras dans les tiroirs et tu prendras ce que tu trouveras d'argent,

de billets de banque et de titres... — Ces valeurs sont confiées à notre garde...
— Tu en feras un paquet que tu rapporteras ici avec l'enveloppe carrée...

— Et ?

— Ce sera tout...

— Mais, — demanda Berthe, — s'il y a d'autres papiers ?...

— Il y en a certainement... — répondit Angèle. — Tu n'y toucheras pas, tu refermeras le secrétaire et tu reviendras vite, car tu comprends que je t'attendrai avec une dévorante impatience, avec une inquiétude mortelle...

— Et nous aurons conjuré le péril qui menace M. René ?... — reprit la jeune fille.

— Oui, chère mignonne... — Il ne me restera qu'à remercier Dieu qui t'aura conduite et ramenée...

— Dieu veillera sur moi, ma mère, j'en ai la ferme confiance.

— *Aide-toi ! le ciel t'aidera !* — dit un vieux proverbe, et ce proverbe est sage... — Il faudra beaucoup de précautions.,.

— Sois tranquille, je les prendrai...

— Ici même une grande prudence sera nécessaire...

— Ici ! — répéta Berthe avec étonnement.

— Il paraît que la police se défie de nous.

— A quel propos cette défiance ?... Qu'avons-nous fait pour la mériter ?...

— Rien assurément, mais l'émissaire envoyé par René m'a prévenue que des agents de police surveillaient notre maison...

En entendant ces mots la jeune fille crut voir un nuage se déchirer devant ses yeux. — Elle pensa soudain à l'homme singulier qui, depuis quelques jours, était établi dans la loge de la concierge qui le faisait passer pour son frère.

Elle se souvint que ce personnage avait l'habitude d'interroger les locataires avec une infatigable curiosité, et d'adresser des questions sans nombre à toute personne venue dans la maison pour un motif quelconque.

Plus d'une fois elle l'avait vu parler longuement et d'un air mystérieux au commissionnaire dont l'installation devant la boutique du marchand de vin était de fraîche date.

Ces petits faits se représentant tous à la fois à l'esprit de Berthe, éclairés d'une lueur nouvelle, lui parurent au plus haut point suspects.

— Je crois bien, mère chérie, qu'on ne t'a pas trompée... — dit-elle après une seconde de réflexion.

— Tu avais remarqué quelque chose ?...

— Remarqué, oui, mais non compris... — A présent, j'y vois clair... — C'est positivement nous qu'on épie... — On sait que tu connais René Moulin, puisqu'il t'accompagnait au moment de son arrestation... — On espère arriver par nous à la découverte du secret que le prisonnier veut garder.

— Alors, tout est compromis !... — murmura M™ Leroyer atterrée et tremblante ; — tout est perdu peut-être !...

— Mère chérie, ne crains rien... — Je suis prévenue... — je saurai dépister les agents qui nous observent ; mais si la maison de la place Royale est comme la nôtre entourée d'espions, ma tâche deviendra difficile...

— Ceci n'est point à craindre... René m'avertit qu'il a refusé de faire connaître sa demeure... Si la police savait son adresse, ta démarche de ce soir n'aurait pas de raison d'être...

— C'est juste, et tout ira bien...

Berthe se pencha pour embrasser sa mère.

Au moment où ses lèvres allaient toucher le front de M™ Leroyer, celle-ci, que la souffrance rendait très nerveuse, très impressionnable, tressaillit en poussant un faible cri.

On venait de sonner à la porte du logement.

Angèle balbutia, en cachant sous son oreiller la lettre de René :

— Mon Dieu !... si c'étaient eux...

— Eux ? qui donc ?

— Ces gens de la police...

— Ne crains rien... — répliqua la jeune fille en souriant. — Pourquoi viendraient-ils ?... — Souviens-toi que c'est l'heure de la visite habituelle de notre ami Étienne Loriot...

— Tu dois avoir raison... — Me voici rassurée, mais j'ai eu grand'peur... — Ouvre vite...

Berthe ne se trompait pas.

Le jeune docteur prit les deux mains de sa fiancée, les appuya tendrement contre ses lèvres et demanda d'une voix très basse :

— Comment va notre chère malade ?

— Les suffocations sont fréquentes...

— La faiblesse ?

— Toujours très grande... — Ma pauvre mère ayant voulu se lever un instant n'a pu rester debout... — Elle allait défaillir.

— Vous avez administré la potion que j'ai prescrite ?

— Oui, docteur.

— J'en attendais un meilleur résultat. — Madame votre mère n'a-t-elle éprouvé depuis hier aucune émotion ?

Berthe hésita avant de répondre, mais elle ne pouvait dire la vérité et elle balbutia, non sans un peu de trouble :

— Aucune, docteur...

Étienne reprit :

— Je ne saurais trop vous répéter, chère enfant, qu'il faut éviter à tout prix les émotions, même les plus légères... — Un état de calme absolu physique et moral, nous laisse seul des chances de guérison... — Si ce calme n'existait point, tous les médicaments perdraient leur action curative et la science serait impuissante... — Ne l'oubliez pas, je vous en supplie...

— Je le savais et je m'en souviendrai... — murmura Berthe avec un embarras croissant qui n'échappa point au jeune homme.

— Qu'avez-vous donc ? — demanda-t-il.

— Moi ?... rien, docteur... que pourrais-je avoir ?...

— Mᵐᵉ Monestier aurait-elle éprouvé depuis hier une de ces émotions meurtrières que je redoute tant ?

— Non, docteur, non, je vous assure... Rien de semblable ne s'est produit... Venez vite auprès d'elle..

Ces paroles furent dites d'une voix tremblante, et avec une agitation visible dont Etienne s'étonna de plus en plus.

En arrivant auprès de la malade, il éprouva une surprise d'un tout autre genre.

Mᵐᵉ Leroyer, — que Berthe disait si faible, — lui parut moins abattue que de coutume.

Ses prunelles brillaient ; — une teinte faiblement rosée remplaçait la pâleur uniforme de ses joues.

Elle dit à Étienne en souriant :

— Je vous assure, docteur, que je vais beaucoup mieux...

Le jeune homme serra la main que la malade lui tendait et tressaillit en la trouvant brûlante.

Il appuya comme par hasard ses doigts sur le poignet.

L'artère battait, ou plutôt bondissait, d'une façon furieuse et désordonnée.

Ainsi donc la coloration du teint et l'éclat des prunelles n'étaient que les symptômes d'une effroyable fièvre !

— Il s'est passé quelque chose ici, je n'en puis douter... — se dit Étienne. — Mais quoi ?

Puis, tout haut, il demanda :

— Avez-vous dormi d'un bon sommeil la nuit dernière, chère madame ?...

— Pendant la plus grande partie de la nuit, oui, docteur... — répondit Angèle.

— Sans mauvais rêves ? Sans cauchemars ?

La veuve du supplicié secoua négativement la tête.

Étienne continua :

— Ce matin avez-vous eu quelque crise d'oppression ?

— Une seule...

— Votre cœur a-t-il battu plus fort que de coutume ?

— Un peu...

— En vous réveillant ?

— Non, plus tard...

— A quelle cause attribuez-vous ce redoublement d'oppression?... ces battements de cœur inattendus?

Angèle répondit avec le même embarras qu'Étienne avait constaté chez Berthe :

— A aucune cause, docteur... à aucune cause appréciable du moins... — C'est venu à la suite d'une conversation avec Berthe... au sujet du passé...

— Chère madame, — dit le médecin d'une voix émue, — à quoi bon évoquer sans cesse de douloureux souvenirs ? — Imposez-vous le calme, je vous en conjure, si vous voulez assister plus tard au bonheur de votre fille...

— Docteur, — murmura la malade, — je promets de vous obéir... autant que je pourrai... On n'est pas toujours maîtresse de soi...

LXVII

Mᵐᵉ Leroyer n'avait pas compris ce qu'Étienne mettait de son cœur dans ces mots : *Si vous voulez assister plus tard au bonheur de votre fille...* — Mais Berthe en devina le véritable sens et devint pourpre, en baissant les yeux avec embarras.

— A coup sûr, — pensa le docteur, — la mère et la fille sont troublées... — Et il se répéta : — Que se passe-t-il ici ?

Les amoureux bien épris, personne ne l'ignore, sont prêts à toutes les inquiétudes, même les moins fondées, à tous les soupçons, même les plus absurdes.

Étienne, devinant un mystère, eut aussitôt la tête à l'envers et se sentit à l'instant saisi d'une vague et jalouse inquiétude.

Berthe, d'accord avec Angèle, lui cachait quelque chose...

Donc elle se défiait de lui ...

Or, on ne se défie point de ceux qu'on aime.

Donc elle ne l'aimait pas.

Rien de plus faux dans la situation, — nous le savons, — mais rien de plus logique en apparence.

Le jeune homme souffrait cruellement et n'osait questionner.

Dissimulant de son mieux ses angoisses il se leva et prit son chapeau qu'il avait posé sur un meuble.

— Vous partez, cher docteur? — demanda la malade.

— Oui, madame.

— Qu'ordonnez-vous?

— Pour l'après-midi la continuation du régime prescrit hier...

— Et pour la nuit?

— Je reviendrai ce soir, et nous verrons...

Angèle et Berthe échangèrent un regard à la dérobée.

La visite du docteur, dérangeant tous leurs plans, ne pouvait évidemment avoir lieu...

Mais comment s'y prendre pour l'empêcher?

— Ce soir... — répéta Berthe, — vous comptez revenir ce soir?...

— Sans doute... — répondit Étienne avec un peu d'amertume, — à moins que vous n'y voyez quelque obstacle et que vous me trouviez importun.

— Importun, vous ne pouvez pas l'être... et vous le savez bien... — balbutia la jeune fille. — Seulement je dois porter quelques petits ouvrages de broderie dans une maison pour laquelle je travaille depuis longtemps... et qui compte aujourd'hui sur moi... — Je serai donc forcée de sortir... Vous comprenez cela, n'est-ce pas?... Je voudrais remettre... mais c'est impossible... J'ai promis...

Étienne Loriot sentit un pressentiment de mauvais augure lui serrer le cœur.

— Je comprends à merveille et c'est tout naturel... — répliqua-t-il d'une voix qu'il s'efforçait en vain d'affermir, — je serais gênant ce soir... je reviendrai demain...

Il salua la mère et la fille, et se retira silencieusement.

Ses doutes grandissaient, ses soupçons jaloux se matérialisaient en quelque sorte.

Sans hésiter il aurait donné un an de sa vie pour éclairer ces ténèbres suspectes, pour savoir ce que Berthe lui cachait, mais la délicatesse de ses sentiments était trop exquise pour que la pensée lui vînt seulement d'espionner celle qu'il aimait.

Lorsque la porte se fut refermée sur lui, Mme Leroyer dit à Berthe :

— J'ai eu bien peur pendant quelques secondes de te voir trahir malgré toi notre secret...

— Je veillais sur moi, mère chérie, mais mon trouble sautait aux yeux et le docteur a certainement deviné que je lui mentais.

— Mensonge nécessaire... mensonge indispensable... qui ne peut inquiéter ta conscience...

Berthe pensait :

— Étienne était triste en partant... — Ce n'est pas ma conscience qui souffre, c'est mon cœur...

La journée s'écoula, lente et pleine d'anxiété pour les deux femmes.

Elles attendaient avec une impatience mêlée d'angoisse le moment de se conformer aux instructions de René Moulin.

Enfin la nuit arriva.

Sept heures sonnèrent, puis la demie.

Le ciel était noir comme de l'encre, l'atmosphère lourde, le temps orageux.

Berthe attacha sur ses épais cheveux blonds un petit chapeau noir, s'enveloppa dans un châle de deuil et se tint prête à sortir.

A ce moment précis Théfer, l'inspecteur de la sûreté, quittait la voiture dans laquelle il était monté place Dauphine et sonnait à la porte de service de l'hôtel de la Tour-Vaudieu.

Cette porte s'ouvrit aussitôt.

Théfer en franchit le seuil et se dirigea vers la loge qui formait un élégant pavillon à gauche de l'entrée monumentale réservée pour les voitures

— M. le duc? — demanda-t-il au concierge.

Ce dernier, reconnaissant en lui un subalterne familier de la maison, daigna répondre gracieusement :

— M. le duc est à l'hôtel, mais je ne crois pas qu'il ait fini de dîner.

— Peu importe... — il est prévenu de ma visite et doit m'attendre avec impatience, car je viens pour affaire pressée... — Veuillez lui faire passer ceci sans le moindre retard...

En disant ces paroles le policier tendait un pli cacheté au concierge qui le prit et, après avoir fait à deux reprises résonner un timbre, se dirigea vers le perron, gravit les degrés et disparut dans le vestibule.

Au bout d'une minute il reparut, accompagné de Ferdinand, le valet de chambre, qui dit au policier :

— Venez, M. le duc vous attend...

Il conduisit Théfer par un escalier dérobé au cabinet de travail où M. de la Tour-Vaudieu venait de se rendre, et se retira.

— Depuis que j'ai reçu votre petit mot, — s'écria le sénateur, — je suis sur des charbons ardents ! — Tout va-t-il bien?

— Je le crois, monsieur le duc.

— Le prisonnier a donné son adresse au juge d'instruction?

— Oui.

— Il demeure?

— Place Royale, n° 24.

— Aucune perquisition n'a été faite à ce domicile?

— Aucune... — C'est demain matin seulement, en présence de René Moulin lui-même, qu'une descente de police doit avoir lieu...

— Il faut donc agir ce soir même...

— Aussi n'ai-je pas perdu une minute pour venir me mettre aux ordres de monsieur le duc...

— Je suis prêt à vous suivre... mais une chose me préoccupe...

— Monsieur le duc me permet-il de lui demander le sujet de sa préoccupation?

— Comment ferons-nous pour entrer chez cet homme? Nous n'avons pas la clef de son logement...

Théfer tira de sa poche un passe-partout, ouvrit l'allée obscure et puante..

Théfer sourit.

— L'obstacle est facile à tourner... — répondit-il. — Nous passerons chez moi où je prendrai certains instruments qui remplaceront la clef...

— Connaissez-vous la maison de la place Royale?

— Non, monsieur le duc...

— Il est possible qu'on nous questionne au moment où nous en franchirons le seuil...

— Sans doute ; dans ce cas c'est moi qui répondrai, et je trouverai moyen d'endormir la défiance du concierge. — Je sais que le logement de René Moulin se trouve au quatrième. Cela nous servira.

— Faut-il partir tout de suite?

— Oui, monsieur le duc, car je voudrais arriver là-bas entre neuf et dix heures...

Le duc jeta un coup d'œil dans une grande glace qui lui renvoya son image.

— Ne pensez-vous pas, Théfer, — demanda-t il, — que mieux vaudrait, pour cette expédition, ne point porter mes vêtements habituels?

— Ce sera prudent en effet, mais monsieur le duc devra quitter son hôtel habillé comme de coutume, sous peine d'attirer l'attention et de provoquer les commentaires de ses serviteurs... — Il voudra bien ensuite me faire l'honneur de monter chez moi où je mettrai à sa disposition un vestiaire très complet... — Je me charge de le rendre méconnaissable...

— Vous êtes homme de ressources, Théfer !...

— C'est un des côtés de mon métier, d'ailleurs le dévouement profond que m'inspire monsieur le duc suffirait pour me rendre ingénieux...

— Vous aurez la preuve que je ne suis pas ingrat !... — Que se passe-t-il rue Notre-Dame-des-Champs?

— La mère s'affaiblit de plus en plus et s'éteindra d'un moment à l'autre...

— Vos hommes sont toujours là ?

— Oui, monsieur le duc, mais je me propose ce soir même, après notre visite à la place Royale, de supprimer une surveillance désormais inutile...

Tout en s'entretenant avec l'agent de police le sénateur revêtait un pardessus, prenait un chapeau et glissait dans sa poche un petit revolver.

— Je suis prêt... — dit-il. — Partons...

Et il se dirigea vers la porte.

L'inspecteur de police l'arrêta par ces mots :

— Monsieur le duc se souvient-il d'une précaution très importante dont il m'a fait l'honneur de me parler ?... — Il s'agit de certain document qui, placé dans les papiers du prévenu, établira nettement sa culpabilité.

— J'y ai songé, — répondit Georges. — J'ai sur moi ce qu'il faut...

— Alors, rien ne nous retient plus.

Le duc et l'agent quittèrent l'hôtel par l'escalier dérobé, traversèrent la cour et se trouvèrent dans la rue Saint-Dominique.

Le fiacre de Théfer stationnait près du trottoir.

Le duc y monta.

L'inspecteur s'assit respectueusement en face de lui, après avoir donné l'ordre au cocher de les conduire rue du Pont-Louis-Philippe.

C'était là qu'il avait son logement au troisième étage d'une maison étroite et mal tenue.

Cette maison n'avait pas de portier, et cette circonstance pouvait bien avoir déterminé le choix de Théfer.

Un petit boutiquier, demeurant au rez-de-chaussée, se chargeait de répondre pour les locataires, dont chacun possédait une clef de la porte d'entrée.

Le petit boutiquier en question passait généralement dans le quartier pour être à la solde de la Préfecture, et les braves gens qui répandaient ce bruit se rendaient coupables d'une médisance, — croyons-nous, — beaucoup plus que d'une calomnie.

LXVIII

Théfer paya et renvoya le cocher, tira de sa poche un passe-partout, ouvrit l'allée obscure et puante au bout de laquelle se trouvait l'escalier boueux en hiver, poudreux en été, alluma une lanterne microscopique dont il s'était muni en vue de l'expédition projetée, et précéda le duc en l'éclairant.

Pendant le trajet de la rue Saint-Dominique à la rue du Pont-Louis-Philippe, pas une parole n'avait été échangée entre les deux hommes.

Théfer s'arrêta au troisième étage, fit tourner sur ses gonds une porte peinte en rouge sombre et dit en s'effaçant :

— Monsieur le duc veut-il entrer chez son bien humble serviteur ?...

Georges de la Tour-Vaudieu franchit le seuil et se trouva dans une petite pièce entièrement nue.

Cette pièce communiquait avec une vaste chambre d'aspect bizarre, ressemblant au magasin de costumes et d'accessoires d'un théâtre ou à l'arrière-boutique d'un marchand fripier du Temple.

Tout autour de la chambre était accrochés les vêtements les plus disparates.

On voyait pendus, côte à côte, des costumes de paysan, de fort de la halle, de charbonnier, de commissionnaire, des loques de mendiant, une soutane de prêtre, une tunique et un pantalon rouge de soldat, etc., etc.

Au-dessus de chacun de ces costumes se trouvait la coiffure qui devait le compléter.

Une douzaine de champignons rangés en bon ordre sur une console de bois blanc supportaient autant de perruques de nuances et de formes différentes.

Enfin, près d'une fenêtre et recevant en plein la lumière, une table de toilette pareille à celles des loges de comédiens était couverte de pots de blanc et de pots de rouge, de crayons noirs et bleus, de pattes de lièvre, de houppes, de pinceaux, de brosses, enfin des instruments spéciaux qui servent à *faire une figure*, comme on dit au théâtre.

C'était là que Théfer métamorphosait sa personne avec une habileté surprenante quand les nécessités de sa profession l'exigeaient.

M. de la Tour-Vaudieu, malgré sa préoccupation vive, jeta autour de lui un regard à la fois étonné et curieux.

L'agent surprit ce regard.

— Oh ! l'arsenal est complet, — dit-il en souriant. — Rien ne manque ici pour se déguiser... — Quel costume choisira monsieur le duc ?

— Conseillez-moi... — répliqua Georges.

L'inspecteur décrocha un pantalon de velours, une vareuse de laine, une casquette, et reprit :

— Ces vêtements n'ont jamais été portés... Monsieur le duc peut donc les revêtir sans répugnance... — Je vais avoir l'honneur de lui servir de valet de chambre...

— Soit... — murmura Georges.

Une fois le travestissement opéré, Georges de la Tour-Vaudieu aurait pu se montrer partout sans attirer l'attention, car il ressemblait à s'y méprendre à un ouvrier bien tenu.

Théfer, lui aussi, modifia son apparence en échangeant sa redingote de coupe presque militaire et bombée sur la poitrine contre un paletot démodé, et son *tuyau de poêle* contre un chapeau rond et plat, ce qui lui donnait l'air d'un contremaître de fabrique ou d'un négociant de dixième ordre.

— Et maintenant, — dit-il, — quelqu'un qui vous verrait ce soir ne vous reconnaîtrait pas demain.

Tout en parlant il prenait dans le tiroir d'un meuble un trousseau de clefs qu'il glissait dans sa poche.

— Vous avez ce qu'il faut ? — demanda Georges.

— Oui, monsieur le duc... — Rien ne nous empêche de partir...

— Il me semble vous avoir vu payer et renvoyer la voiture...

— Je l'ai fait à dessein... La place Royale n'est pas très loin d'ici et je crois plus prudent d'aller à pied jusque-là...

— Soit !...

Le sénateur et l'agent descendirent.

Le ciel était encore plus noir qu'au moment de leur départ.

Le vent d'ouest sifflant avec rage soulevait dans les rues des nuages de poussière.

Des grondements retentissaient au loin, annonçant l'approche d'un ouragan qui ne tarderait pas à éclater sur Paris.

— Le temps sera mauvais tout à l'heure, — dit le duc.

— Excellent pour nous, au contraire ! — répliqua le policier. — Je voudrais hâter l'orage ! — Quand il tonne bien fort, les gens s'enferment chez eux et se bouchent les oreilles... On peut faire alors impunément beaucoup de bruit.

Georges trouvant logique le raisonnement de son interlocuteur, approuva du geste.

Les deux hommes marchaient lentement ne voulant pas arriver trop tôt au but de leur course nocturne.

Ils atteignirent la rue Saint-Antoine.

Quelques minutes s'écoulèrent.

La tempête prévue arrivait au galop.

Les passants se hâtaient afin de rentrer chez eux avant l'effroyable chute d'eau qui ne tarderait pas à noyer Paris.

Les tourbillons de poussière devenaient aveuglants... — La lueur blanche des éclairs faisait pâlir les feux du gaz, et les grondements du tonnerre dominaient le bruit des voitures...

Le sénateur duc de la Tour-Vaudieu et l'agent Théfer avançaient d'un pas égal.

.**.

Mme Amadis, notre vieille connaissance, avait en prenant de l'âge renoncé aux fêtes qu'elle aimait présider jadis et qui remplissaient ses salons d'un monde passablement interlope.

Elle ne donnait plus ni bals, ni raouts et se contentait de recevoir une fois par semaine un petit nombre de vieux amis.

Le reste du temps elle s'occupait d'Esther avec une infatigable tendresse et lisait des romans.

La bonne dame conservait dans toute sa verdeur son amour pour les fictions romanesques et pour la musique.

Elle avait son jour, comme autrefois, à l'Opéra, seulement elle ne louait plus une loge d'entre-colonnes afin d'y montrer son maquillage, ses toilettes voyantes et ses lourdes orfèvreries, mais une baignoire un peu sombre où elle venait, une fois par semaine, entendre, depuis l'ouverture jusqu'au finale, les *Huguenots*, la *Juive*, *Robert-le-Diable*, *Guillaume-Tell*, etc., etc.

C'est la *Muette* surtout qu'elle aimait en souvenir des touchantes et malheureuses amours de Sigismond de la Tour-Vaudieu, duc et pair de France, et de l'adorable fille du colonel Derieux.

Le gentilhomme et la blonde enfant, on ne l'a peut-être pas oublié, avaient échangé leur premier regard à une représentation de la *Muette*.

Dans sa douce et tranquille folie, Esther murmurait souvent quelque motif de l'œuvre d'Auber.

Si par hasard une crise passagère la rendait plus nerveuse, plus irritable que de coutume, Mme Amadis arrivait facilement à la calmer en fredonnant devant elle, d'une voix effroyablement fausse et chevrotante, un air de l'opéra célèbre.

Quand l'Académie impériale de musique et de danse affichait la *Muette*, la veuve du fournisseur ne manquait pas d'y conduire celle qui, devant Dieu et devant les hommes, avait le droit de s'appeler la duchesse de la Tour-Vau-dieu.

Tant que durait la représentation Esther vivait dans une sorte d'extase, écoutant la musique avec une indicible émotion, semblant l'absorber par tous les pores, et revivant pendant une soirée entière les heures heureuses d'un passé disparu.

Le jour où René Moulin comparaissait devant le juge d'instruction après avoir fait remettre par *Ugène* à Mme Leroyer la clef de son logement et une lettre, la chaleur était lourde (nous l'avons dit), et l'atmosphère saturée d'électricité annonçait un orage.

Cette température anormale pour la saison produisait sur Esther un effet très fâcheux, mais à peu près inévitable.

Depuis le matin la folle se montrait irascible ; — des tressaillements nerveux secouaient ses membres ; — ses yeux habituellement doux et mélancoliques devenaient hagards ; — ses lèvres s'agitaient en prononçant des phrases sans suite, au milieu desquelles revenaient par intervalles les mots : — *Sigismond...* *Brunoy... mon fils...*

Depuis plusieurs mois aucune crise de ce genre, surtout aussi persistante, ne s'était manifestée...

Mme Amadis ne s'effraya point, mais elle voulut réagir contre cette agitation excessive, et naturellement l'idée de la musique lui vint à l'esprit.

— Ah ! — murmura-t-elle, — si ce soir on jouait la *Muette*, c'est ça qui serait une chance ! ! Le remède serait tout trouvé !

Elle se fit apporter un journal et consulta le programme des théâtres.

L'Opéra donnait *Robert-le-Diable*.

— Ça ne vaudrait rien pour Esther... — reprit la grosse femme. — Les nonnes, les apparitions, le diable et son train, le cimetière, les flammes infer-nales, lui tourneraient de plus en plus la tête ! Moi, qui suis très solide, ça me fait presque peur... et il y a fichtre de quoi !...

Mme Amadis se mit à chanter de sa voix la plus fausse :

> « Roi des enfers, c'est moi qui vous appelle...
> C'est moi...
> Moi damné comme vous... »

— Non !... non !... ça n'est pas gai ! — reprit-elle — et nous avons encore quelque chose de plus noir :

> Nonnes qui reposez sous cette froide pierre,
> Nonnes, m'entendez-vous ?
> Nonnes, relevez-vous !...

« Brrr ! ça donne le frisson... — Décidément, il n'en faut pas... pour Esther du moins, car moi j'irais bien si la pauvre chérie était plus tranquille... — J'adore *Robert-le-Diable !*... — Enfin, nous verrons ça ce soir... — je ferais avancer le dîner et je partirais à sept heures et demie pour arriver au commencement.

Mme Amadis ayant ainsi parlé rejoignit Esther qui venait de retourner dans sa chambre, et la trouva très occupée à feuilleter un volume de romans illustrés dont elle ne lisait point le texte, mais dont elle regardait les gravures avec la curiosité naïve d'un enfant.

Elle sautait rapidement de l'une à l'autre et ses doigts délicats froissaient les pages sans en avoir conscience.

La bonne dame s'approcha d'elle et lui toucha l'épaule.

LXIX

Esther frissonna sous ce contact et jeta sur Mme Amadis un coup d'œil irrité, mais elle la reconnut aussitôt et ses lèvres ébauchèrent un sourire sans expression :

— Comment allez-vous, chère mignonne ? Comment va ma petite duchesse ? — demanda la vieille femme.

Dans la plus stricte intimité, dans le plus absolu tête-à-tête, Mme Amadis se plaisait à donner à sa protégée le titre auquel elle avait droit.

En prononçant ce mot : *Duchesse*, elle sentait son amour-propre chatouillé délicieusement.

Esther ne répondit ni par un murmure, ni par un signe.

Elle semblait n'avoir point compris, et en réalité elle n'avait même pas entendu.

Toute son attention, toute sa pensée, se concentraient avec son regard sur la gravure occupant le milieu d'une page du livre qu'elle feuilletait.

Un tremblement convulsif agita le corps de la pauvre folle.

Elle se leva frémissante, tenant le volume de la main gauche et désignant avec l'index de sa main droite le dessin qu'elle avait sous les yeux.

— Qu'est-ce qui lui prend ? — se demanda Mme Amadis. — Qu'a-t-elle trouvé dans ce bouquin ?... Montrez un peu, mignonne... — ajouta-t-elle à haute voix. — Montrez l'image à bonne amie...

Tout en parlant la grosse femme s'approchait d'Esther dont les yeux effarés ne se détachaient pas de la gravure et dont les lèvres murmuraient des mots incohérents.

Ses doigts se crispaient sur la feuille...

Ses sourcils se fronçaient...

A coup sûr un grand travail se faisait dans son cerveau.

La gravure assez médiocre mais à grand effet qui frappait sa vue évoquait en elle un souvenir vague.

Elle tâchait, malgré sa folie, de préciser ce souvenir.

— Ah! mon Dieu! — s'écria M⁰ᵉ Amadis en regardant l'image à son tour. — Ah! mon Dieu, c'est ça tout à fait! — Il me semble que j'y suis encore... — Brrr! ça me donne la chair de poule!

Et la matrone se mit à trembler comme Esther.

Le dessin qui produisait une si vive impression sur les deux femmes représentait l'intérieur d'une chambre à coucher.

Près d'un lit dont les couvertures pendaient en désordre se voyait un berceau renversé, un petit enfant étendu sur le parquet, et une jeune femme presque nue luttant contre un homme à visage sinistre qui cherchait à s'approcher du berceau, tandis qu'une autre femme, beaucoup moins jeune et beaucoup plus grosse, gisait presque inanimée dans un angle de la chambre...

Cette gravure rappelait par hasard d'une manière frappante le terrible épisode, cause déterminante de la folie d'Esther.

On eût dit que l'artiste avait voulu mettre en scène l'entrée des assassins dans la villa gothique de Brunoy et le moment où la fille du colonel Derieux, déchirant de ses ongles les chairs de Georges de la Tour-Vaudieu déguisé, l'étranglait à demi.

— Mauvaise affaire! — murmura la veuve du fournisseur. — Cette maudite image l'a frappée. — Elle se souvient, sans savoir au juste de quoi! — Je prévois une crise. — Que le diable emporte ce livre malencontreux!

Elle voulut s'emparer du volume.

Esther la repoussa doucement mais avec persistance.

En même temps elle disait, d'une voix rauque et monotone :

— Brunoy... vous savez bien, Brunoy... la villa... les assassins.. ils viennent... prenez garde... mon enfant... sauvez mon enfant!...

Elle déchira la page, laissa tomber le livre et se mit à marcher de long en large d'un pas rapide, en répétant sans repos ni trêve :

— Brunoy... Brunoy... les assassins...

D'instant en instant elle s'arrêtait; — ses yeux hagards devenaient farouches; — elle se rassemblait, prête à bondir, comme pour entamer une lutte imaginaire contre des fantômes.

M⁰ᵉ Amadis assistait avec un chagrin profond, avec une immense inquiétude, à cette scène douloureuse.

Esther, depuis longtemps, depuis des années, n'avait eu aucune crise si violente.

Le cocher ainsi interpellé, arrêta sa voiture et répondit d'un ton jovial...

— Saperlipopette ! quel malheur ! — balbutiait la grosse femme douloureusement — et comment ça finira-t-il ?

La folle interrompit tout à coup sa promenade saccadée. — Ses grands cheveux blonds, dénoués dans ses mouvements brusques, l'enveloppèrent comme
un voile d'or.

Ses yeux devinrent fixes.

Elle baissa la tête ; un sourire sans expression effleura ses lèvres pâles, puis elle se mit à chanter, d'un ton si bas que Mme Amadis l'entendait à peine, le morceau de la *Muette* commençant ainsi :

> Amis, la matinée est belle,
> Sur le rivage assemblons-nous.
> Livrons aux vents notre nacelle
> Et des flots bravons le courroux !...

C'était de cette façon que la folie d'Esther avait commencé jadis ; — c'était presque toujours ainsi que se terminaient les crises.

La matrone poussa un soupir de soulagement.

— Si elle pouvait présentement dormir deux ou trois heures, — pensa-t-elle, — tout serait pour le mieux !... Elle se réveillerait ensuite aussi calme que d'habitude...

Esther, comme si elle eût deviné la pensée de Mme Amadis, se dirigea lentement vers un divan très large placé contre une des parois de sa chambre.

Elle s'étendit sur ce divan et reprit d'une voix de plus en plus sourde :

> Conduis ta barque avec prudence,
> Pêcheur, parle bas,
> Jette tes filets en silence,
> Le roi des mers ne t'échappera pas !

Mme Amadis, rassurée, donna l'ordre d'avancer le dîner d'une demi-heure et d'atteler pour sept heures et demie précises.

Nous savons qu'elle tenait à ne pas manquer l'ouverture de *Robert-le-Diable*.

A six heures son valet de chambre vint la prévenir que le dîner était servi.

Avant de se mettre seule à table la bonne dame alla voir Esther, et la trouva toujours-étendue sur le divan et continuant à murmurer ses éternels refrains de la *Muette de Portici*.

L'isolement et le silence étaient indiqués... — Mme Amadis embrassa la folle et dîna de bon appétit.

A sept heures et demie elle montait en voiture, après avoir recommandé à Mariette de veiller consciencieusement sur Esther.

Mariette était une femme de chambre spécialement attachée au service de la protégée de Mme Amadis.

— Ah ! madame peut être tranquille, — répondit-elle, — je ne bougerai pas du logis et j'aurai l'œil ouvert tout le temps...

Sur cette assurance positive, la matrone partit pour l'Opéra sans la moindre préoccupation.

Or, elle n'avait pas plutôt tourné les talons que la femme de chambre faisait une grimace des plus expressives en secouant la tête d'un air mécontent.

Mlle Mariette, âgée de vingt-deux ans à peine, était une assez jolie fille.

Souvent elle accompagnait Esther et la veuve lorsqu'elles allaient s'asseoir sur les bancs de la place Royale.

Mariette ne s'asseyait pas et flânait volontiers sous les arbres où venaient flâner de leur côté les pompiers de la caserne voisine.

Les pompiers — (ces *beaux militaires*, comme les appelle une chanson fameuse) — sont, paraît-il, des êtres séduisants qui possèdent au plus haut point le don de fasciner les filles d'Ève. — Plusieurs remarquèrent Mariette et tournèrent autour d'elle, — mais un seul fit battre son cœur.

Ils se parlèrent, ils s'entendirent et, Mariette étant une honnête personne, il fut question de mariage.

La cameriste rayonnait, mais un nuage ne tarda guère à passer sur son ciel bleu.

Le pompier, — paraît-il, — était d'humeur volage.

Il sembla se refroidir vite et devint moins assidu.

Mariette, blessée dans son amour-propre autant que dans ses sentiments les plus tendres, voulut savoir à quoi s'en tenir et donna rendez-vous à son infidèle afin de le contraindre à s'expliquer.

Le rendez-vous, précisément, était pour ce soir-là.

On comprend à quel point devenait gênante, en de telles conditions, l'impérieuse nécessité de veiller sur Esther.

— Bézuchet m'attendra sous la cinquième arcade, — pensa la jeune fille, — et je me mettrais dans mon tort en le faisant poser... — Il faut donc absolument que je sorte... — Si madame le savait, elle serait mécontente... — Mais qui le lui dira? — La folle? — Elle ne se doutera seulement pas que je suis dehors... — La concierge? — En me faufilant avec adresse, elle n'y verra que du feu... —Mon rendez-vous est pour neuf heures... — On ne ferme la porte de la maison qu'à dix heures... — C'est le bout du monde si madame sera de retour du théâtre à minuit... — Tout ira donc sur des roulettes...

— Vous pouvez vous coucher ou vous aller promener, si ça vous donne envie... — dit Mariette vers huit heures et demie aux autres domestiques. — Je suis de garde auprès de la folle...

A neuf heures moins un quart, la seconde femme de chambre et la cuisinière avaient gagné leurs lits.

Le valet de chambre accompagnait le cocher à l'Opéra.

Mariette restait seule au logis, par conséquent libre, et sûre de n'être point épiée.

Elle entra dans la chambre d'Esther.

Celle-ci conservait la même attitude qu'au moment du départ de Mme Amadis.

— Bon ! — murmura la soubrette enchantée. — Je la connais... elle en a
pour des heures à ne pas plus bouger qu'une bûche de bois... — Je puis filer
sans la moindre crainte, mais je vais d'abord éteindre la bougie... — Madame
Esther n'a pas besoin de voir clair pour chanter sa bête de chanson. — D'ailleurs elle risquerait de mettre le feu... ce qui ne serait pas drôle... — Là, maintenant, je puis partir...

Puis Mariette, laissant dans une obscurité complète la folle confiée à sa
garde, referma la porte de la chambre, sortit de l'appartement et descendit
l'escalier.

En ce moment éclatait l'orage qui menaçait Paris depuis bien des heures.

Le vent soufflait en foudre dans les rues, chassant devant lui des tourbillons
de poussière.

LXX

Les grondements sourds du tonnerre devenaient plus fréquents et plus rap-
prochés.

Brusquement la lueur blanche d'un immense éclair incendia l'horizon,
tandis qu'une détonation formidable ébranlait les maisons comme aurait pu le
faire le passage d'un train d'artillerie lancé au galop...

Ce bruit parut réveiller la folle du demi-sommeil qui l'engourdissait.

Elle fit un mouvement brusque, se dressa tout à coup et prêta l'oreille.

Un nouvel éclair embrasant l'espace illumina sa chambre dont les deux
larges fenêtres prenaient jour sur la place Royale.

Esther, debout et immobile, guettait les lueurs aveuglantes qui se succédaient rapidement, suivies des éclats retentissants du tonnerre.

On eût dit qu'elle prenait plaisir à ces convulsions de la nature, et cependant
elle tremblait de tous ses membres.

Au bout de quelques minutes elle s'approcha de l'une des fenêtres et,
appuyant sur la vitre son front que la fièvre brûlait, elle regarda d'un œil curieux l'ouragan déchaîné, courbant sous ses rafales les cimes des arbres de la
place.

Retournons à l'humble logis de la rue Notre-Dame-des-Champs.

. . . .

Berthe Leroyer, elle aussi, avait vu s'amonceler sur Paris les nuages noirs
qui recélaient la foudre dans leurs flancs, mais la quasi-certitude de la tempête prochaine ne pouvait l'empêcher de se rendre à la maison de René Moulin.

La veuve du supplicié, tout en suivant de l'œil les aiguilles qui marchaient trop lentement à son gré sur le cadran du *coucou* de la forêt Noire accroché à la muraille, sentait l'orage se préparer.

— Mon enfant chérie, — dit-elle, — j'ai bien peur que tu n'aies un temps épouvantable pour aller là-bas...

— Je le crois comme toi, mère, — répliqua Berthe, — mais qu'importe ? — Ce que j'ai à faire ne doit point se remettre, n'est-ce pas ?

— Non, mignonne... — la lettre de René est précise... — C'est ce soir qu'il faut agir.. — peut-être demain serait-il trop tard...

Berthe jeta un regard sur la rustique pendule.

— Huit heures et demie... — murmura-t-elle, — il est temps de partir...

— Tu prendras une voiture...

— Il le faudra bien, quoique nous ne soyons guère riches... — D'ici à la place Royale la distance est trop grande pour la franchir à pied... je n'arriverais jamais...

— Cette voiture, — poursuivit Angèle, — ne la prends pas trop près d'ici, afin que les espions dont on m'a parlé ne puissent avoir l'idée de te suivre...

— Sois tranquille... je serai prudente.

— Ne fais point arrêter ton fiacre en face de la demeure de René...

— Je n'aurai garde...

Nous le savons, Berthe s'était coiffée d'un chapeau noir et enveloppée dans un châle de deuil qu'attachait sur la poitrine un médaillon cerclé d'or contenant la photographie d'Abel.

Elle était prête.

Mme Leroyer avait absolument voulu quitter son lit et reposait dans un grand fauteuil.

— Hâte-toi, mon enfant... — dit-elle. — Tu dois comprendre avec quelle impatience et quelle inquiétude je t'attendrai... — Embrasse-moi, ma fille chérie... — Va ! — que Dieu veille sur toi ! — Courage !...

— Sois courageuse aussi, toi, mère ! — répliqua Berthe en couvrant de baisers le front et les joues de la pauvre femme. — Patience et bon espoir, je reviendrai bientôt.

— Tu n'oublies pas la clef ?

— Je n'oublie rien...

— Le quatrième étage... la porte à droite... — Souviens-toi...

— Tout est gravé dans ma mémoire..

Berthe quitta le logement et descendit l'escalier sans faire de bruit, afin de ne point attirer l'attention du personnage dont elle se méfiait à bon droit, mais elle ne pouvait éviter de passer devant la loge.

La porte de cette loge était ouverte au grand large à cause de la chaleur.

La concierge dînait en tête à tête avec son prétendu frère, qui demanda pour l'acquit de sa conscience :

— Où donc que vous allez, mam'zelle, à cette heure-ici ?

— Chez le pharmacien, commander une potion pour ma mère... — répondit la jeune fille.

— Elle ne va donc pas mieux, la chère dame?

— Hélas !... non.

— Ah ! tant pis ! tant pis !

Berthe sortit et jeta un coup d'œil autour d'elle.

Le commissionnaire signalé comme appartenant à la police fumait sa pipe chez le marchand de vin, et n'accordait aucune attention à ce qui se passait au dehors.

Les deux agents, voyant qu'ils exerçaient une surveillance inutile, en prenaient à leur aise.

Une fois dehors, la jeune fille descendit vers la rue de Rennes qu'elle atteignit bientôt.

Le vent commençait à souffler avec violence.

Les grondements sourds du tonnerre retentissaient au loin.

Berthe fit halte sur le bord du trottoir, espérant qu'une voiture vide viendrait à passer et lui éviterait la fatigue d'aller jusqu'à la station de la gare Montparnasse.

Elle aperçut deux lanternes rouges qui se dirigeaient de son côté comme pour se rendre au chemin de fer.

Au bout d'un instant ces lanternes, et par conséquent le fiacre dont elles dépendaient, furent tout près de la blonde enfant qui demanda :

— Monsieur, êtes-vous libre ?...

Le cocher ainsi interpellé arrêta sa voiture et répondit d'un ton jovial :

— Oui et non, ma petite dame... — Il est certain que je ne suis pas *chargé*, mais il va faire un fichu temps tout à l'heure, et j'ai bien envie d'aller remiser Trompette et Rigolette qui triment depuis ce matin sur le pavé de Paris, les bonnes bêtes !...

— Oh ! conduisez-moi, je vous en prie, monsieur... — reprit Berthe d'une voix suppliante, — l'orage approche comme vous venez de me le dire... Je ne trouverai pas de voiture... — J'ai à faire une course indispensable... une course pressée... et il est déjà bien tard...

Un éclair illumina le visage de Berthe.

— Elle est jolie comme un cœur ! — pensa le cocher en souriant d'un air bonhomme. — Il y a de l'amour sous roche...

Puis tout haut :

— Puisqu'il s'agit d'une affaire de conséquence et pressée, montez vivement, ma petite dame ! — voilà plus de vingt ans que je suis réputé dans Paris pour mes égards envers le beau sexe, auquel je rends un flatteur hommage, quoique célibataire endurci ! — Connu, le fiacre numéro treize ! — Un numéro qui porte bonheur ! — Il ne sera pas dit que je vous aurai fait manquer un rendez-vous par ma faute ! Les rendez-vous manqués, c'est comme les vol-au-vent refroidis... Ça ne vaut plus rien ! — Où allons-nous ?

— Place Royale... — répondit Berthe qui n'avait absolument rien compris au verbiage de Pierre Loriot, car le fiacre arrêté devant elle était celui de l'oncle d'Étienne.

— Place Royale !... — répéta le brave cocher. — Fichtre ! ça n'est pas tout près ! — Enfin, on arrivera tout de même... — Le numéro, s'il vous plait ?

La jeune fille se souvint de la recommandation de sa mère et répondit :

— Numéro 18.

— Suffit... — Hop ! mes cocottes, allons-y gaiement, — vous aurez double ration d'avoine en rentrant...

Berthe était montée en voiture.

Elle referma la portière dont elle leva la vitre mobile pour se garantir du vent qui redoublait de violence.

Pierre Loriot fit tourner son fiacre, enveloppa ses juments d'un joli coup de fouet bruyant mais inoffensif, et les engagea de cette façon tout amicale à prendre le grand trot, ce à quoi elles se prêtèrent de fort bonne grâce.

Berthe se blottit dans un angle et s'abandonna tout entière à une rêverie sombre dont il nous semble facile de deviner la nature.

Cette rêverie, quoique singulièrement mélancolique, l'empêcha de se rendre compte du temps qui s'écoulait.

Elle tressaillit lorsque la voiture s'arrêta en face du numéro 18 de la place Royale.

— Nous sommes arrivés, ma petite dame, — lui cria Pierre Loriot.

Berthe descendit.

De larges gouttes de pluie commençaient à tomber.

Les éclairs se succédant sans relâche permettaient de distinguer aussi bien qu'en plein jour les traits de la jeune fille.

Pierre Loriot fit claquer sa langue à la façon des gourmets en se disant tout bas :

— Bigrement jolie, positivement, la petite mère !! — Et je m'y connais !! J'en ai assez trimballé depuis vingt ans, dans Paris, des donzelles qui n'étaient pas piquées des hannetons !! — Eh bien ! foi de Loriot, je n'en ai jamais vu de plus mignonne !!

Après ce court monologue l'oncle d'Étienne ajouta :

— C'est trente sous la course, mam'zelle, et le pourboire à votre volonté...

— Mais je vous garde... — répliqua Berthe.

— C'était donc à l'heure que vous m'aviez pris ?...

— C'était à l'heure...

— Il fallait le dire ! ! — Et combien de temps, sans vous commander, que vous resterez où vous allez ?...

— Vingt minutes peut-être...

— Et après ces vingt minutes, me ramènerez-vous dans mon quartier, c'est-à-dire à peu près d'où nous venons ?...

— Oui.

— Eh bien ! allez donc et dépêchez-vous, car nous allons avoir un déluge ! Je vous garantis qu'avant trois minutes il fera meilleur dedans que dehors, et c'est pourquoi, ma petite dame, le temps qui vous paraîtra trop court me semblera trop long !

Berthe s'élança dans la direction du numéro 24.

— J'en ferais le pari ! — poursuivit Pierre Loriot. — Elle va trouver un joli jeune homme... — En voilà un qui n'est pas à plaindre ! ! — Les filles amoureuses ont le diable au corps ! — Elles iraient au rendez-vous quand même il pleuvrait des pavés !...

Et, comme l'orage éclatait, il étala sur ses juments d'épaisses couvertures, endossa un carrick à trente-six collets et se mit à l'abri sous les arcades.

LXXI

Il n'était que temps !

Les grosses gouttes de pluie se changeaient en averse ; l'averse devenait cataracte, avec accompagnement d'éclairs et de tonnerre.

Esther continuait à se tenir debout et immobile près de l'une des fenêtres de sa chambre.

Soudain elle fit un mouvement brusque pour se pencher vers la place Royale, mais son front se heurta contre la vitre.

Une forme noire arrêtée en face de numéro 24 la préoccupait.

Cette forme disparut et la folle reprit son immobilité.

Berthe venait de traverser la chaussée pour entrer dans la maison qu'habitait René Moulin.

La grande porte se trouvait entre-bâillée.

La jeune fille en franchit le seuil et s'engagea sous la voûte conduisant à l'escalier et à la loge du concierge.

Cette voûte était éclairée, mais avec une parcimonie qui prouvait avec quel zèle Mme Biju prenait à cœur les intérêts de son propriétaire.

Un peu tremblante Berthe s'arrêta.

Des rires éclatants venaient de frapper son oreille, mais au bout d'une seconde ce bruit la rassura au lieu de l'inquiéter.

— Vous avez votre lanterne ? — Toujours, quand il s'agit de travailler la nuit.

Les rires partaient de la loge.

Mme Biju recevait ses amies du quartier, et la tempête grondant au dehors n'empêchait pas la gaieté bruyante de ces dames.

Berthe se glissa dans l'escalier, le cœur serré par l'émotion, les jambes chancelantes, obligée de se soutenir à la rampe à chaque pas, et commença son ascension.

Elle mit près de cinq minutes à parvenir au quatrième étage qu'indiquait à Angèle la lettre de René Moulin.

Là elle tira de sa poche la clef remise par Ugène en même temps que cette lettre, puis, après avoir jeté un dernier regard dans l'escalier pour s'assurer que personne ne montait ni ne descendait, elle introduisit la clef dans la serrure de la porte de droite.

L'orage atteignait en ce moment son maximum d'intensité et se donnait des allures de cyclone.

Les tuiles et les ardoises arrachées des toitures volaient dans l'espace et venaient se briser comme des éclats de mitraille sur le pavé des rues. — Quelques cheminées s'écroulaient, constituant un péril sérieux pour les passants heureusement très rares.

Les arbres de la place Royale, ployés par le tourbillon, craquaients prêts à se rompre, et leurs feuilles s'envolaient comme une débandade de pierrots effarouchés.

Le vent, s'introduisant dans les maisons les mieux closes, semblait pleurer et rugir tour à tour.

Esther ne changeait point d'attitude.

Le front appuyé contre une vitre, elle regardait la place en murmurant d'une voix triste son éternelle chanson.

Tout à coup son chant s'arrêta.

Ses yeux venaient de se fixer sur deux hommes immobiles en face d'elle sous un bec de gaz dont les rafales faisaient vaciller la flamme.

Ces deux hommes examinaient la maison et semblaient ne se préoccuper en aucune façon des torrents qui les inondaient.

L'un était vêtu comme un ouvrier, l'autre comme un petit commerçant.

Nos lecteurs reconnaissent ou plutôt devinent le duc Georges de la Tour-Vaudieu, et Théfer, l'agent de la sûreté.

Soudain un éclair illumina le ciel, enveloppa de clartés fulgurantes les deux hommes et mit leurs visages en plein relief.

Esther poussant un cri sourd fut prise d'un tremblement nerveux et son attention redoubla d'intensité.

Le sénateur et le policier traversèrent la chaussée comme avait fait Berthe Leroyer quelques instants auparavant.

Le regard de la folle suivit leurs mouvements.

Ils disparurent.

Elle quitta la fenêtre et se dirigea vers la porte de sa chambre...

.   .   .   .

Berthe venait de pénétrer dans le logement de René Moulin, qu'elle referma sans bruit derrière elle.

La pauvre enfant était en proie à une agitation, à une émotion bien naturelles.

Si par suite de quelque circonstance, improbable mais pourtant admissible, on venait à la surprendre, la nuit, chez un étranger, on ne manquerait pas de l'accuser de vol, on la mettrait en état d'arrestation, et pour se justifier que pourrait-elle répondre ?...

Elle s'efforça de bannir de son esprit ces idées inquiétantes, elle fit appel à tout son courage et, tirant de sa poche une bougie et une boîte d'allumettes, elle se procura de la lumière.

Ceci fait, elle jeta rapidement un regard autour de la pièce dans laquelle elle se trouvait et n'aperçut pas de secrétaire.

— Ce meuble est certainement dans la chambre à coucher, — pensa-t-elle en se dirigeant vers l'une des portes vitrées placées en face l'une de l'autre.

Elle ouvrit celle de gauche et se trouva dans le cabinet où René serrait ses malles vides et accrochait ses vêtements à un portemanteau soigneusement recouvert d'une ample lustrine verte.

Berthe secoua la tête, referma la porte de gauche et se dirigea du côté de celle de droite.

Elle posa la main sur le bouton de la serrure. — Elle allait le faire tourner lorsqu'elle s'arrêta, effarée, pâle comme une morte, écoutant.

Le bruit d'une clef ou d'un crochet de fer grinçant dans la serrure arrivait jusqu'à elle net et distinct.

— C'est ici qu'on veut entrer... — balbutia la jeune fille d'une voix défaillante. — Je suis perdue !

Le bruit continuait.

Au bout d'un instant Berthe crut entendre céder la porte...

L'imminence du péril lui rendit, non le courage, mais une présence d'esprit tout instinctive.

Elle regagna sur la pointe des pieds le cabinet qu'elle venait d'inspecter, l'ouvrit, éteignit sa bougie, tira la porte, et plus morte que vive, appuyant sa main sur le côté gauche de sa poitrine pour comprimer les battements tumultueux de son cœur, elle se réfugia derrière les vêtements couverts de lustrine et elle attendit.

Tout à coup le bruit cessa.

Berthe entendit la porte d'entrée tourner lentement sur ses gonds et se refermer doucement, poussée par une main prudente, puis des pas furtifs, étouffés à dessein, foulèrent le plancher.

— Qui donc arrive ainsi sans lumière ? — se demanda l'enfant, — ce ne peut être René Moulin puisqu'il est en prison... — d'ailleurs s'il était libre il ne se cacherait point. — Les gens qui viennent d'entrer doivent être des malfaiteurs ! Je tremble...

Une voix sourde s'élevant dans la pièce voisine interrompit les questions que Berthe s'adressait à elle-même.

— Vous avez votre lanterne ? — demandait cette voix.

— Toujours, quand il s'agit de travailler la nuit...

— Eh bien ! ouvrez-la, et éclairez-nous...

La lumière se fit aussitôt.

Berthe se ménageant une petite ouverture entre les vêtements vit alors deux hommes, dont l'un lui tournait le dos, tandis que l'autre jetait autour de lui un coup d'œil investigateur.

Ce dernier était le duc Georges de la Tour-Vaudieu.

La jeune fille l'examina avec attention et trouva que son visage empreint d'une réelle distinction s'accordait mal avec les vêtements communs qu'il portait.

De nouveau elle se posa l'énigme indéchiffrable : — *Quels peuvent être ces hommes ?...*

— Allons ! — reprit le sénateur, — au secrétaire !...

Berthe entendit ces mots.

— Au secrétaire ! — balbutia-t-elle. — Ces gens sont des voleurs, ou bien ils veulent s'emparer de la lettre que je venais chercher...

Elle s'interrompit pour laisser vivement retomber sur elle le rideau de lustrine, et retint sa respiration.

Théfer ouvrait la porte vitrée du cabinet.

— Ce n'est pas là, — dit-il en la refermant, — voyons de l'autre côté...

Le policier se dirigea vers la chambre à coucher et tourna le bouton de la seconde porte.

La jeune fille, sûre désormais de n'être point découverte, vint se mettre en observation derrière le vitrage du cabinet noir.

De sa place elle pouvait suivre les mouvements du sénateur et de l'agent de la sûreté.

Elle voyait le secrétaire adossé au mur en face d'elle et ne perdait aucune des paroles échangées entre les deux hommes.

— Voilà le meuble... — fit le policier, — tout doit être là-dedans...

— J'en doute, — murmura Georges.

— Pourquoi ?

— Parce que la clef est sur la serrure... — Donc René Mouliu n'enfermait là rien de précieux...

— Bah ! une distraction !... On oublie bien dans des fiacres des paquets de billets de banque !... Ça se voit tous les jours... — Du reste nous saurons vite à quoi nous en tenir...

Le sénateur avait baissé déjà l'abattant du secrétaire.

Berthe vit briller une pile d'or sur une tablette intérieure et pensa :

— C'est à l'argent qu'ils en veulent... Ce sont des voleurs... — S'ils s'apercevaient de ma présence je serais perdue... ils me tueraient sans miséricorde...

Elle aurait pu fuir en ce moment mais la curiosité, plus forte que la terreur, la clouait sur sa place et ses yeux ne pouvaient se détacher des deux misérables.

A sa grande surprise ils n'eurent pas même l'air de remarquer cet or que leurs mains effleuraient.

Le duc, ouvrant successivement les tiroirs, examinait leur contenu.

Il avait visité ceux de gauche sans résultat.

Le tour de ceux de droite arriva.

Dès le premier regard jeté dans le tiroir du haut Georges tressaillit, et l'expression d'une immense joie se peignit sur sa figure.

Il venait de découvrir l'enveloppe carrée de papier bleuâtre portant cet unique mot :

JUSTICE ! !

Et ce mot, gravé sur la tombe du cimetière Montparnasse, lui prouvait jusqu'à l'évidence qu'il tenait enfin l'objet de ses recherches.

LXXII

— Ce doit être cela ! — murmura Georges de la Tour-Vaudieu d'une voix émue, en brisant le cachet qui fermait l'enveloppe.

Il en retira vivement un papier tout froissé, et s'approchant de la lanterne que Théfer avait placée sur un meuble il lut :

« Mon cher Georges,

« Vous allez être très surpris sans doute et peut-être médiocrement enchanté « d'apprendre, après vingt ans, que je ne suis pas morte... malgré votre « abandon...

« J'arriverai prochainement à Paris et je compte vous y voir...

« Avez-vous oublié le pacte qui nous lie ?

« Je n'en crois rien, mais tout est possible... — Si vous aviez par hasard la « mémoire infidèle, il me suffirait, pour remettre le passé sous vos yeux, de ces « quelques mots : *Place de la Concorde, — Pont Tournant, — Pont de Neuilly,* « *— nuit du 24 septembre 1837.*

« Je n'aurai pas besoin, n'est-ce pas, d'évoquer de tels souvenirs, et la Claudia « qui fut votre maîtresse, sera reçue par vous comme une vieille amie... »

— Elle ! Claudia ! — dit presque tout haut le sénateur avec une sorte d'effarement quand il eut achevé sa lecture. — Elle, à Paris, menaçant d'évoquer contre moi les secrets du passé !... — Et cet homme possédait ce papier dont il connaissait, ou du moins dont il devinait la valeur ! — Sans le hasard qui m'est venu en aide, j'étais compromis !... j'étais perdu !

L'ex-amant de Claudia Varni se tournant vers l'inspecteur de la sûreté, ajouta :

— Vous venez d'acquérir des droits imprescriptibles à ma reconnaissance !... — je n'oublierai jamais le service que vous me rendez ce soir !...

— Je bénis mon étoile qui me.permet d'être utile à mon protecteur... — répondit l'agent ; — je prendrai la liberté de lui faire observer très humblement que le temps nous presse, et je lui rappellerai la *note* qui, trouvée demain dans la chambre de notre homme, le fera condamner infailliblement.

— Voici cette note... — dit M. de la Tour-Vaudieu en tirant de son portefeuille un papier plié en quatre, et en le glissant dans l'enveloppe déchirée portant le mot : JUSTICE, qu'il remit ensuite à la place où il l'avait prise.

Berthe n'avait perdu aucun détail de cette étrange scène.

En voyant Georges s'emparer de l'enveloppe scellée de rouge qu'elle-même venait chercher, elle eut peine à contenir le cri de terreur et de colère qui montait à ses lèvres.

Une écrasante émotion la dominait... — ses mains tremblaient, — sa gorge était sèche et brûlante.

— C'est un vol odieux, — pensait-elle, — et la substitution de papier opérée par cet homme cache une monstrueuse infamie !

— N'est-il pas imprudent de garder ceci ? — demanda Théfer en désignant le brouillon de lettre.

— Sans doute... — Aussi vais-je le détruire.

Le duc ouvrit la petite lanterne et approcha de la bougie un angle du papier qui se mit à flamber.

Berthe, en voyant s'anéantir un document dont la mystérieuse importance prenait à ses yeux des proportions quasi-fantastiques, fut au moment de perdre connaissance.

Un spectacle bizarre, inouï, incompréhensible, s'offrit soudainement à ses yeux et lui rendit la force de lutter contre la défaillance qui l'envahissait.

Le vent gémissait au dehors d'une façon lugubre. — Le tonnerre grondait, faisant vibrer la maison de la base au sommet.

La porte du logement de René Moulin, poussée seulement et mal fermée, s'ouvrit tout à coup. — Une femme vêtue d'un long peignoir blanc, ses cheveux blonds inondant ses épaules, le visage livide, les yeux hagards, parut sur le seuil, traversa la petite pièce non meublée et entra brusquement dans la chambre où se trouvait les deux misérables.

A la vue de cette apparition Georges de la Tour-Vaudieu poussa un cri d'épouvante.

En même temps la flamme qu'il ne surveillait plus, montant jusqu'à ses doigts, mordit sa chair.

Une préoccupation nouvelle et toute-puissante, s'emparant de son esprit, lui faisait oublier sa préoccupation précédente.

Il lâcha le papier à demi consumé qui s'éteignit en touchant le plancher.

Théfer, stupéfait, offrait la physionomie inquiète d'un homme qui ne comprend pas ce qu'il voit.

— D'où diable sort cette femme ? — se demandait-il. — C'est étonnant comme elle ressemble à une folle !

C'était bien une folle en effet !... — C'était Esther Derieux, veuve de Sigismond, pair de France et duc de la Tour-Vaudieu !

— L'homme de Brunoy !... — cria-t-elle en se dirigeant vers Georges.

Ce dernier, livide d'effroi, recula, prit Théfer par le bras et balbutia en l'entraînant :

— Venez... venez vite !... C'est elle ! je la reconnais... — Nous n'avons plus rien à faire ici... Venez !...

La folle répétait, avec un délire toujours grandissant :

— C'est l'homme de Brunoy !... l'assassin !... l'assassin !...

L'agent de police et le sénateur avaient gagné la porte et disparaissaient dans l'escalier, oubliant sur un meuble la lanterne sourde.

Esther demeura immobile et comme changée en statue pendant une ou deux secondes puis, se baissant tout à coup, elle ramassa le morceau de papier entamé par le feu et regarda les étincelles capricieuses qui couraient sur la cendre noire.

Quand la dernière se fut éteinte, la folle roula machinalement entre ses doigts le lambeau déchiqueté et le glissa dans sa poitrine comme un enfant qui cache un jouet favori.

Ceci fait, elle se mit à chanter d'une voix très basse et presque indistincte :

« Amis, la matinée est belle,
« Sur le rivage assemblons-nous... »

Puis elle sortit de la chambre avec lenteur.

Berthe était à la fois brûlée de fièvre et glacée d'épouvante. — Son corps frémissait... — Une sorte de vertige troublait sa pensée.

Comme les héroïnes du boulevard du Temple au beau temps du mélodrame, elle se demandait :

— Suis-je bien éveillée ?... — Ce que j'ai cru voir est-il réel ? — Mon cerveau troublé n'est-il pas le jouet d'un cauchemar ?

La physionomie de la jeune fille exprimait autant d'égarement que celle de la folle. Sa pâleur et son immobilité lui donnaient l'apparence d'une statue.

Un silence effrayant succédait au drame sombre, mystérieux, incompréhensible, qui venait de se jouer en sa présence.

Ce silence et la certitude de son isolement la rappellèrent à elle-même.

— Mon Dieu! — balbutia-t-elle avec une poignante douleur, — pourquoi suis-je une pauvre enfant, faible, timide, impuissante?... — Ces hommes ont devant moi volé René Moulin, et je n'ai pu les empêcher d'accomplir ce crime!... — Oh! ma mère, ma mère, quel coup terrible tu vas recevoir quand tu sauras que je viens d'échouer si tristement!...

Berthe sortit du cabinet vitré, gagna la porte de la chambre, et s'approcha du secrétaire à son tour.

Il était toujours ouvert.

— Au moins, — poursuivit la jeune fille, — si je n'ai pu sauver le précieux papier que je venais chercher ici, je sauverai la petite fortune de René Moulin, et j'écraserai dans l'œuf l'accusation menteuse sous laquelle on veut l'accabler.

Elle fouilla les tiroirs, elle prit l'or, les titres de rente, et enfin l'enveloppe dont le cachet avait été brisé et le contenu supprimé.

Elle allait éteindre la bougie de la petite lanterne, mais au moment de souffler sur la flamme elle se ravisa.

Peut-être les deux hommes épiaient-ils du dehors, et la lumière disparaissant tout à coup leur semblerait suspecte... — Mieux valait s'abstenir.

Elle sortit de la chambre, se dirigea vers la porte du logement qu'Esther avait laissée ouverte en se retirant, la referma à double tour, prit la clef et descendit l'escalier.

Tout était profondément calme dans la maison.

Le gaz brûlait encore sous la voûte, d'une façon de plus en plus parcimonieuse, il est vrai, en attendant le retour de Mme Amadis.

Seulement, à dix heures précises, le mari de la concierge avait fermé la porte cochère.

Berthe s'arrêta sur l'avant-dernière marche de l'escalier, afin de laisser aux battements impétueux de son cœur le temps de s'apaiser, puis elle demanda le cordon d'une voix ferme.

La porte s'ouvrit aussitôt.

La jeune fille s'élança dehors.

L'orage diminuait d'intensité... — Les grondements du tonnerre s'éloignaient. — Les éclairs devenaient blafards, mais la pluie tombait toujours.

Berthe jeta autour d'elle un regard inquiet.

La place Royale lui parut absolument déserte.

Sous les feux tremblants du gaz se dessinait seule la silhouette du fiacre numéro 13 qui l'avait amenée, et qui l'attendait depuis plus d'une heure.

— Que voulez-vous, Théfer ? demanda le chef de la sûreté

Elle se dirigea du côté de la voiture.

Pierre Loriot allait et venait sous les arcades, en face de son fiacre ruisse-
lant et de ses juments mélancoliques qui baissaient la tête sous l'averse.

Le digne cocher grommelait d'un air assez maussade.

— Saperlipopette, ma petite dame, — s'écria-t-il en voyant sa cliente, — je
commençais à croire que j'étais jobardé et que vous ne reviendriez plus !... —
C'est une pendule un peu drôlement réglée, savez-vous, que celle de l'endroit

d'où vous venez!! — Vos vingt minutes ont fait des petits! — Faut croire que vous ne trouviez pas le temps long! — Moi je me faisais du mauvais sang à voir Trompette et Rigolette trempées comme des soupes, les pauvres bêtes! Ça n'est pas raisonnable d'oublier l'heure par un temps pareil!...

— J'ai été retenue plus que je ne croyais... — balbutia Berthe, — mais soyez sûr que vous n'y perdrez rien.

LXXIII

— Oh! — répliqua Pierre Loriot, — ce que j'en dis, ce n'est pas pour moi, c'est rapport à mes bidets qui pourraient attraper du mal! — Heureusement que la pluie est chaude... — Allons, montez, ma petite dame... — Nous tâcherons de rattraper le temps perdu... — Où allons-nous, sans vous commander?

— Rue Notre-Dame-des-Champs...

— C'est presque mon quartier... — Ça me va tout à fait... — Trompette et Rigolette auront double ration d'avoine... — On les frictionnera solidement avec une bonne flanelle de paille, et demain matin elles seront fraîches toutes les deux comme des boutons de rose... — Le numéro, s'il vous plaît?

— Je vous arrêterai où il faudra.

— Suffit...

Tout en parlant, Pierre Loriot tordait les couvertures ruisselantes, les mettait dans le coffre de la voiture, s'installait sur son siège, prenait les guides, et en route!

Le duc Georges de la Tour-Vaudieu et l'agent de police, en quittant le logement de René Moulin, avaient descendu l'escalier avec la rapidité de gens qui fuient.

En arrivant au rez-de-chaussée, et au moment de s'engager sous la voûte accédant à la porte cochère, ils firent halte et prêtèrent l'oreille.

Ils voulaient savoir si quelque bruit suspect se produisait à l'étage qu'ils venaient de quitter.

Le silence absolu qui régnait dans la maison les rassura. — Ils se glissèrent au dehors par la porte entre-bâillée qu'ils refermèrent derrière eux.

— Venez, — dit le sénateur à voix basse, — j'ai hâte d'être loin de cette maison...

Et il se mit à marcher dans la direction de la rue Saint-Antoine avec une telle vitesse que le policier, quoique beaucoup plus jeune que lui, avait peine à le suivre.

Les deux hommes atteignirent en fort peu de temps la rue du Pont-Louis-

Philippe et montèrent chez l'agent de la sûreté, où M. de la Tour-Vaudieu échangea son costume trempé d'eau contre ses vêtements habituels.

Il était sombre et gardait le silence.

Théfer, tout en changeant aussi de costume, l'examinait à la dérobée.

— Monsieur le duc me permet-il de lui adresser une question? — demanda-t-il.

— Sans doute...

— C'est au sujet de cette femme... de cette folle...

Le sénateur tressaillit.

— Eh bien? — murmura-t-il.

— Monsieur le duc la connaît donc?

— Je la connais, — répondit Georges. — Ainsi que vous le dites elle est folle, et son apparition, je l'avoue, m'a quelque peu ému... — Je la croyais morte depuis longtemps...

— J'ai dû suivre monsieur le duc dont le trouble ne m'échappait pas, — reprit Théfer, — mais notre départ précipité était certainement une faute...

— En quoi?

— Nous aurions dû refermer la porte, après avoir fait sortir cette femme du logement...

— C'est vrai...

— Je crains qu'elle n'ait reconnu monsieur le duc...

— C'est impossible, puisqu'elle est folle... — répliqua Georges impétueusement. — N'avez-vous pas entendu d'ailleurs qu'elle m'appelait assassin?... — ajouta-t-il. — Ceci vous prouve jusqu'à l'évidence qu'elle parlait dans un accès de délire...

Théfer garda le silence.

— Que peut être devenue cette malheureuse après notre départ? — reprit le sénateur.

— Il est possible qu'elle se soit installée dans le logis de René Moulin.

— Ceci nous importerait peu et nous saurons bientôt à quoi nous en tenir, puisque demain vous devez assister à la perquisition officielle.

— Oui, monsieur le duc.

— Vous me tiendrez au courant...

— En quittant la place Royale je me rendrai sans perdre une minute à l'hôtel de monsieur le duc.

— Quant à présent, ne songeons plus à cette folle... — Dans le brouillon de lettre que j'ai brûlé là-bas, j'ai lu que la personne dont je vous ai parlé plus d'une fois, Claudia Varni, comptait se rendre d'un jour ou l'autre à Paris... — Je tiens beaucoup à être prévenu le plus tôt possible de son arrivée...

— Je vais faire exercer une surveillance immédiate sur tous les grands hôtels où descendent les étrangers riches et les voyageurs de distinction... Cette dame, n'ayant pas d'installation à Paris, passera forcément quelques jours dans un de ces hôtels.

— Faites...

— Quant à la rue Notre-Dame-des-Champs? — demanda l'agent.

— Inutile de s'en occuper davantage.

— Ce soir même je lèverai la consigne de mes hommes...

— Théfer?...

— Monsieur le duc?

— Je suis content de votre zèle... — Vous venez de me rendre un signalé service... Acceptez ceci... et ce n'est qu'un acompte...

Georges de la Tour-Vaudieu mit dans la main de l'inspecteur un petit portefeuille qui contenait cinq billets de mille francs chacun.

Théfer glissa le portefeuille dans sa poche sans l'ouvrir, et se répandit en protestations de gratitude.

— Maintenant, — reprit le sénateur, — je me sens très fatigué... Veuillez vous procurer une voiture, et vous me déposerez rue Saint-Dominique en allant rue Notre-Dame-des-Champs...

— Que monsieur le duc s'arme de patience... Par le temps qu'il fait les fiacres libres sont rares sur le pavé de Paris...

— Faites pour le mieux... J'attendrai.

Tandis que ces paroles s'échangeaient entre les deux misérables, Pierre Loriot, désireux de rentrer au gîte le plus tôt possible, menait bon train son attelage.

Trompette et Rigolette marchaient comme des chevaux anglais.

A l'entrée de la rue Notre-Dame-des-Champs, à peu près en face du numéro 15, Berthe frappa contre la vitre de devant de la voiture.

Pierre Loriot arrêta aussitôt ses juments.

La jeune fille descendit.

— Tenez, monsieur... — dit-elle en donnant de l'argent au brave cocher, — et merci.

L'oncle du docteur Etienne souleva son chapeau de cuir bouilli.

— C'est moi qui vous remercie, ma petite dame.... — répliqua-t-il. — Un pourboire de trois francs, c'est bigrement gentil!... — J'espère bien passer par ici et vous conduire encore, là première fois que vous irez voir votre amoureux...

Berthe ne l'écoutait pas.

Elle avait pris sa course vers la maison qu'habitait sa mère, et par l'entrebâillement de la porte se glissait dans l'allée et gagnait l'escalier.

Pierre Loriot fit tourner bride à ses bidets et les remit au trot en murmurant :

— Gentille comme tout, ma petite pratique... — Peut-être bien que ça aime à rigoler un peu plus souvent qu'à son tour... Mais, qu'est-ce que voulez, c'est de son âge! — Faut bien que jeunesse se passe!...

M™ Leroyer attendait sa fille avec une indicible angoisse.

L'absence de Berthe se prolongeant au delà de toute prévision, la pauvre mère cherchait des motifs pour expliquer ce retard...

Elle n'en trouvait pas et, à mesure que le temps passait, les conjectures les plus noires assiégeaient son esprit troublé.

Elle se figurait Berthe victime d'un accident ou tombée dans quelque piège tendu par la police qui surveillait sans doute la maison de René Moulin.

Des agents avaient peut-être arrêté brutalement la jeune fille dès son premier pas dans le logis du prisonnier...

Cela semblait possible et même vraisemblable, aussi M™e Leroyer, désespérée, se reprochait amèrement d'avoir sacrifié Berthe à son désir aveugle de réhabiliter la mémoire du martyr.

L'ouragan qui faisait rage au dehors redoublait son épouvante

Elle se traînait de son fauteuil à la fenêtre qu'elle ouvrait, et se penchait vers la rue déserte où la pluie tombant sans relâche changeait les ruisseaux en torrents.

L'attente toujours déçue lui donnait une fièvre ardente. — Son pauvre cœur malade battait à se briser dans sa poitrine trop étroite. — Les suffocations se succédaient.

A plusieurs reprises il lui sembla qu'elle allait mourir sans avoir revu son enfant.

— Mon Dieu! — balbutiait-elle en joignant ses mains suppliantes, — mon Dieu! laissez-moi vivre jusqu'à son retour... permettez-moi de l'embrasser encore...

L'angoisse morale atteignant son paroxysme, jointe à la douleur physique qui grandissait de minute en minute, amena une crise inévitable.

— Allons, c'est fini... — se dit Angèle, — Dieu m'a condamnée... — Berthe, en rentrant, ne me trouvera plus vivante...

Et elle perdit connaissance.

Quand elle revint à elle, après un évanouissement assez long, elle était toujours seule.

Son premier regard fut pour la pendule.

Les aiguilles indiquaient onze heures.

— Espérer plus longtemps serait folie... — pensa la mourante. — Il est arrivé malheur à Berthe...

Soudain, par la croisée ouverte, arriva distinctement le bruit d'une voiture marchant grand train. Un peu avant d'atteindre le numéro 19 cette voiture fit halte.

M™e Leroyer trouva la force de quitter son siège et d'arriver jusqu'à la fenêtre.

Elle aperçut les lanternes rouges d'un fiacre immobile, mais la distance et les ténèbres ne lui permettaient pas de voir qui descendait de ce fiacre.

Le cocher tourna bride.

Angèle ferma la fenêtre et vint se mettre aux aguets près de la porte.

Deux minutes s'écoulèrent, puis un pas rapide et léger se fit entendre dans l'escalier.

La veuve de Paul Leroyer ne respirait plus.

Le pas léger, le pas féminin, s'arrêta sur le carré.

La porte s'ouvrit brusquement et Berthe, pâle comme un spectre, son châle traînant derrière elle, entra ou plutôt se précipita dans la chambre.

Angèle poussa un cri étouffé et tendit les bras à sa fille, qui se laissa tomber sur sa poitrine en sanglotant.

— Berthe, ma chérie, ma mignonne, — balbutia Mme Leroyer, — pourquoi ces larmes, pourquoi cette pâleur?... — As-tu couru quelque grand péril?... — Que s'est-il passé?... — Parle vite...

L'enfant étouffait.

Elle voulut répondre ; — elle remua les lèvres, mais elle ne put articuler un seul mot.

LXXIV

— Mon enfant bien-aimé, — reprit Angèle, — parle-moi... Je t'en prie... réponds-moi... ton silence me fait peur... — Encore une fois, que s'est-il passé?

Berthe tenta un nouvel effort, mais pour la seconde fois sa voix trahit sa volonté ; — ses lèvres restèrent muettes.

Mme Leroyer, dont l'effroi grandissait de seconde en seconde, demanda :

— Enfin, tu viens de la place Royale?

La jeune fille fit un signe affirmatif.

— Tu es entrée dans le logement de René Moulin? — poursuivit Angèle.

— Oui... — répondit Berthe d'une voix faible comme un souffle.

— Tu as trouvé le secrétaire?

— Oui.

— Et cette enveloppe que tu allais chercher?...

— Je ne l'ai pas...

Mme Leroyer se sentit défaillir.

— Tu ne l'as pas? — répéta-t-elle.

— Elle n'existe plus...

— Qu'est-elle devenue?

— Elle est brûlée...

— Qui te l'a dit ?

— J'ai vu...

La veuve du supplicié se tordit les mains ; ses sanglots éclatèrent.

— Elle n'existe plus ! — balbutia-t-elle avec désespoir. — Oh ! mon Dieu ! c'est le dernier coup !

Berthe était arrivée rue Notre-Dame-des-Champs anéantie, brisée, par le drame dont elle avait été l'invisible témoin à la place Royale.

L'effrayante douleur de sa mère produisit chez elle une réaction soudaine.

En face de la défaillance de Mᵐᵉ Leroyer elle se sentit ranimée et se leva vivement afin de soutenir la pauvre femme que l'émotion étouffait.

— Mère chérie, — dit-elle en enveloppant Angèle de ses bras, — au nom du ciel ne te laisse pas abattre ainsi... — Sois courageuse et forte, je te le demande à genoux !

— Je tâcherai... — fit la mourante, — mais je veux tout savoir... — Que s'est-il passé place Royale?...

— Des choses effrayantes...

— Je dois les connaître... — Ne me cache rien...

— Écoute donc...

Et Berthe, d'une voix tremblante, raconta dans leurs moindres détails les faits que nous connaissons et dont le logement de René Moulin avait été le théâtre.

Mᵐᵉ Leroyer l'écoutait en frémissant.

Toute son attention, toute son âme, étaient suspendues aux lèvres de sa fille.

Quand l'étrange récit fut achevé, elle demanda :

— Et cette femme... cette folle... est partie emportant les débris du papier consumé ?

— Oui, mère...

— Et tu n'as pas tenté de lui reprendre ce papier, ou du moins de la suivre?...

Berthe secoua la tête.

— L'effroi me paralysait... — répondit-elle.

— Les deux hommes se sont-ils emparés de l'or et des titres de René Moulin?

— Ce n'étaient point des bandits ordinaires... Il ne se sont même pas occupés de ces valeurs et de cet argent... — J'ai pris tout, et j'ai pris aussi le papier glissé par un des misérables dans l'enveloppe ouverte par lui... ce papier qui, disaient-ils, devait faire condamner à coup sûr le protégé de mon père...

En disant ce qui précède la jeune fille vidait ses poches, et déposait pêle-mêle sur la table les pièces d'or et d'argent, les quelques billets de banque et les titres de rente.

Ensuite elle tira de sa poitrine l'enveloppe de papier bleu anglais portant pour suscription le mot JUSTICE, et que la main de Georges de la Tour-Vaudieu avait effrontément violée.

Elle la tendit à sa mère, en lui disant :

— Le papier est là...

Mme Leroyer arracha de l'enveloppe un carré de vélin portant dans l'angle gauche une torche et un poignard imprimés à l'encre rouge.

Au-dessous se lisaient ces lignes, d'une écriture contrefaite :

« *Voir un à un les chefs de section.*
Leur annoncer la prochaine arrivée à Paris du libérateur.
Les mesures sont si bien prises que rien ne pourra conjurer la perte du tyran.
La première tentative aura lieu un jour d'Opéra.
Les sections seront averties la veille, et devront se tenir prêtes à l'action.
Le mot d'ordre est : ROME ET LONDRES. »

— Ah! les infâmes! — dit Angèle lorsqu'elle eut fini sa lecture, — ils perdaient René Moulin! — Cette note, trouvée dans ses papiers, faisait de lui pour tout le monde le complice des conspirateurs!... — Quels étaient ces hommes, ces implacables ennemis de notre ami?...

— Je l'ignore, — répliqua Berthe, — un seul nom a été prononcé, celui-ci : *Leduc*... — mais le visage des misérables est gravé dans ma mémoire... — Si je les rencontre jamais, fût-ce dans dix ans, fût-ce dans vingt ans, je les reconnaîtrai...

— A quelle classe semblaient-ils appartenir?...

— L'un avait l'air d'un bourgeois aisé... l'autre, celui qu'on appelait *Leduc*, portait un costume d'ouvrier... C'était peut-être un déguisement... — C'est ce dernier qui a lu la lettre, et ensuite il a dit à peu près ceci : — *Cette femme, à Paris, menaçant d'évoquer le passé contre moi! Et cet homme possédant ce papier dont il connaissait la valeur! Sans le hasard j'étais perdu!...*

— Il a dit cela! — s'écria la veuve avec une expression étrange.

— Oui, mère... — Si ce ne sont les paroles mêmes, c'est du moins le sens exact... Je l'affirme...

— Ah! — poursuivit Mme Leroyer, — René avait raison!... — Il ne s'illusionnait pas sur l'importance de cette lettre... — Il savait qu'en nous la donnant il nous donnait le plus précieux des biens! — Cette lettre me rattachait à la vie en m'apportant l'espérance... — Cette lettre changeait ton avenir... et maintenant plus rien!... tout est anéanti!... — Ah! nous sommes condamnées!... nous sommes maudites!...

— Mère, pourquoi désespérer ainsi?... — Pourquoi douter de la bonté de Dieu?... — M. René Moulin devait savoir par cœur le contenu de ce précieux papier... — Il te le dira quand il sera libre...

La folle répétait avec un délire toujours grandissant : C'est l'homme de Brunoy !... l'assassin !... l'assassin !...

— Avant qu'il ne soit libre je serai morte !... — murmura douloureusement Angèle.

— Tais-toi, mère !... — dit Berthe vivement, — ne répète pas cela ! — Veux-tu donc m'enlever le courage dont j'ai tant besoin ? — Pourquoi d'ailleurs ce découragement? — Tu sais bien que je t'aime de toute mon âme, et tu sais bien aussi que je ne suis pas seule à t'aimer. — Nous sommes trois... René Moulin d'abord... — puis un autre...

— Un autre? — répéta la veuve.

— Oui, notre ami, qui n'a pu sauver mon pauvre frère mais qui te guérira, toi, il me l'a juré.

— Le docteur Étienne?

— Oui.

— Tu as raison, il nous est dévoué... c'est un brave cœur.

— Qui nous aime toutes les deux comme s'il était ton fils, et qui songe, j'en suis sûr, à t'appeler sa mère...

— Sa mère, moi! — fit Angèle en tressaillant.

— Oui... — répondit l'enfant qui rougit jusqu'à la racine des cheveux. — Mais pourquoi sembles-tu surprise et troublée?... — Le docteur ne serait-il pas pour toi le meilleur des fils? — Avec lui nous serions heureuses...

Mᵐᵉ Leroyer passa les deux mains sur son front, comme si elle voulait en écarter une pensée funeste.

— Ah! — balbutia-t-elle, — j'ai peur de comprendre...

— Mère, que comprends-tu donc?

— Étienne Loriot t'a-t-il dit qu'il t'aimait?

— Peut-être ne me l'a-t-il pas dit tout à fait, mais il me l'a laissé deviner.

— Et toi, tu l'aimes? — demanda douloureusement Angèle.

Berthe ne répondit que par son silence. — Elle baissa les yeux et sa rougeur augmenta notablement.

— Tu l'aimes? — répéta la malade.

— Eh bien! oui, mère, je l'aime, et de toute mon âme, depuis que je l'ai vu si bon, si tendre, si dévoué, pour Abel et pour nous...

— Oh! malheureuse! malheureuse enfant! — fit Angèle d'une voix brisée en élevant ses mains tremblantes au-dessus de sa tête. — Je n'avais pas encore assez souffert! Il me manquait ce dernier coup!...

Berthe, connaissant la sympathie de Mᵐᵉ Leroyer pour le jeune médecin, fut atterrée des paroles qu'elle venait d'entendre.

— Mère, je te comprends mal, n'est-ce pas? — demanda-t-elle. — Comment l'affection que m'inspire Étienne Loriot pourrait-elle être un malheur pour moi, et pour toi un chagrin?... — Ne serions-nous donc pas heureuses si j'étais la femme de cet honnête homme, de ce cœur d'or?...

— Décevante illusion!... — murmura la malade. — Rêve impossible qu'il faut chasser!...

— Pourquoi? — Mère, explique-toi!... tu me fais mourir!...

— Hélas! je ne puis rien t'expliquer, mon enfant!... — Sache seulement que le bonheur auquel tu aspires n'est pas fait pour toi!... — Pauvre chère mignonne adorée, pauvre innocente victime, ta vie est vouée à la souffrance!... — Un seul homme pouvait changer ta destinée... il est prisonnier... Il sera condamné peut-être... — Une seule chose pouvait modifier ton avenir... la lettre que René

Moulin cachait dans son logis de la place Royale... Cette lettre est anéantie!!
— Tout est contre nous, tu le vois bien!! — Autour de nous tout s'écroule!
— Courbe la tête, mon enfant... résigne-toi!... — Porte à tes lèvres le calice
que tu videras jusqu'à la lie!... — Impose silence à ton cœur!... Étouffe les voix
de ta jeunesse!... — Ne songe plus au docteur Étienne dont tu ne peux être la
femme!...

Angèle parlait rapidement avec une sorte de délire.

Les coups successifs qui venaient de la frapper en si peu de temps déterminaient chez elle une surexcitation terrible.

Berthe, que la stupeur et l'effroi paralysaient, cherchait vainement le sens
de ces paroles pleines d'inquiétants mystères...

LXXV

Mᵐᵉ Leroyer se tut.

Berthe répéta, en appuyant ses deux mains sur son cœur, qu'une douloureuse angoisse oppressait :

— Je ne puis être la femme du docteur Etienne? — Pourquoi? Oh! ma
mère chérie, tu ne peux affirmer une semblable chose sans m'en expliquer la
raison... — Ce serait trop cruel...

— Ne m'interroge pas, je t'en supplie!... — interrompit la mourante, —
je ne pourrais répondre...

— Tu ne peux m'apprendre quel fatal secret plane autour de moi et empêcherait un honnête homme de me donner son nom?...

— C'est impossible...

— Quoi!... — s'écria la jeune fille dont la tête s'égarait. — Je suis
indigne d'Etienne, et je n'ai pas le droit de connaître la cause de cette indi-
gnité?... — Mais c'est monstrueux, cela!... — Qu'ai-je donc fait?...

Éperdue, Mᵐᵉ Leroyer voulut interrompre Berthe, mais celle-ci, la tête
haute, le visage empourpré, l'œil brillant, continua d'une voix haletante :

— Encore une fois, qu'ai-je fait? Je veux le savoir, entends-tu! — Est-ce
qu'il y a sur ma vie une tache inconnue?... — Est-ce que l'ombre d'un soupçon
a jamais effleuré mon honneur de jeune fille? — N'ai-je pas été une enfant
soumise?... une sœur aimante?... N'ai-je pas porté dignement un nom sans
tache, le nom de mon père?

Angèle écoutait, la tête basse, l'âme oppressée.

Chaque parole de cette enfant angéliquement pure tombait comme une
goutte de plomb fondu sur son cœur déchiré.

Quand elle entendit Berthe parler de son père, il lui devint impossible de se contenir et, perdant toute présence d'esprit, toute prudence, elle laissa tomber de ses lèvres cette phrase qu'une minute plus tard elle aurait voulu racheter au prix de son sang :

— Hélas! pauvre enfant chérie, le nom que tu portes n'est pas le nom de ton père!...

Prise d'un étouffement subit après avoir parlé, Mme Leroyer se laisse tomber sur un siège.

Berthe se jeta à ses genoux et lui saisit les mains.

— Qu'as-tu dit? — s'écria-t-elle.

— La vérité.

— Je ne porte pas le nom de mon père?...

Angèle secoua négativement la tête.

— Mère bien-aimée, — poursuivit la jeune fille, — il est une faute que je ne commettrai jamais, c'est celle de douter de toi... — Si obscures, si incompréhensibles que semblent tes paroles, elles cachent certainement une chose honorable pour toi... Mais j'ai le droit et le devoir de te demander une explication, et cette explication je l'attends de ta tendresse et de ta loyauté... Tu en as dit trop long pour te taire. — Je veux le mot de l'énigme sombre!...

Un hoquet pareil à celui de l'agonie soulevait la poitrine d'Angèle.

La malheureuse femme dégagea ses mains, captives dans celles de Berthe, et les portant à son front brûlant qu'envahissait un ouragan de pensées confuses, elle murmura d'une voix qui sifflait en passant entre ses dents serrées :

— Ah! mon secret m'échappe! — Abel... Abel... pardonne-moi!... Je n'ai plus la force de mentir... Je n'ai plus la force de me taire... je n'en ai plus le droit...

Pendant quelques secondes ses sanglots éclatèrent ; — des larmes abondantes inondèrent son visage ; — elle se tordit les mains.

Quand un peu de calme lui fut revenu, elle poursuivit :

— Le voici, le secret terrible... le voici tout entier... — Écoute, ma fille, et sois forte... — Le nom de Monestier n'était pas celui de ton père... Ce n'est pas dans son lit que ton père est mort...

Berthe ne savait rien et ne devinait rien, mais elle pressentait quelque chose d'effroyable et devint livide.

— Ce n'est pas dans son lit que mon père est mort? — répéta-t-elle d'une voix sourde.

— Non...

— Où donc?

— Sur l'échafaud.

La jeune fille poussa un de ces cris qui font frissonner jusque dans la moelle de leurs os ceux qui les entendent.

Elle ne défaillit pas néanmoins mais, les yeux agrandis et les narines palpitantes, elle regarda sa mère avec une expression d'égarement voisine de la folie.

Ses lèvres balbutièrent après un instant :

— Sur l'échafaud !... — sur l'échafaud !... quel crime avait-il donc commis ?

Angèle se dressa, galvanisée.

— Un crime !... — lui !... — ton père ?... — s'écria-t-elle. — Lui, le meilleur et le plus noble des hommes !... Ah ! tu ne le crois pas !... — Il est mort innocent, entends-tu bien, ma fille !...

— Innocent... — répéta Berthe, presque sans en avoir conscience.

— Et cependant les juges l'ont condamné, — poursuivit Mme Leroyer, — on a dressé l'échafaud à la barrière Saint-Jacques... puis, un matin lugubre, devant une foule avide d'émotions hideuses, la tête du martyr est tombée dans le panier sanglant ! — Affolée par la douleur, voulant le revoir une fois encore, je vous avais conduits là tous les deux, Abel et toi, pour allumer dans votre sang la fièvre de vengeance qui brûlait dans le mien ! — Dès le lendemain je regrettais cette faute... — Tu étais une enfant trop jeune pour comprendre et pour te souvenir... Abel et moi nous nous étions promis de te faire oublier... Nous avions réussi... — Aujourd'hui tu sais tout... Prie pour le juste qui fut ton père...

Berthe sanglotait.

— Comment s'appelait-il ?... — demanda-t-elle.

— Paul Leroyer... — C'était son nom... c'est le nôtre...

La jeune fille s'agenouilla en joignant les mains et balbutia :

— Oh ! mon père !... mon pauvre père !...

— Prie, mon enfant, — poursuivit Angèle, — prie pour le martyr !...

Après un silence, elle ajouta :

— Et maintenant je vais t'apprendre le secret que je devais emporter dans la tombe et que je n'ai pas su garder !...

Puis la malheureuse femme, la mère de douleur, raconta d'une voix éteinte ce que nos lecteurs savent déjà du procès et de la condamnation de Paul Leroyer, accusé et convaincu d'avoir assassiné son oncle, le médecin de Brunoy, pour le voler.

— Il était innocent, tu le vois bien... — dit Angèle en achevant son lamentable récit. — Mais la fatalité s'acharnait après lui !... tout semblait l'accuser : l'argent dont il ne pouvait expliquer la possession, ses mains teintes de sang, sa présence sur le lieu du crime, les clameurs d'agonie qui montaient de la Seine... — Une vie sans tache, une vie d'honneur et de travail fut une insuffisante égide contre de fausses apparences... — Paul Leroyer, mon mari, ton père, condamné par des juges aveugles, mourut sur l'échafaud... — Il y avait des coupables cependant... — Ton frère et moi nous les avons cherchés sans relâche et toujours en vain... — Abel, au moment de rendre à Dieu son âme si pure, m'a fait jurer de continuer seule la tâche sainte qui devait aboutir à la réhabilitation du nom de ton père... — J'ai eu un moment d'espoir... — Un ami inconnu, ou pour mieux dire oublié, m'apportait les indices qu'Abel et moi nous cherchions depuis vingt ans et qu'un hasard providentiel avait placés dans ses mains vengeresses... — René Moulin possédait une lettre où l'un des complices de l'assassinat du médecin de Brunoy se trouvait nommé... — C'est cette lettre que tu allais chercher à la place Royale...

— Ah! — s'écria Berthe, — maintenant je comprends tout!

— Par malheur un des assassins connaissait l'existence de la lettre... — continua la mourante. — Aussi elle est détruite et le misérable trouvera moyen de perdre René demain, comme il a perdu ton père il y a vingt ans!... — T'expliqueras-tu maintenant mes angoisses, mon découragement, mon désespoir, quand je vois que tout s'écroule, que tout est perdu sans ressources?... quand, pour réhabiliter le martyr, il ne nous reste plus rien!...

Le front de la jeune fille se plissa, tandis que ses prunelles d'azur prenaient les teintes froides de l'acier.

— Il ne nous reste plus rien! — s'écria-t-elle. — Que dis-tu là, ma mère? — Je les ai vus, moi, ces hommes, et je les reconnaîtrai partout, je te le répète, je te le jure! Quant à la lettre, tu comprends bien que René la sait par cœur, il ne l'oubliera pas! — Au jour prochain où il sera libre, il nous en dira le contenu, il me donnera des armes pour la lutte, car cette tâche secrète que vous vous étiez imposée, toi et mon frère, c'est à moi qu'elle incombe, et je suis prête au combat!

— Berthe, que veux-tu donc? — balbutia Mme Leroyer profondément émue.

— Venger mon père!

— Pauvre enfant, que pourras-tu seule?

— Rien peut-être... — mais avec René Moulin je pourrai beaucoup... — Je l'attendrai, et c'est lui qui me guidera...

— Tu as raison, ma fille chérie!... — l'heure si longtemps espérée sonnera peut-être enfin... — Nous irons le demander à Dieu sur la tombe de ton père...

— La tombe de mon père!... — répéta Berthe. — Elle existe donc?

— Oui.

— Où?

— Au cimetière Montparnasse... tout près du tombeau d'Abel..

— Quel nom est gravé sur la pierre?

— Aucun, mais ce seul mot : JUSTICE!...

— Comme sur l'enveloppe qui contenait la lettre détruite?

— Oui... et pour le même motif.

— Tu me montreras cette tombe?

— Oui... et si je meurs trop tôt pour t'y conduire, René Moulin me remplacera.

Berthe baisa les mains d'Angèle.

— Mère bien-aimée, — murmura-t-elle, — je t'en supplie, ne dis pas cela !!...
Pourquoi parles-tu de mourir ?...

— Parce que je suis bien malade... — J'ai trop longtemps et trop cruellement souffert... Je n'ai plus la force de vivre...

— Nous te sauverons.

Mme Leroyer secoua mélancoliquement la tête.

LXXVI

— Je t'ai fait de la peine, ma fille adorée, — reprit Mme Leroyer après un silence, — pardonne-moi ! — Je donnerais ma vie sans regret, si en la donnant je pouvais t'éviter un chagrin. — Je souffre autant que toi en te voyant souffrir, mais la cruelle nécessité s'impose ! — Tu dois fermer ton cœur à l'amour tant que tu n'auras pas le droit de marcher la tête haute et de reprendre ton vrai nom. — Pour devenir la femme du docteur Étienne, il faudrait, avant tout, lui dire qui nous sommes... lui révéler le terrible secret... Le veux-tu ?

— Jamais !! — répliqua Berthe. — Il pourrait croire que mon père était coupable, et je n'admettrais pas même un doute... — mieux vaut qu'il ignore tout...

— Ainsi, tu me pardonnes ?

— Je n'ai rien à te pardonner, mère chérie, je ne peux que t'aimer...

— Embrasse-moi...

— De tout mon cœur !... de toute mon âme !...

Angèle voulut tendre les bras à sa fille et la presser sur sa poitrine ; mais, épuisée, mourante, elle n'en eut pas la force.

Sa tête se pencha en arrière : — les battements de son cœur se ralentirent. — Pour la seconde fois depuis quelques heures elle s'évanouit.

Berthe, dans cette situation effroyable, avait retrouvé brusquement l'énergie morale et la vaillance qui formaient le fond de son caractère et s'alliaient chez elle à la plus exquise douceur et aux autres vertus féminines.

Elle prodigua ses soins à sa mère qui, peu à peu, reprit connaissance.

La jeune fille lui toucha les mains et s'aperçut qu'une fièvre violente se déclarait.

Elle la déshabilla, l'aida à se mettre au lit et lui présenta la potion ordonnée par le docteur Étienne.

Mᵐᵉ Leroyer la but jusqu'à la dernière goutte... — l'effet attendu se produisit bientôt ; — le sommeil vint clore ses paupières rougies et brûlées par les larmes.

Auprès de sa mère endormie Berthe se trouva seule avec ses pensées noires.

— Allons, — se dit-elle, — j'avais fait un rêve insensé... — Mes illusions s'envolent... l'amour et les joies du foyer n'existent pas pour moi... — Je me dois désormais tout entière à ma tâche ! — Mon père est mort pour expier un crime qu'il n'avait pas commis, et les auteurs de ce crime triomphent dans leur impunité ! — Ma vie n'aura désormais qu'un but, venger mon père et réhabiliter sa mémoire !

La jeune fille s'approcha de la table sur laquelle se trouvait la petite fortune de René, et la note accusatrice si lâchement déposée par le duc Georges de la Tour-Vaudieu dans les papiers du mécanicien.

— Chaque mot de cette pièce est un mensonge et une infamie ! ! — continua Berthe en relisant la note. — Ceci émane, à coup sûr, de l'un des coupables, qui cherche à détourner de lui les soupçons en sacrifiant un innocent aujourd'hui, comme il sacrifiait mon père autrefois !... Cet homme, ce coupable, je l'ai vu... — C'est lui que son compagnon appelait *Leduc*... — Quant à la lettre brûlée, elle devait être de sa complice... Je garderai précieusement ce papier... peut-être me servira-t-il un jour...

La jeune fille replaça sous l'enveloppe bleue scellée de rouge la note calomnieuse, et la serra, avec l'argent et les titres de René, dans un meuble fermant à clef.

— Vienne maintenant la liberté du fidèle ami de mon père... — se dit-elle ensuite. — Puisse-t-il nous être bientôt rendu, car il sera mon unique allié... — Mon Dieu, conservez-moi ma mère, faites que René Moulin triomphe de ses ennemis, et le courage ne me manquera pas !...

Berthe avait accroché son chapeau à une patère.

Elle s'interrompit pour plier son châle.

— Mais j'avais une broche ! — murmura-t-elle tout à coup très inquiète. — Je ne la vois plus... — Où donc est-elle ?... — l'aurai-je laissée tomber là-bas ?...

Après avoir vainement cherché, elle poursuivit avec une douloureuse émotion :

— Décidément elle est perdue !... Quel chagrin pour moi !... Quel chagrin pour ma mère quand elle apprendra ce malheur ! — C'était le seul portrait de notre pauvre Abel ! — Ah ! cette soirée devait être néfaste à tous les points de vue !...

Berthe essuya les larmes qui coulaient sur ses joues et tressaillit en entendant la pendule sonner minuit.

Elle s'approcha de la couche où dormait sa mère, lui mit au front un baiser débordant de tendresse filiale et, brisée de corps et d'âme, alla s'étendre sur son lit pour y prendre un peu de repos.

— Vous, mon cher oncle ! s'écria le docteur en tendant la main au digne homme.

*
* *

— Jetons un rapide coup d'œil en arrière.

Retournons à la maison de la place Royale et apprenons à nos lecteurs ce qu'Esther avait fait du papier ramassé par elle dans le logis de René Moulin.

La présence de la folle dans ce logis s'explique de la façon la plus simple.

Nous avons entendu la veuve de Sigismond pousser un cri étouffé quand un éclair avait mis en saillie le visage du sénateur, debout et immobile en face du numéro 24.

Esther, sous l'influence du temps orageux et sous l'impression produite par l'étrange gravure du roman illustré, avait cru reconnaître une physionomie à tout jamais empreinte dans sa mémoire et que la folie même n'en pouvait déloger, celle du malfaiteur audacieux qu'elle désignait ainsi : *l'homme de Brunoy*.

Un instinct mystérieux lui disait que cet homme était l'unique cause de tous ses malheurs, — et nous savons qu'elle ne se trompait pas.

La pauvre femme se persuada qu'il venait d'entrer dans la maison.

Elle résolut instinctivement de le guetter et se dirigea vers l'antichambre.

Nous savons qu'elle se trouvait dans l'obscurité.

Ce fut donc lentement, à tâtons, qu'elle parvint à gagner la porte de l'appartement que Mlle Mariette, courant retrouver son pompier volage, n'avait eu garde de fermer à clef.

Elle sortit sans bruit et fit quelques pas sur le carré du premier étage. — L'escalier était éclairé.

Elle se pencha sur la rampe et prêta l'oreille.

Au-dessus d'elle des pas se faisaient entendre.

Elle monta lentement.

La lueur vague et fugitive qui venait de briller dans son intelligence obscurcie s'éteignit brusquement.

Elle n'avait plus de but...

Ne se souvenant point du motif qui la faisait quitter sa chambre et l'appartement de sa vieille amie, elle gravissait les degrés sans savoir pourquoi, étourdie par le vent qui mugissait avec un bruit sinistre dans les immenses escaliers aux marches de briques.

Elle arriva ainsi au quatrième étage.

C'était le dernier.

Sans cela elle aurait continué à gravir machinalement, tant que les marches se seraient succédé, tant que ses jambes n'auraient pas faibli.

L'escalier finissait... — elle s'arrêta.

Un rayon de pâle lumière filtrait sous une porte.

Curieuse comme une enfant, Esther appuya son oreille contre un des panneaux, écouta, n'entendit rien, et au bout de quelques minutes elle allait sans doute se retirer, quand la porte mal assujettie céda brusquement sous la pression et s'ouvrit.

La folle en franchit le seuil.

C'est alors qu'elle apparut à Georges de la Tour-Vaudieu et à l'agent de police.

A la vue du sénateur, la lueur vague d'intelligence se raviva dans le cerveau troublé.

Esther prononça les mots terribles qui, rappelant à l'ex-amant de Claudia Varni le drame de la villa gothique de Brunoy, lui causèrent une si profonde épouvante.

Nos lecteurs savent le reste.

Ils ont vu le duc et Théfer s'enfuir comme des bandits poursuivis par les gendarmes, puis Esther, après avoir ramassé et caché dans son sein le brouillon de lettre consumé à demi, reprendre le chemin du premier étage.

Elle rentra dans l'appartement dont elle referma la porte derrière elle, ne se souvenant de rien, et n'ayant point conscience de ce qu'elle venait de voir et de faire.

Là, elle se laissa tomber sur un siège et, murmurant un motif de la *Muette*, ferma les yeux et perdit la notion du temps.

Mariette rentra.

Cette camériste était ivre de joie, ayant reconquis son infidèle qui promettait de nouveau de l'épouser, et jurait de la rendre absolument heureuse.

Aussi, — pleine de bienveillance pour le genre humain en général et pour la folle en particulier, — Mariette lui donna de la lumière et lui servit une collation.

Mme Amadis, à son retour de l'Opéra, trouva tout en ordre et félicita la jeune femme de chambre de la façon vraiment édifiante dont elle avait respecté sa consigne.

Personne ne se doutait des événements étranges dont la maison de la place Royale venait d'être le théâtre.

Esther, en se déshabillant, trouva dans les plis de son corsage le papier rongé par le feu.

Elle le regarda avec surprise et, soulevant d'une main distraite le couvercle d'un petit coffret d'argent placé sur un meuble, elle y laissa tomber le chiffon noirci.

*
* *

Le lendemain matin, à huit heures moins un quart, un fiacre s'arrêtait devant la prison de Sainte-Pélagie.

Ce fiacre à quatre places contenait trois personnes, Théfer et deux agents sous ses ordres.

L'inspecteur mit pied à terre et sonna, tandis qu'un agent grimpait sur le siège à côté du cocher.

Théfer était connu.

Il entra dans la geôle, alla droit au greffe et présenta son ordre d'extraction parfaitement en règle.

— Très bien... — dit le greffier. — Attendez ici cinq minutes, on va vous amener votre homme...

Avant que les cinq minutes fussent écoulées, la porte communiquant avec l'intérieur de la prison s'ouvrit et René Moulin parus.

DEUXIÈME PARTIE

L'ORPHELINE

I

Du premier coup d'œil le mécanicien reconnut l'agent qui l'avait arrêté à la sortie du cimetière Montparnasse.

Il fronça le sourcil et son visage prit une expression méprisante.

— Ah! ah! — fit-il, — c'est vous qu'on charge de me conduire à mon domicile, comme vous m'avez déjà conduit au dépôt de la Préfecture.

— Moi-même... — répondit Théfer avec un sourire narquois.

— Ces messieurs du parquet ont eu la main heureuse en vous désignant!! — poursuivit René Moulin.

— Il m'ont désigné sur ma demande, — répliqua l'inspecteur. — Je tenais à voir si vous seriez dans votre logis aussi fier que le jour où je vous ai pincé... Car vous faisiez bigrement le malin, avant l'instruction ! — Allons, tendez vos mains...

— Pourquoi faire ?

— Pour qu'on vous passe les menottes, donc ! — Et Théfer tirait de sa poche les instruments de répression qu'il venait de nommer.

A la vue des menottes et de la chaîne d'acier qui les reliait l'une à l'autre, René recula vivement et devint livide.

— A moi, — s'écria-t-il, — à moi !... comme à un voleur !...

— C'est la consigne.

— Mais c'est infâme !... Je proteste !

— Protestez tant qu'il vous plaira, mais pas de phrases, pas de rébellion surtout ! — dit Théfer d'une voix impérieuse. — Vous n'y gagneriez rien... — Il faut que force reste à la loi !

René comprit qu'en effet toute résistance serait superflue et ne ferait qu'aggraver sa situation.

Il était prisonnier, par conséquent suspect, et chaque mesure de précaution prise contre lui avait sa raison d'être.

Une teinte d'un rouge sombre remplaça la pâleur de son visage ; — ses yeux se mouillèrent ; — un profond soupir s'échappa de sa poitrine.

Ensuite il baissa la tête et tendit les mains.

Théfer le ligotta solidement puis, pour nous servir de l'expression vulgaire usitée en pareille circonstance, l'*emballa* dans le fiacre.

Le mécanicien se replia sur lui-même dans un angle et, tandis que la voiture roulait vers la place Royale, il ne prononça pas une parole.

A huit heures et demie le fiacre s'arrêtait devant le numéro 24.

Le chef de la sûreté et le commissaire aux délégations attendaient chez la concierge qu'ils avaient préalablement interrogée.

Mme Biju savait que son locataire était absent, mais elle ne pouvait deviner qu'il était en prison. Aussi sa stupeur fut sans bornes quand les deux fonctionnaires, après s'être fait connaître, la sommèrent au nom de la loi de leur répondre sincèrement.

Elle éprouva d'abord un très grand embarras, car la présence des gens de justice trouble et inquiète toujours, même ceux qui n'ont absolument rien à se reprocher.

Elle se rassura cependant petit à petit et sa langue se délia, mais le peu qu'elle savait ne pouvait en aucune façon nuire à René Moulin.

Mme Biju ajouta que son locataire avait l'air d'un bien bon garçon et qu'elle ne s'habituerait jamais à voir en lui un voleur.

— Ce n'est pas un voleur... — répliqua le chef de la sûreté.

— Miséricorde !... Est-ce qu'il a tué quelqu'un ?...

— On ne l'accuse point de cela...

— Eh bien ! monsieur, s'il n'est ni un voleur ni un assassin, pourquoi donc alors qu'on le garde sous clef ?...

— Parce qu'il conspire...

— Qu'est-ce que c'est que ce métier-là ?

— C'est s'occuper de politique subversive et comploter la chute des pouvoirs existants...

Cette explication grandit singulièrement René dans l'esprit de la concierge.

Il rêvait de renverser le gouvernement, et on l'arrêtait ! — Donc, on le craignait !... — Donc il était un personnage d'une sérieuse importance !...

Mme Biju se sentit presque orgueilleuse de l'honneur que René Moulin faisait à sa maison !...

En ce moment Théfer entra et prévint ces messieurs que le détenu venait d'arriver et qu'il était à leur disposition.

En effet le mécanicien, sous la garde de deux agents, stationnait au bas de l'escalier.

Les fonctionnaires le rejoignirent, suivis par la concierge.

Cette dernière tendit avec attendrissement la main au prisonnier en s'écriant, les larmes aux yeux :

— Ah ! par exemple, mon pauvre monsieur René, en voilà une surprise ! — Qu'est-ce qui aurait jamais supposé que vous vous fourriez dans la politique jusqu'au cou !

Le mécanicien serra la main de Mme Biju et lui répondit en riant :

— N'en croyez pas un mot... C'est une mauvaise plaisanterie dont je suis victime... Mais elle va finir et ces messieurs seront bientôt édifiés sur mon compte...

Le mouvement de René mit à découvert la chaîne qui lui liait les poignets.

— Miséricorde !... — les menottes !... — s'écria la concierge.

— Oui, comme à un meurtrier !... — répliqua René avec amertume.

Il ajouta, en s'adressant au chef de la sûreté et au commissaire aux délégations judiciaires :

— Je vous supplie, messieurs, de vouloir bien m'épargner cette honte inutile, et je vous donne ma parole d'honneur que je ne chercherai point à fuir.

Le chef de la sûreté commanda d'ôter les menottes.

Théfer obéit, mais à contre-cœur, en lançant à René un mauvais regard.

Le commissaire aux délégations demanda :

— Vous êtes-vous occupé d'avoir un serrurier ?

— Est-ce pour ouvrir la porte ? — fit la concierge.

— Oui... — le prévenu affirme qu'il a perdu la clef de son logement...

— Mais il y en a deux...

— L'autre est dans le tiroir d'un de mes meubles... — répondit René.

Sur un signe de Théfer, l'un des agents en sous-ordre était vivement sorti.

Il revint au bout de quelques minutes avec un serrurier muni des instruments nécessaires et d'un trousseau de clefs de toutes les dimensions.

Le chef de la sûreté s'engagea le premier dans l'escalier où les autres personnes le suivirent.

On atteignit le quatrième étage.

— C'est ici, messieurs... — dit René en désignant la porte de son logement.

— Ouvrez... — ordonna le commissaire au serrurier...

Celui-ci essaya vainement deux clefs, mais la troisième fit jouer la serrure et la porte tourna sur ses gonds.

On franchit le seuil du logement.

Théfer jeta un coup d'œil autour de lui.

René fit de même et constata avec une joie vive qu'on était entré chez lui. — La porte entre-bâillée du cabinet noir ne pouvait lui laisser à cet égard l'ombre d'un doute.

Donc Mme Leroyer, ayant suivi ponctuellement sa recommandation, avait enlevé la veille au soir la précieuse lettre et les titres de rente.

Le visage du prisonnier devint radieux.

L'inspecteur de la sûreté s'en aperçut et se posa cette question :

— Qui diable peut le réjouir ainsi ?

— Vous connaissez le but de notre perquisition chez vous ? — demanda l'inspecteur au mécanicien. — Vous savez ce que nous y venons chercher ?... Vous êtes inculpé de servir d'intermédiaire entre les agitateurs révolutionnaires italiens résidant en Angleterre, et les sociétés secrètes de Paris... — Évitez-nous de longues investigations... Conciliez-vous la bienveillance de vos juges par un aveu dont il vous sera très largement tenu compte.

— Mon Dieu, monsieur, — répliqua René d'une voix parfaitement calme et avec une physionomie qui ne l'était pas moins, — il me faut vous répéter ce que je disais hier au magistrat instructeur qui m'interrogeait : — Je suis victime d'une méprise inexplicable, mais indiscutable... — Je ne m'occupe point de politique; je n'ai jamais fait partie d'une société secrète, ni à l'étranger, ni en France. — J'ai quitté Paris depuis dix-huit ans, et n'y ai conservé ni relations, ni correspondances... — Je ne désire pas du tout changer la forme du gouvernement, et le chef de l'État ne m'ayant fait ni bien ni mal et ne se doutant même pas de mon existence, je n'ai aucune raison pour lui en vouloir... — Ceci est la vérité la plus vraie, mais vous êtes *buttés*, par suite de circonstances que j'ignore, et vous ne me croyez pas... — Votre espoir est de découvrir ici des preuves de ma culpabilité... Vous espérez bien me convaincre tout au moins de mensonge. Eh bien! cherchez, fouillez à votre aise !... Je vous avertis d'avance que vous ne trouverez rien...

— Où sont vos papiers? — demanda le commissaire.

— Tous ceux que je possède sont rangés dans le secrétaire de ma chambre à coucher, répondit le mécanicien.

— Où se trouve cette chambre ?...

— Là, à droite.

— Allons...

Théfer, pensant à la note substituée par le duc de la Tour-Vaudieu au brouillon de lettre dans l'enveloppe de papier bleuâtre, se disait:

— Tout à l'heure il faudra changer de ton!! — Nous verrons ce que deviendra cette belle assurance !!

On entra dans la chambre désignée par René.

Le secrétaire était ouvert au grand large.

La petite lanterne sourde oublié par Théfer se trouvait sur la tablette abattue. — La bougie de cire jaune qu'elle renfermait avait brûlé jusqu'au bout.

René eut aux lèvres un sourire de triomphe.

Cette lanterne qui ne lui appartenait pas démontrait de nouveau la visite nocturne de Mme Leroyer.

Théfer, lui, pâlit légèrement, et des gouttes de sueur mouillèrent la racine de ses cheveux.

Il n'apercevait plus les pièces d'or et les quelques billets de banque qu'il avait remarqués la veille au soir.

Il pensa à la folle....

Si elle avait pris cet or et ces billets, elle avait pu prendre également la mystérieuse enveloppe sur laquelle était tracé le mot : JUSTICE !

II

Le commissaire aux délégations s'approcha du secrétaire.

— Ce meuble est ouvert... — dit-il, — l'aviez-vous donc laissé ainsi?

René répliqua du ton le plus calme :

— Oui, monsieur.

Théfer, stupéfait de cette réponse qui semblait parfaitement sincère, regardait le mécanicien avec méfiance et se demandait :

— Pourquoi ce mensonge? — il ne peut avoir oublié que le secrétaire était clos... — D'ailleurs la lanterne n'est pas à lui, et il paraît trouver toutes simples des choses qui devraient le confondre! — Que signifie cela?

Le commissaire aux délégations avait attiré à lui des papiers, des lettres, des notes de toute sorte pris dans les tiroirs, et avec l'aide du chef de la sûreté il les examinait minutieusement.

René les regardait faire en souriant, et de temps à autre lançait un regard moqueur à Théfer.

Ce dernier observait le mécanicien à la dérobée, cherchant à lire sur son visage les sentiments qui, selon toutes les règles de la logique, auraient dû s'y refléter, — et qui ne s'y reflétaient pas...

La figure impassible de René lui causait une inquiétude voisine de l'angoisse.

Il s'irritait en outre de ne pas comprendre.

La placidité du mécanicien devait en effet paraître stupéfiante et incompréhensible à l'agent.

— La clef se trouvait à la serrure, mais le secrétaire était fermé, j'en suis

— Je ne m'étais point trompée, n'est-ce pas, docteur ? demanda-t-elle en tremblant.

sûr... — se disait-il. — Je crois voir encore sur cette tablette des louis, de l'argent, des billets... — René s'aperçoit certainement que tout cela a disparu...
et il n'en souffle mot... — C'est louche !... — Cette femme qui s'est introduite
ici derrière nous ne jouait-elle pas la comédie de la folie !... n'était-elle pas la
complice de René ? — Et nous l'avons laissée seule... maîtresse d'agir ! — Quelle
imprudence ! — il faudra que j'avertisse le duc... — Son absurde frayeur est la
cause de tout...

L'examen attentif des premiers documents n'avait donné aucun résultat.

On fouilla les autres tiroirs.

La plupart ne contenaient que des paperasses insignifiantes et pas du tout suspectes.

Le tiroir où devait se trouver la note accusatrice était exploré plus qu'aux trois quarts, et l'enveloppe bleue ne paraissait point

La perquisition s'acheva.

Aucun objet de nature compromettante n'avait été signalé.

Théfer tremblait de rage.

— C'est positif, — murmurait-il entre ses dents, — la folle n'est pas plus folle que moi!... Elle est complice!... elle a supprimé la note... — Tonnerre! — Ces gens-là sont bigrement forts! — Mais cet égal, le gaillard n'est pas encore libre! — nous ne sommes point manchots, nous autres, et M. le duc aura le temps de se retourner.

Les investigations demeuraient positivement infructueuses.

Les fonctionnaires manifestaient leur désappointement par une moue significative.

— Des papiers importants comme ceux que nous cherchons ne se laissent point en vue, — dit au bout d'un moment le commissaire aux délégations. — Le premier soin de leur détenteur est de les cacher de son mieux, mais la patience ne nous manquera pas... — Nous ferons notre devoir jusqu'au bout.

Il ajouta en s'adressant à René:

— Persistez-vous dans votre mutisme? — Refusez-vous toujours d'éclairer la justice?

Le mécanicien haussa fort irrévérencieusement les épaules et répliqua:

— Encore une fois, messieurs, je ne puis parler, n'ayant pas un mot à dire! — Voulez-vous me faire avouer ce qui n'existe point? Vous y perdrez votre latin. — Les papiers qui sont étalés là, sous vos yeux, sont les seuls que je possède... — Je vous mets au défi d'en découvrir d'autres...

— C'est ce que nous allons voir! s'écria le chef de la sûreté piqué au vif. — Qu'on fouille partout de façon ce qu'aucune cachette ne puisse nous échapper.

Les agents, — Théfer le premier, — se mirent à la besogne aussitôt et déployèrent un zèle énorme.

Ils palpèrent les vêtements pendus dans le cabinet noir.

Ils soulevèrent les feuilles du plancher.

Ils sondèrent les murailles, la cheminée, le lit, les moindres meubles.

Au bout d'une heure ils n'avaient fait, naturellement, aucune découverte intéressante.

Le commissaire aux délégations, désappointé autant qu'on le puisse être, donna l'ordre de reconduire René Moulin à Sainte-Pélagie, et lui-même, après avoir pris la clef restée à l'intérieur et refermé la porte, regagna le Palais de

Justice avec le chef de la sûreté, et rédigea le procès-verbal qui fut déposé par ses soins sur le bureau du juge d'instruction Camus Bressoles.

A la même heure où les faits que nous venons de raconter se produisaient place Royale, dans le logis de René Moulin, voici ce qui se passait sur le trottoir de la rue Notre-Dame-des-Champs, presque en face de la maison qu'habitaient Mme Leroyer et sa fille.

Disons tout de suite que le pseudo-frère de la concierge était le matin même reparti pour Troyes, où son absence laissait, paraît-il, un grand vide dans certaine fabrique de bonnets de coton !...

Quant au commissionnaire médaillé, on ne l'avait pas vu venir s'installer à sa place habituelle, et on ne devait plus le revoir.

Le docteur Loriot s'était levé dès le point du jour, après une nuit complètement blanche.

Depuis la veille le trouble de Berthe, au moment où il lui annonçait qu'il reviendrait dans la soirée, lui causait une préoccupation douloureuse.

Le prétexte mis en avant par la jeune fille pour l'empêcher de revenir lui semblait à bon droit suspect.

Ce prétexte devait cacher quelque chose d'inavouable.

Comment admettre que Berthe éprouvât tout à coup une si grande hâte de porter un ouvrage qu'elle avait dans les mains depuis longtemps déjà, et dont elle pouvait assurément retarder de quelques heures la livraison?

Qu'importaient ces quelques heures de retard quand il s'agissait de soins à donner à la malade dans une situation si grave?

Étienne se trompait donc en croyant à la tendresse de Berthe pour lui, en supposant que la jeune fille était heureuse de le voir ?

Le doute une fois entré dans l'esprit du médecin n'avait fait que grandir.

Le neveu de Pierre Loriot, nous le répétons, s'était vainement débattu pendant toute la nuit contre de cruels soupçons, contre de sombres pensées ; aussi résolut-il de se rendre de bonne heure chez Mme Monestier, espérant que la mère ou la fille lui donneraient une explication plausible de leur trouble de la veille au soir.

Comme il approchait de la maison habité par Mme Leroyer, il vit une voiture qui suivait lentement le trottoir.

Le cocher n'était point sur son siège, et marchait à côté de ses chevaux.

Étienne fit quelques pas encore et reconnut avec surprise Pierre Loriot et le fiacre numéro 13.

— Vous, mon cher oncle ! — s'écria le docteur en tenant la main du digne homme. — Qu'est-ce que vous faites ici ce matin?

— Je vais de porte en porte, ce qui ne m'amuse guère, — répondit Pierre Loriot.

— Vous cherchez quelqu'un ?

— Oui.

— Qui donc?

— Une petite dame...

— Une petite dame qui ne vous a pas payé?

— Elle m'a parfaitement payé, au contraire, et même le pourboire était coquet...

— Alors que voulez-vous à votre cliente?

— Je veux lui restituer un objet qu'elle a perdu dans mon fiacre hier au soir...

— Ne savez-vous donc pas où vous l'avez conduite?

— Je sais qu'elle s'est fait arrêter au n° 15, mais c'est une finaude... Elle n'y demeure pas, au n° 15... — elle a filé plus loin, et je dois être à peu près sûr qu'elle est entré dans cette maison...

Loriot désignait le n° 19.

Étienne tressaillit.

— Là! — s'écria-t-il.

— J'en ferais la gageure... — Du reste, je m'informerai tout à l'heure. — Et toi, comment vas-tu?

— Bien, mon oncle.

— Tu es un peu pâlot... Tu travailles trop...

— J'ai mal dormi...

— Tu n'as pas d'ennuis?...

— Non, mon oncle.

— Allons, tant mieux, c'est que tout marche à souhait!! — Et qu'est-ce que tu viens faire rue Notre-Dame-des-Champs?

— Je me rends comme vous, mon oncle, au numéro 19...

— Tu as des clients là-dedans?

— Oui, une pauvre femme bien malade...

— Que tu sauveras?

— Je n'ose l'espérer... — il faudrait presque un miracle pour y parvenir...

— Et voilà longtemps déjà que tu viens dans la maison?

— Plus de trois mois...

— Alors tu pourras peut-être me renseigner sur ma petite dame d'hier au soir.

— Mais vous n'êtes pas sûr qu'elle demeure dans cette maison...

— Parbleu! — Si j'étais sûr, j'irais tout droit sonner à sa porte...

— Où a-t-elle pris votre voiture?

— Rue de Rennes... — C'est une jeune demoiselle dans les prix de dix-neuf ou vingt et un ans, jolie, oh! mais, tu sais, comme un cœur! un vrai cœur! Tout à fait mignonne, blonde, pâle et en grand deuil...

— Une jeune fille, jolie, blonde, pâle et en grand deuil... — répéta le docteur avec un commencement d'angoisse.

— Oui.

— Et vous l'avez rencontrée rue de Rennes?...

— Je viens de te le dire...

— Quelle heure était-il?

— Huit heures trente-cinq minutes à l'horloge de la gare Montparnasse. — Le temps menaçait... — On voyait bien qu'il allait faire un coup de vent à soulever les buttes Montmartre... — Je n'attends pas après la pratique, heureusement pour moi... et pour toi aussi... j'avais bien envie de refuser la course et de ramener à l'écurie Trompette et Rigolette...

III

— Vous en aviez envie, mais vous ne l'avez pas fait... — dit Étienne.

— Qu'est-ce que tu veux!... — répliqua Pierre Loriot, — la petite dame était si gentille en me racontant qu'elle avait à faire une course pressée, qu'il allait y avoir de l'orage, qu'elle ne trouverait pas d'autre voiture... — J'ai compris qu'il s'agissait d'un rendez-vous et, comme j'ai le cœur sensible pour les amoureux, je lui ai répondu de monter dans ma boîte, et je te fiche mon billet que le greluchon qu'elle allait voir n'était point à plaindre... ah! mais non!...

Chacune des parole du cocher produisait sur Étienne une impression douloureuse.

Il ne savait de qui parlait son oncle, mais il avait le pressentiment d'un malheur.

— Et, — demanda-t-il, — où avez-vous conduit cette dame!...

— A l'autre bout de Paris... — place Royale, au Marais... — Elle m'a fait arrêter en face du 18, mais elle allait en catimini trois numéros plus loin, au 24, où je l'ai vue entrer... — C'est si rusé, les femmes!

— Et là, elle est restée longtemps?

— Ah! mon garçon, ne m'en parle pas! — J'ai cru, parole d'honneur, qu'elle ne reviendrait plus... Et je me faisais du mauvais sang à droguer, d'autant que la pluie tombait comme si on avait lâché tous les robinets des eaux de la ville! Personnellement ça ne me gênait pas, m'étant mis à l'abri sous les arcades, mais mes pauvres juments, Trompette et Rigolette, recevaient l'averse sur le dos comme un déluge, et je t'assure que ça ne leur semblait pas drôle. — Ah! sapristi oui, elle est restée longtemps, la donzelle! — Tu peux m'en croire sur parole, elle ne s'ennuyait point!

Pierre Loriot, interrompant sa narration, s'écria :

— Mais qu'est-ce que tu as donc, toi? — Te voilà encore plus pâlot que tout à l'heure. — Est-ce que tu vas tomber en syncope comme une femmelette?...

— Rassurez-vous, mon oncle, — répondit Étienne, — je n'ai rien... — Votre récit m'intéresse beaucoup... — Bref, vous avez ramené ici cette jeune dame?

— C'est-à-dire qu'elle a finassé comme à la place Royale, et qu'elle est descendue au numéro 15 pour rentrer au numéro 19... — Je me défiais et, malgré la pluie qui tombait encore à tout confondre, je la guignais du coin de l'œil... Or, je parierais un écu de cent sous contre un œuf dur que je ne me suis point trompé.

— Et elle a oublié quelque chose dans votre voiture?

— Oui.

— Quoi donc?

— Une broche avec une photographie qui représente un joli jeune homme... — Veux-tu la voir, cette broche?

— J'avoue que j'en suis très curieux...

— Eh bien! satisfais ta curiosité...

Et Pierre Loriot, tirant de sa poche un fragment de journal plié soigneusement, exhiba la broche dont Berthe s'était servie pour attacher son châle avant de partir pour la place Royale et dont la photographie d'Abel formait le médaillon.

Le docteur y jeta les yeux, poussa un gémissement étouffé et appuya la main sur son cœur qu'une poignante douleur traversait.

— Allons, — murmura-t-il à demi-voix avec amertume, — le doute est désormais impossible! — L'embarras d'hier au soir m'est expliqué surabondamment à cette heure! — Berthe courait à un rendez-vous! — Et je l'aimais de toute mon âme! et je la croyais pure comme les anges! Elle savait qu'en elle j'avais mis toute mon âme, tout mon bonheur, tout mon avenir!... et, sans pitié, sans pudeur, elle me trompait... Ah! c'est infâme!...

Le jeune homme baissa la tête et plongea son visage dans ses deux mains pour cacher ses larmes.

Pierre Loriot avait écouté son neveu bouche béante, avec un ahurissement facile à comprendre.

Les dernières paroles d'Étienne mirent cependant une lueur au milieu des ténèbres de son cerveau.

— Tonnerre du diable! — s'écria-t-il, — est-ce possible?... — Cette enfant que tu aimais et donc tu m'as parlé... Cette jeune fille qui a perdu son frère depuis quelques jours et qui soigne sa mère bien malade... Cette demoiselle enfin dont tu voulais faire ta femme, ce n'est pas elle, j'espère?...

— C'est elle, mon oncle, — balbutia le médecin, — c'est bien elle!...

— Minute, alors!... — Il s'agit d'arrêter les frais et d'enrayer ton fiacre!... — Une donzelle qui sort seule le soir par un temps à déraciner l'obélisque, ne court pas place Royale pour enfiler des perles. — Tandis que la vieille mère souffrait ici, la jeune personne allait se divertir là-bas!... — Tu sais que c'est vilain!...

— C'est horrible! — reprit Étienne.

— Si j'avais pu me douter de la chose, — reprit Pierre Loriot, — c'est moi qui ne me serais pas dérangé!... — Allons, garçon, du courage!...

— J'en ai, mon oncle...

— Tu en as peut-être, mais pour le moment tu le caches !... tu le caches même un peu trop !... — Est-ce qu'un homme doit pleurer comme tu fais !...

Étienne essuya brusquement ses yeux.

— Mon oncle, — demanda-t-il ensuite, — voulez-vous me confier cette broche? Je me chargerai de la remettre à sa propriétaire...

— Ah! parbleu, garçon, c'est avec plaisir, car si je voyais la demoiselle, je me connais, bon enfant mais vif comme la poudre, je ne pourrais pas m'empêcher de lui dire ce que je pense... et j'aime autant garder ça pour moi... — Voilà l'objet... — Je vas déjeuner... — Crois-moi, pas de faiblesse... Être dupe et content, ça serait trop bête! — Quand viendras-tu me voir?

— Bientôt, mon oncle.

— Alors, à bientôt...

Le cocher du fiacre numéro 13 serra les mains de son neveu, remonta sur son siège, fit tourner bride à son attelage et partit.

Étienne resta pendant quelques minutes sombre et pensif sur le trottoir.

— Et cependant, comme je l'aimais !... — murmura-t-il en poussant un nouveau soupir.

Puis il entra dans la maison.

Berthe, malgré les émotions et les fatigues de la soirée précédente, s'était levée de bonne heure et était aussitôt entrée dans la chambre de sa mère.

L'état de la malade lui parut très aggravé et singulièrement inquiétant.

Angèle, brûlée par la fièvre, avait passé une mauvaise nuit.

Les suffocations devenaient de plus en plus fréquentes et persistantes.

Épouvantée du changement survenu depuis la veille, Berthe attendait avec impatience la visite du docteur Loriot.

Il était neuf heures passées lorsque retentit la sonnette de l'appartement.

La jeune fille courut ouvrir.

Étienne, très pâle mais calme en apparence, entra et salua Berthe dont le cœur se serra en voyant la froideur glaciale du médecin et l'expression sévère de sa physionomie.

— Ah! docteur, — balbutia-t-elle, — si vous saviez comme je souhaitais votre arrivée !...

— Madame votre mère va-t-elle donc plus mal? — demanda Étienne.

— J'en ai peur.

Le jeune homme déposa son chapeau sur un meuble et suivit Berthe dans la chambre de la veuve.

A peine en avait-il franchi le seuil qu'il s'arrêta consterné.

Lui aussi constatait les terribles ravages qu'en quelques heures la maladie venait d'exercer chez la pauvre femme.

Mme Leroyer lui tendit la main et voulut parler.

Un étouffement lui coupa la parole.

Les pulsations du cœur devinrent violentes et désordonnées.

La face s'empourpra et les yeux s'injectèrent.

Le pouls, interrogé par Étienne, témoignait des plus effrayants désordres intérieurs.

Le jeune médecin attacha sur Berthe un regard chargé de reproches, puis il renouvela la question déjà posée par lui la veille :

— Que s'est-il donc passé, mademoiselle?...

Ce fut Mme Leroyer qui répondit d'une voix à peine distincte :

— Absolument rien, docteur... — J'ai eu peur de l'orage... voilà tout...

— Inutile mensonge!... — se dit Étienne. — Cette malheureuse est-elle complice ou dupe de sa fille?...

Tout en se posant cette question il appuyait son oreille sur le côté gauche de la poitrine d'Angèle et il écoutait.

Ensuite il continua mentalement :

— A coup sûr Mme Monestier a subi depuis hier une secousse violente, une émotion terrible... — Quelque drame sombre s'est joué dans cette maison, et ce que je prévoyais est arrivé... — Le mal a fait de tels progrès que contre lui je ne peux plus rien... — La pauvre femme est perdue, et perdue sans doute par la faute de sa fille !...

Après un silence Étienne demanda, en s'adressant à Mme Leroyer :

— Avez-vous, chère madame, éprouvé des douleurs sourdes dans les extrémités inférieures du corps, principalement aux environs des chevilles?

Mme Leroyer répondit affirmativement.

Étienne, se plaçant au pied du lit, souleva les couvertures et les draps, examina les chevilles d'Angèle et les trouva fortement gonflées.

Il fit avec le doigt une légère pression sur l'enflure.

La chair céda sans résistance et le doigt, en se retirant, laissa sur l'épiderme une empreinte livide.

Le neveu de Pierre Loriot gardait une apparence impassible, mais son cœur se serrait.

Il éprouvait pour la malade une affection toute filiale, et malgré ce qu'il venait d'apprendre il lui restait tendrement attaché et profondément dévoué.

Les larmes montaient à ses yeux. — Il eut la force de les empêcher de couler.

Après avoir rabattu les couvertures sur les pieds, il dit à Berthe du même ton glacé :

— Veuillez, mademoiselle, me préparer du papier et une plume. Je vais écrire une ordonnance dans la pièce voisine...

La jeune fille sortit, en s'efforçant de retenir ses larmes.

— Cette note a disparu! s'écria le sénateur atterré.

IV

La parole du docteur, brève et sèche au lieu d'être affectueuse et tendre comme de coutume, serrait le cœur de la pauvre enfant.

— Mon Dieu! — se demandait-elle en quittant la chambre, — qu'a-t-il donc? Que lui ai-je fait? — Sans doute il m'en veut de n'avoir pu rester ici dans la soirée d'hier pour le recevoir... — Était-ce ma faute cependant?...

Berthe poussa un soupir et poursuivit :

— Hélas ! cette froideur qui m'oppresse, il faut en prendre l'habitude. — Le funeste secret qu'Étienne ne doit point connaître nous sépare à jamais peut-être... — Mieux vaut que ce soit lui qui s'éloigne... — Je n'aurais pas le courage de le repousser et de jouer, le cœur plein d'amour, la comédie de l'indifférence... — Adieu tous mes espoirs!... adieu tous mes beaux songes!... le réveil est venu !...

Pendant que Berthe murmurait ces tristes paroles, Étienne disait à Angèle :

— Êtes-vous disposée, chère madame, à m'obéir sérieusement aujourd'hui ?

— Oui, docteur... — Que m'ordonnez-vous?

— De rester couchée... — Hier vous n'avez pas été raisonnable... — Vous vous êtes levée et vous avez eu peur de l'orage! Je vous croyais assez de force d'âme pour ne point vous inquiéter de quelques coups de tonnerre... — Vous aviez une excuse cependant... — Vous étiez seule... — M¹¹ᵉ Berthe aurait bien dû ne pas vous quitter.

— Berthe est restée peu de temps dehors, cher docteur... — balbutia la veuve. — Je m'étais assoupie pendant son absence, et c'est son retour qui m'a réveillée.

— La pauvre femme dormait!... — pensa le jeune médecin. — Tout s'explique !... — La fille a profité de ce sommeil pour mentir à la mère !...

Il ajouta, mais à haute voix :

— Je reviendrai ce soir... à moins que M¹¹ᵉ Berthe n'ait à sortir encore...

— Elle ne sortira pas et sera là pour vous accueillir...

— Reposez-vous donc, chère madame, et à bientôt...

— Je croyais, docteur, que vous deviez laisser une ordonnance...

— Je vais l'écrire dans la pièce voisine...

Étienne quitta la chambre en se disant :

— Pauvre femme abusée... pauvre mère aveugle !... — Elle mourra sans avoir douté de son enfant...

L'émotion l'étouffait. Une angoisse indéfinissable lui serrait le cœur.

Il avait aimé Berthe de toute son âme, de toutes ses forces. — Il l'aimait encore, hélas ! et il maudissait cet amour, car il se croyait certain désormais que son idole avait un pied d'argile.

La jeune fille l'attendait, impatiente, et non moins agitée, non moins émue que lui.

— Je ne m'étais point trompée, n'est-ce pas, docteur? — demanda-t-elle en tremblant. — L'état de ma mère est très grave?...

— Oui, mademoiselle, très grave... et je ne puis vous cacher qu'une grave responsabilité morale pèse sur vous..

— Sur moi! — s'écria Berthe.

— Sans doute...

— Comment? à quel sujet?

— Je vous avais dit que la moindre émotion pouvait et devait mettre Mme Monestier en péril de mort.

— Eh bien? — murmura la jeune fille d'une voix étouffée.

-- Eh bien! la malade a éprouvé des émotions qui compromettent gravement sa vie et qu'il dépendait de vous de lui éviter...

— Je ne vous comprends pas...

Étienne poursuivit :

— En admettant, — (ce qui ne me paraît pas certain), — que l'orage ait effrayé Mme votre mère, il aurait suffi de votre présence pour calmer ses terreurs... — Or, vous n'étiez pas là !

Berthe comprit qu'elle ne se trompait point en croyant deviner la cause de la froideur du jeune homme.

— Une raison impérieuse m'obligeait à sortir... — balbutia-t-elle.

— Il fallait en effet que cette raison fût bien impérieuse!... — répliqua le docteur avec amertume. — Peut-être auriez-vous dû comprendre que votre éloignement, et par conséquent la solitude, laissaient le champ libre à toutes les mauvaise chances.

— Ma sortie n'a duré que peu de temps... — hasarda la jeune fille.

— Elle a duré près de trois heures... — répondit Étienne

Berthe regarda le médecin avec effarement.

Comment savait-il ce que personne au monde, — croyait-elle, — ne pouvait soupçonner?...

Il reprit :

— Telle était au retour votre agitation que vous avez oublié dans la voiture un objet qui devait vous sembler précieux... — Cet objet, le voici...

Et d'une main tremblante Étienne présentait à la jeune fille le médaillon trouvé par Pierre Loriot dans le fiacre numéro 13.

— Mon médaillon! — s'écria Berthe dont la surprise n'avait plus de bornes.

— Vous voyez que je sais tout... — poursuivit tristement le docteur. — Hier vous cherchiez à m'abuser. — Vous vous figuriez que je croirais à ce prétexte absurde d'un ouvrage terminé depuis des mois entiers et attendu par une cliente ! — Mais, moins crédule que votre pauvre mère, je n'en ai pas été dupe un instant !

La physionomie de Berthe se modifia soudain.

Une expression de dignité hautaine remplaça la stupeur empreinte sur son visage.

— Ah çà ! monsieur, — demanda-t-elle, — que croyez-vous donc ?

— Que puis-je croire? — Une jeune fille abandonne sa mère mourante par un temps à faire reculer les plus intrépides... Elle prend une voiture, se fait conduire dans un quartier lointain où, craignant d'être épiée, elle donne au cocher une adresse inexacte et se glisse furtivement dans une maison voisine de la maison désignée d'abord... — Là elle passe deux heures, oubliant tout, sa mère et le reste du monde!! — Cette jeune fille en revenant prend de nouvelles précautions et, pour rentrer au numéro 19, se fait arrêter devant le numéro 15... — Quand on n'a rien à cacher, à quoi bon tant de mystère? — Voilà les faits... — Que voulez-vous que je croie?

Berthe avait écouté, l'œil fixe, la respiration sifflante.

Une ardente rougeur montait à ses joues à mesure qu'Étienne parlait.

Lorsqu'il eut achevé, elle passa ses deux mains sur son front avec une geste de folle et s'écria :

— Mon Dieu!... mais c'est horrible! On me soupçonne... On m'accuse... et c'est lui!!

— Eh bien! oui, — reprit Étienne avec emportement, — c'est moi qui vous accuse! moi qui vous aimais plus que ma vie, vous le saviez bien... Moi qui vous avais donné mon âme et qui rêvais de vous donner mon nom!... Pauvre insensé, je bâtissais mon bonheur sur un sable mouvant... la première secousse devait tout engloutir...

— Oh! mon Dieu... mon Dieu... mon Dieu!... — répétait Berthe en sanglotant.

- Ce que j'ai souffert depuis quelques heures, — poursuivit le jeune homme, — je ne saurais le dire et vous ne pourriez le comprendre... Eh bien! pour effacer jusqu'à la trace de ces tortures, il vous suffirait d'un mot... — Berthe, je ne demande qu'à vous croire... — Souvent les apparences sont fausses... — Justifiez-vous!...

— Et comment? — demanda la pauvre enfant d'une voix faible comme un souffle.

— En me disant ce que vous alliez faire hier au soir à la place Royale...

Berthe suffoquait littéralement.

Jamais situation n'avait été plus désespérante que la sienne.

Elle se trouvait prise entre son amour et son devoir.

Le devoir, la parole donnée à sa mère, lui défendaient de révéler à Étienne son véritable nom et la tache sanglante qui souillait ce nom.

Le secret de l'échafaud devait être gardé jusqu'au jour improbable de la réhabilitation de Paul Leroyer.

La jeune fille fit sur elle-même un effort héroïque et répliqua d'une voix presque ferme :

— Je suis trop fière pour consentir à me justifier aux yeux de qui doute de moi... — Je n'ai rien à vous dire...

— Quoi! — balbutia douloureusement le docteur. — Vous ne cherchez même pas à me désabuser... à réduire à néant mes accusations!

— Je les dédaigne! A quoi bon les combattre ?...

— Mais vous ne voyez donc pas qu'il ne faudrait qu'une parole pour me faire tomber à vos pieds en vous suppliant de me pardonner d'avoir douté !

— Cette parole, je ne la dirai pas !...

— Berthe, je ne désire qu'une chose au monde, vous savoir innocente... — Jurez-moi que vous n'êtes point coupable et je vous croirai...

— Je ne jurerai rien ! En m'accusant vous m'avez outragée ! Je refuse de me disculper et je rougirais de l'entreprendre...

Étienne se tordit les mains en murmurant avec désespoir :

— Elle ne m'aimait pas !! — Elle ne m'a jamais aimé !! — Tout est fini pour moi !!

Ces quelques mots, et surtout l'accent avec lequel ils étaient prononcés, remuèrent Berthe jusqu'au fond du cœur et furent au moment de triompher de sa résolution.

L'amour allait l'emporter sur le devoir...

Les lèvres de la jeune fille s'entr'ouvraient pour crier à Étienne :

— Je vous ai toujours aimé !... Je vous aimerai jusqu'à mon dernier souffle !... Ne doutez plus de moi qui suis digne de vous... — Vous allez tout savoir...

La voix de Mᵐᵉ Leroyer, étonnée de ce long et mystérieux colloque, s'éleva dans la chambre voisine et rappela Berthe à elle-même.

— Me voici, mère... — dit-elle aussitôt. — Avant une minute je serai près de toi...

Puis, se tournant vers le docteur, elle reprit :

— Si vous croyez, monsieur, que j'ai cessé d'avoir droit à votre estime, je le regrette profondément, mais je n'y puis rien... — Veuillez donc à l'avenir ne plus m'interroger... Je ne répondrais pas...

Rien ne saurait donner une idée du ton glacial et presque méprisant avec lequel ces paroles furent prononcées.

— C'est bien, mademoiselle... — murmura le jeune docteur, — vous me punissez cruellement d'avoir eu trop raison !... — Tout est brisé... — Mes rêves sont finis... je ne vous reverrai plus...

— Oubliez-vous ma mère, monsieur ?... — demanda Berthe avec angoisse. — Allez-vous donc abandonner ma mère ?..

V

— Abandonner votre mère !... — répéta le neveu de Pierre Loriot. — Ne craignez pas cela, mademoiselle... — Je connais les devoirs que ma profession m'impose et je ne songe point à m'y soustraire .. — Jusqu'au bout je donnerai mes soins à Mᵐᵉ Monestier... Mais hélas ! ce sera bien court...

Que voulez-vous dire? — demanda la jeune fille éperdue.

Je veux dire que les jours et les heures de votre mère sont désormais comptés...

— C'est impossible!... — Vous parlez ainsi pour m'effrayer...

— Que Dieu me garde d'une action si lâche et si cruelle!...

— Vous vous trompez, alors!... — Ce serait trop horrible!... — ma mère après mon frère!... Et je resterais seule... seule au monde!... — Je refuse de vous croire... — Non, ma mère n'est pas en péril!...

— J'ai dit la vérité...

— Oh! mon Dieu!... — Il y si peu de temps vous espériez encore.

— J'espérais, oui... — J'avais compté sans vous, mademoiselle... — De même que vous avez foulé aux pieds mon amour, vous avez brisé le fil qui rattachait votre mère à la vie...

Ce dernier coup frappait doublement en plein cœur. Berthe anéantie ne put contenir ses sanglots.

Étienne écrivit rapidement son ordonnance.

— Voici, mademoiselle... — fit-il en désignant le papier sur lequel il venait de tracer quelques lignes, — je reviendrai ce soir...

Et il sortit.

Sur l'escalier il s'arrêta.

L'émotion l'étouffait. — Il chancelait comme un fiévreux de la campagne de Rome.

Enfin ses larmes débordèrent, inondant son visage sans qu'il s'en aperçût.

Cet état de prostration douloureuse dura quelques secondes, puis la force d'âme triompha de l'agonie morale.

— Allons, — murmura le jeune homme en poussant un long soupir, — la blessure est profonde, mais elle ne sera pas mortelle... — On ne peut regretter éternellement ce qu'on méprise... — J'oublierai...

Et il descendit.

Berthe s'était laissée tomber à genoux et se tordait les mains avec désespoir.

— Ah! — balbutiait-elle, — je souffre trop et le fardeau dépasse mes forces... — Tout m'accable à la fois! — Ma mère va mourir et celui que j'aimais m'accuse d'une infamie... — Ayez pitié de moi, mon Dieu!... Épargnez-moi, car je succombe...

La voix de Mme Leroyer s'éleva de nouveau.

L'enfant, essuyant ses yeux, entra dans la chambre de la mourante.

.

Théfer n'avait point oublié les recommandations de M. de la Tour-Vaudieu; il se présenta dans l'après-midi à l'hôtel de la rue Saint-Dominique.

Le duc n'était pas sorti.

Certain que son digne affidé viendrait lui rendre compte de la visite domiciliaire opérée au n° 24 de la place Royale, il l'attendait.

Peut-être l'agent de police le renseignerait-il au sujet de la folle dont la soudaine apparition les avait si vivement émus le soir précédent.

On se tromperait beaucoup en supposant que le sénateur avait l'esprit tranquille.

Il était, au contraire, effroyablement inquiet, — plus inquiet peut-être que la veille.

Il se croyait, il est vrai, débarrassé de René Moulin qu'on allait sans le moindre doute mettre sous les verrous pour longtemps ; en outre, le brouillon de lettre, qui seul faisait la force du mécanicien, n'existait plus, mais la lecture de ce brouillon lui avait appris que Claudia Varni, son ancienne maîtresse, sa complice, l'instigatrice de tous ses crimes, allait venir à Paris et qu'elle comptait s'imposer à lui au nom du passé sinistre qui les unissait.

Sa lettre contenait la menace fort explicite du plus formidable chantage.

Peut-être était-elle arrivée déjà...

Peut-être se préparait-elle à sortir de l'ombre et à démasquer ses batteries...

Ainsi, délivré d'un ennemi, le sénateur allait se trouver en face d'un autre bien plus fort, et par conséquent bien plus dangereux que le premier.

Comment lutter contre une femme qui avait vécu de sa vie et connaissait les moindres détails de son existence d'autrefois ?

Il faudrait la satisfaire, et M. de la Tour-Vaudieu ne se dissimulait pas qu'elle serait insatiable.

Esther Derieux, la folle, le préoccupait aussi, mais beaucoup moins que Claudia.

La pauvre insensée ne pouvait rien contre lui !... — Il avait eu peur un instant la veille au soir ; — maintenant il haussait les épaules au souvenir de cette défaillance momentanée.

Le vrai, le seul péril venait de Claudia

A coup sûr l'ex-courtisane n'avait rien perdu de son esprit diabolique et de son amour pour l'intrigue. — Ses appétits de luxe, ses instincts de jouissances étaient, à n'en pouvoir douter, les mêmes qu'autrefois...

Quel adversaire qu'une pareille femme ! — Le duc possédait cependant un avantage sur elle : celui d'être averti de sa prochaine arrivée sans qu'elle s'en doutât.

Il supposait avec raison que Claudia, après réflexion faite, avait renoncé à écrire et à envoyer la lettre dont le brouillon nous est connu, afin de surprendre à l'improviste, et par conséquent désarmé, celui qu'elle voulait dominer comme jadis.

Le hasard ayant pris soin de le prévenir, il pouvait se tenir sur la défensive.

Théfer fut immédiatement introduit dans le cabinet du sénateur.

La mine de l'agent de police n'était pas du tout triomphante, mais M. de la Tour-Vaudieu n'en fit point la remarque.

— Eh bien! — demanda-t-il, — vous êtes allé ce matin à la place Royale?...

— En compagnie du chef de la sûreté et du commissaire aux délégations, oui, monsieur le duc...

— Ces messieurs ont-ils pu s'apercevoir qu'une visite avait précédé la leur?

— En aucune façon...

— Alors tout va bien?...

— Je n'ose répondre affirmativement.

— Pourquoi?

— Parce qu'une autre visite avait suivi la nôtre...

— Un autre visite!... — répéta Georges.

— Oui, monsieur le duc...

— Comment le savez-vous?

— De la façon du monde la plus simple... — l'argent, les titres, les papiers, dont nous avions constaté la présence dans le secrétaire hier au soir, ne s'y trouvaient plus ce matin...

— Enlevés!! — s'écria le sénateur.

— Oui, monsieur le duc, y compris la note glissée par vous dans l'enveloppe qui portait pour suscription le mot : JUSTICE!!

— Cette note a disparu!! — murmura Geoges atterré.

— Parfaitement, aussi René Moulin est-il moins compromis aujourd'hui qu'il ne l'était hier... — il n'existe pas grand'chose de sérieux contre lui... — On voyait que le gaillard était sûr de son affaire...

— Qui soupçonnez-vous d'avoir soustrait cette note et le reste?

— Eh! mon Dieu, tout simplement la femme blonde qui se permettait d'appeler M. le duc *assassin!!*

Le sénateur haussa les épaules.

— Théfer, — répliqua-t-il, — vous vous égarez... — Cette créature est folle...

— Folle! — répéta l'agent. — Cela me paraît plus que douteux; je lui crois tout son bon sens, et j'ajouterai qu'elle doit être la complice ou tout au moins la confidente de René Moulin.

— Supposition pure!

— Non, monsieur le duc, conviction basée sur des preuves indiscutables...

— Lesquelles?

— Voici : — Monsieur le duc se souvient qu'hier nous avons trouvé fermé le secrétaire du mécanicien?

— Parfaitement.

— Or, nous l'avons laissé ouvert, — poursuivit l'agent, — et, dans la précipitation de notre sortie, j'ai oublié ma lanterne sourde sur la tablette abattue...

Théfer guettait, caché dans l'embrasure d'une porte; il rejoignit aussitôt le sénateur.

— C'est vrai...

— L'un des tiroirs renfermait de l'argent et des valeurs représentant une certaine somme... toute la fortune sans doute de notre personnage... — Eh bien! René Moulin a vu le meuble ouvert et sa fortune disparue, sans sourciller, sans manifester la moindre surprise... — Il a paru trouver la chose toute simple. — Donc, par un moyen que j'ignore et que je ne puis deviner, il avait chargé quelqu'un de faire ce qui a été fait... — Or, qui serait *ce quel-*

qu'un si ce n'est la prétendue folle dont notre fugue irréfléchie a favorisé les projets?...

— Théfer, vous devez avoir raison...

— Je suis heureux que monsieur le duc soit de mon avis...

— Avez-vous trouvé la trace de la personne que vous soupçonnez ?...

— Oui, et très facilement... — Elle habite la maison même et passe, j'en conviens, pour avoir le cerveau détraqué, mais elle doit simuler la folie dans un but inconnu que je découvrirai certainement. — Elle vit avec une vieille dame, sa parente éloignée, dit-on, fort extravagante elle-même malgré son grand âge... — Hier au soir, pendant l'expédition de sa commensale, la vieille dame était à l'Opéra.

— Savez-vous le nom de cette matrone?

— Amadis... Mme Amadis...

— Je ne m'étais pas trompé! — pensa le sénateur. — J'avais reconnu Esther Derieux...

Il ajouta tout haut :

— Qui vous a mis au courant de ces détails ?...

— La concierge de la maison... — Maintenant, monsieur le duc, toute question a deux faces... — J'ai dit ce que je supposais, mais je ne suis point infaillible... — Il se peut que la personne blonde ait véritablement la tête à l'envers et se soit introduite par hasard chez le mécanicien... — En ce cas il faudrait admettre l'existence d'un complice inconnu, possédant la clef du logement et venu après notre départ...

— C'est possible en effet... — dit le sénateur après un instant de réflexion. — Quel serait le complice envoyé par le prisonnier?...

— C'est à vous de le deviner, monsieur le duc .. — Je sais que vous avez des ennemis, mais je ne les connais pas et j'ignore la raison qui les fait agir... — C'est donc vous seul qui pourrez peut-être répondre à la question que vous m'adressez...

VI

M. de la Tour-Vaudieu, après avoir réfléchi pendant quelques secondes s'écria :

— Mme Leroyer peut-être...

Théfer sourit en répliquant

— Impossible... elle est mourante...

— Mais sa fille?...

— Une enfant!... — Mes hommes m'ont d'ailleurs affirmé que la petite n'était sortie hier que pendant cinq minutes, pour aller chercher une potion chez le pharmacien...

— Tout cela est étrange... — murmura le duc

Puis il reprit d'une voix sourde :

— Claudia Varni peut-elle agir d'accord avec René Moulin?... — Non, ce fois non!... c'est impossible! — Les paroles de cet homme, recueillies par moi au cimetière Montparnasse, me donnent l'assurance qu'il ne connaît point Claudia...

Si bas qu'eût parlé le sénateur, l'agent de police avait entendu.

— Monsieur le duc considère donc positivement cette dame Varni comme une ennemie? — demanda-t-il.

— Certes! — répondit Georges, — et comme une ennemie redoutable...

— Nous la combattrons victorieusement...

Georges hocha la tête d'un air dubitatif.

— Le moyen? — fit-il ensuite. — Vous ne connaissez pas Claudia Varni!... — Ce qu'elle aura résolu s'accomplira! — Quoi qu'elle entreprenne, et malgré tous les obstacles, elle réussira!...

— Ah çà! mais c'est donc le diable, cette femme?... — dit Théfer en souriant de nouveau.

— C'est bien pis! — C'est une infatigable énergie mise au service d'une volonté de fer et d'une imagination machiavélique... — Claudia me fait peur!... elle me sera funeste...

Et le duc, saisi d'épouvante, se mit à trembler visiblement.

L'agent de police, étonné de cette défaillance sénile que rien ne justifiait encore, regardait à la dérobée le grand seigneur avec une pitié moqueuse.

— Si monsieur le duc redoute un danger sérieux et immédiat, — dit-il d'un ton patelin, — il pourrait suivre le conseil que j'avais l'autre jour l'honneur de lui donner...

— Quel conseil?

— Celui de quitter Paris...

— Est-ce que je le peux?...

— Pourquoi non? — L'absence de monsieur le duc ne se prolongerait point...

— Ce serait laisser le champ libre à Claudia Varni et lui permettre d'agir sans inquiétude et sans obstacle...

— Tant mieux, puisqu'en agissant elle se démasquerait...

— A quoi cela me servirait-il?

— A connaître son plan...

— N'étant pas là pour le déjouer, je ne tirerais aucun profit de cette connaissance...

— Une réflexion si juste m'ouvre de nouveaux horizons, — reprit Théfer. —

Monsieur le duc pourrait simuler un départ et rester à Paris bien caché, étudiant la marche de l'ennemi, jugeant ses coups et se préparant à la riposte... — Qu'en pense monsieur le duc?

— Le moyen me semble bon, mais est-il praticable? Je reçois chaque jour de nombreuses lettres qu'il faut lire et dont plusieurs exigent des réponses immédiates.

— N'avez-vous pas un homme sûr qui, mis dans votre confidence, expédierait votre courrier à un endroit indiqué?

Georges secoua la tête.

— Je n'ai confiance en personne... — répondit-il.

Théfer reprit :

— Il doit y avoir un moyen quelconque de tourner la difficulté... — Cherchons...

M. de la Tour-Vaudieu se leva et se mit à marcher de long en large dans son cabinet, réfléchissant ou plutôt se mettant l'esprit à la torture.

L'inspecteur de la sûreté suivait de l'œil ses mouvements comme un chat qui guette une souris.

Soudain Georges s'arrêta.

— J'ai trouvé... — dit-il.

Théfer prit une attitude de respectueuse interrogation.

— Savez-vous, — reprit le duc, — qu'un jardin séparé par la muraille de clôture de celui de cet hôtel, s'étend jusqu'à la rue de l'Université où se trouve son entrée, et qu'au milieu de ce jardin existe un pavillon?...

— Je sais cela, — répondit le policier, — et je sais aussi que jardin et pavillon appartiennent à monsieur le duc... — Mais je ne comprends pas encore...

— Où j'en veux venir? — Attendez... — Un de mes ancêtres avait pour maîtresse une dame dont il était passionnément épris, mais qu'à cause de la duchesse sa femme il devait cacher à tous les regards. — Il fit acheter secrètement le pavillon afin d'y loger sa maîtresse puis, pendant une absence de sa femme, d'habiles ouvriers établirent une communication souterraine entre l'hôtel et le pavillon... — Ce passage secret existe encore, je le connais seul et j'en ai les clefs... — Commencez-vous à comprendre?...

— Monsieur le duc se propose peut-être d'habiter mystérieusement ce pavillon?

— Non... il est trop près de l'hôtel et je suis trop connu dans les environs, mais je pourrais, par le passage, m'introduire ici presque chaque nuit et prendre les papiers et les lettres que l'on dépose sur mon bureau.

— Sans doute, — répliqua Théfer, — seulement, chaque matin, la personne chargée de placer lettres et papiers dans ce cabinet s'étonnerait qu'ils aient disparu pendant la nuit...

C'est juste.

— Vos gens en outre comprendront difficilement que vous ne donniez pas l'ordre à la poste de faire suivre votre correspondance... Mais ceci peut à la rigueur s'expliquer par une existence très nomade et par un voyage plein d'imprévu...

— Comment faire?

— Il me vient une idée qui pourra concilier tout. — Monsieur le duc se glissera nuitamment dans son hôtel mais, au lieu d'emporter les lettres, il les replacera sous leurs enveloppes avec soin après en avoir pris connaissance... — Personne ne se doutera de ces visites nocturnes... L'absence sera dûment constatée, et nous aurons bientôt des nouvelles de Mme ou de Mlle Claudia Varni... — Que pense monsieur le duc de ce biais?

— Je l'approuve... — J'aurai dans Paris un logement dont je sortirai peu et où vous me mettrez au courant des incidents qui se produiront...

— J'apprendrai à monsieur le duc à *faire sa figure* et à se travestir de manière à ne pouvoir être reconnu s'il veut sortir...

— A merveille. — Chargez-vous d'aller louer chez mon notaire, sous un nom de fantaisie et en payant six mois d'avance, le pavillon de la rue de l'Université.

— C'est absolument inutile... Dans tout cela le notaire n'a rien à voir... — Si l'on croyait le pavillon loué, on s'occuperait ici de savoir quel est le locataire, on espionnerait pour le découvrir... — Le secret absolu vaut cent fois mieux.

— Vous avez toujours raison.

— Le pavillon est-il meublé?

— Oui.

— Nous en ferons un pied-à-terre, et au besoin un domicile de rechange... — Monsieur le duc veut-il que je m'occupe de lui trouver un logement?

— J'allais vous le demander.

— Me laisse-t-il carte blanche pour le choix du quartier?

— Oui, certes, mais en vous recommandant de choisir un quartier très excentrique où je sois absolument sûr que personne ne m'a jamais vu...

— Monsieur le duc ne craindrait point un milieu populaire?...

— En aucune façon, et je m'y trouverais d'autant mieux que j'y serais plus dépaysé.

— Que monsieur le duc, alors, veuille bien faire part à ses amis de son prochain départ... — Quant au logement, je l'aurai ce soir...

— Théfer, je compte absolument sur vous...

— Monsieur le duc me rend justice, car je lui suis plus dévoué qu'à moi-même...

L'agent de police se retira.

Aussitôt après son départ M. de la Tour-Vandieu sonna son valet de chambre.

— Ferdinand, — lui dit-il, — préparez mes malles pour un voyage de quelque durée...

Ferdinand était un serviteur correct et bien stylé qui ne se permit point de témoigner la moindre surprise.

Il demanda seulement :

— Aurai-je l'honneur de suivre monsieur le duc et dois-je songer à ma valise?

— Non, je partirai seul... Que tout soit prêt demain...

M. de la Tour-Vaudieu passa chez son banquier et se fit donner par lui des lettres de crédit.

Il alla ensuite chez le comte de Lilliers, le père de la charmante Isabeau qu'aimait Henry de la Tour-Vaudieu.

En quittant le comte il se rendit à son cercle.

Bref, dans l'après-midi, on savait un peu partout que le sénateur, pris sur le tard de la manie des voyages, allait mener pendant quelques mois une existence entièrement nomade.

Henry fut prévenu le soir même par un ami rencontré sur le boulevard.

Seulement, comme il savait son père très bien en cour, il ne crut pas le moins du monde à une pérégrination fantaisiste qui n'était point dans les goûts du sénateur, mais à une mission secrète en Italie où l'effervescence croissante des esprits causait à l'empereur de sérieuses préoccupations.

Le jeune homme, quand il vit le duc, se garda bien de lui laisser deviner ce qu'il supposait et parut admettre sans hésiter la version généralement accréditée.

— M'écrirez-vous, mon père? — lui demanda-t-il.

— C'est peu probable... le temps me manquera... — répondit Georges.

— Désirez-vous que je vous écrive?

— Ce serait de l'encre perdue, puisque les lettres courraient après moi sans avoir chance de m'atteindre...

VII

— Vous ne ferez donc suivre aucune correspondance? — poursuivit le jeune homme.

— Non. — Chaque jour on déposera le courrier sur mon bureau, et je le dépouillerai en revenant à Paris.

Les réponses du sénateur confirmèrent les soupçons d'Henry.

— Ce prétendu voyage dont on n'indique point le but, — pensa-t-il, — n'est qu'une feinte pour cacher la mission secrète...

Le même soir, Georges de la Tour-Vaudieu reçut de Théfer une lettre contenant ces quelques mots sans signature :

J'aurai l'honneur d'attendre aujourd'hui, à neuf heures précises, monsieur le duc à l'angle de la rue du Pot-de-fer-Saint-Marcel et de la rue Mouffetard. »

— Je demandais un quartier excentrique... — murmura le duc, — je vais être servi à souhait !...

A l'heure indiquée il arrivait au rendez-vous, laissant à cinquante pas de la rue Mouffetard le fiacre qui l'avait amené.

Théfer guettait, caché dans l'embrasure d'une porte, et rejoignit aussitôt le sénateur.

— Monsieur le duc veut-il me suivre ? — demanda-t-il à voix basse.

— Parfaitement.

Ils marchèrent côte à côte en remontant la rue du Pot-de-Fer, voie étroite, silencieuse, bordée de vieux édifices, anciens hôtels particuliers pour la plupart, ou communautés religieuses.

— C'est près d'ici que vous m'avez trouvé un gîte ? — demanda Georges.

— Oui, — répondit l'agent, — dans une maison dont le concierge est à ma dévotion... — L'immeuble ne comporte que deux locataires, vous et un octogénaire goutteux vivant avec sa vieille sœur... — Ce voisinage ne sera pas gênant.

— Le logement est-il meublé ?

— Non, mais demain matin je vous préparerai une installation sinon confortable du moins suffisante pour quelques jours... La concierge ira chercher les repas dans un restaurant voisin où l'on cuisine assez proprement, et servira de femme de ménage. — Monsieur le duc peut avoir en elle une certaine confiance... Je la crois honnête, mais je n'oserais affirmer qu'elle soit discrète... — Le local se trouve au second étage avec vue sur la rue et sur de grands jardins...

— J'ai payé un terme d'avance... — Je remettrai tout à l'heure la quittance à monsieur le duc...

— A quel nom avez-vous loué ?

— Au nom de Frédéric Bérard, expert en curiosités et objets d'art, achetant à commission pour l'étranger, mais je ne vous cacherai pas que la concierge voit en vous un agent de police...

— Un agent de police ! moi !... — murmura M. de la Tour-Vaudieu avec un geste de dégoût.

Théfer sourit et répliqua :

— Tous les chemins sont bons quand ils conduisent au but, or la croyance de la portière vous permettra de changer d'apparence aussi souvent que bon vous semblera, sans que la brave femme en soit surprise, et de vous promener dans Paris sous des déguisements variés quand la fantaisie vous en prendra.

Le raisonnement du policier était inattaquable et le sénateur en apprécia la logique.

— Tout cela est sagement conçu, — dit-il, — mais pourquoi m'avoir fait venir ici ce soir ?... \

— Pour vous montrer votre logement et vous présenter votre concierge... — Je me permettrai de conseiller à monsieur le duc d'être très généreux...

— Soyez tranquille.

— Et, — continua l'agent, — je lui demanderai la permission de supprimer son titre dans ce quartier en m'adressant à lui, et de l'appeler tout simplement *Frédéric* ou *Bérard*, comme si je parlais à un camarade...

— Cela va de soi ! !

— Arrêtons-nous... — Nous sommes arrivés.

Théfer désignait une porte étroite et basse perçant une muraille noire trouée de six fenêtres, deux au rez-de-chaussée et deux à chaque étage.

La maison paraissait trois fois centenaire.

L'agent s'approcha de la porte et souleva un lourd marteau de fer forgé qu'il laissa retomber sur la tête quadranigulaire d'un énorme clou.

Au bout d'un instant la concierge vint ouvrir, une lumière à la main.

— Madame Rondeau, — lui dit Théfer, — voici mon ami Bérard, votre nouveau locataire... — Il vient chercher sa clef et voir si j'ai fait acte de discernement en le logeant chez vous...

— Je suis sûr que monsieur sera satisfait... — dit la portière en accompagnant ses paroles d'une grande révérence. — *La petite locale* est remise à neuf avec des jolis papiers à onze sous le rouleau, du parquet de sapin dans la chambre à coucher, et des cheminées qui n'ont jamais fumé depuis plus de vingt ans que je suis concierge de l'immeuble.

— Si ça vous dérange pas trop, voulez-vous monter avec nous ? — reprit le policier.

— Mais comment donc ! tout à votre service...

Mme Rondeau prit une clef dans sa loge et passa la première, éclairant de son mieux l'escalier dont aucun bec de gaz, lanterne ou quinquet, n'avaient mission de combattre l'obscurité.

Les marches de cet escalier étaient usées à demi par le frottement des pieds.

Un badigeon à la chaux revêtait les murailles.

La rampe en fer forgé méritait l'attention d'un connaisseur.

On arriva au deuxième étage.

La concierge ouvrit la porte du logement dont les trois pièces étaient plus hautes et plus spacieuses qu'on n'aurait pu le supposer depuis le dehors.

— Aviez-vous véritablement perdu la clef de votre logement? demanda l'avocat.

La fenêtre à petits carreaux de la salle à manger prenait jour sur un grand jardin.

Les branches mères d'un vieil arbre, passant au-dessus d'une haute muraille de clôture, venaient presque l'effleurer.

— C'est à merveille... — dit M. de la Tour-Vaudieu. — Ça me convient beaucoup. — Je me plairai ici...

— J'en étais sûr d'avance... — répliqua Théfer. — On apportera les meubles demain matin, et Mme Rondeau, qui est très active et très soigneuse, se chargera de votre ménage...

— Avec plaisir et exactitude, monsieur... — répondit la concierge.

— Acceptez mon denier à Dieu... — reprit le duc en mettant une pièce d'or dans la main de Mme Rondeau, qui devint cramoisie de surprise et de joie.

— Voici la clef de la rue, — dit-elle après avoir remercié chaleureusement. — Vous pourrez sortir et rentrer à toute heure sans qu'on y fasse attention... — Vous n'aurez pas de voisins gênants. — Le quartier est calme... la maison tranquille... jamais de vols... jamais de batteries... un vrai paradis, quoi!...

Le lendemain, à midi, le logement était confortablement meublé.

A quatre heures, le duc faisait charger ses bagages sur un break-omnibus lui appartenant et, après avoir embrassé assez froidement son fils et donné quelques dernières instructions à son valet de chambre, ordonnait de le conduire à la gare de Lyon.

Les facteurs du chemin de fer portèrent les colis à la consigne, et le cocher ramena ses chevaux à l'hôtel.

Une demi-heure plus tard M. de la Tour-Vaudieu retirait ses malles et gagnait en fiacre le logement qu'il allait occuper, rue du Pot-de-Fer-Saint-Marcel, sous le nom de Frédéric Bérard.

*
* *

Retournons à Sainte-Pélagie.

René Moulin n'avait plus été appelé dans le cabinet du juge d'instruction.

Le temps passait.

On ne rendait pas d'ordonnance de non-lieu.

Le mécanicien en conclut avec beaucoup de logique que, quoiqu'on n'eût rien trouvé chez lui de compromettant, l'affaire suivrait son cours et qu'il passerait en jugement.

Jean-Jeudi, qui devait affronter prochainement la police correctionnelle, pressait René de tenir sa promesse et d'appeler un avocat destiné à défendre successivement les deux prévenus.

Tout en considérant Jean-Jeudi comme un parfait gredin, René n'éprouvait point pour lui cette répulsion instinctive qu'il ressentait à l'approche et surtout au contact des autres scélérats.

Ils vivaient ensemble dans les meilleurs termes, et cette sorte d'intimité banale, qui se développe si vite en prison, grandissait entre eux de jour en jour.

Nous savons que René se proposait d'interroger son compagnon au sujet du passé dès que se présenterait une occasion de le faire... — En attendant il ne négligeait rien pour captiver sa confiance, et il se décida à combler ses vœux.

En conséquence il pria le fils de famille détenu sous prévention de faux en écriture de commerce, de le faire appeler à la salle des avocats la première fois qu'Henry de la Tour-Vaudieu viendrait s'entretenir avec lui.

Le fils de famille, — qui se nommait Jules Renaudy, — en prit l'engagement et tint parole.

Le surlendemain, après une conférence avec son avocat, il annonça au mécanicien que celui-ci allait le faire demander.

— Ne va pas m'oublier surtout ! ! — dit vivement Jean-Jeudi.

— Soyez tranquille... Chose promise, chose due...

Dix minutes s'écoulèrent, puis on appela René, on le conduisit à la pièce réservée aux entretiens des avocats et de leurs clients, et on le mit en présence d'Henry de la Tour-Vaudieu.

— C'est vous qui vous nommez René Moulin? — demanda le jeune homme.

— Oui, monsieur...

— Avant de vous faire appeler j'ai voulu prendre connaissance, au greffe, du libellé de votre écrou... — Vous êtes inculpé de complot contre la sûreté de l'État et contre la vie de l'empereur...

René fit un signe affirmatif.

— Et, comme tous les gens qu'on accuse, — poursuivit l'avocat, — vous niez?

— Je nie, — répliqua le mécanicien, — mais comme tous les gens accusés à tort et que soutient la certitude de leur innocence !...

VIII

Henry de la Tour-Vaudieu regarda bien en face l'homme qui lui parlait ainsi et dont les yeux exprimaient la franchise.

La physionomie de René lui sembla sympathique.

La netteté de sa réponse lui plut.

— Pour continuer utilement cet entretien il faut que je connaisse à fond les charges qui pèsent sur vous... — fit-il avec bienveillance. — J'ai besoin d'étudier votre dossier... — C'est vous dire que je consentirai probablement à me charger de votre défense, mais il est indispensable que vous me disiez la vérité, rien que la vérité, toute la vérité...

— Ah! monsieur, — s'écria le mécanicien, — je vous le jure, et je n'aurai pas grand mérite à cela, n'ayant rien à cacher...

Le jeune homme poursuivit :

— Je ne puis ni comprendre ni approuver l'avocat qui devant le tribunal a recours au mensonge pour obtenir l'acquittement de son client... Je ne saurais convaincre les autres si je n'étais convaincu le premier. Je ne l'essayerais même pas... — A mon point de vue la profession que j'exerce, et qui me paraît belle entre toutes, n'est point un état mais un sacerdoce... — Arracher le coupable à force d'éloquence au châtiment qu'il a mérité, me paraît une action mauvaise...

— Vous avez raison, monsieur, et je partage absolument une manière de voir qui vous fait honneur...

— Mettez-moi rapidement au courant de votre passé...

René Moulin raconta, en aussi peu de mots que possible, son existence en Angleterre, son retour, et la façon dont il avait été arrêté au sortir du cimetière Montparnasse où il venait de suivre un convoi.

Seulement, ne pouvant divulguer le secret qui n'était pas le sien, il passa sous silence tout ce qui concernait la famille Leroyer.

Il analysa son interrogatoire; — il énuméra les faits que le juge d'instruction prétendait mettre à sa charge, et la manière dont il avait répondu à chaque question.

Enfin il parla de la descente de police faite à son domicile et du résultat négatif de cette descente.

— Aviez-vous véritablement perdu la clef de votre logement? — demanda l'avocat.

— Oui, monsieur... — répondit René que des motifs qui nous sont connus obligeaient à ce mensonge.

— Depuis combien de temps êtes-vous absent de Paris?

— Depuis dix-huit ans...

— Et vous avez passé la majeure partie de ces dix-huit ans à Portsmouth?

— Je n'en suis pour ainsi dire pas sorti...

— Pouvez-vous produire un certificat de la maison où vous étiez contre-maître?

— Je possédais ce certificat... — On a dû le prendre chez moi et le joindre à mon dossier... — il suffirait d'ailleurs d'en demander un duplicata en Angleterre pour l'obtenir.

— Vous avez la certitude qu'on n'a trouvé dans vos papiers rien de compromettant?

— On ne pouvait trouver ce qui n'existait point...

— Comment expliquez-vous votre arrestation?...

— Je ne l'explique pas du tout, ne pouvant la comprendre moi-même...

— Croyez-vous que vous ayez été dénoncé par quelque ennemi?...

— Nullement... — Qui pourrait me haïr?... — Je ne cause de préjudice à personne, je n'inspire d'ombrage à qui que ce soit... — Je ne connais à Paris qu'une pauvre veuve dont je conduisais le fils au cimetière, et je la voyais ce jour-là pour la première fois depuis mon retour en France.

— Lorsqu'on vous a arrêté, depuis quand étiez-vous à Paris ?

— Depuis une semaine...

— A quoi avez-vous employé votre temps pendant ces huit jours ?

— A chercher la pauvre femme dont le fils allait mourir, la veuve de mon premier patron...

— Avez-vous parlé politique dans les cafés, dans les lieux publics, et formulé quelques critiques contre le régime impérial ?

— Jamais ! — D'abord, — (ainsi que je le disais au juge d'instruction qui n'avait pas l'air de me croire), — je ne m'occupe ni peu ni beaucoup de politique, et je serais fort embarrassé pour formuler une opinion... — Ensuite, je ne vais guère au café et je n'y adresse point la parole à des inconnus... — Un soir cependant je me suis attardé dans un établissement des Batignolles (la *Canette d'Argent*, rue des Acacias) tenu par un nommé Loupiat que j'ai connu quand j'étais gamin... — J'ai même eu le bonheur, ce soir-là, de sauver la vie à un commissaire de police...

— Dans quelles circonstances ?

René narra les faits qui sont connus de nos lecteurs.

Henry de la Tour-Vaudieu prenait des notes sur un agenda.

— Comment s'appelle le commissaire à qui vous avez rendu un si grand service ?

— C'est celui de l'arrondissement, mais je ne sais pas son nom...

— Il sera facile à trouver et nous le trouverons, car nous aurons besoin de lui... — Je vais au parquet prendre connaissance de votre dossier et je reviendrai très prochainement vous voir...

— Je vous remercie, monsieur... — Permettez-moi de vous dire que je ne suis pas sans argent et que je vous prie d'être tranquille pour la question des honoraires.

— Nous parlerons de cela plus tard... — fit le jeune homme en souriant.

— C'est que j'ai une somme déposée au greffe, — reprit René, — et j'aurais pu payer tout de suite...

— Plus tard... plus tard... — interrompit Henry de la Tour-Vaudieu.

— Comme il vous plaira, monsieur... — Si j'insistais, c'est que...

Le mécanicien s'interrompit.

— C'est que, quoi ? — demanda l'avocat en souriant.

— J'aurais à solliciter de vous un service.

— Lequel ?...

René paraissait éprouver quelque embarras.

— Voyons, — reprit Henry, — parlez ! — Que craignez-vous et à quel propos cette hésitation?... — Désirez-vous m'envoyer en mission auprès de quelqu'un qui pourrait témoigner pour vous ?

— Non, monsieur...

— Alors, expliquez-vous... je ne puis deviner.

— Monsieur, il s'agit d'un détenu auquel je m'intéresse sans trop savoir pourquoi... — Un pauvre diable qui n'a pas le sou et qui voudrait être défendu... — Or je lui ai promis de payer son défenseur...

— Ce détenu est-il impliqué comme vous dans une affaire politique ?

— Non, monsieur....

— De quoi est-il inculpé ?

— De vol.

Henry de la Tour Vaudieu fit un geste de dégoût.

— Mais, — se hâta d'ajouter René Moulin, — il jure ses grands dieux qu'il est innocent...

— A-t-il un alibi ?

— Oui, monsieur, et un alibi incontestable, à ce qu'il prétend...

— Est-ce un récidiviste ?

— Je ne pourrais l'affirmer, mais j'en suis convaincu...

— Comment explique-t-il son arrestation ?...

— Il dit qu'il a été dénoncé faussement par un camarade qui lui en voulait.

— Le nom de cet homme ?

— *Jean-Jeudi...*

— Est-ce un surnom ?

— Monsieur, c'est son vrai nom... — C'est comme ça qu'on l'a inscrit le jour la *Saint-Jean*, un *jeudi*, sur le registre des enfants trouvés.

En entendant ces mots, Henry tressaillit.

Lui aussi, — (malgré la haute position qu'il occupait dans le monde), — était un enfant trouvé.

Il s'en souvenait.

— Ceci, — dit-il à René, — est un titre à mon intérêt. — Ces déshérités, venus au monde par la mauvaise porte, ne reçoivent guère de bons conseils pour les guider, et trouvent rarement des gens charitables pour les recueillir et leur donner une famille... — Je verrai votre protégé...

— Aujourd'hui, monsieur ?

Henry consulta sa montre.

— Oui, tout de suite... — répondit-il, — je vais le faire appeler.

— Il est convenu que je payerai pour lui, monsieur...

— C'est bon... c'est bon... — dit le jeune avocat avec un nouveau sourire. — Nous causerons de cela en temps utile... — Vous pouvez compter sur moi, mon ami, car je crois que vous êtes un brave garçon...

— Vous aurez la preuve, monsieur, que vous me jugez bien.

Henry sonna.

Un gardien vint prendre René pour le reconduire au préau.

— Monsieur l'avocat n'a plus personne à demander? — fit-il.

— Pardonnez-moi, — répondit le jeune homme. — Je désirerais voir le nommé Jean-Jeudi.

— Je vais l'amener.

Le gardien quitta le parloir des avocats avec René Moulin.

— Ce pauvre garçon, je n'en puis douter, — se disait Henry, — est une victime du zèle aveugle de la police... — Les agents veulent se distinguer à tout prix !... — Le mécanicien arrive d'Angleterre où se trouvent les chefs du parti révolutionnaire... — C'est assez pour qu'il soit suspect... — On l'arrête !... — S'il est coupable il est de bonne prise... — S'il est innocent, tant pis pour lui !... — Halte-là, messieurs !... nous avons le droit de défense !...

La porte du parloir se rouvrit et le gardien reparut, accompagnant Jean-Jeudi.

— Voici l'homme que vous avez demandé, monsieur l'avocat, — fit-il.

Il poussa l'inculpé dans la salle et se retira.

Jean-Jeudi salua le moins gauchement qu'il put et se dirigea vers le jeune homme.

Le nom de *la Tour-Vaudieu*, prononcé dans la prison par le fils de famille Renaudy, lui avait fait dresser l'oreille, nous le savons.

Ce la Tour-Vaudieu était le fils du grand seigneur, du haut dignitaire dont l'ex-tabellion Plume d'Oie avait cru deviner le nom au bas d'une lettre écrite vingt années auparavant, et qui semblait avoir eu pour but de préparer le crime du pont de Neuilly.

Aussi est-ce avec intention que le vieux voleur avait prié René Moulin de choisir cet avocat et de le charger de sa défense.

IX

Quel était le but de Jean-Jeudi?

Le savait-il lui-même d'une façon bien positive?

Espérait-il arriver par le fils à la certitude de la culpabilité du père dont la preuve lui manquait jusqu'à cette heure?

Cette espérance, en supposant qu'elle existât réellement, eût été au plus haut point chimérique.

En franchissant le seul du parloir, le voleur émérite jeta un rapide coup d'œil sur le jeune homme, qui de son côté examinait curieusement la physionomie du nouveau venu.

— Il a l'air d'un malin, ce petit-là... — se dit Jean-Jeudi. — Il me botte...

Puis il continua tout haut, avec la plus obséquieuse politesse et une humilité de circonstance :

— Sur la recommandation d'un camarade vous avez bien voulu, monsieur l'avocat, vous occuper de mon affaire et me faire appeler... — J'en suis très reconnaissant, plus reconnaissant que je ne saurais l'exprimer, comme aussi envers le détenu René Moulin qui, me sachant présentement un peu dans la panne, s'est chargé de faire l'avance de vos émoluments... — Il me semble que si vous plaidez pour moi je suis sûr d'être acquitté...

— Je plaiderai si je suis convaincu... — répondit Henry de la Tour-Vaudieu. — Répondez-moi franchement.

— Oh! monsieur, je le jure !

— Vous êtes accusé de vol ?

— Oui, monsieur.

— Êtes-vous réellement innocent de ce vol?

— Comme l'enfant qui vient de naître.

— On avait cependant sans doute de sérieuses raisons de vous soupçonner ?

— Aucune.

— De fausses apparences vous chargeaient ?

— Non, monsieur... On n'avait contre moi que la dénonciation d'un gredin nommé *Fil-en-Quatre*, qui voulait me faire manger de la prison parce qu'il se figurait, bien à tort, que j'étais cause de son arrestation.

— Êtes-vous en mesure de prouver votre innocence ?

— J'ai un alibi, et des témoins qui en déposeront...

— Mais alors mon office ne vous est point nécessaire...

— Pardonnez-moi, monsieur, il m'est indispensable...

— Pourquoi?

— Il faut vous dire que je suis un récidiviste...

— Je le sais, — fit Henry.

— Et que, par conséquent, —continua Jean-Jeudi, — si je n'ai pas d'avocat, ou si j'ai un avocat d'office qui ne me portera pas le moindre intérêt, on me tombera sur le dos au tribunal et, quoique blanc comme neige, j'attraperai sans marchander je ne sais combien de mois de prison... — Vous, monsieur, vous saurez faire comprendre aux juges que parce qu'on a péché une fois ce n'est pas une raison pour qu'on recommence indéfiniment...

— Vous n'avez aucune famille?...

— Non, monsieur... à ma connaissance du moins... — Enfant trouvé... fils de la borne et du ruisseau... — Ni bons exemples, ni bons conseils. — Point d'encouragement, point d'affection... —Tout ça, c'est une fichue école. — Il ne faut pas me blâmer, monsieur, il faut plutôt me plaindre.

Jean-Jeudi soutint avec un aplomb imperturbable le regard de l'avocat.

— Je ne vous blâme pas, et décidément je tâcherai de vous tirer de là... — Donnez-moi les noms des témoins à décharge sur lesquels vous comptez...

— Je les ai déjà fait appeler chez le juge d'instruction, monsieur.

— Bien ; je demanderai communication de votre dossier... — Je ferai le possible, mais je ne puis vous cacher que votre condamnation antérieure me gênera beaucoup pour répondre au réquisitoire du procureur impérial.

— Oh ! monsieur l'avocat, — balbutia Jean-Jeudi d'un ton qu'il s'efforçait de

rendre pathétique, — je vous en prie, je vous en supplie, ne m'abandonnez pas...
Mon unique espoir est en vous... — Obtenez mon acquittement... — J'ai tant
besoin d'être libre...

Henry de la Tour-Vaudieu, étonné de l'accent avec lequel ces derniers mots
avaient été prononcés, regarda Jean-Jeudi.

— Vous avez *tant* besoin d'être libre... — répéta-t-il. — Ce n'est pas, je
l'espère, pour un acte répréhensible? pour tirer vengeance, par exemple, de celui
qui vous a dénoncé faussement?

Jean-Jeudi était un vieux routier, et de plus un habile comédien.

Il soutint avec un aplomb imperturbable le regard investigateur de l'avocat
et répondit :

— Non seulement ce n'est pas pour commettre une mauvaise action, mais
c'est pour en faire une bonne...

Henry étudia curieusement la physionomie du détenu.

— En vérité! — dit-il.

— Oui, monsieur..

— Et de quelle nature, cette bonne action!...

— Je vous le dirai volontiers, mais d'abord il **faut** me permettre de vous
questionner... — Me le permettez-vous?

Le jeune homme fit un signe affirmatif.

Jean-Jeudi reprit :

— Je ne connais **pas** très bien le Code, monsieur, et j'aurais besoin de savoir
si je m'abuse, oui ou non...

— Parlez.

— La justice conserve-t-elle ses droits contre un homme pour un crime
commis depuis plusieurs années?...

— Précisez le nombre des années, sans cela je ne puis répondre...

— Vingt ans... et le crime en question entraînait la peine de mort...

— En vérité je suis surpris de votre ignorance! — Le Code d'instruction
criminelle, chapitre V, article 687, s'exprime ainsi : — *L'action publique et
l'action civile résultant d'un crime de nature à entraîner la peine de mort ou des
peines afflictives perpétuelles, ou de tout autre crime emportant peine afflictive
ou infamante, se prescriront, après dix années révolues, à compter du jour où le
crime aura été commis, si dans cet intervalle il n'a été fait aucun acte d'instruction
ni de poursuites.* — Dans le cas particulier dont vous parlez, y a-t-il eu instruction et poursuites interrompant la prescription?

— Non, monsieur.

— Alors le criminel est certain de l'impunité.

— Même si on le dénonçait en prouvant le crime?

— Oui, même alors...

— Mais si un innocent avait été condamné à la place du coupable?...

— Cela ne changerait rien à la loi... — On pourrait exhumer le passé sans doute, et chercher à faire réhabiliter l'innocent! Mais le vrai coupable ne courrait d'autre danger que celui résultant d'un scandale effroyable... Il serait justiciable uniquement de l'opinion publique et n'aurait à redouter que la honte...

— Et s'il était dans une très grande et très brillante position?...

— La chute serait plus retentissante, voilà tout...

Jean-Jeudi réfléchissait.

— Maintenant, — reprit Henry de la Tour-Vaudieu, — apprenez-moi à quel propos vous m'avez demandé ces renseignements...

— Monsieur, — répliqua le vieux bandit, — je connais un personnage dans une haute situation, qui s'est rendu complice d'un assassinat et qui a fait guillotiner un innocent à sa place... — Si je suis acquitté, je vengerai la victime en déshonorant le vrai coupable, et j'irai certainement vous demander les moyens d'arriver à mon but. — Vous voyez bien qu'il s'agit d'une bonne action...

— Qui sait? — répondit l'avocat. — Le scandale ne ressuscitera pas la victime, et peut-être depuis vingt ans le criminel s'est-il repenti... — Enfin, si vous désirez me consulter quand vous serez libre, je vous recevrai volontiers et je vous répondrai selon ma conscience.

— Vous vous appelez bien M. de la Tour-Vaudieu, n'est-ce pas? — demanda Jean-Jeudi.

— Oui, pourquoi?

— Eh! mon Dieu, pour savoir le nom de mon généreux avocat, voilà tout... D'ailleurs, il ne m'est point inconnu, ce nom... — Est-ce que vous seriez parent de M. le duc Sigismond de la Tour-Vaudieu?

— C'était mon oncle, et il est mort.

— Je sais cela... je l'ai vu mourir...

Henry regarda son interlocuteur avec une profonde surprise.

— Vous avez vu mourir le duc Sigismond de la Tour-Vaudieu!! — s'écria-t-il.

— Oui, monsieur... — Oh! bien par hasard... — Il a été tué en duel... Je passais dans le bois de Vincennes au moment où il recevait le mauvais coup dont il ne devait pas revenir... — Je me suis approché... — Il râlait déjà... — Je me suis laissé dire que c'était un bien brave homme...

Jean-Jeudi ajouta avec feinte bonhomie :

— L'avez-vous connu, votre oncle, monsieur l'avocat?...

— Non... — murmura le jeune homme.

— Quel âge avez-vous donc, sans indiscrétion?...

Ces questions multipliées fatiguaient et embarrassaient Henry. — Il répondit cependant :

— Vingt-deux ans...

— Et il y a vingt ans que le duc Sigismond est mort... — C'est juste. —

Vous étiez trop petit pour vous en souvenir... — Mais votre père? — Il n'était donc pas là, votre père?...

— Mon père habitait l'Italie à cette époque : il n'en est revenu, en me ramenant avec lui, que quelques mois après la mort de mon oncle et de ma grand'-mère.

Henry déguisait la vérité afin d'éviter toute explication au sujet de sa situation d'enfant trouvé, fils adoptif de Georges de la Tour-Vaudieu.

Il répondait ainsi, du reste, chaque fois qu'on le questionnait sur sa jeunesse.

Cette réponse rendit Jean-Jeudi fort perplexe.

— Si son père et lui ne sont revenus d'Italie qu'après la mort de l'oncle — se disait-il — évidemment le père n'est pas mon particulier de Neuilly... — Plume-d'Oie ne savait ce qu'il disait au sujet des initiales écrites au bas de la fameuse lettre copiée par lui, et ce que je m'étais mis dans la caboche n'a pas le sens commun !... — Bref, je patauge au milieu tout ça...

Henry de la Tour-Vaudieu, voyant Jean-Jeudi rêveur, lui demanda :

— Pourquoi m'interrogez-vous ainsi, et que vous importent ces choses?

X

— Excusez-moi si je me permets de vous questionner, monsieur l'avocat, — répliqua Jean-Jeudi. — C'est votre nom qui me faisait revenir en mémoire un tas d'histoires du temps passé...

En disant ce qui précède, le bandit émérite jetait les yeux par hasard sur le chapeau du jeune homme...

La vue du crêpe de grand deuil qui couvrait les trois quarts de ce chapeau le fit tressaillir.

— Est-ce que M. le duc, votre père, est mort? — demanda-t-il avait inquiétude.

— Non... — répondit Henry, — j'ai perdu ma mère...

— Je vous ai adressé une demande indiscrète, monsieur, pardonnez-moi...

— Indiscrète, peut-être, — dit vivement Henry, — mais vous aviez sans doute une raison pour me l'adresser, et je désire connaître cette raison...

Jean-Jeudi prit un air contrit et désolé.

— Aucune, monsieur, pas la moindre, je vous assure... — balbutia-t-il. — Les souvenirs du passé... pas autre chose...

— Êtes-vous sincère?

— Ah! pour ça, oui, je vous en donne ma...

Il allait ajouter : *parole d'honneur*, mais il se rappela sa situation, le lieu où il se trouvait, et il n'osa point achever sa phrase.

Henry se leva et sonna le gardien.

— Vous examinerez mon dossier, n'est-ce pas, monsieur? — demanda le détenu d'une voix suppliante.

— Je vous l'ai promis...

— Et je vous reverrai bientôt?

— Je vous le promets...

Le gardien reconduisit Jean-Jeudi au préau de la prévention et Henry quitta Sainte-Pélagie, très préoccupé malgré lui des questions singulières de son nouveau client.

Celui-ci était de plus en plus perplexe.

— Sa mère est morte... — se disait-il, — et il a vingt-deux ans... — il est revenu d'Italie avec son père quelques mois seulement après la mort du duc Sigismond... — Est-ce que je serais sur une fausse piste? — DUC S. DE L. T. V., voilà les initiales que le ci-devant notaire a traduites par ces noms : SIGISMOND DE LA TOUR-VAUDIEU. — Positivement ça s'ajustait si bien que ça semblait fait sur mesure, mais au fond ça ne prouvait rien... — Combien y a-t-il de noms en France qui commencent par les mêmes lettres !... — Tant que je serai sous les verrous je n'y verrai goutte... La bouteille à l'encre, quoi ! — Il faut que je sois libre... — Il faut que j'aie en ma possession la copie de la lettre laissée par Plume-d'Oie, rue de la Reynie, dans une de ses vieilles malles... — Il faut que je sache si la Mᵐᵉ Dick Thorn de la rue de Berlin est bien l'empoisonneuse de Neuilly, et si, de ce côté encore, je ne m'abuse pas...

Jean-Jeudi, déconcerté par son entretien avec Henry, en arrivait à douter de tout.

— Eh bien? — lui demanda René en le voyant revenir, la mine assez déconfite. — Est-ce qu'il refuse?

— Nenni, mon vieux !... — Il me défendra, et je compte bien qu'il saura me faire acquitter...

— Pourquoi donc avez-vous l'air si sombre ?...

— Une idée que tu te fais... — Au contraire, je suis très content... Je rirais volontiers comme une petite folle... — Il me semble que je tiens la clef des champs... et de fait je la tiendrai bientôt.

Le temps s'écoulait.

L'époque où Jean-Jeudi et René Moulin devaient passer en jugement n'était pas encore officiellement indiquée.

Le duc Georges de la Tour-Vaudieu habitait toujours le petit logement de la rue du Pot-de-Fer-Saint-Marcel.

Trois ou quatre fois déjà il s'était introduit, la nuit, dans son hôtel de la rue Saint-Dominique, avait lu ses lettres et soigneusement recollé les enveloppes.

Tout le monde le croyait loin de la France.

Théfer ne parvenait point à découvrir la demeure de l'ancienne maîtresse de Georges, qu'il cherchait sous le nom de Claudia Varni.

Il lui semblait impossible qu'elle fût à Paris.

Le policier, tout en ayant interrompu la surveillance de ses agents, ne perdait pas complètement de vue l'humble logis de la rue Notre-Dame-des-Champs et portait des nouvelles satisfaisantes au sénateur, qui souhaitait avec ardeur l'entendre lui dire : — *Angèle Leroyer est morte !*

Il semblait à Georges de la Tour-Vaudieu que cette mort soulagerait ses épaules d'un écrasant fardeau.

La fille de Paul Leroyer l'occupait peu, ou pour mieux dire ne l'occupait pas.

Il n'attachait aucune importance à cette enfant, et croyait fermement qu'une fois la mère disparue aucun danger n'existerait plus pour lui.

Berthe abandonnerait toute idée de vengeance et de réhabilitation, faute d'un bras fort pour la soutenir et d'un esprit énergique pour la guider.

René Moulin aurait pu mettre à la disposition de Berthe cet esprit et ce bras, mais il était prisonnier et sa condamnation semblait plus que probable, — du moins le sénateur et Théfer la regardaient comme assurée.

Elle le devint bien davantage encore au lendemain de l'attentat de la rue Le Peletier, lorsque les bombes d'Orsini eurent entouré d'éclats meurtriers la voiture qui conduisait Napoléon III à l'Opéra, et fait de nombreuses victimes parmi les cent-gardes de l'escorte et les curieux massés sur les trottoirs.

L'arrestation de l'Italien Orsini, arrivant d'Angleterre où René Moulin avouait l'avoir connu, rendait effroyablement grave en apparence la situation du mécanicien.

On pouvait englober le malheureux dans une affaire de régicide et de haute trahison, et certes on n'y manquerait pas, les apparences étant contre lui et les réponses même de son interrogatoire le compromettant notablement.

L'état d'Angèle Leroyer était désespéré.

Les soins affectueux d'Étienne Loriot, qui venait chaque jour et souvent deux fois par jour, ne pouvaient désormais retarder que de bien peu le dénouement fatal.

Depuis la scène douloureuse à laquelle nous avons assisté, le jeune médecin affectait avec Berthe une grande réserve et ne lui adressait la parole que pour des recommandations relatives à l'état de la malade.

Cette contrainte lui pesait horriblement ; — la blessure profonde, incurable, de son cœur, saignait jour et nuit et ne lui laissait point de repos. — Il endurait un véritable martyre.

Berthe, soupçonnée injustement et refusant de dire un mot pour se justifier, ne souffrait pas moins que lui, mais la conscience du devoir accompli soutenait ses forces.

Un jour Étienne parut plus triste encore et plus sombre que de coutume.

Il voyait approcher le moment suprême et il s'épouvantait du coup terrible que la malheureuse enfant allait recevoir.

Pris de pitié, il se contraignit à oublier pour un instant qu'il la croyait coupable et, l'attirant un peu l'écart, il lui dit d'une voix tremblante :

— Aucune illusion n'est possible, mademoiselle, et je dois vous préparer à l'inévitable catastrophe qui se produira d'un moment à l'autre...

— Mon Dieu ! — balbutia Berthe en joignant les mains et en pâlissant, — ma mère va mourir.

Étienne poursuivit :

— Vous allez vous trouver orpheline... seule au monde... sans un protecteur... sans un soutien... pourquoi suis-je forcé d'ajouter : sans un ami !... et cependant l'affection la plus profonde et la plus loyale, le dévouement le plus absolu, s'offraient à vous... — Hélas ! ils ont été repoussés... — Je ne veux pas me souvenir aujourd'hui que vous avez refusé de me répondre, il y a quelques jours... — Je renouvelle la prière que je vous adressais, et c'est en suppliant que je vous demande de l'accueillir... — Serez-vous inflexible ?... — N'éloignerez-vous point de mon esprit le doute qui le torture ?... — Ne rendrez-vous pas la paix à mon âme, l'espoir à mon cœur ?... — Berthe, chère Berthe, vous que j'ai tant aimée, vous que j'aime encore plus que tout au monde, ayez pitié de moi ! Soyez franche !... ne me cachez rien, et si vous n'êtes coupable que d'une imprudence, mon amour ne vous marchandera point le pardon et l'oubli... — Qu'alliez-vous faire à la place Royale ?

Berthe releva la tête qu'elle avait penchée sur sa poitrine tandis que le docteur lui parlait, et d'une voix qu'elle s'efforçait d'affermir, mais que brisait une émotion poignante, elle murmura :

— Votre douleur me touche et cependant il me faut aujourd'hui vous répéter ce que je vous ai déjà dit : — Si vous me croyez indigne de votre estime, c'est un chagrin pour moi, mais je refuse de me justifier... je ne répondrai pas...

Étienne fit un geste de désespoir, prit son chapeau sans prononcer une parole, salua, et quitta la chambre en chancelant comme un homme ivre.

A peine avait-il refermé la porte derrière lui que Berthe, tombant à genoux, cachait son visage dans ses mains, tandis que des larmes brûlantes inondaient son visage et que des sanglots convulsifs soulevaient sa poitrine.

Le soir de ce même jour Angèle Leroyer s'éteignit dans les bras de son enfant qui lui jurait de donner sa vie, s'il le fallait, pour réhabiliter le nom de son père, Paul Leroyer, mort innocent sur l'échafaud.

Le surlendemain l'orpheline conduisait la dépouille de sa mère au cimetière Montparnasse, où elle devait reposer à côté du tombeau d'Abel.

En rentrant seule dans le logis désert, Berthe sentit un immense découragement se mêler à son désespoir.

— Que Dieu serait miséricordieux et bon, — se disait-elle, — s'il daignait me réunir vite à mes morts bien-aimés !... — Qu'ai-je à faire ici-bas maintenant?... Rien ne me rattache à la vie, rien qu'une tâche impossible, au-dessus de mes forces... — Pour tenir mon serment, je ferai tout... mais que puis-je, hélas!...

Elle se ranima cependant un peu en pensant à René Moulin dont elle avait entre les mains la petite fortune.

Elle se demanda si l'innocence du mécanicien étant enfin reconnue, il serait bientôt libre.

Naturellement à cette question elle ne pouvait répondre.

Elle songea à écrire à René.

La crainte de le compromettre l'arrêta.

L'idée d'aller le voir dans sa prison lui traversa l'esprit, mais le même motif qui l'empêchait d'écrire rendait sa visite impossible.

XI

Bientôt à la douleur cuisante se joignit un ennui profond.

Berthe, pour se distraire, pria la concierge de lui chercher du travail.

La brave femme en trouva et la jeune fille, sombre, l'âme meurtrie, le cœur saignant, frappée dans ses affections de famille, dans son amour, dans ses espérances, attendit que René Moulin fût libre et vînt à elle.

Chaque matin elle achetait un journal et dévorait l'article : *Tribunaux*, croyant y lire le nom du mécanicien, et toujours déçue.

Elle s'efforçait d'éloigner de sa mémoire Étienne Loriot qu'elle croyait ne jamais revoir, et n'y parvenait point.

Une semaine s'écoula ainsi.

L'orpheline, penchée sur l'ouvrage de tapisserie que ses doigts exécutaient d'une façon machinale, la poitrine oppressée, les yeux toujours humides, pensait à son avenir désolé.

Un coup de sonnette retentit à la porte de l'appartement.

Berthe se hâta d'ouvrir.

La concierge lui montait une lettre portant l'adresse de *Madame veuve Monestier.*

L'enfant prit cette lettre d'une main tremblante.

Qui pouvait écrire à sa mère?... — Une nouvelle angoisse allait-elle s'ajouter à son poignant chagrin?...

Restée seule, elle brisa le cachet après un instant d'hésitation, alla droit à la signature et tressaillit en lisant celle de *René Moulin.*

— Lui! enfin! — murmura Berthe avec un mouvement de joie. — Est-il en liberté?...

Berthe prit cette lettre d'une main tremblante.

La lettre contenait ces lignes :

« Chère Madame.

« Mon affaire doit être appelée demain à l'audience de la septième chambre correctionnelle.

« Si vous pouvez vous rendre à onze heures du matin au Palais de Justice, vous saurez si mon innocence est reconnue ou si je suis condamné...

« Quoi qu'il arrive ne doutez jamais du respect profond et du dévouement absolu de votre ami reconnaissant,

« RENÉ MOULIN. »

Berthe fondit en larmes.

— Pauvre mère ! — balbutia-t-elle. — Hélas ! ce n'est pas toi qui connaîtras le sort de l'ami que j'attends pour me soutenir et pour me guider... — J'irai demain au rendez-vous que te donnait René... — Tu es aux pieds de Dieu... prie-le pour l'innocent...

Puis l'orpheline se remit au travail.

Ses larmes se séchèrent sur ses joues. — Une lueur d'espérance brillait dans les ténèbres de son âme.

Le lendemain, à dix heures, elle se rendait au Palais, se faisait indiquer la septième chambre, et très émue, très agitée, pénétrait dans la salle où se trouvaient déjà un certain nombre de curieux et quelques témoins assignés pour différentes affaires.

Elle se laissa tomber sur un banc et attendit.

Dès neuf heures du matin une voiture cellulaire avait amené de Sainte-Pélagie onze détenus parmi lesquels se trouvaient René Moulin et Jean-Jeudi.

Ce dernier devait comparaître devant la cinquième chambre correctionnelle.

Les détenus attendait à *la Souricière* qu'il fussent appelés pour le jugement.

Jean-Jeudi était inquiet, nerveux, irascible.

René Moulin, au contraire, offrait un visage calme et souriant.

On voyait qu'il avait confiance en la bonté de sa cause, et que cette confiance augmentait à mesure qu'approchait le moment décisif.

Le mécanicien posa sa main sur l'épaule de son compagnon.

— Ah çà !... — lui demanda-t-il en le voyant si sombre, — est-ce que vous avez des appréhensions ?

— Oui... — répondit laconiquement le voleur émérite.

— Vous n'êtes donc pas sûr de vous comme de coutume ?

— Non.

— Pourquoi ?...

— Parce que le *trac* m'a mis le grappin dessus et que je vois tout en noir...

— Mais vous êtes innocent du vol dont on vous accuse...

— Parbleu ! Seulement, qu'est-ce que ça prouve ?

— Vous avez un alibi sérieux et de solides témoins à décharge...

Jean-Jeudi haussa les épaules.

— Tout cela et rien c'est la même chose si les juges ne veulent pas croire mes témoins... — Il y a cette gredine de première condamnation... — Je suis récidiviste... — C'est ça qui me faire peur...

— Allons... allons... il faut prendre le dessus et vous remonter le moral..

— Nous avons du temps devant nous... beaucoup de temps... je vous offre
déjeuner...

— Merci, je n'ai pas faim...

— Vous accepterez bien un verre de vin cependant ?

— Pour ça, oui... le vin est rouge... ça chassera peut-être le noir...

Chaque détenu avait le droit de demander, — en la payant, — une bouteille de vin à la cantine de la Souricière ; — nous l'avons déjà dit.

Le premier verre fut suivi d'un second puis d'un troisième.

Au quatrième Jean-Jeudi, à jeun et énervé par l'inquiétude, commençait à
s'animer et à se dérider.

Quoiqu'il eût ordinairement la tête solide, le vin lui montait au cerveau, ce
jour-là, d'une manière étonnante : — il devenait aussi causeur qu'il avait d'abord
été taciturne et René se dit que peut-être il pourrait mettre à profit cette surexcitation pour arracher au bandit émérite les secrets du passé.

En conséquense il résolut de lui livrer un assaut dans toutes les règles,
quand il sortirait de l'audience acquitté ou condamné.

Un surveillant parut accompagné de gardes municipaux et tenant une
liste.

Il appela René Moulin, Jean-Jeudi et plusieurs autres.

— Allons-y gaiement ! — murmura Jean-Jeudi dont les yeux brillaient. —
Faut avoir tout son aplomb ce matin et répondre de la bonne manière à l'*avocat
bêcheur !*

En sortant de la Souricière il rencontra Fil-en-Quatre solidement ligotté et
conduit par deux gardes municipaux.

Il lui montra le poing.

— Sois paisible, mon vieux ! — lui dit-il en même temps, — tu n'as reçu qu'un
acompte.... — Tu ne perdras rien pour attendre... je te payerai ma dette en
gros, le plus tôt possible, avec les intérêts.

Les détenus montèrent sous bonne escorte aux différentes salles correction-
nelles où on les fit asseoir sur les bancs des accusés.

René Moulin, nous le savons, comparaissait devant le 7e chambre, chargée
en ce moment des affaires qui se rattachaient de près ou de loin à la politique.

Une fois à la place que lui désignaient ses gardiens, il jeta un regard autour
de la salle, cherchant Mme Leroyer.

Il ne la vit pas, mais il reconnut Berthe et son cœur se serra.

— Pour que la pauvre femme ne soit pas venue, — murmura-t-il, — il faut
qu'elle soit bien malade... Elle est morte peut-être...

Et il essuya son front où cette pensée sinistre avait fait perler des gouttelettes
de sueur.

Berthe ne connaissait pas le mécanicien.

Ses yeux se portaient avidement vers les accusés, cherchant lequel, parmi eux, pouvait être René Moulin.

Instinctivement ils s'arrêtèrent sur René lui-même.

Une voix intérieure lui criait :

— C'est celui-là !...

Mais ce pressentiment ne constituait point une certitude.

Pour acquérir cette certitude, la jeune fille devait attendre que le nom de chacun des accusés fût prononcé par le greffier.

D'autres regards que ceux de Berthe s'attachaient aussi sur René Moulin.

Seulement, combien différente était leur expression !...

Ils étaient chargés de haine, tandis que les yeux de la jeune fille voyaient en René un ami, un guide, un protecteur.

Le personnage qui fixait de cette façon le mécanicien paraissait avoir cinquante-cinq ou soixante ans.

Une longue barbe grisonnante tombait sur sa poitrine.

Des lunettes à verres bleuâtres cachaient à demi ses yeux.

Son costume propre, mais sans élégance, échappait à l'attention.

Ce personnage, — impossible à reconnaître sous son déguisement, — était le duc Georges de la Tour-Vaudieu.

Prévenu par son âme damnée que l'affaire de René Moulin, — déclarée sans connexion avec l'attentat de la rue Le Peletier, — viendrait ce jour même à l'audience de la 7ᵉ chambre, il avait voulu assister au jugement.

Une anxiété terrible l'agitait, quoiqu'il regarda comme certaine la condamnation du mécanicien.

L'huissier annonça l'entrée de la cour.

Tout le monde se découvrit et les juges prirent place.

Le siège du ministère public était occupé par un magistrat dont on connaissait la rigidité, mais dont personne, même parmi ses ennemis, ne contestait la droiture.

Cinq ou six avocats, — jeunes pour la plupart, — vinrent s'installer au banc de la défense.

Le duc de la Tour-Vaudieu les considéra machinalement.

Il tressaillit soudain ; ses sourcils se contractèrent et il baissa la tête en reconnaissant l'un de ces jeunes gens.

Celui-là s'appelait le marquis Henry de la Tour-Vaudieu.

— L'insensé ne se corrigera donc jamais ! — se dit le duc. — Toujours le défenseur des révolutionnaires ! ! — Comme on voit bien qu'il n'est pas de mon sang, quoiqu'il porte mon nom ! ! — Quel est celui de ces hommes auquel il doit prêter l'appui de sa parole ?

On venait d'appeler un pauvre diable, accusé d'un délit politique insignifiant, — un cri séditieux poussé sur la voie publique à la suite de libations trop copieuses.

Après le réquisitoire violent du ministère public, et la plaidoirie incolore d'un avocat nommé d'office, le pauvre diable fut condamné à six mois de prison, 25 francs d'amende et aux dépens.

C'était exorbitant!

Le sénateur se frotta les mains ; un mauvais sourire crispa ses lèvres minces sous ses épaisses moustaches postiches...

XII

— Sévérité de bonne augure !... — pensait Georges de la Tour-Vaudieu. — René Moulin en aura tout au moins pour deux ans...

Berthe frissonnait d'épouvante.

Elle pensait à la note accusatrice glissée par les deux inconnus dans le secrétaire du mécanicien et supprimée par elle.

— Si l'on avait trouvé cette note, — se disait l'orpheline, — le malheureux était perdu !

Et tout bas elle répétait :

— Mon Dieu... mon Dieu... protégez l'innocent !

La première affaire était terminée.

Le greffier appela :

— René Moulin.

Le mécanicien se leva, très calme, et échangea un regard et un sourire avec son défenseur.

Berthe se sentit défaillir.

Son instinct ne l'avait pas trompée en lui désignant le protégé de son père, l'ami de sa mère, le champion d'une cause sainte.

Un frisson nerveux agita les membres du sénateur et fit trembler ses mains.

L'organe du ministère public donna lecture de l'acte d'accusation.

Cet acte, basé sur les dénonciations du policier Théfer, était d'une effrayante habileté. — Les relations avouées de René Moulin avec Orsini, en Angleterre, lui fournissait des arguments terribles.

Une sorte d'involontaire frémissement de l'auditoire suivit la lecture.

Pour tout le monde, la culpabilité de René Moulin était indiscutable.

On s'étonnait qu'il eût été traduit en police correctionnelle au lieu de passer devant la haute cour de justice.

Personne ne doutait d'une condamnation au maximum de la peine.

Le sénateur, rayonnant, ne parvenait qu'à grand'peine à cacher sa joie.

L'interrogatoire commença.

René, toujours calme, répondit avec l'assurance et la dignité qu'il puisait dans sa conscience d'honnête homme.

Ses explications furent d'une clarté parfaite.

L'accent inimitable de la vérité donnait une grande valeur à ses moindres paroles.

Les questions multipliées et parfois insidieuses du président ne parvenaient point à l'embarrasser. — Dans ce duel entre lui et le représentant de la loi il ne fut pas touché une seule fois en pleine poitrine.

Un revirement s'opérait dans l'opinion publique.

Nombre des auditeurs commençaient à croire que René Moulin pouvait bien avoir été compromis par de fausses apparences.

M. de la Tour-Vaudieu ne souriait plus; un pli profond se creusait entre ses sourcils.

— Pourquoi laisse-t-on ce misérable s'expliquer ainsi? — se demandait-il. — Ce magistrat ne montre ni zèle ni intelligence! — il fallait agir sur l'accusé par l'intimidation et lui couper au besoin la parole.

A l'interrogatoire qui dura près de trois quarts d'heure succéda le réquisitoire.

Il fut ce qu'il devait être, étant donnée la conviction du ministère public, c'est-à-dire écrasant.

Il attirait les foudres de la loi sur ces hommes dangereux entre tous, faisant de la révolution un métier et du désordre une profession, sapant les bases mêmes de la société, s'attaquant au principe d'autorité sans lequel tout n'est que désordre, confusion, chaos; paralysant l'industrie, arrêtant l'essor du commerce, faisant naître la panique, non seulement dans les villes, mais au fond des campagnes les plus éloignées, mettant enfin le pays entier en état de suspicion devant l'Europe. — Il finissait en demandant l'application rigoureuse de la loi.

Ce réquisitoire ampoulé, plein de phrases creuses et de mots sonores, réveilla les angoisses un instant calmées de Berthe et mit un peu de baume dans les veines du sénateur.

Tous les regards s'attachaient sur René Moulin, étudiant sa physionomie.

A la surprise générale elle n'offrait aucune trace d'inquiétude, mais une vague teinte d'ironie.

— Que de longs discours perdus à propos de moi! — pensait le mécanicien; — Ils auront beau pérorer, ils ne feront pas que je sois coupable...

— La parole est à la défense, — dit le président.

Henry de la Tour-Vaudieu se leva.

Le sénateur devint très pâle et frissonna de la tête aux pieds.

— Lui, — balbutia-t-il. — Lui, défendant mon ennemi mortel ! — Quel présage !

Sans en avoir conscience il s'était soulevé à demi.

Il se laissa retomber lourdement sur son banc.

Le jeune avocat prit la parole.

Sa plaidoirie fut brève, mais pleine de logique et de cœur.

Tout en évitant avec un tact exquis de froisser l'amour-propre du ministère public et des membres du tribunal, il démolit les arguments de l'acte d'accusation et ceux du réquisitoire, et dégagea la vérité des voiles sous lesquels on l'avait fait disparaître.

Il prouva jusqu'à l'évidence que les faits servant de base à la poursuite étaient sortis de l'imagination féconde d'agents de police désireux de se signaler à tout prix.

Il étala sous les yeux des juges le passé de René Moulin qui vivait loin de Paris depuis dix-huit ans.

Il montra le mécanicien arrivant tout jeune en Angleterre, travaillant avec un courage infatigable, menant une conduite exemplaire, honoré de ses chefs, aimé de ses camarades, irréprochable sous tous les rapports, ne s'occupant que de son métier et absolument indifférent aux choses de la politique.

Il fit mieux que le dire, il le prouva par des attestations venues de Portsmouth et dûment légalisées.

Il produisit une lettre de ce commissaire de police dans l'exercice de ses fonctions auquel René Moulin avait sauvé la vie au péril de la sienne, quelques semaines auparavant, à la *Canette d'Argent*, à Batignolles.

— L'innocence de celui que j'ai l'honneur de défendre doit briller à vos yeux comme aux miens ! — dit-il en terminant. — Elle s'impose !... elle est manifeste !... — Vous ferez bonne et prompte justice de rapports de police qu'aucune preuve matérielle ne vient confirmer, et qu'anéantissent mille preuves morales ! — Mon client est un honnête homme, un homme irréprochable, vous n'avez plus le droit d'en douter et je réclame son acquittement...

Henry de la Tour Vaudieu s'assit après avoir tendu la main à l'accusé qui la serra avec effusion.

Un murmure sympathique courut dans l'auditoire.

L'organe du ministère public ne demanda point la parole pour répliquer.

La cour délibéra.

Berthe palpitait.

Le sénateur broyait de ses mains crispées le dossier du banc placé devant lui.

Après dix minutes de délibération le président donna lecture du verdict de la cour, verdict acquittant René Moulin et ordonnant qu'il fût mis en liberté immédiate, s'il n'était retenu pour d'autres causes.

L'orpheline poussa un faible cri de joie et, succombant à l'écrasante émotion, perdit connaissance.

On s'empressa aussitôt autour d'elle ; on lui prodigua des soins qui ne tardèrent point à la ranimer.

Le duc Georges de la Tour-Vaudieu s'était glissé hors de la salle, le front mouillé de sueur, l'âme pleine d'épouvante et de sombres pressentiments.

Henry de la Tour-Vaudieu, ne soupçonnant point qu'il venait de plaider devant son père, avait reçu les chaudes félicitations de ses confrères et se rendait à la cinquième chambre où il devait défendre Jean-Jeudi.

Là il déploya de nouveau tout son talent, mais son second client se trouvait dans des conditions beaucoup moins intéressantes que le premier, et il lui fut impossible d'obtenir un acquittement pur et simple.

Le succès, quoique incomplet, fut cependant très beau.

Jean-Jeudi ne s'entendit condamner qu'à huit jours.

Fil-en-Quatre, lui, avait *obtenu* deux ans de prison et cinq ans de surveillance.

Le sénateur s'était éloigné du Palais.

Il ne se doutait guère qu'on jugeait à la cinquième chambre un homme, un ennemi, bien autrement redoutable pour lui que René Moulin, et que son fils défendait cet homme comme il avait déjà défendu le mécanicien.

Il ne devinait point que le jour était proche peut-être où Jean-Jeudi et René Moulin s'uniraient contre lui pour la vengeance.

.·.

Berthe revint promptement à elle, grâce aux soins intelligents qui lui furent prodigués et elle put, quoique bien faible encore, reprendre le chemin de la rue Notre-Dame-des-Champs.

Pour la première fois depuis la mort de sa mère l'orpheline avait au cœur sinon de la joie, du moins une espérance.

Elle ne regardait plus comme impossible la réhabilitation du nom de son père, de ce nom qui était le sien et qu'une tache de sang l'empêchait de porter.

La jeune fille attachait à cette réhabilitation un immense intérêt.

Il ne s'agissait pas seulement pour elle de faire reconnaître et proclamer l'innocence de Paul Leroyer, mort sur l'échafaud.

A coup sûr elle songeait au passé, — au passé lointain, inconnu de la plupart, oublié de tous, — mais elle songeait aussi à l'avenir.

La pauvre enfant avait voulu imposer silence à son amour. — Elle avait commandé à son cœur d'arrêter ses battements.

Son cœur refusait d'obéir; son amour ne se taisait pas; plus que jamais elle

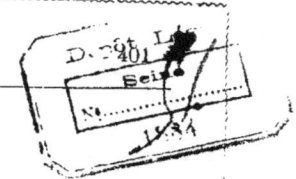

— Mets une sourdine, ma vieille... il s'agit d'un secret énorme.

aimait Étienne Loriot, et elle commençait à comprendre qu'elle ne cesserait point de l'aimer malgré tous ses efforts.

Or, le jour où il serait démontré que Paul Leroyer avait été martyr et non coupable, Berthe, n'ayant plus de secret à garder, pourrait apprendre au jeune médecin le motif si légitime de sa visite à la place Royale, et devenir sa femme heureuse et bien-aimée.

Oui, tout cela était possible et tout cela pouvait être prochain.

Le soir ou le lendemain, sans aucun doute, Berthe verrait René. — Elle saurait par lui ce que contenait la lettre détruite. — Il lui ferait part de ses projets et tous deux marcheraient ensemble vers le but...

XIII

René Moulin, — il nous semble superflu de l'affirmer, — était profondément heureux de son acquittement, mais il n'avait aucune hâte de profiter de la liberté reconquise. — Il restait d'ailleurs à remplir l'indispensable formalité de la levée d'écrou.

— J'irai ce soir rue Notre-Dame-des-Champs... — se dit-il, — l'essentiel à présent est de revoir Jean-Jeudi et de lui arracher son secret!...

En attendant le retour de Jean-Jeudi, René se mit à penser à Berthe, à Berthe qu'il avait vue et qui sans doute en ce moment portait à Mme Leroyer la nouvelle de l'heureuse issue du procès.

Angèle devait être bien malade puisqu'elle n'assistait point à l'audience, mais comment avait-elle envoyé à sa place la jeune fille qui ne savait rien du passé?

Ceci intriguait beaucoup René.

Une demi-heure s'écoula.

Jean-Jeudi reparut entre deux gardes.

Il avait l'oreille basse et la mine piteuse.

Le mécanicien s'approcha vivement de lui et lui demanda :

— Pourquoi cette physionomie de l'autre monde? — Êtes-vous condamné?

— Oui, ma vieille... — Ils ont eu le toupet de me condamner!...

— A combien?

— A huit jours.

René sourit.

— Ah! — murmura Jean-Jeudi d'un ton vexé, — ça te semble drôle

— Assurément non, mais huit jours sont vite passés...

— Je ne dis pas le contraire, mais quand on n'a rien fait, c'est vexant! — Eh bien! et toi?

— Acquitté.

— Mes compliments !... — Tu as de la chance... — J'en suis aise, parce que tu es un bon zig!... mais j'espérais si bien sortir avec toi!...

— Nous nous retrouverons dans une semaine...

— Parbleu !... — seulement, c'est long, une semaine...

— Ça vous donnera le temps de penser à votre héritage... — fit René avec intention.

Jean-Jeudi poussa un soupir et murmura :

— Voilà vingt ans que j'y pense, et je n'aime pas les affaires qui traînent...
Il ajouta :

— Dis donc, avant l'audience tu m'as offert de casser une croûte... — Je
n'avais pas faim, j'ai refusé... Mais, maintenant que je sais à quoi m'en tenir,
j'accepterais bien un morceau de n'importe quoi, avec un verre ou deux de
liquide pour le faire couler...

— J'allais vous l'offrir... — répliqua le mécanicien. — Les actes d'accusation, les réquisitoires, les plaidoiries, tout ça m'a creusé et je vous tiendrai
volontiers compagnie.

René frappa à la grille et demanda au cantinier de servir un repas et du vin.

Cinq minutes après les deux hommes étaient assis sur un banc de pierre
devant un plat de choucroute garnie d'une saucisse de Lorraine et accompagnée
des deux bouteilles de vin réglementaires.

Jean-Jeudi, échauffé déjà par les libations du matin, excité par sa comparution
devant le tribunal, agacé par ses huit jours de prison, avait la tête lourde et la
langue épaisse.

Il était vraisemblable que quelques rasades suffiraient amplement pour le
rendre bavard, aussi René lui versait sans relâche et se contentait de trinquer,
mais sans presque boire lui-même.

A la fin de la première bouteille les yeux du vieux bandit se rapetissaient et
brillaient comme des lucioles. — Il devenait loquace et joyeux.

— Positivement tu avais raison... — balbutia-t-il d'une voix entrecoupée de
hoquets, — huit jours, c'est une simple fichaise, ça passera vite, surtout si tu
as la magnificence de me donner un peu de monnaie, histoire de fréquenter la
cantine et de trouver le temps moins long...

René lui mit dans la main une pièce d'or.

— Voici vingt francs... — dit-il, — mais, vous savez, je ne vous les donne
pas, je vous les prête... — vous me les rendrez sur l'*affaire*.

Jean-Jeudi regarda son interlocuteur avec l'hébétement d'un homme dont
la raison chavire.

— L'affaire... — répéta-il. — Cette bêtise !... — Mais tu en es de l'affaire !...
— Je t'ai déjà dit que pour aller de l'avant, carrément, il me fallait un gaillard
de ton acabit... bien mis... beau parleur... très chic et tout à fait *rupin*... —
laisse bouillir la marmite... Nous partagerons en frères... — Quand j'aurai
trouvé la femme et le particulier, nous n'aurons qu'à dire : — *Il faut !...* pour
avoir... — Ça sera la poule aux œufs d'or...

René comprit que Jean-Jeudi était *à point* et que le moment des confidences
sérieuses approchait.

— Ah ! il y a aussi un particulier ? — demanda-t-il d'un air indifférent.

— Bien sûr qu'il y en a un...

— Vous ne m'aviez parlé que d'une femme...

Jean-Jeudi vida d'un seul trait son verre plein jusqu'au bord, il dodelina la tête et reprit :

— J'en ai parlé et j'en reparle... On ne peut pas défiler tout son chapelet d'un seul coup... — Tu comprends ça... — La femme, je l'ai retrouvée... ou du moins ça m'étonnerait bien si ça n'était pas elle... — Une rudement belle fille autrefois, et joliment conservée pour le quart d'heure... — Si bien conservée, que par moments je ne suis pas tout à fait sûr que c'est elle... — Voilà une chose à éclaircir... — C'est comme pour le particulier... — A propos, connais-tu le notaire ?

— Non.

— Et Plume-d'Oie ?

— Pas davantage...

— Si tu connaissais l'un tu connaîtrais l'autre, *naturellement*, attendu que c'est le même... — Eh bien! il me fait l'effet de s'être mis le doigt dans l'œil, le notaire, à propos du particulier... — Il y a bien des noms qui commencent par les mêmes lettres, pas vrai?... — Enfin, faudra voir... — Je me charge de reconnaître la binette du personnage... — J'allais le dévisager quand on m'a mis la main au collet, rapport à la dénonciation de cette canaille de Fil-en-Quatre! — Il me payera ça, Fil-en-Quatre, sois paisible!... — Enfin, c'est à refaire et, quand j'aurai reconnu l'homme, nous marcherons!...

Jean-Jeudi commençait à divaguer; néanmoins, à travers les soubresauts résultant de l'ivresse grandissante, on pouvait suivre la trace de son idée fixe.

— Ah çà! positivement, il s'agit donc d'un grand secret? — demanda René à demi-voix.

— Chut!... parle pas si haut!... Mets une sourdine, ma vieille... — Oui, il s'agit d'un secret énorme, et quoiqu'on ne puisse pas le faire coffrer, après vingt ans, ils auront peur de l'esclandre, attendu que ce sont des gens de la haute, et on les fera chanter sur un air de ma composition!... je ne te dis que ça! tu verras! c'est épatant comme ils *casqueront!*

— Après vingt ans... — répéta René avec une trépidation de tout son être. — Il s'agit donc d'un crime commis il y a vingt ans?...

— Oui, — répondit Jean-Jeudi d'une voix sourde, tandis que son visage assombri prenait une expression étrange. — Un crime...

— Et vous connaissez les criminels ?

— Je les connais.

— Vous espérez les retrouver ?

— J'ai espéré longtemps... — A présent je suis sûr...

— Et vous n'aurez qu'un mot à dire pour en faire vos esclaves?

— Un mot... rien qu'un mot... et la chaîne au cou... tu verras! — Et ils seront à plat ventre devant nous... Ah! ah! — il y a des choses qu'on n'aime pas entendre... il y a des gens qu'on n'aime pas revoir... surtout quand on les croit morts, ayant eu le soin, personnellement, de leur entonner dans le bocal un litre d'arsenic pour s'en débarrasser... — comprends-tu?

— Je comprends... — Reste à savoir si vous n'êtes point dupe de votre imagination, et si le mot que vous pouvez dire n'a rien perdu de sa puissance...

Jean-Jeudi eut un haussement d'épaules à la Frédérick-Lemaître.

— Suffit... — balbutia-t-il, — sois paisible, mon vieux... et remplis mon verre... nous allons boire à notre fortune future...

— Je veux bien... mais apprenez-moi ce mot qui nous fera riches...

Le voleur émérite regarda René avec défiance et parut reprendre un peu de sang-froid.

— Ah çà! mais, dis donc, — demanda-t-il, — est-ce que tu songerais par hasard à me chipper l'affaire? Est-ce que tu voudrais connaître l'histoire pour en profiter seul?...

— Si vous doutez de moi, — répliqua le mécanicien, — ne dites rien... je ne veux rien entendre... Mais c'est mal, c'est très mal, et je n'aurais jamais attendu de vous un si odieux soupçon!! — Est-ce que je ne suis pas votre ami? Est-ce que je ne vous ai pas donné en prison tout ce qu'il vous fallait, sans attendre de vous quelque chose en échange?... — Est-ce que je ne viens pas encore de vous remettre vingt francs?

— C'est vrai... — murmura Jean-Jeudi, — mais Fil-en-Quatre aussi était mon camarade... et il m'a trahi... il m'a dénoncé calomnieusement... il m'a fait condamner à huit jours de prison...

— Fil-en-Quatre a fait cela, et moi je vous ai procuré un avocat sans lequel vous auriez été condamné, non à huit jours, mais à six mois... à un an peut-être... — Ah! je ne songe guère à m'enrichir en vous dépouillant... — Si je vous questionne, c'est que moi aussi j'ai connaissance d'un crime mystérieux commis il y a vingt ans, et ce crime, j'en jurerais presque, est le même que celui dont vous parlez... Il me semble deviner qu'ils se soudent l'un à l'autre, qu'ils n'en font qu'un, et je cherche aussi les coupables...

— Toi... — balbutia Jean-Jeudi, — tu cherches...

— Oui.

— Pour les faire condamner?... — Pas la peine!... — L'avocat me l'a dit, il y a prescription.

— Non pour les faire condamner, — reprit René, — mais pour les contraindre à rendre gorge...

— Tu ne blagues pas?

— Non, sur l'honneur!

— Eh bien ! nous allons voir !... — Dis-moi un peu où il s'est commis, le crime en question ?

— Au pont de Neuilly... — répondit le mécanicien.

XIV

Les yeux de Jean-Jeudi exprimèrent l'effarement et l'épouvante.

— Au pont de Neuilly... — répéta-t-il d'une voix à peine distincte.

— Oui... — répliqua René.

— Et c'était ?...

— Dans la nuit du 24 septembre 1837...

— 24 septembre 1837... — balbutia le bandit. — Place de la Concorde... Pont-Tournant...

Ces derniers mots firent bondir l'ancien protégé de Paul Leroyer.

— Plus de doute, — se dit-il, — je ne me trompais pas !... Place de la Concorde... Pont-Tournant... — Ces noms sont ceux que renferme le brouillon de la lettre... — Les misérables que je cherche, il les connaît !...

Il ajouta tout haut :

— Jean, écoutez et répondez-moi...

Mais le voleur émérite, arrivé à la dernière période de l'ivresse, s'affaissait abruti sur le banc de pierre.

René le secoua.

Jean-Jeudi se contenta de pousser un grognement sourd.

— Il est ivre-mort et ne peut m'entendre ! — pensa le mécanicien avec un désappointement énorme. — Aujourd'hui je n'apprendrai plus rien, mais dans huit jours il sera libre... Alors je saurai tout, et c'est lui qui me donnera les armes dont j'ai besoin pour lutter et pour vaincre.

Jean-Jeudi venait de s'endormir et ronflait à ébranler les murs de la Souricière.

Le gardien s'aperçut de l'état dans lequel se trouvait le récidiviste et accourut très inquiet.

Un détenu confié à sa surveillance s'enivrant sous ses yeux, le fait était grave et lui vaudrait certainement une punition sévère ; — bref, il envoyait à tous les diables le cantinier dont le vin, vraisemblablement frelaté, portait à la tête plus que de raison.

Les audiences de la police correctionnelle étaient terminées.

Les gardes municipaux vinrent prendre les condamnés pour les reconduire à leur prison respective.

Jean-Jeudi, incapable de faire un mouvement et de prononcer une parole, fut porté dans le panier à salade, tandis que René Moulin sortait libre de la Souricière mais accompagné par un agent, et se rendait en voiture à Sainte-Pélagie pour la levée de son écrou.

De Sainte-Pélagie il se fit conduire à la rue Notre-Dame-des-Champs, bien convaincu qu'on attendait sa visite avec impatience.

L'absence de Mme Leroyer à la septième chambre lui faisait sérieusement redouter une catastrophe, aussi ne voulut-il point monter sans avoir pris quelques informations.

Il s'arrêta pour questionner le concierge.

Les premiers mots de celle-ci lui apprirent la cruelle vérité.

Berthe était orpheline !

La mort d'Angèle serra le cœur de René Moulin.

Cette mort renversait de fond en comble l'échafaudage de ses projets ; — il le croyait du moins.

Mme Leroyer, sur son lit d'agonie, avait-elle déchiré le voile qui s'étendait entre les yeux de sa fille et le passé sanglant ?

Si elle était morte sans parler, c'est qu'elle voulait que son secret mourût avec elle.

Dans ce cas, il faudrait obéir au vœu de la malheureuse femme, et René Moulin devrait renoncer à la réhabilitation du nom de Paul Leroyer...

Il gravit l'escalier lentement et la tête basse.

Arrivé en face de la porte qu'on lui avait désignée comme étant celle du logement de l'orpheline, il s'arrêta pour essuyer une larme.

Son cœur battait à coups redoublés. — Une poignante émotion s'emparait de lui.

D'une main discrète il sonna.

Un pas léger se fit entendre dans l'intérieur.

La porte s'ouvrit.

Berthe parut.

En voyant René tête nue, la figure profondément triste, les yeux encore humides, elle balbutia :

— Vous savez tout, n'est-ce pas, monsieur René?... — Ma mère... ma pauvre mère est morte...

Et l'orpheline, dont un déluge de larmes inonda la figure, se mit à sangloter avec amertume.

René pleurait aussi.

Au bout d'une seconde il se maîtrisa et, s'avançant vers la jeune fille, lui prit les mains.

— Du courage, mademoiselle... — dit-il. — Je sais qu'il vous en faut beaucoup... — Dieu vous éprouve cruellement...

— Oh! oui, bien cruellement... — répéta Berthe d'une voix altérée.

— Mais si le présent est douloureux, — reprit René, — l'avenir vous réserve peut-être des consolations...

— L'avenir, monsieur René, — répliqua l'orpheline, — l'avenir sera couvert d'un crêpe tant qu'existera la tache sanglante qui souille le passé.

Le mécanicien fit un geste de surprise.

— Mes paroles vous étonnent? — demanda Berthe

— Oui... j'ignorais...

Il s'interrompit.

— Que le secret terrible fût connu de moi? — acheva l'orpheline. — Avant de s'éteindre, ma pauvre mère m'a tout appris. — Il lui fallait m'envoyer chez vous, à sa place, chercher le brouillon de lettre où vous avez trouvé la preuve que mon père payait de sa tête un crime qu'il n'avait pas commis...

— Cette lettre, grâce à Dieu, vous la possédez! — s'écria le mécanicien. — Grâce à elle, nous trouverons la trace des vrais coupables... grâce à elle nous arriverons, non pas à les jeter sur les bancs de la cour d'assises puisque la prescription les protège, mais à prouver aux juges l'innocence de votre père, à solliciter sa réhabilitation et à l'obtenir!!

Tandis que parlait René, Berthe avait courbé la tête.

— Oui, — répondit-elle tristement ensuite, — nous pourrions tout cela peut-être, si nous avions la lettre...

— Ne l'avez-vous pas? — demanda vivement René...

— Non...

— Qu'est-elle devenue? Où est-elle?

— Elle a été brûlée devant moi... — balbutia douloureusement la jeune fille.

René devint pâle.

— Brûlée!... — répéta-t-il.

— Oui.

— Par qui?

— Par deux misérables qui s'étaient introduits après moi chez vous, dans le but évident de chercher et d'anéantir cette lettre.

— Ils en connaissaient donc l'existence?

— Sans doute, puisqu'ils sont allés droit au tiroir qui la renfermait...

— Mon Dieu... que signifie tout cela? — fit René en prenant sa tête entre ses mains. — Il me semble que je deviens fou!... — J'entends, mais je ne comprends pas!... Expliquez-vous, mademoiselle... Dites-moi tout, je vous en supplie.

Berthe, d'une voix entrecoupée, raconta au mécanicien ce que nos lecteurs savent déjà.

René écoutait avec épouvante le récit du drame étrange dont son logement avait été le théâtre.

— J'approuve et j'admire tout ce qui doit tendre à la réhabilitation de mon père.

— Deux hommes, — balbutia-t-il ensuite, — deux hommes se sont introduits chez moi et ils y ont pris cette lettre...

— Oui, et je vous répète qu'ils savaient certainement où la trouver...

— Et, ces hommes, vous ne les connaissiez ni l'un ni l'autre ?...

— Ni l'un ni l'autre...

— Vous ne les aviez jamais vus ?

— Jamais.

— Mais vous pourriez les reconnaître ?...

— Ah ! pour cela, oui, et dans dix ans aussi bien qu'aujourd'hui... — Leurs visages à tous deux sont gravés dans ma mémoire... J'ai surtout remarqué l'homme qui a brûlé la lettre... — celui-là doit être le complice de la femme qui écrivait...

— Le croyez-vous ?...

— J'en jurerais !... — Les paroles qu'il a prononcées, après avoir lu la lettre mystérieuse, le prouvent jusqu'à l'évidence... — Il était pâle, haletant... — Il disait d'une voix étranglée : — *Elle ! Elle à Paris !...* — *Et cet homme possédait cela !...* — *Sans le hasard, j'étais perdu !...*

— En effet, — reprit René après avoir réfléchi pendant un instant, — ce misérable doit être le complice ; mais comment savait-il que ce brouillon de lettre était en mes mains ?... — Cela reste pour moi une énigme inexplicable...

— Peut-être la comprendrez-vous en lisant le billet glissé par cet homme dans l'enveloppe à la place de la lettre brûlée ?...

— Un billet ?...

— Oui, qui, si je ne l'avais enlevé, rendait **votre condamnation** certaine..

— Où est-il ?

— Le voici... — Lisez...

René lut rapidement et devint livide.

— Ah ! vous avez raison, mademoiselle ! — dit-il ensuite. — Et ce n'était plus la police correctionnelle qui me réclamait, c'était la haute cour de justice, comme complice du régicide Orsini ! — Les misérables avaient besoin de ma condamnation pour m'éloigner de votre mère et me rendre impuissant contre eux ! — J'ai des ennemis terribles qui seront implacables, car ils savent que je possède leur secret... — Ils ne me laisseront ni paix, ni trêve ! — Où les chercher ? où les trouver ? — Ils se cachent au fond des ténèbres ! — Et pour les combattre je n'ai plus rien... — Ah ! si, j'ai Jean-Jeudi.

— Jean-Jeudi ?... — répéta Berthe surprise.

— Oui.

— De qui parlez-vous ?... -- Quel est ce Jean-Jeudi ?

— Je vous l'expliquerai, mais procédons par ordre... — Ces lignes meurtrières prouvent qu'on veut me perdre à tout prix et par tous les moyens, même les plus infâmes... — Donc on connaît mes intentions et, pour ne pas avoir à me combattre, on me supprime, ou du moins on essaye... — Eh bien ! cette note sera peut-être un jour une arme terrible que les infâmes m'auront donnée contre eux !... — Je me charge de la mettre à l'abri de toute recherche... — Nous sommes sur nos gardes, ce qui nous constitue un premier avantage, car la défiance est un bouclier... — Si nous ne pouvons être les plus forts, du moins soyons les plus adroits ! !

XV

Après un instant de silence, René reprit :

— Occupons-nous maintenant, mademoiselle, de cette femme dont vous m'aviez dit quelques mots. — La croyez-vous complice des deux misérables ?

— Assurément non... — répondit Berthe. — Ses allures étranges, son langage singulier, me l'ont fait prendre pour une folle.

— Une folle ? — répéta le mécanicien.

— Du moins elle en avait tout l'air...

— Était-elle grande et blonde, d'un certain âge, mais très belle encore ?

— Oui... Vous venez de tracer son portrait...

— Qu'a-t-elle dit ?

— Je ne saurais vous le répéter exactement... — En voyant les hommes qui fouillaient votre secrétaire, elle a poussé un cri de fureur... — Elle prononçait très vite des phrases incohérentes, au milieu desquels le mot *assassin !* et le nom de *Brunoy*... revenaient sans cesse.

— Brunoy ! — s'écria René Moulin — Elle parlait de Brunoy !... — C'est bien elle ! Ce nom m'avait frappé quand pour la première fois je la vis et je l'entendis parler...

— Vous la connaissez donc ?

— Je sais du moins que c'est une pauvre insensée occupant, avec une vieille dame qui l'a recueillie, le premier étage de la maison que j'habite... — Je suis certain maintenant que le hasard et la folie l'ont seuls amenée chez moi...

— Devinez-vous pourquoi l'un de ces hommes semblait éprouver à son aspect une profonde épouvante ?...

— Il la reconnaissait sans doute...

— Je le crois... — Sa terreur égalait au moins la mienne, tandis que cette femme lui criait : *Assassin !... Assassin !...* — Il parlait, lui aussi, mais je n'entendais pas ses paroles...

— Et la folle, m'avez-vous dit, — reprit René Moulin, — a ramassé le fragment de lettre à demi consumé ?

— Et l'a caché dans sa poitrine, oui...

— Voilà qui est bon à savoir... — Il me paraît probable que ce papier rongé par le feu n'offre plus aucun sens, mais on ne doit négliger rien et je m'en occuperai... Dans tous les cas il faut que je sache positivement quelle est cette femme, et pourquoi le nom de Brunoy revient sans cesse sur ses lèvres...

— La lettre était de la plus haute importance, n'est-ce pas, monsieur René ?
— demanda Berthe.

— D'une importance capitale, oui, mademoiselle, ayant été écrite de la main
même d'une femme nommée *Claudia*, qui l'adressait à son complice...

— Vous en rappelez-vous le contenu ?

— A peu près textuellement... — Je l'ai lue et relue plus de cent fois...

— Le nom du complice ne s'y trouvait pas ?...

— Le nom de baptême seulement, par malheur, car avec le nom de famille
nous tiendrions les deux misérables ! — Claudia menaçait cet homme... Elle
lui disait entre autres choses : *J'arriverai bientôt à Paris et je compte vous y
voir... — Avez-vous oublié le pacte qui nous lie ? — Je n'en crois rien, mais tout est
possible. — Si vous aviez par hasard la mémoire infidèle, il me suffirait, pour
remettre le passé sous vos yeux, de ces quelques mots :* — PLACE DE LA CONCORDE
— PONT-TOURNANT, — PONT DE NEUILLY, — NUIT DU 24 SEPTEMBRE 1837... — *Je
n'aurai pas besoin, n'est-ce pas, d'évoquer de tels souvenirs, et la Claudia qui fut
votre maîtresse sera reçue par vous comme une vieille amie...* — J'ai cité de
mémoire, mademoiselle, — poursuivit René, — mais je réponds de l'exactitude
de mes souvenirs... — Ces phrases étaient assez explicites pour ne me laisser
aucun doute.... — Il s'agissait du crime dont le médecin de Brunoy, le docteur
Leroyer, votre grand-oncle, a été victime...

Berthe poussa un soupir.

— Et nous l'avons perdue, cette preuve écrasante !... — murmura-t-elle
tristement... — Ah ! la fatalité poursuit avec acharnement ma famille...

— La fatalité se lassera, mademoiselle !... — Courage et espérance !... —
la précieuse lettre est anéantie, mais Jean-Jeudi la remplacera !...

— Encore une fois, monsieur René, quel est ce Jean-Jeudi ?

— Un repris de justice...

L'orpheline fit un geste d'effroi.

Le mécanicien poursuivit :

— J'ai ébauché la connaissance de ce drôle à Batignolles, dans un estaminet mal famé ; je l'ai retrouvé détenu à Sainte-Pélagie...

— Et vous vous servirez d'un tel homme ! !

— Pourquoi non ?... On n'a pas besoin d'estimer l'instrument dont on fait
usage...

— Qu'attendez-vous de lui ?...

— Beaucoup ! — Certaines phrases, quoiqu'un peu vagues, dites en ma
présence, m'avaient fait supposer que Jean-Jeudi possédait un secret, et qu'entre
ce secret et le nôtre il existait une connexion intime. — Je le questionnai, —
il était sur ses gardes et ne se livra point. — Je comptai sur l'avenir et, tout en
considérant mon compagnon de captivité comme un être absolument méprisable,
ble, je lui témoignai la plus grande bienveillance et je ne négligeai rien pour

lui être utile... — En prison il était sans ressources... — Je lui vins en aide, je lui laissais croire que je ne valais pas mieux que lui et je finis par regagner sa confiance.... — Je touchais au but...

— Il a parlé? — demanda Berthe vivement.

— Il en a dit assez pour changer mes doutes en certitudes... — Aujourd'hui même il prononçait devant moi les mots écrits dans le brouillon de lettre et que je vous citais tout a l'heure... — *Place de la Concorde... Pont-Tournant... Pont de Neuilly... Nuit du 24 septembre 1837...*

— Ah! vous avez raison! — s'écria l'orpheline. — Cet homme sait tout...

— Il connaît, à coup sûr, les assassins du médecin de Brunoy... — appuya René.

— Eh bien! qu'il vous les nomme ! !

— Il ignore leurs noms, mais il les cherche comme moi, et déjà, un peu avant son arrestation, il a cru reconnaître la femme... la complice... Claudia sans doute...

— Ce Jean-Jeudi est-il en prison pour longtemps?...

— Pour huit jours...

— Une fois libre, ne vous échappera-t-il pas?

— Ce n'est point à craindre... — Il se figure qu'il a besoin de moi pour conquérir une grosse fortune...

René ajouta en souriant :

— Dont il a bien promis de me donner ma part...

— Cette fortune, d'où viendrait-elle?

— D'une source immonde : le chantage! Maître du secret des assassins du pont de Neuilly, il veut, quand il les aura rejoints, se faire payer son silence... et il compte sur moi pour rendre plus facile l'exécution de ses plans honteux...

— Il vous croit donc un misérable? — fit Berthe avec dégoût.

— Nullement... — Il m'estime au contraire comme un autre lui-même. — Mon rôle est de paraître une franche canaille et d'applaudir ses vues, sans cela la défiance lui reviendrait et jamais — (grâce à lui du moins) — je ne connaîtrais les vrais coupables... — M'approuvez-vous, mademoiselle?

— J'approuve et j'admire tout ce qui doit tendre à la réhabilitation de mon père...

— Nous allons avoir à lutter.

— La lutte ne m'effraye pas; je vous assure que je suis courageuse, mais une chose m'inquiète...

— Quelle chose?...

— La lutte est une guerre... — L'argent, — dit-on, — est le nerf de la guerre... et je suis pauvre... très pauvre...

— Comment? — s'écria le mécanicien avec angoisse. — Aurait-on volé l'argent et les titres de rente enfermés dans mon secrétaire?

— Non, monsieur René... — J'ai sauvé votre fortune, — répondit Berthe.
— Elle est ici, intacte, et je vais vous la rendre...

— Eh! mademoiselle, cette fortune n'est-elle pas à vous comme à moi?

— A moi? — A quel titre?

— D'abord, je suis votre ami... — Ensuite, sans votre père qui a fait de
moi ce que je suis, un travailleur et un honnête homme, je n'aurais pas un sou
de côté... — Acceptez, mademoiselle... acceptez sans scrupule...

Berthe secoua la tête.

— Toucher à cet argent gagné par votre travail, — répliqua-t-elle, — n'y
comptez pas!

— Et comment vivrez-vous?...

— Ainsi que vous avez vécu... Vous avez travaillé... je travaillerai...

— Écoutez, mademoiselle, — reprit René Moulin, — vous ne me connaissez
que d'aujourd'hui, mais je suis pour vous un ancien ami... — Songez qu'il y a
dix-neuf ans que je vous faisais sauter, toute petite, sur mes genoux... — C'est
un titre, cela! — Considérez-moi comme un frère, comme un vieux frère...
— J'ai besoin de vous pour notre œuvre commune, et vous ne pourrez m'aider
si vous passez votre temps à manier l'aiguille et les ciseaux!... Ça saute aux
yeux, n'est-ce pas? — L'argent qui est ici y restera jusqu'au jour où j'aurai
réhabilité la mémoire de mon cher bienfaiteur! — Il y restera, je vous en donne
ma parole d'honneur, et je suis plus têtu qu'un mulet!! — Prenez-en votre
parti, croyez-moi, et puisez à pleines mains... il le faut pour la réussite de nos
projets! — J'ai acquis ces quatre sous par le travail; eh bien! je suis jeune
encore et, quand nous aurons atteint le but, je travaillerai de nouveau pour
boucher le trou que nous aurons fait... — Est-ce entendu? Est-ce convenu?

Berthe tendit la main à René puis, les yeux mouillés de larmes qui n'étaient
pas sans quelque douceur, elle murmura d'une voix attendrie:

— Ah! comme ma pauvre mère avait raison de me le dire... Vous êtes
bon...

— Je ne suis pas meilleur qu'un autre... — Je me souviens, voilà tout... —
Ainsi nous voici d'accord?...

— Il le faut bien...

— Vous prendrez à même le tas?..

— Puisque vous l'exigez...

— Ah! sapristi, oui, je l'exige et, si je n'étais pas si triste, l'idée de cette
communauté d'intérêts entre nous me rendrait tout joyeux... — Bref, nous
sommes alliés... et mieux que cela, frère et sœur...

— Oh! oui, frère et sœur; — s'écria Berthe. — Et comme il vous aurait
aimé, mon autre frère... mon pauvre Abel...

— Ne me faites pas pleurer, je vous en prie, mademoiselle... — murmura
René Moulin en essuyant ses yeux. — Le temps des larmes est passé! — Le

temps de l'action approche! Bientôt nous aurons besoin d'avoir une volonté de
fer avec des nerfs d'acier; donc, s'il vous plait, ne nous attendrissons pas...

— Vous me mènerez pourtant à la tombe de mon père?... — balbutia Berthe,
— ma mère en mourant me l'a promis...

— Demain si vous voulez...

— Et vous me laisserez pleurer?

— Nous pleurerons ensemble, mais ce sera la dernière fois...

XVI

— Enfin, — poursuivit René afin de changer le sujet de l'entretien, — vous
allez être ma caissière...

— Puisque vous le voulez absolument, j'y consens, — murmura Berthe.

— Oui, j'y tiens... — Le magot sera plus en sûreté ici que chez moi où la
police est déjà venue sans motif, et où elle pourrait avoir la fantaisie de revenir...
— Est-ce qu'on sait jamais, avec ces gens-là! — Nous aurons besoin de nous
voir souvent, mam'selle Berthe...

— Oh! tous les jours...

— Tous les jours, oui, c'est juste... — Eh bien! vous me rendrez très heureux si vous voulez consentir à ce que je vais vous demander...

— J'y consens d'avance... — De quoi s'agit-il?

— De m'autoriser à prendre mes repas avec vous et chez vous

— J'y consens de grand cœur.

— Rien ne sera plus commode pour nous concerter... et puis, quelle
économie!... — Je commencerai demain matin, n'est-ce pas? — Ça vous
convient il?

— A onze heures vous trouverez la table mise... — Nous prendrons un
repas modeste... Ensuite nous irons ensemble au cimetière Montparnasse...
— Nous prierons sur les sépultures de ma pauvre mère et d'Abel... puis vous
me conduirez à cette tombe mystérieuse que je n'ai jamais vue et que vous connaissez... la tombe du martyr qui fut mon père...

René Moulin essuya ses yeux humides et répondit:

— Je vous y conduirai, mademoiselle... Je vous y conduirai, ma sœur...

*
* *

L'agent de police Théfer n'avait pas revu le duc de la Tour-Vaudieu depuis
la veille du jugement rendu par la septième chambre et acquittant René Moulin.

Le soir de cet acquittement, en rentrant chez lui rue du Pont-Louis-Philippe, Théfer fut arrêté au passage par le boutiquier dont nous connaissons les accointances secrètes avec la Préfecture et qui, dans certaines circonstances et pour certains locataires, tenait lieu de concierge.

Ce boutiquier lui remit une lettre qu'un commissionnaire venait d'apporter, lettre signée *Frédéric Bérard* et invitant l'inspecteur de la sûreté à venir le lendemain sans faute rue du Pot-de-Fer-Saint-Marcel.

Le lendemain, en effet, après s'être présenté *au rapport*, Théfer se rendit chez le duc de la Tour-Vaudieu.

Ce dernier lui ouvrit la porte et l'agent fut frappé du changement survenu dans l'apparence de Georges en moins de quarante-huit heures.

L'ancien amant de Claudia Varni portait sur sa physionomie l'empreinte des préoccupations terribles qui l'obsédaient.

Ses traits tirés, sa pâleur livide, ses yeux caves, décelaient ses angoisses.

— Diable! le bonhomme a du plomb dans l'aile! — pensa fort irrévérencieusement Théfer, puis tout haut et d'un ton respectueux il dit: — Monsieur le duc m'a fait l'honneur de désirer me voir, et j'accours.

— Vous connaissez le dénouement funeste de l'affaire de René Moulin?... — demanda brusquement M. de la Tour-Vaudieu.

— Hélas! oui... — Les juges de la 7e chambre ont fait là de bien mauvaise besogne, mais au fond cela me semble de peu d'importance relativement aux intérêts de monsieur le duc...

— Comment l'entendez-vous?

— La détention préventive du mécanicien nous ayant permis de nous introduire chez lui et d'y supprimer le papier compromettant, qu'importe la libération de cet homme? — répliqua l'agent.

— Il importe beaucoup!...

— René Moulin en liberté, — (Mme Leroyer étant morte), — constitue-t-il un danger?

— Plus sérieux que jamais!...

Le policier joua la surprise et demanda

— Monsieur le duc me permet de le questionner?

— Certes!

— Je me trompais donc en croyant que tout péril disparaissait avec la lettre brûlée et la veuve de Paul Leroyer?

— Le péril est amoindri, j'en conviens... — Cette lettre constituait la preuve écrite d'une action... criminelle, dont je suis innocent, mais dont je pouvais, dont je devais même être rendu responsable...

— Eh bien! cette preuve n'existant plus, monsieur le duc ne saurait craindre des poursuites...

— Est-ce qu'on m'accuse de quelque chose — s'écria la concierge effarée.

— Je ne les craignais pas, — interrompit Georges, — il y a prescription et depuis bien longtemps...

— Alors, je ne puis rien comprendre à la préoccupation de monsieur le duc...

Le sénateur haussa les épaules et répliqua :

— Comprenez donc que je veux à tout prix vivre en paix ! — Puis-je avoir un instant de repos en me sentant sous le coup d'un scandale qui ternirait le nom que je porte et me ferait déchoir de ma haute position !

— Je constate avec regret que **monsieur le duc n'a pas** confiance en moi... — murmura **Théfer.**

— Que voulez-vous dire?

— **Monsieur le duc** utilise mon **zèle et mon dévouement** ainsi qu'on utiliserait une machine, et se sert de moi **comme d'un instrument passif...** — J'agis en aveugle... — je marche sans savoir où je vais... J'ignore le secret de monsieur le duc, par conséquent je ne puis avoir une opinion raisonnée... je ne puis donner un conseil utile! — **Il y a quelques jours, monsieur le duc** paraissait voir en Claudia Varni **son** unique **ennemie vraiment** redoutable. — **Monsieur le duc, aujourd'hui, semble** avoir des soucis **beaucoup plus étendus...** Pourquoi?

Georges, qui s'était laisser tomber sur un siège, se leva et se mit à marcher à grands pas dans la chambre.

— Pourquoi ? — répéta-t-il, — parce que j'ai réfléchi et que je vois juste à cette heure... — Claudia Varni, livrée à elle-même, n'agira point par vengeance mais par spéculation... — Compromise autant que moi... plus que moi... c'est à ma fortune qu'elle en veut... — En lui donnant de l'or, je la rendrai muette... Mais si par malheur elle se liguait avec René Moulin, avec Esther, avec la fille d'Angèle Leroyer, il ne s'agirait plus de spéculation, mais de vengeance, et j'aurais tout à craindre...

— Claudia Varni était... — comment dirai-je ? — votre associée dans l'affaire en question?

— Dites ma complice... — interrompit Georges.

— La fille de M**me** Leroyer est l'enfant du supplicié?...

— Vous le savez bien!

— Monsieur le duc, la peur est mauvaise conseillère... — Elle empêche de réfléchir. Comment admettre que **la coupable fasse alliance** avec l'enfant de la victime! — **Ma raison s'y refuse!** — Claudia Varni **songe** peut-être à travailler pour elle seule, dans son propre intérêt, et **vraisemblablement elle** ignore que vous êtes **menacé** d'un autre côté.

— Soit! mais vous admettez, je suppose, que René Moulin, dont les sentiments nous sont connus, fasse cause commune avec Berthe Leroyer et Esther.

— Monsieur le duc, rassurez-vous... — Mes renseignements m'ont donné la certitude absolue que le hasard seul avait conduit Esther dans le logement de René Moulin...

— Ils habitent la même maison, donc ils peuvent se rencontrer... Il est même probable qu'ils se rencontreront. — Or, de cette rencontre pourrait naître la catastrophe que je redoute.

— Esther est folle, par conséquent rien de plus facile que de l'éloigner...

— Comment ?

— Par mesure administrative... En forçant la vieille Amadis à la laisser mettre dans une maison de santé...

— Cela peut-il se faire ?

— Parfaitement. — La loi de 1838 sur les aliénés est d'une élasticité très commode... — J'ose affirmer que jamais loi ne fut plus complaisante... Elle se prête à tout !... une véritable selle à tous chevaux ! On peut s'en servir dans l'intérêt de l'ordre public, et aussi dans son intérêt particulier, quand on possède quelque influence et qu'on a le bras un peu long... — Si cette folle vous préoccupe, monsieur le duc, je me charge de l'envoyer avant trois jours dans une maison de fous...

— Théfer, je crains qu'en ce moment vous ne vous avanciez beaucoup...

— Je suis sûr de mon fait, monsieur le duc...

— Mais la loi exige une enquête...

— Je le sais...

— Eh bien ?...

— Eh bien ! on donne une entorse à la loi, voilà tout ! — Et d'ailleurs une enquête n'a rien d'embarrassant quand on se charge de la diriger... — Mais ce qu'il faut pour vous convaincre, ce sont des actes et non des paroles... — Ordonnez-moi d'agir et tout sera fait... — Me donnez-vous cet ordre ?

— Oui.

— Alors, regardez la folle comme supprimée, d'ici à quarante-huit heures...

— Je compte sur votre zèle et sur votre adresse... mais il restera René Moulin et Berthe Leroyer...

— Sans communications possibles avec la folle, que peuvent-ils ?

Le duc reprit silencieusement sa promenade saccadée à travers la chambre. Il préparait sa réponse, et cette réponse était difficile.

Il cherchait le moyen d'expliquer, — (sans trop se livrer lui-même), — ce qu'il voyait de dangereux dans l'alliance de Berthe Leroyer et de René Moulin.

Théfer devinait les pensées secrètes du sénateur dont la perplexité lui sautait aux yeux.

— Monsieur le duc, — dit-il, — je crois pouvoir répondre à la question que je viens d'avoir l'honneur de vous poser...

Georges s'arrêta net et regarda fixement l'agent de police.

Ce dernier poursuivit :

— Une preuve existait contre vous... Cette lettre écrite par la seule personne qui puisse sinon vous perdre, du moins soulever autour de vous un scandale, et qui ne le fera pas, car il lui semblera plus pratique de puiser à pleines mains dans la fortune immense des ducs de la Tour-Vaudieu que de satisfaire je ne sais quelle vieille rancune... — René Moulin, possédant cette preuve, était redoutable... — La lettre détruite, il cesse de l'être...

— Il doit se souvenir de chacune des phrases de cet écrit... — fit observer le duc.

XVII

— Qu'importe? — répondit Théfer. — Quelle valeur ont des affirmations qui ne reposent sur rien?... — Aucune, et René Moulin en est aussi convaincu que je le suis... — Donc il ne dira rien... donc il ne tentera rien... sinon peut-être de se rapprocher d'Esther, dans le cas peu probable où il croirait pouvoir tirer d'elle quelque chose. — Si elle est enfermée, je le défie d'y parvenir... — Les recommandations seront faites en conséquence à qui de droit... — D'ailleurs, qui croirait une folle?...

— Elle peut guérir...

— C'est juste... — Donc il faut la mettre en lieu sûr, et le plus vite possible... Toute précaution est utile à prendre...

— Mais cette vieille femme, cette Amadis qui l'avait recueillie, demandera certainement à communiquer avec elle... pourrez-vous l'en empêcher?

— Je ferai en sorte qu'elle ignore où Esther aura été conduite... — La bonne dame a d'ailleurs, à ce qu'on dit, la tête un peu faible... — Il suffira de lui faire peur pour qu'elle ne cherche même pas à savoir ce qu'est devenue sa protégée.

Georges de la Tour-Vaudieu fit un signe d'approbation. — Théfer reprit :

— Quant à René Moulin, en supposant qu'il n'abandonne point tout de suite et de lui-même un projet qui désormais ne peut aboutir, il faut le laisser aller de l'avant, sans rien tenter contre lui, et le regarder se débattre impuissant dans les complications que nous ferons naître sous ses pas...

— Ceci me paraît judicieux, — dit le duc, — mais Claudia Varni?...

— N'est point à Paris, j'en suis convaincu. — Mes agents sont sur pied, guettant de tous côtés en bons chiens de chasse... — Ils n'ont rien trouvé, — c'est qu'il n'y a rien... — Je fais d'ailleurs continuer les recherches... — Quand nous saurons que la personne qui vous préoccupe est à Paris, un sacrifice d'argent vous débarrassera d'elle.

— Comment comptez-vous procéder pour Esther Derieux?... C'est le nom de la folle.

— Les circonstances m'inspireront.

— N'oubliez pas qu'il faut agir vite...

— J'irai dès demain... ou plutôt dès aujourd'hui...

— Et surtout, — dit le sénateur en appuyant sur ses paroles de manière à les souligner en quelque sorte, — et surtout, POINT D'ENQUÊTE SUR LE PASSÉ !

Théfer regarda fixement le duc.

— Ah! ah! — fit-il, — une enquête serait dangereuse?

Georges répondit affirmativement, mais du geste plutôt que de la voix.

L'agent de police reprit :

— Entre monsieur le duc et cette malheureuse y aurait-il un lien secret ? — Ma question est indiscrète, je l'avoue, mais j'ai besoin de tout savoir...

Le sénateur murmura d'une voix très basse :

— Il y a un lien, oui ; mais inconnu du monde entier, et qui doit rester ignoré de tous...

Théfer interrogea du regard.

Georges poursuivit :

— Un mariage *in extremis* a fait d'Esther Derieux la femme légitime de feu mon frère aîné, le duc Sigismond de la Tour-Vaudieu.

Le policier tressaillit.

Assurément il ne s'attendait guère à cette révélation et il commençait à comprendre pourquoi le frère aîné avait été tué en duel.

— Justement, — pensait-il, — dans l'affaire de l'assassinat du docteur Leroyer au pont de Neuilly, il y avait un mioche dont on n'a plus retrouvé la trace... Je m'en souviens comme si c'était hier...

Il ajouta tout haut :

— Je devine à quel point une enquête serait fâcheuse pour monsieur le duc... — Il n'y en aura pas...

La physionomie du sénateur exprima l'allègement.

— Mᵐᵉ Amadis connaît-elle ce mariage ? — reprit Théfer.

— Elle le connaît...

— Diable ! c'est dangereux !

— Je ne le crois pas... — Pourquoi parlerait-elle aujourd'hui ? — Elle a gardé le secret pendant plus de vingt ans puisqu'aucune revendication ne s'est produite...

— Connaissez-vous la cause de ce mutisme invraisemblable ?

— Non, mais je crois devoir l'attribuer à une recommandation formelle de mon frère...

— Fort bien... S'il en est ainsi, les bavardages ne sont point à craindre... — Pensez-vous qu'il existe dans les mains de la folle, ou plutôt de Mᵐᵉ Amadis, une copie de l'acte de mariage ?

— Je n'en sais rien, mais c'est possible, pour ne pas dire probable...

— Le péril est là... — Nous aviserons... — Quant à Mᵐᵉ Amadis, un peu d'intimidation la rendra certainement incapable de toute résistance et nous la livrera pieds et poings liés. — J'ai l'honneur de présenter à monsieur le duc mes respectueux hommages et j'espère lui donner, incessamment, d'heureuses nouvelles...

Théfer quitta la rue du Pot-de-Fer-Saint-Marcel, laissant M. de la Tour-Vaudieu un peu rassuré.

Le policier était un misérable très habile.

Il trouvait moyen de ne se compromettre jamais en profitant du pouvoir presque discrétionnaire dont sa position l'investissait en certaines circonstances.

Et non seulement il ne se compromettait pas, mais encore il réussissait à attirer l'attention de ses supérieurs sur son zèle. — Ses pires actions lui valaient des éloges, des gratifications et de l'avancement.

Le duc de la Tour-Vaudieu, affolé par la peur, venait de se livrer d'une façon presque complète.

Théfer, lui ayant promis d'agir vite, voulait tenir parole.

En quittant la rue du Pot-de-Fer, il prit une voiture et se fit conduire à la place Royale, après avoir modifié sa physionomie par l'addition de favoris postiches et de lunettes bleues à branches d'acier.

Il entra dans la maison qui portait le n° 24, et s'arrêta sur le seuil de la loge.

Mme Biju ne le reconnut pas pour un des agents qui avaient assisté à la descente de police faite chez René Moulin, et qui depuis était revenu la questionner.

En conséquence elle le reçut poliment.

— Vous désirez, monsieur?... — lui demanda-t-elle.

— Causer un instant avec vous, madame.

— Est-ce pour une location ?

— Non...

— Il s'agit alors d'affaires particulières?

— Il s'agit d'un intérêt d'ordre public ; — je suis un représentant de l'autorité administrative...

Ces paroles, prononcées d'un ton solennel, causèrent un grand émoi à l'honnête Mme Biju.

— Veuillez entrer, monsieur... — dit-elle à l'agent de la sûreté d'une voix tremblante, et, après l'avoir introduit, elle lui offrit son unique fauteuil, préalablement bien épousseté.

— Parlez, monsieur... — reprit-elle ensuite, — je vous répondrai de mon mieux.

— Madame, — commença Théfer, — je suis attaché au parquet de M. le procureur impérial...

Mme Biju salua.

Théfer poursuivit :

— C'est muni de ses pouvoirs que je viens vous interroger...

— Seigneur mon Dieu ! — s'écria la concierge effarée, — est-ce qu'on m'accuse de quelque chose ?

— De rien absolument, madame... — Il ne s'agit pas de vous, et nous avons sur votre compte les meilleurs renseignements... — Je vous recom-

mande la plus grande franchise dans vos réponses, et la plus absolue discrétion après mon départ au sujet de ce qui va se dire entre nous... Une seule
parole imprudente suffirait pour vous compromettre...

— Monsieur, vous me faites trembler !

— Rassurez-vous, madame... — Il dépend de vous de n'avoir à craindre
quoi que ce soit...

— Ah ! Je vous répondrai sincèrement, je vous le promets, et ensuite je
serai muette...

— C'est ce qu'il faut... — Vous avez dans votre maison une certaine
Mme Amadis ?

— Notre meilleure locataire, oui, monsieur... — Elle habite le premier
étage depuis fort longtemps... — C'est une brave et digne dame, très riche...
Il n'y a que du bien à dire sur son compte...

— Nous savons cela...

— A la bonne heure !...

— Mais, — continua l'agent, — avec Mme Amadis habite une autre personne, une femme qui se nomme Esther Derieux...

— Oui, monsieur, une pauvre créature recueillie par madame qui en prend
soin comme de sa propre fille...

— Vous savez qu'elle est folle ?...

— Hélas ! monsieur, comment ne le saurais-je pas ?...

— Cette folle est dangereuse...

— Mais pas du tout, monsieur, — commença la concierge, — je vous certifie que...

— Je vous répète qu'elle est dangereuse ! — interrompit péremptoirement
Théfer.

— Vous croyez ?...

— C'est du moins ce qui résulte de diverses plaintes adressées au commissaire de police de votre quartier et remises par lui au parquet...

— J'ignorais... mais je vous assure... Enfin, s'il y a des plaintes...

— Émanant de gens dignes de foi et énonçant des faits qui peuvent troubler
de la façon la plus grave la sécurité publique.

— Je ne sais pas, monsieur, de quels faits on a parlé... Mme Esther m'a
toujours paru très douce et très inoffensive... Je sais bien qu'il y a deux jours
elle a failli mettre le feu dans l'appartement, mais on l'a éteint tout de suite...
Il y a près d'elle une femme de chambre qui ne la quitte guère...

Le policier avait tiré de sa poche un carnet et prenait des notes.

— Sort-elle souvent ? — demanda-t-il.

— Assez souvent, mais toujours accompagnée.

— Ne se produit-il pas des rassemblements autour d'elle ?

— Quelquefois, dans le jardin de la place où on la mène prendre l'air, une demi-douzaine de badauds s'approchent pour l'entendre chanter, car elle a la manie de fredonner des airs de *la grande Opéra*...

— Sans doute elle effraye les enfants?

— Je l'ignore, mais c'est bien possible...

— Avez-vous prévenu le propriétaire que la folle avait failli mettre le feu?

— Non, monsieur..

— Pourquoi?

— J'aurais eu trop peur qu'on ne donnât congé à Mme Amadis...

— Vous avez manqué à votre devoir... — Le propriétaire doit être averti que son immeuble court des dangers...

— Il est assuré.

XVIII

— Oui, continua Théfer, — mais un incendie peut compromettre la vie des locataires... — A qui appartient la maison?...

— A M. Léon Giraud.

— Il demeure?

— Rue de Bondy, 14... — Est-ce que vous allez lui raconter cela, monsieur?... — ça serait un grand malheur pour moi... — N'ayant rien dit, je perdrais ma place...

— Je ne veux pas vous nuire et je ne dirai rien, mais à la condition que vous irez vous-même aujourd'hui prévenir M. Giraud.

— Ah! monsieur, je vous le promets!...

Théfer s'était levé.

— Est-ce tout ce que vous désirez savoir? — reprit la concierge.

— Je désire savoir si votre locataire, Mme Amadis, se trouve chez elle en ce moment...

— Non, monsieur, elle est avec Mme Esther dans le jardin de la place Royale.

— C'est bien... j'y vais.

L'agent de police sortit de la loge, reconduit par la concierge qui, au moment où il allait franchir le seuil de la porte cochère, l'arrêta par ces mots:

— Voici Mme Amadis...

La vieille dame rentrait avec Esther et Mariette, après avoir passé deux heures sous les arbres de la place Royale.

Théfer attendit les trois femmes, et lorsqu'elles furent en face de lui s'inclina d'un air respectueux.

— C'est bien madame Amadis que j'ai l'honneur de saluer? — demanda-t-il.

Mᵐᵉ Amadis se mit à trembler. — Mais qu'ai-je fait, monsieur?

La protectrice d'Esther fit une révérence de la bonne école en répliquant :
— A elle-même, monsieur... — Vous avez quelque chose à me dire ?
— Je vous attendais, madame...
— Pour me parler ?
— De choses intéressantes et très pressées, oui, madame...
— Prenez donc la peine de me suivre, je vais vous montrer le chemin...

Pendant ce court dialogue la folle et la jeune femme de chambre avaient gravi les marches de l'escalier et se trouvaient déjà dans l'appartement.

Théfer monta derrière Mme Amadis.

Nous savons que la septuagénaire était leste encore, malgré son âge et son embonpoint.

Elle traversa l'antichambre, ouvrit la porte d'un petit salon et fit entrer le visiteur.

— Je suis à votre disposition, monsieur, — dit-elle. — Asseyez-vous, je vous prie, et veuillez m'expliquer ce qui vous amène...

— Des choses intéressantes et graves... Je vous le disais il n'y a qu'un instant, et j'ai l'honneur de vous l'affirmer de nouveau...

— Graves ! — répéta la vieille dame. — Ce mot me taquine !

— Et non sans raison, madame...

— De quoi donc s'agit-il ?

— D'un fait délictueux dont vous vous rendez coupable à votre insu, et qui pourrait entraîner pour vous les conséquences les plus fâcheuses, entre autres celle de comparaître en police correctionnelle...

Mme Amadis se mit à trembler.

— En police correctionnelle, moi ! — s'écria-t-elle. — Grand Dieu !... — Est-ce possible ?

— Parfaitement, oui, madame...

— Mais qu'ai-je donc fait, monsieur ?... — Qu'ai-je donc fait ?... — De quoi m'accuse-t-on ? apprenez-le moi, car enfin une femme de mon âge, et dans une situation très cossue, — (telle que vous me voyez, monsieur, j'ai quatre-vingt milles livre de rente, voiture et maison de campagne), — ne s'assied point sans motif sur le banc d'infamie ! — Quel est mon crime ? — Parlez, monsieur... parlez vite !... je me consume d'impatience et d'épouvante...

— Votre délit, madame, car l'expression de crime me semble exagérée, est prévu et puni par la loi... — Vous détenez dans votre demeure, au mépris des règlements de police et de divers articles du Code, qu'il serait trop long de citer par le menu, une folle dont les accès de démence menacent la sécurité publique...

Mme Amadis leva les yeux et les mains vers le plafond.

— C'est d'Esther que vous parlez ? — balbutia-t-elle.

— Oui, madame.

— Mais alors, on vous a trompé, monsieur !...

— Niez-vous que la personne dont il s'agit ait perdu la raison ?...

— Non, monsieur... je suis bien forcée de convenir qu'elle est folle...

— Eh bien ! madame ?

— Mais sa folie est paisible et douce... — La pauvre Esther est un vrai mouton... — Elle n'a jamais été et ne sera jamais dangereuse...

— Je représente ici le procureur impérial, madame... — C'est lui qui m'en-

voie... C'est en son nom que je vous parle, et vous commettez une seconde faute
aussi grave que la première en cherchant à m'en imposer...

— Je ne vous en impose point, monsieur... — murmura la vieille dame
dont l'effroi grandissait.

— Vous essayez du moins de me cacher la vérité! — Cette folle que vous
prétendez inoffensive a failli, il y a deux jours, incendier la maison...

— Quoi, monsieur, vous savez?...

— Tout ce que nous avons intérêt à savoir, oui, madame... — Les rapports
de nos agents renseignent le parquet, et d'ailleurs diverses plaintes ont été
portées...

— Des plaintes... — miséricorde!...

— Croyez-vous que la perspective d'un incendie causé par une folle paraisse
agréable aux locataires de cet immeuble?... — Vous êtes, madame, en rébellion
formelle contre la loi!...

— Monsieur, je l'ignorais, je vous le jure!

— J'en suis absolument convaincu, mais on n'a pas le droit d'ignorer la
loi, et la justice a le devoir de sévir contre vous.

Mᵐᵉ Amadis se mit à frissonner de tout son corps en murmurant d'une voix
à peine intelligible :

— Quand on a comme moi soixante-dix ans et quatre-vingt mille livres de
rente, on mérite quelque indulgence.

— La loi est inflexible, madame... — Aucune considération ne l'arrête... —
Les juges seront d'autant plus sévères que la présence de cette folle chez vous
ne semble pas naturelle et doit cacher quelque chose de suspect...

La vieille dame sentit un frisson passer sur sa chair.

— Quelque chose de suspect? — répéta-t-elle.

— Au plus haut point! — reprit Théfer. — On a pris des renseignements...
— A quel titre vous faites-vous la protectrice de cette Esther Derieux,
dont le mariage secret n'est plus un mystère pour certaines gens?... — D'où
vient l'intérêt que semble vous inspirer cette créature qui s'était, à force d'intrigue et de rouerie, introduite dans une famille illustre en se faisant épouser?...
— On pourrait vous soupçonner d'être sa complice!...

Évidemment, pour toute personne raisonnable et de sang-froid, les dernières
paroles du policier étaient dépourvues de sens commun et ne signifiaient absolument rien.

Mais l'épouvante tourna la tête de Mᵐᵉ Amadis quand elle vit qu'un secret
caché par elle depuis plus de vingt ans était connu de son interlocuteur, et les
phrases creuses de Théfer tombèrent sur elle comme des coups de foudre.

L'inspecteur de la sûreté atteignait son but...

Il allait dominer la duègne par la peur et la pétrir ainsi qu'une cire molle...

Désormais, quoi qu'il exigeât, elle serait sans force pour la **résistance**.

Il n'aurait qu'à imposer sa volonté et la protectrice, vaincue par la frayeur, livrerait sa protégée au mortel ennemi qui la réclamait.

La vieille dame, chancelante et pâle, quitta son siège et tendit vers Théfer ses mains suppliantes.

— Oh! monsieur, je vous en conjure, épargnez-moi!... — balbutia-t-elle. — Par grâce, par pitié, ne me parlez point de ce passé terrible!... J'avais juré de ne jamais me séparer d'Esther et de garder le secret de son mariage... — J'ai tenu mon serment... je ne croyais pas mal faire!... — Oh! je sais bien qu'après la mort du duc Sigismond j'aurais dû la conduire dans une maison d'aliénés... — Mais je l'aimais... j'avais pitié d'elle... je ne voulais pas qu'on la rendît malheureuse... — Voilà pourquoi je l'ai gardée. — Suis-je donc si coupable?... — Pardonnez l'imprudence que j'ai commise, et laissez-moi, vieille comme je suis, vivre tranquille et mourir en paix...

Théfer prit une physionomie bienveillante, et répondit :

— Cela dépend de vous, madame...

— Pour cela, que faut-il faire?

— Je vais vous le dire : — Vous avez commis une grande faute en conservant auprès de vous une folle sans chercher à lui rendre la raison...

— Mais je n'ai rien négligé pour cela, monsieur... — interrompit vivement Mᵐᵉ Amadis.

— En êtes-vous certaine?

— Oui, monsieur... — J'ai réuni nombre de fois en consultation les plus fameux médecins de Paris... — Des médecins tout à fait célèbres, dont la moindre visite se payait un prix fou...

— Quel résultat ont-ils obtenu?

— Aucun...

— Leur devoir était de faire admettre la malade dans une maison de santé où le traitement rigoureusement appliqué aurait eu chance d'aboutir...

— Le duc ne le voulait pas et les médecins ne l'ont point exigé...

— Aujourd'hui la famille du feu duc l'exigera certainement...

— La famille! — répéta Mᵐᵉ Amadis stupéfaite. — Elle sait donc qu'Esther est vivante?

— Elle ne le sait pas encore, mais elle le saura...

— Par qui?

— Par moi... c'est-à-dire par le parquet.

— Mais alors cette famille, trouvant que j'ai manqué à tous mes devoirs en gardant Esther, va me persécuter!... — Je n'aurai plus un instant de repos...

— Je vous ai dit tout à l'heure qu'il dépendait de vous d'être tranquille... — L'oubliez-vous, madame?

— Non, monsieur... vous me l'avez dit, c'est vrai, mais vous ne m'avez pas encore expliqué comment...

— Je suis touché de votre situation, je vois que vous avez péché par ignorance, et je veux vous venir en aide...

— Ah! monsieur 'que vous êtes bon! croyez que ma reconnaissance...

XIX

— Votre reconnaissance... — fit Théfer. — Nous en reparlerons. — Peut-
être vous en demanderai-je une preuve, mais pour le moment écoutez-moi sans
m'interrompre... — Je vais faire mon rapport en disant que la nommée Esther
Derieux, — (vous entendez, ESTHER DERIEUX tout court) — compromet par sa
folie la sécurité publique, — d'après votre déclaration, — et qu'en conséquence
vous demandez qu'on l'enferme au plus vite dans une maison de santé...

De grosses larmes vinrent aux yeux de Mᵐᵉ Amadis.

— Dans une maison de santé, la pauvre Esther! — s'écria-t-elle. — Moi,
demander une pareille chose!!

— Il le faut, madame, et ce sera le salut pour vous, car je vous sauverai,
mais à une condition...

— Laquelle?

— Si le secret du mariage d'Esther était percé à jour, cela amènerait pour
la famille de nombreuses et fâcheuses complications dont il me semble inutile
de vous entretenir, mais qui feraient naître un procès, ou plutôt une série de
procès dans lesquels on ne manquerait pas de vous prendre à partie, ce qui fatalement supprimerait pour vous tout repos...

Un énorme soupir de Mᵐᵉ Amadis prouva qu'elle était de cet avis.

Théfer poursuivit :

— Une fois Esther Derieux dans une maison de santé, la situation se modi-
fierait au contraire dans le sens le plus favorable... — En présence des constatations officielles des médecins, tout procès deviendrait impossible et vous vous
trouveriez hors de cause...

Les vieillards sont égoïstes.

S'il existe des exceptions, ces exceptions fortifient la règle générale.

Mᵐᵉ Amadis voulait sa tranquillité avant tout, mais elle avait bon cœur, elle
aimait tendrement Esther, et la pensée d'une séparation la désolait.

— Monsieur, — demanda-t-elle en pleurant à chaudes larmes, — est-ce
qu'il est impossible d'obtenir de garder la pauvre folle auprès de moi?

— Impossible, madame....

— Cependant, en prenant toutes sortes de précautions, en ne la laissant
plus sortir, en ne la quittant pas d'une minute?...

— Oubliez-vous qu'elle a failli brûler la maison?... — Il suffirait d'une minute de relâchement dans la surveillance pour causer les plus grands malheurs... — J'ai dû vous prévenir... Je me suis mis à votre disposition pour vous éviter de graves ennuis, mais je ne vous impose rien et, s'il vous paraît trop pénible de suivre mes conseils, la justice aura son cours...

Mme Amadis frissonna.

— Vous regretterez alors de ne m'avoir pas écouté... — poursuivit l'agent ; — il sera trop tard, et vous devrez vous en prendre à vous seule des conséquences funestes de votre obstination...

— Je vous écoute, monsieur... — dit vivement la vieille dame ; — je sens bien que vous me parlez dans mon intérêt... Je ne m'obstine point... — Affirmez-moi du moins qu'Esther ne sera pas malheureuse dans une maison de santé.

— Pas plus que chez vous, madame... — il ne lui manquera rien... Les soins les plus assidus lui seront prodigués... — On la guérira peut-être...

— Ah ! si j'osais espérer cela !...

— Espérez-le, madame... — Un traitement raisonné amènera sans doute des effets qui ne se seraient jamais produits ici...

— Pourrai-je la voir ?...

— Quant à présent, non.

— Pourquoi ?

— Votre présence lui causerait une agitation funeste... — l'œuvre des médecins spécialistes serait entravée... — Vous devez même, dans les premiers temps du moins, ignorer où se trouvera Esther Derieux... — Cela vous évitera de mentir si quelqu'un vous demande ce qu'elle est devenue...

— On me le demandera donc ?

— C'est possible... C'est même probable.

— Que répondrai-je alors ?

— Vous direz aux questionneurs de s'adresser à la Préfecture de police, ce qui coupera court à tout.

Ces mots : *Préfecture de police*, firent de nouveau frissonner la bonne dame. Elle reprit :

— Aurai-je quelquefois des nouvelles de la pauvre chérie ?

— Oui, madame...

— Et comment ?

— Je me charge de vous en donner...

— Ah ! monsieur, que vous êtes bon !... — Vous chargerez-vous aussi de remettre à qui de droit une somme de quelques milliers de francs pour procurer des douceurs à Esther ?...

— Bien volontiers, madame...

— Je me soumettrai donc, puisque c'est indispensable, mais j'ai le cœur brisé... — Que faut-il que je fasse ?...

— Une chose bien simple... — Veuillez prendre une feuille de papier et écrire ce que je vais avoir l'honneur de vous dicter...

L'hésitation de Mme Amadis fut visible.

Théfer comprit que la vieille dame ne brillait point par ses aptitudes calligraphiques et se défiait de son orthographe.

Il s'empressa d'ajouter :

— Ou plutôt, pour éviter une fatigue à vos yeux, je vais écrire moi-même et vous n'aurez qu'à signer.

Mme Amadis était désormais incapable de toute résistance.

Elle plaça plume, encre et papier devant l'agent de police.

Ce dernier traça les lignes suivantes, en ayant soin de déguiser son écriture, ce à quoi il était fort habile :

« Monsieur le Chef de la sûreté,

« Depuis plusieurs années j'ai chez moi une pauvre femme recueillie par pitié et dont la raison est profondément altérée.

« Jusqu'à ce jour, sa folie étant inoffensive, j'avais pu la garder sans danger.

« Malheureusement cette folie change de nature et peut compromettre ma sécurité et celle des personnes qui m'entourent.

« En conséquence, j'ai l'honneur de vous prier de vouloir bien envoyer chez moi des médecins chargés de constater l'état mental de la personne en question, et ensuite de la faire admettre dans une maison de santé où elle recevra les soins nécessaires.

« Veuillez, Monsieur le Chef de la sûreté, agréer l'expression de mes sentiments de considération distinguée. »

Théfer, quand il eut tracé la dernière ligne, lut cette lettre à haute voix.

— Il n'y manque plus que votre signature, madame... — ajouta-t-il.

Et il présenta la plume à la vieille dame qui la prit en balbutiant :

— Ainsi, c'est moi-même qui vais demander à me séparer d'elle !... Ah ! mon Dieu ! quel chagrin !... je n'aurai jamais ce courage...

— Il faut que ce soit vous, madame, car après une pareille démarche on ne saurait songer à vous inquiéter...

L'argument était décisif.

Mme Amadis traça son nom en gros caractères tremblés et irréguliers.

Le policier plia la lettre et la mit dans son portefeuille après avoir écrit la suscription.

Puis il reprit :

— Ce qui vient de se passer, madame, doit rester absolument entre nous.

— On doit ignorer, dans votre intérêt, que vous venez d'agir sous mon inspiration en écrivant au chef de la sûreté...

— Ah ! monsieur, je ne dirai rien...

— Cela étant, je prends sur moi de vous garantir le repos le plus complet, la tranquillité la plus absolue.

Mᵐᵉ Amadis soupira, mais avec moins d'amertume.

Ces horizons paisibles que les paroles de l'agent ouvraient devant ses yeux mettaient du baume sur son chagrin.

— Ainsi, monsieur, — demanda-t-elle, — on enverra des médecins ?

— Cela n'est pas douteux...

— Viendront-ils bientôt ?...

— Assurément.

— Demain peut-être ?

— C'est possible, mais je ne saurais préciser... Leur visite ne doit d'ailleurs vous causer aucune inquiétude... ils auront pour vous, madame, tous les égards que vous méritez, et moi j'aurai très prochainement l'honneur de vous revoir...

Théfer salua respectueusement, puis il quitta Mᵐᵉ Amadis qui voulut le reconduire jusqu'à la porte de l'appartement.

La première partie du plan de l'inspecteur venait de réussir et nos lecteurs reconnaîtront volontiers, du moins nous aimons à le croire, qu'il avait joué son rôle avec un talent de premier ordre.

La seconde partie devait, selon toute apparence, réussir de façon non moins complète.

En quittant la place Royale, Théfer se rendit à la Préfecture de police, fit passer son nom au chef de la sûreté qui le reçut immédiatement et lui demanda :

— De quoi s'agit-il, Théfer ?

— D'une chose urgente, monsieur...

— Expliquez-vous ?

— Il y a deux heures, je longeais la place Royale... — Je fus attiré par des cris poussés sous les arbres ; — je me dirigeai du côté d'où venaient ces cris et je constatai la présence d'une folle dont les extravagances effrayaient les promeneurs.

— Vous l'avez fait conduire au poste, je suppose ?

— Non, monsieur.

— Pourquoi ?

— Cette folle, mise avec élégance, était accompagnée par une vieille dame et par une femme de chambre à qui j'ai prêté mon aide pour la reconduire à l'appartement qu'occupe la vieille dame au premier étage de l'une des maisons de la place... Tenez, celle justement où demeure le nommé René Moulin, impliqué dernièrement dans un complot contre la sûreté de l'État, et acquitté par la septième chambre... — J'ai questionné la concierge et quelques loca-

Esther poussa un cri de colère, se rassembla pour bondir sur l'inspecteur de police.

taires de l'immeuble... — Tous se plaignent du voisinage d'une aliénée, calme, paraît-il, autrefois, mais qui tourne à l'*agitation*, comme disent les médecins spécialistes... — Dernièrement, dans un accès, elle a failli mettre le feu à la maison...

— Vilain voisinage, en effet!... Les parents de cette folle ne la font donc pas soigner?

— Elle est sans famille... Aucun lien de parenté ne l'unit à la vieille dame qui l'a recueillie.

— Il fallait expliquer à cette dame à quoi elle s'expose...

— C'est ce que j'ai fait... — Elle l'a compris à merveille, et d'après mes conseils elle vous a écrit la lettre que voici, afin d'obtenir une visite des docteurs aliénistes et l'admission de la folle dans une maison de santé...

Et Théfer présenta la lettre au chef de la sûreté qui la lut immédiatement.

XX

— Nous allons expédier cela sans retard, — dit-il ensuite. — Croyez-vous, Théfer, qu'il soit utile de faire une enquête ?

— Je ne crois pas, monsieur... les faits sont pertinents et il y a urgence.

— Les cas de folie ont toujours piqué vivement ma curiosité... j'irai demain à une heure de l'après-midi chez cette dame Amadis avec des médecins. — Vous aurez soin de vous trouver là...

— Bien, monsieur.

Théfer se retira en se frottant les mains.

Le chef de la sûreté prit aussitôt ses mesures pour s'assurer le lendemain le concours de deux spécialistes.

Les déclarations d'un inspecteur de police ont une grande importance ; — beaucoup trop grande dans certains cas.

Théfer passait pour un agent plein de zèle, pour un homme intelligent, intègre, irréprochable.

L'administration, lui accordant une confiance illimitée, le croyait naturellement sur parole.

Comment d'ailleurs suspecter ses affirmations quand il parlait au nom de la sûreté publique, et quand aucun mobile d'intérêt personnel ne semblait pouvoir le guider ?

Le lendemain, à une heure précise, le chef de la sûreté se rendait avec deux médecins au numéro 24 de la place Royale.

Théfer attendait devant la porte.

— Voulez-vous, monsieur, — dit-il à son supérieur, — me permettre de monter le premier et d'avertir Mᵐᵉ Amadis ? — Cette dame a soixante-dix ans... — Votre visite inattendue et celle de ces messieurs pourrait lui causer un saisissement funeste... — Il y a là, ce me semble, une question de convenance et d'humanité.

— Faites, — répliqua le chef. — Nous vous suivons dans cinq minutes.

L'agent s'élança dans l'escalier.

Mme Amadis le reçut aussitôt.

— Est-ce que c'est pour aujourd'hui ? — lui demanda-t-elle fort agitée.

— Oui, madame, mais ne craignez rien. — J'ai su concilier vos intérêts avec les exigences légitimes de l'administration... — Aucune enquête ne doit être faite à propos du passé... — les médecins accompagnés d'un haut personnage seront ici dans un instant pour procéder aux constatations légales... — c'est une simple formalité...

— Ah ! — balbutia la vieille dame, — j'ai peur !...

— Je vous répète que vous n'avez rien à craindre... — On vous adressera quelques questions... — Répondez-y brièvement, sans vous troubler, et les choses iront sur des roulettes...

Un coup de sonnette se fit entendre à la porte de l'appartement.

— Les voici... — dit le policier.

Le chef de la sûreté et les médecins furent introduits dans le grand salon.

Mme Amadis, que l'émotion faisait palpiter, les rejoignit, conduite par Théfer.

Le cœur de la vieille dame battait à se rompre, agité par deux sentiments d'une nature toute différente : l'effroi que lui inspirait la police, et l'affection réelle et profonde qu'elle portait à Esther.

Au moment de son entrée les trois hommes s'inclinèrent devant elle avec courtoisie, puis le chef de la sûreté prit la parole.

— J'ai reçu votre demande, madame, — dit-il, — et je viens avec ces messieurs, qui sont des médecins distingués, accomplir un devoir...

Mme Amadis fondit en larmes. — Ses sanglots éclatèrent. — Elle balbutia :

— Ah ! monsieur, quelle douleur pour moi !... — Je vais donc être obligée de laisser partir cette chère créature que j'aimais de toute mon âme...

— Le chagrin que vous ressentez, madame, est bien naturel et fait l'éloge de votre cœur... — reprit le chef de la sûreté. — Nous comprenons combien il doit vous être pénible de voir s'éloigner une personne recueillie par vous depuis si longtemps... — Mais la nécessité s'impose !... — Il s'agit de l'ordre public, de l'intérêt général, de votre sécurité personnelle, car la folie de votre protégée ayant changé de nature, la présence de cette pauvre femme constitue pour vous un danger permanent.

— Hélas ! je le comprends, monsieur... mais néanmoins cela est bien dur...

— La personne en question se nomme Esther Derieux ?...

— Oui, monsieur...

— Veuillez la faire amener ici.

— Elle est dans sa chambre... — Je crois qu'il vaudrait mieux nous rendre auprès d'elle afin d'éviter une crise.

— Vous avez raison, madame, soyez donc assez bonne pour nous conduire.

Mᵐᵉ Amadis, chancelant, se soutenant à peine, se dirigea vers la chambre d'Esther, et les quatre hommes la suivirent.

Elle entra.

La folle, vêtue d'un ample peignoir de couleur sombre et ses grands cheveux blonds flottant sur ses épaules, était debout au milieu de la pièce, les yeux fixés sur un lambeau de papier à demi brûlé qu'elle tenait à la main.

En entendant la porte s'ouvrir, elle leva la tête.

A l'aspect des personnes inconnues accompagnant Mᵐᵉ Amadis elle fit un geste de frayeur, et se réfugia vivement dans l'embrasure d'une fenêtre où elle essaya de se cacher derrière un rideau.

L'un des médecins se pencha vers la matrone et lui dit à l'oreille :

— Veuillez lui parler... — En entendant, en reconnaissant votre voix, elle se rassurera sans doute...

La vieille dame fit quelques pas du côté d'Esther.

— Ma chère mignonne, — lui dit-elle, — voici des amis qui viennent me rendre visite... Ne voulez-vous pas les recevoir ?

La folle laissa retomber le rideau et ses yeux hagards se tournèrent vers les nouveaux venus.

Théfer ne la perdait pas de vue.

En entrant dans la chambre, le papier noirci qu'Esther tenait entre ses doigts avait attiré son attention et le préoccupait sérieusement.

La folle ne bougeait pas, mais elle semblait dominée par un profond effroi. — On voyait ses mains trembler.

Mᵐᵉ Amadis lui prit doucement le bras, en murmurant...

— Venez, mignonne...

Esther ne résista point et se laissa conduire par la personne à qui, d'habitude, elle obéissait passivement.

Soudain elle se trouva face à face avec Théfer.

L'expression de son visage changea brusquement et devint menaçante. — Des éclairs jaillirent de ses yeux. — Elle poussa un cri de colère et se rassembla pour bondir sur l'inspecteur de police, en prononçant des mots sans suite parmi lesquels revenait le nom de *Brunoy !*

Un des médecins la cloua sur place en la saisissant par le poignet avec assez de force pour lui arracher une sourde plainte, et, plongeant son regard dans le regard de la folle, il dit d'une voix impérieuse :

— Silence, et calmez-vous ! je le veux ! je l'ordonne !

Sous l'influence du rayon quasi magnétique qui s'échappait des prunelles du médecin, Esther demeura pendant une seconde immobile et comme pétrifiée.

Puis un tremblement convulsif agita tout son être. — Elle baissa la tête et sa poitrine se souleva tumultueusement.

Elle était domptée, grâce à ce pouvoir particulier de domination que certains médecins aliénistes partagent avec les dompteurs de bêtes fauves.

Ses mains crispées s'amollirent.

Le papier qu'elles tenaient leur échappa et tomba sur le tapis.

Théfer fit un mouvement de joie aussitôt comprimé.

Le médecin, se tournant vers Mᵐᵉ Amadis, demanda :

— Depuis combien de temps cette femme est-elle folle ?

— Depuis longtemps... depuis plus de vingt ans.

— Et rien n'a été fait pour la rappeler à la raison ?

L'agent de police, voyant la matrone se troubler, prit vivement la parole.

— Mᵐᵉ Amadis a employé tous les moyens pour combattre le mal... — dit-il. — A une époque déjà lointaine elle a consulté les sommités médicales et les spécialistes les plus célèbres... — Elle a prodigué l'argent... — Aucun résultat n'est venu la récompenser de ses tentatives...

— Quelle a été la cause déterminante de la folie ? — reprit le médecin.

Mᵐᵉ Amadis ouvrait la bouche...

Théfer lui coupa la parole et répondit à sa place :

— La peur... — un incendie...

— Et cette folie a été douce pendant des années ?

— Douce et inoffensive... — balbutia la grosse femme. — Esther était un mouton... un véritable petit agneau...

— Malheureusement aujourd'hui, — continua le médecin, — cette folie change de nature... — La crise de tout à l'heure, si je ne l'avais enrayée à temps, allait devenir dangereuse... — la vie de monsieur pouvait être menacée... — ajouta-t-il en désignant Théfer.

— Cette folle n'a-t-elle aucun parent ? — demanda le chef de la sûreté.

— Aucun, monsieur... — murmura Mᵐᵉ Amadis. — Au moment où elle perdait subitement la raison une attaque d'apoplexie emportait son père, le colonel Derieux... — Le père et la fille habitaient la même maison que moi... — Voyant Esther orpheline et folle, je la recueillis... Je me promettais qu'elle ne me quitterait jamais.

— Ceci, madame, je le répète, fait grand honneur à la bonté de votre âme, mais aurait pu vous devenir extrêmement préjudiciable... — Nous allons procéder sans retard au transfèrement de votre protégée dans un asile sûr où elle recevra tous les soins que son état réclame.

— Pauvre chérie !... pauvre chérie !... il faut donc la quitter !... — s'écria Mᵐᵉ Amadis dont les sanglots éclatèrent.

— C'est indispensable, madame... Mais vous pouvez conserver l'espoir... Peut-être vous reviendra-t-elle guérie...

Théfer eut un sourire dont l'expression, si elle avait été comprise, aurait glacé le sang dans les veines.

Le chef de la sûreté poursuivit :

— Avez-vous entre les mains des papiers de famille constatant l'identité de cette malheureuse femme ?...

— Quelques-uns, monsieur...

— Lesquels ?

— Son acte de naissance... l'acte de décès de son père, et...

La vieille dame allait continuer.

Un regard foudroyant de Théfer arrêta la parole sur ses lèvres.

XXI

— Et ? — demanda le chef de la sûreté.

— C'est tout, monsieur...

— Veuillez me remettre ces papiers.

— Je vais les chercher.

Mme Amadis sortit.

— Il n'y a pas un instant à perdre... — dit l'un des médecins. — Nous allons rédiger notre procès-verbal séance tenante, constater que la folle doit être admise d'urgence dans une maison de santé, et vous l'y ferez conduire sans désemparer.

— Agissez selon votre conscience, messieurs... — répliqua le chef de la sûreté. — Aussitôt muni de votre rapport constatant l'urgence, j'enverrai cette femme à la Préfecture où les pièces nécessaires seront signées immédiatement.

Le médecin exhiba un grand portefeuille contenant des feuilles de papier timbré et un petit encrier de poche dont il s'était muni, puis, suivi de son collègue, il s'approcha d'une table devant laquelle il s'assit, et se mit à écrire.

Mme Amadis rentra, apportant les pièces demandées, auxquelles on pense bien qu'elle n'avait eu garde de joindre l'acte de mariage d'Esther Derieux avec le duc Sigismond de la Tour-Vaudieu.

Le chef de la sûreté parcourut rapidement ces pièces et les passa au médecin qui rédigeait le procès-verbal.

Tandis que les médecins et le chef de la sûreté s'absorbaient dans la rédaction du procès-verbal dont Mme Amadis écoutait avec angoisse chaque phrase que celui qui tenait la plume lisait à voix haute tout en l'écrivant, Théfer s'était approché de la folle dont la prostration semblait complète.

Il se baissa tout à coup et ramassa le papier tombé des mains d'Esther quelques minutes anparavant.

Esther vit ce mouvement et fut aussitôt galvanisée.

Pour la seconde fois elle voulut s'élancer sur l'agent de police en criant d'une voix rauque :

— Voleur! Voleur!...

Théfer, pâle d'épouvante, recula devant les mains crispées qui le menaçaient.

Celui des médecins que nous avons déjà montré à l'œuvre s'empressa d'intervenir, et dompta de nouveau la malheureuse créature par son regard et par sa parole.

Puis on termina le procès-verbal, qui fut signé par les deux médecins et par le chef de la sûreté.

— Madame, — dit ensuite ce dernier à la duègne, — vous avez entendu la lecture de cet acte?

— Je l'ai entendue, oui, monsieur...

— Vous en reconnaissez l'exactitude?

— Hélas! il le faut bien...

— Signez donc avec nous, madame...

— Est-ce nécessaire?

— C'est indispensable...

Mme Amadis pris la plume, traça son nom d'une manière à peu près illisible au bas du procès-verbal, et éclata en sanglots.

Si égoïste que fût la vieille dame, elle ressentait une douleur profonde et son cœur se brisait.

— Maintenant, madame, — dit le chef de la sûreté après quelques phrases banales de consolation, — il ne nous reste qu'à prendre congé de vous.

La matrone comprima dans sa gorge, pendant une ou deux secondes, les sanglots qui l'étouffaient.

— Vous emmenez Esther... — balbutia-telle.

— Nous ne sommes ici que pour cela, vous ne l'ignorez point...

— Où allez-vous la conduire?...

— Je ne sais pas encore... — l'administration décidera... — Peu vous importe d'ailleurs, — en ce moment du moins, — puisque d'ici à quelques semaines, à quelques mois peut-être, dans son intérêt même, vous ne pourrez la voir... — Quand cette consigne sera levée, j'aurai l'honneur de vous prévenir de la décision prise.

— Si vous le voulez bien, monsieur, — dit Théfer vivement, — je servirai d'intermédiaire entre vous et madame...

— C'est cela, et vous serez j'espère un messager de bonnes nouvelles... — Partons, messieurs...

Mme Amadis, pleurant toujours, saisit Esther dans ses bras et couvrit de baisers ses joues pâles.

La folle ne parut point s'apercevoir de cette fièvre d'expansion et ne rendit pas les caresses qu'on lui prodignait.

La vieille dame, à demi suffoquée, se laissa tomber sur son siège et cacha son visage dans ses mains pour ne plus voir.

Théfer s'approcha de la folle, et très calme en apparence quoiqu'un peu ému en réalité, lui saisit le bras.

Esther frissonna de la tête aux pieds.

Son visage prit une expression de révolte.

L'agent de la sûreté, imitant le docteur aliéniste, attacha sur elle un regard fixe et dominateur en répétant d'un ton de commandement les paroles prononcées par le médecin.

La folle frissonna de nouveau, baissa la tête et redevint inerte.

— Je me chargerai de la conduire, — dit alors Théfer, — elle m'obéira...

Esther en effet le suivit, sans essayer la moindre résistance.

Le chef de la sûreté et les deux médecins quittèrent l'appartement, laissant Mᵐᵉ Amadis au désespoir.

Deux voitures attendaient.

L'une d'elles mena directement à la Préfecture la folle, Théfer et son chef.

L'affaire étant des plus urgentes fut expédiée de façon rapide.

Les signatures indispensables ne se firent point attendre et l'inspecteur reçut l'ordre écrit de prendre avec lui deux agents et de conduire Esther à la maison d'aliénés de Charenton.

La folle qui semblait engourdie fut installée dans l'angle droit de la voiture.

Théfer s'assit à côté d'elle et les agents prirent place en face d'eux.

— Où allons-nous? — demanda le cocher. — C'est-il à la Salpêtrière, ou bien à Charenton?

— A Charenton...

— Hue! les bourriquets!

Lorsque le fiacre eut roulé pendant un demi-heure Thefer, frappé d'une idée subite, tira de son portefeuille l'ordre d'écrou qui lui avait été remis à la Préfecture et l'examina avec attention.

Cet ordre était simple en sa forme.

La colonne des observations ne contenait que ces mots : — *Dans l'intérêt de la sûreté publique.*

Théfer hocha la tête d'un air satisfait et remit l'ordre dans sa poche.

Le fiacre marchait bon train.

Il atteignit Charenton et tourna vivement à gauche pour prendre la route de Gravelle qui conduit à la maison d'aliénés dont les bâtiments s'échelonnent, comme un véritable village, sur une colline abrupte.

L'inspecteur frappa au carreau de devant et ordonna au cocher de s'arrêter.

Claudia sourit et passa dans son cabinet de toilette où sa femme de chambre l'attendait.

La voiture fit halte.

Théfer descendit.

— Veillez sur la folle, — dit-il à ses sous-ordres, — je serai revenu dans dix minutes.

Et il s'éloigna d'un pas rapide dans la direction du pont de Charenton qu'il atteignit bientôt.

Il entra dans un café qui se trouve à l'angle du quai et demanda :

— Garçon, un bock et ce qu'il faut pour écrire.

On lui servit le bock demandé, un encrier, un buvard et une plume.

Après avoir dégusté sa bière, qui par hasard n'était pas mauvaise, il déplia de nouveau l'ordre d'écrou, l'étala sur le buvard placé devant lui, et prenant une plume il traça dans la colonne des observations, sous les mots : *Dans l'intérêt de ja sûreté publique,* ces autres mots : ISOLÉE. — AU SECRET.

Il les souligna deux fois.

L'écriture était presque identique à celle de la première phrase.

Dès qu'elle fut sèche, l'inspecteur paya sa consommation, remit le papier dans son portefeuille et rejoignit la voiture.

Un quart d'heure plus tard le véhicule entrait dans la première cour de la maison des fous.

Esther fut conduite au cabinet du directeur qui, après avoir pris connaissance de l'ordre, l'inscrivit sur le registre de la maison.

— Où l'envoyez-vous, monsieur le directeur? — demanda le gardien chef lorsque Théfer et ses hommes eurent quitté le cabinet.

Le directeur répondit :

— Aux isolées!... — Dans le service de notre nouvel adjoint, le docteur Étienne Loriot...

*
* *

En arrivant à Paris, Théfer se fit conduire à la Préfecture afin de rendre compte de sa mission à qui de droit.

Ensuite, libre de ses mouvements, il se dirigea vers la rue du Pot-de-Fer-Saint-Marcel.

Le duc Georges de la Tour-Vaudieu, vêtu et grimé en vieux bourgeois, venait de rentrer d'une promenade au Jardin des Plantes où, depuis son installation mystérieuse, il se rendait souvent dans le triple but de prendre un peu d'exercice, de combattre l'ennui profond qui commençait à l'obséder, et de réfléchir à la conduite qu'il devait tenir pour sortir victorieux de la lutte imminente entre lui et ses ennemis.

En voyant à Théfer le visage radieux et les yeux pétillants de contentement, le duc eut un sourire aux lèvres pour la première fois depuis bien des jours.

La physionomie du policier lui permettait de supposer que tout allait bien.

Cette supposition devint un certitude lorsque l'agent eut raconté par le menu ce qui s'était passé.

— Je vous félicite!... — s'écria le sénateur. — Vous menez les choses avec une rapidité merveilleuse et une adresse au-dessus de tout éloge!...

— Je fais de mon mieux et l'ardeur de mon zèle me tient lieu de mérite !...
— répliqua Théfer avec une feinte modestie. — Que monsieur le duc daigne
me continuer sa confiance et je crois pouvoir lui promettre que ses ennemis
n'auront pas beau jeu !...

— Ma confiance vous appartient tout entière...

— Je suis certain de la mériter...

— Vous la méritez à coup sûr, et de toutes les façons !... — Me voici déjà
débarrassé de cette folle...

XXII

— Et, — reprit Théfer, — grâce aux mots : — ISOLÉE. — AU SECRET, que j'ai
eu la bonne idée d'ajouter sur l'ordre d'écrou, personne au monde ne pourra
communiquer avec elle, et si René Moulin, instruit par le hasard, avait l'idée
d'aller la chercher à Charenton, il se heurterait contre une consigne inflexible...

— Théfer, je suis votre obligé... — Je vous prouverai ma reconnaissance...

— Monsieur le duc me comble !...

— Vous ne vous repentirez point de m'avoir servi, je vous en donne ma
parole d'honneur !...

— Je connais de longue date la libéralité de monsieur le duc... et je lui
témoigne par avance ma gratitude sans bornes.

— N'avez-vous plus rien à me dire ?

— J'ai à remettre ceci à monsieur le duc.

— Et Théfer tira de son portefeuille le morceau de papier à demi consumé,
ramassé par lui dans la chambre d'Esther.

— Qu'est-ce que cela ? — demanda M. de la Tour-Vaudieu.

— C'est le fragment du brouillon de lettre brûlé par vous chez Réne Moulin
et dont la folle s'était emparé... — répondit Théfer. — Il porte encore quelques
lignes de l'écriture de Claudia Varni, et ces lignes, quoique incomplètes, auraient pu devenir fort compromettantes. — Je me permettrai de conseiller à
monsieur le duc de l'anéantir tout à fait.

Georges saisit le morceau de papier et l'examina.

— En effet, — murmura-t-il, — c'était dangereux, mais le danger va
disparaître.... — Vous pensez à tout, Théfer ! — Vous êtes un serviteur
admirable !

Et le sénateur, enflammant une allumette, réduisit en cendres les derniers
vestiges du brouillon.

— Maintenant, monsieur le duc, — reprit le policier, — je vais surveiller attentivement les menées de René Moulin, mais je le crois réduit à l'impuissance.

— Toujours aucune nouvelle de Claudia?

— Aucune... — Les derniers rapports de mes agents me donnent presque la certitude qu'elle n'est pas encore à Paris... — Je la fais chercher en Angleterre...

— Pour toutes ces démarches il vous faut de l'argent.

Théfer s'inclina sans répondre, mais avec un sourire affirmatif.

La sénateur prit dans un meuble six billets de mille francs et les lui tendit.

Le policier empocha la somme avec force témoignages de gratitude et se retira.

Ce gredin n'avait point menti en parlant au duc de ses démarches persistantes.

Il était consciencieux et lançait dans Paris les nombreux agents placés sous ses ordres, agents qui faisaient ses affaires à leur insu en croyant travailler pour la Préfecture, et dont il entretenait le zèle par de petites gratifications distribuées à propos.

Or, la piste de Claudia restait introuvable.

Théfer admettait bien que l'ancienne maîtresse de Georges de la Tour-Vaudieu avait pu prendre un pseudonyme afin de se cacher mieux, mais comment la deviner sous le nom très authentique de mistress Dick Thorn?

On la cherchait d'ailleurs dans les maisons meublées, dans les hôtelleries élégantes, dans les caravansérails de high-life, et nous savons qu'elle habitait un hôtel particulier.

Claudia, elle aussi, avait sa police.

Vous avons présenté à nos lecteurs son agent secret, le chevalier Babylas Samper, l'un des sujets d'élite de l'agence Roch et Fumel.

Babylas Samper ne manquait point d'intelligence, et la promesse de Claudia stimulait son activité; aussi se multipliait-il.

Le matin du jour où l'inspecteur de la sûreté conduisait Esther à l'asile des aliénés de Charenton, le policier marron venait sonner à l'hôtel de la rue de Berlin et faisait passer sa carte à mistress Dick Thorn qui le reçut avec empressement.

— Votre visite, monsieur, — lui dit-elle, — me fait supposer que vous avez quelque chose à m'apprendre...

— En effet, madame... et j'ai tout lieu de croire que vous serez satisfaite de mon petit rapport...

— Vous avez retrouvé le traces de Mme Amadis?...

— Parfaitement, mais non sans beaucoup de peine.

— Mme Amadis est vivante encore?

— Oui, madame...

— Ah! — fit Claudia avec une expression de joie. — Elle doit être bien vieille!... — ajouta-t-elle.

— Elle n'est plus de la première ni même de la seconde jeunesse, mais enfin elle n'a que soixante et dix ans... — Elle est bien conservée, elle a de la fortune, n'engendre point de mélancolie et habite le premier étage du n° 24 de la place Royale... — Ceci est consigné dans le rapport écrit que j'aurai tout à l'heure l'honneur de vous remettre.

Babylas Samper, tout en parlant, déployait une large feuille de papier couverte de caractères menus et serrés, véritables pattes de mouche.

— Mᵐᵉ Amadis vit-elle seule? — demanda vivement mistress Dick Thorn.

— Non, madame...— Elle a dans son intérieur une personne beaucoup plus jeune qu'elle...

— Qui se nomme?

— Esther Derieux.

— Vivante aussi!! — murmura Claudia radieuse. — En vérité, c'est avoir trop de chance!!

— Mais, — poursuivit le chevalier Babylas, — je dois ajouter que cette dame Derieux est folle...

— Folle!! — répéta l'ancienne maîtresse de Georges.

— Autant qu'on le puisse être, et depuis nombre d'années...

— Et malgré cela, Mᵐᵉ Amadis la garde auprès d'elle?

— Oui, madame, et ne cesse de veiller sur elle avec une sollicitude extraordinaire.

— Extraordinaire en effet!... — reprit Claudia, qui, après un instant de silence, ajouta : — Cette folie sera sans doute une entrave pour mes projets, mais il n'est guère d'obstacles qu'on ne puisse tourner... J'arriverai... — Ensuite?...

— Je me suis occupé de M. le sénateur duc de la Tour-Vaudieu...

— Quoi de nouveau du côté de la rue Saint-Dominique?...

— Rien, madame... — Un sous-ordre placé par moi en surveillance auprès de l'hôtel n'a pas vu sortir M. le duc depuis deux jours...

— Et son fils?

— Plaide au palais le matin, car c'est sa tocade de plaider quoiqu'il soit millionnaire, et va le soir faire sa cour à sa fiancée, Mˡˡᵉ Isabeau de Lilliers...

— Vous m'avez dit, je crois, qu'il aimait cette jeune fille...

— C'est le bruit public...

— A l'âge du marquis une fiancée ne suffit pas, même quand on l'adore... — Henry de la Tour-Vaudieu doit certainement avoir une maîtresse...

— Le bruit public affirme le contraire...

— Cela ne signifie rien... — Faites une enquête à ce sujet...

— Bien, madame.

— Quels sont les amis particuliers de M. Henry?

— Il n'en a qu'un seul très intime... un jeune médecin avec lequel il a fait ses études... — La camaraderie de collège est devenue une amitié sérieuse...

— Comment s'appelle ce médecin?

— Le docteur Étienne Loriot.

— Où demeure-t-il?

— Je l'ignore.

— Il faut le savoir et me le dire.

— Je le saurai demain, madame.

— Après?

— Après, il n'y a rien... — Là finit le rapport que j'ai l'honneur de remettre en vos mains.

Claudia prit le papier et le serra dans un tiroir du petit meuble d'ébène incrusté de cuivre et d'ivoire qui jouait un rôle au début de ce récit.

— Maintenant, — dit-elle ensuite, — réglons nos comptes. — Combien vous dois-je?

Les comptes réglés, le chevalier Babylas Samper demanda :

— Madame n'a-t-elle aucun ordre à me donner?

— Non, mais j'ai une question à vous adresser... — Vous connaissez toutes les ressources de Paris, n'est-ce pas?

— Sur le bout du doigt, oui, madame... — Parisien jusqu'au bout des ongles...

— Je me propose de donner une petite fête dans une quinzaine de jours... — Mes domestiques ne sont pas assez nombreux pour suffire au service... — Je voudrais donc un maître d'hôtel et quelques valets de louage, mais des gens absolument sûrs... — Pouvez-vous me les procurer?

— D'autant plus facilement, madame, que plusieurs de mes amis s'occupent de placer des domestiques de bonne maison, d'une exellente tenue et d'une irréprochable moralité.

Claudia reprit :

— C'est du maître d'hôtel qu'il faut vous occuper d'abord... — Si, après expérience faite, il me convenait, je l'attacherais à ma maison...

— Pour convenir à madame devrait-il se trouver dans certaines conditions particulières?

— Oui... — Je voudrais que, tout en parlant le français de façon correcte, il sût un peu la langue anglaise... — Assez du moins pour la comprendre et pour se faire comprendre...

— Cela n'est point une difficulté insurmontable... — Je vais y songer dès aujourd'hui...

— Vous me ferez plaisir...

— A quelle époque **madame aura-t-elle** besoin des domestiques de supplément?

— Au moment de **ma grande soirée**...

— Et du maître d'hôtel?

— Dès que vous l'aurez trouvé, amenez-le-moi, ou envoyez-le... Je vous répète qu'il me faut un homme absolument sûr, et que le plus tôt sera le mieux...

— Je crois pouvoir promettre à madame qu'elle sera satisfaite.

Le chevalier Babylas Samper prit congé, et se retira payé et content, bien décidé à mettre une note dans les *Petites Affiches*, ce qui simplifierait tout et lui éviterait la peine de chercher.

XXIII

Aussitôt que Claudia fut seule, une joie vive illumina sa physionomie mobile, qui prit une expression triomphante.

— Allons, — murmura l'ex-courtisane, — mon étoile brille!! — Esther Derieux, veuve de Sigismond duc de la Tour-Vaudieu, est vivante, c'est le principal... — Elle sera dans mon jeu l'atout qui me fera gagner la partie!... — Elle est folle... qu'importe? il me suffira de révéler son existence à Georges pour qu'il tremble devant moi!... — Par elle je le tiendrai!! — Elle est indiscutablement sa belle-sœur, je puis le prouver... — Elle a le droit, — (elle, ou la loi nommant un curateur chargé d'agir pour elle), — de réclamer la fortune de feu son mari dont le testament est dans mes mains... — Ah! je suis bien forte, je suis invulnérable!

Claudia réfléchit profondément pendant quelques minutes, puis elle reprit :

— L'essentiel à présent est de voir Georges... — Si j'allais chez lui, je n'y serais pas reçue... — C'est chez moi qu'il faut qu'il vienne... C'est ici que je lui prouverai combien la chaîne qui nous lie l'un à l'autre est solide!... — C'est ici que je lui dicterai mes volontés comme jadis, et qu'il obéira! — La fête que je prépare aura lieu dans quinze jours... — Il sera l'un de mes invités, sans savoir que mistress Dick Thorn n'est autre que son ancienne maîtresse, Claudia Varni!... — Je le mets au défi de décliner mon invitation... Il n'y songera même pas, tant sa curiosité sera mise en éveil... Et je veux voir aussi chez moi ce fils adoptif, cet Henry de la Tour-Vaudieu, cet avocat dont Paris s'occupe... — J'ai des projets sur lui, de grands projets, qui se réaliseront! — Je dispose de l'avenir car, grâce au passé, j'ai la force! — J'en userai... J'en abuserai même au besoin!

Claudia sourit et passa dans son cabinet de toilette où sa femme de chambre l'attendait et où fille sa Olivia vint lui souhaiter le bonjour et l'embrasser.

— Aime-moi bien, mon enfant ! — lui dit l'ex-courtisane en la serrant contre sa poitrine. — Je n'aime que toi au monde, vois-tu !... Je pense à toi sans cesse, à ta fortune, à ton bonheur, et tu seras, je te le promets, très riche et très heureuse !

*
* *

René Moulin s'était réinstallé dans son logement de la place Royale, à la grande joie de Mme Biju qui avait repris chez lui son service de femme de ménage, interrompu par l'arrestation du mécanicien.

Mais ce dernier sortait de chez lui le matin, pour n'y rentrer que le soir, consacrant à Berthe toutes ses journées.

Il n'avait adressé à la concierge aucune question au sujet de la folle du premier étage.

Le moment de se renseigner à cet égard ne lui semblait point venu. — Il attendait, avant toutes choses, les explications de Jean-Jeudi.

De son côté Mme Biju, se souvenant des recommandations du mystérieux envoyé du parquet, n'avait eu garde de lui dire un seul mot au sujet d'Esther Derieux.

Il ignorait donc absolument que la protégée de Mme Amadis avait été enlevée à la suite d'une consultation des médecins aliénistes, et qu'elle se trouvait dans une maison de santé.

Le mécanicien et l'orpheline attendaient avec impatience la mise en liberté de Jean-Jeudi.

Deux fois René Moulin s'était rendu à Sainte-Pélagie pour le demander au parloir, mais le voleur émérite se trouvant toujours au cachot, il n'avait pu communiquer avec lui.

Les huit jours s'écoulèrent.

— C'est pour demain... — dit Berthe à René qui répondit :

— Oui, mademoiselle... — Demain, s'il plaît à Dieu, nous commencerons à savoir quel chemin il faut suivre pour arriver au but.

— J'ai hâte de connaître cet homme qui tient peut-être dans ses mains la réhabilitation de mon père...

— Voulez-vous le voir demain matin en même temps que moi ?

— Je le voudrais, mais est-ce possible ?

— Sans doute. — Les levées d'écrou ont lieu à huit heures. Trouvez-vous à sept heures et demie à l'angle de la rue de la Clef... — Je vous attendrai là et nous irons ensemble attendre la sortie de Sainte-Pélagie...

— La présence d'une jeune fille ne semblera-t-elle pas étrange ?

— Ah çà ! est-ce que vous me prenez pour un va-nu-pieds ! s'écria le bandit.

— En aucune façon... Peut-être supposera-t-on que vous êtes la sœur d'un détenu libéré, mais que vous importe ?

— C'est vrai... — J'irai donc avec vous...

Le lendemain, à sept heures et demie précises, Berthe, en grand deuil et le visage caché par un voile noir très épais, rejoignit René Moulin à l'endroit indiqué.

Le mécanicien la conduisit à un petit café bien modeste situé juste en face de l'entrée de la prison, lui fit servir une tasse de café au lait, demanda pour lui-même un verre d'eau-de-vie et, à travers les vitrages de l'établissement, ne perdit pas des yeux la porte massive sur le seuil de laquelle il s'attendait à voir paraître d'une minute à l'autre Jean-Jeudi.

Huit heures sonnèrent.

La porte de la maison de prévention s'ouvrit.

Trois ou quatre hommes, que René reconnut, sortirent.

— Eh bien? — demanda vivement la jeune fille.

— Eh bien! mademoiselle, rien encore...

— Mais, ces hommes?...

— Sont des employés de la prison et non des libérés.

L'attente continua.

La pendule du petit café indiquait huit heures vingt minutes.

Berthe trouvait le temps horriblement long.

René commençait à être inquiété par un retard qu'il ne s'expliquait pas.

La porte de Sainte-Pélagie s'ouvrit de nouveau et trois individus, de mine un peu plus que médiocre, en franchirent le seuil, portant chacun un petit paquet.

Deux de ces individus échangèrent des poignées de main avec un groupe de personnages d'apparence au moins suspecte qui les attendaient dans la rue.

Le troisième se dirigea vers le café borgne.

René Moulin fronça le sourcil.

— Sont-ce des libérés, cette fois? — reprit Berthe.

— Oui, mademoiselle...

— Jean-Jeudi?...

— Il n'a point paru... et la porte s'est refermée...

— Que se passe-t-il donc? — murmura l'orpheline.

— Je l'ignore, mais nous le saurons bientôt...

— Par qui?

— Par cet homme... — répliqua le mécanicien en désignant le troisième libéré qui venait d'entrer dans la salle de l'établissement et qui commanda une bouteille cachetée.

— C'est moi qui vous l'offre... — dit René...

— Tiens, vous voilà, camarade!... — fit le nouveau venu en s'asseyant à la table où on l'invitait... — J'accepte votre politesse... à charge de revanche...

Il jeta un coup d'œil sur Berthe qui se sentit rougir sous son voile, et il continua :

— Par quel hasard êtes-vous ici?... Venez-vous attendre quelqu'un?...

— Oui... — Quelqu'un que je suis bien surpris de ne pas avoir vu sortir avec vous...

— Qui ça, donc?

— Jean-Jeudi.

Le libéré se mit à rire.

— Ah! c'est Jean-Jeudi que vous attendez! — s'écria-t-il. — Eh bien! vous l'attendrez longtemps... — il ne viendra pas...

Berthe frissonna.

René sentit redoubler son inquiétude.

— Il ne viendra pas?... — répéta-t-il. — Pourquoi?

— Parce qu'il n'est plus à Sainte-Pélagie...

— Où donc est-il?

— A la Conciergerie.

— Je vous entends, mais je ne peux pas vous croire!... — Comment Jean-Jeudi, qui n'était condamné qu'à huit jours et dont la peine finissait ce matin, se trouverait-il à la Conciergerie?...

— Vous m'en demandez beaucoup trop long, camarade... — Voilà tout ce que je sais : — Hier matin il est sorti du cachot où il était enfermé depuis son jugement pour s'être grisé à la Souricière et rebellionné contre les surveillants... — A dix heures il a été appelé avec les détenus qu'on menait à l'instruction, et n'est pas revenu.

— A l'instruction! — Serait-il donc impliqué dans une nouvelle affaire?

— Je n'en sais rien... — Ça se peut bien, et ça ne m'étonnerait pas. — C'est un gaillard, vous savez, Jean-Jeudi, qui en a long sur la conscience!... — Un vrai cheval de retour, quoi!... — Méfiez-vous, et prenez vos précautions si vous *travaillez* avec lui...

Berthe, malgré son inexpérience de la vie, comprit le sens de ce mot *travailler* dit par un pareil homme, et frissonna de tout son corps.

René Moulin fit bonne contenance.

— Merci du renseignement... — dit-il, — j'ouvrirai l'œil... — Au revoir, camarade...

— Vous accepterez bien une bouteille... — C'est à mon tour de l'offrir...

— Non, merci, ce sera pour une autre fois... — Je suis un peu pressé ce matin...

— A votre aise, et bonne chance je vous souhaite...

Le mécanicien solda la dépense et sortit du petit café avec Berthe.

— Comment expliquez-vous cette nouvelle déception? — lui demanda la jeune fille.

— Je ne l'explique pas du tout, et je ne vois qu'un parti à prendre...

— Lequel?

— D'aller tout droit à la Conciergerie et de m'informer si Jean-Jeudi est véritablement compromis dans une nouvelle affaire.

— L'homme que nous quittons parlait de lui comme d'un bandit de la pire espèce. Et c'est à un pareil misérable que vous accorderez votre confiance? Vous ferez de lui notre allié?...

XXIV

— Eh! mademoiselle, — répliqua René, — nous n'avons ni le choix des alliés, ni celui des moyens d'action ; il ne faut point dédaigner ceux, quels qu'ils soient, que le hasard nous offre. — Réfléchissez, il en est temps encore... — Si votre cœur se soulève de dégoût à de certains contacts, si vos pieds n'ont pas le courage d'effleurer la fange des terribles milieux où nous devrons passer, des chemins effrayants que nous aurons à suivre, il faut me laisser agir seul... — Songez, si vous persévérez, qu'il vous faudra vous asseoir à côté de ce bandit, prendre la main qu'il vous tendra, écouter ses grossiers propos, ses beaux plans de vol et de meurtre... — Je crains que ce ne soit au-dessus de vos forces... — — Moi je n'hésiterai devant rien, parce que je me suis juré d'arriver à mon but et de rendre l'honneur au nom que vous portez... — Mais je comprends que pour une jeune fille la tâche est trop lourde, le fardeau trop écrasant... — Donc, je vous le répète encore, il est temps de vous arrêter si vous devez défaillir en route !...

— Non, monsieur René, je ne défaillirai pas ! — répondit Berthe avec résolution. — Il faut me pardonner un premier mouvement de dégoût involontaire... — Je ne me séparerai point de vous... — Où vous irez, j'irai, et je suivrai d'un pas ferme les chemins où vous passerez vous-même ! — Pour accomplir avec vous la tâche sainte que nous avons entreprise, nul scrupule ne peut m'arrêter! Je braverais le mépris lui-même ! ! — L'estime du monde me reviendra quand j'aurai réhabilité la mémoire de mon père !

En prononçant ces dernières paroles Berthe pensait à Étienne Loriot qui l'avait injustement soupçonnée, qui la croyait coupable et qui la méprisait...

Un nuage passa sur son doux visage. — Une larme vint à ses paupières. Ce fut l'affaire de moins d'une seconde et toute trace d'émotion disparut.

— Où allons-nous? — reprit l'orpheline.

— A la Conciergerie. — Prenons une voiture...

Berthe sourit.

— Vous êtes un prodigue! — répliqua-t-elle. — A quoi bon d'inutiles dépenses? — je suis forte et je marche bien... — Allons à pied.

Ils marchèrent côte à côte, rapidement et silencieusement, et ne tardèrent pas à arriver.

— Attendez-moi en vous promenant sur le quai... — dit René à sa compagne, — je vais questionner.

— Allez donc, et tâchez de m'apporter une nouvelle rassurante.

Puis la jeune fille s'accouda sur le parapet du quai, tandis que le mécanicien franchissait le seuil de la cour du dépôt.

René frappa discrètement à la porte bardée de fer.

Un guichet s'ouvrit.

— Que voulez-vous? — demanda le gardien de service.

— Vous prier, monsieur, de vouloir bien me donner un renseignement.

— Quel renseignement?

— Tout à l'heure je suis allé à Sainte-Pélagie pour attendre un détenu qui devait sortir ce matin, ayant fini son temps... — Là j'ai appris que ce détenu avait été amené ici, hier, et qu'il y était resté.

— Eh bien!

— Eh bien! monsieur, je désirerais savoir si ce détenu est impliqué dans une nouvelle affaire.

— Comment le nommez-vous?

— Jean-Jeudi.

Le gardien fit la grimace.

— Jean-Jeudi! — répéta-t-il. — Ah! ah! c'est un joli paroissien, ce gaillard-là! Il a été conduit ici pour répondre aux questions du directeur qui voulait l'interroger au sujet du bel état dans lequel il s'est mis à la Souricière il y a huit jours... Le directeur de Sainte-Pélagie a porté plainte... — Le cantinier et un surveillant vont probablement perdre leur place à propos de ce coco-là!

— Qu'avait-il donc fait? — demanda René qui jugea bon de feindre une complète ignorance.

— Il s'était grisé comme la bourrique à Robespierre!...

— Pourriez-vous me dire où il est?

— En liberté depuis deux heures...

— Merci, monsieur...

René Moulin salua et rejoignit Berthe sur le quai.

— Avez-vous appris quelque chose? — lui demanda la jeune fille.

— Ah! mademoiselle, nous n'avons guère de chance!

— Jean-Jeudi est emprisonné de nouveau?

— Au contraire, et mieux vaudrait qu'il le fût... — Il est en liberté...

— N'est-ce donc pas ce que nous désirions?

— Sans doute, mais dans des conditions différentes! — Le moyen de le trouver maintenant?

— Ignorez-vous son adresse?

— Est-ce que ces gens-là demeurent quelque part?

— Ne lui avez-vous point donné la vôtre?

— Non ! — Pouvais-je prévoir qu'il serait conduit à la Conciergerie? — Il nous échappe ! Ah! si j'avais su !

— Que faire? — murmura Berthe tristement.

— Ne point nous décourager et prendre patience... — Jean-Jeudi doit hanter les endroits suspects tels que celui où j'ai fait sa connaissance à Batignolles... — Je les parcourrai l'un après l'autre et je finirai bien par retrouver notre homme... Allons déjeuner, mademoiselle, et ensuite je me mettrai en quête...

Une demi-heure après ces paroles échangées, le mécanicien et l'orpheline arrivaient à la rue Notre-Dame-des-Champs.

Comme ils passaient devant la loge la concierge les arrêta.

— Vous avez quelque chose pour moi? — demanda Berthe.

— Oui, mademoiselle, une lettre... C'est bien pour vous, puisqu'elle porte l'adresse de votre pauvre défunte mère...

Et elle tendit à la jeune fille une lettre pliée grossièrement, fermée avec un pain à cacheter, et dont la suscription était presque illisible.

— Ça n'est pas venu par la poste... — ajouta-t-elle. — Ça a été apporté il y a peut-être une heure par un individu si maigre que ça faisait pitié... — Il ne doit pas manger souvent à sa suffisance, celui-là !...

René eut un pressentiment.

— Ce doit être Jean-Jeudi... — pensa-t-il.

C'était bien en effet Jean-Jeudi.

Le mécanicien en eut la preuve lorsque Berthe, une fois dans son logement rompit le cachet et lut à haute voix les lignes suivantes, dont nous ne reproduisons point l'orthographe fantaisiste :

« Madame Monestier,

« Vous devez savoir l'adresse de M. René Moulin. — Auriez-vous la complaisance de lui faire savoir le plus tôt possible, c'est-à-dire autant que ça se pourra tout de suite, qu'un camarade qu'il comptait voir ce matin rue de la Clef l'attend ce soir, à dix heures, aux *Barreaux-Verts*, rue de la Gaîté, à Montparnasse. — C'est très important. — J'ai bien l'avantage de vous saluer.

« *P.-S.* — S'il ne me trouve pas tout de suite, il demandera *monsieur Jean.* »

— Point de signature, — dit René, — mais le contenu de la lettre et l'allusion à la rue de la Clef ne peuvent laisser l'ombre d'un doute... — Le *camarade* en question est parfaitement Jean-Jeudi... — J'irai ce soir au rendez-vous qu'il me donne...

— Je vous y accompagnerai... — répliqua Berthe.

— Cette maison est plus que suspecte!

— Qu'importe? — le but que nous poursuivons justifie toutes les démarches...
— D'ailleurs, avec vous, je ne crains rien...

— Et vous avez raison...

— Mais, — poursuivit la jeune fille, — comment cet homme savait-il que vous connaissiez ma mère, et qui lui a donné l'adresse de cette demeure?

— C'est tout simple... — Jean-Jeudi avait été l'intermédiaire entre moi et Ugène, ce brave marchand de contremarques qui s'est chargé d'apporter ma lettre à Mᵐᵉ Monestier... — Jean-Jeudi aura retenu l'adresse.

Cette explication, avons-nous besoin de le dire? était de tout point conforme à la vérité.

Jean-Jeudi, en sortant de prison, avait pensé tout aussitôt à René Moulin.

Il ne se souvenait pas qu'étant ivre il avait confié la moitié de son secret à son compagnon de captivité, mais nous savons que, reconnaissant de ses bons procédés à son égard, il comptait l'associer à sa tentative de vengeance et de chantage, et lui faire une part très ample sur les sommes considérables que ce chantage ne manquerait pas de produire.

Aussitôt libre il se demanda comment il retrouverait son associé futur, et il devint fort perplexe en se répondant qu'il n'en savait absolument rien.

Par bonheur il se souvint tout à coup du nom de Mᵐᵉ Monestier écrit sur la lettre confiée par René à Ugène.

— S'il ne demeure pas là, — se dit-il, — on doit au moins savoir où il perche... on lui fera ma commission...

En conséquence Jean-Jeudi entra chez un marchand de vin, se fit servir à boire, écrivit les quelques lignes que nous connaissons, et alla déposer sa missive chez la concierge de la rue Notre-Dame-des-Champs.

De là il se rendit rue des Vinaigriers, où nous savons qu'il avait son logement auquel il tenait beaucoup.

Une violente contrariété l'attendait.

Le portier, fidèle interprète des volontés du propriétaire qui ne voulait pas de gens suspects dans sa maison, lui signifia qu'il fallait déloger dans les quarante-huit heures.

Ceci était absolument illégal, mais le bandit n'était point en situation de se défendre contre les abus de pouvoir du propriétaire.

En conséquence il se contenta de répondre :

— C'est bon... — Dès demain j'enlèverai mes meubles...

Et il se mit en quête d'un nouveau logement.

Il pestait d'autant plus qu'en ce moment son unique fortune consistait en la pièce de vingt francs donnée par René Moulin, que son séjour au cachot lui avait fait conserver intacte, — bien malgré lui, — mais il ne voulait pas vendre ses meubles.

Jean-Jeudi s'était dirigé vers Belleville.

Il monta la rue Rébeval, cherchant une chambre à louer pour sortir d'embarras.

La rue Rébeval est coupée de petites rues qui viennent aboutir aujourd'hui au boulevard Puebla, et qui donnaient alors sur les terrains vagues des Buttes-Chaumont.

XXV

Jean-Jeudi parcourut toutes ces rues dont les maisons, où plutôt les bicoques, n'étaient bâties que de vieux bois et de crépissage.

Dans la rue Lauzun il s'arrêta devant un écriteau portant cette indication :

PETIT LOGEMENT A LOUER DE SUITE

Il pénétra dans une vaste cour.

A droite de cette cour s'élevait un corps de bâtiment haut de deux étages.

A gauche, on ne voyait que des hangars vides, adossés à un grand mur.

Derrière ce mur se trouvaient les terrains glaiseux des buttes.

Jean-Jeudi entra chez la concierge avec des manières d'homme du monde cherchant un hôtel dans le quartier Monceau.

— Vous avez un rez-de-chaussée à louer ? — lui demanda-t-il...

— Oui, monsieur...

— Voulez-vous me le montrer ?

— C'est mon devoir, monsieur, et ce sera mon plaisir.

Puis ce concierge aimable sortit, après avoir pris deux clefs pendues à un crochet près de la cage de son sansonnet.

— C'est au fond de la cour, — dit-il, — et même il y a une autre entrée sur la cité Rébeval.

— Bien... — Conduisez-moi, s'il vous plaît...

Le rez-de-chaussée en question formait un corps de bâtiment minuscule, construit en briques et en plâtras et dissimulé derrière les hangars.

La concierge ouvrit la porte et entra le premier.

Deux pièces constituaient le logement.

La seconde donnait sur une petite cour. — Le mur de cette cour était percé d'une porte établissant la comunication avec la cité Rébeval.

Le voleur émérite paya sa dépense et dit.

C'était propre, étant presque neuf, mais l'humidité suintait partout.

— Combien ça? — demanda Jean-Jeudi.

— Trois cents francs.

— Fichtre! c'est cher!

— Dernier prix... — Inutile de marchander...

— Paye-t-on un terme d'avance?

— Non, quand on a des meubles pour répondre de la location... — Avez-vous de meubles?

— Si j'ai des meubles !! — s'écria le bandit d'un ton majestueux — Ah çà ! est-ce que vous me prenez pour un va-nu-pieds !!

— Alors le propriétaire n'exigera rien.

— Dans ce cas, je loue... — Voici cinq francs de denier à Dieu.

— Grand merci, monsieur... — Quand emménagerez-vous?...

— Ce soir ou demain matin, mais ce sera je crois plutôt demain que ce soir...

— A votre aise, et quand vous voudrez, puisque c'est libre... A propos, monsieur, comment vous appelez-vous?

Jean-Jeudi donna le premier nom qui lui vint à l'esprit, et se retira en se disant :

— Je n'ai pas assez d'argent pour déménager aujourd'hui... — René me prêtera ce soir une cinquantaine de francs remboursables après l'affaire.

Tout en flânant, et en réfléchissant au passé et à l'avenir, Jean-Jeudi prit à travers Paris le chemin de la barrière Montparnasse.

Il allait aux *Barreaux-Verts*, espérant y rencontrer d'anciennes connaissances et tuer le temps en attendant René Moulin.

Le café-restaurant des *Barreaux-Verts*, rue de la Gaîté, était un établissement célèbre que la pioche des démolisseurs vient d'abattre, sans égard pour les acacias séculaires ombrageant sa vaste cour garnie de tables et de bancs où venait s'asseoir toute une population de buveurs, — population singulièrement mêlée, nous devons le dire, et qui n'était pas toujours le dessus du panier.

Nombre de repris de justice y coudoyaient les bons bourgeois et les ouvriers honnêtes.

Une maison à deux étages occupait le fond de cette cour, fermée par un mur à hauteur d'appui sur lequel s'appuyait une balustrade de barreaux de bois carrés et peints en vert pâle.

De là le nom de l'établissement.

Les grands salons du premier étage étaient réservés aux repas de noces, aux banquets de corporations.

Souvent aussi, à la sortie du cimetière où l'on venait d'assister à l'enterrement d'un parent ou d'un ami, on s'y donnait rendez-vous pour manger de bon appétit et sans la moindre mélancolie un morceau de fromage de Brie et quelques douzaines d'escargots, arrosés de vin de Suresnes, et parler du pauvre défunt, dont on faisait l'éloge au début, et dont on finissait généralement par dire énormément de mal.

Les buveurs de toutes les catégories se réunissaient au rez-de-chaussée.

Là se trouvaient une vaste salle, d'autres plus petites, et des cabinets, tout cela propre et bien tenu, mais trop souvent ensanglanté par des rixes dont le dernier mot se disait à coups de couteau.

Les forçats libérés ou en rupture de ban, les souteneurs et leurs femelles, les jeunes *voyous* apprentis voleurs et futurs assassins, les Gille et les Abadie de l'avenir fréquentaient les *Barreaux-Verts*.

C'est dans un pareil lieu que René Moulin, accompagné de Berthe Leroyer, devait venir chercher Jean-Jendi.

Ce dernier, — ainsi qu'il y comptait d'ailleurs, — retrouva là de vieux camarades ; aussi fut-il bien vite installé à une des tables, la pipe aux dents et le verre à la main.

Quelqu'un proposa une partie de cartes.

Jean-Jeudi était joueur, il accepta.

A neuf heures du soir, toujours jouant et toujours buvant, il commença à se sentir la tête échauffée.

Il se leva en jetant les cartes sur la table.

— Tu fais charlemagne ! — s'écria l'un de ses adversaires.

— Oui, en perdant cent sous...

— Vrai ?

— Parole !

— Eh bien ! continue, tu les rattraperas...

— Ou je perdrai dix francs, merci !...

— Alors, demande un autre litre...

— Pas davantage... — J'ai des affaires ce soir... un rendez-vous de grande conséquence... — Il me faut tout mon sang-froid...

— A ton aise.

Jean-Jeudi se fit servir un dîner succinct et, quand l'horloge de l'établissement marqua dix heures moins un quart, il se dirigea vers la première salle du rez-de-chaussée....

Le patron trônait derrière son comptoir d'étain luisant, le bonnet grec incliné sur l'oreille et le tablier retroussé crânement sur son abdomen rebondi.

Le voleur émérite paya sa dépense et dit :

— Avez-vous un cabinet libre ?

— Ils le sont tous...

— Eh bien ! je prendrai celui que voilà...

— Le n° 3 ?

— Oui... — Vers dix heures, on viendra probablement me demander... — Vous indiquerez le numéro...

— Très bien... — Qui demandera-t-on ?

— Monsieur Jean...

— Suffit... — Qu'est-ce qu'il faut vous servir ?...

— Un petit punch au cognac...

Le patron commanda un punch, et Jean-Jeudi s'installa dans le cabinet, pièce étroite munie simplement d'une table de bois blanc et d'une demi-douzaine de tabourets.

Un bec de gaz que le garçon alluma éclairait faiblement cet intérieur où le *confort* cher aux Anglais brillait par son absence.

Le vieux voleur se laissa lourdement tomber sur un tabouret et il attendit.

Au moment où sonnaient dix heures René Moulin, ayant Berthe à son bras, franchissait le seuil de la grande salle bondée en ce moment de buveurs des deux sexes.

L'âcre fumée des pipes juteuses et des cigares de mauvaise qualité noyait les feux du gaz dans un épais brouillard, rendait l'atmosphère irrespirable et, se mêlant aux parfums suspects du vin chaud et des alcools frelatés, soulevait le cœur.

Berthe, saisie d'un immense dégoût et d'un involontaire effroi, s'arrêta.

René sentit le bras de la jeune fille trembler sur le sien.

Il se pencha vers elle.

— Courage... — lui dit-il à voix basse, — c'est vous qui avez voulu venir, et maintenant il n'est plus temps de reculer.

— Est-ce qu'il faudra nous asseoir à l'une de ces tables? au milieu de tout ce monde? — balbutia l'orpheline.

— Non... — Lorsque nous aurons trouvé notre homme, nous l'emmènerons hors d'ici...

— Hâtons-nous donc, je vous en supplie.

— Est-ce que vous avez peur?...

En ce moment des femmes, — ivres aux trois quarts et dont les allures dévergondées indiquaient la profession, — attachaient sur Berthe des regards à la fois curieux et insolents.

La jeune fille devint pourpre sous son voile.

— Oui, — répondit-elle, — j'ai peur et j'ai honte...

— Vous n'avez rien à craindre, mademoiselle, vous le savez bien, puisque je suis avec vous... — D'ailleurs, ici du moins, les gens qui nous entourent ne sont pas dangereux... — Rassurez-vous donc et parcourons cette salle... — Nous trouverons sans doute Jean-Jeudi à l'une de ces tables.

Berthe, se cramponnant au bras du mécanicien, — car malgré son énergie morale ses jambes faiblissaient, — le suivit, les yeux baissés et les oreilles pleines de bourdonnements.

René se glissait au milieu des rangées de buveurs.

Il ne voyait point celui qu'il désirait tant rencontrer, et il commençait à éprouver quelque inquiétude

De la grande salle il passa dans les petites. — Mais là encore il se trouva désappointé.

— Peut-être n'est-il pas encore venu... — dit Berthe. — Sortons... Nous l'attendrons dehors.

Ils se dirigèrent vers la porte de sortie.

Sur leur passage ils rencontrèrent le patron qui, leur voyant l'air dépaysé et soucieux, demanda :

— Chercheriez-vous quelqu'un, par hasard, monsieur et madame?...

— En effet... — dit René.

— Et, peut-on savoir qui?

Le mécanicien se souvint aussitôt du post-scriptum de la lettre du voleur émérite.

— *Monsieur Jean...* — répondit-il.

— Très bien... — Il vous attend dans un cabinet en compagnie d'un petit punch au cognac...

— Par où faut-il passer pour aller le rejoindre, je vous prie?

— Je vais vous faire conduire...

XXVI

Le maître de l'établissement appela un de ses garçons et lui dit :

— Menez monsieur et madame au numéro 3...

Le garçon précéda nos deux personnages et ouvrit la porte.

Jean-Jeudi leva vivement la tête, et fronça le sourcil en s'apercevant que René n'était pas seul.

Le mécanicien le vit à merveille, mais n'eut pas l'air de le remarquer, et s'écria :

— Nous vous trouvons enfin, camarade, mais ce n'est pas sans peine!... Nous allions sortir sans vous avoir rejoint quand le patron nous a renseignés.

— Ah çà! vous n'aviez donc pas lu le dernier mot de ma *babillarde?..*

— Si, mais votre recommandation m'était sortie de la tête.

— Enfin, puisque vous voilà, c'est bon... — Qu'est-ce que vous voulez prendre?

René lança un regard à Berthe pour la supplier de ne point laisser voir son dégoût et d'accepter.

La jeune fille comprit à merveille et répondit :

— Ce que prend monsieur...

Jean-Jeudi se leva, ouvrit la porte et cria de toutes ses forces, afin de dominer le tumulte des grandes salles :

— Punch au cognac au 3, pour trois ! !

— Servez ! boum ! ! — répondit une voix sonore, ni plus ni moins que dans les cafés du Palais-Royal.

Quelques secondes s'écoulèrent.

Jean-Jeudi ne disait rien.

Il semblait préoccupé, fronçait le sourcil de plus belle, et il regardait Bertho en dessous.

Son attitude glaciale inquiéta René Moulin.

— Ah çà ! camarade, — lui demanda-t-il, — qu'est-ce qu'il y a ? — Vous avez l'air tout je ne sais comment... — Est-ce que quelque chose vous chiffonne ? — Moi qui étais si content de vous revoir...

— Je le suis pareillement, rapport à vous... — répliqua Jean-Jeudi.

Puis, sans transition, il demanda :

— Est-ce que madame est de vos parentes ?

— Non, mademoiselle n'est pas ma parente, — répondit René Moulin à la question de Jean-Jeudi, — mais c'est une amie, et une vraie, sur laquelle je peux compter absolument... — Il ne faut donc pas que sa présence vous empêche de me parler à cœur ouvert...

Le vieux bandit se gratta l'oreille.

— C'est que, voyez-vous, — murmura-t-il, — quand on doit causer d'affaires sérieuses, et qu'il y a là du beau sexe, j'aime pas bien ça...

— Eh ! monsieur, — répliqua vivement l'orpheline, comprenant qu'il fallait s'attirer les sympathies du voleur émérite et gagner sa confiance, — ne voyez point en moi une femme, mais le camarade de René, un autre lui-même, prêt à tout pour lui obéir, et capable de tout oser...

— Capable de tout oser ?... — répéta Jean-Jeudi.

— Tout, oui, monsieur...

— Vous nous serviriez donc au besoin ?...

— Comme un homme, et peut-être mieux qu'un homme... — Les femmes peuvent d'autant plus de choses que l'on ne se défie pas d'elles...

— C'est vrai, tout de même... — Les femmes, c'est malin ! ça mettrait le diable dans un sac et ça irait le vendre au marché ! — Bref, vous savez de quoi il retourne ?

— René m'en a dit quelques mots...

— Sans doute, — appuya le mécanicien, — et je vous affirme qu'elle peut nous être bigrement utile... elle est de bon conseil...

— Eh bien ! nous verrons ça tout à l'heure... — Attendons qu'on nous ait servi le punch au cognac... — J'en ai goûté un échantillon... — Il n'est pas mauvais...

— A propos, — reprit René, — je suis allé vous attendre ce matin, rue de la Clef, à la sortie...

— Je m'en suis douté... — Vous avez fait choublanc... — J'étais à la Préfecture...

— On me l'a dit... — J'y ai couru... vous veniez de partir... — Il paraît que le cantinier de la Souricière et un gardien vont être cassés aux gages à cause de vous...

— Tant pis pour eux! — Je ne m'intéresse guère à ces animaux-là, mais le fait est que j'avais un rude plumet, n'est-ce pas?

— Assez joli...

— Et j'ai blagué, hein?

— Vous aviez la langue bien pendue...

— Et j'ai dit des bêtises?

— Nullement; vous disiez au contraire des choses si intéressantes que j'attendais avec impatience le moment de vous revoir et de reprendre l'entretien...

— Qu'est-ce que je dégoisais donc? — demanda Jean-Jeudi avec inquiétude.

— Vous parliez de la nuit du 24 septembre 1837... de la place de la Concorde, du Pont-Tournant... du pont de Neuilly...

— Une sourdine à ton grelot... — fit vivement le vieux bandit. — Voici du monde.

Le garçon entrait, apportant un bol de cuivre bosselé et désargenté rempli de punch flamboyant qu'il plaça sur la table avec des verres en demandant :

— Vous faut-il autre chose?

— Pas pour le quart d'heure, mon fiston... — répliqua le bandit. — On t'appellera en temps utile... — Tourne-nous les talons.

Le garçon se retira.

Jean-Jeudi fit flamber le liquide et remplit les verres.

— Allors, comme ça, — dit-il en trinquant successivement avec Berthe et René, — vous êtes du métier, ma poulette?

L'orpheline le regarda sans comprendre.

— Oui, parbleu, — se hâta de répondre le mécanicien, — elle en est, et joliment rusée, je vous en fiche mon billet...

— Et, sans doute, — poursuivit le voleur émérite, reprenant ses habitudes de tutoiement, — elle voudrait toucher un petit dividende dans la grosse affaire à laquelle j'ai promis de l'associer?

— Non, — répliqua René, — ce ne serait pas juste... nous étions deux, vous et moi, nous resterons deux...

— Alors, pourquoi travaillera-t-elle?...

— Pour m'obliger donc, et pour nous rendre service... — D'ailleurs ma part sera la sienne... — D'après ce que vous m'avez dit, il s'agit d'un fort coup qui doit nous enrichir. — Si je suis riche, elle sera riche, et ça viendra bien à propos, car les eaux commencent à être bigrement basses... — Mes goussets se vident.

— Eh bien! nous les regarnirons! — répondit Jean-Jeudi. — J'ai promis et je n'ai qu'une parole... chose promise... chose due... — et puis tu as été pour moi un bon camarade... — Ta bourse était la mienne à Sainte-Pélagie et, si tu n'avais pas payé mon avocat, je serais peut-être au clou pour deux ans comme ce gredin de Fil-en-Quatre!... — Je te rembourserai tout ça... — Seulement je dois te prévenir que pour commencer l'attaque il faudra quelques sous, et que je suis à sec...

— Le peu qui me reste est à votre disposition... — répliqua René.

— Je n'ai pas d'argent, moi, — ajouta Berthe avec chaleur, — mais j'offre mon temps, mon adresse, mon énergie, et je ne les marchanderai pas!

Jean-Jeudi regarda l'orpheline en souriant et lui mit paternellement la main sur l'épaule.

— Saperlipotte! — s'écria-t-il. — Elle va bien, la poulette! Elle a du sang! Elle me botte! Ça doit être une rude gaillarde malgré son air mignon!

— C'est mon élève... — dit René, — et je m'en vante!

En sentant la main du voleur toucher son épaule la jeune fille tressaillit et devint successivement rouge de honte et pâle de colère, mais elle imposa silence à l'orage qui grondait en elle.

Ce fut donc d'une voix presque ferme qu'elle articula ces mots :

— Oui, je suis son élève et je lui fais honneur, vous verrez...

— Cré nom! — fit le bandit chez qui l'enthousiasme succédait à la défiance, — je crois que ça sera un vrai plaisir de travailler avec vous!

— Nous disons donc, — reprit René, — qu'il s'agit d'une affaire devant rapporter de gros profits?...

— Énormes...

— Combien?

— Tout ce qu'on voudra...

— Tout ce qu'on voudra!... — répéta le mécanicien.

— Oui.

— C'est trop vague... J'aimerais mieux un chiffre... au moins comme ça on sait où l'on va.

— Où l'on va? — je vais vous le dire, — répliqua Jean-Jeudi d'une voix sourde après avoir avalé coup sur coup trois verres de punch... — Figurez-vous que je tiens dans mes mains l'honneur de deux personnes, de deux misérables qui ont voulu me tuer... Figurez-vous que ces misérables sont riches... riches à millions, vous m'entendez bien... et que j'attends la vengeance depuis vingt ans, et que je compte, si vous m'aidez, rattraper la meilleure part de ces millions qu'ils ont volés!

Les deux hommes déjeunèrent à la hâte dans un petit restaurant de la barrière.

— Une affaire de chantage, bravo!... — dit René avec conviction. — Ce sont les meilleures ! — En prison vous m'aviez déjà fait une ouverture à ce sujet. — Ça me va beaucoup...

— Et à moi donc !... — appuya Berthe jouant son rôle avec une crânerie superbe.

— Le temps a dû vous paraître long, depuis vingt ans ! — reprit le mécanicien.

— Ah ! je t'en réponds ! — Ma haine et mes projets datent de 1837.

L'orpheline frissonna en répétant :

— Dix-huit cent trente-sept... — Et à quelle époque de l'année ?...

— Au mois de septembre...

— Et l'affaire, où se passait-elle ?

— A la place de la Concorde d'abord, près du Pont-Tournant... — Par une soirée sombre et pluvieuse une femme et deux hommes attendaient...

Berthe regarda Jean-Jeudi dans les yeux.

— Étiez-vous l'un de ces hommes ? — demanda-t-elle.

Le bandit hésita pendant le quart d'une seconde.

— Non... — répondit-il enfin. — L'un des hommes n'existe plus, il était mon camarade, et c'est lui qui, au moment où il mourait empoisonné par les deux complices, m'a confié le secret dont je savais déjà quelque chose.

— La femme et l'autre homme sont encore vivants? — reprit la jeune fille.

— Oui.

— Que sont-ils devenus ?

— Un peu de patience, donc ! toute chose aura son tour ! — Laissez-moi raconter l'histoire à ma façon... — Donc les trois complices attendaient un homme... — Il arriva, portant un enfant dans ses bras...

XXVII

L'orpheline sentit un nouveau frisson passer sur sa chair.

— Un enfant !... — balbutia-t-elle.

— Oui, un pauvre petit gosse qui pouvait avoir dans les dix-huit mois ou deux ans... — L'homme qui faisait le guet, — (pas celui qui est mort, celui que nous retrouverons), — s'avança de quelques pas à la rencontre du porteur de l'enfant, et après l'échange d'une demi-douzaine de paroles le fit monter dans une voiture où il monta près de lui...

« Sur le siège se trouvait l'homme qui devait frapper, et la femme, déguisée en cocher de fiacre.

« La voiture se mit à rouler très vite du côté de Neuilly, car les chevaux marchaient un train du diable...

« Un peu avant d'arriver au pont elle s'arrêta.

« Les deux hommes de l'intérieur descendirent...

« Le troisième dégringola du siège et marcha derrière les deux autres...

« Il les suivit ainsi jusqu'au milieu du pont.

Le voleur émérite s'interrompit.

Berthe, dont les mains se crispaient d'horreur sur les bords de la table, cessa d'être maîtresse d'elle-même.

Elle provoqua la reprise du récit de Jean-Jeudi en s'écriant :

— Et c'est au milieu du pont qu'il frappa l'enfant et l'homme?...

— L'homme seulement... — répliqua le bandit. — Un coup de couteau entre les deux épaules l'étendit par terre. — On releva son cadavre et on le lança dans la Seine par-dessus le parapet...

— Et l'enfant ?

— Le meurtrier le prit et s'enfuit.

René frémissait.

— Vous avez vu cela ? — demanda-t-il.

— Oui, caché derrière un arbre de l'avenue!... — fit Jean-Jeudi sans réfléchir à l'absurde invraisemblance de sa réponse... — Je ne suis pas méchant... — J'aurais bien porté secours à l'homme assassiné, mais il était trop tard, et d'ailleurs qu'aurais-je pu, seul contre trois ?...

— Savez-vous ce qu'on a fait de l'enfant? — demanda Berthe.

— Le camarade, quand je l'ai retrouvé mourant, m'a dit qu'il l'avait abandonné sous la porte d'une maison au bord de la route... soit dans l'avenue de Neuilly, soit aux Champs-Élysées... je ne me souviens plus au juste...

— Mais, — reprit le mécanicien, — pourquoi ces gens ont-ils voulu vous tuer, car enfin vous n'étiez pas leur complice?...

Jean-Jeudi hocha la tête et répliqua, les dents serrées :

— Ça, c'est une autre histoire que je vous dirai en son temps... un peu plus tard... — Le principal c'est que je sais tout... — que j'ai tout vu...

— Bref, vous connaissez les assassins ?...

— Oui.

— Leurs noms ?...

— Je ne suis pas encore absolument sûr de les savoir... je ne connais que les visages... et je les reconnaîtrai n'importe quand, car ils sont restés dans ma mémoire comme si ce que je vous racontais tout à l'heure s'était passé hier.

— Et depuis vingt ans vous cherchez ?

— Sans résultat... — Il y a un mois seulement le hasard m'a mis en présence d'une femme qui pourrait bien être la gredine du pont de Neuilly... — Néanmoins j'ai certaines raisons pour en douter...

— Quelles raisons ?

— Elle est Anglaise... elle est mariée ou veuve... je puis avoir été dupe d'une ressemblance...

— Il fallait vous en assurer.

— Parbleu ! c'est ce que j'aurais fait, mais j'ai été mis à l'ombre, par suite de la dénonciation de ce scélérat de Fil-en-Quatre, juste le lendemain du jour où j'avais vu la femme et où j'allais probablement reconnaître son complice.

— L'homme qui commandait les assassins du pont de Neuilly ?

— Oui... — Et, celui-là, je crois savoir son nom...

— Il s'appelle ?

— Le duc Georges de la Tour-Vaudieu...

René Moulin fit un geste de stupeur.

— Le père de l'avocat Henry de la Tour-Vaudieu qui nous a défendus ! — s'écria-t-il. — Mais c'est impossible !

— Ça en a l'air, et pourtant tout me fait supposer que je ne me trompe pas... — Plume-d'Oie, l'ex-notaire, un vieux camarade qui vous imite n'importe quelle écriture comme j'avale un verre de vin, possède la copie d'une lettre écrite à l'homme assassiné, lettre lui donnant rendez-vous place de la Concorde, au Pont-Tournant, et signée : DUC S. DE LA T.-V., ce qui signifie : DUC SIGISMOND DE LA TOUR-VAUDIEU.

— Mais, — répliqua le mécanicien, — vous venez de parler du duc Georges.

— Oui, le propre frère de Sigismond, un débauché criblé de dettes et qui, pour hériter de la fortune de son aîné, l'avait fait tuer en duel le matin du jour où l'enfant et le vieillard devaient être assassinés au pont de Neuilly...

— Vous avez cette lettre ? — demanda Berthe.

— Non, mais je sais où elle est...

Et Jean-Jeudi raconta au mécanicien et à l'orpheline ce que lui avait raconté Plume-d'Oie.

— Il faut avoir la lettre... — dit René. — Elle nous servira de pièce de conviction, si toutefois les initiales dont elle est signée sont bien celles du duc Sigismond de la Tour-Vaudieu...

— En doutez-vous ? — s'écria le voleur émérite.

« N'est-ce pas clair comme de l'eau de roche ?...

— Moins que vous ne croyez, car je connais de nom un personnage dont les initiales sont identiques, le duc Sosthène de la Tour-Villeneuve...

— Ah diable !... fit Jean-Jeudi désappointé...

— Et peut-être, — ajouta Berthe, — trouverait-on dans l'*Annuaire de la noblesse* d'autres noms commençant par les mêmes lettres...

— L'*Annuaire de la noblesse*, est-ce ce qu'on appelle l'*Armorial ?* — demanda Jean-Jeudi.

— Oui, — dit René.

— Eh bien ! c'est dans l'*Armorial* que l'ex-notaire a fait des recherches et qu'il a pêché le nom de la Tour-Vaudieu...

— Peut-être s'est-il contenté du premier nom qui s'offrait à lui et s'ajustait aux initiales en question... — Il me semble impossible que le père de notre généreux défenseur soit un misérable.

— Ne vous y fiez pas... — répliqua Jean-Jeudi. — Le fils est un digne jeune homme, c'est certain, mais il est positif que le duc Sigismond a été tué en duel le matin de l'assassinat du pont de Neuilly...

— Qu'est-que cela prouve ? — Le hasard est peut-être l'unique cause de cette coïncidence... — Le duc Sigismond était-il marié ? — L'enfant qu'on voulait faire disparaître lui appartenait-il ?

— Je l'ignore... — murmura Jean-Jeudi, s'apercevant avec un désappointement immense combien ses renseignements étaient incomplets.

— Mon avis, — dit Berthe, — est qu'il faut s'occuper avant tout de cette femme en qui M. Jean-Jeudi a cru reconnaître la complice...

— Elle a raison, la poulette ! — s'écria le vieux bandit. — Si je ne me suis pas trompé, en tenant l'une on tiendra l'autre...

— Où demeure cette personne ? — demanda le mécanicien.

— Rue de Berlin, dans un petit hôtel bigrement bien meublé... à ce qu'on m'a dit, du moins...

— Comment se nomme-t-elle ?

— Mistress Dick Thorn...

— Dick Thorn... — répéta René, se souvenant aussitôt que ce nom était celui de la voyageuse occupant avant lui la chambre où il avait trouvé le brouillon de lettre significatif, détruit depuis à la place Royale. — D'où vient cette femme ?

— De Londres...

— Ce doit être elle, alors...

— Tu crois ?... — fit vivement Jean-Jeudi.

— Oui, mais il faut en avoir la preuve... — Ah ! si on pouvait...

Le mécanicien s'interrompit.

— Si on pouvait... quoi donc ? — interrogea Berthe.

— Une idée à mûrir... — Je vous en parlerai plus tard... — En ce moment procurons-nous la lettre de Plume-d'Oie...

— Pour l'avoir, il ne s'agit que de retirer les malles... — C'est une affaire de cinq cents francs.

— Demain nous passerons rue de la Reynie, — poursuivit le mécanicien. — Nous prendrons ensuite des mesures pour faire surveiller l'hôtel de mistress Dick Thorn, et enfin nous irons remercier notre défenseur, M. Henry de la Tour-Vaudieu.

— A l'hôtel de la rue Saint-Dominique ? — s'écria Jean-Jeudi.

— Naturellement.

— Fameux moyen de nous introduire dans l'immeuble !... — Comme ça nous verrons peut-être le père, et nous saurons tout de suite à quoi nous en tenir... — Ah ! cré coquin, si le duc Georges et le particulier du pont de Neuilly ne font qu'un, nous pourrons nous vanter d'avoir mis la main sur un joli filon d'or...

— Que nous saurons exploiter, je vous en réponds !... — dit Berthe avec un accent étrange.

Jean-Jeudi sourit.

— Elle est gentille, la petite ! — murmura-t-il. — Elle me va de plus en plus !

— Il se fait tard... — reprit René. — Donnons-nous rendez-vous pour demain.

— Entendu, ma vieille, mais j'ai l'intention de te demander deux petits services...

— Tout à votre disposition, camarade... — De quoi s'agit-il ?

— Je déménage demain matin... — Je voudrais que tu me donnes un coup de main pour enlever mon baluchon et, — comme les toiles se touchent, — que tu me prêtes un peu de monnaie, remboursable sur l'affaire.

René tira de son portefeuille un billet de banque qu'il tendit à Jean.

— Voici cent francs, — lui dit-il, — souvenez-vous seulement que, pour mener à bien notre grande opération, il faut beaucoup de sang-froid, et que je ne veux plus vous voir ivre...

— Comme à la Souricière !... — Sois paisible !... — Rien que ma suffisance, je te le promets, et encore bien juste... — l'équilibre tout le temps, foi de Jean-Jeudi !

— J'y compte...

— Et je tiendrai parole...

— C'est bien... — A quelle heure le déménagement ?

— A sept heures du matin...

— Où nous retrouverons-nous ?

— A mon ancien domicile, rue des Vinaigriers.

— J'y serai, et aussitôt vos meubles casés nous irons rue de la Reynie...

— A demain... — répondit Jean-Jeudi, en tendant les mains à Berthe et à René.

La jeune fille hésita.

Un mouvement de profond dégoût, de répulsion presque invincible, l'empêchait de toucher la main du misérable.

Un regard du mécanicien lui remit sous les yeux les nécessités de la situation.

Elle baissa la tête et se résigna.

René ouvrit la porte.

— Je vais payer en passant au comptoir, — dit-il.

Et il entraîna Berthe.

— Ah ! — murmura la jeune fille quand elle se trouva dans la rue avec son compagnon et quand l'air rafraîchi de la nuit baigna son front brûlant, — donner la main à cet homme ! J'ai cru que je ne pourrais jamais...

— Je vous avais prévenue, mademoiselle. — Vous avez voulu venir...

— Oui, mais je ne savais pas encore tout ce qu'il vient de nous apprendre...

— Ce scélérat qu'il prétend mort, le complice des assassins de Neuilly, ou plutôt l'assassin, c'est lui-même, ne l'avez-vous point compris ?... — C'est sa main qui a frappé mon oncle Leroyer, le médecin de Brunoy ! C'est pour lui, c'est par son crime, que mon père est monté sur l'échafaud !... — Tout m'est expliqué maintenant... — Mon père allait à Neuilly cette nuit-là... — Entendant des cris, le bruit d'une chute dans la Seine, il s'est penché sur le parapet, comme il l'a dit au tribunal, et c'est là que ses mains se sont tachées de sang... — Je vous le répète, René, Jean-Jeudi est l'assassin !...

— Calmez-vous, mademoiselle, je vous en supplie... — En admettant que vous ne vous trompiez pas, Jean-Jeudi peut seul reconnaître ses complices et nous les désigner... — Sans lui nous n'arriverons jamais à réhabiliter la mémoire de l'innocent mort sur l'échafaud !

— C'est vrai... — dit la jeune fille.

— Donc, — poursuivit René, — soyez maîtresse de vous-même, que Jean-Jeudi ne puisse soupçonner un seul instant la véritable raison qui nous a fait le prendre pour allié, et j'ai la ferme croyance que nous toucherons bientôt au but...

— Puisse Dieu vous entendre !...

— Il m'entendra... — La justice divine marche parfois lentement mais elle marche, et tôt ou tard elle arrive !!... Nous voici à votre porte... — A demain, mademoiselle...

— A demain, mon ami... à demain, mon frère...

XXVIII

Le lendemain matin à sept heures, ainsi que cela avait été convenu, René Moulin frappait à la porte de Jean-Jeudi, rue des Vinaigriers.

Les deux hommes prirent des mesures immédiates pour le déménagement, car ils avaient hâte de s'occuper d'affaires sérieuses.

On se procura une tapissière.

Le mobilier que nous avons décrit antérieurement n'était pas lourd. Il fut vite chargé. Avant onze heures il garnissait le nouveau logement du bandit situé, comme nous le savons, cité Rébeval et rue Lauzun.

Jean-Jeudi et René déjeunèrent à la hâte dans un petit restaurant de la barrière.

— Que faisons-nous maintenant ? — demanda le voleur.

— Nous allons rue de la Reynie.

— Tu sais qu'il faut donner cinq cents francs pour retirer les malles de Plume-d'Oie?

— J'ai l'argent dans ma poche.

— Mazette! quel capitaliste!... — Tu as dû travailler pas mal pour réaliser de si belles économies! — Allons donc jeter un coup d'œil sur les papiers de l'ex-notaire...

A l'époque où se passaient les faits que nous racontons, c'est-à-dire en 1857, la transformation de Paris s'opérait de tous côtés.

De nouvelles et larges rues, de grands boulevards, éventraient la ville géante et laissaient pénétrer l'air et la lumière dans les quartiers où jusqu'alors le soleil n'avait été connu que de réputation.

Pour arriver rue de la Reynie, cette antique voie dont la largeur n'excédait pas deux mètres et qui porte le nom du ministre de la police qui le premier fit éclairer Paris, — d'une façon un peu sommaire, il est vrai, — le mécanicien et son compagnon passaient sur un sol effrondé, au milieu des pans de murailles croulant avec fracas sous le pic des démolisseurs.

L'œuvre gigantesque du baron Haussmann se poursuivait sans s'interrompre, sans se ralentir un seul jour.

Depuis un mois on ouvrait la longue artère qui se nomme aujourd'hui le boulevard de Sébastopol.

René et Jean-Jeudi avaient gagné la rue Saint-Martin pour arriver plus facilement au quartier des Halles.

Ils trouvèrent la rue de la Reynie à peu près obstruée par des tombereaux et des échafaudages.

— A quel numéro allons-nous! — demanda René.

— Au numéro 17.

Ils continuèrent leur chemin.

Le mécanicien regardait les numéros au-dessus des portes.

Tout à coup il s'arrêta et Jean-Jeudi fit halte comme lui, en s'écriant :

— Tonnerre du diable! la maison est démolie!... Pas de chance !

René Moulin fronça les sourcils et baissa la tête.

— Encore une déception! — murmura-t-il.

Jean-Jeudi allait et venait comme un ours en cage, et maugréait à demi-voix :

— Ça finit juste au numéro 13... — Il y a deux maisons par terre...

— Êtes-vous sûr de ne pas vous tromper de numéro?

— J'en suis sûr! — Numéro 17!... — C'était inscrit là-dedans... — répliqua le bandit en se touchant le front... — Et ce qui est là n'en sort plus !

— Il faut se renseigner...

— Comment?

— Le propriétaire de l'immeuble exproprié est connu. — On doit savoir où

Jean-Jeudi commençait à s'impatienter, il voyait le beau domestique toujours debout.

il demeure... — Nous irons lui réclamer les malles qui certainement ne sont pas enfouies sous les décombres...

— Bonne idée ! — Je vais aux renseignements...

Jean-Jeudi entra dans la maison qui portait le numéro 13.

Au bout de quelques minutes il reparut, la mine piteuse.

— Eh bien? — lui demanda René.

LIV. 60. F. ROY, éditeur. — Reproduction interdite.   60

— Eh bien! mon vieux, la déveine y est en plein! — Si c'est comme ça que nous débutons, je ne nous vois pas sur le chemin de la réussite! — Oh! mais non!

— On ignore l'adresse du propriétaire?

— Si ce n'était que ça! — On aurait bientôt fait de la trouver dans les bureaux de la ville... — Mais il est défunt depuis un mois, le propriétaire, et tout a été vendu chez lui avant les démolitions...

René fit un geste de colère.

— Ainsi donc il faut renoncer à cette lettre qui pourrait nous être d'un si grand secours! — dit-il d'une voix sifflante, — c'est jouer de malheur!

Après un instant de silence il ajouta :

— Ce Plume-d'Oie est en prison?

— Oui.

— Ne pourrait-on communiquer avec lui?

— Ça serait difficile... — D'abord il faudrait savoir où on l'a envoyé travailler à la confection des chaussons de lisières... Ensuite je ne sais pas du tout si on nous donnerait la permission de le voir, n'étant point de sa famille... — Et puis enfin, à quoi cela nous avancerait-t-il? — Plume-d'Oie m'a raconté ce que contenait la lettre... — Je te l'ai répété... — Quoi de plus à savoir?...

— Quand j'aurai besoin de son témoignage devant la justice, je saurai bien le trouver... — pensa René Moulin.

Il ajouta tout haut :

— Avez-vous la certitude absolue que les initiales servant de signature à la lettre étaient bien celles que vous m'avez dites?

Jean-Jeudi répondit :

— DUC S. DE LA T. V. — J'en ai la certitude.

— Eh bien! allons nous assurer de quelque chose...

— De quoi?

— Vous le verrez... — Cherchons un cabinet de lecture...

— Nous en trouverons du côté du Palais-Royal...

Les deux hommes gagnèrent le Palais-Royal en passant par les Halles et la rue Coquillière.

Chemin faisant ils étaient entrés dans deux ou trois cabinets de lecture où on avait répondu à la demande de René en lui offrant l'Almanach du commerce, qui ne faisait pas du tout son affaire.

— Je ne trouverai ça que chez les libraires... — murmura le mécanicien.

Suivi de Jean-Jeudi, il s'engagea sous les arcades, pénétra dans la galerie d'Orléans et fit halte devant les vitrages des magasins de Dentu, le célèbre éditeur, un des princes de la librairie.

Derrière ces vitrages s'étalaient en bel ordre les couvertures coquettes et multicolores de volumes innombrables sur lesquels rayonnaient les plus beaux noms de la littérature contemporaine.

— Ça sera bien le diable, — dit René, — si nous ne trouvons pas là notre affaire !

Il franchit le seuil.

Jean-Jeudi, intimidé, l'attendit dans la galerie.

— Monsieur, — demanda le mécanicien à l'un des employés, — existe-t-il un volume renfermant tous les noms des familles nobles qui habitent Paris ?...

— Monsieur Sauvaitre, — fit l'employé en s'adressant au chef d'exploitation, assis à son bureau et à demi caché par un entassement de papiers, de brochures et d'épreuves, — ce volume existe-t-il ?

— Il existe, — répondit le chef d'exploitation, — et contient par ordre alphabétique les noms des familles nobles non seulement de Paris, mais de la province... — Vous en trouverez vingt exemplaires dans le magasin Z, troisième travée, troisième rayon, case 137...

— Voulez-vous me le donner ?... — dit René Moulin.

— Attendez cinq minutes, monsieur...

L'employé disparut dans la spirale de l'escalier conduisant au sous-sol et reparut bientôt, le volume à la main.

René paya son acquisition et sortit du magasin en emportant sous son bras un livre assez volumineux.

— Tu as ce qu'il te faut ? — dit Jean-Jeudi.

— Oui... — gagnons la rue de Valois, entrons dans le premier café venu, et je saurai tout de suite à quoi m'en tenir.

Une fois attablé avec Jean-Jeudi, en face de deux mazagrans, le mécanicien ouvrit le volume et chercha la liste alphabétique des noms correspondant aux initiales données.

Il en trouva trois, précédés tous les trois du titre de duc :

Sosthène de la Tour-Villeneuve.

Siméon de la Terre-Vallier.

Severin de la Tour-Vandœuvre.

— Vous voyez, — dit-il après avoir lu ces noms à haute voix, — vous voyez que les initiales ne prouvent absolument rien, et que j'avais raison de douter...

Jean-Jeudi baissa la tête.

— C'est vrai... — murmura-t-il. — La bouteille à l'encre !... Comment faire ?

— User avant du moyen que vous alliez employer au moment de votre arrestation, voir le duc Georges de la Tour-Vaudieu et vous assurer si vous reconnaissez en lui l'homme du pont de Neuilly...

— Et, si ce n'est pas lui ?...

— Nous trouverons un prétexte pour visiter successivement les autres ducs...

— C'est juste... — Filons rue Saint-Dominique... — Mais, j'y songe, c'est le fils que nous allons demander... Verrons-nous le père ?

— Nous aurons pour nous au moins une chance puisque nous serons chez lui...

Une demi-heure plus tard René sonnait à la porte de l'hôtel.

Cette porte s'ouvrit aussitôt et les deux hommes entrèrent dans la cour.

— Que désirez-vous, messieurs ? — leur demanda le concierge.

— Avoir l'honneur de parler à M. de la Tour-Vaudieu.

— Auquel ? — Il y en a deux...

René pensa que de sa réponse pouvait dépendre le succès de la démarche.

— Mais à M. le duc... — répliqua-t-il avec aplomb, en se disant que s'il était conduit en présence du sénateur, il expliquerait facilement un malentendu très admissible.

— M. le duc est absent.... — répondit le concierge.

— A quelle heure rentrera-t-il ?

— Il ne rentrera pas... — Il est en voyage depuis quelques jours et nous ignorons l'époque de son retour à Paris.

— Ah ! — fit René avec un désappointement immense, — il est en voyage ! — Mais son fils ?

— Ça, c'est autre chose... M. Henri est au Palais, où il plaide... — Si vous avez affaire à lui, vous le trouverez ici tous les matins avant dix heures..

— Merci, monsieur... — Nous reviendrons...

Et René, en proie à un découragement facile à comprendre, sortit de la cour avec Jean-Jeudi

XXIX

— Pas de chance, décidément ! — dit le mécanicien à son compagnon, lorsque la porte se fut refermée derrière eux.

— La déveine se corse, — murmura, Jean-Jeudi.

— Nous n'avons plus d'espoir qu'en mistress Dick Thorn. — reprit René. — Si nous échouons de ce côté-là, notre fortune est bien compromise...

— Il faut savoir si je me suis trompé en croyant trouver en elle la femme de Neuilly.

— Allons tout de suite en reconnaissance.

— C'est loin, et il est tard...

Un fiacre passait à vide.

René Moulin fit signe au cocher.

Les deux hommes montèrent en voiture.

— Rue de Berlin... — dit Jean-Jeudi.

— Quel numéro?

— Arrêtez-vous à l'entrée de la rue, du côté de la rue de Clichy...

A l'endroit indiqué le fiacre fit halte, et le voleur émérite conduisit son compagnon en face de la demeure de mistress Dick Thorn.

— C'est un hôtel particulier... — murmura René.

— Il sera moins facile d'entrer là-dedans qu'aux *Barreaux-Verts*...

— Il ne s'agit que de sonner...

— Et après ?

— Nous dirons que nous voulons voir la maîtresse de la maison....

Le mécanicien sourit.

— Et vous croyez, — répliqua-t-il, — qu'on nous introduira tout de suite,
sans nous demander nos noms et quelle affaire nous amène?...

— Tu n'hésitais pas à nous présenter rue Saint-Dominique, chez le duc de
la Tour-Vaudieu qui est un plus gros personnage que mistress Dick Thorn...

— Quelle différence !... Là nous avions un prétexte... — Mis en présence
du père, il nous suffisait d'alléguer une erreur très vraisemblable et d'affirmer
que nous venions chez le fils, lequel étant avocat reçoit tout le monde... — Ici,
pas la moindre explication satisfaisante à donner... D'ailleurs, si par impossible
mistress Dick Thorn nous recevait, irons-nous lui dire : — « *Vous êtes la
complice d'un assassinat commis au pont de Neuilly il y a vingt ans !*... à quoi
cela nous servirait-il?...

— Si c'est bien elle, nous verrions son trouble...

— Même si ce n'est pas elle une pareille accusation la troublerait à coup
sûr, mais innocente ou coupable elle se remettrait vite et, une fois remise, nous
ferait empoigner par ses domestiques qui nous conduiraient très bien au
poste... — Comment nous tirerions-nous de là ?

— Nous faire empoigner ! — s'écria Jean-Jeudi. — Elle n'oserait pas, si
c'est elle...

— Je l'admets, et encore une gaillarde telle que vous me l'avez décrite doit
être capable de toutes les audaces... — Mais si vous avez été dupe d'une
ressemblance, ce qui est possible sinon probable, on nous prendra pour des
voleurs qui venaient tenter un coup, et notre affaire sera bien mauvaise...

Jean-Jeudi, comprenant l'indiscutable logique des observations de René, se
gratta l'oreille comme il avait l'habitude de le faire chaque fois qu'il se trouvait
dans quelque grand embarras.

— Saperlipopette, tu as raison ! — dit-il ensuite. — Comment faire?

— Voilà la question que je m'adresse, ou plutôt l'énigme que je me pose,
et dont je ne puis découvrir le mot... — Il faudrait trouver moyen de s'approcher
de cette femme sans éveiller sa défiance et de lui arracher un aveu par surprise...

— Si nous nous introduisions chez elle... la nuit... par escalade?...

Le mécanicien haussa les épaules.

— Le plus mauvais de tous les moyens ! — dit-il. — Résultat problématique... Arrestation infaillible... Condamnation certaine.

— Diable! diable! — murmura Jean-Jeudi. — Ça ne va pas sur des roulettes.

En ce moment la porte de l'hôtel s'ouvrit pour laisser sortir un bel homme à tenue correcte, vêtu de noir, cravaté de blanc, bien chaussé, bien ganté, le visage rasé soigneusement, sauf une paire de longs favoris touffus.

On reconnaissait du premier coup d'œil un domestique de bonne maison.

— Regarde... — dit Jean à René en lui poussant le coude. — Ça doit être un des valets de l'Anglaise... — Si on le faisait causer?

— A quoi cela nous mènerait-il?

— A rien peut-être, peut-être à beaucoup... — On ne sait pas.

— Soit... suivons-le si vous voulez, mais il me paraît difficile d'entamer la conversation...

— Bah ! le hasard est si bizarre... — Emboîtons...

Le bel homme bien tenu se dirigeait du côté de la rue d'Amsterdam.

René Moulin et Jean-Jeudi prirent chasse en ayant soin de se maintenir à une distance de quinze pas de leur gibier.

Le mécanicien se demandait à quoi ce *filage* servirait.

L'inconnu entra dans un petit estaminet situé presque à l'angle de la rue d'Amsterdam et de la rue de Berlin.

Les *fileurs* en franchirent le seuil à leur tour.

L'homme aux grands favoris causait avec le patron.

— Deux absinthes... — commanda René en s'asseyant en face de Jean-Jeudi à une petite table.

Le maître de l'établissement les servit, puis revint à son interlocuteur.

— Comme ça, monsieur Laurent, — reprit-il, — vous n'avez pas pu vous arranger avec cette dame anglaise?...

Jean et René dressèrent l'oreille.

— Non... — répondit celui qu'on venait de nommer Laurent.

— Pourquoi?

— Il faut parler l'anglais presque aussi couramment que le français, et je n'en sais pas un traître mot... — Je le regrette, car la place semble bonne...

— Vous vous présentiez là comme valet de chambre !

— Non pas, mais comme maître d'hôtel... — L'annonce insérée dans les *Petites-Affiches* demandait un maître d'hôtel... — Je suis d'ailleurs au courant de tous les services...

— Y a-t-il beaucoup de domestiques dans la maison?

— Pas en ce moment, mais on veut augmenter le train...

— Cette dame est mariée?

— C'est une veuve arrivant d'Angleterre avec sa fille qu'elle désire probablement marier à Paris... — Elle doit donner prochainement une fête, et cette fête sera suivie de plusieurs autres... — Cela m'allait... Je suis très mondain... — C'est pour ces réceptions qu'on a besoin d'un maître d'hôtel de grand style...

En ce moment René intervint.

— Pardon, monsieur, — fit-il. — C'est sans doute de mistress Dick Thorn que vous parlez?

Le domestique se retourna et répondit :

— Oui, monsieur... — Vous la connaissez?

— J'ai fait des travaux de serrurerie dans son hôtel... — C'est une belle femme...

— Superbe, quoiqu'elle n'ait plus vingt ans...

— Et, avec cela, très aimable...

— Je m'en suis aperçu, aussi je regrette la place... — Sans ce diable d'anglais que je ne sais pas, mistress Dick Thorn m'aurait certainement engagé séance tenante rien que sur le vu de mes papiers et des certificats tout à fait exceptionnels que j'ai là dans mon portefeuille...

Et Laurent frappait sur la poche de côté de son pardessus.

— Ces certificats auraient dû la décider, — reprit René.

— Elle n'a pas même voulu y jeter un coup d'œil... — Savoir l'anglais est la chose indispensable pour obtenir l'emploi en question.

Le mécanicien cessa d'interroger, paya les deux absinthes et sortit avec son compagnon.

A dix pas de l'estaminet il s'arrêta brusquement.

— Qu'est-ce qu'il y a? — fit Jean-Jeudi.

— Êtes-vous adroit de vos mains? — demanda René.

— Parbleu! c'est mon métier! — pourquoi cette question?

— Pourriez-vous, rencontrant quelqu'un dans la rue, fouiller assez subtilement sa poche pour lui dérober son portefeuille sans qu'il s'en aperçoive?

— Un joli vol à la tire!... — Rien de plus facile! — C'est une de mes spécialités, et je défie le plus malin de m'en remontrer à ce sujet... — Tu connais un portefeuille à soulever?

— Oui.

— Lequel?

— Celui du domestique avec qui nous venons de causer...

— Il est truffé de billets de banque?

— Il contient, ce qui vaut mieux, les papiers de ce brave garçon et ses certificats.

— Qu'en veux-tu faire?

— Je vous expliquerai cela plus tard... — Pour le moment il ne s'agit pas de causer mais d'agir...

— Je ne demande pas mieux...

— Il me faut les papiers et les certificats de Laurent...

— Qu'il sorte et tu les auras...

— Soyez adroit; — je vous quitte pour une course pressée...

— Où nous retrouverons-nous ?

— Dans l'endroit où notre connaissance s'est faite... — Ruelle des Acacias, à la *Canette d'Argent*, chez le père Loupiat.

— A quelle heure ?

— Je ne sais pas au juste... le premier arrivé attendra l'autre...

— Convenu !

René Moulin descendit en courant la rue d'Amsterdam jusqu'à la station de voitures de la rue de Londres.

Il sauta dans un fiacre en disant au cocher :

— Place Royale, numéro 24, et du train... vingt sous de pourboire !...

Jean-Jeudi était resté bouche béante, regardant le mécanicien s'éloigner. Mentalement il se répétait :

— Qu'est-ce qu'il veut faire des paperasses du nommé Laurent ?...

Tout à coup une idée lumineuse traversa son esprit. — Il se frappa le front et sourit d'un air enchanté, en murmurant :

— Très malin, le camarade ! ! très malin ! — C'est une vraie veine de l'avoir pour associé...

Jean-Jeudi traversa la rue et, tout en se promenant de long en large sur le trottoir opposé, surveilla le petit estaminet.

A travers le vitrage de la devanture il voyait le beau domestique toujours debout et continuant sa conversation avec le patron.

Un quart d'heure s'écoula.

Jean-Jeudi commençait à s'impatienter, l'entretien dont il ne pouvait entendre un seul mot lui semblait ne devoir jamais finir.

Enfin Laurent donna une poignée de main au patron et se dirigea vers la porte.

XXX

— Voici le moment de le filer, — pensa Jean-Jeudi, — et de guetter l'instant propice pour lui soulever le portefeuille.

Laurent sortit de l'estaminet et vint droit au voleur qui se dit :

— Trop de solitude à la clef !... — Rien à faire pour l'instant.

Il se baissa comme pour rattacher le cordon de son soulier et tourna le dos à Laurent qui passa près de lui sans le remarquer, en marchant très vite.

Le personnage qui venait de franchir le seuil du cabaret de Loupiat portait un costume de cérémonie...

Jean-Jeudi le laissa passer, se redressa et le suivit.

Le beau domestique descendit la rue d'Amsterdam et entra dans la gare Saint-Lazare, ce qui rendit le vieux gredin fort perplexe.

— S'il monte en chemin de fer, — murmura-t-il, — je suis volé!... Mieux aurait valu risquer le paquet et tenter le coup tout de suite.

A son tour il pénétra dans la gare.

D'un coup d'œil il inspecta les guichets où se pressait la foule.

Il aperçut Laurent préparant sa monnaie à celui de la ligne d'Enghien et il se dit :

— Ça va bien... — Le bonhomme va monter à la salle d'attente.. — Je m'arrangerai pour le rencontrer sur les marches...

Il gravit rapidement l'un des escaliers conduisant à la salle du premier étage.

Quand il eut atteint le palier de l'entresol où se rejoignent les montées, il s'arrêta et fit volte-face.

Bientôt il vit venir Laurent tenant en main son ticket et s'occupant à le casser en deux parties égales, car c'était un billet d'aller et de retour pour une des stations de la ligne.

Laurent montait, la tête basse.

Jean-Jeudi descendit avec l'allure d'un homme très pressé.

Deux marches à peine le séparaient du domestique, quant tout à coup il fit un faux pas, perdit l'équilibre et aurait infailliblement dégringolé du haut en bas des degrés, risquant fort de se briser les os, s'il ne s'était raccroché à Laurent qui tendit machinalement les bras en avant pour le soutenir.

— Ah ! monsieur, bien des excuses... — balbutia le voleur. — Vous venez de me rendre un fier service... — Je ne vous ai pas fait de mal au moins ?...

Un coup de cloche venait de se faire entendre. — Laurent était en retard.

Il répondit négativement, s'élança dans l'escalier et disparut.

Jean-Jeudi triomphant glissait entre son gilet et sa poitrine le portefeuille qu'il venait de dérober avec une adresse au-dessus de tout éloge.

Ce haut fait accompli, on pense bien qu'il ne s'attarda point dans la gare.

Pour éviter de repasser rue d'Amsterdam il fit un détour par la rue de Rome, et fut bientôt à la *Canette d'Argent*, le cabaret de la rue des Acacias.

Les clients, à cette heure, étaient peu nombreux.

— René Moulin n'est pas encore arrivé ? — demanda Jean-Jeudi à Loupiat.

— Non, monsieur, — répondit ce dernier. — Est-ce qu'il vous a donné rendez-vous ici ?...

— Oui, et je vais l'attendre...

— Je suis content de ce que vous me dites là... — Je n'ai pas vu ce brave René depuis le jour de son acquittement... — J'étais à la septième chambre pour témoigner en sa faveur... — Vous n'étiez pas au Palais ce jour-là, vous, monsieur ?

— Si, parbleu ! j'y étais... mais à une autre chambre...

— Ah ! — poursuivit Loupiat, — son avocat est un vrai malin qui l'a bien défendu !... — Il me faisait plaisir à entendre, ce jeune homme,..

— Oui... oui... il parle assez proprement, mais quand la guigne s'en mêle, il ne fait pas toujours acquitter ses clients...

— Dites donc, monsieur, — reprit le patron en regardant le nouveau venu avec attention, — il me semble que je connais votre binette... — Je vous ai déjà vu quelque part, n'est-ce pas?

— Oui, — ici, — un soir où on venait de faire des arrestations... — Nous avons bu une bouteille de vin blanc avec René Moulin.

— Ah! bon, je me souviens... — Vous êtes employé chez un grand quincaillier...

— De la rue Saint-Antoine, c'est ça

— Vous deviez faire un héritage...

— Positivement.

— Eh bien! le magot est-il venu?...

— Pas encore, je l'attends toujours, mais je suis bien tranquille, il viendra un jour ou l'autre.

Quelques clients entrèrent et Loupiat, obligé de s'occuper d'eux, quitta Jean-Jeudi fort ennuyé de ne pas voir arriver René Moulin.

Il tua le temps de son mieux en vidant des bocks, en fumant des pipes, et en lisant la *Gazette des Tribunaux* pour y chercher quelque *truc* inédit.

Toutes les cinq minutes il levait la tête et tournait les yeux vers la porte.

Deux heures s'écoulèrent.

La porte s'ouvrit, pour la vingtième fois peut-être, et Jean-Jeudi fit un geste de désappointement.

Le personnage qui venait de franchir le seuil du cabaret de Loupiat devait paraître et paraissait en effet fort dépaysé dans un pareil lieu.

Ce personnage portait un costume de cérémonie absolument correct et tout battant neuf : — habit noir parfaitement coupé ; — gilet noir découvrant le plastron d'une chemise éblouissante ; — cravate blanche dont le nœud élégant décelait la main d'un maître ; — pantalon noir retombant sur les bottines vernies.

Le monsieur si bien vêtu était coiffé d'un chapeau de soie à haute forme ; — de long favoris à l'anglaise encadraient son visage soigneusement rasé. — Il tenait sur son bras gauche un léger pardessus.

Il s'approcha de Jean-Jeudi qui le voyait avec surprise se diriger de son côté, et il s'assit auprès de lui en souriant.

Le vieux bandit ne put retenir une exclamation.

— Toi, ma vieille ! — balbutia-t-il ensuite. — Je me demande si je rêve...

— Il paraît que je suis méconnaissable? — fit René Moulin, car en effet c'était bien lui.

— Si méconnaissable que moi, un malin, j'aurais passé dix fois de suite à côté de toi sans te reconnaître... — Tu as l'air d'un marié...

— Ou d'un maître d'hôtel...

— D'un maître d'hôtel de la haute, tu peux t'en flatter! Le nommé Laurent n'était que de la Saint-Jean auprès de toi !

— C'est ce qu'il faut... — Avez-vous le portefeuille?

— Naturellement, puisque tu m'avais dit qu'il fallait l'avoir...

— Savez-vous ce qu'il renferme ?

— Je ne l'ai pas ouvert... — Le voici... Regarde un peu ce qu'il a dans le ventre...

Le mécanicien procéda immédiatement à l'examen.

Le portefeuille contenait divers papiers, un acte de naissance, un certificat de libération du service militaire, et les attestations élogieuses délivrées à Laurent dans plusieurs grandes maisons où on n'avait eu qu'à se louer de ses services sous tous les rapports.

— Avec ceci, — murmura René Moulin, — je puis me présenter hardiment chez mistress Dick Thorn...

— J'avais compris ton plan... dit Jean-Jeudi.

— Et vous le trouvez bon?

— C'est-à-dire qu'il me paraît épatant, ma vieille, absolument épatant !

— Une fois admis chez l'Anglaise, je suis au cœur de la place, — reprit René, — et nous ne tarderons guère à savoir à quoi nous en tenir sur les choses qui nous intéressent.

— Mais le service, t'en tireras-tu?...

— Parbleu ! — Avec un peu d'intelligence on se tire de tout et, si je suis chargé des apprêts de la fête que doit donner mistress Dick Thorn, vous m'en direz des nouvelles.

— Moi ! — s'écria Jean-Jeudi.

— Sans doute...

— Tu vas donc me faire engager comme valet de supplément?... — Je ne saurai jamais porter la livrée d'une manière un peu flatteuse... — Je n'ai pas le physique... Je suis trop maigre... J'ai l'air mal nourri... Je ne ferais point honneur à une maison.

— Soyez paisible... — Si tout marche comme je l'espère, je vous ménage une entrée à sensation...

— Ah ! bah ! !...

— Mais ne vendons pas la peau de l'ours avant de l'avoir tué !... — Nous causerons de cela quand je serai le maître d'hôtel et l'intendant de mistress Dick Thorn...

René fouillait de nouveau le portefeuille.

— Qu'est-ce que tu cherches? — lui demanda Jean-Jeudi.

— L'adresse de Laurent... — La voilà... Cette lettre lui était adressée à Vincennes...

— A quoi ça peut-il te servir, son adresse?

— A lui écrire...

— Qu'est-ce que tu veux lui dire?

— Je veux lui renvoyer ça... — répliqua René en tirant de l'une des poches du portefeuille un billet de banque.

— Cent francs! — dit le voleur dont les yeux étincelaient de cupidité. — Renvoyer cent francs! — C'est ça une bêtise!... Gardons-les et part à deux...

René Moulin haussa les épaules.

— Tête sans cervelle! — répondit-il. — Ne comprenez-vous pas que Laurent ferait insérer dès demain dans les journaux une note pour réclamer un portefeuille contenant cent francs et des papiers... — Je serais immédiatement accusé d'avoir volé ce portefeuille puisque je me servirai de son contenu... — Faut être plus malin que ça! — Je vais renvoyer le billet de banque à Laurent, en lui disant dans la lettre qu'il trouvera ses papiers chez le patron de l'estaminet où nous l'avons vu.

— Ils y seront donc?

— Sans doute, puisque je les y porterai moi-même... après en avoir fait usage, bien entendu...

Jean-Jeudi ébaucha un geste d'admiration, frappa sur l'épaule de René Moulin et s'écria :

— Mais, non d'un petit bonhomme, mon vieux, tu es rusé comme un vrai singe! Qu'est-ce qui aurait cru ça de toi?

— Ceci n'est rien... — Je vous en ferai voir bien d'autre... — Je vais dire bonjour à Loupiat, deux mots seulement, et nous filons...

René se contenta en effet de serrer la main au patron de la *Canette d'Argent*, lui expliqua son costume en affirmant qu'il était de noce, et sortit avec Jean-Jeudi.

— Où vas-tu maintenant? — lui demanda ce dernier.

— Vous ne devinez pas?

— Rue de Berlin, peut-être?...

— Tout juste. — Je parle anglais comme un Anglais, mon bonhomme, et je vais offrir mes services à Mme veuve Dick Thorn.

Dix minutes après René Moulin, laissant Jean-Jeudi dans la rue, sonnait résolument à la porte de l'hôtel de l'ex-Claudia Varni.

XXXI

Nos lecteurs ont vu le policier Théfer, agissant pour le compte de Georges de la Tour-Vaudieu, conduire et faire écrouer Esther à l'asile des aliénés de Charenton.

Ils se rappellent sans doute cette réponse du directeur de l'établissement au médecin de service qui lui demandait dans quelle division il fallait placer la folle :

— Aux isolées, dans le service du docteur Loriot, notre nouvel adjoint.

Nous devons expliquer en quelques lignes la situation d'Etienne.

Henry de la Tour-Vaudieu, — (peut-être ne l'a-t-on pas oublié), — avait prié son père de s'occuper du jeune docteur, son camarade, son ami d'enfance, et de lui faire obtenir le poste de médecin en second dans l'un des principaux hôpitaux de Paris.

Le sénateur, — assez mécontent de la liaison intime de son fils adoptif avec le neveu d'un cocher de fiacre, — s'était montré fort tiède dans ses sollicitations.

Le résultat de cette tiédeur avait été de faire sacrifier Étienne à l'un de ses concurrents plus chaudement recommandé.

Henry s'était dit alors qu'au lieu de s'adresser au duc il aurait beaucoup mieux fait d'agir par lui-même, sa position dans le monde lui permettant de devenir utilement le protecteur de son ami.

Aussi, dès le lendemain, prenant la chose à cœur, il s'était mis en campagne.

Un médecin légiste qu'il connaissait lui apprit qu'une place de médecin adjoint se trouvait vacante à la maison de Charenton qui dépend, comme on le sait, de la Préfecture.

Henry s'empressa de rendre visite au préfet de police, au directeur de l'asile, au procureur impérial, et mit en jeu toutes les influences dont il disposait, de manière à enlever la position de haute lutte.

Ces démarches se faisaient à l'insu de son ami.

Étienne, — malgré sa grande jeunesse, — était déjà connu et universellement estimé.

On s'accordait à lui reconnaître un mérite réel et à lui présager un brillant avenir...

Il avait fait des études spéciales relativement à l'aliénation mentale.

Toutes les notes recueillies sur son compte étant favorables, Henry, un matin, fut officiellement informé que son ami venait d'obtenir le poste qu'il sollicitait pour lui avec une si ardente volonté de réussir.

Quelques heures après avoir reçu cet avis qui le comblait de joie, il vit Etienne entrer chez lui, le visage moins triste que de coutume.

Le jeune docteur venait lui apprendre la grande nouvelle, sans se douter que c'était à lui qu'il devait ce bonheur inattendu et inespéré.

Henry le félicita cordialement, mais garda le secret sur sa protection occulte que couronnait un éclatant succès.

La place de médecin adjoint à l'asile de Charenton ne rapportait pas des émoluments de grande importance, mais elle classait celui qui l'avait obtenue et dont la clientèle, par ce fait seul, devait s'accroître en même temps que sa réputation grandissait.

Étienne prit avec enthousiasme possession de son nouvel emploi, et dès le début prouva par son zèle et par l'étendue de ses connaissances qu'on avait fait un bon choix.

L'état d'Esther Derieux n'appelait ni les mesures énergiques, ni les répressions rigoureuses.

On se contenta donc, tout en obéissant littéralement à la teneur de l'ordre d'écrou, de la conduire dans la partie des bâtiments destinée aux *isolées*, et de l'enfermer dans une cellule dont les fenêtres garnies de barreaux dominaient les vastes jardins étagés sur la colline derrière la maison des fous.

Le changement de résidence et d'habitudes et la vue de nouveaux visages n'avaient, contre toute attente, nullement surexcité la folie d'Esther.

La pauvre femme s'était laissé conduire sans un murmure, sans une plainte, sans une velléité de révolte.

En franchissant le seuil de sa cellule elle ne sembla point surprise.

Elle s'approcha lentement de la fenêtre ouverte, attacha son regard morne sur les jardins touffus et s'immobilisa dans une rêverie muette.

Ses lèvres ne balbutiaient point leurs refrains habituels.

On lui apporta son repas.

Elle s'assit auprès de la petite table sur laquelle on venait de la servir et mangea machinalement.

Deux heures après, au moment de la visite réglementaire, on la trouva couchée et endormie.

— En voilà une qui n'a pas l'air de devoir nous donner beaucoup de mal !! — se disait l'infirmier des isolées. — Si elles étaient toutes comme ça, le métier serait trop facile !

Les visites des médecins avaient lieu vers neuf heures du matin.

Étienne Loriot arriva le lendemain avec sa ponctualité habituelle et se rendit à sa section où les infirmiers l'attendaient en compagnie d'un interne attaché à son service.

— Avons-nous quelque chose de nouveau ? — demanda-t-il.

— Oui, docteur.

— Qu'est-ce que c'est?

— Une pensionnaire envoyée par la Préfecture, et au secret par ordre...

— Une folle dangereuse?

— Elle n'en a pas l'air... — Depuis son arrivée elle se tient parfaitement tranquille. — Jamais folle ne parut moins agitée.

— Jeune ou vieille?

— Entre deux âges, mais très belle personne encore... l'air doux et distingué...

— A quelle classe sociale appartient-elle?

— Elle est habillée en femme riche... — Est-ce par elle que vous commencerez, docteur?...

— Non... — Je la visiterai en dernier.

Le service d'Étienne Loriot comprenait environ vingt cellules, sur lesquelles une douzaine seulement étaient occupées.

Son inspection, s'il eût été moins consciencieux, aurait pu ne durer que quelques minutes, mais comprenant toute l'étendue du devoir qu'il devait remplir, toute la responsabilité morale qui lui incombait, il ne faisait rien à la légère, étudiait tout, se rendait compte de tout, et n'avait pas de plus chère ambition que d'arriver à de sérieux résultats, et de mener à bien des guérisons qui semblaient impossibles ou du moins improbables.

Pour la plupart des sujets confiés à ses soins aucun espoir n'existait; il ne se le dissimulait pas.

L'état mental de quelques autres lui paraissait succeptible d'amélioration, et ceux-là étaient l'objet de ses études assidues et de ses préoccupations constantes.

La visite habituelle lui prit environ une heure, puis il se rendit à la cellule de la nouvelle pensionnaire, comme la nommait l'infirmier. Ce dernier ouvrit la porte.

Le docteur franchit le seuil.

Esther était encore couchée, mais elle ne dormait plus.

Son coude s'appuyait sur l'oreiller. — Sa tête reposait sur sa main. — Ses grands yeux bleus avaient une expression indécise, mais d'une pénétrante mélancolie. — Les flots soyeux de ses cheveux blonds épars, encadrant son visage pâle, donnaient à sa beauté un caractère étrange et saisissant.

Étienne, surpris et charmé de cette apparition poétique à laquelle il était si loin de s'attendre, fit quelques pas vers le lit.

Esther, en le voyant s'approcher, souleva un peu la tête et attacha sur lui un regard vague et noyé.

Le docteur prit une de ses mains qu'elle lui abandonna sans résistance.

Il trouva la peau fraîche et les battements du pouls réguliers.

— Souffrez-vous, madame? — demanda-t-il.

Il lui toucha doucement l'épaule en prononçant ce seul mot : Brunoy...

Esther ne répondit pas.

Le jeune médecin lui appuya la paume de la main sur le front.

— La chaleur normale... — murmura-t-il, — rien de plus...

Il ajouta tout haut, en prenant un siège et en s'asseyant près du lit :

— Ne m'entendez-vous point? — Ne voulez-vous pas me parler?...

Même silence.

— Peut-être est-elle muette, docteur... — dit l'infirmier.

— Qui vous fait supposer cela?

— Depuis qu'elle est ici elle n'a point desserré les dents...

— Ceci ne prouve rien...

Étienne reprit, en s'adressant de nouveau à la pauvre femme :

— Aimez-vous les fleurs, madame?

Esther le regarda de nouveau, et cette fois il y eut comme une lueur de vie, sinon d'intelligence, dans ses prunelles d'azur.

Le jeune médecin répéta sa question.

Les lèvres de la folle remuèrent et on l'entendit murmurer :

— Les fleurs... les fleurs... c'est beau, les fleurs...

— Les aimez-vous?...

Esther redevint silencieuse.

Les infirmiers se regardaient à la dérobée et semblaient se dire :

— Tout de même, il l'a fait parler!... — Il a des rubriques à lui... — Tout jeune qu'il soit, c'est un malin!...

Étienne prit les deux mains de la folle et, attachant sur elle ce regard magnétique auquel les aliénés obéissent généralement, il prononça d'une voix impérieuse ces mots :

— Il faut me répondre!... Je le veux!

Les yeux d'Esther ne se baissèrent point sous les rayons qui jaillissaient des paupières du docteur.

Pendant quelques secondes il s'efforça de la dominer, mais l'effet attendu ne se produisait pas.

Son front se plissa. — Il laissa les mains d'Esther retomber sur le lit.

— Donnez-moi la pancarte... — commanda-t-il à un infirmier qui répondit, en passant la feuille d'inscription :

— La voici, docteur...

Étienne y jeta les yeux.

Cette feuille ne contenait aucun détail.

Le nom de la folle s'y trouvait seul inscrit, et dans la colonne des observations rien que les lettres majuscules : I-S-P-P.

Ces initiales, qui semblaient mystérieuses mais dont tout le monde à l'asile de Charenton connaissait le sens, voulaient dire : ISOLÉE — SECRET — PRÉFECTURE DE POLICE.

XXXII

— C'est singulier! — se dit Étienne. — Pas une observation! — Quelle est donc cette femme et quel drame cache sa folie?

Dans un autre roman que nos lecteurs n'ont peut-être pas oublié : LE MÉDECIN

DES FOLLES, nous avons mis en scène quelques-uns des secrets effrayants et certaines scènes terribles dont les maisons d'aliénés sont souvent le théâtre et parfois le tombeau.

Le jeune docteur, à cet égard, en savait aussi long que nous, et toute apparence de mystère lui paraissait cacher le dénouement d'une tragédie inconnue.

— On ne vous a donné aucun détail en amenant cette femme ici? — demanda-t-il à l'interne présent à la visite.

— Non, docteur.

— On ne vous a pas dit la cause de sa folie?

L'interne secoua la tête.

— Ni depuis combien de temps elle a perdu la raison? — poursuivit Étienne.

Nouvelle réponse négative.

— Comment se fait-il que le bulletin soit muet au sujet de choses si essentielles à savoir?

— Je l'ignore...

— Ce cas est-il une exception?

— Non, docteur... — Ce mutisme se produit souvent lorsque les aliénés sont envoyés par la Préfecture et que le *secret* est ordonné...

— Qu'entend-on ici par *le secret?*

— On entend que les aliénés ne doivent communiquer avec personne sans un ordre écrit du préfet de police ou du procureur impérial... — Ils ne peuvent en outre prendre l'air que dans la cour du bâtiment où ils sont enfermés, et doivent être seuls pendant ces promenades, sous une surveillance spéciale et constante...

— Alors c'est la séquestration absolue?

— Oui, docteur.

— Cette femme avait-elle commis un crime avant de devenir folle, et sa folie serait-elle le résultat de ce crime? — murmura le jeune homme à demi-voix.

— Peut-être pourra-t-on vous renseigner au greffe à ce sujet, docteur... — Je vous répète que je ne sais rien...

Étienne revint à Esther et, de même qu'il l'avait interrogée au sujet des fleurs, il lui adressa, relativement à ses goûts, à ses sympathies, diverses questions qu'elle ne parut point entendre.

Il ne se découragea pas cependant et continua.

Enfin, comme il lui demandait : — *Aimez-vous la musique?* — mais sans espérer de réponse, Esther releva la tête et balbutia :

— La musique... Le chant des anges... L'opéra flamboyant... C'est à l'Opéra que je l'ai vu... Que d'harmonies et que d'extases!... Puis la nuit sombre après la lumière... Après la joie, la douleur... Le deuil après l'amour... — Brunoy...

— C'est là qu'ils m'ont tuée... — Regardez... regardez... c'est mon convoi qui passe...

Esther, la main étendue, désignait un spectacle visible pour elle seule.

Le docteur suivait chacun de ses mouvements avec une attention profonde et un immense intérêt.

Soudain la folle laissa retomber son bras sur le lit; — le feu qui pendant quelques secondes avait brillé dans son regard s'éteignit; — un pâle sourire vint à ses lèvres, et elle se mit à chanter d'une voix douce et faible un des motifs de la *Muette*.

A peine avait-elle achevé que deux larmes se détachèrent des longs cils qui voilaient à demi ses prunelles d'azur, et roulèrent sur ses joues.

Étienne vit ces deux larmes.

Une expression de joie éclaira son visage et il se dit tout bas :

— Elle pleure !... je la guérirai...

En même temps il quittait son siège.

— Docteur, — lui demanda l'interne, ne pouvant deviner ce qui se passait dans l'esprit du jeune médecin, — croyez-vous que cette femme soit guérissable?...

— Je ne puis me prononcer si vite... — répondit Étienne, — nous verrons plus tard... — Veuillez écrire mon ordonnance...

Après avoir dicté les prescriptions du traitement à suivre, le neveu de Pierre Loriot jeta un dernier coup d'œil sur Esther dont le doux visage restait profondément mélancolique.

— Pauvre femme !... — murmura-t-il, — peut-être saurai-je un jour le secret des douleurs auxquelles sa raison a succombé.

Puis il sortit de la cellule, suivi de l'interne et des infirmiers.

— Morel, — dit-il à celui d'entre eux plus spécialement chargé du service de la section des isolées, — je vous recommande la nouvelle pensionnaire... De la douceur avec elle, beaucoup de douceur.

— Soyez tranquille, monsieur le docteur, nous ne brutalisons jamais les folles...

— Je le sais, mais je vous demande pour celle-ci un surcroît de prévenances... des égards particuliers... — Je ne sais pourquoi elle m'intéresse... — Il me semble comprendre qu'elle a dû beaucoup souffrir.

— Comptez sur moi, monsieur le docteur.

— Je vous saurai gré de la surveiller, pendant le jour et à son insu, par le guichet de sa cellule... — Demain matin vous me rendrez compte de vos observations...

— Oui, monsieur le docteur...

Étienne, après avoir donné quelques dernières instructions à l'interne, se dirigea vers le logement du médecin-directeur, auquel il se fit annoncer et qui le reçut sans retard.

Ce directeur était un vieillard très savant, et le plus honnête homme du monde.

Il se leva et tendit affectueusement la main au médecin adjoint.

— Vous avez à me parler, mon jeune et cher collaborateur? — lui demanda-t-il avec une bienveillance toute paternelle.

— Oui, monsieur le directeur.

— A quel propos?

— A propos d'une malade entrée dans mon service hier...

— Hier? — répéta le directeur en interrogeant sa mémoire. — Ah! oui, une femme envoyée par la Préfecture, n'est-ce pas?

— Esther Derieux... C'est cela même.

— Avez-vous remarqué dans la nouvelle pensionnaire de l'asile quelque chose de particulier que vous jugiez à propos de me signaler?

— Oui, monsieur le directeur.

— Alors, je vous écoute,..

— Je crois qu'il existe des chances de guérison...

— Ah! ah! vraiment! — Je suis heureux que vous songiez à tenter une cure qui ne manquera pas de mettre en relief vos qualités brillantes.

— Mille fois merci de votre opinion flatteuse, — répliqua le jeune homme, — mais je ne puis rien entreprendre de sérieux et de décisif sans savoir à quelle malade je m'adresse, et sans être en possession de certains détails relatifs à son passé... — J'aurais besoin d'avoir sur cette femme des renseignements précis...

— La pancarte ne porte-t-elle pas l'extrait du rapport des médecins de la Préfecture qui ont constaté la folie et réclamé l'admission de la malade dans l'asile?

— La pancarte ne dit rien, sinon que la femme doit être placée *aux isolées, au secret.*

Le directeur fronça le sourcil.

— Ah! la nouvelle pensionnaire est au secret... — dit-il. — Dans ce cas il est de règle, en effet, que la pancarte ne doit porter aucune observation...

— Cette femme est-elle écrouée ici à la suite de quelque action criminelle?

— Je l'ignore, mais nous allons le savoir...

Le directeur frappa sur un timbre.

Un employé parut aussitôt; — il reçut l'ordre d'aller prendre au greffe les dossiers des entrées de la veille, et de les apporter.

Au bout de cinq minutes il reparut avec les papiers demandés. — Il les posa sur le bureau et se retira.

Les dossiers étaient au nombre de trois.

Le directeur prit celui d'Esther et l'ouvrit.

— Voici, — dit-il, — le rapport avec l'ordre d'écrou.

— C'est le rapport surtout qui nous intéresse.

— Je vais vous en donner lecture...

Le directeur lut à haute voix le rapport duquel il résultait qu'Esther Derieux, orpheline, recueillie par une personne charitable à laquelle aucun lien de parenté ne l'unissait, était envoyée dans une maison d'aliénés par mesure de sécurité publique ; qu'elle avait trente-huit ans ; qu'elle était folle depuis vingt-deux ans et que sa folie résultait d'une grande épouvante causée par un incendie.

Étienne Loriot s'écria :

— Ce doit être faux !...

— Faux ! — répéta le directeur en regardant le jeune médecin d'un air stupéfait. — Oubliez-vous que ce rapport officiel est revêtu de la signature des médecins légistes commis par la Préfecture ?

— Je sais cela à merveille, — répliqua le jeune homme, — mais les médecins légistes sont sujets à l'erreur comme de simples mortels ! — Quant au passé, d'ailleurs, ils ne savent que ce qu'on leur dit... — Donc on a pu les tromper, volontairement ou non, en les renseignant sur les causes de la folie...

— Vous pourriez avoir raison... — Ainsi vous croyez à une erreur ?

— Oui. — Demain, du reste, une étude approfondie de la malade aura donné un point d'appui solide à ma conviction.

— Si vous êtes dans le vrai, — (ce qui est fort possible), — cela prouve chez vous un merveilleux coup d'œil...

— Il y a vingt-deux ans que cette femme est folle ?

— Oui.

- Et le rapport ne dit point que pendant ces vingt-deux années des spécialistes aient tenté de la guérir ?

— Pardon ! — Votre esprit était donc ailleurs pendant que je lisais à haute voix ?... Le rapport mentionne au contraire des soins inutilement donnés par des princes de la science ! — Serez-vous plus habile que ces maîtres ?

— L'espérer serait trop d'orgueil... Ce serait presque de la démence... — Mais, tout en étant moins habile je puis être plus heureux... — Jusqu'à preuve contraire, j'ai la ferme croyance qu'on peut guérir cette femme dont la folie doit cacher un secret et résulter d'un crime... — Ce crime et ce secret, je veux les connaître...

XXXIII

Le directeur fronça le sourcil pour la seconde fois.

— Je crains, — dit-il avec une certaine emphase, — je crains, mon jeune et cher collaborateur, que vous ne soyez au moment de faire fausse route...

— Comment cela, monsieur le directeur?

— Je vous dois les conseils de ma vieille expérience... Je vais vous les donner, et vous joignez à trop de bon sens un esprit trop pratique pour n'en pas profiter...

Après un instant de silence le directeur poursuivit :

— Vous appartenez depuis trop peu de temps au personnel d'un grand établissement de l'État, mon cher collègue, pour être au fait de beaucoup de choses essentielles à savoir... — Mettez-vous bien dans la tête que nous n'avons point mission de guérir les aliénés pour surprendre des secrets qui ne sont pas les nôtres, et qu'il vaut mieux, quatre-vingt-dix-neuf fois sur cent, laisser à jamais inconnus... — Souvenez-vous que l'ordre de la Préfecture accompagnant la folle porte ces mots significatifs : *Dans l'intérêt de la sûreté publique*. — Remarquez en outre que cette double mention : ISOLÉE, — AU SECRET, est soulignée deux fois, ce qui nous indique de façon très claire que pour le monde cette femme est morte...

— Morte! — répéta le jeune médecin avec épouvante. — Alors je ne dois point tenter de lui rendre la raison ?

— Vous le devez assurément comme étude et, si vous réussissez, ce succès vous fera le plus grand honneur à mes yeux... Mais sachez d'avance que rien ne sera changé à la position apparente de la pauvre créature... — En réveillant cette intelligence éteinte vous agirez dans l'intérêt de la science, mais vous rendrez à la malheureuse femme un triste service...— A coup sûr elle souffrira plus en se sentant captive, qu'à cette heure où elle ignore qu'elle n'est pas libre...

Étienne écoutait, terrifié.

— Quel crime a-t-elle pu commettre pour être séquestrée? — demanda-t-il enfin.

— Qu'appelez-vous séquestration?... — Je ne vois ici rien de semblable... — Cette femme étant folle se trouve à sa place dans un asile où lui seront prodigués tous les soins que son état réclame..,

— Mais cet ordre d'écrou sans motif énoncé...

— Pardon! — interrompit le directeur. — Je vous arrête là... — *L'intérêt de la sûreté publique* répond à tout et n'a nul besoin d'être accompagné d'explications et de commentaires... — Je comprends mal d'ailleurs ce qui vous préoccupe... — Le rapport des médecins vous apprend que des plaintes ont été portées et que la folle a failli mettre le feu à la maison qu'elle habitait... — En faut-il davantage pour justifier la mesure prise à son égard?... — Ne vous créez pas de chimères... Ne mettez pas vos suppositions à la place de la réalité... — Soyez positif enfin, c'est une qualité indispensable pour un jeune médecin dans votre situation...

— Enfin, monsieur, puis-je tenter la cure, quelles qu'en doivent être les suites?

— Enrichissez la science d'une observation nouvelle, c'est votre devoir... et tenez-moi jour par jour au courant des résultats obtenus... si vous en obtenez...

— Monsieur le directeur, je vous le promets.

Étienne se retira en repassant dans son esprit toutes les phases de la conversation qui venait d'avoir lieu.

Il se sentait ébranlé en songeant que, d'après le rapport des médecins légistes, Esther Derieux était folle depuis vingt-deux ans.

Existait-il la moindre chance de succès après un temps si long?...

— Espérez-vous réussir, lorsque les prince de la science qui ont soigné cette femme ont échoué?... — lui avait demandé le directeur.

Il se rappelait cette question presque ironique et il se prenait à douter de lui-même.

Mais, si découragé qu'il fût, il n'arriva pas moins à cette conclusion :

— Je veux essayer quand même...

Depuis sa rupture avec Berthe Leroyer, Étienne n'avait cessé d'être sombre.

Nous savons qu'il adorait la jeune fille. — Tous ses efforts ne parvenaient point à chasser de sa mémoire ou plutôt de son cœur l'image de la blonde enfant.

Le travail et le mouvement lui faisaient bien oublier parfois ses rêves évanouis, ses espérances brisées, mais ce n'était qu'un moment d'accalmie, et sitôt qu'il rentrait chez lui le souvenir revenait plus vivace, et le chagrin plus cuisant que jamais.

Ce jour-là, quand il franchit le seuil de son cabinet de travail, Berthe Leroyer n'avait que la moitié de sa pensés ; — Esther Derieux, l'*isolée* de Charenton, s'était emparée de l'autre.

Le jeune homme ne devait sortir que dans l'après-midi, pour visiter quelques malades.

Il déjeuna à la hâte. — Défendant ensuite sa porte pour tout le monde, il se mit à compulser avec ardeur divers ouvrages traitant de l'aliénation mentale et résumant les immenses études des spécialistes les plus accrédités ; — il entassait notes sur notes, se préparant des armes pour la lutte.

Le lendemain, — dix minutes avant l'heure de la visite réglementaire, — il arrivait et se faisait conduire à la cellule de la folle par l'infirmier auquel nous l'avons entendu la veille adresser des recommandations particulières et pressantes.

— Eh bien! Morel, — lui demanda-t-il chemin faisant, — avez-vous surveillé la nouvelle à son insu, ainsi que je vous avais demandé de le faire?...

— Oui, monsieur le docteur.

Henri s'inclina profondément devant elle...

— Quoi de particulier?

— Absolument rien...

— Pas de crise sérieuse?

— Pas même de crise. — La pauvre créature, qui est bien la folle la plus douce et la plus tranquille que j'aie jamais vue, s'est levée et habillée toute seule comme une personne raisonnable... — Elle a passé une partie de la journée à la fenêtre de sa chambre, regardant les jardins.

— Parlait-elle tout haut?

— Non, monsieur le docteur, mais de temps en temps elle chantait... Toujours la même chose, par exemple.

— Le motif de la *Muette?*

— Je ne sais pas ce que c'est que la *Muette*, mais c'était le même air.

— A-t-elle eu de l'agitation, le soir?

— Nullement et, après avoir pris la potion que vous aviez prescrite elle semblait comme engourdie...

— Aucun délire alors?

— Aucun.

L'infirmier ouvrit la porte de la cellule.

Étienne entra.

Esther, déjà levée, portait le costume de la maison, substitué à ses propres vêtements la veille au soir.

Assise auprès de la fenêtre ouverte, elle appuyait son front contre les carreaux.

Elle ne fit pas un mouvement quand la porte tournant sur ses gonds annonça l'arrivée d'un visiteur.

Étienne Loriot s'approcha d'elle et lui toucha doucement l'épaule en prononçant d'une voix très basse ce seul mot : *Brunoy.*

La folle se redressa comme un ressort d'acier et se trouva debout en face du docteur dont les regards croisèrent les siens.

— Brunoy... — répéta-t-elle avec une expression à la fois épouvantée et menaçante. — Brunoy... C'est là que je suis morte...

— J'en étais sûr, — pensa le jeune médecin, — c'est à Brunoy, et à la suite de quelque drame effrayant, que la folie a commencé...

Esther, dont les lèvres remuaient encore mais n'articulaient plus aucun son, se laissa retomber sur son siège.

Ses longs cheveux blonds dénoués inondaient ses épaules.

Étienne glissa ses doigts sous l'épaisseur de cette toison dorée et se mit à palper, à travers le cuir chevelu, les protubérances qui sont pour les phrénologistes une source de précieux renseignements.

La folle paraissait ne rien sentir.

Soudain le jeune homme tressaillit.

Il venait de découvrir une cicatrice du cuir chevelu correspondant à une légère entaille de la boîte osseuse.

— Qu'est-ce que cela? — se demanda-t-il.

Pour répondre à cette question il écarta délicatement les cheveux et mit à découvert une sorte de couture d'un rose vif, longue de six à sept centimètres, et tranchant sur la blancheur de la peau.

A l'extrémité de cette couture existait un renflement de la largeur d'une pièce de dix sous.

Pendant quelques minutes le docteur examina avec une profonde attention la cicatrice rose et le renflement anormal dont nous venons de signaler l'existence.

Il promena l'extrémité de ses doigts, d'abord aux alentours de cette cicatrice, puis sur le bourrelet lui-même, et il appuya.

L'immobilité d'Esther démontrait jusqu'à l'évidence qu'aucune sensation douloureuse se ne produisait sous ce contact.

— C'est de là cependant que doit venir le folie... je le divine... j'en suis sûr... — se disait Étienne.

Ses doigts remontèrent jusqu'au gonflement charnu qui terminait la cicatrice.

Même insensibilité apparente.

Étienne opéra une pression.

Esther frissonna de tout son corps et se dressa en poussant un cri aigu. — Ses yeux devinrent hagards. — Elle leva les bras et crispa ses deux mains autour de sa tête, comme si elle venait d'éprouver nne secousse violente et douloureuse au cerveau.

Cela dura deux ou trois secondes, puis la sensation disparut et la folle reprit sa première attitude.

Le jeune docteur avait suivi avec un intérêt et une émotion faciles à comprendre les moindres mouvements d'Esther.

Son visage s'illuminait.

— Je ne me trompais pas... — murmura-t-il, — l'origine du mal est là... — Cette pauvre femme a été frappée à la tête, et j'affirme qu'un corps étranger, comprimant les membranes du cerveau, se trouve incrusté dans la boîte osseuse...

Esther ne bougeait plus et paraissait comme engourdie.

Étienne mit à profit cet état de prostration absolue pour procéder à un nouvel examen dont le résultat affermit sa conviction.

XXXIV

Au bout d'un instant il murmura :

— Cette femme a été blessée d'un coup de feu au sommet du crâne. — C'est un fragment de plomb qui se trouve là, sous mon doigt... — Il y a une opération à faire... — Opération terrible d'où résultera la mort ou la guérison... — Lequel des deux?...

L'heure de la visite réglementaire venait de sonner.

Étienne donna quelques instructions nouvelles à l'infirmier, relativement à Esther, et quitta la cellule.

Tout en se rendant à son devoir professionnel, il se disait :

— Je tenterai l'opération !...

Après sa visite à Charenton, Étienne Loriot retourna chez lui comme il le faisait chaque matin, pour déjeuner avant d'aller voir sa clientèle dans Paris.

En arrivant à la porte de la maison qu'il habitait, rue Cuvier, il se trouva face à face avec Henry de la Tour-Vaudieu descendant de voiture.

— Sois le bienvenu, mon cher Henry ! — s'écria-t-il en serrant la main du jeune homme. — J'espère que ce n'est pas le médecin que tu viens visiter, mais l'ami.

— Et tu ne te trompes pas... — Tu es si occupé depuis quelque temps que nous ne nous voyons plus, ce dont je prends difficilement mon parti... — Peux-tu me donner à déjeuner ?

— Oui, certes, et avec un plaisir immense !

Les deux camarades montèrent bras dessus bras dessous.

Étienne introduisit Henry dans son cabinet, le quitta pour conférer pendant quelques secondes avec sa domestique, et vint le retrouver.

— Es-tu content de tes nouvelles fonctions ? — lui demanda le fils adoptif du sénateur.

— On ne saurait l'être davantage... — répondit le médecin. — Elles me mettent à même de faire des études qui me conduiront au but où j'aspire...

— Quel est-il ?

— Devenir un spécialiste en réputation et avoir à moi une maison de santé pour le traitement de l'aliénation mentale.

— Il est facile d'atteindre ce but, ce me semble...

Étienne répliqua en souriant :

— Sans doute, mais à la condition d'avoir les capitaux nécessaires pour acheter l'établissement.

— Ceci n'est qu'un détail !... — s'écria Henry.

— Il me semble que ce détail a bien son importance...

— N'as-tu pas des amis qui seront heureux de t'aider si tu leur fais l'honneur de recourir à eux...

— Oh ! je sais que je puis compter sur toi, et je n'hésiterais pas à réclamer de toi un service d'argent, mais j'ai lieu de croire que dans cinq ou six ans mes économies me permettront de réaliser mon rêve sans avoir recours à ta bourse...

— Cinq ou six ans, dis-tu ?... — Pourquoi si longtemps attendre ?

— Parce que c'est indispensable... — Un chef d'établissement trop jeune n'inspirerait pas une confiance suffisante...

— Peut-être as-tu raison... — mais un homme marié devient tout de suite un personnage très sérieux, et d'ici là tu te marieras...

Étienne pâlit en entendant cette phrase.

— Me marier! — murmura-t-il. — Jamais!!

Henry le regarda très surpris et s'écria :

— Comment, jamais!! — Je t'ai connu d'autres idées... — Tu parlais du mariage en des termes bien différents...

— J'y ai renoncé... — dit le jeune homme d'une voix sourde.

— Mon Dieu, — fit vivement Henry en voyant son ami devenu très sombre — Mon Dieu, est-ce que, sans le vouloir, j'ai mis le doigt sur une plaie saignante et réveillé en toi une douleur?

Étienne eut un mouvement de tête affirmatif.

— Je le regrette de toutes mes forces... — continua l'avocat. — J'ai péché par ignorance... Pardonne-moi...

— Ne regrette rien, mon ami, car je n'ai rien à te pardonner... — répondit Étienne. — Si tes paroles m'ont fait souffrir pendant un instant, c'est passé... — Je suis assez absurde d'ailleurs pour ne pas vouloir guérir... — J'accepte la souffrance qui vient de celle que j'aime encore... que j'aimerai toujours, malgré tout...

— Que s'est-il donc passé?...

— Des choses bien tristes...

— Tu aimais... tu étais aimé.

— Je le croyais du moins..

— Qui donc a brisé ces liens?

— Elle...

— En te disant sans doute qu'elle ne t'aimait pas...

Étienne se leva, prit les deux mains d'Henry qu'il pressa dans les siennes avec une effusion attendrie, et répondit :

— Ah! si c'était cela! il y aurait au moins de la dignité dans mon chagrin!... — Elle m'avait laissé croire, au contraire, qu'en échange de mon cœur qui lui appartenait tout entier elle m'avait donné le sien... et c'était un mensonge... — elle me trompait...

— Tu en es sûr? — demanda Henry.

— Elle me trompait... — poursuivit Étienne. — Elle me trompait lâchement... cruellement... — C'est infâme... — elle abandonnait le lit d'agonie de sa mère pour aller dans Paris, la nuit, retrouver un amant!...

Henry, ne pouvant croire à tant d'ignominie, s'écria :

— C'est impossible!...

— Cela est, cependant...

— Ne t'es-tu pas laissé duper par de fausses apparences?...

— Hélas! non!... j'ai eu entre les mains des preuves...

— Lesquelles?

— Pour ne t'en citer qu'une, la plus écrasante de toutes, on m'a remis un médaillon servant de broche, oublié par Berthe à onze heures du soir dans la voiture qui la ramenait du rendez-vous...

— Cela prouve que cette jeune fille est sortie en voiture, mais il n'en résulte pas le moins du monde qu'elle soit allée chez un amant... Sa sortie nocturne pouvait être innocente...

Étienne secoua la tête.

— Dans ce cas, — répliqua-t-il, — si elle n'avait rien à cacher, elle m'aurait répondu franchement.

— Tu l'as interrogée?...

— Certes!...

— Tu lui as dit que tu la soupçonnais?

— C'est moi qui lui ai remis le médaillon oublié par elle dans le fiacre...

— Et elle n'a point tenté de se justifier?

— Elle m'a refusé dédaigneusement toute explication...

Henry réfléchit pendant quelques secondes et reprit :

— La pratique du barreau m'a donné l'habitude de creuser les situations qui semblent très simples à première vue et qui le sont parfois beaucoup moins qu'elles n'en ont l'air... — Je ne crois guère aux apparences, et les preuves les plus solides me paraissent discutables... — Cette jeune fille ne pouvait-elle être chargée d'une démarche honorable, mais secrète, qu'elle n'avait pas le droit de te révéler?

— Non, cent fois non! — répondit Étienne avec accablement. — Berthe ne pouvait rien avoir d'honnête à me cacher! — Autour d'elle, aucun mystère... — Je connaissais dans ses moindres détails la position de sa famille... — Quel autre secret qu'un secret de honte avait-elle donc à garder?... — Elle est partie, la nuit, par un effroyable temps d'orage... — Elle allait place Royale... — Je l'avais prévenue que la moindre émotion serait fatale à sa mère mourante... mais que lui importait cela, lorsqu'il s'agissait de courir à un rendez-vous d'amour?... — Sans pitié pour sa mère qu'elle laissait agoniser dans la solitude, elle s'éloigna et se fit conduire où je t'ai dit, mais elle donna l'ordre d'arrêter un peu avant d'avoir atteint la maison où l'attendait son amant... — c'est sous une pluie torrentielle qu'elle gagnait le numéro 24... — elle y restait près de deux heures...

— Comment sais-tu cela?...

— Berthe était montée par hasard dans le fiacre de mon oncle Pierre Loriot, et c'est entre les mains du digne homme qu'est tombé le médaillon perdu par celle qui me trahissait... Es-tu convaincu, maintenant?...

Après un moment de silence Henry demanda :

— Veux-tu que je te dise toute ma pensée?

— Oui, je le veux... — et je te prie de le faire...

— Eh bien ! je ne suis pas convaincu !...

— Quoi, tu doutes ?... — s'écria le jeune médecin.

— Je fais plus que douter, je suis absolument incrédule et voici les motifs de mon incrédulité : — Quelque dépravée que soit une femme, un sentiment survit chez elle à tous les autres, c'est ce respect presque superstitieux qu'inspire la mort, surtout quand elle touche du bout de son aile un être cher et sacré... — La jeune fille que tu crois coupable savait sa mère agonisante et n'ignorait pas qu'une émotion pouvait la tuer. — En de telles conditions elle n'aurait point quitté sa maison pour aller à un rendez-vous, je le jurerais sur mon honneur, je l'affirmerais sur ma vie ! — Cette enfant avait un motif pour aller à la place Royale, un motif impérieux et terrible sans doute... — Qui sait si, en faisant cette démarche, elle n'obéissait point aux ordres de sa mère ?... — Elle a refusé de te répondre et de se justifier, m'as-tu dit... — Pour moi, c'est la preuve de son innocence...

— De son innocence !... — répéta Étienne avec amertume.

— Oui, mon ami... — Si elle ne t'avait pas aimé, et si elle avait été coupable, elle t'aurait demandé de quel droit tu la soupçonnais et tu te permettais d'espionner sa conduite... — A tes accusations elle aurait répliqué : — *Je ne suis ni votre fiancée ni votre sœur !... — Si j'ai un amant que vous importe ?...* — La dignité de son attitude répondait pour elle... — Elle aimait mieux souffrir en silence que de te livrer le secret confié à son honneur...

— Mais encore une fois, quel secret ?... — demanda le docteur avec un emportement fébrile. — Je te répète qu'il n'y a pas, qu'il ne peut pas y avoir de secret !

— Tu tiendrais un autre langage, mon cher Étienne, — répondit Henry de la Tour-Vaudieu, — si comme moi tu avais reçu la confession de bien des gens qui ne cachent rien à leur avocat... — Dans les familles les plus honorables, je le sais, moi, j'en ai la preuve, il y a des secrets, parfois sinistres, souvent honteux, que le monde ne soupçonne pas ! — Puisque la défiance s'emparait de toi, il fallait chercher à savoir chez qui cette jeune fille était allée...

— Je l'ai fait...

— Eh bien ?

— Je me suis rendu le lendemain au numéro 24 de la place Royale et j'ai questionné.

— Qui ?

— La concierge... — Je ne pouvais m'adresser qu'à elle...

— Elle t'a répondu ?

— Que, la veille au soir, elle ne se souvenait pas qu'une jeune fille eût franchi le seuil de la maison... — J'ai murmuré à tout hasard le nom de *Monestier*... Le concierge s'est écriée qu'elle connaissait ce nom et qu'un de ses locataires, un homme jeune encore à ce qu'il paraît, l'avait déjà prononcé devant elle... — Est-ce clair ?...

— Beaucoup moins que tu ne crois... — As-tu vu l'homme ?

— Non...

— Pourquoi ?

— Il était en prison...

— En prison ! — s'écria Henry. — Mais alors il ne pouvait avoir reçu Mlle Monestier la veille !...

— C'est évident, — répondit Étienne, — mais il est non moins évident qu'il connaissait Berthe, et qu'il prêtait son logement à l'un de ses amis pour y donner des rendez-vous d'amour....

— Oh! la logique des jaloux ! — murmura le jeune avocat. — Mon cher Étienne, ton raisonnement est absurde...

— Prouve-moi cela.

— J'y arriverai...

Henry réfléchit pendant un instant et poursuivit :

— Tu dis que cela se passait au numéro 24 de la place Royale ?...

— Oui.

— Sais-tu le nom de cet homme ? de ce prisonnier ?...

— Il s'appelle René Moulin...

Le fils adoptif du sénateur fit un geste de surprise.

— Le connais-tu donc ? — demanda vivement Étienne.

— Je le connais... c'est un homme de quarante ans environ, arrivé depuis peu de temps de Londres à Paris, et qui n'est ni amoureux, je te le jure, ni lâchement complaisant pour des intrigues amoureuses... — René Moulin est un honnête garçon, faussement accusé de faire partie d'une société secrète... — Je l'ai défendu en police correctionnelle et je l'ai fait acquitter... — L'une de ses réponses au juge d'instruction me permet de supposer qu'il existe en effet des relations secrètes entre lui et la famille Monestier, mais j'ai la conviction absolue que ces relations doivent être de la nature la plus honorable...

— Si je pouvais le croire... — balbutia le docteur.

Rien ne t'empêche d'en avoir la preuve.

— Et comment ?

— René Moulin est libre.... — Va le voir et dis-lui que c'est moi qui t'envoie... — Ouvre-toi franchement à lui... raconte-lui tout, car il mérite ta confiance... — Sans doute il ne trahira pas un secret qui n'appartient pas à lui seul, mais il trouvera moyen de te rassurer au sujet de la présence de Mlle Monestier dans un logement où il n'était pas... — Voyons, te sens-tu soulagé ?

Étienne secoua la tête.

— Doutes-tu de ma parole ? — demanda Henry de la Tour-Vaudieu...

— Que Dieu m'en garde, mon ami, mais j'ai tant souffert, je souffre tant

Claudia était assise un lorgnon à la main...

encore, que je doute d'un soulagement possible... — Avant d'admettre que j'étais
aveugle et fou et que j'accusais injustement un ange, avant d'aller m'agenouiller
aux pieds de Berthe et de lui demander pardon, il me faudra des preuves matérielles de son innocence...

    — C'est René Moulin seul qui peut te les donner...

    — Ah! je le verrai dès aujourd'hui.

    En ce moment la domestique vint annoncer que le déjeuner était servi.

Les deux camarades d'enfance passèrent dans la salle à manger.

— Allons, mon cher Étienne, — dit Henry en serrant de nouveau la main de son ami, — ne crois plus ton bonheur à tout jamais perdu... — Tu le retrouveras, je te le promets...

— Si c'était vrai... — balbutia le jeune médecin avec des larmes dans la voix, — si c'était vrai...

A table, Étienne sembla moins triste.

Henry faisait tout ce qui dépendait de lui pour lui remonter le moral, — comme on dit vulgairement — et pour lui rendre l'espérance.

Les deux jeunes gens allaient prendre le café lorsque la sonnette de l'appartement retentit.

- Quelque client qui vient nous déranger... — murmura le médecin.

On entendit un bruit de voix dans l'antichambre, puis la domestique entra, une lettre à la main.

— Pour monsieur, de la part d'une dame... — dit-elle.

— Qui vient d'apporter cela ?...

— Un grand laquais, mis comme un général, avec des galons d'or..

— Peste, mon cher, — fit Henry en souriant, — c'est une cliente d'un grand style !

XXXV

Étienne brisa le cachet et alla droit à la signature

— C. Dick Thorn... — lut-il à haute voix. — Connais pas...

— Cette lettre est signée *Dick Thorn?* — demanda Henry.

— Oui.

— C'est singulier...

— Pourquoi ?

— Parce que moi aussi j'ai reçu ce matin une épître portant la même signature et me priant de vouloir bien passer rue de Berlin où mistress Dick Thorn, — (une étrangère, ainsi que son nom l'indique), — désire me consulter au sujet d'une affaire de haute importance... — Que t'écrit, à toi, cette dame ?

— Ceci :

Monsieur,

« *Je suis Anglaise, — je viens de me fixer à Paris, où je n'ai pas encore de* « *médecin attitré. — J'ai entendu parler de vous en des termes qui commandent* « *ma confiance et me dictent mon choix. — Ma fille unique est depuis hier un* « *peu souffrante et je sollicite vos bons soins pour cette chère enfant.*

« *Je serai très reconnaissante si vous voulez bien prendre la peine de passer à*
« *mon hôtel, rue de Berlin, numéro 24, et je vous prie, Monsieur, d'agréer l'assu-*
« *rance de ma haute considération.* — C. DICK THORN. »

— Cette lettre, — dit Henry, — est coulée dans le même moule que celle
qui m'a été remise... — L'une s'adresse au médecin et l'autre à l'avocat, voilà
toute la différence... — Il est original que le choix de cette étrangère soit tombé
justement sur nous, deux amis, deux inséparables !... Iras-tu ?

— Sans le moindre doute... — Une cliente de plus n'est point à dédaigner...
— Je pense à ma maison de santé future...

— Et tu fais bien.

— Toi, Henry, tu n'as pas les mêmes raisons de te déranger... — Tu es
riche, donc, tu es libre...

— J'ai peu l'habitude en effet de *donner des consultations en ville...* — dit le
jeune avocat en riant. — J'irai néanmoins... — Le style de cette Anglaise pique
ma curiosité... — Le Palais ne me réclame pas aujourd'hui... — En te quittant
je prendrai le chemin de l'hôtel de mistress Dick Thorn.

— Je m'y rendrai, moi, après mes visites.

Une demi-heure plus tard Henry quittait Étienne, en lui recommandant de
nouveau de voir sans retard René Moulin.

A la prochaine station de voitures il montait en fiacre et donnait l'ordre au
cocher de le conduire rue de Berlin.

*
* *

Claudia Varni, — nos lecteurs le savent, — tenait beaucoup à ce qu'Henry
de la Tour-Vaudieu assistât à la fête qu'elle comptait donner prochainement.

Elle avait des projets sur lui et voulait connaître le jeune homme avant de
les mettre à exécution...

Accepterait-il l'invitation d'une inconnue ?

Rien n'était moins certain, et nous pourrions même ajouter : Rien n'était
moins probable.

Comprenant cela à merveille, mistress Dick Thorn résolut de tourner la
difficulté.

Elle avait véritablement besoin de se renseigner sur certains points de
droit... — En conséquence elle imagina d'écrire à Henry pour solliciter ses
conseils.

« *Je sais à merveille,* — lui disait-elle dans sa lettre, — *que les célébrités du*
« *barreau ne se dérangent point, et que quiconque réclame leur appui doit les*
« *aller trouver, mais peut-être consentirez-vous, Monsieur, à faire exception à*
« *cette règle générale en faveur d'une femme et d'une étrangère...* »

Une fois qu'elle serait la cliente d'Henry de la Tour-Vaudieu, celui-ci n'aurait plus aucun motif pour décliner son invitation.

Elle usa, nous le savons, d'un procédé absolument semblable à l'égard d'Étienne Loriot.

Quel intérêt avait l'ex-Claudia Varni à faire de ce dernier le commensal de sa maison ?

Cela nous semble facile à comprendre.

Le chevalier Babylas Samper lui ayant affirmé que le jeune médecin était le seul ami d'Henry, du moins son seul ami très intime, l'adroite créature voulait attirer le docteur chez elle afin de le questionner à son aise sur le compte de son camarade d'enfance.

Un coup de timbre résonna, annonçant une visite, et le valet de chambre apporta sur un plateau de vermeil à mistress Dick Thorn la carte du fils adoptif de son ancien amant.

— Faites entrer au salon, — dit-elle, — et priez M. de la Tour-Vaudieu de bien vouloir attendre un instant.

Claudia régularisa du bout des doigts les masses épaisses de ses cheveux noirs, passa sur son visage un nuage de veloutine, et au bout de cinq minutes elle rejoignit le visiteur.

Henry s'inclina profondément devant elle.

Mistress Dick Thorn l'enveloppa d'un coup d'œil rapide, et ce coup d'œil lui suffit pour se former sur son compte une opinion pouvant se résumer ainsi :

— Ce jeune homme a l'intelligence et la volonté... — Le conduire où je veux qu'il arrive ne sera pas du tout une tâche facile... — J'y parviendrai cependant...

Puis, tout haut :

— Comment vous témoigner, monsieur, toute ma gratitude ?... — Vous n'avez point dédaigné la requête que j'espérais à peine vous voir agréer, et votre gracieux empressement est une faveur de plus...

Henry, un peu étonné d'entendre cette Anglaise, belle encore sinon très jeune, parler presque sans accent un français irréprochablement correct, répondit :

— Vous sollicitiez une exception, madame... — Ma courtoisie de gentleman ne me permettait pas de vous la refuser... — Me voici à vos ordres...

Claudia s'assit, après avoir désigné du geste un fauteuil à son interlocuteur.

— Monsieur, — dit-elle, — j'ai un conseil à vous demander...

— Pour vous, madame ?

— Non, monsieur, mais pour une personne à laquelle je porte un vif intérêt et qui ne veut pas se faire connaître avant d'être parfaitement éclairée sur les droits résultant de certains faits que je vous soumettrai.

— C'est alors une consultation par procuration... — dit le jeune avocat en souriant.

— Oui, monsieur, — fit Claudia en souriant aussi.

— Je suis prêt à répondre à vos questions, madame, mais s'il y a une affaire à plaider, j'aurai sans doute besoin de m'entretenir directement avec la personne qui vous intéresse...

— Oh! soyez tranquille!... — Je vous présenterai cette personne quand il en sera temps...

— J'écoute, madame... — dit le jeune homme.

— Élevée à Paris, — commença mistress Dick Thorn, — je connais un peu les lois françaises, mais pas assez pour me permettre de trancher une question difficile...

— Ceci, madame, est l'affaire de votre avocat... — De quoi s'agit-il?

— D'un mariage.

— Veuillez m'interroger, madame, et je ferai de mon mieux pour éclairer ce qui vous semble obscur...

— Eh bien! monsieur, un mariage *in extremis* est-il valable?...

— Oui, madame, puisqu'il est admis par la loi lorsque les témoins ont reconnu que l'état de l'un des futurs époux était, ou tout au moins semblait être désespéré...

— Les témoins l'ont reconnu.

— Y a-t-il eu mariage civil?...

— Mariage religieux seulement...

— Il n'est pas moins valable, l'exception ayant été prévue par la loi. — En quelle année a-t-il été célébré?

— En 1835. — Pour des motifs particuliers le mariage ne fut point déclaré à cette époque, quoique la jeune femme qui venait de mettre au monde un fils, et qui semblait à l'agonie, n'ait pas succombé... — Elle vit encore... — Le mari lui-même a vécu deux ans après cette union restée secrète. — Jusqu'à ce jour des considérations de famille ont empêché l'épouse de revendiquer son titre...

— Peut-elle le faire aujourd'hui?

— La preuve du mariage existe-elle?

— Oui, et l'époux, avant de mourir, a fait un testament par lequel il laisse à son fils la propriété de sa fortune, et à sa femme la jouissance de ses revenus...

— Ces clauses ont-elles reçu leur exécution?

— Le testament n'a pas été produit et un proche parent du mort est entré en possession de tous les biens, en sa qualité d'héritier naturel...

— Comment la mère n'a-t-elle pas revendiqué?

— Elle est devenue folle à la suite de son accouchement...

— Comment n'a-t-on pas revendiqué pour elle?

— Je vous l'ai dit, des considérations de famille...

— Aujourd'hui, cette femme a-t-elle recouvré la raison ?

— Non, monsieur.

— C'est au fils alors à réclamer ses droits, et lui seul peut le faire... — Il est majeur... — Il prouvera, le testament à la main, qu'il est bien le fils et l'héritier, et il attaquera le parent qui détient indûment sa fortune...

— Mais, si le fils était mort?...

— Dans ce cas, il faudrait s'adresser au tribunaux qui nommeraient un conseil de famille, et le curateur de la folle se chargerait d'opérer les revendications...

— Ce serait un procès !

— Un procès civil, oui, madame, si celui qui s'est emparé de la fortune ne connaissait ni le mariage, ni le testament...

— Il connaissait l'un et l'autre...

— Vous en êtes sûre ?

— J'en ai la preuve...

— Le scandale alors serait effroyable...

— On enverrait le voleur d'héritage au bagne ?

— Non, madame, car ce grand coupable est couvert par la prescription, mais il n'en serait pas moins à tout jamais déshonoré et perdu aux yeux du monde...

— Le contraindrait-on à restituer la fortune ?

— Sans le moindre doute.

— Il est dans une haute position, il jouit d'une influence énorme... — il se défendrait...

— Peut-être le tenterait-il, mais ce serait en vain... — Si j'étais chargé de cette affaire, je répondrais absolument du succès.

— Quand le moment sera venu, c'est moi, monsieur, qui vous supplierai de vous en charger...

XXXVI

— Et j'accepte d'avance, — dit le fils adoptif du sénateur, — car je vois là le sujet d'une plaidoirie fort intéressante... J'ai d'ailleurs une spécialité, — ajouta-t-il en souriant... — C'est de combattre l'injustice et de défendre les faibles contre les puissants.

— Je le savais, monsieur, — répondit Claudia, — et c'est pour cela que j'ai eu l'honneur de m'adresser à vous.

— N'a-t-on rien tenté pour rendre la raison à la pauvre folle? — reprit le jeune homme.

— Il est vraisemblable au contraire qu'on a tenté beaucoup, mais je ne puis aujourd'hui résoudre cette question, étant insuffisamment renseignée

— Vous vous intéressez à cette femme?

— Infiniment, et c'est bien naturel... sa situation est si triste...

— Dans ce cas, voulez-vous me permettre, madame, de vous offrir un conseil?

— Non seulement je vous le permets, mais je vous en prie...

— Vous avez mandé, pour donner des soins à Mlle votre fille, le docteur Étienne Loriot?

Mistress Dick Thorn, jouant merveilleusement la surprise, s'écria :

— Vous le connaissez ! ! !

— C'est mon ami intime, et pour ainsi dire mon seul ami!! — Nous avons fait ensemble nos études et nous sommes liés depuis l'enfance... J'étais chez lui, ce matin, quand il a reçu votre lettre.

— Ce que vous m'apprenez, monsieur, me prouve que j'ai fait un heureux choix...

— Vous ne pouviez en faire un meilleur, et croyez bien que l'amitié ne m'aveugle pas! — Étienne Loriot, malgré sa jeunesse, est un savant... — Il travaille à devenir un spécialiste et s'occupe sans relâche des maladies mentales... Il vient d'être attaché comme médecin adjoint à l'asile des aliénés de Charenton, ce qui est une preuve sans réplique de son mérite... Il pourrait entreprendre la guérison de la personne qui nous occupe et je crois que vous feriez bien de lui en parler...

— Assurément je n'y manquerai pas... — Le docteur vous a-t-il dit qu'il viendrait bientôt voir sa nouvelle cliente?

— Je puis vous annoncer sa visite pour aujourd'hui, dans l'après-midi...

— Combien je suis heureuse de m'être adressée, sans le savoir, à l'un de vos amis... J'espère, monsieur, que vous vous rencontrerez souvent chez moi...

Henry s'inclina.

Claudia poursuivit :

— Quoique conservant en Angleterre des intérêts de fortune assez considérables, je suis fixée à Paris d'une manière à peu près définitive... — J'ai l'intention de recevoir, et j'inaugurerai mon installation dans une dizaine de jours, par une petite fête à laquelle j'espère que vous me ferez l'honneur d'assister...

Le jeune homme s'inclina de nouveau.

— Je vous remercie, madame, de votre gracieuse invitation, — répliqua-t-il, — mais je travaille énormément et je vais fort peu dans le monde, ou pour mieux dire je n'y vais pas du tout.

— Permettez-moi d'espérer que vous voudrez bien, pour la seconde fois, faire une exception en ma faveur... — dit mistress Dick Thorn en souriant. —

Un Français, un gentleman, un grand seigneur, ne saurait décliner la requête qui lui est adressée par une femme, et par une étrangère...

— Il est difficile de vous résister, madame...

— Prouvez-moi que c'est impossible...

— J'aurai donc l'honneur de me joindre à vos amis...

— Et j'espère, — reprit Claudia, — que vous deviendrez bientôt vous-même un ami de la maison...

En ce moment la porte du salon s'ouvrit et un domestique parut sur le seuil.

— Que voulez-vous? — lui demanda mistress Dick Thorn d'un ton fort raide, — je ne vous ai point sonné...

— Madame, — répondit le valet avec embarras, — c'est une personne qui se présente pour parler à madame...

— De la part ?...

— De la part des *Petites Affiches*... — C'est un maître d'hôtel... — il vient offrir ses services à madame...

Claudia fit un geste d'impatience.

— Qu'il attende... — répliqua-t-elle.

Henry s'était levé.

— Je vais avoir l'honneur, — dit-il, — de prendre congé de vous...

— Merci de nouveau, monsieur, de votre empressement, et à bientôt, car je puis compter sur vous, n'est-ce pas?...

— J'ai promis...

— J'aurai le plaisir de vous envoyer une lettre d'invitation, aussitôt que la date de ma première fête sera définitivement arrêtée.

Claudia reconduisit le jeune homme jusqu'à l'antichambre.

Le maître d'hôtel qui venait se proposer à la maîtresse de logis était assis sur une banquette.

Il se leva vivement.

Henry de la Tour-Vaudieu passa près de lui sans le regarder, et d'ailleurs, sous ce costume de cérémonie et avec les longs favoris en nageoires encadrant son visage soigneusement rasé, il n'aurait pas reconnu son client de la septième chambre, René Moulin.

Le mécanicien, — car c'était bien lui, — eut peine à retenir un geste de surprise en voyant l'avocat sortir de chez mistress Dick Thorn.

— Lui, ici ! — pensa-t-il. — Qu'est-ce que cela signifie?

Naturellement il ne pouvait se répondre, et il ajouta :

— Il faut, à tout prix, que je sois admis dans cette maison...

Un coup de sonnette retentit, et au bout d'une minute le valet de chambre parut dans le vestibule.

— Madame vous attend, — dit-il au futur maître d'hôtel, — venez avec moi.

— Voici trois louis que je vous donne pour grossir votre boursicot.

René le suivit, un peu ému de la situation et craignant qu'un échec ne vint renverser l'échafaudage de ses projets.

Le valet de chambre l'introdüisit dans un fumoir contigu au grand salon.

Claudia était assise, un lorgnon à la main.

René la salua de fort bonne grâce et resta debout devant elle dans une pose respectueuse.

Mistress Dick Thorn l'examina de la tête aux pieds avec un sans-façon aussi absolu que si elle avait étudié les mérites d'un nouvel attelage présenté par un marchand de chevaux.

René Moulin était beau garçon.

Il avait fort bonne mine sous ses vêtements noirs d'une irréprochable correction.

— Pas mal, en vérité... pas mal du tout... — murmura mistress Dick Thorn.

— Vous désirez entrer chez moi? — demanda-t-elle ensuite d'un ton bienveillant.

— J'ai cette ambition, oui, madame... — répondit René.

— Avez-vous déjà servi en qualité de maître d'hôtel?

— Oui, madame, et dans des maisons de premier ordre..

— Vous êtes muni des certificats de vos anciens maîtres?

— Je ne me serais pas permis de me présenter à madame sans cela... — Je vais avoir l'honneur de mettre ces certificats sous les yeux de madame...

— Tout à l'heure... — interrompit Claudia. — Occupons-nous d'abord de la condition *sine qua non* de votre admission... — Parlez-vous l'anglais?

René répondit affirmativement avec le pur accent d'un habitant de Londres.

C'était bien; mais peut-être ne connaissait-il qu'une ou deux phrases de l'idiome d'outre-Manche.

Pour éclaicir ses doutes, Claudia continua son interrogatoire en langue anglaise.

— Vous avez habité l'Angleterre? — reprit-elle.

— Oui, madame.

— Longtemps?

— Plusieurs années.

— Quelle ville?

— Portsmouth,

— En service?

— Non, madame, mais comme employé d'une maison d'assurance maritimes...

— Depuis combien de temps êtes-vous à Paris?

— Depuis quatre ans.

— Chez qui avez-vous servi?

— Chez un riche Américain, M. Daniel Wesbster, avenue des Champs-Élysées, au coin de la rue du Colisée.

— Pourquoi l'avez-vous quitté?

— Il retournait en Amérique et je voulais rester en France...

— Ensuite?

— Chez l'honorable sir Wiliams Douglas Abercromby, rue Faubourg-Saint-Honoré... — Il a licencié sa maison il y a deux mois, en partant pour un voyage d'exploration autour du monde...

— Montrez-moi maintenant vos certificats...

René tira de sa poche les papiers *empruntés* à Laurent par Jean-Jeudi, et les présenta à mistress Dick Thorn qui les examina très attentivement.

Les attestations données au maître d'hôtel étaient conçues dans les termes les plus flatteurs.

Claudia ne pouvait désirer mieux.

— Je vois, — reprit-elle, — que vous vous nommez François Laurent...

— Oui, madame, mais on a l'habitude de m'appeler Laurent... C'est plus distingué...

— Combien gagniez-vous dans votre dernière place ?

Le mécanicien formula un chiffre.

Mistress Dick Thorn fit un haut-le-corps.

—Sir Williams Douglas Abercromby était sans doute énormément riche... — répliqua-t-elle. — Ma position de fortune est beaucoup plus modeste et ma maison relativement simple... — Je ne pourrais m'entendre avec vous sur de telles bases.

— Quels appointements madame a-t-elle l'intention de donner?...

Claudia indiqua une rémunération mensuelle bien inférieure à la somme demandée.

XXXVII

René Moulin ne s'inquiétait guère de ce détail, mais il ne voulait pas risquer de se trahir en acceptant trop vite.

Il discuta donc, pour la forme, et finit par tomber d'accord avec mistress Dick Thorn.

— C'est entendu... — dit-elle alors, — vous êtes à mon service... On va dès aujourd'hui préparer votre chambre au second étage...

— Bien, madame.

— Vous saurez organiser les préparatifs d'une fête?

— Mon dernier maître donnait chaque hiver quatre grand bals, et j'avais la direction de tous les apprêts...

— Je vois que je pourrai sans inquiétude m'en rapporter absolument à vous.

— J'espère le prouver à madame...

— Ma première réception aura lieu dans quelques jours et je désire qu'elle soit brillante... Vous vous entendrez avec le fleuriste en renom pour garnir les vestibules et l'escalier... Partout des fleurs... — Je vous donne carte blanche...

— Je n'épargnerai rien, mais j'agirai pourtant avec économie, au mieux des intérêts de madame.

— J'y compte... — Êtes-vous complètement libre ?...

— Oui, madame.

— Ni femme ni enfants ?

— Personne.

— Quand pourrez-vous vous installer ?

— Quand madame voudra...

— Eh bien ! venez demain matin, à neuf heures...

— Je serai exact...

— Voici vos certificats et une avance sur votre premier mois de gages...

Claudia glissa trois louis dans la main de René qui frissonna au contact de l'or de cette femme, soupçonnée par lui d'un crime ; mais il ne laissa rien paraître de ce qui se passait en lui.

Il témoigna sa gratitude en fort bons termes, remit dans sa poche les papiers du vrai Laurent et se retira.

Tout en descendant l'escalier, il se disait :

— Cette mistress Dick Thorn est-elle une misérable ou Jean-Jeudi a-t-il été le jouet d'une étrange ressemblance ? — Voilà l'énigme qu'il faudra résoudre.

La présence d'Henry de la Tour-Vaudieu à l'hôtel de la rue de Berlin l'intriguait singulièrement.

Le jeune homme s'y trouvait-il comme ami ou comme avocat ?

En présence de l'impossibilité de trouver une solution à ce problème, René Moulin prit le parti de n'y plus penser.

Il venait d'atteindre son but et se trouvait dans la place.

C'était le principal... — Ce qu'il ne comprenait pas lui serait sans doute expliqué postérieurement...

Bref, il s'en alla satisfait.

Claudia Varni avait été distraite un moment par son entrevue avec le prétendu Laurent.

Lorsqu'elle fut seule de nouveau elle revint à ses pensées. — Son visage prit une expression de joie cruelle, tandis que ses lèvres murmuraient :

— Tout est bien comme je l'avais espéré, et c'est Henry de la Tour-Vaudieu lui-même qui me fournit des armes pour frapper son père adoptif... — Je tiendrai Georges aujourd'hui par l'épouvante comme je le tenais autrefois par la sensualité... — Le jeune homme deviendra vite un familier de ma maison... — Olivia est jolie... — Il la remarquera, malgré ce grand amour qu'on lui prête pour Mlle de Lilliers, et ma volonté fera le reste.

Mistress Dick Thorn sourit, puis, sans transition, un pli se creusa sur son front, entre ses sourcils contractés, et son regard devint farouche.

— Si cependant Georges allait vouloir lutter ?... — fit-elle d'une voix sourde.

Après un silence, elle se répondit :

— Eh bien ! j'accepterais la lutte !... Tout l'avantage est pour moi, puisque tout le péril est pour mon adversaire... — Henry de la Tour-Vaudieu m'a confirmé ce que déjà je croyais savoir, il y a prescription... — Qu'est-ce que je risque ?... — N'ayant rien à perdre, je suis invulnérable !... — Je me moque du scandale, moi, tandis que la haute position de Georges, sa grande fortune et l'honneur de son nom sont en jeu !... J'ai tous les atouts dans la main et, s'il résiste, je l'écraserai !... — Esther Derieux est folle, mais il y a des médecins qui guérissent la folie... et si même on en parvenait point à lui rendre la raison, elle n'en est pas moins la veuve du duc Sigismond, son héritière par un testament bien en règle, et le conseil de famille nommé par les tribunaux revendiquerait pour elle le titre de duchesse et les millions volés... — Georges comprendra ces choses et, plutôt que de courir à sa perte certaine, redeviendra mon esclave docile...

Le timbre de l'hôtel, résonnant de nouveau, interrompit le fiévreux monologue de Claudia.

— Qui peut venir? — se demanda l'ex-courtisane, pour qui tout était motif de préoccupation.

Quelques secondes s'écoulèrent, puis le valet de chambre entra, apportant une carte.

Mistress Dick Thorn jeta le yeux sur cette carte.

— *Le docteur Étienne Loriot...* — lut-elle à haute voix. — Je l'attendais, faites entrer...

Étienne fut introduit aussitôt.

Claudia l'accueillit avec son meilleur sourire, et de même qu'à Henry de la Tour-Vaudieu lui dit :

— Merci mille fois, monsieur, de votre empressement.

— Cet empressement est un devoir, madame... — répliqua le jeune homme. — Un médecin, quand il sait qu'on souffre et qu'on l'appelle, n'a pas le droit de se faire attendre...

— Ma fille est souffrante en effet, mais je crois que son indisposition n'a rien d'assez grave pour m'inquiéter, et la moindre ordonnance suffira pour la guérir... — Votre mérite est connu, monsieur.

— On vous a parlé de moi, madame, avec trop d'indulgence.

— Dites avec enthousiasme... — Ah! vous avez des admirateurs et des amis nombreux!!

— Des admirateurs, j'en doute... des amis bienveillants, quelques-uns, je l'espère...

— M. Henry de la Tour-Vaudieu est du nombre de ceux-là.

— Au premier rang, et le meilleur de tous, oui, madame... Nous nous aimons depuis l'enfance.

— C'est ce qu'il me disait, il y a une heure, en m'annonçant votre visite...

— Il déjeunait chez moi quand j'ai reçu la lettre que vous m'avez fait l'honneur de m'écrire... — J'ai appris de sa bouche que vous comptiez sur lui et, s'il doit s'occuper d'une affaire qui vous intéresse je vous en félicite, madame, car presque toutes les causes plaidées par mon ami sont gagnées d'avance.. — Son succès égale son talent, ce qui n'est pas peu dire...

— M. de la Tour-Vaudieu aime beaucoup, — paraît-il, — la carrière qu'il a choisie?

— Beaucoup, oui, madame, et sans cela il ne l'aurait pas choisie... — Jamais position ne fut plus indépendante que la sienne. — Peut-être savez-vous qu'il est fils unique et que son père possède une fortune immense?...

— Je sais cela, oui, monsieur...

Après un silence Claudia reprit :

— La personne qui m'a parlé de M. Henry de la Tour-Vaudieu dans les termes les plus flatteurs, m'a dit qu'il s'accordait assez mal avec son père.

— Je crois, en effet, madame, que leurs idées politiques ne sont pas du tout les mêmes, — répondit Étienne, — mais ce que je sais à ce sujet n'a rien de précis... Je connais à peine le duc Georges, auquel Henry m'a présenté mais que je n'ai jamais revu depuis lors... — Un abîme nous sépare... — M. de la Tour-Vaudieu, duc, sénateur, et plusieurs fois millionnaire, est au sommet de l'échelle sociale dont je gravis à peine les premiers échelons...

— Cet abîme prétendu n'existe point selon moi... — répliqua mistress Dick Thorn. — La science et le talent valent la fortune et la noblesse.

— Tout le monde, madame, ne pense pas ainsi...

— C'est vrai, mais tous les gens de cœur et de bon sens partagent ma manière de voir.

Claudia se leva.

— Il ne faut pas, cependant, — poursuivit-elle, — que le plaisir de causer avec vous me fasse oublier le but principal de votre visite... — Voulez-vous me suivre, docteur, je vais vous conduire auprès de ma fille...

— A vos ordres, madame...

L'ex-courtisane et le médecin traversèrent deux pièces, puis Claudia, faisant halte en face d'une porte aux trois quarts close, dit par l'entre-bâillement :

— C'est moi, mignonne... Je t'amène le docteur... — Pouvons-nous entrer?

— Oui, mère... — répondit une voix douce et bien timbrée.

Mistress Dick Thorn ouvrit tout à fait la porte et fit passer Étienne devant elle.

Olivia était couchée dans un lit capitonné de soie bleu de ciel, entouré comme d'un nuage de grands rideaux de mousseline blanche des Indes.

Sa jolie tête reposait sur les broderies d'un oreiller garni de dentelles.

Ses cheveux un peu en désordre et d'un blond doré formaient une sorte de ... ... autour de son front pur.

... impossible de rêver une vierge plus charmante.— L'expression de ses ... ... témoignait d'une candeur angélique.

Ellé sourit à sa mère et au docteur qui s'approchaient du lit.

— Ah ! — dit-elle, — je ne suis pas bien malade...

— Vous l'êtes un peu cependant, mademoiselle... — répliqua le jeune homme en constatant l'éclat des prunelles et la coloration anormale des pommettes. — Vous avez certainement la fièvre...

En disant ce qui précède il prenait l'une des mains fines et longues étendues sur le lit, et il interrogeait l'artère.

— Je ne me trompais pas... — reprit-il, — la fièvre est légère, mais elle existe... — D'où souffrez-vous ?

— Je souffre de la gorge et j'ai mal à la tête...

Étienne appuya la paume de sa main pendant quelques secondes sur le front brûlant d'Olivia.

— Vous éprouvez des chatouillements dans la gorge, n'est-ce pas ? — demanda-t-il.

— Oui, docteur.

-- Vous toussez de temps à autre ?...

— C'est vrai.

XXXVIII

Étienne eut un sourire.

— Absolument rien de grave... — dit-il. — Vous aurez négligé de prendre quelques précautions élémentaires, vous êtes enrhumée, et votre rhume est si peu de chose que je ne lui ferai pas l'honneur de l'appeler *bronchite*. — Vous avez eu froid aux pieds, je le parierais...

— Avant-hier soir, en sortant du théâtre!! — s'écria mistress Dick Thorn. — Docteur, c'est prodigieux ! Comment faites-vous pour deviner ainsi ?

— Je remonte des effets aux causes, madame... — Rien n'est plus simple... — Avec un peu d'expérience il est difficile de se tromper... — Je vais écrire la la formule d'une potion qui soulagera mademoiselle comme par enchantement... — Dans quarante-huit heures ce vilain rhume aura battu en retraite...

Claudia avait préparé sur une table du papier, de l'encre et des plumes.

Étienne rédigea son ordonnance et dit en la tendant à Claudia :

— Veuillez, madame, faire préparer ceci chez le pharmacien le plus proche... — Mademoiselle prendra d'heure en heure une cuillerée du médicament...— Je viendrai constater demain par mes propres yeux les résultats obtenus, et je suis sûr qu'ils seront excellents... — A demain, mademoiselle.

— A demain, docteur, et merci de vos heureux pronostics.

Étienne quitta la chambre avec Claudia qui, aussitôt que la porte se fut refermée derrière eux, lui demanda vivement ·

— Bien vrai, ce n'est rien, n'est-ce pas ?

— Absolument rien, madame... je vous en donne ma parole d'honneur...

— Vous me soulagez d'un poids énorme !

— Est-ce que vous étiez inquiète ?

— Pas précisément, mais quand on est mère on a peur de tout... Enfin, me voici rassurée... — Je désire vous voir souvent chez moi, docteur, en ami bien entendu, et non pas en médecin...

— Vous me comblez, madame...

— J'ai promis à votre ami Henry de la Tour-Vaudieu qu'il vous rencontrerait quelquefois ici... — Vous ne me ferez point mentir !...

— Certainement non, madame...

— Nous causerons de cela tout à l'heure. — Retournons au salon, je vous en prie. J'ai à vous demander un conseil... ou plutôt un renseignement ?...

Claudia réinstalla Étienne dans le fauteuil qu'il occupait dix minutes auparavant, et renoua l'entretien en ces termes :

— M. de la Tour-Vaudieu m'a dit que vous étiez médecin adjoint à l'hospice de Charenton...

— Oui, madame, mais seulement depuis quelques jours.

— De votre nomination à ce poste il résulte que vous vous occupez d'aliénation mentale... — poursuivit mistress Dick Thorn.

— J'en conviens, madame, l'étude des maladies de l'intelligence exerce sur moi une attraction singulière... — J'en veux faire ma spécialité, et je rêve d'être un jour à la tête d'un établissement où je traiterai la folie...

— Puisqu'il en est ainsi, je puis vous questionner avec la certitude d'être éclairée par vous...

— Je vous répondrai de mon mieux...

— Une personne atteinte de folie depuis plus de vingt années, peut-elle au bout de si longtemps recouvrer la raison ?...

— Ce n'est pas impossible, mais cela dépend de beaucoup de choses...

— Lesquelles ?

— D'abord de l'origine de la folie... — La personne dont vous parlez a-t-elle perdu la raison par suite d'une émotion violente, d'une terreur soudaine, d'une catastrophe imprévue, ou la folie résulte-t-elle de désordres causés par une maladie cérébrale ? — Dans ce dernier cas, je considérerais la folie comme inguérissable.

— Et si l'aliénation mentale était au contraire la conséquence d'une terreur ou d'une blessure ?

— On pourrait espérer la guérison, et peut-être aurai-je bientôt la preuve qu'on ne serait pas déçu...

— Un cas de ce genre se présente-t-il en ce moment dans votre clinique ?

— Oui, madame, et même un cas très compliqué et fort rare... — Pour avoir

— Elle n'est plus ici! balbutia le mécanicien étourdi par ce dernier coup.

la chance de mener la cure à bonne fin, je serai forcé de pratiquer une opération...

— A un homme?

— Non, à une femme...

— Et cette femme est depuis longtemps folle?

— Depuis plus de vingt ans...

— L'origine de sa folie?

— Une blessure à la tête.

— Résultat d'un crime ou d'un accident?

— Je ne saurais le dire, mais un crime me semble probable... — La pauvre femme a reçu un coup de pistolet dans la tête... — Une parcelle de plomb, détachée de la balle, s'est incrustée dans la boîte osseuse où elle est encore...

— C'est étrange! — s'écria Claudia.

— Très étrange et très curieux, oui, madame...

— Et c'est à l'asile de Charenton que vous soignez cette folle?

— Oui, madame.

— Et cette femme est Parisienne?...

Étienne se rappela tout à coup que la nouvelle pensionnaire se trouvait aux *isolées, au secret,* et que le devoir professionnel, joint aux recommandations du directeur, lui interdisaient absolument de prononcer son nom.

Aussi se contenta-t-il de répondre :

— Parisienne, je le crois, mais sans en être sûr.

— Et sa famille vient la visiter? — demanda Claudia, pensant malgré elle à Esther Derieux.

— Je ne sais, madame... — murmura le jeune médecin que ces questions multipliées embarrassaient visiblement. — J'ignore ce qui se passe à l'asile en dehors des heures de mon service... Les aliénés ne sont pour nous que des malades, dont bien souvent les noms nous restent inconnus.

Claudia était trop intelligente pour ne pas comprendre qu'elle n'obtiendrait plus rien.

Toute interrogation nouvelle ne servirait qu'à mettre le docteur en défiance.

Que lui importait, d'ailleurs?

Elle ne pouvait raisonnablement supposer que la folle de Charenton fût la veuve du duc Sigismond de la Tour-Vaudieu. — Elle interrompit donc une enquête désormais inutile.

— Docteur, — dit-elle, — vous m'avez appris ce que je désirais savoir et je vous en remercie... Peut-être un jour vous mettrai-je en présence de la personne dont je vous ai parlé, si sa famille se décide à tenter tout pour la guérison...

— Souvenez-vous, madame, que rien n'est possible si l'on ne connaît d'abord le motif véritable de la folie...

— Je ne l'oublierai pas; je m'informerai, et à l'une de vos prochaines visites je vous transmettrai les renseignements que j'aurai pu recueillir...

La conversation était finie.

Étienne se leva.

— A demain, madame... — fit-il.

— A demain, docteur... — répondit Claudia en lui tendant la main. — Il est ambitieux, — pensa-t-elle quand il se fut retiré, — si j'ai besoin de lui il me servira.

René Moulin, nous le savons, était sorti très satisfait de l'hôtel de la rue de Berlin.

Il rejoignit Jean-Jeudi, qui l'attendait à l'angle de la rue de Clichy.

Le vieux voleur, lui voyant la figure rayonnante, s'écria :

— Il paraît que ça marche ?

— Comme sur des roulettes...

— Tu es en pied dans la maison ?

—Agréé en qualité de maître d'hôtel et d'homme de confiance.

— Quand dois-tu entrer en fonctions ?

— Demain matin à neuf heures.

— As-tu reçu des arrhes ?

— Sous forme d'avance sur mes gages, et voici trois louis que je vous donne pour grossir votre boursicot.

Jean-Jeudi fit sauter les trois pièces d'or sur la paume de sa main et les glissa joyeusement ensuite dans la poche de son gilet en murmurant :

— Si c'est la dame de Neuilly, ce n'est qu'un faible acompte... — Faudra qu'elle s'exécute et qu'elle *casque* dans le grand genre !...

— Sans doute, — répliqua René Moulin, — mais pour le quart d'heure nc brusquons rien, et occupons-nous de nos affaires...

— Quelles affaires ?

— Renvoyons d'abord les cent francs à Laurent...

— Tu y tiens ? — fit Jean-Jeudi avec un soupir.

— Je vous ai expliqué pourquoi cette restitution me semble indispenble... — Vous irez ensuite reporter le portefeuille à l'estaminet de la rue d'Amsterdam où, toute réflexion faite, je ne veux pas qu'on me voie.

Les deux hommes entrèrent dans un petit café où René Moulin écrivit quelques lignes qu'il glissa sous une enveloppe avec le billet de banque et qu'il adressa à *M. Laurent, rue du Château, à Vincennes.*

Puis il tendit le portefeuille à Jean-Jeudi en lui disant :

— Expliquez que vous l'avez trouvé dans la rue, inventez une histoire...

— Ça ne sera pas difficile... — Nous reverrons-nous aujourd'hui ?

— Non, mais il faut convenir d'un lieu de rendez-vous pour demain et les jours suivants.

— Arrange ça...

— Eh bien ! tous les matins, à huit heures, promenez-vous en fumant votre pipe au coin de la rue de Clichy, dans l'endroit où vous m'avez attendu tout à l'heure . — Je vous y rejoindrai et vous tiendrai au courant... — Ne manquez jamais de venir, car c'est peut-être le jour où vous me feriez défaut que j'aurais à vous communiquer des choses importantes.

— As pas peur, ma vieille!... — Tous les matins à huit heures je serai de planton, mais en plein jour il fait bigrement clair, et on vous remarque... — Ne vaudrait-il pas mieux nous donner des rendez-vous le soir?...

— Le soir je ne pourrai pas toujours disposer de moi... Cependant, quand je serai libre, j'irai faire un tour vers onze heures à la *Canette d'Argent*...

— Tu m'y trouveras...

— Il se peut que d'un moment à l'autre j'aie à vous apprendre des choses que vous communiquerez sans retard à M*** Monestier, qui nous servira...

— Tu m'intrigues ! — Quel est donc ton plan ?...

XXXIX

— Ne vous inquiétez pas, — dit René, — d'un plan que les circonstances peuvent modifier à l'improviste... Contentez-vous d'être certain qu'avant peu nous saurons si mistress Dick Thorn et votre inconnue du pont de Neuilly ne sont qu'une seule et même personne... ce dont je doute un peu...

— Ah! tu en doutes?...

— Oui, mais je puis me tromper, comme vous avez pu vous tromper vous-même... — Du reste, je vous le répète, nous saurons bientôt à quoi nous en tenir... — Et maintenant, au revoir... à demain...

Les deux hommes se séparèrent.

Jean-Jeudi se rendit droit à l'estaminet de la rue d'Amsterdam.

— Monsieur, — demanda-t-il au patron, — ne connaissez-vous pas un certain M. Laurent?...

— Oui, un domestique momentanément sans place, qui était ici il y a quelques heures.

— Je m'y trouvais en même temps que lui avec un ami, et je ne m'étais pas trompé en croyant le reconnaître quand je l'ai revu dehors... — Ceci lui appartient...

Et Jean-Jeudi présentait le portefeuille au patron très étonné, qui le prit en sollicitant une explication.

— Ah! c'est bien simple, — répondit le voleur, — je traversais la gare de la rue Saint-Lazare... — Un monsieur dont la figure ne m'était point inconnue a laissé tomber ce portefeuille... — J'ai ramassé l'objet et j'ai appelé le monsieur pour le lui rendre... — Il avait disparu... — Je me suis souvenu alors que je l'avais rencontré ici et qu'il causait avec vous... — Je suis venu et voilà...

— Grand merci de votre complaisance, monsieur... — je ferai prévenir Laurent... — Vous accepterez bien un bock ?...

— Ce n'est pas de refus...

Le bock absorbé, Jean-Jeudi regagna les hauteurs de Belleville.

Chemin faisant il se disait :

— C'est un rude malin, tout de même, ce René Moulin ! — Il n'y a qu'à le laisser marcher ! — J'ai de l'argent dans ma poche, je bois, je mange, je me promène ; c'est lui qui se donne tout le mal et qui dénichera le magot pour nous deux ! — Saperlipopette, voilà un associé qui n'aura pas volé sa part de la grenouille !

René, après avoir mis sa lettre à la poste, prit le chemin de la rue Notre-Dame-des-Champs.

Il était déjà tard quand il sonna à la porte de Berthe.

La pauvre enfant n'avait pas vu le mécanicien depuis la veille au soir.

Elle éprouvait une vague inquiétude et, à mesure que s'écoulaient les heures, une tristesse de plus en plus profonde envahissait son âme.

Elle craignait quelque accident imprévu. — Elle redoutait une arrestation nouvelle.

Sachant que René Moulin devait aider Jean-Jeudi dans son déménagement, elle se disait qu'une telle opération n'avait pu être bien longue, et elle ne comprenait pas pourquoi son commensal n'était pas venu déjeuner comme d'habitude.

Tout en préparant le modeste repas du soir, elle se forgeait des chimères qui, dans son imagination fiévreuse, prenaient l'apparence des plus funestes réalités.

Quand le mécanicien sonna, Berthe fut saisie d'une émotion violente ; — ce fut en tremblant qu'elle alla ouvrir.

Sous son costume de maître d'hôtel, avec sa cravate blanche et ses longs favoris, René était à peu près méconnaissable.

L'orpheline ne le reconnut pas d'abord. — Elle se crut en présence d'un magistrat et son émotion se changea en épouvante.

Le nouveau venu s'empressa de la rassurer.

— Comment, mademoiselle, — s'écria-t-il en souriant, — la métamorphose est-elle à ce point complète que votre meilleur ami vous semble un étranger ?

— Vous ! c'est vous ! — balbutia la jeune fille pâlissant et rougissant tour à tour. — Oh ! comme vous m'avez fait peur !

— Et pourquoi, chère enfant ? — demanda le mécanicien en entrant et en refermant la porte derrière lui.

— Inquiète de votre longue absence, je me figurais qu'il pouvait vous être arrivé quelque chose de fâcheux... — En vous voyant sans vous reconnaître, j'ai cru qu'un inconnu venait m'annoncer une mauvaise nouvelle vous concernant.

— Eh ! mon Dieu, — fit le mécanicien avec un nouveau sourire, — qu'aurait-il pu m'arriver de fâcheux ? — Aucun danger ne me menace, ce me semble...

— Monsieur René, — répliqua la jeune fille d'une voix triste, — vous ne comptez pas assez avec vos ennemis secrets ! — Rappelez-vous ces deux hommes venus chez vous pour y voler une lettre, et pour glisser à sa place dans l'enveloppe qui la renfermait la note que vous connaissez et qui rendait votre condamnation certaine si elle avait été mise sous les yeux de vos juges.

— C'est pourtant vrai... — murmura le pseudo-maître d'hôtel.

Berthe reprit :

— Depuis hier, après avoir entendu parler ce misérable que vous nommez Jean-Jeudi et dont nous sommes obligés de nous servir, — je le reconnais tout en le déplorant, — j'ai beaucoup pensé, beaucoup réfléchi...

« Quel intérêt guidait ces gens qui venaient dérober chez vous un papier, et qui ne touchaient point aux billets de banque et à l'or placés près de ce papier ?

« Assurément ce n'étaient pas des voleurs ordinaires...

« Que voulaient-ils ?

« Faire disparaître la preuve écrite d'un crime dont ils se sont rendus coupables autrefois, cela saute aux yeux...

« Leur présence à la place Royale, démontre jusqu'à l'évidence que ce sont eux qui vous ont fait arrêter par la police...

« Vous avez été sauvé contre leur attente, mais soyez certain qu'ils ne se découragent pas...

« On vous surveille, on vous guette. — Croyez-le bien, — on cherche une nouvelle occasion de vous perdre, définitivement cette fois, et, si cette occasion tarde trop à se présenter, on la fera naître... — Voilà pourquoi je tremble...

— Vous exagérez, mademoiselle... — répliqua le mécanicien.

— J'exagère ? — répéta Berthe. — Prouvez-le-moi... — Je ne demande pas mieux que d'être rassurée... — Je redoute des embûches qui nous empêcheront d'arriver à notre but... — Démontrez-moi que j'ai tort...

— Je crois comme vous que la surveillance dont vous parlez existait en effet... — dit le mécanicien. — Oui, l'un des coupables du crime commis autrefois a su que j'arrivais à Paris et que je possédais un brouillon de lettre compromettant pour lui... — Il a trouvé moyen de supprimer ce brouillon... Son but est atteint... Pourquoi s'occuperait-il de moi désormais ?

— Parce que vous êtes dangereux et parce qu'il le sait...

— Eh bien ! j'accepterai la lutte...

— Cet homme sera le plus fort, car il doit être haut placé...

— Croyez-vous donc à l'exactitude absolue du récit de Jean-Jeudi.

— Je crois qu'il ne se trompe pas en accusant le duc Georges de la Tour-Vaudieu d'avoir été jadis l'un des assassins du médecin de Brunoy... Oui...

— Eh ! mademoiselle, j'ai acquis aujourd'hui la preuve que les initiales sur lesquelles se base la croyance de Jean-Jeudi n'ont pas, ou tout au moins peuvent ne pas avoir le sens qu'il leur attribue...

- Vous deviez allez chercher des papiers rue de la Reynie... — Les avez-vous ? — demanda l'orpheline.

— Non, mademoiselle, — répondit le mécanicien, — et selon toute apparence nous ne les aurons jamais...

— Pourquoi ?

René raconta brièvement ce que nos lecteurs savent déjà.

— C'est une fatalité ! — s'écria Berthe. — Mais il nous reste la ressource ae mettre Jean-Jeudi en présence de M. de la Tour-Vaudieu.

— La fatalité continue ! — Le sénateur est absent de Paris... en voyage... d'où résulte selon moi la preuve qu'il n'était point l'un des deux hommes que vous avez vus dans mon logement, place Royale...

Berthe eut un geste de découragement.

— Et cette femme que Jean-Jeudi croyait reconnaître ?... — fit-elle ensuite.

— Mistress Dick Thorn ?

— Oui...

— Elle est l'unique cause du changement que vous avez remarqué dans mon apparence... — C'est pour elle que je suis rasé de près, vêtu de noir et cravaté de blanc. — Demain matin j'entre à son service.

— Vous !... — s'écria la jeune fille stupéfaite.

— Parfaitement bien, mademoiselle... En qualité de maître d'hôtel et d'homme de confiance, sous le pseudonyme de Laurent.

— Que signifie cela?

Un nouveau récit mit Berthe au courant, et provoqua chez elle un vif enthousiasme pour les prodigieuses ressources que René trouvait dans sa féconde imagination.

Certes, le mécanicien n'était ni un ami banal, ni un allié vulgaire...

Il se donnait tout entier et de tout cœur à son œuvre et se dévouait généreusement à la tâche entreprise, comme s'il eût été lui-même un des enfants de Paul Leroyer, le condamné, le martyr...

— Et maintenant que comptez-vous faire? — demanda l'orpheline.

— Guetter l'occasion et agir...

— Que pensez-vous de cette femme ?

— Rien encore, mais je vais observer et mon opinion se formera vite... — Tenez-vous prête à tout événement... — Jean-Jeudi sera chargé de vous transmettre mes communications s'il y a lieu...

— Puis-je avoir confiance en lui?

— Je l'espère... — son intérêt, — (du moins il le croit), — est d'accord avec le nôtre, et d'ailleurs il nous est impossible de prendre un autre intermédiaire. — Ah! j'oubliais de vous parler d'une chose qui m'intrigue beaucoup...

— Laquelle ?

— Le fils du duc de la Tour-Vaudieu connaît cette femme et fréquente son logis.

— Ce jeune avocat qui vous a si bien défendu ?

— Lui-même...

— Mon Dieu! — murmura Berthe. — Que de mystères !

— Il est certain que tout ça, c'est la bouteille à l'encre, mais peut-être finirons-nous par y voir un peu clair...

— Avez-vous songé à cette folle qui demeure dans votre maison ?

— Je vais m'en occuper ce soir même... — Dînons vite et ensuite je volerai à la place Royale où j'ai quelques préparatifs à faire pour me présenter demain matin chez mistress Dick Thorn.

XL

Le repas ne se prolongea guère.

Vers huit heures, René quitta la rue Notre-Dame-des-Champs pour retourner chez lui.

Chemin faisant il réfléchit à ce que Berthe lui avait dit; il fut bien forcé de s'avouer qu'un ennemi inconnu devait épier en effet ses moindres démarches, et il résolut de faire perdre sa piste à cet ennemi.

Ceci, d'ailleurs, lui semblait facile.

Arrivé place Royale il entra chez la concierge qui, naturellement, ne le reconnut pas.

— Comment! c'est vous, monsieur René! — s'écria-t-elle quand il se fut nommé. — Ah! par exemple! en voilà une métamorphose! — Habit noir, cravate blanche et des favoris comme un garçon de café! — Est-ce que vous êtes passé notaire?

— Non, madame Biju... — répondit le mécanicien en riant.

— Alors, vous arrivez de la noce et vous êtes garçon d'honneur?

— Pas davantage; je viens d'être nommé inspecteur des ateliers d'une grande usine.

— La place est bonne?

— Excellente, mais il faut de la tenue... beaucoup de tenue. Aussi, vous voyez.

— Ah! le fait est que vous êtes superbe!

— L'usine est en province, et je m'apprête à partir...

Chaque nuit, déguisé soigneusement, il se rendait rue de l'Université.

— Vous partez, mais j'espère bien que vous ne me donnez pas congé?...

— Oh! pas le moins du monde... Il ne s'agit que d'une absence plus ou moins longue...

— A la bonne heure... — Ah! c'est que, voyez-vous, je tiens à vous comme locataire...

— Autant que, de mon côté, je tiens à vous comme concierge... — Sympathie réciproque, madame Biju!... — A huit heures, demain matin, je monterai en chemin de fer.

— Et vous allez loin?

— Oui, assez... en Bourgogne...

— Le pays du bon vin!... — Et vous reviendrez?

— Dans huit jours, quinze jours, trois semaines.:. je ne sais pas au juste combien de temps je resterai là-bas. — A propos, j'ai quelques recommandations à vous adresser...

— Elles seront suivies, monsieur René, soyez tranquille...

— S'il arrivait des lettres pour moi, vous auriez la complaisance de les garder soigneusement...

— Oh! quant à ça, enfermées à double tour dans mon *ormoire*, avec mes quatre sous et ma chaîne de montre...

— S'il vient du monde pour me voir, vous répondrez que je suis en voyage...

— Pardine! puisque ça sera la vérité...

— Et que vous ignorez complètement l'époque de mon retour...

— Ça sera toujours vrai... Y a-t-il autre chose?

— Ma foi non... et voici pour vous remercier d'avance...

Le mécanicien mit un louis dans la main de la concierge, stupéfaite d'une libéralité si grande, puis il se dirigea vers la porte de la loge; mais avant de l'atteindre il se retourna, et demanda d'un air indifférent :

— Est-ce que vous avez toujours dans la maison cette folle du premier étage?

La physionomie de Mme Biju trahit son indécision et son embarras.

Ce ne fut point sans hésitation qu'elle répondit :

— Non... non... nous ne l'avons plus...

René tressaillit.

La bonne femme ajouta :

— Et c'est heureux, peut-être bien, car la pauvre créature risquait d'incendier l'immeuble... — Plusieurs personnes ayant porté plainte, à ce qu'il paraît, Mme Amadis a dû renoncer à la garder auprès d'elle.

— Elle n'est plus ici!! — balbutia le mécanicien, étourdi par ce dernier coup.

— On croirait que ça vous fait quelque chose!... — dit la concierge étonnée.

— Eh! que voulez-vous que ça me fasse? — répliqua René en reprenant son sang-froid. — J'ai pensé à elle par hasard... — Je ne l'avais vue qu'une fois, et je lui trouvais l'air très doux...

— Elle avait cet air-là, mais il ne fallait pas trop s'y fier!... C'est sournois en diable, les folles!... Elle a failli mettre le feu dans un de ses accès... — Elle nous aurait grillés tous! Faut pas jouer avec ces choses-là!...

— Et où l'a-t-on conduite? — Dans une maison de santé probablement?...

Mme Biju, qui se souvenait des injonctions de Théfer et voulait s'y conformer, répéta :

— Probablement.

— Vous ne savez pas où?

— Ma foi non...

— Elle habitait votre maison depuis longtemps?

— Depuis aussi longtemps que Mme Amadis... — Ça lui a fait beaucoup de peine, à cette chère Mme Amadis... Qu'est-ce que vous voulez! Elle avait l'habitude de vivre avec la folle... — Quand elle s'est trouvée seule, l'ennui l'a prise, et elle a filé en voyage avec son valet de chambre et une des femmes de chambre...

— A son âge?

— Oh! elle est encore solide...

— Et où allait-elle?

— Du côté du Midi, je crois, car elle a pris le chemin de fer de Lyon, mais quant au nom de l'endroit, j'en ignore...

René Moulin semblait questionner en manière de conversation, pour tuer le temps et sans arrière-pensée, mais chacune de ses questions avait sa raison d'être, et chaque réponse de la concierge se gravait dans sa mémoire.

N'ayant plus rien à apprendre, il souhaita le bonsoir à Mme Biju et monta chez lui.

La persistance de ce qu'il appelait à bon droit la déveine lui semblait de mauvais augure.

Ce n'est pas qu'en réalité il attachât une sérieuse importance aux renseignements que Mme Amadis aurait pu donner, et à quelques paroles vagues arrachées à la folle. — Malgré la scène dont Berthe avait été l'invisible témoin, il ne pouvait croire qu'Esther eût joué un rôle dans le sombre drame dont il cherchait à reconstituer les péripéties.

Ce n'était point de ce côté-là, — du moins il le croyait, — que viendrait la lumière.

Il se coucha sous une impression mauvaise, ce qui ne l'empêcha point de s'endormir vite et profondément. tant il était accablé de fatigue.

Le lendemain de bonne heure il se levait, apprêtait une valise, la remplissait de linge et de vêtements, fermait sa porte à double tour, descendait dire adieu à Mme Biju, et quittait la maison en emportant sa valise sur son épaule.

Il gagna le boulevard, prit un fiacre à la station qui se trouvait en face du restaurant des *Quatre-Sergents de la Rochelle*, et se fit conduire rue de Berlin.

A neuf heures précises, — ainsi que cela lui avait été recommandé la veille, — il descendait de voiture à la porte de l'hôtel de mistress Dick Thorn où nous le retrouverons bientôt.

Dans l'après-midi de la même journée un jeune homme se présenta place Royale et demanda René Moulin.

Ce jeune homme était Étienne Loriot.

— M. Moulin n'est pas chez lui, — répondit Mme Biju.

— Voulez-vous me dire à quelle heure j'aurai chance de le rencontrer ?

— Vous ne le rencontrerez pas du tout, à n'importe quelle heure... — M. René est parti en province ce matin.

— Quand reviendra-t-il ?

— Dans quinze jours ou trois semaines... Un peu plus tôt ou un peu plus tard... on ne peut pas savoir...

La déception d'Étienne fut grande en apprenant l'absence de celui qu'il venait chercher.

— Parti ! ! — murmurait-il en se retirant. — Je le manque de quelques heures, et je ne saurai rien ! ! !

Un instant la pensée lui vint d'aller trouver Berthe, de l'interroger de nouveau, de la conjurer à genoux de ne plus s'obstiner à cacher le secret dont Henry de la Tour-Vaudieu lui avait fait soupçonner l'existence.

Au moment où il allait faire cette démarche, un doute poignant l'arrêta.

Berthe le recevrait-elle ?

Si elle le recevait, ne refuserait-elle point de parler ?

— A quoi bon courir à de nouvelles angoisses et m'attirer de nouvelles blessures ?... — se dit-il. — J'attendrai le retour de René Moulin.

Et il rentra chez lui, plus triste et plus sombre que jamais.

.*.

Une semaine à peu près s'était écoulée depuis l'installation du mécanicien à l'hôtel de mistress Dick Thorn.

Notre ami, faisant preuve d'une intelligence rare, d'un tact irréprochable et d'un esprit tout parisien, s'était plié avec une souplesse merveilleuse aux exigences d'une profession dont il n'avait aucune habitude.

Du premier coup, et par la seule force de sa volonté, il était devenu un maître d'hôtel accompli.

Les autres domestiques, — avec lesquels il entretenait les meilleures relations, — reconnaissaient tacitement sa supériorité et ne s'en blessaient point.

Observant sans cesse et parlant le moins possible, René, depuis son entrée rue de Berlin, étudiait tout et ne laissait passer quoi que ce soit sans le commenter et l'analyser.

Rien de mystérieux n'attirait ses regards, rien de suspect n'excitait sa défiance.

L'attitude de mistress Dick Thorn était celle d'une bonne et tendre mère ne songeant qu'au bonheur de sa fille... — Aucun indice ne trahissait en elle l'ancienne courtisane et la complice de l'assassinat du pont de Neuilly.

René pensait :

— Je perds mon temps ici... — Quelque vague ressemblance a dû certainement abuser Jean-Jeudi...

Ce dernier, chaque matin, se rendait à l'angle de la rue de Berlin, au rendez-vous indiqué.

Le pseudo-Laurent trouvait moyen de sortir pendant cinq minutes pour venir échanger quelques paroles avec le bandit, dont la conviction restait intacte malgré le résultat négatif des observations de René, et qui ne manquait point de terminer l'entretien par ces mots :

— Faut se dépêcher, mon vieux... — Je voudrais vivre de mes rentes...

L'indisposition légère de la fille de Claudia avait duré fort peu de temps.

Grâce aux bons soins d'Étienne Loriot, la blonde enfant était absolument remise et plus jolie que jamais.

XLI

Le jeune médecin, sur les instances de mistress Dick Thorn, faisait des visites assez fréquentes. — Il comptait rencontrer beaucoup de monde à l'hôtel de la rue de Berlin, et s'y créer des relations utiles pour son avenir.

René Moulin, le faux Laurent, trouvait toute naturelle l'assiduité du docteur Loriot.

Il ne le connaissait point et ne se doutait guère que ce jeune homme, à la physionomie sérieuse et même un peu triste, aimait Berthe passionnément et n'avait pas de plus vif désir que de se mettre en rapport avec lui, René Moulin.

Mistress Dick Thorn avait fixé la date de la fête qu'elle comptait donner.

Cette fête devait avoir lieu la semaine suivante, et déjà le pseudo-Laurent s'occupait des préparatifs et se mettait en rapport avec les décorateurs, les glaciers, les fleuristes, etc.

Chaque jour, des lettres d'invitation partaient de l'hôtel.

Aucune n'était mise à la poste sans passer par les mains de René, qui parfois écrivait lui-même les noms de ceux des invités dont Claudia lui donnait la liste.

Au moment où nous introduisons de nouveau nos lecteurs à l'hôtel de la rue de Berlin, l'ex-courtisane était assise devant un élégant bureau placé dans le petit salon touchant à sa chambre à coucher.

Sur ce bureau se voyaient un encrier et une plume, à côté d'une pile de lettres d'invitation.

Claudia écrivait les adresses d'une trentaine d'enveloppes.

Olivia, un élégant buvard placé sur ses genoux, se livrait au même travail.

— As-tu fini, mignonne? — lui demanda mistress Dick Thorn.

— Pas tout à fait, maman, mais presque... — répondit la jeune fille. — Il ne me reste à tracer que trois des noms inscrits sur cette liste...

— Fais vite...

— Vas-tu me donner une autre liste?

— Non... nous terminerons demain.

— Pourquoi pas aujourd'hui?

— Nous avons à sortir... — Oublies-tu que rendez-vous est pris chez ta couturière pour essayer tes robes?...

— Je l'avais oublié, c'est vrai...

— N'es-tu donc pas un peu coquette?

— Il me semble que non... — Est-ce un tort?...

— Assurément! — Une jeune fille doit songer à ses toilettes de bal...

— Tu y songes pour moi, maman...

— Oui, je veux que tu sois si belle et si charmante qu'il n'y ait d'admiration que pour toi...

— A quoi bon?

— Tu ne serais pas fille d'Ève, si tu ne désirais pas briller...

— Je ne désire qu'une chose... c'est de rester toujours auprès de toi...

— Mais, chère enfant, les fêtes que je prépare ne sont pas faites pour nous séparer...

— Peut-être... — fit Olivia avec intention.

— Comment, peut-être?

— Oh! j'ai bien compris ta pensée, petite mère...

— Alors, dis-moi ce que tu crois comprendre...

— Tu penses à me marier...

— Je manquerais à mes devoirs maternels si je n'y pensais pas...

— Et tu vas recevoir, dans la conviction qu'il se présentera pour moi un mari futur...

— Sais-tu que tu es très perspicace!!!

— J'ai donc deviné juste?

— Oui, ma chérie... — Ton avenir me préoccupe sans cesse... — Tu sais que ton père en mourant nous a laissé peu de fortune... Il faut donc que ta beauté, ta grâce et tes talents te servent de dot... — Heureusement tu es jolie comme un ange, et je suis certaine qu'il suffira de te voir pour t'aimer... et naturellement pour t'épouser.

— Mais si celui qui sera mon mari me sépare de toi...

— Tu prendras assez d'empire sur lui pour obtenir qu'il n'en fasse rien...

— Je vais donc être obligée de choisir parmi ceux qui se présenteront?...

— Non, **car mon choix est fait...**

— Déjà, mère! — s'écria la jeune fille.

— Oui.

— Je le connais?

— Pas encore...

— Quand me le montreras-tu?

— Bientôt...

— Ce n'est pas répondre...

— Eh bien! probablement à notre première soirée...

— Dans huit jours, alors?

— Dans huit jours.

— C'est un jeune homme?

— Oui... Un jeune homme très riche...

— Il n'est pas laid, au moins, avec sa fortune? — fit Olivia inquiète.

— Il est charmant sous tous les rapports, — répondit mistress Dick Thorn en souriant. — Je suis sûre qu'il te plaira...

— Mais moi, lui plairai-je?

— Le contraire est-il possible? — D'ailleurs, si le rêve que j'ai fait ne se réalisait point, d'autres partis se présenteraient. — Va t'habiller... — Nous allons sortir...

Dès que l'enfant eut quitté le petit salon, Claudia prit une des lettres d'invitation placées à côté d'elle et murmura :

— Je ne veux pas échouer!... C'est lui! C'est Henry de la Tour-Vaudieu qui sera son mari!

Elle trempa une plume dans l'encre et poursuivit :

— Il est temps d'envoyer une invitation à Georges et, pour être sûre qu'il viendra, je vais écrire au bas de cette lettre quelques mots dont l'effet doit être irrésistible.

Et Claudia traça d'une écriture déguisée, au-dessous de la formule d'invitation ces lignes :

« *Mistress Dick Thorn compte absolument sur la présence chez elle de M. le duc de la Tour-Vaudieu, ayant à lui dire des choses intéressantes à propos du futur mariage du marquis Henry, — son fils, — avec M*lle* Isabeau de Lilliers.* »

Ces lignes écrites, et deux fois soulignées afin de les recommander mieux à l'attention, l'ex-courtisane les relut.

— Que va-t-il penser? — se demanda-t-elle ensuite avec un sourire. — Assurément il sera bien intrigué! — Comment devinerait-il que mistress Dick Thorn n'est autre que Claudia Varni? — C'est impossible!... — Il me semble voir sa stupeur quand nous nous trouverons face à face... — Ah! je l'attendrai de pied ferme!...

Elle plia l'invitation, la glissa dans une enveloppe, et sur cette enveloppe écrivit :

« *Monsieur le duc de la Tour-Vaudieu,*

« *Sénateur,*

« *En son hôtel.*

« *Rue Saint-Dominique-Saint-Germain.* »

— A son fils maintenant... — dit-elle.

Et prenant une autre lettre d'invitation, elle l'adressa : *Au marquis Henry de la Tour-Vaudieu, avocat.*

Lorsque mistress Dick Thorn eut achevé, elle frappa sur un timbre.

— Envoyez-moi Laurent... — commanda-t-elle au valet de chambre qui se présenta.

Un instant après René Moulin, plus correct que jamais dans sa tenue de maître d'hôtel d'un grand style, franchissait le seuil du petit salon.

— Madame a des ordres à me donner ? — demanda-t-il.

— Oui. — Voilà des lettres d'invitation qu'il faut faire distribuer le plus tôt possible.

— Par la poste, madame ?

— Oui, sauf quelques-unes que vous reconnaîtrez à une petite croix tracée sur l'angle gauche des enveloppes... — Celles-là doivent être portées.

— Bien, madame.

— Avancez-vous dans vos préparatifs ?

— Madame peut être tranquille, tout sera prêt.

— Vous êtes-vous occupé des valets de supplément pour le jour de la fête ?

— Ils sont à ma disposition.

— Combien en avez-vous retenu ?

— Huit.

— Des gens dont vous êtes sûrs ?

— On m'a garanti formellement leur bonne tenue et leur probité...

— Qu'avez-vous fait, relativement aux intermèdes qui doivent couper en deux la soirée ?...

— Des artistes du Gymnase viendront jouer un vaudeville à trois personnages... — Je me suis assuré le concours de Thérésa, de Berthelier et des frères Lyonnet, qui chanteront les chansonnettes les plus amusantes de leur répertoire... — Ce sera brillant... — Les tableaux vivants sont en ce moment très à la mode... Si madame voulait, je pourrais m'entendre avec une troupe qui obtient beaucoup de succès dans les salons...

— Je vous donne carte blanche... — Veillez seulement à ce que les chanson-

De qui vient cette lettre ?... se demanda le duc avec inquiétude.

nettes ne contiennent rien de risqué, et à ce que les tableaux vivants soient absolument convenables...

— Madame peut s'en rapporter à moi... Tout sera d'une irréprochable moralité.

— Le petit théâtre ?

— Point encombrant et très joli.

— Songez au pianiste accompagnateur...

— Berthelier doit m'en adresser un...

— Je vois que vous ne négligez rien, et je vous en remercie... — Maintenant occupez-vous des lettres.

— A l'instant, madame.

René Moulin quitta le salon, se rendit dans sa chambre et procéda au triage des lettres d'invitation, mettant de côté celles qu'une petite croix désignait comme devant être portées à domicile.

Le nom d'Henry de la Tour-Vaudieu tracé sur une des enveloppes le fit tressaillir.

— Voilà une complication que je n'avais pas prévue... — murmura-t-il. — Mon avocat va venir ici !... — S'il me reconnaît, il s'étonnera naturellement, il me questionnera, et que le diable m'emporte si je viens à bout de lui expliquer ma présence dans cette maison en qualité de maître d'hôtel !... — Bah ! ce n'est pas la peine de me mettre martel en tête... — La figure de Laurent, le majordome, ressemble fort peu à celle du mécanicien René... — Ni Berthe, ni Jean-Jeudi, ni Mme Biju, ne m'ont reconnu d'abord sous ce costume et avec ces grands favoris... — Il faut espérer que M. Henry de la Tour-Vaudieu ne me remarquera pas...

Et le brave garçon, un peu rassuré, continua son triage.

En mettant la main sur la lettre adressé au duc Georges de la Tour-Vaudieu, il fit un haut-le-corps.

XLII

— Mistress Dick Thorn invite le duc ! — dit-il presque à haute voix. — Elle le connaît donc ! — Que signifie cela ? — Les soupçons de Jean-Jeudi ne s'égareraient-ils point ? — La maîtresse de cette maison et le sénateur seraient-ils véritablement les complices d'autrefois ? — Il deviendrait possible et facile alors de frapper un coup décisif, et ma position au cœur de la place me rendrait bien fort !... — Le duc est-il revenu ? — S'il est encore absent, et si mistress Dick Thorn l'ignore, ce serait une preuve que ses relations avec lui sont purement superficielles et qu'aucun lien criminel ne les unit étroitement... — Tout cela est à vérifier dans le plus bref délai...

Ayant ainsi monologué, le mécanicien métamorphosé en maître d'hôtel divisa les lettres d'invitation en trois parts.

Les premières devaient être jetées à la poste ; les secondes portées à domicile par un domestique, et il se réserva de remettre lui-même les dernières à l'hôtel de la rue Saint-Dominique.

Vers deux heures il se rendit au faubourg Saint-Germain.

Le concierge auquel il avait déjà parlé quelques jours auparavant lui répondit que le sénateur était toujours en voyage, qu'il ne donnait point de ses nouvelles et qu'on ignorait absolument l'époque probable de son retour.

— Laissez cette lettre, — ajouta-t-il, — elle sera mise tout à l'heure sur la table du cabinet de travail où M. le duc, en revenant, la trouvera avec quelques centaines d'autres... — Mon jeune maître, M. Henry, aura la sienne ce soir...

René Moulin laissa les lettres et s'éloigna, convaincu que mistress Dick Thorn connaissait fort peu le duc Georges de la Tour-Vaudieu, et lui envoyait à tout hasard une invitation dans l'espoir vague et incertain qu'il daignerait l'accepter, ce qui serait un fort grand honneur pour l'hôtel de la rue de Berlin.

Le mécanicien profita de sa présence au faubourg Saint-Germain pour aller faire une courte visite à Berthe, qu'il n'avait pas vue depuis plusieurs jours, et à laquelle il ne portait d'ailleurs aucune nouvelle satisfaisante, et il rejoignit son poste.

.·.

Dans l'humble logement de la rue du Pot-de-Fer-Saint-Marcel, rien n'était changé pour le duc Georges de la Tour-Vaudieu.

Caché sous le nom de Frédéric Bérard, et assailli de terreurs séniles qui grandissaient de jour en jour et pour ainsi dire d'heure en heure, et tournaient à l'idée fixe, il attendait avec une impatience fiévreuse que les événements lui permissent de reparaître sans épouvante à l'hôtel de la rue Saint-Dominique, au retour de son voyage simulé, et il comptait de plus en plus sur Théfer pour lui aplanir le chemin par tous les moyens.

Presque chaque nuit, déguisé soigneusement, il se rendait rue de l'Université et se glissait sans être vu dans le jardin entourant le pavillon dont nous avons antérieurement parlé et qu'une voie souterraine mettait en communication avec l'hôtel de la Tour-Vaudieu.

Par cette voie mystérieuse il arrivait à son cabinet de travail et prenait connaissance des lettres amoncelées sur son bureau.

Théfer, — nos lecteurs le savent, — avait accaparé de la façon la plus complète la confiance du vieux duc dont il s'était fait le complice.

L'agent de la sûreté agissait à sa guise.

Le sénateur lui laissait la bride sur le cou, lui recommandant seulement sans cesse de retrouver les traces de Claudia Varni et de surveiller Berthe Leroyer et René Moulin.

Le policier s'acquittait en conscience de cette triple tâche et ne regardait point à l'argent dépensé sans résultat.

Il pouvait être environ neuf heures du soir.

Une pluie fine et froide tombait depuis midi sur le pavé boueux.

Théfer, retenu longtemps à la Préfecture de police par les besoins du service, se trouva libre enfin.

Il se rendit à la rue du Pot-de-Fer-Saint-Marcel et sonna trois fois de suite, — signal convenu, — à la porte du duc.

Ce dernier, qui sans appétit achevait un dîner apporté du dehors, vint lui ouvrir.

— Je ne vous attendais pas si tard... — lui dit-il vivement.

— A mon grand regret je n'ai pu venir plus tôt, monsieur le duc...

— Avez-vous du nouveau à m'apprendre?

— J'ai à vous rendre compte de mes démarches personnelles et de celles de mes agents, mais malheureusement je n'apporte rien de décisif.

— Dans tous les cas je suis bien aise de vous voir, car je m'ennuie à périr et votre présence me distrait... — Asseyez-vous, Théfer...

L'agent de la sûreté prit un siège et tira de sa poche un portefeuille qu'il ouvrit.

— Êtes-vous enfin sur la piste de Claudia Varni?... — demanda le duc.

— Hélas! non!... — C'est à croire qu'elle n'a jamais existé, ou du moins qu'elle n'existe plus...

— Ah! si elle pouvait être morte!... — murmura Georges avec l'accent d'une aspiration ardente.

— Ce n'est point impossible, — répliqua Théfer, — cependant il ne faudrait pas trop l'espérer... — J'ai écrit de nouveau à Londres pour solliciter des renseignements... — Je crois que la réponse arrivera bientôt.

— Théfer, cette attente me brise!... — Ces angoisses me tuent!... — Il me semble que je suis ici dans un tombeau...

— Du courage, monsieur le duc... — Cette claustration volontaire est indispensable à votre sécurité, et sans doute elle ne se prolongera plus longtemps... — Vos ennemis se démasqueront et nous pourrons les réduire à l'impuissance...

— Que savez-vous de la fille du supplicié et de René Moulin?

— Dans les premiers temps qui ont suivi sa sortie de prison, René Moulin est allé visiter chaque jour Berthe Leroyer, accompagné le plus souvent d'un homme d'assez piètre mine.

— Vous êtes-vous enquis de ce qu'était cet homme?

— Mes sous-ordres l'ont filé deux ou trois fois, mais ils n'ont rien remarqué de suspect dans ses démarches et j'ai jugé inutile de m'en occuper plus longtemps, d'autant qu'on a cessé de le voir avec René Moulin, et que ce dernier a disparu lui-même...

— Disparu!... — s'écria Georges avec angoisse.

— Oui, monsieur le duc, depuis plusieurs jours...

— Il se cache?

— Nullement... — Il a quitté Paris...

— Aurait-il quelque chose à craindre de la police?...

— Oh! son départ n'est point une fuite... — Il est en province, chargé de l'emploi d'inspecteur dans une grande usine...

— Quelle est cette usine?

— On l'ignore et il me semble que cela nous importe peu... — L'essentiel est qu'il soit parti...

— A-t-il vendu ses meubles en quittant son logement de la place Royale?

— Non... meubles et logement, il a tout gardé...

— Il compte donc revenir à Paris?

— C'est probable...

— De qui tenez-vous ces détails?

— De la concierge de la maison...

Après avoir réfléchi pendant un instant, M. de la Tour-Vaudieu demanda :

— Etes-vous sûr que ce départ soit réel?

— La concierge n'avait aucun intérêt à me mentir... — répondit Théfer.

— Soit, mais René Moulin pouvait la tromper, quitter son logis, et feindre une absence pour se cacher mieux.

— Je l'ai pensé comme vous, monsieur le duc, et j'ai fait surveiller la maison de la rue Notre-Dame-des-Champs...

— Eh bien?

— Eh bien! depuis cinq jours Berthe Leroyer n'a reçu aucune visite de René Moulin...

— Elle a pu recevoir des lettres lui donnant rendez-vous hors de son logis...

— Elle n'est pas sortie... ou du moins elle ne s'est pas éloignée du quartier et n'est entrée nulle part, sauf dans quelques boutiques pour ses emplettes de ménage...

— Vous en avez la certitude?

— La certitude absolue, oui... — Je suis convaincu que l'éloignement de notre homme est réel... — Ce garçon est mécanicien... il vivait de son état... — Il a bien un peu d'argent, mais pas assez pour rester dans l'inaction... — Il a trouvé un emploi en province... — Je ne vois rien là de suspect.

— Alors, selon vous, Berthe et René auraient abandonné la partie?...

— La voyant perdue, pourquoi non?

— Je ne puis le croire... — J'ai des pressentiments fâcheux qui prennent chaque jour une intensité nouvelle et ne me laissent pas un instant de repos... — Je ne dors plus, ou mon sommeil est troublé par des rêves effrayants, et je m'éveille en sursaut, baigné d'une sueur froide... Jamais existence ne fut plus misérable que la mienne...

— Réfléchissez, monsieur le duc, et vous chasserez ces terreurs.

— Je réfléchis et elles grandissent... — Mon épouvante se base sur un raisonnement d'une logique inattaquable... — René Moulin est revenu de Londres avec l'idée fixe de réhabiliter la mémoire de son ancien patron Paul Leroyer. — J'ai entendu cela de sa propre bouche, et ses paroles, son accent, sa physionomie, tandis qu'il parlait à la veuve du supplicié, annonçaient une détermination irrévocable... — Non, cent fois non, cet homme résolu, prêt à tout, n'a pas abandonné des projets dont la réussite était le but de sa vie !...

— Si résolu qu'il soit, il aura reculé devant l'impossible !... — Les indices qu'il possédait sont détruits... — Que peut-il à cette heure ?... — Tout ne lui échappe-t-il pas ?...

— Il avait dans les mains le brouillon de lettre écrit par Claudia Varni... donc il connaissait cette femme... — Il peut la chercher...

— Rien ne prouve qu'il la connaisse... — D'ailleurs nous la cherchons aussi, nous, avec des ressources qui lui manquent, et nous ne la trouvons pas. — Mais supposons qu'il la découvre, ira-t-il lui dire : *Je sais, ou plutôt je soupçonne, que vous avez commis un crime autrefois ; avouez-moi ce crime pour lequel un innocent a été condamné, et nommez-moi votre complice ?...* — Pour parler ainsi il faudrait qu'il fût fou, et Claudia Varni le ferait chasser... — Et puis enfin que craignez-vous ? — La prescription vous est acquise...

— Je redoute un scandale... je redoute l'effroyable honte d'un procès d'où je sortirais libre, mais perdu, déshonoré, et n'ayant plus qu'à me brûler la cervelle...

XLIII

— Eh ! monsieur, le duc, un procès en réhabilitation ne peut avoir lieu sans qu'on apporte aux juges des preuves indéniables de l'innocence du condamné... Où sont ces preuves ?

Georges de la Tour-Vaudieu garda le silence.

— Il n'y a pas eu de témoin, n'est-ce pas ? — poursuivit Théfer.

— Il y en a eu un.

— Vivant ? — s'écria l'agent de police.

— Mort, — répondit le duc.

— Alors, encore une fois, le procès est impossible... — Résumons la situation : Si Claudia Varni reparaît et se mêle de vos affaires, elle ne songera qu'à votre fortune. — Un sacrifice d'argent vous débarrassera d'elle... — Esther Derieux, la veuve de votre frère, ne sortira jamais de la maison d'aliénés où personne ne pourra communiquer avec elle, et d'ailleurs on ne guérit point une folie dont l'origine remonte à plus de vingt ans... — René Moulin découragé, sans armes, abandonne la partie et s'éloigne... — Il ne reste que Berthe Leroyer, une enfant sans volonté... — Redevenez donc un homme, monsieur le duc, et cessez de vous créer des fantômes !...

Le raisonnement de Théfer était serré et semblait inattaquable.

On voyait bien, cependant, qu'il ne triomphait point des terreurs de Georges.

Rien au monde, pas même l'évidence, ne pouvait désormais rassurer le sénateur chez qui l'épouvante passait à l'état d'*idée fixe*, — nous l'avons déjà dit.

— Ainsi, monsieur le duc, — demanda le policier, — vous n'êtes pas convaincu ?...

— Non... — répondit Georges d'une voix sourde. — En vous écoutant je comprends que vous avez peut-être raison, mais je n'en sens pas moins autour de moi un abîme béant dont chaque heure me rapproche et qui finira par m'engloutir.

Théfer regardait le duc avec une sorte de pitié.

Depuis que le vieillard se cloîtrait rue du Pot-de-Fer-Saint-Marcel, le changement survenu dans son apparence était presque incroyable.

D'innombrables rides sillonnaient ses joues flasques. — Ses yeux caves brillaient d'un feu sombre. — Sa lèvre inférieure pendait. — L'ensemble du visage offrait une expression farouche. — Georges de la Tour-Vaudieu avait l'air d'un gâteux sinistre.

— Monsieur le duc, — dit le policier tout à coup, — vous avez raison, l'effroi vous brise, l'angoisse vous tue... — Je voulais en douter... l'évidence s'impose à moi...

Le sénateur hocha la tête affirmativement, ainsi qu'aurait pu le faire un fou. Théfer continua :

— Il doit exister cependant, il existe à coup sûr, un moyen de vous rendre le calme et le repos... — Ce moyen, vous le connaissez... Quel est-il ?

Georges resta muet.

— N'avez-vous plus confiance en moi ? — poursuivit le policier. — Ignorez-vous que mon dévouement est sans bornes et que pour vous servir je suis prêt A TOUT ?

Il appuya intentionnellement sur ces deux derniers mots.

Georges releva la tête et fixa sur son interlocuteur ses yeux où s'allumait une lueur fauve.

Théfer reprit :

— L'unique témoin du crime est mort... — Claudia Varni n'est pas dangereuse.. — René Moulin renonce à la lutte... — La folle est en lieu sûr. — Qui craignez-vous ?...

— Berthe Leroyer... — répondit le duc.

— Une orpheline impuissante !...

— Je ne sais si elle est impuissante, mais elle me fait peur... C'est elle que je vois dans mes rêves... C'est elle qui me pousse à l'abîme...

— La terreur a détraqué ce cerveau, — pensa Théfer, — et cet homme marche à la folie...

M. de la Tour-Vaudieu continua d'une voix haletante :

— Si Berthe Leroyer disparaissait, mes craintes disparaîtraient avec elle. — Si cette fille n'existait plus, qui songerait à fouiller le passé?... — Ce n'est point la justice, obligée de se démentir elle-même en fournissant la preuve de l'erreur judiciaire commise autrefois... — Ce n'est point René Moulin qui ne pourrait émouvoir les juges en leur présentant l'orpheline... — La pierre d'une tombe couvrirait tout, effacerait tout, étoufferait tout !

— Le remède serait pire que le mal, monsieur le duc. Songez-y donc !...

— Comment?

— Vous achèteriez le repos au prix d'un nouveau crime pour lequel il n'y aurait pas prescription...

— Eh! qui vous parle de crime? — s'écria le duc. — Ne voyons-nous pas tous les jours des accidents entraînant la mort? Un accident n'est pas un crime, car personne ne peut le prévoir et personne ne peut l'empêcher... Que cette famille s'éteigne dans son dernier rejeton, et je redeviens libre, je redeviens fort, je redeviens jeune...

L'agent réfléchissait.

Le sénateur lui saisit les mains et lui dit, les yeux dans les yeux :

— Théfer, je payerais deux cent mille francs l'accident qui me débarrasserait à jamais de Berthe Leroyer... — Comprenez-vous?...

— Je comprends que vous me demandez peut-être ma tête !... — répondit le policier.

— Deux cent mille francs... — répéta Georges. — Une fortune ! ! — Acceptez-vous?...

— Soyez calme, monsieur le duc, — répliqua Théfer, — et causons...

— Dites-moi que vous acceptez...

— Causons d'abord...

Georges se laissa tomber sur un siège en murmurant :

— Parlez... j'écoute...

— Donc, — commença l'inspecteur de la sûreté, — pour rendre le repos à votre esprit, il faut supprimer Berthe Leroyer...

— Il le faut...

— On la supprimera donc...

Le duc poussa un soupir d'allègement.

— Mais, — continua Théfer, — il importe d'agir avec adresse et de nous mettre à l'abri tous les deux, car vous devenez mon complice et le danger sera pour vous aussi bien que pour moi.

Ce chemin conduisait au village de Bagnolet.

— C'est à vous de choisir vos moyens d'action... Je ne vous entraverai en rien... Je ne me mêlerai de rien... — J'approuverai tout...

— Il suffit, monsieur le duc... — Je vais prendre des mesures immédiates...

— Agissez... — La réalisation de ma promesse ne se fera pas attendre.

— J'ai toute confiance en votre parole, mais les circonstances peuvent nous séparer après... l'accident...

— Et vous voudriez avoir dans la main votre fortune... c'est trop juste... —

Le jour où vous viendrez me dire : *Tout est prêt... Nous tenons Berthe Leroyer... elle sera supprimée demain...* — et où vous m'en donnerez la preuve, — je vous remettrai un chèque de deux cent mille francs, à vue et au porteur, sur mon banquier.

— Bien, monsieur le duc... — Maintenant, pour préparer l'affaire, il me faut de l'argent.

— Beaucoup ?

— Le plus possible.

Georges se dirigea vers un meuble, l'ouvrit, y prit des billets de banque et les tendit au policier.

— Merci, monsieur le duc... — Vous pouvez compter sur moi...

— Qu'aurai-je à faire ?

— A attendre... et vous n'attendrez pas longtemps...

Théfer empocha les billets de banque, salua le sénateur et quitta le petit logement de la rue du Pot-de-Fer-Saint-Marcel.

Après le départ du policier, Georges de la Tour-Vaudieu resta pendant un temps assez long sombre et comme absorbé.

Sa tête se penchait sur sa poitrine. — Ses yeux mornes étaient sans regards.

Onze heures sonnèrent.

Le duc se leva et ouvrit une fenêtre.

Le ciel était noir comme de l'encre. — La pluie continuait à tomber, fine et glaciale...

Georges referma la fenêtre, s'enveloppa d'un pardessus d'étoffe épaisse, se coiffa d'un petit chapeau rond, prit dans un tiroir un trousseau de clefs, éteignit la lampe et sortit sans bruit de son logement, puis de la maison dont un passe-partout lui permettait d'ouvrir la porte du dehors sans éveiller la concierge.

Une fois dans la rue, il jeta un coup d'œil autour de lui.

Les passants étaient rares dans ce quartier perdu et par ce temps affreux.

Pas de voiture.

M. de la Tour-Vaudieu, que contrariait fort la perspective de fournir à pied une longue course, se dirigea du côté des quais.

Au bout de dix minutes un roulement se fit entendre derrière lui.

Il se retourna et vit briller les lanternes d'un fiacre qui marchait bon train.

Au moment de l'atteindre le cocher, flairant un client possible dans cet homme proprement vêtu, ralentit l'allure de son cheval et cria :

— Hé ! bourgeois, vous faut-il une voiture ? — Le bidet est bon... — Un fameux reste de cheval anglais... — Si le cœur vous en dit, tout à votre service...

Georges fit un geste affirmatif, ouvrit la portière et monta.

— Où allons-nous, bourgeois ?

— Rue de l'Université.

— Quel numéro ?

— Je vous arrêterai quand il faudra.

— Suffit... — C'est-il à l'heure ou à la course ?

— C'est à l'heure.

— Entendu... — Onze heures dix minutes à mon oignon... — Hop ! *Milord !*

Notre ancienne connaissance Pierre Loriot, le cocher du fiacre numéro 13, fit claquer son fouet, et *Milord* partit comme un trait.

Dans la rue de l'Université le duc donna l'ordre d'arrêter.

— Attendez-moi là, — dit-il à Loriot en lui mettant cent sous dans la main.

— J'attendrai tant que vous voudrez, mais pourquoi que vous me payez d'avance ?

Georges ne répondit pas et se mit à remonter la rue.

Le cocher le suivait des yeux.

— Ma parole d'honneur, — murmurait-il, — c'est bête, les bourgeois ! — En voilà un qui me prend pour un cornichon ! — Il me fait arrêter à un endroit et il file plus loin ! — Eh ! abruti que tu es, quand on veut cacher où l'on va, on ne prend pas un fiacre !... Les cochers ont de bons yeux, et ils sont malins, les cochers !... Ça me rappelle l'histoire de la petite demoiselle qui avait tourné la tête à mon neveu Étienne et que j'ai menée place Royale... — Après ça peut-être que le bourgeois s'est trompé de numéro... — Dans tous les cas il n'a pas l'idée de me *faire voir le tour* puisqu'il m'a donné cent sous...

XLIV

Tout en formulant les réflexions qui précèdent, Pierre Loriot continuait à suivre du regard son voyageur dont les becs de gaz éclairaient la marche.

Il le vit faire halte en face d'une porte percée dans un grand mur au-dessus duquel se balançaient les feuillages touffus d'arbres de haute futaie.

Le sénateur tira de sa poche son trousseau de clefs, en choisit une et l'introduisit dans la serrure.

— Ah ! ah ! — pensa le cocher du fiacre numéro 13, — voilà l'endroit de son rendez-vous ! — juste quatre maisons plus haut... — Ce n'est pas chez lui qu'il va, puisqu'il m'a commandé de l'attendre... — Drôle d'heure et drôle de temps pour faire des visites... — Ça pourrait être un amoureux allant roucouler chez sa belle, mais il n'a guère la tournure d'un Cupidon... — Ce serait plutôt, à mon idée, un mari guettant sa femme... histoire d'empêcher les coups de canif dans le contrat... Comme si on pouvait empêcher ça ! — Les maris me font toujours rire !..

Pierre Loriot ne restait pas inactif en monologuant.

Il se pelotonnait dans son vieux carrick à trente-six collets, il attachait aussi haut que possible le tablier de son siège pour se mettre mieux à l'abri, et il se préparait à une attente qui pouvait être longue.

Le cocher parisien voit tant de choses dans sa locomotion incessante, qu'il n'est point curieux lorsqu'on n'a pas l'air de se défier de lui et de s'environner de mystère, mais il cherche à comprendre ce qu'on lui cache, ne voulant pas dans son orgueil de *roublard* qu'on ait l'air de le prendre pour un naïf.

Si M. de la Tour-Vaudieu avait fait arrêter son fiacre juste à l'endroit où il se rendait, Loriot, selon toute apparence, se serait à l'instant même endormi.

Son voyageur lui *faisait des cachotteries*, il observait et se livrait à des commentaires variés dont nous venons de mettre un échantillon sous les yeux de nos lecteurs.

La clef tourna dans la serrure.

La porte s'ouvrit.

Georges disparut aux regards de Loriot et se trouva dans un vaste jardin bien planté.

Au milieu de ce jardin s'élevait un pavillon dont les fenêtres et les portes garnies de solides volets étaient hermétiquement closes.

Un perron de huit degrés conduisait à la principale entrée du pavillon.

Le sénateur gravit ces degrés, et grâce à une seconde clef put franchir le seuil d'un vestibule tendu de vieilles tapisseries des Flandres.

Il fit craquer une allumette-bougie et enflamma la mèche d'une lanterne placée sur une des banquettes garnissant le vestibule.

M. de la Tour-Vaudieu s'approcha d'un panneau, pressa l'ornement d'une moulure et le panneau tourna sur ses gonds invisibles, découvrant les premières marches d'un escalier qui s'enfonçait sous terre.

Il descendit environ trente marches, suivit un long et étroit couloir, ouvrit une nouvelle porte, remonta cinquante marches couvertes d'un épais tapis destiné à étouffer le bruit des pas, puis, faisant jouer un panneau que rendait mobile un ressort connu de lui seul, se trouva dans le cabinet de travail de son hôtel de la rue Saint-Dominique.

Après s'être assuré que les volets intérieurs des fenêtres, hermétiquement clos, ne pouvaient laisser passer aucun rayon lumineux, il alluma deux bougies placées sur son bureau, devant lequel il s'assit et que couvrait un entassement de journaux, de brochures et de lettres.

Il se mit à compulser les lettres arrivées depuis la veille.

Elles étaient au nombre de cinq.

Aucune d'elle n'avait de cachet de cire.

Le sénateur tira d'un placard une toute petite cafetière d'argent sous laquelle se trouvait une lampe à esprit de vin qu'il alluma.

Au bout de quelques secondes l'eau se mit en ébullition et un jet de vapeur s'échappa de la cafetière.

M. de la Tour-Vaudieu plaça l'envers d'une des lettres au-dessus de cette vapeur, et quand la gomme se fut humectée il se servit d'un couteau à lame flexible pour détacher l'enveloppe d'où il tira la lettre qu'elle contenait.

Cette lettre parcourue, il la replaça dans l'enveloppe qu'il referma, sans que la moindre trace de l'opération subsistât.

Les trois missives suivantes furent explorées de même.

Toutes étaient insignifiantes.

Le duc s'occupa de la cinquième et, trouvant dans l'enveloppe une lettre d'invitation sur papier satiné, il la regardait à peine lorsque quelques lignes, tracées à la main au-dessous de la formule imprimée et soulignées deux fois, attirèrent son attention.

Il lut non sans étonnement .

« *Mistress Dick Thorn compte absolument sur la présence chez elle de M. le* « *duc de la Tour-Vaudieu, ayant à lui dire des choses intéressantes à propos du* « *mariage du marquis Henry, — son fils, — avec M*^{lle} *Isabeau de Lilliers.* »

— De qui vient cette lettre?... — se demanda le duc avec inquiétude.

Le texte imprimé répondait à cette question.

Le voici :

« *Mistress Dick Thorn prie M. le duc de la Tour-Vaudieu, sénateur, de lui* « *faire l'honneur de venir passer chez elle la soirée du mercredi 20 octobre 1857.*

« *24, rue de Berlin.*   « R. S. V. P. ».

— Mistress Dick Thorn... — répéta le duc avec une sorte de tremblement nerveux — je ne connais pas ce nom... Je suis sûr de ne jamais l'avoir entendu prononcer... — Quelle est cette femme? — Que peut-elle avoir à me dire au sujet du mariage projeté? — Que signifie une invitation de cette nature, et si pressante, au moment où tout le monde croit que je suis absent de Paris ? — Mistress Dick Thorn (une étrangère, ainsi que son nom l'indique) ignore cette absence... C'est très naturel, mais comment s'occupe-t-elle de mon fils et de moi?

Georges de la Tour-Vaudieu tressaillit soudain de tout son corps.

Il devint mortellement pâle et une exclamation étouffée s'échappa de ses èvres.

— Si c'était?... — balbutia-t-il ensuite. — Mais est-ce possible?... Pourquoi non?... — Claudia a été en Angleterre. — Elle s'y est mariée peut-être, ou bien elle a pris le nom d'un amant... — Mistress Dick Thorn, ce doit être Claudia...

Je le devine aux frissons d'épouvante qui passent sur ma chair en ce moment...
— Que médite-t-elle?...— Que prépare-t-elle? — Dans tous les cas, sa lettre est
une menace... — Elle ne peut se mêler à mon existence que comme ennemie...
— Ah! plus que jamais, il importe que Berthe Leroyer disparaisse!... — Il
faut avertir Théfer... — Lui seul peut m'apprendre si mes pressentiments ne
me trompent pas.

Le duc prit la lettre qu'il mit dans son carnet; puis, pliant une feuille de papier
blanc en quatre, il la glissa sous l'enveloppe qu'il referma ensuite à la gomme.

Cette besogne achevée il éteignit la lampe à esprit de vin et les deux bougies, serra la petite cafetière dans le placard où il l'avait prise, fit disparaître
toute trace de son passage, et regagna le chemin secret qu'il avait suivi pour
venir.

Pierre Loriot ne quittait pas des yeux la porte par laquelle son client s'était
introduit dans le jardin de la rue de l'Université.

Il vit cette porte se rouvrir et M. de la Tour-Vaudieu se diriger vers le
fiacre.

— Où allons-nous présentement, bourgeois? — lui demanda-t-il.

— Rue du Pont-Louis-Philippe, n° 18.

— Montez... — Hop! Milord...

Le vieux reste de cheval anglais partit au grand trot, et l'oncle du jeune
médecin murmura en hochant la tête :

— Mystérieux comme tout, ce particulier-là ! — J'ai dans ma folle idée
qu'il manigance quelque chose...

Il était minuit et demi quand la voiture s'arrêta devant la demeure du policier.

Pas une seule lumière ne brillait aux fenêtres de l'étroite et sombre façade.

Le sénateur descendit, ouvrit la porte avec un passe-partout que Théfer lui
avait remis, et disparut dans l'allée conduisant à l'escalier.

— Le gaillard a la clef de toutes les maisons ! — se dit Pierre Loriot. —
Parole d'honneur, ça m'intrigue !... — Chez qui peut-il aller à des heures
pareilles et par le temps qu'il fait?...

Cinq minutes s'écoulèrent.

Loriot, le nez en l'air, dévorait des yeux la façade.

Une des croisées du troisième étage devint tout à coup lumineuse sur le
fond noir.

— C'est là qu'il est... — pensa le cocher. — On fait des frais d'éclairage
pour le recevoir...

Georges de la Tour-Vaudieu avait frappé et sonné successivement d'une
façon franc-maçonnique à la porte de l'agent de police.

Théfer était couché, mais il ne dormait pas.

Il rêvait tout éveillé à la fortune promise et aux moyens de gagner cette fortune en se compromettant le moins possible, mais il ne se dissimulait point qu'il allait jouer une partie dangereuse.

— Bah! — se disait-il — je suis malin, je prendrai mes précautions... — S'il y a une enquête après l'*accident*, je ferai en sorte de la diriger... — Et puis, après tout, on peut risquer sa peau pour deux cent mille francs !...

Le bruit de la sonnette et des petits coups frappés à intervalles égaux le fit tressaillir, mais ne lui causa ni étonnement ni inquiétude.

On venait quelquefois la nuit le chercher de la Préfecture.

Il sauta en bas de son lit, alluma une bougie et courut ouvrir, s'attendant à se trouver en présence d'un de ses collègues.

L'apparition de M. de la Tour-Vaudieu dont le visage était bouleversé le remplit de stupeur.

— Vous! — s'écria-t-il en s'effaçant pour laisser entrer le duc. — Il se passe donc quelque chose d'imprévu ?

— Oui.

— Quelque chose de grave ?

— Je le crois.

— Mettez-moi vite au fait...

— Je viens de l'hôtel de la rue Saint-Dominique...

— Se serait-on aperçu de votre présence ?

— Non, mais j'ai trouvé une lettre qui semble m'annoncer l'approche du danger que je redoutais...

— Vous avez cette lettre ?...

— Oui, la voici... — Lisez...

XLV

Et Georges tendit au policier l'invitation dont le texte et le post-scriptum sont connus de nos lecteurs.

Théfer la lut à deux reprises.

— Mistress Dick-Thorn... — dit-il ensuite. — Ce nom vous est-il connu ?

— C'est la première fois qu'il frappe mes yeux ou mes oreilles...

— Que croyez-vous, monsieur le duc ?

— Que ce nom cache cette femme vainement cherchée par vous et vos agents à Paris et à Londres...

— Claudia Varni ! — s'écria l'inspecteur de la sûreté.

— Oui, Claudia Varni, mariée en Angleterre, et qui revient menaçante...

— Cette note écrite à la main, et relative à mon fils, n'a d'autre but que de me forcer à me rendre à son invitation en excitant ma curiosité... — Je devine un piège...

Théfer réfléchissait.

— Elle ignore donc votre absence simulée? — murmurait-il au bout d'un instant.

— A coup sûr elle l'ignore... ou elle n'y croit pas... — Que faire?

— Savoir d'abord si vos suppositions ne vous abusent point et si mistress Dick-Thorn est bien Claudia Varni... — Nous verrons ensuite...

— Comment le savoir?...

— Que ceci ne vous préoccupe point, monsieur le duc... — Je me charge de tout... — Demain vous serez renseigné... — Autre chose : l'affaire dont vous m'avez parlé ce soir tient-elle toujours?

— Il s'agit de Berthe Leroyer?

— Oui.

— Elle tient plus que jamais... — Je n'aurai de tranquillité que lorsque cette fille aura disparu...

— Au moment où vous avez sonné à ma porte je ne dormais pas... je cherchais un moyen pratique d'arriver au but...

— Et vous avez trouvé?...

— A peu près.

— Puis-je savoir?

— Rien maintenant... — Mon plan n'est pas assez mûr pour être expliqué d'une façon claire et bien compris... — Rentrez chez vous, monsieur le duc, et mettez-vous l'esprit en repos. — Demain j'aurai l'honneur de vous voir, de vous rendre compte de mes démarches et, si vous me demandez un conseil, je pourrai vous le donner utilement.

Georges de la Tour-Vaudieu n'insista pas.

Il quitta Théfer qui l'éclaira depuis le haut de l'escalier; il regagna la voiture et dit à Loriot de le conduire rue du Pot-de-Fer-Saint-Marcel.

Arrivé devant la maison qu'il habitait sous un faux nom, il paya largement son cocher, puis, tirant de sa poche une troisième clef, il rentra chez lui.

— Mazette, il est généreux, le particulier, pour un homme qui demeure dans un si vilain quartier et perche dans une si vieille *cassine!*... — murmura l'oncle de notre ami Étienne; — je ne suis pas curieux de mon naturel, mais je voudrais bien savoir quel drôle de métier il fait la nuit, à se balader en fiacre, à l'heure, avec les clefs de toutes les portes dans sa poche... — La fortune d'un maître serrurier, quoi!! — Enfin, ça le regarde, pas vrai, Milord? — Hop! Milord, nous rentrons chez nous, mon vieux!

Théfer ne ferma point l'œil de toute la nuit.

Il était doublement préoccupé.

Théfer montait à travers les orifices des carrières vers le plateau de la Capsulerie.

Comme le duc il suposait que mistress Dick Thorn cachait l'introuvable Claudia Varni ; mais il s'agissait d'en avoir la preuve.

L'ex-complice de Georges de la Tour-Vaudieu pouvait être dangereuse, il fallait se hâter de la réduire à l'impuissance.

Le policier décida qu'il s'occuperait d'elle dès le matin.

Agir contre Berthe Leroyer semblait moins facile, et l'affaire était tout autrement sérieuse, au double point de vue des moyens d'exécution et des résultats.

L'agent tournait et retournait dans son esprit ce plan ébauché, au sujet duquel il avait refusé toute explication au duc.

Vers huit heures il sortit de chez lui et se rendit à la Préfecture où son service le retenait jusqu'à dix heures, pour le rapport.

Il prit ensuite une voiture et se fit conduire à l'ambassade anglaise.

Sa position d'inspecteur de la sûreté, position dont il justifia, le fit admettre sur-le-champ auprès des employés de la chancellerie.

— Que désirez-vous, monsieur l'inspecteur? — lui demanda le plumitif chargé du visa des passeports.

— Je viens, monsieur, solliciter quelques renseignements au sujet d'une personne que nous croyons de nationalité française, devenue Anglaise par son mariage et actuellement à Paris.

— Êtes-vous officiellement chargé de cette démarche, monsieur l'inpecteur?...

— Officiellement par M. le préfet, oui.

— La personne dont il s'agit serait-elle compromise? Aurait-elle commis un délit ou un crime en France?...

— Je ne saurais répondre à cela, monsieur. — J'agis en vertu d'ordres de mes chefs, mais j'ignore pour quelle cause et dans quel intérêt les renseignements en question sont réclamés...

— Le nom de la personne?

— Mistress Dick Thorn.

— Mistress Dick Thorn... — répéta l'employé. — La veuve d'un grand industriel anglais mort il y a quelques mois. — En arrivant à Paris, il y a cinq semaines environ, elle a fait déposer ici son passeport, je m'en souviens parfaitement, et je ne crois pas qu'il ait été retiré depuis. — Je vais sans doute pouvoir vous renseigner...

— J'en serai très reconnaissant...

Le préposé aux visas s'approcha d'un cartonnier dont il ouvrit une des cases.

Il prit dans cette case plusieurs dossiers qu'il feuilleta sucessivement.

— Voici le passeport de mistress Dick Thorn, — dit-il enfin, — veuve de Francis-William Dick Thorn, sujet anglais, née Claudia Varni, d'origine franco-italienne...

— C'est parfaitement ça! — s'écria Théfer avec joie.

L'employé continua :

— Voyageant avec sa fille Olivia et venant à Paris... — Voilà, monsieur l'inspecteur, les seuls renseignements que je puisse vous donner...

— Ils me suffisent, monsieur, et je suis votre très obligé serviteur...

Sachant ce qu'il voulait savoir, Théfer se retira.

La voiture prise à l'heure l'attendait à la porte.

— Rue du Pot-de-Fer-Saint-Marcel... — dit-il au cocher, — et du train, vous serez payé en conséquence.

Georges de la Tour-Vaudieu attendait l'agent avec une impatience facile à comprendre.

— Eh bien? — lui demanda-t-il vivement.

— Eh bien! monsieur le duc, vos suppositions étaient bien fondées...

— Ainsi, mistress Dick Thorn?

— N'est autre que Claudia Varni.

Le sénateur devint très pâle.

— Avez-vous la preuve de ce que vous dites? — demanda Georges au bout d'un instant.

Théfer raconta son entrevue avec le préposé aux visas des passeports, à la chancellerie de l'ambassade d'Angleterre.

— Ainsi, — murmura M. de la Tour-Vaudieu d'une voix sourde et avec un tremblement nerveux, — ainsi elle est à Paris!...

— Il ne s'agit point de perdre la tête, — reprit l'agent de police, — mais de réfléchir sérieusement et d'agir ensuite... — La situation se dessine et je l'aime mieux comme ça!... L'ennemi est en face de nous, il se découvre et semble nous provoquer... — C'est à nous, non seulement de nous mettre en défense, mais de porter les premiers coups.

Le sénateur, livide, les yeux vacillants, les tempes humides, paraissait anéanti.

— Je n'ai plus de pensée... plus d'énergie,.. plus de courage... — balbutia-t-il, — cette femme m'épouvante.

— Eh! monsieur le duc, vous avez peur de tout! — répliqua Théfer d'un ton dont il parvenait mal à cacher l'ironie. — Avant de trembler si fort, sachez du moins quel péril vous menace...

— Je ne le sais que trop!

— Vous pourriez vous tromper... — Claudia Varni me semble bien moins forte que vous ne paraissez le croire...

— Vous ne la connaissez pas·!... Elle est capable de tout!... C'est le génie du mal...

— Encore une fois, monsieur le duc, raisonnons avant de prendre l'alarme... — Claudia Varni ne se dissimule point sa faiblesse... Cela résulte pour moi des termes mêmes de la lettre d'invitation...

Georges releva la tête.

— Comment cela? — demanda-t-il.

— Cette lettre est signée : *Mistress Dick Thorn*, — poursuivit le policier, — parce que celle qui l'envoie pensait que vous n'accepteriez point l'invitation de Claudia Varni, et qu'elle vous avertirait maladroitement de sa présence à Paris. — Les quelques lignes formant le post-scriptum, et dont l'écriture est déguisée afin que vous ne la reconnaissiez pas, ont pour but d'exciter votre curiosité et de vous contraindre à vous rendre à la soirée de mistress Dick-Thorn... — Claudia prend des biais pour vous attirer chez elle, donc elle se sent incapable de vous imposer sa volonté...— donc nous serons les plus forts...

Le sénateur secoua la tête avec incrédulité.

— Oui, les plus forts ! — répéta le policier. — Si la femme qui nous préoccupe avait des armes sérieuses contre nous, elle serait allée tout droit à l'hôtel de la rue Saint-Dominique, vous imposant sa présence et vous dictant ses conditions... — Elle n'en a rien fait... — C'est à vous de vous présenter chez elle et de lui dicter les vôtres !

— C'est impossible...

— Il le faut, cependant...

— Quoi, vous voulez que j'aille à cette fête où sans doute je tomberais dans quelque piège tendu pour me perdre ?

— Ce n'est pas ainsi, monsieur le duc, que je comprends une visite à mistress Dick Thorn... — Votre présence à la soirée de la rue de Berlin serait maladroite, puisqu'elle apprendrait à tout le monde que votre absence était simulée...

— Alors, donnez-moi le mot de l'énigme.

Théfer sourit.

— A l'heure qu'il est, le duc Georges de la Tour-Vaudieu se nomme Frédéric Bérard, n'est-ce pas ?

— Oui.

— Eh bien ! c'est Frédéric Bérard, bon bourgeois, demeurant à Paris rue du Pot-de-Fer-Saint-Marcel, qui se présentera sous un prétexte quelconque chez mistress Dick Thorn et qui, dans ces conditions n'ayant aucun piège à craindre et pouvant parler librement, saura ce que Claudia Varni veut au duc de la Tour-Vaudieu...

XLVI

Les yeux du sénateur brillèrent.

— Je crois, — dit-il ensuite, — que vous avez raison...

— J'ai raison certainement... — En déjouant la manœuvre de votre adversaire, en portant le premier coup, vous vous assurez la victoire. — Si habilement construit que soit l'échafaudage, vous le ferez crouler... Mistress Dick Thorn compte sur votre présence à sa fête... C'est le matin même du jour de cette fête que vous la surprendrez en vous présentant chez elle à l'improviste.

— J'irai ! — s'écria Georges.

— Et n'oubliez pas, — poursuivit Théfer, — si elle tente de vous effrayer, qu'elle ne pourra le faire qu'en évoquant de vains fantômes... Esther Derieux est folle et séparée du monde... René Moulin absent... et quant à Berthe Leroyer... Il s'interrompit.

— Eh bien? — murmura le duc avidement, — Berthe Leroyer?

— Ne sera bientôt plus à craindre... — acheva Théfer d'un ton bref. Puis il prit respectueusement congé et quitta la rue du Pot-de-Fer-Saint-Marcel, laissant le vieillard très préoccupé de l'entrevue prochaine et décisive qu'il devait avoir avec Claudia Varni.

Le policier n'avait rien à faire ce matin à la Préfecture.

En se séparant de M. de la Tour-Vaudieu il se rendit à sa demeure, rue du Pont-Louis-Philippe.

Là, il fit subir à sa physionomie une de ces prodigieuses modifications dans lesquelles Brasseur excelle, et qui rendent un homme absolument méconnaissable.

Il s'habilla comme un petit industriel allant passer une journée à la campagne et gagna pédestrement le faubourg Saint-Antoine, où il prit la voiture-omnibus conduisant à Montreuil.

Vers midi il mettait pied à terre dans la localité que ses pêches ont rendue célèbre, il la traversait dans toute sa longueur et, arrivé aux dernières maisons, il suivait sans hésiter un sentier bordé d'épines noires, serpentant au milieu de terrains peu fertiles où des raisins étiolés pendant à des ceps maigres et poudreux achevaient de mûrir tant bien que mal.

Ce chemin conduisait au village de Bagnolet, illustré par une chanson de Béranger, et où les Parisiens vont manger, le dimanche, des gibelottes fort estimées.

Bagnolet est bâti au pied d'une colline dont on déchire les flancs depuis bien des années pour l'extraction de la pierre à plâtre, et dont une capsulerie de l'État occupait le sommet à l'époque où se passaient les faits que nous racontons.

Sur le versant ouest de cette colline serpentaient des chemins étroits bordés de carrières et de fours à plâtre dont les lueurs rouges et tremblantes mettaient dans les nuits sombres des reflets d'incendie.

Quelques petites maisons de campagne se disséminaient sur le plateau, éloignées les unes des autres, et isolées moins par la distance que par des crevasses béantes, provenant d'effondrements de carrières, de tassements de terrains, et de fouilles pratiquées à ciel ouvert.

Les routes conduisant à ce plateau, rendues à peu près impraticables l'hiver par le passage continuel des lourds chariots à plâtre, étaient en temps ordinaire de nature à ne point décourager les promeneurs désireux de contempler depuis le sommet des buttes le panorama de Paris.

Théfer entra chez un marchand de vins-restaurateur dont l'enseigne portait en grosses lettres ces mots :

A LA RENOMMÉE DES GIBELOTTES DE VRAIS LAPINS

C'était un jour de la semaine, par conséquent il n'y avait presque personne dans le restaurant composé d'une seule grande pièce garnie de petites tables, et au fond de laquelle se trouvait un immense fourneau parfaitement entretenu.

La cuisinière du logis était au fourneau, préparant le déjeuner pour la maisonnée se composant de trois servantes, d'un garçon et du patron, gros homme apoplectique trônant à l'entrée de la salle derrière un comptoir d'étain luisant, chargé de brocs, de verres et de bouteilles, dont il faisait un fréquent usage, s'il fallait en croire sa trogne rubiconde et bourgeonnée.

Le policier s'approcha de lui.

Le patron souleva sa toque de coutil jadis blanc, et demanda :

— Que désirez-vous, monsieur?

— Déjeuner le plus promptement possible, car je meurs de faim.

— Monsieur voudrait peut-être une gibelotte... — cria la cuisinière depuis son fourneau.

— Ça tomberait mal! — dit le marchand de vins. — Les gibelottes, voyez-vous, sauf le dimanche, le lundi et les jours de fête qui nous amènent du monde, on ne les fait que sur commande...

— Je n'y tiens pas autrement, — répliqua Théfer en riant. — Deux œufs sur le plat et un morceau de viande froide me suffiront.

— On va vous servir, monsieur, — fit une des servantes en étalant une nappe bien blanche sur une des petites tables et en disposant un couvert.

Elle ajouta : — Quel vin, monsieur boira-t-il? — Au litre ou à la bouteille?

— A la bouteille... Du vieux bourgogne si vous en avez...

Le patron descendit lui-même à la cave en soufflant comme un phoque, et reparut avec une bouteille de l'aspect le plus vénérable.

— Voilà un certain thorins qui ne craint personne... — dit-il, — vous n'en trouverez pas de meilleur dans n'importe quel restaurant de Paris...

Le policier s'assit, coupa une large tranche de veau froid, goûta le thorins qui lui parut bon et demanda :

— Savez-vous, monsieur, si je trouverai à Bagnolet une maison à louer?

— Pour industrie?

—Non... un pied-à-terre pour moi, afin de venir de temps en temps me reposer des affaires... — Quelque chose de propre... — avec un petit jardin gentil...

— Vous ne trouverez pas ça dans le village, monsieur, mais ça ne manque point en haut de la montée, au-dessus des carrières, près de la Capsulerie... —

Bien des locataires ont déjà déménagé... — On n'aime guère rester par là quand arrive l'hiver...

— Bah ! — Pourquoi donc ça ?

— Dame ! vous savez, monsieur, la franchise avant tout...J'ai beau être du pays, vous me questionnez, je vous réponds... — Sitôt que les nuits sont longues, les carrières deviennent le refuge d'un tas de garnements.

— Alors il se commet des crimes par ici ?

— Mais oui, monsieur, mais oui, il s'en commet plus qu'il ne faudrait.

— Quand on ne se sépare ni jour ni nuit d'un bon revolver, on n'a pas grand'chose à craindre, — répliqua l'agent.

— La précaution est sage, mais c'est égal, je ne m'y fierais guère...

En sa qualité de policier, Théfer savait depuis longtemps ce que son interlocuteur croyait lui apprendre... — Il apprécia donc comme il convenait la louable franchise du marchand de vins.

Il était malheureusement trop vrai que, dans la saison mauvaise, les carrières de Bagnolet devenaient le refuge de nombreux misérables, s'y trouvant plus en sûreté que dans les légendaires *carrières d'Amérique*.

Ces gredins commettaient aux alentours des méfaits de toute espèce et souvent même des crimes.

Théfer avait été chargé plus d'une fois d'opérer des constatations à ce sujet avec les magistrats du parquet de Paris.

Il cessa de questionner, acheva son repas, paya sa dépense et s'engagea dans un chemin qui, se greffant sur la rue principale du village, montait à travers les orifices des carrières vers le plateau de la Capsulerie.

Ce chemin carrossable et bien entretenu décrivait de nombreux méandres. — Des haies d'épines, au milieu desquelles croissaient de distance en distance quelques noyers rachitiques, le bordaient à droite et à gauche. — On sentait que la terre végétale manquait à leurs racines et qu'ils vivotaient péniblement.

Le policier atteignit le plateau et ne jeta qu'un coup d'œil distrait sur l'admirable panorama qui s'offrait à lui.

Les premiers plans sinistres formaient un contraste saisissant avec le magnifique horizon.

Partout des terrains crayeux d'un blanc sale ; — partout des abîmes béants, sans garde-fous, prêts à engloutir le piéton attardé ou distrait s'écartant de quelques pieds des sentiers conduisant aux habitations disséminées sur le plateau et entourées d'une maigre végétation.

Théfer, tout en cheminant, sonda du regard plusieurs crevasses dont la profondeur donnait le vertige.

Dans les fentes de ces crevasses poussaient de petits arbustes chétifs.

Il se dirigea d'un bon pas vers une maison absolument isolée.

Cette maison occupait le centre d'un jardin dont les murailles de clôture ne permettaient pas de voir l'intérieur.

La porte donnant accès dans l'enceinte était close et l'écriteau cloué sur un de ses panneaux offrait cette indication :

VILLA MEUBLÉE OU NON, A VENDRE OU A LOUER

ENTRÉE EN JOUISSANCE IMMÉDIATE

*S'adresser à Monsieur Servan, rue de Paris, n° ***, à Bagnolet.*

— Tiens ! tiens !... — pensa l'inspecteur de la sûreté, — voilà qui pourrait probablement me convenir... — Il s'agit de savoir comment cela est conditionné à l'intérieur...

Il quitta le chemin et fit le tour du jardin, mais, nous le répétons, la hauteur des murailles l'empêchait absolument de satisfaire sa curiosité.

Revenant alors sur ses pas Théfer reprit la direction de Bagnolet, descendit la colline abrupte, gagna la rue de Paris et mit en branle la sonnette d'une assez jolie maison portant le numéro indiqué.

Une bonne vint lui ouvrir.

— M. Servan ? — lui demanda-t-il.

— C'est ici, monsieur...

— Pourrais-je le voir ?

— Est-ce pour affaire ?

— Oui.

— Pour quelle affaire ? — reprit la servante qui paraissait avoir la consigne de n'introduire les visiteurs auprès de son maître qu'à bon escient.

— C'est pour une location...

— Quelle location ?

— Celle de la villa du plateau de la Capsulerie.

— Vous en venez ?

— Oui, et l'écriteau m'a appris que je devais m'adresser à M. Servan.

— Bon, alors... — Donnez-vous la peine d'entrer... Je vais prévenir monsieur.

XLVII

Théfer franchit le seuil ; la servante referma la porte derrière lui, l'introduisit dans une pièce à peine meublée, le pria d'attendre un instant et disparut.

Au bout d'une minute un petit homme gros et rougeaud, en veston, en pantoufles et coiffé d'une calotte noire, vint le rejoindre.

M. Servan choisit une clef et ouvrit une porte derrière laquelle se trouvait une forte grille.

Ce petit homme avait une figure désobligeante.

Il salua de façon très sommaire, et demanda d'une voix brève :

— C'est vous, monsieur, qui venez pour la villa du plateau de la Cap-sulerie ?

— Oui, monsieur...

— Pour acheter ?...

— Non, monsieur... — J'ai dit à votre bonne qu'il s'agissait d'une location...

— J'aimerais mieux vendre...

— Je ne suis pas acheteur...

— Loueriez-vous meublé ?

—Oui, monsieur.

— A l'année?

— C'est mon intention...

— Et vous passerez l'hiver là-dedans ?

— Très bien... — Je veux y faire un laboratoire de chimie...

— Oh! vous y ferez tout ce que vous voudrez... — Connaissez-vous la villa?

— Je viens d'en voir l'extérieur...

— Vous voudriez la visiter ?

— Naturellement, si vous voulez bien me faire conduire...

— Je vous conduirai moi-même... je n'ai rien à faire... ça m'occupera et je fumerai ma pipe en route...

M. Servan tira de sa poche une courte pipe amplement culottée et une blague à tabac.

Avec le contenu de l'une il bourra l'autre soigneusement.

— Arthémise... — cria-t-il, tout en se livrant à cette occupation chère aux fumeurs.

— Quoi, mon ami? — demanda une voix suraiguë depuis le dehors.

— Je vais au plateau... — Envoie-moi les clefs...

La servante accourut presque aussitôt avec un trousseau de clefs, et les deux hommes prirent ensemble le chemin du plateau que nous connaissons déjà.

Malgré ses pantoufles, sa petite taille et son embonpoint, le propriétaire marchait lestement, mais en marchant il ne disait mot.

On atteignit la villa à louer.

M. Servan ouvrit la porte sur laquelle se trouvait l'écriteau et introduisit Théfer dans un jardin divisé en carrés, selon l'ancienne mode, et planté de nombreux arbres frutiers.

— Ça a besoin d'un coup de bêche... — dit le petit homme. — Les locataires qui sont partis il y a un mois entretenaient assez bien, mais depuis que la maison est vide les herbes ont poussé... Ce n'est rien. — Les arbres sont en plein rapport. — Voyez, il y a des pommes magnifiques et des poires superbes. — Je vous les laisserai... J'en ai à Bagnolet à n'en savoir que faire... — Voulez-vous voir le potager?...

— Je n'y tiens pas... — Visitons la maison, s'il vous plaît...

M. Servan, sans répliquer, se dirigea vers le bâtiment d'habitation composé d'un rez-de-chaussée et d'un premier étage.

Au moment d'y arriver il s'arrêta.

— Regardez comme c'est clos! — dit-il. — Partout des volets fermés solidement à l'intérieur... — Il faut ça pour couper la musette à MM. les filous qui pourraient venir la nuit déménager les meubles... — Il y a des barreaux aux fenêtres et une grille derrière la porte.

Théfer dressa l'oreille.

— Des barreaux et une grille !... — répéta-t-il.

— Oui, monsieur... — Voilà un an que j'ai fait placer ça... — Chat échaudé craint l'eau froide...

— Vous avait-on donc enlevé votre mobilier sans permission ?

— Comme vous dites... — Alors j'ai pris mes précautions.

— Votre villa, maintenant, est défendue comme une prison.

— Elle pourrait en servir, et je défierais bien qu'on s'en échappe.

— Voyons un peu.

M. Servan choisit une clef dans son trousseau et ouvrit la porte, derrière laquelle se trouvait en effet une forte grille, faisant son évolution intérieure sur un couloir percé de deux ouvertures.

L'une donnait accès dans un petit salon suivi d'un cabinet.

L'autre conduisait à la salle à manger et à la cuisine.

— Au premier étage, — dit M. Servan près avoir montré le rez-de-chaussée, — il y a deux chambres à coucher avec cabinets de toilette, et une chambre de bonne... — La porte de la cave est au fond du couloir, près de l'escalier... — Tout est meublé, et proprement meublé, vous le voyez de vos yeux...

— Et des barreaux partout ?

— Partout !

Théfer pensait :

— Si l'on avait organisé cela d'après mes ordres et exprès pour moi, on n'aurait pas mieux réussi...

Il demanda :

— Combien louez-vous ?

— Quinze cents francs... Les contributions mobilières et l'impôt foncier à la charge du locataire... — Six mois payés d'avance... — Je ne fournis pas le linge...

— Je loue... — dit le policier.

— Et vous payez six mois d'avance ?...

— Je paye l'année entière...

— En vous installant ?...

— Tout à l'heure, contre quittance.

Le visage grincheux de M. Servan s'illumina.

— Touchez-là ! nous sommes d'accord ! — dit-il en tendant la main à son locataire futur. — Descendons chez moi, nous viderons une vieille bouteille de chablis pour nous rafraîchir, et l'affaire sera vite bâclée...

On referma soigneusement les portes et on regagna la maison de la rue de Paris.

Une heure plus tard, Théfer emportait la clef de l'immeuble et sa quittance de loyer faite au nom de *Prosper Gaucher*, fabricant de produits chimiques.

— Nous avons la cage, — se disait-il avec un étrange sourire, — il ne s'agit plus que d'y faire entrer l'oiseau. — Des volets, des barreaux à l'intérieur, et autour de la maison des abîmes... — Tout ira sur des roulettes.

Vers quatre heures il rentrait à Paris, allait chez lui changer de costume et reprendre sa physionomie habituelle, puis il gagnait la Préfecture de police où l'appelait son service du soir.

Le temps avait marché.

La fête que donnait Claudia dans son hôtel de la rue de Berlin devait avoir lieu deux jours plus tard.

René ne dormait plus.

Outre le souci résultant pour lui des préparatifs sur lesquels il avait la haute main, il songeait sans cesse aux moyens de forcer mistress Dick Thorn à se trahir, si véritablement, — (ainsi que l'affirmait Jean-Jeudi), — elle était la complice des assassins du pont de Neuilly.

Enfin il crut avoir trouvé.

Le matin de l'avant-veille du grand jour il se rendit, à huit heures, au rendez-vous quotidien donné au voleur émérite, à l'angle de la rue de Clichy.

Il y trouva le bandit déjà arrivé et fumant sa pipe.

— Filez à la buvette du chemin de fer du Havre, — lui dit-il en passant auprès de lui sans s'arrêter, —je vais vous y rejoindre... — Nous avons à causer...

— Compris...

Et Jean-Jeudi courut à l'endroit désigné.

La buvette était déserte — Les garçons époussetaient les tables et les chaises, et balayaient le plancher avant d'y semer du sable jaune.

René ne se fit point attendre.

Les deux hommes s'installèrent dans un coin et commandèrent une bouteille de vin blanc.

— Eh bien ! mon vieux ? — demanda Jean-Jeudi en remplissant les verres.

— C'est pour après-demain...

— Je sais ça depuis longtemps... — Mais y a-t-il du nouveau ? — As-tu fignolé ton plan, ce fameux plan qui n'est jamais mûr ?...

— Oui.

— Et tu vas me mettre au courant ?

— C'est pour cela que je suis ici...

— Jabotte alors, je bois tes paroles...

— Si mistress Dick Thorn est bien l'empoisonneuse de Neuilly, — commença René, — nous avons sur elle un moyen d'action infaillible...

— Lequel ?

— L'épouvante...

— Très bien, mais c'est une gaillarde !... comment l'épouvanter ?

— En remettant sous ses yeux à l'improviste une scène qui n'a pu s'effacer de sa mémoire... la scène terrible de la nuit du 24 septembre 1837...

— Faudrait donc alors conduire la dame au pont de Neuilly... — C'est un peu loin et pas très commode...

René Moulin haussa les épaules.

— L'apparition aura lieu dans son hôtel illuminé pour la fête, et au milieu de ses invités... — répliqua-t-il.

— Ce sera très chic ! — reprit Jean-Jeudi. — Oui parbleu, très chic !... — Mais le moyen ?... — Entre nous, mon vieux, la chose me paraît impraticable !... — Comment lui montrer la femme déguisée en homme avec son carrick de cocher — (c'est-à-dire elle-même), — l'assassin payé, l'assassin qui payait, le vieux médecin et l'enfant ?...

— La chose est praticable et facile, vous allez voir comment : — A une heure du matin des acteurs doivent venir jouer un vaudeville sur un petit théâtre improvisé dans le grand salon et auquel le boudoir servira de coulisses... — A ce vaudeville succéderont des tableaux vivants. — Les artistes ont été choisis par moi, c'est moi qui les introduirai, et personne n'apercevra le bout de leur nez avant leur entrée en scène.

— Je commence à comprendre et je trouve ça bigrement bien combiné... — Si la dame est innocente elle n'y verra que du feu... si elle est coupable, elle aura peur et sa figure bouleversée nous apprendra ce que nous voulons savoir...

— Alors l'idée vous semble bonne ?..,

— Admirable, mon vieux ! tout à fait admirable ! — Présentement il s'agit de songer aux détails...

— C'est ce que nous allons faire.

— Qui jouera les personnages ?

— Moi, l'assassin payant, — vous, l'assassin payé.

Jean-Jeudi eut un petit frisson, mais garda le silence.

René continua :

XLVIII

— Berthe Monestier remplira le rôle de la femme déguisée en homme, — dit-il.

— Et le médecin de Brunoy?... — demanda Jean-Jeudi.

— Un valet de supplément que je fais engager et qui a été figurant à l'Ambigu... Il s'acquittera de sa tâche à la bonne franquette, sans se douter de rien.

— Après l'éclat, il faudra nous ménager une sortie.

— Ne vous inquiétez point de cela... — Par le boudoir la sortie sera libre... — D'ailleurs il n'y aura pas d'esclandre... — Mistress Dick Thorn s'évanouira peut-être, voilà tout, et personne, excepté nous, ne saura pourquoi...

— C'est juste... — Autre chose : — Il faut des costumes, des perruques et des barbes.

— C'est vous qui vous en occuperez, car seul vous savez ce qu'ils doivent être...

— Bon... — J'irai chez le fameux Babin, et j'aurai l'adresse d'un coiffeur de théâtre pour les postiches.

— Vous emballerez tout dans une caisse que vous expédierez ici, à M. Laurent, par un commissionnaire...

— Entendu, mais ça coûtera de l'argent... pas mal d'argent...

— En voici...

Et René tendit à Jean-Jeudi un rouleau de cinq cents francs.

L'entretien des deux hommes dura quelques minutes encore, car il leur fallait se mettre d'accord sur bien des points, puis René rentra à l'hôtel, enchanté du succès qu'il venait d'obtenir auprès de Jean-Jeudi, et trouvant ce succès d'un heureux augure.

Dans l'après-midi il prévint mistress Dick Thorn qu'il allait s'absenter pendant deux heures afin de surveiller au dehors certains préparatifs commandés par lui, et il prit le chemin de la rue Notre-Dame-des-Champs pour apprendre à Berthe ce qui se passait et ce qu'il attendait d'elle.

La jeune fille ne sortait que pour acheter ses modestes provisions; elle était au logis quand René se présenta.

Elle travaillait en réfléchissant.

Ses pensées se partageaient entre son amour pour Étienne Loriot et son ardent désir de réhabiliter le nom de son père.

L'horizon lui semblait plus sombre que jamais.

Les jours succédaient aux jours sans lui apporter une lueur d'espérance.

Elle accusait René de lenteur, et par instants elle se reprochait d'avoir eu foi dans ses promesses.

En voyant entrer le mécanicien elle éprouva une vague sensation de soulagement.

Peut-être allait-il enfin lui apprendre une bonne nouvelle, ou tout au moins lui annoncer que l'action s'engageait de façon sérieuse.

René s'aperçut du premier coup d'œil que les traits de l'orpheline portaient des traces de fatigue et de souffrance plus visibles encore que d'habitude, et que ses paupières étaient rougies.

Il le lui dit et, comme elle essayait de nier, il eut peu de peine à lui prouver qu'elle n'arriverait pas à le convaincre.

— Eh bien! oui, c'est vrai, je souffre, — balbutia-t-elle alors, — le découragement s'empare de moi et me fait beaucoup de mal...

— Pourquoi vous décourager, chère enfant? — demanda René.

— Vous m'aviez persuadé que nous pourrions bientôt ressaisir et renouer les fils révélateurs brisés entre nos mains, et je vois trop que c'était une illusion, puisque malgré tous vos efforts le temps se perd en vaines recherches...

— Ces recherches étaient indispensables.

— Sans doute, mais en présence de leur insuccès, je désespère...

— Eh bien! vous désespérez trop vite... — Peut-être touchons-nous au but...

Berthe tressaillit.

— Comment cela? — demanda-t-elle. — Par quel chemin croyez-vous donc arriver à ce but qui semble nous fuir?...

— Nous allons tenter une démarche décisive pour contraindre mistress Dick Thorn à laisser tomber son masque, à nous révéler son secret.

— Qu'avez-vous résolu? Qu'allez-vous entreprendre?

— Je vais vous le dire..

Et René raconta brièvement son plan, comme il l'avait raconté le matin de ce même jour à Jean-Jeudi.

L'orpheline, en l'écoutant, sentait des frissons passer sur sa chair.

— Ah! vous avez raison, — murmura-t-elle quand le mécanicien eut achevé, — le moyen doit être infaillible... — Si cette femme a les mains tachées de sang, si grand que soit son empire sur elle-même il est impossible qu'elle reste calme... — Mais quels seront les acteurs de cette comédie sinistre, ou plutôt de ce drame effrayant?...

— Ceux dont l'intérêt est de contraindre mistress Dick Thorn à se trahir. — Moi, Jean-Jeudi, et vous, mademoiselle...

— Moi!... — s'écria Berthe en devenant pâle de terreur... — Moi!... — répéta-t-elle... — Y songez-vous?...

— Certes, j'y songe, et je vous prouverai qu'il le faut, et que sans vous rien n'est possible... — Je vous destine le rôle de la complice des assassins...

— Oh! jamais! jamais! — reprit la jeune fille dont les yeux devenaient hagards et dont les lèvres tremblaient. — Le courage me ferait défaut pour jouer un pareil rôle, pour incarner en moi un tel monstre... — Avant d'avoir fait un seul geste je tomberais, glacée d'horreur! — Ne me demandez pas cela!

René prit dans les siennes les mains de l'orpheline et les trouva froides comme du marbre.

Un sentiment de pitié profonde s'empara de son âme, mais il fallait marcher en avant et saisir une occasion qui ne se représenterait pas.

— Berthe, mon enfant, ma sœur, — fit le mécanicien d'une voix émue, —

vous m'avez dit un jour : — *J'ai juré à ma mère mourante de donner ma vie s'il le fallait pour réhabiliter le nom de mon père... — J'ai juré d'affronter tous les dangers, d'accepter tous les sacrifices, de subir toutes les humiliations, pour effacer la tache imméritée qui souille notre honneur...* » — Est-ce vrai?...

— C'est vrai!... — balbutia l'orpheline...

Le mécanicien continua :

— Vous m'avez dit à moi que, pour atteindre le but convoité, vous descendriez hardiment dans les bas-fonds de Paris, et que vous marcheriez dans la boue à la recherche de la vérité... — Est-ce vrai?

— C'est toujours vrai...

— Eh bien! l'heure est venue de tenir vos serments! — Réagissez contre l'horreur qui s'empare de vous! — Songez au martyr dont le sang a coulé sur l'échafaud!... — Songez à cette tombe qui ne porte qu'un mot : — Justice!! — et répondez-moi : — Je suis prête!...

Berthe releva la tête, essuya ses yeux baignés de larmes, et d'une voix qu'elle s'efforça d'affermir répéta :

— Je suis prête!...

René serra de nouveau les mains de la jeune fille.

— Merci de cette généreuse résolution, chère enfant... — lui dit-il, — et maintenant vous vous sentez forte, j'en suis sûr...

L'orpheline secoua la tête.

— Je suis prête à tout, mon ami... — balbutia-t-elle. — Je remplirai mon devoir jusqu'au bout, mais il ne faut pas me demander d'être forte... — Que voulez-vous! mon âme est brisée... — J'ai des heures de défaillance absolue où je m'abandonne au désespoir... Alors il ne me reste plus de volonté, plus d'énergie, et je prie Dieu de me laisser mourir...

— Mourir! — répéta le mécanicien avec stupeur. — Pourquoi cette pensée désolante? — Vous êtes si jeune... l'avenir cicatrisera les blessures du passé...

— Je n'attends rien de l'avenir... je souffre tant...

— La souffrance élève l'âme! — Vous n'avez pas le droit de songer à mourir avant d'avoir atteint le but vers lequel nous marchons tous les deux, et quand nous aurons triomphé de nos ennemis, quand le monde entier saura, grâce à votre héroïsme, que Paul Leroyer est mort innocent et martyr, le calme vous reviendra, vous ne désespérerez plus de la vie, vous rencontrerez quelque jour un homme jeune, un travailleur, un honnête garçon digne de vous... Vous l'aimerez... il vous aimera... vous deviendrez sa femme et vous serez heureuse...

En entendant ces paroles Berthe devint pâle comme une morte ; elle appuya ses deux mains sur son cœur et dit d'une voix à peine distincte :

— Si vous saviez le mal que vous me faites en me parlant ainsi!... — N'essayez pas de raviver en moi une espérance vaine, impossible à réaliser...

— Je ne me marierai jamais...

A peine la porte fut-elle ouverte que la pauvre enfant poussa un cri étouffé...

Le mécanicien fut frappé douloureusement de la soudaine altération des traits de l'orpheline. — Il voulut en savoir la cause.

— Jamais! — s'écria-t-il. — Est-ce un serment que vous avez fait à votre mère?

— C'est un serment que j'ai fait à moi-même.

— Mais il est insensé!

— Je le tiendrai pourtant...

— Berthe, chère amie, chère sœur, pourquoi me cachez-vous un secret, à moi, votre frère?...

— Ce secret, ne me le demandez pas... — balbutia vivement la jeune fille.

— A quoi bon vous le demander, puisque je le devine?... — Vous aimez...

L'orpheline baissa la tête.

René poursuivit :

— Vos tristesses, vos découragements, vos larmes, n'ont pas pour unique cause votre abandon en ce monde... — Votre cœur est plein d'un amour auquel il vous a fallu imposer silence quand vous avez connu le secret du passé et la flétrissure inique du nom de votre père... — J'ai bien compris ? je comprends bien, n'est-ce pas?...

— Vous avez bien compris, c'est vrai...

— Et vous vous dites que le bonheur est impossible... — En cela vous vous trompez, je l'affirme... — Quoi qu'il arrive, si celui que vous aimez est un honnête homme, il n'hésitera pas à vous tendre la main, à vous donner son nom...

— Hélas! celui que j'aime est un honnête homme, mais il ne m'aime plus... Il ne peut plus m'aimer... Il me méprise...

XLIX

René fit un geste de stupeur.

— Vous mépriser! vous!!! — s'écria-t-il.

— Il en a, ou plutôt il croit en avoir le droit...

— Que dites-vous?

— Il me soupçonnait de l'avoir trahi dans des conditions particulièrement odieuses... Toutes les apparences étaient contre moi... l'évidence semblait m'accabler...

— Il fallait le désabuser...

— Je ne le pouvais pas...

— Pourquoi ?

— Parce qu'il aurait fallu lui révéler le fatal secret, et j'accepterais tout au monde plutôt que cela... — Aussi je passe à ses yeux pour une créature sans cœur, sans âme, pour une fille perdue... — Et voyez la fatalité!... Vous êtes, mon ami, la cause involontaire du coup terrible qui m'a frappée...

— J'en suis la cause, moi !!!... — répéta le mécanicien avec effarement.

— Oui...

— Hâtez-vous de m'expliquer cette énigme, je vous en supplie..

— Vous allez tout savoir, puisque vous avez deviné ce que personne, — je le croyais du moins, — ne devait jamais connaître...

Et Berthe raconta ce que nos lecteurs savent déjà, c'est-à-dire comment elle avait perdu dans un fiacre, en revenant de la place Royale, la broche dont le portrait d'Abel formait le médaillon, et comment ce médaillon était tombé dans les mains de celui qu'elle aimait, lui fournissant contre elle une preuve écrasante, puisqu'elle refusait de se justifier.

René Moulin ne pouvait cacher son émotion en écoutant ce récit.

De grosses larmes coulaient sur ses joues.

— Ah! pauvre enfant, pauvre chère enfant, — dit-il ensuite, — comme vous avez dû souffrir!...

— Et comme je souffre encore, mon ami.

— Permettez-moi d'aller trouver ce jeune homme et de vous disculper à ses yeux...

— Vous ne le pourriez pas, à moins de tout lui dire... et je ne veux pas qu'il sache...

— Il est impossible qu'il vous méprise, vous la plus pure, la plus angélique des jeunes filles... — Il est impossible qu'il ait cessé de vous aimer... — Il est impossible qu'il ne soupçonne point, en face de votre obstination à vous taire, qu'une raison puissante et mystérieuse vous condamne au silence... — Je vous supplie de m'autoriser à le voir... — Je suis un honnête homme, moi aussi... — Je me porterai garant de votre honneur et, sans lui révéler ce que vous voulez qu'il ignore, j'aurai des accents auxquels il ne se trompera pas... Il me croira, j'en suis sûr... Il ne doutera plus... — Son nom? quel est son nom?...

— Il s'appelle le docteur Étienne Loriot... — murmura l'orpheline.

— Le docteur Étienne Loriot!

— Oui. — Mais pourquoi semblez-vous surpris? — Le connaissez-vous donc?

— Certes, je le connais!

— Et lui, vous connaît-il?

— Non, mais je le vois souvent... — il est le médecin de mistress Dick Thorn...

— Le médecin de cette femme! — dit Berthe avec effroi.

— Oui; elle l'a fait appeler pour donner des soins à sa fille un peu souffrante, et depuis lors il vient presque chaque jour à l'hôtel!... — Ah! vous aviez raison, mademoiselle, et la fatalité s'en mêle... Je ne puis lui parler de vous sans lui révéler que je me suis introduit rue de Berlin sous un faux nom et par supercherie, ce qui tout d'abord me rendrait suspect à ses yeux, sans compter que peut-être, croyant bien faire, il me dénoncerait à mistress Dick Thorn... — Il faut attendre...

— Sera-t-il à cette fête où je dois jouer un rôle? — demanda Berthe que la pensée de paraître devant Étienne affolait.

— Il y sera certainement, mais cela ne doit vous inquiéter en rien... Votre déguisement et la coiffure que vous porterez vous rendront méconnaissable, même pour lui, et au moment de votre arrivée personne ne vous verra...

— Convenons de tout, alors... — dit Berthe avec résolution. — Mon costume?

— Vous le trouverez dans une pièce servant de vestiaire aux artistes et où nous ferons la répétition de la scène à représenter.

— Comment me rendrai-je à l'hôtel?...

— A dix heures et demie une voiture sera devant votre porte... — On montera vous prévenir... — Le cocher aura l'ordre de vous mener rue de Berlin. — Vous serez voilée. — Vous vous présenterez au valet qui vous ouvrira comme une chanteuse engagée pour le concert. — Ce valet, prévenu par moi, vous conduira sur-le-champ au vestiaire dont je vous ai parlé...

— Je n'ai donc à m'occuper de rien?

— De rien absolument... — Attendez avec patience, et surtout espérez... — Et maintenant, adieu... — Je suis ici depuis longtemps déjà... — Je pars...

René Moulin mit sur le front de Berthe un baiser fraternel et se dirigea vers la porte.

Il allait l'atteindre.

Un coup de sonnette retentit et fit tressaillir nos deux personnages.

Le mécanicien s'arrêta.

L'orpheline eut peur.

— Mademoiselle, — dit René, — on sonne...

— J'ai bien entendu... — Je ne reçois jamais, et la concierge le sait bien... — Qui donc a-t-elle laissé monter?...

— Je souhaiterais ne pas être vu... — fit le pseudo-maître d'hôtel.

— Retirez-vous dans la chambre de ma pauvre mère... — Je vais ouvrir...

René franchit le seuil de la pièce étroite où Mᵐᵉ Leroyer était morte, et où il s'enferma.

Berthe se dirigea vers la porte, — lentement, car ses jambes la soutenaient à peine, — et fit tourner le bouton de la serrure.

A peine la porte fut-elle ouverte que la pauvre enfant poussa un cri étouffé et recula de quelques pas, en appuyant la main sur le côté gauche de sa poitrine pour contenir les battements impétueux de son cœur.

Cette émotion, où l'étonnement et la joie se mêlaient à doses égales, était toute naturelle.

Nos lecteurs n'auront point de peine à le comprendre quand ils sauront que l'orpheline se trouvait en face de celui dont elle venait de parler et dont l'image chère hantait sans cesse sa pensée : — Étienne Loriot.

Le docteur, suivant les conseils de son ami Henry de la Tour-Vaudieu, s'était présenté place Royale, — nous le savons, — pour demander à René

Moulin une explication d'où pouvait résulter la preuve de l'innocence de Berthe.

Nous savons aussi que cette démarche infructueuse n'avait servi qu'à lui permettre de constater le départ du mécanicien pour la province.

— J'attendrai son retour... — s'était dit Étienne.

Attendre!...

Le pauvre jeune savant comptait sans l'amour, plus vivant et plus impétueux que jamais au fond de son cœur...

Les paroles d'Henry avaient réveillé en lui une espérance qu'il croyait morte et qui n'était qu'endormie. — Il lui semblait maintenant possible que Berthe ne fût point coupable, malgré tout ce qui se réunissait pour l'accuser, et, voulant changer cette présomption en certitude le plus vite possible, il s'était décidé à venir trouver l'orpheline...

Tandis qu'Étienne gravissait les marches conduisant au logement où il avait été témoin de tant de douleurs, où il s'était bercé de si douces espérances, son cœur battait à briser sa poitrine.

C'est en tremblant qu'il posa la main sur le cordon de la sonnette, et lorsqu'il vit la porte s'ouvrir, lorsqu'il se trouva en présence de Berthe défaillante, une indicible émotion vint le paralyser.

— Vous!... — balbutia l'orpheline, sans presque avoir conscience des paroles que ses lèvres prononçaient... — Vous, monsieur Étienne!... ici!...

Elle s'effaçait cependant pour lui laisser le passage libre.

Il entra, et sans dire un mot dévora Berthe des yeux.

La pauvre enfant, nous ne l'ignorons point, était d'une pâleur effrayante; le cercle bleuâtre entourant ses paupières dénotait de longues insomnies et de profondes souffrances morales.

Étienne se sentit pris d'une immense pitié. — Une poignante angoisse envahit tout son être.

La situation des deux jeunes gens était à la fois fausse et pénible. — Le souvenir de leurs dernières et orageuses entrevues les mettait à la gêne l'un et l'autre, mais Étienne plus encore que Berthe dont l'attitude avait été si digne.

Quelques secondes d'un silence embarrassant suivirent l'entrée du jeune docteur, à qui toute présence d'esprit faisait si bien défaut qu'il ne trouva pour le rompre que cette phrase banale :

— Je me suis permis de monter chez vous, mademoiselle, afin de prendre de vos nouvelles...

Assurément le prétexte était vulgaire, mais Berthe ne s'y trompa point. — Le trouble d'Étienne et le tremblement de sa voix lui prouvèrent jusqu'à l'évidence qu'il l'aimait toujours... qu'il l'aimait plus que jamais.

— Je vous remercie de vous être souvenu de moi, monsieur le docteur, — — et dit-elle, j'en suis reconnaissante... — Je supporte avec résignation mes chagrins, et vous savez s'ils sont nombreux!... Je prie Dieu de m'envoyer le courage et la force... — Je trouve enfin dans le travail une distraction bienfaisante...

— Et, — demanda le jeune homme avec effort, — vous avez oublié ce qui s'est passé entre nous?

Berthe, tressaillant à cette question, devint tour à tour pourpre et livide.

— Non... — répondit-elle péniblement. — Il est des choses qu'on n'oublie pas!... Forte de ma conscience, j'ai regretté qu'un doute injurieux vous éloignât de moi... mais je n'ai rien oublié...

— Vous me haïssez, alors? — murmura le médecin dont les yeux se remplirent de larmes.

L

Berthe secoua la tête et répliqua :

— Pourquoi vous haïrais-je? — Ma mémoire est fidèle pour toutes choses... — Je me souviens de l'injure, mais je me souviens aussi du dévouement qui l'avait précédée... — Je n'ai fait que vous plaindre...

— Vous me plaigniez? — s'écria Étienne.

— Du fond du cœur, je vous l'affirme.

— Il vous était si facile de ne me point refuser les preuves que je sollicitais.

— Ces preuves, je n'avais pas le droit de vous les donner... — Il fallait vous contenter de ma parole...

— Mais aujourd'hui, vous pouvez confirmer ce que j'ai deviné... ce que je sais...

Berthe pâlit de nouveau, à la pensée que le docteur connaissait son secret.

— Ce que vous savez! — répéta-t-elle avec épouvante. — Que savez-vous donc?...

— Rien de positif, — reprit Étienne avec feu, — mais comme je vous aimais toujours, comme je vous aime encore cent fois plus que ma vie, j'ai voulu connaître ce que vous refusiez de m'apprendre et découvrir la cause de votre obstination à garder le silence, et j'ai compris, je me suis prouvé à moi-même, que vous ne pouviez être coupable et que je ne sais quelle chance funeste avait tourné contre vous-même un acte de dévouement... J'ai deviné qu'il s'agissait d'un secret qui ne vous appartenait pas et que vous alliez à la place Royale, non pour retrouver un amant, mais pour sauver un homme, un ami de votre famille sans doute, sous le coup d'un péril que vous espériez conjurer... J'ai cherché cet homme pour obtenir de lui les explications que je réclamais vainement de vous... pour lui demander un serment qu'il ne m'aurait pas refusé... — Je n'ai pu le rejoindre... Il a momentanément quitté Paris... — Je me suis

promis alors d'attendre son retour... — Je n'en ai pas eu le courage... — Je
me sentais mourir loin de vous, et je veux vivre pour vous aimer... — Je n'ai
rien calculé, sinon qu'il me fallait vous revoir... — Je suis venu... et me voici...

Étienne s'interrompit pendant une seconde.

Berthe l'écoutait, palpitante et les yeux baissés.

— René Moulin est un honnête homme, — poursuivit le jeune médecin, —
je le crois, car le meilleur de mes amis m'en a donné l'assurance... Il aurait eu
pitié de ma douleur, de mon désespoir... il m'aurait fait sans hésitation le
serment que j'avais tort de vous soupçonner... Il m'aurait enfin prouvé votre
innocence en m'apprenant le motif qui vous conduisait chez lui la nuit... car
c'est bien chez lui que vous alliez, n'est-ce pas?

— Oui, — répondit l'orpheline avec un calme relatif. — Oui, c'est bien en
effet chez René Moulin que je me rendais, mais vous me permettrez de trouver
vos démarches singulières et vos aveux étranges!... — Comment, vous êtes
prêt à accorder à un inconnu la confiance que vous me refusez à moi!... —
Vous voulez bien croire à la parole de René Moulin, et vous doutez de la
mienne!... — Si vous m'aimez, comme vous le dites, vous avez une façon
d'aimer singulière et blessante!

— Ne comprenez-vous pas, — s'écria le docteur, — que c'est la violence
même de mon amour qui me rend soupçonneux, injuste et cruel! — Oui, je
croirai René Moulin, parce qu'étant en face d'un homme j'aurai le droit, —
(ce que je ne puis faire avec vous), — d'imposer ma volonté et d'exiger des
preuves... — Et ces preuves, il me les faut, non pour moi, je vous le jure, mais
pour ouvrir les yeux à ceux qui doutent de vous...

— Qui donc en doute? — demanda Berthe avec hauteur.

Ce ne fut pas sans un peu de confusion qu'Étienne répondit :

— Mon brave et digne oncle, Pierre Loriot, qui vous a conduite à la place
Royale et dans la voiture duquel vous avez perdu le portrait de votre frère... —
Berthe, chère Berthe, je voulais de vous faire ma femme, il fallait donc effacer
tout soupçon de l'esprit de celui qui m'a servi de père, qui m'a élevé, qui m'a
instruit, à qui je dois d'être ce que je suis... — Je sais que René Moulin ne se
trouvait point chez lui le soir où vous êtes allée à la place Royale... Je sais qu'il
était en prison, sous le coup d'une accusation mensongère... — Pourquoi me
l'avez-vous caché?...

— Puisque vous savez cela, — répliqua Berthe, — que supposez-vous donc,
et que voulez-vous que je vous dise?

— Je voudrais savoir quel lien mystérieux vous unit à cet homme dont votre
mère n'a jamais prononcé le nom devant moi...

— Pas plus aujourd'hui que lors de notre dernier entretien je ne puis
répondre... Je n'ai rien à vous dire!... Je vivais ici, tranquille, souffrant sans
me plaindre, appelant à mon aide le courage et la résignation... — Pourquoi

venez-vous réveiller mes douleurs en me rappelant un passé qui met un abîme entre nous ?...

— Un abîme entre nous !... — répéta le jeune homme atterré.

— Il eût été généreux de m'éviter cette torture... — continua Berthe. — Je ne puis être votre femme, je le comprends bien... — Vous doutez de moi, vous me soupçonnez... — Ce doute et ce soupçon nous séparent à jamais... — Partez donc, et ne revenez plus... plus jamais... sinon je croirai que vous vous faites un jeu de mes angoisses et de mes larmes... — Oubliez-moi, docteur, et ne cherchez plus à interroger René Moulin qui n'a pas le droit de vous répondre...

Étienne fit un geste de désespoir.

Il allait parler mais il n'en eut pas le temps.

La porte de la chambre dans laquelle était morte Angèle Leroyer s'ouvrit tout à coup, et le mécanicien parut.

— Vous avez raison, mademoiselle, — dit-il en s'avançant vers Étienne stupéfait de cette apparition inattendue, — je n'ai pas le droit de répondre, mais je donnerai au docteur Loriot ma parole d'honnête homme que vous êtes pure comme un ange, digne de tout son amour comme de tout son respect, et il me croira...

— Monsieur René... — balbutia Berthe.

— Vous ! — s'écria Étienne en reconnaissant un visage qu'il voyait chaque jour rue de Berlin.

— Moi, Laurent, le maître d'hôtel et l'intendant de mistress Dick Thorn, votre cliente, mais Laurent n'est autre que René Moulin, le client de votre ami M. Henry de la Tour-Vaudieu... René Moulin, que vous cherchiez pour lui demander des explications et que le hasard met aujourd'hui à point nommé en votre présence pour vous répondre... — Vous êtes médecin et médecin habile, vous devez donc vous connaître en hommes et en physionomies... — Eh bien regardez-moi dans les yeux tandis que je parlerai... Vous verrez si je mens !... — Vous avez douté de cette enfant dont la vie n'a été qu'un long martyre... — Vous avez douté de son cœur, de son âme, de sa pudeur, de sa piété filiale, et ces doutes étaient des insultes... vous le reconnaîtrez un jour, bientôt peut-être et, ce jour-là, vous maudirez votre aveuglement et vous solliciterez à deux genoux un pardon que vous ne mériterez pas ! — De fausses apparences ont motivé la plus calomnieuse des accusations... — Mlle Berthe n'a commis ni une faute, ni une imprudence !... — Elle a fait acte de dévouement, — (ainsi que vous avez paru le deviner), — et cet acte a tourné contre elle... — Je pourrais vous donner les preuves matérielles de son innocence, mais, encore une fois, je n'en ai pas le droit... — Il s'agit d'un secret de famille qui ne doit être connu de personne au monde avant l'heure, pas même de vous. — Je n'ajouterai plus un mot. — Vous vouliez me demander ma parole d'honnête homme... — Je vous la donne... — Me croyez-vous ?....

— Asseyez-vous, Théfer, — lui dit ce dernier, — j'ai quelques ordres à vous donner...

Assurément René Moulin n'avait rien prouvé.

Aucune conviction logique ne devait résulter pour Étienne Loriot des paroles qu'il venait d'entendre.

Mais il est certaines impressions plus fortes que le raisonnement, plus fortes que la logique, plus fortes que la volonté.

On ne leur résiste pas, on ne les combat pas, on les subit.

Une impression de ce genre domina le jeune médecin.

La vérité se dégagea pour lui lumineuse, non des phrases prononcées, mais de l'accent de René Moulin, de son attitude franche, de la flamme qui brillait dans son regard loyal.

Il se sentit irrésistiblement entraîné et il répondit :

— Oui, monsieur, je vous crois...

L'orpheline, en entendant ces paroles, poussa un faible cri de joie.

Étienne poursuivit, en ployant le genou devant elle :

— Et je vous conjure, Berthe, ma bien-aimée Berthe, de prendre en pitié une folie que je déplore, que je me reprocherai toute ma vie, et de me pardonner les douleurs que vous a causées mon aveuglement...

La jeune fille lui tendit ses deux mains que le docteur couvrit de baisers, et balbutia :

— Ah! je vous pardonne... je vous pardonne de toute mon âme...

Après avoir respecté pendant quelques secondes l'émotion des jeunes gens, émotion qu'il partageait et qui mettait des larmes dans ses yeux, René reprit :

— Maintenant que tout est effacé, tout, même le souvenir d'un funeste malentendu, permettez-moi, docteur, de vous adresser une prière... — Jusqu'au jour, prochain peut-être, où j'irai vous trouver moi-même pour vous donner le mot du secret qu'il faut encore vous cacher aujourd'hui, je vous demande de ne faire aucune démarche pour revoir mademoiselle... — Me le promettez-vous ?

— Ne plus la revoir!... — s'écria Étienne... — C'est une séparation que vous voulez m'imposer, et la séparation me tue!...

— Je vous répète qu'elle sera de courte durée, je vous affirme qu'elle est indispensable...

— Mais, pourquoi ?

— Parce que rien ne doit distraire mademoiselle de l'œuvre à laquelle nous nous sommes voués tous deux et pour laquelle il lui faut tout son courage.

LI

— Quelle est donc cette œuvre?... — murmura le jeune médecin.

— Voilà ce qu'il ne faut pas me demander, car je ne pourrais vous répondre... — Je vous donnerai le mot de l'énigme quand le moment de parler sera venu... — Sachez seulement que ma présence chez mistress Dick Thorn, sous un faux nom et dans un emploi qui n'est pas le mien, se rattache à cette œuvre, la plus grande, la plus sainte qu'il y ait au monde, qui nous est imposée par les deux êtres que vous avez aimés comme nous et que vous pleurez avec nous, Angèle, dont vous rêviez de devenir le fils, Abel, qui vous nommait son frère... — Jusqu'au jour de la révélation qui vous sera faite, ne vous étonnez de rien, ne cherchez à rien comprendre, à rien deviner, à rien savoir... — Une démarche irréfléchie, une question imprudente, pourraient nous perdre sans retour car, je ne puis vous le cacher, nous sommes en péril... — En vous disant cela j'en ai dit trop long peut-être, mais je sais que pas une syllabe de nature à nous compromettre ne s'échappera de vos lèvres...

— Ah! je le jure! — répondit Étienne, sentant qu'une situation terrible se cachait derrière les ténèbres volontairement épaissies autour de lui. — Je crois en vous désormais, monsieur René, comme je crois en Berthe... Ma foi devient aveugle autant que l'étaient mes soupçons... — J'attendrai que vous ayez atteint le but où vous tendez et, sachez-le bien, si quelque jour vous avez besoin d'un homme prêt à tout pour aider à votre œuvre, je serai cet homme...

— Je le sais, je le crois et j'y compte... — répliqua simplement René en serrant la main du docteur.

— Berthe, — reprit ce dernier, — à partir d'aujourd'hui je ne vous reverrai que lorsque vous m'aurez appelé, mais à partir d'aujourd'hui vous êtes ma femme devant Dieu...

Et Étienne, après avoir appuyé une dernière fois ses lèvres sur les mains tremblantes de Berthe, quitta vivement la chambre où cette scène émouvante venait de se passer.

— Vous le voyez, mademoiselle, — fit le mécanicien, — j'avais raison de vous conseiller l'espérance. — Le docteur est un honnête homme qui vous aime de toute son âme... — Nous aurions bien fait, je crois, de lui révéler votre secret sans plus attendre...

— Non... non... — répliqua vivement la jeune fille avec une sorte d'épouvante. — Si nous échouons dans notre entreprise, je veux qu'il ne sache jamais comment mon père est mort...

— Que votre volonté soit faite! mais nous réussirons. — Maintenant, je dois vous quitter. — Vous n'avez rien oublié de mes instructions?

— Rien... — Après-demain, vers dix heures et demie du soir, une voiture viendra me prendre... — Je descendrai voilée, et cette voiture me conduira rue de Berlin, à l'hôtel de mistress Dick Thorn.

— Où je vous attendrai... — Mais, si je n'étais pas là moi-même au moment de votre arrivée, il vous suffirait de dire que vous êtes artiste et que vous venez pour le concert...

— Soyez tranquille... je me souviendrai.

— Adieu donc, mademoiselle... Bon courage et bon espoir...

Et René Moulin quitta la maison de la rue Notre-Dame-des-Champs.

.•.

Nos lecteurs se souviennent peut-être que Théfer, après sa course à Bagnolet où il avait loué une maison sur le plateau de la Capsulerie, s'était rendu à la Préfecture de police pour son service du soir.

Comme il arrivait au bureau un des agents placés sous ses ordres le prévint que le chef de la sûreté l'attendait.

Sans perdre une seconde il se présenta devant son supérieur.

— Asseyez-vous, Théfer, — lui dit ce dernier, — j'ai quelques ordres à vous donner...

L'inspecteur prit un siège, tandis que le chef cherchait un dossier parmi les monceaux de papiers de toute nature encombrant son bureau.

Quand il eut trouvé ce dossier il demanda, tout en le feuilletant :

— Connaissez-vous un certain Dubief?

Théfer interrogea sa mémoire.

— Il me semble que ce nom m'est connu... — dit-il au bout d'un instant. — Ah! m'y voici... — Dubief, si je ne me trompe, doit être un particulier condamné à cinq ans de réclusion et à dix ans de surveillance, il y a quelques mois, pour fabrication et émission de fausse monnaie...

— Vous ne vous trompez pas et je vois que votre mémoire est toujours excellente.

— Est-ce que, depuis que ce personnage est sous clef, on a découvert sur son compte quelque chose de nouveau?

— Cet homme s'est évadé de Clairvaux il y a un mois, et j'ai reçu aujourd'hui des renseignements qui me font supposer qu'il est à Paris où il se livre de plus belle à son industrie de faux monnayeur...

— A Paris! — s'écria Théfer. — Sous un faux nom, alors?

— C'est possible... — Les renseignements sont vagues.

— Me permettez-vous de vous demander quelle est leur origine?...

— Parfaitement... — Un détenu, libéré depuis quelques jours, qui a rencontré Dubief, m'écrit en me signalant sa présence, dans le but sans doute de s'attirer la bienveillance de l'administration...

— Où ce libéré dit-il l'avoir vu?...

— Au quartier Saint-Antoine; — il fréquente, paraît-il, le bal Voisin et certains cabarets mal famés.

— Seul?

— Avec un autre individu nommé Terremonde, évadé en sa compagnie... — Connaissez-vous Dubief de vue?

— Oui, monsieur... — J'étais à la cour d'assises le jour où il a passé en jugement, et son image est restée gravée dans ma mémoire.

— Eh bien! alors, je vous charge de me retrouver ces deux gaillards-là... — J'ai confiance en votre flair et en votre coup d'œil.

Une lueur s'alluma dans les prunelles de l'agent dont une idée bizarre venait de traverser le cerveau.

— Bien, monsieur... — répondit-il au chef de la sûreté. — Ce soir même je me mettrai en quête... — Faudra-t-il procéder à l'arrestation séance tenante?

— Cela dépend... — Si vous tenez la piste, et si vous avez la certitude de ne point la perdre, il serait plus adroit de filer le gaillard pendant quelques jours... — Peut-être est-il affilié à une bande... On s'en assurerait et on ferait une rafle générale...

— Il est positif que dans ce cas le coup de filet serait joli...

— Faites pour le mieux... — Je vous donne carte blanche...

— Sans mandat d'amener?

— Agissez comme d'habitude.

L'habitude pour Théfer, — nous en avons eu déjà la preuve, — était de remplir à l'occasion des mandats d'amener en blanc et signés d'avance, qu'il gardait dans son portefeuille.

L'inspecteur, en quittant le chef de la sûreté, se rendit à un petit restaurant de la place Dauphine où il avait coutume de prendre ses repas quand il se trouvait dans le quartier.

Tout en se taillant de larges bouchées et en buvant d'amples rasades, il se disait :

— Dubief et Terremonde sont des gredins de la pire espèce. — S'ils me tombent sous la main je n'aurai pas besoin de me mettre la cervelle à l'envers pour me procurer les deux hommes dont j'ai besoin... — Il s'agit de les déterrer... — Sils fréquentent véritablement le quartier Saint-Antoine ce ne sera pas difficile... — Je suis certain de les trouver passage de la Main-d'Or, *Aux Trois Bouteilles.*

Après son dîner Théfer alla rue du Pont-Louis-Philippe, gagna son logement, changea de costume, transforma sa figure avec cette habileté surprenante que nous connaissons déjà, et vint s'asseoir devant la table qui lui servait de bureau.

Là il tira de son portefeuille deux mandats d'amener dont il remplit les blancs en y traçant les noms de *Dubief* et de *Terremonde.*

Ceci fait il regarda sa montre.

Elle indiquait neuf heures.

— J'ai le temps de flâner un peu... — murmura-t-il, et après avoir mis quelques billets de banque dans son portefeuille et un revolver dans sa poche, il sortit de chez lui et se dirigea lentement, un cigare à la bouche, vers la place de la Bastille.

Le passage de la Main-d'Or, — dont les gens étrangers au quartier ne soupçonnent point l'existence, — est situé, faubourg Saint-Antoine, presque en face de la rue du Marché-Lenoir, et donne accès dans la rue de Charonne.

Sombre, étroit, misérable d'aspect et d'une propreté plus que douteuse, il est occupé par des marchands de bois des Iles, des ébénistes, des usines dites : *teintureries de bois.*

A l'époque où se passaient les faits que nous racontons, se trouvait au milieu du passage une boutique de marchand de vin ayant pour enseigne : *Aux Trois Bouteilles.*

En effet trois grosses bouteilles en bois doré étaient accrochées au mur au-dessus de la porte.

L'intérieur puant et enfumé du cabaret en question aurait soulevé le cœur à tout autre qu'aux habitués de l'établissement.

Un mauvais comptoir d'étain, placé à l'entrée de la première salle garnie de quelques tables boiteuses, supportait des pots de grès bruns, et des verres de tous les calibres.

Cette salle, assez haute de plafond et prenant jour sur la rue par une large devanture vitrée, était un palais en comparaison des deux autres pièces en enfilade auxquelles on accédait en descendant plusieurs marches.

LII

Les plafonds de ces deux salles étaient bas à les toucher de la main.

Les murs suintaient l'humidité.

D'étroites fenêtres aux carreaux verdis filtraient un jour douteux qu'assombrissaient encore les murailles d'une petite cour derrière laquelle s'élevaient des maisons de cinq étages.

Le gaz étant inconnu dans l'établissement, une demi-douzaine de quinquets à un seul bec se chargeaient de l'éclairage et s'en acquittaient fort mal.

Des tables mal équarries et des tabourets boiteux composaient le mobilier.

La clientèle diurne des *Trois Bouteilles* différait essentiellement de celle du soir.

Les ouvriers ébénistes, teinturiers, vernisseurs, y prenaient leur repas.

Dès qu'arrivait la nuit ces honnêtes travailleurs regagnaient leurs logements respectifs, cédant la place à une population d'un tout autre genre.

Une foule de gens sans aveu, de petits marchands camelots et filous, s'y donnaient rendez-vous et combinaient des plans de rapines et d'escroqueries.

Le patron, installé derrière son comptoir, exigeait seulement deux choses : — qu'on payât rubis sur l'ongle et qu'on ne fît point de tapage... — Il ne s'occupait pas du reste.

Parfois la police opérait des descentes dans son établissement, mais, comme il trouvait moyen d'y faire régner le bon ordre, il n'était jamais compromis.

Au moment où nous introduisons nos lecteurs dans ce bouge, neuf heures du soir venaient de sonner.

Les salles commençaient à se remplir et le personnel offrait des types assurément dignes d'attention, que nous négligerons pour nous occuper uniquement des deux hommes signalés à Théfer par le chef de la sûreté.

L'un de ces hommes, Terremonde, était assis seul à une table, devant un pot de vin, sous le bec d'un quinquet fumeux, et lisait les faits divers d'un journal avec une extrême attention.

Terremonde, grand gaillard presque aussi maigre que Jean-Jeudi, et de figure commune, pouvait avoir trente ans.

Une épaisse chevelure brune et crépue couvrait son front bas et contrastait de façon bizarre avec ses yeux d'un bleu pâle et ses sourcils d'un blond roux.

Ce contraste résultait d'une perruque artistement faite qui modifiait absolument la physionomie du personnage.

Un pantalon et un gilet de velours marron côtelé et une vareuse de laine brune formaient son costume, que complétait une sorte de casquette sans visière rappelant par sa forme les bérets anglais.

Il s'absorbait dans sa lecture depuis assez longtemps déjà, lorsqu'un homme qui semblait à peu près du même âge entra et vint s'asseoir en face de lui.

Le nouveau venu, petit et de formes massives, était vêtu de gros drap bleu et coiffé d'un chapeau mou.

Il avait la barbe entière et portait les cheveux longs. — Cheveux et barbe étaient postiches...

Nos lecteurs devinent en lui Dubief, le faux monnayeur.

Terremonde lui tendit la main et l'accueillit par cette interrogation :

— Eh bien?

— Nous causerons tout à l'heure... — répondit Dubief. — Laisse-moi boire un coup... La soif m'étrangle...

Il demanda du vin et vida successivement deux verres remplis jusqu'au bord.

— Oui! — murmura-t-il ensuite. — C'est ça qui vous refait le torse un peu proprement...

— Eh bien? — répéta Terremonde.

— Ça ne va pas fort... — Je n'ai *refilé* que cinq *roues de derrière*.

— Ça fait toujours vingt-cinq francs...

— Dont il faut déduire trois francs de dépense... — Total, vingt-deux... — C'est maigre!! et toi?

— Moi, j'ai eu plus de chance... — J'ai passé sept médailles...

— Bref, une cinquantaine de francs de bénéfice à nous deux pour la journée...

— On pourrait s'en contenter, mais faut de la défiance... — Il y a un perfectionnement à trouver... — Je te l'ai déjà dit, le son des pièces est trop mat, et ces coquins de marchands ont la mauvaise habitude de faire sonner les écus sur leur comptoir. — J'ai vu le moment, tantôt, où j'allais être obligé de laisser mes cent sous sans demander la monnaie, *en jouant la fille de l'air*... Dame !... moi j'ai toujours peur de nous faire repincer, car cette fois ce n'est pas à cinq ans qu'on nous condamnerait, mais aux travaux forcés à perpétuité, et la perspective est peu drôle, d'autant que surveillés de près comme nous le serions certainement, nous n'aurions plus la chance de nous *carapater*.

— D'accord, mais qu'est-ce que tu veux ? — Faut bien vivre, et notre truc rapporte plus que le vol à l'étalage...

— Le vol à l'étalage est moins dangereux...

— Et on crève de faim, merci ! ! ! — Tandis que nous nous la passons assez douce...

— Enfin, je ne suis pas tranquille...

— Bah ! tu n'es qu'un *taffeur*...

— Possible... — murmura Terremonde. — Ah ! si on pouvait dépister une bonne affaire... une affaire qui rapporterait seulement une dizaine de mille francs, on filerait à l'étranger et on ferait tranquillement sa pelote...

— Eh bien ! cherche-la, mon vieux, ton affaire de dix mille francs... — répliqua Dubief, — et en attendant passons notre monnaie et soyons adroits... As-tu dîné ?

— Non, et toi ?

— Moi non plus... — Si nous allions prendre notre pâture à la barrière du Trône ?

— Ça va...

— Paye la consommation...

— Avec une pièce fausse ? demanda Terremonde.

— Parbleu ! — Nous verrons si ça passe.

— Faut prendre garde... le patron est un malin...

— Paye au garçon, il n'y verra que du feu...

En ce moment un homme d'une cinquantaine d'années, vêtu comme un débardeur des ports, venait d'entrer dans la salle où se trouvaient les faux monnayeurs.

Il jeta autour de lui un coup d'œil rapide et, semblant chercher une place, se dirigea lentement du côté de Terremonde et de Dubief.

— Que faut-il vous servir ? — lui demanda le garçon.

— Une chopine... — répondit le débardeur d'une voix éraillée par l'alcool.

— Bon... — Voilà une table de libre... — Asseyez-vous là...

Terremonde arrêta le garçon au passage.

— Nous avons un litre et une chopine... — lui dit-il. — Vingt-quatre sous... — Payez-vous...

— Pas de plaisanterie! murmura-t-il en posant la main sur l'épaule de son interlocuteur.

Et il tendait une pièce de cinq francs.

Le débardeur s'était assis; — il attachait son regard avec persistance sur les deux buveurs qui venaient de se lever et s'apprêtaient à quitter l'établissement.

Le garçon avait pris la pièce et l'examinait...

— Qu'est-ce que tu regardes? — lui dit Dubief avec un aplomb d'enfer... —

Crois-tu pas qu'on te donne vingt francs pour cent sous?... — Mets tes lunettes, mon vieux, c'est une roue de derrière...

L'attention du débardeur redoublait.

— Je vois bien que ça en a l'air... — répliqua le garçon, — mais, des fois, vous savez... — enfin celle-là ne me paraît pas trop catholique...

En même temps il laissa tomber la pièce sur la table du débardeur.

Elle rendit un son mat.

— Vas-tu pas croire qu'elle est en plomb? — reprit Dubief.

— Je ne sais pas si elle est en plomb, mais elle n'en vaut guère mieux... — Donnez-m'en une autre, s'il vous plaît...

Le débardeur souriait depuis un instant.

Il avança la main, ramassa la pièce qui se trouvait devant lui, la soupesa d'un air connaisseur et s'écria :

— Comment, infirme, tu oses prétendre que cette pièce-là n'est pas bonne! — Je voudrais bien en avoir un millier comme ça, moi, et je m'en arrange! — Voilà vingt-quatre sous; je vais rendre la monnaie à ces messieurs...

Dubief donna d'un air triomphant un grand coup de coude à Terremonde.

Le garçon prit les vingt-quatre sous et s'éloigna en haussant les épaules.

Le débardeur fouillait dans sa poche pour payer le solde de leur pièce aux deux gredins qui riaient en eux-mêmes de la bonhomie de cet imbécile.

L'imbécile posa trois francs seize sous sur le coin de la table.

— Voilà... — fit-il.

Puis il ajouta, en regardant le plus petit des deux hommes dans le blanc des yeux :

— Mais il ne faut pas la recommencer trop souvent, mon gros Dubief, ça finirait par te nuire!!!

Le faux monnayeur ainsi interpellé pâlit et demeura muet, immobile, la bouche béante.

Terremonde fit un mouvement pour s'esquiver.

Le débardeur l'arrêta du geste en reprenant :

— Inutile de jouer des quilles, mon vieux Terremonde, je ne suis pas un ennemi... au contraire... — Asseyez-vous, mes enfants... — Nous avons à causer, et je vais demander une fine bouteille pour arroser la conversation...

Les deux évadés de Clairvaux se regardèrent ahuris.

Quel était donc cet individu qu'ils ne connaient pas, qu'ils n'avaient jamais vu, ils en étaient sûrs, et qui les connaissait assez pour les deviner sous les changements apportés à leur apparence?...

La stupeur les clouait sur place.

— Eh bien! quoi? — reprit Théfer avec un rire moqueur. — C'est étonnant comme vous avez l'air bêta quand vous êtes surpris! — Je vous répète que nous avons à causer... — Asseyez-vous donc.

Terremonde se laissa tomber sur un tabouret. Dubief, lui, se battait les flancs pour reprendre un peu d'assurance.

— Ah çà! mais pardon, monsieur... — dit-il avec un aplomb de commande, — vous faites absolument erreur... — Je ne m'appelle pas du tout du nom que vous avez dit et je ne comprends goutte à ce quiproquo.

Théfer se leva.

— Pas de plaisanterie! — murmura-t-il d'une voix basse et grave en posant la main sur l'épaule de son interlocuteur. — Si vous ne vous asseyez à l'instant, gentils comme des agneaux, je tire de ma poche deux mandats d'amener bien en règle... Je fais signe au dehors, et avant un quart d'heure vous serez emballés pour la Préfecture... — Voyez un peu si ça vous va...

LIII

— Pincés! — murmura Terremonde avec un accent plaintif. — J'en étais sûr... je l'avais prévu...

— Tais ton bec! — commanda Dubief, — tu vois que monsieur a l'air d'un bon enfant....

Il s'assit à la table de Théfer et reprit :

— Voyons, soyons sérieux... — Vous êtes un farceur, pas vrai? Vous aimez à rire un brin... — Vous nous avez connu en prison et vous venez de nous reconnaître ici... — Vos mandats d'amener et vos *mouches* dans la rue sont de la blague, et connaissant notre petit truc vous voulez vous informer si nous avons de l'ouvrage pour vous...

— Sais-tu lire? — demanda Théfer.

— Parbleu!

— Eh bien! alors, mon garçon, épèle un peu ça, et tu me diras ensuite ce que tu penses...

En disant ce qui précède le policier mit les deux mandats d'amener sous les yeux des faux monnayeurs qui restèrent atterrés.

— Vous voyez, — continua Théfer, — c'est bien vous que ça concerne : *Dubief, Terremonde, évadés de Clairvaux...* Je n'ai qu'à ajouter au bas : — *Pris en flagrant délit d'émission de fausse monnaie...*

Terremonde tremblait de tout son corps.

— Emballez-nous... — balbutia-t-il, — et que ça soit fini...

— Musèle ton grelot! — interrompit Dubief. — Si monsieur nous a proposé de dialoguer en vidant une bouteille, c'est qu'il a des intentions qui ne sont pas du tout désagréables pour nous...

— Tu ne manques pas d'intelligence, toi! — fit Théfer en riant.

— Je me le suis quelquefois laissé dire.

Théfer appela le garçon et lui commanda deux bouteilles de bourgogne et deux verres.

— C'est que nous n'avons pas encore dîné... — insinua Terremonde.

— Eh bien ! qu'on fasse une forte omelette au lard et qu'on nous serve une assiette assortie, nous casserons une croûte tous les trois.

Terremonde commençait à se rassurer. — Un vague sourire revenait à ses lèvres pâlies.

— J'aime les situations franches... — dit le gros Dubief, — allons-y carrément... — Vous êtes de la sûreté ?

— Un peu, mon neveu...

— Vous nous avez pincés... — Puisque vous ne nous emballez pas *illico*, c'est que vous avez besoin de nous...

— C'est probable...

— Vous voulez des renseignements sur des gens que vous cherchez et que sans doute nous connaissons ?

— Non.

— Alors de quoi s'agit-il ?

— Je vous le dirai tout à l'heure, quand on nous aura donné l'omelette...

Le garçon posa sur la table les mets et les bouteilles commandés.

Théfer servit ses invités, se servit lui-même et reprit :

— A fabriquer des pièces de cent sous en plomb on gagne peu de chose et ça ne peut pas durer longtemps, vous le savez aussi bien que moi... — Si je vous laissais filer vous seriez pris d'un moment à l'autre puisqu'on vous sait à Paris et qu'on a l'œil sur vous... — C'est une nouvelle condamnation... c'est le bagne à perpétuité...

Terremonde frissonna.

— Connu, — dit Dubief. — Après ?...

— Après? — répéta le policier. — Voulez-vous rester libres et gagner dix mille francs?

— Si nous le voulons? — s'écria Terremonde ébloui. — Dix mille francs !... Mon rêve !...

— Vous les offrez? — demanda Dubief.

— Oui...

— Alors, ce que vous avez à nous commander en vaut vingt mille...

— J'irai jusqu'à douze, mais c'est mon dernier prix, et je ne payerai pas en fausse monnaie.

— Inutile de parler de ça... — dit Terremonde.

— Nous acceptons... — reprit Dubief. — Qu'y aura-t-il à faire?

— Beaucoup de choses...

— C'est-à-dire qu'il faudra jouer gros jeu.

— Peut-être...

— Eh bien! on risquera la partie... — Comment payerez-vous ?

— Cinq mille francs avant l'affaire... — Le reste immédiatement après...

— Et les faux frais ?

— A ma charge...

— Nous sommes d'accord... — Donnez les cinq mille...

— Pas ici... — on pourrait s'étonner de me voir tirer des billets de banque de ma poche et vous les remettre, sachant que nous ne nous connaissions pas tout à l'heure... En allant au café, je vous remettrai l'acompte en question... — A propos, où demeurez-vous?

Dubief eut un sourire narquois.

— Je vous le dirai, — répliqua-t-il, — quand nous toucherons le papier Garat... — Donnant, donnant...

— Vous vous défiez?

— Jamais de la vie, mais j'aime les affaires en règle...

— Sauriez-vous au besoin conduire une voiture?... — demanda Théfer.

— Comme un vrai cocher... — répondit Dubief.

— Connaissez-vous Bagnolet?

— Les fours à plâtre?... — De réputation, mais je ne les ai jamais fréquentés...

Il était onze heures.

L'agent de la sûreté paya la dépense.

Les trois misérables quittèrent le caboulot des *Trois-Bouteilles* et prirent le chemin d'un petit estaminet où on leur servit trois mazagrans et un quart de litre d'eau-de-vie.

Théfer exhiba cinq mille francs.

— Voici l'argent, — dit-il, — donnez l'adresse...

Dubief examina les billets minutieusement, en connaisseur, les mit dans sa poche et répondit :

— Rue de Charenton, 124...

— A l'hôtel...

— Non, dans nos meubles... — Deux cent cinquante francs de loyer, une chambre superbe...

— Votre outillage de fausse monnaie se trouve-là?

— Oui, au complet...

— C'est bon... — Ne rentrez pas chez vous ce soir.

— Pourquoi?

— Une idée à moi... — Cette nuit, ou au point du jour, je ferai chez vous une descente de police... — Je saisirai tout, excepté vos personnes, puisque les oiseaux auront abandonné la cage...

— Compris! — dit Terremonde. — On vous trouvera très malin à la Préfecture, et pendant ce temps-là nous jouerons des échalas...

— Fameuse idée!... — ajouta Dubief. — Nous coucherons cette nuit n'importe où... mais en quel endroit nous retrouverons-nous demain?

— Vous irez m'attendre, à dix heures du matin, boulevard de Montreuil, aux *Deux Cochons de lait...*

Dubief se passa la langue sur les lèvres.

— Pour déjeuner... — fit-il, — la chose est entendue... — Je connais la maison, la cuisine est bonne et le piccolo très réussi.

— On déjeunera certainement, — répliqua Théfer, — et ensuite nous irons faire un tour de promenade du côté de Bagnolet où j'ai quelque chose à vous montrer... A demain, camarades...

— A demain...

Les trois hommes se séparèrent.

— Qu'est-ce que ça peut-être que ce particulier-là? — demanda Terremonde en prenant le bras de Dubief et en s'éloignant avec lui.

— Un mouchard de la haute qui doit travailler pour le compte d'un particulier très riche, — ça c'est vu plus d'une fois, et comme il tient à ne pas se compromettre, il nous a embauchés pour faire le coup à sa place.

— Et c'est nous qui risquerons d'être pincés... — murmura Terremonde. — T'aurais dû demander davantage...

— Bah! laisse donc!... L'affaire n'est déjà pas mauvaise, et je me charge de la rendre meilleure encore quand nous saurons de quoi il retourne...

En dialoguant ainsi les deux bandits étaient arrivés à leur domicile.

Ils occupaient une assez grande chambre, au troisième étage, sur la cour, dans une vieille maison d'apparence misérable.

Les faux monnayeurs montèrent à cette chambre, prirent leurs effets, le peu d'argent de bon aloi qu'ils possédaient, et une certaine quantité de pièces de cinq francs fausses.

Ils eurent soin de laisser les autres sur une table, bien en vue.

Ceci fait, ils redescendirent et se dirigèrent du côté de la barrière du Trône, afin d'y trouver un hôtel garni où ils pourraient passer la nuit.

Théfer, en quittant le café, se rendit en voiture à la Préfecture de police et se fit admettre d'urgence auprès du chef de la sûreté qui lui demanda:

— Il y a du nouveau?

— Oui, monsieur... Je tiens nos hommes.

— Dubief et Terremonde?

— Parfaitement...

— Bravo, Théfer!... — Je vous félicite! — Ils sont arrêtés?

— Non, monsieur, mais ils le seront dans quelques heures...

— Vous savez où ils demeurent?

— Oui, — je les ai reconnus dans un cabaret de la rue du Marché-Lenoir.
— J'étais seul... — Ils quittèrent ce cabaret au moment où je me disposais à
aller chercher main-forte... — Je les filai et j'eus la mauvaise chance de ne pas
rencontrer sur ma route un seul agent pour procéder à une arrestation immédiate. — Ils demeurent au n° 124 de la rue de Charenton... — J'irai les *cueillir*
au point du jour... ·

— Je vous accompagnerai... — Soyez ici à cinq heures et demie du matin
avec une voiture...

— Bien, monsieur...

A l'heure dite le chef de la sûreté, Théfer et trois agents, se rendirent rue de
Charenton chez Dubief et Terremonde.

Nos lecteurs savent déjà qu'ils ne devaient trouver personne au logis des
deux gredins.

LIV

On se contenta donc d'opérer une perquisition ; on saisit l'outillage, peu
compliqué du reste, qui servait à fabriquer la fausse monnaie ; on fit main basse
sur des écus de plomb argenté ; enfin on plaça deux agents en surveillance
avec mission d'empoigner bel et bien les évadés de Clairvaux quand ils rentre-
raient chez eux.

Le chef de la sûreté reprit le chemin de la Préfecture, et Théfer se rendit à
son logement de la rue du Pont-Louis-Philippe.

A dix heures précises il arrivait au rendez-vous donné boulevard de Montreuil, à l'enseigne des *Deux Cochons de lait*.

Il portait un costume complet de velours vert bouteille à côtes, et ressemblait à un bas employé de chemin de fer ; un large chapeau mou remplaçait sur
sa tête la casquette réglementaire.

Dubief et Terremonde l'attendaient en dégustant un verre d'absinthe pour
s'ouvrir l'appétit.

Ils le prirent pour un étranger tant sa physionomie ressemblait peu, sous ce
travestissement nouveau, à celle du débardeur de la veille au soir.

— Sapristi ! — pensa Dubief, lorsqu'il se fut fait reconnaître. — Voilà un
gaillard bigrement fort ! !!

Le déjeuner fut expédié vivement. — Théfer était pressé.

Une voiture conduisit les trois hommes à Bagnolet. — Le policier donna
l'ordre au cocher d'attendre à l'entrée du village et s'engagea pédestrement
avec ses compagnons sur la route abrupte accédant au plateau de la Capsulerie.

— Étudiez bien le chemin que nous suivons, — dit Théfer. — Gravez-en dans votre mémoire les moindres détails... — Il faudra le prendre la nuit avec une voiture dont les lanternes seront éteintes...

— As pas peur... on se souviendra, — répliqua Dubief.

On arriva à la maison de M. Servan.

— Est-ce que vous allez nous faire cadeau d'une campagne? — demanda Terremonde en riant. — J'aimerais bien ça... — Je suis un amant de la nature et des points de vue.

— Je crois qu'il vous plairait peu de rester ici après ce qui doit s'y passer... — répondit Théfer.

Le ton dont ces paroles furent prononcées firent courir un frisson sur l'épiderme des deux bandits.

— Quand vous aurez gagné votre argent, — poursuivit le policier, — je vous conseillerai d'aller visiter un peu la Belgique ou la Suisse... Non que vous soyez compromis en quoi que ce soit, car nos mesures seront bien prises, mais afin d'éviter de fâcheuses rencontres...

— Ah çà! mais, — murmura Dubief, — ça sera donc bien terrible ce qui se passera là-dedans?

— Vous figurez-vous par hasard, — répondit sèchement Théfer, — que je vous donne douze mille francs pour fumer votre pipe en admirant le panorama de Paris?

Il ouvrit la porte, fit traverser le jardin à ses compagnons et les introduisit dans la maison.

Dubief et Terremonde examinaient l'intérieur avec curiosité.

— C'est crânement meublé! — dit Terremonde, qui n'était point difficile en matière d'installation. — Je m'arrangerais bien de ce local avec seulement une quinzaine de mille francs de rente.

— Moi aussi, parbleu! — appuya Dubief. — Seulement une chose m'intrigue...

— Laquelle?

— Pourquoi tant de barreaux aux fenêtres et de grilles aux portes?

— C'est une précaution contre les voleurs, — répliqua Théfer. — Il paraît que l'endroit n'est pas très sûr... — Vous avez vu tout? — ajouta-t-il.

— Oui.

— Eh bien! je vais vous laisser les clefs. — Vous vous installerez ici.

— Parfait.

— Vous ouvrirez les fenêtres et vous ferez du feu...

—- Du feu! mais le temps est chaud.

— Peu importe... ça changera l'air... — Vous allez faire venir une forte provision de bois... pas de bûches mais des fagots... des bourrées... quelque chose qui brûle vite, avec une belle flamme... rien n'est plus gai... et vous emménagerez ça dans une ou deux pièces du rez-de-chaussée...

Dubief et Terremonde sortirent de la maison en se donnant l'air d'ouvriers oisifs...

— Bon...

— Montrez-vous peu dans Bagnolet... — Pour les provisions descendez le plateau de l'autre côté de la Capsulerie...

— Les gens sont curieux, vous savez... Si l'on nous questionne?...

— Vous répondrez que vous êtes les domestiques de M. Prosper Gaucher, fabricant de produits chimiques...

— Qui est-ce ça, Prosper Gaucher? — demanda Terremonde.

— C'est moi.

— Très bien... — Faudra-t-il passer la nuit ici?

— Oui... — Libre à vous de disposer de votre soirée jusqu'à dix heures, mais moins vous sortirez, mieux ça vaudra...

— Soyez paisible... — Quand nous reverrons-nous?

— Demain matin, à onze heures.

— Où?

— Au restaurant Richefeu, boulevard Montparnasse.

— Saurons-nous alors à quelle besogne vous comptez nous employer?

— Oui. — Je vous quitte... — Voici deux cents francs pour les faux frais... — A demain, onze heures...

— Nous serons exacts...

Théfer quitta la maison, descendit la colline, rejoignit la voiture laissée à l'entrée du village, et reprit le chemin de Paris.

Dubief et Terremonde, restés seuls, étaient singulièrement perplexes.

Leur nouvelle connaissance leur prodiguait l'argent, leur payait de bons déjeuners, les installait dans une confortable maison de campagne, les laissait libres de leurs mouvements.

Qu'est-ce que tout cela voulait dire?

A qui avait-on affaire?

Qu'allait-il se passer dans la maison du plateau de Bagnolet?

Quel drame effrayant se préparait, dont les rôles principaux leur étaient destinés?

Chacune de ces questions offrait un problème que les deux bandits essayaient vainement de résoudre.

— Est-ce que la provision de bois que nous devons acheter ne te donne pas à réfléchir? — demanda Dubief? — Qu'est-ce qu'on peut faire avec tant de fagotins, de bourrées, de cotrets qui flambent clair?

— Se chauffer, parbleu! — dit Terremonde.

— Nous ne sommes pas encore dans la saison où on se chauffe... — Et puis l'ordre est donné de placer la provision au rez-de-chaussée, au lieu de la mettre sous le hangar... — C'est pas naturel... — M'est avis que ce bois-là chauffera si fort la maison qu'il pourrait bien la rôtir... ·

— Un incendie... — murmura Terremonde. — Brr...

— Ça m'en a tout l'air, mais qu'est-ce que ça nous fait?... — L'immeuble n'est pas à nous... Ça peut être un accident... — D'ailleurs, c'est le locataire qui est responsable...

— Ah! oui, Prosper Gaucher...

— Il ne s'appelle pas plus Prosper Gaucher que toi et moi, mais c'est un malin qui sait ce qu'il veut... — Il paye recta, et au lieu de se servir pour nous emballer des mandats d'amener qu'il avait dans sa poche, il est en train de nous enrichir... — Donc, laissons-nous faire, et jusqu'à nouvel ordre obéissons sans discuter... — Sur ce, mon vieux allons aux provisions...

Dubief et Terremonde sortirent de la maison, puis du jardin et, tout en se donnant l'air d'ouvriers oisifs qui font à travers champs une promenade d'agrément, ils examinèrent les environs.

Le plateau des plâtrières offrait l'image d'une vaste solitude.

Les rares maisons de campagnes placées de distance en distance étaient closes et désertes.

La Capsulerie seule, où les ouvriers entraient le matin pour n'en sortir qu'à la nuit tombante, n'avait pas la physionomie d'un bâtiment abandonné.

Derrière les murailles de la Capsulerie, — à un kilomètre à peu près de la maison Servan, — passait un chemin descendant vers Montreuil au milieu des fondrières, et praticable pour une voiture à cette époque où les grandes pluies n'avaient pas encore défoncé le sol.

—Tiens! tiens! tiens! —s'écria Dubief en examinant ce chemin avec attention.

— A quoi réfléchis-tu ? — demanda Terremonde.

— A ce que nous a dit notre homme, et je pense que si on conduit au plateau une voiture venant de Bagnolet, on pourra très bien faire disparaître sa trace en la redescendant par cette route...

— Fameuse idée tout de même.

Les deux hommes gagnèrent Montreuil, où ils achetèrent un chargement de fagots dont ils se firent donner facture au nom de Prosper Gaucher et qu'il payèrent comptant.

Suivant les ordres de Théfer, le combustible fut entassé dans deux pièces du rez-de-chaussée de la villa.

Terremonde et Dubief préparèrent leur dîner, fumèrent une pipe et s'étendirent sur les matelas.

Nous savons que M. Servan ne fournissait pas de draps.

Théfer, en rentrant à Paris, s'était tout d'abord occupé de son service, et n'avait quitté que fort tard la préfecture où il tenait plus que jamais à faire constater son assiduité et son zèle, ce qui lui valait la bienveillance et les compliments de ses chefs.

En sortant de la Préfecture le policier héla un cocher qui passait à vide sur le quai de l'Horloge, et qui arrêta aussitôt sa voiture en disant d'une voix joviale :

— Montez, bourgeois... — La boîte est capitonnée à neuf et le bidet est d'attaque! Un crâne bête, allez! — Nous venons de relayer! — Ça filera comme une locomotive.

Ce cocher était Pierre Loriot, le patron du fiacre n° 13.

Théfer s'approcha du véhicule.

— A l'heure ou à la course, bourgeois ? — demanda Loriot.

— A l'heure...

LV.

Pierre Loriot tira sa montre.

— J'ai neuf heures et demie à mon oignon... — fit-il; — où allons-nous, bourgeois?

— Rue du Pot-de-Fer-Saint-Marcel, n°... — répondit le policier.

— Hop! Milord...

Le cheval partit bon train.

— Rue du Pot-de-Fer-Saint-Marcel, n°... — murmurait l'oncle d'Étienne, — c'est bien là que j'ai conduit l'autre nuit ce particulier si drôle... Est-ce que par hasard ce serait le même?... — Non, ça ne se peut... — Celui-ci est plus jeune, et puis je ne reconnais pas la voix.

Georges de la Tour-Vaudieu était sans nouvelles de Théfer depuis deux jours ; il nous paraît superflu d'affirmer qu'il attendait avec impatience son complice et qu'il s'empressa de le questionner.

Le policier le mit au courant de ce qui ce passait et ajouta :

— Demain soir, monsieur le duc, j'aurai gagné la somme que vous m'avez promise.

— Dès qu'il me sera prouvé que cette fille est en votre pouvoir, — répliqua le sénateur, — le chèque de deux cent mille francs à vue et au porteur vous sera remis.

— Je vous devrai la fortune, monsieur le duc; mais, entre nous, je l'aurai bien gagnée.

— Êtes-vous sûr de vos hommes?

— Leur intérêt me garantit leur discrétion... — Dès que je n'aurai plus besoin d'eux, ils s'empresseront de quitter la France...

— Ils ne vous connaissent pas?...

— J'ai pris mes précautions, et si jamais ils me rencontraient je les défierais de me reconnaître.

— Je tiens à m'assurer par mes propres yeux que nous tenons bien l'orpheline...

— Dans la nuit de demain je viendrai vous prendre ici pour vous conduire à la maison du plateau de Bagnolet, au moment où Dubief et Terremonde amèneront Berthe Leroyer.

— Ne croyez-vous pas qu'il serait prudent à moi de déloger d'ici après cette affaire?

— Cela me semble inutile... — Personne au monde ne soupçonne votre retraite et vous savez que la concierge est à ma dévotion... — Êtes-vous allé la nuit dernière rue Saint-Dominique, passer la revue de votre correspondance?

— Non...

— Permettez-moi de vous dire que c'est un tort... — Il peut se produire d'un moment à l'autre quelque fait nouveau que nous aurions intérêt à connaître...

— J'irai cette nuit...

— J'ai une voiture en bas... — Voulez-vous la prendre et me jeter chez moi?... Elle vous mènera ensuite à votre hôtel...

— Parfaitement.

— Le moment approche où vous devez agir à l'encontre de Claudia Varni. C'est demain soir qu'elle donne sa fête... — Je vous conseille d'aller la trouver demain dans la journée, et de savoir quelles sont les armes dont elle compte se servir...

Georges fit un signe affirmatif.

— Monsieur le duc, je suis à vos ordres.

Le sénateur remplaça sa robe de chambre par un paletot de couleur sombre, se coiffa d'un chapeau rond et sortit avec Théfer.

Loriot attendait sur son siège.

— Je cède la voiture à monsieur qui va me reconduire, et la gardera... — lui dit le policier, — il se chargera de vous régler à partir de neuf heures et demie, moment où je vous ai pris.

— Entendu, bourgeois... — où allons-nous

— Rue du Pont-Louis-Philippe, n°...

En entendant cette adresse l'oncle d'Etienne tressaillit sur son siège.

— Pour le coup, je ne me trompe pas!... — se dit-il en fouettant son cheval. — Ce gaillard-là est le bonhomme chez lequel mon particulier de l'autre jour est allé, et ce doit être le particulier en question qui l'accompagne... — Qu'est-ce qu'ils peuvent manigancer, ces oiseaux-là?

Les suppositions de Loriot devinrent des certitudes lorsqu'il entendit son second voyageur lui donner l'ordre de le conduire à la rue de l'Université.

— Allons... allons... — pensa le patron du fiacre n° 13, — j'y vois encore assez clair pour mon âge, et ça me donne bonne opinion de ma jugeotte... — Ces gens-là me sont bigrement suspects... Des filous pour sûr ou des malintentionnés contre le gouvernement... — Faudra que je tâche de voir un peu la figure de celui-là...

Rue de l'Université, il arrêta sa voiture à l'endroit indiqué.

Le duc mit pied à terre et se dirigea vers la porte pratiquée dans le mur du jardin.

Nous ne le suivrons ni dans le chemin mystérieux que nous connaissons déjà, ni dans le cabinet de travail de son hôtel.

La correspondance arrivée depuis deux jours ne contenait rien d'important, rien qui pût lui causer une inquiétude quelconque.

Il revint sur ses pas et regagna la rue de l'Université :

Pierre Loriot désireux, nous le savons, de connaître le visage de son étrange client, était descendu de son siège, avait nettoyé soigneusement la vitre et remonté la mèche de la lanterne la plus rapprochée du trottoir, et il attendait, debout à côté de la voiture, en sifflant pour se distraire.

Son désappointement fut grand quand le voyageur reparut.

M. de la Tour-Vaudieu avait relevé jusqu'aux oreilles le collet de son paletot ; un foulard lui cachait toute la partie inférieure de la figure, et le chapeau, très enfoncé, plongeait dans l'ombre le front et les yeux.

Loriot ouvrit la portière.

Le duc monta dans la voiture, sans que l'oncle d'Etienne pût apercevoir au passage autre chose qu'un coin de joue sillonné de rides et quelques mèches de cheveux rares et grisonnants.

— Pas de chance !... — grommela-t-il. — Le particulier prend trop de soin de se cacher pour être un honnête homme... — De plus en plus suspect ! — Conspirateur ou filou, au choix !

Il regrimpa lestement sur son siège en demandant d'une voix maussade :

— Et, à présent, où faut-il vous mener ?

— Où vous m'avez pris... rue du Pot-de-Fer-Saint-Marcel...

La voiture roula.

Loriot réfléchissait.

Parisien et cocher de fiacre depuis vingt-cinq ans, il avait vu bien des choses étranges et mystérieuses dans Paris qui est par excellence la ville du mystère...

Aucune de ces choses ne l'avait aussi vivement frappé que les allées et venues singulières de cet homme...

Cela tenait-il à une disposition particulière de son esprit ?...

Peut-être, mais l'impression n'en subsistait pas moins.

— Si j'avertissais la police ? — se demanda-t-il tout à coup.

Mais presque aussitôt il haussa les épaules en se répondant :

— L'avertir ?!... — De quoi ?... — Est-ce que je sais quelque chose ? — Est-ce que j'ai la preuve de n'importe qu'est-ce ? — Je fais des suppositions comme un vieux fou, et je m'emballe comme un poulain de deux ans !!! — On me rirait au nez si j'allais potiner à la Préfecture à propos de rien !... — Je suis cocher, on me prend, on me donne mon dû et je conduis les gens où ils me disent de les conduire... — Une fois hors de ma boîte, ils font ce qu'ils veulent, ça ne me regarde ni peu ni beaucoup... — Non, saperlipopette, Pierre Loriot n'est point un mouchard...

Après un silence il ajouta :

— N'empêche que ça m'intrigue bigrement.

On arriva rue du Pot-de-Fer.

Le duc, la figure plus emmitouflée que jamais, descendit, paya de façon très large, et disparut dans l'allée sombre dont il ouvrit la porte lui-même.

Il était plus de minuit.

Pierre Loriot conduisit sa voiture au remisage et gagna son lit, où il ne tarda pas à dormir du sommeil du juste.

La journée suivante commença tristement.

Dès le matin un brouillard épais couvrit Paris et ne tarda pas à se dissoudre en une brume qui changea la grande ville en un vaste bourbier.

Théfer sortit de bonne heure, fit une apparition à la Préfecture, puis, vêtu comme la veille, se rendit à la barrière Montparnasse.

Il arriva le premier chez Richefeu, retint un cabinet, commanda le déjeuner pour trois personnes, se fit donner du papier et une plume et écrivit un billet laconique.

A onze heures précises Dubief et Terremonde vinrent retrouver *leur patron;* — c'est ainsi qu'entre eux ils désignaient le policier.

On se mit à table.

— Tout est-il en ordre là-bas? — demanda Théfer.

— Oui, répondit Dubief.

— Les fagotins ?

— Entassés dans deux pièces du rez-de-chaussée.

— Vous avez soigneusement fermé la maison?

— Portes, fenêtres et grilles, tout est clos.

— Alors, donnez-moi les clefs...

— Les clefs ? — répéta Terremonde.

— Sans doute.

— Est-ce que nous ne devons plus retourner là-bas?

— Si, mais j'ai besoin d'y être avant vous ce soir...

— C'est que, vous comprenez, — reprit Dubief, — nous y avons déposé du linge et des frusques et nous ne voulons pas perdre ça...

— Ne vous inquiétez de rien...

Ces dernières paroles de Théfer furent prononcées d'un ton bref et raide, qui n'admettait pas de réplique.

Pendant toute la durée du repas les trois hommes causèrent de choses insignifiantes.

On servit le café, accompagné de vieux cognac.

Dubief se leva pour s'assurer que le garçon n'était point aux aguets dans le corridor, puis revenant s'asseoir, il dit :

— Présentement, il s'agit de s'entendre un peu... — Vous nous avez promis hier de nous apprendre ce matin ce que nous aurions à faire, pour notre part, dans la chose en question... — Ça nous intrigue, et nous voudrions savoir...

— Oui, — appuya Terremonde, — on est curieux de connaître la besogne...

— Je vais vous satisfaire, — répondit le policier.

— A la bonne heure ! — s'écria Dubief. — Allez-y, patron, nous sommes tout ouïes !

LVI

— Quel est celui d'entre vous qui m'a dit être en état de conduire une voiture? — demanda Théfer.

— Moi... — répliqua Dubief, — ça me connaît... — J'ai fait autrefois le métier de colporteur et j'avais un fameux bidet...

— Il faut vous procurer un fiacre avec un cheval solide...

— Un fiacre, ça peut se louer... — reprit le faux monnayeur, — mais ça se loue avec le cocher, et vous comprenez bien que pas un loueur ne nous confiera sur notre bonne mine sa guimbarde et son animal...

— Ceci vous regarde... — Il faut une voiture, ou rien de fait, et je ne peux m'en occuper moi-même...

— Nous aurons la voiture... — dit Terremonde. — Je m'en charge...

— Comment cela?

— J'ai mon plan et je réponds de tout...

— C'est bon... — Dubief devra s'habiller en cocher.

— Facile... — Je trouverai la défroque au Temple... — Carrick et chapeau de cuir bouilli...

— Ce soir, à dix heures précises, vous amènerez le fiacre rue Notre-Dame-des-Champs, en face de la maison portant le n° 19...

— Est-ce qu'il s'agit d'un enlèvement?... — fit Terremonde. — C'est ça qui me botterait... — J'adore les aventures romanesques...

— Il s'agit, en effet, d'un enlèvement.

— Bravo!... — et nous devrons être là tous les deux?...

— Oui; Dubief sur le siège, et vous, Terremonde, dans la voiture...

— Parfait!... — Un joli *mélo* de l'Ambigu, quoi! avec trémolo à l'orchestre... — Après?

— Les stores seront baissés...

— Naturellement...

— Le cocher, — c'est-à-dire Dubief, — descendra de son siège et, sans s'adresser à la concierge, montera au troisième étage et sonnera à la porte qui se trouve juste en face de l'escalier. — Retenez bien mes indications...

— Rue Notre-Dame-des-Champs, n° 19... — répéta Dubief... — troisième étage... — porte en face de l'escalier... — C'est gravé là...

— On viendra vous ouvrir... — reprit Théfer.

— Qui?

— Une jeune fille...

— Qu'est-ce que je lui dirai?

M. de la Tour-Vaudieu avait relevé jusqu'aux oreilles le collet de son paletot.

— Ceci : — *Est-ce bien à mademoiselle Berthe Monestier que j'ai l'avantage de parler ?*

— *Berthe Monestier...* — Je me souviendrai du nom...

— Sur sa réponse affirmative, vous lui remettrez ce billet...

Théfer, prenant son agenda, en tira une feuille de papier pliée en quatre.

C'était le billet qu'il avait écrit avant l'arrivée de ses complices, et dont l'écriture contrefaite ressemblait à s'y méprendre à celle de la note accusatrice glissée par le duc de la Tour-Vaudieu dans l'enveloppe de papier bleuâtre d'où il avait enlevé le brouillon de lettre de Claudia Varni.

— Qu'est-ce qu'il y a là-dessus? — demanda Dubief.

— Lisez...

Dubief déploya la feuille et lut tout haut ces quelques mots:

— « *Suivez ce cocher qui vient de la part de René Moulin, et ne vous étonnez de rien.* » — Il n'y en a pas long! — Le billet sera remis... — Mais si la demoiselle faisait la sourde oreille et refusait d'optempérer?

— Ceci n'est point à craindre...

— Elle ne me questionnera pas?

— Si elle vous questionnait, vous lui répondriez que vous ne savez rien, mais que vous avez mission de la conduire près de la personne qui vous envoie...

— Peut-être voudra-t-elle savoir où... — Les femmes sont si curieuses...

— Dans ce cas vous lui diriez: — *Place Royale...*

— Suffit.. — Donc elle me suivra, cette poulette...

— Oui, et vous la ferez monter en voiture...

— Où elle me trouvera, — dit Terremonde. — Ce qui pourrait bien l'étonner pas mal et l'effrayer un peu...

— C'est possible, mais vous couperez court à son étonnement et à sa frayeur en lui disant: *N'ayez pas peur, mademoiselle, je suis l'ami de René Moulin... Il s'agit de votre père, mort innocent sur l'échafaud...*

Terremonde se frotta les mains.

— C'est dans la boîte à mémoire! — s'écria-t-il. — En voilà du mélo!... — Parole d'honneur, je m'amuse comme si je m'étais payé ma place au spectacle à la seconde galerie...

— Et ensuite? — reprit Dubief.

— Vous conduirez la voiture où vous savez...

— Au plateau de Bagnolet?

— Oui.

— Mais c'est bigrement plus loin que la place Royale, le plateau de Bagnolet! La donzelle s'apercevra qu'on lui fait voir le tour...

— C'est possible...

— C'est-à-dire que c'est certain... — dit Terremonde. — Elle prendra l'éveil et voudra descendre...

— Vous l'en empêcherez...

— Elle criera... elle appellera à son aide...

— Vous la menacerez pour la contraindre à se taire..

— Et si elle ne se tait pas?

Théfer tira de sa poche un couteau à virole, dit *couteau de Nontron*, et le posa sur la table.

— Voici le moyen de lui imposer silence au besoin... — fit-il.

Terremonde frissonna de la tête aux pieds.

— La frapper... — balbutia-t-il. — Un assassinat dans un fiacre...

— C'est elle qui l'aura voulu... — répliqua le policier. — Est-ce que ça vous épouvante?

Terremonde ne répondit pas.

Dubief croisa ses bras sur sa poitrine, regarda Théfer bien en face, d'un air narquois, et s'écria :

— Mazette, vous n'attachez pas vos chiens avec des saucisses, vous, mon petit père!! — La guillotine pour douze mille malheureux francs!! — Allons, ça vous ferait de la peine!! *Détourner* un cheval et une voiture, enlever une jeune demoiselle et la *refroidir* au besoin, tout ça pour six cents francs de rente à nous deux! — Cent écus par tête!... — En voilà de l'ouvrage au rabais!! Mieux vaudrait se faire inscrire tout de suite au bureau de bienfaisance!! — On toucherait presque autant et on ne risquerait rien... — Pas de ça, Lisette!... Turlurette!... la bonne aventure ô gué!... — Sortez vos mandats d'amener... — Empoignez-nous... — Conduisez-nous à la Préfecture... — Je vais vous rendre vos cinq billets de mille... — Travailler dans ces prix-là, jamais de la vie!! — Ça serait gâter le métier!!

— A l'étranger tout est si cher! — ajouta Terremonde.

Théfer se pinça les lèvres.

Les deux gredins pratiquaient à son endroit une petite opération de chantage, et il n'entrevoyait aucun moyen de ne pas s'exécuter.

Cependant il répliqua :

— Je vous croyais gens de bonne foi!... — N'étions-nous point d'accord?

— On n'est jamais d'accord, quand on ignore la besogne à faire.

— Vous saviez bien que je ne m'adressais pas à vous pour un acte de vertu...

— Parbleu! mais nous ne pouvions supposer qu'il s'agirait de jouer notre tête à pile ou à face en saignant une jeune personne comme un poulet...

— Dame! vous comprenez, — fit Terremonde, — ces choses-là, ça n'est plus du travail courant, ça donne à réfléchir... — Il y a un tarif spécial...

— En voilà assez! — murmura Théfer avec impatience. — Combien voulez-vous?

Dubief et Terremonde échangèrent un regard de triomphe.

— Nous voulons cinquante mille francs... — répliqua Dubief.

— Et nous n'admettons pas un sou de rabais, — dit Terremonde; — c'est à prendre ou à laisser...

— Vous m'égorgez, mais je cède...

— Nous aurons l'argent?

— Oui.

— Quand?

— Cette nuit.

— Où?

— A la maison du plateau de Bagnolet...

— Il nous faut un acompte tout de suite. — Que donnez-vous ?

— Ce que j'ai sur moi, dix mille francs.

— La caisse est ouverte, opérez le versement, et cette nuit, avant que la donzelle ne sorte de la voiture, le reste, c'est-à-dire trente-cinq mille francs.

— Vous les aurez.

— Et, vous savez, mon petit père, pas de blague, parce que dans ce cas nous reconduirions *illico* la jeune personne chez elle.

— Soyez tranquilles, vous serez satisfaits.

Théfer donna quelques dernières instructions de détail à ses complices qui venaient de l'exploiter fort agréablement, puis il les quitta pour se rendre à la Préfecture, où il comptait déposer un rapport sur les mesures à prendre pour s'emparer de Dubief et Terremonde

LVII

A l'hôtel de la rue de Berlin les préparatifs de la fête étaient à peu près terminés.

Au fond du grand salon s'élevait un coquet petit théâtre, communiquant avec le boudoir qui devait servir de foyer aux artistes.

Partout des fleurs, partout des appliques chargées de bougies qui produiraient le soir un merveilleux effet au milieu des plantes tropicales transformant les appartements de réception en véritable jardin d'hiver.

René Moulin, ou plutôt Laurent le maître d'hôtel, avait fait merveille.

Mistress Dick Thorn ne lui ménageait pas les témoignages de sa satisfaction.

L'ex-courtisane se sentait heureuse et fière de ce luxe de quelques heures qui lui coûtait effroyablement cher.

Sa caisse allait être à peu près à sec, mais que lui importait?

Le duc Georges de la Tour-Vaudieu ne serait-il pas désormais chargé de la remplir? et ses coffres, à lui, étaient inépuisables...

Une des voitures du célèbre tapissier-décorateur chargé de certains préparatifs de la fête venait d'entrer dans la cour de l'hôtel.

René Moulin faisait décharger les châssis et les toiles destinés au théâtre improvisé.

— C'est bien ce dont nous sommes convenus, n'est-ce pas?... — demanda-t-il au contremaître venu avec la voiture.

— Oui, monsieur, — répondit ce dernier. — J'ai eu la chance de trouver dans nos magasins un petit décor de nuit dont la toile de fond représente un pont et les rives de la Seine. — Comme encadrement des arbres et des réverbères. — C'est très pittoresque, mais pas mal lugubre. — Ainsi que vous me l'aviez demandé, j'ai fait peindre un fiacre sur un châssis en retour.

— C'est parfait, — reprit René, — vous allez équiper votre toile de fond derrière le petit rideau du salon, et disposer vos châssis de manière à ce qu'ils puissent remplacer en un instant le décor dans lequel on jouera le vaudeville et celui qui servira de cadre aux tableaux vivants.

— Soyez paisible, monsieur, ça me connaît... — J'ai travaillé à la Gaîté comme machiniste sous les ordres de Godin, et nous avons monté des féeries un peu plus compliquées que ça... — Mais ce soir aurez-vous des hommes pour faire le changement?... — Je pourrais vous en envoyer deux dont je réponds.

— Envoyez-les... — Ils s'entendront avec les machinistes qui doivent accompagner les artistes des tableaux vivants...

— Comptez sur moi...

Un domestique aborda René en ce moment et lui dit :

— Monsieur Laurent, on apporte une caisse à votre adresse de la part du costumier... — En voici la clef.

René mit la clef dans sa poche et donna l'ordre de monter la caisse dans le boudoir servant de foyer.

De ce boudoir on pouvait gagner la cour par un escalier dérobé sans traverser les salons.

On servit à l'heure habituelle le déjeuner de mistress Dick Thorn et de sa fille.

Le mécanicien devenu maître d'hôtel, très occupé depuis le matin, profita de ce moment pour aller retrouver Jean-Jeudi qui l'attendait, comme d'habitude, à l'angle de la rue de Clichy, et qui ne le voyant point venir trouvait le temps effroyablement long. — Il maugréait et blasphémait *in petto*, mais fidèle à la consigne il s'immobilisait à son poste.

— Saperlipopette ! — s'écria-t-il en voyant René, — c'est heureux ! je commençais à croire que tu ne viendrais pas ! — Quelle pose, mes enfants !

— C'est vrai. — Je pensais bien que vous vous faisiez pas mal de mauvais sang, mais impossible de sortir plus tôt...

— Enfin, te voilà, n'y pensons plus... — Avons-nous à causer ?

— Oui.

— Alors, filons à la buvette...

Ils s'installèrent, et Jean-Jeudi demanda :

— Où en sommes-nous ?

— C'est ce soir que nous frappons le grand coup...

— — Alors nous serons fixés cette nuit?

— Ça ne fait pas l'ombre d'un doute.

— Tu as le fameux décor?

— Je l'ai reçu ce matin...

— Je t'ai expédié les costumes...

— Ils viennent d'arriver... — A propos, la perruque et les barbes sont-elles dans la caisse?...

— Non... — C'est moi qui les apporterai ce soir...

— C'est ça, — vous vous présenterez à l'hôtel entre dix heures et dix heures et demie, comme garçon coiffeur, et vous demanderez M. Laurent.

— Tenue distinguée, n'est-ce pas? — Tout à fait l'air d'un *merlan* de la haute?

— Soyez méconnaissable surtout...

— As pas peur... — Je te défierais de me reconnaître si tu ne savais que c'est moi... — Mam'selle Berthe est prévenue, j'imagine?...

— Oui, et très au courant de son rôle... — Une voiture de remise retenue par moi ira la chercher à dix heures et demie rue Notre-Dame-des-Champs... — Le cocher montera chez elle et n'aura que ces mots à lui dire : — *De la part de M. René Moulin...*

— Allons, tout va bien... — Il me tarde d'être à ce soir, mais, entre nous — (ça va t'étonner), — j'ai de l'émotion.

— Comment, un vieux dur-à-cuire comme vous!

— Il est sûr et certain qu'en ayant vu de toutes les couleurs, je devrais être blasé! Eh bien! là, vrai, ça me fait quelque chose...

— Auriez-vous peur?

— Jamais de la vie! — Ça me remue, voilà tout, ces vieux souvenirs... — Il me semble que j'ai vingt ans de moins et que véritablement je vais me retrouver ce soir au pont de Neuilly... — Ah çà! dis donc, il m'est venu une idée...

— Laquelle?

— Est-ce qu'il ne serait pas à propos, tandis qu'on se balladera dans la baraque, de rendre une petite visite de simple politesse au secrétaire de mistress Dick Thorn?... — J'ai dans ma folle idée qu'on y trouverait un fort acompte sur ce que nous devons toucher plus tard... — Hein? qu'en penses-tu?

René fronça le sourcil.

— Un vol! — dit-il avec dégoût

— Il ne s'agit pas de vol...

— Eh! de quoi donc?

— De palper un acompte... — D'ailleurs, aucun danger... — Nous tenons la particulière, et tu sais aussi bien que moi qu'elle n'oserait porter plainte...

— Et si mistress Dick Thorn n'était point la femme que vous supposez... — Ou ferait une enquête et nous serions pris... — Non! non! pas de vol! — L'argent nous viendra d'une autre manière...

Jean-Jeudi fit la grimace à son tour.

— Trop de cérémonies, — se disait-il à lui-même, — on croirait toujours qu'il a des scrupules, ce diable de René ! — Parole ! si je ne le connaissais bien, je le prendrais pour un honnête homme ! — Je verrai, moi, de quoi il retourne, et, comme je connais les êtres, si l'occasion se présente j'agirai sans permission...

— Nous sommes d'accord sur tous les points, — reprit René Moulin; — je me sauve, j'ai plusieurs courses à faire... A ce soir...

Le pseudo-Laurent quitta la buvette, laissant sur le seuil Jean-Jeudi fort songeur.

Une idée de défiance commençait à germer dans le cerveau du vieux bandit.

Il se demandait pourquoi son collaborateur se montrait si méticuleux, s'opposait aux effractions, et renvoyait à leurs propriétaires les billets de banque trouvés dans les portefeuilles.

Pour lui, voleur de profession, les affaires étaient les affaires.

On pouvait pénétrer chez mistress Dick Thorn et, qu'elle fût ou qu'elle ne fût pas la femme du pont de Neuilly, sortir de chez elle les mains pleines, sans le moindre péril pour René Moulin que personne ne songerait à chercher sous la personnalité nullement suspecte de Laurent, le maître d'hôtel.

Pourquoi donc tant de barricades, quand avec un peu de bon vouloir les choses iraient sur des roulettes?

Jean-Jeudi concluait ainsi :

— Comment, l'opération peut rapporter pas mal de billets de mille, et on ne la ferait pas ! ça serait trop bête !... Si ça te déplaît, mon bonhomme, tu sais que je m'en moque comme de Colin-Tampon !... — Je travaillerai pour moi tout seul, ce qui fera ma part plus grosse ! — Je veux des faliots garatés, et, nom d'une pipe, je les aurai !

Jean-Jeudi, s'absorbant dans son monologue, avait remonté la rue d'Amsterdam distraitement et s'était engagé sans le savoir dans la rue de Berlin.

Il fit halte devant une maison en construction pour rouler et allumer une cigarette.

En ce moment un fiacre s'arrêtait à dix pas de lui.

Ses yeux se tournèrent d'une façon toute machinale vers ce fiacre, d'où descendait un homme à cheveux gris, simplement mais correctement vêtu.

Jean-Jeudi, à la vue de cet homme, fit un tel haut-le-corps qu'il laissa tomber sa cigarette, puis resta cloué sur place, bouche béante et le front mouillé de sueur.

Le voyageur, debout à côté du fiacre, parlait au cocher.

— Tonnerre de tonnerre ! — murmura Jean-Jeudi au bout d'une ou deux secondes, — je ne me trompe pas ! ! Ce n'est point une illusion !... Ce particulier, malgré ses cheveux gris, ressemble trait pour trait à l'individu du pont de Neuilly... Si je ne me trompe pas, si c'est bien lui, je peux me vanter d'avoir de la veine !...

L'homme, quittant la voiture, remontait la rue de Berlin.

Jean-Jeudi le suivit de près.

Le ciel, après s'être momentanément éclairci, était redevenu très sombre et la pluie recommençait à tomber fine et froide.

L'inconnu marchait toujours.

Arrivé en face de l'hôtel de mistress Dick Thorn, il s'arrêta.

— Il va chez l'Anglaise ! — se dit le voleur émérite en faisant halte à son tour. — Ils se connaissent... Donc, si c'est ELLE, ce doit être LUI ! — Je les tiens !... — Ah ! si je pouvais prévenir René !... — Aux aguets dans quelque coin, il entendrait des choses curieuses.

Le visiteur tira le bouton de la sonnette.

La porte s'ouvrit, — il entra.

— Que désire monsieur ? — lui demanda un valet.

— Voir mistress Dick Thorn.

— Madame ayant du monde ce soir n'est pas visible ce matin.

— Il est indispensable que je lui parle.

— Monsieur, ma consigne est absolue.

— Je comprends cela, mais cette consigne ne saurait vous empêcher de mettre dans votre poche ce billet de cent francs et de porter ma carte à votre maîtresse...

Le valet prit le billet de banque et la carte, salua et répondit :

— Je vais obéir à monsieur, mais j'ai grand'peur que ce ne soit inutile... — Madame est très fatiguée, très occupée, et ne veut voir absolument personne...

— Elle fera une exception en ma faveur...

— J'en doute...

— Et moi, j'en suis sûr... — Il suffira de lui dire que j'insiste pour être reçu et *que j'arrive de Brunoy...*

— De Brunoy ? — répéta le valet.

— Oui... — Allez...

LVIII

Mistress Dick Thorn achevait son repas du matin lorsque le domestique, fort inquiet du résultat de sa démarche, ouvrit la porte de la salle à manger.

— Que voulez-vous, François ? — lui demanda l'ex-courtisane.

— Je prie madame de me pardonner si je transgresse ses ordres ; mais j'ai cru devoir prévenir madame qu'un visiteur se présente et sollicite une audience...

— Vous savez que je ne reçois pas...

— C'est ce que j'ai dit...

Le voyageur, debout à côté du fiacre, parlait au cocher.

— Eh bien ?

— Ce visiteur insiste et ne veut pas entendre raison... — Il m'a remis sa carte...

Claudia jeta les yeux sur un morceau de papier porcelaine portant écrit à la main ce nom : *Frédéric Bérard.*

— Je ne connais pas... — dit-elle avec impatience. — Congédiez l'importun.

— Il refuse de s'en aller...

— Qu'on le mette à la porte.

— Ce monsieur, car c'est un monsieur très comme il faut, m'a bien recommandé de dire à madame qu'il arrivait de Brunoy...

L'effet produit par ces mots fut instantané.

Mistress Dick Thorn tressaillit et devint très pâle.

La phrase, si simple en apparence, prononcée par le valet, ravivait sous ses yeux tout un passé sinistre, éveillait en son âme une poignante angoisse.

A coup sûr, l'étrange visiteur possédait un secret qu'elle croyait ignoré du monde entier.

Qui donc était cet homme s'imposant ainsi à elle et forçant littéralement sa porte à l'aide du mystérieux *Sésame* auquel il fallait obéir.

Claudia quitta son siège et dit, en jouant de son mieux l'indifférence :

— Introduisez ce monsieur Bérard dans le petit salon... — je l'y rejoindrai tout à l'heure...

— Bien, madame...

Le valet sortit, fort satisfait de s'en tirer sans réprimande, et encore plus étonné de l'influence cabalistique du nom de Brunoy.

La blonde Olivia avait écouté la conversation qui précède.

— Mère chérie, — demanda-t-elle quand François se fut retiré, — devines-tu quel est ce visiteur qui tient si fort à te voir ?

— Pas précisément, mais je suppose qu'il vient solliciter une invitation en se recommandant d'une personne que j'ai connue jadis à Brunoy... — Je vais d'ailleurs savoir à quoi m'en tenir... — Attends-moi là, mignonne...

François avait installé M. de la Tour-Vaudieu dans le petit boudoir de Claudia, où nous avons vu Jean-Jeudi se cacher sous un meuble au début de ce récit.

Au moment de se trouver en présence de l'ancienne maîtresse dont il n'avait pas entendu parler depuis tant d'années, le sénateur éprouvait une violente émotion.

L'entrevue serait orageuse, il n'en doutait guère et, quoique bien résolu à ne point se laisser vaincre, il s'effrayait des proportions que pouvait prendre la lutte.

Faisant appel à toute son énergie, il dissimula son trouble intérieur sous un masque impassible, et, calme en apparence, il attendit, les yeux attachés sur le portrait de Claudia, faisant face à celui de feu Dick Thorn.

Il tournait presque le dos à la porte restée entr'ouverte.

Quelques minutes s'écoulèrent.

Le bruit d'un pas léger sur la moquette du tapis, et le frou-frou d'une robe de soie, arrivèrent jusqu'à son oreille.

Sans faire un mouvement il parut s'absorber plus que jamais dans la contemplation du portrait.

La porte s'ouvrit tout à fait, puis se referma.

Le duc était pâle comme un mort.

Claudia venait d'entrer.

Elle fit quelques pas vers ce visiteur immobile dont elle ne pouvait voir le visage et lui dit :

— C'est vous, monsieur, qui avez insisté pour être reçu ?

Georges, en entendant la voix de Claudia, reprit tout son empire sur lui-même et se retourna.

Mistress Dick Thorn le reconnut du premier coup d'œil.

A cette apparition inattendue un frisson nerveux la secoua de la nuque aux talons.

Elle balbutia :

— Vous !... — c'est vous !... — j'aurais dû le deviner...

Le sénateur répondit en s'inclinant :

— Oui, chère madame, c'est parfaitement moi...

— Mais pourquoi ce faux nom sous lequel vous vous êtes présenté ?...

— Pour la raison du monde la plus simple... — J'ai reçu la gracieuse invitation que vous m'avez fait l'honneur de m'adresser... — Comptant sur moi ce soir à votre fête, peut-être ne m'auriez-vous pas reçu ce matin. — Or, je tenais à vous voir sans retard, et même à vous surprendre...

— Me surprendre ? — répéta Claudia. — Dans quel but ?

— Dans le but de vous éviter de compromettantes démarches et d'inutiles mensonges... — Nous voici réunis; permettez-moi de m'asseoir; causons comme de vieux amis, que nous serons si vous le voulez bien, et dites-moi ce que vous avez à m'apprendre relativement au mariage de mon fils... — Je suis prêt à vous écouter, avec beaucoup de curiosité et infiniment d'intérêt...

Et le duc, de l'air le plus calme, s'installa dans un fauteuil et prit la pose d'un homme attentif.

A peine remise de sa première émotion, mistress Dick Thorn s'était laissée tomber sur un siège et regardait avec stupeur son ancien amant.

Pour tout autre que pour elle Georges aurait été méconnaissable peut-être, tant les années, en s'écoulant, avaient marqué d'une rude empreinte ce visage sillonné de rides, ces yeux ternis.

Mais, malgré cette décrépitude que nous pouvons appeler précoce, — (le sénateur n'ayant pas soixante ans), — le cachet de grande race s'imprimait plus que jamais sur ces traits dévastés.

Le duc Georges de la Tour-Vaudieu, dix fois millionnaire, ne ressemblait guère au marquis perdu de dettes et vivant d'expédients et de rapines, mais pour Claudia c'était toujours le même homme.

— Ainsi, Georges, — murmura-t-elle au bout de quelques secondes, — c'est tout ce que vous trouvez à me dire après une si longue séparation ?

— Cette séparation, chère madame, avait été de part et d'autre librement consentie, ce me semble... — Je ne songeais plus à vous, j'ai la franchise d'en convenir, et je suppose que, de votre côté, vous m'aviez oublié...

— Peut-être vous trompez-vous...

— Quoi, mon image hantait votre mémoire pendant les effusions d'un heureux mariage, car vous avez été mariée, chère madame !... — Voilà qui n'a rien de flatteur pour ce pauvre M. Dick Thorn !

— Mes souvenirs n'étaient point des souvenirs d'amour, — reprit Claudia d'une voix sourde.

— Tant pis... — Mieux valait oublier les erreurs de jeunesse auxquelles vous faites allusion.

— Je n'oublie rien ! jamais rien...

— Vous avez tort !... — Une mémoire trop fidèle est souvent dangereuse...

— Croyez-vous, monsieur le duc?

— J'en ai la certitude absolue, et je souhaite qu'un jour ne vienne pas où vous en aurez la preuve.

L'ex-courtisane releva la tête, regarda Georges bien en face, — dans le blanc des yeux, comme on dit vulgairement, — et répliqua d'une voix lente et basse :

— Prenez garde ! — Il existe entre nous un malentendu au sujet duquel je trouve à propos de vous éclairer... — Je ne suis plus aujourd'hui Claudia Varni la déclassée, maîtresse du marquis Georges de la Tour-Vaudieu... — Les menaces que vous adresseriez à Claudia n'atteindraient point mistress Dick Thorn, veuve d'un gentleman dont toute l'Angleterre attesterait au besoin l'honorabilité... Mistress Dick Thorn a des amis nombreux et puissants dont la protection serait efficace si l'on osait s'attaquer à elle. — Sachez bien ceci, monsieur le duc, je ne dépends de qui que ce soit... Je ne crains rien... Je ne crains personne... — Certaines gens, très haut placés, n'en pourraient pas dire autant...

Le sens de ces dernières paroles ne pouvait échapper à Georges.

Il les comprit, mais il ne les releva point.

— Si quelqu'un songeait à vous attaquer, chère madame, — reprit-il, — assurément ce ne serait pas moi !... — Vous me blesseriez, je vous le jure, en me traitant comme un ennemi... — Je suis défiant, soit, — (et je crois en avoir le droit), — mais non hostile... — Vous m'invitiez à venir chez vous. — J'ai devancé l'heure... Est-ce un crime?... Les quelques mots ajoutés à votre lettre ont piqué ma curiosité... — J'ai hâte de recevoir les communications promises au sujet de mon fils, et je vous prie de vous expliquer...

— Ma curiosité doit avoir le pas sur la vôtre... — répondit la belle veuve.

— Comment avez-vous su que mistress Dick Thorn n'était autre que Claudia Varni?

— J'ai fait prendre des renseignements.

L'ex-courtisane fronça ses sourcils noirs.

— La police?... — murmura-t-elle.

— En aucune façon... — On s'est présenté de ma part à l'ambassade d'Angleterre, au bureau du visa des passeports, et l'on a questionné de manière à ne vous compromettre en rien...

— Et quand vous avez eu la certitude de mon identité, c'est la curiosité seule qui vous a conduit chez moi?

— Assurément... — Pouvais-je avoir un autre mobile?...

Claudia sourit avec amertume.

— Ceci, monsieur le duc, est peu flatteur pour mon amour-propre... — dit-elle.

— Eh! chère madame, — répliqua le sénateur, — après une séparation si longue, et quand mes cheveux ont blanchi, le marivaudage et les fadeurs ne sont plus de mise. — La franchise seule doit régner entre nous...

— Dût cette franchise être brutale et blessante, n'est-ce pas? — acheva mistress Dick Thorn. — Ainsi donc, — ajouta-t-elle d'un ton presque farouche, — vous ne devinez rien? vous ne redoutez rien?...

— Absolument rien, — répondit Georges avec une assurance que démentait l'imperceptible tremblement de la voix; — je sollicite l'explication que j'ai le droit d'attendre de vous, voilà tout.

— Peut-être cette explication sera-t-elle un peu longue...

— Ne pourriez-vous l'abréger?

— Impossible...

— Alors, chère madame... prenez votre temps... — Le mien est à votre disposition...

Et le sénateur, se renversant dans son fauteuil, parut redoubler d'attention.

LIX

— Dois-je remonter aux débuts de notre liaison? — commença l'ex-courtisane.

— C'est inutile... — interrompit le duc. — Passion sensuelle de mon côté, calcul et rêves ambitieux du vôtre, l'histoire est absolument vulgaire.

— Je passerai donc sur les premières années et j'irai droit au dénouement...

— Pour arriver à moi tout à l'heure, vous vous êtes servi du nom de Brunoy...

— C'était l'unique moyen de forcer la consigne...

— Et vous n'avez pas frissonné en songeant aux souvenirs qu'évoquait ce nom?

— Vous ne vous êtes pas dit qu'à cette époque lointaine, perdu de dettes, misérable, sans ressources d'aucune sorte, vivant d'expédients et de rapines, menacé chaque jour d'un déshonneur public, vous n'aviez d'espoir qu'en moi ? — Vous avez oublié qu'alors je travaillais dans l'ombre à vous donner le titre de duc, à mettre entre vos mains une fortune énorme... et que j'ai réussi...

— Vous m'avez été fort utile, j'en conviens, et je crois vous en avoir témoigné ma reconnaissance.

— En me jetant comme une aumône quelques centaines de mille francs, à la condition que je quitterais la France !... — répliqua la belle veuve avec un rire moqueur. — Ce n'est pas là ce que j'attendais et, dans un premier moment de juste colère, j'eus l'idée, je l'avoue, de vous dénoncer à mes risques et périls... — C'était la réclusion ou l'échafaud pour tous deux... — le courage me manqua... — Je tenais à la vie et à la liberté... — J'eus la lâcheté de vous obéir et de m'expatrier... — Une position inattendue et inespérée m'attendait en Angleterre... — J'épousai un riche industriel qui m'adorait... — Pendant quelques années je fus heureuse et je vous oubliai... — La ruine arriva... — Mon mari mourut en me laissant à peu près dans la misère... — Je me dis alors que vous possédiez des millions, grâce à moi, et que j'avais le droit de réclamer ma part d'une richesse que vous me devez...

— J'attendais cette conclusion, — répliqua M. de la Tour-Vaudieu sans se départir de son sang-froid. — Il m'avait été facile de comprendre que les quelques mots écrits au-dessous de votre invitation étaient un moyen de piquer ma curiosité et de m'attirer chez vous... — Vos projets sont percés à jour... — Vous comptez évoquer devant moi le spectre du passé pour me dominer par l'épouvante et m'exploiter à votre fantaisie... — C'est une spéculation qui s'appelle le chantage... — Je doute qu'elle réussisse avec moi... — Vous avez été ma complice, ou pour mieux dire un agent subalterne agissant pour mon compte, avec une habileté que je reconnais et que j'ai payée cent mille écus... — C'est un chiffre fort rond... — Jean-Jeudi, dont vous ne pouvez avoir oublié le nom, n'a touché que quelques louis, et vous l'avez empoisonné pour être sûre de son silence. — Quittez votre attitude agressive qui ne saurait m'émouvoir un instant, et causons comme de vieilles connaissances... — Je me révolte contre toute exigence, mais je ne refuse pas de vous venir en aide... — Que me demandez-vous ?

— La moitié de votre fortune... — répliqua carrément mistress Dick Tornh.

Georges sourit en haussant les épaules.

— C'est le moyen de ne rien obtenir... — dit-il.

— J'ai le droit d'exiger...

— Non, ma chère, puisque vous n'avez pas le droit de menacer, ou du moins que vos menaces n'ont aucune portée sérieuse... — Nous avons commis un crime autrefois, mais nous ne devons rien à la justice... — Un autre a payé pour nous... — Paul Leroyer, déclaré coupable de l'assassinat du médecin de Brunoy, est mort sur l'échafaud...

— Et vous vivez, vous, monsieur le duc, heureux et riche!... — s'écria l'ex-courtisane...

— Et je vis... — répéta Georges, — et, quoi qu'il arrive, la loi ne pourrait me frapper, non plus que vous d'ailleurs, car il y a prescription.

— Je le sais... — reprit Claudia; — mais, en divulguant le passé, on peut vous atteindre sinon dans votre vie et votre liberté, du moins dans votre consi-dération, dans votre honneur!... On peut couvrir d'une boue sanglante le nom de la Tour-Vaudieu!...

Le sénateur haussa de nouveau les épaules et répliqua :

— Cette boue sanglante rejaillirait sur vous...

— Que m'importe? Qu'ai-je à ménager?

— Et sur votre fille, car vous avez une fille... — acheva le duc.

Claudia répondit froidement :

— Eh bien! si je ne puis me venger sans flétrir le nom de ma fille, d'autres pourront, conseillés par moi et me laissant dans l'ombre, réclamer hautement la réparation d'une effroyable erreur judiciaire...

— La famille de Paul Leroyer?... — fit Georges avec un ricanement sinistre. — Elle n'existe plus... — Si telle est l'arme dont vous comptez vous servir contre moi, cette arme est brisée, ma chère...

Claudia regarda son ancien amant avec stupeur.

— Dit-il vrai? — se demanda-t-elle.

Le duc étudiait la physionomie de mistress Dick Thorn.

En voyant s'y peindre une surprise qui n'était point jouée, il reprit :

— Mettez-vous bien dans l'esprit que vous êtes impuissante, mais ceci doit vous importer peu, puisque j'accorderai volontiers à vos prières ce que je refu-serais à toute tentative d'intimidation... — Vous désirez, — (et c'est naturel), — sortir de la gêne, car le luxe qui vous entoure, je le comprends, est un luxe menteur, une sorte de trompe-l'œil... — Vous semez aujourd'hui vos derniers louis pour attirer des papillons brillants autour de la jolie fleur qui se nomme Olivia Dick Thorn... — Vous désirez pour votre fille un mari largement doté... — C'est d'une bonne mère et je vous approuve, mais ce mari peut ne pas se présenter tout de suite... — Il faut être en mesure d'attendre sans cesser de jeter de la poudre aux yeux du public ébloui... — Je fournirai la poudre et nous resterons bons amis... — Encore une fois, combien vous faut-il?...

— Je vous l'ai déjà dit, la moitié de votre fortune... — répliqua l'ex-courtisane.

M. de la Tour-Vaudieu se leva.

— Puisque décidément vous êtes folle, — s'écria-t-il, — je ne prolongerai point un entretien désormais sans but. — Adieu, ma chère...

— Restez, monsieur le duc! — fit Claudia d'un ton impérieux. — Je ne suis pas folle, vous ne le comprendrez que trop, et le moment est venu de vous expliquer les quelques mots ajoutés à ma lettre d'invitation.

— Au sujet de mon fils? — demanda Georges.

— Au sujet de votre fils adoptif.

— Adoptif, soit, mais qui n'en est pas moins marquis de la Tour-Vauaieu, et qui sera duc après moi... — A quel propos lui faites-vous l'honneur de vous occuper de lui?

— Vous ne devinez pas?...

— Non, en vérité...

— Je vais donc vous l'apprendre... — Votre fils Henry doit épouser Mlle Isabeau de Lilliers.

— Tout Paris sait cela.

— Ce mariage vous convient?

— Absolument.

— Je le regrette!

— Pourquoi?

— Parce qu'il faut le rompre dès aujourd'hui.

Ce fut au tour de Georges de regarder mistress Dick Thorn avec stupeur.

— Il est positif, — se disait-il, — qu'elle a perdu la tête.

Claudia lut dans les yeux du sénateur ce qui se passait dans son esprit et répliqua :

— Je vous répète que j'ai toute ma raison... — C'est sérieusement que je vous engage à rompre le mariage dont il s'agit.

— Mais à quel propos, grand Dieu?

— J'ai d'autres projets...

— Vous!...

— Oui, moi... — Annoncez donc à votre fils, dans le plus bref délai, que sa fiancée ne se nomme plus Isabeau de Lilliers, mais Olivia Dick Thorn...

— Votre fille!!!

— Ma fille...

Le duc se mit à rire.

— Et vous avez pensé que j'obéirais? — demanda-t-il...

— Je l'ai pensé... — Je le pense encore... — Ce mariage, voilà le prix que je mets à mon silence...

— Eh! que m'importe votre silence?

— Il vous importe beaucoup, monsieur le duc...

— En vérité!

— Vous allez voir : — Claudia Varni, dans ses heures de loisir, a écrit une sorte d'autobiographie, ou de mémoires, si vous voulez... les souvenirs de sa vie... — Il est une période de son existence à laquelle vous êtes étroitement mêlé et vous savez de quelle façon... — Claudia raconte tout, jour par jour et

Il mit sa main glacée dans celle de Claudia en murmurant avec un sourire forcé...

pour ainsi dire heure par heure... — elle n'a rien omis... — Je vous assure que
c'est très curieux... — Si vous ne consentez point à ce que ma fille devienne
marquise de la Tour-Vaudieu, deux copies de ces mémoires seront envoyées,
l'une à M. le comte de Lilliers, l'autre à votre fils adoptif... — Ils apprécieront...

— Vous vous trompez, — répondit Georges, — ils ne liront pas vingt pages
d'un fatras qu'ils prendront pour l'œuvre indigeste d'un bas-bleu en veine

de chantage... — La calomnie ne m'atteindra pas ! — Croyez-moi, ma chère, renoncez à la lutte si vous n'avez que cette machine de guerre.

— J'en ai une autre.

— De même valeur ?

— Jugez-en : — Vous avez hérité de votre frère en le faisant assassiner dans un prétendu duel par Giuseppe Corticelli, le spadassin italien...

— Mensonge !

— A quoi bon nier ?... — J'ai la preuve.

— Il n'en existe pas...

— Croyez-vous ? — J'ai fait signer à Corticelli un reçu motivé en lui payant d'avance le joli coup d'épée qu'il devait fournir au duc Sigismond de la Tour-Vaudieu dans une clairière du bois de Vincennes, et ce reçu existe... — Il y a prescription pour ce crime, allez-vous me dire... — Prescription pour le crime, oui, mais pas pour l'héritage...

— L'héritage ? — répéta Georges devenu pâle et haletant.

— Cela commence donc à vous intéresser ? — C'est naturel puisqu'il s'agit d'argent et que l'argent est votre unique dieu ! — Eh bien ! vous étiez héritier, mais à la condition seulement que votre frère n'aurait point testé...

— On n'a pas trouvé de testament, vous le savez bien...

— On n'en a pas trouvé parce que je m'étais introduite, déguisée en homme, dans la maison du médecin de Brunoy, pour m'emparer de cet écrit...

— Et il est dans vos mains ? — demanda le duc d'une voix mal affermie.

— Il est dans mes mains... — répondit Claudia.

LX

La sueur perlait sur les tempes de M. de la Tour-Vaudieu.

Il tremblait de tous ses membres.

Mistress Dick Thorn poursuivit :

— Le testament de Sigismond instituait légataire universel son fils, né d'Esther Derieux, sa femme légitime...

— L'enfant est mort, — murmura Georges.

— Soit, mais la mère est vivante... — Je lui donnerai l'acte qui vous déshérite et, forte de cet acte, elle viendra vous demander ce que vous avez fait de son fils et d'une fortune dont la jouissance lui appartient...

— Esther Derieux est folle, — répliqua le sénateur, — et qui sait si elle n'est pas morte à cette heure...

— Esther Derieux est vivante, je vous le répète : — je sais où elle est... — Elle peut guérir, j'en ai la certitude absolue... Et, dans le cas où elle ne recouvrerait pas la raison, la justice lui nommerait un curateur dont le droit et le devoir seraient de vous poursuivre devant les tribunaux et de vous faire rendre gorge.

— Vous me jurez que le testament de mon frère existe? — balbutia Georges.

— Je vous le jure...

— Voulez-vous me le montrer?...

Claudia secoua la tête en souriant.

— Non... — dit-elle ensuite, — je me défie, et certes je vous défie de vous en étonner... Tant pis pour vous si vous ne me croyez pas sur parole... — Ce testament est en lieu sûr et hors de ma maison... — On chercherait vainement à s'en emparer par la force ou par la ruse... il reparaîtra pour votre ruine, si vous me poussez à bout, ou il vous sera remis le jour où votre fils Henry sera le mari de ma fille... — Voilà mon ultimatum...

Le duc était anéanti.

Il se sentait acculé dans une impasse d'où ses pressentiments lui disaient qu'il ne sortirait pas.

Mistress Dick Thorn prétendait savoir où se trouvait Esther Derieux, et peut-être le savait-elle en effet...

Elle affirmait que la folle pouvait guérir...

Georges sentait planer un effroyable danger sur sa tête au moment où il avait cru qu'il pourrait enfin respirer...

Berthe Leroyer allait disparaître sans le délivrer de ses terreurs, puisque Claudia pouvait le perdre et n'hésiterait point à le faire...

Quel parti prendre?

La résistance conduisait à l'abîme.

Pour avoir une chance de salut il fallait courber la tête, obéir comme autrefois à son ancienne maîtresse, accepter docilement toutes les conditions qu'elle jugerait à propos de lui imposer...

Georges comprenait cela et s'avouait vaincu.

Il essaya néanmoins de gagner du temps. — Il voulait, avant tout, voir Théfer et lui demander conseil.

Claudia lisait sur le visage du vieillard l'effarement de son âme et le désarroi de sa pensée.

— J'irai jusqu'au bout, monsieur le duc, — lui dit-elle pour frapper le dernier coup; — si vous n'acceptez pas ce que je vous propose, rien ne m'arrêtera... — Je vous perdrai, et j'aurai du moins la vengeance... — Que décidez-vous?

M. de la Tour-Vaudieu fit sur lui-même un violent effort et parvint à conquérir un calme relatif.

— Ce que vous me demandez ne dépend pas de moi seul, puisque mon fils se trouve en cause. — Vous comprenez cela?... — dit-il d'une voix sourde et comme brisée.

— Je comprends cela...

— J'ai besoin de voir Henry, de causer avec lui, de motiver tant bien que mal à ses yeux des projets nouveaux... — Je demande jusqu'à demain pour vous répondre...

— C'est-à-dire pour chercher des armes contre moi... — fit Claudia avec amertume.

— Je n'ai aucune arrière-pensée de ce genre, je vous en donne ma parole...

— Peu m'importe, d'ailleurs ; je suis invulnérable... — Je vous accorde jusqu'à demain... — A quelle heure votre réponse?...

— A midi.

— C'est bien... — Je vous attendrai à midi... — Soyez exact... — Autre chose à présent, monsieur le duc.

— Quoi? — demanda Georges.

— Soyez sans inquiétude... il s'agit d'une bagatelle... — J'ai besoin de cent mille francs...

— Aujourd'hui?

— Oui.

— Eh bien! envoyez quelqu'un, dans deux heures, rue du Pot-de-Fer-Saint-Marcel, numéro ***... — En échange d'un mot de vous on remettra à votre émissaire une lettre contenant un chèque de cent mille francs à vue sur mon banquier...

— On sera dans deux heures rue du Pot-de-Fer-Saint-Marcel... — Qui demandera-t-on?

— M. Frédéric Bérard... — C'est un homme chargé de mes affaires...

— Et dont vous avez pris le nom pour venir me voir...

Georges fit un signe affirmatif.

— Croyez-moi, monsieur le duc, — reprit Claudia, — restons ou plutôt redevenons amis... — Unissons-nous de nouveau par nos enfants... — Ils sont dignes l'un de l'autre, et je vous affirme qu'Olivia n'a rien de sa mère... C'est un ange... — L'union de votre fils et de ma fille sera pour nous le gage de l'oubli du passé... — Voulez-vous me donner la main en signe de réconciliation?...

Le sénateur aurait voulu pouvoir anéantir d'un souffle son ancienne maîtresse.

Il mit néanmoins sa main glacée dans celle de Claudia en murmurant avec un sourire forcé :

— Réconciliation... oubli... pourquoi non?... — A demain, ma chère...

— A demain, mon vieil ami.

Et l'ex-courtisane reconduisit le duc jusqu'au bas de l'escalier.

— Allons, — se dit-elle en remontant, — je le tiens!... Olivia sera un jour ce que je n'ai pu être, duchesse de la Tour-Vaudieu! Un beau titre, un grand nom... Je me contenterai, moi, de devenir millionnaire...

L'entretien avec Georges s'étant prolongé beaucoup, Olivia n'était plus dans la salle à manger.

Claudia, rentrée chez elle, sonna sa femme de chambre et lui donna l'ordre de préparer une toilette très simple et de couleur sombre.

Elle pensait :

— J'irai moi-même rue du Pot-de-Fer-Saint-Marcel... — Je veux savoir ce qu'est ce Frédéric Bérard, cet homme de confiance sous le nom duquel se cachait le duc... — En outre, il me sera particulièrement agréable d'aller sans retard encaisser le montant du chèque... — Cent mille francs sont bons à palper.

En sortant de l'hôtel de mistress Dick Thorn, Georges de la Tour-Vaudieu avait le visage et la démarche d'un homme ivre.

Ses jambes le soutenaient à peine. — Il chancelait à chaque pas.

Un coup si rude et si complètement inattendu l'avait anéanti. — Un désordre absolu régnait dans ses idées.

Le fiacre pris à l'heure l'attendait au coin de la rue de Berlin.

Il y monta et dit au cocher de le conduire rue du Pont-Louis-Philippe.

La voiture roula.

Jean-Jeudi n'avait pas quitté son poste d'observation, en face du logis de Claudia, guettant l'homme dont la prodigieuse ressemblance avec l'inconnu du pont de Neuilly l'avait si vivement frappé.

Lorsque le duc reparut au bout de plus d'une heure, il le suivit à distance, le vit remonter dans son fiacre et, au lieu de s'essouffler en luttant à la course contre le trot saccadé des haridelles poussives, il se cramponna paisiblement aux ressorts de derrière du véhicule, dans une position fort incommode mais point dangereuse.

La voiture fit halte rue du Pont-Louis-Philippe, devant la maison de Théfer.

M. de la Tour-Vaudieu descendit et entra.

Jean-Jeudi était déjà debout, tournant le dos au voyageur, allumant une cigarette et se disant :

— Il n'a pas payé son cocher, donc ce n'est point ici qu'il demeure! — Nom d'un petit bonhomme!... Je saurai où perche ce gaillard-là et comment il s'appelle!... — Il est impossible que je me trompe, sachant surtout qu'il fréquente l'Anglaise de la rue de Berlin... — C'est bien lui! J'en aurai la preuve...

Au bout d'un instant, le duc revint et reprit sa place dans la voiture.

Jean-Jeudi se réinstalla sur l'arrière-train.

Rue du Pot-de-Fer-Saint-Marcel le fiacre fit halte de nouveau et, cette fois, le voyageur paya son cocher avant de franchir le seuil de la vieille et sombre demeure que nous connaissons.

Jean-Jeudi s'approcha de l'automédon.

— Eh! mon vieux camarade, — lui dit-il, — peut-on **vous** demander un petit renseignement, sans indiscrétion?...

— Ça dépend... — fit le cocher d'un ton raide.

— Soyez paisible, je ne veux point vous emprunter cent sous... — Je vous offre au contraire un petit verre sur le zinc, chez le mastroquet du coin, si le cœur vous en dit...

— Je ne bois pas...

— Eh bien! alors, vous pouvez vous vanter d'être une fameuse exception dans le métier, vous, mon brave...

— Voyons, ne blaguez pas tant... — Qu'est-ce que vous voulez?

— Savoir si le client que vous venez de roulotter jusqu'ici est une de vos pratiques habituelles...

— Qu'est-ce que ça peut vous faire?

— J'ai besoin de connaître son nom...

— Allez le lui demander...

Et le cocher fouetta son cheval qui partit au grand trot, laissant Jean-Jeudi tout ébahi sur le trottoir.

— Pas commode! — murmura le voleur émérite en regardant filer la voiture. — Ni buveur, ni causeur, quel drôle de cocher de fiacre!... — Il faut pourtant que je découvre quelque chose...

Et il franchit à son tour le seuil de l'allée noire où le duc Georges de la Tour-Vaudieu avait disparu.

LXI

La concierge, assise près de la porte de sa loge, arrêta Jean-Jeudi au passage par ces mots :

— Où allez-vous, s'il vous plaît ?

Le voleur émérite salua poliment, appela sur ses lèvres minces son plus gracieux sourire, et répliqua :

— Je voulais vous prier, madame, de vouloir bien m'apprendre si la personne qui vient d'entrer tout à l'heure demeure dans cet immeuble?

— Quelle personne?

— Un monsieur qui n'est plus jeune, bien couvert, tout à fait grand genre, et qui est arrivé en fiacre...

La concierge examinait Jean-Jeudi avec attention et, lui trouvant une mine un peu plus que médiocre, questionna au lieu de répondre.

— Pourquoi donc que vous me demandez ça? — fit-elle.

Le vieux bandit hésita.

Fournir une bonne raison était difficile.

Il hasarda ce mensonge :

— C'est qu'il a donné une pièce de dix francs au cocher, au lieu de cinquante centimes, et le cocher, qui est un brave homme de mes amis, m'envoie la lui restituer...

— Vous l'avez ?...

— Certainement.

Jean-Jeudi exhiba des profondeurs de sa poche une pièce d'or.

— Faites un peu voir...

— Voilà... — Comment s'appelle le monsieur ?...

La concierge tenait la pièce.

— Pas besoin de savoir son nom pour lui rendre son argent... — répondit-elle. — Je me charge de la commission, et, si c'est pour une récompense, voici dix sous, je les retiendrai à la personne.

Jean-Jeudi n'osa ni réclamer, ni questionner de nouveau, dans la crainte de se rendre suspect.

Il prit les dix sous en faisant la grimace et se retira.

— Saperlipopette ! — se disait-il en s'éloignant, — je suis refait de neuf francs cinquante et j'ignore le nom du particulier. — Seulement je sais qu'il demeure là... c'est le principal... — Il est resté rue de Berlin pendant plus d'une heure... — René Moulin est un débrouillard... Je le mettrai ce soir au courant de la chose et il sera plus malin que moi...

.˙.

Dubief et Terremonde avaient quitté Théfer à la barrière Montparnasse pour aller se mettre en quête d'un costume de cocher.

Ils trouvèrent au Temple une longue redingote noisette à boutons de cuivre dédorés et un chapeau de toile cirée. — Dubief explora les magasins de la Rotonde et, se disant comédien de province, acheta une perruque rousse et une paire de longs favoris.

Le tout fut enveloppé soigneusement dans un mouchoir, puis les deux misérables se firent servir une bouteille de chablis chez un marchand de vin de la rue du Temple.

— Ayez la complaisance de garder ce paquet qui nous embarrasse, — dit Dubief en payant, — nous viendrons le chercher ce soir...

— Où allons-nous présentement ? — demanda Terremonde en sortant de la boutique.

— Au chemin de fer de Lyon ?

- Tu connais quelqu'un par là ?

— Non, mais je veux savoir à quelle heure après minuit part le premier train pour la Suisse.

— C'est donc décidément le Mont-Blanc que nous irons visiter?

— *Ya, mein Herr...*

Au bureau des renseignements ils apprirent que le premier train du P.-L.-M., bifurquant à Mâcon vers la Suisse, quittait Paris seulement à six heures trente minutes du matin.

— Trop tard! — murmura Terremonde, — il faudrait filer plus tôt...

— Il y a un moyen...

— Lequel?

— Prendre à minuit quarante le train qui nous conduirait à Fontainebleau, où nous attendrions, en flânant, le train du matin...

— L'idée est bonne et je l'approuve...

Quittons les deux bandits que nous retrouverons bientôt, et retournons à la rue de Berlin.

René Moulin, ayant achevé ses courses, était rentré quelques minutes après le départ du duc Georges de la Tour-Vaudieu.

Les domestiques, préoccupés de leur service particulier, n'avaient point songé à lui parler de la visite reçue pendant son absence par mistress Dick Thorn.

Claudia le fit appeler.

Il la trouva debout, vêtue très simplement, coiffée d'un chapeau sombre dont la voilette tombait sur sa figure, et enveloppée dans un grand châle.

— Je sors, — lui dit-elle. — Voilà la note de divers objets que je vous prie d'envoyer chercher pendant mon absence, qui sera courte...

— Bien, madame.. — Madame n'a pas donné l'ordre d'atteler?...

— Non, je prendrai une voiture de place...

— Madame sait que le temps est mauvais...

— Peu m'importe...

— Madame veut-elle me permettre d'aller chercher un coupé de régie?

— Inutile... j'ai mon parapluie.

René, surpris, descendit derrière mistress Dick Thorn pour lui ouvrir la porte de la rue.

Il la regardait s'éloigner d'un pas rapide sur le trottoir glissant quand le valet de pied François s'approcha et lui dit :

— Drôle d'idée, hein, monsieur Laurent, d'aller patauger dans la boue quand on a des chevaux à l'écurie et des voitures sous la remise...

— En effet, — répondit René, — drôle d'idée par un temps pareil et lorsqu'on donne le soir une fête...

— Ah! vous savez, monsieur Laurent, les dames, ça a des lubies... et puis il arrive quelquefois des choses qui poussent à sortir quand on n'y pensait guère...

Claudia saisit l'enveloppe carrée et regagna rapidement sa voiture...

François avait prononcé cette phrase d'un ton mystérieux qui n'échappa point à René et éveilla son attention.

— Quelles choses? — demanda-t-il vivement.

— La visite par exemple que madame a reçue pendant que vous étiez en course...

— Qui donc est venu de si bonne heure? — Le docteur Loriot? — M. Henry de la Tour-Vaudieu?

— Ni l'un, ni l'autre, mais un monsieur âgé, très comme il faut ma foi. — Nous ne l'avions jamais vu ici...

— Madame avait défendu sa porte, je vous ai même transmis la consigne ce matin...

— C'est ce que j'ai dit au visiteur... Mais lui, têtu comme un mulet, a répliqué qu'il ne s'en irait pas, qu'il voulait voir mistress Dick Thorn, qu'elle ne refuserait point de le recevoir, quand elle saurait qu'il venait de Brunoy...

René tressaillit.

— De Brunoy ! ! ! — répéta-t-il.

— Positivement... — Il avait l'air si sûr de son affaire que j'ai porté sa carte.

— Et madame l'a reçu ?

— Elle ne voulait pas d'abord, même après avoir lu le nom sur la carte, mais quand j'ai eu répété la phrase : *Ce monsieur m'a prié de dire à madame qu'il arrive de Brunoy..* elle a changé de visage, elle a consenti tout de suite et m'a donné l'ordre d'amener le visiteur dans le petit salon où elle est allée le rejoindre.

— Sont-ils restés longtemps ensemble ?

— Plus d'une heure, et madame l'a reconduit jusqu'au bas de l'escalier...

— Comment s'appelait ce monsieur ?...

— Frédéric Bérard... — Savez-vous qui c'est, monsieur Laurent ?

— En aucune façon, et d'ailleurs ce ne sont pas nos affaires...

— Oh ! bien sûr...

René, quittant le valet de pied, remonta lentement les marches...

— Quel peut être ce *Frédéric Bérard ?* — se demandait-t-il, — cet homme que mistress Dick Thorn ne connaissait point et qui la force à le recevoir au moyen d'une phrase dans laquelle se trouve le nom de *Brunoy ?* — Que signifie cela ? — La folle de la place Royale prononçait, elle aussi, ce nom, qui pour nous se rattache à des souvenirs sinistres, et cela m'avait frappé beaucoup... — Un simple hasard est-il cause de ce rapprochement étrange ?... — Je n'en crois rien. — Il y a là quelque chose de mystérieux que j'éclaircirai... — Patience !... Il faut attendre !... — Avec de la patience et du temps, on arrive !...

Mistress Dick Thorn avait pris une voiture rue d'Amsterdam, et donné l'ordre au cocher de la conduire à la rue du Pot-de-Fer-Saint-Marcel.

Deux heures s'étant écoulées depuis la visite de Georges à son ancienne maîtresse, le prétendu Frédéric Bérard se trouvait chez lui et il attendait.

Le bruit d'une voiture s'arrêtant devant la maison lui donna l'éveil.

Il souleva l'un des rideaux de vitrage de sa fenêtre, regarda dans la rue et vit Claudia descendre du coupé de régie.

— C'est elle-même qui vient... — se dit-il. — J'en étais sûr d'avance... — Elle se défie... — Cette retraite n'est plus possible... — J'ai bien fait de prendre mes précautions...

Et il laissa retomber le rideau.

Mistress Dick Thorn avait franchi le seuil de l'allée sombre et humide.

Elle pensait :

— Singulière demeure ! !... — Comment peut-on vivre là-dedans ?

La concierge l'arrêta par cette question :

— Que demande madame ?

— M. Frédéric Bérard.

— Il vient de sortir.

— En êtes-vous sûre ? — fit Claudia avec incrédulité.

— Oui, madame... — Voilà tout au plus un quart d'heure qu'il est parti...

— C'est bien étonnant.

— Pourquoi donc ça, madame ? — M. Bérard a beaucoup d'affaires... — il est presque toujours dehors.

— Aussi, suis-je étonnée, non de son absence, mais qu'il soit sorti juste à l'heure où il devait m'attendre...

— Ah ! il devait vous attendre... — Eh bien ! alors, c'est peut-être pour vous qu'il a laissé une lettre...

— Une lettre... — répéta Claudia. — Ce doit être pour moi...

— Voulez-vous me dire votre nom, je verrai bien...

— Mistress Dick Thorn...

— C'est parfaitement ça... — Voici la lettre...

— Merci, madame...

Claudia saisit l'enveloppe carrée et regagna rapidement sa voiture.

LXII

D'une main fiévreuse, Claudia déchira l'enveloppe.

Un éclair de joie brilla dans ses yeux ; — ses lèvres eurent un sourire de triomphe.

Un chèque de cent mille francs, à vue, sur une des premières maisons de banque de Paris et signé : *Georges de la Tour-Vaudieu,* venait de tomber sur ses genoux.

— Allons, — murmura-t-elle, — je tiens le duc ! — Il a peur, et le voilà de nouveau mon esclave !... — Cent mille francs aujourd'hui, demain le triple si c'est ma fantaisie, et bientôt ma fille sera marquise... — J'avais raison de compter sur mon étoile !

L'ex-courtisane regarda sa montre.

— Trois heures, — reprit-elle. — Les maisons de banque ne ferment pas avant quatre heures... j'ai le temps.

Elle abaissa l'une des glaces de la voiture et dit au cocher .

— Rue Laffitte...

Cinquante minutes plus tard, rentrant chez elle riche de cent mille francs en billets de banque, elle gagnait le petit salon précédant sa chambre à coucher et renfermant le meuble d'ébène dans lequel elle serrait ses valeurs et ses papiers importants.

La somme touchée formait quatre liasses de vingt-cinq billets chacune qu'elle plaça sur le meuble.

Elle prit dans un des tiroirs un assez grand portefeuille, déjà connu de nos lecteurs, et l'ouvrit.

Elle allait y placer les liasses mais une réflexion l'arrêta et, pressant un bouton d'acier microscopique, elle mit à découvert une poche secrète, absolument invisible sous le maroquin et dont on ne pouvait soupçonner l'existence.

— Le testament de Sigismond et le reçu de Giuseppe Corticelli représentent pour moi une fortune... — se dit-elle. — Ils seront là en lieu sûr...

L'enveloppe, scellée d'un large cachet de cire rouge mais ouverte par le haut, dont nous avons parlé au début de ce récit, et un autre papier portant la trace de plis nombreux, disparurent dans la poche secrète, puis Claudia joignit les liasses à quelques rares billets de banque, — presque les derniers, — et le portefeuille reprit sa place au fond du tiroir soigneusement fermé

Le temps avait passé.

Une femme de chambre vint prévenir mistress Dick Thorn que le coiffeur l'attendait ; elle alla se mettre en ses mains.

A sept heures moins quelques minutes, Claudia et sa fille franchissaient ensemble le seuil du grand salon encore désert.

Un dîner précédait la fête, et les invités, — au nombre desquels se trouvaient Henry de la Tour-Vaudieu et Étienne Loriot, — ne pouvaient désormais se faire attendre.

Henry arriva l'un des premiers.

En voyant entrer le jeune homme dans le vestibule, René Moulin devint un peu pâle et frissonna d'inquiétude.

Si le fils adoptif du sénateur le reconnaissait, l'échafaudage si laborieusement construit risquait de s'écrouler car Henry, surpris à bon droit de la présence du mécanicien dans cette maison, sous le costume de maître d'hôtel, ne manquerait pas de le questionner et prononcerait sans doute son nom.

Or, ce nom arrivant aux oreilles de mistress Dick Thorn le ferait immédiatement évincer, et peut-être même quelques gardiens de la paix, requis à cet effet, lui mettraient-ils la main au collet.

Heureusement Henry passa près de lui sans le reconnaître.

René Moulin se considéra dès lors comme sauvé car il ne redoutait en aucune façon la présence d'Étienne Loriot.

— Ne vous étonnez de rien, si surprenantes que puissent vous sembler les choses qui se passeront sous vos yeux... — avait-il dit au jeune médecin.

Étienne s'était engagé à rester muet et impassible.

René comptait sur cette promesse.

Quand un valet de pied introduisit le docteur, le pseudo-Laurent se trouva sur son passage pour lui glisser à l'oreille ces mots :

— Souvenez-vous...

Le neveu de Pierre Loriot inclina la tête en signe d'adhésion, mais sa curiosité grandit encore. — Il se demanda de nouveau quel était le secret qu'on lui cachait, et quel rôle étrange allaient jouer sous ses yeux Berthe et René Moulin.

A l'entrée du salon mistress Dick Thorn, presque aussi belle que vingt années auparavant, et Olivia, resplendissante de jeunesse, de fraîcheur et de grâce, recevaient les convives avec une exquise courtoisie.

Quittons l'hôtel de la rue de Berlin et rejoignons Dubief et Terremonde attablés dans un restaurant de la barrière Montparnasse.

Ils avaient dîné copieusement et bu de même, sans cependant se griser, comprenant bien qu'ils allaient avoir besoin de tout leur sang-froid.

Terremonde jeta les yeux sur l'horloge placée derrière le comptoir où trônait la maîtresse de l'établissement.

— Neuf heures... — dit-il en se penchant vers son honorable collaborateur, — il se fait temps de combiner notre petite affaire.

— Elle est bien simple, notre petite affaire... — répliqua Dubief. — Nous devons être à dix heures précises à la porte du numéro 19 de la rue Notre-Dame-des-Champs...

— Comme tu dis...

— Nous n'en sommes pas loin... nous y serons vite... — Voilà l'essentiel...

— L'essentiel, c'est d'avoir la *roulante*, et nous ne l'avons pas.

— Nous l'aurons, sois paisible... — J'ai mon truc... — Il faut nous inquiéter d'un endroit par ici où les cochers de fiacre prennent leur pâture...

— Inutile de s'informer... — Je connais, chaussée du Maine, rue de la Gaîté et rue de l'Ouest, des caboulots où ces particuliers viennent se restaurer... — On leur y cuisine du gras-double et des tripes à la mode de Caen à s'en lécher les doigts jusqu'aux coudes...

— Loin d'une station ?...

— Assez... — Ils amènent là leur boîte à ressorts...

— Suffit... — Quand ils ont muselé *Cocotte* avec une musette d'avoine, les voilà tranquilles et ne pensant qu'à la *boustifaille*... — Comprends-tu ?

— Va toujours... Je comprendrai tout à l'heure...

— En sortant d'ici je passe ma houppelande café au lait par-dessus mes autres frusques... Je mets mon *gazon*, mes favoris, mon tuyau de poêle en toile

cirée et me voilà cocher des pieds à la tête... Nous nous dirigeons vers l'endroit
où ces messieurs mes collègues jouent de la mâchoire... — Nous avisons un
fiacre léger, avec une bête qui ait du jarret... — On lui enlève sa musette et on
la bride en un tour de main... — Tu entres au cabaret et tu te fais servir quelque chose pour surveiller la porte... — Je monte sur le siège et je démarre à
la muette... — Il pleut, le pavé est gras, la boue assourdit le bruit des fers...
— Je fais un détour pour dépister les curieux, s'il y en avait, je gagne la rue
Notre-Dame-des-Champs où tu viendras me rejoindre, et en route pour le
pays des billets de mille... — Que dis-tu du truc?...

— Épatant!!

— Il est de moi... il a de l'avenir... — Je vois de l'argent à gagner, ma
vieille, dans l'industrie des *faux cochers*... — On *lève* un fiacre... on va à une
gare... on charge un voyageur avec bagage, un étranger de préférence, et au
lieu de le conduire où il a envie d'aller, on le mène où on veut qu'il aille... —
Qu'est-ce que tu dis de ça?

— Superbe!

— Plus tard nous exploiterons peut-être mon idée en grand... — Ce soir
nous avons d'autres chiens à fouetter... — Faut penser à tout... — Inutile qu'on
puisse reconnaître le numéro de la roulante...

— C'est juste... — Comment faire?...

— Facile... — Tu vas aller acheter une feuille de papier noir et pour deux
sous de colle de pâte... — Nous taillerons des bandes et nous les collerons sur
les numéros, ce n'est pas plus malin que ça...

— Compris... — J'y vais...

— En passant au comptoir fais-moi envoyer la *douloureuse*...

Pour ceux de nos lecteurs qui ne sont point au fait du pittoresque argot parisien de bas étage, la *douloureuse* est tout simplement la carte à payer, autrement
dit l'*addition!*

Terremonde revint au bout de quelques minutes, apportant de la colle de
pâte dans un cornet et une feuille de papier noir que Dubief coupa en deux,
séance tenante.

— Neuf heures et le quart... — dit-il ensuite. — il est temps de filer...

Les deux hommes se dirigèrent vers la chaussée du Maine.

A leur grand désappointement, aucun fiacre ne stationnait devant les boutiques des marchands de vins traiteurs.

— Diable! — murmura Terremonde, — Est-ce que par ce fichu temps nous
ferions chou blanc!... C'est ça qui ne serait pas drôle!...

— Sois paisible!... — répliqua Dubief. — Il est impossible que nous ne
trouvions pas notre affaire du côté de la rue de l'Ouest.

Nous allons précéder les misérables chez un *mastroquet*, — (pour parler leur
langage), — de la rue en question.

Trois fiacres étaient rangés en face de la maison, le long du trottoir.

Les chevaux, abrités tant bien que mal contre la pluie fine par les couvertures humides, mangeaient de grand appétit leur avoine.

Dans une petite salle que séparait de la boutique un vitrage poudreux, trois cochers, assis à la même table, dînaient sans se presser.

Ils parlaient de leur métier qu'ils aimaient; du temps qui décidément tournait au *vilain;* des courses trop longues et des voyageurs pas assez généreux; ils philosophaient enfin, pour se délasser des séances interminables sur leurs sièges, quand tout à coup les langues s'arrêtèrent brusquement.

Les trois compagnons venaient d'entendre résonner dans la première salle une voix qui leur faisait dresser l'oreille.

Cette voix sonore et joyeuse, emplissant toute la maison, leur était bien connue.

— La carte du jour, hé! père Pitois? — demanda-t-elle.

— Lapin sauté, monsieur Loriot, — répondit le marchand de vins, — gigot braisé, — haricot de mouton, — côtelettes aux pommes... — il y a du choix.

— Donnez-moi donc un joli lapin sauté et une fine bouteille de mâcon...

— Pas de potage? — nous avons de la soupe aux choux...

— Une forte assiette alors... avec beaucoup de choux...

— Où faut-il vous servir, monsieur Loriot? — il y a des camarades par là...

— Qui ça?

L'aubergiste cita trois noms.

— Fameux! — s'écria Pierre Loriot. — Des vieux de la vieille!... des bons enfants! Je trinquerai de grand cœur avec eux!...

LXIII

Le cocher du fiacre n° 13 se dirigea vers la petite salle et fut accueilli par une joyeuse exclamation de ses confrères, qui lui firent place à leur table avec empressement.

— Par quel hasard, à cette heure-ci? — lui demanda l'un d'eux.

— J'arrive de relayer... — répondit-il. — Mon bidet a ce qu'il lui faut, et c'est à mon tour de prendre un picotin...

— Alors tu passeras la nuit dehors?

— Ma foi, oui... — Il y a de la monnaie à gagner par un temps pareil... — Et toi, Sans-Souci?

— Moi j'en vas faire autant... — répliqua le cocher baptisé par ses collègues du sobriquet de *Sans-Souci.*

— T'as relayé ?

— A Belleville, à sept heures... — J'ai fait une course qui m'a conduit rue de Berlin, et là j'ai chargé à vide...

— Comment ça, chargé à vide ?

— J'ai rencontré un particulier qui m'a payé six heures d'avance et un joli pourboire, pour venir prendre à dix heures et demie précises une petite dame, rue Notre-Dame-des-Champs, n° 19.

Pierre Loriot releva la tête et sa mâchoire cessa de fonctionner.

— Rue Notre-Dame-des-Champs, n° 19... — répéta-t-il en interrogeant sa mémoire. — Mais je connais cette maison-là, moi... — Ça me rappelle une histoire... — Oui, un bibelot qu'on avait oublié, ou plutôt perdu dans ma voiture, et que j'ai trouvé... — une petite dame qui était allé se faire conter fleurette à la place Royale.

— Si c'était la même... — fit Sans-Souci.

— Oh! ça se pourrait... — Très mignonne, mais cascadeuse en diable... — Et dire que mon neveu, qui pourtant n'est point une bête, s'était offert un fort béguin pour cette donzelle !...

— Ton neveu le médecin ?

— Mon Dieu, oui... — Ah! il en tenait solidement, le pauvre garçon, et il se serait laissé jobarder comme le premier imbécile venu... — Heureusement que j'ai découvert le pot aux roses et que je lui ai dit : — *Halte-là! pas de bêtises!* — Sans quoi il allait à la mairie avec son objet ! — A présent, il est guéri ! — Croyez-vous qu'il doive une fameuse chandelle à mon fiacre n° 13 ! — Un numéro qui porte bonheur ! Dis donc, Sans-Souci, sais-tu le nom de la petite dame que tu dois charger ?

— Elle s'appelle Berthe Monestier et demeure au troisième étage.

— C'est parfaitement ça... — C'est la même... — Et où dois-tu la conduire ?

— A un hôtel de la rue de Berlin, tout à fait dans le grand genre... — Je vais la chercher de la part d'un M. René Moulin...

— Quelque rendez-vous de la haute !... un amoureux cossu... — Elle est assez jolie pour ça, cette margot-là !... — Mais ça ne te regarde pas... — t'es payé, faut faire ta course...

— Bien entendu... — Je flûte un *gloria* et je file... — Mieux vaut être en avance qu'en retard...

Il était en ce moment dix heures moins vingt minutes.

Dubief et Terremonde rôdaient toujours dans le quartier à l'affût d'une voiture à *cueillir* à la porte d'un marchand de vins.

Ils remontèrent la rue de l'Ouest.

La pluie continuait à tomber.

Les deux bandits, voyant leurs recherches infructueuses, commençaient à se sentir fort inquiets.

Le cocher du fiacre n° 13 se dirigea vers la salle et fut accueilli par une joyeuse exclamation.

Soudain Terremonde s'arrêta.

— Regarde... — dit-il en étendant la main vers des points lumineux à demi-noyés dans les ténèbres humides.

— Quoi? — demanda Dubief en s'arrêtant à son tour.

— Des lanternes de couleur... — Voilà notre affaire...

— C'est peut-être une station. — Faudrait pas s'aviser d'y travailler, vu la surveillance...

— Non... c'est un marchand'd'vins.. — Avançons...

Ils se remirent vivement à marcher et arrivèrent auprès des fiacres.

Celui de Pierre Loriot se trouvait le dernier des quatre.

La rue de l'Ouest, rarement animée, était, à cette heure et par ce temps, silencieuse et déserte.

— Fais ton choix... — dit Terremonde. — Quand tu seras en train de grimper sur le siège, j'irai prendre un petit verre pour occuper le mastroquet.

— Inutile... — J'ai réfléchi... — Tu monteras *illico* dans le sapin... — L'heure avance, faut nous presser.

Tout en disant ce qui précède, Dubief examinait les chevaux d'un air connaisseur.

— Saperlotte! — murmura-t-il, — c'est des vieux *carcans!*... ça nous laissera en route!... Pas de chance!...

Il atteignit le quatrième fiacre, — celui de Pierre Loriot, — et reprit :

— A la bonne heure... voilà un bidet qui a du sang et qui nous mènera bon train... — Vite, ton papier sur les numéros...

— C'est le n° 13! — fit Terremonde avec inquiétude. — Si ça allait nous porter la guigne...

Dubief haussa les épaules avec scepticisme et répliqua :

— Ça n'a pas de bon sens, ces niaiseries-là! — Je me fiche pas mal du numéro! — Dépêche-toi...

A l'époque où se passaient les faits que nous racontons les numéros des voitures de place ne se trouvaient point appliqués sur les lanternes en chiffres de métal, ils étaient peints en blanc sur les caisses brunes, et en noir sur les caisses jaunes.

Le fiacre de Pierre Loriot était brun.

Terremonde exhiba son papier noir et sa colle et recouvrit les numéros.

Ce fut l'affaire de moins d'une minute.

Pendant ce temps Dubief retirait au cheval sa *musette* à avoine et rattachait le mors.

— Monte, — dit-il à Terremonde quand il eut achevé, — et surtout pas de bruit en fermant la portière...

Il s'élança sur le siège et prit les guides.

Terremonde était déjà dans le fiacre.

Le cheval, tenu en main par Dubief, se mit en marche doucement et c'est à peine si les sabots résonnèrent sur le pavé boueux.

A vingt pas du cabaret, Dubief jeta un coup d'œil en arrière, et voyant que personne ne sortait de la boutique, rendit la main et cingla d'un vigoureux coup de fouet les flancs de *Milord*.

Milord n'avait point l'habitude d'être ainsi malmené sans motifs. — Il obéissait à la voix de Loriot qui tenait à son fouet comme à un insigne honorable, mais s'en servait le plus rarement possible.

Le cheval surpris fit un bond et partit à fond de train.

— Cré coquin! — pensa Dubief. — Nous sommes emballés! Le rossard a du vice!

Il parvint cependant au bout de quelques secondes à réprimer l'excès de fougue de Milord, qui prit le grand trot.

Le cocher improvisé fit un assez long détour et gagna la rue de Rennes.

Les aiguilles du chemin de fer marquaient sur le cadran lumineux dix heures moins trois minutes.

A dix heures précises, le fiacre volé à Pierre Loriot s'arrêtait, rue Notre-Dame-des-Champs, en face de la maison portant le n° 19.

Dubief sauta vivement en bas de son siège et dit à Terremonde qui sortait de la voiture :

— Mets-toi à la tête du cheval pour qu'il ne bouge pas, et sitôt que tu m'entendras descendre les escaliers, réintègre-toi dans la guimbarde... — Surtout n'oublie pas les recommandations du *patron*... — Des égards avec la petite... beaucoup d'égards...

— Sois paisible... — On est galant homme...

Dubief se dirigea vers la porte et la trouva fermée.

Il sonna. — La concierge tira le cordon et demanda au prétendu cocher qui se dirigeait vers l'escalier :

— Où donc que vous allez comme ça?

— Au troisième, la porte en face... — répondit Dubief, — chez mam'zelle Berthe Monestier...

— De quelle part?

— De la part de M. René Moulin... pour la conduire à..

— Suffit... Montez...

Le misérable ne se le fit pas répéter deux fois.

Il gravit l'escalier comme un homme qui monte à l'assaut, et parvenu au troisième étage il sonna à la porte située en face de lui!...

Cette porte s'ouvrit aussitôt; — Berthe parut, le chapeau sur la tête et le visage caché sous un voile épais.

La jeune fille, sachant que René l'enverrait prendre vers dix heures, s'était habillée d'avance.

Elle attendait, prêtant l'oreille aux bruits de la rue. — Elle avait entendu la voiture s'arrêter, un pas rapide ébranler l'escalier, et, quoiqu'il ne fût pas encore dix heures et demie, elle était prête à partir.

Un funeste hasard se faisait complice du crime préparé et payé par le policier Théfer pour le compte de Georges de la Tour-Vaudieu!

Dubief n'eut pas besoin de donner une seule explication.

L'orpheline parla pour lui.

— Vous venez de la part de M. René Moulin, n'est-ce pas? — lui dit-elle en le prenant, grâce à son déguisement, pour un vrai cocher.

— Oui, mam'zelle... — répliqua-t-il un peu surpris de se voir attendu. — Je viens vous chercher, et j'ai à vous remettre ceci, pour preuve que j'ai commission de vous conduire...

En même temps il tendait à Berthe le billet écrit par Théfer.

— Je sais... je sais... — fit la jeune fille sans s'occuper de ce billet. — Descendez, j'éteins ma lumière, je ferme ma porte et je vous rejoins...

— Bien, mam'zelle...

Dubief descendit en se disant :

— Ah çà! mais, nom d'un petit bonhomme, ça marche sur des roulettes que c'est à n'y pas croire! — Elle m'attendait! — Elle a prononcé elle-même le nom de l'homme qui est supposé l'envoyer prendre ici! — Le patron aura arrangé tout ça d'avance... — C'est un rude malin, le patron!

Et il remit dans sa poche le billet de Théfer.

LXIV

Dubief sortit de la maison et arriva sur le trottoir.

— Eh bien? — lui demanda Terremonde.

— Vite, reprends ta place... — Elle me suit...

Terremonde sauta dans le fiacre dont la portière restait ouverte.

Presque en même temps Berthe parut.

Le faux cocher se tenait debout près de la voiture.

— Montez, mam'zelle, — dit-il, — et ne vous effarouchez pas si vous trouvez quelqu'un sur la banquette... — C'est un ami de M. René Moulin...

— Un ami intime... — appuya le second bandit en montrant sa tête par l'ouverture. — Il vous attend avec impatience, ce cher René...

Berthe ne se défiait de rien.

Le mécanicien, sans doute, avait confié à un homme sûr la tâche de la protéger en route.

Elle monta.

— Vous savez que nous allons un peu loin mam'zelle... — reprit Dubief en fermant la portière... — Ne vous impatientez pas...

En ce moment, une voiture débouchant de la rue de Rennes arrivait grand train.

— Inutile qu'on nous voie par ici... — pensa le faux cocher. — Démarrons!...

Il escalada son siège, prit les guides et fouetta vigoureusement le cheval qui partit au galop.

Parvenu à une distance de vingt mètres, Dubief se retourna.

La voiture qu'il évitait s'était arrêtée à la porte du n° 19.

— Mazette! il n'était que temps! — se dit le gredin, et il fouetta de nouveau Milord qui n'avait cependant pas besoin d'être excité et détalait comme un lièvre.

Le fiacre faisant halte devant la demeure de Berthe appartenait au cocher Sans-Souci.

Lorsque ce dernier, payé d'avance par René Moulin, était sorti du cabaret de la rue de l'Ouest pour brider son cheval et se rendre à l'endroit indiqué, il n'avait vu que trois voitures le long du trottoir au lieu de quatre.

— Eh! Loriot, — demanda-t-il en rentrant chez le marchand de vins. — Est-ce que tu es venu sans ta guimbarde?

— Tu veux rire! — s'écria l'oncle d'Étienne avec un commencement d'inquiétude.

— Jamais de la vie!

— Mon numéro 13 n'est pas devant la porte?

— Non, parole d'honneur!!! — Le carabas et le poulet d'Inde se sont envolés...

Les cochers sortirent en toute hâte et constatèrent que Sans-Souci disait l'exacte vérité.

Pierre Loriot sacrait, jurait, tempêtait.

Depuis vingt-cinq ans qu'il maniait le fouet, rien de pareil ne lui était arrivé...

On inspecta les rues voisines; on questionna les rares passants.

Dans les rues, aucune voiture; — personne ne pouvait donner le moindre renseignement.

— Va faire ta déclaration au commissaire de police, à la fourrière et à la Préfecture... — lui dit Sans-Souci. — Moi je file... — L'exactitude avant tout.

Et il prit le chemin de la rue Notre-Dame-des-Champs, où nous l'avons vu arriver au moment où Dubief décampait avec le fiacre n° 13.

Sans-Souci, — désireux d'accomplir sa mission en conscience, — mit pied à terre, sonna, et dès que la porte fut ouverte se dirigea vers la loge.

— Mais c'est donc ici le rendez-vous des cochers, ce soir!! — s'écria la concierge en le voyant; — qu'est-ce que vous voulez?

L'automédon répondit :

— Je viens chercher une petite dame qui reste dans la maison, — elle m'attends et je dois la conduire à l'autre bout de Paris.

— Une petite dame? Comment que vous l'appelez?

— Mam'zelle Berthe Monestier...

— C'est une demoiselle honnête, et pas une petite dame... — et qui c'est-il qui vous envoie?

— M'sieu René Moulin...

— Et bien! mon garçon, vous arrivez trop tard...

— Comment, trop tard?... En voilà une sévère!! — Je suis en avance de plus de cinq minutes...

— Possible... mais le positif, c'est que votre commission est faite...

— Ma commission est faite!! — répéta le cocher abasourdi. — Voyons, madame, expliquez-vous, s'il vous plaît... — Je suis payé, je veux gagner mon argent honnêtement... — Puisque cette demoiselle m'attendait, elle ne peut être partie...

— Dame!! paraîtrait que vous n'étiez pas le seul commandé pour la chose de trimballer Mlle Berthe ce soir... — Un de vos collègues, un gros homme en redingote café au lait bien plus longue que la vôtre, est arrivé voici tout au plus dix minutes... — Il venait chercher ma locataire de la part de M. René Moulin... — Il est monté, elle est descendue, et ils ont filé... — Vous avez dû croiser la voiture...

— Mais ça n'est pas possible!! — murmura Sans-Souci.

La concierge admettait difficilement qu'on parût douter de sa parole.

Elle mit ses poings massifs sur ses robustes hanches et s'écria :

— Dites donc, vous figurez-vous par hasard que je suis somnambule et que je rêve tout éveillée!!! — Je m'époumonne à vous donner des explications et vous n'êtes pas content... — Flûte alors!... — Mam'zelle Berthe est partie, mes locataires sont rentrés, je vais me coucher... — Bonsoir, l'homme, et tournez-moi les talons!

Il était clair comme le jour que la concierge ne plaisantait pas.

Sans-Souci se retira la tête basse.

— Mais sapristi de sapristi! — se disait-il sur le trottoir en se grattant l'oreille. — je n'étais pourtant pas en retard!! — Qu'est-ce que ça signifie?... — Faut que j'aille à l'hôtel de la rue de Berlin dire ce qui s'est passé, puisque je n'amène personne et que ma course est payée d'avance... — Au moins on n'aura pas le droit de supposer que je suis un filou!...

L'honnête cocher remonta tout penaud sur son siège et prit la direction de la rue de Berlin.

* *
*

Nos lecteurs se souviennent peut-être que Théfer avait dit à Georges de la Tour-Vaudieu :

— J'irai vous chercher ce soir...

En sortant de chez mistress Dick Thorn, le sénateur s'était rendu rue du

Pont-Louis-Philippe sans rencontrer le policier, absent pour affaire de service; aussi l'attendait-il avec une impatience facile à comprendre.

A neuf heures et demie une voiture s'arrêta devant la maison où demeurait le prétendu Frédéric Bérard.

Théfer descendit de cette voiture et monta chez Georges qu'il trouva prêt à partir.

— Eh bien! monsieur le duc, — lui demanda-t-il, — vous avez rendu visite à mistress Dick Thorn?...

— A Claudia Varni, oui... — répondit le sénateur d'une voix sombre.

— Il a suffi de votre présence pour mettre en déroute l'ennemi?...

— Je l'ai cru d'abord, mais malheureusement je me trompais...

— Mistress Dick Thorn a des armes sérieuses?...

— Oui, et c'est au sujet de ces armes que je veux vous consulter... — Peut-être vous sera-t-il possible de me donner un bon conseil...

— Nous causerons de cela en route...

— Pourquoi pas tout de suite?...

— Parce qu'il est l'heure de partir si vous voulez toujours vous assurer par vos propres yeux que nous tenons Berthe Leroyer.

— Je le veux plus que jamais.

— Alors, ne nous attardons pas... — Le moment approche où mes hommes agiront...

— Vous êtes certain de la réussite?

— Autant qu'on le puisse être, monsieur le duc. — Mes mesures sont trop bien prises pour qu'un échec me semble possible... — A propos, munissez-vous de billets de banque...

— C'est fait.

— Eh bien! partons...

Les deux hommes quittèrent le logement du second étage et montèrent dans la voiture qui stationnait devant la maison.

— Où allons-nous, bourgeois? — demanda le cocher.

— Rue de Montreuil, à la porte des fortifications.

La voiture roula.

— Maintenant, monsieur le duc, — dit Théfer, — causons, si vous le trouvez bon... — Claudia Varni veut de l'argent?

— Oui.

— Beaucoup?

— Énormément.

— Combien?

— La moitié de ma fortune.

— Plus de trois millions!! — s'écria le policier. — Peste! la gaillarde n'y va pas de main morte!

— Et, — reprit M. de la Tour-Vandieu, — ce n'est pas tout...

— Qu'exige-t-elle de plus?... — Que vous l'épousiez peut-être?...

— Non, mais que mon fils épouse sa fille.

Théfer fit un haut-le-corps accompagné d'une grimace significative.

— Oh! oh! — murmura-t-il, — quel appétit! Cette femme est forte! — Pour se croire le droit de formuler de telles exigences, il faut qu'elle ait en effet des armes redoutables...

— Terribles, — s'écria le sénateur. — Elle possède une partie de nos secrets.

— Lesquels? — demanda vivement le policier.

— Elle sait qu'Esther Derieux est vivante et folle... elle parait sûre qu'on peut lui rendre la raison...

— Cette femme doit avoir à ses ordres une contre-police, — dit l'inspecteur, — et nous faire espionner... — Mais quand bien même on guérirait Esther Derieux, que vous importe, et à quoi cette guérison mènerait-elle Claudia Varni?

— Elle remettrait à la veuve de mon frère un testament écrit par Sigismond la veille de sa mort et qui me dépouille de tout.

Théfer tressaillit de nouveau.

— Ce testament existe?? — fit-il.

— Oui.   ,

— Et mistress Dick Thorn le possède?

— Je n'en puis douter.

— Il faut le lui reprendre.

— Nous l'essayerions en vain...

— Pourquoi?

— Mistress Dick Thorn m'a prévenu railleusement que cet acte n'était pas chez elle et que, se méfiant de moi, elle l'avait mis en lieu sûr, hors de toute atteinte...

LXV

— Cette femme est bien forte! — répéta le policier.

— Et résolue à tout! — reprit M. de la Tour-Vaudieu.

— Bref, vous allez accepter ses conditions?...

— J'ai demandé jusqu'à demain pour lui faire connaître ma réponse... — Je voulais vous consulter, et j'attends un conseil...

— Monsieur le duc, vous êtes acculé... — Vous avez à choisir entre le scandale accompagnant la ruine, et la paix de l'avenir achetée au prix d'un grand sacrifice... — Deux femmes peuvent vous perdre... — L'une, Berthe Leroyer,

Inutile qu'on nous voie par ici, pensa le faux cocher... — Démarrons !...

ne sera plus à craindre ce soir... — Vous vous trouverez donc seulement en face de Claudia Varni... — A tout prix ayez le repos ! — Il est dans la vie des transactions nécessaires, et le remède ici n'est point pire que le mal... — Consentez donc au mariage de votre fils avec la fille de mistress Dick Thorn, puisque la nécessité vous y contraint, mais ayez avant tout la preuve que vous n'êtes point la dupe de votre ancienne maîtresse, que le testament de Sigismond de la Tour-Vaudieu existe réellement, et qu'elle le possède.

— Elle n'oserait m'en menacer, si elle ne le possédait pas... — Je suis convaincu qu'il est dans ses mains, ainsi qu'une autre pièce non moins dangereuse...

— Laquelle?

— Le reçu de l'argent payé au spadassin Giuseppe Corticelli, pour le coup d'épée donné à mon frère...

— Alors, la lutte est impossible... Courbez la tête, soumettez-vous, et que votre fils épouse miss Olivia Dick Thorn...

— Henry consentira-t-il à une si étrange union?...

— Vous seul pouvez répondre à cette question...

— Mon fils aime Mlle de Lilliers et leur mariage est décidé...

— Un mariage peut toujours se rompre...

— Quel prétexte mettre en avant pour cette rupture?...

— Je l'ignore; mais, en cherchant bien, on peut en trouver un...

— Henry se révoltera...

— Vous avez sur lui les droits d'un père. — Vous le dompterez...

— Ce sera difficile.

— Qu'importe, si ce n'est pas impossible...

Après un instant de silence M. de la Tour-Vaudieu reprit :

— Il va falloir me réinstaller dans mon hôtel.

— Sans doute, — répliqua Théfer, — et ce sera désormais sans danger... Attendez néanmoins encore un ou deux jours... — Il peut se présenter des complications imprévues... — Mistress Dick Thorn sait-elle que vous habitez la rue du Pot-de-Fer-Saint-Marcel?

— Je ne lui ai rien dit de mon prétendu voyage... — Elle croit que Frédéric Bérard, dont j'avais pris le nom, est un homme chargé de mes affaires.

— Elle est trop fine pour ne pas se défier, mais cela est de peu d'importance... —Retournez chez elle demain... Faites valoir l'absolue nécessité de préparer votre fils à une rupture et de l'amener à de nouveaux projets... — Elle ne pourra vous refuser un délai de quelques jours. — Quant à Esther Derieux, n'ayez à son sujet aucune inquiétude. — Mistress Dick Thorn ignore certainement que la veuve de votre frère est à Charenton et, si elle le savait, il lui serait impossible de se faire ouvrir les portes de l'asile et d'arriver jusqu'à la folle... — Maintenant, monsieur le duc, si vous le voulez bien, parlons un peu de nos affaires.

— Soit... — murmura le sénateur.

— Je vous l'ai déjà dit, pour vous servir je joue ma tête...

— Aussi je suis tout prêt à tenir ma promesse... — En quittant la maison du plateau de Bagnolet, je vous remettrai un chèque à vue de deux cent mille francs.

— Monsieur le duc, — répliqua sèchement Théfer, — l'enlèvement seul de Berthe Leroyer vous coûtera cinquante mille francs... — Je sais bien que c'est cher, mais dans ces sortes de transactions on ne peut marchander.

— Je payerai ces cinquante mille francs.

— Monsieur le duc, — poursuivit le policier, — Claudia Varni est moins inquiétante peut-être que la fille du guillotiné. — Vous êtes prêt à lui donner trois millions et cependant elle ne court aucun danger personnel.. — Moi je risque l'échafaud. — Deux cent mille francs, ce n'est pas assez...

— C'était le prix convenu.

— Je le sais bien, mais j'ai réfléchi.

— Que voulez-vous de plus?

— Le double... — Quatre cent mille francs...

— Pourtant... — commença Georges.

— Inutile de discuter, monsieur le duc, — interrompit Théfer. — Si ça ne vous va pas, mes hommes reconduiront la jeune fille où ils l'ont prise, et tout sera dit...

Le chantage était manifeste, mais Georges de la Tour-Vaudieu ne pouvait pas plus résister aux exigences de son complice qu'à celles de Claudia.

— Vous m'égorgez... — fit-il d'une voix sourde. — Vous abusez de la situation!... Je cède néanmoins... Vous aurez ce que vous demandez...

— C'est bien, monsieur le duc... j'ai toute confiance en votre parole.

La voiture s'arrêta.

Théfer mit la tête à la portière.

— Bourgeois, — cria le cocher, — nous voici aux fortifications...

— Nous sommes arrivés... — répondit l'inspecteur en mettant pied à terre et en aidant son compagnon à descendre.

— Vous ne me gardez pas?

— Non...

L'inspecteur de la sûreté paya largement, prit le bras de Georges et lui dit tout bas :

— Nous continuons la route à pied... — Il eût été imprudent de nous faire conduire plus loin.

Les deux hommes se dirigèrent vers Bagnolet.

Il ne pleuvait plus, mais le ciel était noir comme de l'encre et la route déserte.

Théfer hâtant le pas invita le duc à en faire autant.

Ils atteignirent bientôt le village dont ils trouvèrent toutes les maisons closes et toutes les lumières éteintes; ils le traversèrent et gravirent la route conduisant au plateau de la Capsulerie.

La pluie avait détrempé la terre et rendu le chemin difficile.

La voiture aura de la peine à monter pas ici... — murmura Théfer. — Le temps ne nous est pas propice...

Sur le plateau, une boue liquide remplissait les ornières.

Le duc voulut prendre le bas-côté du chemin.

Le policier le saisit par le bras et le ramena brusquement vers lui.

— Qu'y a-t-il donc? — fit Georges étonné.

— Ne vous éloignez pas de moi, monsieur le duc, il y va de la vie... — De tous côtés s'ouvrent des crevasses produites par des éboulements de carrières abandonnées... — Un seul faux pas, et vous seriez perdu...

Georges tressaillit.

— Des crevasses?... — répéta-t-il.

— Oui, et la profondeur de quelques-unes est effrayante...

Théfer, comme certains oiseaux de proie, voyait clair au milieu des ténèbres. Il s'arrêta.

— Regardez... — dit-il en enflammant une allumette-bougie et en la jetant dans une fissure voisine de la route.

La faible lueur illumina pendant le quart d'une seconde les parois de l'abîme et s'éteignit.

— Cette route est effroyablement dangereuse ! — murmura Georges dont un frisson effleura la chair.

— Oui, dangereuse pour un homme ivre, ou pour l'imprudent qui voyagerait la nuit avec un proche parent désireux d'entrer vite en possession de l'héritage.

Ces paroles, prononcées d'ailleurs sans arrière-pensée, firent de nouveau tressaillir le duc.

Il eut peur, mais il se rassura bien vite en songeant que le policier n'avait aucun intérêt à se défaire de lui, — au contraire.

Les deux hommes continuèrent à marcher rapidement et silencieusement.

Théfer tout à coup fit halte devant la porte percée au milieu d'un grand mur.

— Monsieur le duc, — dit-il, — nous y sommes... — Vous voyez que l'endroit est bien choisi...

— Certes !...

— Entrons..

L'agent de la sûreté ouvrit la porte et introduisit son compagnon dans le jardin, puis dans la maison où il alluma une bougie.

Georges de la Tour-Vaudieu, après avoir jeté un regard autour de lui, balbutia :

— C'est étrangement triste...

Théfer sourit en répliquant :

— Pas bien gai, peut-être, mais si commode !... — Rien ne manque à l'installation... Voyez... Des barreaux partout... — Sans compter des volets solides qui ne laissent filtrer aucun rayon lumineux...

— On est loin de toute habitation?...

— Assez loin pour qu'aucun bruit ne puisse être entendu depuis le dehors...

Les fagots entassés dans la première pièce attirèrent l'attention du sénateur.

— Vous avez trouvé ceci dans la maison? — demanda-t-il.

— Non, je l'ai fait venir...

Georges comprit.

Un petit tremblement agita ses mains.

— Le feu... — murmura-t-il.

Théfer répondit par un geste affirmatif

— Un incendie se voit de loin... — reprit le sénateur. — Les secours arriveront...

— Trop tard !... Quand les pompes seront ici, il ne restera de cette demeure qu'un monceau de cendres.

— Mais si cette fille crie à l'aide...

— Je vous répète qu'on ne pourra l'entendre... — D'ailleurs, si elle est morte avant l'incendit elle n'appellera pas... et l'incendie efface tout... — Où le feu a passé plus de trace du crime...

Les sourcils de Georges se contractèrent et son visage prit une expression farouche.

Théfer tira sa montre.

— Onze heures et quart, — dit-il, — je vous laisse, monsieur le duc, et je vais au dehors attendre mes hommes... — Ils ne tarderont pas.

— Allez...

Le policier sortit et se mit aux aguets sur le perron de la villa, prêtant l'oreille aux bruits lointains.

LXVI

Berthe Leroyer, nous le savons, avait pris place sans la moindre défiance dans le fiacre n° 13, et nous savons aussi qu'elle ne s'étonna point d'y trouver un compagnon de route.

— Vous êtes un ami de René Moulin, monsieur ? — demanda-t-elle à Terremonde.

Le complice de Dubief s'attendait bien à être interrogé par la jeune fille, aussi répondit-il simplement :

— Oui, mademoiselle.

— Un ami intime ?

— Il a beaucoup de confiance en moi...

— Savez-vous pourquoi je me rends à l'hôtel de mistress Dick Thorn ?

Cette question surprit Terremonde, et dans la crainte de commettre une maladresse il répliqua :

— Non, mademoiselle.

— René Moulin ne vous a rien dit ?

— Il m'a dit ceci : « — *Tu iras à neuf heures et demie rejoindre un cocher auquel j'ai donné sa consigne... — il te conduira rue Notre-Dame-des-Champs,* —

tu resteras dans la voiture. — Mlle Berthe Monestier y prendra place à côté de toi et vous viendrez me retrouver. »

— A l'hôtel de la rue de Berlin?... — ajouta l'orpheline.

— Il n'a pas parlé de l'endroit... — Il a dit encore : — « J'ai besoin de toi, » ça me suffisait... — Je ne sais où nous allons... Je sais seulement qu'il s'agit de votre pauvre papa, mort sur l'échafaud sans avoir rien fait pour le mériter.

Berthe n'insista point.

Elle mit la tête à la portière et regarda.

La rue était sombre et déserte.

— Où sommes-nous maintenant?... — fit-elle.

Terremonde, à son tour, se pencha.

— Nous arrivons aux quais... — répondit-il.

— Alors nous serons bientôt à la place de la Concorde...

— Évidemment...

Dubief, en atteignant les rives de la Seine, prit à droite au lieu de tourner à gauche, suivit les quais pour gagner le pont d'Austerlitz, le quai de la Râpée, la barrière de Bercy et les boulevards extérieurs, dont les murailles existaient encore à cette époque.

Milord, ce vieux reste de cheval anglais que Pierre Loriot vantait à bon droit, filait avec un entrain superbe.

On s'engagea sur le pont d'Austerlitz.

Berthe vit la lueur des becs de gaz miroiter dans les eaux noires et rapides.

— Voici seulement que nous traversons la Seine... — dit-elle, — et cependant la voiture marche vite... — Je n'aurais jamais cru que ce fût si loin...

Terremonde ne répondit pas.

Il pensait :

— La petite commence à trouver le temps long... — Tout à l'heure elle se défiera. — Quand ses doutes se changeront en certitude elle aura peur et elle pourra bien crier, ce qui ne ferait pas notre affaire... — Il faut se tenir prêt à tout événement.

Et ses doigts caressaient dans la poche de son paletot le manche du couteau-poignard qui lui avait été remis par Théfer à la barrière Montparnasse.

Berthe s'impatientait en effet.

Les yeux fixés sur le vitrage de la portière, elle regardait l'interminable défilé des maisons aux fenêtres sombres, et ne reconnaissait pas les quartiers perdus que traversait le fiacre.

— Mais le cocher se trompe... — dit-elle brusquement. — Quel chemin suit-il donc?...

— Ne vous inquiétez pas, mam'zelle, — répliqua Terremonde ; — il obéit certainement aux instructions de René Moulin.

Ces paroles calmèrent pour quelques secondes les craintes naissantes de Berthe.

On était arrivé au pont de Bercy.

La voiture prit le chemin de ronde.

L'orpheline sentit son cœur battre avec violence.

— Où me conduit-on ? — s'écria-t-elle.

— Où on doit vous conduire... — murmura le bandit assis près d'elle.

— C'est rue de Berlin que je dois aller, et non ailleurs... C'est là qu'on m'attend, vous le savez bien...

— Je vous répète que je ne sais rien...

Berthe, se soulevant, heurta de ses doigt frêles, à plusieurs reprises, la vitre qui lui faisait face, en criant :

— Cocher !... cocher !...

Dubief entendant frapper comprit ce qui se passait :

Il se mit à faire claquer bruyamment son fouet et à chanter à tue-tête le vieux couplet de maître Adam :

> Aussitôt que la lumière
> Revient dorer nos coteaux
> Je commence ma carrière
> Par visiter mes tonneaux...

— Ce cocher est donc sourd !... — reprit Berthe.

Et elle heurta de nouveau la glace.

— Je crois en effet qu'il a l'oreille un peu dure... — fit Terremonde du ton le plus naturel, — il est donc inutile de vous égosiller... Il n'entendra pas...

Berthe comprit et devint livide.

Elle voulut ouvrir la portière pour se précipiter dehors.

Terremonde, de la main gauche, lui saisit le poignet et la rejeta brutalement en arrière, tandis qu'il levait sur elle sa main droite armée du couteau.

L'orpheline vit briller la lame ainsi qu'un éclair bleuâtre, et poussa un sourd gémissement.

— Pas un mouvement, pas un cri, — lui dit le misérable, — ou je vous saigne comme un poulet !

— Mon Dieu ! — balbutia l'enfant éperdue, — dans quelles mains suis-je tombée ??

— Dans les mains de gens qui seront pleins d'égards si vous êtes sage comme une image, — répliqua Terremonde. — On ne vous dira pas un mot plus haut que l'autre, on ne vous fera pas une menace... — Si vous bougez, tant pis pour vous... Ça sera votre faute, puisque vous êtes prévenue...

Ces odieuses paroles étaient prononcées avec un calme effrayant.

Berthe, à demi folle de terreur, se rejeta en arrière et se blottit dans l'angle de la voiture pour se trouver le plus loin possible de son compagnon, dont au milieu des ténèbres les yeux luisaient comme ceux d'une bête fauve.

— Mais enfin, — murmura-t-elle au bout d'un instant, — où me conduisez-vous ?...

— Vous le verrez quand vous y serez...

— Ce n'est donc pas René Moulin qui vous a chargés de venir me prendre ?...

— Lui ou un autre... — On vous expliquera ça là-bas...

— Où, là-bas ?

— Je vous ai déjà répondu que vous le verriez...

— Vous êtes des misérables !...

— Dites-nous des gros mots si ça vous amuse... ça nous est bien égal pourvu que vous ne les disiez pas trop haut...

— Ah ! — reprit la jeune fille avec désespoir, — j'appellerai... on viendra à mon aide...

Et elle se mit à crier :

— Au secours !... à moi !...

Pour la seconde fois Terremonde la rejeta violemment en arrière, et lui posant une main sur la bouche lui fit sentir la pointe de son couteau.

Dubief chantait :

> Si je meurs, que l'on m'enterre
> Dans la cave où est le vin.

Berthe retomba glacée d'épouvante sur les coussins.

De noirs pressentiments l'assaillaient.

Elle pensa aux ennemis de René, à ces hommes mystérieux qui avaient déjà failli perdre le mécanicien ; elle se dit qu'elle était en leur pouvoir, par conséquent perdue sans ressource... — Elle songea à Étienne Loriot, à tous ses rêves brisés, à toutes ses espérances déçues...

De grosses larmes tombèrent d'abord une à une de ses yeux, puis de longs sanglots s'échappèrent de sa poitrine oppressée.

Terremonde ne la perdait pas de vue.

Il avait croisé les bras, mais il tenait toujours son couteau ouvert.

Milord paraissait infatigable et la voiture continuait à filer rapidement.

Peu à peu, les sanglots de Berthe s'éteignirent et ses larmes cessèrent de couler.

L'enfant avait adressé à Dieu une fervente prière, et le calme rentrait dans son âme ; — l'idée d'un meurtre lui parut inadmissible ; elle se dit qu'on devait avoir d'impérieux motifs pour l'éloigner de Paris, pour la séparer de René Moulin ; — qu'on allait peut-être la séquestrer pendant quelque temps, mais qu'on ne la tuerait pas et qu'un jour elle serait libre et reverrait Étienne.

Elle résolut alors de feindre la résignation, espérant attendrir ainsi ceux qui la tenaient prisonnière.

Georges de La Tour-Vaudieu, après avoir jeté un regard autour de lui, balbutia...

Les mains de la jeune fille se crispaient fiévreusement sur les coussins de la voiture.

Ses doigts rencontrèrent un papier dans l'interstice de ces coussins.

Elle le saisit, le plia menu et le glissa entre la paume de sa main et son gant.

— Qui sait? — se disait-elle. — C'est peut-être un indice égaré par un de ces misérables, et qui plus tard servira de preuve contre eux...

Si vague, si invraisemblable même que fût un tel espoir, il ne contribua pas peu à soutenir la pauvre Berthe, dans une situation où elle avait besoin de tant d'énergie pour ne point succomber à la terreur.

La voiture marchait maintenant moins vite.

On avait traversé Bagnolet ; — Dubief engageait son cheval sur la pente assez rapide conduisant au plateau de la Capsulerie...

La route boueuse était effroyablement glissante.

Le cocher improvisé dut mettre pied à terre et prendre Milord *par la figure* pour le soutenir... — comme disent les véritable cochers.

Enfin la rampe fut franchie et le fiacre numéro 13 atteignit le plateau

LXVII

Le bruit sourd de la voiture roulant sur le chemin glaiseux frappa l'oreille du policier.

— Enfin les voici... — murmura-t-il, et, tirant de sa poche un de ces demi-masques de satin noir que les *dominos* portent au bal de l'Opéra, il l'ajusta sur son visage.

Quelques minutes s'écoulèrent encore, puis Théfer aperçut dans l'ombre une masse noire qui s'avançait lentement et qui s'arrêta en face de lui.

C'était le fiacre n° 13.

Il s'en approcha.

— Eh bien ? — demanda-t-il à Dubief.

— Nous la tenons... — répliqua le bandit. — Mais il y a eu du tirage. — Quand la donzelle s'est sentie prise au trébuchet, elle s'est débattue comme un diable dans un bénitier...

La portière venait de s'ouvrir.

Terremonde mit pied à terre, et se retournant dit à Berthe :

— Nous sommes arrivés, mam'zelle, descendez...

L'orpheline obéit en tremblant.

Ses yeux habitués aux ténèbres distinguèrent aussitôt le troisième personnage debout auprès de la voiture et masqué.

Son épouvante redoubla.

— Vous savez, — poursuivit le bandit, — pas un cri, pas un appel... sinon...

Il n'acheva pas, mais il fit miroiter la lame de son couteau sous les regards de Berthe.

— Je me tairai... — murmura la jeune fille.

— Suivez monsieur... — commanda le faux cocher en désignant Théfer.

Celui-ci s'engagea dans le jardin.

L'orpheline marcha derrière lui.

Terremonde et Dubief, après avoir attaché la bride du cheval au loquet de la porte d'entrée, servirent d'escorte.

Georges de la Tour-Vaudieu, en entendant des pas sur le sable, se jeta vivement dans l'ombre que projetait une des piles de fagots amoncelés dans la pièce où il se trouvait.

Un frisson convulsif secouait son corps.

Certes, le misérable ne songeait point à reculer devant un crime hideux et lâche, mais il avait peur.

La porte du rez-de-chaussée glissa sur ses gonds, et la prisonnière parut entre ses trois gardiens.

— Allumez une bougie, — dit le policier à Terremonde, — et conduisez mademoiselle au premier étage.

Berthe, silencieuse, n'avait pas même la pensée d'une résistance inutile... — Il lui semblait faire un mauvais rêve. — Elle se sentait impuissante et, tout en élevant son âme à Dieu, regardait les trois hommes presque sans les voir.

Terremonde exécuta l'ordre du *patron*.

— Venez, — dit-il à la captive, — et souvenez-vous qu'il faut se taire...

L'enfant résignée le suivit.

Il lui fit traverser une seconde pièce, gravir un escalier, et l'introduisit dans une chambre assez vaste.

Là il posa la bougie sur une table.

— Vous voyez que les fenêtres ont de solides barreaux, — reprit-il, — donc inutile de chercher à prendre la poudre d'escampette... — Les volets sont fermés... — Je ne vous conseille pas de les ouvrir... — Il n'y a rien à voir... et ça pourrait vous jouer un mauvais tour...

Berthe ne répondit pas et se laissa tomber sur une chaise.

Terremonde quitta la chambre en fermant derrière lui la porte à double tour.

Lorsqu'il redescendit, Dubief racontait à Théfer et au duc ce qui s'était passé.

M. de la Tour-Vaudieu avait attaché sur son visage un foulard qui, cachant les trois quarts de ses traits, le rendait méconnaissable.

— Nous avons fait ce qu'on nous avait chargés de faire, — dit alors Terremonde, — et je crois, sans vanité, que nous nous en sommes tirés proprement... — Donnez l'argent convenu, monsieur Gaucher, et dépêchez-vous... — Nous allons filer en emmenant le fiacre par la route de Montreuil, le chemin n'est pas bon, mais il est plus court...

— Que devez-vous encore à ces messieurs? — demanda le duc à l'inspecteur.

— Trente-cinq mille francs.

Georges tira de sa poche un portefeuille et étala trente-cinq billets de banque sur une table.

— Nous avons eu des frais... — hasarda Terremonde, tandis que Dubief recomptait et ramassait les précieux chiffons.

Le duc ajouta mille francs.

— Affaire terminée à la satisfaction générale... — reprit Dubief. — Débrouillez-vous présentement comme vous pourrez... ça vous regarde, — nous levons le pied.

— Je vous ai conseillé un petit voyage d'agrément à l'étranger, — dit Théfer.

— Sage conseil que nous suivrons *illico*.

— Où comptez-vous aller?

— En Suisse, patrie de Guillaume Tell et des montres de Genève... — J'ai besoin de faire régler la mienne...

— Je m'en doutais... — Voici deux passeports visés... — Allez, et bon-voyage...

Terremonde ouvrit un placard, y prit un paquet assez gros qu'il mit sous son bras et suivit Dubief.

— Tu n'as rien oublié? — lui demanda ce dernier en traversant le jardin.

— Non... — nos vieilles frusques sont là-dedans... — Nous rajeunirons là-bas notre garde-robe... et soit dit entre nous elle en a pas mal besoin.. — J'ai aussi le petit sac qui renferme une cinquantaine de nos pièces de cent sous en plomb...

Dubief s'arrêta.

— Veux-tu bien ne pas te charger de ça! — s'écria-t-il avec colère... — Maintenant que nous voilà riches, emporter de la fausse monnaie pour nous compromettre!... tu as la boussole à l'envers!...

— Qu'est-ce que tu veux faire de ces pauvres écus?...

— Les semer pour ne pas en conserver la graine... — Flanque-moi ça par-dessus le mur!...

Terremonde, obéissant quoique à regret, prit le petit sac qu'il avait mis dans l'une de ses poches et le lança de l'autre côté de la muraille, à toute volée.

Le sac décrivit une courbe et vint s'abattre à une assez grande distance, sur la marge d'une carrière abandonnée au fond de laquelle il roula.

La ficelle qui l'attachait s'était rompue en tombant.

Une pièce fausse s'échappe du sac et resta sur le sol.

Les bandits regagnèrent le fiacre.

— Monte à côté de moi, — dit Dubief, — nous avons à causer...

Tous deux prirent place sur le siège.

Le faux cocher fouetta le cheval de Pierre Loriot, et la voiture disparut dans les ténèbres.

Trois quarts d'heure plus tard Dubief franchissait sans encombre la barrière, après avoir eu soin de rallumer les lanternes, arrêtait le fiacre sur le quai de la Râpée, et descendait ainsi que Terremonde.

Il débrida *Milord*, rattacha à la têtière la *musette* pleine d'avoine, se dépouilla de sa houppelande de cocher, ôta son chapeau, sa perruque, ses favoris, et se coiffa d'une casquette qu'il tira de sa poche.

— Qu'est-ce qu'il faut faire de ces frusques-là? — demanda Terremonde.

— Les jeter à la Seine, parbleu!...

— C'est dommage, ça vaut quelque sous,

— Mais c'est compromettant... — Vite à l'eau!...

Terremonde prit les objets condamnés, les roula, et descendit sur la berge pour exécuter l'ordre de Dubief.

Celui-ci, pendant ce temps, trempait son mouchoir de poche dans l'eau du ruisseau et décollait les bandes de papier noir posées sur les numéros du fiacre de Pierre Loriot.

Terremonde reparut les mains vides.

— C'est noyé, — dit-il.

— Eh bien! alors, ma vieille, au chemin de fer, et en route pour Fontainebleau, il n'est que temps!...

Et les bandits prirent au pas de course le chemin de la gare de Paris-Lyon-Méditerranée.

Quelque minutes plus tard une ronde de sergent de ville faisait main basse sur le cheval et la voiture abandonnés, et conduisaient l'un et l'autre rue de Pontoise, à la fourrière.

.*.

Berthe Leroyer, nous l'avons vu, était entrée sans pleurs, sans cris, sans résistance, dans la sombre villa du plateau de la Capsulerie.

Le sénateur et Théfer s'étonnaient d'un pareil silence et d'une si grande résignation.

Les deux misérables, chargés de s'emparer de la jeune fille et de l'amener à Bagnolet, parlaient de ses révoltes chemin faisant. — Ils affirmaient avoir été contraints de la menacer pour la réduire au silence.

Pourquoi donc paraissait-elle si calme à cette heure et comment se faisait-il que l'épouvante ne l'affolât point?

— Elle doit se leurrer d'un espoir de délivrance... — dit M. de la Tour-Vaudieu à son complice.

— D'où cet espoir lui viendrait-il?

— Elle compte sans doute sur René Moulin...

Théfer haussa les épaules.

— Que vous importe? — murmura-t-il.

— Il nous importe peut-être plus que vous ne croyez... — répliqua le sénateur. — René Moulin est très habile, — plus habile que vous, mon cher, puisqu'il a trouvé moyen de vous faire perdre sa piste et de vous persuader qu'il allait en province... — Or il n'avait pas quitté Paris.

— Pourquoi supposez-vous cela, monsieur le duc ?

— Je ne le suppose pas, j'en suis sûr... — N'avez-vous point entendu ce que l'un de vos hommes nous racontait il n'y a qu'un instant... — L'heure indiquée par vous pour l'enlèvement était, à quelques minutes près, l'heure d'un rendez-vous donné à cette fille par René Moulin qu'elle allait retrouver... — C'est même grâce à ce rendez-vous convenu d'avance qu'elle est tombée si facilement dans le piège... — En quel endroit l'attendait cet homme, et sous quel nom se cache-t-il ? Voilà ce qu'il aurait fallu savoir. — Au moment où je vous parle, René Moulin, que vous vous figuriez bien loin de Paris, travaille certainement à ma ruine, à mon déshonneur, à ma perte ! ! !

LXVIII

— Eh ! monsieur le duc, — répliqua Théfer, — rien de tout cela n'est possible puisque Berthe Leroyer va disparaître... — René Moulin est à Paris, c'est indiscutable en effet ; il s'y cache, il travaille dans l'ombre contre nous, mais il cherchera vainement désormais celle qui faisait sa force... il ne la trouvera plus ! ! Le lion aura les griffes coupées ! ! Mes précautions sont prises... Les hommes dont je me suis servi seront demain hors de France ; d'ailleurs ils ne connaissaient ni mon vrai visage ni mon vrai nom, pour eux je suis Prosper Gaucher... Dans une heure l'incendie aura détruit la maison où nous sommes... — Qui pourrait soupçonner que les débris fumants de cette demeure cachent les cendres d'une femme ?... — Chassez de puériles terreurs... La mort de l'orpheline vous rend maître absolu de la situation ! !

— Sa mort est donc indispensable ?... — balbutia Georges.

Théfer regarda M. de la Tour-Vaudieu avec stupeur.

— Vous me le demandez ! — dit-il, — quand c'est par vos ordres que j'ai tout fait ?... — Ne vous ai-je pas vu, tremblant d'épouvante, me jurer que vous n'auriez ni un instant de repos, ni une heure de sommeil, tant que Berthe Leroyer serait vivante ?... — Et vous hésiteriez maintenant ! — Non, monsieur le duc, l'hésitation n'est plus possible... — Nous sommes allés trop loin pour battre en retraite... — Ce qui vient de se passer cette nuit centuplerait le péril si Berthe redevenait libre, et c'est à mon tour d'avoir peur... — Nous irons jusqu'au bout... — Voici un encrier et une plume dont j'ai pris soin de me munir... — Signez le mandat que vous m'avez promis, et agissons ensuite...

— J'ai sur moi mon livret de chèques... — murmura Georges. — Je vais signer et je vous laisserai maître d'agir... Mais, — ajouta-t-il, — vous auriez dû faire achever la besogne par un de vos hommes... — Aurez-vous le courage de frapper vous-même cette fille?

— La frapper? — répéta le policier. — Pourquoi?

— Puisqu'il faut qu'elle meure...

— Elle mourra, mais pas une goutte de son sang n'aura coulé... — Nous ne la verrons même plus... — Songez qu'elle est là-haut, prisonnière... — La porte de la chambre est solide .. les fenêtres sont munies de barreaux... — Le feu se chargera de tout... — Signez, et j'allumerai l'incendie...

En ce moment le duc et Théfer tressaillirent.

Un cri venait de retentir au-dessus de leurs têtes, un appel au secours, terrible et plein d'angoisses.

Les deux hommes frissonnèrent.

Un second cri se fit entendre, plus vibrant, plus prolongé que le premier.

— Elle a ouvert une fenêtre et elle tâche de donner l'alarme... — dit le policier. — Il aurait fallu la bâillonner...

Pour la troisième fois un cri résonna dans le silence de la nuit.

— Que faire? — demanda le duc.

— Parbleu! Ce qui tout à l'heure me semblait inutile, frapper et frapper vite, car il n'y a pas de temps à perdre! Quelque isolée que soit la maison il faut compter avec le hasard... On pourrait arriver et nous serions perdus... — Venez, monsieur le duc...

— Ah! — s'écria Georges, chez qui la terreur atteignant son paroxysme devenait une sorte de rage. — Qu'elle meure! qu'elle meure!

Il s'élança vers l'escalier.

Théfer eut un étrange sourire et, arrêtant M. de la Tour-Vaudieu par le bras, lui dit :

— Au moins, prenez ceci!

En même temps il lui tendait un couteau.

Le sénateur saisit cette arme et bondit sur les marches.

L'agent de la sûreté, une lumière à la main, monta derrière lui. .

Que s'était-il passé et pourquoi l'orpheline, qui semblait résignée d'abord' avait-elle tout à coup changé d'attitude?

Nous allons l'expliquer brièvement.

En voyant ses ravisseurs la quitter, en entendant la porte de la chambre se refermer derrière elle à double tour, Berthe s'était dit de nouveau :

— Je suis captive, mais il est probable que ma vie ne court aucun danger... — On ne m'aurait pas amenée jusqu'ici pour me tuer... — On a découvert sans doute les projets de René Moulin et on veut me séquestrer pendant quelque temps pour m'éloigner de lui... — Eh bien! j'attendrai avec patience que mes geôliers me fassent connaître ce qu'ils prétendent exiger de moi et, s'il le faut pour être libre, je les abuserai sans scrupule par de vaines promesses... — Quand il s'agit de se défendre contre un ennemi déloyal toutes les armes sont de bonne guerre, et le mensonge est légitime pour abuser les fourbes...

La jeune fille se mit à passer en revue les événements étranges accomplis depuis deux heures et qu'elle cherchait en vain à s'expliquer.

Elle se souvint du morceau de papier trouvé sur les coussins de la voiture dans laquelle on l'enlevait, et glissé par elle entre son gant et la paume de sa main.

Ce papier contenait peut-être une indication.

Berthe le tira de sa cachette, puis, s'approchant d'une table sur laquelle Terremonde avait placé la lumière, elle le déplia.

C'était un de ces bulletins de voiture que les cochers sont tenus de remettre aux voyageurs lorsqu'ils *chargent*, soit à une station, soit sur la voie publique.

En tête se voyait ce chiffre:

13

— Le numéro du fiacre dans lequel je me trouvais ! ! — pensa la jeune fille avec joie, — c'est un précieux indice!... — Aussitôt que je serai libre, ce numéro suffira peut-être à mettre René Moulin sur la trace de nos ennemis.

L'orpheline continuait à lire les indications imprimées sur le bulletin au-dessous du chiffre 13.

Soudain, elle poussa une exclamation sourde et se mit à trembler.

— Non... non... — c'est impossible... — balbutia-t-elle d'une voix étranglée, — et cependant l'évidence me saute aux yeux...

Les mots causes de son étonnement et de son trouble étaient ceux-ci : PIERRE LORIOT, *loueur de voitures, rue Oudinot, numéro 7.*

— Pierre Loriot, — répéta-t-elle avec une sorte d'égarement. — C'est l'oncle d'Étienne... C'est l'homme par qui j'ai déjà tant souffert... — Il me connaît... Il sait que c'est moi qu'il venait prendre pour me conduire ici... — La voiture lui appartient... Il était sur le siège, complice du mensonge grâce auquel on m'abusait pour m'entraîner dans un piège, soudoyé par les misérables qui veulent ma perte!... — Lui, mon ennemi... Lui! le plus proche parent de celui que j'aime!... Ah! c'est infâme !... J'ai tout à craindre ! Je veux m'échapper...

Berthe ne raisonnait plus.

Le nom de Loriot lui avait donné le vertige.

Une sorte d'affolement faisait tourbillonner ses pensées confuses.

Elle ne savait plus qu'une chose, c'est qu'elle voulait être libre et, se précipitant vers une fenêtre qu'elle ouvrit, elle décrocha les volets, heurta son front contre les barreaux et appela au secours de toutes ses forces.

Il lui saisit l'épaule comme une griffe d'oiseau de proie tandis que sa main droite la frappait en pleine poitrine.

L'écho des carrières voisines lui répondit seul.

Sous le ciel noir comme de l'encre tout était silencieux et désert sur le plateau de la Capsulerie.

L'orpheline poussa un second cri, puis un troisième.

C'est alors que nous avons vu le duc bondir dans l'escalier et se diriger vers la chambre du premier étage.

En entendant la porte s'ouvrir avec fracas, Berthe se retourna, frémissante, et recula devant ces deux hommes dont l'un portait un masque et dont l'autre cachait sous un foulard les trois quarts de son visage.

— Malheureuse, — dit Théfer en courant à la fenêtre qu'il referma violemment, — vous venez de prononcer votre arrêt de mort !!

Berthe triompha de sa défaillance en voyant le duc s'avancer vers elle, menaçant, le couteau à la main.

Elle se jeta de côté en criant :

— Misérable!... misérable !... venez-vous m'assassiner ?

— Silence... — commanda Georges en lui saisissant le poignet.

La jeune fille fit un bond de lionne captive et se dégagea.

L'imminence du péril la rappelait à elle-même et décuplait son énergie naturelle.

— Ah ! vous êtes des assassins, — reprit-elle, les yeux étincelants, les mains crispées, — et des assassins qui n'osent pas même se montrer à leur victime ! — C'est le guet-apens dans ce qu'il a de plus lâche, de plus immonde, le guet-apens de la force contre la faiblesse, de deux hommes contre une femme !

— Te tairas-tu ? — vociféra le duc en levant son couteau.

Berthe au lieu de se dérober s'élança vers lui, et d'un geste rapide comme la foudre enleva le foulard qui lui servait de masque.

Les traits bouleversés de Georges se trouvèrent pendant quelques secondes en pleine lumière.

La prisonnière recula stupéfaite.

— L'homme de la place Royale !... — balbutia-t-elle. — Le voleur qui s'est introduit dans la chambre de René Moulin...

— Oui, c'est moi ! — répliqua le duc affolé à son tour par la fureur. — Regarde-moi bien en face, Berthe Leroyer, car tu ne me verras plus ! — Celui que tu cherches partout avec René Moulin, c'est moi ! — C'est moi qui ai fait tuer le médecin de Brunoy !... C'est moi qui ai laissé monter ton père sur l'échafaud, et ce que je te dis, tu ne le répéteras à personne !... Tu vas mourir !...

La jeune fille, poussant un cri de rage, essaya de fuir en se glissant ainsi qu'une couleuvre le long des murs.

Sur son chemin elle rencontra Théfer.

Se redressant alors elle changea de direction, mais la main gauche de Georges lui saisit l'épaule comme une griffe d'oiseau de proie, tandis que sa main droite la frappait en pleine poitrine.

Le sang jaillit sur la joue livide de l'infâme.

Berthe, poussant un gémissement faible, s'abattit.

— L'affaire est faite, — dit le policier, — la petite a son compte. — Bien travaillé, monsieur le duc ! — Un *cheval de retour* n'aurait pas mieux joué du couteau !! Filons !

Georges de la Tour-Vaudieu, les yeux hagards, le visage mouillé de sueur et de sang, subissait une réaction soudaine et violente.

Maintenant qu'il avait frappé, il avait peur de son œuvre.

Il sortit de la chambre en chancelant, sans regarder derrière lui le corps inanimé de sa victime. Il descendit l'escalier en se tenant à la rampe, traversa la première pièce et gagna le jardin.

Théfer le suivait de près.

Il ne s'arrêta qu'une seconde dans les chambres du bas, pour jeter des papiers enflammés sur l'amoncellement de fagots.

Le feu s'étendit aussitôt comme une traînée de poudre,

L'agent rejoignit au jardin le sénateur qui semblait frappé de folie.

LXIX

— Allons, venez, monsieur le duc... — dit Théfer à Georges. — Dans un instant la maison flambera de la cave au grenier... — Il fera bon être loin... — Éloignons-nous, puisqu'il ne nous reste rien à faire ici...

Et il entraîna M. de la Tour-Vaudieu hors du jardin, sur le plateau.

L'incendie allumé au milieu des fagots bien secs s'était développé d'un seul coup.

Déjà les flammes jaillissaient des fenêtres dont elles faisaient éclater les vitres.

Des pétillements lugubres et des craquements sinistres retentissaient.

Après avoir parcouru cent pas environ, Georges s'arrêta et se retourna vers la maison incendiée.

— Théfer... — dit-il d'une voix sourde qui sifflait en passant entre ses dents serrées.

— Monsieur le duc?

— Vous avez entendu tout à l'heure?... — Cette fille était cachée dans le logement de la place Royale... — Elle avait vu... — Elle me reconnaissait...

— Oui, monsieur le duc.

— Quand je tremblais en pensant à elle, vous m'accusiez de faiblesse, j'en suis sûr... — Un infaillible instinct me montrait le danger. — Cette fille pouvait me perdre.

— C'est vrai, monsieur le duc, mais que vous importe à présent?... Elle n'est plus à craindre, puisqu'elle est morte...

— Êtes-vous bien sûr qu'elle soit morte?

Le policier sourit.

— Vous l'avez frappée en plein cœur, — répéta-t-il, — et les flammes, à l'heure qu'il est, dévorent son cadavre... — Vous pouvez être tranquille... — Mais, encore une fois, éloignons-nous...

Et l'agent, reprenant son compagnon par le bras, le contraignit à couper à travers champs pour gagner un sentier conduisant au bas de la colline.

Soudain le duc frissonnant de tout son corps s'arrêta.

Les deux hommes se trouvaient enveloppés d'une lumière intense. — Une colonne de vapeurs rouges montait vers le ciel devant eux.

— Qu'avez-vous donc? — demanda Théfer en sentant trembler le vieillard.

— Où me conduisez-vous?... — Nous nous rapprochons de la maison...

— Eh! non, monsieur le duc!... Rassurez-vous... — Le feu que vous voyez vient d'un four à plâtre... — Toutes les nuits on en allume cinq ou six sur le plateau de la Capsulerie... — L'incendie véritable est derrière nous...

Et le policier entraîna de nouveau Georges de la Tour-Vaudieu.

. . . .

Nous avons vu Berthe tomber sans connaissance et inondée de sang sous le coup de couteau du sénateur.

Son évanouissement, disons-le tout de suite, résultait de son épouvante plus que de sa blessure.

L'orpheline portait sur son cœur le médaillon contenant la photographie d'Abel.

La pointe du couteau rencontrant la bordure de métal de ce médaillon s'était émoussée et, au lieu de donner la mort, n'avait fait qu'entailler la chair sur une profondeur de deux centimètres environ.

Berthe n'était donc qu'évanouie, mais les flammes devaient achever d'un moment à l'autre l'œuvre de l'assassin.

Déjà le rez-de-chaussée se trouvait changé en fournaise.

Les planchers du premier étage se carbonisaient.

Les solives crépitaient; — une épaisse fumée envahissait les chambres.

L'intensité de la chaleur ranima la jeune fille qui fit un mouvement, ouvrit les yeux et promena autour d'elle un regard étonné, car le chaos se faisait dans son esprit.

Elle vit des lueurs sinistres, elle sentit qu'elle étouffait au sein d'une atmosphère irrespirable. — Elle se souvint, elle comprit...

De tous côtés la mort l'entourait...

Elle se dressa péniblement et voulut marcher, mais ses jambes vacillantes la soutenaient à peine.

— Mon Dieu! — balbutia-t-elle avec désespoir, — les misérables ont incendié cette maison... Je suis perdue...

En même temps, et comme pour lui prouver qu'elle ne se trompait pas et qu'il ne lui restait aucun espoir de salut, une partie du plancher qui brûlait ses pieds s'effondra, un ouragan de flammèches et d'étincelles jaillit avec un nuage de fumée de l'ouverture béante. — Les vitres éclatèrent. — Les volets extérieurs tombèrent.

A l'heure des grands périls, il se produit parfois dans l'organisme humain des phénomènes inexplicables.

Berthe, qui pouvait à peine se soutenir une seconde auparavant, fut soudain galvanisée par l'imminence d'une effroyable mort...

Elle s'élança sur le plancher croulant jusqu'à la porte que les assassins, dans la rapidité de leur fuite, n'avaient point refermée, et gagna le couloir accédant à l'escalier.

Une nappe de feu lui barrait le passage.

Elle la traversa d'un bond, en mettant ses mains devant ses yeux pour n'être point aveuglée.

L'escalier flambait, mais il était encore debout.

L'orpheline, sans hésiter, affronta les marches tremblantes qui se dérobaient sous elle.

Elle atteignit le rez-de-chaussée.

A travers la fumée noire elle entrevoyait une porte ouverte.

De l'autre côté de cette porte, c'était le salut, c'était la liberté...

Berthe s'élança de nouveau...

Hélas! une grille fermée la gardait prisonnière...

Vainement elle essaya de faire jouer cette grille. — Ses mains se brûlèrent sur les barreaux sans parvenir à trouver le ressort.

Cette fois tout espoir paraissait anéanti.

— Et cependant je ne veux pas mourir de cette horrible mort!... — balbutia la pauvre enfant. — Ayez pitié de moi, mon Dieu! Mon Dieu, protégez-moi et venez moi en aide!...

Retourner en arrière était impossible.

Tout le premier étage offrait l'aspect d'un brasier immense.

Un seul coin du rez-de-chaussée demeurait encore intact, celui justemenoù se trouvait Berthe, et où Dubief et Terremonde n'avaient point entassé de fagots ; — mais en cet endroit même la chaleur de plus en plus torride allait amener l'asphyxie.

— C'est fini! — pensa l'orpheline.

Elle joignit les mains, et s'efforçant de ne plus penser aux choses de la terre elle éleva son âme.

Soudain, à dix pas d'elle, un pan de muraille entraîné par la chute d'une partie de la toiture s'abattit, formant une brèche.

Cette brèche pouvait devenir une issue, mais pour arriver jusque-là il fallait franchir, au milieu de nuages de vapeur et de tourbillons d'étincelles, des amas de poutres incandescentes et de décombres brûlants.

— Protégez-moi, mon Dieu, et venez-moi en aide ! ! ! — répéta Berthe avec une expression de foi indicible.

Puis elle prit sa course à travers les flammes.

Une hésitation, un faux pas et tout était dit. Mais l'orpheline sut se garder de la défaillance morale et physique en affrontant les vagues de feu qui faisaient crépiter ses cheveux et fumer ses vêtements.

Aveuglée à demi, suffoquée aux trois quarts, mais vivante, elle sentit ses pieds fouler la terre ferme, et sa poitrine se gonfler d'air respirable...

Un formidable bruit retentit derrière elle...

La maison tout entière venait de s'écrouler.

Elle atteignit la porte du jardin laissée ouverte par le duc et le policier, et elle s'engagea dans le chemin boueux qui s'étendait au loin devant elle.

Le tocsin commençait à sonner au clocher de Bagnolet.

On entendait au loin des appels.

La jeune fille eut peur.

— On va venir... — se dit-elle. — On voudra savoir qui je suis... d'où je sors, et ce qui s'est passé... — Je ne veux pas répondre, donc il ne faut pas qu'on me voie...

Quittant alors le chemin tracé, elle s'engagea, sans ralentir sa course, sur les terrains crayeux du plateau.

Avant qu'elle eût parcouru un espace de dix mètres un cri déchirant s'échappa de ses lèvres...

Le sol venait de manquer sous ses pieds.

La malheureuse enfant disparaissait dans une fissure d'une effroyable profondeur.

. . . .

Tandis que s'accomplissaient ces choses sur le plateau de la Capsulerie, voici ce qui se faisait à l'hôtel de la rue de Berlin, chez mistress Dick Thorn, ou plutôt chez Claudia Varni.

Remontons de quelques heures en arrière et franchissons le seuil de la salle à manger où se trouvaient des convives soigneusement triés sur le volet.

La maîtresse de la maison avait placé sa fille entre Henry de la Tour-Vaudieu et le docteur Étienne Loriot.

Le fils adoptif du duc Georges ne connaissait point encore Olivia.

En la voyant pour la première fois il fut frappé de sa beauté fine et patricienne, de sa grâce exquise, du charme pénétrant qui régnait autour d'elle, et son admiration se peignit sur son visage.

Olivia, de son côté, remarqua Henry dont le visage lui parut tout d'abord sympathique et dont l'attitude réservée lui plut.

Elle se demanda si ce n'était point avec intention que sa mère avait placé ce jeune homme à côté d'elle.

Elle ajouta même en souriant *in petto* :

— Si c'est lui qu'elle me destine pour mari, j'applaudirai des deux mains à son choix... Il est charmant... mais lui plairai-je? J'essayerai...

Olivia était aussi spirituelle que jolie.

Sa position de fille de la maîtresse du logis lui commandait de se montrer aimable pour les invités de sa mère.

Elle entreprit, avec une gracieuse et candide coquetterie, de conquérir son voisin de droite, et Henry, bien que cuirassé par son amour pour Isabeau de Lilliers, prit un plaisir très vif au gentil manège de sa jeune voisine et lui répondit avec cette galanterie qui est monnaie courante parmi les gens du monde et qui ne les engage absolument à rien.

LXX

Mistress Dick Thorn — (il nous paraît presque superflu de l'affirmer) — tout en s'acquittant à merveille de ses devoirs de maîtresse de maison, observait du coin de l'œil les jeunes gens.

L'effet produit par Olivia sur Henry de la Tour-Vaudieu ne lui échappait point et lui semblait du meilleur augure pour l'avenir de ses projets.

Le dîner s'acheva gaiement.

Henry offrit son bras à sa jolie voisine pour la conduire au salon, puis il se rapprocha d'Étienne Loriot.

— Comment trouves-tu la fille de mistress Dick Thorn? — lui demanda ce dernier.

— Absolument charmante sous tous les rapports...

— Donc elle te plaît ?

— Beaucoup, et l'homme dont elle sera la femme aura, je crois, de grandes chances de bonheur...

— Est-ce que par hasard tu envierais ce bonheur ? — fit Étienne en souriant.

— Non et cela pour la meilleure de toutes les raisons... — Mon choix est fait, tu le sais. — J'aime Isabeau de Lilliers et je l'épouserai, mais de ce que mon cœur est pris il ne résulte point que je doive être aveugle ou injuste... — Je constate avec un enthousiasme désintéressé un fait indiscutable.

— Alors, selon toi, mistress Dick Thorn trouvera sans peine un mari pour sa fille ?

— C'est mon avis...

— Malheureusement, — reprit le jeune docteur — j'ai tout lieu de croire que notre hôtesse ne possède pas une grande fortune, ne pourra par conséquent donner une grosse dot, et qu'elle compte sur la beauté de Mˡˡᵉ Olivia pour remplacer les actions au porteur.

— Elle a raison de l'espérer... — Quoi qu'on en dise le désintéressement existe encore à notre époque, à l'état d'exception si tu veux, mais il existe... — Mˡˡᵉ Olivia est trop séduisante pour n'être pas aimée... — Ses grands yeux bleus et ses lèvres roses valent des millions... — Moi-même, si j'étais libre, je me mettrais sur les rangs, me trouvant assez riche pour épouser cette enfant sans dot...

— Qui sait si mistress Dick Thorn n'a point pensé à toi?

Henry regarda son ami avec étonnement.

— A moi? — répéta-t-il.

— Sans doute.

— Pourquoi faire ?

— Pour faire de toi un mari, donc!...

— Parles-tu sérieusement ?

— Mais oui.

— Eh bien, tu dois te tromper.

— Je n'en crois rien... — Réfléchis un peu... — D'abord elle t'a placé à la droite d'Olivia.

— Qu'est-ce que cela prouve ?— Tu étais à sa gauche, toi... côté du cœur...

— Oui, mais je te garantis que mistress Dick Thorn ne songe pas du tout à se donner pour gendre un médecin modeste, sans fortune et presque inconnu... — Elle a de plus hautes visées et, jusqu'à preuve contraire, rien ne m'ôtera de l'esprit qu'elle a jeté son dévolu sur toi, et qu'elle se dit, — avec raison d'ailleurs, — qu'Olivia serait une petite marquise adorable.

— T'aurait-elle chargé de me sonder à ce sujet ?

— Ah ! non, par exemple, et je m'empresse d'ajouter qu'étant au fait de tes engagements avec Mˡˡᵉ de Lilliers, j'aurais arrêté, dès son début, toute tentative de ce genre...

— Je t'en aurais su gré... — J'aime Isabeau et c'est pour la vie !!! — Maintenant, mon cher Étienne, permets-moi de te demander si notre dernier entretien, au sujet d'une prétendue trahison qui te rendait si malheureux, a porté ses fruits. — Je l'espère, car l'expression de ton visage a cessé d'être triste... — Tu es toujours épris ?

— Plus que jamais ! — répondit Étienne, — et, comme toi, c'est pour la vie !

— Tu as eu la preuve de l'injustice de tes soupçons jaloux ?

— J'ai eu cette preuve... — murmura le docteur, non sans une nuance d'embarras.

— Tu as vu René Moulin ?

— Je l'ai vu...

— Les misérables ont incendié cette maison, balbutia-t-elle avec désespoir ; de tous côtés la mort l'entourait.

— Je ne m'étais point trompé, n'est-ce pas ? — La mystérieuse visite de Mlle Berthe Monestier à la place Royale avait un motif honorable ?

— Un secret de famille, oui... — Tu avais deviné juste...

— J'en étais sûr... — René Moulin est un honnête homme... — La franchise et la loyauté rayonnent sur sa figure... — Je me connais en physionomies et j'affirme que la sienne n'est point menteuse...

La conversation des deux amis fut interrompue par les premiers accords de l'orchestre.

Les invités arrivaient en grand nombre et les danses allaient commencer.

— Monsieur le marquis, — dit mistress Dick Thorn à Henry, — voulez-vous ouvrir le bal avec Olivia... — Je vous la confie...

Henry s'inclina courtoisement et, tandis qu'il offrait le bras à la jeune fille, son regard rencontra les yeux du docteur fixés sur lui.

Étienne souriait avec une expression toute particulière et facile à comprendre.

— Est-ce que par aventure il aurait deviné juste? — se demanda le jeune avocat. — Mistress Dick Thorn songerait-elle véritablement à faire de moi son gendre?...

Et il conduisit sa compagne à l'endroit où s'organisait le premier quadrille.

Claudia était restée près d'Étienne.

Elle lui toucha légèrement le bras.

— Docteur, — lui demanda-t-elle à demi-voix, — que pensez-vous de ce couple?

Étienne, feignant la naïveté, répliqua :

— De quel couple me faites-vous, madame, l'honneur de me parler?

— De celui que forment en ce moment M. de la Tour-Vaudieu et ma fille...

— Incomparable d'élégance et de distinction, madame !...

— Ne dirait-on pas que la nature a créé ces jeunes gens l'un pour l'autre?

— La nature est une grande artiste et n'aurait pu mieux faire...

— Je suis bien aise que ce soit votre avis...

— Ce sera l'avis, madame, de quiconque a des yeux pour voir..

Claudia sourit.

— Je ne m'abusais pas... — se dit Étienne.

Mistress Dick Thorn reprit :

— Qui peut prévoir l'avenir?... Peut-être ces beaux jeunes gens sont-ils destinés à marcher côte à côte dans la vie...

— Comment cela, madame ?

— Ce quadrille les unit pour quelques minutes... Un mariage les unirait pour toujours...

— Et tout le monde envierait le bonheur de mon ami... — dit vivement Étienne. — Mais ce rêve charmant a peu de chances de se réaliser...

— Croyez-vous?

— Vous ignorez sans doute, madame, que Henry de la Tour-Vaudieu est le fiancé de Mlle Isabeau de Lilliers.

Claudia sourit de nouveau.

— Je sais cela... — dit-elle.

Étienne regarda son interlocutrice avec un étonnement qui, cette fois, n'était point joué.

Mistress Dick Thorn poursuivit :

— Ces projets d'union sont bien connus dans le grand monde, mais un mariage peut se rompre tant qu'il n'est pas célébré.

— Henry aime Mlle Isabeau.

Une moue dédaigneuse plissa les lèvres de l'ex-courtisane, qui répliqua :

— Est-on jamais bien sûr d'aimer ?... Et puis on peut reprendre son cœur quand on s'aperçoit qu'on s'était trompé... — Cela arrive tous les jours... — **La** vie est pleine de choses bizarres... — Vous verrez cela, docteur...

Et mistress Dick Thorn, ayant ainsi parlé, s'éloigna pour aller à la rencontre d'une dame qu'on venait d'annoncer.

— Singulière femme ! — pensait Étienne. — Je lui trouve ce soir des allures étranges... — Qu'y a-t-il de changé en elle ?... — Je ne sais, mais je ne la reconnais plus... Pourquoi donc ? — La présence de René Moulin, sous un faux nom, dans cet hôtel, me fait soupçonner un mystère dans la vie de mistress Dick Thorn... — René Moulin m'a dit de ne m'étonner de rien : donc, logiquement, je dois m'attendre à tout...

L'orchestre remplissait le salon de flots harmonieux

Au quadrille avait succédé une valse.

Henry, valseur de premier ordre, était encore le cavalier d'Olivia, et tous les spectateurs admiraient la grâce exquise du jeune couple.

— Charmant ! charmant ! charmant ! — avait-on soin de dire assez haut pour être entendu de Claudia.

Celle-ci, après la valse, passa familièrement son bras sous celui de Henry, qui venait de ramener Olivia à sa place.

— Combien je regrette, — lui dit-elle, — que M. le duc de la Tour-Vaudieu ne m'ait pas fait l'honneur d'accepter mon invitation !...

— Aviez-vous donc invité mon père ? — demanda l'avocat très surpris.

— Mais sans doute... — Ce cher duc n'est pas le moins du monde un inconnu pour moi... et je croyais pouvoir compter sur lui.

— Il aurait été heureux de venir, n'en doutez pas, madame...

— Qui l'en empêchait ?

— Le plus sérieux des motifs.

— Lequel ?

— L'absence.

— L'absence ! — répéta mistress Dick Thorn, stupéfaite à son tour. — Monsieur votre père aurait-il quitté Paris depuis ce matin ?

— Non depuis ce matin, madame, mais depuis plusieurs semaines...

— Mais, c'est impossible !!

— Pourquoi donc ?

— Parce que...

Claudia allait répondre : — Parce que je l'ai vu il y a quelques heures à peine...

Elle se mordit les lèvres.

Brusquement elle venait de comprendre que l'absence simulée de Georges, absence dont son fils lui-même était dupe, cachait un mystère qu'elle avait le plus grand intérêt à éclaircir.

— Parce que, — reprit-elle en modifiant sa phrase, — quelqu'un m'assurait à l'instant l'avoir vu ce matin sortir de son hôtel.

Henry secoua la tête.

— Ce quelqu'un s'est trompé... — dit-il. — Mon père voyage...

— Dans quel pays ?

— En Italie, je crois...

LXXI

— Vous croyez ?... — répéta mistress Dick Thorn. — Vous n'en êtes donc pas sûr ?

— Pas absolument...

— Ceci est une énigme dont je serais curieuse de connaître le mot...

— Rien de plus simple... — répondit Henry. — Mon père est parti pour l'Italie ; mais, n'ayant aucune raison pressante pour aller là plutôt qu'ailleurs, il a pu modifier en route le but de son voyage.

— Vous n'avez de lui aucune nouvelle ?

— Aucune...

— Et vous ne lui écrivez jamais ?

— Non, madame, ne sachant où lui adresser mes lettres...

— On ne fait donc pas suivre la correspondance arrivant à son hôtel ?

— Impossible... Tout s'entasse sur le bureau de son cabinet de travail... — A son retour il y trouvera votre lettre d'invitation avec beaucoup d'autres...

— C'est très singulier, — dit Claudia. — M. le duc est un original...

— Il avait sans doute besoin de repos... — répliqua le jeune homme. — Il aura voulu s'isoler complètement de ses affaires de toute nature.

L'ex-courtisane resta silencieuse pendant quelques secondes.

Elle pensait :

— Georges doit pénétrer secrètement la nuit dans son hôtel pour y prendre connaissance des lettres qui lui sont adressées. — La preuve, c'est qu'il a reçu la mienne... — Mais à quel propos tant de mystère ?... — Il faudra que je le sache... — Il m'a demandé jusqu'à demain, sous le prétexte de s'entendre avec son fils, et son fils le croit loin de Paris... — Donc il ne le verra pas. — Aurait-il l'intention de me prendre pour dupe ?

Après ce court monologue elle ajouta :

— L'absence de votre père doit vous donner de grands tracas...

— En aucune façon, madame...

— Ne vous a-t-il donc pas laissé le soin de gérer ses intérèts?

— Non, madame... — Je ne m'occupe absolument de rien... — Mon père a son homme d'affaires.

— Un certain Frédéric Bérard, je crois...

— Martial Rigaud, madame...

— Demeurant rue du Pot-de-Fer-Saint-Marce

— Pas du tout. — Martial Rigaud habite notre hôtel de la rue Saint-Dominique...

— Je faisais confusion... — Ce Frédéric Bérard est chargé des affaires d'une autre personne...

Claudia ne doutait plus.

Elle avait désormais la certitude que le duc se cachait sous le nom dont il s'était servi le matin de ce même jour.

— Je flaire un danger, — se disait-elle, — mais je serai sur mes gardes...

— Pourquoi toutes ces questions? — se demandait Henry. — Qu'importe à mistress Dick Thorn le voyage de mon père et le nom de son intendant?... — N'y a-t-il là qu'une pure et simple curiosité féminine? .

Sachant ce qu'elle voulait savoir, Claudia, que ses devoirs de maîtresse de maison appelaient ailleurs, quitta le jeune avocat.

Henri rejoignit Étienne Loriot, et tous les deux se rendirent au fumoir où des cigares des plus grandes marques de la Havane étaient mis à la disposition des invités.

René Moulin se multipliait.

Il surveillait les moindres détails, tout en songeant que le moment attendu par lui avec tant d'impatience approchait.

Un des valets avait reçu la consigne de le prévenir aussitôt qu'on viendrait le demander.

Il avait calculé que Berthe, partant de la rue Notre-Dame-des-Champs à dix heures et demie précises, arriverait avant onze heures et quart.

A minuit, après un lunch servi au buffet, les artistes du Gymnase joueraient un vaudeville dont la représentation ne durerait pas plus de vingt-cinq minutes, et auquel succéderaient les tableaux vivants précédant eux-mêmes la partie musicale de la fête.

René Moulin aurait donc le temps, aussitôt que Berthe et Jean-Jeudi seraient là, de régler la courte scène intercalée dans les tableaux vivants et dont l'effet pouvait être si grand.

Onze heures sonnèrent.

Le pseudo-maître d'hôtel, pris d'une sorte de fièvre nerveuse, ne tenait plus en place.

Il allait et venait dans le vestibule, surveillant l'escalier et tressaillant chaque fois que le timbre de la porte cochère retentissait.

Enfin il aperçut le domestique chargé de faire le guet.

Ce domestique s'approcha et lui dit :

— Monsieur Laurent, c'est le coiffeur pour les artistes. Faut-il le faire monter?

— Tout de suite. — Je vais l'attendre sur le carré du petit escalier...

Jean-Jeudi ne tarda point à paraître, — superbe, — méconnaissable.

Il avait fait — (pour nous servir de ses expressions) — une toilette *épatante*.

Il portait un pantalon noir acheté au Temple et quelque peu râpé, mais très propre encore ; une redingote de même couleur et de même provenance ; une cravate de satin vert émeraude et un chapeau à haute forme.

On voyait sous son bras gauche une boîte de carton attachée par une faveur rose et contenant les perruques.

— Monsieur Laurent, — dit-il d'un ton prétentieux, — je suis bien votre serviteur... — Vous m'avez recommandé l'exactitude et j'arrive à la minute précise...

— Très bien, monsieur... — répliqua René Moulin. — François, — ajouta-t-il en s'adressant au valet, — retournez à votre poste... — J'attends une dame artiste d'un moment à l'autre... — Vous l'amènerez directement ici...

— Oui, Monsieur Laurent...

Le mécanicien, resté seul avec Jean-Jeudi, reprit :

— Vous n'avez, en quittant la scène, qu'à ouvrir la porte que voici et qui se trouve derrière la toile de fond du petit théâtre... — Une fois sur le carré vous filerez par l'escalier que voilà jusque dans la cour, et de la cour dans la rue...

— Parfait!... — Où nous retrouverons-nous? — demanda Jean-Jeudi.

— Demain matin, à l'heure et à l'endroit habituels...

— Tu ne décamperas donc pas?...

— Certainement non... — J'ai l'intention de rester ici quelques jours encore, pour surveiller certains faits qui pourront se produire...

— Mais si mistress Dick Thorn te questionne?

— Je me charge de lui répondre de manière à détourner ses soupçons...

— Compris !

— Il est bien entendu, — poursuivit René Moulin, — que vous ne disparaîtrez brusquement qu'en cas d'alerte... — S'ils ne survient rien d'anormal, vous m'attendrez dans la pièce où je vais vous conduire et où s'habilleront les vrais acteurs... — Nous revêtirons, nous, nos costumes, dans un cabinet attenant à cette pièce...

— Il y aura de l'alerte... — murmura Jean-Jeudi.

— Qui vous fait supposer cela?...

— J'ai une preuve que je ne me trompais pas et que l'Anglaise est bien la femme de Neuilly... et ce n'est pas tout, j'ai du nouveau relativement à l'homme, au complice, qui a payé l'assassinat du médecin de Brunoy...

— Vous avez retrouvé sa trace ?... — demanda vivement René Moulin.

— Oui...

- Est-ce le duc de la Tour-Vaudieu ?

— Je l'ignore, mais tu peux le savoir, toi.

— Moi ! — répéta le mécanicien stupéfait.

— Parfaitement, ma vieille...

— Et comment ?

— Figure-toi que j'ai rencontré ce particulier au coin de la rue de Berlin... Je l'ai reconnu du premier coup d'œil, quoique depuis vingt ans il ait vieilli pas mal !... Bien décati, le vieux gredin... Mais les traits sont toujours les mêmes et le regard n'a pas changé...

— Après ?

— Eh bien, quoi, après ? — Je l'ai suivi... — Sais-tu où il allait ?

— Comment le saurais-je ?

— Il venait dans cet hôtel où il est resté plus d'une heure...

— Dans cet hôtel ! — s'écria René Moulin. — Ah ! vous devez avoir raison !...

— Pendant mon absence un visiteur s'est présenté... — Il a demandé à voir mistress Dick Thorn... — Madame ne recevait pas. — Le visiteur ne s'est pas tenu pour battu. — « *Faites savoir à votre maîtresse que j'arrive de Brunoy,* — a-t-il dit. — *Elle me recevra...* »

— Et l'Anglaise l'a reçu ?

— Oui.

— « *J'arrive de Brunoy* » était un mot de reconnaissance... un mot de passe...

— J'en suis convaincu... — L'homme en effet doit être le complice, mais il est certain que vous aviez tort de soupçonner le duc de la Tour-Vaudieu...

— Certain !... — Pourquoi certain ?... — Tu sais donc le nom de l'individu en question ?...

— Il s'appelle Frédéric Bérard...

— Enfin, c'est de la veine ! — murmura le vieux voleur. — J'ai été refait de neuf francs cinquante sans rien tirer de la portière, mais je ne regrette plus ma monnaie...

Et Jean-Jeudi raconta sa course interminable derrière le fiacre qui voiturait Frédéric Bérard à travers Paris.

— C'est bigrement *rupin* ici ! — fit-il en jetant un coup d'œil autour de lui, après avoir achevé son récit. — On pourrait découvrir le meuble où sont fourrés les billets de mille, je crois te l'avoir déjà dit...

— Et je suis sûr de vous avoir répondu qu'ici je ne voulais pas de vol... — répliqua René Moulin. — Nous verrons ensuite à faire nos affaires... — Occupez-vous à déballer les costumes... Voici la clef de la malle. Je descends attendre Mlle Berthe qui me semble bien en retard...

Jean-Jeudi haussa les épaules en regardant le pseudo-maître d'hôtel s'éloigner.

— Des délicats comme toi, mon vieux, — grommela-t-il en frappant sur sa cuisse, — tu sais, n'en faut pas !... — Voici deux fois de suite dans la même journée qu'il refuse de laisser mettre la main dans la pâte quand on sait où est la farine !... — C'est un gêneur, ce garçon-là !... — Est-ce qu'il se figure que je vais concourir pour le prix de vertu?... — Pas de ça, Lisette !... — Moi, je ne connais que mon métier !... — Je me suis muni de tout ce qu'il faut, et après la comédie, s'il y a moyen, je me faufile et je mets la main sur le magot... — Il a peur des plaintes, cet oiseau-là !... De quoi, des plaintes ! ! — As-tu fini?... — Si mistress Dick Thorn est bien la femme que je crois, je laisserai dans son tiroir une quittance qui lui donnera lieu de réfléchir avant de porter plainte... Et puis qu'est-ce que vous voulez? J'ai mon idée !... C'est plus fort que moi... Si je ne m'offrais pas un acompte sur le capital qui m'est dû depuis vingt ans, j'en ferais une maladie...

Puis Jean-Jeudi, ouvrant la malle, se mit à préparer les costumes.

LXXII

Il était minuit.

L'orchestre avait cessé de se faire entendre...

Les invités de mistress Dick Thorn envahissaient le buffet.

René Moulin, prodigieusement étonné et non moins inquiet de l'inexplicable retard de Berthe, allait et venait comme une âme en peine, de la salle à manger où l'appelait son service, au vestibule commandant le grand escalier.

Le valet François, dont nous connaissons la consigne, gravit rapidement les marches et s'approcha de lui.

— Enfin ! — murmura le pseudo-maître d'hôtel

Et tout haut il demanda :

— C'est cette dame, n'est-ce pas?

— Monsieur Laurent, — répondit François, — c'est un cocher qui veut vous parler...

— Un cocher?

— Oui, monsieur Laurent... — Il paraît que c'est pour une course payée d'avance que vous l'avez chargé de faire...

— J'y vais...

Et notre ami gagna en toute hâte le rez-de-chaussée.

Sans-Souci l'attendait sous la voûte.

— Faites descendre la jeune dame que vous amenez... — lui dit le mécanicien.

— Monsieur Laurent, dit-il d'un ton prétentieux, je suis bien votre serviteur.

— La jeune dame !... — répéta le cocher.

— Sans doute.

— Mais c'est que je ne l'amène pas du tout...

René pâlit.

— Comment ! — s'écria-t-il, — vous ne l'amenez pas ?

— Non, monsieur...

— Et, pourquoi ?

— Pour la bonne raison qu'elle doit être ici depuis pas mal de temps...

— Elle doit être ici?

— Oui, monsieur... — Quand je me suis présenté selon vos indications rue Notre-Dame-des-Champs, bien exactement à l'heure, et plutôt même en avance qu'en retard, la concierge à qui j'ai demandé Mlle Berthe Monestier m'a répondu que cette demoiselle était déjà partie...

L'inquiétude de René devint de l'angoisse.

— Partie! — répéta-t-il d'une voix étranglée. — C'est impossible!...

— C'est pourtant comme ça...

— Mais puisqu'elle devait attendre qu'on vînt la chercher...

— Eh bien! justement on est venu...

— Qui donc?...

— Un cocher de fiacre avec sa voiture... Il est monté prévenir la demoiselle et il l'a emmenée... — Vous devez bien le savoir, puisqu'il arrivait de votre part...

— Je n'ai envoyé personne que vous...

— L'autre cocher a pourtant bien dit qu'il avait commission de M. René Moulin... — Sans cela la concierge ne l'aurait pas laissé monter.

— Et vous avez mis une heure et demie à m'apporter cette nouvelle! Car il est plus de minuit!

— Bourgeois, je suis parti tout de suite, mais par le temps qu'il fait les pavés sont glissants... — Mon poulet d'Inde est tombé en route... Il a cassé un brancard... Ç'a été toute une affaire de le relever et de rafistoler la mécanique... — Je ne suis pas fautif.

Le cerveau de René était en feu.

Ce qui s'était passé lui paraissait incompréhensible. — Personne au monde ne connaissait ses projets. — On n'avait pu surprendre sa pensée. — On le croyait absent de Paris, en conséquence il ne pouvait admettre qu'on se fût servi de son nom pour attirer Berthe dans un piège...

Il y avait là sans aucun doute une erreur, un malentendu... — Si Berthe était réellement sortie, elle devait être rentrée dans son logement où elle attendait.

— Écoutez, — dit-il au cocher, — pouvez-vous en une heure et quart aller rue Notre-Dame-des-Champs et revenir ici?... Je vous donnerai cent francs.

— Bourgeois, c'est faisable... — Si le poulet d'Inde en crève, tant pis!... — Il n'est pas à moi.

— Retournez donc d'où vous venez... Demandez de nouveau Mlle Monestier et amenez-la...

— Bourgeois, je file et je reviens... Apprêtez les cent francs.

Sans-Souci s'élança sur son siège, et le cheval vigoureusement fouetté partit à fond de train, malgré les règlements de police qui défendent de galoper dans les rues de Paris.

— Si elle arrive, il sera temps encore... — se dit René en regagnant le premier étage. — Mais quelle singulière aventure! — Une seule explication me semble plausible... — Berthe a dû vouloir se dérober à cette scène qui l'épouvantait tant... — Son énergie surexcitée par moi s'est sans doute éteinte tout à coup... — Elle a pris peur et a fait débiter par la concierge cette histoire absurde du premier cocher... — Oh! faiblesse des femmes! Quand les nerfs s'en mêlent, tout est perdu!

Le pseudo-maître d'hôtel reprit son service en luttant de son mieux contre les préoccupations qui l'absorbaient.

A chaque instant il consultait sa montre dont les aiguilles indiquèrent successivement minuit et demi, puis une heure.

Les artistes du Gymnase étaient arrivés en costumes.

Les invités s'installèrent et le prélude de l'ouverture annonça que le vaudeville allait commencer.

René profita de la liberté relative que la représentation lui accordait, pour aller se mettre aux aguets à une fenêtre donnant sur la rue.

Un peu avant une heure et demie un fiacre, dont un nuage de vapeur enveloppait le cheval blanc d'écume, s'arrêta devant la porte de l'hôtel.

Le mécanicien descendit l'escalier comme une trombe et atteignit la porte cochère au moment où Sans-Souci en franchissait le seuil.

Le cocher avait une physionomie fort piteuse.

— Eh bien? — lui demanda René.

— Eh bien, bourgeois, la jeune dame n'était point revenue...

— Est-ce possible?...

Sans-Souci continua :

— J'ai fait lever la concierge, et Dieu sait que ça n'a pas été sans peine!! Je lui ai donné cent sous de ma poche... — Je suis monté avec elle au logement de la demoiselle... Nous avons sonné, resonné, carillonné, frappé à coups de poing sur la porte... — Personne n'a répondu...

— Il est donc arrivé un malheur... — murmura René, les lèvres sèches et la gorge serrée par l'émotion.

— Oh! bourgeois, ce n'est guère supposable... — répliqua Sans-Souci parlant pour parler et sans la moindre conviction. — La jeune dame était peut-être invitée autre part et n'aura pu venir ici...

Le pseudo-maître d'hôtel n'avait rien à répondre à ce non-sens.

— Voici votre argent, — dit-il en mettant dans la main du cocher un billet de cent francs et une pièce de cent sous.

Puis il regagna l'escalier, mais d'une marche lente, et chancelant à chaque pas comme un homme ivre.

A l'angoisse morale se joignait la souffrance physique... — Des trépidations douloureuses remplissaient son cerveau. — Son crâne brûlant lui semblait près d'éclater.

Il ne croyait plus maintenant que Berthe eût reculé devant la tâche dont elle avait accepté sa part... — Il devinait un piège inexplicable ; il soupçonnait un crime ; un funèbre pressentiment sonnait le glas du malheur à ses oreilles.

Il se débattit contre les idées noires qui l'envahissaient de plus en plus, et il murmura :

— Allons, je travaillerai seul à l'œuvre qu'elle devait partager... — Une femme de chambre inconsciente la remplacera dans la scène où elle avait son rôle...

Des applaudissements annoncèrent la chute du rideau après le vaudeville que devait suivre un entr'acte assez long pour donner le temps de préparer les tableaux vivants.

Claudia et sa fille étaient assises près du docteur Étienne Loriot.

Henry de la Tour-Vaudieu causait avec un jeune avocat de ses amis, rencontré dans la foule des invités.

René Moulin, jugeant que l'heure était venue de préparer tout, envoya l'ancien figurant de l'Ambigu, — (pour le quart d'heure valet supplémentaire), — rejoindre Jean-Jeudi dans le cabinet qui devait leur servir de loge, et se rendit à l'office.

— Mademoiselle Irma, — dit-il à une jeune femme de chambre très délurée et fort intelligente, attachée spécialement au service d'Olivia, — voulez-vous me rendre un service ?...

— Pourquoi donc pas, monsieur Laurent ? — répliqua la soubrette en lançant au maître d'hôtel, dont nous connaissons la tenue de gentleman, un regard plein d'une encourageante bienveillance. — De quoi s'agit-il ?

— De remplacer une artiste qui nous manque au dernier moment...

— Je ne demanderais pas mieux, monsieur Laurent, mais je ne joue la comédie qu'à la ville...

— Il n'est pas question de comédie, mais de tableaux vivants... — Vous n'aurez rien à dire...

— Et beaucoup de choses à montrer, — dit Mlle Irma en riant. — Je connais ça, les tableaux vivants... J'en ai vu à la Porte-Saint-Martin... — C'est très joli, mais ça manque de jupes et, quoique je sois assez bien faite et pas trop bégueule, je demande à réfléchir avant de m'exhiber dans le costume d'Ève, devant les invités de madame...

— Madame ne souffrirait pas de nudités dans ses salons... — répondit René. — Le personnage dont je parle est habillé en homme et porte un carrick de cocher sur ses vêtements... — La pudeur la plus sauvage ne pourrait donc se formaliser...

— Alors, ça me va beaucoup... Ça sera drôle...

— Vous consentez ?

— Et plutôt deux fois qu'une... — Où s'habille-t-on et qu'aurai-je à faire ?

— Venez avec moi...

René conduisit Mlle Irma jusqu'à la loge improvisée où se trouvaient Jean-Jeudi et l'ex-figurant.

Le voleur émérite était déjà costumé et grimé.

Il achevait de grimer son compagnon représentant le médecin de Brunoy, porteur de l'enfant.

— Et, mam'selle Berthe ?... — demanda Jean-Jeudi...

— Elle n'a pas pu venir, mais voici mademoiselle qui la remplacera...

LXXIII

Les deux hommes cédèrent la place à la soubrette, qui reçut les instructions de René Moulin et procéda sans perdre une minute à son travestissement, tandis que le pseudo-Laurent allait s'habiller et se grimer dans la pièce voisine, sous la direction de Jean-Jeudi.

A l'époque où se passaient les faits que nous racontons, les tableaux vivants étaient fort en vogue.

Ils avaient été mis à la mode d'abord à la Porte-Saint-Martin et au Cirque, par la troupe de la belle Mme Keller que tout Paris venait admirer dans la pose de l'*Ariane* de Canova, assise sur une panthère et simplement vêtue d'un maillot de soie couleur de chair.

La reproduction exacte du fameux tableau de Gérôme : le *Duel de Pierrot*, intercalée par l'auteur de ce récit dans sa revue : *Paris-Crinoline*, représentée au théâtre de l'Ambigu, venait de les populariser encore.

Les artistes envoyés par René Moulin gagnaient beaucoup d'argent en donnant chaque soir des représentations, non sur une scène publique mais sur des théâtres improvisés chez des particuliers.

L'orchestre joua un fragment d'ouverture, puis, pendant trois quarts d'heure, les poses plastiques et les reproductions d'œuvres de maîtres se succédèrent avec un grand succès.

Immédiatement avant le lever de la toile sur chaque tableau, le directeur de la troupe venait saluer les spectateurs et annonçait : — *Le Duel de Pierrot;* — *Une partie d'ânes;* — *Le coup de vent;* — *Le jugement de Pâris;* — *Après la bataille*, etc., etc.

Les entr'actes étaient fort courts.

Aussitôt le programme de la représentation rempli, la troupe, attendue ailleurs, s'empressa de quitter l'hôtel de la rue de Berlin.

Mais il restait à exhiber un dernier tableau dont les acteurs se nommaient Jean-Jeudi et René Moulin.

Celui-ci, aussitôt le rideau baissé, expédia un valet au chef d'orchestre pour le prier de jouer en sourdine une marche funèbre, et dès que retentirent les premières notes, sourdes et lugubres, Jean-Jeudi, qui se rappelait les moindres détails du drame de la nuit du 24 septembre 1837, posa ses personnages dans le décor figurant un pont mal éclairé par des réverbères dont la lueur douteuse tombait sur un fiacre immobile.

La reproduction de l'assassinat du docteur Leroyer était d'une exactitude absolue et d'un réalisme effrayant.

Personne n'aurait pu reconnaître les visages admirablement grimés des acteurs de cette scène de meurtre.

— C'est fait... — dit le vieux voleur en levant son couteau sur l'ex-figurant de l'Ambigu chargé du rôle du médecin.

— Chargez le rideau !... — commanda le mécanicien.

La toile aussitôt se leva, découvrant le paysage sinistre que nous avons décrit.

En même temps une voix vibrante, — celle de René, — dominant la lugubre musique, jeta ces mots aux spectateurs étonnés :

— *Le crime du pont de Neuilly !...*

Le résultat que René Moulin et Jean-Jeudi espéraient provoquer ne se fit point attendre et fut aussi complet que possible.

Mistress Dick Thorn devint pâle comme une morte...

Un tremblement nerveux secoua tout son corps.

Ses yeux effarés s'agrandirent.

Sans en avoir conscience elle voulut se lever pour se soustraire à l'effrayant spectacle de la matérialisation du crime dont elle avait été complice.

Ses jambes ployèrent sous elle ; — une sorte de gémissement s'échappa de ses lèvres ; — elle tomba à la renverse dans son fauteuil et perdit connaissance.

Cet incident — avons-nous besoin de le dire ? — détermina le baisser immédiat du rideau.

Tout le monde s'empressait, très agité, très ému, autour de Claudia. — On ne pouvait soupçonner la cause véritable de son évanouissement. — On cherchait à deviner quel mal subit venait de l'atteindre.

Olivia, affolée, se tordait les mains en couvrant de baisers les joues froides de sa mère.

Étienne Loriot, lui, conservait tout son sang-froid.

Il demandait de l'eau fraîche pour bassiner les tempes de la maîtresse du logis, il approchait de ses narines un flacon rempli de sels alcalins afin de provoquer une réaction, et il répondait aux questionneurs :

— Ce n'est rien... absolument rien... une syncope dont la chaleur est l'unique cause... — Dans cinq minutes mistress Dick Thorn, revenue à elle-même, n'aura plus besoin que d'un peu de repos.

Il ajouta en s'adressant à Olivia :

— Veuillez me dire, mademoiselle, où je pourrais transporter madame votre mère ?

— Dans sa chambre dont on a fait pour cette nuit un salon de jeu, monsieur le docteur... — répondit la jeune fille en sanglotant.

— Calmez-vous, mademoiselle, je vous en supplie... — Je vous réponds que ce ne sera rien...

Le jeune médecin était exceptionnellement vigoureux.

Il prit entre ses bras le corps de Claudia et, chargé de ce fardeau sous lequel il ne faiblissait point, il traversa la foule qui s'écartait sur son passage et le laissa seul avec la mère évanouie et la fille éperdue dans la chambre transformée en salon de jeu.

Tout en prodiguant à la malade des soins infructueux d'abord, Étienne Loriot pensait à René Moulin.

Il se rappelait les paroles prononcées par lui chez Berthe, et dont voici le sens, sinon le texte exact :

— Ne vous étonnez de rien, si étonnantes que soient les choses qui s'accompliront sous vos yeux.

Le mystère dont René et Berthe s'entouraient avait-il donc quelque rapport avec le fait, assurément surprenant, qui venait de se produire chez mistress Dick Thorn ?...

La présence de René sous un faux nom à l'hôtel de la rue de Berlin lui permettait de regarder cette supposition comme parfaitement admissible.

La syncope s'était manifestée au moment précis où retentissait dans le salon cette phrase : *Le crime du pont de Neuilly.*

Assurément ces mots avaient déterminé une étrange terreur résultant, selon toute apparence, non de la vue d'un décor plus ou moins sombre, mais d'un terrible souvenir...

Quel pouvait être ce souvenir, et qu'y avait-il d'anormal dans le passé de mistress Dick Thorn ?

Étienne se posait ces énigmes, et ne pouvait les résoudre.

— Monsieur, — balbutia la blonde enfant, — ma mère ne reprend pas connaissance... — J'ai peur...

— Rassurez-vous... — C'est une question de minutes... Rien n'est à craindre...

— Bien vrai ?...

— Je vous donne ma parole d'honneur que je n'ai pas la moindre inquiétude.

L'accent avec lequel fut prononcée cette affirmation était persuasif.

Olivia respira plus librement.

La porte du salon s'ouvrit et René Moulin parut.

Son maquillage et son déguisement avaient disparu.

Il était redevenu de la tête aux pieds Laurent, le maître d'hôtel absolument correct.

— Ah ! monsieur le docteur, que vient-on de m'apprendre? — s'écria-t-il. — Madame s'est trouvée mal pendant la représentation des tableaux vivants...

Et il s'approcha du canapé sur lequel reposait l'ex-courtisane.

Étienne crut reconnaître la voix vibrante qui avait dit : — *Le crime du pont de Neuilly.*

Il tressaillit et regarda fixement René Moulin.

Ce dernier répondit par un coup d'œil commandant le silence.

— Ce n'est pas dangereux, au moins, monsieur le docteur? — poursuivit-il.

— Ni dangereux, ni même grave. — Rassurez les invités de votre maîtresse, monsieur Laurent ; — annoncez-leur qu'avant un quart d'heure mistress Dick Thorn ira les rejoindre mieux portante que jamais.

— Vous faites de moi un porteur de bonnes nouvelles, monsieur le docteur... J'en suis bien heureux.

Et le maître d'hôtel de hasard sortit de la chambre d'un air enchanté.

Retournons de quelques instants en arrière et voyons ce qui s'était passé de l'autre côté de la toile après le tableau de l'assassinat.

Jean-Jeudi et René, depuis la scène, ne quittaient pas des yeux mistress Dick Thorn.

Ils la virent trembler, pâlir, essayer de fuir, et retomber enfin brisée et sans connaissance.

Pour eux la preuve était décisive.

Désormais il devenait impossible de douter que mistress Dick Thorn fût la complice du crime commis, vingt années auparavant, au pont de Neuilly.

— Nous savons à quoi nous en tenir... — glissa René dans l'oreille de Jean-Jeudi. — Mon idée était bonne et le succès dépasse notre espoir... — Vous connaissez l'escalier dérobé qui conduit à la cour?... Partez, et à demain...

— A demain... — répéta le voleur émérite... — Je file.

Il ajouta tout bas :

— Toi, tu peux te fouiller !... Plus souvent que je vais partir...

René gagna en toute hâte le cabinet servant de loge, pour se déshabiller et reprendre son apparence habituelle.

L'ancien figurant de l'Ambigu, et Mⁿˢ Irma la soubrette, en faisaient autant de leur côté.

Jean-Jeudi, lui, avait son idée fixe.

Cette idée nous la connaissons.

Il voulait, avant de quitter l'hôtel, visiter le petit meuble où son instinct de voleur émérite lui faisait croire que mistress Dick Thorn serrait ses billets de banque

— Je tiens la grenouille! se dit-il, en cachant le portefeuille sur sa poitrine.

La certitude acquise que la maîtresse du logis était bien l'empoisonneuse d'autrefois avivait encore ce désir.

Donc, au lieu de se dévêtir et de s'esquiver, il regarda par le trou du rideau pour s'assurer de ce qui se passait au salon.

C'était le moment où les invités se pressaient autour de Claudia toujours évanouie.

Cet incident imprévu avait fait déserter les autres pièces, — il nous semble presque superflu de l'affirmer.

LXXIV

— Ils sont tous occupés ailleurs, — pensa Jean-Jeudi, — l'occasion est fameuse... Et puis qu'est-ce que je risque, après tout? — Si par malechance on me pince, je n'aurai qu'un mot à dire à l'oreille de la dame pour être lâché tout de suite... — Orientons-nous un peu... — En face, le grand salon... — Le petit salon aux deux portraits doit être à droite, et je me souviens qu'il touche à la chambre où je flairais les *fafiots garatés* dans le meuble en question.... — Allons-y carrément!

Le vieux gredin quitta la scène du théâtre en miniature, traversa la pièce servant de foyer, ouvrit une porte à droite, reconnut les portraits en pied de Claudia et de feu Dick Thorn, souleva une portière et frissonna de joie en reconnaissant le bureau d'ébène.

On entendait au loin le murmure des voix, mais la pièce était absolument déserte.

Pour avoir chance de réussir dans sa téméraire entreprise, il fallait agir vite.

Jean-Jeudi tira de sa poche une lame d'acier dont il introduisit l'extrémité pointue entre la partie supérieure du meuble et le haut du tiroir, et se servit de cette lame en guise de levier avec une force irrésistible.

Un craquement sourd retentit. — La serrure céda; — le tiroir glissa dans ses rainures, laissant à découvert le portefeuille bourré de billets de banque par Claudia dans l'après-midi, et dont une poche secrète renfermait en outre le testament de Sigismond et le reçu de Guiseppe Corticelli.

Jean-Jeudi souleva les parois de maroquin et palpa d'une main fièvreuse les précieux chiffons.

— Je tiens la grenouille! — se dit-il en cachant le portefeuille sur sa poitrine velue, entre sa chemise et sa peau. — Maintenant, il s'agit d'empêcher l'Anglaise de mettre la police à mes trousses... — Ça ne sera pas la mer à boire.

A l'aide d'un crayon tiré de sa poche inépuisable, il traça sur une feuille de papier blanc les lignes suivantes, dont nous ne reproduirons pas l'orthographe ultra-fantaisiste:

« *Reçu de la dame de Neuilly un premier acompte sur l'affaire de la nuit du 24 septembre 1837.*

« JEAN-JEUDI. »

Il mit ce papier à la place du portefeuille dans le tiroir qu'une violente poussée rajusta dans ses rainures, puis, reprenant le chemin qu'il avait suivi deux minutes auparavant, — car ce qui précède n'avait pas duré plus de deux minutes, — il fut bientôt hors de l'hôtel, sans avoir été inquiété ni même remarqué.

Une fois dans la rue, il témoigna sa joie en se frottant les mains à en écorcher l'épiderme. — Le rire silencieux de Bas-de-Cuir contracta les muscles de son visage, et volontiers il eût esquissé sur le trottoir boueux un pas de caractère.

— Voilà qui défrisera quelque peu ce poseur de René Moulin ! — pensait-il. — J'aime pas qu'on fasse des manières avec Bibi, et qu'on se mette en travers quand les choses sont si faciles ! — Maintenant je vais aller me payer une soupe au fromage à la Halle ; je visiterai ensuite l'intérieur du bibelot...

Et il s'éloigna d'un bon pas.

En ce moment mistress Dick Thorn, reprenant connaissance, promenait autour d'elle des regards effarés.

Un silence profond régnait dans la chambre et c'est à peine si le murmure vague des conversations tenues à voix basse arrivait jusque-là, à travers les portes closes et les lourdes portières abaissées.

Trois personnes seulement, Olivia, le docteur Étienne Loriot et René Moulin, se trouvaient auprès du canapé sur lequel on avait étendu la maîtresse de la maison.

Claudia parut avoir un instant de délire.

— Faites taire cette musique... — commanda-t-elle d'une voix sourde. — Baissez ce rideau... Éteignez ces lumières... Chassez cette vision maudite... Chassez-la... chassez-la !...

Olivia pleurait à chaudes larmes.

René Moulin contenait difficilement sa joie en entendant mistress Dick Thorn se trahir d'une façon si complète.

— Remettez-vous, — chère madame, — dit Étienne. — Vous avez été souffrante... — La chaleur avait provoqué chez vous un évanouissement passager, mais vous voilà remise et vous pourrez bientôt rassurer vos invités en vous montrant à eux...

Les paroles du jeune homme ramenèrent brusquement Claudia au sentiment de la réalité.

Elle se calma soudain ; — toute trace d'exaltation cérébrale disparut ; — elle regarda successivement sa fille, le docteur, et le prétendu maître d'hôtel.

Le souvenir de ce qui s'était passé lui revint à la mémoire, net et distinct.

Un frisson passa sur sa chair.

Une secousse nerveuse agita tout son être...

Elle venait de comprendre ce que sa situation avait de périlleux, et à quels commentaires son étrange évanouissement pouvait donner naissance.

Ne s'était-elle point compromise? — Ne laissait-elle pas le champ libre aux plus malveillantes suppositions?

Toute autre fille d'Ève aurait courbé la tête, mais l'ex-Claudia Varni était d'une trempe solide...

Sa volonté de fer rétablit l'équilibre dans son cerveau momentanément ébranlé par une apparition stupéfiante.

Son visage se rasséréna; — un vague sourire se dessina sur ses lèvres; — ce fut d'une voix presque assurée qu'elle dit à Étienne:

— Enfin, cher docteur, que s'est-il donc passé? — Il me semble que j'ai eu peur et que je me suis évanouie, mais cela n'est pas très distinct. — Éclairez-moi, je vous en prie...

Le neveu de Pierre Loriot fut absolument dupe de cette tranquillité apparente. — René Moulin savait, lui, à quoi s'en tenir.

— Mon Dieu, madame, — répondit le jeune médecin, — rien n'est plus simple... — Le dernier épisode des tableaux vivants était véritablement sinistre... — Cette scène de meurtre vous a bouleversée... — De là le vertige et la syncope... — Cela se produit assez souvent dans les théâtres de drame, aux scènes par trop émouvantes, et donne de l'occupation aux médecins de service.

— En effet, — dit Claudia en riant, — je me souviens... — Oui, ce tableau m'avait causé une impression pénible... mais ma faiblesse a dû paraître bien ridicule...

— En aucune façon, chère madame... — On ne saurait lutter contre une défaillance...

— Excusable après tout, en y réfléchissant... — fit l'ex-courtisane. — Ce tableau ne m'a frappée que parce qu'il me rappelait un souvenir...

— Ah! — murmura René Moulin presque malgré lui.

— Oui, — reprit mistress Dick Thorn. — Une nuit, à l'époque où je portais Olivia dans mon sein, nous avons été l'objet, mon mari et moi, d'une agression sur un pont de Londres... — Nous revenions d'un bal. Il s'agissait de me voler mes diamants; le cocher était d'accord avec les malfaiteurs et, sans l'intervention quasi providentielle d'une escouade de policemen, on nous aurait, selon toute apparence, assassinés et jetés à la Tamise...

— Ah! chère madame, — s'écria Étienne Loriot, — ceci explique de façon surabondante la crise de ce soir.

— Docteur, suis-je en état de rejoindre mes invités?

— Parfaitement, mais buvez d'abord, je vous prie, un grand verre d'eau froide...

— Que je vais aller chercher, madame... — s'empressa de dire René Moulin en quittant la chambre.

— Chère maman, — fit Olivia en embrassant sa mère, — il faudra mettre
aussi un peu d'ordre dans ta coiffure, qui s'est toute défaite... — Veux-tu que
je t'envoie une femme de chambre?

— C'est inutile, mignonne... — répliqua mistress Dick Thorn. — Je m'en
tirerai très bien seule... — Retourne dans les salons avec le docteur... —
Annonce que je suis absolument remise, et qu'avant cinq minutes je ferai acte
de présence...

— Oui, mère...

Olivia, reparaissant au bras du docteur, rassura tout le monde par son
sourire. — Le chef d'orchestre donna le signal à ses musiciens et la fête, un
moment interrompue, reprit son animation.

Henry de la Tour-Vaudieu s'approcha d'Étienne.

— Que s'est-il donc passé? — lui demanda-t-il.

— Un évanouissement, tu le sais...

— Oui, mais à quel propos?...

— A propos d'un souvenir de Londres, évoqué par ce malencontreux dernier
tableau... — Mistress Dick Thorn est un peu nerveuse et très impressionnable,
voilà tout...

— Alors, rien de suspect?...

— Oh! pas la moindre chose...

L'ex-Claudia Verni restée seule se leva et, tout en rajustant devant une
glace les nattes détachées de sa splendide chevelure d'ébène, elle se contraignit
à examiner de sang-froid la situation, et s'efforça de pénétrer le mystère
qui l'entourait.

— Que signifie ce qui vient d'avoir lieu? — se demandait-elle. — Pourquoi
cet effrayant tableau? — Qui a donné l'ordre de le placer sous mes yeux, dans
mon hôtel, au milieu d'une fête? — Qui a reconstitué la scène avec cette
terrible exactitude?... — Deux personnes seulement en connaissent aussi bien
que moi les moindres détails, Jean-Jeudi et Georges de la Tour-Vaudieu... —
Jean-Jeudi est mort... — Reste le duc... — Mais quel intérêt aurait-il à provoquer un scandale plus à craindre pour lui que pour moi?... — Je m'y perds ..
— J'ai beau chercher, je ne trouve rien... — Est-ce le hasard?... — Pourquoi
non?... — Existe-t-il une peinture reproduisant le crime du pont de Neuilly, et
les artistes se sont-ils inspirés de cette peinture, sans arrière-pensée?... —
C'est admissible peut-être, mais bien invraisemblable...

Claudia songeait à toutes ces choses quant René Moulin entra, apportant sur
un plateau de vermeil un verre d'eau glacée qu'il présenta respectueusement à
mistress Dick Thorn qui le prit et le vida d'un trait.

— Laurent, — dit-elle ensuite, — j'ai quelques explications à vous
demander...

— A quel sujet, madame?

— Au sujet des tableaux vivants représentés ici, ou tout au moins du dernier...

— Celui qui a péniblement impressionné madame... — Si j'avais pu prévoir qu'il rappellerait à madame un effrayant souvenir, je l'aurais retranché du programme, mais je l'avais jugé absolument inoffensif.

— Quels étaient les personnages remplissant les rôles de ce tableau?

— Les artistes ayant déjà paru dans les tableaux précédents...

— Vous en êtes sûr?

— Oui, madame... — Je les ai vus s'habiller...

— Le directeur de la troupe est-il encore à l'hôtel?

— Non, madame... — Il est parti avec ses artistes pour donner une représentation au faubourg Saint-Germain... — Je dois lui envoyer demain ses décors... — Madame a-t-elle autre chose à me demander?

— Non... — reprit Claudia.

Le pseudo-maître d'hôtel s'inclina et se disposa à sortir.

LXXV

— Un mot encore... — reprit mistress Dick-Thorn.

— Aux ordres de madame, — dit René.

— Vous aurez à payer demain, ou plutôt aujourd'hui, d'assez grosses notes.... — Je ne veux pas que vous fassiez revenir les fournisseurs... — De quelle somme avez-vous besoin?

— D'après mes calculs approximatifs, de mille écus à peu près.

— Aussitôt que mes invités auront quitté l'hôtel, et avant de me mettre au lit pour prendre quelques heures de repos, je vous remettrai trois mille francs. — Vous viendrez me les demander.

— Bien, madame.

René Moulin s'inclina de nouveau et sortit de la chambre.

Claudia, un peu pâle encore mais le sourire aux lèvres, rentra dans les salons, où une ovation véritable accueillit son retour.

La fête se prolongea quelque temps encore, puis les hôtes de mistress Dick-Thorn se retirèrent après la dernière figure du cotillon, et à quatre heures il ne restait plus personne.

— Venez avec moi... — dit alors Claudia au maître d'hôtel qu'elle aperçut immobile dans l'embrasure d'une porte.

René la suivit et franchit derrière elle le seuil de la pièce où se trouvait le meuble d'ébène.

Claudia tira de sa poche un trousseau de clefs, en choisit une et l'introduisit dans la serrure du meuble.

La clef ne tourna pas.

L'ex-courtisane fit un mouvement brusque et le tiroir, glissant sur ses rainures, vint à elle.

— C'est singulier, — pensa mistress Dick-Thorn, — je suis cependant certaine d'avoir fermé ce meuble à double tour.

Elle plongea sa main dans le tiroir et poussa une exclamation de stupeur et d'effroi.

— Qu'y a-t-il donc, madame ? — demanda René Moulin avec inquiétude.

— On est entré ici, — s'écria Claudia livide, — et on m'a volée !...

— Volée ! — répéta le mécanicien. — Ce n'est pas possible ! — Il y a eu du monde toute la nuit dans cette pièce qui s'est séparée des salons que par une simple portière...

— Je vous dis qu'on m'a volée !... — On a forcé ce meuble !! — Regardez !... — Les traces d'effraction sont visibles !! — On s'est emparé d'un portefeuille qui contenait des papiers importants et une somme énorme, plus de cent mille francs...

— Ceci confond ma raison !... — reprit le mécanicien pour se donner une contenance. — Madame est-elle sûre de n'avoir pas mis le portefeuille dont il s'agit dans quelque autre endroit ?...

— Absolument sûre... Il était là... à la place même qu'occupe ce papier, qui n'y était point...

Claudia avait pris la feuille blanche.

Deux lignes d'une grosse écriture, tracées au crayon, frappèrent ses yeux.

Elle s'approcha d'un candélabre et René Moulin vit trembler ses mains et son regard prendre une expression d'horreur indicible tandis qu'elle lisait tout bas :

« Reçu de la dame de Neuilly un premier acompte sur l'affaire de la nuit du 24 septembre 1837.

« JEAN-JEUDI. »

Puis elle s'appuya à la muraille pour se soutenir, n'ayant plus conscience de ce qu'elle disait, et répétant à haute voix, d'un air égaré :

— Jean-Jeudi ! Jean-Jeudi ! — Vivant !

— Le misérable m'a désobéi !... — pensa René, puis il ajouta tout haut :

— Eh bien ! mais, puisqu'on a volé madame et que ce papier semble pouvoir mettre la police sur la trace du voleur, il faut faire à l'instant une déclaration, porter plainte... — Je cours chez le commissaire.

Ces paroles rappelèrent immédiatement Claudia à elle-même.

La pensée que Jean-Jeudi, si on parvenait à le prendre, ne manquerait pas de la dénoncer, la remplit d'épouvante.

Elle se raidit contre l'émotion.

— Non... non... — dit-elle en reprenant tout son sang-froid. — Pas une démarche et pas un mot!! — Je me trompais... On ne m'a rien volé... Rien, — vous entendez... absolument rien... — Je vous recommande le silence... — Attendez...

Mistress Dick Thorn, choisissant une autre clef dans son trousseau, ouvrit un petit bonheur du jour en marqueterie, y prit une bourse de soie rouge qui contenait quelques billets de banque et une cinquantaine de pièces d'or, compta trois mille francs et ajouta, en les donnant à René Moulin :

— Voici ce qu'il vous faut... — Allez, et souvenez-vous : — Pas un mot!!

— J'obéirai, madame...

Le pseudo-maître-d'hôtel se disait, en se retirant :

— C'est bien la femme du pont de Neuilly. — Si j'en avais douté je n'en douterais plus! Le nom de Jean-Jeudi vient de produire sur elle un effet foudroyant! — Elle soutient maintenant qu'on ne l'a point volée et refuse de porter plainte, parce qu'elle ne veut pas courir le risque de se trouver en face de son ancien complice, et parce que le portefeuille renferme à coup sûr les preuves du crime commis par elle et Frédéric Bérard... — Décidément tout est pour le mieux, et je pardonne à Jean-Jeudi d'avoir fait cette nuit son métier de voleur...

— Maintenant, pour avoir l'esprit tranquille, il me reste à connaître le motif de l'absence de Berthe, et dès qu'il fera jour j'irai rue Notre-Dame-des-Champs...

Mistress Dick Thorn, restée seule, ne songea plus à dominer son trouble et à cacher ses angoisses.

Elle marchait dans la chambre avec agitation.

— Jean-Jeudi, — répétait-elle, les lèvres contractées et les yeux pleins d'éclairs. — Il n'est pas mort, et il reparaît après vingt années!! — Ah! je comprends tout maintenant!... Cet homme, sauvé par miracle du poison versé par moi, a reconnu Georges de la Tour-Vaudieu, s'est rapproché de lui, s'est fait son âme damnée, et Georges était l'instigateur de la lugubre comédie de cette nuit! — Je lui ai dit que je possédais le testament de son frère et le reçu de Guiseppe Corticelli... — Il a voulu s'emparer de ces pièces pour me rendre impuissante, pour me dominer à son tour, et Jean-Jeudi m'a volé par son ordre.

— Le lâche me donnait cent mille francs le matin, sachant qu'il rentrerait dans son argent le soir! — Le duc de la Tour-Vaudieu, sénateur et dix fois millionnaire, est plus vil et plus infâme encore que le bandit de profession! — Et cet homme me doit tout, titre et fortune! — Ah! si c'était à refaire! Mais le dernier mot n'est pas dit! — Nous verrons, monsieur le duc, ce que vous me répondrez

Son regard prit une expression d'horreur indicible tandis qu'elle lisait tout bas...

demain, quand j'irai trouver Frédéric Bérard, rue du Pot-de-Fer-Saint-Marcel!

. . . .
. . . .

A huit heures du matin René, après avoir donné l'ordre de faire attendre les fournisseurs s'il s'en présentait, quitta l'hôtel, prit une voiture et dit au cocher de le conduire rue Notre-Dame-des-Champs.

La concierge ayant momentanément quitté sa loge, il monta droit au troisième étage et sonna plusieurs fois de suite à la porte de Berthe.

Hélas! l'orpheline ne pouvait répondre.

Il appuya son oreille contre le panneau.

Un silence de mort régnait à l'intérieur du logement.

René sentit son cœur se serrer. — Une profonde angoisse s'empara de lui.

— Ah! — se dit-il avec angoisse, — il est arrivé malheur à Berthe! — Hier je refusais de le croire, mais aujourd'hui l'évidence s'impose!... — La pauvre enfant est tombée dans un piège...

En proie à une sorte d'affolement douloureux, il redescendit.

La concierge était de retour dans sa loge.

Elle reconnut René.

— Vous venez de chez Mlle Monestier, monsieur Moulin? — lui demanda-t-elle.

— Oui, ma chère dame, et vous me voyez bien inquiet... — Hier au soir, vous le savez, je l'ai envoyé chercher deux fois pour la conduire où elle était attendue... — On ne l'a point trouvée... — Et ce matin je viens de carillonner inutilement à sa porte.

— C'est qu'elle n'est pas rentrée... — Je n'ai tiré le cordon cette nuit qu'au cocher qui est revenu de votre part à une heure du matin...

— Cette absence ne vous semble-t-elle pas singulière?

— Ah! dame! oui... Je suis comme vous... Je trouve ça drôle et je n'y comprends rien!... — Vous n'aviez retenu qu'un cocher, hein, monsieur René?

— Un seul... — Celui qui est venu deux fois...

— Comment donc ça se fait-il qu'un autre soit arrivé un peu avant l'heure convenue, et qu'il ait demandé mam'zelle Berthe de votre part?...

— De ma part!... — s'écria René stupéfait. — On est venu de ma part?

— Un peu, mon neveu!... — Je me rappelle même le bout de causette que j'ai eu avec le cocher... — Il avait l'air de monter sans me parler... — Alors je lui ai dit : *Où donc que vous allez comme ça?*

— Et il vous a répondu?...

— *Au troisième, la porte en face, chercher mam'selle Berthe Monestier, de la part de M. René Moulin, pour la conduire...*

— Où vous a-t-il dit qu'il la conduirait? — demanda le mécanicien haletant.

— Je ne sais pas s'il a fini sa phrase... — Dans tous les cas, comme ça ne me regardait ni peu ni beaucoup, ça m'est entré par une oreille et sorti par l'autre... — Je lui ai répondu: *Montez!* et il est monté...

— Et Mlle Berthe est descendue avec lui?

— Une demi-minute après, peut-être.

— En passant devant votre loge elle ne vous a point parlé?

— Non... Elle a fermé la porte derrière elle, et j'ai entendu la voiture rouler presque en même temps qu'un deuxième fiacre s'arrêtait devant la maison, et qu'un second cocher — le vôtre cette fois — entrait pour me demander la même chose que le premier.

— Et, celui-là, le premier, vous l'avez bien vu ?

— Comme je vous vois, monsieur Moulin...

— Vous êtes certain que c'était un vrai cocher ?

— Il en avait la mine, mais vous comprenez bien qu'il ne m'a pas montré son livret...

— Pouvez-vous me donner le signalement de cet homme ?...

— Je vous dirai volontiers ce que j'ai remarqué, si ça peut vous être utile..

— Très utile... — Il n'est pas naturel que Mlle Monestier ne soit point rentrée... — Je crains sérieusement qu'il ne lui soit arrivé malheur...

— Miséricorde ! — Espérons que non ! — Pauvre mignonne demoiselle ! — Il faut aller à la préfecture faire votre déclaration, monsieur René...

— C'est pour cette démarche, ma chère dame, que j'ai besoin du signalement...

— Le particulier était petit plutôt que grand, et assez râblé... — Il avait des cheveux couleur carotte avec les favoris assortis... — Il portait une houppelande noisette ou café au lait, très longue, avec des boutons de cuivre, et un chapeau de toile cirée... — Je n'en sais pas plus long...

— Merci, ma chère dame... Ah ! un mot encore. — Vous savez que le monde est prompt aux soupçons, et que la réputation d'une jeune fille est bien fragile... Si on vous demandait par hasard où se trouve Mlle Berthe, répondez s'il vous plaît qu'elle est à la campagne...

Puis René, quittant la rue Notre-Dame-des-Champs, remonta, de plus en plus inquiet, dans la voiture qui l'avait amené.

TROISIÈME PARTIE

JUSTICE

I

Les renseignements donnés par la concierge ne signifiaient absolument rien.

Comment retrouver un homme, d'après un signalement vague, parmi les quinze ou seize mille cochers faisant le service des voitures de place ou de remise de Paris?

Rien ne prouvait d'ailleurs que cet homme ne fût pas un faux cocher, revêtu, pour la circonstance, de la houppelande classique.

Que penser? — Que résoudre? — Où chercher?

René ne croyait plus que Berthe eût quitté son logis pour éviter de jouer un rôle, à l'hôtel de la rue de Berlin, dans la reproduction plastique du crime du pont de Neuilly.

La malheureuse enfant — il lui paraissait désormais impossible d'en douter — était tombée dans un piège d'une merveilleuse habileté.

Par qui ce piège avait-il été tendu?

René se souvint du misérable auquel il devait selon toute apparence son arrestation et qui, s'introduisant avec un complice dans son logement de la place Royale, avait glissé sous l'enveloppe bleue portant le mot : JUSTICE! une note calomnieuse heureusement supprimée par Berthe.

Le coup devait venir de là.

Quel était ce misérable?

Un personnage puissant, cela sautait aux yeux, puisqu'il avait eu l'influence nécessaire pour le faire arrêter.

Comment trouver sa trace?

S'adresser à la police?

Impossible!...

Le préfet ou le chef de la sûreté, avisés de la disparition de Berthe, demanderaient des explications. — René devrait, pour leur répondre, divulguer un secret qui n'était pas le sien, et d'ailleurs la police, impuissante vingt années auparavant à trouver le vrai coupable, serait-elle aujourd'hui plus habile ou plus heureuse?

René n'admettait point qu'on eût assassiné la jeune fille... — Il croyait à une séquestration provisoire. — Il supposait aux ravisseurs le projet d'épouvanter l'orpheline, afin de la contraindre à renoncer à ses projets.

A force de se mettre l'imagination à la torture, il se sentait devenir fou.

Brusquement il pensa au portefeuille volé par Jean-Jeudi, la nuit précédente.

Ce portefeuille — avait dit mistress Dick Thorn — contenait outre les billets de banque des papiers importants.

Ces papiers étaient peut-être de nature à l'éclairer.

Il donna l'ordre au cocher de le conduire rue Rébeval, se rendit au logement de Jean-Jeudi et heurta vigoureusement la porte à plusieurs reprises.

Pas plus que rue Notre-Dame-des-Champs il n'obtint de réponse.

La concierge à laquelle il s'adressa lui dit que son locataire n'était point chez lui, ou que du moins elle ne l'avait pas vu.

Elle ajouta qu'il avait l'habitude de rentrer, la nuit, par une porte dont il possédait seul la clef et qui donnait cité Rébeval...

Le temps passait.

René Moulin n'était pas plus avancé dans ses recherches qu'au moment de sa sortie de l'hôtel.

Les ténèbres semblaient s'épaissir autour de lui pour entraver sa marche.

Que faisait, et surtout que ferait Jean-Jeudi?...

L'incorrigible gredin avait-il pris la fuite avec le produit de son vol pour ne plus reparaître?

Si cette conjecture, très admissible, était bien fondée, tout s'écroulait.

— Ainsi, — murmurait le mécanicien tremblant de colère, — ce bandit qui devait être la cheville ouvrière de notre œuvre, le témoin du passé, l'accusateur principal, m'échapperait au dernier moment! — Ah! ce serait à se brûler la cervelle!

Il s'efforça de réagir contre le découragement qui s'emparait de lui.

— Non, — reprit-il, — ce n'est pas possible! Dieu n'abandonnerait pas la cause sainte à laquelle j'ai voué mon existence!! — Je fouillerai s'il le faut tous les bouges de Paris, jusqu'à ce que j'aie mis la main sur Jean-Jeudi et, quant à Berthe, j'appellerai à mon aide pour la retrouver celui qui l'aime plus que sa vie, le docteur Étienne Loriot!...

René, sans perdre une minute, se fit mener rue Cuvier chez le jeune médecin...

Étienne, rentré à cinq heures du matin, ne s'était point couché.

Il repassait dans son esprit les faits accomplis la nuit précédente et se demandait si la cause attribuée par mistress Dick Thorn à son évanouissement était bien réelle.

Tout d'abord il avait accepté sans discussion le récit de la belle veuve, mais maintenant il réfléchissait, il doutait, il lui semblait voir quelque chose d'étrange et de suspect dans l'effet produit par le dernier des tableaux vivants, et instinctivement il cherchait au fond de ce mystère l'action de René Moulin et de Berthe.

Peu à peu la fatigue triompha de ses préoccupations.

Il s'assoupit dans son fauteuil.

Un peu avant huit heures il fut réveillé par un violent coup de sonnette.

— Qui peut venir si matin? — se demanda-t-il en se frottant les yeux.

La question fut résolue presque aussitôt que posée.

Sa domestique ouvrit la porte de son cabinet de travail.

— C'est l'oncle de monsieur... — dit-elle.

— Mon oncle Pierre! — s'écria le jeune homme. — Faites-le vite entrer...

Pierre Loriot franchit le seuil.

Il n'avait point sa joyeuse figure habituelle. — L'expression soucieuse et renfrognée de sa physionomie le rendait presque méconnaissable.

Étienne courut à lui et lui serra les mains en disant :

— Soyez le bienvenu, cher oncle... — Mais qu'est-ce que vous avez donc? — ajouta-t-il en remarquant les traits bouleversés du brave homme.

— Ça ne va pas! — répliqua l'oncle.

— Seriez-vous malade?...

— Ah! si ce n'était que ça! — Tu m'ordonnerais une *purge* et je n'y penserais plus...

— Enfin, qu'y a-t-il?... — Pourquoi ce visage de l'autre monde?

— Pourquoi? Ah! sapré tonnerre! il y a bien de quoi! — Comprends-tu, moi, ton oncle, un vieux roublard, le doyen des cochers, on m'a roulé comme un conscrit!

— On vous a roulé?...

— Comme un conscrit, je te dis!

— Que vous a-t-on fait?

— On m'a volé mon fiacre!

Étienne regarda d'un air ébahi Pierre Loriot.

Ce dernier reprit :

— Oui, mon fiacre numéro 13, capitonné à neuf... et *Milord*, tu sais bien, Milord, un vieux cheval qui a du sang comme pas un, et qui rendrait douze points sur vingt-quatre à tout un lot de poulains de quatre ans! — Ah! si je tenais le gredin qui s'est fichu de moi de cette façon-là, je ne suis pas méchant, mais je l'étranglerais sans dire gare!

Et Pierre Loriot roulait de gros yeux et serrait les poings avec rage.

— Voyons... voyons... — fit Étienne, — calmez-vous et expliquez-moi ce qui s'est passé...

— Ah! ça ne sera pas long...

Et le digne homme raconta comment la veille au soir, à la porte d'un marchand de vin de la rue de l'Ouest, sa voiture avait disparu.

— Enfin, l'avez-vous retrouvé, votre fiacre numéro 13?... — demanda le docteur.

— Oui, ce matin, à la fourrière, et dans quel état! — *Milord* à moitié fourbu... — Ma boîte couverte de boue gluante et de terre glaise jusque par-dessus l'impériale. — Et j'ai trimé toute la nuit à pied, moi, un vieux cocher!... Et pour ravoir le poulet d'Inde et le sapin, il a fallu donner quinze francs!!

— Eh bien! mon oncle, vous n'en mourrez pas...

— Non, je n'en mourrai pas, mais on m'a *roulé*, c'est ça qui met dans des rages bleues!... Je donnerais trente francs de plus de bon cœur pour qu'on ne m'ait pas roulé!

— Ça passera, mon oncle...

— Bien sûr que ça passera, mais présentement ça me travaille... et comme la rue de Pontoise où se trouve la fourrière n'est pas loin d'ici, j'ai voulu venir te voir et te raconter mon guignon... — Ça soulage toujours un peu.

— Vous avez bien fait, mon oncle, et je compte que vous resterez à déjeuner avec moi...

— Tu ne vas donc pas à ton hôpital de fous, aujourd'hui?

— Non, mon oncle... — Je devais passer la nuit, j'ai demandé hier au directeur de me faire remplacer ce matin pour la visite...

— Alors tu as campos... — Bravo!... — J'accepte ton déjeuner avec bien du plaisir... — d'autant que je ne suis guère en train de travailler... — Comme ça, tu as passé la nuit auprès d'un malade?

— Non, mon oncle, j'étais à une fête...

II

— Tiens! tiens! tiens! — Tu vas dans des fêtes, mon gaillard! — Je parierais que tu t'es plus amusé cette nuit que moi qui trottais après ma boîte et mon bidet...

— Je n'aime pas beaucoup le monde, mais je ne pouvais refuser l'invitation d'une de mes clientes...

— Ah! c'était une de tes clientes?...

— Oui, mon oncle...

— Dans ce quartier-ci alors?

— A l'autre bout de Paris, au contraire... rue de Berlin...

Ces mots firent dresser l'oreille à Pierre Loriot, qui se souvint du récit de son collègue le cocher Sans-Souci.

— Rue de Berlin... — répéta-t-il. — Ah! ah!... rue de Berlin...

— Mais, oui, mon oncle... Pourquoi cela semble-t-il vous étonner?

— Parce que ça me rappelle une petite histoire qu'un camarade me racontait hier soir, juste au moment où on me cueillait mon fiacre...

— Une histoire concernant la rue de Berlin?

— Oui.

— Et relative à la maîtresse de la maison, ma cliente, mistress Dick Thorn?

— Non, pas à cette dame, mais à une autre personne, — une personne que tu connais... — ou du moins que tu as connue...

— Une personne que j'ai connue? — répéta le jeune médecin, très intrigué du tour que prenait la conversation.

— Et même il n'y a pas encore bien longtemps. Mais j'aime à croire que depuis la fameuse broche à portrait trouvée dans mon fiacre, et la petite explication qui s'en est suivie, tu as lâché carrément la particulière...

Étienne devint pâle.

— Voulez-vous parler de Mlle Berthe Monestier? — demanda-t-il d'une voix tremblante...

— Parbleu! — s'écria Pierre Loriot... — Je veux parler de la donzelle de la rue Notre-Dame-des-Champs...

— Et quelle histoire vous a-t-on racontée? — demanda le jeune homme avec angoisse.

— Une anecdote qui fait pendant à son aventure de la place Royale.

— Cette aventure, ou du moins ce que vous nommez ainsi, — répliqua vivement Étienne, — j'en connais maintenant les détails... — La démarche nocturne de Mlle Berthe, suspecte en apparence, était innocente en réalité. — Tout m'a été expliqué.

— Ah! ah! — fit d'un air goguenard le cocher du fiacre numéro 13, — on t'a donné des explications?...

— Parfaitement satisfaisantes...

— Et, qui ça? — La demoiselle?

— Oui, mon oncle...

— Ça t'a suffi?

— J'ai eu des preuves que Berthe disait la vérité...

— Des preuves!... — répéta Pierre Loriot. — Les femmes en ont toujours à donner, des preuves, et par douzaines... — Alors, selon toi, mam'selle Monestier n'allait point, place Royale, à un rendez-vous d'amour?...

— Non, mon oncle.

— Ah ! si je tenais le gredin qui s'est fichu de moi, de cette façon-là, je l'étranglerais.

— Et hier soir, quand on est venu la prendre en voiture, pour la conduire chez un monsieur, c'était plus que jamais en tout bien tout honneur?...

— On est venu chercher Mlle Berthe hier au soir?... — murmura le docteur stupéfait.

— Entre dix heures un quart et dix heures et demie... — Un peu, mon neveu...

— Vous en êtes sûr?

— Si j'en suis sûr? — Ah! cré coquin oui!... et mon confrère Sans-Souci un brave garçon, était chargé de cette jolie besogne...

— Et où devait-on conduire Berthe?...

— Rue de Berlin...

— Savez-vous le numéro?

— Sans-Souci a parlé du numéro 24.

Étienne respira plus librement. — Il recommençait à se rassurer.

— De quelle part venait-on? — Le savez-vous aussi? — reprit-il.

— De la part d'un nommé René Moulin.

— Je ne me trompais pas! — s'écria le docteur s'adressant à lui-même beau coup plus qu'à son oncle. — Berthe et René jouaient leur rôle dans le tableau final... — Je l'avais deviné...

Pierre Loriot écoutait, bouche béante, et ne comprenait guère que son neveu parût presque calme.

— Comme ça, — fit-il en ricanant, — l'escapade d'hier soir te semble naturelle et point compromettante?...

— Oui, mon oncle...

— Mais tu deviens fou!!

— Pas le moins du monde!... — J'aurais dû prévoir ce que vous venez de me dire... — Berthe est digne de moi, je vous le jure, et, quand je vous expliquerai sa visite à la place Royale et sa présence à l'hôtel de la rue de Berlin, vous serez le premier à convenir qu'en jugeant sur l'apparence on risque fort de se tromper et de condamner des innocents...

Pierre Loriot ne se sentait rien moins que convaincu.

III

— Tu peux m'expliquer ça tout de suite? — demanda le brave cocher.

— Non, mon oncle... le moment n'est pas venu.

— Pour lors, c'est un mystère?

— Oui, mon oncle...

— Les mystères, tu sais, j'aime pas bien ça.

— Il en existe cependant parfois, dans les familles, mon cher oncle... Il en existe de tristes et de terribles... — Nous sommes en présence d'un de ceux-là, mais soyez tranquille, l'heure est proche où tout s'éclaircira...

— Si tu as raison, tant mieux, mais moi qui ne suis pas amoureux, vois-tu, incrédule comme saint Thomas, aussi longtemps que je n'aurai pas touché du doigt la chose!...

— Eh bien! on vous la fera toucher.

Un coup de sonnette retentissant à la porte d'entrée interrompit l'entretien de l'oncle et du neveu.

— Ça me produit l'effet qu'on vient te chercher pour un malade très pressé... — dit Pierre Loriot.

La domestique entra dans le cabinet.

— Qu'y a-t-il, Françoise?

— Monsieur le docteur, c'est un monsieur qui désire vous parler en particulier.

— Un client?

— Non, monsieur, je ne l'ai jamais vu... — Il m'a chargé de vous répéter qu'il s'appelait René Moulin...

— René Moulin!! — s'écrièrent en même temps Pierre Loriot et Étienne, aussi surpris l'un que l'autre.

Étienne pensait avec inquiétude :

— Pourquoi cette visite matinale? — Il ajouta tout haut : — Faites entrer...

— Vous vous compariez à saint Thomas, mon cher oncle... — Je crois que tout à l'heure vous ne douterez plus...

La servante introduisit René.

— Qu'y a-t-il? — s'écria le médecin en voyant les traits décomposés du mécanicien. — Venez-vous donc m'annoncer un malheur?

— Un malheur! — répéta le pseudo-maître d'hôtel. — Je n'y veux pas croire encore, mais la nouvelle que j'apporte est mauvaise, et je viens vous demander un conseil et votre appui...

— Je ne vous refuserai, certes, ni l'un ni l'autre... — De quoi s'agit-il?

— Nous ne sommes pas seuls... — dit René en désignant Pierre Loriot.

— Monsieur est mon oncle... — Il a toute ma confiance et connaît mes affaires. Vous pouvez parler devant lui.

Le cocher du fiacre numéro 13 étudiait le nouveau venu avec attention et lui trouvait la mine loyale et le regard plein de franchise.

— Il s'agit de Mlle Berthe... — reprit René Moulin après avoir salué l'oncle du docteur.

— Je le pressentais... Est-elle malade?

— Elle est disparue.

— Disparue! — s'écria Étienne touché en plein cœur.

— Oui.

— Après avoir joué son rôle à la fête de mistress Dick Thorn?

— Vous saviez donc qu'elle y devait venir? — fit René très surpris.

— Une circonstance fortuite me l'avait appris...

— Eh bien! Mlle Berthe n'a point paru à l'hôtel de la rue de Berlin... — Je l'ai vainement attendue... — J'avais mis une voiture à ses ordres, et c'est le cocher de cette voiture qui est venu m'apprendre la disparition de la jeune fille...

— Mon Dieu! — balbutia le docteur, — que signifie cela, et que devons-nous craindre? — Êtes-vous allé vous-même rue Notre-Dame-des-Champs?

— J'en arrive.

— Eh bien?

— Une voiture qui n'était point la mienne est venue hier au soir, à dix heures et quelques minutes, prendre M\ue Monestier qu'on n'a pas revue depuis...

— Une voiture qui n'était point la vôtre? — répéta Étienne. — Je comprends mal...

— Je vais m'expliquer.

Et René Moulin raconta brièvement ce que nos lecteurs savent déjà.

Pierre Loriot écoutait avec une profonde attention.

Un grand travail se faisait dans son esprit.

— Ah! mais! ah! mais!... — s'écria-t-il tout à coup, — je commence, moi, à comprendre bigrement bien! — C'est mon confrère Sans-Souci, n'est-ce pas, que vous aviez chargé d'aller prendre la jeune demoiselle rue Notre-Dame-des-Champs?

— J'ignore le nom du cocher, mais j'ai le numéro de la voiture...

— Et c'est...

— Le 766.

— Le numéro de Sans-Souci, parfaitement! — A propos de ça, je vais bigrement vous étonner... — Je soupçonne beaucoup que mon fiacre, mon fameux numéro 13, a joué un rôle dans cette affaire-là...

— Votre fiacre, mon oncle!

— Tu vas voir... — Nous étions en train de dîner, trois bons enfants et moi, chez un *mastroquet* de la rue de l'Ouest... — Chacun disait la sienne... — Sans-Souci nous raconta qu'il devait aller vers les dix heures et demie, rue Notre-Dame-des-Champs, chercher man'selle Berthe Monestier de la part de M. René Moulin pour la conduire rue de Berlin... Voilà même comment mon neveu Étienne a su qu'elle devait y aller, car nous causions d'elle il y a cinq minutes... — Un peu avant dix heures Sans-Souci sortit pour brider son poulet d'Inde, et rentra me prévenir *illico* qu'on m'avait volé mon cheval et ma voiture en station devant le chand' d'vins... — J'ai dans ma folle idée qu'on s'en est servi pour emmener la demoiselle...

— Peut-être en effet... — dit René, — mais ce n'est qu'une supposition.

— Ne pourriez-vous, mon oncle, avoir des renseignements? — demanda Étienne.

— Malheureusement non!! — Si j'en avais, je ferais payer cher ma nuit de *trimage* à travers Paris au polisson qui m'a filouté.

— Mais vous avez retrouvé votre voiture? — reprit René.

— Oui, ce matin, à la fourrière, avec *Milord* à moitié fourbu... — Mais ni le cheval ni la voiture ne peuvent me renseigner...

— Peut-être, monsieur Loriot... — répliqua gravement le mécanicien.

— Comment, peut-être?... — Plaisantez-vous?

— Je n'y songe guère et je vais vous prouver que rien n'est plus sérieux...
— Admettons un instant que votre fiacre ait servi à enlever Mlle Monestier...

— Oui, admettons ça.

— Eh bien, qui sait si le fiacre lui-même ne nous offrira pas quelques indices révélateurs de l'endroit où on l'a conduit?

Pierre Loriot secoua la tête.

— J'ai regardé partout, — dit-il, — j'avais la même idée que vous et je tâchais de trouver un indice...

— Nous chercherons ensemble de nouveau.

— Une chose bien importante à vous apprendre, monsieur René, — interrompit Étienne, — c'est qu'on s'est servi de votre nom pour attirer Berthe hors de chez elle...

— Le cocher du fiacre 766 me l'avait déjà dit...

— Quelqu'un savait donc que vous aviez l'intention de faire venir Mlle Monestier à l'hôtel de mistress Dick Thorn?...

— Personne.

— Alors le fait me semble inexplicable...

— Comme à moi, et s'il n'était prouvé, et malheureusement trop prouvé, je refuserais de le croire...

— Monsieur René, — demanda le jeune médecin, — qui soupçonnez-vous d'avoir commis ce rapt infâme?

— Je ne soupçonne pas, j'accuse les puissants ennemis dont la haine se manifeste sous toutes les formes; ceux qui m'ont fait arrêter, passer en jugement, et qui comptaient bien m'envoyer à Cayenne pour expier un crime que je n'ai pas commis.

— Si puissants que soient ces ennemis, — reprit impétueusement Étienne, — nous irons les trouver ensemble, nous les sommerons de nous rendre Berthe, nous les menacerons en cas de refus de les dénoncer à la police... Se voyant découverts, ils auront peur et céderont...

— Malheureusement c'est impossible, — répliqua René.

— Impossible!! — Pourquoi?

— Sans trahir un secret qui n'est pas le mien, je puis vous dire que ces ennemis contre lesquels Mlle Monestier et moi nous avons engagé la lutte nous sont inconnus.

Étienne fit un gesto de surprise.

— Cela vous étonne, je le comprends... — reprit le mécanicien... — Cela vous paraît incroyable, et cependant c'est réel... — Le hasard m'a mis sur une piste que je crois bonne et qui doit nous conduire à la vérité... L'un des misérables s'est introduit chez moi, dans mon logement de la place Royale, pour y voler la preuve d'un crime dont il s'est rendu coupable autrefois... — Mlle Berthe s'y trouvait en même temps que lui pour soustraire cette preuve à la perquisition qui devait avoir lieu le lendemain... — Elle a vu cet homme et pourrait le reconnaître, mais nous ne savons pas son nom...

— Adressez-vous au procureur impérial.

René secoua la tête.

— La justice, à cette heure, nous entraverait au lieu de nous servir... — répondit-il. — Nous devons agir seuls et sans aide jusqu'au jour, prochain peut-être, où les mains pleines de preuves nous viendrons dire au représentant de la loi : — *Vous avez fait tomber jadis la tête d'un innocent! — Nous vous désignons aujourd'hui les vrais meurtriers du médecin de Brunoy!! — Faites votre devoir et réhabilitez le nom du martyr!!* — Déjà je croyais toucher à ce but, mais les démons veillaient dans l'ombre et Berthe disparaît! — Je ne puis rien sans elle!

— Vous l'aimiez et vous avez la certitude qu'elle est digne de vous! — Unissez vos efforts aux miens pour la retrouver... pour la délivrer...

— Ah! je suis prêt!... — s'écria le jeune docteur, — prêt à mourir comme à vivre pour elle!

— Eh bien, et moi donc! — appuya Pierre Loriot. — Il y aura du travail et de la peine, j'en veux ma part... — Qu'est-ce qu'il faut faire?

— Il me vient une idée, — dit Etienne. — J'ai un ami dans une haute position, et cet ami vous le connaissez, c'est Henry de la Tour-Vaudieu... — Sa position d'avocat lui ouvre toutes les portes au Palais... — Sa situation de fils d'un sénateur lui donne de l'influence à la préfecture. — Ne pourrait-il en user dans notre intérêt, et faire mettre à notre disposition des agents habitués à suivre une piste dans Paris?

IV

— Quelle que soit l'influence de M. de la Tour-Vaudieu, — répliqua le mécanicien, — il n'obtiendrait le concours de la préfecture qu'en donnant des explications... Or, lui non plus ne doit rien savoir...

— Je comprends ça, — interrompit Pierre Loriot, — mais ce qui n'est possible ni pour vous, monsieur René Moulin, ni pour M. Henry, je puis le faire, moi...

— Vous, mon oncle!

— Très bien...

— Comment cela?

— Voici... — J'ai dans ma folle idée, — (je vous l'ai déjà dit), — qu'on s'est servi de mon carabas pour enlever la jeune demoiselle qui tient si fort au cœur d'Étienne et qui, — (je commence à le croire), — est positivement rosière...

Le docteur saisit les mains de son oncle et les serra avec effusion.

Pierre Loriot continua :

— Les gredins chargés de l'opération ne voulaient pas se compromettre en louant une voiture de place ou en se servant d'une voiture de maître... — Ils ont trouvé plus simple de subtiliser mon n° 13 et *Milord*... — Remarquez bien qu'on m'a filouté la boîte et la bête à la porte d'un manezingue de la rue de l'Ouest, par conséquent à deux pas de la rue Notre-Dame-des-Champs...

— Vous devez avoir raison... — s'écria René...

— Parbleu! j'ai raison certainement...

— Mais où voulez-vous en venir?

— A ceci, tout bonnement : Si mon fiacre est complice, il s'agit de savoir où mon fiacre est allé...

— Ah! si ça se pouvait...

— Ça se peut... — Mon fiacre n'a pas de langue pour répondre, mais la police répondra pour lui...

— Ne l'espérez pas, — dit René; — la police refusera bel et bien de faire une enquête au sujet d'un fiacre égaré et retrouvé...

— Elle agira très bien, au contraire, si je me porte partie civile et si je dépose une caution, et c'est ce que je vais faire sans le moindre retard...

— Mais sur quel motif vous appuierez-vous pour provoquer cette enquête inutile en apparence?

— Ah! saperlipopette, ça n'est pas malin à inventer! — Je dirai que j'avais un paletot dans le coffre de ma voiture, des papiers très importants dans la poche du paletot, et qu'on m'a tout volé, papiers et paletot...

— L'idée est excellente... — fit le mécanicien.

— Je file chez moi, — reprit Pierre Loriot. — Je me munis d'argent et je reviens porter plainte au procureur impérial... — Et nous verrons si on ne retrouve pas les brigands qui m'ont fait trimer dans la crotte, comme un simple pousse-caillou, pendant huit heures d'horloge!!

— Inutile de vous déranger, mon oncle, pour aller chez vous chercher de l'argent. — Je vais vous remettre la somme nécessaire... — dit Étienne.

— Bon! alors ça ira rondement... — J'empoche et je file...

René intervint.

— Avant toute démarche, — fit-il, — je tiendrais beaucoup à examiner votre voiture...

— Facile!... Elle est en bas... je viens d'aller la chercher à la fourrière... — C'est un commissionnaire qui garde mon cheval...

— Rien n'a été dérangé, ni à l'intérieur ni à l'extérieur, depuis le moment où les voleurs l'ont abandonnée?

— Rien...

— Allons la voir alors, je vous prie...

René et Pierre Loriot descendirent.

Étienne les suivit curieusement.

Le fiacre n° 13 stationnait au bord du trottoir sous la garde d'un commissionnaire.

L'oncle du jeune médecin ouvrit l'une des portières.

— Voyez si ce n'est pas une horreur!! — dit-il. — Les coussins sont frangés de boue! — Des coussins recouverts à neuf!!

— En effet, — répliqua le mécanicien en inspectant l'intérieur de la voiture avec curiosité, — voici sur le galon des taches de fange produites par le contact d'un pantalon crotté... le paillasson aussi est boueux, mais d'un seul côté... — L'individu qui s'est installé là avait fait du chemin à pied avant de monter dans la voiture.

— Mazette!... vous êtes observateur, vous! — s'écria le vieux cocher.

— J'ai intérêt à savoir... — Je regarde et je conclus, voilà tout...

— Continuez... — fit Étienne qu'intéressaient énormément les remarques de René Moulin.

Ce dernier dit tout à coup :

— Je commence à croire, moi aussi, monsieur Loriot, que votre voiture a pu servir à l'enlèvement de Mlle Berthe... — Dans tous les cas une femme y a pris place...

— Vous trouvez un indice? — demanda vivement Étienne.

— Regardez...

Et René présentait à l'oncle et au neveu un objet d'un très petit volume.

— Ça, c'est un bouton de bottine... — fit Pierre Loriot. — Or, je venais de relayer, de brosser les coussins, de secouer le paillasson, et je n'avais conduit personne quand on m'a *levé* ma voiture... — Le bouton est en soie... — bottines de femme!... — C'est une dame ou une demoiselle qui l'a perdu...

René reprit :

— Cette dame ou cette demoiselle s'est assise là, à droite... — C'est à peine si le paillasson est crotté à cet endroit. — Donc la personne descendait de chez elle et n'avait fait que traverser le trottoir... — Vous voyez que le fiacre parle.

— C'est, ma foi, vrai!... — murmura Pierre Loriot avec admiration.

— Les ravisseurs devaient être deux... — fit observer Étienne. — Il y en avait un certainement dans la voiture pour surveiller la pauvre enfant...

— Et l'autre sur le siège, habillé en cocher, — acheva René Moulin, tout en continuant ses recherches de la façon la plus minutieuse.

Sous les coussins qu'il souleva il trouva cinq petits carrés de papier, semblables à celui que Berthe avait glissé entre son gant et la paume de sa main.

— Ce sont des numéros que je place dans la voiture pour les voyageurs qui en demandent... — dit Pierre Loriot. — Avant de partir, j'en avais mis une demi-douzaine.

Le cocher du fiacre n° 13 étudiait le nouveau venu avec attention.

René compta les feuilles.

— Les six y sont-ils? — demanda Pierre.

— Il en manque un... — Je n'en vois que cinq...

— Peut-être en les comptant vous êtes-vous trompé.

— Possible... mais ça m'étonnerait bien.

— Nous nous égarons... — interrompit le jeune médecin avec impatience.

— Tout ceci ne nous apprend point de quel côté nous devons diriger nos
recherches...

— C'est juste, mais ce que l'intérieur du fiacre ne nous a pas dit, l'extérieur
nous l'enseignera peut-être...

René, refermant la portière, se mit à examiner les roues.

Elles étaient entièrement recouvertes d'une boue jaunâtre très adhérente.

De nombreuses éclaboussures de terre glaise mouchetaient les rais.

— La voiture est sortie de Paris, — continua le mécanicien, — ça ne fait
pas l'ombre d'un doute... — Elle a été conduite dans un chemin glaiseux et
défoncé... — Voyez les sabots du cheval... — Le cocher a mis pied à terre au
milieu de ce chemin, et il est remonté, car nous retrouvons sur le marchepied
et sur le parquet du siège la même boue jaune et les fragments de glaise qui
couvrent les roues de la voiture et les jambes du cheval.

Pierre Loriot écoutait émerveillé.

— L'homme de l'intérieur est descendu aussi... — poursuivit René. — Les
souillures du paillasson le prouvent, étant de nature identique...

— Mais, — fit observer le vieux cocher, — sans sortir de Paris il y a pas
mal de terrains glaiseux, à Montmartre, au Père-Lachaise, à Ménilmontant, aux
Buttes-Chaumont...

— Où a été retrouvé le fiacre? — demanda René Moulin.

— Quai de la Râpée.

— A quelle heure?

— A minuit et demi.

— Le cheval paraissait-il fatigué?

— A moitié fourbu, et pour être dans cet état-là il a dû fournir une longue
course ventre à terre; car c'est un rude bidet, ce pauvre *Milord!*

V

— A quelle heure vous êtes-vous aperçu de la disparition de votre fiacre? —
continua René.

— Un petit peu avant dix heures, — dit Pierre Loriot.

— Il s'est donc écoulé deux heures et demie entre ce moment et celui où
l'on a retrouvé l'attelage sur le quai de la Râpée...

— Oui... et voulez-vous savoir une chose que je ne comprends pas du tout?

— Quelle chose?

— Milord avait, à ce que m'a dit un sergent de ville, la musette à sa tétière
et le nez dans son avoine...

— Malice cousue de fil blanc! ruse de voleurs qui, de l'endroit où ils ont conduit Mᴵᴵᵉ Berthe, ont ramené la voiture au bord de la Seine et replacé la musette pour faire croire que le cheval était parti tout seul... — Ils comptaient bien ainsi dépister toutes recherches...

— Cela doit être... — dit Étienne.

— Parbleu! c'est sûr! — appuya Pierre Loriot, — M. René est un malin à qui on ne ferait pas prendre des vessies pour des lanternes!! — Ah! dame! non!...

— Eh bien! orientons-nous... — reprit le mécanicien. — Pour ramener le fiacre là où les agents l'ont capturé, il est bien vraisemblable qu'on ne s'est point donné la peine de traverser Paris... Donc c'est du côté de Bercy, de Vincennes, de Montreuil, que le cheval avait été conduit, et j'opinerais pour Montreuil où les terrains sont particulièrement glaiseux.

— Hors de Paris alors, selon vous? — demanda le jeune médecin.

— Oui, hors de Paris et, je le répète, dans des chemins défoncés... Dirigeons par conséquent nos recherches du côté de Montreuil, sans préjudice de l'enquête que fera la police sur la plainte de M. Loriot.

— Si le fiacre a passé la barrière, — dit Étienne, — les employés de l'octroi auront peut-être remarqué le numéro...

— Il est assez visible... — s'écria le cocher. — Et le numéro 13, ça tire l'œil!...

René tournait autour de la voiture.

— C'est une chance qui nous est enlevée... — fit-il.

— Comment donc ça?

— Les gredins avaient tout prévu et pris leurs précautions... — Regardez...
Et il désignait du doigt une tache blanchâtre entourant les numéros.

— Je vois, — murmura le docteur, — mais je ne comprends guère...

— On avait masqué les chiffres avec du papier, et la tache est produite par de la colle de pâte desséchée...

— Ah! les brigands! — dit Pierre Loriot d'une voix sifflante. — Ah! les scélérats! — Si je les tenais!

— Par malheur nous sommes loin de les tenir... — répliqua le mécanicien. — Ils ont trop bien pris leurs précautions! — Néanmoins, je ne désespère point... — L'heure de la justice et de la vengeance arrivera...

— Dieu veuille qu'elle n'arrive pas trop tard... — balbutia douloureusement Étienne; puis il ajouta : — Que décidez-vous?... — Songez qu'il faut agir sans retard! J'agonise à la pensée de Berthe prisonnière, nous appelant en vain...

— Avant toute chose, il faut que votre oncle dépose sa plainte au parquet.

— Le temps de manger un morceau et j'y cours, — répondit le vieux cocher. — Donnez-moi, s'il vous plaît, le bouton de bottine...

René tendit l'objet à Loriot qui le serra précieusement dans son porte-monnaie.

— Je retourne à l'hôtel de la rue de Berlin, — fit ensuite le pseudo-Laurent.

— Je vais prévenir mistress Dick Thorn que je quitte son service... — J'ai besoin d'être absolument libre, mais je ne perdrai pas de vue pour cela les agissements de cette dame...

— Moi, — dit Étienne, — je ne saurais demeurer inactif, ne fût-ce qu'une heure... — Je prendrai des informations autour de Paris, dans le rayon que vous m'avez désigné... — Quand et où vous reverrai-je?

— Je passerai chez vous tous les soirs, et nous nous rendrons compte mutuellement du résultat de nos démarches...

— Vous demeurez toujours place Royale?

— Dès aujourd'hui je changerai de domicile, et ce soir je vous ferai connaître ma nouvelle adresse... — A ce soir, donc!...

— A ce soir !

René serra cordialement la main de l'oncle, celle du neveu, et remonta dans la voiture qui l'avait amené.

Pierre Loriot déjeuna rapidement avec Étienne et partit pour le Palais de Justice.

Mistress Dick Thorn, brisée de fatigue et surtout épuisée par les terribles émotions de la nuit précédente, avait, — malgré les préoccupations qui l'obsédaient, — dormi pendant quelques heures, mais d'un sommeil fiévreux, peuplé de mauvais rêves et d'effrayants cauchemars.

Elle se leva vers neuf heures du matin, s'habilla rapidement, et au moment de sortir fit demander son maître d'hôtel.

Il lui fut répondu que M. Laurent était absent pour les affaires de madame.

Peu importait à Claudia, qui n'avait à lui donner que des ordres sans grande importance.

Elle quitta l'hôtel.

Nos lecteurs devinent le but de la sortie matinale de l'ex-courtisane.

Elle se rendait chez le duc de la Tour-Vaudieu qu'elle accusait de l'avoir fait dépouiller par Jean-Jeudi, redevenu son complice pour un vol, comme il l'avait été jadis pour un assassinat.

La rage au fond de l'âme et la menace sur les lèvres, elle comptait arracher le masque de Frédéric Bérard et le dominer par la crainte d'un scandale imminent.

Bref, — comme on dit vulgairement, — elle était prête à *casser les vitres*.

Mistress Dick Thorn n'avait point fait atteler. — Elle descendit jusqu'à la gare Saint-Lazare où elle prit une voiture à l'heure, en donnant au cocher l'ordre de la conduire rue du Pot-de-Fer-Saint-Marcel.

— N'étant point prévenu de ma visite , — se disait-elle chemin faisant, — il ne songera pas sans doute à faire défendre sa porte... — Rien ne m'arrêterait d'ailleurs et je suis prête à forcer la consigne...

Le coupé de louage roulait cahin-caha sur le pavé boueux.

Nous précéderons Claudia chez son ancien amant.

M. de la Tour-Vaudieu, en quittant Théfer, était rentré chez lui dans un état de défaillance physique et morale absolu.

Les émotions du plateau de la Capsulerie, on le comprend sans peine, n'avaient pas été moins terribles que celles de l'hôtel de la rue de Berlin.

Vainement le duc s'était jeté sur son lit en appelant le sommeil.

Les souvenirs de la nuit torturaient sa pensée, brûlaient son sang dans ses veines, et lui donnaient une fièvre ardente.

Sans trève et sans relâche il revoyait ce drame dont un coup de couteau et un incendie avaient été le lugubre dénouement.

Il frissonnait d'épouvante en songeant à son crime, et cependant il se disait que ce crime resterait à jamais inconnu, que la mort de Berthe terminait la lutte, que ses angoisses allaient finir puisqu'il ne lui restait désormais qu'un adversaire, — Claudia Varni, — et puisqu'il était prêt à la désarmer en lui sacrifiant une partie de sa fortune et l'avenir de son fils d'adoption.

Georges, — (suivant en cela les conseils du policier, son âme damnée), — avait résolu de rompre le mariage de Henry avec Mlle Isabeau de Lilliers, et de le contraindre à devenir le mari d'Olivia.

Comment s'y prendrait-il pour décider le jeune homme à l'obéissance?

Il n'en savait rien encore, mais il comptait bien en venir à bout, grâce à d'irrésistibles expédients que son esprit fertile en roueries ne manquerait pas de lui suggérer.

Seulement il avait promis de donner une réponse le lendemain, par conséquent ce même jour, à midi, — et il fallait gagner du temps. — Tout le monde le croyait absent de Paris, il ne pouvait se réinstaller d'une heure à l'autre dans son hôtel de la rue Saint-Dominique, et battre en brèche séance tenante les projets hautement approuvés par lui jusqu'à ce moment.

Il importait donc de trouver un prétexte ingénieux pour faire patienter son ancienne maîtresse et, reculant devant un entretien difficile, il se préparait à écrire au lieu de parler.

— Après tout, — pensait le sénateur, — je lui ai donné cent mille francs hier... — Cette preuve indiscutable de mon bon vouloir doit la disposer à la patience... — Elle est trop cupide d'ailleurs, et trop intelligente, pour égorger la poule aux œufs d'or dans un mouvement d'absurde colère...

Le duc se leva, s'assit à son bureau, prit une feuille de papier à lettre et écrivit les lignes suivantes :

« Chère madame,

« La personne qui a eu l'honneur de vous voir hier me charge de vous « écrire au sujet de certaines choses convenues entre vous.

« Vous attendez une réponse qui sera certainement conforme à vos désirs,

« mais qui ne peut vous être donnée aujourd'hui même pour des raisons que
« vous comprendrez sans peine.

« Un acte de volonté brutale, un coup de force et d'autorité ne suffiraient
« pas pour rompre certain mariage arrêté depuis longtemps.

« Quelques ménagements et une suffisante dose d'habileté diplomatique
« conduiront d'une façon bien plus certaine à ce résultat.

« N'ayez ni étonnement, ni inquiétude ; dites-vous bien qu'on souhaite vous
« satisfaire et qu'on travaille en conséquence ; attendez-vous à une prochaine
« visite et ne doutez point, chère madame, du dévouement sincère de votre ser-
« viteur empressé,

                                        « FRÉDÉRIC BÉRARD. »

Le duc venait de terminer sa lettre.

Il était en train de la relire, non sans quelque satisfaction d'amour-propre ;
car il la trouvait, à tort ou à raison, fort adroite.

Le roulement d'une voiture se fit entendre dans la rue et s'arrêta devant la
maison.

Le duc regarda sa montre.

— Pas encore dix heures... — murmura-t-il. — Ce doit être Théfer...

Il glissa la lettre sous l'enveloppe, ferma à la gomme et traça cette suscription :

                « MISTRESS DICK THORN

                    « *En son hôtel,*

                « 24, rue de Berlin. »

Un coup de sonnette retentit dans l'antichambre.

— Je ne me trompais pas, — pensa Georges. — C'est Théfer. — Que peut-
il avoir à me dire si matin ?

Le sénateur ne se gênait point avec le policier et ce fut sans se presser trop
qu'il se mit en devoir de lui ouvrir.

Au moment où la porte tournait sur ses gonds, il recula en poussant une
exclamation de surprise.

Claudia Varni était sur le seuil, et son visage pâle offrait une indicible expression de haine et de menace.

                            VI

La concierge de la maison, n'ayant reçu de son locataire aucune consigne
spéciale, avait indiqué à l'ex-courtisane le logement de Frédéric Bérard.

Georges recula muet de stupeur, et terrifié, non par la présence de mistress
Dick Thorn mais par l'expression menaçante de son regard.

Claudia fit deux pas en avant et referma la porte.

— J'avais deviné juste!... — dit-elle avec un ricanement farouche. — L'homme d'affaires Frédéric Bérard, qui se loge dans une maison borgne d'un quartier perdu, n'est autre que le duc de la Tour-Vaudieu, sénateur!...

Georges, sans répondre, battit en retraite jusqu'à la seconde pièce.

Son visage était livide; — de grosses gouttes de sueur perlaient à la racine de ses cheveux et coulaient sur ses joues; ses mains tremblaient.

Mistress Dick Thorn, enhardie par ce trouble, le suivait pas à pas, marchant presque sur lui.

— Ainsi, — continua-t-elle, — vous faisiez de moi votre dupe! Vous complotiez ma perte, afin d'échapper à mes menaces et de vous soustraire à mes volontés!

— A quel propos me dites-vous cela?... — demanda Georges d'une voix à peine distincte. — Est-ce parce que je vous ai caché que ce nom de Frédéric Bérard était un déguisement?

—Peut-être vous serait-il malaisé de m'expliquer dans quel but le noble duc de la Tour-Vaudieu se déguise en homme d'affaires et quitte pour un galetas l'hôtel de ses ancêtres! — poursuivit Claudia.

— Cette double personnalité n'a rien qui doive vous inquiéter, je suppose... — répliqua le sénateur reprenant un peu de sang-froid.

— Quel en était le but?

— Je savais votre arrivée prochaine à Paris; je connaissais de longue date la violence irréfléchie de votre caractère, je voulais me dérober aux folles tentatives du premier moment.

— Bref, vous aviez peur de moi?

— Pourquoi refuserais-je d'en convenir?

— Et maintenant vous ne me craignez plus?

— Qu'ai-je à craindre de vous? — Ne suis-je pas prêt à tenir les engagements pris?... N'avez-vous pas reçu hier les cent mille francs dont vous aviez besoin?... — Quant au mariage de mon fils avec votre fille, ne pouvant vous donner aujourd'hui la réponse promise hier, je vous écrivais...

— Vous m'écriviez?

— Voici la lettre...

Et Georges désignait du doigt l'enveloppe fermée portant l'adresse de mistress Dick Thorn, en son hôtel de la rue de Berlin.

M. de la Tour-Vaudieu, rassuré par la réflexion, était redevenu presque calme.

Claudia prit ce sang-froid pour de l'ironie. — Le ton de Georges lui parut railleur.

— Et que m'écriviez-vous? — demanda-t-elle en fronçant le sourcil.

— Qu'on risquait de tout compromettre en voulant aller trop vite; qu'il me fallait plus de vingt-quatre heures pour préparer mon fils à la rupture de son mariage avec Mlle de Lilliers et surtout pour le décider à une autre union... — Lisez d'ailleurs...

Claudia déchira l'enveloppe et parcourut la lettre que nous avons mise sous les yeux de nos lecteurs.

— Vous voyez que c'est logique... — lui dit le sénateur quand elle eut achevé.

— Trêve de railleries, monsieur le duc! — répliqua-t-elle avec violence. — Toutes vos fourberies sont inutiles, et je ne vous crois plus! — Hier, quand j'étais assez absurde pour ajouter foi à vos paroles, vous mentiez sans pudeur! — Vous alliez, disiez-vous, parler à votre fils. — Or votre fils vous croit en voyage... — Il ignore que Frédéric Bérard n'est autre que son père... Il ne vous attend pas de sitôt, ne recevant jamais de vos nouvelles...

— Qui vous a dit cela?

— Votre fils lui-même.

— Vous l'avez vu?

— Il assistait, la nuit dernière, à la fête donnée dans mon hôtel... — Mais revenons à vous... — De même que vous mentiez hier, vous mentez aujourd'hui... — Les raisons que vous imaginez pour motiver un retard semblent logiques en effet, mais ne sont qu'un leurre!! — Encore une fois, je ne suis pas votre dupe!

Georges, ne pouvant soupçonner le motif qui dictait les paroles de Claudia, écoutait avec stupeur et murmura :

— Je ne comprends pas... — Quel intérêt aurais-je à vous tromper? — Du mariage en question dépend la remise en mes mains des papiers qui pourraient amener ma ruine et causer mon déshonneur... — N'ai-je point intérêt à ce que ce mariage s'accomplisse? — Répondez à cela...

— Je réponds que vous êtes un infâme! — s'écria l'ex-courtisane croyant plus que jamais à une sanglante ironie. — Pas une honte ne manquera désormais aux fleurons de votre couronne!... — Jadis vous étiez un assassin, aujourd'hui vous êtes un voleur!...

— Un voleur! — répéta M. de la Tour-Vaudieu, ne pouvant en croire ses oreilles et se demandant si son ancienne maîtresse ne devenait pas folle.

— Ou, si vous l'aimez mieux, le complice d'un voleur, ce qui revient au même! — reprit mistress Dick Thorn. — Ces papiers qui me rendaient forte... le testament de votre frère... le reçu de Giuseppe Corticelli...

Elle s'interrompit.

— Eh! bien, ces papiers? — balbutia le duc tremblant d'épouvante.

— Vous me les avez fait voler...

— Moi?

— Oui, vous, misérable!

Au moment où la porte tournait sur ses gonds, il recula en poussant une exclamation de surprise.

— Et par qui?

— Par l'homme qui avait joué du couteau pour votre compte au pont de Neuilly, il y a vingt ans, et que je croyais mort.

Le duc chancela.

— Jean-Jeudi! — fit-il dans un râle.

— Jean-Jeudi, oui!...

— Il existe?

Claudia haussa les épaules.

— Inutile comédie! — dit-elle. — Je m'attendais à cette feinte surprise et à cette terreur de commande!... — Ayez au moins le courage d'avouer votre infamie!— Jean-Jeudi, envoyé par vous chez moi cette nuit dans un double but, a d'abord joué son rôle dans un tableau destiné à remettre sous mes yeux le passé tragique, puis il a profité de mon évanouissement (que peut-être vous aviez prévu) pour briser un meuble et s'emparer des papiers objet de votre convoitise, et de cent mille francs qui sont devenus pour lui sans doute une gratification bien gagnée...

Georges avait les yeux hagards.

— Je me demande si je rêve!... — murmura-t-il. — Tout cela est insensé... tout cela est impossible...

— Eh! — répondit mistress Dick Thorn, si vous vouliez me laisser un doute sur la pensée qui avait préparé le crime et sur la main qui l'avait commis, il ne fallait point permettre à votre complice de me railler en me dépouillant... — N'est-ce point par votre ordre qu'il a fait cela?

Et Claudia, tirant de sa poche le papier trouvé dans le tiroir du meuble d'ébène à la place du portefeuille, le mit sous les yeux du sénateur.

Celui-ci, littéralement affolé, lut d'une façon quasi machinale les trois lignes suivantes :

« Reçu de la dame de Neuilly un premier acompte sur l'affaire de la nuit du 24 septembre 1837.

« Jean-Jeudi. »

Le misérable chancela sous ce coup inattendu.

Une folie soudaine parut envahir son cerveau.

Ses yeux s'injectèrent; — une écume blanche vint à ses lèvres, et ce fut d'une voix étranglée par la terreur qu'il murmura :

— Jean-Jeudi... vivant!... à Paris!... maître de nos secrets!... — Nous sommes perdus...

Puis il s'écroula sur un siège comme une masse inerte, mais cet état d'anéantissement complet n'eut que la durée d'un éclair; — une pensée soudaine traversa son cerveau; — il se releva galvanisé en poursuivant :

— Et tout ce que j'ai fait, je l'aurai fait en vain!... — Au moment où je croyais effacer jusqu'à la mémoire du passé en supprimant la fille du supplicié, le passé se met à revivre!... — J'ai tué Berthe Leroyer, et Jean-Jeudi sort de la tombe!... — Ah!... nous sommes perdus... bien perdus...

Claudia, depuis quelques secondes, regardait et écoutait Georges avec une stupeur grandissante.

Frappée de la décomposition visible de tout son être et de l'expression d'effroyable angoisse empreinte sur ses traits bouleversés, elle ne croyait plus à une feinte, à une comédie merveilleusement jouée.

Prise elle-même d'une indicible épouvante elle se rapprocha de Georges.

— Ainsi donc, — lui demanda-t-elle, — vous ignoriez que Jean-Jeudi fût vivant?

— Ah! je vous le jure! — répondit le duc en arrachant sa cravate qui l'étranglait et menaçait de déterminer une congestion, — j'ignorais tout et j'aimerais mieux mille fois savoir ces papiers maudits dans vos mains que dans celles de ce scélérat!...

— Ce n'est donc point pour vous les remettre qu'il me les a volés?

— Non, cent fois non!... Est-ce que vous me croyez atteint de démence pour confier à un tel homme un secret dont il ne manquera pas d'abuser?... Il s'en servira contre vous... il voudra se venger, car il sait à coup sûr que vous avez tenté de l'empoisonner jadis... — Le péril est immense... le naufrage imminent!... Nous échouons au port! — J'avais déblayé le terrain et écarté tout ce qui paraissait recéler un péril... — Vous souvenez-vous d'un brouillon de lettre écrit en Angleterre pour m'annoncer votre prochain retour?

— Je me souviens, — murmura mistress Dick Thorn, — mais ce brouillon ne nommait personne...

— Il parlait de la place de la Concorde, du pont Tournant, du pont de Neuilly, et il contenait une date... celle du 24 septembre 1837...

— C'est vrai...

— Eh bien! ce billet était tombé dans la main d'un ancien apprenti de Paul Leroyer qui se constituait le vengeur du supplicié...

— Mon Dieu! — fit Claudia, chancelant à son tour.

Georges continua :

— J'avais brûlé cette preuve, et réduit à l'impuissance ce René Moulin... — Une seule personne au monde pouvait suivre ses conseils et provoquer la réhabilitation de Paul Leroyer... C'était l'orpheline... — Je l'ai tuée...

— Tuée! — répéta mistress Dick Thorn. — De votre main?

VII

— De ma main, oui! — répondit le duc avec un orgueil cynique. — J'avais aplani tous les obstacles... — Pris dans un filet solide, j'en avais brisé les mailles... — J'étais libre! — Et voilà que Jean-Jeudi reparaît tout à coup! — Il vous a trouvée, vous Claudia... Donc il peut me trouver aussi. — Comprenez-vous pourquoi le duc de la Tour-Vaudieu se cache sous le nom de Frédéric Bérard?

— Ah! — murmura mistress Dick Thorn dont la terreur n'était pas moins grande que celle de M. de la Tour-Vaudieu, — où chercher ce Jean-Jeudi? Comment suivre sa piste?...

— Impossible d'appeler la police à notre aide... — répondit Georges. — L'arrestation de l'homme qui fut notre instrument jadis serait pour nous le plus grand des périls et nous conduirait droit à l'abîme.

— La prescription nous est acquise... — fit Claudia.

— Le crime d'hier n'est point prescrit... — répliqua le sénateur, — et d'ailleurs comptez-vous pour rien la honte et le scandale?... — Les dénonciations de Jean-Jeudi amèneraient une enquête et, cette enquête une fois commencée, on arriverait jusqu'à René Moulin et jusqu'à Berthe Leroyer.

— C'est Jean-Jeudi, — reprit Claudia, — qui seul a préparé le piège du tableau vivant... — Mon évanouissement m'a trahie !

— De quel tableau vivant parlez-vous? — demanda Georges.

L'ex-courtisane raconta ce qui s'était passé la nuit précédente, à son hôtel.

M. de la Tour-Vaudieu étudiait le reçu si étrangement motivé, et portant la signature du voleur émérite.

— Il faut que ce qui a échoué il y a vingt ans réussisse aujourd'hui ! — murmura-t-il. — Ce misérable doit disparaître... — Mais, encore une fois, comment le retrouver?

On entendit une voiture s'arrêter devant la maison.

M. de la Tour-Vamdieu courut à la fenêtre, souleva le rideau et regarda.

Un éclair de joie brilla dans ses yeux.

— C'est Théfer!... — s'écria-t-il.

— Qu'est-ce que Théfer?

— Un agent de police que je protège et qui me sert... — Un homme fertile en ressources... — mon guide, mon bras droit, un autre moi-même.

— Encore un complice! — dit mistress Dick Thorn avec inquiétude. — Quelle imprudence!...

— Oh! de celui-là, je n'ai rien à craindre. — Je fais sa fortune...

— Ce qui ne l'empêchera pas de vous abandonner un jour... — en vous accusant peut-être...

Georges secoua la tête et répliqua :

— Ceci n'est point à craindre... — Théfer est cupide, mais fidèle... — et puis son intérêt me répond de lui.

Un coup de sonnette retentit.

Le duc fit un pas vers la porte.

Claudia l'arrêta.

— Allez-vous donc recevoir cet homme pendant que je suis chez vous? — demanda-t-elle.

— Mais, sans doute... — Nous sommes, vous et moi, compromis et menacés tous deux, il faut que nous soyons perdus ou sauvés ensemble.

Un second appel de la sonnette s'était fait entendre.

Georges s'empressa d'ouvrir.

— Entrez, Théfer! — fit-il, — entrez vite.

Le policier franchit le seuil, salua très bas M. de la Tour-Vaudieu et se dirigea vers la seconde pièce.

Il s'arrêta d'abord, surpris à la vue d'une femme, puis il s'inclina devant l'inconnue.

— Madame est mistress Dick Thorn à qui je viens de parler de vous... — dit le duc.

La surprise de l'agent devint de la stupeur.

— Mistress Dick Thorn... — murmura-t-il en regardant d'un air effaré l'ancienne maîtresse de Georges.

Ce dernier reprit :

— La présence de madame vous étonne, je le comprends... — Nous étions, elle et moi, sinon des ennemis du moins des adversaires... — Le danger commun fait de nous des alliés...

— Le danger commun? — répéta l'inspecteur de la sûreté avec un accent interrogatif.

— Oui.

— Survient-il donc quelque complication imprévue? — De quoi s'agit-il?

— Il s'agit de combattre un ennemi redoutable...

— René Moulin?

— Oh! celui-là ne me semble plus à craindre...

— Qui donc alors?

— Je vous ai parlé d'un homme qui a été mon complice, ou plutôt un instrument dans mes mains, il y a vingt années... Vous en souvenez-vous?

— Je me souviens de cela parfaitement, mais vous avez ajouté que cet homme était mort.

— Je me trompais... il est vivant...

— Ah! diable! — fit Théfer en hochant la tête, — et il vous a retrouvé, monsieur le duc?

— Non pas moi, mais madame.

— Il s'est introduit chez moi la nuit dernière, — dit mistress Dick Thorn. — Il a forcé un meuble, il s'est emparé d'une grosse somme en argent, et il a eu l'impudence de laisser à la place du portefeuille volé le papier que voici.

Le policier lut à son tour le reçu de Jean-Jeudi et sourit.

— Un maître malin! — s'écria-t-il. — N'ayant pas peur de vous, et sachant que vous avez peur de lui, il vous tient!... — *Premier acompte!* — dit-il, — le gaillard compte bien ne pas en rester là!...

— Théfer, — murmura Georges d'une voix presque suppliante, — vous m'avez donné déjà de nombreuses preuves de votre dévouement... — Vous allez m'en donner une de plus... — Il faut retrouver cet homme...

— Ce sera difficile... impossible peut-être...

— Allez-vous m'abandonner ?

— Non, certes, mais je dois vous prévenir que cette lutte incessante contre des ennemis toujours nouveaux devient étrangement périlleuse, monsieur le duc... — Je suis déjà compromis beaucoup, et j'ai l'honneur de vous prévenir que je vais donner ma démission d'inspecteur pour aller à l'étranger vivre en paix, sous un nom quelconque, dans un petit coin bien obscur.

Une expression d'angoisse se peignit sur le visage de Georges.

— Vous réaliserez plus tard vos projets de retraite... — répliqua-t-il. — Cet homme m'épouvante... — Il faut que vous le retrouviez et qu'il disparaisse.

— Songez, — appuya Claudia, — songez que Jean-Jeudi est un danger pour vous aussi bien que pour nous.

— En quoi, s'il vous plaît, madame ?

— Admettons que ce misérable, voleur de profession, tombe entre les mains de la justice, — (ce qui doit arriver d'un moment à l'autre) — il peut, pour se venger du duc et de moi, rappeler le passé... éveiller les soupçons de la police qui, une fois sur la voie, ne tardera point à trouver suspecte la disparition de Berthe Leroyer et à commencer une enquête qui pourra bien l'amener jusqu'à vous... Votre démission, donnée en de telles circonstances, deviendrait, si vous étiez accusé, une présomption accablante...

En disant ce qui précède mistress Dick Thorn examinait avec attention l'inspecteur.

Le voyant anxieux, agité, elle voulut battre le fer pendant qu'il était chaud, et s'empressa de poursuivre :

— Ce n'est pas tout... — Si Jean-Jeudi, pris par la police, ne parlait pas, on n'en trouverait pas moins, ou sur lui ou chez lui, le portefeuille qui m'a été soustrait, portefeuille renfermant des papiers compromettants pour M. le duc de la Tour-Vaudieu, et dont l'authenticité est indiscutable... — Ceci encore conduirait fatalement à l'enquête... — Sans compter, — ajouta l'ex-courtisane, — que Jean-Jeudi peut se mettre en rapport avec René Moulin et faire cause commune avec lui...

— Ah ! par exemple, — dit Théfer en accompagnant ses paroles d'un sourire d'incrédulité, — voilà qui me semble inadmissible !

— Rien n'est inadmissible, — répliqua mistress Dick Thorn, — puisque le hasard a permis qu'un brouillon de lettre écrit par moi en Angleterre arrivât en la possession de ce René Moulin... La chose semblait-elle probable ou seulement possible ? Assurément non !... — Nous sommes pris dans un engrenage qui peut nous broyer tous les trois... — Arrêtez la machine !... Votre présence à la pré-

fecture de police est notre sauvegarde puisqu'elle vous permet de tout savoir et
de tout prévenir... — Restez-y donc, pour notre salut commun, jusqu'au jour
où vous aurez supprimé le péril en supprimant Jean-Jeudi, comme déjà vous
avez supprimé Berthe Leroyer... — Que décidez-vous?

Théfer n'hésita pas.

Les arguments de Claudia venaient de le convaincre.

— Je resterai à la préfecture jusqu'à nouvel ordre... — fit-il.

— Et vous n'aurez pas à vous en repentir au point de vue pécuniaire... —
dit M. de la Tour-Vaudieu.

— Il s'agit de prendre des mesures, — ajouta Claudia.

— Et de les prendre sur-le-champ... — appuya le policier, — car, en venant
ici, madame a commis une faute grave.

— Une faute? — En quoi? — demanda l'ex-courtisane.

— Vous allez le comprendre... Jean-Jeudi vous a reconnue, mais il ignore
peut-être que votre complice d'autrefois est M. de la Tour-Vaudieu caché sous
le nom de Frédéric Bérard... S'il a eu l'idée de vous épier et de vous suivre, il
saura bien vite à quoi s'en tenir, et vous aurez livré M. le duc à la cupidité et à
la haine de ce bandit.

— C'est vrai... — murmura Georges dont la pâleur augmenta.

VIII

— Il faut donc, — poursuivit Théfer, — quitter aujourd'hui même cette
maison, afin de dépister les recherches de Jean-Jeudi ou celles de René
Moulin...

— Où irai-je loger?

— A l'antipode du quartier où nous sommes, à Batignolles... — Vous pré-
texterez un voyage imprévu et vous donnerez à la concierge deux ou trois
louis en la chargeant de veiller sur votre logement... — Occupez-vous d'un
gîte, monsieur le duc... — Prenez n'importe lequel, car il ne sera que provisoire... Envoyez-y quelques meubles et décampez ce soir, en ayant soin de
n'être pas suivi... — Quant à vous, madame, si vous me permettez de vous
donner un bon conseil, faites maison nette et tenez-vous sur vos gardes... —
Je vais fouiller les bas-fonds de Paris pour retrouver notre homme... — Monsieur le duc voudra bien, aussitôt installé, me faire connaître sa nouvelle
adresse.

Théfer prit congé.

Mais, au moment d'atteindre la porte, il s'arrêta

— Un dernier mot... — dit-il, — monsieur le duc et madame. Évitez de vous voir... — je vous servirai d'intermédiaire...

— C'est convenu... — répliqua le sénateur.

L'inspecteur de la sûreté salua de nouveau et quitta la chambre.

En descendant l'escalier, il pensait :

— Ceci est un nouveau travail que je ferai payer un bon prix. — Décidément je crois que je serai très riche...

— Cet homme a peur, — dit Claudia au duc après le départ de Théfer, — il nous servira jusqu'au bout.

— Êtes-vous convaincue maintenant que je ne vous avais point menti? — demanda Georges.

— Oui, en face du péril commun nous sommes alliés comme autrefois...

— Soyez certaine que l'avenir ne nous désunira plus.

— J'y compte et je vous quitte...

— Déjà! — fit M. de la Tour-Vaudieu avec galanterie.

— Les préparatifs de votre installation nouvelle vous réclament...

— Vous avez été volée, — reprit le sénateur, — donc vous avez besoin d'argent...

— Je vous remercie d'y penser.

Georges signa un nouveau chèque, et les anciens amants se quittèrent en se serrant la main cordialement.

Il nous semble presque inutile d'ajouter que cette cordialité était plus apparente que réelle.

Une heure après Georges se rendait à Batignolles où il louait, rue Saint-Étienne, un petit pavillon sans concierge, situé au milieu d'un jardin entouré de murs.

Séance tenante, un tapissier du quartier meubla sommairement ce pavillon où le prétendu Frédéric Bérard s'installa le soir même, après avoir annoncé à la concierge de la rue du Pot-de-Fer-Saint-Marcel qu'il partait pour un long voyage.

* *

En quittant le docteur Étienne Loriot, notre ami René avait gagné la rue de Berlin.

Il mit pied à terre au coin de la rue de Clichy, espérant trouver Jean-Jeudi au rendez-vous donné la veille.

Le voleur émérite brillait par son absence.

— Ce misérable a de l'argent, — se dit le mécanicien, — il m'échappe et ne songe plus à sa vengeance!... Quand il aura gaspillé tout, il me reviendra, mais alors ne sera-t-il pas trop tard?... C'est une fatalité!...

Puis très préoccupé, très inquiet, il regagna l'hôtel.

Il frappa à la porte à dix reprises, sans obtenir le moindre résultat.

Là on lui apprit que mistress Dick Thorn était sortie.

Il monta dans sa chambre et prépara sa malle.

Comme il terminait, on vint le prévenir que *madame* venait de rentrer, et le faisait appeler.

René descendit en disant :

— Je vais quitter le service de cette femme sous le premier prétexte venu, · et je la surveillerai de loin tout en cherchant Berthe et Jean-Jeudi.

Claudia l'attendait dans le petit salon où se trouvait le bureau fracturé.

— Vous êtes sorti ce matin, Laurent? — lui demanda-t-elle.

— Oui, madame; j'avais à solder quelques fournisseurs au dehors.

— Et les autres ?

— Sont venus et sont payés... — Voici les factures acquittées.

— Placez-les sur ce meuble, et prenez ceci... — C'est un mois de vos appointements.

— Un mois de mes appointements... — répéta René surpris.

— Oui... — Je suis très satisfaite de votre service, mais je dois néanmoins me séparer de vous... — Une nouvelle inattendue m'oblige à quitter Paris... — Je pars demain avec ma fille pour New-York où m'appellent des affaires de famille... — Je resterai en Amérique une année au moins, et je ne puis ni emmener là-bas, ni laisser ici un personnel qui me serait absolument inutile. Donc je congédie tout le monde...

L'annonce de ce voyage atterrait René.

Il y voyait une fuite causée par l'épouvante qu'inspirait Jean-Jeudi à mistress Dick Thorn, et il comprenait l'impossibilité absolue d'empêcher cette femme de partir.

Tout lui échappait à la fois.

— Je me plaisais beaucoup chez madame... — murmura-t-il. — Mais le motif de madame pour licencier sa maison est péremptoire...

Claudia reprit.

— J'ai fait le calcul de ce qui est dû à mes gens... — Chargez-vous de les payer... Voici la somme nécessaire... A cette somme j'ai joint une indemnité suffisante pour chacun... — Je ne garde que ma femme de chambre Élisabeth... — Tout le monde doit quitter l'hôtel avant ce soir.

— Bien, madame... — Pourrai-je partir aussitôt après avoir exécuté les ordres de madame ?

— Parfaitement!

Une heure après les domestiques étaient payés et congédiés. — René allait chercher une voiture, chargeait sa malle sur l'impériale et disait au cocher, assez haut pour être entendu du valet de pied François :

— Je vous prends à l'heure... — Conduisez-moi au chemin de fer de Vincennes...

Le mécanicien avait l'intention d'aller place Royale, mais il réfléchit que ce serait une maladresse, les ennemis de Berthe Leroyer surveillant sans doute la maison.

Il devait ne pas se montrer, et plus que jamais laisser croire à son éloignement de Paris.

En conséquence il modifia son itinéraire chemin faisant, et donna l'ordre de le conduire rue Notre-Dame-des-Champs, voulant s'assurer une dernière fois que Berthe n'était point revenue...

Nos lecteurs savent déjà quelle réponse il devait recevoir.

Il remonta désespéré dans son fiacre et se fit mener à Belleville.

A la barrière le cocher fit halte et demanda :

— A quel endroit de Belleville allons-nous?

— Rue Rébeval...

René retournait chez Jean-Jeudi.

La concierge lui affirma que ce dernier n'était point rentré. — Il frappa néanmoins à la porte, à dix reprises, sans obtenir aucun résultat.

— Puisque j'ai résolu de ne pas retourner à la place Royale, il faut m'occuper d'un logement, — pensa-t-il. — Une chambre me suffira et je vais la chercher dans ce quartier afin de pouvoir guetter Jean-Jeudi.

Après ce court monologue il dit au cocher :

— Suivez au pas les rues de Belleville, et arrêtez-moi quand vous verrez un écriteau annonçant soit une chambre, soit un cabinet à louer.

— Ah ! bourgeois, nous n'aurons pas loin à aller... — Les écriteaux, par ici, ça ne manque guère.

En effet, au numéro 9 de la rue Vincent, René trouva une chambre de garçon au cinquième étage, pour la modeste somme de cent quarante francs par an.

Il paya d'avance un terme et fit apporter de chez un brocanteur du boulevard de Belleville un mobilier strictement indispensable.

Certain d'avoir un asile où personne ne viendrait le dénicher, il paya son cocher et se lança sur la piste de Jean-Jeudi.

Connaissant de réputation les repaires où les misérables de cette espèce se réunissent volontiers, il commença ses recherches à l'aventure.

Laissons-le s'égarer sans résultat dans une foule d'endroits un peu plus que suspects, et voyons ce qu'était devenu notre coquin.

En sortant de l'hôtel de mistress Dick Thorn, muni du portefeuille qui contenait plus de cent mille francs et dont une poche secrète renfermait le testament de Sigismond et le reçu de Giuseppe Corticelli, Jean-Jeudi se mit en route pour aller manger une soupe au fromage dans le quartier des Halles.

A peine avait il fait deux cents pas qu'il s'arrêta.

Il venait de se dire qu'il serait peu sage d'affronter avec un gros paquet de billets de banque l'un de ces bouges mal hantés où quelque rixe est toujours à craindre.

Mieux valait se rendre tout d'abord rue Rébeval, s'assurer à huis clos du chiffre de sa fortune, et mettre le magot en lieu sûr.

Il serait temps ensuite de se diriger vers les Halles où l'on trouve des cabarets ouverts toute la nuit.

Jean-Jeudi, quand il se voyait en fonds, ne reculait devant aucune dépense. Les prodigalités les plus folles l'attiraient irrésistiblement.

Il arrêta un *maraudeur* qui passait et se fit conduire à l'entrée de la cité Rébeval, à Belleville.

Cinquante pas plus loin une porte étroite et basse, peinte en couleur lie de vin, faisait tache sur une muraille lépreuse.

C'était l'entrée particulière du domicile de Jean-Jeudi.

Nous savons déjà que le voleur émérite possédait une clef de cette porte ; — il l'ouvrit et disparut dans la petite cour poudreuse en été, marécageuse en hiver, qui précédait son logement.

Le voleur émérite, lors de son installation, s'était offert le luxe d'un chandelier de cuivre à dix-neuf sous, et d'un paquet de bougies de l'Étoile.

Il entra chez lui, s'enferma soigneusement, s'assit devant une table et tira de sa poitrine le portefeuille de Claudia qu'il n'avait examiné jusqu'alors que d'une façon superficielle.

IX

Ce portefeuille contenait des billets de banque, il en avait la certitude, mais il ne se doutait pas que ces billets étaient assez nombreux pour constituer presque une fortune.

Aussi poussa-t-il une exclamation de surprise et de joie en voyant à quel point la réalité dépassait son rêve.

Ses doigts frémissants palpaient quatre liasses compactes et trois billets détachés.

Ses yeux brillaient comme des lucioles.

La sueur perlait sur son front.

Ses mains tremblaient.

Il compta.

Son trésor se composait de cent trois billets, de mille francs chacun !

— Cent trois mille francs !... — bégaya-t-il d'une voix enrouée par l'émotion... — Cent trois mille francs à moi !... bien à moi, car je n'ai pas à craindre que la dame de Neuilly aille porter plainte au procureur impérial ! — Cent trois mille francs que je n'aurai pas la bêtise de partager avec René Moulin, un empêcheur de danser en rond !... Un gêneur qui voulait mettre des bâtons dans mes roues et m'empêcher de faire le coup ! — C'est un léger acompte qui me regarde personnellement... — Cent trois mille francs !... C'est ça qui représente des petits verres d'absinthe et de mêlé-cassis, et des portions de tripes à la mode de Caen !... — Voilà de quoi faire sauter des bouchons et payer des *frichtis* aux camarades ! — Les dames vont raffoler de moi ! En avant le *cavalier seul* au bal de la Boule-Noire !

Et Jean-Jeudi, saisi d'une sorte de délire, se leva et se mit à ébaucher, devant la table couverte des soyeux chiffons de la Banque, un de ces *cavaliers seuls* dont il venait de parler, et qu'il termina en faisant le tour de la chambre sur ses mains, les jambes en l'air.

Après avoir manifesté sa joie de cette manière indiscutablement originale, le vieux gredin reprit le sang-froid dont il ne se départait guère.

— Tu sais, mon garçon, — se dit-il, — c'est fini de rire ! Il ne s'agit pas de bêtiser comme une petite folle, ce qui n'est plus de ton âge... Faut trouver pour tes valeurs une caisse solide et cacher ça soigneusement...

Il prit le portefeuille, en ouvrit les deux poches qu'il venait de vider et les explora du regard, puis il continua :

— Inutile de garder le nid quand les oiseaux se sont envolés. — J'enverrai ce bibelot de maroquin faire une faction au coin de la première borne que je rencontrerai... — Improvisons une caisse.

Le voleur émérite se dirigea vers le petit établi chargé d'outils de graveur qu'il avait en sa possession.

Au milieu d'un fatras de choses inutiles se trouvait une boîte de fer-blanc carrée renfermant des timbres humides et des fioles d'encre grasses de diverses couleurs.

— Voici qui fera bien mon affaire, — poursuivit-il en renversant sur l'établi le contenu de cette boîte : — je vais truffer le dindon de cent *fafiots garatés* et garder trois mille balles pour mes menus plaisirs, bordeaux cachet vert, mâcon cachet rouge, friture de goujons, lapins sautés, et galanteries avec les dames.

Il entassa les billets dans cette façon de coffret en miniature qu'il referma, et sortit de sa chambre.

La petite cour qui se trouvait derrière son logement n'était point pavée. — Le long des murs bordant les terrains vagues des Buttes-Chaumont, à l'endroit où passe aujourd'hui la rue de Puebla, existait une sorte de plate-bande dont une rangée de briques maintenait la terre.

Quelques maigres pieds de lilas, rarement visités par le soleil, végétaient dans un coin de cette plate-bande.

Jean-Jeudi s'agenouilla sur le sol près de cet humble bouquet de végétation rachitique, tira de sa poche le grand couteau dont il ne se séparait jamais, — creusa fort proprement un carré de vingt centimètres de largeur et d'un demi-mètre de profondeur.

Au fond de ce trou il posa la boîte de fer-blanc, puis il remit la terre en place et la foula aux pieds afin de bien la tasser.

Toute trace du petit travail qu'il venait d'accomplir disparut.

— Breveté sans garantie du gouvernement... — murmura-t-il. — Bien malin sera celui qui découvrira la cachette...

Il regagna son logement, prit les trois billets de banque, les plia et s'apprêtait à les mettre dans son gousset.

— Ah çà! mais, — fit-il tout à coup, ma parole d'honneur, je suis bête!... — Au lieu de jeter le portefeuille à la borne, je vais carrément me l'offrir... — Il est un peu grand, mais ça n'en sera que plus chic.

Il y glissa les billets de mille francs, le mit dans sa poche, éteignit sa bougie, ferma ses portes, rejoignit le cocher qui l'attendait, se fit conduire aux Halles et descendit en face du fameux cabaret de Paul Niquet.

L'établissement allait disparaître peu de temps après sous la pioche des démolisseurs; mais, à cette époque, il était encore en pleine vogue et, restant ouvert toute la nuit, il servait d'asile à une population singulièrement mêlée.

De tous côtés les maraîchers des environs de Paris arrivaient pour l'ouverture des halles et, avant de décharger leurs voitures, entraient un instant chez Paul Niquet.

Les salles, petites et grandes, regorgeaient de monde.

Chiffonniers, porteurs, camionneurs, commissionnaires, hommes et femmes de tout âge et de tout métier, grouillaient pêle-mêle autour des tables qu'éclairaient des quinquets fumeux.

L'atmosphère épaisse et fétide, irrespirable pour les délicats, offensait l'odorat et prenait à la gorge.

Après avoir longé le couloir obscur conduisant à la première salle, Jean-Jeudi joua des coudes pour arriver à travers la foule jusqu'à un cabinet qui se trouvait au fond de l'établissement.

L'intérieur était éclairé. — On entendait des rumeurs confuses et de grands éclats de rire.

Le voleur frappa à la porte.

— Entrez! — cria une voix.

Jean-Jeudi franchit le seuil.

Autour d'une table chargée de verres et de bouteilles se trouvaient sept gaillards dont la mine et les allures indiquaient clairement la profession.

Ils accueillirent le nouveau venu par un hurrah joyeux.

— Mes petits amis, — leur dit Jean-Jeudi, — votre sympathie m'honore, et vous allez voir que je la mérite... — J'arrive de la campagne, où j'ai fait un héritage... — J'ai touché la succession de défunt mon oncle. — Je suis rentier... — Je vous paye à souper ici, je vous mène déjeuner à Asnières, et, quand nous aurons déjeuné, nous dînerons à l'île Saint-Ouen, et quand nous aurons dîné nous souperons, et toujours comme ça, tant que dureront les monacos de mon oncle... — Ça vous va-t-il?

Ça leur allait.

Ça leur allait même beaucoup.

Le programme en question devait être religieusement suivi.

Jean-Jeudi était en *bordée*, comme disent les matelots à terre. — Nous le retrouverons bientôt.

Et voilà pourquoi René Moulin ne l'avait pas rencontré rue Rébeval.

*
**

Pierre Loriot, — propriétaire et cocher du fiacre n° 13, — s'était rendu immédiatement aux bureaux du chef de la sûreté en quittant son neveu Étienne; mais l'employé, auquel il expliqua son affaire avec force détails, lui dit de s'adresser au commissaire aux délégations.

Ce dernier le reçut immédiatement, et croyant le reconnaître lui demanda :

— C'est vous qui êtes venu hier au soir, n'est-ce pas, faire une déclaration relative à un fiacre disparu?

— Oui, monsieur le commissaire...

— Vous supposiez qu'on vous avait volé votre cheval et votre voiture?...

— Positivement, monsieur le commissaire.

— Et vous ne les avez point retrouvés?

— Faites excuse, monsieur le commissaire.

— Où et quand?

— Ce matin, à la fourrière...

— Eh bien! alors, vos ennuis sont finis? vous êtes content?...

— C'est ce qui vous trompe, monsieur le commissaire... je ne suis pas content, oh! pas content du tout, et je viens me porter près de vous partie civile et déposer telle somme qu'il faudra, à seule fin de faire poursuivre les gens qui se sont servis cette nuit de ma voiture, et qui m'ont volé...

— Volé votre fiacre... — répliqua le magistrat; — mais la restitution a eu lieu...

— Il ne s'agit pas de mon fiacre...

— On vous a volé autre chose?

— Oui, monsieur le commissaire...

— Expliquez-vous, et soyez bref autant que possible, car mon temps est précieux.

— Voici la chose en quatre mots : — En descendant pour dîner chez un marchand de vin de la rue de l'Ouest, j'avais laissé dans le coffre de ma voiture un paletot, et dans la poche de ce paletot un portefeuille contenant divers papiers et un billet de banque de cinq cents francs. — On a pris le paletot, le portefeuille, les papiers et le billet de banque...

Pierre Loriot mentait, nous le savons; mais nous savons aussi quel était le but de cet innocent mensonge.

Le commissaire aux délégations fronça le sourcil.

— Ce que vous m'apprenez change absolument la physionomie de l'affaire... — dit-il. — La voiture ayant été abandonnée sur la voie publique, j'avais pu croire d'abord à une mauvaise plaisanterie, à un simple délit; mais la chose devient grave...

— Plus grave encore que vous ne le pensez, monsieur le commissaire, — reprit Loriot, — et vous en jugerez quand je vous aurai mis au courant de certaines observations que j'ai faites en examinant ma boîte...

— Nous allons y arriver, mais d'abord répondez-moi...

— A vos ordres, monsieur le commissaire.

— Pourquoi, hier au soir, en formulant votre déclaration, n'avez-vous point parlé de l'argent qui se trouvait dans votre voiture?

Sans se déconcerter, le cocher s'écria :

— La disparition de mon fiacre m'avait mis la tête à l'envers, et je ne pensais plus au paletot et au portefeuille.

— Vous êtes sûr d'avoir placé ce portefeuille et ce vêtement dans le coffre?

— Absolument sûr... — A telles enseignes que le vêtement, qui est de gros drap, était plié très serré, de manière à ne pas occuper beaucoup de place...

X

— Une enquête est indispensable... — reprit le commissaire. — Quelles sont les observations dont vous me parliez tout à l'heure?...

— C'est en face du fiacre que je voudrais vous expliquer cela... Autrement je ne viendrais pas à bout de me faire comprendre.

— Où est votre fiacre?

— Dans la cour de la préfecture.

— Très bien... — Allez le retrouver et attendez-moi. — Je vous rejoindrai dans quelques minutes...

Pierre Loriot se hâta d'obéir, et le commissaire aux délégations passa chez le chef de la sûreté.

Celui-ci était dans son cabinet.

Il écoutait le rapport verbal de l'inspecteur Théfer au sujet des faux-monnayeurs Dubief et Terremonde dont on avait perdu la trace.

En peu de mots le commissaire aux délégations expliqua au chef de la sûreté l'objet de sa visite.

Théfer, en entendant parler d'une voiture volée, tressaillit.

Il pensa sur-le-champ à l'expédition de la nuit précédente.

Cent trois mille francs à moi, bégaya-t-il ! Les dames vont raffoler de moi...

Toutes les précautions avaient été prises et bien prises, il n'en doutait pas.
— Cependant il éprouvait une vague inquiétude.

Le commissaire aux délégations conclut ainsi.

— Il paraît que le cocher a fait certaines remarques et désire les soumettre
à qui de droit... Peut-être sont-elles de nature à nous éclairer... Cet homme
attend dans la cour de la préfecture avec son fiacre... — Monsieur le chef de la
sûreté veut-il m'accompagner?

Le complice de Georges de la Tour-Vaudieu sentit un frisson courir sur son épiderme.

De quelle voiture parlait le commissaire?

Quel était ce cocher?

N'allait-il pas résulter de tout cela pour lui des choses fâcheuses et compromettantes?

— Je vais avec vous...—dit le chef de la sûreté.—Votre secrétaire rédigera séance tenante un procès-verbal des déclarations du cocher. — Suivez-nous, Théfer... vous pourrez sans doute nous être utile...

Le policier, calme en apparence, mais au fond très préoccupé, s'inclina.

— Mistress Dick Thorn avait cent fois raison... — pensa-t-il... — Donner ma démission en ce moment aurait été une folie... — J'ai besoin de rester ici jusqu'à nouvel ordre pour tout voir et pour tout prévoir.

Cinq minutes plus tard le chef de la sûreté, le commissaire de police aux délégations, son secrétaire et l'agent rejoignaient Pierre Loriot près du fiacre numéro 13.

Théfer enveloppa le cocher d'un coup d'œil rapide.

Il ne le connaissait pas.

Ensuite il regarda la voiture, et ses suppositions se changèrent en certitude.

C'était bien le véhicule dont on s'était servi pour enlever Berthe Leroyer.

Ceci l'inquiéta, mais il conserva tout son calme et se promit de tirer bon parti des choses qu'il allait entendre.

Pierre Loriot salua respectueusement les nouveaux venus.

Son regard croisa celui de Théfer. — Il se demanda où il avait déjà vu cet homme.

— C'est probablement une *mouche*... — se répondit-il, — Je l'aurai rencontré à la préfecture...

Le chef de la sûreté fit répéter à Loriot la déclaration faite par lui précédemment.

Le secrétaire prenait des notes sur un agenda.

La réflexion rassurait Théfer.

Peu lui importait, en somme, que ce fût le fiacre volé.

Dubief et Terremonde étaient loin, et le voiture ne parlerait pas.

— Les voleurs pouvaient-ils savoir ou supposer que vous aviez un billet de banque dans votre portefeuille? — demanda le chef de la police à Loriot.

— Impossible, monsieur... — Personne ne s'en doutait... — C'est par hasard que ces gredins ont eu l'idée de fouiller le coffre...

— A quoi pensez-vous que votre voiture ait servi?

— A rien de bon; j'en mettrais ma main au feu... à un enlèvement peut-être...

Théfer, malgré son empire sur lui-même, tressaillit.

— Un enlèvement? — répéta le chef de la sûreté; — Vous croyez?

— Mon Dieu, monsieur, je suppose cela comme je supposerais autre chose; mais il est bien certain qu'à cette heure-là, et par le temps qu'il faisait, on n'a pas pris ma voiture pour aller au bois de Boulogne.

— Le fiacre, enlevé rue de l'Ouest, a été retrouvé quai de la Râpée?

— Oui, monsieur, et on l'avait conduit dans des chemins défoncés et glaiseux... — Regardez les roues de la voiture, la caisse et les sabots du cheval... — Il y a de la terre glaise sur les marchepieds... il y en a sur le paillasson et jusque sur les coussins.

Le policier devint pâle.

— Une boue de cette nature, — reprit le chef de la sûreté, — ne se trouve guère qu'à Montmartre, à Belleville, du côté des Buttes-Chaumont, et dans les terrains vagues derrière le Père-Lachaise.

Loriot, faisant son profit des observations de René Moulin, répliqua :

— Il y a aussi pas mal de terre glaise dans les environs de Paris, du côté de Montreuil et des carrières de Bagnolet...

Théfer regarda le cocher avec une sorte d'effarement.

Que savait donc cet homme, et pourquoi parlait-il de Bagnolet?

— Vous êtes observateur, mon brave, — fit le chef de la sûreté en souriant; — vous pourriez être un agent précieux!

— Il est de fait que j'ai l'œil américain, car j'ai encore remarqué autre chose.

— Quoi donc?

— Ceux qui m'ont emprunté mon berlingot et mon poulet d'Inde sans me prévenir avaient prémédité le coup... — Ils ne pensaient pas à ma voiture plutôt qu'à une autre, mais il leur en fallait une, et leurs précautions étaient prises d'avance pour qu'on ne pût la reconnaître.

— Sur quoi se base votre affirmation? — Expliquez-vous...

— Examinez les numéros, monsieur, s'il vous plaît... — On avait collé des bandes de papier pour les cacher... — Les traces de la colle y sont encore...

Si un regard pouvait tuer un homme, l'éclair qui jaillit des prunelles de Théfer aurait foudroyé Pierre Loriot.

Le chef de la sûreté et le commissaire aux délégations constatèrent immédiatement *de visu* que le cocher ne se trompait point.

— La préméditation me semble établie, — dit le commissaire, — et les précautions prises par les voleurs ouvrent un champ large aux conjectures... — Il faudra savoir à quoi la voiture devait servir...

— A mener une femme quelque part, de gré ou de force... — fit carrément Loriot.

Théfer, de pâle qu'il était, devint livide.

— Une femme! — répéta le chef de la sûreté.

— Oui, monsieur...

— Vous le supposez?.,.

— Je ne le suppose pas... j'en suis sûr, j'en ai la preuve... et cette preuve, la voici...

Le cocher ouvrit son porte-monnaie, exhiba l'objet trouvé par René Moulin, et le présenta triomphalement à son interlocuteur.

— Un bouton... — dit ce dernier.

— Un bouton de bottine... un bouton de soie... — Il était sur le paillasson de la voiture et, après avoir relayé, je n'avais conduit personne avant de m'arrêter rue de l'Ouest, pour dîner.

— Alors il est certain qu'une femme est montée dans votre fiacre... Mais était-elle victime ou complice? — Nous le découvrirons...

— Dieu le veuille, monsieur!...

— Avez-vous autre chose à nous apprendre?

— Pas pour l'instant...

— Nous connaissons votre nom et votre adresse, vous pouvez vous retirer... — Soyez certain qu'on s'occupera très activement de cette affaire...

— Ai-je de l'argent à déposer, s'il vous plaît, monsieur?

— Non... — Il y a lieu de suivre... il est donc inutile de vous porter partie civile...

— Merci, monsieur !

Pierre Loriot remonta sur son siège et fouetta Milord qui partit clopin-clopant.

— Théfer,—dit le chef de la sûreté, — vous êtes au courant des détails de cette mystérieuse affaire...

— Oui, monsieur...

— Eh bien, c'est vous que je vais charger de l'enquête, et je vous recommande de marcher bon train... — Il y a dans les circonstances du vol de ce fiacre quelque chose de bizarre qui pique vivement ma curiosité et que j'ai hâte d'éclaircir.

Le sang revint aux joues du policier. — Un sourire écarta ses lèvres.

— Je ferai de mon mieux, — répondit-il.

— Connaissant votre zèle et votre intelligence, je suis tranquille... — Mettez-vous à l'œuvre sur-le-champ.

Il était près de midi lorsque Pierre Loriot retourna chez Étienne pour lui raconter ce qui venait de se passer à la préfecture.

Le jeune médecin l'écouta, la tête basse et, ne voulant pas attendre inactif le résultat des démarches de la police, se dirigea vers Vincennes afin de commencer lui-même des recherches.

En rentrant chez lui, le soir, harassé de fatigue, il trouva René Moulin qui l'attendait.

Le premier regard qu'ils échangèrent leur apprit que ni l'un ni l'autre n'avaient rien trouvé...

* *

Retournons en arrière de vingt-quatre heures.

Regagnons le plateau de la Capsulerie au moment où Berthe Leroyer venait de tomber, en poussant un cri déchirant, dans l'abîme ouvert sous ses pas.

On avait vu de loin les lueurs grandissantes de l'incendie, et nous savons déjà que le tocsin sonnait au clocher de Bagnolet.

Or le tocsin avait réveillé les dormeurs et mis la puce à l'oreille des braves pompiers qui se dirigeaient au pas gymnastique vers le théâtre du sinistre.

De tous côtés, sur les chemins abruptes suspendus aux flancs de la colline, et sur le plateau lui-même, on voyait, à la lueur rouge des torches de résine, courir des hommes, des femmes et des enfants.

Les employés de la Capsulerie s'empressaient aussi d'accourir ; mais nos lecteurs n'ignorent pas que tout secours devait être inutile.

Avant qu'on ait pu lancer un seul jet d'eau sur la maison de M. Servan, elle s'effondrait avec un bruit formidable au milieu des gerbes de flamme et des tourbillons de fumée.

On s'occupa de noyer les décombres, besogne absolument superflue, attendu l'isolement de la propriété.

Dans les groupes qui s'étaient formés autour des ruines on se demandait qui pouvait avoir mis le feu.

On croyait la maison sans locataire; on parlait de maraudeurs, de pillards nocturnes qui, venus pour voler, avaient allumé l'incendie par accident ou pour commettre un acte de sauvagerie.

Au milieu d'un autre groupe, composé d'une vingtaine de personnes, pérorait M. Servan, le propriétaire.

Il racontait que la veille il avait loué à un Parisien, qui l'avait payé d'avance et se proposait d'installer dans la maison un laboratoire de chimie.

La catastrophe résultait sans doute d'une expérience de ce Parisien, qui probablement avait péri victime de son imprudence ou de sa maladresse.

M. Servan prenait, du reste, son parti le mieux du monde de la destruction d'un immeuble mal situé, coûteux à entretenir et difficile à louer.

Une solide compagnie d'assurances payerait le sinistre, et certes il ne ferait point rebâtir dans un pareil endroit.

Le commissaire de police de Bagnolet questionna M. Servan et rédigea un rapport duquel résultait que l'incendie de la villa devait être attribué à une imprudence du locataire, fabricant de produits chimiques, lequel, selon toute apparence, avait trouvé la mort sous les décombres.

La tâche des pompiers était finie.

La foule, n'ayant désormais rien à voir, se retirait peu à peu.

Les ruines de la villa ne présentaient plus qu'une masse noire et calcinée, d'où s'échappaient par instants des bouffées de vapeurs fétides et des fusées d'étincelles...

XI

Le jour se levait terne et grisâtre.

Déjà, par les chemins creux conduisant aux carrières d'où l'on extrayait la pierre à plâtre, quelques ouvriers se rendaient à leur travail, tout en causant du sinistre de la nuit précédente.

Trois de ces hommes tournèrent à gauche, dans une tranchée à ciel ouvert, pour gagner le chantier auquel ils étaient occupés en ce moment.

Au bout de la tranchée ils pénétrèrent dans une sorte de tunnel irrégulier.

Des flaques boueuses détrempaient le sol.

Ces flaques résultaient des suintements qui s'échappaient des parois de la colline lorsque les eaux pluviales saturaient les terrains crayeux du plateau. .

Dans ce chemin passaient les tombereaux venant charger la pierre jusqu'au lieu d'exploitation, et de profondes ornières avaient été creusées par les roues des lourds véhicules.

De distance en distance on comblait ces ornières avec des fagots pour éviter que les voitures y restassent embourbées.

En sortant du tunnel les trois ouvriers se trouvèrent dans un espace éclairé, formant une sorte d'hémicyle.

C'était l'endroit où ils travaillaient...

La lumière leur arrivait par une de ces larges crevasses que nous avons signalées sur le plateau de la Capsulerie.

Là ils s'arrêtèrent.

— Grandchamp, —dit l'un des carriers au plus jeune de ses camarades,— prends les brouettes, les pelles et les pioches, et porte tout ça à notre tranchée, comme un bon garçon... Nous sommes en avance, nous avons encore dix minutes devant nous ; je vais *en griller une* avant de commencer...

Et l'ouvrier bourra, puis alluma une courte pipe de terre.

Le jeune carrier, obéissant aux ordres de Simon, son contremaître, se dirigea vers une sorte de réduit voûté creusé dans la pierre et où, chaque soir, on serrait les outils en quittant le travail.

Au moment de l'atteindre il recula vivement, et son visage prit une expression d'épouvante.

Presque sous ses pieds une large tache rouge se détachait de façon sinistre.

— Oh! oh! — s'écria-t-il, — on est venu par ici cette nuit !

Le contremaître l'entendit.

— Est-ce qu'on nous a *levé* nos outils ? — demanda-t-il avec inquiétude.

— Non... ils sont là.

— Alors, qu'est-ce qui te met la figure à l'envers ?

— Il y a du sang par terre...

— Du sang ! — répétèrent les deux hommes en accourant.

— Voyez...

Et Grandchamp désignait la tache rouge.

— Oui, parbleu, c'est bien du sang ! — fit le troisième ouvrier. — Est-ce qu'on aurait *refroidi* quelqu'un, cette nuit, dans la carrière ?

— Peut-être que des rôdeurs ont couché là cette nuit... Ils se seront disputés et l'un d'eux aura reçu un mauvais coup... — Le sang est tombé d'assez haut... — Il y a des petites éclaboussures tout autour de la grande tache...

Les deux ouvriers regardaient le sol.

Grandchamp leva machinalement les yeux vers la crevasse par laquelle on apercevait, à une grande hauteur, un coin de ciel.

Il poussa une sourde exclamation.

— Qu'est-ce qu'il y a encore ? — demanda le contremaître.

— Regardez ! — répondit le jeune ouvrier d'une voix tremblante en étendant son bras vers la voûte.

Il désignait, à trente pieds au-dessus de leurs têtes, un corps inanimé soutenu par des touffes d'arbustes poussant dans la crevasse, et dont les rameaux enlacés formaient un solide point d'appui.

— Ça m'a l'air d'être une femme... — murmura Simon en frissonnant.

A peine venait-il de prononcer ces mots qu'il porta la main à son front, qu'une goutte tiède venait de frapper.

Ses doigts, qu'il regarda aussitôt, étaient rouges.

— Du sang ! — reprit-il. — Et ça vient de là-haut... — Présentement la chose est claire. — Cette pauvre femme sera tombée cette nuit en allant voir l'incendie, et, sans les broussailles qui se sont trouvées là bien à propos, elle aurait déboulé jusqu'en bas...

— Crois-tu qu'elle soit encore vivante ?

— Bien sûr, puisque le sang n'est pas refroidi...

— Il faudrait lui porter secours...

— Certainement; mais comment faire?... — Ça n'est pas commode, je vous en fiche mon billet!...

— Prenons une échelle...

— Jamais les nôtres ne seront assez longues... — Il y a plus de trente pieds du sol au buisson de la crevasse.

— Mettons deux échelles bout à bout...

— C'est une idée... — Grandchamp, apporte deux échelles pendant que je vais m'inquiéter d'avoir une corde.

Les échelles furent posées à terre et réunies à l'aide de cordes solides, de manière à n'en faire qu'une qu'on dressa, non sans peine, et dont on introduisit l'extrémité dans la crevasse.

— Est-elle assez longue? — demanda le contremaître.

— Oui, patron, — répondit Grandchamp, — elle touche au buisson.

— Je monte... — Maintenez solidement le pied...

Simon s'élança sur les échelons.

Ce contremaître, — qui pouvait avoir trente ans, — était de petite taille, mais membré vigoureusement et d'une force peu commune.

Il fut bientôt à la hauteur de la touffe d'arbustes, et au niveau du corps qui s'y trouvait accroché.

— Eh bien? — lui crièrent les deux hommes restés en bas, — qui est-ce?

— C'est une jeune femme ou une jeune fille... elle n'est pas du pays...

— A-t-elle beaucoup de mal?

— Je n'en sais rien... — Elle est pâle comme une morte et elle a les yeux fermés.

— Qu'est-ce que tu vas faire?

— Je vais essayer de la charger sur mon épaule... — Tenez bien l'échelle.

Les deux hommes s'arc-boutèrent aussitôt solidement, l'un à droite, l'autre à gauche, et Simon gravit encore deux échelons.

La tâche lui parut alors plus difficile qu'il ne l'avait cru d'abord.

Un point d'appui suffisant lui faisait défaut. — Les branchages ployaient et craquaient à chacun de ses mouvements.

— Tonnerre !! — s'écria-t-il après deux ou trois tentatives vaines, — je ne puis la décrocher... — Je la laisserais tomber, et peut-être tomberais-je avec elle... Comment faire?

— Patron, — dit Grandchamp, — un moyen...

— Lequel?...

— Nous allons monter sur le plateau avec des cordes... — Arrivés au bord de la crevasse, nous en laisserons pendre un bout... — Vous attacherez solidement le corps, et nous le soutiendrons sans le moindre danger...

— Ça va... — Calez l'échelle avant de partir...

— Elle ne risque rien.— Les montants sont enfoncés de plus d'un pied dans la terre...

— Filez vite, alors, et prenez des cordes au four à chaux.

Les deux hommes gagnèrent rapidement l'issue de la carrière.

Simon regardait avec intérêt et compassion la jeune femme dont les doigts raidis se crispaient sur les rameaux qu'ils avaient saisis machinalement.

Il toucha l'une de ses mains et la trouva glacée.

Le corps inanimé se balança un instant dans le vide et vint toucher les épaules du contremaître sur lesquelles il s'arrêta.

— Elle est froide... le sang ne coule plus... — On croirait qu'elle vient de mourir, — pensa-t-il. — Une si jolie fille, c'est dommage..

En ce moment on l'appela d'en haut.

Il vit ses deux camarades penchés sur le bord de la fissure.

— Vous avez la corde?... — leur demanda-t-il.

— Parbleu !... plus de vingt mètres...

— Eh bien, envoyez.

Grandchamp et son compagnon laissèrent l'extrémité du câble flexible descendre jusqu'à Simon.

— Je la tiens, — dit ce dernier, — mais je n'en ai pas assez... — Envoyez encore...

Les ouvriers déroulèrent quelques mètres de corde.

— Attendez, maintenant...

Simon, s'accrochant de la main gauche aux rejets les plus vigoureux du buisson, passa sous le corps de la jeune femme sa main droite, tenant la corde, qu'il se mit en devoir d'enrouler autour des épaules et sous les bras.

— Lâchez toujours!... — cria-t-il.

La corde fila de nouveau.

Le contremaître fit quatre nœuds serrés et reprit :

— Hissez présentement et en douceur... — Je vais me retourner... — Je tendrai mes épaules, et vous manœuvrerez de façon à m'amener le corps sur le dos... — Pas de secousses, surtout, sinon nous dégringolerions tous les deux.

Simon n'était pas moins adroit que vigoureux.

Il tourna ses reins à l'échelle et se pencha de manière à former un support vivant.

La position était dangereuse... — Ses forces pouvaient le trahir ou quelque échelon se rompre sous lui.

Il n'y songeait même pas, ayant l'habitude des sauvetages et ne marchandant point sa vie, quoique marié et père de famille.

— Nous y sommes... — fit-il. — Allez!

Les deux hommes, unissant leurs efforts, soulevèrent lentement le corps enlevé à la couche feuillue qui le soutenait.

— Assez! — commanda Simon. — Amenez à droite.

Le corps inanimé se balança un instant dans le vide et vint toucher les épaules du contremaître, sur lesquelles il s'arrêta.

— Laissez aller, — cria-t-il de nouveau, — et soutenez toujours en douceur; je descends...

Les carriers laissèrent filer la corde, et Simon, doucement, avec des précautions infinies, descendit échelon par échelon.

Des gouttes de sueur coulaient sur son front et se teignaient de rose au contact de la gouttelette de sang mal essuyée.

Enfin il toucha terre et, se courbant comme pour s'agenouiller, il se retourna par une suite de mouvements habilement gradués, et reçut dans ses bras le corps de Berthe Leroyer...

Dans un coin de la carrière se trouvaient quelques brassées de paille.

Simon étendit sur cette paille la jeune fille, dont il appuya les épaules contre la paroi rocheuse.

Le visage de Berthe offrait la blancheur mate de l'albâtre. — Ses yeux

étaient fermés. — D'une légère entaille au cuir chevelu s'échappaient quelques
gouttes de sang. — Une large tache rouge maculait le corsage de la robe.

Les deux camarades de Simon furent de retour au bout de quelques minutes

— Eh bien, — demanda Grandchamp, — est-elle morte?...

— Ça m'étonnerait bien, — répondit le contremaître, — les membres ne
sont pas raides...

Il s'agenouilla près de l'orpheline et appuya son oreille sur la poitrine, du
côté gauche.

— Elle n'est qu'évanouie, — ajouta-t-il après avoir écouté. — J'entends
battre le cœur...

— Peut-être a-t-elle quelque chose de cassé?...

— Pas les bras, toujours, puisqu'on peut les mouvoir sans peine

— C'est juste.

— Qu'est-ce que nous allons faire maintenant? — reprit le contremaître. —
Nous ne pouvons pas laisser la pauvre femme sans secours, et il nous est impossible de l'emporter...

— Je vais courir à Bagnolet chercher un médecin, — dit Grandchamp, —
et je préviendrai le commissaire afin qu'il envoie un brancard...

— C'est ça... va vite, mon gars, et ne flâne pas en route...

— Soyez paisible, je mets mes jambes à mon cou...

Et le jeune homme partit au pas de course.

Simon alla tremper son mouchoir dans l'eau de pluie qui remplissait une
ornière, et mouilla les tempes de Berthe à plusieurs reprises.

Cette médication élémentaire ne produisit aucun résultat.

L'orpheline ne reprenait pas connaissance. — Ses yeux restaient fermés.

— C'est un miracle qu'elle vive encore!...—murmurait le contremaître; —
si elle n'avait eu la chance de rencontrer à moitié de la crevasse les broussailles
qui l'ont accrochée au passage, elle se serait mise en charpie sur la roche où
nous sommes...

Une demi-heure s'écoula.

L'évanouissement persistait, mais le cœur battait toujours, quoique faiblement.

Le commissaire de police arriva, suivi d'un médecin et de deux hommes
portant un brancard pris à la mairie de Bagnolet.

En route le jeune compagnon leur avait raconté comment ils s'étaient aper-
çus de l'accident, et de quelle façon ils s'y étaient pris pour descendre le corps.

Le médecin, après avoir procédé à un examen sérieux, déclara qu'aucun
membre n'était brisé, mais que la violente secousse pouvait avoir amené des désordres internes.

Il constata deux blessures sans gravité, l'une à la tête, l'autre à la poitrine.

La première n'était pour ainsi dire qu'une égratignure; la seconde, un peu plus profonde et dont il ne s'expliquait pas la cause, avait répandu beaucoup de sang.

Après un pansement provisoire il déclara qu'il fallait porter la jeune fille à l'hôpital le plus voisin, puisque son domicile était inconnu.

— Certainement, — dit le commissaire, — cette pauvre femme, attirée comme tant d'autres sur le plateau par l'incendie de la nuit dernière, aura commis l'imprudence de quitter le chemin frayé... — Ces crevasses béantes et sans garde-fou constituent un danger permanent que j'ai signalé déjà à l'administration et que je vais signaler de nouveau...

On plaça Berthe sur le brancard.

— Avant de l'emporter, — reprit le magistrat, — il serait bon de voir si ses vêtements ne contiennent rien qui puisse nous renseigner au sujet de son nom et de sa demeure...

Simon mit un genou en terre et fouilla les poches de l'orpheline.

Il en tira une clef d'abord, puis un porte-monnaie que le commissaire ouvrit et qui ne renfermait qu'une pièce d'or et de la monnaie, trente-deux francs soixante-quinze centimes en tout.

Le contremaître chercha de nouveau

— Ah ! — fit-il, — voici quelque chose encore...

Et il tendit un carré de papier au commissaire, qui dit, après l'avoir examiné :

— Un numéro de voiture de place... le n° 13, fripé et à moitié déchiré... — Cette femme pouvait avoir cela dans sa poche depuis longtemps, et les cochers, d'ailleurs, ne savent pas qui ils conduisent... — L'indication est nulle...

Le carré de papier s'échappa de ses doigts et tomba sur le sol, sans qu'il se donnât la peine de le ramasser.

— Du reste, — reprit le médecin, — l'évanouissement ne saurait se prolonger beaucoup désormais, et la malade elle-même donnera les renseignements désirables... — Il faut se hâter de la conduire à l'hospice... — Tout à l'heure, monsieur le commissaire, en traversant Bagnolet, je signerai un billet d'admission que vous voudrez bien légaliser...

— C'est entendu...

On ferma les rideaux de la civière, que soulevèrent les brancardiers.

L'un d'eux demanda :

— Où allons-nous ?

— A l'hospice Saint-Antoine, — répondit le médecin.

— Diable ! — la course est bonne !... — Nous n'arriverons jamais à nous deux... — Il faudrait relayer en route...

Le contremaître et le moins jeune des carriers offrirent leurs services, qui furent agréés.

Le commissaire complimenta les ouvriers à propos du dévouement dont ils faisaient preuve et ajouta, en s'adressant à l'un des brancardiers :

— Vous remettrez cette clef et ce porte-monnaie au greffe de l'hospice...

— Oui, monsieur...

— Maintenant, en route...

— Tu ne viens pas avec nous, toi? — demanda Simon à Grandchamp.

— On n'a pas besoin de moi... — Je reste ici à travailler en vous attendant...

— A ton aise!...

Le jeune carrier, resté seul, ne bougeait point et, quoi qu'il en eût dit, ne semblait nullement disposé à se remettre au travail.

Il réfléchissait, les yeux fixés sur le carré de papier que le magistrat avait laissé tomber et abandonné sur le sol.

Tout à coup il se pencha vers ce papier et le ramassa.

— Ah! saperlotte! — murmura-t-il en haussant les épaules, — en voilà un commissaire qui n'a pas inventé le fil à couper le beurre!... — Il trouve que l'indication est nulle!... Faut-il être borné! — Comme si tout n'avait pas son importance!... — Un supposé que la petite vienne à mourir sans avoir jaboté; rien qu'en s'adressant au cocher du fiacre numéro 13, et en le menant à la Morgue visiter le corps, on pourrait peut-être retrouver le domicile de la défunte... — Moi, je garde le numéro, et si plus tard on avait besoin d'un renseignement, je serais là... — C'est ça qui ferait parler de moi!...

Puis, après avoir glissé dans sa poche le carré de papier soigneusement plié, Grandchamp reprit son pic et attaqua la pierre à plâtre.

Sur le vu de la signature du médecin, légalisée par le commissaire de police de Bagnolet, la jeune fille fut admise d'urgence à l'hôpital Saint-Antoine, où la pancarte placée, selon la règle, à la tête de son lit, dut rester vierge de toute indication.

Le médecin de service, dont la visite fut immédiate, reconnut, de même que son confrère, qu'il n'existait aucune fracture.

Une lésion interne restait à craindre; — on ne pouvait acquérir de certitude à cet égard avant la fin de l'évanouissement.

On glissa quelques gouttes de potion entre les dents serrées de l'orpheline, et, l'effet de cette potion pouvant se produire d'un moment à l'autre, le médecin attendit auprès du lit.

Au bout d'un peu moins d'une demi-heure Berthe fit un léger mouvement.

Elle se leva sur son coude; — ses paupières s'entr'ouvrirent; — elle jeta autour d'elle un regard effrayé, referma les yeux et laissa retomber sa tête en arrière.

Le médecin lui prit la main et lui parla doucement.

Ses yeux s'ouvrirent de nouveau. — On vit ses lèvres remuer comme pour articuler quelques paroles, mais aucun son distinct ne s'en échappa et une mousse sanguinolente apparut aux coins de sa bouche.

— Je crains une hémorragie interne, — dit le médecin aux élèves qui l'assistaient, — et je constate une paralysie momentanée des cordes vocales... — La pauvre enfant est bien malade...

Puis il ordonna de commencer, sans une minute de retard, un traitement énergique.

Quittons pour un instant la jeune malade et rejoignons d'autres personnages de notre récit.

Nous avons vu trembler le policier Théfer tandis qu'il écoutait les déclarations faites au chef de la sûreté par Pierre Loriot.

Pendant quelques minutes, il avait eu peur que l'oncle du docteur Étienne soupçonnât la vérité ; — il ne tarda guère à se rassurer.

Le brave cocher tirait de certains faits des déductions logiques et saisissantes, mais il ne savait absolument rien, cela sautait aux yeux.

Théfer reprit alors son sang-froid et, de même qu'il avait frissonné d'épouvante, il frissonna de joie quand le chef de la sûreté lui remit la direction des recherches à faire pour trouver les auteurs du vol de cinq cents francs commis au préjudice de Pierre Loriot dans le fiacre n° 13, — vol imaginaire, nous le savons, mais qui semblait absolument vraisemblable

— Parbleu ! — se dit-il en se frottant les mains avec un sourire cynique, — les recherches seront bientôt faites... — Ce sera comme pour les faux-monnayeurs Dubief et Terremonde, mais il faut que j'aie l'air de déployer du zèle, et que je mérite des éloges... — Voilà le fin du fin !

Séance tenante, il appela les deux agents subalternes qui se trouvaient plus particulièrement sous ses ordres.

Ces deux agents, que nous connaissons déjà pour les avoir vus prêter leur concours à l'arrestation de René Moulin et organiser une surveillance rue Notre-Dame-des-Champs, autour de la maison qu'habitait la veuve du supplicié, obéissaient aveuglément à leur chef hiérarchique.

Ils se nommaient Leblond et Bancal.

L'inspecteur leur expliqua ce dont il s'agissait et leur traça l'itinéraire qu'ils devaient suivre.

— Le fiacre a été pris rue de l'Ouest, à dix heures, — leur dit-il, — et retrouvé à minuit et demi quai de la Râpée.

« Il a dû faire beaucoup de chemin et traverser des terrains glaiseux.

« Les gens qui l'ont volé, et qui me paraissent des malins de premier ordre, l'ont probablement conduit à Bercy uniquement pour dépister les recherches, si elles avaient lieu...

« C'est à Montmartre et à Belleville, selon moi, qu'on a chance de trouver trace de ce fiacre.

« Vous, Leblond, je vous charge d'inspecter Belleville, et vous, Bancal, d'explorer Montmartre...

— Il y a aussi les Buttes-Chaumont... — fit observer Leblond.

— Je les comprends dans Belleville, — répliqua Théfer.

— Et les derrières du Père-Lachaise jusqu'à Bagnolet... — dit Bancal.

— Je me charge de ce coin-là... — Si vous ne trouvez aucune piste dans les directions indiquées, je vous lancerai du côté de Bercy et de Vincennes...

— Bien, monsieur Théfer... — Quand devons-nous commencer à suivre cette affaire?

— Dès aujourd'hui, avec beaucoup de zèle et d'activité... — Vous dresserez chaque jour un rapport circonstancié du résultat de vos démarches... — Tous les matins vous me remettrez ce rapport, et je le joindrai au mien...

— Par qui la voiture était-elle conduite? — demanda Bancal.

— Par deux hommes... — C'est-à-dire que l'un devait être sur le siège et l'autre à l'intérieur, en compagnie d'une femme...

— Jeune, la femme?

— On l'ignore...

— Et le signalement des deux hommes?

— Pas le moindre indice.

— Mais alors, — s'écria Leblond en faisant une grimace, — c'est chercher une aiguille dans une botte de foin!

— C'est mon avis... — appuya Bancal.

— Parbleu, c'est aussi le mien... — dit Théfer. — Mais que voulez-vous? Ordre supérieur... — Le hasard peut vous servir, et je compte sur vous...

— Nous ferons de notre mieux.

Les agents se séparèrent.

XII

En expédiant les deux limiers dans les directions qu'il venait de leur indiquer, Théfer avait la certitude matérielle de leur insuccès.

D'un seul côté la lumière pourrait peut-être jaillir.

Il garda pour lui ce côté en se promettant bien d'étouffer toute clarté compromettante.

Tandis que ses hommes se mettaient en chasse, il rentrait chez lui en se proposant d'aller le lendemain faire un tour aux environs de Bagnolet, sous un déguisement qui le rendrait méconnaissable.

La nécessité s'imposait à lui de produire un simulacre d'enquête, car, malgré ses fonctions d'inspecteur, il pouvait être surveillé par des agents inconnus ne se trouvant jamais en rapport avec le personnel de la préfecture et communiquant d'une façon directe et secrète avec le chef de la sûreté.

Le policier ne passa qu'une heure dans son logement de la rue du Pont-Louis-Philippe et mit ce temps à profit pour se faire une tête et revêtir ce costume de débardeur que nous lui avons vu porter lors de sa première entrevue avec Dubief et Terremonde au cabaret des *Trois-Bouteilles.*

Il voulait dépister les mystérieux et insaisissables agents dont nous venons de parler.

Ayant ainsi modifié son apparence, il se lança à la recherche de Jean-Jeudi, que son propre intérêt et celui du duc de la Tour-Vaudieu l'engageaient à trouver pour rentrer en possession, à tout prix et par tous les moyens, des papiers compromettants soustraits à mistress Dick Thorn.

Théfer connaissait de longue date les différents endroits mal famés où les bandits, dont la poche est bien garnie à la suite d'une expédition heureuse, viennent dépenser ou plutôt gaspiller le produit de leurs vols.

Il commença dans ces bouges son travail d'exploration, en se disant qu'à défaut de Jean-Jeudi lui-même il trouverait des renseignements qui pourraient le mettre sur sa trace.

Son espoir ne fut point déçu.

Un voleur au bonjour. — autrement dit *chevalier grimpant,* — qui sortait de Sainte-Pélagie, lui apprit que Jean-Jeudi, après avoir fait huit jours de prison, était libre depuis un mois environ.

Le policier se présenta immédiatement au greffe de Sainte-Pélagie, exhiba sa carte d'agent de la sûreté, et se fit donner le signalement exact de Jean-Jeudi, ainsi que l'indication de son dernier domicile.

Ce dernier domicile était situé, nous le savons, rue des Vinaigriers.

Théfer s'y rendit.

Il trouva le concierge sur le seuil de la loge, et, d'une voix enrouée qui s'accordait merveilleusement avec le costume de débardeur, il lui demanda si Jean-Jeudi ne demeurait pas dans la maison.

En entendant le nom de son ancien locataire, le concierge toisa le questionneur d'un air dédaigneux et s'écria :

— Ah ! vous connaissez cet oiseau-là ?

Évidemment, Jean-Jeudi était mal noté.

Pour obtenir sur lui des renseignements utiles, il fallait s'y prendre adroitement.

Le policier répondit donc :

— Non, monsieur, non, je ne le connais pas, et j'en suis très content, car il paraît que le gaillard ne vaut pas cher.

— Ah! il vaut encore moins que ça !

— Un filou, hein ?

— C'est le vrai mot... Une canaille que nous prenions pour un honnête

L'évanouissement persistait, mais le cœur battait toujours presque faiblement.

homme! Ce gredin, monsieur, a mangé de la prison dernièrement... et il paraît qu'il n'en était pas à son coup d'essai.

— Je me le suis laissé dire...

— Alors, puisque vous êtes fixé sur son compte, qu'est-ce que vous lui voulez?

— Moi, rien du tout ; mais il est du même pays que moi, et j'ai été chargé par son frère — (un brave garçon, je vous en réponds) — d'une commission pour lui... — Voilà pourquoi je le cherche...

— Eh bien ! faut le chercher ailleurs... — Il ne reste plus ici...

— Il a déménagé ?

— Vous figurez-vous par hasard qu'on garde des voleurs dans notre maison, quand on sait ce qu'ils sont ?... Ça ne serait pas à faire ! Lorsqu'il est sorti du clou on lui a signifié, et raide, qu'il fallait décamper... — Eh ! houp !... du balai ! Faut lui rendre cette justice qu'il ne se l'est pas fait répéter deux fois...

— Et savez-vous où il est allé ?

— Jamais de la vie, par exemple ! — Pourquoi faire, son adresse ? — J'ai pas envie d'aller lui souhaiter la bonne année en lui portant des étrennes...

— Voilà qui me contrarie bien, rapport à la commission de son frère, et si vous aviez pu me donner la moindre indication...

— Tout ce que je peux vous dire, c'est qu'il a emporté son mobilier le lendemain matin, aidé par un assez bel homme, un chenapan comme lui sans doute, qu'il appelait René...

Théfer ressentit une sorte de commotion électrique.

— René ! — s'écria-t-il, — vous avez dit René?..,

— Oui... — Est-ce que vous avez une commission aussi pour celui-là ?

— Non, mais je crois le connaître... — René Moulin, n'est-ce pas ?...

Le concierge haussa les épaules.

— Moulin... Lapin... Tapin... ça se peut bien... — répliqua-t-il... — Est-ce que je faisais attention... — Ah ! vous le connaissez ?... Eh bien ! je crois que vous avez là une fichue connaissance... — Bonjour, l'homme... Au revoir, bonsoir...

Et il entra dans sa loge, dont il referma bruyamment la porte, laissant Théfer fort déconcerté et très ému.

— René ! — se disait-il avec une réelle angoisse. — Claudia Varni avait-elle donc raison contre toute vraisemblance ?... Le hasard a-t-il ménagé un rapprochement entre ces deux hommes ?... — René Moulin, le vengeur de Paul Leroyer, aurait-il dans les mains le seul témoin qui, en affirmant le crime d'autrefois, puisse mettre la justice sur les traces du crime d'hier ? — Si cela est, je croirai que le diable travaille contre nous, et j'aurai peur moi-même !

Théfer sortit de l'allée où il se trouvait, gagna le faubourg Saint-Martin, monta dans un omnibus, se fit donner une correspondance et descendit sur le boulevard Beaumarchais, d'où il gagna la place Royale et la maison numéro 24.

— M. René Moulin, s'il vous plaît ? — demanda-t-il à Mme Biju, qui n'eut garde de le reconnaître...

— Il n'est pas à Paris, monsieur... — répondit la brave femme.

— Depuis quand ?

— Depuis une quinzaine de jours... — Il a trouvé un emploi en province...

— C'est bien étonnant!

— Pourquoi donc?

— Parce qu'étant hier sur l'omnibus, j'ai cru le voir passer.

— Ce n'était pas lui, pour sûr... — Il a toujours son logement dans la maison, et, s'il avait fait un voyage à Paris, il serait venu ici...

— Je me serai donc trompé...

— Oh! certainement.

— Et c'est fâcheux, — poursuivit le faux débardeur, — car j'avais à lui faire une commission pressée de la part d'un de ses amis...

— Expliquez-moi ce que c'est, monsieur, et si par hasard il venait ces jours-ci, je lui répéterais la chose mot pour mot...

— Eh bien, madame, dites-lui qu'il est attendu chez son ami Jean-Jeudi.

— Jean-Jeudi... — répéta Mme Biju. — Je ne lui ai jamais entendu parler de cet ami-là! — Où reste-t-il, ce M. Jean-Jeudi?

— Rue des Vinaigriers...

— C'est bon, je vais l'écrire afin de ne pas l'oublier.

Théfer se retira.

— Cette femme est-elle de bonne foi? — se demandait-il. — Croit-elle réellement à l'absence de René Moulin ou bien est-elle payée par lui pour mentir? — Il faudra que je le sache... — Je reviendrai à la charge d'une autre façon...

Il était près de cinq heures.

Le policier ne pouvait pousser plus loin ses investigations ce jour-là.

Après avoir dîné rapidement, il regagna son logis, où Georges de la Tour-Vaudieu devait, dans la soirée, lui apporter sa nouvelle adresse.

En effet, vers neuf heures, le duc sonnait à la porte de l'agent, qui s'empressa d'ouvrir et qui fut frappé, cette fois encore, de l'altération toujours croissante des traits du vieillard.

Le visage flétri et ridé de Georges exprimait l'épouvante, la fatigue écrasante, le découragement sans bornes.

Ce misérable aurait fait pitié s'il n'avait fait horreur.

— Avez-vous suivi mes conseils, monsieur le duc? — lui demanda Théfer.

— De point en point... — répondit le sénateur en se laissant tomber sur un siège avec accablement. — Je demeure à Batignolles à présent, rue Saint-Étienne, numéro 19...

Et il expliqua la situation de la maisonnette louée par lui au milieu d'un jardin assez vaste entouré de murs.

— C'est très bien, — dit Théfer, — et je n'aurais su mieux choisir... — Sortez peu, ou plutôt ne sortez pas du tout pendant le jour, mais continuez vos visites nocturnes à l'hôtel de la rue Saint-Dominique pour vous assurer que de ce côté nous n'avons rien à craindre... Il pourrait vous arriver quelque lettre importante...

— J'irai chaque nuit, régulièrement... — répliqua le sénateur. — Y a-t-il du nouveau ?

— Oui. — J'ai eu la preuve que le conseil de mistress Dick Thorn était bon à suivre et que j'aurais eu tort de donner ma démission et de quitter la préfecture...

— S'occuperait-on de l'incendie du plateau de Bagnolet ? — demanda le duc d'une voix sourde.

— Non... — L'incendie sera mis sur le compte d'une imprudence, et Prosper Gaucher passera pour avoir péri sous les décombres ; mais on fait une enquête sur le fiacre qui a servi à l'enlèvement, et cela par la faute des deux hommes dont je me suis servi... — Ces deux hommes ont volé dans ce fiacre un vêtement et un billet de banque appartenant au cocher, et celui-ci a porté plainte.

Un tremblement nerveux secoua les membres du sénateur.

XIII

— A coup sûr, ceci est fâcheux, — reprit le policier ; — mais ne vous en inquiétez pas outre mesure,.. — Je garde mes fonctions et je saurai parer à tout... — C'est moi qu'on a chargé de l'enquête et je me charge de l'empêcher d'aboutir... — Nous n'avons à nous occuper sérieusement que de René Moulin et de Jean-Jeudi ; car j'ai des raisons de croire qu'ils se sont rencontrés et qu'ils marchent d'accord...

— Ce serait notre perte ! — balbutia le sénateur effaré.

— Certes, le danger existe, mais ne vous découragez point... — Jean-Jeudi ne vous connaît pas...

— Le croyez-vous ?...

— Cela saute aux yeux. — S'il vous connaissait, vous auriez eu déjà de ses nouvelles à votre hôtel... — Nous avons du temps devant nous... — Le bandit est riche des cent mille francs volés... — Je connais les mœurs de ces misérables... — Il ne redeviendra dangereux que lorsqu'il aura dévoré jusqu'à son dernier sou... — Je le cherche ; d'ici là je l'aurai trouvé, et par conséquent supprimé... — Je guette aussi René Moulin et je lui tendrai quelque piège dans lequel il tombera un jour ou l'autre... — Rassurez-vous donc, monsieur le duc !

— Je le voudrais... — répondit Georges. — Mais il est une chose que vous me paraissez oublier.

— Quelle chose ?

— La concierge de la rue Notre-Dame-des-Champs a vu Berthe Leroyer quitter la maison ; ne la voyant point revenir au bout de quarante-huit heures elle s'inquiétera et fera certainement sa déclaration au commissaire de police...

— Que nous importe ? — une disparition de femme — (surtout quand la femme est jeune et jolie) — cela se voit tous les jours... — On supposera que cette fille est partie avec un amant... — Ce sera un petit mystère bien vite oublié...

— Et si René Moulin s'obstine à percer ce mystère ?...

— Je me charge de René Moulin, je vous le répète...

Le duc, un peu rassuré, poussa un soupir de soulagement.

Théfer reprit :

— Je vous ai recommandé la plus grande circonspection dans vos démarches... — Il faudra pourtant que vous avisiez mistress Dick Thorn de ce qui se passe, afin qu'elle se tienne sur ses gardes...

— Puis-je me présenter à son hôtel ?

— Toute réflexion faite je n'y vois pas d'inconvénient, pourvu que vous ayez soin de vous rendre méconnaissable et de vous faire annoncer sous un nom de fantaisie...

— Je la verrai demain...

M. de la Tour-Vaudieu quitta Théfer.

L'agent de police sortit presque derrière lui pour se mettre à la recherche de René Moulin et de Jean-Jeudi.

Ce dernier ne pouvait être rencontré dans les bouges parisiens, car il était à Asnières, festoyant avec ses convives et jetant à la lettre l'argent par les fenêtres.

Après un déjeuner qui dura quatre heures et qui fut arrosé des vins les plus coûteux de la cave du restaurateur, Jean-Jeudi proposa une partie de canot.

Cette offre fut acceptée avec enthousiasme et deux grands bateaux plats conduisirent *l'honorable* société à Saint-Denis, où l'on se proposait de dîner, de souper, et de déjeuner le lendemain.

Parmi les compagnons de plaisir du voleur émérite se trouvait un jeune filou du nom de Mignolet, lequel ayant vu le maigre amphitryon exhiber un portefeuille garni de billets de mille francs et changer un de ces billets pour payer Paul Niquet, avait une idée fixe : — s'emparer du portefeuille.

— Quand le bonhomme sera gris,—se disait-il,—et ça ne peut pas tarder, — je lui soulèverai son maroquin, et il croira l'avoir perdu en route...

Mignolet, — momentanément du moins, — comptait sans son hôte.

Jean-Jeudi, gai comme un pinson, buvait à pleines rasades et, contre son habitude, ne se grisait pour ainsi dire pas.

Il avait bien la langue un peu épaisse et les yeux clignotants, mais il conservait toute sa raison, et de temps en temps sa main droite constatait dans sa poche gauche la présence du portefeuille.

— Saperlipopette ! — pensait Mignolet, — au train dont on y va, la dépense ne sera pas mince ! — Si je le laisse gaspiller tout il ne restera rien pour moi !...

— A-t-il la tête solide, ce brigand-là ! — Il devrait être déjà complet...

Et, sans relâche, il remplissait le verre que Jean-Jeudi vidait aussitôt ; mais l'ivresse attendue ne se manifestait point.

A Saint-Denis la fête fut complète.

Vers les onze heures du soir les convives ronflaient sous la table, à l'exception de Mignolet qui s'était ménagé, et de Jean-Jeudi qui luttait victorieusement et se réjouissait fort de voir ses convives terrassés par le vin.

Le jeune filou brisa les fils de fer d'une bouteille de champagne et fit sauter le bouchon.

— A nous deux, mon vieux ! — dit-il à son compagon. — Ces gens-là ne savent pas boire... Ce sont des femmelettes... — Il n'y a que nous deux de solides...

— Verse, gamin... verse toujours !... — répliqua le voleur émérite. — Ce coco-là passe comme une lettre à la poste et ne grise jamais !...

— Seulement il coûte cher !...

— Qu'est-ce que ça fait ? — L'argent est rond, c'est pour rouler... — Quand il n'y en aura plus, il y en aura encore... — Quand le portefeuille sera vide, on le regarnira, et quand la caisse sonnera le creux, on la remplira...

Et il lampa d'un seul trait le contenu de son verre en répétant :

— Encore ! encore !

Mignolet regardait son interlocuteur avec de grands yeux.

— T'as donc une caisse ? — demanda-t-il.

— Inépuisable ! — La bouteille de Robert Houdin ! — Donne-moi à boire...

Tout à coup Jean-Jeudi — dont une idée d'ivrogne venait de traverser la cervelle — arrêta son verre à mi-chemin, entre la table et ses lèvres, et s'écria .

— Ah ! une bonne farce !...

— Quoi ? qu'est-ce que c'est ?

— Si nous décampions, après avoir payé la dépense, et que nous les laissions ronfler à leur aise ?... — Vois-tu d'ici leurs binettes quand ils se réveilleraient demain matin ?

— Ça peut se faire... — Mais où irions-nous pour rigoler ?

— A Paris d'abord, gare Saint-Lazare ; — nous prendrions le chemin de fer et nous filerions au Havre... — histoire de nous offrir un petit voyage d'agrément... — J'ai envie de voir la mer...

— Moi aussi ; mais pour nous la couler douce, là-bas, faudrait de l'argent pas mal.

— J'en ai.

— Parbleu ! je sais bien que tu en as, mais pas assez sur toi, peut-être ?...

— Possible... On peut avoir un caprice en route... — Eh bien, avant de partir, j'irai dire deux mots à ma caisse.

— Ça va !... — répondit Mignolet, frémissant de joie.

— En route! alors...

Jean-Jeudi se leva, mais en se levant faillit tomber, car l'ivresse commençait à le dominer à son tour.

Il sortit de la salle, qui se trouvait au premier étage, et, titubant, se soutenant à la rampe, il descendit l'escalier.

Mignolet pensait, en le suivant :

— Voilà qui va bien... — Je vais être seul avec lui... je saurai où il demeure... Je connaîtrai la caisse... et, dame! ça me procurera peut-être de jolis bénéfices!...

Le maître de l'établissement présenta sa note, dont le total était fort élevé.

— Je vous aligne votre argent — dit Jean-Jeudi, — et cinquante francs en plus...

— Pourquoi faire, les cinquante francs?...

— Nous laissons là-haut les camarades, saoûls comme des grives en octobre... — Ils dorment les poings fermés... Laissez-les dormir, patron, et quand ils s'éveilleront demain vous leur servirez le vin blanc et une forte soupe à l'oignon...

Le restaurateur se mit à rire et prit l'argent.

— S'ils s'informent de vous? — demanda-t-il.

— Vous leur répondrez que je suis allé au Havre chercher des huîtres, et que d'aujourd'hui en quinze je les invite tous à dîner à la *Boule-Noire*, à Paris, à six heures du soir... — d'aujourd'hui en quinze, vous m'entendez bien?... — C'est aujourd'hui le 21... le rendez-vous est pour le 6 du mois prochain...

— Soyez tranquille, monsieur, votre commission sera faite...

— Présentement, donnons-nous de l'air...

Et Jean-Jeudi entraîna Mignolet.

Une fois dans la rue, ce dernier insinua qu'il fallait prendre le chemin de fer.

— Le chemin de fer, jamais de la vie! — répliqua le vieux voleur. — J'ai besoin de marcher pour me déraidir les gambilles... — D'ici à Paris il n'y a pas loin...

Mignolet aurait préféré tout autre mode de locomotion, mais il fit contre mauvaise fortune bon cœur et suivit son compagnon, qui d'abord titubait et chancelait pas mal, mais dont les jambes se raffermirent peu à peu et dont la marche devint rapide.

En moins d'une heure les deux hommes atteignirent la barrière de la Chapelle.

— Voici la halte... — dit Jean-Jeudi en s'arrêtant brusquement...

— Comment! la halte? — murmura Mignolet en regardant autour de lui. — Il est minuit passé et je ne vois pas un seul assommoir ouvert...

— Tu ne comprends pas, aimable infirme ; — la halte, ça veut dire que je vais te quitter...

XIV

— Comment! comment! me quitter? — s'écria le jeune filou avec un profond désappointement. — Tu vas faire de moi comme des autres?... — Tu me lâches?

— Provisoirement...

— Et ce voyage au Havre! c'était donc une charge et tu te fichais de moi l'arme au bras?...

Jean-Jeudi haussa les épaules.

— Est-tu bêta! — répliqua-t-il. — Apprends, précoce idiot, qu'un honnête homme n'a que sa parole... — Ce qui est promis est promis!... Le voyage tient plus que jamais... Nous irons au Havre chercher des bourriches pour le dîner de la *Boule-Noire*... Mais, comme j'ai affaire chez moi, je te laisse ici...

— Ne puis-je t'accompagner?

— Non...

— Pourquoi?

— Parce que tu me gênerais... — Je demeure avec mes parents, et ma petite sœur a la coqueluche... Tu réveillerais cette bobécharde...

— Dis tout de suite que tu inventes un prétexte pour te débarrasser de moi.

— Eh bien! non! cent fois non, abruti! — Va m'attendre à la gare du Havre... J'y serai presque aussitôt que toi... Justement je vois les lanternes d'une guimbarde en maraude; je vais la prendre et je reviendrai *illico*... Le temps de tutoyer mon banquier, ça ne sera pas long... Comprends-tu?

— C'est la vérité, tout ça?

— Foi de Jean-Jeudi!...

— Allons, je te crois et je file à la gare.

— Minute... — As-tu de l'argent sur toi?

— Une pièce de quarante sous, pas davantage... Tout le monde ne peut pas posséder une caisse...

Le vieux voleur fouilla dans sa poche et tira sans compter une poignée de monnaie qu'il tendit à Mignolet en lui disant:

— Prends ça, et si tu trouves là-bas un débit encore ouvert, fais faire un joli punch au cognac en m'attendant.

— C'est convenu...

Jean-Jeudi monta dans le fiacre et donna l'ordre au cocher de le conduire à Belleville par les boulevards extérieurs.

Chemin faisant il murmurait:

— Point de curieux à ma villa... — Inutile que le petit sache où je demeure...

— C'est une mesure de simple prudence...

— A nous deux, mon vieux ! dit-il à son compagnon. Ces gens-là ne savent pas boire.

Arrivé à la cité Rébeval, il entra chez lui comme la veille; il en ressortit après avoir bourré de billets de banque son portefeuille, et il prit le chemin de la gare Saint-Lazare.

En descendant de voiture il aperçut Mignolet sur le seuil d'une boutique de marchand de vin.

Le punch au cognac flambait.

Les deux compères, installés en face l'un de l'autre, vidèrent rapidement le premier bol et en commandèrent un second, qui les occupa jusqu'au moment où ils montèrent dans le train qui devait les conduire au Havre.

* *

Près d'une semaine s'était écoulée depuis les événements que nous venons de mettre sous les yeux de nos lecteurs.

René Moulin, Étienne Loriot et le policier Théfer s'épuisaient en démarches vaines, les uns pour retrouver Berthe et Jean-Jeudi, l'autre pour découvrir la piste de ce même Jean-Jeudi et pour savoir ce qu'était devenu René Moulin.

Le mécanicien et le docteur arrivaient à la période du découragement absolu.

Aucune trace de Berthe, non plus que du voleur émérite.

Étienne partageait son temps entre ses devoirs professionnels et ses recherches, non moins infatigables qu'infructueuses.

Chaque matin il allait à l'hospice de Charenton où l'appelait son service, visitait rapidement ses malades de Paris et se mettait en quête.

La fatigue l'écrasait. — Il ne mangeait presque plus, ne dormait qu'à peine et changeait à vue d'œil mais, craignant d'affaiblir l'énergie de René Moulin, il ne lui montrait point toute l'étendue de son désespoir et de son épouvante.

L'enquête confiée aux agents de la préfecture n'avançait pas.

Pierre Loriot venait chaque jour aux renseignements et s'en allait l'oreille basse.

L'honnête cocher prenait la chose fort à cœur, non pour lui, mais pour son neveu qu'il voyait cruellement souffrir, et pour Berthe, qu'il se reprochait d'avoir injustement accusée.

L'affaire du fiacre numéro 13 semblait entrer dans la catégorie de celles qui ne sont jamais éclaircies.

Théfer, ayant lancé ses hommes dans de fausses directions, était parfaitement sûr que la lumière ne jaillirait point de leurs rapports, qu'il avait soin d'ailleurs de lire attentivement avant de les joindre aux siens.

Ce misérable agissait de son côté avec beaucoup d'astuce.

De son enquête personnelle aux environs de Montreuil et de Bagnolet résultait pour lui la preuve que le passage de la voiture conduisant Berthe au plateau de la Capsulerie n'avait attiré l'attention de personne.

Une seule chose le préoccupait : — l'impossibilité absolue de mettre la main sur Jean-Jeudi.

Muni du signalement qui lui avait été donné à Sainte-Pélagie, il avait exploré à plusieurs reprises tous les établissements mal famés de Paris, tripots clandestins, bals de barrières, repaires et bouges.

Nulle trace du voleur émérite, — si reconnaissable pourtant, — non plus que de René Moulin.

Cette double *évaporation* l'inquiétait, nous le répétons.

Il se demandait si par hasard elle ne cachait pas un piège, une embuscade...

Une seconde fois, et sous un déguisement nouveau, il était allé place Royale où Mme Biju lui avait positivement affirmé que l'absence de son locataire se prolongeait.

Naturellement il tenait au courant de toutes ces choses le duc de la Tour-Vaudieu et mistress Dick Thorn.

Les deux complices commençaient à se rassurer, et l'imminence du péril diminuait à leurs yeux.

Un détail cependant inquiétait le sénateur.

Il s'en ouvrit à Théfer.

— Ne vous étonnez-vous pas, — lui dit-il, — du profond silence qui se fait autour de la disparition de Berthe le Royer?

— Je m'en suis étonné d'abord, — répliqua le policier, — et j'ai voulu savoir à quoi l'attribuer.

— Vous êtes allé aux renseignements?

— Oui... — Déguisé en commissionnaire, et tenant une lettre à la main, je me suis rendu au numéro 19 de la rue Notre-Dame-des-Champs où j'ai demandé à la concierge Mlle Berthe Monestier (c'est le nom sous lequel on la connaissait dans la maison)...

— Et on vous a répondu?

— Simplement que Mlle Berthe était à la campagne.

— A la campagne! — répéta Georges. — Cela ne vous paraît point suspect?

— Pourquoi suspect? — Sans doute cette fille avait témoigné l'intention d'aller hors Paris trouver René Moulin, et la portière suppose qu'elle a réalisé ce projet.

L'explication était plausible et parfaitement acceptable.

Le sénateur respira plus librement.

Théfer reprit :

— De ce côté-là rien à craindre ; mais je ne dormirai tout à fait tranquille que quand j'aurai découvert le moyen d'arracher à Jean-Jeudi les papiers qu'il possède et de le rendre muet.

— Serez-vous sûr de son silence?

— Oh! absolument sûr... les morts ne parlent pas.

Georges de la Tour-Vaudieu comprit et devint un peu pâle.

— Encore du sang... — balbutia-t-il.

Le policier, haussant fort irrévérencieusement les épaules, répliqua :

— Monsieur le duc, dans la voie où nous sommes il faut marcher toujours... On est compromis si l'on hésite, et perdu si l'on recule!...

L'ex-amant de Claudia Varni baissa la tête et ne répondit pas.

.*.

Étienne Loriot, — nous l'avons dit plus haut, — partageait son temps entre ses devoirs professionnels et les recherches inutiles auxquelles il aurait voulu consacrer toutes ses journées; mais il ne pouvait le faire à moins de briser sa position, et c'est pour Berthe, et rien que pour elle, qu'il tenait à la conserver.

Un matin il arriva à l'hospice de Charenton dans une disposition d'esprit encore plus noire que de coutume, ce qui ne l'empêcha point de faire sa visite posément, consciencieusement, discutant avec l'interne attaché à son service.

Il arriva dans la cellule d'Esther Derieux.

Depuis son entrée à l'asile la pauvre femme avait changé beaucoup, — au physique du moins, — car sa situation morale ne se modifiait guère.

Son visage s'était amaigri, ses tempes se creusaient. — Un large cercle de bistre estompait les contours de ses paupières.

Esther, habituée à voir Étienne qui lui parlait doucement et se montrait bon pour elle, l'accueillait chaque matin avec un vague sourire.

Ses lèvres, ce jour-là, demeurèrent immobiles; — elle ne parut point voir le docteur.

— A-t-elle eu une crise? — demanda ce dernier à l'interne.

— Non, maître... — répondit le jeune homme. — Depuis l'après-midi d'hier, elle est ainsi... — L'appétit diminue... — Ne trouvez-vous pas qu'elle dépérit visiblement?...

— Cela doit être... — fit Étienne; — les médicaments par lesquels je la prépare à l'opération amènent à leur suite une grande fatigue et, par conséquent, une grande faiblesse.

— Cette opération, maître, la ferez-vous bientôt?...

— Je ne pourrai le dire qu'après la levée de l'appareil posé sur la boîte osseuse et qui doit rester en place quelques jours encore... — Mais ce visage sombre et ce regard atone m'inquiètent... J'ai peur...

Étienne s'interrompit.

— Peur qu'une maladie ne vienne renverser vos plans et déjouer vos calculs, n'est-ce pas? — acheva l'interne.

— Oui... Il faut faire sortir cette pauvre femme de sa cellule... la conduire au jardin... mettre des fleurs à sa disposition... enfin, autant que possible, la distraire... Je vous la recommande spécialement...

— Maître, soyez tranquille... Vos instructions seront suivies et je ne négligerai rien pour vous satisfaire.

— J'y compte et je vous remercie... Il y a ici plus encore qu'une question d'humanité pure... les intérêts de la science sont en jeu.

XV

Tandis que s'échangeaient ces paroles, Esther ne faisait pas un mouvement. — Assise sur le bord du lit elle restait inerte, et le regard de ses prunelles bleues se perdait dans le vide...

Étienne prit la main de la folle.

Elle tourna vers lui ses yeux et parut pour la première fois s'apercevoir de sa présence.

— Vous souffrez ? — lui demanda-t-il d'une voix très douce.

Esther secoua la tête en retirant sa main.

— Désirez-vous quelque chose ?... — poursuivit le jeune médecin.

La folle fit un signe affirmatif.

— Dites-moi ce que vous désirez.

— Du soleil et des fleurs... — murmura la pauvre femme.

— Vous avez du soleil, et, dans un instant, on vous mènera cueillir des fleurs...

Une lueur s'alluma sous les paupières de la folle, tandis que ses lèvres murmuraient :

— A Brunoy ?...

— Oui...

— Je ne veux pas...

Au nom de Brunoy, Étienne avait tressailli.

Ce nom lui remettait en mémoire une phrase prononcée chez lui par René Moulin, au sujet des mystérieux adversaires qu'il combattait. — « *Ce sont les meurtriers du médecin de Brunoy, j'en suis sûr...* » — avait dit le mécanicien.

Le neveu de Pierre Loriot se souvenait en outre qu'Esther répétait souvent ce nom dans les premiers temps de son séjour à l'hospice.

— Voilà une coïncidence au moins étrange ! — se dit-il. — La séquestration de cette femme aurait-elle le même motif que la disparition de Berthe?... Les ennemis de l'une seraient-ils les ennemis de l'autre? Est-ce ici que je dois comprendre ce que Berthe et René ne m'ont expliqué qu'à demi?... Est-ce enfin à moi qu'il est réservé de faire jaillir la lumière qui doit les éclairer?

Ces réflexions se formulèrent dans l'esprit d'Étienne en beaucoup moins de temps que nous n'en avons mis à les écrire.

Il prit de nouveau la main d'Esther.

Elle voulut se soustraire à ce contact ; mais il la dompta par la fixité de son regard et, toute frémissante, elle baissa la tête.

— Vous ne voulez pas venir à Brunoy? — lui demanda le médecin d'une voix basse.

— Non.

— Il le faut, cependant.

Esther se mit à trembler et balbutia, en détournant la tête pour se soustraire aux regards du docteur :

— Je n'irai pas... ils me tueraient... J'ai peur...

Le tremblement de la folle redoublait. — Ses mouvements brusques et nerveux semblaient annoncer une crise imminente.

Étienne avait peine à la maintenir.

— Je vous ordonne d'être calme ! — reprit-il... — Je vous ordonne de me répondre !... De quoi avez-vous peur ?...

Silence d'Esther.

— Qui craignez-vous de rencontrer à Brunoy? Qui songerait à vous tuer?

Même silence.

— Seraient-ce les assassins du médecin de Brunoy ?

La folle se dégagea brusquement, avec une violence irrésistible, et se jeta dans la ruelle de son lit en cachant son visage entre ses deux mains, en poussant des cris inarticulés, en bégayant des mots entrecoupés dont il était impossible de deviner le sens.

Peu à peu cependant elle se calma et reprit sur la couchette sa première position.

Ses mains se disjoignirent, laissant voir son visage pâle à demi rasséréné, puis, très bas, mais néanmoins d'une voix distincte, elle murmura, comme si deux tableaux bien différents frappaient en même temps ses regards :

— Là-bas... la nuit... le sang et la mort... Ici les flots couleur d'azur, le beau soleil, les fleurs et l'harmonie...

Et elle se mit à chanter son éternel refrain :

> Amis, la matinée est belle,
> Sur le rivage assemblons-nous...
> Livrons aux vents notre nacelle,
> Et des flots bravons le courroux...

Ensuite sa tête retomba sur sa poitrine, et elle s'immobilisa dans une sorte d'engourdissement.

Étienne se sentait de plus en plus convaincu qu'un lien secret devait exister entre la destinée de Berthe et celle d'Esther Derieux.

Quel était ce lien?

Il l'ignorait, mais il avait la certitude instinctive qu'il le connaîtrait un jour.

— Docteur; — demanda l'interne, — savez-vous quelque chose du passé de cette femme?

La question qui lui était adressée rappela Étienne à lui-même.

Il se souvint des recommandations du directeur.

La folle était, par ordre, *aux isolées,* — *au secret.*

Il ne devait point paraître désireux de surprendre les secrets de l'administration.

— Non, — je ne sais rien, — s'empressa-t-il de répondre, — et si je cherche à deviner la cause déterminante de la folie, c'est pour mieux la combattre...

— Ne vous semble-t-il pas comme à moi, docteur, — poursuivit l'interne, — qu'un étrange mystère entoure cette femme ?...

— Peut-être...

— Elle a été envoyée ici par la préfecture de police, je crois?...

— Vous ne vous trompez pas... — dit Étienne et, pour rompre l'entretien, il ajouta : — Écrivez, je vous prie, mon ordonnance...

Il dicta ses prescriptions; puis, la visite étant terminée, il sortit de la cellule d'Esther, suivi de l'interne.

Pendant quelques secondes ils marchèrent silencieusement l'un à côté de l'autre.

— Maître, — fit tout à coup le jeune homme en s'arrêtant, — voulez-vous me permettre de vous adresser une question?

— Certes! et j'y répondrai de mon mieux.

— Admettez-vous qu'une maison de santé, qu'elle appartienne à l'État ou qu'elle soit la propriété d'un simple particulier, prête sa complicité à des œuvres de haine et jette une ombre protectrice sur des crimes inconnus?...

Étienne regarda son interlocuteur avec défiance, et au lieu de répondre interrogea.

— Pourquoi me demandez-vous cela? — fit-il.

— Parce que votre opinion à ce sujet, j'en ai la certitude, est la même que la mienne... — Vous êtes d'une nature trop droite et trop loyale pour ne pas voir avec horreur ces internements, ou plutôt ces séquestrations, dont la cause est inconnue et qui cachent le plus souvent des abîmes d'iniquités... et vous devinez comme moi que nous sommes en présence d'une séquestration de ce genre...

— Mon cher monsieur Rigald, — répondit le jeune médecin, — je vous remercie de votre bonne opinion de moi, et je vais vous dire franchement toute ma pensée. — Non, je n'admets pas que les asiles de la folie deviennent des bastilles toujours prêtes à favoriser d'odieux calculs et de coupables intérêts... — Oui, je crois qu'un mystère entoure Esther Durieux... Je vois en elle une victime... Le rôle de justicier me tente, et je souhaite avec ardeur rendre la lumière à ce cerveau plein d'ombre... Voulez-vous m'y aider?

— Je vous y aiderai de tout mon pouvoir, maître... — Je vous promets une obéissance absolue, une discrétion sans bornes...

— Et vous y ajouterez votre amitié, n'est-ce pas ? — dit Étienne souriant et tendant la main à l'interne, qui répliqua en serrant cette main :

— Mon affection vous était d'avance acquise, aussi bien que mon estime...

Le docteur reprit :

— Ce n'est pas seulement par humanité et par amour de la science que je veux guerir cette pauvre femme... — J'ai — (je le crois du moins) — un intérêt personnel à ce qu'elle recouvre la raison... — Si j'arrive à mon but, si je triomphe du mal, dussè-je me mettre en lutte avec l'administration tout entière et briser ma position, j'agirai selon ma conscience... — Lorsque j'aurai déclaré dans un procès-verbal qu'Esther Derieux guérie doit quitter la maison de fous, nous connaîtrons ses persécuteurs et nous saurons s'ils osent alléguer quelque motif pour la conserver prisonnière... — Je serai contre eux avec elle...

— Et je serai avec vous contre eux ! — s'écria l'interne.

— J'y compte...

Les deux jeunes gens se serrèrent une seconde fois la main, et Étienne Loriot reprit le chemin de Paris.

Pendant la route il se disait :

— Je voudrais questionner René Moulin et le consulter au sujet de ce qui se passe à l'asile de Charenton, mais je n'ose... J'aurais l'air, en l'interrogeant, de vouloir malgré lui pénétrer son secret... J'attendrai.

Étienne, rentré chez lui, déjeuna rapidement et, après avoir fait quelques visites dans différents quartiers de Paris, il se dirigea vers Montreuil.

Depuis huit jours c'était la troisième fois qu'il portait ses pas de ce côté, franchissant le seuil des maisons, interrogeant jusqu'à l'importunité et risquant fort de se faire prendre pour un agent de police.

Il espérait toujours, contre toute vraisemblance, que quelque renseignement imprévu viendrait le mettre sur la trace de sa bien-aimée Berthe.

A Bercy, à Vincennes, à Saint-Mandé, explorés précédemment, il n'avait obtenu aucun résultat.

Qu'espérait-il en continuant ses recherches, et surtout en retournant à Montreuil trois fois de suite?

Il ne le savait pas et, ne comptant plus que sur le hasard, il s'abandonnait à lui.

René Moulin, ce jour-là, avait marché du côté de Bercy.

Il passa la barrière et descendit le quai de la Râpée, garni presque entièrement à cette époque de magasins de bois de construction.

Ces bois arrivaient en forme de trains, sur la Seine, au bas du quai où, — pour nous servir de l'expression technique, — on s'occupait de les *débarder*.

Les débardeurs, la poitrine nue, dans l'eau jusqu'aux hanches et la hache à la main, coupaient les liens qui unissaient les unes aux autres les planches et les pièces de bois, et d'autres les transportaient sur le quai pour en former des piles énormes ou pour en charger de lourds camions.

Tout le long du quai c'était un va-et-vient continuel.

— Eh ! les enfants, dit-il, un maccabé... Dans l'argot des marins d'eau douce c'est ainsi qu'on désigne
un cadavre...

On entendait retentir ces cris :
— *Hue! Diah!...*
— *Amène!*
— *Lâche-moi ça...*
— *Oh! hisse...*

XVI

Ces exclamations s'entre-croisaient, de la pointe du jour à la tombée de la nuit, mêlées aux chansons typiques des débardeurs de la Seine, dont la joyeuse humeur est proverbiale.

René Moulin entendait tous ces bruits, mais il ne les écoutait pas.

Il était arrivé à l'endroit où la voiture de Pierre Loriot avait été retrouvée, en face du n° 40, occupé par les chantiers d'un des plus grands marchands de bois du quartier.

— C'est là qu'ils ont amené le fiacre... — se répétait sans relâche le brave garçon. — D'où pouvaient-ils venir?

Sur la berge, les cris continuaient.

Les débardeurs venaient d'entamer le dépeçage d'un nouveau train de bois et commençaient, selon la coutume, par la partie qui se trouvait en amont du fleuve.

Un des ouvriers, debout à l'arrière, tranchait les liens à grands coups de hache.

Subitement il interrompit son travail, se pencha et, plongeant dans l'eau son bras jusqu'à l'épaule, saisit un objet accroché aux aspérités d'une planche.

— Eh! les enfants, — dit-il — un *maccabé*...

Dans l'argot des marins d'eau douce, c'est ainsi qu'on désigne un cadavre flottant.

— Un *maccabé!*... — répétèrent plusieurs voix.

Et un groupe se forma aussitôt sur la berge, vis-à-vis de l'endroit où le débardeur venait de signaler sa trouvaille.

— T'as gagné ta journée... — fit un charretier en bourrant sa pipe. — C'est vingt-cinq francs.

— Je crois qu'il lui manquait un bras... — reprit le premier ouvrier. — Il n'y a rien dans la manche...

Et, au milieu des éclats de rire des spectateurs, il retira de la Seine un grand pardessus de couleur noisette, à boutons de cuivre oxydés.

En entendant parler du noyé, René Moulin était descendu sur la berge et se mêlait aux curieux.

Il fit un geste de surprise à la vue de la houppelande du cocher.

— C'est à dix pas d'ici que les misérables ont abandonné le fiacre de Pierre Loriot, — se dit-il. — L'un de ces misérables a dû jeter là, dans le fleuve, la défroque qui le déguisait.

— Riche trouvaille, mes enfants! — poursuivit le débardeur. — Ma parole d'honneur, c'est du drap première qualité. — Dis donc, Popinot, je te vends ces frusques... — Tu t'en feras un paletot pour les dimanches...

— Combien que tu en veux?

— Deux litres...

— Je n'en offre qu'un...

— Va pour un litre, mais, avant de te livrer l'objet, je passe la revue pour voir s'il n'y aurait pas par hasard un porte-monnaie dans les *profondes*...

Le débardeur fouilla les poches de derrière.

— Rien... — dit-il. — Explorons un peu celles de côté... — Ah! je sens quelque chose...

Et il exhiba un chiffon de papier fripé, de l'aspect le plus lamentable.

— Un billet de mille?... — s'écrièrent deux ou trois voix.

— Jamais de la vie... — Simple papier à lettre...

— C'est peut-être un particulier qui, avant de se *neyer*, aura mis son adresse dans sa poche... — hasarda un curieux. — Regardez donc s'il y a quelque chose d'écrit.

Le débardeur déplia le papier, mais lentement, car les adhérences résultant de l'humidité rendaient l'opération difficile.

René Moulin suivait cette scène avec un prodigieux intérêt.

— Il y a de l'écriture tout de même, — murmura l'ouvrier au bout d'un instant.

— Pourrez-vous lire?... — demanda le mécanicien.

— Ce ne sera pas commode... — Vous comprenez que l'eau a délavé l'encre et que ça fait du gâchis... Je crois pourtant qu'il y aurait moyen... en se fatiguant un peu les mirettes.

— Essayez.

— Payerez-vous une chopine?

— Tout ce que vous voudrez.

— Vous êtes un bon enfant, vous... — Je ferai mon possible pour vous contenter...

Puis le débardeur, épelant chaque syllabe, lut, ou plutôt ânonna ces mots :

« Suivez ce cocher qui vient de la part de René Moulin et ne vous étonnez de rien. »

En entendant prononcer son nom, en écoutant la lecture du billet laconique, René ne put retenir un mouvement brusque et fut saisi d'un tremblement nerveux.

— Je vous achète ce billet et ce vêtement... — dit-il d'une voie émue.

— Vous?...

— Oui, moi...

— Ah çà! vous connaissez donc le particulier dont on parle là-dedans?

— C'est mon ami, et ça me met sur la piste d'une gredinerie qu'on lui a faite...

— Pour lors je comprends... — Combien offrez-vous?

— Vingt francs.

—Adjugé, mon ambassadeur... — Voici les objets...

— Voilà l'argent...

René mit le pardessus mouillé sur son bras gauche, prit le billet, donna une pièce d'or et remonta sur le quai, tandis que le débardeur enchanté conduisait tous ses camarades au cabaret le plus proche, pour y fêter, le verre en main, son heureuse aubaine.

— Je ne m'étais pas trompé, — se disait le mécanicien tout en marchant à grands pas, — cette défroque était celle du misérable qui conduisait le fiacre...
— Il a remis ce billet à Berthe pour lui inspirer confiance et il le lui a repris ensuite.

Il s'arrêta, déploya de nouveau le papier, l'examina avec attention et poursuivit :

— Mais, cette écriture, il me semble que je la connais... — Où l'ai-je déjà vue?...

Il interrogea sa mémoire et se répondit :

— Je me souviens... — Elle ressemble étrangement à celle de la note calomnieuse glissée à la place de la lettre volée chez moi place Royale... — La main des mêmes misérables est dans tout ceci... mais ces misérables, quels sont-ils?
— J'en connais déjà un, le complice de Claudia, Frédéric Bérard... — Où le trouver? — Jean-Jeudi le sait et pourrait me l'apprendre... — Où trouver Jean-Jeudi? -

René s'était remis en marche. — Il parlait presque haut et gesticulait. — Les passants le prenaient pour un fou et le regardaient d'un air étonné.

Cependant il se calma peu à peu, s'engagea sur le pont d'Austerlitz et le traversa.

Il allait rue Cuvier, chez Étienne Loriot.

La domestique du docteur, lui ouvrant la porte chaque jour, le recevait comme un ami de la maison.

— Eh! monsieur Moulin, — lui dit-elle, en le voyant chargé d'une longue houppelande ruisselante, — qu'est-ce que vous trimballez donc là?... — Est-ce que vous êtes tombé à l'eau?

— Ça, — répondit-il, — c'est une machine que j'ai payée vingt francs pour le plaisir de la montrer à votre maître...

— Vingt francs cette vieille frusque moisie! — On vous a volé, monsieur Moulin! Ça ne vaut pas cent sous!

— J'en aurais donné deux louis, et même davantage s'il l'avait fallu... — Le docteur est-il là?

— Non, monsieur Moulin...

— Rentrera-il dîner?

— Bien sûr, puisqu'il n'a rien dit...

— Je reviendrai donc... — Faites-moi le plaisir d'étendre ce vêtement quelque part afin qu'il sèche un peu...

— Je vais le mettre à la fenêtre de la cuisine...

— C'est cela... mais attendez que j'inspecte les poches à mon tour...

Le débardeur avait visité la poche du côté gauche. — René fouilla celle du côté droit. — Il y plongea sa main jusqu'au poignet, explorant tous les coins.

— Un autre papier! — s'écria-t-il avec joie.

Mais à cette joie succéda un vif désappointement.

Il n'avait sous ses yeux qu'une note de restaurant.

Néanmoins il ne dédaigna pas de l'examiner.

Elle portait en tête :

« *Richefeu, restaurateur, boulevard Montparnasse. — Noces et festins. — Cabinets de société.* »

Un timbre à l'encre bleu, appliqué chaque jour au comptoir sur les additions, indiquait la date du 20 octobre.

— 20 octobre, murmura René. — Mais c'est le soir du 20 octobre qu'on a volé le fiacre de Pierre Loriot et que Berthe a disparu... — Voilà le commencement d'une trace! — Deux couverts... — Ces hommes étaient deux... — On a dû les voir... les remarquer... — On pourra sans doute me donner un renseignement.

Il leva la tête; la servante d'Étienne le regardait d'un air si prodigieusement stupéfait qu'il ne put s'empêcher de sourire.

— Je pars, — reprit-il à haute voix. — N'oubliez pas d'annoncer au docteur que je reviendrai, et que je le prie de m'attendre... C'est très important...

— Soyez tranquille, monsieur Moulin, je n'y manquerai point.

— Et ajoutez que j'apporterai peut-être une bonne nouvelle.

— Bien, monsieur Moulin.

René sortit.

Il avait l'intention de prendre une voiture; mais, n'en trouvant pas, il résolut de se rendre pédestrement à la barrière Montparnasse, et fit le chemin presque aussi vite que le meilleur cheval de fiacre.

Cinq heures du soir venaient de sonner et la nuit tombait quand il arriva au restaurant Richefeu, fort en vogue à cette époque parmi les établissements du même genre situés hors barrière.

Il entra.

La foule commençait à remplir les salles, assez vastes pour contenir plusieurs centaines de personnes.

Les garçons, affairés, allaient et venaient, répondant aux uns, servant les autres.

On entendait le bruit des verres, le cliquetis des couteaux et des fourchettes, et le murmure des conversations.

Le propriétaire, — un grand et gros homme, — était à son comptoir, remplissant, à l'aide d'un énorme broc de fer-blanc et d'un entonnoir, des bouteilles, des demi-bouteilles et des pots de grès, que les garçons venaient prendre au fur et à mesure pour les besoins du service.

René s'approcha de lui.

— Monsieur Richefeu?... — demanda-t-il.

— C'est moi... — répondit laconiquement le restaurateur, très occupé de son vin.

— Je venais, monsieur, vous prier de vouloir bien me donner un renseignement.

XVII

— Ah! sapristi ! vous tombez mal... — Voilà les dîners qui commencent, et vous voyez que je suis à la besogne... — répondit le patron.

— En effet, mais je n'abuserai pas longtemps de votre complaisance et la chose dont il s'agit est sérieuse...

— Pouvez-vous attendre un peu?...

— Sans doute... — Je vais m'installer à cette table, à côté du comptoir. — Veuillez me donner un vermouth, il me tiendra compagnie jusqu'au moment où vous serez libre...

— C'est ça... — je vais vous servir, — voilà qui est fait. — Ne vous impatientez pas ; je serai à votre disposition avant cinq minutes...

René s'assit et trempa ses lèvres dans le liquide que le restaurateur venait de placer devant lui.

Au lieu de diminuer, la foule grossissait de minute en minute, et Richefeu continuait à remplir ses bouteilles et ses brocs avec une activité fiévreuse.

— Ne vous impatientez pas, — disait-il à René. — Aussitôt que possible nous causerons...

— Faites... faites... — répliquait le mécanicien.

Mais il maudissait in petto la clientèle qui l'empêchait d'obtenir sans retard les renseignements désirés.

Quand il eut absorbé la dernière goutte du breuvage apéritif, le travail du patron ne semblait pas près de finir.

— Je vais dîner ici, — pensa-t-il, — de cette façon je tuerai le temps...

Et il donna l'ordre de le servir...

— Je vous force à devenir mon client... — s'écria le maître de la maison avec un gros rire. — C'est tout profit pour moi; mais vous prenez un bon parti, car le coup de feu durera encore au moins vingt minutes.

Enfin, vers huit heures, le patron murmura en poussant un soupir d'allègement :

— Ouf!... — c'est à peu près fini...

Et il ajouta en s'asseyant auprès de René :

— Me voilà tout à vous... — Qu'y a-t-il pour votre service ?

René tira de son portefeuille la note portant l'en-tête du restaurant Richefeu et la présenta à son interlocuteur.

— Connaissez-vous cela? — lui demanda-t-il...

— Parfaitement... C'est une *addition* de chez moi... Dîner de deux couverts servi le 20 octobre au cabinet numéro 7.

— Monsieur Richefeu, — reprit René, il s'agit d'une chose très importante pour mes intérêts, et je vous prie de me venir en aide par un effort de mémoire.

— Je ferai de mon mieux... Que voulez-vous savoir ?

— Si vous vous rappelez quelles sont les gens à qui vous avez servi ce dîner?

— Ah! diable!... c'est difficile à dire...— Nous voyons beaucoup de monde, et du monde très mêlé, vous en pouvez juger par vos propres yeux... — Comment voulez-vous que je me rappelle la physionomie des gens qui ont passé devant mon comptoir, surtout lorsque plusieurs jours se sont écoulés?

— Je comprends cela, et je vais faire en sorte de raviver vos souvenirs... — Le 20 octobre il pleuvait... le temps avait été mauvais toute la journée...

— Il a fallu laver les salles à fond le lendemain... — Il y avait un centimètre de boue sur les planchers....

— L'un des dîneurs devait porter un costume de cocher...

— Ah! ah! j'y suis... — fit Richefeu.

— Vous vous souvenez?

— Je le crois du moins, grâce à la circonstance du costume... — Ici nous ne voyons pas beaucoup de cochers... ils vont généralement en face, chez le mastroquet. — Oui, c'est bien cela, le 20, jour de pluie, vers sept heures du soir, deux individus...

Le restaurateur s'interrompit et se frappa le front à plusieurs reprises, puis il se leva.

— Attendez un peu... — continua-t-il. — Nous allons être renseignés par le garçon qui fait le service des cabinets...

Il se dirigea vers l'entrée de la première salle et appela :

— Maurice?... Eh! Maurice ?

— Voilà, patron...

— Arrivez ici...

Richefeu vint se rasseoir auprès de René, dont l'émotion était plus facile à comprendre qu'à exprimer.

La lumière allait-elle enfin briller au milieu des ténèbres?

Le garçon s'approcha.

— Vous avez quelque chose à me demander, patron?

— Oui. — Vous souvenez-vous de ces particuliers qui ont dîné au cabinet numéro 7 il y a quelques jours, et dont l'un s'est habillé en cocher dans le cabinet?

— Parbleu! je le crois que je m'en souviens, un grand maigre et un petit gros, et c'est ce travestissement qui m'a fait les remarquer... — Ils étaient arrivés assez bien vêtus en bourgeois... — L'un, le grand, portait un paquet... — Je servis leur dîner sans m'occuper d'eux autrement, n'étant point curieux de mon naturel; — vers neuf heures, le grand sortit et nous pria de faire la note et de l'envoyer à son camarade...

— Oui, — dit Richefeu, — ça me revient comme si c'était d'hier.

— Pour lors, — continua le garçon, — je lui portai l'addition... Il était en train de passer par-dessus son paletot une grande houppelande de cocher, couleur noisette, qui lui tombait jusqu'aux talons, avec de larges boutons de cuivre... Je la vois d'ici.

— C'est bien cela! — s'écria René. — Connaissiez-vous déjà ces individus?

— Ma foi, non... — Ce ne sont point des habitués de la maison... Ils étaient pourtant déjà venus le matin...

— Seuls?

— Non, avec un grand escogriffe de cinquante à soixante ans, qui les a attendus en prenant une absinthe et en écrivant un bout de billet... — Ils ont déjeuné ensemble au cabinet numéro 2... — C'est moi qui les ai servis...

— Et, tout en les servant, vous n'avez rien saisi de leur conversation.

— Ma foi, ce que disent les clients, vous comprenez, m'entre par une oreille et me sort par l'autre... — Il me semble que lorsque j'entrais ils cessaient de causer, mais je n'en suis pas sûr...

— Ne parlaient-ils point d'une femme à conduire dans un endroit quelconque? — demanda René.

— Ah! pour ça, non... — Ça m'aurait frappé... — Quand on parle des femmes je dresse l'oreille, étant d'un naturel sensible... — Ah! mais... ah! mais... attendez donc...

— Vous avez entendu quelque chose d'important! — s'écria le mécanicien.

— Non, mais le soir, après leur départ, j'ai trouvé sous la table un papier.

— Quel papier?

— Une facture, que l'un d'eux avait perdue, bien sûr...

— Oui, — fit Richefeu, — vous me l'avez même apportée en disant qu'on viendrait peut-être la réclamer...

La servante d'Étienne le regardait d'un air si stupéfait qu'il ne put s'empêcher de sourire.

— Et, — balbutia René qui ne respirait plus, — vous avez gardé cette facture ?...

— Certainement...

— Voulez-vous me la donner ?

— Pourquoi pas ?...

Richefeu entra dans son comptoir et prit sur une tablette, entre deux bouteilles de liqueurs, un papier plié en quatre.

— Voici... — dit-il en présentant le papier à René, qui le déplia vivement et lut :

— « RICHARD, MARCHAND DE BOIS ET CHARBONS A MONTREUIL. — *Fourni à M Prosper Gaucher cent fagots et cent cinquante bourrées. — Montreuil, 19 octobre. — Pour acquit.* »

— Le 19 octobre! — murmura le mécanicien après avoir lu, — la veille du jour de la disparition de Berthe !... — Ah! ce sont bien ces hommes qui ont perdu cela. — Montreuil où le terrain est glaiseux... Montreuil... et cependant j'y suis allé déjà et je n'ai rien appris...

— Mais avec cette facture vous saurez où vous adresser... — fit observer Richefeu.

— C'est vrai... et j'espère... — Merci, monsieur, merci mille fois, de m'être venu en aide avec tant de bienveillance. — Et vous, mon ami, prenez ceci...

René glissa dans la main du garçon Maurice une pièce de cent sous, paya sa dépense, sortit, puis, trouvant une voiture à la porte, y monta et donna l'ordre au cocher de le conduire rue Cuvier.

Étienne Loriot était revenu chez lui vers six heures, encore plus découragé que de coutume, ayant, pendant toute l'après-midi, cherché sans résultat.

— N'est-il venu personne ? — demanda-t-il à la domestique.

— Pardon, monsieur le docteur; il est venu M. René Moulin, qui apportait sur son bras gauche une redingote de cocher mouillée et qui, après avoir trouvé un papier dans la poche de la redingote en question, est parti comme un fou en disant de vous dire qu'il reviendrait, qu'il vous priait de l'attendre, et que c'était très important...

Un éclair de joie brilla dans les yeux d'Étienne.

— Il a trouvé quelque chose?... — s'écria-t-il.

— Oui, monsieur le docteur.

— Dans la poche d'une redingote de cocher?

— Dame! oui, monsieur le docteur.

— Où est cette redingote ?

— Dans la cuisine, monsieur le docteur, près de la fenêtre... Elle sèche...

Étienne courut à la cuisine et examina le vêtement.

Pour Françoise ce vêtement ne signifiait rien.

Pour le neveu de Pierre Loriot il constituait toute une révélation.

René Moulin tenait la piste des voleurs, et peut-être le papier trouvé dans la poche indiquait-il l'endroit où on avait conduit Berthe prisonnière...

Pour la première fois depuis bien des jours Étienne sentit un rayon d'espoir glisser au fond de son âme et éclairer pour lui l'avenir.

Il se mit à table et mangea, non sans quelque appétit, en attendant avec impatience le retour de René qui lui apporterait sans doute la confirmation de ses espérances.

Le temps passa.

Huit heures sonnèrent.

René n'arrivait point.

Étienne commençait à trouver que le mécanicien se faisait longtemps attendre.

A huit heures et demie l'inquiétude s'empara de lui.

A neuf heures cette inquiétude se changeait en angoisse.

Enfin le timbre de la porte d'entrée retentit.

Le jeune médecin se leva et courut ouvrir lui-même.

XVIII

René était sur le seuil, presque souriant.

— Eh bien? — lui demanda impétueusement Étienne.

— Eh bien, — répondit-il en serrant la main du docteur, — j'ai tout lieu de penser que demain nous saurons où est Berthe.

Étienne, poussant un cri de joie, entraîna dans son cabinet le nouveau venu et l'accabla de questions.

Le mécanicien lui raconta tout et lui montra la facture du marchand de bois.

— Pourquoi n'irions-nous pas à Montreuil ce soir même? — hasarda le docteur.

— Parce que nous arriverions trop tard pour être bien renseignés... — Dans les villages suburbains on se couche de bonne heure, et les gens qu'on arrache à leur premier sommeil afin de les questionner répondent de fort mauvaise grâce... — Demain, au point du jour, nous nous mettrons en route...

Étienne comprit que le mécanicien avait raison et, si grande que fût sa hâte de retrouver les traces de Berthe, il n'insista point pour un départ immédiat.

— Avez-vous enfin des nouvelles de Jean-Jeudi? — demanda le docteur après un silence.

— Non, — répondit le mécanicien, — mais je ne désespère pas! — Faites comme moi, — reprenez courage... — Quand nous aurons retrouvé Mlle Berthe nous retrouverons Jean-Jeudi, et nous pourrons alors mener à bonne fin l'œuvre entreprise, la grande œuvre de justice et de réhabilitation.

C'était la seconde fois qu'Étienne entendait parler de cette œuvre de réhabilitation.

Une question vint sur ses lèvres.

Mais il se souvint qu'il avait promis à René et à Berthe de ne point chercher à pénétrer le mystère dont ils s'entouraient.

Il voulut se tenir parole, et la question expira au moment de naître.

— Maintenant, — poursuivit René, — je vous quitte en vous disant : A demain.

— Puisque nous devons nous réunir demain de très bonne heure, ne vaudrait-il pas mieux ne point nous quitter? — répliqua le neveu de Pierre Loriot.

— Le moyen?

— Rien de plus facile... — J'ai deux chambres à coucher... On va préparer pour vous la seconde, qui renferme un canapé-lit sur lequel vous passerez la nuit...

Le mécanicien accepta de grand cœur l'hospitalité offerte par Étienne.

Les nouveaux amis s'entretinrent pendant un peu de temps encore de Berthe et de leurs espérances, puis ils se séparèrent pour se retrouver au point du jour.

Retournons de quelques heures en arrière et pénétrons, à la préfecture de police, dans le cabinet du chef de la sûreté.

Ce personnage venait de faire prier le commissaire aux délégations de se rendre auprès de lui, et il entama l'entretien par ces mots :

— Pardonnez-moi de vous déranger, mon cher maître, mais j'ai besoin de causer longuement avec vous...

— Je suis à vos ordres... — Est-ce pour des renseignements que vous avez besoin de moi ?

— C'est pour l'affaire Loriot...

— L'affaire du fiacre n° 13 ?

— Oui... — Non seulement elle ne marche pas, mais le mystère qui l'entoure, et qui cache un crime plus sérieux que le vol en question, semble s'épaissir de jour en jour.

— N'avez-vous pas les rapports des agents chargés de l'enquête?...

— Ces rapports sont insignifiants, et ceux de l'inspecteur ne valent guère mieux...

— L'inspecteur Théfer, je crois?

— Lui-même... — Il m'avait toujours paru intelligent et zélé, mais je commence à croire qu'il baisse ou qu'il néglige ses devoirs...

— Ne l'avez-vous pas placé, lui et ses hommes, sous la surveillance d'un agent secret?

— Si...

— Qui avez-vous choisi pour cette tâche délicate ?

— Plantade... — C'est un adroit fileur...

— A-t-il confirmé vos soupçons?...

— Oui et non. — Il n'a rien articulé de positif, mais quelques mots de son dernier rapport me laissent supposer qu'il aurait beaucoup de choses à dire si on l'interrogeait...

— Eh bien! interrogez-le...

— C'est ce que je compte faire... — Je l'ai mandé, il va venir; mais je ne me dissimule point qu'il sera difficile d'obtenir de lui la vérité tout entière, la vérité brutale...

— Pourquoi?

— Plantade sait que Théfer a passé jusqu'à ce jour pour un de nos agents les plus habiles, les plus consciencieux et les plus sûrs... Il sait qu'il était le favori de la maison et peut supposer qu'il l'est toujours... Pour ces raisons, et pour d'autres encore, il hésitera avant de le battre carrément en brèche, craignant de se créer en lui un mortel et dangereux ennemi... Mon opinion, à moi, est faite et ne peut varier. Théfer avait le feu sacré... il ne l'a plus. L'affaire de Dubief et de Terremonde, si bien entamée par lui, a fini de la manière la plus piteuse par un échec absurde!... Théfer, si malin jadis, si défiant, si *roublard* — (passez-moi le mot, cher maître) — s'est laissé rouler comme un niais!... Déjà il nous avait attiré du parquet une admonestation sévère à propos de l'affaire René Moulin, où la montagne accouchait d'une souris... Aujourd'hui il paraît ne plus savoir ce qu'il fait, tant son enquête est molle et pour ainsi dire dérisoire... Ou il est las du métier, et alors qu'il donne sa démission, ou il n'a plus de flair, et dans ce cas rendons-le à la vie privée.

— Lui avez-vous parlé déjà?

— Non. — Avant de m'expliquer avec lui j'attends les renseignements de Plantade, et j'ai voulu vous faire assister à mon entretien avec ce dernier.

En ce moment un garçon de bureau entra et remit une carte de visite au chef de la sûreté, qui dit, après avoir jeté les yeux sur cette carte :

— Amenez ici ce monsieur.

— Est-ce lui? — demanda tout bas le commissaire.

— Oui...

Le garçon de bureau introduisit le visiteur.

C'était un homme d'une cinquantaine d'années, petit, grêle, au crâne chauve et luisant comme du vieil ivoire, aux paupières rougies et clignotantes.

Le masque humain peut ressembler parfois à un profil bestial.

Le visage du nouveau venu rappelait d'une façon frappante le museau de la fouine.

Rien ne distinguait son costume de celui de tout le monde.

— Bonjour, monsieur Plantade... — lui dit le chef de la sûreté, en répondant par un geste de la main à son profond et respectueux salut.

— Vous m'avez fait l'honneur de m'écrire, monsieur... — commença l'agent secret.

— Et vous êtes exact... — J'ai quelques questions à vous adresser... — Asseyez-vous.

Le chef de la sûreté indiquait un fauteuil.

Plantade le prit par obéissance; — il aurait mieux aimé rester debout en présence de ses supérieurs.

L'entretien, ou plutôt l'interrogatoire, débuta de cette façon :

— Vous avez été chargé par moi, monsieur Plantade, d'exercer une surveillance secrète et très active sur les agents et l'inspecteur qui s'occupent de l'affaire du fiacre n° 13...

— Oui, monsieur, et je m'acquitte de mon mieux de cette mission toute de confiance.

— C'est au sujet de vos rapports que je veux causer avec vous.

— Seraient-ils en contradiction avec ceux des agents ?

— Non... — Partout où ces agents ont passé, vous passez vous-même... — On voit clairement que vous êtes sans cesse sur leurs pas.

Ici nous ouvrons une parenthèse.

Rien de plus facile que de contrôler le service du policier chargé d'une surveillance occulte.

Tel agent en titre dit-il : *Je suis allé ici, ou là...?*

Le rapport de l'agent secret doit dire : *J'ai suivi un tel, en tel endroit.*

Si les indications ne sont point identiques, un des deux rapports est menteur.

Le chef de la sûreté reprit :

— Personne ne met en doute votre activité, votre conscience et votre exactitude... mais j'ai besoin d'explications au sujet de certaines réticences...

Plantade se mordit les lèvres.

Son instinct l'avertissait qu'on allait parler de Théfer.

Il résolut de se tenir sur ses gardes, ne sachant pas si ce personnage, qui lui était d'ailleurs profondément antipathique, avait cessé d'être bien en cour.

— De quelles réticences monsieur le chef de la sûreté me fait-il l'honneur de parler ? — demanda-t-il.

— De celles relatives à l'inspecteur Théfer.

— Elles sont inconscientes... — J'ai noté mes observations avec exactitude et impartialité...

— Je le crois, ce qui n'empêche pas vos rapports d'être pleins de sous-entendus... — Vous articulez les faits, mais vous semblez déguisez votre pensée... — Pourquoi ne pas dire franchement, ce qui saute aux yeux, que Théfer se relâche dans l'accomplissement de ses devoirs et devient un serviteur plus que médiocre ?... — La fatigue est sans doute la cause de ses défaillances, car il a travaillé beaucoup ; mais quels que soient l'estime et l'intérêt qu'il m'inspire, je n'hésiterai pas à me séparer de lui lorsque son incapacité me sera démontrée.

Plantade était un ambitieux.

Il avait au plus haut point le génie de la police.

Sa position d'agent secret de surveillance ne lui plaisait point.

Il voulait être agissant et non passif.

Le mouvement, l'action, les difficultés à surmonter, les problèmes à résoudre, l'attiraient.

Depuis longtemps, il jalousait Théfer et convoitait son emploi.

Les dernières paroles du chef de la sûreté lui firent brusquement prendre un parti devant lequel il avait reculé jusqu'alors.

Il résolut de mettre de côté toute prudence, de frapper un coup de maître et, puisque l'occasion se montrait favorable, de démolir l'inspecteur.

XIX

— Monsieur le chef de la sûreté, — dit Plantade, — je vous dois obéissance, et puisque vous m'ordonnez de parler je le ferai sans ménagement... — Oui, vous avez raison, Théfer, au lieu de se donner tout entier, corps et âme, à son mandat, ainsi qu'il le faisait jadis, agit avec une coupable nonchalance... — Il exerce aujourd'hui le métier en amateur... — Sachant qu'on a toute confiance en lui, il en abuse... — *Pourquoi me donner tant de mal!* — se dit-il. — *Les appointements arrivent régulièrement à la fin de chaque mois...* — *Si telle ou telle enquête n'aboutit pas, que m'importe?* — *Je n'en serai pas moins payé, et certes, ce n'est point à mon incurie qu'on attribuera l'insuccès...*

— Mais, — fit observer le commissaire aux délégations, — si Théfer raisonne ainsi il est absolument indigne de conserver sa position...

— Je n'apprécie pas, monsieur, je constate... — répliqua Plantade.

— Donnez-moi des preuves de l'incapacité ou de l'inertie de l'inspecteur dont il s'agit, — reprit le chef de la sûreté, — et je prendrai sans hésiter contre lui des mesures de rigueur...

— Je l'ai suivi pas à pas dans son enquête au sujet du fiacre n° 13, — continua l'agent secret, — et j'affirme que ses démarches ne pouvaient obtenir aucun résultat utile... — S'il avait rempli son devoir, vous sauriez quels sont les voleurs...

— Précisez...

— Théfer s'est déplacé chaque jour... — Il a posé diverses questions à diverses personnes, en différents lieux, mais évidemment il n'interrogeait que pour la forme, sans le moindre souci de s'éclairer pour vous éclairer. — Demander aux gens : « *N'avez-vous pas vu passer, dans la nuit du 20 au 21 octobre, une voiture portant le numéro* 13? » n'était-ce pas une dérision, puisqu'il savait que les voleurs avaient masqué le numéro? — Devait-il procéder ainsi dans une affaire mystérieuse qui, selon moi, cache non seulement un vol mais un autre crime encore inconnu?

En entendant ces deux mots : *crime inconnu*, le chef de la sûreté et le commissaire échangèrent un regard et sentirent redoubler leur attention, mais ils n'interrompirent point, et Plantade poursuivit :

— Comment Théfer a-t-il agi au début de l'enquête? — Avec une insigne maladresse. — Lui qui jadis s'intéressait aux moindres détails, sachant que tout a son importance, ne s'est pas même donné la peine de se tracer un plan...
— Et cependant la route était facile à suivre...

— Facile à suivre! — répéta le chef de la sûreté.

— Oui, monsieur, — répondit Plantade avec animation, — il fallait réfléchir sérieusement... — Il fallait se demander : — « Pourquoi a-t-on pris ce fiacre? — Ce n'était pas pour voler un vêtement et un portefeuille dont on ignorait la présence au fond du coffre... — On avait besoin d'une voiture pour enlever une femme, victime désignée qu'attendait la violence ou la mort? »

— Qui vous fait croire que la femme en question ne suivait pas librement ses conducteurs? — interrompit le commissaire aux délégations.

— L'évidence? — s'écria l'agent. — Un rapt seul peut expliquer le vol de la voiture et la précaution prise de cacher les numéros...

— C'est juste...

— Voilà, monsieur le chef de la sûreté, ce que Théfer aurait dû se dire...

— Sans doute; mais vous vous l'êtes dit, ce qui ne vous empêche pas de rester muet en face de cette énigme : *Où a-t-on conduit cette femme?*

— Je ne serais point muet si j'avais reçu mandat d'agir, comme Théfer et ses agents...

— Qu'auriez-vous fait?

— J'aurais prévu qu'un incident anormal quelconque résulterait à coup sûr de l'enlèvement, je me serais mis en quête de cet inévitable incident, et dans les environs des faubourgs, à une lieue à la ronde — (je dis une lieue, car entre l'heure à laquelle la voiture a été volée et l'heure à laquelle on l'a retrouvée le cheval n'a pu fournir une bien longue course) — j'aurais demandé un rapport, jour par jour, aux commissaires de chaque arrondissement, de chaque commune suburbaine, rapport relatant les *incidents* arrivés dans leurs zones respectives et les plaintes déposées à leurs bureaux. J'aurais inspecté les routes glaiseuses où la voiture avait passé; j'aurais relevé les empreintes des roues et des sabots du cheval pour avoir un point de comparaison, et de tous ces furetages il serait résulté pour moi la preuve que le fiacre numéro 13 était monté jusqu'au plateau de la Capsulerie par le chemin de Bagnolet, et descendu vers Montreuil de l'autre côté, après avoir stationné à la porte d'une maison isolée que les flammes devaient dévorer une heure plus tard; j'aurais acquis ensuite la quasi-certitude que la femme ou la jeune fille enlevée a péri dans cet incendie allumé à dessein...

Le visage du nouveau venu rappelait d'une façon frappante le museau de la fouine.

Le chef de la sûreté et le commissaire aux délégations écoutaient Plantade avec stupeur.

Tous les deux s'étonnaient de la singulière habileté et des ingénieux calculs de cet agent obscur.

— Vous avez trouvé cela? — dit le chef de la sûreté.

— Oui, monsieur... — murmura Plantade en baissant modestement les yeux.

— Vous êtes sûr que la voiture a été conduite au plateau de la Capsulerie ?...

— J'en ai la certitude absolue.

— Et que la victime des ravisseurs a péri ?

— A cela je ne puis répondre... — Je dois rester dans le domaine des suppositions... Depuis hier j'ai interrompu mon enquête, me disant que je n'avais point mandat d'agir et que mon zèle intempestif méritait des reproches.

— Vous êtes un bon serviteur, Plantade. — J'ignorais vos rares aptitudes.

— Je ne les soupçonnais même pas...

L'agent secret s'inclina, rouge de joie et d'orgueil.

— Et, — reprit le chef de la sûreté, — c'est hier seulement que vous avez obtenu ces précieux résultats ?

— C'est hier seulement, monsieur, que j'ai pu comparer en secret mes empreintes aux roues du fiacre nº 13 et aux fers du cheval attelé à ce fiacre dans la nuit du 20 au 21. — Les traces de la voiture sont restées quatre jours visibles sur le chemin glaiseux, détrempé par les pluies...

— Avez-vous vu le commissaire de Bagnolet ?

— Non, monsieur...

— Pourquoi ?

— Il m'était interdit de lui dire qui j'étais et dans quel but je m'adressais à lui. — J'avais l'intention d'aller demain questionner les particuliers logés sur le plateau, non loin du lieu du sinistre ; de chercher dans Bagnolet la trace des incendiaires ; de m'aboucher enfin avec le propriétaire de la maison incendiée, mais j'hésitais... Agissant de ma propre initiative, sans mandat, je ne me sentais pas dans mon devoir...

— Voulez-vous continuer ces recherches ?

— A quel titre ? — Un autre en est chargé, monsieur, et ça ne rentre pas dans mes attributions...

— En cela, vous vous trompez... — A partir de ce moment vous êtes inspecteur...

— Inspecteur ! s'écria l'agent secret qui, malgré tout son empire sur lui-même, ne put dissimuler son allégresse. — Agir ! chercher ! combiner ! trouver ! — Mon rêve ! — Ah ! monsieur, que vous me rendez heureux !

— Demain le préfet aura signé votre nomination, et vous vous mettrez aussitôt en campagne...

— Comment vous témoigner ma gratitude ?...

— En vous montrant à la hauteur de vos fonctions nouvelles... — Vous allez rédiger un procès-verbal détaillé de vos découvertes relatives à l'affaire du fiacre numéro 13, et vous me l'apporterez en venant prendre votre carte d'inspecteur ; puis, aussitôt après, vous vous mettrez à l'œuvre...

— Il me serait très utile de lire les rapports adressés à la préfecture par le commissaire de police de Bagnolet.

— Ils seront à votre disposition... — Vous aurez quatre agents sous vos
ordres. — Je vous les présenterai demain...

— J'oserai, monsieur, solliciter de vous une faveur...

— Laquelle?

— Je vous demanderai, en ce qui concerne l'affaire en question, de me permettre d'agir seul...

— Soit... — Allez donc, et à demain, monsieur l'inspecteur...

Plantade salua jusqu'à terre et sortit, ivre de joie.

Ainsi qu'il venait de le dire, son rêve se réalisait.

— Cet homme est né policier... — fit le commissaire aux délégations quand
la porte se fut refermée.

— Le gaillard vient de prouver son intelligence, répliqua le chef de la
sûreté; — je crois qu'il nous rendra de signalés services... D'ailleurs nous le
verrons à l'œuvre.

— Théfer sera furieux.

— C'est un homme fini... il s'est usé vite, et j'attendais mieux de lui.

— Allez-vous le casser aux gages?

— Il nous a été maintes fois utile, et je trouverais un peu dur de le révoquer... Je lui constituerai une espèce de retraite en l'employant à l'inspection
les hôtels meublés et des garnis.

Le lendemain matin, dès neuf heures, le chef de la sûreté, après avoir expédié quelques affaires urgentes, fit signer au préfet de police la nomination de
Plantade et la mutation de Théfer.

En redescendant à son cabinet il trouva sur son bureau les rapports qu'on
venait d'y placer, y compris celui de Plantade, rédigé pendant la nuit et apporté
dès le point du jour.

Tout d'abord il prit connaissance des rapports émanant des agents de
Théfer.

Ils étaient absolument nuls.

On sentait que ces hommes, mal dirigés, s'agitaient dans le vide.

Le rapport de Théfer ne contenait que ces lignes.

« *L'enquête relative au fiacre numéro* 13 *n'a pas la moindre chance d'aboutir...*
— *Aucune trace, aucun indice. — Je ne me décourage point, cependant; mais,
ayant fait tout ce qu'il était humainement possible de faire, je ne compte plus que
sur le hasard.* »

Le chef de la sûreté haussa les épaules et déchira l'enveloppe contenant le
procès-verbal rédigé par le nouvel inspecteur Plantade.

Une écriture fine et serrée couvrait trois pages.

XX

Le travail était explicite, clair, admirablement logique... — Les faits s'en-chaînaient avec ordre, et les découvertes acquises permettaient d'espérer une solution prochaine.

— A la bonne heure! — murmura le chef. Et après avoir placé le procès-verbal à côté de lui, il agita la sonnette administrative.

Le garçon de bureau qui se présenta reçut l'ordre de voir si l'inspecteur Théfer était arrivé, et de l'introduire sur-le-champ.

Une minute plus tard le complice de Georges de la Tour-Vaudieu entrait dans le cabinet.

— Théfer,—lui dit sans préambule le chef de la sûreté,— vos derniers tra-vaux vous ont fatigué beaucoup, n'est-ce pas?

Cette question inattendue troubla le policier. — Une inquiétude vague s'empara de lui.

— Mes derniers travaux? — balbutia-t-il.

— Oui? — Je sais que pendant quelques semaines vous avez été surmené... — Jour et nuit vous étiez sur pied... — Le métier est pénible par moments, et je comprends à merveille qu'à la suite de ces abus de la force physique et des facultés intellectuelles, le corps s'alourdisse et l'esprit n'ait plus sa lucidité habituelle.

L'agent sentait gronder l'orage, sans savoir au juste d'où il venait.

Néanmoins il fit bonne contenance et répondit en jouant l'étonnement :

— Je comprends mal, sans doute, ce que monsieur le chef de la sûreté me fait l'honneur de me dire... — Il me semble que mon zèle n'a jamais fait défaut...

— Votre zèle a pu rester le même, mais il était mal servi par vos facultés défaillantes. — Je ne vous accuse point de mauvais vouloir, ayant si souvent trouvé en vous un bon serviteur; je constate que vous n'avez plus aujourd'hui votre activité et votre lucidité habituelles...

— Monsieur le chef de la sûreté me permet-il de lui demander sur quels rapports il se base pour me juger aussi sévèrement?

— Sur les vôtres.

— Sur les miens! — s'écria le policier stupéfait.

— Oui. Vous seul avez pris soin de vous diminuer dans mon estime.

— S'agit-il de l'affaire du fiacre numéro 13? — s'écria l'inspecteur avec audace.

Le chef de la sûreté fit un signe affirmatif.

Théfer reprit :

— Voilà, certes, un blâme auquel j'étais loin de m'attendre... — Ma conscience ne me reproche rien... — Je n'ai point ménagé mes pas... je me suis donné beaucoup de mal... — Le résultat est négatif, j'en conviens, mais est-ce ma faute? — Je ne puis trouver ce qui est introuvable?

— Introuvable? le croyez-vous?

— Je le crois fermement...

— Avez-vous assez cherché?

— J'ai fait tout ce qu'il me semblait possible de faire, mais je suis prêt à chercher encore...

Après un court silence, le chef de la sûreté reprit :

— Vous avez fait, dites-vous, tout ce qu'il était possible de faire ?

— Oui, monsieur... pour moi, du moins... — répliqua Théfer.

— C'est avouer de façon explicite que votre instinct policier s'est bien affaibli...

Théfer tressaillit et devint d'une pâleur mortelle.

Le chef continua :

— Si vous saviez, comme autrefois, résoudre des problèmes insolubles en apparence, et procéder du connu à l'inconnu par une série de déductions habiles, vous auriez trouvé... ce qu'un autre a trouvé à votre place.

L'inspecteur éprouva une sensation atroce.

Il voyait le regard du chef fixé sur son visage, étudiant sa physionomie, et en même temps il lui semblait que le sol se dérobait sous ses pieds.

Pour ne se point trahir en ce moment, il lui fallut toute son énergie, toute son habitude de dissimulation.

Ses traits n'exprimèrent que la stupeur.

— Un autre a trouvé la trace des voleurs du fiacre numéro 13? — demanda-t-il d'une voix altérée. — Il sait quelle route a suivi le fiacre après avoir été volé?

— Oui.

— Où il s'est arrêté?...

— Oui, toujours oui...

Théfer essuya son front, que mouillaient des gouttes de sueur.

— Monsieur le chef de la sûreté me pardonnera d'être en désaccord avec lui... — répliqua-t-il ensuite, — mais je crois que ce qu'il me fait l'honneur de me dire est impossible...

— Je veux bien vous donner la preuve du contraire... — Le fiacre volé rue de l'Ouest a servi dans le quartier du Luxembourg à l'enlèvement d'une femme... — Il a conduit cette femme, en passant par Bagnolet, sur le plate.. de la Capsulerie, dans une maison que l'incendie dévorait une heure après.

— Ah! — s'écria le policier, parlant plus haut que ne le permettaient les convenances afin de cacher son épouvante, — je savais bien que c'était impos-

sible... J'ai parcouru Bagnolet à trois reprises et je n'ai rien appris de semblable.

— Cela est exact, cependant.

— Les voleurs sont-ils arrêtés? Sait-on ce qu'est devenue la femme?

— C'est aller trop vite en besogne... — Nous n'en sommes encore qu'à la maison incendiée... — Nous en saurons davantage aujourd'hui.

Dans son angoisse effroyable Théfer éprouva une sorte d'allègement.

Les découvertes faites jusqu'à cette heure ne le compromettaient point.

— Soit! — se dit-il, — on a trouvé la trace du fiacre, mais les décombres de la maison brûlée ne parleront pas...

— La conclusion de tout ceci est que vous êtes en baisse... — reprit le chef de la sûreté... — Je ne vous en fais pas un reproche, mais je vous donne le conseil de prendre un peu de repos...

— Dois-je donner ma démission? — demanda le policier avec amertume.

— Assurément, non... — Vous ne quitterez pas la préfecture, dont vous avez été l'un des fermes soutiens, mais pour vous procurer un repos nécessaire je vous change de service... — Vous passez à l'inspection des garnis, et j'augmente vos appointements de cinquante francs par mois...

Le policier se sentit tout à fait rassuré.

On le trouvait usé, vidé, fini, mais cela lui importait peu.

A coup sûr il n'était ni soupçonné, ni compromis, puisqu'on le conservait et qu'on lui donnait de l'augmentation.

Il balbutia quelques paroles de feinte gratitude, et il demanda :

— Quand devrai-je prendre mon nouveau service?

— Vous vous entendrez à ce sujet avec le commissaire aux délégations.

— Et mes fonctions d'inspecteur de la brigade de sûreté?

— Vous êtes remplacé dès aujourd'hui...

Théfer s'inclina respectueusement et sortit.

— Je suis remplacé... — pensait-il, — Par qui? — Par celui qui a trouvé la piste du fiacre numéro 13... Ça ne fait pas l'ombre d'un doute... — Je le con-naîtrai, celui-là! — Il est, en vérité, trop habile... — Il ne faut pas qu'il en sache plus long...

L'ex-inspecteur traversait en ce moment la salle d'attente.

Il jeta par hasard les yeux sur un petit homme assis dans un coin et dont la figure ne lui était pas tout à fait inconnue.

Le garçon de bureau entra.

— M. Plantade est-il là? — demanda-t-il.

— Présent! — répliqua le petit homme.

— M. le chef de la sûreté vous attend.

Plantade, se levant aussitôt, se dirigea vers le cabinet du chef.

Théfer avait tressailli.

— Ce doit être lui... — se dit-il, — un agent secret, chargé de me surveiller et qui prend ma place... — Ça ne lui portera pas bonheur.

Et il quitta la préfecture, en réfléchissant à la position nouvelle qui lui était faite.

Cette position constituait une disgrâce et, en raison des circonstances que nos lecteurs connaissent, le mettait dans un sérieux embarras.

Il restait attaché à la police, mais il n'appartenait plus au bureau où il pouvait connaître d'avance le péril, et par conséquent se mettre utilement sur la défensive.

Rien ne l'accusait encore, mais ce nouvel agent, — son successeur et son ennemi, — essayerait à coup sûr de percer les ténèbres dont il s'était enveloppé jusque-là.

— En somme, j'ai le temps de le voir venir... — murmura-t-il. — Je le défie, si malin qu'il soit, de retrouver Prosper Gaucher, que tout le monde croit enseveli sous les ruines de la maison incendiée... — Berthe Leroyer est morte... — Je garde un pied à la préfecture, où j'ai des amis... — Plus de surveillance importune... — Je deviens maître de tout mon temps pour chercher Jean-Jeudi... — Quant à M. Plantade, il ne signera pas longtemps ses rapports.

Le nouvel inspecteur eut avec le chef de la sûreté un assez long entretien.

Il le quitta en emportant sa carte signée par le préfet, et les papiers relatifs à l'affaire du fiacre numéro 13.

— Examinez tout cela avec soin, — lui dit le chef, — et revenez ce soir à cinq heures me rendre compte de vos impressions.

Plantade fut exact, et à cette question : — Eh bien ! avez-vous trouvé quelque chose ? — répondit :

— Je l'espère...

— Est-ce important ?

— Peut-être, mais il m'est, quant à présent, impossible de l'affirmer, car le procès-verbal sur lequel je fonde mes espérances est bien incomplet.

— De quel procès-verbal parlez-vous ?

— De celui du commissaire de police de Bagnolet.

— Que contient-il ?

— Tout simplement ces lignes...

Et Plantade lut à haute voix :

« *Le 21 octobre, au matin, nous avons relevé dans une carrière du plateau de la Capsulerie le corps d'une jeune femme expirante, que nous avons fait admettre d'urgence à l'hospice.* » Cela manque d'explications. — Quel est le nom de cette femme ? — Est-elle étrangère au pays ? — N'a-t-on pu la questionner ? — S'agit-il d'un accident, d'un suicide ou d'un crime ?... — A quel hospice a-t-elle été conduite ? — De tout cela pas un mot... — Vous avouerez, monsieur, que de tels rapports ne sont pas faits pour éclairer l'administration.

— Le commissaire qui a rédigé celui-là sera vertement admonesté... — Que concluez-vous de ce rapport, si incomplet qu'il soit?

XXI

— Rien de positif, — reprit Plantade, — mais il peut exister une connexion entre le crime ou l'accident dont il s'agit et l'affaire du fiacre numéro 13... — Remarquez, je vous prie, monsieur, que c'est le 21 au matin qu'on a trouvé le corps de la jeune femme expirante, et que le vol du fiacre et l'incendie de la maison du plateau avaient eu lieu dans la nuit du 20 au 21... — Cette coïncidence me frappe.

— Il faut voir le commissaire de Bagnolet...

— Je sonnerai chez lui demain...

Plantade, en quittant la préfecture, marchait la tête basse, absorbé dans ses réflexions et ses calculs de probabilités.

Il ne remarqua point qu'un homme le suivait, à une distance d'environ quinze pas, réglant soigneusement sa marche sur la sienne.

Cet homme paraissait avoir soixante ans.

Un ample pardessus l'enveloppait en le grossissant. — De longues mèches de cheveux grisonnantes s'échappaient du chapeau à larges bords posé sur sa tête. — Il portait des lunettes vertes, et s'appuyait sur une forte canne quoiqu'il ne parût atteint d'aucune infirmité.

Plantade traversa le pont, suivit les quais, gagna la rue Gît-le-Cœur et disparut dans l'allée d'une maison portant le numéro 7.

L'homme aux lunettes vertes se promena de long en large sur le trottoir pendant dix minutes, puis à son tour franchit le seuil de l'allée.

— Est-ce ici que demeure M. Plantade, s'il vous plaît? — demanda-t-il au portier.

— Oui, monsieur... — Il vient de monter chez lui... — Si monsieur désire le voir.

— Non, en ce moment je suis trop pressé... — Je reviendrai.

L'homme aux lunettes, c'est-à-dire Théfer, enchanté de connaître l'adresse de son successeur, s'éloigna paisiblement.

Rejoignons, le matin de ce même jour, René Moulin et Étienne Loriot.

Les deux hommes, levés de bonne heure, avaient pris une voiture et s'étaient fait conduire à Montreuil, où les boutiques étaient ouvertes au moment de leur arrivée.

La population de Montreuil, population honnête, paisible, travailleuse s'il en

A droite se trouvait la maison d'habitation. Étienne et René entrèrent.

fut, — se compose en grande partie de cultivateurs qui portent au point du jour leurs produits aux Halles centrales ou à divers autres marchés de Paris

René et le jeune médecin mirent pied à terre et jetèrent un coup d'œil autour d'eux, cherchant un habitant du pays auquel il fût possible d'adresser une question.

La rue était déserte, mais à vingt pas plus loin on voyait un débit de vins.

— Nous trouverons là quelqu'un... — dit le mécanicien... — Venez...

Le marchand, seul dans sa boutique, buvait un verre de vin blanc à sa propre santé en attendant ses clients habituels.

— Monsieur, — lui demanda René, — pourriez-vous me dire où demeure M. Richard ?

— Le marchand de bois ?

— Oui, monsieur...

— Tout au bout du pays, dans la grande rue, vous verrez son enseigne... Il a la spécialité du bois de chauffage pour les fours à chaux et à plâtre.

— Merci, monsieur...

— Bien à votre service... Est-ce tout ce que vous désirez savoir ?

— Pas tout à fait... — Auriez-vous la bonté de me dire si vous connaissez ici un certain Prosper Gaucher ?

— Prosper Gaucher... — répéta le marchand de vin en consultant sa mémoire. — Non, monsieur, non, et je suis même sûr de n'en avoir jamais entendu parler.

Les deux hommes regagnèrent leur voiture et se firent mener à l'extrémité de la rue, où ils aperçurent l'enseigne du marchand de bois.

La porte cochère, largement ouverte, laissait voir de grands hangars où s'entassaient des piles de bois de chauffage.

Des monceaux de fagots et de bourrées encombraient la cour.

A droite se trouvaient la maison d'habitation et le bureau.

Étienne et René entrèrent.

Un homme d'une trentaine d'années écrivait sur un registre.

Il posa sa plume, salua et dit :

— Ces messieurs viennent pour une commande ?

— Non, monsieur, — répliqua le mécanicien. — Nous désirons parler à M. Richard.

— C'est moi. — De quoi s'agit-il ?

— D'un simple renseignement... — Vous êtes en relations d'affaires avec un M. Prosper Gaucher.

— C'est possible, car les clients de ma maison sont nombreux ; mais je ne me souviens pas de ce nom... Où demeure ce monsieur Gaucher ?

— C'est dans l'espérance de l'apprendre que nous venons vous trouver.

— Que fait-il ?

— Nous l'ignorons complètement.

— Alors, par quel hasard, messieurs, vous adressez-vous à moi pour être renseignés ? — demanda le marchand de bois avec une défiance manifeste.

— C'est bien simple... — Nous avons besoin, à propos d'une affaire d'héritage, de trouver M. Prosper Gaucher, dont le domicile nous est inconnu, et nous savons que tout récemment il s'est fourni de bois chez vous.

— En êtes-vous bien sûrs?

— Oh! absolument... — Le 20 octobre dernier, vous lui avez livré cent fagots et cent cinquante bourrées...

— Comment diable connaissez-vous ce détail, qui paraît positif?

— Par une facture trouvée sur la voie publique.

— A Montreuil?

— Non, monsieur, à Paris.

— Vous avez cette facture?

— La voici...

Le marchand de bois examina le papier que lui présentait René Moulin.

— En effet, — reprit-il, — voilà l'acquit de mon caissier... — La commande a été faite en mon absence, mais je vais pouvoir vous répondre, car elle est certainement portée sur mes livres...

M. Richard alla prendre le registre des commandes et l'ouvrit à la date du 20 octobre.

— *Prosper Gaucher*, — dit-il, — *cent fagots*... — *cent cinquante bourrées*...

René et le docteur échangèrent un regard de satisfaction.

— Seulement, — ajouta le marchand de bois, je ne trouve aucune indication de domicile...

— C'est impossible, — s'écria le mécanicien avec dépit.

— Voyez vous-même.

— La livraison a eu lieu, cependant.

— Sans doute, mais il est certain que M. Prosper Gaucher aura fait charger devant lui et accompagné le charretier jusqu'à sa demeure.

— Eh bien, ce charretier nous indiquera, lui!...

— Ce n'est pas douteux; — malheureusement il vient de partir pour Joinville-le-Pont et ne sera de retour qu'à deux heures, tout à votre disposition.

— Merci, monsieur; nous reviendrons à deux heures...

René reprit la facture et sortit avec Étienne Loriot.

Un désappointement profond se lisait sur leurs visages.

— Que faire? — demanda le mécanicien.

— Nous armer de patience et attendre... — répondit le neveu de Pierre Loriot.

— Alors nous renvoyons la voiture?

— Oui, d'autant plus que je dois prévenir mon interne de Charenton de l'impossibilité où je me trouve de faire aujourd'hui la visite. — Je vais écrire une dépêche et la remettre au cocher en le priant de la déposer au premier bureau télégraphique qu'il trouvera sur son chemin. Nous déjeunerons ensuite pour tuer le temps.

Étienne et René entrèrent au *café de la Mairie*.

Le jeune médecin rédigea sa dépêche. — Le cocher, payé largement, se chargea volontiers de la faire parvenir, et s'acquitta de sa commission avec une ponctualité exemplaire.

A l'heure indiquée les deux hommes se rendirent de nouveau chez M. Richard.

Le charretier venait d'arriver.

Le marchand de bois l'appela dans son bureau.

— Jacques, — dit-il, — voilà des messieurs qui ont un renseignement à vous demander...

— Au sujet d'une livraison que vous avez faite le 20 du mois dernier... — acheva René.

— Le 20 du mois dernier... — répéta Jacques, — à qui?

— A un nommé Prosper Gaucher...

— Qu'est-ce que c'était, la livraison?

— Cent fagots... cent cinquante bourrées.

— Très bien... j'avais oublié le nom, mais je me souviens de la fourniture...

— Où l'avez-vous conduite?

La réponse à cette question allait être décisive.

René et le docteur sentaient leurs cœurs battre impétueusement.

— Parbleu! — s'écria le charretier, — je l'ai conduite pas bien loin d'ici, au plateau de la Capsulerie, à Bagnolet...

Les questionneurs frissonnèrent de joie et d'espoir.

Étienne reprit :

— Dans une maison particulière?

— Oui, monsieur...

— Vous souvenez-vous de la personne par qui la commande a été faite?

— Très bien...

— Voulez-vous me la décrire?

— Ils étaient deux...

— Deux!! — s'écria le mécanicien.

— Un petit gros, oui, monsieur, et un grand sec...

René et le docteur échangèrent un nouveau regard.

Le garçon du cabinet du restaurant Richefeu avait parlé, lui aussi, d'un *petit gros* et d'un *grand sec*.

Il semblait probable, sinon certain, que ce signalement se rapportait aux mêmes individus.

— Et, — demanda le jeune médecin, — ces deux hommes habitaient la maison où vous avez porté les fagots et cotrets?

— Oui, ils m'ont dit qu'ils étaient domestiques chez le bourgeois.

— Ainsi, vous n'avez pas vu Prosper Gaucher lui-même?...

— Non, monsieur...

— Eh bien ! nous allons le voir, nous...

— Le voir! — répéta le charretier avec un gros rire. — Je crois que ça ne vous sera point facile...

— Pourquoi donc? — fit Étienne avec inquiétude.

XXII

— Parce que, — dit le charretier, — Prosper Gaucher n'est plus de ce monde, s'il faut en croire ce que tout un chacun racontait le lendemain de l'incendie...

— Il s'est laissé brûler vif avec ses domestiques, car on n'a revu personne...

— Brûlé vif... l'incendie... — balbutia le docteur d'une voix étranglée. — Où donc? Expliquez-vous...

— Dans sa maison, parbleu!

— Sa maison du plateau?...

— Dame! oui... — Celle où je venais de porter mes fagots... — On dirait qu'il les avait commandés tout exprès pour se rôtir...

Étienne et René, devenus pâles, tremblaient comme des fiévreux de la campagne de Rome.

C'est tout au plus si le mécanicien eut la force de demander :

— Et, cet incendie, quand a-t-il eu lieu?...

— Le soir même de la livraison... — Dans la nuit du 20 au 21...

— Ah! j'ai peur de comprendre... — murmura douloureusement Étienne, — il me semble que je deviens fou...

— Du courage, mon ami, — lui dit René. Rien ne nous prouve encore qu'un effroyable crime ait été commis...

Il ajouta, en s'adressant au charretier prodigieusement étonné de l'effet que sa nouvelle venait de produire :

— A qui appartenait la maison incendiée?

— Impossible de vous l'apprendre, mais vous le saurez à Bagnolet. — La maison est située sur le territoire de la commune.

— Par où passe-t-on pour aller à Bagnolet?

— Grimpez sur les buttes par un petit chemin qui commence à droite, à deux pas d'ici... — Traversez le plateau et redescendez... — C'est Bagnolet de l'autre côté... A moitié route, sur le plateau, vous verrez un tas de décombres...— La maison était là...

— Merci, mon ami, merci... — dit le docteur en mettant une pièce de cent sous dans la main de Jacques; puis, après avoir salué le marchand de bois, il passa son bras sous celui de René, qu'il entraîna.

Le charretier les suivit jusqu'à la grande porte et leur cria :

— Le chemin à droite, le chemin à droite.

Les deux compagnons ne marchaient pas, ils couraient, sans échanger une parole et sachant bien qu'ils avaient l'un et l'autre la même pensée.

Il leur fallut cependant ralentir leur allure en gravissant la route abrupte tracée sur le flanc de la colline.

Ils atteignirent haletants le plateau et, après s'être arrêtés pour souffler pendant quelques secondes, reprirent leur course.

Au bout de cinq minutes ils aperçurent, à trois cents pas environ, un amas de pierres noircies par le feu et de poutres calcinées.

En face de la maison incendiée Étienne et René firent halte de nouveau.

Leurs regards fouillèrent les décombres.

— Ah! — s'écria le jeune médecin dont les larmes inondaient le visage. — Si Berthe avait péri dans les flammes, ce serait effroyable...

— Chassez cette pensée... — répliqua le mécanicien en s'efforçant de dominer l'émotion qui l'étranglait. — Rien ne prouve qu'un si grand malheur ait eu lieu, qu'un crime si monstrueux se soit accompli... Songez que, pour arriver à découvrir la vérité, nous avons besoin de tout notre calme, de tout notre sang-froid.

— Vous avez raison, je le sens bien... — murmura douloureusement Étienne. — Mais le moyen d'être fort quand le désespoir vous brise le cœur? — J'essayerai cependant... — Venez...

Il essuya ses yeux humides et se remit en marche, soutenu et encouragé par son compagnon.

Arrivés à Bagnolet, René arrêta le premier passant.

— Pouvez-vous me dire, monsieur, — lui demanda-t-il, — à qui appartenait la maison brûlée du plateau de la Capsulerie?

— A M. Servan...

— Il demeure?

— Ici... rue de Paris... n°***

Un instant après les deux hommes sonnaient à une porte que nous connaissons déjà, et la servante les introduisait auprès du maître du logis.

— Monsieur, — lui dit René, — nous avons appris tout à l'heure, à Montreuil, le sinistre dont vous avez été victime, et nous venons solliciter de vous quelques renseignements.

— Au sujet de l'incendie?

— Au sujet surtout de la personne que l'on croit ensevelie sous les ruines...

— M. Prosper Gaucher, mon locataire?

— Lui-même...

— Le pauvre diable aura sans doute été grillé comme un gigot qu'on oublie à la broche... — On présume, sans pouvoir l'affirmer, que c'est en faisant des expériences chimiques qu'il aura mis le feu à ma propriété et qu'il aura péri.

— M. Gaucher était donc chimiste?

— Il s'est donné pour tel...

— Habitait-il votre maison depuis longtemps?

— Depuis quarante-huit heures... — Il avait loué l'avant-veille, le 18 oc- obre...

— Le connaissiez-vous auparavant?

— Je ne l'avais jamais vu...

— Pardonnez-moi, monsieur, si je me permets de vous adresser toutes ces questions... — Ce n'est point la curiosité qui me les dicte, mais un intérêt puis- ant... — Il s'agit de la vie d'une personne chère.

— Allez, allez, ne vous gênez pas... — répliqua le propriétaire, — je suis généralement désœuvré et ça m'occupe de vous répondre... Prosper Gaucher s'est présenté ici un beau jour en me disant que ma maison du plateau pourrait peut-être lui convenir; — nous l'avons visitée ensemble ; — je lui ai fait un prix de location ; — il l'a accepté et m'a payé une année d'avance, dont je lui ai donné reçu en lui remettant les clefs... Je ne l'ai plus revu.

— Et vous ne savez rien de lui ?

— Ma foi, non... — Du moment qu'il payait d'avance, non pas six mois, mais un an, je trouvais bien inutile de prendre des renseignements...

— Quel homme était-ce?

— Il m'a paru avoir de cinquante à soixante ans... bien *couvert*... — la phy- sionomie d'un industriel...

— Avait-il des domestiques?

— Je le crois... — Il n'en a rien dit, mais on m'a parlé de deux hommes qu'on avait vus sortir de la propriété et y rentrer, comme chez eux... — On suppose même qu'ils ont pu être victimes de l'incendie en même temps que leur maître...

— C'est bien invraisemblable...

Pourquoi donc?

— Trois hommes, même en les admettant surpris par le feu dans leur som- meil, ne périssent pas forcément ensemble... — L'un d'eux au moins aurait pu s'échapper, soit par une porte, soit par une fenêtre...

— C'était moins facile que ça n'en a l'air... beaucoup moins... — Les fenêtres étaient garnies de barreaux de fer... — Une précaution prise par moi contre les voleurs qui m'avaient complètement dévalisé il y a deux ans...

— Mais la porte ?

— Munie d'une grille intérieure... — Or si, au moment où le feu a pris, ces gens dormaient, ce qui est probable, car il était tard, ils auront perdu la tête en se réveillant au milieu de la fumée et n'auront pu trouver une issue... — La maison, étant construite en matériaux légers, a flambé tout de suite de la cave au grenier et les malheureux ont été rôtis... — Remarquez que, si l'un ou l'autre avait pu s'échapper, on l'aurait certainement vu quelque part, et depuis l'incendie personne ne s'est montré.

— Mais, — répliqua le mécanicien, — si ces gens avaient un intérêt à ne pas se montrer?

— Quel intérêt? — demanda M. Servan. — Que supposez-vous donc?

— Qu'ils auraient pu mettre le feu, non par accident, mais pour effacer les traces d'un crime.

Le propriétaire pâlit.

— Un crime! — s'écria-t-il effaré.

— A-t-on fait des recherches dans les décombres? — poursuivit René.

— Oui, monsieur.

— A-t-on trouvé quelques débris des corps de ces trois hommes?...

— On n'a rien trouvé du tout, mais cela s'explique surabondamment par l'intensité du feu.

— Savez-vous, monsieur, — balbutia Étienne, — si, dans la soirée, une heure à peine avant l'incendie, un fiacre a traversé Bagnolet en conduisant une jeune fille au plateau de la Capsulerie?...

— Un fiacre... une jeune fille... — répéta M. Servan, — je n'ai ouï parler de rien de semblable...; — mais attendez donc, cependant... — On a raconté qu'un homme, un ouvrier, gagnant le plateau par un des sentiers qui conduisent aux fours à plâtre, avait entendu pousser un cri terrible, un cri de femme, au moment où l'incendie était dans sa plus grande force...

— Et c'est tout? — demanda le mécanicien avidement. — On ne s'est pas préoccupé de ce cri, ou plutôt de celle qui l'avait poussé?

— Sur le moment, non... — Mais le lendemain s'est produit un fait qui rendrait vraisemblable le récit de l'ouvrier...

— Quel est ce fait?

— On a trouvé au fond d'une carrière le corps d'une jeune fille tombée dans une de ces crevasses qui gercent le sol du plateau et qu'on néglige d'entourer de palissades...

Étienne Loriot ne respirait plus.

— Cette jeune fille était-elle morte?... — murmura-t-il d'une voix éteinte.

— Je n'en sais rien... — répliqua M. Servan. — Quand on m'a dit cela je partais pour Paris où je devais m'entendre avec la compagnie d'assurances... — J'étais très préoccupé de mes affaires... — Je ne me suis point informé... — Mais vous pourriez aller à la carrière et questionner les ouvriers qui ont relevé le corps...

— Où se trouve cette carrière? — demanda René Moulin.

— Elle a son entrée au bout du chemin creux qui se greffe à droite sur la route conduisant au plateau de la Capsulerie... — Le contremaître dirigeant

— Ah! s'écria le jeune médecin... Si Berthe avait péri dans les flammes, ce serait effroyable.

les travaux est un nommé Simon... — Avec la meilleure volonté du monde je ne puis vous en apprendre davantage...

— Merci de vos renseignements, monsieur... — Nous allons continuer nos recherches...

Étienne et le mécanicien quittèrent M. Servan et prirent à grands pas la direction indiquée.

XXIII

— Le doute me semble impossible... — disait René chemin faisant. — Mlle Berthe a été amenée dans cette maison maudite par les complices du misérable qui se cache sous le nom de Prosper Gaucher... — Les fagots achetés à Montreuil devaient servir d'aliment à l'incendie... — La malheureuse enfant a trouvé le moyen de fuir et s'est engloutie dans la crevasse ouverte sous ses pas...

— Cette effroyable chute a dû la briser ! — s'écria le jeune médecin. — Ma bien-aimée Berthe n'existe plus...

— Je refuse de le croire ! — répliqua le mécanicien. — Ce serait à douter de la justice de Dieu... — Comme vous, je tremble, mais j'espère encore...

Les deux hommes avaient atteint le chemin creux, et ils avançaient avec peine au milieu des ornières profondes qui rayaient le sol.

Il leur fallut se ranger pour laisser le passage libre à un lourd tombereau chargé de pierres à plâtre.

— Pouvez-vous nous dire où nous trouverons le contremaître Simon ? — demanda René au charretier.

— Oui, monsieur... — dans la deuxième carrière à main droite... — Je viens de le voir...

Étienne et le mécanicien gagnèrent la tranchée.

Ils entendaient au loin le bruit sourd des pics attaquant la roche friable.

Ce bruit les guida au milieu des voies souterraines qui s'enchevêtraient devant eux.

Enfin ils se trouvèrent dans un espace libre où cinq hommes travaillaient avec une sage lenteur.

René Moulin répéta la question qu'il avait adressée au charretier quelques minutes auparavant.

L'un des hommes répondit :

— Le contremaître Simon, c'est moi. — Qu'y a-t-il pour votre service ?

— Nous venons vous prier de nous apprendre, monsieur, si vous connaissez les ouvriers qui, dans la matinée du 21 octobre, ont relevé ici le corps d'une jeune fille ?...

— Oui, monsieur, je les connais... — fit Simon avec un sourire.

— Nous souhaitons leur parler...

— Ce ne sera pas difficile, attendu qu'ils sont ici tous les trois... — C'est Grandchamp, Canuche et moi...

Une indicible angoisse serra le cœur des deux amis de Berthe.

Ils allaient savoir, et la vérité pouvait être terrifiante.

Ce fut donc d'une voix faible comme un souffle qu'Étienne prononça ces mots :

— La jeune fille relevée par vous était-elle vivante ou morte?

Entre la demande et la réponse il ne s'écoula pas une seconde, et pourtant cette seconde parut longue comme un siècle au médecin et à René.

— Vivante... — dit le contremaître.

Les deux hommes poussèrent en même temps un cri de joie.

— Mais elle n'en valait guère mieux... — acheva Simon. — C'est un miracle qu'elle ne se soit pas tuée... — Sans la touffe d'arbustes que vous voyez là, au-dessus de vos têtes, elle aurait déboulé jusqu'au fond et se serait assommée du coup.

Un frisson effleura la chair d'Étienne et de René.

Ce dernier demanda :

— Savez-vous le nom de cette jeune fille?

Le contremaître secoua la tête.

— Elle était sans connaissance, — dit-il, — donc elle ne pouvait parler...

— Mais du moins il vous est possible de la décrire?

— Pour ça oui... C'était une femme dans les vingt-deux ans, blonde et belle comme une Vierge, malgré sa pâleur de morte et le sang qui coulait sur son visage...

— Vingt-deux ans, blonde et belle... — s'écria Étienne. — C'est bien Berthe!... — je la reconnais...

— Et, — reprit René, — on n'a trouvé sur elle ni une lettre, ni un objet quelconque permettant de constater son identité?...

— Rien qu'un porte-monnaie et une clef.

En ce moment Grandchamp s'avança et dit :

— Faites excuse, il y avait encore autre chose.

— Autre chose? — répéta vivement le mécanicien.

— Oui, monsieur... — Une chose que le commissaire de police a regardée comme rien du tout quand il est venu rédiger le procès-verbal, et qui, j'en suis bien sûr, avait de l'importance...

— Quoi donc? — Parlez! parlez vite...

— Un numéro de voiture...

— Quel numéro?

— Celui-ci...

Grandchamp avait tiré de sa poche le bulletin que nous l'avons vu plier avec soin; — il le dépliait et le présentait à René, qui s'écria en y jetant les yeux :

— Numéro 13!... le fiacre numéro 13!...

— Vous voyez bien que c'était ELLE... — balbutia Étienne, dont les sanglots éclatèrent. — Ah! Dieu est sans pitié!...

— C'était elle, à coup sûr, — répondit René, — mais Dieu veillait au contraire, puisqu'elle devait se tuer cent fois pour une dans une telle chute et qu'elle n'est pas morte...

Il ajouta, en s'adressant aux ouvriers :

— Où a-t-on conduit cette jeune fille ?...

— A Paris, à l'hospice Saint-Antoine... — répliqua Simon. — Nous avons donné un coup de main aux brancardiers pour la transporter, Canuche et moi... — Elle vivait en arrivant là-bas, j'en suis sûr. Le médecin l'a dit... — Vous la trouverez salle Sainte-Anne, lit n° 8.

Étienne et René étaient brisés à tel point par l'émotion que c'est à peine s'ils eurent la force de remercier les ouvriers.

Mais ces braves gens comprenaient bien qu'ils se trouvaient en face d'une poignante douleur, et ils avaient eux-mêmes des larmes dans les yeux en regardant les visiteurs s'éloigner.

Les deux hommes sortirent des carrières, traversèrent Bagnolet, hâtèrent le pas et trouvèrent un fiacre auprès des fortifications.

— A l'hospice Saint-Antoine... — dit Étienne au cocher.

— Pourrons-nous entrer? — demanda René.

Le jeune médecin tira sa montre.

— Non, — répliqua-t-il, — car il est cinq heures et les règlements sont formels, mais nous saurons au moins si elle est vivante ou morte...

— Si elle est vivante, comme je l'espère et comme je le crois fermement, — reprit le mécanicien, — il faut songer au parti que nous prendrons... il faut la mettre à l'abri de ses ennemis, qui certainement ignorent que leur victime existe encore...

— Certes, il le faut! — s'écria Étienne.

— Êtes-vous d'avis de la laisser à l'hospice provisoirement?

— Non... cent fois non !... je veux l'emmener... la voir chaque jour, à toute heure... la soigner... la guérir...

— Je le comprends, mais nous devons agir avec prudence et nous défier des misérables qui une fois déjà ont attenté à la vie de Mlle Berthe... — Ramener la pauvre enfant à son logis serait insensé...

— C'est chez moi que nous la conduirons... — répliqua le docteur.

— Pas plus chez vous que chez elle... — Il est nécessaire qu'on ne puisse suivre sa trace... — Nous la cacherons dans une maison sûre, où nous irons la visiter en secret.

— Ah! vous avez raison, — dit vivement Étienne, — et cette retraite sûre je crois l'avoir trouvée...

— Hors Paris?

— Non, au milieu de Paris, mais dans des conditions d'isolement absolu...

— Où donc?

— Je vous le dirai demain...

— Pourquoi pas aujourd'hui?...

— Parce que la réussite de mon projet dépend d'une démarche que je ferai aussitôt après avoir acquis la certitude que Berthe est vivante.

— Songez, — reprit René après un silence, — qu'à l'hospice Saint-Antoine même on devra ne pas savoir où nous conduirons Mlle Berthe.

— Ce sera difficile... — Pour obtenir son *exeat* il faudra déclarer son nom et sa demeure, et dire à quel titre nous la réclamons...

— Est-ce indispensable?

— Je le crois, à moins de mentir, et si la vérité se faisait jour un mensonge nous rendrait étrangement suspects.

— Voulez-vous me laisser agir et me donner carte blanche ? — demanda brusquement le mécanicien.

— Ma confiance en vous est absolue... — Agissez...

— Je réponds de tout.

La voiture s'arrêta.

On était arrivé, et les deux hommes descendirent.

Une minute auparavant ils causaient avec un calme relatif, mais, en face de cette porte derrière laquelle ils allaient trouver la joie ou le désespoir, leurs angoisses reprirent une intensité nouvelle, et c'est le cœur serré qu'ils se dirigèrent vers le bureau des renseignements de l'hospice.

L'employé était debout, il avait son chapeau sur la tête et se préparait à partir

En voyant entrer les visiteurs il fit une moue significative.

— Messieurs, — dit-il, — si vous venez pour un renseignement, je dois vous prévenir que l'heure réglementaire est passée... — Je devrais être loin depuis dix minutes.

— Par humanité, monsieur, vous retarderez votre départ de quelques minutes encore... — répliqua le neveu de Pierre Loriot... — Il suffira d'un mot de vous pour nous tirer d'une incertitude effroyablement douloureuse... Vous ne nous refuserez pas ce mot...

L'accent d'Étienne, en formulant cette requête, était à la fois plein d'émotion et de dignité.

L'employé s'inclina.

— Que désirez-vous savoir, messieurs? — demanda-t-il d'assez bonne grâce.

— Si la jeune femme qui, le 21 octobre dernier, a été apportée évanouie de Bagnolet et placée dans le lit numéro 8 de la salle Sainte-Anne, est vivante encore...

— Je vais vous répondre...

L'employé retira d'un casier un registre volumineux, à dos de basane verte et à coins de cuivre...

Il plaça ce registre sur sa table, l'ouvrit et le feuilleta.

Un silence profond régnait dans le bureau.

XXIV

On entendait tourner lentement les feuilles, et battre à coups pressés les cœurs des hommes qui, la sueur au front, les lèvres sèches, les yeux humides, attendaient.

Tout à coup l'employé posa sur le haut d'une page le doigt indicateur de sa main droite et releva la tête.

— *Salle Sainte-Anne... Lit numéro 8...* — dit-il.

— Eh bien ? — demandèrent à la fois Étienne et René.

— La jeune femme est vivante.

Les visiteurs respirèrent comme le condamné à mort auquel on apporte sa grâce.

Ils échangèrent un regard où se lisaient toutes leurs joies et toutes leurs espérances.

Étienne, ensuite, murmura d'une voix brisée par l'émotion :

— Merci, monsieur, merci de toute mon âme, de la bonne nouvelle que vous venez de m'apprendre... Permettez-moi de vous demander encore quel est l'état de la jeune femme...

— Je l'ignore et ne peux vous répondre aujourd'hui ; mais présentez-vous demain, adressez-vous à moi et, quoique ce ne soit point jour de visite, je vous donnerai une autorisation spéciale pour être admis auprès de la malade, dont vous indiquerez le nom et la demeure puisque vous les connaissez...

— Merci de nouveau, monsieur... — Demain nous viendrons la chercher...

— Vous comptez l'emmener ?

— Oui, pour la faire soigner chez elle... — Rien ne s'y oppose, je pense ?...

— Absolument rien... — A quel titre la retirerez-vous ?...

— A titre de parent...

— Très bien... — J'en aviserai demain le docteur à l'heure de sa visite, ou, à son défaut, l'interne de service...

— A quelle heure pourrons-nous nous présenter ?

— Vers une heure de l'après-midi.

Les deux hommes témoignèrent de nouveau leur gratitude à l'employé et se retirèrent.

Ils n'étaient plus les mêmes et leurs visages, si sombres un quart d'heure auparavant, avaient repris une expression énergique et joyeuse.

Depuis son arrivée à l'hôpital Saint-Antoine Berthe Leroyer était entre la vie et la mort.

Une fièvre violente, accompagnée de délire, l'avait conduite aux portes de la tombe.

A cette fièvre, combattue vigoureusement et victorieusement, avait succédé un état de prostration quasi léthargique jugé fort inquiétant par le médecin dans le service duquel se trouvait la malade.

Cependant, le matin du jour où nous venons de voir Étienne et René retrouver la trace de Berthe, un mieux appréciable s'était manifesté pour la première fois.

En s'approchant du lit numéro 8, à sa visite du matin, le docteur constata ce mieux.

Il adressa la parole à la jeune fille.

— Comment vous trouvez-vous aujourd'hui, mon enfant ? — lui demanda-t-il.

L'orpheline leva sur lui ses grands yeux languissants et ne répondit pas.

— M'entendez-vous ? — poursuivit le médecin.

Les lèvres de la jeune fille remuèrent. — Aucun son ne s'en échappa, mais un mouvement presque imperceptible des paupières fut interprété, non sans raison, comme une réponse affirmative.

Berthe, en effet, entendait et comprenait.

Le médecin eut un geste de satisfaction.

— Je pourrai bientôt la questionner... — dit-il aux élèves qui suivaient la visite. — Elle-même nous renseignera sur le siège du mal...

Les paupières de la jeune fille s'étaient abaissées.

Le docteur continua, en prenant une des petites mains amaigries qui reposaient sur le lit :

— Écoutez-moi, mon enfant...

Berthe rouvrit les yeux.

— Pouvez-vous prononcer quelques mots ?

Les lèvres remuèrent de nouveau, et comme la première fois restèrent muettes.

A coup sûr il y avait tentative non suivie de résultat.

— La force lui manque encore pour parler... — murmura le médecin, — mais peut-être pourra-t-elle s'exprimer par signes...

Et il ajouta, en s'adressant à la malade :

— D'où souffrez-vous ?

L'orpheline souleva péniblement la main qui lui restait libre et toucha successivement ses reins et sa poitrine.

— Ne souffrez-vous pas ailleurs encore ? — demanda le médecin.

Berthe posa sa main sur son front, laissa retomber sa tête en arrière et ferma les yeux.

L'effort qu'elle venait de faire l'avait complètement épuisée.

Le docteur ausculta la poitrine et les reins.

C'était un homme habile, dont l'expérience égalait le savoir... — Il avait la main légère et cependant, sous le contact si léger de ses doigts, la jeune fille poussait des plaintes sourdes décelant des douleurs aiguës.

Il ordonna des médicaments et laissa reposer la patiente.

— Vous me semblez très inquiet de l'état de cette pauvre enfant... — dit au médecin la sœur de charité qui suivait la visite.

Le docteur hocha tristement la tête.

— Oui, ma sœur, — répliqua-t-il.

— Elle est bien malade? — poursuivit la religieuse.

— Malade à ce point que je me demande avec surprise comment elle vit encore.

— Aucun membre n'est brisé, cependant?

— Aucun, mais la chute a été terrible... — Il existe des lésions internes... — Je constate un épanchement de sang vers le cœur... — La malheureuse enfant devait être tuée sur le coup...

— Sa guérison vous semble-t-elle possible?...

— Du moins elle ne me semble pas impossible, puisque, si alarmant que soit son état, il y a du mieux... — Je ne puis affirmer, mais j'espère... — Savez-vous, ma sœur, si personne n'est venu réclamer ou reconnaître cette jeune femme?...

— Personne... je m'en suis informée...

— C'est singulier!

— C'est même inexplicable, car enfin comment admettre qu'aucun des gens qui la connaissent ne se soit préoccupé de sa disparition?

— S'est-on inquiété de savoir si elle avait une famille? — reprit le docteur.

— Je sais que le commissaire de police de Bagnolet a fait une enquête. mais j'en ignore le résultat.

— Il faudra donc, pour connaître son nom, attendre qu'il lui soit possible de nous l'apprendre elle-même.

Puis le docteur, continuant sa visite, passa au lit numéro 9.

La sœur de charité jeta un regard de tendre pitié sur le visage amaigri de l'orpheline, et s'éloigna à son tour en murmurant d'une voix émue :

— Pauvre enfant...

Berthe, nous venons de le voir, avait repris ses sens. — Un mieux relatif se manifestait, mais ce mieux n'était encore qu'à demi rassurant.

Un voile obscur s'étendait sur l'esprit de la jeune fille... — Elle ne se rendait compte de sa situation que d'une manière très imparfaite et ne se rappelait presque rien du passé.

Elle percevait les sons ; — ses yeux voyaient ce qui l'entourait, mais incons-

-- Numéro 13!... le fiacre nº 13. Vous voyez bien que c'était elle, balbutia Étienne.

ciemment, pour ainsi dire. — Une sorte d'engourdissement de l'intelligence emprisonnait son cerveau dans le vague.

Étienne devait éprouver un sentiment de profonde épouvante en retrouvant ainsi l'enfant qu'il aimait et pour laquelle il aurait donné sa vie.

En sortant de l'hôpital Saint-Antoine, René dit à son compagnon :

— Je vous quitte... — Je me rends à Belleville ; — il importe de savoir si Jean-Jeudi est enfin rentré chez lui.

— Et moi, — répliqua le jeune médecin, — je vais m'assurer que l'asile inviolable dont je vous ai parlé est, comme je l'espère, à ma disposition... — Quand vous reverrai-je ?

— Ce soir... — Si le transport de notre chère malade est possible, demain il faudra que nous prenions des mesures... — Vous ferez bien d'avertir votre oncle de votre découverte et de lui demander de mettre une voiture à notre disposition.

— Ce sera fait... — Viendrez-vous dîner avec moi ?

— Oui... Entre sept et huit heures je serai chez vous... — Gardez le fiacre, je vais en omnibus...

Étienne remonta dans le véhicule pris à la barrière de Montreuil et donna l'ordre au cocher de le conduire rue Saint-Dominique.

Il mit pied à terre à la porte de l'hôtel de la Tour-Vaudieu et sonna.

Le concierge, qui vint lui ouvrir, le connaissait bien, et à sa question : — M. Henri est-il chez lui ? — répondit sans hésiter :

— Oui, monsieur le docteur.

En même temps il frappait sur le timbre annonçant une visite.

Tandis que le jeune médecin traversait la cour, un domestique parut à l'entrée du vestibule, accueillit Étienne avec un respectueux empressement et l'introduisit dans le cabinet de Henri.

Ce dernier travaillait devant un grand bureau chargé de dossiers et de livres de jurisprudence.

Il leva la tête, poussa une exclamation joyeuse en voyant le nouveau venu, vint à lui vivement et lui dit :

— Sois le bienvenu cent fois, et cent fois encore!... — Je commençais à croire que tu m'oubliais ! ! — Sais-tu que je n'ai pas entendu parler de toi depuis la soirée de la rue de Berlin !...

— Il faut me pardonner, mon ami... — Je n'ai pas été maître de mon temps.

— Oui... oui... tu es très occupé, et même trop occupé... — L'excès en tout est un défaut, et tu abuses du travail ! — Ton visage porte l'empreinte visible de la fatigue...

— Ce n'est pas la fatigue... — répondit Étienne.

— Qu'est-ce donc ?...

— C'est le chagrin...

XXV

— Le chagrin !... — répéta vivement Henri. — Mais, lors de notre dernière rencontre, tu semblais heureux et rempli d'espoir... — La jeune fille que tu aimes est-elle pour toi la cause d'une nouvelle douleur ?...

— C'est par la chère créature que je souffre en effet... — Elle est malade... — bien malade...

— Et toi, médecin, tu désespères ?...

— Je ne sais ce que je dois espérer ou craindre...

— Comment?

— J'ignore quelle est, au juste, la gravité de son état...

— Je ne te comprends pas...

— Je vais m'expliquer... — Tu avais raison, mon ami, de croire et d'affirmer qu'entre ma bien-aimée Berthe et ton ancien client, René Moulin, il y avait un secret, mais un secret absolument honorable et dont je ne devais prendre aucun ombrage. — Tu ne te trompais point... — Je suis en face d'un mystère de famille résultant d'un passé terrible... — Berthe, j'en ai la certitude, est la fille d'une victime, et malgré le dévouement de René Moulin, aujoud'hui mon meilleur ami après toi, elle est victime elle-même...

— Berthe! victime!! — répéta le jeune avocat stupéfait.

— Oui... D'un crime monstrueux! — On a voulu la tuer, et c'est par une sorte de miracle qu'elle est vivante encore...

— Mais c'est horrible, ce que tu m'apprends là! — Il faut t'adresser à la justice, porter plainte...

— Il faut au contraire attendre, pour informer la justice, que les coupables, encore inconnus, se soient livrés eux-mêmes... — Il faut, en ce moment, que le silence se fasse autour de Berthe, qu'on croit morte, et qui serait perdue si on la savait vivante. — Henri, j'ai besoin que ton amitié me vienne en aide.

— Parle, mon ami! — s'écria le fils adoptif du sénateur avec feu. — Dispose de mon temps, de mon crédit, de ma fortune !... — Tout cela est à toi, tu le sais bien...

— Ce que je veux te demander est facile... — Les ennemis de Berthe ignorent que la pauvre enfant n'a point péri, et par conséquent ne soupçonnent pas sa présence à l'hospice Saint-Antoine.

— A l'hospice !! — murmura Henri stupéfait.

— Où nous venons de la découvrir après de longues journées de recherches incessantes, espérant et désespérant tour à tour... — Un hôpital étant un lieu public, ses ennemis peuvent l'y trouver comme nous l'avons trouvée nous-mêmes... — Donc il faut qu'elle disparaisse, et j'ai compté sur toi pour cela...

— Tu as eu raison... — répondit simplement Henri... — Que faut-il faire ?...

— Demain, — reprit Étienne, — nous allons, René Moulin et moi, emmener Berthe de l'hôpital...

— Le pourrez-vous ?...

— Sa famille seule aurait le droit de s'y opposer, et la pauvre enfant n'a pas de famille.

— Une fois Mlle Berthe hors de l'hôpital, que ferez-vous ?...

— Nous la cacherons dans un asile sûr...

— L'avez-vous, cet asile ?

— Non, et c'est à toi que je viens le demander...

— A moi ! — s'écria Henry avec un étonnement voisin de la stupeur.

— Oui. — Tu ne me comprends pas?...

— J'en conviens... — Il me semble impossible que tu songes à amener cette jeune fille ici, à l'hôtel de la Tour-Vaudieu... Ce serait dans trois jours le bruit du quartier, grâce aux racontars des valets, à qui l'on ne pourrait imposer silence...

— Aussi n'ai-je point du tout pensé à l'hôtel de la Tour-Vaudieu ; mais ton père possède, rue de l'Université, un pavillon situé au milieu d'un grand jardin...

— C'est ma foi vrai, — dit vivement Henri, — je n'y pensais plus... Le pavillon est tout meublé et fort habitable... Caché comme un nid dans les vieux arbres, il n'est dominé de nulle part, et la curiosité des voisins n'existe point pour lui... Il serait difficile de trouver mieux et même aussi bien.

— Tu le mets à ma disposition?

— Avec un empressement dont tu ne doutes pas.

— Tu es sûr du consentement de ton père?

— J'en suis sûr, si mon père était à Paris... — En son absence, je m'en passerai...

— Donne-moi donc l'autorisation et les clefs...

— A l'instant. — Resteras-tu dîner avec moi?

— Je le voudrais, mais j'ai pris rendez-vous avec René Moulin... Nous avons à nous concerter sur bien des points.

— Je n'insiste pas.

Henri frappa sur un timbre.

Un domestique aussitôt se présenta.

— M. Martial Rigaud est-il à l'hôtel? — lui demanda le jeune homme.

— Oui, monsieur...

— Prévenez-le que je le prie de vouloir bien venir me parler...

Au bout de cinq minutes Martial Rigaud, l'intendant du duc de la Tour-Vaudieu, franchissait le seuil du cabinet et, après avoir salué, se posait en point d'interrogation...

— Monsieur Rigaud, — lui dit Henri, — il s'agit d'un service à rendre à mon ami le docteur Étienne Loriot...

L'intendant s'inclina.

Le jeune homme poursuivit :

— Mon ami le docteur va recevoir de la campagne une de ses parentes, fort malade, pour laquelle un isolement absolu est indispensable... — Comme il m'en parlait tout à l'heure, l'idée m'est venue de lui offrir notre petit hôtel de la rue de l'Université...

— Excellente idée, j'ose le dire! — fit observer l'intendant. — Nulle part l'isolement nécessaire ne saurait être plus complet... — La rue est relativement silencieuse, la demeure bien aérée et le jardin plein d'ombre et de soleil... — Cela semble disposé tout exprès pour une convalescence...

— Vous avez les clefs?

— Oui, monsieur...

— Veuillez donc, monsieur Rigaud, les remettre au docteur...

— J'aurai l'honneur de les lui apporter dans cinq minutes.

L'intendant sortit.

— Comment te remercier? — demanda Étienne en serrant avec effusion les mains de son ami.

— En ne me remerciant pas... — Ce que je fais est vraiment trop peu de chose, et je voudrais avoir à te rendre d'autres services, sinon plus importants du moins plus difficiles.

Étienne désigna de la main des brochures et des dossiers ouverts sur le bureau.

— Je t'ai interrompu dans ton travail... — dit-il.

— Travail qu'il faudrait plutôt appeler distraction... — répliqua le jeune avocat. — Je compulsais d'anciens procès... — Les chroniques de la cour d'assises me semblent plus intéressantes que les romans les plus émouvants!... Je dévore les causes célèbres... — J'étudie les actes d'accusation, les réquisitoires, les plaidoyers... — J'essaye de m'y former à l'école de nos grands avocats. — Je lisais, ou plutôt je relisais tout à l'heure avec attention un procès très curieux, remontant à vingt ans déjà, et qui m'a été remis en mémoire par un incident de la fête de mistress Dick Thorn...

Étienne Loriot dressa l'oreille.

— Ah! ah! — fit-il, — quel incident?

— Tu sais bien, ce tableau vivant lugubre : — Le *Crime du pont de Neuilly*.

— Celui qui a produit sur la maîtresse de la maison une impression si vive?...

— Précisément...

— Ce n'est donc pas de la fantaisie pure, ce tableau? — demanda Étienne, dont l'attention redoublait.

— Non, c'est de l'histoire... ou, si tu veux, de la légende... — Empoignant au dernier point, ce procès!... — On accusait un pauvre diable de mécanicien d'avoir assassiné son oncle, médecin à Brunoy.

Étienne tressaillit.

— Médecin à Brunoy? — répéta-t-il vivement.

— Oui, — mais je n'ai rien dit, et cela a déjà l'air de t'intéresser. — Est-ce que tu sais quelque chose de cette affaire?

Le jeune médecin, ne voulant pas s'expliquer, répondit d'une façon évasive :

— J'en ai entendu parler... — Et tu le trouves empoignant, ce procès?

— Au delà de toute expression... — Il y a, selon moi, sur le crime du pont
de Neuilly, un voile mystérieux que les jurés, les juges et les avocats ne me
semblent point avoir soulevé... — Le mécanicien, le neveu, a été condamné à
mort et exécuté... Eh bien! ma conviction intime, absolue, est que le malheureux était innocent.

Un frisson secoua les membres d'Étienne.

— Une erreur judiciaire, alors ?... — murmura-t-il.

— Oui, et si la famille de cet infortuné existait encore, s'il était possible de
provoquer une demande en réhabilitation basée sur des faits nouveaux, je me
chargerais presque de prouver que l'homme dont la tête est tombée à la barrière Saint-Jacques était un martyr et non un coupable! — Oh! mon ami, quel
plaidoyer!

Étienne Loriot écoutait Henri avec une émotion profonde.

Le crime de Neuilly ! — Le médecin assassiné !... — Brunoy!

Les paroles de René Moulin à la fête de mistress Dick Thorn, le nom de
Brunoy, répété sans cesse par Esther Derieux, la folle, tourbillonnaient dans
son esprit, et Berthe semblait mêlée à ces choses sinistres...

Un instant il eut la pensée d'interroger Henri et de lui raconter ce qu'il savait.

Mais le secret de Berthe et de René n'était pas le sien, et d'ailleurs il avait
juré de garder le silence.

Cependant il crut pouvoir demander :

— Quel était le nom du condamné ?

— Paul Leroyer.

— Celui de la victime?

— Le docteur Leroyer.

— Le mécanicien mort sur l'échafaud avait-il une famille?

— Oui, une femme et deux enfants...

La coïncidence était étrange et frappa vivement Étienne.

Mme Monestier avait, elle aussi, deux enfants, et René Moulin, en vue d'une
réhabilitation possible, cherchait les véritables meurtriers du médecin de Brunoy.

Angèle, restée veuve, pouvait avoir quitté le nom du supplicié...

Étienne poursuivit :

— Sais-tu comment s'appelaient les enfants ?...

XXVI

Henri feuilleta des notes éparses devant lui et répondit :

— Abel et Berthe...

Le jeune médecin pâlit et frissonna.

Le doute cessait d'être possible...

Celle qu'il aimait était la fille d'un homme déclaré coupable d'assassinat, condamné à mort et exécuté !

Cependant, au bout d'une seconde, il reprit son sang-froid et demanda :

— Tu crois, m'as-tu dit, à l'innocence de Paul Leroyer?

— Fermement, je te le répète.

— L'acte d'accusation mentionnait-il l'existence de complices?

— On n'en citait aucun... — Le neveu du médecin de Brunoy était seul en cause... — Or, de certains détails de ce procès obscur résulte pour moi la conviction qu'un hasard fatal a conduit Paul Leroyer sur le lieu du crime et fourni contre lui des preuves imaginaires... — Il a expié le crime d'un autre.

— Tu plaiderais cela?...

— Avec une conviction absolue, et, comme on est bien fort quand on est convaincu, il me semble que j'aurais gain de cause...   •

— Le compte rendu de l'affaire du pont de Neuilly est imprimé, n'est-ce pas?

— Oui, c'est une cause célèbre.

— Où pourrais-je me procurer cette brochure?...

— Je ne sais, et je crois que ce serait bien difficile, le tirage devant être épuisé depuis longtemps; mais je mets à ta disposition l'exemplaire que voici...

— J'accepte et je te remercie.

On frappa discrètement à la porte du cabinet et, l'autorisation d'entrer ayant été donnée par Henri, l'intendant Martial Rigaud reparut.

— J'ai fait attendre ces messieurs... — dit-il, — ce n'est pas ma faute... — Je suis certain qu'il existe deux trousseaux complets des clefs du pavillon... — L'un d'eux est introuvable... — Il a fallu chercher l'autre, ce qui m'a pris un peu de temps... — Voici ces clefs...

Et il présenta le trousseau à Étienne en ajoutant :

— Je me permettrai de soumettre une observation à monsieur le docteur...

— Laquelle, monsieur Rigaud?

— Quand monsieur le docteur se propose-t-il d'installer sa malade?

— Demain.

— Je crois alors qu'il serait essentiel d'assainir le pavillon en ouvrant les fenêtres pendant quelques heures pour donner de l'air, et en faisant du feu dans les pièces principales...

— L'avis est judicieux, — répliqua le jeune médecin, — mais il sera temps demain matin de songer à ces détails...

— Monsieur Rigaud, — dit Henri, — il est inutile de faire savoir à qui que ce soit que le pavillon est habité... — Je tiens à ce que tous nos domestiques l'ignorent absolument.

— Je n'en soufflerai mot à âme qui vive... — répliqua l'intendant.

— J'y compte et je vous remercie...

M. Rigaud se retira. — Étienne se disposa à en faire autant.

— Tu pars ? — lui demanda son ami.

— Il le faut ; — je ne tarderai guère à te revoir, et peut-être aurai-je alors beaucoup de choses à t'apprendre...

— Des choses heureuses pour toi ?

— Je l'ignore, mais je le saurai bientôt.

Les deux jeunes gens se séparèrent.

Étienne remonta dans la voiture qui l'avait amené et se fit conduire rue Cuvier, à son domicile, où René Moulin devait l'attendre.

Son cerveau, chemin faisant, était en ébullition.

Une circonstance fortuite venait de soulever un des coins du voile qui cachait le secret de Berthe et de René.

Berthe, fille d'un assassin, d'un guillotiné !

A cette pensée le docteur, malgré tout son amour, frissonnait...

Mais il se rassurait en songeant que, d'après l'affirmation de Henri, — bon juge en ces matières, — le condamné était un martyr !...

Il serrait dans ses mains unies la brochure prêtée par le jeune avocat, et il murmurait :

— Moi aussi, j'étudierai ce procès, j'en approfondirai les mystères, et qui sait si, avec l'aide de Dieu et d'Esther Derieux, rendue à la raison, je n'apporterai point la lumière au milieu des ténèbres ?...

Chez lui il trouva René et le mit en quelques mots au courant de ce qui se passait ; mais il ne jugea point à propos de lui révéler immédiatement ce qu'il venait d'apprendre.

Il voulait avant tout lire le compte rendu du procès de Paul Leroyer.

— Ainsi, — demanda René après avoir donné son approbation complète à la démarche d'Étienne et l'avoir félicité du résultat obtenu, — ainsi, demain nous pourrons amener Mlle Berthe au pavillon de la rue de l'Université ?...

— Oui. — En voici les clefs.., — De bon matin nous donnerons de l'air et nous ferons du feu.

— Vous me conduirez au pavillon, et je me chargerai de tout... Maintenant il serait à propos de nous entendre avec votre oncle.

— Je vais, — dit Étienne, — lui écrire un mot pour le prier de venir ici tout de suite, s'il est chez lui, ou demain matin à la première heure, s'il est absent ce soir.

Étienne traça rapidement un billet de quelques lignes, et sa domestique le fit porter par un commissionnaire.

Il est inutile d'affirmer à nos lecteurs que la course de René Moulin à Belleville était restée sans résultat, et que Jean-Jeudi n'avait point reparu.

Pierre Loriot venait de rentrer quand il reçut le billet d'Étienne.

Au moment où le commissionnaire du docteur arrivait chez Pierre Loriot, ce dernier venait de rentrer, non pour se mettre au lit mais pour relayer, et il s'apprêtait à remonter sur son siège.

Il lut le billet d'Étienne et demanda :

— Vous venez de la rue Cuvier, mon camarade ?

— Par le plus court.

— Et vous y retournez ?

Liv. 102.   F. ROY. édit. — Reproduction interdite.   102

— Directement, attendu que j'y loge...

— Eh bien! montez dans mon berlingot, je vas vous y conduire...

— A l'œil?

— Parbleu! sans ça je ne vous l'offrirais pas... — Seulement, service pour service. — J'ai à monter dans la maison d'où vous venez... — Vous garderez mon fiacre pendant cinq minutes...

— Convenu...

La voiture roula. — Le cheval marchait bon train. — Au bout de fort peu de temps Pierre Loriot entra dans la salle à manger où Étienne et René achevaient leur repas.

Du premier coup d'œil il lut sur le visage des deux hommes que les nouvelles n'étaient pas mauvaises.

— Il me semble deviner que la jeune demoiselle est retrouvée... — s'écriat-il. — Est-ce que je me trompe?...

— Non, mon oncle, grâce au ciel, vous ne vous trompez pas...

— Et comment ça est-il arrivé, mon cher garçon?...

— Je vais vous le dire; mais asseyez-vous d'abord... — On va vous mettre au courant et vous servir...

— Nenni, j'ai dîné avant de relayer... — Je boirai seulement une larme de ton vieux cognac...

Étienne raconta ce que nous savons.

Le brave cocher écoutait avec une attention et un intérêt faciles à comprendre.

— Bravo! — dit-il quand le jeune médecin eut achevé son récit. — C'est bigrement bien mené tout de même... — Seulement faut pas s'arrêter à moitié chemin... — Qu'est-ce que vous allez faire présentement?

Le docteur le mit au courant du projet conçu et qui devait être exécuté le lendemain.

Pierre Loriot se frotta les mains.

— Très bien! — fit-il. — Fameuse, l'idée! Mais il s'agit de penser à tout.

— Oublions-nous quelque chose?

— Oui.

— Quoi donc?

— La plainte que j'ai portée... — Vous avez déniché la jeune demoiselle... La police, à la fin des fins, peut faire comme vous... — Or, comme vous ne voulez pas l'avertir et comme j'ai prétendu qu'on m'avait volé, ça lui semblerait bigrement drôle qu'on ait retrouvé, sans la prévenir, la personne qu'on enlevait dans mon fiacre... — Pas contente du tout, la police... elle dérangerait vos plans et me ferait avoir de l'ennui...

— Ne pourriez-vous dire, mon oncle, que vous avez retrouvé votre portefeuille avec l'argent qu'il contenait?...

— Hum! la finesse serait cousue d'un fil bigrement blanc! — Réservons cette bourde pour le dernier moment, si nous n'inventons rien de mieux, et revenons à votre idée. — Vous avez l'intention bien arrêtée d'enlever de là-bas la jeune personne et de manœuvrer de manière à ce qu'on ne puisse savoir ce qu'elle est devenue?...

— Cela nous paraît indispensable pour écarter d'elle de nouveaux périls... et nous comptons sur votre aide, mon cher oncle...

— Nous en causerons tout à l'heure, mais liquidons d'abord l'arriéré : une fois la demoiselle prise à l'hospice, vous la conduirez, m'avez-vous dit, dans un endroit sûr?...

— Oui, mon oncle...

— Alors tout est bien; je retournerai à la préfecture en amateur, comme pour savoir des nouvelles... — Si on retrouve la trace de la petite jusqu'à l'hospice quand elle n'y sera plus, sa disparition sera une complication nouvelle, voilà tout... C'est à vous de voir si on ne pourra pas la suivre à partir de là.

— Ce sera impossible...

— Parfait, alors!... — Je suis censé, moi, ne point vous connaître... — Mon affaire est mon affaire, et la vôtre est la vôtre... — Moi, je cherche un voleur; vous, vous cherchez une femme... — Je saurai ce que j'aurai à répondre en temps voulu, si on me questionne... — L'essentiel est qu'on ne s'occupe plus de vous...

— Si les agents se mettent en chasse, je me charge de les dépister... — fit le mécanicien.

— Bon! — Mais comment conduirez-vous la jeune demoiselle à son nouveau domicile?

— Il nous faudrait un fiacre bien large afin de la transporter presque couchée... — répondit Étienne.

Pierre Loriot fit la grimace.

— Un fiacre, — s'écria-t-il, — mauvaise affaire! — Tous les fiacres ont un numéro, et les guimbardes de remise aussi... — D'ailleurs le cocher saurait où vous allez et pourrait le dire...

— Mais si le cocher c'était vous, mon oncle...

— Ah! parlons-en! — Jolie façon de vous cacher et de prouver que nous ne nous connaissons pas!

— Au fait, c'est vrai... — murmura René en réfléchissant. — Comment faire?

— Un peu de patience... nous trouverons tout à l'heure... — La maison où vous conduirez la petite est-elle au fond d'une cour?

— Au milieu d'un jardin, ce qui revient au même... — dit Étienne.

— Une voiture peut y entrer?

— Parfaitement.

— Alors nous nous servirons d'une voiture...

— Mais, mon oncle, — fit observer Étienne, — vous vous opposiez tout à l'heure à ce mode de transport...

— Il y a voiture et voiture...

— Nous n'avons pas d'équipage de maître à notre disposition...

— Eh! qui vous parle d'un équipage de maître?... Que diriez-vous d'une charrette de campagne?

— Suspendue?

— Parbleu! presque aussi douce qu'un huit-ressorts, et garnie d'une bâche comme celle des maraîchers des environs de Paris. — Au fond, une dizaine de bottes de paille... Sur les bottes de paille un bon matelas... sur le matelas un *égledon*...

— Un édredon... — interrompit Étienne.

— C'est justement ce que je dis, un *égledon*, et sur cet égledon, ou dessous, à votre choix, la jeune demoiselle... Un vrai lit de plumes, quoi!

— Mais ce serait parfait! — s'écria René, — d'autant mieux qu'on aurait l'air de transporter Mlle Berthe à la campagne, ce qui dépisterait les recherches...

— Admirable! — Seulement, où trouver la charrette?

— Je m'en charge...

— Et le conducteur?

— Moi, parbleu! et non pas en cocher de Paris, mais en vrai campagnard, avec les gros sabots, le bonnet de coton et la limousine...

— Merveilleusement combiné, mon oncle! — fit Étienne enthousiasmé; — vous êtes l'homme des ressources...

— On n'est point Parisien et cocher de fiacre pour des prunes! — répliqua Pierre. — Les cochers de fiacre, vois-tu, c'est malin comme des singes. — A quelle heure faudra-t-il se trouver demain à la porte de l'hôpital Saint-Antoine?

— A une heure précise de l'après-midi...

— On y sera... — Maintenant verse-moi encore un petit verre de ton vieux cognac, et trinquons à la réussite de l'entreprise...

René Moulin, cette nuit-là, coucha comme la veille chez le docteur.

Étienne, resté seul, au lieu de se mettre au lit, lut et relut le procès qui, dans les annales judiciaires, avait pris le nom de : l'*Affaire du pont de Neuilly*.

Dès le point du jour il réveilla le mécanicien.

— Nous allons rue de l'Université? — demanda ce dernier.

— Oui... — Nous emporterons une provision de linge que je viens de préparer...

— Bon; mais n'oublions pas une chose indispensable...

— Laquelle?

— Une fois Mlle Berthe dans le pavillon, nous ne pourrons la laisser seule, et, malgré toute ma bonne volonté, je ne puis me constituer garde-malade...

— J'ai pensé à cela... — Ma servante est une brave fille, absolument dévouée; elle nous accompagnera là-bas, se chargera de tout préparer et donnera ses soins à Berthe... — Pendant son absence je prendrai une femme de ménage...

— A merveille... — Quand partons-nous?

— Tout de suite, car je ne puis me dispenser d'aller ce matin faire mon service à l'hospice de Charenton... — Vous reviendrez m'attendre ici...

La domestique d'Étienne était allée chercher une voiture.

On y plaça le paquet de linge; les deux hommes y montèrent avec Françoise et le cocher reçut l'ordre de les arrêter au coin de la rue de l'Université et de la rue du Bac.

— Nous ferons, par prudence, le reste à pied... — dit Étienne à René.

Trente-cinq minutes plus tard ils descendaient de voiture, et le cocher payé largement s'éloignait dans la direction des quais.

A cette heure ultra-matinale le quartier était à peu près désert, et c'est à peine si quelques boutiques de fruitières et de marchands de vin commençaient à s'ouvrir.

Le docteur connaissait le petit hôtel appartenant au duc de la Tour-Vaudieu.

Il l'avait visité un jour en compagnie de Henry.—Il n'eut donc point à chercher et, choisissant une des clefs du trousseau, il ouvrit la petite porte cochère.

— Mais c'est superbe! — dit René en admirant le jardin planté de grands arbres dont les feuillages rougissaient et jaunissaient déjà. — Mlle Berthe sera ici comme une princesse!...

— Oui... pourvu qu'elle vive... — murmura le jeune médecin avec mélancolie.

XXVII

Nos lecteurs ont vu Georges de la Tour-Vaudieu s'introduire la nuit dans le pavillon pour gagner le passage secret conduisant à l'hôtel de la rue Saint-Dominique.

Ils savent qu'un perron de quelques marches donnait accès dans le vestibule.

Étienne introduisit René et Françoise.

Celle-ci s'empressa d'ouvrir toutes les fenêtres pour chasser de chaque pièce l'odeur de renfermé.

Il faisait un temps superbe, quoique un peu lourd.

Le soleil se levait dans un ciel pur, et ses rayons, très chauds, doraient les cimes des vieux tilleuls et des marronniers séculaires.

Des myriades d'oiseaux pépiaient joyeusement dans le feuillage et sur le sable des allées.

— Il me semble que tout cela est de bon augure... — pensait René Moulin.

Le pavillon se composait, outre le sous-sol, d'un rez-de-chaussée et d'un premier étage.

Au rez-de-chaussée se trouvaient le vestibule, deux salons, une chambre à coucher, une salle à manger et une office.

Au premier étage trois chambres à coucher munies de leurs cabinets de toilette, une bibliothèque, un boudoir et une salle de bain...

Cet intérieur, décoré et meublé dans le style du dix-huitième siècle, était admirablement entretenu.

On visita toutes les pièces.

— Nous placerons Berthe dans la chambre à coucher du rez-de-chaussée, — dit Étienne après examen; — quand elle pourra marcher un peu il lui sera plus facile d'aller au jardin, n'ayant à descendre que les quelques marches du perron.

Et il enjoignit à Françoise de préparer la chambre.

— Monsieur le docteur, — demanda la servante, — où faudra-t-il me loger?

— Cela dépendra de l'état de notre malade... — répondit le jeune homme; — si cet état nécessitait votre présence continuelle à son chevet, vous vous feriez un lit sur ce canapé... — Dans le cas contraire vous prendrez une des chambres du premier étage...

— Bien, monsieur le docteur.

— Maintenant, ma fille, — ajouta le neveu de Pierre Loriot, — je vais vous adresser une recommandation de la plus haute importance, qu'il faudra suivre religieusement...

— Ah! monsieur le docteur, vous pouvez y compter...

— Quand vous sortirez dans le quartier pour acheter vos provisions, il est possible qu'on vous questionne...

— C'est même certain... — interrompit Françoise. — Le monde est si curieux.

— Vous répondrez du ton le plus naturel que vous êtes au service d'une vieille dame très malade arrivant de province...

— Oui, monsieur le docteur...

— Et n'oubliez pas que personne au monde, sauf M. René Moulin et moi, ne doit, sous un prétexte quelconque, pénétrer dans le pavillon ni même dans le jardin... — Voilà votre consigne.

— Je la garderai comme un soldat...

— Je le sais et j'y compte... — Maintenant mettez tout en ordre, et attendez-nous...

Étienne et le mécanicien quittèrent le petit hôtel.

.*.

Nous avons laissé Théfer espionnant le nouvel inspecteur de la sûreté, Plantade, pour connaître sa demeure, et nourrissant à son égard des intentions fort peu bienveillantes.

Quoiqu'il fût absolument sûr d'avoir bien pris ses précautions, les faits qui venaient de se produire étaient de nature à lui causer de vives inquiétudes et même une certaine épouvante.

La perspicacité merveilleuse de Plantade était incontestablement dangereuse.

L'agent secret, ayant trouvé moyen de découvrir l'endroit où le fiacre numéro 13 s'était arrêté sur le plateau de la Capsulerie, ne parviendrait-il pas à savoir quels hommes avaient agi, et quel but les faisait agir?

Une telle supposition n'offrait, en somme, rien d'inadmissible, quoique sa réalisation semblât fort improbable.

Bref, Plantade faisait peur à Théfer...

En conséquence ce dernier comptait bien surveiller tous ses mouvements; au besoin lui barrer le chemin et, s'il le fallait absolument, supprimer le péril en supprimant l'homme.

Il se souvenait des paroles de Claudia Varni, paroles dont voici le sens, sinon le texte exact :

— Vous êtes pris dans un engrenage où vous serez broyé si vous ne le brisez pas!...

Aussi comptait-il bien le briser.

Était-il opportun de prévenir le duc de la Tour-Vandieu et mistress Dick Thorn de ce qui se passait?

Théfer se posa cette question et la résolut négativement.

A quoi bon se presser? — Il serait toujours temps de mettre les deux complices sur leurs gardes.

Ses fonctions nouvelles d'inspecteur des garnis lui laissaient la libre disposition de tout son temps pour épier Plantade et chercher Jean-Jeudi, les deux épées de Damoclès suspendues, l'une sur sa tête, l'autre sur celle du sénateur et de son ancienne maîtresse.

Il employa sa soirée à parcourir divers endroits suspects où il espérait, sinon trouver le voleur émérite, du moins obtenir sur lui et sur ses habitudes des détails précis qui pourraient le guider.

Espoir déçu... — Le policier rentra bredouille dans son logis de la rue du Pont-Louis-Philippe.

Peut-être, — pensait-il, — Jean-Jeudi, riche des cent mille francs volés, avait-il passé la frontière...

Si cela était, rien à craindre de lui, — du moins pour le moment.

Mais comment le savoir?..

Théfer regretta très amèrement sa position perdue.

Quand il était inspecteur de la sûreté il pouvait correspondre avec les principaux agents des grandes villes de l'étranger et leur demander des renseignements.

Désormais, à quel titre s'adresserait-il à eux? — Il n'y fallait plus songer.

Il s'endormit cependant et fut obsédé par un cauchemar qui, pour peser lourdement sur sa poitrine, prenait la forme de Plantade.

Debout dès neuf heures du matin il se grima avec son talent habituel, se donna la mine et l'allure d'un bon bourgeois dont il revêtit aussi le costume, et prit le chemin de la rue Gît-le-Cœur.

En face de la maison où demeurait l'agent qui venait de le remplacer dans son emploi se trouvait une crémerie.

Théfer y entra et se fit servir à déjeuner, en ayant soin de se placer près de la fenêtre et d'écarter un peu le rideau de mousseline jaunie qui masquait les vitres.

De cette manière il pouvait surveiller la porte du nouvel inspecteur.

Laissons-le en observation et pénétrons dans le logis de l'homme qui ne se doutait guère de la haineuse surveillance dont il était l'objet.

Plantade était célibataire et vivait de façon plus que modeste.

Il occupait, au troisième étage, sur le derrière, un petit logement composé de deux pièces.

La première, s'ouvrant immédiatement sur le carré sans la moindre trace d'antichambre, lui servait de salle à manger...

La seconde était à la fois sa chambre à coucher, son salon et son cabinet de travail.

Rien de plus modeste que le mobilier de cet humble logis où brillait une propreté toute flamande.

Un lit de fer; — une table recouverte d'un tapis vert fané; — une bibliothèque de bois peint en noir; — un vieux fauteuil; — une toilette et quatre chaises composaient ce mobilier.

Le bibliothèque était garnie de livres de droit, d'ouvrages de procédure, et d'une collection très complète d'annales judiciaires, de crimes célèbres et de mémoires relatifs à la police.

Des papiers symétriquement classés et soigneusement numérotés couvraient la table devant laquelle Plantade, assis dans le vieux fauteuil, travaillait.

La chemise du dossier dont il s'occupait en ce moment portait ces quelques mots, tracés d'une écriture fine et correcte :

« *Affaire du fiacre numéro 13.* »

Ce dossier se composait de pièces assez nombreuses.

— Mais c'est superbe! dit René en admirant le jardin planté de grands arbres.

Il relisait chacune de ces pièces et prenait des notes.

— Non, — murmura-t-il tout à coup presque à haute voix, en martelant ses phrases et les coupant par de petits temps d'arrêt, — je n'ai pas fait fausse route, tout me le dit, tout me le prouve...

« Les deux hommes qui ont volé le fiacre et enlevé la femme, jeune ou vieille, n'agissaient point pour leur propre compte...

« Ils ont été certainement les complices de celui ou de ceux qui voulaient tenir cette femme en leur pouvoir.

« Quel mobile attribuer au rapt ?

« Si la femme était jeune, ce peut être l'amour...

« Si elle était vieille, c'est à coup sûr l'intérêt ou la haine...

« L'incendie de la maison devant laquelle le fiacre a fait halte ne se peut mettre sur le compte du hasard...

« Il avait pour but de faire disparaître les traces du crime commis, viol ou meurtre...

« Mais on s'échappe parfois d'une maison en feu...

« La jeune femme relevée mourante dans une carrière peut fort bien être la victime de cette tentative d'assassinat...

« Le problème à résoudre est là...

« Que dois-je faire ?

« Savoir avant tout qui habitait cette maison du plateau de la Capsulerie ; suivre la piste du propriétaire ou du locataire et celle des malfaiteurs subalternes employés par lui ; reconstituer enfin l'identité de la pauvre créature transportée sans connaissance à l'hôpital...

« Quel hôpital ?

« Le procès-verbal du commissaire de police ne le dit pas, mais ce sera facile à savoir...

« La plainte déposée par le cocher Loriot, à propos d'une misérable somme de cinq cents francs volée dans son fiacre, me conduit droit à un drame sanglant, entouré de ténèbres, où je porterai la lumière et qui se dénouera sur les bancs de la cour d'assises

« C'est ma première affaire... Il faut qu'elle me fasse honneur...

XXVIII

Après ce monologue haché et vingt fois interrompu, Plantade ferma le dossier du fiacre numéro 13, passa dans la pièce qui lui servait de salle à manger, plaça sur un guéridon un pain, un morceau de viande froide, une bouteille de vin et déjeuna rapidement...

Il s'habilla ensuite, glissa dans un carnet sa carte d'inspecteur neuve, après lui avoir jeté un coup d'œil plein de tendresse, mit ce carnet dans sa poche et regarda sa montre.

Il était dix heures.

— Je prendrai la voiture de Montreuil — se dit-il — et de Montreuil j'irai à Bagnolet de mon pied léger...

Il descendit.

Théfer le vit paraître au seuil de l'allée où il s'arrêta, interrogeant le ciel entre les hautes façades des maisons qui même en plein jour assombrissent la laide et étroite rue Gît-le-Cœur.

Le ciel était pur encore, le soleil brillait, mais la chaleur lourde permettait de supposer que l'après-midi ne se passerait pas sans orage.

L'ex-inspecteur avait d'avance payé son modeste repas au gérant de la crémerie.

Il se leva et se tint prêt à suivre Plantade.

Ce dernier se mit en marche dans la direction des quais...

Théfer prit chasse en ayant soin de rester toujours à quinze ou vingt pas en arrière.

Après avoir marché pendant trois quarts d'heure Plantade atteignit le remisage des petites voitures de Montreuil.

— C'est à Bagnolet qu'il va, — pensa le policier — j'y serai avant lui.

Il courut à la plus prochaine station de fiacres, en prit un et dit au cocher :

— A Bagnolet.

Midi sonnait quand il mit pied à terre près des premières maisons du village.

Il avait une forte avance sur Plantade qu'il attendit sans impatience en buvant une bouteille de bière dans le petit café servant de bureau aux voitures publiques.

Au bout d'une demi-heure arriva celle de Paris.

Plantade en descendit, aborda le premier passant trouvé sur son chemin, le salua poliment et causa pendant quelques secondes avec lui, puis, après un nouveau salut, se remit en marche.

Théfer reprit chasse et vit son homme s'arrêter et sonner à une porte qu'il connaissait bien lui-même, celle de M. Servan propriétaire de la maison incendiée.

— Je me doutais que le gredin irait là! — murmura l'ex-inspecteur. — J'ignore où il a appris le métier, mais il le sait sur le bout de doigt... — Patience...

M. Servan reçut immédiatement le visiteur, et avec une aménité de bouledogue lui demanda ce qu'il désirait.

Plantade voulait aller droit au but.

Il exhiba son carnet, en tira sa carte d'inspecteur de la police de sûreté et la mit sous les yeux du propriétaire ébahi, qui devint aussitôt souple comme un gant.

Les policiers possèdent le privilège d'effrayer même les gens qui n'ont absolument rien à démêler avec la justice.

— Tout à votre disposition, monsieur... — balbutia M. Servan; — je suppose qu'il s'agit de l'incendie de ma propriété du plateau de la Capsulerie...

— Vous ne vous trompez pas.

— Et que souhaitez-vous savoir de moi à ce sujet?

— Vous n'habitiez point la maison?

— Non, monsieur; — je l'avais fait bâtir par spéculation... — (fichue spéculation, d'ailleurs!) — et je la louais toute meublée.

— Était-elle louée au moment du sinistre?

— Oui, monsieur...

— A qui?

— A un Parisien qui se nomme Prosper Gaucher.

Plantade écrivit ce nom sur son carnet et poursuivit :

— Ce M. Prosper Gaucher était-il votre locataire depuis longtemps?..,

— Depuis quarante-huit heures... — Le 18 octobre il me payait une année d'avance et recevait les clefs... — La maison brûlait dans la nuit du 20 au 21...

— Ah! — s'écria Plantade, incapable de cacher sa joie débordante, — j'avais tout deviné! tout compris!... — On préparait le crime!...

— Le crime!... — répéta M. Servan avec une terreur manifeste.

— Oui, monsieur, cela saute aux yeux!...

— Mais ce qu'on me disait hier était donc vrai? On s'est donc positivement servi de ma maison pour commettre un crime?...

Plantade dressa l'oreille.

— Ah! ah! — fit-il, — on vous disait cela hier?...

— Oui, monsieur... mais je refusais de le croire.

— Qui vous le disait?

— Deux messieurs...

— De votre connaissance?

— Je les voyais hier pour la première fois.

— Et que voulaient-ils?

— Des renseignements, comme vous...

— Sur quoi?

— Sur M. Prosper Gaucher... sur un certain fiacre dont je n'ai jamais entendu parler, et sur une jeune dame qui avait dû être conduite par le fiacre en question chez mon locataire...

Le nouvel inspecteur dressait l'oreille de plus en plus.

Et certes, il y avait de quoi!!!

En se mettant à son point de vue, les deux hommes qui cherchaient la jeune femme étaient les criminels eux-mêmes.

N'avaient-ils pas un immense intérêt à retrouver, pour la faire disparaître, la victime échappée de leurs mains et qui pouvait les perdre?..

— Vous avez renseigné ces messieurs? — reprit Plantade.

— Naturellement... du mieux que j'ai pu.

— Que leur avez-vous dit?

— L'exacte vérité... — Je ne savais rien de la jeune dame, mais comme on en avait trouvé une, aux trois quarts morte, dans une carrière, je leur ai donné le conseil de s'adresser aux ouvriers et de s'assurer si par hasard ce ne serait pas la même personne...

— Et ils l'ont fait?

— Je le suppose... Ils sont partis d'ici pour cela...

— Comment étaient-ils, ces messieurs?...

— Très comme il faut et des figures d'honnêtes gens... — Ils pourraient bien, dans mon idée, être les parents de la jeune dame qu'ils réclament à tous les échos, car ils avaient l'air si désolé que, ma parole d'honneur, j'en ai été attendri comme une bête... — Le plus jeune avait les larmes aux yeux tout le temps...

Plantade pensa :

— Je faisais fausse route... — Ce n'étaient pas les criminels... — Ils ne se seraient point donné la peine de jouer pour ce bourgeois la comédie du chagrin et des larmes... — Il y a là certainement un mystère de famille que je découvrirai...

Après avoir réfléchi pendant quelques secondes, le nouvel inspecteur reprit :

— Revenons à M. Prosper Gaucher... — Le connaissiez-vous avant de l'avoir pour locataire?

— Ces messieurs me l'ont déjà demandé et je leur ai répondu que non... — répliqua M. Servan.

— Vous saviez du moins son adresse?

— Peut-être me l'a-t-il indiquée, mais je ne m'en souviens pas...

— Vous avez dressé un acte de location?

— Nullement; — j'ai donné une quittance motivée, cela suffisait.

— Ainsi, vous avez loué sans aller aux renseignements?

— Je n'en avais pas besoin puisqu'on me payait d'avance.

— Cet homme vous a-t-il dit quelle était sa profession?

— Il s'occupait d'expériences chimiques et louait ma maison pour y établir un laboratoire.

— Quel âge paraissait-il avoir?

— Cinquante ans ou environ...

— Ses manières?

— Un peu brusques... soldatesques... — Il parlait brièvement...

— Était-il grand ou petit?

— Assez grand, et plutôt maigre que gras...

— Le visage?

— Sec...

— Portait-il toute sa barbe?

— Non, complètement rasé...

— Rien de particulier dans la prononciation?

— Un petit zézaiement, fort léger du reste...

Plantade tressaillit.

— Ah! ah! — s'écria-t-il, — un petit zézaiement...

— Oui, monsieur...

— Fouillez bien votre mémoire... — poursuivit l'inspecteur dont une lueur étrange venait de traverser le cerveau. — N'avez-vous pas remarqué autre chose?

M. Servan se recueillit.

— Je me souviens... — fit-il ensuite. — Oui, j'ai remarqué autre chose...

— Quoi? — demanda Plantade avidement.

— M. Gaucher avait un tic...

— Lequel?

— Les mouvements des muscles du visage déterminaient une petite contraction de la lèvre et de la paupière du côté gauche...

Plantade se frotta joyeusement les mains.

— Je suis sur la piste... — murmura-t-il à demi-voix. — Cela paraît impossible, et cependant c'est positif...

Il ajouta tout haut :

— Prosper Gaucher habitait-il seul votre maison?...

— Il avait deux domestiques, et l'on croit qu'ils ont péri dans l'incendie comme leur maître...

— Trois victimes d'un seul coup!... c'est trop pour être vraisemblable... — Les avez-vous vus, ces deux domestiques?

— Non, mais on me les a décrits...

— Attendez...

Plantade tira de sa poche une liasse de papiers qu'il feuilleta et parmi lesquels se trouvaient deux signalements ainsi formulés :

« TERREMONDE, 31 *ans, taille 1 mètre* 70. — *Fluet, maigre, visage glabre.*
« DUBIEF, 30 *ans, taille 1 mètre* 32. — *Épais, gros, ventru.* »

Il relut ce signalement avec attention.

— Allez, je vous écoute.

— L'un, — fit M. Servan, — du moins à ce qu'on m'a raconté, était un grand gaillard très maigre, une véritable perche, l'autre un petit homme épais, râblé, dodu.

— Ça s'ajuste comme si c'était fait sur mesure! — pensa le nouvel agent de la police de sûreté. — Les voleurs du fiacre numéro 13 ne seraient autres alors que Dubief et Terremonde, engagés spécialement pour cette besogne par un inconnu que je connaîtrai bientôt.

XXIX

— Vous avez trouvé quelque chose? — hasarda M. Servan prodigieusement intrigué.

— Peut-être oui, peut-être non... — répondit Plantade ; — on ne peut pas savoir. — Arrivons à la jeune femme relevée dans la carrière le lendemain de l'incendie... — Suppose-t-on qu'elle sortait de la maison en feu?

— Non, monsieur, pas le moins du monde...

— Enfin que dit la rumeur publique?

— Que cette pauvre femme, attirée par la curiosité au moment de l'incendie, se sera écartée du chemin et sera tombée dans une des crevasses du plateau de la Capsulerie.

— A-t-on constaté l'identité de cette personne? —Habitait-elle aux environs?

— Il paraît qu'on ne la connaissait pas...

— Alors la promenade nocturne d'une étrangère est inadmissible... — Savez-vous à quel hôpital on a porté la malheureuse?...

— Non, monsieur... mais on peut s'informer...

— Je m'en charge... — Maintenant, monsieur, je désire visiter le théâtre de l'incendie...

— Rien de plus facile... — La porte du jardin, dont on n'a pu retrouver la clef, est ouverte...

Ce dernier mot frappa Plantade.

— Était-elle ouverte quand on est arrivé sur le lieu du sinistre? — demanda-t-il.

— Oui, monsieur...

— Eh bien! c'est la preuve sans réplique que ceux qui se trouvaient dans la maison n'y sont pas tous restés... — Je vous remercie de vos renseignements, monsieur, et je vous prie de me croire votre très humble serviteur...

Plantade salua M. Servan, quitta la maison et s'engagea dans la grande rue de Bagnolet pour gagner le chemin conduisant au plateau.

Il nous paraît superflu d'affirmer à nos lecteurs que Théfer avait repris chasse.

En voyant la direction suivie par le nouvel inspecteur, il se dit :

— J'y serai aussitôt que lui sans éveiller les soupçons.

Et il prit sa course du côté des fours à chaux sur lesquels se greffait un sentier presque à pic, aboutissant lui aussi au plateau, mais derrière la propriété de M. Servan et au milieu d'un massif d'arbustes rabougris.

Plantade, tout en marchant d'un bon pas, réfléchissait, et l'expression d'une joie intime et profonde se peignait sur son visage.

Que de choses il venait d'apprendre ! ! ! — Que de découvertes utiles il venait de faire!!

Il ne doutait point que Théfer fût caché sous la personnalité du prétendu chimiste Prosper Gaucher, de même qu'il devinait les complices dans les personnes de Dubief et de Terremonde.

Comment l'ex-inspecteur dont il occupait maintenant la place se trouvait-il uni aux deux misérables pour l'exécution d'un crime monstrueux, et dans quel intérêt ce crime avait-il été commis?

Voilà le problème dont il fallait trouver la solution ; mais il la trouverait, il n'en doutait pas.

A cette première énigme s'en joignait une seconde.

Quels étaient, quels pouvaient être ces deux hommes d'honnête apparence, cherchant la jeune femme victime des trois bandits, et ne cachant ni leur douleur ni leurs larmes?...

— Ceux-là aussi, je les découvrirai ! — pensait Plantade... — C'est peut-être par eux que viendra la lumière... — Justice alors sera faite à tous, et j'aurai débuté dans la carrière par un coup de maître !...

Tout en se disant ces choses et beaucoup d'autres qu'il nous paraît inutile de reproduire, il avait atteint le plateau, et bientôt il se trouva en face de la muraille de clôture du jardin de M. Servan.

La porte était ouverte en effet, et la clef manquait à la serrure.

Théfer venait d'émerger du chemin creux au milieu du maigre bouquet d'arbres dont nous avons parlé.

Il vit Plantade entrer dans le jardin et constata l'impossibilité momentanée d'épier ses mouvements.

— J'aurais pourtant bien voulu savoir ce qu'il va chercher là... — se dit-il. — Aucun moyen ! — Grimper sur le mur serait me trahir. — Il faut attendre.

Le policier se coucha sur l'herbe rare à l'ombre du bouquet d'arbres, mit des lunettes qui, cachant ses yeux, achevaient de modifier sa physionomie, tira de sa poche un livre et feignit de lire, mais tout en ayant soin de ne pas perdre un instant de vue les alentours de la propriété.

Au bout d'un quart d'heure Plantade reparut.

Sa mine était maussade.

Théfer, qui l'observait de loin à l'aide d'une lorgnette à un seul tube dissimulée dans sa main gauche, comprit qu'il venait d'explorer sans résultat les décombres de la maison incendiée.

Plantade, étudiant le sentier qui contournait la muraille d'enceinte, se dirigeait vers le bouquet de bois.

Soudain il s'arrêta et promena ses regards autour de lui.

Il se trouvait à vingt pas de l'orifice d'une carrière à ciel ouvert.

Il vit Plantade entrer dans le jardin et constata l'impossibilité d'épier ses mouvements.

Au bout d'un instant il reprit sa marche, fit halte de nouveau sur la marge même de l'excavation, et se pencha pour en constater la profondeur.

— Si j'étais derrière lui, — pensa Théfer avec un sourire sinistre, — son enquête serait vite terminée! Mais que fait-il donc? — ajouta-t-il.

Le nouvel inspecteur venait de se baisser et de ramasser sur le sol un objet d'un petit volume qu'il examinait minutieusement.

— Que diable tient-il là? — se demanda l'âme damnée de Georges de la

Tour-Vaudieu, en dirigeant le tube de sa lorgnette vers la **main** de Plantade.

— Si je n'ai la berlue c'est une pièce de cinq francs...

Théfer n'avait point la berlue.

C'était bien en effet une pièce de cinq francs, — celle que nous avons vue s'échapper du sac lancé par Terremonde de l'autre côté du mur d'enceinte, pendant la nuit du crime...

Plantade pesait et soupesait l'écu de cent sous dans sa main droite.

— Ah çà! mais, c'est une pièce fausse, cela!— se disait-il.

Brusquement, de la main gauche il se frappa le front, et son visage s'alluma.

— La preuve que je désirais, — ajouta-t-il, — je la tiens!... Impossible de me tromper... — Voilà bien l'effigie et le millésime signalés comme sortant de l'officine des faux monnayeurs Dubief et Terremonde, évadés de Clairvaux...

Pour la seconde fois il tira de sa poche les papiers qu'il en avait extraits déjà chez M. Servan.

Parmi ces papiers il choisit une note à l'encre rouge portant ces mots:

« *Les pièces signalées, émises par Dubief et Terremonde, portent toutes l'effigie du roi Louis-Philippe et le millésime de 1844.* »

— Conforme au signalement! — murmura l'inspecteur en examinant de nouveau l'écu de cinq francs. — Les drôles ont semé des pièces fausses comme le petit Poucet semait des cailloux; mais le petit Poucet agissait ainsi pour retrouver sa route, et sans le savoir ils l'ont imité pour me permettre de suivre la leur! — Ah! je vous pincerai, mes gaillards, et je crois que vous m'en apprendrez de belles! C'est dans cette carrière qu'ils auront précipité la jeune femme... — Le commissaire va me donner à ce sujet les explications qu'il aurait bien dû consigner dans son rapport...

Et Plantade reprit tranquillement le chemin de Bagnolet.

Théfer avait tout vu, et il était pâle comme un mort.

La perspicacité, — nos lecteurs le savent, — ne faisait point défaut à ce misérable.

Il se rendait parfaitement compte de ce qui venait de se passer sous ses yeux.

En voyant agir Plantade, il s'était dit:

— La pièce d'argent est fausse à coup sûr, et vient de mes deux hommes qui l'auront perdue en rôdant de ce côté... Décidément, mon successeur marche trop vite dans la voie des découvertes. Il est temps d'y mettre ordre...

Le policier quitta sa cachette à l'ombre du petit bois, reprit le chemin creux qui l'avait conduit au plateau, et arriva dans la grande rue de Bagnolet juste à temps pour voir Plantade franchir le seuil du bureau du commissaire de police.

Théfer regarda sa montre.

— Près de cinq heures... — balbutia-t-il. — En cette saison les journées sont courtes. — S'il pouvait retourner à Paris de nuit... La route est presque déserte... — Une occasion se présenterait peut-être... — Nous verrons...

Puis, s'asseyant sur un banc de pierre, il alluma un cigare et s'arma de patience.

Suivons Plantade dans la maison du magistrat.

— M. le commissaire ? — demanda-t-il à un scribe qui grossoyait devant une table tailladée de coups de canif.

— Sorti... — répondit l'employé.

— Êtes-vous son secrétaire ?

— Non, le secrétaire est sorti avec lui.

— Tarderont-ils à rentrer ?...

— Je n'en sais rien...

— Je vais attendre...

— Vous ne pouvez attendre ici...

— Pourquoi ?

— Parce que c'est la consigne...

— Elle n'existe pas pour moi...

— Pour vous comme pour tout le monde...

— Croyez-vous ?...

Plantade ouvrit son carnet et plaça sa carte d'inspecteur de la sûreté sous les yeux de l'employé, qui devint aussitôt plein de déférence, se leva pour avancer un siège au nouveau venu et lui dit :

— Positivement M. le commissaire et son secrétaire sont partis il y a une demi-heure pour aller faire un constat de suicide à cinq kilomètres d'ici, et j'ignore quand ils rentreront.

— J'attendrai... — répéta Plantade.

XXX

Le nouvel inspecteur s'assit, tailla son crayon, et sur une page blanche du carnet écrivit les notes suivantes :

« BAGNOLET. — AFFAIRE DU FIACRE N° 13. »

« 1° Vu M. SERVAN. — Renseignements donnés sur le soi-disant PROSPER GAUCHER, se prétendant chimiste et devenu locataire de la maison du plateau de la Capsulerie quarante-huit heures avant l'incendie. — Ce Prosper Gaucher, remarquable par un tic nerveux de la partie gauche du visage, tic semblable à celui de Théfer, l'ex-inspecteur de la sûreté. — Étudier et filer Théfer, dont la conduite est prodigieusement suspecte.

« 2° Domestiques de Prosper Gaucher présumés DUBIEF et TERREMONDE, faux monnayeurs évadés de la maison centrale de Clairvaux et voleurs du fiacre n° 13. — Ne pas oublier que Théfer avait mission d'arrêter ces hommes, qui lui ont, d'après son dire, glissé entre les doigts d'une façon non moins suspecte que tout le reste.

« 3° Trouvé dans un champ, près de la maison incendiée, une pièce de cent sous fausse à l'effigie de Louis-Philippe et au millésime de 1844 : — preuve concluante, selon moi, de la présence de Dubief et Terremonde sur le lieu du crime.

« 4° Deux inconnus de bonne apparence et d'allures non compromettantes, cherchant à Bagnolet la trace d'une jeune femme enlevée dans le fiacre n° 13, deux heures environ avant l'incendie. — Ils croient à un crime. — Chercher ces inconnus. »

Plantade réfléchit pendant un instant, puis traça le chiffre : 5.

Nous le laisserons prendre ses notes dans le bureau du commissaire de police de Bagnolet et nous retournerons à Paris pour y rejoindre Étienne Loriot et René Moulin, au moment où ils arrivaient à l'hôpital Saint-Antoine.

Il était une heure de l'après-midi.

Depuis plus de vingt minutes, une charrette de maraîcher attendait devant la grille.

La bâche de toile grise qui la couvrait ne permettait pas d'en voir l'intérieur.

Le conducteur de cette voiture se promenait de long en large sur le trottoir, son fouet autour du cou, fumant un brûle-gueule amplement culotté, les deux mains dans les poches de sa blouse bleue presque neuve, et coiffé d'une casquette de fausse loutre enfoncée jusqu'aux oreilles.

En voyant arriver Étienne et René, il marcha vivement à leur rencontre.

S'ils n'avaient été prévenus, les deux hommes n'auraient pu reconnaître en lui Pierre Loriot, tant son apparence habituelle était modifiée.

— La carriole est là... — leur dit-il d'une voix traînante ; — vous voyez, mon bourgeois, que je suis exact...

— Attendez... — répliqua le jeune médecin. — J'obtiendrai qu'on donne l'ordre de laisser votre voiture entrer dans la cour...

— Vous n'avez rien vu de suspect ? — demanda René tout bas.

— Rien du tout... — Allez de l'avant et faites vite...

Les angoisses d'Étienne et du mécanicien étaient assurément, ce jour-là, moins poignantes que la veille, mais une indicible émotion les oppressait tous deux.

Berthe était vivante, ils le savaient, mais dans quel état allaient-ils la retrouver ?

Au concierge de l'hospice, qui les arrêtait au passage, ils répondirent qu'ils allaient au greffe.

— Vous nous reconnaissez, je pense, monsieur... — dit René Moulin au greffier.

— Parfaitement, monsieur...

— Donc nous n'avons pas à vous expliquer le motif de notre présence...

— En effet, je le connais... — J'ai fait part à qui de droit de votre intention d'emmener votre parente... — C'est un droit qu'on ne saurait discuter ; mais le médecin dans le service duquel se trouve la jeune femme ne m'a point caché que l'état de la malade est assez grave pour qu'un déplacement lui puisse être nuisible...

Étienne sentit les battements de son cœur s'arrêter...

— Du reste, — poursuivit le greffier, — l'interne de service a ses instructions et vous fera sans doute des observations à ce sujet.

S'adressant à un employé subalterne, il ajouta :

— Conduisez ces messieurs à l'interne de service... — Je vous prierai, messieurs, de me faire connaître la décision prise... — J'aurai besoin de vous pour remplir quelques formalités...

Après une réponse affirmative, les deux hommes suivirent l'employé.

L'interne de service lisait une feuille médicale.

Il se leva pour accueillir les visiteurs et leur dit :

— C'est vous sans doute, messieurs, qui venez réclamer une malade ?

— Oui, monsieur, une malade occupant le lit numéro 8 de la salle Sainte-Anne... — répondit René.

— Vous avez l'intention de l'emmener, pour lui donner à son domicile les soins que son état réclame ?

— Oui, monsieur...

— Je vais vous mener auprès d'elle et, quoique n'étant pas médecins, vous vous convaincrez par vos propres yeux de la quasi-impossibilité de satisfaire votre désir.

— Elle est donc bien mal ? — balbutia Étienne d'une voix à peine distincte.

— C'est tout au plus si elle pourra vous reconnaître...—Venez, messieurs.

Les deux hommes échangèrent un regard consterné et suivirent leur guide.

L'interne les fit monter au premier étage, les introduisit dans la salle Sainte-Anne et les conduisit auprès du lit portant le numéro 8.

— Voici la personne que vous demandez, — dit-il en désignant Berthe, dont la tête pâle reposait sur l'oreiller.

L'orpheline avait les yeux fermés et semblait dormir.

Étienne et René s'approchèrent lentement, avec un trouble facile à comprendre mais impossible à décrire.

Ils ne respiraient plus.

XXXI

Les traits amaigris de Berthe portaient l'empreinte des souffrances que la pauvre enfant avait subies.

Un large cercle de bistre se dessinait autour de ses paupières closes.

C'était un spectacle navrant.

Deux grosses larmes coulèrent sur les joues de René.

Étienne fut obligé d'appuyer son mouchoir sur sa bouche pour étouffer les sanglots qui montaient de sa gorge à ses lèvres.

L'interne se sentait bien autrement remué par le spectacle de cette douleur muette que par les manifestations d'un bruyant désespoir.

Le neveu de Pierre Loriot, dominant son trouble, demanda d'une voix très basse.

— A-t-on constaté quelque fracture ?

— Non, monsieur, — répondit l'interne, — mais un épanchement interne s'est produit à la suite de la commotion violente... Il y a eu paralysie momentanée des cordes vocales... — Cette jeune femme ne pouvait prononcer un seul mot.

— Il existe du mieux, cependant ?

— Certes, monsieur, grâce à l'habileté de notre médecin en chef. — Le danger est moins grand...

Berthe venait de faire un mouvement léger, comme si, dans son sommeil, un murmure indistinct avait frappé ses oreilles.

Ses yeux restaient fermés.

— Me permettez-vous de la réveiller? — fit René.

— Je n'y vois aucun inconvénient... — Il faut que vous sachiez à quoi vous en tenir...

Le mécanicien, se penchant vers l'orpheline, prononça deux fois son nom.

Cette voix connue produisit sur l'enfant une impression soudaine.

Elle ouvrit brusquement les yeux et, à la grande surprise de l'interne qui la croyait hors d'état de faire un mouvement, elle se souleva en regardant le visiteur.

Ses prunelles alors devinrent brillantes; une faible teinte rose colora ses joues livides; le voile étendu sur son cerveau parut se déchirer et, la joie triomphant de la paralysie, elle balbutia :

— René...

— Oui, c'est bien moi... — répondit notre ami, — et je ne suis pas seul...

En même temps il prenait Berthe par la main et l'obligeait doucement à se tourner du côté d'Étienne.

A la vue de celui qu'elle aimait, l'orpheline fut prise d'un tremblement nerveux. — Des larmes abondantes jaillirent de ses paupières; elle tendit ses bras amaigris vers son fiancé, murmura des paroles indistinctes; puis, vaincue par la faiblesse, elle laissa retomber sa tête sur l'oreiller.

— Ce n'est rien... — s'écria le jeune docteur. — Une crise causée par la joie...

— C'est le salut! — répliqua l'interne. — Elle vous a reconnus, messieurs... elle a parlé... votre présence a fait un miracle...

— Aussi notre résolution d'emmener la malade ne peut que s'affermir... — reprit Étienne.

L'interne répondit :

— Après ce que je viens de voir, je n'ai aucune objection sérieuse à faire.

— Chère enfant, — continua le médecin en prenant à son tour la main de l'orpheline, — nous venons vous chercher...

Une joie de plus en plus vive se peignit sur les traits de Berthe.

Ses lèvres remuèrent.

On devina plutôt qu'on entendit, le mot : — OUI... trois fois répété.

Étienne poursuivit :

— Nous allons vous conduire à votre demeure, où vous serez entourée de soins... Vous sentez-vous la force de supporter le transport?

Les lèvres de l'enfant remuèrent de nouveau.

— Oui... oui... oui... — répétaient-elles encore.

— Maintenant soyez calme et n'essayez plus de parler... il importe d'éviter toute inutile fatigue.

Et, s'adressant à l'interne, il ajouta :

— Voulez-vous être assez bon, monsieur, pour donner des ordres?

— Parfaitement.

L'interne fit un signe à l'infirmière, qui se hâta d'approcher.

— Allez prendre à la lingerie les vêtements de la malade numéro 8? — lui dit-il. — Prévenez aussi deux infirmiers d'avoir à se tenir à ma disposition...

La brave femme obéit avec empressement.

— Vous avez une voiture? — demanda l'interne à René.

— Oui, monsieur.

— Quel genre de voiture?

— Une carriole de campagne bien suspendue et garnie de matelas.

— Il faudrait apporter ici l'un de ces matelas qui, placé sur un brancard, servirait au transport de la malade... — Je vais donner l'autorisation d'introduire la voiture dans la cour... — Veuillez me suivre.

René accompagna l'interne.

Chemin faisant ils rencontrèrent les deux infirmiers qui se rendaient auprès du lit **numéro 8.**

— Prenez un brancard, — leur dit l'interne, — et venez.

Cinq minutes plus tard la carriole, conduite par Pierre Loriot déguisé en campagnard, venait se ranger près de l'escalier accédant au premier étage.

Les infirmiers prirent dans la voiture matelas et couvertures, organisèrent une sorte de lit sur le brancard et regagnèrent la salle Sainte-Anne avec l'interne et René Moulin.

Deux sœurs de charité soulevèrent Berthe avec précaution et l'étendirent sans secousses dans le lit improvisé.

Elle s'abandonnait en souriant.

L'interne détacha la pancarte qui se trouvait à la tête du lit et signa l'*exeat*.

— Vous voudrez bien, messieurs, passer au greffe avec moi... — dit-il ensuite à Étienne et à René.

— Oui, monsieur...

Le brancard fut porté jusqu'à la voiture.

Les deux infirmiers, se plaçant l'un aux pieds et l'autre à la tête, soulevèrent le matelas et par conséquent la malade, et l'installèrent dans la carriole, sous la bâche.

Étienne s'assura que Berthe était bien couverte et dit à Pierre Loriot :

— Attendez-nous à la porte de l'hôpital.

Puis, prenant le bras de René, il accompagna l'interne au greffe.

Le greffier prit la pancarte et se disposa à remplir les blancs avec les indications qu'il allait recevoir.

— Quel est le nom de la jeune femme que vous emmenez? — demanda-t-il à René, qui répondit :

— Élise Duchemin...

— Son âge?

— Vingt-deux ans.

— Son état?

— Brodeuse.

— Sa demeure?

— 27, rue de la Tour, à Passy...

— Célibataire ou mariée?

— Célibataire.

— Votre parente?

— Ma cousine.

— Vous vous nommez?

— Duchemin, comme elle, et j'habite le même logis.

— Sa chute est le résultat d'un accident?

— Oui, monsieur... — Étant allée à Montreuil voir une amie, elle s'est égarée sur le plateau et elle est tombée dans une carrière où elle aurait dû se tuer cent fois plutôt qu'une...

Deux sœurs de charité soulevèrent Berthe et l'étendirent sans secousses dans le lit improvisé.

— Pauvre jeune fille! — Vous la conduisez à son domicile sans doute?

— Oui, monsieur.

— C'est tout... — Messieurs, vous pouvez partir.

Les deux hommes remercièrent le greffier et l'interne et rejoignirent Pierre Loriot qui les attendait avec impatience.

— Et maintenant, — murmura René à l'oreille d'Étienne, — que nos ennemis cherchent s'ils le veulent! — Je les défie de retrouver la piste!...

— J'admirais l'aplomb avec lequel vous mentiez tout à l'heure...

— C'était de bonne guerre! — Il faut se garer par tous les moyens!

— Où allons-nous? — demanda Pierre Loriot à voix basse.

— Rue de l'Université... — répondit Étienne de même.

— Quel numéro?

— Je ne m'en souviens pas, mais comme vous irez très lentement, nous vous accompagnerons à pied, et nous vous arrêterons où il faudra...

— Compris... bon...

Pierre Loriot s'installa sur le brancard et la carriole se mit à rouler.

Étienne et René suivirent, échangeant quelques rares paroles et se retournant presque de minute en minute pour acquérir la certitude qu'ils n'étaient point épiés.

Le trajet fut long.

Le transport de Berthe, de son lit dans la carriole et les formalités à remplir au greffe avaient pris pas mal de temps.

Il n'était pas loin de quatre heures quand Étienne fit arrêter la voiture en face de la muraille d'enceinte du petit hôtel du sénateur.

Pierre Loriot mit pied à terre, regarda la porte et tressaillit.

— C'est là que nous allons entrer? — fit-il avec stupeur.

— Oui. — Est-ce que cela vous surprend, mon oncle?

— Je le crois, fichtre! que ça me surprend, et très fort!

— Pourquoi donc?

— Tu m'avais parlé d'une maison vide...

— Eh bien?

— Celle-ci est habitée déjà.

— Vous vous trompez, mon oncle; c'est un pavillon inoccupé depuis longtemps et qui appartient à mon meilleur ami.

— Possible! — répliqua le cocher du fiacre n° 13. — Mais ça n'empêche pas qu'on y entre la nuit...

XXXII

Étienne Loriot regarda Pierre avec stupeur.

— Ah ça! mais vous rêvez, mon cher oncle!... — lui dit-il.

— Je ne rêve pas du tout, et je suis sûr de ce que j'avance... — A deux reprises différentes, en pleine nuit, j'ai amené ici un particulier qui ouvrait cette porte, entrait dans ce jardin, et en ressortait à peu près une heure après... — Tu comprends, mon garçon, que ça me semblait bigrement louche, et justement à cause de ça j'y ai fait attention...

Le jeune médecin ne doutait pas de la bonne foi de son oncle, mais ce qu'affirmait le brave homme lui semblant impossible, il croyait à une erreur matérielle.

— Vous avez dû vous tromper de porte, mon cher oncle... — répliqua-t-il. A côté de ce pavillon s'en trouve un autre, également entre cour et jardin, et les entrées se ressemblent beaucoup... Vous aurez confondu...

— Au fait, ça se pourrait tout de même... — murmura le cocher de fiacre sans la moindre conviction. — Il faisait nuit noire, et puis, après tout, tu dois connaître la maison mieux que moi...

— Je la connais bien, mon cher oncle, et je sais de source certaine que personne, depuis longtemps, n'en a franchi le seuil...

— Eh! bien, alors, tout va comme il faut...

Tandis que s'échangeaient ces paroles entre l'oncle et le neveu, René était entré dans le jardin pour prévenir Françoise et ouvrir la porte cochère.

La carriole en franchit le seuil sans attirer l'attention de qui que ce fût, et les deux battants se refermèrent derrière elle.

Tout était préparé, nous le savons, pour recevoir la jeune fille, qui fut, à sa grande surprise, déposée doucement sur le lit de la chambre du rez-de-chaussée.

Où donc se trouvait-elle? — Pourquoi ne l'avait-on pas conduite à son logis de la rue Notre-Dame des Champs?

Elle voulut s'enquérir.

Étienne lui imposa vivement silence.

— Pas un mot, pas une question, je vous en supplie, ma bien-aimée Berthe... — lui dit-il; — qu'il vous suffise de savoir que vous êtes ici sous notre garde et par conséquent en sûreté... — Plus tard vous nous interrogerez tant qu'il vous plaira, et nous vous répondrons; mais en ce moment le silence est nécessaire, indispensable même...

L'orpheline eut un faible sourire et tendit sa main au docteur, qui la pressa contre ses lèvres avec une tendresse passionnée.

— Pour le quart d'heure, ma besogne est terminée... — fit Pierre Loriot; — je vas remiser la charrette qui nous a si bien servi, et regrimper sur le siège de mon sapin... — Au revoir, mes enfants, et à vos souhaits...

Et le digne homme quitta le pavillon de la rue de l'Université.

Étienne s'assit auprès du lit de Berthe.

— C'est moi, chère enfant, — dit-il, — qui vais vous interroger, car j'ai besoin d'être au courant, comme médecin, de tout ce que vous éprouvez... — Seulement ne prononcez pas un seul mot... — Répondez par signes, — je saurai bien vous comprendre...

Le dialogue entre la malade et le docteur s'établit dans les conditions que nous venons d'indiquer, et de ce dialogue résulta pour Étienne la certitude que les soins intelligents donnés à la jeune fille à l'hospice Saint-Antoine avaient victorieusement combattu le mal.

— Tout va bien ! — s'écria-t-il joyeusement. — Dans huit jours vous pourrez faire le tour de la chambre...

Il écrivit une ordonnance qu'il tendit à Françoise.

Le trajet, si courte qu'en eût été la durée et si bien suspendue que fût la carriole, avait beaucoup fatigué Berthe.

Elle reposa sa tête sur l'oreiller, et ses yeux se fermèrent malgré elle.

— La chère enfant va s'endormir d'un calme sommeil, — murmura le neveu de Pierre Loriot. — Je reviendrai ce soir... — Veillez bien, Françoise, et exécutez ponctuellement mes prescriptions...

— Soyez tranquille, monsieur le docteur... — je soignerai cette pauvre chère demoiselle comme je soignerais ma propre fille, si j'en avais une...

— Partez-vous avec moi ? — demanda Étienne au mécanicien

— Oui... — Je vais à Belleville...

— Où nous retrouverons-nous ?

— Ce soir, ici...

*
**

Rejoignons Plantade, que nous avons laissé à Bagnolet, attendant le retour du commissaire de police.

Ce dernier ne rentra qu'à la tombée de la nuit, au grand mécontentemen du nouvel inspecteur dont la patience se trouvait mise à une rude épreuve.

Plantade plaça sous ses yeux sa carte et sollicita de lui un moment d'entretien.

— De quoi s'agit-il ? — fit le magistrat après l'avoir introduit dans son cabinet.

— Tout bonnement de compléter de vive voix le procès-verbal envoyé par vous à la préfecture, et relatif à l'incendie du plateau de la Capsulerie et à ses suites...

— Ce procès-verbal était donc incomplet ?

— Il m'a paru quelque peu laconique...

— Eh bien, monsieur, je suis à votre disposition... — Quels renseignements attendez-vous de moi ?

— De simples éclaircissements, monsieur le commissaire de police...

— A quel sujet?...

— Au sujet d'une jeune femme trouvée dans une carrière, presque morte...

— Le fait est exact, et je crois avoir dit ce qu'il y avait à dire...

— Oui, mais trop sommairement...

— Qu'aurais-je pu y ajouter ?...

— D'abord, le nom de la personne...

— Je l'aurais mis si je l'avais su, parbleu !... Mais je l'ignorais et je n'avais aucun moyen de le découvrir...

— C'est juste...

— Vous voyez bien !...

— Autre chose. — La chute de cette jeune femme paraissait-elle être le résultat d'un crime ou d'un accident ?...

— Encore une chose que j'ignore ! — La demoiselle seule aurait pu me l'apprendre, et elle ne parlait pas...

— C'eût été peut-être le cas de commencer une enquête...

— Elle n'aurait point abouti...

— Pourquoi donc?

— Personne n'ayant rien vu, personne n'aurait rien dit...

Plantade haussa les épaules imperceptiblement.

Le commissaire lui semblait avoir de bien singulières théories en matière de police; mais il ne voulait point l'humilier en le lui faisant sentir.

Il poursuivit :

— Vous avez fait transporter cette femme à l'hospice...

— Sans doute, — son état le réclamait, et le procès-verbal l'indique...

— Oui, seulement vous avez oublié une chose essentielle.

— Ah! bah! Quelle est cette chose?...

— L'indication de l'hospice où la malade a été conduite par votre ordre...

— Ai-je vraiment oublié cela?

— Je vous en donne la preuve, puisque je suis ici dans le but de suppléer à cette omission...

— C'est prodigieux et très surprenant!... — J'étais distrait sans doute. — C'est à l'hôpital Saint-Antoine qu'on a porté cette pauvre femme...

Plantade tira son carnet de sa poche, et en face du chiffre 5 que nous l'avons vu tracer, il écrivit :

« La jeune fille trouvée mourante dans une carrière de Bagnolet, le lendemain de l'incendie, a été conduite à l'hôpital Saint-Antoine ».

— Est-ce tout ce que vous désirez savoir, monsieur l'inspecteur? — demanda le commissaire.

— A peu près... — Il ne me reste plus qu'une question à vous adresser, celle-ci : — La personne portait-elle dans ses vêtements un papier quelconque pouvant amener la découverte de son identité, un objet propre à servir d'indice et à devenir le point de départ d'une enquête?...

— Elle possédait une clef et un porte-monnaie contenant une trentaine de francs, somme que j'ai fait suivre à l'hospice et dont on a tiré reçu.

— Pas autre chose?

— Ma foi, non... Ah! si, cependant... Mais c'était de nulle importance et ne vaut pas la peine d'être mentionné...

— Dites toujours.

— Un bulletin de voiture...

Les yeux de Plantade étincelèrent.

— Un bulletin de voiture!! — s'écria-t-il.

— Oui.

— Un bulletin portant un numéro?...

— Sans doute...

— Le numéro 13, peut-être?

Le commissaire regarda Plantade avec étonnement.

— Parbleu, oui, c'était le numéro 13! — fit-il. — Comment diable savez-vous cela?

— Comment je sais cela, monsieur? — répliqua l'inspecteur en inventant une explication de fantaisie. — Je vais vous le dire : — Une double plainte a été portée à la préfecture au sujet du vol d'un fiacre et d'un enlèvement de jeune fille... — Le fiacre porte le numéro 13, et ce bulletin trouvé sur la personne enlevée démontre jusqu'à l'évidence la connexité des deux affaires... — Vous voyez que le bulletin, tant dédaigné par vous, avait son importance...

Plantade écrivit une dernière note sur son carnet, le referma, le mit dans sa poche, prit congé du naïf commissaire et se retira.

Pendant l'entretien qui précède le crépuscule avait succédé au jour et la nuit au crépuscule avec une rapidité insolite sous nos climats.

C'est qu'à la suite d'une journée chaude un orage formidable menaçait Bagnolet.

Pendant une ou deux secondes le policier s'arrêta sur le seuil.

De larges gouttes de pluie commençaient à tomber, les éclairs se succédaient, incendiant l'horizon noir, et le tonnerre grondait au loin...

Les rafales intermittentes secouaient la lanterne rouge suspendue au-dessus de la porte du commissaire de police.

XXXIII

Plantade regarda sa montre.

Elle marquait huit heures moins dix minutes.

— Diable! — murmura-t-il avec inquiétude, — il est tard! — Pourvu que la voiture de Bagnolet à Paris ne soit point partie... — Faire le voyage à pied, par un temps pareil, ce serait peu drôle!

Il se dirigea vers la boutique de marchand de vin contiguë au commissariat et dit au patron :

— Voudriez-vous, monsieur, me donner un renseignement?

— Bien volontiers... — Que désirez-vous savoir?

— A quelle heure part la dernière voiture de Bagnolet pour Paris...

— Le dimanche, à dix heures... — La semaine, le service finit à sept heures... — Il n'y a plus de départ aujourd'hui.

— Alors me voilà forcé de trotter dans la boue.

— A moins que vous n'alliez prendre l'omnibus de Montreuil qui part toutes les demi-heures...

— Y a-t-il loin d'ici à Montreuil?...

— Vous en aurez pour vingt minutes si vous connaissez le chemin le plus court.

— Quel est-il?

— Celui qui traverse le plateau de la Capsulerie et aboutit en face du bureau des omnibus...

— Je le connais. Merci, monsieur... — Je vais à Montreuil...

— Attendez au moins la fin de l'orage.

— Impossible!... Il peut durer une partie de la nuit, et j'ai hâte d'arriver.

Plantade boutonna son paletot jusqu'au cou, enfonça son chapeau jusqu'aux yeux, et gagna la route qu'il connaissait en effet, l'ayant suivie dans la journée.

Le colloque entre l'inspecteur et le marchand de vin avait eu lieu à voix haute, sur le seuil de la boutique.

Un homme, caché dans l'embrasure d'une porte, à une très faible distance, n'en avait pas perdu un seul mot.

Cet homme — en qui nos lecteurs devinent assurément Théfer — sortit de l'ombre et s'élança sur les traces du policier.

Celui-ci, gêné par la pluie qui maintenant le fouettait en plein visage, et par la nature du terrain que l'eau rendait glissant, n'avançait qu'avec lenteur.

Les roulements tantôt sourds, tantôt éclatants du tonnerre, les plaintes du vent déchaîné, les fracas de la tempête grandissante, empêchaient absolument Plantade d'entendre le bruit des pas de Théfer.

Sans se douter que quelqu'un marchait derrière lui, il atteignit l'arête du plateau.

La déclivité de la colline ne le protégeait plus sur un terrain plan où la tourmente prenait ses ébats, où l'aquilon soufflait en foudre, menaçant à chaque pas de le renverser.

La tête basse et les coudes au corps il trébuchait et pataugeait lamentablement dans les ornières changées en ruisseaux.

Il se trouva soudain en face d'une flaque d'eau plus large et plus profonde que les autres, barrant entièrement la route.

Pour éviter d'entrer jusqu'aux genoux dans la boue liquide, l'inspecteur, obliquant vers la droite, quitta le chemin frayé et marcha sur un terrain un peu moins délayé.

Au bout de cinquante pas il fit halte brusquement, et tout effaré recula.

La clarté blanche d'un éclair, accompagnant un formidable coup de tonnerre, lui montrait presque à ses pieds une fissure sombre et béante, orifice d'une carrière à ciel ouvert.

Il allait tourner cette fissure, — il n'en eut pas le temps. — Un choc violent le fit chanceler, en même temps que le sol, tremblant et se dérobant sous lui, l'entraînait.

Un cri aigu s'échappa de sa gorge.

Derrière lui retentit un cri pareil ; — deux hommes disparurent dans l'abîme...

Un effondrement venait de se produire sur une surface d'environ quatre mètres au moment où Théfer enfonçait son couteau jusqu'au manche entre les épaules de Plantade, et les terrains croulants emportaient à la fois l'assassin et la victime à quarante pieds de profondeur.

Conduisons nos lecteurs au fond du gouffre.

Un homme était étendu, sans connaissance, sur la terre éboulée.

L'autre avait disparu, enseveli sous l'éboulement ; — un de ses pieds seulement passait, ne tenant plus qu'à peine à la jambe brisée en trois endroits. — Le tonnerre redoublait ; — les éclairs se succédaient ; les eaux du ciel tombaient comme des cataractes.

Quelques instants s'écoulèrent.

L'homme étendu fit un mouvement léger. — L'évanouissement se dissipant peu à peu lui permit de remuer les bras d'abord, puis les jambes ; il ouvrit les yeux, se souleva sur son coude, respira bruyamment à plusieurs reprises, palpa les différentes parties de son corps et murmura :

— Je suis sain et sauf... pas une égratignure, et Plantade est mort !—Décidément le diable est pour moi !

Théfer se dressa.

Il était vivant en effet et point blessé. — Le terrain s'effondrant avec lui et sous lui avait amorti sa chute. — L'évanouissement signalé par nous résultait non du choc, mais de la frayeur.

— C'est très bien d'avoir échappé par miracle à la mort, — continua-t-il, — mais ce n'est pas tout... — Comment sortir d'ici ? — Un espace de dix mètres au moins me sépare de l'orifice de cette carrière... — Grimper si haut est chose impossible, et je ne puis attendre le jour et appeler à l'aide. Plantade a mon couteau entre les épaules... ce serait me livrer...

Le complice de Georges de la Tour-Vaudieu réfléchit pendant un instant et reprit :

— Les carrières ont toutes une issue, soit découverte, soit souterraine... — Il faut trouver l'issue de celle-ci...

Marchant à tâtons dans une obscurité compacte, les mains étendues devant lui, il atteignit les parois du gouffre.

Un cri aigu s'échappa de sa gorge, deux hommes disparurent dans l'abîme.

Un bloc de rocher, surplombant, le mit à l'abri de la pluie.

Il tira de sa poche une boîte de fer-blanc renfermant des allumettes-bougies.

— Il enflamma l'une d'elles et sa lueur tremblante lui permit de se rendre compte de l'endroit où il se trouvait.

Tout d'abord il aperçut le pied de Plantade émergeant du sol effondré.

A ce spectacle hideux ses traits se contractèrent et un petit frisson effleura son épiderme.

— Je vais chercher le moyen de m'échapper, — se dit-il, — et ensuite je ferai si bien disparaître ce corps que personne au monde n'en pourra jamais découvrir la tombe.

De nouveau il jeta un regard autour de lui.

Presque sous ses pieds, au milieu d'un entassement de roches brisées, il vit un trou noir vers lequel il se pencha, mais sans résultat.

Son allumette-bougie venait de s'éteindre.

Il en enflamma une seconde, reconnut que l'ouverture était plus que suffisante pour le passage d'un corps, s'y laissa glisser et se trouva dans une carrière abandonnée dont les voûtes étaient soutenues par de solides contreforts en maçonnerie.

La deuxième allumette s'éteignit.

La position de Théfer devenait critique.

La boîte de fer-blanc ne contenait plus qu'une dizaine d'allumettes.

Cette quantité lui permettrait-elle de retrouver sa route et de mener à bien le travail d'inhumation qu'il se proposait d'accomplir?...

Avant tout il fallait se diriger, et pour la troisième fois le policier fit jaillir la flamme.

Dix routes pour une !

Laquelle suivre?...

Il prit le parti de s'en rapporter au hasard; — au bout de vingt pas il se trouva dans une carrière à ciel ouvert et poussa un cri de joie en apercevant, au fond d'une sorte de niche, des outils de carrier et une lanterne, qu'il trouva garnie de sa lampe à huile, et de sa mèche qu'il s'empressa d'allumer.

Prenant alors une pioche et une pelle, il revint sur ses pas jusqu'à son point de départ, et s'apprêta à compléter l'ensevelissement de Plantade en entassant les débris sur le pied accusateur.

Au moment de se mettre au travail, il s'arrêta.

— Il me faut les papiers qu'il a sur lui... — murmura-t-il. — J'ai besoin de savoir au juste ce qu'il avait trouvé et ce qui me menaçait... — Ça me fera double besogne, voilà tout...

Reprenant sa pioche, il se préparait à déterrer le cadavre pour le fouiller et l'inhumer ensuite plus profondément.

Un craquement sourd et sinistre le fit tressaillir.

Il leva la tête et se jeta en arrière, pâle comme un spectre.

Un nouvel éboulement se produisait, et une lourde masse de terre vint s'abattre devant le policier, l'effleurant presque, mais ne le touchant pas.

Pour la deuxième fois en moins d'une heure il échappait à la mort.

Le pied de Plantade avait disparu sous une couche de débris d'un mètre d'épaisseur.

— La tombe est comblée ! — murmura Théfer. — Ses papiers m'échappent mais qu'importe? — Personne ne les aura jamais... — Son secret et le mien meurent avec lui... — J'avais bien dit qu'il en savait trop long...

Puis, reprenant ses outils désormais inutiles, il quitta le lieu où sa victime dormait du sommeil éternel.

Il remit en place la pioche et la pelle, mais conserva la lanterne et s'occupa à chercher une issue.

Successivement il s'engagea dans plusieurs couloirs qui n'aboutissaient pas.

Enfin il sentit l'air vif le frapper au visage, chargé de quelques gouttes de pluie.

Il était hors de la carrière et l'orage s'éloignait.

Après s'être débarrassé de sa lanterne en la jetant loin de lui, il suivit un chemin creux sur les flancs du plateau et ne tarda point à rejoindre la route de Montreuil.

La pluie ne tombait plus.

Entre les nuages chassés par le vent brillaient d'innombrables étoiles.

XXXIV

Il était près de minuit lorsque Théfer, mouillé jusqu'aux os et brisé de fatigue, rentra dans son domicile.

Depuis bien des heures il n'avait pris aucune nourriture, mais il ne se sentit pas le courage de changer de vêtements et de ressortir pour se mettre en quête d'un restaurant ou d'un cabaret encore ouvert, et se jetant sur son lit il s'endormit d'un lourd sommeil, peuplé de songes effrayants.

Vers huit heures du matin il fut réveillé en sursaut par le bruit de la sonnette violemment agitée.

Une terreur folle s'empara de lui.

Avait-on découvert le crime de la veille?

Venait-on l'arrêter?

La réflexion le rassura bien vite. Il sourit de son épouvante et, sautant à bas de son lit, passa son pantalon et s'empressa d'ouvrir.

Georges de la Tour-Vaudieu, vêtu en petit bourgeois et coiffé d'un chapeau rond, était sur le seuil.

— Ah! monsieur le duc, — s'écria Théfer — je suis heureux de vous voir... Entrez vite, nous avons à causer.

— Il y a du nouveau? — demanda Georges.

— Oui, et beaucoup... — Nous venons de courir un grand péril; mais je l'ai conjuré.

— Vous avez retrouvé Jean-Jeudi?

— Ce n'est pas de lui que venait le danger...

— De René Moulin, alors?

— Pas davantage...

— De qui donc?

— Nous avions, sans le savoir, un ennemi bien autrement redoutable que ces deux drôles.

— Expliquez-vous...

— Je vais le faire, et vous frémirez en songeant à l'abîme creusé sous nos pas à notre insu...

Puis Théfer raconta au duc stupéfait et tremblant ce qui s'était passé depuis vingt-quatre heures.

— Ah! vous avez raison... — murmura Georges, très ému, — le péril était effroyable...

— Il n'existe plus...

— En êtes-vous bien sûr?

— Oui, pardieu! j'en suis sûr... — Morte la bête, mort le venin...

— Un autre homme peut remplacer cet homme...

— Ne craignez point cela... — répliqua Théfer. — Il est certain que la disparition de Plantade va mettre la préfecture sens dessus dessous et qu'on essayera de lui substituer un autre agent; mais cet agent n'aura point le génie du policier improvisé dont j'ai si brusquement interrompu la carrière, — et le hasard ne lui mettra pas sous les yeux des indices et des preuves pareils à ceux que Plantade emporte avec lui dans la tombe... Cette pièce de monnaie fausse par exemple, perdue ou jetée par Terremonde et Dubief sur le plateau de la Capsulerie avant leur départ... — On sait à la préfecture que le fiacre numéro 13 a fait halte devant la maison incendiée... — Le premier rapport de Plantade s'arrêtait là... — On n'en saura pas davantage... — Il fallait Plantade pour trouver le reste, et j'y ai mis ordre...

— Ne pourra-t-on avoir des renseignements chez M. Servan, le propriétaire, et chez le commissaire de police de Bagnolet?...

— Lesquels?...

— Sur Prosper Gaucher... sur l'incendie...

Théfer eut un éclat de rire fort irrévérencieux.

— Qu'on cherche Prosper Gaucher, — dit-il, — et qu'on fasse parler les décombres fumants!

— Terremonde et Dubief?...

— Sont au diable, et beaucoup trop intelligents, d'ailleurs, pour ne pas conserver les noms de fantaisie inscrits sur les bons passeports, régulièrement visés, que je leur ai remis... — L'affaire du fiacre n° 13 va donc rester pour la police un mystère impénétrable... — Plantade seul en tenait la clef; j'ai supprimé Plantade...

— Vous auriez dû lui prendre ses notes...

— Je le voulais... — L'éboulement ne l'a pas permis... — Elles sont enfouies sous la terre au fond d'une carrière abandonnée et n'en sortiront jamais... — Tout va bien. — Nous sommes forts... — La seule chose vraiment fâcheuse est qu'on m'ait changé de service... — Je serai moins facilement au courant de ce qui se passera...

— Qu'importe si, comme vous le dites, la mort de Plantade arrête tout?...

— Vous aurez plus de liberté et par conséquent plus de temps pour chercher Jean-Jeudi...

— J'ai fouillé déjà Paris, et je suis convaincu que le misérable s'est enfui à l'étranger avec l'argent volé...

— Pourquoi l'aurait-il fait? — demanda le sénateur.

— Pour être en sûreté, donc.

— Qu'avait-il à craindre? — Il ne pouvait supposer que mistress Dick Thorn porterait plainte contre lui... — Elle se livrait en le dénonçant... — Je crois, Théfer, que vous vous abusez... — Jean-Jeudi doit être installé dans quelque bouge ignoré de vous où il dépense le fruit de son dernier vol...

— Je connais tous les bouges... — interrompit le policier.

— Excepté celui-là, sans doute...

— Mes recherches ont été vaines.

— Recommencez-les jusqu'à ce qu'elles aient abouti. — Il faut à tout prix retrouver cet homme...— Je suis à bout de patience... à bout de forces! — Les inquiétudes de toutes les heures, les angoisses incessantes qui m'assiègent, me minent et finiraient par me rendre fou... — Nous sommes forts, disiez-vous tout à l'heure...

— Et je le répète...

— Soit, mais Jean-Jeudi peut me perdre avec les papiers qu'il possède... — Cette idée ne me laisse pas une minute de repos... — J'ai peur de tout... — J'hésite maintenant à aller chaque nuit rue de l'Université...

— Pourquoi, monsieur le duc?

— Songez-y donc!... si l'on venait à savoir que mon absence est simulée... — si l'on découvrait mes visites nocturnes à l'hôtel de la Tour-Vaudieu... que de soupçons cela ferait naître!...

— Rien ne vous fait supposer qu'on s'est aperçu de quelque chose?...

— Rien, mais il suffirait d'une imprudence, d'un oubli, d'une distraction, pour que la lumière se fasse...

— A quelle date remonte votre dernière visite?

— A la nuit d'avant-hier.

— Avez-vous trouvé dans vos papiers des nouvelles importantes?

— Non... — Tout le monde me croyant loin de Paris, les lettres deviennent de plus en plus rares...

— Redoublez de prudence dans vos expéditions nocturnes, mais ne les inter-
rompez pas complètement.... — Songez que Jean-Jeudi pourrait se manifester
d'un moment à l'autre en s'adressant à vous...

— C'est vrai...

— Avez vous vu mistress Dick Thorn ?...

— Pas depuis plusieurs jours...

— Elle ne vous donne aucun signe de vie ?...

— Aucun...

— Donc elle dort en paix, et je ne saurais trop vous engager à en faire
autant... — Elle a compris que de tous les maux le plus terrible est la peur...
— Soyez, comme elle, patient et calme...

— C'est facile à dire ! — s'écria le sénateur.

— C'est facile à faire... — répliqua le policier; — la situation n'a rien d'inquiétant... — J'en récapitule en quelques mots les différents aspects : — mystère du côté de Prosper Gaucher; — mystère sur le vol du fiacre n° 13; — mystère
sur l'incendie du plateau de Bagnolet; — mystère sur l'enlèvement de Berthe
Leroyer; — mystère sur la disparition de Plantade...

« Qui diable serait en état de débrouiller cet enchevêtrement de faits, tous
plus mystérieux les uns que les autres?...

« La police va faire feu des quatre pieds, parbleu! et mettre ses hommes
sur les dents; mais je les connais tous, et j'apprécie comme il convient leurs aptitudes, leur perspicacité, leur flair... — En face d'un casse-tête aussi compliqué
ils ne sont pas de force !...

— Cependant Plantade... — commença le duc.

— Plantade était une exception... — interrompit Théfer; — on le regret-
tera, on ne le remplacera pas...

— Le chef de la sûreté est habile...

— Oui, mais le nombre des affaires à suivre l'écrase... — Il ne peut suppléer à lui seul les nombreux agents qu'il a sous ses ordres et dont les trois
quarts sont des nullités de premier ordre... — J'offrirais volontiers de parier
qu'avant trois jours on réclamera de nouveau mes services... — Je vous le
répète, monsieur le duc, et je ne vous le répéterai jamais trop, comptez sur moi
et vivez en paix...

Théfer, on le voit, avait une confiance absolue dans la justesse de ses calculs.

La disparition de Plantade allait compliquer outre mesure la mystérieuse
affaire du fiacre n° 13.

On ne douterait point, à la préfecture, que le nouvel inspecteur ait péri victime de son zèle, et l'on accuserait de sa mort les voleurs du fiacre qui, se sentant acculés, avaient assassiné le trop clairvoyant policier.

♦Certes on pourrait découvrir le nom de Prosper Gaucher, la cheville ouvrière
du drame de Bagnolet, mais le moyen de trouver celui qui portait ce nom?...

Selon toute apparence on ne le chercherait même pas, le croyant enseveli sous les ruines de la maison de M. Servan.

Bref, — au point de vue de Théfer, — Jean-Jeudi seul restait redoutable ou pouvait le devenir... — Quand Jean-Jeudi serait supprimé, on n'aurait plus rien à craindre...

Les raisonnements du gredin semblaient indiscutablement logiques, et M. de la Tour-Vaudieu n'essaya pas de les combattre.

— Que me conseillez-vous? — demanda-t-il.

— L'isolement.

— Que dois-je faire?

— Ce que vous faites... rester caché...

— Longtemps encore?

— Jusqu'au jour où Jean-Jeudi n'aura plus d'armes contre vous... — Le lendemain de ce jour vous pourrez rentrer, la tête haute, à l'hôtel de la rue Saint-Dominique.

Le sénateur et l'agent se séparèrent.

XXXV

M. de la Tour-Vaudieu regagna son logis des Batignolles.

Théfer sortit pour commencer son service d'inspecteur dans les hôtels et les garnis.

Il était porteur d'un carnet qui lui indiquait quartier par quartier, rue par rue, les maisons qu'il devait inspecter.

Naturellement il commença par l'arrondissement où se trouvait son domicile, et avant onze heures du matin il avait déjà fait de nombreuses visites.

Lorsqu'il sentit la faim s'éveiller, il sortait d'un garni de la rue Beautreillis.

Il regagna la rue Saint-Antoine et prit la rue de Birague afin de traverser la place Royale et de se rendre dans un petit restaurant de la rue des Vosges, où il comptait déjeuner.

En longeant le trottoir de droite de la place, il s'aperçut qu'il allait passer devant la maison de René Moulin.

L'idée lui vint d'en franchir le seuil et de demander si le mécanicien avait reparu; mais, n'étant point déguisé, il craignit d'être reconnu par la concierge et continua sa route.

A deux pas de la porte du numéro 24 il vit un facteur, tenant plusieurs lettres à la main, s'engager sous la voûte.

Instinctivement il ralentit sa marche, prêta l'oreille, tressaillit et s'arrêta tout à fait.

L'employé de l'administration des postes venait de prononcer le nom de René Moulin en s'adressant à Mme Biju.

Théfer fit rapidement quelques pas en arrière et il attendit.

Le facteur ne tarda pas à sortir de la maison pour continuer sa distribution

Au moment où il allait croiser l'agent, celui-ci l'arrêta.

— Pardon, monsieur. — lui dit-il, — vous n'auriez pas déposé une lettre pour moi au numéro 24 ?... — Je m'appelle René Moulin...

— Une lettre du Havre, oui... — répliqua le facteur, — Je viens de la remettre à votre concierge...

— Merci... — je vais la prendre.

Le facteur poursuivit sa route.

— Le hasard me favorise en m'envoyant un renseignement sûr... — pensa Théfer. — Si René Moulin est à Paris, la lettre disparaîtra... — S'il est absent comme on l'affirme elle restera chez la concierge... et dans ce cas il me faut cette lettre...

Alors, ruminant un plan qu'il ne devait point tarder à mettre à exécution, il gagna le restaurant de la rue des Vosges.

Le moment est venu de rejoindre un de nos principaux personnages, Jean-Jeudi, parti pour le Havre avec le jeune coquin Mignolet qui continuait à guetter l'occasion de s'emparer du portefeuille objet de son ardente convoitise.

L'idée soudaine d'aller voir la mer n'était pas uniquement due, comme on pourrait le croire, à une fantaisie d'ivrogne enfantée dans le cerveau de Jean-Jeudi par les vapeurs alcooliques.

Le voleur émérite, riche de cent trois mille francs, voulait bien jouir de la vie, boire, chanter, faire ripaille, mais il se disait en même temps que le jour était proche où il serait fatigué de tout.

La vieillesse arrivait grand train. — La vigueur, la souplesse et l'activité diminuaient.

Jean-Jeudi songeait à *faire une fin*, à se caser dans un petit coin et à y vivre en honnête rentier avec ce qui lui resterait des cent mille francs, joint aux sommes rondelettes qu'il ne manquerait pas d'obtenir de mistress Dick Thorn et de Frédéric Bérard.

Il comptait d'ailleurs offrir loyalement la moitié de ces sommes à René Moulin et à *sa connaissance*.

C'est ainsi qu'il désignait Berthe.

En proposant à Mignolet le voyage au Havre, il avait un double but : — se promener d'abord, et ensuite choisir en vue de la mer une maisonnette où il viendrait se retirer quand ses affaires seraient terminées.

A peine descendu de wagon, Jean-Jeudi se fit indiquer un grand magasin de confections et acheta des vêtements pour lui et pour Mignolet dont la tenue plus que négligée était compromettante.

HH

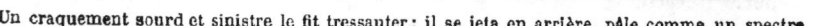
Un craquement sourd et sinistre le fit tressauter ; il se jeta en arrière, pâle comme un spectre.

Équipés de neuf des pieds à la tête, les deux hommes procédèrent à leur installation dans un hôtel, sur le port.

Pendant dix jours ils furent en fête, et se prodiguèrent tous les plaisirs qu'il est possible et facile de se procurer dans une ville maritime en y dépensant beaucoup d'argent.

Mignolet s'accommodait de ce genre de vie, et par moments se persuadait qu'il était millionnaire et que les choses marcheraient toujours ainsi.

Jean-Jeudi, lui, commençait à se blaser.

— En voilà assez... — se dit-il un matin en se levant plus tôt qu'à l'ordinaire. — Présentement, faut songer au sérieux...

Il sortit seul, sans éveiller Mignolet qui faisait d'habitude la grasse matinée, prit une voiture et donna l'ordre au cocher de le conduire à Sainte-Adresse où il avait remarqué une toute petite maison à vendre, coquette et bien située, avec un petit jardinet de la grandeur d'un mouchoir de poche.

Un habitant du village lui fit visiter la propriété.

Elle réalisait de tout point son rêve.

Il en demanda le prix.

On en voulait douze mille francs, mais peut-être le notaire chargé de la vente ferait-il une concession.

Jean-Jeudi se rendit aussitôt chez l'officier ministériel, obtint un rabais de deux mille francs, en paya comptant cinq mille, plus les frais d'acte et d'enregistrement, s'engagea à envoyer le solde dès son retour à Paris, et prit rendez-vous à trois jours de là pour emporter les titres.

— Me voilà donc propriétaire ! —se disait-il joyeusement en regagnant l'hôtel.

— Ça et quatre mille francs de rente, c'est suffisant pour vivre très heureux en bon bourgeois, avec une petite bonne gentille... — Encore trois ou quatre jours de noce et le festival abracadabrant que j'ai fait la bêtise de promettre aux amis en les lâchant à Saint-Denis, et puis n, i, n, c'est fini...—Je vais écrire au patron de la *Boule-Noire* en lui envoyant une forte avance sur le prix du *gueuleton*, et le 6 du mois prochain, à six heures du soir précises, j'arriverai avec mes bourriches d'huîtres... — En même temps j'écrirai un mot à René Moulin pour l'inviter... — Il doit être furieux de ne pas savoir ce que je suis devenu... — C'est un gêneur, mais un bon garçon... Ça nous repapillotera ensemble...

Le voleur émérite, en arrivant à l'hôtel, trouva Mignolet fort impatient et quelque peu inquiet.

— D'où viens-tu donc ? — demanda le jeune filou.

— De chez mon pédicure... — répliqua Jean-Jeudi qui n'aimait pas à rendre des comptes.

— Je commençais à croire que tu m'avais laissé en plan, comme les camarades à Saint-Denis...

— Jamais de la vie... — Et, à propos des camarades, j'enverrai tantôt mes ordres au fricoteur du boulevard Rochechouart pour le *balthazar*, et je te fiche mon billet qu'il sera soigné...

— Ça va te coûter bigrement cher !...

— Voilà qui m'est inférieur... — L'essentiel est que la *nopce* soit dans le grand chic, et, en attendant, déjeunons...

Après déjeuner Jean-Jeudi demanda ce qu'il fallait pour écrire et traça les lignes suivantes, dont nous ne reproduisons pas l'orthographe ultra-fantaisiste :

« Mon cher monsieur,

« J'ai invité à dîner une dizaine d'amis dans votre établissement le 6 novembre à six heures précises. — N'épargnez rien. — Je ne regarde pas à la dépense, et je veux quelque chose de soigné.

« Comme vous pourriez croire à une farce de fumiste, je vous envoie sous ce pli un billet de cinq, en acompte sur votre facture...

« J'apporterai les bourriches d'huîtres avec lesquelles, mon cher monsieur, j'ai l'avantage de vous saluer.

« JEAN-JEUDI. »

Le voleur émérite tira de l'inépuisable portefeuille convoité par Mignolet un billet de cinq cents francs, le plia en quatre, le glissa dans sa lettre, qu'il mit sous enveloppe, et traça l'adresse du patron du restaurant de la *Boule-Noire*, boulevard Rochechouart, à Paris.

— Faut-il envoyer ça à la poste? — demanda Mignolet.

— Patience, jeune homme, je n'ai pas terminé ma correspondance.

Jean-Jeudi prit une seconde feuille de papier et écrivit :

« Mon vieux René,

Je respire présentement l'air de la mer, par ordonnance du docteur, pour rétablir ma petite santé; mais je serai revenu à Paris le 6 novembre à onze heures, et je donne à dîner ce jour-là à quelques amis, au restaurant de la *Boule-Noire*, six heures précises, boulevard Rochechouart... — Il y aura un couvert pour toi et un autre pour *ta connaissance*, mam'selle Berthe.

« Ne manquez pas. — Nous rigolerons

« Au revoir, ma vieille branche.

« Ton camarade,

« JEAN-JEUDI. »

« P.-S. — Quand nous aurons bien rigolé, nous parlerons d'affaires.

— Il doit avoir quitté l'hôtel de la rue de Berlin, — se dit le vieux voleur. — Je vais lui adresser ça place Royale; mais, comme il pourrait avoir changé de domicile et ne pas recevoir ma lettre, ce qui me vexerait, je vais prendre mes précautions...

Ses précautions consistaient à rédiger une troisième épître, ainsi conçue :

« Mam'selle Berthe,

‹ Si René Moulin a changé d'adresse, je vous prie d'avoir l'amabilité de lui faire savoir que je lui ai écrit pour l'inviter à dîner ainsi que vous à la *Boule-Noire*, boulevard Rochechouart, le 6 novembre à 6 heures.

« Très essentiel de ne pas manquer. — Affaires sérieuses.

« Votre dévoué,

« JEAN-JEUDI. »

Et il traça l'adresse de Berthe Monestier, 19, rue Notre-Dame-des-Champs.

— Ma correspondance est terminée — dit-il |ensuite; — jeune Mignolet, demande de la cire et un cachet afin que je charge la lettre du restaurateur, et je te permettrai ensuite de m'accompagner à la poste.

XXXVI

C'était l'une des trois lettres écrites au Havre par Jean-Jeudi que le facteur venait d'apporter place Royale, et dont Théfer désirait s'emparer, sans deviner ce qu'elle contenait, mais avec la conviction instinctive qu'elle pourrait le renseigner sur les agissements de René Moulin.

L'agent de police cherchait un moyen adroit d'arriver à son but et ne tarda pas à le trouver.

Au lieu de continuer son inspection après avoir déjeuné, il rentra chez lui, traça quelques lignes sur un papier, écrivit une adresse, se travestit en facteur des messageries de chemin de fer, sortit et se dirigea vers la boutique d'un marchand de vin où se voyaient des bourriches d'huîtres étalées à la porte.

Il fit sans marchander l'emplette d'une de ces bourriches sur laquelle il attacha l'adresse préparée d'avance, puis il reprit le chemin de la place Royale et franchit le seuil de la loge du numéro 24.

— M. René Moulin, s'il vous plaît, madame?... — dit-il à la concierge.

— C'est ici, — répliqua Mme Biju ; — mais il n'est pas à Paris...

— Oh! ça, ça m'est égal... — fit le prétendu facteur en riant.

— Alors pourquoi le demandez-vous ?...

— Parce que j'apporte ce colis pour lui... — Ça vient du Havre... le port est payé...

Et il déposa la bourriche sur une table placée tout juste sous le casier où Mme Biju déposait les lettres de ses locataires.

Une de ces lettres portait en gros caractères irréguliers le nom de René Moulin.

— Qu'est-ce qu'il y a là-dedans?... — s'écria Mme Biju.

— Des huîtres de Cancale !... — douze douzaines...

— Des huîtres de Cancale !... — douze douzaines et port payé! — répéta la bonne dame. — C'est pour cela, bien sûr, qu'on lui écrivait du Havre... — même que voilà la lettre! — Quel malheur! — moi qui les adore... — Il est en province M. René Moulin, et peut-être qu'il ne reviendra pas avant un mois...

— Il est certain que les huîtres n'attendront jamais jusque-là...

— Qu'est-ce qu'il faut donc que je fasse?...

— Plutôt que de les laisser perdre, mangez-les vous-même, ma chère dame, puisque vous les aimez... et buvez à la santé de votre locataire...

— C'est une idée, ça, et point bête... — Pourquoi qu'il m'en voudrait? Mieux vaut en profiter, n'est-ce pas, que de les jeter à la borne?...

— Certainement.

— Il n'y a rien à signer?

— Pardon, il y a mon reçu...

Et Théfer tendit à Mme Biju le papier sur lequel nous l'avons vu tracer quelques lignes.

La concierge prit une plume, la trempa dans l'encre et s'occupa de signer lisiblement son nom, ce qui constituait pour elle une besogne assez compliquée.

Le policier, profitant des quelques secondes où cette besogne l'absorbait tout entière, s'empara avec une habileté de pick-pocket de la lettre adressée au mécanicien et la mit prestement dans sa poche.

Mme Biju ne s'aperçut de rien.

— Voici, monsieur... — dit-elle en lui présentant le reçu signé tant bien que mal.

— Merci, madame...

Théfer allait partir.

— Attendez... — reprit la concierge. — Puisque je mangerai les huîtres, il est bien juste que je vous donne un petit pourboire...

— A votre volonté, madame...

Et il empocha sans broncher vingt-cinq centimes que lui tendait Mme Biju dans un accès de générosité.

La concierge de la rue du Pot-de-Fer-Saint-Marcel s'était montrée plus large avec Jean-Jeudi, — nos lecteurs doivent s'en souvenir.

Le voleur émérite avait reçu cinquante centimes.

L'ex-inspecteur de la police de sûreté s'éloigna rapidement dans la direction de la rue du Pont-Louis-Philippe.

Désireux de connaître le plus tôt possible le contenu de la lettre volée, il escalada au galop ses trois étages, déchira l'enveloppe et lut ou plutôt dévora les quelques lignes que nos lecteurs connaissent déjà.

Et certes, tandis qu'il lisait, il ne regrettait point l'argent employé à l'achat de la bourriche dont l'honnête Mme Biju allait faire son profit.

La courte épître lui prouvait que René Moulin était en relations suivies avec Jean-Jeudi, et il savait enfin où trouver ce dernier.

Il poussa un cri de triomphe.

— Allons, — murmura-t-il ensuite, — j'avais bien raison de compter sur le hasard et sur mon étoile! — Je tiens Jean-Jeudi... — Le 6, à 6 heures précises, il sera au restaurant de la *Boule-Noire*... — C'est tout ce qu'il me faut...

« Il connaît René Moulin, la chose est manifeste; mais il est bien probable qu'ils ne se doutent ni l'un ni l'autre qu'ils possèdent un secret commun...

« René est absent depuis un mois; donc il ne sait pas le premier mot de ce qui s'est passé à l'hôtel de mistress Dick Thorn... Enfin, Jean-Jeudi ignore que son ami n'est point à Paris... — Ça va bien!...

« Où diable se sont-ils connus? »

Après un instant de réflexion Théfer se répondit:

— Eh! parbleu, à Sainte-Pélagie, où René Moulin était détenu; — tout m'est expliqué maintenant, et le danger, grossi par la frayeur, prend des proportions plus modestes... — Dans quelques jours Jean-Jeudi, dépouillé des papiers qu'il possède, ne sera plus à craindre...

« J'irai ce soir annoncer cette heureuse nouvelle à M. de la Tour-Vaudieu!

Théfer reprit son costume de ville, sortit de chez lui, continua son inspection des maisons meublées, hôtels et garnis, et lorsque la nuit fut venue il se rendit aux Batignolles chez le duc, où il ne passa que vingt minutes.

Le lendemain matin, vers onze heures, il alla porter son rapport à la préfecture de police.

Une animation inaccoutumée régnait dans les bureaux.

On chuchotait beaucoup... —Tout le monde paraissait agité et préoccupé.

Le policier s'informa.

Il apprit qu'on parlait de l'inexplicable disparition du nouvel inspecteur Plantade.

Le commissaire aux délégations était en conférence secrète à ce sujet avec le chef de la sûreté.

Ce dernier, n'ayant reçu la veille aucun rapport, et supposant que Plantade était resté toute la nuit aux aguets, avait patienté d'abord.

Au bout de quarante-huit heures un commencement d'inquiétude s'était manifesté, et le chef avait envoyé au domicile de Plantade.

Là on sut que l'absence du policier remontait à deux jours.

Cette disparition soudaine et mystérieuse était alarmante, les agents ayant l'ordre de ne jamais quitter Paris pour *filer* quelqu'un sans en donner avis à la préfecture.

Une désobéissance de Plantade à cette règle bien connue de lui paraissait invraisemblable.

Des agents, expédiés à Bagnolet dès huit heures du matin avec mission d'y constater le passage de l'inspecteur, étaient revenus affirmer que l'avant-veille, à huit heures du soir, le commissaire de police avait vu Plantade.

L'inquiétude devint alors de la terreur.

Plantade était-il tombé, victime de son zèle et de son dévouement, sous les coups d'un meurtrier?...

Déjà plus d'une fois des agents avait disparu, frappés par des malfaiteurs qu'ils traquaient et qu'ils allaient atteindre...

L'épouvante prenait des proportions considérables.

— Il s'agit de retrouver la trace de Plantade et de le suivre pas à pas... — disait le chef de la sûreté au commissaire aux délégations. — Je flaire un crime qui doit se rapporter à l'affaire du fiacre numéro 13... — Il faut agir, et ne pas perdre une heure...

— Je suis de cet avis, — répliqua le commissaire; — mais quel agent assez habile chargerons-nous d'une enquête si difficile à mener à bien?...

Le chef de la sûreté réfléchit pendant quelques secondes.

— C'est moi qui m'en charge... — fit-il en se levant. — Je passerai partout où Plantade a passé... — Je compte sur vous pour m'accompagner..

— Je suis à vos ordres... — Prendrons-nous des agents avec nous?

— A quoi bon?... — Nous chercherons seuls...

— Croyez-vous qu'il soit arrivé malheur à Plantade?...

— Je le crains beaucoup, mais cependant ma conviction à cet égard ne saurait être absolue, et j'espère encore me tromper... — Nous partirons dans dix minutes... — Voyez si vous avez à donner quelques signatures... — J'irai vous chercher dans votre cabinet...

Le commissaire quitta pour un instant le chef de la sûreté, et en gagnant son bureau il vit Théfer qui venait au rapport.

— Vous avez commencé votre inspection? — lui demanda-t-il.

— Oui, monsieur, et j'apporte mon rapport...

— Aviez-vous quelque chose d'intéressant à signaler?...

— Absolument rien...

— Bien.... — Je suis appelé au dehors... —J'examinerai ce rapport plus tard... Et le commissaire s'éloigna.

Théfer alla se réunir à d'autres agents, ouvrant en même temps les oreilles et les yeux, écoutant et guettant.

Le chef de la sûreté parut.

Tout le monde se découvrit pour le saluer.

Il aperçut dans le groupe l'ex-inspecteur.

— Ah! c'est vous, Théfer... — dit-il en s'arrêtant.

Le policier s'inclina.

— Je suis bien aise de vous rencontrer... — poursuivit le chef de la sûreté. — Venez avec moi...

Théfer le suivit avec une extrême curiosité et une vague inquiétude.

L'un derrière l'autre ils entrèrent dans le cabinet du commissaire aux délégations, et le chef de la sûreté dit à ce dernier :

— J'ai changé d'avis, mon cher maître... — Le hasard m'a fait rencontrer Théfer... Il connaît Bagnolet et ses environs... Il peut nous être utile et nous accompagnera...

— A merveille... — Est-il au courant ?

— Non, il ne sait rien; mais en deux mots je vais le mettre au fait... — Nous croyons, Théfer, que l'agent Plantade, qui s'occupait après vous de l'affaire du fiacre n° 13, vient d'être assassiné...

— Assassiné ! — s'écria l'ex-inspecteur en jouant merveilleusement la surprise et l'effroi.

— Assassiné ! oui... — répéta le chef de la sûreté, — et il faut que nous retrouvions celui ou ceux qui l'ont assassiné !...

XXXVII

— Qui soupçonnez-vous, monsieur ? — demanda Théfer.

— Les voleurs du fiacre, ou ceux qui avaient commandé ce vol.

— Nous les retrouverons... — balbutia l'ex-inspecteur pour cacher son trouble. — Où allons-nous d'abord, monsieur ?

— A Bagnolet.

Théfer devint très pâle, mais sa pâleur n'eut que la durée d'un éclair et ne fut point remarquée.

— Allons, — pensait-il, — de l'aplomb ! — Ce soir je serai sauvé ou perdu, et si je tombe j'entraînerai dans ma chute le duc et mistress Dick Thorn...

Une voiture attendait.

Les trois hommes y montèrent; les chevaux prirent à une allure rapide le chemin de Bagnolet.

Le chef de la sûreté avait eu soin d'emporter divers rapports relatifs à l'affaire du fiacre n° 13, et chemin faisant il les consultait.

— Notre première visite sera pour le commissaire de police... — dit-il tout à coup.

De ce côté, Théfer ne craignait rien. — Le commissaire ne le connaissait pas.

La voiture fit halte devant le commissariat.

Le chef de la sûreté mit pied à terre, suivi de ses deux compagnons et fut introduit sur-le-champ.

Nous passerons sous silence les détails d'une enquête qui seraient pour nos lecteurs d'inutiles redites.

— Des huîtres de Cancale, douze douzaines et port payé! — répéta la bonne dame...

Théfer, lui, entendait parler pour la première fois de la jeune femme trouvée sans connaissance dans une carrière et portée à l'hôpital Saint-Antoine.

Il en fut vivement frappé.

Quelle était cette femme dont le signalement correspondait à celui de Berthe Leroyer? — se demandait-il avec angoisse.

Il se rassura en pensant que l'orpheline, mortellement frappée par le sénateur, n'avait pu s'échapper de la maison en feu.

Liv. 108. F. ROY, édit. — Reproduction interdite.   108

Sans doute il s'agissait d'un accident fortuit, résultant de l'imprudence d'une curieuse.

Soit avec intention, soit par oubli, le commissaire ne disait mot du bulletin de voiture trouvé dans la poche de la victime et si dédaigneusement éliminé par lui.

Le chef de la sûreté consulta les rapports qu'il tenait à la main et demanda :

— Avez-vous remarqué les vêtements de cette pauvre femme ?

— Oui, monsieur... — Ils étaient dans un état pitoyable, déchirés et souillés de boue.

— Portaient-ils des traces de brûlures ?

— Non, monsieur... du moins je ne le crois pas...

Cette réponse rassura Théfer.

— Et la chaussure ?... — Des souliers ou des bottines ?...

— Des bottines...

— Manquait-il un bouton à l'une d'elles ?

— Je n'ai point fait attention à cela, je l'avoue...

— Et vous avez eu tort... — Un rapport consciencieux ne doit rien omettre... — Le vôtre était plus qu'incomplet.

Le commissaire baissa la tête.

— Où se trouve la maison de M. Servan ? — reprit le chef de la sûreté.

— Tout près d'ici, mais le pauvre homme ne vous apprendra rien.

— Pourquoi donc ?

— Il est mort.

— Mort ! — s'écrièrent à la fois Théfer et le commissaire aux délégations.

— Oui, monsieur, et d'une façon presque soudaine... — L'agent Plantade l'avait, paraît-il, effrayé beaucoup en lui parlant de crimes commis dans sa maison... — Il s'est mis au lit avec la fièvre et il a succombé hier au soir à une congestion cérébrale...

Théfer respira.

Le seul homme qui peut-être aurait pu le reconnaître n'existait plus.

Il se considérait désormais comme absolument hors de danger.

— C'est jouer de malheur ! — murmura le chef. — Mais le dernier mot n'est pas dit... — Nous allons visiter la maison incendiée.

Les trois hommes, auxquels se joignit le commissaire de Bagnolet, gagnèrent le plateau de la Capsulerie par des chemins que l'orage avait rendus presque impraticables.

En de certains endroits de larges et profondes flaques d'eau boueuse barraient la route.

Il fallut prendre les bas côtés.

— Méfiez-vous des carrières à ciel ouvert et des crevasses, messieurs, — dit le commissaire de police. — A la suite de l'orage des éboulements se sont produits... et tenez, justement, en voilà un...

Malgré son empire sur lui-même Théfer frissonna.

On se trouvait en face du gouffre au fond duquel gisait Plantade sous un amas de terre.

Le chef de la sûreté et le commissaire aux délégations s'avancèrent de quelques pas, sondèrent du regard la profondeur de l'abîme ouvert devant eux et, pris d'une sorte de vertige, reculèrent précipitamment.

La visite aux ruines de la villa de M. Servan n'amena aucun résultat.

On descendit à Montreuil ; — bon nombre d'habitants furent questionnés. — Leurs réponses n'éclaircissaient rien.

Bref, à sept heures du soir, après une première enquête inutile, on rejoignit la voiture.

Théfer triomphait.

Le mystère demeurait impénétrable.

— A l'hôpital Saint-Antoine... — dit le chef de la sûreté au cocher.

Une nouvelle angoisse s'empara de l'ex-inspecteur.

L'impossible allait-il se réaliser et le mettre en présence de l'orpheline, sauvée par miracle ?

Mais, là encore, il fut rassuré bien vite par les renseignements donnés au greffe.

La jeune fille trouvée dans la carrière de Bagnolet se nommait *Elise Duchemin*. — Elle habitait Passy ; — sa chute résultait d'un accident, et son cousin Pierre Duchemin était venu la chercher la veille pour la reconduire à sa demeure.

— Berthe Leroyer est bien morte, — pensa Théfer, — et décidément je suis sauvé !

Malgré son premier insuccès, le chef de la sûreté ne désespérait point de retrouver les traces de Plantade et d'éclaircir l'affaire du fiacre n° 13.

Il recommanda la discrétion la plus absolue à son entourage et mit en quête une nuée d'agents.

Théfer sourit en voyant cet énorme déploiement d'activité qui, selon lui, ne pouvait aboutir.

— Cherchez, mes bonnes gens ! — murmurait-il, — cherchez ! vous ne trouverez pas !...

*
*   *

Étienne Loriot travaillait sans relâche.

René Moulin continuait ses pérégrinations à travers Paris, sans réussir à mettre la main sur l'insaisissable Jean-Jeudi, — qui, nous le savons, était au Havre.

Dès le matin Étienne allait au pavillon de la rue de l'Université. — Il voyait Berthe, lui donnait ses soins, écrivait une ordonnance, se rendait à l'hospice de

Charenton, revenait, faisait ses visites, et passait ses soirées auprès de Berthe en compagnie de René Moulin.

En rentrant chez lui le jeune médecin s'enfermait dans son cabinet, allumait sa lampe et relisait sans relâche, avec un intérêt toujours croissant, la relation de l'*Affaire du pont de Neuilly*.

Cet intérêt avait une double cause.

Après avoir minutieusement étudié les débats de cette cause quasi célèbre, il était convaincu que l'assassinat du médecin de Brunoy se rattachait par un lien mystérieux à la folie d'Esther.

Il ne doutait pas que Berthe Monestier ne fût la très proche parente de Paul Leroyer condamné à mort pour un crime qu'il n'avait point commis.

Cette recherche d'assassins inconnus faite par René Moulin et par l'orpheline; — cette réhabilitation si ardemment souhaitée; — ces ennemis puissants attirant Berthe dans un piège; — ces misérables cachés dans l'ombre et frappant des coups terribles; — cette mistress Dick Thorn que le tableau vivant du pont de Neuilly avait effrayée au point de lui faire perdre connaissance; tous ces faits s'enchaînaient pour lui.

— Berthe est la fille du supplicié, je n'en doute plus, — se disait-il, — et son père était innocent! — Ah! Dieu m'est témoin que je ne rougirais pas de donner mon nom à l'enfant qui porte le nom d'un martyr!!

Il prenait sa tête dans ses mains, réfléchissait longuement, et se demandait ensuite :

— L'opération que j'ai résolu de tenter réussira-t-elle? — Rendrai-je la raison à Esther Derieux? — Le jour où Esther, grâce à moi, ne sera plus folle, il me semble que l'heure de la justice et de la réhabilitation ne tardera guère à sonner...

Étienne se répétait de nouveau ces choses au moment de tenter la difficile et dangereuse opération sur le succès de laquelle il fondait tant d'espérances.

C'était le lendemain du jour où Théfer, ayant accompagné à Bagnolet le chef de la sûreté, se croyait hors de péril.

La veille au soir, Étienne avait prévenu René Moulin qu'il ne pourrait venir visiter Berthe le lendemain matin.

Il partit pour Charenton une heure plus tôt que de coutume.

L'interne l'attendait avec plusieurs médecins désireux d'assister à une si curieuse et si intéressante tentative.

Le directeur de l'asile devait se joindre à eux.

La bienveillance entre confrères est une vertu rare.

Presque tous les médecins raillaient les prétentions d'Etienne et lui prédisaient un insuccès complet dont la mort infaillible de la patiente serait le couronnement.

Les moins malveillants l'accusaient d'avoir beaucoup trop de confiance en lui-même.

L'interne le prit à part au moment de son arrivée et lui demanda à voix basse :

— Maître, êtes-vous sûr de vous?

— Oui, — répondit Étienne. — Pourquoi cette question?...

— Parce que ces messieurs doutent du succès...

— C'est leur droit de douter ; mais j'espère leur prouver bientôt qu'ils se trompent...

XXXVIII

— Le directeur se propose d'assister à l'opération... — reprit l'interne.

— Cela se trouve d'autant mieux que j'aurais réclamé sa présence...

— Faut-il le faire prévenir de votre arrivée?

— Je vous en prie...

L'interne donna des ordres à un infirmier, tandis qu'Étienne Loriot échangeait quelques paroles avec ses collègues.

Tous le félicitaient de sa tentative, mais leurs physionomies, peu d'accord avec leurs discours, exprimaient un doute ironique.

Le jeune docteur comprenait à merveille cette expression, et pour persévérer il lui fallait une force d'âme et une puissance de volonté dont peu d'hommes, à sa place, auraient été capables.

Le médecin en chef, directeur de l'hospice de Charenton, arriva.

— Ainsi, mon cher collaborateur, — dit-il au neveu de Pierre Loriot, — c'est ce matin que nous allons vous voir à l'œuvre...

— Oui, monsieur...

— Toutes vos réflexions sont faites?

— Depuis longtemps... — J'ai eu l'honneur de vous dire, dès l'entrée d'Esther Derieux dans mon service, qu'elle me semblait pouvoir être guérie... — A partir de ce moment j'ai observé et étudié sans relâche...—Mon avis est resté le même...

— Je vous ai fait observer que des maîtres de la science, autorisés par une longue expérience, avaient tenté vainement de guérir cette femme...

— A côté de ces maîtres je ne suis rien, et néanmoins j'espère réussir là où ils ont échoué...

— N'oubliez pas que, d'après les rapports, il y a vingt-deux ans qu'Esther Derieux est folle...

— Elle ne l'aurait jamais été, j'en ai la conviction, si l'on avait fait il y a vingt-deux ans ce que je vais essayer ce matin...

— Prenez garde de commettre une imprudence...

— On a donné ce nom à bien des tentatives que le succès devait couronner.

— Je souhaite, sans y compter beaucoup, qu'il en soit de même aujourd'hui... — Mon cher collaborateur, nous allons vous accompagner auprès du sujet.

Étienne avait passé le tablier classique par-dessus ses vêtements.

L'interne portait une boîte d'instruments de chirurgie.

Le directeur et les médecins venus en curieux suivirent leur jeune confrère à la cellule d'Esther.

Aucun changement qui mérite d'être signalé n'était survenu dans l'état de la folle depuis quelques jours.

Debout auprès de la fenêtre, elle regardait le jardin dont les premières nuits froides de l'automne flétrissaient la verdure.

Au bruit que fit la porte en s'ouvrant, elle se retourna.

Ses yeux aux prunelles d'azur se fixèrent sur les inconnus. — Son doux visage, à peine vieilli malgré les nombreux fils d'argent qui commençaient à se mêler à sa blonde chevelure, n'exprima ni surprise, ni émotion.

Étienne se détacha du groupe.

Esther parut le reconnaître, car elle fit deux pas à sa rencontre et lui tendit la main...

Son état de calme absolu et de lucidité relative parut au jeune docteur d'un heureux augure.

— Messieurs, — fit-il en se tournant vers ses collègues, — voici mon sujet.

— A quelle cause attribuez-vous la folie?... — demanda un vieux médecin dont le crâne poli comme de l'ivoire offrait à peine çà et là quelques vestiges de cheveux blancs. — A la paralysie des lobes du cerveau, sans doute?...

— Non, mon maître... — répondit Étienne. — La folie de cette femme résulte d'un accident.

— Vous le supposez?...

— J'en suis sûr, et j'aurai l'honneur de vous en donner la preuve indiscutable...

L'interne venait de faire asseoir Esther et d'enlever l'appareil placé sur sa tête depuis deux semaines et qu'on renouvelait chaque jour.

Les cheveux écartés laissaient à découvert l'épiderme au sommet de la tête; mais, au lieu de l'excroissance d'un rose vif signalée par nous, on voyait une sorte de cicatrice d'un blanc pâle, et au milieu de cette cicatrice un point noir que les médecins examinèrent l'un après l'autre à la loupe.

— Messieurs, — reprit Étienne, — cette femme a été blessée, il y a vingt-deux ans, d'un coup de feu à la tête ; — la balle, avant de frapper la femme, avait heurté un objet résistant quelconque... — Un fragment de plomb, détaché par la force du choc, a pénétré dans la boîte osseuse par les soudures du crâne, et de sa pression incessante sur le cerveau résulte la folie... — Ce fragment de plomb, le voilà... — Une excroissance charnue, que j'ai fait disparaître pour faciliter l'opération, déguisait sa présence que n'ont pas su reconnaître les spécialistes chargés du traitement. — Dans le cas contraire ils auraient agi, et j'affirme qu'Esther Derieux n'aurait jamais été folle.

Les médecins se regardaient stupéfaits.

Ils ne souriaient plus.

Le jeune homme venait, en quelques instants, de grandir à leurs yeux de cent coudées.

Désormais ils voyaient en lui un sérieux rival.

L'esprit de controverse ne renonçait point cependant à se manifester.

— Alors, — demanda l'un des docteurs, — le moyen de guérir, selon vous ?

— C'est l'extraction du fragment de métal.

— Mais, depuis vingt-deux ans, il est soudé dans la boîte osseuse.

— Aussi détacherai-je à la scie les parties adhérentes.

— C'est la mort probable.

— Non, monsieur, — répliqua Étienne avec une assurance plus apparente que réelle, car il tremblait, nous le savons. — Non, monsieur, c'est la vie assurée... — c'est la raison certaine... — Mais de telles assertions ne se discutent pas, elles se prouvent, et je vais prouver...

Le moment était venu.

L'interne avait préparé tout.

Esther, amenée par le chloroforme à un état de complète anesthésie, fut étendue sur un fauteuil placé près de la fenêtre de la cellule.

La tête, que soutenaient des oreillers amoncelés, se trouvait en pleine lumière.

Étienne ouvrit alors la boîte de chirurgie.

Un rayon de soleil fit étinceler l'acier des instruments.

Le fiancé de Berthe se mit à l'œuvre.

Son âme était ferme comme sa volonté ; — sa main ne tremblait plus, mais de grosses gouttes de sueur coulaient sur son front.

Les spectateurs, violemment impressionnés, retenaient leur souffle.

L'opération dura quatre minutes... — Un siècle !...

A la dernière seconde de la quatrième minute le fragment de plomb était extirpé de la boîte osseuse et l'appareil posé sur la blessure.

Un quart d'heure s'écoula.

L'anesthésie se dissipait peu à peu.

Esther s'agitait sur son fauteuil comme quelqu'un qui va s'éveiller.

Tout à coup elle ouvrit les yeux et promena autour de sa cellule un regard qui n'avait plus rien d'égaré.

— Où suis-je donc? — balbutia-t-elle en portant ses deux mains à son front.
On n'eut pas le temps de lui répondre.

Elle poussa un long soupir et perdit connaissance.

Cet évanouissement était attendu et n'effraya personne.

Étienne donna l'ordre d'étendre Esther Derieux sur son lit, et de créer dans la cellule une obscurité factice.

— Admirable! — s'écria l'un des médecins. — Mais ne craignez-vous pas la fièvre?

— Je la prévois et je la combattrai... — Le plus fort est fait, grâce à Dieu!... — Je crois pouvoir répondre de tout...

Le directeur s'approcha d'Étienne.

— Vous venez d'agir en maître, mon cher collaborateur, et je vous en félicite! — lui dit-il en lui serrant les mains. Puis il ajouta d'un ton très bas : — Mais songez à des choses graves dont nous avons causé déjà... — N'oubliez pas que cette femme est une *isolée*, au *secret*...

— Je n'oublierai rien, monsieur... — répliqua le jeune médecin.

Après cette réponse faite à voix haute il se dit à lui-même :

— Je n'oublierai pas, surtout, que je pourrai bientôt interroger Esther, et qu'Esther pourra me répondre...

On dressa un procès-verbal détaillé qui fut signé séance tenante par tous les témoins de l'opération.

Étienne devait rédiger ensuite un rapport et l'adresser à la Faculté de médecine.

Les docteurs étrangers et le directeur avaient quitté la cellule.

Le neveu de Pierre Loriot resta seul avec l'interne.

— Ah! cher maître, — murmura ce dernier, ému jusqu'aux larmes, en lui sautant au cou et en l'embrassant, — quel sang-froid! quel courage! quelle rectitude de coup d'œil et quelle sûreté de main! — Je vous admire de toutes mes forces!

— Je refuse votre admiration, — répondit Étienne en souriant. — Mais votre sympathie me touche profondément...

— Vous ne doutez plus de la guérison?...

— Je crois que le doute est impossible...

— Qu'ordonnez-vous pour la malade?

— Un calme complet et une diète presque absolue...

— Quelles boissons?

— Je vais écrire une ordonnance dont vous surveillerez vous-même l'exécution, et j'espère que vous voudrez bien, pendant quelques jours, vous consacrer tout entier à cette pauvre femme...

— Comptez sur moi, cher maître... — Quand reviendrez-vous?

— Ce soir...

— A quelle cause attribuez-vous la folie? demanda le vieux médecin.

Étienne regagna la voiture qui l'avait amené, rentra chez lui, déjeuna frugalement et prit le chemin de la rue de l'Université.

Il allait voir sa bien-aimée Berthe.

Son visage exprimait la joie. — Ses yeux brillaient d'un éclat inaccoutumé.

Si modeste que fût le jeune homme, il se sentait à bon droit fier de son œuvre...

Il se disait avec un orgueil légitime :

— Je suis quelque chose à présent... — Ma place au soleil est conquise... — Je puis marcher désormais la tête haute et l'espoir au cœur... Et Dieu sait que, si je rêve la gloire et la fortune, c'est pour les faire partager à Berthe !...

XXXIX

Rejoignons au Havre les deux Parisiens, Mignolet et Jean-Jeudi.

Le 5 novembre le voleur émérite dit à son compagnon, auquel il avait caché soigneusement son nouveau titre de propriétaire :

— Mon jeune ami, il faut songer à notre départ...

— Je suis tout prêt, — répliqua Mignolet, — et entre nous je commence à en avoir de la mer par-dessus la tête... c'est toujours la même chose... — Filons-nous ce soir?...

— Non, jeune homme, mais demain matin... — Il y a un train à sept heures, nous rentrerons à onze heures trente-cinq minutes dans notre bonne ville de Paris. — Avant de partir j'ai des provisions à faire...

— Les bourriches d'huîtres? — demanda Mignolet en riant.

— Positivement... — Chose promise, chose due! — Un honnête homme n'a que sa parole, je me plais à le répéter. — Nous allons donner l'ordre qu'on porte de grand matin les bourriches au chemin de fer; nous étranglerons un perroquet vert pour nous ouvrir l'appétit; nous irons après dîner au théâtre du Havre voir jouer les *Viveurs de Paris*, un *mélo* de l'Ambigu qui n'est pas piqué des hannetons, et demain matin, frais et dispos, jolis comme tout, en route pour la capitale... — Voilà l'ordre et la marche...

— Ça va... — dit Mignolet, — dévidons notre écheveau...

Rien ne fut changé au programme, et le lendemain à sept heures les deux camarades partaient avec leurs bourriches d'huîtres.

Théfer n'avait oublié ni la date du retour de Jean-Jeudi à Paris, ni l'heure fixée pour son arrivée.

A dix heures du matin, déguisé en matelot, il se rendit à Batignolles chez le duc de la Tour-Vandieu qui l'attendait.

L'ex-amant de Claudia Varni portait son costume habituel de petit bourgeois. Des lunettes vertes modifiaient absolument sa physionomie.

Le sénateur et l'agent de police se dirigèrent à pied vers la gare du Havre. Chemin faisant, Théfer demanda :

— Il y a vingt-deux ans que vous n'avez vu le personnage?

— Oui.

— Êtes-vous sûr de le reconnaître?

— Parfaitement sûr... — Il est de ces gens sur lesquels l'âge a peu de prise... — Je crois le voir encore... — C'était un grand gaillard effroyablement maigre, à la figure osseuse, aux pommettes saillantes... un type inoubliable...

— Bien... — Nous allons prendre une voiture à l'heure, que nous ferons stationner en face de la sortie et dans laquelle nous n'aurons qu'à sauter au besoin... — Nous irons ensuite attendre le train du Havre sur le quai d'arrivée..

— Sur le quai, dites-vous ?

— Sans doute...

— Nous laissera-t-on passer ?

— Il me suffira de montrer ma carte d'inspecteur à un surveillant... — Il supposera que nous venons guetter quelqu'un par ordre de la préfecture... — Quand vous verrez notre homme, vous me donnerez un coup de coude et nous agirons suivant les circonstances.

La voiture fut retenue, Théfer mit le numéro dans sa poche; puis, sans la moindre difficulté, obtint pour lui et pour son compagnon l'accès du quai encore presque désert.

A onze heures trente les préparatifs des employés commencèrent pour l'arrivée du train.

A onze heures trente-cinq un coup de sifflet lointain et prolongé se fit entendre; — un coup de cloche retentit dans la gare. — Les camions, poussés par les facteurs et destinés au transbordement des bagages, roulèrent vers la tête de station, et la locomotive apparut, laissant derrière elle un panache de vapeur et traînant une douzaine de wagons qui bientôt s'immobilisèrent.

Théfer et le duc se placèrent derrière les préposés à la réception des billets.

Ils n'étaient point en vue et pas un arrivant ne pouvait échapper à leurs investigations.

Pendant quelques secondes, au moment où toutes les portières s'ouvraient à la fois, ce fut un tohu-bohu général.

Les voyageurs pressés, craignant de ne pas trouver de voitures, se hâtaient, couraient, se poussaient, s'efforçaient de passer les premiers, et ne réussissaient en somme qu'à s'entraver et se retarder les uns les autres.

Soudain M. de la Tour-Vaudieu fit un mouvement brusque.

Il venait d'apercevoir un grand gaillard déjà vieux et très maigre, à la figure osseuse, suivi d'un tout jeune homme, et du premier coup d'œil il reconnaissait Jean-Jeudi.

Il donna un coup de coude à Théfer.

— Compris ! — murmura ce dernier dont les deux voyageurs attiraient déjà l'attention. — Nous allons prendre chasse...

Jean-Jeudi et Mignolet donnèrent leurs billets et se dirigèrent du côté de la station des voitures, sans se douter qu'ils étaient suivis.

— Vous êtes certain que c'est bien lui? — demanda tout bas l'agent au duc.

— Absolument certain... — Il est à peine changé.

Le voleur émérite fit halte devant un fiacre...

— Eh ! mon vieux, êtes-vous libre ? — demanda-t-il au cocher, qui répliqua :

— Oui, bourgeois, libre comme l'air... tout à votre service...

— Je vous prends... — Passez-moi un bulletin...

— Voilà... — Facile à retenir, mon numéro... — Numéro 13... — Avez-vous des bagages ?

— Oui...

— Eh ! bien, envoyez-les... on les chargera sur la guimbarde et *Milord* vous mènera bon train...

— Avez-vous entendu ?... — glissa le duc dans l'oreille de Théfer.

— Quoi ?

— Ils prennent le fiacre n° 13...

— Cela vous inquiète ?

— Cela me trouble...

— Assurément il n'y a pas de quoi... — C'est un singulier hasard, voilà tout..
— C'est lui peut-être que nous aurions pris s'il s'était trouvé là tout à l'heure.

— C'est vrai...

— L'homme ne nous échappera pas, voilà l'essentiel... — Venez, s'il vous plaît, monsieur le duc...

Théfer rejoignit avec M. de la Tour-Vaudieu la voiture qu'il avait retenue, et dit au cocher, en lui montrant sa carte d'inspecteur.

— Service de la sûreté... — Vous voyez bien ce fiacre, le dernier de la file ?

— Le numéro 13 ?

— Oui. — Il s'agit de le suivre tout à l'heure, à distance, de manière à ne pouvoir éveiller les soupçons des personnes qu'il conduira...

— On sait son métier, soyez tranquille... — Montez ; j'aurai l'œil...

Le sénateur et le policier s'installèrent dans la voiture.

Dix minutes à peu près s'écoulèrent.

Au bout de ce temps le véhicule de Pierre Loriot s'ébranla, chargé de bourriches.

Le cocher de Théfer lui laissa prendre une avance de vingt ou vingt-cinq mètres et s'ébranla à son tour.

M. de la Tour-Vaudieu avait baissé la glace de devant, et regardait avec une curiosité avide.

Le fiacre numéro 13 gravit la pente de la rue d'Amsterdam, jusqu'à la barrière de Clichy.

Alors, prenant à droite, il suivit au grand trot les boulevards extérieurs pour ne s'arrêter qu'à la porte du restaurant-bal de la *Boule-Noire*, qui existe encore aujourd'hui juste en face de l'endroit où s'élevait jadis la barrière des Martyrs

A quarante pas en arrière, l'autre voiture fit halte.

Le patron de la *Boule-Noire*, entendant une voiture stopper, se présenta sur le seuil de son établissement.

Il sourit à la vue des bourriches qui couronnaient le fiacre, et il n'eut pas de peine à deviner que l'un des deux hommes amenés par ce fiacre était le singulier client dont il avait reçu une lettre chargée, quelques jours auparavant.

— Monsieur arrive du Havre?... — dit-il à Jean-Jeudi en le saluant avec déférence.

— Oui, monsieur...—répliqua le vieux voleur—c'est moi qui vous ai écrit...

— Monsieur, je le devinais...

— Mazette! vous avez du flair, vous!

— Ce n'est pas le flair, ce sont les huîtres...

— C'est juste... Les cancales me constituent un signalement...

— Donnez-vous donc la peine d'entrer... — On va décharger les bourriches et les tenir au frais.

Et le restaurateur introduisit Mignolet et Jean-Jeudi.

— Alors, — reprit ce dernier, — vous avez bien compris ma lettre?

— Parbleu! — le style en était clair...

— Tout sera prêt ce soir?

— A six heures précises, oui, monsieur.

— Vous savez que je ne regarde pas à la dépense... — Voici un nouveau billet de cinq, à valoir...

— Ah! je ferai les choses grandement...

— N'épargnez pas les truffes...

— Il y en aura dans tout... — Voulez-vous prendre connaissance du menu?

— Inutile, je m'en rapporte à vous...

— Vous ne le regretterez pas, et comme il y a bal ce soir dans mes salons, vous aurez la musique par-dessus le marché.

— Nous pincerons un rigodon!... — fit Mignolet très émerillonné.

— Nous pincerons tout ce que tu voudras, mais présentement il s'agit de déjeuner vite, car j'ai à faire pas mal de courses pressées...—répliqua Jean-Jeudi.

— Servez-nous donc, patron, n'importe quoi sur le pouce, et envoyez un demi-litre à mon cocher pour lui tenir compagnie.

— Quel numéro?

— Le numéro 13.

— Dans cinq minutes vous serez à table.

Le déjeuner fut promptement servi et rapidement expédié.

— Présentement, — dit Jean-Jeudi à Mignolet, — je te lâche...

— Où vas-tu?

— A mes affaires, donc!! — A ce soir...

— Où le rendez-vous?

— Au café du théâtre Montmartre, sur la place...

— A quelle heure ?

— A cinq heures et demie...

Le voleur émérite regagna son fiacre et donna l'ordre à Pierre Loriot de le conduire à Belleville, à la cité Rébeval...

XL

— Marchez bon train, mon vieux, — poursuivit Jean-Jeudi, — il y aura un pourboire soigné...

Il ajouta tout bas :

— Inutile de passer devant mon concierge, puisque je possède une porte pour moi tout seul...

Arrivé à la cité Rébeval, le voleur émérite prit sa valise achetée au Havre, descendit de voiture, paya princièrement Pierre Loriot qui tourna bride, et sans s'inquiéter du fiacre arrêté à cinquante pas plus loin, rentra chez lui.

Théfer attentif avait tout vu...

— Ça va bien ! — dit-il au duc. — Notre homme avait une clef, donc c'est là qu'il demeure dans une bicoque indépendante du principal corps de logis...

— Pas de portier, isolement absolu... — Je vous ouvrirai la bicoque en temps utile et votre besogne ne sera qu'un jeu d'enfant...

— Quand agirons-nous ? — demanda M. de la Tour-Vaudieu.

— Après la nuit tombée...

— Que faisons-nous présentement ?

— Absolument rien... J'ai des mesures à prendre... — Rentrez chez vous, monsieur le duc, tenez-vous l'esprit en repos, et ce soir, à dix heures, mettez des armes dans vos poches et venez me rejoindre...

— Où ?

— Tout près d'ici... Dans le chemin de ronde, entre la barrière de Belleville et la barrière de l'Orillon.

— Vous croyez au succès ?

— J'en réponds absolument... — Je n'aurais pas mieux disposé les choses pour la réussite, et le hasard se fait notre allié...

Les deux complices se séparèrent.

Jean-Jeudi, après avoir refermé la porte, se rendit dans la petite cour que nous connaissons, déterra la boîte de fer-blanc dont il avait fait un coffre-fort et l'emporta dans sa chambre à coucher.

Avant de l'ouvrir il examina le contenu de son portefeuille.

— Deux billets de mille et un de cinq cents... — murmura-t-il ; — c'est beaucoup plus qu'il n'en faut pour rigoler pendant une quinzaine, le restaurateur ayant reçu son argent d'avance... — Je vais donc prendre simplement cinq mille francs et les envoyer au notaire... — Qui paye ses dettes s'enrichit...

Il retira du coffret cinq billets de banque, mit à la place ses titres de propriété et les clefs de son immeuble du Havre, puis il enterra de nouveau son trésor au pied de la touffe de lilas.

— Ma fortune est à peu près de soixante-dix-huit mille francs, — dit-il en calculant de tête. — Mettons soixante-dix mille, car j'aurai des frais d'installation, mobilier, linge, etc. A cinq pour cent, ça fait trois mille cinq cents francs de rente... — Ce n'est pas assez... — J'ai réfléchi... — Il m'en faut le double pour être vraiment à mon aise. — Ci : soixante-dix mille francs, autant pour René Moulin, total cent quarante mille que mistress Dick Thorn et son vieux camarade Frédéric Bérard cracheront gentiment au bassinet... — Ensuite je les laisserai tranquilles, et je crois qu'ils pourront se flatter d'en être quittes à bon marché. Demain, après le festival, quand je me serai rabiboché avec René, nous préparerons l'entrevue officielle. — Sapristi! que ces gens-là vont donc avoir de drôles de têtes! — J'en ris d'avance comme une petite folle !...

Jean-Jeudi changea de costume, mit son portefeuille dans sa poche, sortit en ayant soin de fermer la porte à double tour, gagna la rue de Belleville, entra dans un estaminet et demanda un bock, du papier, une enveloppe, une plume, un encrier et de la cire à cacheter.

Il écrivit au notaire du Havre, glissa dans l'enveloppe les billets de banque, scella de cinq cachets et fit charger sa lettre au plus prochain grand bureau de poste.

C'est vers cinq heures et demie seulement qu'il devait rejoindre Mignolet.

Pour tuer le temps il se mit entre les mains d'un coiffeur qui le rasa de près, et frisa au petit fer les mèches plates et grisonnantes de sa chevelure.

Ainsi bichonné, adonisé, et superlativement ridicule, il fit au café de Montmartre une entrée triomphante.

— Comme te voilà beau ! — cria Mignolet d'un air convaincu.

— Oui, je me crois assez réussi...

— La coquetterie, c'est très bien, mais faut songer au sérieux... — As-tu garni ton porte-monnaie?

— Soyez paisible, jeune homme ; j'ai de quoi payer toute la cave de la *Boule-Noire*...

Tandis que s'échangeaient ces menus propos entre Mignolet et Jean-Jeudi, le restaurant du boulevard Rochechouart était en pleine activité.

On dressait une table de douze couverts dans un des salons destinés aux repas de noces et, le nouveau client de la maison ayant donné l'ordre exprès de ne ménager rien, le patron se mettait à la hauteur d'un programme aussi large et préparait un menu digne des restaurants de premier ordre.

Rien ne devait manquer au festin, ni les poissons de choix, ni les plus fins gibiers, ni les primeurs, ni les truffes, ni les grands vins.

Il y avait sur la table des rafraîchissoirs à vin de Champagne en plaqué presque pas rougi, et des gerbes de fleurs dans des vases de porcelaine dorée et décorée.

Jamais de tels préparatifs ne s'étaient vus en un tel lieu.

Vers cinq heures et demie, deux personnages de mise un peu douteuse se présentèrent timidement.

L'aplomb leur manquait.

Ils n'étaient pas sûrs que l'invitation si singulièrement transmise par le restaurateur de Saint-Denis fût sérieuse.

Le patron les accueillit la bouche en cœur, s'empressa de les rassurer et leur donna le conseil de commander des apéritifs qui seraient portés sur la note de l'amphitryon.

Naturellement ils commandèrent.

A ces premiers venus, deux autres se joignirent, puis deux autres encore, et bientôt les convives de Saint-Denis et d'Asnières se trouvèrent au complet, absorbant à pleins verres l'absinthe, le bitter ou le vermouth.

A six heures précises, Jean-Jeudi et Mignolet apparurent.

Une clameur d'admiration les accueillit.

— C'est des princes russes! — disaient les uns.

— De vrais cocodès!... — criaient les autres.

— Ils reluisent de la tête aux pieds!

— Ils embaument l'eau de Cologne et le vinaigre de Bully...

— Tout de même ce sont des lâcheurs!... — D'où arrivent-ils?

— Nous arrivons du Havre, mes vieux lapins... — répliqua Jean-Jeudi.

— Avez-vous au moins rapporté des huîtres?

En ce moment le restaurateur, digne et majestueux, une serviette sur le bras, ouvrit la porte.

— Les huîtres sont servies... — dit-il. — Elles attendent ces messieurs...

Les invités se dirigèrent deux par deux vers le salon où le couvert était mis, et furent comme pétrifiés par la magnificence du spectacle qui frappait leurs yeux; — jamais ils n'avaient vu tant de cristaux, tant de porcelaine, tant d'argenterie; jamais non plus pareilles montagnes d'huîtres, escortées d'une sauce au vinaigre, au gros poivre et à l'échalote.

D'avance les grands verres étaient pleins jusqu'aux bords d'un vin de Chablis couleur d'ambre.

A la stupeur du premier moment succéda la joie.

Un hourrah bruyant retentit et on attaqua les huîtres.

Au milieu de l'allégresse générale Jean-Jeudi restait soucieux.

— Monsieur arrive du Havre ? dit-il à Jean-Jeudi en le saluant avec déférence.

Un pli se creusait entre ses sourcils ; — sa lèvre inférieure s'allongeait en une moue significative.

L'absence de René Moulin et de Berthe le taquinait et lui paraissait inexplicable.

— J'ai écrit à tous les deux, — se disait-il. — Ni l'un ni l'autre n'a-t-il donc reçu ma lettre ? — C'est difficile à croire... J'imaginerais plutôt qu'ils ne viennent point parce que René Moulin m'en veut d'avoir filé sans tambour ni trompette, avec un fort magot, le soir des tableaux vivants... — Après tou', il n'est que six heures... — Peut-être bien qu'ils arriveront plus tard...

Laissons commencer le repas pantagruélique du restaurant de la *Boule-Noire* et, avant d'entamer le récit des événements multiples qui se préparaient et devaient se succéder en moins de quelques heures, occupons-nous brièvement de l'un de nos plus importants personnages, mistress Dick Thorn.

L'ex-Claudia Varni, depuis qu'elle avait obtenu de Théfer qu'il ne donnerait pas sa démission d'inspecteur de la sûreté, vivait dans une tranquillité d'esprit relative.

Aucun fait nouveau de nature à l'inquiéter ne s'était produit.

Le silence de Théfer et de Georges, qui ne donnaient de leurs nouvelles ni l'un ni l'autre, confirmait sa croyance qu'elle n'avait rien à craindre.

Toujours prudente, d'ailleurs, même dans sa sécurité, et trouvant sage de se ménager au besoin d'indiscutables *alibis* si l'on recourait aux *grands moyens* pour imposer silence à Jean-Jeudi et pour lui reprendre les papiers volés, elle se gardait bien de s'isoler du monde et, après s'être entourée de serviteurs nouveaux, elle ne cessait de visiter ses amis chez eux et de les accueillir chez elle.

Elle comptait fermement qu'il lui serait bientôt possible de renouer sans nul mystère ses relations d'autrefois avec le sénateur.

Plus que jamais elle voulait que Henry de la Tour-Vaudieu devînt le mari de sa fille Olivia.

Depuis le jour de sa fête elle n'avait revu ni le jeune avocat ni le docteur Étienne Loriot.

Sachant ce dernier très occupé, elle cherchait dans ses travaux incessants une excuse à la rareté de ses visites, s'étonnant néanmoins un peu qu'il ne trouvât pas une heure pour accomplir un devoir de stricte politesse.

Le matin de ce même jour, elle avait écrit à Henry de la Tour-Vaudieu et à Étienne, pour les engager à venir, le soir, prendre une tasse de thé chez elle.

Le jeune médecin s'était empressé de répondre qu'étant obligé de passer la nuit près d'un malade il lui fallait décliner, à son grand regret, la gracieuse invitation de mistress Dick Thorn.

Henry, lui, n'avait aucun prétexte plausible à alléguer.

Convaincu qu'il rencontrerait son ami chez mistress Dick Thorn, il se proposait de se rendre vers dix heures du soir à l'hôtel de la rue de Berlin, où l'attirait en outre un motif que nous ne tarderons pas à connaître.

XLI

Après avoir lu et relu la relation du procès désigné dans les annales judiciaires sous le nom d'*Affaire du pont de Neuilly*, le jeune avocat désirait vivement savoir pourquoi mistress Dick Thorn avait manifesté un si grand effroi en assistant à la reproduction plastique de ce crime célèbre.

Nous le retrouverons bientôt à l'hôtel de la rue de Berlin.

Rejoignons Théfer.

En quittant le duc de la Tour-Vaudieu, l'agent de police était rentré chez lui pour en ressortir au bout d'une heure, grimé avec son talent habituel et complètement méconnaissable.

Il se dirigea, en se donnant des allures de flâneur, du côté des hauteurs de Belleville.

La situation qu'occupait la cité Rébeval était gravée dans sa mémoire. — Il savait que la bicoque habitée par Jean-Jeudi s'adossait à une muraille derrière laquelle commençaient les terrains vagues des buttes Chaumont.

Tout en combinant son plan, il fit un tour énorme, s'engagea dans les terrains vagues, arriva au mur que nous venons de signaler, gravit les premières déclivités des buttes et put plonger ses regards dans les deux cours, celle de la grande maison en façade de la rue Lauzun, et celle, beaucoup plus petite, attenant au logis du voleur émérite.

— Parfait, — se dit-il, — nous entrerons là-dedans comme chez nous... Le quartier, de ce côté, est un véritable désert. — Personne ne nous dérangera.

Ses observations faites, il regagna les rues tortueuses de Belleville.

A l'heure convenue, le duc Georges de la Tour-Vaudieu arrivait au rendez-vous assigné par Théfer et suivait à pas lents le chemin de ronde allant de la barrière de Belleville à celle de l'Orillon.

Un large pardessus de grosse étoffe l'enveloppait. — Un chapeau à larges bords cachait le haut de son visage.

Il s'arrêta en entendant marcher.

Un homme se dirigeait vers lui dans les ténèbres et fit halte à son tour au moment de l'atteindre.

C'était le policier, qui lui dit :

— C'est bien à M. Frédéric Bérard que j'ai l'honneur de parler ?...

— Parfaitement...

— Voici le moment d'agir.

— Je suis prêt.

— Vous êtes armé ?

— Oui.

— Suivez-moi donc.

Les deux complices gagnèrent ensemble les terrains vagues où nous avons vu Théfer opérer une reconnaissance, et se trouvèrent en face de la muraille d'enceinte, haute de deux mètres et demi tout au plus, et dont la masse grisâtre se détachait vaguement au milieu de l'obscurité.

— C'est par là que nous entrerons... — fit l'agent.

— Je ne vois aucune ouverture...

— Il n'en existe pas, en effet...

— Faudra-t-il donc escalader?... — murmura le duc avec effroi...

— Sans doute...

— Je ne pourrai jamais!...

— Allons donc!... — Le mur est très bas ; je vais vous aider, et ça ira tout seul...

L'agent fit la courte échelle au sénateur, qui parvint sans trop de peine sur la crête du mur, où Théfer le rejoignit puis sauta de l'autre côté et, de même qu'il avait facilité l'ascension, facilita la descente.

— Maintenant, — reprit le policier, — il s'agit de nous introduire...

Il se dirigea vers la porte et palpa la serrure.

— Pas compliquée... — dit-il. — En soufflant dessus elle s'ouvrirait...

Et, tirant de sa poche un trousseau de ces crochets que les serruriers et les voleurs appellent *rossignols*, il en choisit un au toucher, le glissa dans la serrure et, du premier coup, mit le pêne en mouvement.

La porte s'ouvrit.

Georges de la Tour-Vaudieu en franchit le seuil, suivi de Théfer qui la referma sans bruit, exhiba une petite lanterne sourde, l'alluma et reprit :

— Rien ne nous empêche plus de procéder à une visite domiciliaire... — Il faut, avant toute chose, retrouver le portefeuille et les papiers volés chez mistress Dick Thorn et qu'il serait dangereux de laisser derrière soi... — Nous supprimerons l'homme ensuite, quand nous aurons détruit les papiers...

— Hâtons-nous... — dit le sénateur, dont un tremblement nerveux agitait les mains.

Théfer secoua la tête.

— Quand on se dépêche trop, — répliqua-t-il, on fait de la mauvaise besogne... — Rien ne presse... Jean-Jeudi est en ce moment tout à la joie et se grise à la *Boule--Noire* en compagnie digne de lui. — Il ne pense ni à vous, ni à sa maison, ni aux papiers volés... — Nous avons du temps devant nous... — Agissons donc avec une sage lenteur, nous n'arriverons que plus vite au but...

Georges promenait ses yeux autour de la chambre.

— Les clefs sont sur les meubles, — fit-il.

— Cela simplifiera la besogne... — Veuillez m'éclairer, monsieur le duc...

— Je vais procéder... Ça me connaît...

M. de la Tour-Vaudieu prit la lanterne, et la perquisition commença.

Théfer, ayant une grande habitude de ces sortes de choses, opérait selon toutes les règles.

Pas un coin ne lui échappait.

Il fouillait partout, il retournait tout, et ne laissait cependant derrière lui aucune trace de son minutieux examen.

Au bout d'une demi-heure la majeure partie des tiroirs, — médiocrement nombreux d'ailleurs, — étaient explorés sans résultat.

— Rien... — murmura le duc.

— Patience... — ce n'est pas fini...

Et le policier passa méthodiquement à un autre meuble.

Nos lecteurs savent déjà qu'il ne devait rien trouver, et cela par la meilleure de toutes les raisons, Jean-Jeudi ayant sur lui le portefeuille qui contenait, sans qu'il s'en doutât, le testament de Sigismond et le reçu de Guiseppe Corticelli.

Tout fut vainement visité, jusqu'aux matelas, jusqu'à l'oreiller.

Théfer explora même les briques qui servaient de plancher.

— Tonnerre! — grommela-t-il en frappant du pied, — le gredin connaît la valeur des papiers en question! — Il ne s'en sépare pas et les emporte dans sa poche!...

— Que faire?

— Les lui prendre...

— Comment?

— En faisant juste le contraire de ce que je recommandais tout à l'heure... — Il faut l'attendre ici, le tuer d'abord et le fouiller ensuite.

— L'attendre?... — répéta de la Tour-Vaudieu. — Rentrera-t-il seulement cette nuit?

— Je me charge de le faire rentrer, et je vais avoir l'honneur de vous indiquer la marche à suivre... Rien n'est plus simple... Vous vous dissimulerez dans un coin sombre jusqu'au moment où il aura franchi le seuil de son logis et, quand il aura pris soin d'allumer la bougie que voilà, vous frapperez.

— Allez-vous donc me laisser seul ici?... — bégaya le sénateur avec angoisse.

— Il le faut bien, puisque sans cela Jean-Jeudi ne rentrerait pas...

— Mais vous me rejoindrez, au moins.

— Le plus tôt possible...

— Où me cacher?

Théfer inspecta du regard l'intérieur de la chambre.

Il avisa une sorte de placard sans porte, dans lequel se trouvaient accrochés des vêtements.

— Là... — dit-il, — l'endroit semble fait exprès... — Lorsque vous entendrez le drôle ouvrir sa porte, glissez-vous derrière ces loques, et attendez la minute favorable dont je vous parlais tout à l'heure... — Notre perquisition a duré plus longtemps que je ne ne croyais... — Il est grandement temps que je file à la *Boule-Noire*...

L'agent se disposait à sortir.

— Ah ! — reprit-il en s'arrêtant, — j'oubliais de m'informer d'une chose bien importante. — Vous avez des armes, je le sais, mais j'ignore lesquelles...

— Un revolver et un couteau...

— Il ne faut pas songer à vous servir du revolver... — La détonation donnerait l'alarme au milieu de la nuit, et pourrait attirer du monde...

— Je comprends cela...

— Reste le couteau... — Ne peut-il vous compromettre et devenir un indice contre vous ?

— Non, — répliqua le sénateur; — c'est un couteau commun, acheté dans un bazar. — La lame est large et tranchante, mais ne porte pas même un nom de fabricant...

Et il présentait l'arme en question à Théfer, qui l'examina et répondit :

— C'est ce qu'il faut... — En face de cet outil fabriqué par milliers de grosses, toutes les polices du monde perdraient leur latin... — Vous le laisserez dans la blessure ou par terre, à côté du corps... — Faites en sorte de frapper par devant, afin qu'un suicide soit vraisemblable...

Il prit dans son portefeuille un papier qu'il tendit à Georges, et continua :

— J'aurai l'honneur de vous prier, monsieur le duc, de vouloir bien mettre ce papier en évidence sur cette table où je vois une plume et de l'encre... C'est essentiel, afin qu'on ne doute pas du suicide...

— Ce sera fait.

— Je pars. — Si je n'avais pas pu vous rejoindre avant *l'affaire*, vous me retrouveriez sur le chaperon du mur, que je vous aiderais à escalader.

— C'est convenu.

— Pas de bruit, surtout, monsieur le duc, et pas de lumière.

— Soyez tranquille.

L'agent éteignit la lanterne sourde, sortit de la chambre, referma la porte sur son complice, franchit lestement la clôture et se trouva dans les terrains vagues.

Il se dirigea au pas de course vers une station de voitures, prit un fiacre et dit au cocher :

— Boulevard Rochechouart, barrière des Martyrs, et du train ; vous serez content du pourboire...

— A l'heure ou à la course ?

— A l'heure...

Le cheval partit au grand trot.

XLII

En moins de vingt minutes la distance fut franchie.

Théfer mit deux pièces de cent sous dans la main du cocher en lui disant :

— Allez m'attendre auprès de la barrière.

Puis il entra à la *Boule-Noire*.

Une animation prodigieuse régnait dans l'établissement.

Les salles et les cabinets du rez-de-chaussée, éclairés *a giorno*, étaient pleins de consommateurs.

Jean-Jeudi et ses invités occupaient un des salons du premier étage.

Dans un autre, très vaste, la musique faisait rage, — une musique digne en tout point du *Café des Aveugles*, — les planchers tremblaient sous les bonds épileptiques des danseurs, et la poussière épaisse enveloppait comme un brouillard les globes en verre dépoli des becs de gaz.

Jamais société plus hétéroclite ne mena plus bruyant tapage.

Artistes bohèmes, ouvriers, calicots, *alphonses* aux accroche-cœurs pommadés, fraternisaient dans un indescriptible pêle-mêle.

La partie féminine se composait de modèles des ateliers de peinture, posant *pour le torse* ou *pour l'ensemble*, de piqueuses de bottines, de giletières, de fleuristes, et de *demoiselles* sans profession.

Tout ce monde débraillé, grisé par le vacarme autant que par les *saladiers* de vin chaud, chantait, riait, poussait des cris aigus, des gloussements bizarres, et levait la jambe avec une agilité dont les clowns de cirque auraient été jaloux.

Quelques gardes municipaux et un certain nombre d'agents en bourgeois avaient mission de faire respecter la morale publique.

Ils s'en acquittaient de leur mieux, mais sans grand succès, ce dont ils prenaient leur parti, d'ailleurs, avec philosophie.

Théfer, après avoir parcouru les salles du rez-de-chaussée, monta au premier étage et fit le tour des salons de danse.

Jean-Jeudi et sa bande ne s'y trouvaient pas.

Il alla rôder dans les couloirs desservant les autres salons et les cabinets.

Un grand bruit d'éclats de rire et de clameurs joyeuses attira son attention ; — une porte un instant ouverte par un garçon chargé de bouteilles lui permit d'entrevoir celui qu'il cherchait, debout, un verre à la main, et pérorant.

— Le drôle est là, — se dit le policier, — et le dîner n'est pas fini... — Il faut attendre...

S'asseyant alors à une table placée dans la salle de danse, près de l'entrée du couloir, il se fit servir un verre de punch.

Minuit n'était pas encore sonné et le bal se prolongeait d'habitude jusqu'à une heure du matin.

La foule des danseurs augmentait ; les cuivres de l'orchestre déchiraient le tympan ; les quadrilles devenaient de plus en plus fantaisistes, et la galerie applaudissait les contorsions grotesques de ces clodoches improvisés qui semblaient pris de *delirium tremens*.

Dans le salon de Jean-Jeudi, le repas touchait à sa fin.

On avait mis le dessert au pillage et on commençait à répandre sur la table le contenu des bouteilles en croyant remplir les verres.

L'amphitryon, ivre aux trois quarts, avait les yeux clignotants, la langue épaisse, la parole intarissable et continuait à boire.

La chaleur était étouffante. — La sueur inondait les visages.

— Où il y a de la gêne il n'y a pas de plaisir... — bégaya Jean-Jeudi. — Mettons-nous à notre aise...

Et, donnant un exemple immédiatement suivi par ses convives, il ôta sa redingote, qu'il suspendit à une patère, derrière lui.

Mignolet, qui s'était ménagé beaucoup et conservait tout son sang-froid en jouant l'ivresse à merveille, frissonna de joie en suivant des yeux le vêtement dont la poche recélait le fameux portefeuille, objet de sa convoitise.

Les bouteilles circulèrent de nouveau.

Le voleur émérite, dont une idée soudaine traversa le cerveau, se leva, non sans quelque peine, et, d'une voix pâteuse, articula ces mots :

— Mes petits vieux, je me fends d'une motion... — La clarinette et la grosse caisse nous font une invite à cœur... — Il y a des dames de l'autre côté... — On est galant et troubadour, que diable !... — En conséquence je propose d'aller pincer un léger rigodon avec le beau *sesque* avant de prendre le café...

La motion de Jean-Jeudi trouva de l'écho.

— Fameuse, l'idée !... — crièrent les convives. — Allons-y du rigodon...

— Faut de la tenue... — dit un invité. — Rendossons nos frusques...

— De quoi, nos frusques ? — répliqua l'amphitryon en haussant les épaules. — Des manières, oh ! là ! là ! — Nous sommes ici chez nous... — Il fait chaud à cuire un pain de quatre livres... — Nos paletots nous gêneraient dans les entournures, et, d'ailleurs, nous avons du linge !

— C'est ça ! — appuya Mignolet. — A Chaillot la toilette, et en avant le rigodon !...

Les dîneurs se prirent par le bras et, festonnant, zigzaguant, titubant, envahirent la salle de bal, bousculant tout le monde et hurlant :

— Place au quadrille ! — V'là les camarades qui s'amènent !... Invitez vos dames ! Ohé ! la musique ! Pistonnez-nous le *Pied qui r'mue !*...

Cette irruption inattendue d'une bande notablement ébriolée produisit un moment de stupeur.

L'agent fit la courte échelle au sénateur, qui parvint sans trop de peine sur la crête du mur.

L'orchestre s'arrêta net.

Les danseurs, troublés dans leurs ébats allaient chercher querelle aux nouveaux venus.

Deux gardes municipaux s'approchèrent de Jean-Jeudi, qui gesticulait plus que tous les autres, et lui dirent :

— On ne danse pas en manches de chemise... — Sortez du bal, ou habillez-vous de façon décente...

— De la décence, cipal de mon cœur, j'en ai à revendre... — balbutia le voleur émérite; — j'ai fait de la dépense... une dépense conséquente... la maison est à moi. — Je danserai comme je suis.

— Vous ne danserez pas!... — crièrent les habitués du bal.

— Nous danserons...

— Nous allons vous flanquer dehors!..

— Essayez un peu, pour voir...

On allait en venir aux coups lorsque le patron de l'établissement, prévenu qu'il se passait quelque chose d'anormal, accourut et dit aux agents :

— Je vous en prie, messieurs, laissez-les...— Ce sont des clients... — Ils se sont mis à leur aise parce qu'ils ont bien dîné et qu'il fait chaud, mais ils ne causeront aucun scandale.

— Il y a un règlement — fit un garde municipal ; — on doit respecter la consigne...

Une discussion commença.

Théfer voyait tout, entendait tout, et se rongeait les ongles.

— Il va se faire coffrer!! — murmurait-il avec inquiétude en voyant Jean-Jeudi tenir tête à la garde. — C'est un repris de justice... on l'interrogera... il est ivre... il ne saura pas se tenir ; un mot de lui peut tout perdre... et il dira ce mot si je n'interviens pas...

Le policier se leva, fendit les groupes et, prenant à part un des agents en bourgeois, qu'il connaissait de vue, il lui mit sous les yeux sa carte d'inspecteur et lui glissa dans l'oreille ces mots :

— Pas d'esclandre... — C'est une bande que je file... — Laissez-les faire et n'arrêtez personne... — Ordre de la préfecture...

L'agent n'avait qu'à s'incliner.

Il fit un signe qui fut compris, et l'un des représentants de la force publique termina la discussion en disant d'un ton paternel :

— Puisque vous êtes des clients de la maison, dansez comme vous voudrez, mais soyez raisonnables...

— Vive l'cipal!... — vociféra Jean-Jeudi. — Allez la musique!...

L'orchestre recommença son vacarme, et le quadrille interrompu se réorganisa sans encombre.

Théfer, après avoir constaté le succès de son intervention, quitta le salon de danse et sortit du restaurant.

Sur le trottoir rôdaient trois ou quatre pâles *voyous*.

Ces futurs piliers des maisons centrales, ces gredins précoces aux joues creuses, aux yeux cernés, aux cheveux couleur de filasse, ne pouvant entrer au bal faute de la moindre pièce de monnaie, écoutaient mélancoliquement la musique en attendant que quelque danseur les envoyât chercher un fiacre ou leur jetât un bout de cigare.

Le policier frappa sur l'épaule de l'un d'eux, qui lui parut de mine intelligente.

— Qu'y a t-il pour votre service, bourgeois ? — demanda le gamin, avec un grasseyement caractéristique. — Vous faut-il une voiture ?

— Veux-tu gagner cent sous ?

— Sans blague ?

— Oui.

— Parbleu ! — Qu'est-ce qu'il faut faire pour ça ?

Théfer tira de son portefeuille un billet cacheté qu'il tendit au gamin.

— Tout simplement prendre ceci, — répondit-il, — et entrer à la *Boule-Noire*...

— Bon... — Après ?...

— Connais-tu le maître de l'établissement ?

— Le patron de la case ?... — Bien sûr, que je le connais...

— Tu lui donneras ce billet en le priant de le remettre de suite au monsieur qui a invité du monde à dîner chez lui... — Son nom est sur l'enveloppe..

— Compris... Ensuite ?

— Le patron te questionnera peut-être sur la personne qui t'a chargé de cette lettre...

— Qu'est-ce qu'il faudra lui dire ?

— Que ça vient de la place Royale, de la part de M. René Moulin...

— *Place Royale... René Moulin...* On s'en souviendra... — Y aura-t-il une réponse ?

— Non.

— Alors, c'est tout ?

— C'est tout...

— Donnez l'argent et je me carapate...

Le policier mit cinq francs dans la main du pâle voyou.

Ce dernier fit un saut de joie, empocha la pièce et franchit en trois bonds le seuil de la *Boule-Noire*.

XLIII

Théfer traversa la chaussée et attendit de l'autre côté du boulevard, les yeux fixés sur la porte du restaurant.

Le gamin s'était acquitté consciencieusement de sa mission.

Questionné par le patron il avait répondu :

— Ça vient de la place Royale, du nommé René Moulin...

Le quadrille tapageur venait de finir.

Jean-Jeudi et ses convives rentrèrent dans leur salon particulier pour y prendre le café en sirotant les alcools.

Le maître de la maison s'approcha du vieux voleur.

— Voici une lettre qu'on vient d'apporter pour vous... — lui dit-il.

— Une lettre pour moi! — répéta l'amphitryon d'un air ahuri, — d'où ça vient-il ?

— De la place Royale...

— De René, je parie...

— De M. René Moulin...

— Ah! le brave garçon!... il n'aura pas pu venir, et il s'excuse... à la bonne heure... Voyons un peu ça...

Jean-Jeudi déchira l'enveloppe et lut tout bas :

« Mon vieux camarade, je ne puis aller à la *Boule-Noire*, pour des raisons
» que je te dirai; mais j'ai absolument besoin de te voir cette nuit même... —
» Il s'agit de ce que tu sais... — C'est très grave... pas une minute à perdre...
» — J'irai chez toi à Belleville à une heure du matin; il faut que je t'y trouve
» ou tout est flambé...

» René Moulin. »

L'ancien complice de Georges et de Claudia passa sa main sur son front, mouillé de sueur.

— Tout est flambé... — bégaya-t-il en laissant tomber la lettre. — Bien sûr qu'il y a du grabuge...—René veut me voir...; il va m'attendre... il faut y aller..., — Quelle heure avons-nous? — ajouta-t-il à haute voix.

— Minuit dix minutes... — répondit le restaurateur.

— Envoyez-moi chercher un fiacre... — où est ma *pelure ?...*
Mignolet se glissa vers le coin du salon où les vêtements étaient accrochés.

— Mes enfants, — reprit Jean-Jeudi, — une petite affaire me réclame... un rendez-vous avec une dame... — Je file, mais ça ne sera pas long... — Dansez, buvez, rigolez, tout est payé... — Dans deux heures je serai de retour... — Où est ma *pelure?*

— La voici... — répondit Mignolet en lui mettant sa redingote sur le bras...

— Ne vous impatientez pas...

Et le voleur émérite s'élança hors du salon.

Sa marche était mal assurée... — Il faillit tomber dans l'escalier.

Mignolet, à qui personne ne faisait attention, disparut derrière lui.

— Tiens ! — dit un des convives, surnommé l'*Albinos* parce qu'il avait les yeux rouges et les cils blancs, — il a oublié sa babillarde... — je la lui rendrai quand il reviendra...

Et, ramassant la lettre, il la mit dans sa poche; puis l'orgie recommença de plus belle.

Nos lecteurs ont compris que Mignolet venait de réaliser enfin le projet si longtemps caressé.

En allant chercher la redingote de Jean-Jeudi il s'était emparé du portefeuille, et c'est pour mettre sa fortune en sûreté qu'il s'éloignait du restaurant.

Il fila par le boulevard de Clichy, cherchant des yeux une voiture.

Un fiacre passait à vide, regagnant son remisage.

— Cent sous pour me conduire place Laborde et me ramener à la *Boule-Noire...* — dit-il au cocher.

— Ça va; mais payez d'avance... J'ai été refait plus d'une fois, et chat échaudé craint l'eau froide...

— Voici la roue de derrière...

— Montez...

Le fiacre roula.

Mignolet, très ému, tira de sa poche le portefeuille et l'ouvrit.

Un frémissement délicieux agita ses doigts au contact du papier de la Banque de France; mais presque aussitôt une immense déception empoisonna sa joie.

Ce portefeuille qu'il avait vu si bien garni au Havre était presque vide.

— Tonnerre! — murmura-t-il, — est-ce que le gredin aurait dépensé tout son argent? C'est ça qui serait malheureux... — il me semble que je palpe à peine trois billets... — Voyons un peu...

Il fit craquer une allumette chimique.

L'intérieur de la voiture s'éclaira pendant une seconde.

— Deux mille cinq cents francs et pas un fichtre avec! — reprit le jeune filou en faisant une grimace de désappointement, — la belle fichaise! — Au Havre, j'en suis sûr, il en avait plus de quinze mille! — Qu'est-ce qu'il peut faire de son argent?... — il doit avoir des vices que je ne connais pas! — Fiez-vous donc aux amis! — moi qui comptais *lever* un joli magot! — Enfin ça vaut toujours mieux que rien et je vais mettre ces quatre sous à l'abri de toute réclamation... — Quant au portefeuille, il est vide... — C'est une pièce de conviction compromettante... — A la borne le maroquin!...

Mignolet abaissa l'une des glaces du fiacre et lança au hasard l'objet dont il voulait se débarrasser.

Pour aller place Laborde le cocher avait pris la rue d'Amsterdam.

Le portefeuille décrivit une courbe et vint s'abattre dans le renfoncement de la porte cochère d'une maison située à l'angle de la rue d'Amsterdam et de la rue de Berlin.

En 1857 l'effroyable quartier qu'on avait surnommé *la petite Pologne* commençait seulement à tomber sous la pioche des démolisseurs.

Le jeune Mignolet, quittant la voiture, s'enfonça dans l'une des rues étroites et tortueuses qui se greffaient à cette époque sur la place Laborde et qui n'existent plus aujourd'hui.

Arrivé en face d'une maison de misérable apparence, il tira de sa poche un passe-partout, ouvrit une porte et disparut dans une allée noire et puante.

Il reparut au bout de cinq minutes, regagna son fiacre et donna l'ordre de le ramener au boulevard Rochechouart.

— Les fafiots sont en lieu sûr, — se disait Mignolet tout en roulant une cigarette, — bien malin qui mettra la main dessus... — Et quant au portefeuille, ce vieux filou croira l'avoir perdu en route...

A la *Boule-Noire* l'orchestre du bal jouait les derniers quadrilles.

Les convives de Jean-Jeudi, après avoir pris le café, s'étaient remis à boire du vin de Champagne et chantaient à tue-tête, — tous à la fois, mais des airs différents.

Mignolet entra.

— D'où diable viens-tu? — lui demanda quelqu'un.

— De danser, parbleu! — il y a dans le bal une petite boulotte blonde qui m'a tapé dans l'œil... — Nous avons pris rendez-vous pour demain... — Je suis en nage... — Versez-moi à boire...

Tandis que se passaient ces choses dans le quartier des Buttes-Montmartre, une scène intéressante avait lieu au faubourg Saint-Germain, rue de l'Université, dans le pavillon appartenant au duc de la Tour-Vaudieu et devenu l'asile de Berthe Leroyer.

Neuf heures du soir venaient de sonner.

Étienne Loriot et René Moulin étaient assis au chevet de la malade.

Françoise, la servante dévouée d'Étienne, vaquait aux soins de l'intérieur.

L'orpheline allait beaucoup mieux.

Les douleurs internes, si inquiétantes au début, diminuaient de jour en jour et pour ainsi dire d'heure en heure.

La voix était revenue.

Une teinte faiblement rosée colorait la pâleur des joues, et l'étincelle de la vie brillait dans les prunelles humides.

Les deux hommes contemplaient avec bonheur la jeune fille qui leur souriait avec tendresse.

— Que vous êtes bons, mes amis!... — murmura Berthe en leur tendant les mains.

René en serra une dans les siennes, tandis qu'Étienne appuyait l'autre sur ses lèvres.

— Cher docteur, — demanda l'orpheline, — vous me trouvez tout à fait bien, n'est-ce pas?

— Tout à fait, oui, et je n'osais pas espérer une si rapide convalescence...

— Alors, maintenant, je serai vite guérie?

— Oui... — Encore quelques jours et nous vous ferons marcher un peu pour vous rendre de la vigueur.,.

— Si vous saviez combien il me tarde de quitter mon lit...

Elle ajouta d'une voix sombre, avec un indéfinissable regard :

— De pouvoir agir !...

René et le docteur comprirent la pensée de la jeune fille et échangèrent un coup d'œil.

— Chère enfant, — dit le mécanicien, — chassez des rêves irréalisables. — Désormais Étienne et moi nous agirons seuls... — Votre vie nous est trop précieuse pour que nous vous la laissions compromettre dans des tentatives au-dessus de vos forces... — Jusqu'au jour, prochain je l'espère, où nous aurons atteint notre but, vous ne sortirez point de cette demeure...

Berthe secoua la tête et se dressa sur son séant.

— N'espérez pas cela... — répliqua-t-elle avec animation ; — vous ne pouvez réussir sans moi, car vous ne savez rien encore... — Vous me défendiez de parler et j'obéissais ; vous ignorez ce que j'ai souffert, ce que j'ai entendu, ce que j'ai vu... Oh ! les misérables !... les misérables !...

Le sang affluait aux pommettes de la jeune fille et ses yeux lançaient des éclairs.

— Calmez-vous, mon amie... — lui dit le docteur. — Cette émotion violente peut vous faire beaucoup de mal... — Si vous vous animez ainsi en parlant, je serai contraint de vous ordonner de nouveau un silence absolu...

— Je tâcherai d'être calme... — murmura l'orpheline en souriant.

— Si jusqu'à présent nous ne vous avons pas questionnée, —reprit Étienne, — c'est que votre état ne vous permettait pas de répondre sans imprudence... — Aujourd'hui nous souhaitons ardemment connaître les souffrances que vous avez subies... — Parlez donc, si vous vous sentez capable de le faire sans vous animer, car, dans le cas contraire, il me faudrait vous interrompre...

— J'imposerai silence à mon indignation... je parlerai froidement, comme si les choses dont il s'agit concernaient une étrangère... — Interrogez-moi...

XLIV

— D'abord, chère enfant, — demanda René, — comment avez-vous suivi les gens qui se sont présentés de ma part?

— Vous savez cela? — fit Berthe avec étonnement.

— Oui, et bien d'autres choses encore... Mais nous avons besoin que ces choses nous soient expliquées...

L'orpheline commença d'une voix faible un long récit dont nos lecteurs connaissent déjà les moindres détails.

Étienne et le mécanicien l'écoutaient en frissonnant.

Lorsque l'enfant raconta l'effroyable scène du plateau de la Capsulerie, un double cri d'horreur s'échappa de leurs lèvres.

— Oh ! les infâmes ! — murmura René. — Dieu est juste !... il ne permettra pas que de tels crimes restent impunis...

— La justice de Dieu atteindra les meurtriers du médecin de Brunoy ! — répliqua le médecin avec exaltation. — Le supplicié de la barrière Saint-Jacques, Paul Leroyer, mort innocent, sera réhabilité, je le jure !...

Berthe, en entendant ces mots, tressaillit.

— Le secret terrible... le secret de honte... — balbutia-t-elle en cachant dans ses mains son visage livide, — qui vous l'a révélé ?..

— Personne... — Je n'ai rien fait, — Dieu m'en est témoin ! — pour pénétrer le mystère que vous vous efforciez d'épaissir autour de vous, ma loyauté me le défendait, mais le hasard a mis sous mes yeux le compte rendu d'un procès célèbre jugé il y a vingt ans : *L'Affaire du pont de Neuilly*... J'ai lu, et la lumière s'est faite dans mon esprit... — L'évidence s'imposait à moi... — J'ai deviné que le nom de Monestier, pris par votre sainte mère, cachait un autre nom, injustement souillé... — J'ai compris que vous étiez la fille du martyr, et je tombe à vos pieds pour implorer mon pardon, moi qui vous ai méconnue, accusée, et dont l'aveuglement a grandi vos douleurs... Pardonnez-moi, ma bien-aimée Berthe... Pardonnez-moi !...

Étienne s'était laissé tomber à genoux auprès du lit, et couvrait de baisers et de larmes les mains que l'orpheline lui abandonnait.

René Moulin, remué profondément, essuyait ses yeux humides.

La jeune fille suffoquait d'émotion.

— Vous croyez donc, vous aussi, — murmura-t-elle, — que mon père était innocent ?...

— Et je ne suis pas seul à le croire... Mon meilleur ami, une des gloires du jeune barreau, partage ma conviction, et c'est lui qui plaidera cette grande cause quand le jour de la réhabilitation sera venu...

— Quand viendra-t-il ? — demanda Berthe, quand viendra-t-il, ce jour si longtemps attendu ?...

— Aussitôt que nous aurons une preuve matérielle à joindre aux preuves morales...

— Ah ! — s'écria René, — nous la tenions cette preuve !... Jean-Jeudi, le témoin du crime... la preuve vivante !... et il nous échappe... — Mais il ne se dérobera pas toujours.., — Je le retrouverai...

— Dieu le veuille... ! — dit à voix basse l'orpheline en poussant un soupir.

Elle ajouta tout haut :

— Qu'y a-t-il pour votre service, bourgeois ? demanda le gamin.

— Et vous, mes amis, qu'avez-vous fait ?

Le mécanicien raconta la soirée de mistress Dick Thorn, l'effet produit sur elle par le tableau vivant, et la disparition de Jean-Jeudi qui, quelques heures plus tôt, avait reconnu sous le nom de Frédéric Bérard l'homme du pont de Neuilly...

— Celui qui m'a frappée, — dit Berthe ; — celui qui, me croyant mortellement atteinte, s'est vanté d'être l'auteur du crime?...

— Oui, chère enfant, ce misérable...

— Et, — reprit la jeune fille, — vous croyez que cette femme était sa complice ?...

— Dans le passé, oui... — les preuves abondent. — Mais je crois qu'elle n'est pour rien dans la tentative faite contre vous...

— Êtes-vous allé chez moi? — demanda Berthe à René.

— Oui, et j'ai donné à votre concierge la consigne de répondre que vous êtes à la campagne si l'on venait s'informer de vous.

— Ceci est bien... mais une chose m'inquiète...

— Laquelle?

— Les titres de votre fortune et l'argent que vous m'aviez confiés sont dans mon logement... — Les avez-vous repris ?

— Non...

— Vous avez eu tort... — Ce qui s'est passé place Royale peut se renouveler rue Notre-Dame des Champs...

— C'est vrai...

— Il faut donc vous y rendre ce soir même, et rentrer en possession de ce qui vous appartient. — Je vous prierai de vous charger en même temps d'un peu de linge et d'une robe, car vous savez dans quel état sont les vêtements que je portais le jour du crime.

— Eh bien, — dit René, — j'y vais tout de suite... — Ce n'est pas loin d'ici; je serai revenu avant une heure...

— J'attendrai votre retour... — fit Étienne.

Le mécanicien quitta la chambre de Berthe et le pavillon et se dirigea vers la rue Notre-Dame des Champs.

Il n'était pas loin de onze heures quand il y arriva.

Tous les locataires avaient regagné leur domicile.

La concierge éteignait le gaz et se préparait à se coucher.

— Ah! bah! c'est vous, monsieur René ! — s'écria-t-elle.

— Comme vous voyez, ma chère dame...

— Y a-t-il du nouveau? — Mlle Berthe est-elle retrouvée ?

— Certainement.

— Allons, tant mieux !... — j'étais si inquiète... — Où est-elle, cette chère demoiselle ?...

— A la campagne, chez des amis...

— Elle n'est pas malade, au moins ?

— Pas du tout...

— Reviendra-t-elle bientôt?

— Dans une quinzaine de jours, un peu plus, un peu moins... — Je viens lui chercher du linge, car je repars demain matin...

— Pour aller la rejoindre?

— Oui.

— Alors vous vous chargerez d'une lettre arrivée pour elle depuis trois ou quatre jours? Une lettre qui vient du Havre...

— Bien volontiers.

— La voici...

René mit dans sa poche la lettre que lui tendait la concierge.

— Maintenant, — reprit-il, — je monte m'acquitter de ma commission...

— C'est ça... — Prenez ce bougeoir, monsieur René, ça vous évitera la peine d'allumer en haut...

— Merci.

— Vous faut-il une clef?

— Non. — J'ai celle de Mlle Berthe.

Le mécanicien gravit l'escalier et pénétra dans le logement désert dont personne n'avait tenté de franchir le seuil.

Au bout de dix minutes il redescendit, emportant ses titres de rente et un paquet de linge et de vêtements.

Il rendit le bougeoir à la concierge, qui le chargea de dire *bien des choses* de sa part à sa locataire, et il reprit le chemin de la rue de l'Université.

Étienne était toujours auprès de l'orpheline, qu'une grande fatigue commençait à accabler.

— Voici ce que vous désiriez, chère enfant, — fit le mécanicien, — et notre petite fortune est dans ma poche... — Je la confierai au docteur... — ce sera parfaitement en sûreté chez lui.

— Nous allons nous retirer... — dit le jeune médecin; — il est très tard, et la pauvre Berthe a besoin de repos.

— Il faudra cependant qu'elle lise cette lettre avant de s'endormir... — répliqua René.

Et il plaça sur le bord du lit la missive adressée rue Notre-Dame des Champs.

— Une lettre pour moi! — murmura l'orpheline étonnée. — Qui peut m'écrire?...

— Je n'en sais rien... — C'est arrivé depuis trois ou quatre jours... — Ça vient du Havre.

— Du Havre! Je n'y connais personne...

— Lisez et vous verrez...

Berthe prit la lettre et déchira l'enveloppe.

A peine eut-elle jeté les yeux sur le contenu de cette enveloppe qu'elle poussa un cri de joie.

— Qu'y a-t-il? — demandèrent à la fois Étienne et René.

— C'est de Jean-Jeudi !... — répondit l'orpheline. — De Jean-Jeudi qui vous a écrit place Royale, et qui vous attendait pour dîner ce soir, à six heures, boulevard Rochechouart, au restaurant de la *Boule-Noire.*

— Est-ce possible?

— Voyez vous-même...

René prit la lettre d'une main tremblante et lut à son tour.

— Jean-Jeudi est à Paris, et il veut me voir! — s'écria-t-il. — Ah le ciel nous protège et la chance nous revient! — Docteur, il ne faut pas perdre une minute... — Peut-être est-il encore à la *Boule-Noire*... — Dans tous les cas, je le trouverai chez lui, à Belleville... — Il nous faut cette nuit les papiers qu'il a volés à mistress Dick Thorn...

— Je vous accompagne... — dit vivement Étienne.

Le mécanicien reprit en s'adressant à Berthe :

— Courage et confiance, chère enfant... — Notre étoile brille... Vous demandiez ce soir quand se lèverait enfin le jour de la justice et de la vengeance... — Je crois qu'il approche...

— Allez... allez, mes amis... — répliqua l'orpheline; — je vais prier pour vous!...

Les deux hommes quittèrent le pavillon.

— Il nous faudrait une voiture... — murmura Étienne.

— Nous en rencontrerons certainement dans la rue du Bac...

Et ils se hâtèrent.

A l'angle de la rue de l'Université ils virent un fiacre qui marchait au pas en roulant vers la rue de Sèvres.

— Cocher, — demanda René, — êtes-vous pris?...

— Non, monsieur, — répondit une voix joviale — et je vous conduirais volontiers, mais mon cheval est fatigué... je rentre au remisage...

Étienne et le mécanicien s'écrièrent à la fois :

— Mon oncle!...

— Monsieur Loriot!...

— Comment, c'est toi?... Comment c'est vous? — dit avec étonnement le cocher du fiacre numéro 13. — Ah! par exemple, en voilà une rencontre! — Y a-t-il du nouveau?

— Oui, mon oncle, beaucoup de nouveau, que nous vous expliquerons plus tard... — Pour le moment, au risque de tuer votre cheval, il faut nous mener bride abattue au restaurant de la *Boule-Noire*!..

XLV

— Montez! — répondit laconiquement Pierre Loriot, — *Milord* retrouvera des jambes...

Les deux hommes s'élancèrent dans le fiacre numéro 13 qui tourna sur lui-même, se dirigea du côté de la barrière Rochechouart, et marcha si bon train qu'au bout de quarante minutes il faisait halte devant la *Boule-Noire*, juste au moment où Mignolet venait de rejoindre ses camarades et demandait à boire pour se rafraîchir.

— Voilà Jean-Jeudi qui revient... — fit l'un des convives.

Mignolet ne put se défendre d'un peu de trouble et d'inquiétude.

L'amphitryon s'était-il aperçu du vol et le soupçonnait-il d'en être l'auteur?

Des pas rapides résonnèrent dans l'escalier, puis dans le couloir.

La porte s'ouvrit et René parut, suivi du docteur.

A la vue de ces visages inconnus, un profond silence s'établit.

— Messieurs, — demanda le mécanicien, tandis que ses yeux faisaient le tour de l'étrange assemblée, — Jean-Jeudi est-il ici?...

— Absent pour le quart d'heure... — répondit Mignolet.

— Mais il est dans l'établissement?

— Non, monsieur... — Il est parti pour un rendez-vous qu'on lui donnait chez lui, à Belleville...

— Un rendez-vous à plus de minuit! — s'écria notre ami; — c'est bien invraisemblable...

— Et cependant c'est la vérité vraie... — Son camarade René Moulin l'attendait.

Le nouveau venu haussa les épaules.

— C'est moi qui suis René Moulin, — dit-il, — et je ne lui ai donné aucun rendez-vous.

— Ah! elle est bonne, celle-là! — fit Mignolet en riant. — Vous prétendez ne pas lui avoir donné rendez-vous, et il a reçu votre lettre.

— Ma lettre?... — répéta le mécanicien stupéfait.

— A preuve que la voilà... — bégaya l'*Albinos* dont la langue était épaisse et les lèvres pâteuses. — Voyez voir...

Et l'*Albinos* sortit de sa poche la lettre qu'il avait ramassée.

René la saisit.

A peine eut-il déplié la feuille qu'il poussa une exclamation d'épouvante.

— Qu'est-ce qu'il y a? — demandèrent toutes les voix.

— Il n'y a qu'à cette heure, sans doute, Jean-Jeudi n'existe plus...

— Comment dites-vous ça?... — s'écria Mignolet.

— La même écriture, toujours!! — murmura René, puis il ajouta, en s'adressant à Étienne : — On s'est servi de mon nom pour attirer Jean-Jeudi dans un piège, comme on l'avait déjà fait avec Berthe... — Venez... venez vite... — Nous arriverons peut-être trop tard...

Et il entraîna le jeune médecin, laissant les invités stupéfaits.

— Eh bien? — demanda Loriot en voyant reparaître son neveu et le mécanicien. — Avez-vous trouvé votre homme?...

— Notre homme... — répliqua le mécanicien, — il est en train de se faire assassiner !...

— Ah! diable!

— Vite !... monsieur Pierre, conduisez-nous...

— Où?

— A Belleville... cité Rébeval...

— Cité Rébeval... — répéta le cocher du fiacre numéro 13... — J'y ai mené tantôt un particulier qui sortait d'ici et qui arrivait du Havre.

— C'était lui... — c'était Jean-Jeudi ! — En route, et brûlez le pavé !

— Ah! tonnerre ! — pensa Loriot en mettant son cheval au galop sur le boulevard extérieur, — si j'avais su!... — Mais je ne savais pas...

*
* *

Ce même soir, vers dix heures, Henry de la Tour-Vaudieu, répondant à l'invitation de mistress Dick Thorn, s'était rendu rue de Berlin.

Il ne s'agissait ni d'une fête, ni même d'une grande réception.

La maîtresse de la maison offrait tout simplement une tasse de thé à quelques amis...

Vingt personnes au plus composaient ce petit cercle d'intimes.

Henri, nous le savons, avait un double but en se rendant chez l'ex-Claudia Varni.

— Chère madame, — demanda-t-il à la belle veuve, — verrai-je ici ce soir mo nami Étienne Loriot?

— Je ne saurais répondre à cette question, — dit mistress Dick Thorn en souriant ; — le docteur, quoiqu'il ne puisse douter du plaisir avec lequel nous le recevons, Olivia et moi, nous néglige beaucoup depuis quelque temps... — Nous le lui pardonnons, sachant qu'il est fort occupé et que son service à l'asile de Charenton l'absorbe énormément.

— Étienne est un chercheur, en effet, et sacrifie le plaisir au travail.

— Comme vous, alors, monsieur... — dit un banquier d'une cinquantaine d'années, ami de la maison. — On affirme que vous êtes un infatigable travailleur.

— J'aime l'étude, en effet, monsieur, et tout ce qui se rattache à ma profession m'attire.

— Profession bien belle, — reprit le banquier en riant, — mais bien dangereuse aussi.

— Dangereuse ! — répéta le fils adoptif du sénateur. — Comment l'entendez-vous?

— De la façon la plus simple. — Le comble du talent chez un avocat n'est-il pas d'abuser les juges par de belles paroles, de combattre l'évidence et d'en triompher, de changer la vérité en mensonge, et *vise versa*, et d'obtenir enfin l'acquittement d'un coupable... — N'est-ce pas là le suprême triomphe du mérite oratoire?

Henry de la Tour-Vaudieu tressaillit.

Les paroles qu'il venait d'entendre allaient lui permettre d'arriver à son but et lui fournissaient une entrée en matière.

— Je crois, monsieur, que vous vous trompez... — répliqua-t-il; — un avocat comprenant l'étendue de ses devoirs et la grandeur de sa mission ne se charge jamais, sciemment, de défendre une cause injuste... — Le suprême triomphe du mérite oratoire n'est pas de faire acquitter un coupable, mais d'empêcher les juges de condamner un innocent pour le crime d'un autre...

En disant ce qui précède Henry regardait à la dérobée mistress Dick Thorn. Elle prêtait l'oreille et restait impassible.

Le public parisien, à quelque monde qu'il appartienne, est essentiellement curieux de tout ce qui touche à la police, à la justice et aux tribunaux.

En entendant parler de *juges*, de *coupables* et d'*innocents*, les invités de Claudia crurent qu'il était question de quelque mystérieux drame judiciaire.

Ils interrompirent les conversations particulières et se rapprochèrent des deux interlocuteurs.

— Croyez-vous vraiment, monsieur, — demanda le banquier, — que les tribunaux soient parfois aveugles au point de prononcer d'injustes condamnations?

— Je le crois, oui, monsieur, et les procès célèbres n'en offrent que trop la preuve...

— Vous allez parler de l'affaire du courrier de Lyon...

— De celle-là et de beaucoup d'autres... — Malheureusement les erreurs judiciaires sont nombreuses, et je ne m'occupe que de celles qui sont reconnues, prouvées, indiscutables... — Combien d'autres, non moins funestes, restent et resteront toujours enveloppées de ténèbres... — Celles-là sont innombrables...

— Innombrables! — répéta le banquier.

— Oui, monsieur...

— Vous en connaissez, personnellement, monsieur?

— Hélas! oui, et permettez-moi d'en citer une, la plus étrange et la plus lamentable qui se puisse imaginer... — Vous assistiez dans cet hôtel, il y a quinze jours, à une fête...

— J'avais l'honneur, en effet, d'être un des invités de mistress Dick Thorn.

Claudia écoutait comme tout le monde, mais son visage n'exprimait pas encore la moindre émotion.

Henry poursuivit :

— Vous devez alors vous souvenir d'un épisode qui, maladroitement glissé

dans le programme des tableaux vivants, a provoqué chez notre gracieuse hôtesse une impression pénible, et déterminé même un évanouissement, en lui
rappelant une scène du même genre dont elle a failli être victime en Angleterre...

Claudia commençait à ressentir une inquiétude vague dont elle ne laissait
rien paraître.

Elle attachait sur Henry de la Tour-Vaudieu un regard un peu sombre — et
se demandait pourquoi le jeune homme évoquait ce souvenir.

— Vous vous rappelez cela, monsieur ? — continua l'avocat.

— Très bien... — répondit le banquier... — Ce tableau fut annoncé sous
le titre : *Le crime du pont de Neuilly*...

— Eh bien, monsieur, le tableau en question, que vous avez cru peut-être
absolument fantaisiste, était la mise en scène exacte d'un crime commis en effet
au pont de Neuilly et que relatent les annales judiciaires de 1837... Or, il y a
quelques jours, en fouillant ces annales, mes yeux tombèrent sur ce procès, et
je le lus avec un intérêt inouï... — Un mécanicien, un inventeur, nommé Paul
Leroyer, était accusé d'avoir tué à coups de couteau son oncle, médecin à Brunoy, pour voler une forte somme que le vieillard portait sur lui...

Henry regardait Claudia.

L'ex-courtisane n'avait plus une goutte de sang dans les veines, mais elle
demeurait impassible.

Son visage semblait de marbre, seulement quelques gouttes de sueur perlaient sur ses tempes à la racine de ses cheveux.

Elle prit la parole en souriant.

— Où voulez-vous en venir, cher monsieur? — demanda-t-elle. — Avez-
vous cru découvrir quelque erreur judiciaire en lisant ce procès?

— Oui, madame.

— Ce mécanicien, cet inventeur, dont vous prononciez le nom il n'y a qu'un
instant...

Claudia s'interrompit.

— Paul Leroyer, — dit Henry.

— C'est cela, Paul Leroyer... — Eh bien, a-t-il été condamné?...

— Il l'a été, oui, madame...

— A quelle peine ?

— A la peine de mort, et non seulement condamné, mais exécuté.

Mistress Dick Thorn poursuivit :

— Et vous croyez que cet homme était innocent?

— Je le crois fermement.

— Vous en avez la preuve?

— La preuve morale, oui, madame.

La porte s'ouvrit et René parut, suivi du docteur.

XLVI

— La preuve morale... — répéta mistress Dick Thorn. — Est-ce suffisant?
— Selon toute apparence il existait contre cet homme des preuves matérielles,
puisqu'il a été condamné, à la suite de longs débats, par des jurés appréciant
les faits d'après leur conscience...

— Je n'accuse, madame, ni les jurés ni le tribunal... — répondit Henry de la Tour-Vaudieu.

— Soyez logique, mon cher avocat!... — Si les jurés ont eu raison, c'est que l'homme était coupable...

— Il semblait l'être... — Les apparences l'écrasaient... — Il succombait sous la fatalité.

Claudia eut un éclat de rire.

— La fatalité! — s'écria-t-elle ensuite, — un grand mot, mais rien qu'un mot!... — La fatalité est insaisissable.

— Soit, mais ses misérables instruments ne le sont pas.

Mistress Dick Thorn tressaillit.

— De qui parlez-vous? — demanda-t-elle.

— Des gens qui avaient intérêt à ce que le médecin de Brunoy mourût.

— Supposition pure.

— Non, madame, ferme conviction, résultat de l'étude approndie de ce procès sur lequel plane un mystère étrange...

— Mystère plus impénétrable encore aujourd'hui qu'autrefois sans doute... — Combien y a-t-il de temps que le crime a été commis?...

— Vingt ans...

— Un siècle!... l'oubli!... le néant!... — En admettant que vous ne vous trompiez pas, les vrais coupables doivent être morts...

— C'est possible, mais ce n'est pas sûr... — Supposons que la famille de Paul Leroyer ne soit point éteinte et qu'elle demande aux tribunaux la revision du procès en se basant sur des indices que je lui fournirais, je serais certain, à l'aide d'une instruction nouvelle, de prouver l'innocence du condamné...

— Cela ne lui rendrait pas sa tête.

— Non, mais cela réhabiliterait du moins sa mémoire.

— La prescription mettrait les coupables à l'abri de tout châtiment.

— Ils n'échapperaient point à la honte, au déshonneur, et c'est un châtiment aussi.

— Je comprends que l'entreprise vous tente, mais elle me paraît difficile à mener à bien.

Claudia, tout en prononçant ces dernières paroles d'un air de complète indifférence, sentit qu'il fallait couper court à un entretien dangereux, dont chaque mot la faisait frissonner intérieurement.

Elle quitta son fauteuil d'un air calme et alla donner l'ordre de servir le *lunch* qu'elle offrait à ses invités.

— Je m'étais trompé, — pensait Henry, — l'évanouissement de cette femme ne cachait rien de suspect...

Mistress Dick Thorn se disait de son côté :

— Quelle effrayante clairvoyance! — Heureusement que Henry de la Tour-Vaudieu, devenu le mari de ma fille, ne sera plus à craindre...

Un peu après minuit plusieurs personnes songèrent à se retirer.

Le fils adoptif du sénateur était du nombre.

Honteux d'avoir conçu d'injustes soupçons, il se montra très aimable avec la maîtresse de la maison et avec Olivia dont sa présence faisait battre le cœur, et, en prenant congé, il leur promit de les revoir bientôt.

Henry n'avait point donné l'ordre à son cocher de venir le prendre.

Il comptait descendre à pied jusqu'à la gare où il trouverait une voiture.

La nuit était belle et l'air tiède.

Le jeune homme suivit la rue de Berlin dans la direction de la rue d'Amsterdam.

Au moment où il tournait l'angle de celle-ci, une demi-douzaine de mauvais drôles avinés montaient vers la barrière, chantant à tue-tête, se tenant par le bras et occupant plus que la largeur du trottoir.

Pour échapper à leur contact brutal, Henry s'effaça dans l'embrasure d'une porte cochère, s'aperçut qu'il marchait sur un objet à la fois flexible et résistant et se baissa pour ramasser cet objet.

C'était un portefeuille d'où s'exhalait encore un faible parfum de cuir de Russie.

— Demain, en allant au Palais, — murmura l'avocat, — si ce portefeuille contient des billets de banque ou des papiers, je le déposerai à la préfecture de police...

Il se dirigea vers un bec de gaz, ouvrit sa trouvaille et fouilla les compartiments doublés de soie rouge.

— Rien... — reprit-il, — pas même une carte... — J'examinerai cela chez moi plus à fond...

Et glissant le portefeuille dans sa poche il se remit en marche.

***

Théfer, que nous avons laissé à l'affût sur le boulevard Rochechouart, en face de la *Boule-Noire*, avait vu Jean-Jeudi sortir du restaurant, en manches de chemise et sa redingote sur le bras, chercher des yeux un fiacre et, n'en trouvant pas, prendre sa course dans la direction de la barrière.

L'ex-inspecteur, longeant le mur d'enceinte, gagna l'endroit où sa voiture l'attendait.

— En route! — dit-il au cocher. — Vous m'arrêterez au coin du boulevard et de la rue Rébeval...

La voiture roula.

Il lui fallut une demi-heure pour atteindre le point désigné.

Théfer paya le cocher et le renvoya, puis, par la rue Rébeval et la rue Lauzun, il gagna les terrains argileux des Buttes-Chaumont et vint faire halte au
pied du mur que nous l'avons vu escalader en compagnie de Georges de la
Tour-Vaudieu.

Le policier prêta l'oreille.

Un silence profond régnait autour de lui. — Aucun bruit ne se faisait
entendre dans l'intérieur de la maison du voleur émérite.

— Je dois être en avance d'au moins dix minutes sur Jean-Jeudi... — murmura Théfer.

Et il s'adossa à la muraille, écoutant toujours.

Le temps lui semblait long.

Une émotion poignante et indéfinissable, qui ressemblait à de l'épouvante,
lui serrait le cœur.

— Pourvu que le duc ne manque pas son coup... — pensait-il. — Pourvu
que le bandit soit tué raide et tombe sans pousser un cri...

Un bruit lointain de roues résonnant sur le pavé interrompit ses réflexions.

Ce bruit devint plus distinct et bientôt sembla partir de la rue Rébeval.

— C'est lui, — se dit l'ex-inspecteur, — il aura trouvé une voiture... — Le
moment approche...

Il ne se trompait pas.

C'était bien en effet Jean-Jeudi dont le fiacre venait de s'arrêter à quelques
pas de sa porte.

Le voleur émérite mit pied à terre.

— Quelle heure est-il, mon vieux ? — demanda-t-il au cocher.

— Une heure moins un quart... — répondit ce dernier, — après avoir consulté sa montre à la clarté d'une des lanternes.

— Bon... — J'ai un quart d'heure d'avance sur le rendez-vous... — Voilà
trois francs, garde la monnaie...

Le cocher remercia et partit.

Jean-Jeudi se dirigea, tout en festonnant, vers la porte que nous connaissons.

— C'est par ici que René viendra frapper... — se disait-il. — Je l'entendrai
parfaitement...

Il pénétra dans la petite cour.

Théfer avait grimpé sur la muraille et ses yeux de lynx sondaient les ténèbres.

Le vieux voleur titubait plus que jamais.

Son ivresse, au lieu de diminuer, augmentait.

Sa tête tournait ; de grands papillons aux ailes flamboyantes voltigeaient
devant ses yeux.

Il s'accota pour se soutenir à l'huis de sa bicoque.

— Saperlipopette ! — dit-il presque à haute voix, — je suis pochard comme un
Polonais de la Pologne !... — Tous ces vins de trente-six paroisses m'ont donné

un rude plumet ! quelle *cuite*, mes petits enfants ! quelle *cuite !* — Mais c'est pas de ça qu'il s'agit... — Voilà ma porte... oùs qu'est ma clef?...

Et il fouilla ses poches avec acharnement.

Georges de la Tour-Vaudieu, obéissant aux instructions de Théfer, n'avait point quitté la chambre de Jean-Jeudi.

Assis dans l'ombre profonde, il attendait l'arrivée du voleur.

Une seule pensée hantait son cerveau : celle d'en finir à tout prix avec l'existence de continuelles alarmes qu'il subissait depuis le jour où le hasard lui avait fait connaître, au cimetière Montparnasse, les projets de René Moulin.

La mort de Jean-Jeudi lui rendrait le repos.

Et d'une main fiévreuse il serrait le manche du couteau qui devait frapper son ennemi.

Ce nouveau meurtre néanmoins, quoique irrévocablement résolu, l'effrayait.

Pendant quelques minutes une sorte de défaillance le fit hésiter, mais le raisonnement lui rendit l'énergie sauvage de sa volonté.

Les bruits successifs produits par la voiture s'arrêtant rue Rébeval et par Jean-Jeudi ouvrant et fermant la porte de la rue le trouvèrent plus affermi que jamais.

Il se glissa dans cette sorte de renfoncement dont nous avons parlé, et se cacha derrière les vêtements accrochés au mur.

Une clef grinça dans la serrure.

La porte s'ouvrit.

Jean-Jeudi franchit le seuil.

L'obscurité était compacte. — Pas une lueur, pas un reflet.

Le vieux bandit, après avoir repoussé la porte, marchait à tâtons, ne se reconnaissant plus dans son propre logis. — Il allait lentement, les mains étendues, pour éviter un choc trop rude.

Il heurta la table.

— Pas moyen de m'y retrouver... — fit-il ; — s'agit pourtant d'y voir un peu clair, et pour ça d'allumer une chimique...

Puis, joignant l'action aux paroles, il tira de sa poche une allumette, la frotta contre sa cuisse et enflamma la mèche de la bougie placée sur la table dans un chandelier de cuivre.

En ce moment Jean-Jeudi tournait le dos à l'endroit où Georges de la Tour-Vaudieu se trouvait caché...

Trois pas les séparaient. — Il suffisait au sénateur de se pencher et d'allonger le bras pour frapper Jean-Jeudi entre les deux épaules...

XLVII

M. de la Tour-Vaudieu, se souvenant des conseils de Théfer, ne profitait point cependant de l'occasion offerte.

Pour dérouter les recherches de la justice, il était opportun de rendre un suicide vraisemblable.

Donc il fallait attendre que Jean-Jeudi se présentât de face, et lui porter le coup mortel en pleine poitrine.

Le vieux voleur s'était débarrassé de sa redingote en la jetant sur le lit.

La température humide et glacée de son logement le saisit.

Il frissonna de tout son corps.

— Brrr!... — murmura-t-il, — je vais m'offrir un rhume de cerveau... — On gèle ici, parole d'honneur... — Un bon vieux paletot ne sera pas de trop...

Et, pirouettant sur lui-même, il s'avança vers l'endroit où le duc était caché derrière les vêtements pendus à la muraille.

Il touchait presque ces vêtements.

Un bras armé les écarta et l'éclair d'un couteau s'éteignit dans sa chair.

Le bandit poussa un rugissement étouffé et chancela, mais resta debout.

Ses deux mains, jetées en avant pour se soutenir, retombèrent sur les épaules du sénateur et l'arrachèrent de sa cachette avec une force nerveuse irrésistible.

Le visage livide de l'assassin se trouva en pleine lumière.

Jean-Jeudi fixa sur lui des yeux effarés.

— L'homme du pont de Neuilly... — balbutia-t-il d'une voix rauque.

Le sang jaillissait de sa profonde blessure.

Ses doigts crispés se détendirent et lâchèrent prise ; sa tête ballotta de droite à gauche; ses bras s'agitèrent dans le vide; il s'abattit comme une masse sur le carreau et ne remua plus...

Le duc eut un sourire d'effroyable triomphe et, après avoir essuyé du revers de sa manche son visage taché de rouge, il s'élança vers le lit où Jean-Jeudi avait jeté sa redingote.

Il la saisit; — il en fouilla fiévreusement les poches; il en palpa furieusement les doublures.

Les poches étaient vides. — Les doublures ne recélaient aucun papier

Alors il se pencha vers le corps et continua ses recherches.

Nos lecteurs savent déjà qu'elles devaient donner un résultat négatif.

— Rien ! rien! rien! — disait-il tout haut avec une rage mêlée d'épouvante.

— Il ne peut avoir anéanti ces papiers, cependant!... Il me les faut!... il me les faut...

Vêtements et linge, il déchirait tout, espérant encore trouver et trempant ses mains dans le sang.

Affolé par son trouble, exaspéré par la déception, il n'avait point entendu le roulement d'une voiture qui faisait halte dans la cité Rébeval.

Mais soudain il se redressa, pâle d'épouvante.

On venait de heurter à la porte de Jean-Jeudi.

Il écouta.

Les coups se firent entendre de nouveau.

— C'est ici qu'on frappe... — murmura-t-il en tremblant comme un fiévreux de la campagne de Rome. — C'est ici qu'on vient...

On frappait plus fort.

En même temps des voix criaient :

— Ouvrez! ouvrez donc!!

Le sénateur, retrouvant un peu de présence d'esprit en face du péril imminent, prit dans sa poche le papier remis par Théfer, l'ouvrit, le plaça bien en vue, souffla la bougie et, sortant sans bruit de la bicoque dont il referma doucement la porte, se dirigea vers la muraille.

L'ex-inspecteur l'attendait sur le chaperon, et l'entendant venir lui dit très bas :

— Je suis là... — Hâtez-vous...

Il se pencha vers lui pour l'aider à franchir le mur, puis, une fois de l'autre côté, l'entraîna.

Après avoir parcouru un espace de cinquante ou soixante pas, le duc fut contraint de s'arrêter pour reprendre haleine.

— Vous avez entendu?... — demanda-t-il au policier.

— Oui.

— Qui donc pouvait venir chez lui à cette heure !

— Sans doute ses amis de la *Boule-Noire*, impatients de son absence...

— C'est possible en effet...

— Dites que c'est certain... — Avez-vous les papiers?

— Non...

— Comment?...

— J'ai fouillé partout, je n'ai rien trouvé.

— Mais l'homme?

— Il est mort.

— En êtes-vous certain?

— Mon couteau est entré jusqu'au manche...

— Un ennemi de moins, et le plus dangereux... quant aux papiers, nous aviseron .

Les deux complices se remirent en marche, lentement cette fois, certains qu'ils n'avaient pas à craindre d'être poursuivis.

René Moulin, — que nos lecteurs ont déjà deviné, — frappait toujours.

— Peut-être n'est-il pas rentré, — dit Étienne, — et nous allons réveiller les voisins.

— C'est juste, — répliqua le mécanicien, — mais je crains un malheur...

— Quel parti prendre?

— Je vais escalader la muraille et m'assurer si Jean-Jeudi est vivant ou mort...

Pierre Loriot intervint.

— J'ai une idée pour simplifier l'escalade... — fit-il. — Je vais coller mon berlingot contre le mur, vous grimperez sur l'impériale, vous sauterez de l'autre côté et vous nous ouvrirez.

L'idée était bonne et fut mise à exécution sur-le-champ.

Une demi-minute plus tard René Moulin se trouva dans la petite cour.

— Pas de lumière... — murmura-t-il en regardant la fenêtre, — et cependant, c'est bien ici qu'il venait... — Qu'est-ce que ça signifie?

Il se dirigea vers la bicoque et poursuivit avec anxiété :

— La clef est dans la serrure... — Mauvais signe...

Il ouvrit la porte et s'arrêta frissonnant sur le seuil.

Du fond des ténèbres montait vers lui une vapeur tiède, une odeur de sang.

A deux reprises il appela :

— Jean-Jeudi?... Jean-Jeudi?...

Le voleur émérite ne pouvait ni l'entendre ni lui répondre.

— Sommes-nous donc arrivés trop tard? — poursuivit René en s'élançant vers la porte qui donnait cité Rébeval ; — il fit jouer le pêne à tâtons, et ouvrit.

— Vite, monsieur Loriot, — dit-il, — prenez une des lanternes de votre fiacre et éclairez-nous... — J'ai bien peur que nous ne trouvions un cadavre...

Le brave homme d'oncle obéit passivement et précéda son neveu et Étienne.

On sait quel spectacle les attendait.

Une triple exclamation d'horreur et d'effroi s'échappa de leurs lèvres.

— Trop tard! — s'écria René Moulin avec désespoir. — Nos terribles ennemis nous ont devancés! Nous ne saurons rien...

Étienne s'était agenouillé près du corps inanimé de Jean-Jeudi.

— Peut-être... — répondit-il.

— Ce malheureux est-il donc vivant encore? — demanda vivement René.

— Oui...

— Et il pourra parler?

— Je le crois...

— Ah! docteur, cher docteur, faites un miracle et prolongez sa vie! — Il nous faut les papiers volés par lui chez mistress Dick Thorn... — Il nous faut son témoignage contre l'homme qu'il a reconnu, l'autre complice du crime de Neuilly, Frédéric Bérard...

Le visage livide de l'assassin se trouva en pleine lumière.

— Je sais tout cela, mais silence... — répliqua le jeune médecin, — et vous, mon oncle, éclairez-moi!

Pierre Loriot avança sa lanterne, tandis que René allumait une bougie.

Étienne avait pris un scalpel dans sa trousse dont il ne se séparait jamais, et coupait la chemise de Jean-Jeudi.

Il examina la blessure d'où le sang continuait à ruisseler.

— Du linge, — demanda-t-il.

Le mécanicien ouvrit un tiroir et apporta le premier morceau de toile qui lui tomba sous la main.

— Bien ! — dit Étienne. — Maintenant prenez l'oreiller de son lit et placez-le sous ses épaules afin de lui soulever la tête.

Ce fut fait aussitôt.

Le docteur lava la plaie, la recouvrit d'un tampon de charpie et la banda vigoureusement.

— Est-il frappé au cœur ? — demanda René.

— Non, la lame du couteau a glissée sur les côtes... — La blessure est profonde, mais n'est peut-être pas mortelle... — Je suis certain que dans quelques instants cet homme ouvrira les yeux.

René s'agenouilla de l'autre côté du corps, guettant le retour à la vie.

Pierre Loriot, debout et sa lanterne à la main, éclairait ce tableau sinistre.

Au bout de quelques instants les trois hommes tressaillirent.

Jean-Jeudi venait de faire un léger mouvement.

— Vous voyez... — murmura le docteur.

Les yeux de René ne quittaient pas le visage du bandit.

Ils observèrent d'abord une faible contraction des muscles de la face.

Les lèvres tremblèrent ; — un frisson presque imperceptible agita les narines ; — les paupières se soulevèrent.

Le moribond promena un regard étonné autour de la chambre, et ce regard rencontra celui de René Moulin.

Une expression de joie inouïe rayonna sur son visage que déjà semblaient envahir les ombres de la mort !

— C'est toi, René, mon camarade... — balbutia-t-il d'une voix à peine distincte, — je n'espérais plus te revoir... — J'ai mon compte, mais te voilà et je serai vengé... — Ça me console...

Le mécanicien, passant son bras autour des épaules de Jean-Jeudi, le souleva et répondit :

— Tu seras vengé, je le jure, mais pour cela j'ai besoin de tout savoir... — Il faut parler...

— Je parlerai...

XLVIII

René Moulin reprit :

— Tu connais ton meurtrier ?

Jean-Jeudi fit un effort.

— Oui... — dit-il d'une voix éteinte.

— Et c'est ?...

— Le complice de mistress Dick Thorn... — l'un des trois assassins du pont de Neuilly...

— Frédéric Bérard?

— Oui...

— Mais le troisième?... le troisième assassin?... — Tu l'as vu?... Tu le connais aussi?...

Le vieux bandit tremblait de tous ses membres. — Ses dents claquaient. — Ses prunelles roulaient dans leurs orbites agrandies.

— Je le connais... — bégaya-t-il. — Mais ne me regarde pas ainsi... tu me fais peur...

— Au moment où la mort est si près de toi, — poursuivit le mécanicien, — il faut me dire la vérité... la vérité tout entière... — Tu seras vengé, je le répète... — Frédéric Bérard et mistress Dick Thorn n'échapperont point à la justice des hommes... mais je veux savoir le nom du complice que soudoyaient les deux misérables...

Des lèvres pâles de Jean-Jeudi s'exhalèrent comme un souffle ces trois mots :

— C'était moi...

René maîtrisa, non sans peine, le sentiment d'inexprimable horreur qui s'emparait de lui.

— C'était toi... — répéta-t-il d'un ton presque calme. — Alors tu connaissais l'homme que tu as frappé?...

— Non...

— C'est impossible !...

— C'était vrai cependant...— On ne m'avait rien dit... on m'avait mis le couteau dans la main, en me payant pour tuer l'homme d'abord et l'enfant ensuite.

Le mécanicien tressaillit.

— L'enfant?... — dit-il.

— Oui, le gosse que portait le vieux, le médecin de Brunoy...

— Et tu as tué l'enfant après l'homme?...

— Non... — le cœur m'a manqué... il m'a fait pitié, le pauvre moucheron... — J'allais le porter à l'hospice quand la mort-au-rat que m'avait entonnée l'Anglaise s'est mise à me travailler le bocal... — Alors, le feu dans le ventre, ne pouvant plus mettre un pied devant l'autre, me tordant comme un ver coupé, criant, hurlant, crevé aux trois quarts, j'ai déposé le gosse dans l'embrasure d'une porte aux Champs-Elysées...

Pierre Loriot suivait le récit du moribond avec une attention profonde.

— Sous une porte cochère... aux Champs-Elysées... — répéta-t-il.

— Oui.

— Et ça se passait dans la nuit du 24 septembre 1837?...

— Oui.

Le brave cocher frappa bruyamment ses deux mains l'une dans l'autre et reprit :

— Ah! tonnerre de tonnerre!... il est malin, l'hasard! le moutard avait froid et braillait de toutes ses forces... — Ça m'a donné l'éveil... — C'est moi qui l'ai trouvé!...

— Vous, mon oncle? — fit Étienne avec stupeur.

— Parfaitement.

— Et qu'en avez-vous fait?

— Je l'ai porté rue d'Enfer, à l'hospice des Enfants-Trouvés...

René interrompit ce dialogue.

— Je ne sais pas tout ce que j'ai besoin de savoir... — dit-il; — laissez-moi l'interroger encore...

— Dépêche-toi... — murmura Jean-Jeudi, — je sens que je m'en vais...

— Tu m'as raconté qu'après avoir reconnu Frédéric Bérard rue de Berlin, à la porte de mistress Dick Thorn, tu l'as suivi...

— Oui.

— Donne-moi son adresse...

— Il demeure rue du Pot-de-Fer-Saint-Marcel, n° 17..

Pierre Loriot marchait de surprise en surprise...

— Rue du Pot-de-Fer-Saint-Marcel, n° 17... — répéta-t-il, — un homme déjà vieux, grand et sec...

— C'est bien ça...

— Je connais le particulier et je connais la cassine... — Je l'y ai mené deux fois la nuit, et c'est celui que j'ai conduit aussi rue de l'Université dans cette maison où se trouve... vous savez bien ce que je veux dire...

— Ah! la lumière se fera!... — dit René avec explosion; puis il continua, en s'adressant au blessé : — Il faut m'apprendre maintenant où tu as mis les papiers qui se trouvaient dans le portefeuille pris par toi chez mistress Dick Thorn...

Jean-Jeudi attacha sur son interlocuteur des yeux hagards.

Il ne comprenait pas la question.

— Quels papiers? — demanda-t-il. — Des *fafiots?*

— Non... des écrits importants... — la preuve du crime sans doute...

— Il n'y avait que des billets de banque dans le portefeuille...

— Tu as mal cherché... où est-il?

— Dans la poche de ma pelure... sur le lit.

René fit de l'oreiller un point d'appui pour la tête du vieux voleur et, cessant de le soutenir, se dirigea vers le lit.

Là il fouilla le vêtement comme Georges de la Tour-Vaudieu l'avait fait avant lui.

— Rien! — s'écria-t-il à son tour avec rage. — Rien!... — On l'a tué pour voler ces papiers! — Ah! les misérables!!

Jean-Jeudi poussa un long soupir, terminé par une sorte de râle, et perdit connaissance.

— Dieu abandonne donc notre cause! — poursuivit le mécanicien. — Ces papiers, qui dans nos mains devaient être une arme, sont volés, et cet homme agonise! — Docteur, cher docteur, songez qu'à sa vie est attaché le bonheur de Berthe! — Il faut qu'il vive pour accuser, lui, témoin, complice et victime!... Il le faut! — Faites donc un miracle, je vous le répète!... — Sauvez-le!

— Je tâcherai, — répondit simplement Étienne; — aidez-moi à déshabiller ce malheureux et à l'étendre dans son lit.

On enleva les vêtements lacérés du vieux voleur et on le coucha.

— Maintenant, — poursuivit le jeune médecin, — je vais écrire une ordonnance... — Certains médicaments me sont indispensables pour poser un appareil sur la blessure, — le temps presse... Vous irez réveiller un pharmacien, n'est-ce pas?...

— Voilà une plume et un encrier...

— Soyez tranquille, — répliqua René, — je ne perdrai pas une minute. —

En disant ce qui précède, le mécanicien aperçut le papier laissé sur la table par M. de la Tour-Vaudieu.

Il le prit, en parcourut des yeux le contenu et s'écria :

— Ces misérables sont bien forts! — Ils avaient tout prévu! — Grâce à cette déclaration préparée d'avance, on aurait mis la mort sur le compte d'un suicide... — Mais comment ont-ils pu imiter l'écriture et la signature de Jean-Jeudi?... — Voilà ce que je cherche vainement à comprendre...

Nos lecteurs possèdent le mot de l'énigme.

Ils savent que Théfer, très habile faussaire, avait dans les mains une lettre écrite à René Moulin par Jean-Jeudi et volée chez la concierge de la place Royale.

L'ordonnance fut bientôt prête.

Le mécanicien partit pour la faire exécuter.

Au bout d'une demi-heure il revint, apportant les médicaments demandés.

Pendant son absence le docteur avait sondé la plaie et préparé des bandes.

Il fit un pansement *secundum artem*.

Jean-Jeudi soupira, ouvrit les yeux, et se sentit soulagé notablement.

Étienne lui fit prendre alors une cuillerée de potion qui lui rendit des forces et raviva dans son âme une lueur d'espérance.

— Ah! sauvez-moi, monsieur le docteur... — balbutia-t-il d'une voix fiévreuse et suppliante. — Sauvez-moi, je vous en conjure!...

— Je ferai tout ce qui dépendra de moi pour cela, — répondit Étienne, — car à votre salut sont attachés l'honneur d'un nom et le bonheur d'une jeune fille...

Jean-Jeudi répéta :

— L'honneur d'un nom?... le bonheur d'une jeune fille?

— Oui, — dit René en s'avançant jusqu'au chevet du lit et en touchant du doigt l'épaule du blessé. — A cause du crime commis au pont de Neuilly et dont tu étais l'instrument, un honnête homme a été accusé, condamné, guillotiné ! — La famille de cet homme, couverte du sang de son chef, a vécu depuis vingt années au milieu des larmes, des douleurs et des hontes... — Il y a quelques semaines le fils du supplicié mourait, sans avoir pu réhabiliter la mémoire de son père, mais en léguant à sa mère cette tâche sainte... — La mère est morte à son tour en transmettant à sa fille l'héritage sacré ! — Cette fille, tu la connais c'est Berthe !...

— Berthe !... — s'écria Jean-Jeudi en joignant les mains.

— Oui, — continua le mécanicien, — Berthe, que des assassins, — (toujours les mêmes !) — ont voulu frapper à mort il y a quelques jours pour l'empêcher de les accuser, comme ils te frappaient cette nuit pour te réduire au silence !... — Berthe qui a cruellement souffert et pleuré longtemps... Berthe que tu aideras à réhabiliter la mémoire du martyr, si Dieu te laisse la vie !

De grosses larmes roulaient sur les joues caves de Jean-Jeudi.

Il étendit la main droite avec une sorte de solennité.

— Je jure, — dit-il, — d'accuser les misérables qui m'ont payé pour commettre le crime, et je m'accuserai en même temps... Qui donc pourrait douter de ma parole?...

— Au nom de Berthe, j'accepte votre serment et je compte sur vous... — fit Étienne. — Mais en ce moment, si vous voulez vivre, il faut vous taire... — Silence donc, buvez ceci, et dormez...

Jean-Jeudi absorba une cuillerée de potion et sa tête retomba sur l'oreiller.

— Maintenant, mon oncle, — reprit le jeune médecin, — causons... Êtes-vous certain de connaître ce Frédéric Bérard?

— Parbleu ! — Oui, j'en suis sûr, — répliqua Pierre Loriot, — si c'est l'individu que désigne ce garçon et qui demeure rue du Pot-de-Fer-Saint-Marcel... — Je vous ai donné tout à l'heure son signalement, qui est conforme à ce qu'il paraît, et à deux reprises différentes je l'ai conduit, la nuit, rue de l'Université.

XLIX

— Cet homme était-il seul? — reprit le jeune médecin.

— Une fois seul, une autre fois avec un grand gaillard que j'ai *chargé* rue du Pont-Louis-Philippe.

— Savez-vous le nom de ce gaillard?

— Pas du tout, mais je reconnaîtrais la maison...

— Bien... — Nous nous occuperons de ces deux misérables qui sont, à n'en pouvoir douter, ceux que nous cherchons...

— Monsieur Loriot, — dit René, — parlez-nous de cet enfant abandonné par Jean-Jeudi dans les Champs-Élysées et que vous avez trouvé.

— Ce que j'ai à vous raconter à son sujet ne sera pas long... — Je m'étais mis en route boulevard du Temple, pour conduire un particulier à Courbevoie, mais je n'avais pas pu aller jusque-là... — Il faisait un temps de chien... — A cent mètres à peu près en avant du pont de Neuilly, un de mes poulets d'Inde éreintés s'était abattu en brisant le timon de la voiture... — C'est en revenant à Paris, clopin-clopant, cahin-caha, que j'ai entendu les geignements du moutard... — Je suis descendu, j'ai ramassé le pauvre gosse. Je l'ai couché sur les coussins de mon fiacre, et fouette cocher... Un instant l'idée de l'élever m'a traversé la cervelle; mais j'avais déjà mon neveu Étienne et, pour un homme seul, deux c'était trop... — Alors j'ai filé jusqu'à l'hospice où je l'ai mis dans le tour...

— Vous êtes-vous occupé de savoir si l'enfant avait vécu?...

Pierre Loriot secoua la tête.

— Mon oncle, — dit Étienne, — il faudra vous renseigner à ce sujet, car au point où en sont les choses, peut-être pourrons-nous retrouver ses parents..

— Bien... je m'informerai...

— A présent, qu'allons-nous faire? — demanda René. — Devons-nous avertir la police de l'attentat commis sur Jean-Jeudi.

— Non... — répliqua vivement Étienne. — Selon moi, la sécurité des auteurs du crime doit rester complète... — Laissons-leur la conviction que Jean-Jeudi est mort et qu'on croit à son suicide... — Dans deux ou trois jours, quand le pauvre diable pourra subir un interrogatoire de longue haleine, j'irai trouver un ami qui se chargera d'agir au nom de Berthe Leroyer et formulera une demande en réhabilitation... — Cet ami, vous le connaissez, René... — C'est à lui que nous devons l'asile où l'orpheline est en sûreté.

— Henry de la Tour-Vaudieu! — s'écria le mécanicien.

— Lui-même... — Il s'est occupé déjà du procès de Paul Leroyer... — Il croit à l'innocence du condamné et ne désespère point d'en fournir la preuve...

— Maintenant séparons-nous, pour nous retrouver demain...

— Mais, — fit observer Pierre Loriot, — le blessé ne peut rester seul...

— Je passerai près de lui le reste de la nuit... — dit René.

— Et demain matin, — reprit le docteur, — je viendrai accompagné d'une garde qui ne le quittera pas...

En parlant ainsi il jetait un dernier coup d'œil à Jean-Jeudi.

— Il dort, — ajouta-t-il; — mais la fièvre ne tardera point à se déclarer...

— Observez tout, mon cher René, afin de me renseigner exactement...

— Soyez tranquille et comptez sur moi.

Après une échange de poignées de main, l'oncle et le neveu regagnèrent le fiacre numéro 13, laissant seul le mécanicien qui s'assit au chevet du lit et veilla consciencieusement.

Vers neuf heures du matin Étienne reparut.

Il amenait une femme d'un certain âge en qui il avait toute confiance.

Jean-Jeudi avait déliré jusqu'au point du jour. — Maintenant il dormait d'un lourd sommeil.

— Rien d'alarmant ne se produit... — dit Étienne. — S'il ne survient aucune complication imprévue, je crois pouvoir répondre du blessé...

René, quoique brisé de fatigue, refusa de prendre le repos conseillé par le docteur.

Il se trouvait tout près de son domicile improvisé de la rue Vincent : — il y monta pour changer de linge et baigner d'eau fraîche son visage et ses mains, puis il accompagna Étienne au pavillon de la rue de l'Université.

L'orpheline n'avait pas dormi.

Fortement inquiétée par le brusque départ de ses deux amis, elle attendait leur retour avec impatience.

Elle fut mise au courant de ce qui s'était passé...

— Ah ! — balbutia-t-elle avec un frisson de terreur. — j'avais raison de deviner en cet homme un des assassins du médecin de Brunoy !...

— Oui, et l'accusation formulée par lui sera toute-puissante, — dit René. — La prescription n'existe pas pour les nouveaux crimes commis à l'instigation de Frédéric Bérard et de mistress Dick Thorn dans le but d'effacer les traces du crime d'autrefois... — Les deux misérables auront un compte terrible à rendre à la justice.

— Que décidons-nous au sujet de ce Frédéric Bérard ? — demanda Étienne.

— Nous lui laisserons croire, ainsi qu'à sa complice, à la mort des seuls accusateurs qu'ils pouvaient redouter, Berthe Leroyer et Jean-Jeudi... — Ils s'endormiront dans une obscurité menteuse, jusqu'au jour où Henry de la Tour-Vaudieu se chargera de les réveiller.

— Et d'ici là sans doute, — reprit le jeune médecin, — je serai en mesure d'appporter à la justice mon contingent de preuves...

— Vous ! — s'écria l'orpheline étonnée.

— Oui, moi, chère Berthe...

— Et comment ?

— Le hasard, ou plutôt la Providence, a placé dans mon service une folle dont les paroles incohérentes me semblent pleines de révélations...

— Une folle... — répéta Berthe ; — serait-ce cette femme que j'ai entrevue place Royale, la nuit où j'allais chercher chez René la preuve de l'innocence de mon père ?...

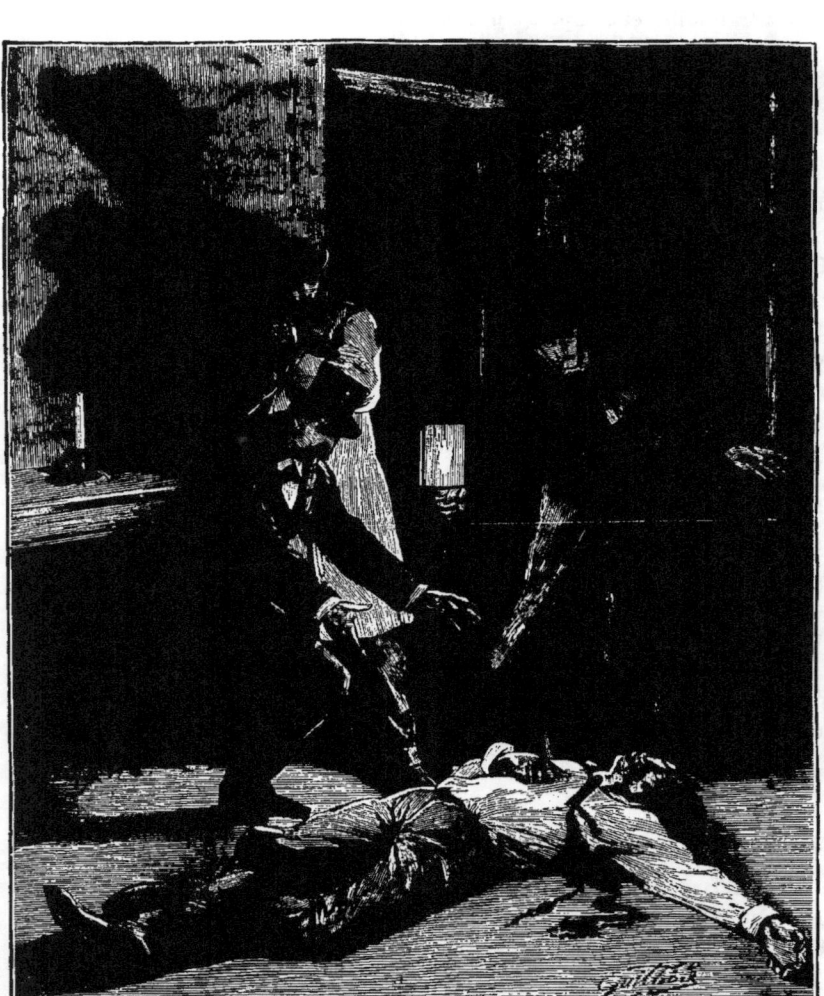

Une triple exclamation d'horreur et d'effroi s'échappa de leurs lèvres.

— C'est elle-même...

— Esther Derieux? — demanda le mécanicien.

— Esther Derieux, oui.

— Ainsi, vous la connaissez ! !

— Je la connais, et j'ai tout lieu d'espérer que la raison, grâce à moi, lui sera rendue, ou plutôt qu'elle n'est plus folle...

— Vous croyez qu'elle a joué un rôle dans la mystérieuse affaire du pont de Neuilly?

— Un rôle de victime, oui... — Le nom de *Brunoy* sans cesse répété par elle... l'époque où sa folie a commencé... les ténèbres épaissies à dessein qui l'entourent depuis cette époque... tout enfin me le prouve... J'attribue même à Frédéric Bérard et à mistress Dick Thorn son internement aux isolées et au secret, à l'asile de Charenton.

— Et vous supposez qu'elle n'est plus folle?

— Oui.

— Elle n'a pas encore parlé cependant?

— La prudence me défendait de la questionner trop vite après une opération qui pouvait être meurtrière et qui, grâce au ciel, a réussi... — Mais le moment approche où Esther Derieux me dévoilera tout son passé...

— Pourvu que Frédéric Bérard ne nous échappe pas! — murmura Berthe. — S'il allait disparaître...

— Disparaître quand il se persuade qu'il n'a plus rien à craindre! — Pourquoi le ferait-il? — Soyez sûre qu'il relèvera la tête au contraire...

— Ne pourrait-on s'informer s'il demeure toujours rue du Pot-de-Fer-Saint-Marcel?

— Ne risquons point de lui donner l'éveil par quelque démarche inconsidérée... — Plus cet homme sera tranquille et plus nous serons forts... — D'ailleurs, en admettant qu'il ait changé de domicile, la police saurait bien retrouver sa trace...

— Et cet enfant mêlé à ces choses sinistres?... — reprit Berthe.

— Mon oncle doit s'assurer s'il existe encore... — Ceci, du reste, n'a pour nous qu'un intérêt tout à fait secondaire...

René Moulin et Étienne Loriot avaient raison de supposer que Frédéric Bérard, se croyant à l'abri de tout péril, relèverait la tête et ne songerait point à fuir.

Théfer partageait sa confiance.

En admettant, — chose improbable, — que la police ne crût point à un suicide, elle se préoccuperait fort peu, à coup sûr, de l'assassinat commis sur la personne d'un dangereux coquin, d'un récidiviste tel que Jean-Jeudi.

Le lendemain du crime l'ex-inspecteur alla rôder dans les bureaux de la préfecture; il questionna adroitement et il n'apprit rien qui fût de nature à l'inquiéter.

Ou le crime de la nuit précédente était inconnu, ou il passait inaperçu.

Un moment Théfer eut l'idée de se rendre à la cité Rébeval afin de voir de ses propres yeux ce qui s'y passait.

La réflexion lui prouva qu'il était plus qu'inutile de se compromettre en se montrant où il n'avait que faire.

En conséquence il résolut de s'abstenir, d'aller voir le duc pour s'entendre avec lui, et il prit aussitôt le chemin des Batignolles, afin de mettre son projet à exécution.

A la préfecture on continuait à s'occuper de l'affaire du fiacre numéro 13 et de la disparition de Plantade, mais la lumière ne se faisait pas, et le chef de la sûreté lui-même ne parvenait point à débrouiller les fils emmêlés à dessein par une main habile.

Les recherches allaient leur train cependant, mais par acquit de conscience en quelque sorte, et pour l'accomplissement d'un devoir bien plus que dans l'espérance d'un succès.

On attendait désormais du hasard seul la solution de la double énigme.

Théfer trouva le duc plus dispos et plus allègre qu'il ne l'avait vu depuis longtemps.

Il semblait rajeuni. — Son visage rayonnait de quiétude. — La trace de ses angoisses récentes s'effaçait.

— Je vous attendais... — dit-il au policier. — Êtes-vous allé à la préfecture?

— J'en arrive.

— Tout va-t-il comme il faut?

— Le mieux du monde... — Les ténèbres s'épaississent de plus en plus autour de l'affaire du fiacre... — Nous sommes complètement à l'abri...

— Et... l'autre affaire?

— Celle de Jean-Jeudi?

— Oui.

— Il n'y a rien... il ne peut rien y avoir. — Les amis du vieux gredin qui venaient le relancer à son domicile, voyant la porte close, sont certainement retournés à la *Boule-Noire*. — On ne découvrira le cadavre que dans quelques jours et, grâce à la déclaration trouvée chez lui, le suicide sera indiscutable...

L

— En êtes-vous bien sûr? — demanda le sénateur.

— Certes! — répondit Théfer.

— Je l'ai cru comme vous d'abord, mais depuis j'ai réfléchi et je ne le crois plus...

— Pourquoi?

— Quelle ruse avez-vous employée pour attirer Jean-Jeudi chez lui à une heure du matin, tandis qu'il festoyait avec ses amis?

— Je lui ai fait remettre un mot pressant de René Moulin, répondant à la lettre dont je m'étais emparé place Royale...

— Eh bien! ce billet, s'il est trouvé, prouvera que le suicide n'a pas eu lieu...
Le policier fronça le sourcil.

— Ah diable! — murmura-t-il, — j'avais oublié de vous dire qu'il était
essentiel de reprendre mon billet sur le cadavre...

— Je n'y aurais assurément pas manqué, mais j'ai vainement fouillé ses
vêtements...

— C'est que sans doute il l'avait perdu au restaurant de la *Boule-Noire*... —
Voilà une mauvaise affaire...

— En aucune façon, et je vous conseille de ne pas vous en préoccuper... —
Cette lettre perdue ne peut que nous servir...

— Permettez-moi de vous demander comment.

— C'est bien simple... — La lettre était signée, n'est-ce pas?

— Oui.

— De quel nom?

— Du nom de René Moulin.

— Donc c'est René Moulin qu'on accusera d'avoir attiré Jean-Jeudi dans un
piège pour l'assassiner...

— Mais si cet homme est absent de Paris, il démontrera sans la moindre
peine son innocence...

— L'affaire alors s'entourera d'un mystère impénétrable, comme celle du
fiacre numéro 13... — Ni vous ni moi ne pouvons être accusés, puisque Jean-
Jeudi est mort... — Le misérable avait bonne mémoire... — Avant de mourir
il m'a reconnu... — « *L'homme du pont de Neuilly!* » — s'est-il écrié, et il a
rendu le dernier soupir...

— Je viens prendre vos ordres, monsieur le duc, et savoir ce que vous avez
résolu...

— Ne craignant plus rien je rentrerai dans trois jours à mon hôtel...

— Pourquoi dans trois jours plutôt que demain?

— Une dernière précaution... — Je partirai ce soir pour Marseille d'où j'enverrai à mon fils une dépêche annonçant mon retour... — Je coucherai à Marseille, et j'arriverai à Paris le troisième jour à 10 heures 35 minutes du soir...
— Personne ainsi ne pourra douter que mon absence ait été réelle...

— C'est admirablement calculé, mais une fois réinstallé rue Saint-Dominique
nous aurons sans doute encore besoin de nous voir, et il me semblerait peu prudent de me présenter à votre hôtel...

— Nous nous verrons ici...

— Vous garderez donc ce logement?

— Oui, quelque temps encore...

— Prenez garde qu'on n'épie vos sorties...

— Qui le ferait?

— Je l'ignore, mais après ce qui s'est passé, je me défie de tout...

— Soyez tranquille, je serai sur mes gardes; je vous donnerai des rendez-vous nocturnes, et pour venir vous joindre je passerai par le pavillon de la rue de l'Université...

— De cette façon, rien à craindre...

— Avant de partir je vous remettrai les clefs de cette maison...

Le duc et Théfer tressaillirent.

Un coup de cloche venait de se faire entendre à la porte du jardin.

— Qui peut sonner? — demanda le policier.

— C'est quelqu'un qui se trompe ou c'est Claudia... — répondit Georges, — je vais voir...

Il traversa le jardin et ouvrit.

C'était en effet mistress Dick Thorn.

— Soyez la bien-venue... — lui dit le sénateur, — je me disposais à sortir pour aller chez vous, ayant beaucoup de choses à vous dire.

— Moi aussi j'ai besoin de vous voir... — répondit Claudia.   •

— Venez, nous causerons... — Théfer est là...

L'ex-courtisane franchit le seuil de la petite maison et le policier s'inclina profondément.

Le visage des deux hommes était souriant

— Avez-vous une bonne nouvelle à m'annoncer? — demanda mistress Dick Thorn.

— Oui, ma chère, la meilleure de toutes... — Jean-Jeudi est mort...

Les yeux de Claudia étincelèrent.

— Et vous lui avez repris les papiers qu'il m'avait volés? — s'écria-t-elle.

— Malheureusement il m'a été impossible de les trouver; mais, en supposant qu'ils existent encore, ils n'offriraient aucun sens pour tout autre que pour lui...

— Ma conviction d'ailleurs est qu'il a détruit le portefeuille sans avoir découvert le compartiment secret où les papiers étaient cachés...

Claudia répliqua d'un ton très froid :

— Cela se peut... si toutefois ce que vous venez de me dire est vrai...

— En doutez-vous?

— Peut-être...

— Que supposez-vous?

— Que le reçu de Guiseppe Corticelli et le testament de Sigismond sont entre vos mains...

— Je vous jure que non...

— Eh bien, prouvez-le moi...

— Comment?

— En donnant suite immédiatement au projet dont je vous ai parlé...

— Le mariage de Henre yt de votre fille?

— Oui, et quand vous saurez ce qui s'est passé hier chez moi, vous comprendrez que nous avons un grand intérêt à ce que ce mariage se fasse le plus tôt possible...

— Que s'est-il donc passé chez vous? — demanda le duc inquiet.

— Votre fils, Henry de la Tour-Vaudieu, me faisait l'honneur de passer la soirée dans mon salon...

— Eh bien?

— Il a dit des choses étranges... effrayantes...

— Vous me faites mourir à petit feu! expliquez-vous...

Claudia répéta d'une façon presque textuelle les paroles du jeune avocat au sujet de l'affaire du pont de Neuilly.

— N'est-ce que cela? — fit le duc après avoir écouté. — Je ne vois là rien absolument qui nous doive alarmer... Le hasard ayant mis ce vieux procès sous les yeux de mon fils, il l'a lu, et il en a parlé comme il aurait parlé de toute autre chose.

— Soit! mais mon évanouissement maladroit en face du tableau vivant avait sans le moindre doute attiré son attention... Supposons qu'un jour ou l'autre un coin du voile se soulève...

— C'est bien improbable, — interrompit Georges.

— Improbable, — répondit Claudia, — mais possible... Dans ce cas le fils adoptif du duc de la Tour-Vaudieu, devenu le gendre de mistress Dick Thorn, ne pourrait se faire l'accusateur de Claudia Varni dont il aurait épousé la fille.

Théfer se permit d'intervenir.

— Le calcul est profond... — dit-il. — Je crois que la sécurité de monsieur le duc exige, en effet, qu'il presse ce mariage...

— J'ai promis qu'il se ferait, et il se fera... — murmura le sénateur... — Mais j'entrevois des difficultés du côté de mon fils! il faudra les vaincre...

— Nous les vaincrons!... — s'écria la belle veuve. — Je dis : *nous*, car je vous y aiderai... — Quand rentrerez-vous à votre hôtel?...

— Dans trois jours...

— Pourrai-je m'y présenter le lendemain de votre retour?

— Sans doute, mais dans quel but?

— Dans le but d'apprendre à votre fils que nous nous connaissons de longue date, vous et moi, et que feu Williams Dick Thorn, mon mari, était de vos amis...

— Une précipitation trop grande ferait mauvais effet... — Laissez-moi tâter le terrain... — Dans quelques jours je donnerai une fête... — Je vous y inviterai avec votre fille, vous ménageant ainsi à l'hôtel une entrée toute naturelle...

— J'attendrai donc...

— Sans défiance? — demanda Georges en souriant.

— Sans défiance, oui... Mais si je m'apercevais que vous me trompez...

Claudia n'acheva point sa phrase, et cependant le duc comprit ce qu'elle ne disait pas.

Mistress Dick Thorn se retira.

M. de la Tour-Vaudieu donna rendez-vous à Théfer à la gare de Paris-Lyon-Méditerranée, pour lui remettre les clefs de la maison des Batignolles.

A huit heures il montait dans l'express qui devait, en dix-neuf heures, lui faire franchir huit cent soixante-trois kilomètres.

Le lendemain, à trois heures quinze du soir, il mettait pied à terre à Marseille.

Aucune arrivée de paquebot n'avait eu lieu ce jour-là.

Georges, désirant faire coïncider de façon logique son retour à Paris avec un débarquement possible à Marseille, résolut d'attendre au surlendemain pour envoyer une dépêche à Henry.

.•.

Trois jours s'étaient écoulés depuis le départ du sénateur.

Berthe Leroyer, l'esprit calme et l'espoir au cœur, reprenait ses forces peu à peu.

Le matin même elle avait pu se lever et profiter d'un tiède rayon de soleil pour faire un tour dans le jardin.

Jean-Jeudi, grâce aux soins assidus dont on l'entourait, était momentanément hors de danger.

Momentanément signifie qu'il pourrait vivre peut-être, à la condition expresse qu'aucune émotion violente ne viendrait détruire l'œuvre du docteur Étienne Loriot.

Désormais il se trouvait en état de répondre aux questions qui lui seraient faites.

Le jeune médecin lui avait demandé de nouveau s'il aurait le courage de s'accuser lui-même pour réhabiliter le nom de Paul Leroyer.

Le bandit s'était écrié, avec une bonne foi manifeste :

— Je l'ai juré déjà et je le jure encore !

LI

Étienne Loriot était surmené.

A la lassitude physique résultant pour lui de tous les événements que nos lecteurs connaissent, se joignait une inquiétude dont il ne faisait part ni à René, ni à Berthe.

Esther Derieux, à la suite de l'opération, avait été prise d'une fièvre violente.

Cette fièvre, impossible à combattre et plus intense de jour en jour et d'heure en heure, pouvait emporter la malade dans une crise.

Un dénouement tragique enlèverait au jeune médecin le plus puissant des moyens d'investigation sur lesquels il comptait.

Après avoir visité Jean-Jeudi, il partit en toute hâte pour l'asile des aliénés.

Une grande joie l'attendait à son arrivée.

L'interne lui apprit qu'un mieux sensible s'était manifesté depuis la veille dans l'état d'Esther.

Il alla droit à la cellule de la folle et trouva la pauvre femme dans un état de prostration complète.

Ceci devait être et ne le préoccupa point.

La fièvre cédait.

Si elle disparaissait complètement, le salut devenait certain et Étienne pourrait bientôt savoir s'il avait obtenu le résultat souhaité ; car, depuis la fin du sommeil anesthésique provoqué par le chloroforme, les paroles vagues échappées des lèvres d'Esther étaient des manifestations du délire fiévreux et l'on n'en pouvait rien conclure.

Le mieux indiscutable annoncé par l'interne et qu'il constatait lui-même rendit un peu de tranquillité au jeune médecin, et ce fut avec l'esprit relativement calme qu'il quitta Charenton.

En rentrant chez lui, il trouva une lettre de son oncle.

Pierre Loriot, dans cette lettre d'une orthographe absolument fantaisiste, annonçait une absence de trois jours.

Il partait pour conduire à la campagne, à quinze lieues de Paris, une dame âgée et souffrante que le chemin de fer épouvantait.

Dès son retour il s'occuperait de l'enfant déposé par lui à l'hospice de la rue d'Enfer dans la nuit du 24 septembre 1837.

Ce retard imprévu contraria bien un peu le docteur, mais en somme il ne compromettait rien.

Étienne en prit donc son parti et résolut d'aller trouver ce jour même Henry de la Tour-Vaudieu pour le charger de formuler les plaintes que Berthe Leroyer et Jean-Jeudi voulaient adresser au procureur impérial relativement aux attentats dont ils étaient victimes.

Ces plaintes devaient précéder la demande en revision de procès et en réhabilitation de nom de Paul Leroyer.

Après avoir déjeuné rapidement, le neveu de Pierre enveloppa dans un journal la brochure prêtée par le jeune avocat et contenant l'*Affaire du pont de Neuilly ;* puis il se rendit à l'hôtel de la rue Saint-Dominique.

Henry était au Palais, mais son valet de chambre affirma qu'il ne tarderait pas à rentrer et offrit au visiteur, bien connu de lui, de l'introduire dans le cabinet de son maître où il attendrait.

Étienne accepta.

Au bout de trois quarts d'heure environ le fils adoptif du sénateur vint le

L'ex-courtisane franchit le seuil de la petite maison et le policier s'inclina profondément.

rejoindre et, après un échange de cordiales poignées de main, lui demanda :

— Quel bon vent t'amène?

— J'ai à te parler d'une foule de choses...

— Sérieuses?

— Très sérieuses... et ce sera un peu long...

— Tant mieux... tout mon temps est à toi... — J'écoute...

— Je veux te remercier d'abord de la brochure que tu m'as prêtée et que je te rapporte... — La voici.

— Ce procès t'a-t-il intéressé?

— Énormément.

— Et de cette lecture est-il résulté pour toi comme pour moi la ferme croyance que, malgré les débats et la condamnation, le mystère du pont de Neuilly n'a jamais été éclairci?

— Comme toi je crois fermement que Paul Leroyer, victime de circonstances fatales, a payé de sa tête le crime d'un autre.

— N'est-ce pas? — s'écria Henry d'un air de triomphe. — Cela saute aux yeux! — L'acte d'accusation n'est concluant qu'en apparence... — Le ministère public manquait de conviction... — Le président des assises interrogeait en homme égaré dans un dédale et qui ne sait où il va... — Les dépositions des témoins semblent écrasantes et ne prouvent rien... — Après avoir embrassé l'affaire d'un coup d'œil distrait on se dit : — L'accusé est coupable; mais en l'étudiant avec calme, en la disséquant en quelque sorte, en soumettant chaque fait, chaque détail à une analyse approfondie, l'innocence du condamné devient éclatante... — Je suis heureux que tu en aies la conviction comme moi.

— J'en ai plus que la conviction, — répondit Étienne d'une voix grave. — J'en ai la certitude...

— La certitude? — répéta le jeune avocat non sans étonnement.

— Oui.

— Basée sur le raisonnement? sur la logique?

— Non, sur des preuves matérielles...

— Des preuves matérielles de l'innocence de Paul Leroyer.

— Oui.

— Tu connais sa famille?

— Je la connais.

— Et depuis vingt années cette famille, armée des preuves dont tu me parles, n'a point demandé la réhabilitation du martyr?...

— Elle ne le pouvait pas...

— Pourquoi?

— Précisément faute des preuves qui sont aujourd'hui dans mes mains... — A cette famille, pour soutenir cette cause sainte, il faut un homme qui joigne au talent la conviction... — Je viens te demander si tu veux être cet homme...

— Moi! — s'écria Henry stupéfait.

— Toi, oui. — Ne disais-tu pas il y a cinq ou six jours, en me prêtant cette brochure, que si tu pouvais rassembler quelques témoignages encore vivants, tu te ferais fort de démontrer l'erreur judiciaire dont Paul Leroyer a été victime?

— Je le disais, c'est vrai.

— Et tu ajoutais avec enthousiasme : — *Quelle cause à plaider ! Quelle auréole pour celui qui triompherait !*

— Je le pense encore...

— Eh bien! cette auréole il faut la conquérir!... Il faut rendre l'honneur au nom d'une enfant que j'aime de toutes les forces de mon âme...

— Quoi! Berthe Monestier? — murmura l'avocat.

— Est en réalité Berthe Leroyer... — Après le supplice du martyr, et pour épargner à son fils et à sa fille une honte imméritée, la veuve avait changé de nom... — Tu sais tout maintenant... — Acceptes-tu?

— J'accepte, et je serai doublement heureux de m'unir à ton œuvre, car en combattant pour Berthe je travaillerai pour toi...

Étienne, les larmes aux yeux, saisit les mains de Henry et les pressa dans les siennes en balbutiant :

— Merci!... merci mille fois!! merci du fond du cœur!...

— Dès demain, — reprit Henry, — nous nous occuperons de réunir tous les témoignages, toutes les preuves.

— Pourquoi ne pas commencer dès aujourd'hui? — demanda vivement Étienne. — Berthe est bien près d'ici, puisqu'elle habite le pavillon qui t'appartient, rue de l'Université, et c'est près d'elle que je veux te mener d'abord...

— Soit, commençons... — Me voici prêt à t'accompagner.

Henry mit sous son bras sa serviette d'avocat dans laquelle il glissa quelques papiers, et suivit Étienne au pavillon.

René, prévenu dès le matin de la démarche que le jeune médecin se proposait de faire auprès de son ami, se trouvait dans la chambre de Berthe.

L'orpheline n'avait reçu aucune confidence.

Ce fut le mécanicien qui vint ouvrir aux visiteurs la porte du jardin.

— Mon cher Henry, — dit Étienne, — je n'ai pas besoin de te présenter mon ami René Moulin... — Tu le connais déjà et tu as su le bien juger...

— Je suis l'obligé de M. de la Tour-Vaudieu, — répliqua le brave garçon, — je lui dois la liberté, et j'espère lui devoir bientôt le bonheur de notre chère Berthe...

— Tout ce qui dépendra de moi, je le ferai, monsieur mon ancien client... — répondit Henry en souriant et en serrant la main de René qui s'écria :

— Alors nous sommes sûrs du succès!!

— Berthe est éveillée, n'est-ce pas? — lui demanda Étienne.

— Oui, docteur, et dans une excellente disposition d'esprit...

— Bien... Allons...

Les trois hommes avaient traversé le jardin tout en causant.

Ils gravirent les marches du perron et franchirent le seuil.

Étienne frappa doucement à la porte de l'orpheline.

Françoise entr'ouvrit cette porte.

— Peut-on entrer? — fit Étienne.

— Mais certainement, — répondit Berthe de son lit, — je vous attends depuis longtemps.

Le docteur entra, suivi de René et de Henry.

En voyant à l'improviste un étranger, la jeune fille devint pourpre.

Henry la salua avec un profond intérêt et une vive émotion.

— Ma chère Berthe, — dit Étienne, — je vous ai prévenu que le moment était proche où nous demanderions aux gardiens de la loi aide, protection et justice... — Ce moment est venu... — Je vous amène Henry de la Tour-Vaudieu, mon ami qui sera le vôtre... Vous lui devez déjà l'hospitalité de cette demeure; vous lui devrez bientôt plus encore...

Berthe tendit au jeune homme sa petite main amaigrie et murmura d'une voix tremblante :

— J'ai appris à vous connaître, monsieur, par mon cher docteur et par René Moulin... — Je sais tout ce que je puis attendre de vous, et je devine le motif de votre visite... — Étienne vous a dit qui j'étais et tout ce que ma famille avait subi de souffrances imméritées... — Vous croyez à l'innocence de mon pauvre père... Vous allez combattre le jugement inique qui l'a frappé... — J'accepte votre dévouement, monsieur, et toute ma vie, jusqu'à mon dernier souffle, je serai reconnaissante de ce que vous aurez bien voulu faire pour un martyr et pour une orpheline...

LII

En prononçant ces dernières paroles Berthe, suffoquée par l'attendrissement, fondit en larmes, et les trois hommes sentirent leurs paupières se mouiller.

— Devant Dieu qui m'entend, mademoiselle, — répondit Henry, — devant mes amis qui m'écoutent, devant vous qui avez tant et si injustement souffert, je jure de prendre en main votre cause et de la soutenir de toutes mes forces, jusqu'au bout...—Maintenant,—ajouta-t-il après un court instant de silence, — il faut agir et agir vite. — Occupons-nous des faits que vous avez à me révéler... — Monsieur René, parlez le premier.

Le mécanicien commença.

Son récit fut long.

Il expliqua d'abord comment il avait été mis sur la piste des vrais criminels par le brouillon de lettre trouvé dans un hôtel à Londres.

Il raconta son emprisonnement dont le but unique était de rendre possible le vol de cette lettre par les deux hommes violant son domicile de la place Royale au moment où Berthe s'y trouvait; — après avoir parlé de l'apparition de la folle, il passa à sa rencontre avec Jean-Jeudi; à son entrée comme maître d'hôtel dans la maison de mistress Dick Thorn que le vieux bandit avait cru reconnaître, et enfin aux incidents de la soirée à laquelle assistait Henry de la Tour-Vaudieu.

Il entra dans les détails de l'enlèvement de Berthe et de la tentative à laquelle la jeune fille n'avait échappé que par miracle.

Ensuite il arriva au crime commis sur Jean-Jeudi, retrouvant dans son meurtrier l'instigateur de l'assassinat du médecin de Brunoy.

Tandis que René parlait, Henry prenait des notes.

— Et ce Jean-Jeudi survivra à sa blessure? — s'écria le jeune avocat.

— Oui, grâce au ciel! — répondit Étienne.

— Et il déposera devant la justice sans hésitation et sans réticences?

— Il en a fait le serment.

— Cet homme a été empoisonné il y a vingt ans par mistress Dick Thorn? — reprit Henry.

— Ce n'est pas douteux. — L'exécrable femme et le scélérat qui se nomme Frédéric Bérard voulaient se débarrasser de leur complice. — Il fut ramassé presque mort et conduit à l'hôpital, abanbonnant l'enfant qu'il avait épargné...

— L'enfant que portait le médecin de Brunoy?

— Oui.

— Ou je me trompe fort ou le mobile du crime est là... — On voulait supprimer cet enfant, et pour l'atteindre on assassinait le médecin...

— Tu dois avoir raison... — fit Étienne.

— Jean-Jeudi, à cette époque, — demanda le fils adoptif du sénateur, — ignorait le nom des misérables qui le payaient?

— Oui... — Il ne connaissait que leurs visages...

— Tout s'enchaîne et devient lumineux! — dit Henry. — Comment ce Frédéric Bérard a-t-il su que René Moulin arrivait à Paris possesseur d'un brouillon de lettre compromettant? — Je l'ignore, mais il certain que c'est là le point de départ de la sombre intrigue ourdie par cet homme et sa complice, et dont l'arrestation de René, le vol de la lettre, l'enlèvement de Mⁱˡᵉ Leroyer et l'assassinat de Jean-Jeudi, furent les étapes successives...

Le mécanicien tira de sa poche une petite liasse de papiers qu'il tendit au jeune avocat en lui disant :

— Voici la lettre qu'on glissait chez moi dans l'enveloppe où j'avais caché le brouillon de mistress Dick Thorn; — voici un billet trouvé dans la redingote du faux cocher conduisant le fiacre dont on s'est servi pour enlever Mⁱˡᵉ Berthe; les écritures sont presque identiques. — Voici la lettre signée de mon nom pour attirer Jean-Jeudi dans le piège, même écriture encore. — Enfin voici le mot que l'assassin laissait près de la victime pour faire croire à un suicide...

— Quelle effroyable trame! — s'écria Henry après avoir examiné ces différents papiers. — Avec quelle rouerie diabolique tout était combiné! — Et, —

continua-t-il, — la police, agissant sur la plainte de M. Pierre Loriot, n'a pas retrouvé la trace des voleurs du fiacre numéro 13?

— Non.

— Vous connaissez l'adresse de Frédéric Bérard?

— Oui, Jean-Jeudi l'a suivi... — Il demeure rue du Pot-de-Fer-Saint-Marcel.

— Et l'autre, cet homme vu par Mlle Berthe avec Frédéric Bérard, à la place Royale et au plateau de la Capsulerie, quel est-il?

— Il reste inconnu, mais l'oncle du docteur se fait fort de reconnaître la maison, rue du Pont-Louis-Philippe, où il l'a conduit en compagnie de Frédéric Bérard, qui, de son côté, venait souvent la nuit dans le quartier où nous sommes... — M. Loriot croyait même l'avoir vu pénétrer dans le jardin de ce pavillon, mais à coup sûr il se trompait, et c'est de la maison voisine qu'il doit être question.

Henry de la Tour-Vaudieu réfléchit un instant et répondit :

— C'est singulier... — La maison voisine n'est point habitée... — Elle appartenait au marquis de Cernay, mort il y a deux ans. — Les héritiers cherchent à la vendre et refusent de la louer... — Il y là un point à éclaircir. — Autre chose : — En dehors des lettres que vous venez de me remettre et qui ne sont point signées, vous ne possédez aucune autre preuve écrite contre Frédéric Bérard et mistress Dick Thorn?

— Aucune, — répliqua René, — et cependant nous devrions en avoir, car le portefeuille, soustrait par Jean-Jeudi rue de Berlin, contenait, outre les billets de banque, des papiers compromettants...

— En êtes-vous certain? — demanda Henry.

— Oui, certain... — Quand mistress Dick Thorn s'aperçut de l'effraction, elle semblait moins préoccupée du vol de l'argent qu'épouvantée de la disparition des papiers.

— Et Jean-Jeudi ne le possède plus?

— Le portefeuille lui a été dérobé par son assassin...

Henry écrivait toujours.

— Maintenant, — demanda-t-il après avoir pris une dernière note, occupons-nous de l'enfant épargné par Jean-Jeudi. — (Une bonne action à l'actif de ce misérable!) — Qu'est-il devenu?... — Le savez-vous?

— Je le sais... — répondit Étienne.

Et il raconta ce que son oncle lui avait appris.

— Existe-t-il toujours?

— Je l'ignore, mais des recherches seront faites à ce sujet...

— Quand?

— Aussitôt que mon oncle sera de retour d'un petit voyage...

— Oui, n'est-ce pas! — C'est essentiel... — Nous ne devons négliger aucun détail, et celui-là peut être très important... — Et cette folle, vous en êtes-vous occupé ! — Savez-vous pourquoi elle prononce sans cesse le nom de Brunoy, et pourquoi Frédéric Bérard a paru frappé de terreur en la voyant apparaître au moment du vol?

— J'espère le savoir bientôt... — répliqua le jeune médecin.

— Comment ?

Étienne expliqua ce que nos lecteurs connaissent.

— Étrange hasard, ou plutôt visible providence! — s'écria Henry, — Comme toi je suis convaincu qu'Esther Derieux se trouve liée d'une façon très étroite à cette mystérieuse affaire, et que, si la raison lui est rendue, nous découvrirons par elle les véritables causes de l'assassinat du médecin de Brunoy... — Quand crois-tu pouvoir interroger cette femme ?

— Pas avant trois ou quatre jours.

— Nous attendrons puisqu'il le faut... — Pour entamer la lutte judiciaire, nous devons avoir nos armes prêtes... — Il me reste à interroger Jean-Jeudi, puis à rédiger à tête reposée le mémoire que je déposerai, au nom de Mlle Leroyer, entre les mains du procureur impérial. — Ce travail me demandera deux jours. — Je comprends votre légitime impatience, mademoiselle, et je ferai tout pour la satisfaire. — Bon courage donc et bon espoir...

Les trois hommes prirent congé de Berthe et quittèrent le pavillon.

— Quand comptez-vous voir Jean-Jeudi? — demanda René à Henry.

— Après-demain. — Où demeure-t-il?

— A Belleville, cité Rébeval, mais il vous serait bien difficile d'arriver chez lui sans guide...

— Eh bien, donnez-moi un rendez-vous... — Nous nous retrouverons et nous irons ensemble...

— Dans la journée, ou le soir?

— Le soir... ce sera plus prudent...

— Dans ce cas, si vous le voulez, monsieur, je vous attendrai à huit heures, rue Vincent, n° 9... C'est mon gîte improvisé...

— Après-demain à huit heures, c'est convenu.

Henry de la Tour-Vaudieu rentra chez lui, et fit un dossier de toutes les notes concernant Berthe Leroyer.

Il s'occupa ensuite pendant une partie de la nuit d'une affaire qu'il devait plaider en cour d'assises le lendemain, affaire très sérieuse à laquelle il attachait une grande importance, l'accusé qu'il s'était chargé de défendre lui paraissant mériter l'indulgence du jury.

Deux heures avant le jour seulement il se mit au lit.

Au moment où il revenait du Palais dans l'après-midi, après avoir gagné sa cause, son valet de chambre lui remit une dépêche.

Cette dépêche, datée de Marseille et signée : *Georges de la Tour-Vaudieu*, annonçait pour le lendemain, à cinq heures du soir, l'arrivée du sénateur.

Henry ne pouvait éprouver pour le duc qu'une affection filiale relative

Rien ne remplace les liens de famille et le jeune homme ne se sentait que fils d'adoption, aussi le respect et la reconnaissance occupaient-ils dans son cœur une plus large part que la tendresse.

Cette tendresse existait néanmoins dans une certaine mesure et l'avocat éprouva un moment de joie en apprenant le retour de son père.

Sachant bien qu'il était un enfant trouvé, Henry n'avait jamais cherché à pénétrer les motifs de l'abandon dont on l'avait rendu victime ; — il songeait le moins possible aux premières années de son enfance passées à l'hospice, et se forçait à l'oubli, non par orgueil, mais pour ne point haïr et mépriser malgré lui ses véritables parents qu'il devait croire et qu'il croyait en effet dénaturés.

Il donna ses ordres afin que les appartements de son père fussent préparés. et décida d'aller le chercher à la gare le lendemain afin d'être le premier à lui souhaiter la bienvenue.

En même temps il écrivit un mot à Étienne, l'informant du retour du sénateur, contremandant le rendez-vous donné à René pour le lendemain, mais ajoutant qu'un rendez-vous nouveau serait assigné à bref délai.

Disons tout de suite qu'Étienne se réjouit de ce retard.

Jean-Jeudi aurait plus de force, et Esther Derieux, dont la convalescence commençait, pourrait sans doute, elle aussi, répondre aux questions du jeune avocat.

LIII

L'effet du traitement sur lequel à bon droit comptait Étienne Loriot s'était enfin produit.

La fièvre avait cédé.

Esther semblait sortir d'un rêve,

Ses regards encore incertains se promenaient autour d'elle, cherchant à reconnaître les objets qui l'entouraient.

Une immense travail se faisait dans son esprit.

La pauvre femme essayait de se souvenir.

Lasse de se heurter contre un obstacle infranchissable, elle voulut interroger...

L'interne avait reçu les instructions de son chef.

Il devait imposer silence à la malade.

Il le fit.

Les résultats de toute secousse morale étaient périlleux. — L'évocation trop prompte du passé risquait de provoquer une crise, et de cette crise pouvait naître un retour de folie.

Le valet de chambre offrit au visiteur, bien connu de lui, de l'introduire dans le cabinet de son maître.

Donc il était opportun d'attendre le moment que le docteur jugerait convenable pour aider Esther à se reconnaître.

Les questions de la malade prouvaient jusqu'à l'évidence qu'elle commençait à se rendre compte de ce qu'il y avait d'anormal dans sa situation actuelle, mais en elle tout était confus.

C'est avec une sage lenteur et par gradations étudiées qu'il faudrait porter la lumière dans ce cerveau rempli de ténèbres depuis vingt ans.

Le docteur arriva à l'heure habituelle de sa visite et se rendit tout d'abord auprès d'Esther avec l'interne.

En entendant ouvrir la porte de la cellule, la veuve de Sigismond se souleva sur ses oreillers.

Elle regarda Étienne avec une visible inquiétude.

Le jeune homme marcha vers le lit.

Les yeux d'Esther prenaient une étrange fixité.

— Mon Dieu, — demanda-t-elle tout à coup d'une voix altérée, — est-ce que le bon docteur est malade? — Pourquoi n'est-ce pas lui qui vient?

Cette phrase, dont ni le médecin ni l'interne ne pouvaient comprendre le sens, les fit trembler.

Elle ressemblait à une divagation...

Esther était donc toujours folle...

— Ne me reconnaissez-vous pas, mon enfant? — dit Étienne. — C'est moi qui suis le docteur.

La convalescente secoua la tête.

— Non, — dit-elle, — ce n'est pas vous... — Celui qui m'a soignée, celui que j'attends est un vieillard... il a des cheveux blancs... — Il se nomme... il se nomme... — Aidez-moi donc à retrouver son nom...

Étienne lui prit les deux mains, en répliquant avec une douceur paternelle :

— Plus tard, nous chercherons ensemble... — N'essayez point, en ce moment, de vous souvenir... — Évitez toute fatigue... — Vous avez été malade... Vous êtes encore souffrante et faible... Vous avez besoin de repos...

Esther, la tête penchée, les yeux à demi clos, écoutait la voix du docteur comme pour en reconnaître le son.

— Où donc est Mme Amadis!... — dit-elle tout à coup, — où est mon bien-aimé?... où est mon fils?... — Je veux les voir...

Elle fit un mouvement brusque pour descendre du lit.

Étienne la retint.

L'interne glissa dans l'oreille du docteur ces mots :

— Elle se souvient... — Ne la laisserez-vous point parler?

— Non... sa guérison est trop récente et j'ai peur d'une crise...

Le jeune homme était très pâle... — Une sueur froide mouillait ses tempes. — L'émotion le faisait trembler.

Esther s'était docilement soumise et ne cherchait plus à se lever.

Soudain, elle fondit en larmes et cacha son visage dans ses mains.

— Vous refusez de me répondre... — balbutia-t-elle. — C'est qu'il est arrivé un malheur... — Mon fils est mort...

Le docteur, après l'avoir laissée pleurer pendant quelques instants, lui dit :

— Voulez-vous avoir confiance en moi?

La malade fit signe que oui.

— Alors, — reprit Étienne, — attendez mes questions... — Bientôt c'est moi qui vous interrogerai... — Vous avez été longtemps malade, très longtemps, et beaucoup de choses se sont passées dont vous n'avez point connaissance... — Je vous dirai tout, je vous le promets, mais soyez patiente. — Laissez-moi rendre complète votre guérison.

— Mais où suis-je donc? — demanda Esther avec anxiété. — Dites-moi du moins où je suis...

— Chez un ami...

— Quel est cet ami?

— Vous le saurez plus tard... — Tenez votre promesse... Ayez confiance...

Étienne avait fait un signe à l'interne.

Celui-ci versa dans une cuiller quelques gouttes d'une potion somnifère toute préparée que le docteur présenta à Esther en lui disant :

— Buvez... cela vous fera du bien...

Esther obéit.

Sa tête retomba sur l'oreiller. — Ses paupières battirent et ne tardèrent point à se fermer.

Elle dormait.

En ce moment un bruit de pas et de voix retentit dans le couloir.

L'interne entr'ouvrit la porte et regarda.

— Monsieur le docteur, — murmura-t-il, — c'est monsieur le directeur avec deux étrangers. — Ils viennent ici.

Les trois personnages s'arrêtèrent en effet sur le seuil de la cellule.

— Mon cher enfant, — dit le directeur en s'adressant à Étienne... — je vous présente monsieur le docteur***, inspecteur des maisons d'aliénés du département de la Seine, pour la préfecture de police, et médecin aliéniste de premier ordre comme vous le savez certainement... — Monsieur qui nous accompagne est son secrétaire.

Des saluts furent échangés, puis l'inspecteur s'avança vers Étienne.

— Monsieur et cher confrère, — fit-il, — on s'occupe beaucoup de vous dans le monde de la science. — On parle d'une cure audacieuse, accomplie dans des circonstances fort singulières, et j'ai voulu voir le sujet de votre intéressante expérience...

— Le sujet est cette pauvre femme, monsieur l'inspecteur... — répondit le jeune homme en désignant Esther endormie. — Si vous étiez venu quelques instants plus tôt, vous auriez pu juger par vous-même des résultats obtenus...

— La folie a diminué?

— J'ai même tout lieu d'espérer que la raison est revenue...

— Ce serait merveilleux!! — Avez-vous interrogé le sujet?

— Pas encore; — la guérison est trop récente, et je veux éviter d'en entraver la marche en provoquant de violentes secousses morales.

— Quelle est cette femme?

— Une *isolée, au secret*, par ordre... — répondit Étienne.

— Au secret! — répéta l'inspecteur d'un air surpris. — Est-elle donc sous le coup d'un jugement, d'une condamnation?

— Je l'ignore... — répliqua le directeur. — Vous savez comme moi, monsieur l'inspecteur, que les ordres d'internement qui nous arrivent ne sont suivis d'aucune explication...

— Sans doute, mais l'ordre d'internement doit être motivé...

— Il l'est en effet...

— Comment?

— « *Dans l'intérêt de la sûreté publique.* »

— Quel est le nom de la folle?

Étienne prit la parole.

— Esther Derieux, — dit-il.

— Consultez, je vous prie, notre dossier, monsieur Bigotte, — commanda l'inspecteur à son secrétaire, — nous y trouverons des renseignements plus précis.

Le secrétaire ouvrit un portefeuille-serviette qu'il portait sous son bras, et en tira plusieurs cahiers enveloppés de chemises de papier gris.

Ces cahiers contenaient, divisés par catégories, les noms des aliénés des deux sexes enfermés à l'hospice de Charenton.

— Voyez aux *isolées, au secret*... — reprit l'inspecteur.

Le secrétaire s'empressa d'obéir.

— Eh bien! monsieur Bigotte?

— Monsieur l'inspecteur, je cherche en vain...

— Vous ne trouvez pas le nom d'Esther Derieux?

— Ni aucun autre qui lui ressemble...

— C'est bien extraordinaire.

— Monsieur l'inspecteur peut s'en convaincre *de visu*...

— Il faut donc qu'on ait commis une erreur, soit à la préfecture, soit ici...

— Ici, c'est impossible, monsieur, — fit observer le directeur. — J'ai les ordres d'écrou qui nous permettront de le constater.

— Les listes dont je suis muni sont relevées sur les registres même de la préfecture... — répliqua l'inspecteur. — Ceci me semble bien étrange...

Tandis que ces paroles s'échangeaient, le secrétaire avait à tout hasard compulsé la liste d'une autre catégorie d'aliénées.

— Voilà le nom d'Esther Derieux, monsieur l'inspecteur... — s'écria-t-il.

— Aux *isolées*?...

— Pas le moins du monde... — Internement simple sur la demande d'une dame Amadis chez laquelle habitait l'aliénée... — Elle avait failli mettre le feu... — Mesure d'ordre et de sécurité, voilà tout.

Étienne, — il nous paraît superflu de l'affirmer, — prêtait l'oreille avec un immense intérêt.

— C'est fort bien... — dit le directeur, — mais nous avons au greffe l'ordre d'écrou portant les mot : — ISOLÉE, AU SECRET. — Je me ferai un devoir de le mettre sous vos yeux en descendant.

— Erreur de copiste sans doute...

Étienne intervint.

— Erreur évidente, mais singulièrement préjudiciable pour la malade, surtout en ce moment... — dit-il.

— Je ne vois pas trop, puisque la pauvre créature paraît sans famille, en quoi cette erreur peut lui porter un notable préjudice...—fit observer l'inspecteur.

— Je vais donc avoir l'honneur de vous l'expliquer...

LIV

Le personnage officiel affirma son attention par un geste poli.

Le jeune médecin continua :

— Dans cet asile, Esther Derieux est entourée de murailles sombres... — Elle n'entrevoit le ciel qu'au travers des barreaux de sa cellule... — Elle aurait besoin du grand air, du soleil, des arbres et des fleurs... — Il ne faudrait pas qu'au sortir de ce long sommeil de la folie elle pût s'apercevoir qu'elle est en prison... — Tout à l'heure elle voulait savoir... — elle m'interrogeait... — J'ai refusé de lui répondre; mais demain, dans quelques jours, il ne sera plus possible de garder le silence, et qui sait si la conséquence de mes paroles ne sera pas funeste? — Au nom de l'humanité, je réclame la liberté pour cette femme si elle n'est point sous le coup d'une condamnation antérieure... Au nom de la science, je demande à lui trouver moi-même un asile où je lui continuerai mes soins.

L'inspecteur, après avoir réfléchi pendant quelques secondes, demanda :

— La personne qui a sollicité l'internement d'Esther Derieux la réclamerait-elle?

— Je l'ignore, monsieur, — répondit Étienne; — mais à défaut de cette personne je suis prêt, je vous le répète, à me charger de la pauvre femme.

— Bien, monsieur... — Je vais dès aujourd'hui m'occuper de cette affaire... — Si la mise au secret est le résultat d'une erreur, ce qui me semble probable, je verrai monsieur le préfet et j'appellerai son attention sur votre requête... — Voulez-vous venir me trouver demain à la préfecture?... Je vous mettrai au courant de mes démarches.

— J'irai, monsieur, et je vous témoigne à l'avance toute ma gratitude.

— A demain donc, à dix heures du matin... — Je vous attendrai au bureau du service médical...

La visite de la maison terminée, le directeur de l'asile conduisit l'inspecteur dans son cabinet, et fit demander au greffier l'ordre d'écrou d'Esther Derieux émanant de la préfecture.

Cette pièce fut aussitôt apportée, et le directeur triomphant désigna du doigt, dans la colonne des observations, ces trois mots : — ISOLÉE, AU SECRET.

— C'est vrai... — murmura l'inspecteur.

Il prit son lorgnon pour examiner de plus près la feuille et s'écria tout à coup :

— Ah! ah!... voilà qui est singulier!

— Quoi donc?

— Les trois mots en question ne semblent point tracés par la main qui a rempli l'ordre d'écrou, et l'encre dont on s'est servi n'est point la même... — Voyez...

Le directeur étudia la feuille à son tour.

— Vous avez raison... — dit-il. — L'écriture paraît contrefaite et l'encre est plus pâle...—A coup sûr les indications qui nous préoccupent ont été tracées après coup...

— Pouvez-vous me confier cette feuille? — demanda l'inspecteur.

— C'est impossible... — Aucune pièce du dossier ne doit sortir du greffe...

— En somme, je n'en ai pas besoin... — Si une vérification est indispensable, on viendra la faire ici... — Je retourne à Paris et je vais en parler séance tenante à qui de droit, car j'avoue que cela m'intrigue...

Une heure après le chef de la sûreté recevait l'inspecteur qui lui expliqua brièvement le motif de sa visite.

— Ce ne peut être qu'une erreur... — dit-il après avoir écouté; — je me rappelle parfaitement l'affaire et nous n'avions aucun motif pour mettre cette folle au secret... — Je ne vois là qu'une maladresse d'employé distrait ou inintelligent.

— Pardon, — répliqua l'inspecteur, — je viens de voir l'ordre d'écrou... — Les mots dont je vous parle n'ont point été tracés dans vos bureaux, ou du moins par la même main qui a rempli le corps de la pièce...

— Vous en êtes sûr?

— Absolument.

— Alors il y a là quelque chose que je m'explique mal, mais l'erreur n'en est pas moins manifeste. — Je vais donner des ordres pour qu'elle soit réparée.

— J'en serai d'autant plus reconnaissant que l'état de la personne qui nous occupe s'est modifié beaucoup.

— Il s'est aggravé?

— Au contraire... — Grâce au talent d'un jeune confrère, médecin-adjoint de l'hospice de Charenton, Esther Derieux est guérie ou du moins en pleine voie de guérison et, si elle n'est enfermée que comme folle, il serait souverainement inique de la garder prisonnière, une fois son retour à la raison constaté...

— Vous avez raison, docteur... — La personne charitable qui pendant plus de vingt ans s'était faite sa gardienne et sa protectrice doit être avisée et la réclamera sans doute... — Cette dame habite la place Royale; je vais envoyer chez elle... — Mais j'y songe, si elle refusait de recevoir son ancienne pensionnaire, quel parti prendre? Esther Derieux est sans ressources...

— Nous aviserions... — se contenta de répondre l'inspecteur, jugeant inutile de mettre le chef de la sûreté au courant de l'offre faite par Étienne Loriot.

Il ajouta :

— Dans combien de temps pourrez-vous me donner une réponse?

— Dans deux heures, — si toutefois on trouve cette dame à son domicile...

— Bien... — Je reviendrai dans deux heures...

Le chef de la sûreté se rendit aussitôt chez le commissaire aux délégations judiciaires.

Chemin faisant il réfléchissait, et l'erreur involontaire à laquelle il avait cru tout d'abord lui semblait moins vraisemblable.

Son instinct de policier mis en éveil flairait quelque chose de suspect...

— Vous souvenez-vous, — demanda-t-il au commissaire, — d'une certaine Esther Derieux, folle depuis vingt ans, habitant place Royale, et internée à Charenton sur la demande de sa protectrice, une vieille dame d'allures assez bizarres?

— Parfaitement.

— L'inspecteur des maisons d'aliénés du département de la Seine vient de me prévenir qu'Esther Derieux étant guérie, on réclame pour elle la liberté... — Il s'agirait de savoir si cette vieille dame est disposée à la recevoir... — Envoyez place Royale, je vous prie...

— J'y vais aller moi-même...

— Ce sera mieux encore... — Figurez-vous qu'Esther Derieux avait été placée aux *isolées*, au *secret*, comme une condamnée, sur les indications inscrites à l'ordre d'écrou...

— Par erreur...

— Sans doute; mais cette erreur, c'est vous qui l'avez commise.

— Moi! — s'écria le commissaire aux délégations. — Comment?

— L'affaire étant urgente a été vivement menée, et c'est vous-même qui avez rempli la feuille, portée aussitôt après à la signature du préfet.

— Je me le rappelle, mais j'ai la certitude absolue de n'avoir pas écrit un seul mot dans la colonne des observations.

— Si ce n'est vous, qui est-ce?

— Je ne puis le deviner.

— Lequel de nos agents s'était occupé de cette affaire et nous avait apporté la demande de la dame Amadis ?

— Théfer.

— Qui a conduit la folle à Charenton ?

— Théfer encore.

Le chef de la sûreté fronça le sourcil, puis demanda :

— Que fait cet homme en ce moment ?

— Son nouveau service d'inspecteur des garnis, mais il ne paraît point le trouver de son goût et je crois qu'il ne restera pas longtemps désormais à la préfecture...

— Songerait-il à donner sa démission ?...

— Quelques mots dits par lui me le font supposer...

— Est-ce qu'il est à son aise ?...

— Il passait, dernièrement encore, pour n'avoir pas un sou d'économies...

— Peut-être a-t-il hérité ?

— Ça se saurait... — D'ailleurs on le verrait en deuil...

— Et il parle de se retirer... — C'est bizarre !... — Mon cher confrère, voulez-vous me rendre le service d'aller demain à Charenton et d'apporter, en donnant décharge au directeur, l'ordre d'écrou d'Esther Derieux...

— Comptez sur moi... — En attendant, je vais place Royale.

Mᵐᵉ Biju, la concierge de Mᵐᵉ Amadis, répondit au commissaire aux délégations que sa principale locataire, s'ennuyant à Paris, était partie brusquement avec deux domestiques pour un voyage dont on ignorait la destination, qu'on ne savait quand elle reviendrait, et que ce départ avait eu lieu presque aussitôt après l'internement d'Esther Derieux.

— Tout ceci est bien étrange ! — s'écria le chef de la sûreté, après avoir écouté le rapport du commissaire aux délégations. — Ce départ qui ressemble à une fuite... — Ces trois mots ajoutés sur l'ordre d'écrou... — Il me semble que je tiens la piste d'un crime...

— Quel serait le criminel ou du moins le complice ?

— Théfer, parbleu !!

— L'accusez-vous de trahison ?

— Je ne l'accuse pas encore, mais je le soupçonne... — Il ne serait pas le premier de nos agents foulant aux pieds tous ses devoirs et se mettant, pour quelques louis, à la solde de misérables...

— Vous aviez en lui jadis une grande confiance...

— Beaucoup trop grande... c'est ce qui lui aura donné peut-être l'idée d'en abuser... — Enfin, tout cela est à éclaircir... Cela et d'autres choses encore...

L'inspecteur des asiles d'aliénés ne parut ni surpris, ni mécontent lorsque, en venant chercher une réponse, il apprit que Mᵐᵉ Amadis n'était point à Paris.

Nos lecteurs savent pourquoi.

L'interne entr'ouvrit la porte, un bruit de pas et de voix retentit dans le couloir.

Le lendemain, à l'heure convenue, Étienne le rejoignit à la préfecture, au bureau du service médical.

Il fut mis au courant de ce qui se passait, et tous deux se rendirent chez le préfet de police.

L'antichambre du haut fonctionnaire était pleine de monde.

Il fallait attendre, mais l'inspecteur fit passer sa carte.

Le jeune médecin se trouvait en proie à une anxiété profonde.

Obtiendrait-il l'autorisation qu'il venait solliciter et sur laquelle il basait tant d'espérances ?...

Quelques minutes s'écoulèrent

Un huissier fit un signe à l'inspecteur qui glissa dans l'oreille d'Étienne ces mots :

— Venez, mon cher confrère... — Nous sommes reçus les premiers...

Le préfet de police était un homme du monde et de formes charmantes ; il salua Étienne et serra la main de l'inspecteur.

— Monsieur le préfet, — lui dit ce dernier, — j'ai l'honneur de vous présenter le docteur Loriot...

— Dont le nom m'est bien connu... — répliqua le fonctionnaire, — j'ai signé dernièrement la nomination de monsieur à l'emploi de médecin-adjoint à l'asile de Charenton... — M. Loriot m'était doublement recommandé, par son mérite personnel d'abord, et ensuite par son ami, jeune avocat plein de talent et d'avenir, le marquis Henry de la Tour-Vaudieu.

LI

Étienne s'inclina, tout ému de ce qu'il venait d'apprendre, car il avait ignoré jusqu'à cette heure que le fils adoptif du sénateur eût chaudement travaillé pour lui.

Le préfet de police reprit :

— Êtes-vous parent, docteur, d'un homme très honorable, nommé Pierre Loriot, qui a dernièrement porté plainte au sujet d'une somme d'argent volée dans sa voiture ?

— Pierre Loriot est mon oncle, monsieur... — répondit le jeune médecin.

— Une grande obscurité entoure l'aventure de ce fiacre et nous avons lieu de croire qu'elle cache toute une série de crimes.

— Dont vous connaîtrez bientôt les auteurs... — fit Étienne d'un ton assuré.

Le préfet de police regarda le jeune homme avec surprise.

— Pourriez-vous donc nous éclairer à ce sujet ? — s'écria-t-il.

— Dans un temps prochain, je l'espère ; mais je ne puis néanmoins l'affirmer avant d'avoir changé mes suppositions en certitudes...

Le haut fonctionnaire n'insista point, et s'adressant à l'inspecteur, lui dit :

— Mon cher docteur, quel est le but de votre visite ?

— En aussi peu de mots que possible, le voici : — Une aliénée, traitée et opérée par mon jeune confrère, le docteur Étienne Loriot, a recouvré la raison après vingt-deux années de folie ; mais la guérison ne deviendra définitive que dans certaines conditions particulières incompatibles avec le régime de l'asile...

— En conséquence le docteur sollicite l'autorisation d'enlever cette femme de l'hospice, et j'appuie sa demande...

— La personne en question a-t-elle une famille? — demanda le préfet.

— Non.

— Une fortune?

— Pas davantage.

— Et le docteur Loriot voudrait la prendre à sa charge pour lui continuer ses soins?

— Oui, monsieur... — répondit le jeune médecin.

— L'intérêt de la science est-il l'unique mobile d'un si beau dévouement? — poursuivit le préfet.

— Pas absolument.

— Vous connaissiez cette femme avant son admission à l'asile?

— Non, monsieur...

— Mais vous avez deviné le secret de sa folie?

— Je le crois, et j'espère, avant qu'il soit peu, pouvoir rendre à la justice un éminent service si vous m'accordez la faveur que je sollicite.

— Je vous l'accorde.

Étienne s'inclina, rayonnant.

— J'ai fait un rapport concluant à la mise en liberté... — dit l'inspecteur. — Le voici.

— J'ai toute confiance en votre parole, docteur, et je vais signer l'ordre de mise en liberté immédiate.

Cinq minutes après les deux médecins quittaient la préfecture en emportant l'*exeat* qui rendait Étienne maître absolu d'Esther Derieux.

Au lieu d'aller droit à Charenton, le jeune homme se fit conduire rue de l'Université.

Il y trouva René Moulin près de Berthe.

— Victoire!... — s'écria-t-il. — Dans quelques heures Esther Derieux sera près de nous, ici!

— Ici! — répétèrent avec joie l'orpheline et le mécanicien.

— Oui...

Et Étienne raconta ce qui s'était passé.

On prit aussitôt des mesures pour recevoir la pauvre femme. — Il fu. décidé que Berthe, allant tout à fait bien, entrerait en possession d'une pièce du premier étage, et qu'on installerait Esther dans la chambre du rez-de-chaussée.

Étienne et René partirent ensuite en voiture pour l'hospice de Charenton.

Le neveu de Pierre Loriot remit au directeur l'*exeat* signé par le préfet de police, fit appeler l'interne et monta avec lui et René à la cellule d'Esther.

La veuve de Sigismond, assise dans un grand fauteuil, ne dormait point, mais semblait engourdie par une sorte de lourde somnolence.

Ceci ne surprit point Étienne qui dit à l'interne :

— Vous avez fait ce que j'avais prescrit?

— Oui, docteur, j'ai doublé la dose de stupéfiant dans les potions...

— Bien... j'engourdis en ce moment la pensée d'Esther pour éviter à son cerveau tout travail et par conséquent toute fatigue...

On revêtit la pauvre femme des vêtements qu'elle portait le jour de son départ de la place Royale, puis Étienne passa son bras sous le sien et la conduisit doucement jusqu'à la voiture qui l'attendait.

Elle ne manifestait ni crainte, ni joie, ni surprise.

Son regard n'exprimait plus d'égarement, sans cela on aurait pu croire qu'elle était folle encore.

Étienne avait prolongé le sommeil de cette intelligence si longtemps paralysée, mais il pouvait la réveiller à son gré.

Deux heures plus tard la victime du sénateur Georges de la Tour-Vaudieu et du policier Théfer était installée près de Berthe dans le pavillon de la rue de l'Université.

Le commissaire aux délégations arrivait à l'hospice de Charenton quelques minutes après le départ d'Esther.

Il demanda le directeur, réclama la remise de l'ordre d'écrou qu'on ne pouvait lui refuser et dont il donna décharge, puis il regagna Paris et se fit annoncer chez le chef de la sûreté.

— Vous venez de Charenton... — lui dit ce dernier.

— Oui, et j'apporte la pièce en question, évidemment falsifiée, ce qui nous met sur les traces d'un crime. — Voyez.

— Le crime saute aux yeux! — s'écria le chef de la sûreté après examen. — Il est clair qu'on voulait faire disparaître cette malheureuse femme en l'enfermant dans une maison d'aliénés comme dans un tombeau d'où elle ne devait plus sortir! — Théfer a été l'auteur du crime, mais il n'en était point l'instigateur. Reste à savoir pour le compte de qui travaillait le misérable... — Nous le saurons...

Le chef de la sûreté regarda de nouveau la feuille.

— Je vois dans la colonne des observations et à la date d'aujourd'hui, — ajouta-t-il, — qu'Esther Derieux a été confiée par ordre du préfet au docteur Loriot.

— Oui, la voiture qui l'emmenait a croisé la mienne.

— Ce docteur Loriot serait-il parent de son homonyme le cocher du fiacre numéro 13?

— Je le crois.

— Peut-il exister un lien quelconque entre le vol du fiacre et l'internement d'Esther Derieux?

— Sans doute, et ce lien c'est Théfer... — Dans l'affaire du fiacre il a suivi sciemment de fausses pistes pour nous égarer... — Dans l'affaire de la folle c'est lui qui a écrit sur la feuille l'indication menteuse : *Isolée, au secret.* — C'est par lui que nous arriverons à la découverte de la vérité... — Il doit conserver des relations avec les scélérats qui le payent... — Il faut qu'il soit surveillé, non dans son service mais dans ses allées et venues particulières... — Il faut qu'on le file, qu'on sache où il va, qui il voit, ce qu'il fait, et qu'on intercepte ses lettres... Au besoin nous ferons perquisition chez lui...

Le chef de la sûreté frappa sur un timbre.

Un garçon de bureau parut, reçut l'ordre de s'informer si l'agent Leblond était à la préfecture, et dans ce cas de l'envoyer immédiatement parler à son chef.

Cinq minutes plus tard l'agent demandé, que nos lecteurs connaissent déjà, franchissait le seuil du cabinet.

— Leblond, — lui dit son chef, — voulez-vous gagner votre nomination d'inspecteur et une gratification de trois cents francs? — Oui, n'est-ce pas? — Eh bien! ce sera fait si vous montrez du zèle et de l'activité... — Vous étiez dans le service de l'inspecteur Théfer?

— Oui, monsieur...

— Vous connaissez à fond ses habitudes?

— Naturellement je les connais un peu, quoiqu'il fût, de sa nature, bien cachottier.

— Savez-vous si Théfer se chargeait de faire des recherches pour des particuliers, ce qui se produit malheureusement quelquefois à la préfecture?...

— Je l'ignore, mais ses allures mystérieuses me porteraient à le croire...

— En ce moment nous voulons savoir ce que fait l'inspecteur Théfer en dehors de son service des garnis, où il va, qui il voit, et de qui il reçoit des lettres... — Je vous charge de nous apprendre tout cela... — C'est un travail sérieux... — Si vous vous en acquittez à ma satisfaction, la récompense promise ne se fera pas attendre...

— Quand dois-je commencer ma surveillance? — demanda l'agent, dont la pensée de jouer un mauvais tour à son ancien chef rendait le visage rayonnant.

— Aujourd'hui même, et soyez adroit... — Souvenez-vous que Théfer est un malin qui connaît tous les trucs... toutes les ficelles... N'attendez jamais au lendemain pour me faire un rapport, s'il y a lieu, et, dès que vous découvrirez quelque chose de suspect, venez m'en instruire.

— Je n'y manquerai pas.

— C'est bien... allez.

Comme Leblond sortait, le garçon de bureau entra.

— Il y a là, — dit-il, un envoyé du parquet qui désire parler à monsieur le chef de la sûreté...

— Qu'il entre.

L'envoyé du parquet fut introduit, et à cette question : « — Que me voulez-vous? » — répondit :

— Monsieur le procureur impérial fait prier monsieur le chef de la sûreté et monsieur le commissaire aux délégations de s'apprêter pour l'accompagner.

— De quoi s'agit-il donc?

— D'une enquête très pressée... — Monsieur le procureur impérial vient de recevoir une dépêche.

— Dans quel quartier, l'enquête?...

— Hors Paris...

— Où donc?

— A Bagnolet.

Les deux magistrats se regardèrent en répétant :

— A Bagnolet!

— S'agirait-il de l'affaire qui nous préoccupe? — répéta le chef de la sûreté.

— Tout est possible... — Hâtons-nous...

Et il se rendit au parquet.

— Messieurs, — leur dit le procureur impérial, — le commissaire de police de Bagnolet m'avise, par dépêche, que des ouvriers, en déblayant une carrière pour construire des contreforts de maçonnerie afin d'éviter des éboulements, viennent de découvrir le cadavre d'un homme assassiné... — On nous attend.

— L'identité de l'homme est-elle reconnue? — demanda le chef de la sûreté.

— Je n'en sais rien, les détails manquent; mais les voitures sont en bas... Partons...

LVI

En arrivant à Bagnolet, le procureur impérial et ses compagnons se rendirent immédiatement au bureau du commissaire de police.

Ce dernier attendait les magistrats avec impatience.

— Avez-vous procédé à une enquête? — lui demanda le procureur impérial.

— Je me suis borné à un simple procès-verbal relatant la découverte du cadavre.

— L'identité de la victime est-elle reconnue?

— Non, monsieur. — Je n'ai point fait fouiller les vêtements qui sont dans un état déplorable par suite de la décomposition du corps. — Le médecin de Bagnolet a constaté que la mort remontait à une huitaine de jours et que l'homme a été assassiné... — Le couteau est encore dans la blessure.

— Où se trouve le cadavre?

— A l'endroit où il a été découvert, et sous la garde des gendarmes.

— Veuillez nous y mener et faites mander le médecin qui a procédé aux premières constatations.

On se mit en route sous la conduite du commissaire.

Chemin faisant le procureur impérial dit au chef de la sûreté :

— C'est aux environs de Bagnolet, n'est-ce pas, qu'a eu lieu l'incendie qui se mêle à l'affaire du fiacre numéro 13, d'après les renseignements donnés par l'agent dont la disparition n'est point encore éclaircie ?...

— Oui, monsieur, c'est sur le plateau même des Carrières...

— L'homme assassiné ne serait-il pas une victime des incendiaires ?

— C'est possible... — J'aurai l'honneur cependant de vous faire remarquer que la mort de l'homme ne remontant qu'à huit jours, selon le médecin, l'incendie est antérieur de plus d'une semaine...

— C'est juste...

On gravit un chemin très escarpé et l'on se trouva en face de l'entrée d'une carrière.

Les gendarmes de la localité maintenaient à distance les curieux.

Le médecin venait de rejoindre les magistrats.

— Monsieur le procureur impérial, — dit le commissaire, — je vais prier les carriers qui ont trouvé le corps de nous accompagner...

— Faites...

Le contremaître Simon, et Grandchamp, que nous connaissons déjà, arrivèrent avec des lanternes et s'engagèrent en tête du cortège dans les profondeurs souterraines où nous avons vu Théfer chercher sa route au milieu des ténèbres huit jours auparavant.

Bientôt la lumière du jour apparut dans le lointain et au bout de quelques minutes on atteignit la carrière à ciel ouvert où se trouvait un cadavre étendu sur le sol.

Le corps était broyé.

Le visage noirci et tuméfié n'offrait plus l'apparence d'un masque humain.

Les vêtements disparaissaient sous une couche de boue glaiseuse.

Le chef de la sûreté se pencha sur ces informes débris.

— Impossible de reconnaître les traits de cet infortuné... — murmura-t-il. — Peut-être les poches renferment-elles quelque objet de nature à nous renseigner... — Il faut fouiller les vêtements... — C'est une besogne difficile et répugnante... — Je la ferai moi-même au besoin...

Simon s'avança.

— Je m'en charge, — dit-il, — le pauvre diable sent bigrement mauvais, mais j'ai le cœur solide...

Déjà le contremaître se penchait sur le cadavre en putréfaction.

Le procureur impérial l'arrêta par ces mots :

— Attendez un peu, mon ami... — Où se trouve l'arme qui a tué cet homme ?

— Voyez, monsieur... — répondit le commissaire.

Et il désigna le manche d'un couteau dont la lame tout entière disparaissait entre les épaules.

— Retirez cette arme...

Simon obéit.

Il alla laver le couteau dans une petite mare provenant des suintements souterrains, puis il l'apporta au chef de la sûreté.

— Fouillez, maintenant... — reprit le procureur impérial.

Le contremaître commença l'exploration des poches de côté de la redingote.

— Oh! oh! — fit-il tout à coup.

— Vous trouvez quelque chose ?...

— Oui, pas mal de choses... — Les *profondes* sont doublées de cuir... — Il y a des papiers, beaucoup de papiers, et un petit livre. — Tout est sec et bien conservé.

En disant ce qui précède, il exhibait les objets qu'il venait de nommer.

Le chef de la sûreté les prit, les examina, et poussa une sourde exclamation...

— Qu'avez-vous? — lui demanda le procureur impérial.

— Je sais quel était ce malheureux, — répondit-il. — Il est tombé victime du devoir professionnel. — Il appartenait à la préfecture et se nommait Plantade... — C'est lui que depuis une semaine nous cherchons en vain...

— Vous en avez la certitude?

— Oui, monsieur... — Voici sa commission, sa carte d'inspecteur et le carnet sur lequel il prenait ses notes... — Une erreur est impossible...

— Quel peut être son assassin?

— Son assassin?... — s'écria le chef de la sûreté en continuant à feuilleter le carnet. — C'est l'homme dont il suivait la piste et découvrait les crimes! C'est le misérable qu'il nous désigne lui-même aussi clairement que si sa voix sortait de la tombe pour l'accuser!... — Écoutez...

Et il lut tout haut :

BAGNOLET. — AFFAIRE DU FIACRE n° 13.

« 1° Vu M. Servan. — Renseignements donnés par le soi-disant Prosper Gaucher se prétendant chimiste et devenu locataire de la maison du plateau de la Capsulerie quarante-huit heures avant l'incendie. Ce Prosper Gaucher, remarquable par un tic nerveux de la partie gauche du visage, tic semblable à celui de Théfer, l'ex-inspecteur de la sûreté. — Étudier et filer Théfer dont la conduite est prodigieusement suspecte.

« 2° Domestiques de Prosper Gaucher : — Présumés Dubief et Terremonde, faux monnayeurs évadés de la maison centrale de Clairvaux et voleurs du fiacre numéro 13. — Ne pas oublier que Théfer avait mission d'arrêter ces hommes qui

Ils s'engagèrent en tête du cortège dans les profondeurs souterraines

lui ont, d'après son dire, glissé entre les doigts d'une façon non moins suspecte que tout le reste.

« 3° Trouvé dans un champ, près de la maison incendiée, une pièce de cent
sous fausse à l'effigie de Louis-Philippe et au millésime de 1844; — preuve
concluante, selon moi, de la présence de Dubief et de Terremonde sur le lieu
du crime.

« 4° Deux inconnus de bonne apparence et d'allures non compromettantes cherchent à Bagnolet la trace d'une jeune femme enlevée dans le fiacre n° 13, deux heures environ avant l'incendie. — Ils croient à un crime. — Chercher ces inconnus.

« 5° La jeune fille trouvée mourante dans une carrière de Bagnolet, le lendemain de l'incendie, a été conduite à l'hôpital Saint-Antoine.

« Elle avait dans sa poche un bulletin du fiacre numéro 13. »

C'était tout.

Les témoins de la scène que nous racontons avaient écouté la lecture de ces notes révélatrices avec un recueillement plein d'angoisses. — Tous se sentaient le cœur serré.

Le chef de la sûreté poursuivit :

— Vous le voyez, monsieur le procureur impérial, le pauvre Plantade avait trouvé la trace des auteurs du double crime de Bagnolet... — On l'a tué pour le contraindre au silence!! — Le meurtrier, l'homme au tic, Prosper Gaucher, c'est Théfer! — S'il a laissé échapper Dubief et Terremonde, c'est qu'il avai besoin de ces deux bandits! — Sur mon honneur, je n'ai pas un doute... — J'affirme qu'il a tué Plantade!!

— Il faut faire arrêter cet homme... — dit le procureur impérial.

— Je le soupçonnais déjà, — répliqua le chef de la sûreté, — il est l'objet d'une surveillance spéciale... — Il ne peut nous échapper... — Je vous demande, monsieur, de n'agir contre lui que lorsque sans le savoir il nous aura livré les complices pour le compte desquels il travaille...

— Soit... — Vous prendrez des mesures pour l'enlèvement du cadavre...

— Dès notre retour à Paris, j'enverrai un fourgon.

— Dressons le procès-verbal...

Laissons les magistrats s'acquitter de leur mission et prions nos lecteurs de nous accompagner à l'hôtel de la rue Saint-Dominique, où le duc Georges était de retour.

Ses nombreux serviteurs l'avaient trouvé changé et vieilli, mais la fatigue d'un long voyage expliquait ses yeux caves et l'amaigrissement de son visage flétri et ridé.

— Mon père est imprudent... — pensait Henry. — A son âge il devrait se ménager!

Le premier jour M. de la Tour-Vaudieu ne quitta point l'hôtel et ne sortit guère de son cabinet, fort absorbé, — du moins en apparence, — par le dépouillement de la correspondance énorme entassée sur son bureau.

Le lendemain il pensa que, le bruit de son arrivée s'étant certainement répandu, il devait se montrer un peu.

En conséquence, il fit quelques visites.

Naturellement on le questionna au sujet de son voyage.

Il s'était tracé une ligne de conduite et répondit d'une manière qui confirma dans l'esprit de ses amis la persuasion qu'une mission secrète, d'une grande importance diplomatique, avait motivé son absence.

Théfer ne donnait point signe de vie.

Le sénateur en était heureux.

— Point de nouvelles, bonnes nouvelles... — se disait-il. — Tout va bien !...

Le troisième jour, un peu avant l'heure du déjeuner, le valet de chambre lui remit une lettre dont l'écriture le fit tressaillir.

Il reconnaissait les pattes de mouche de Claudia.

D'une main fiévreuse il déchira l'enveloppe. — Le billet contenait les lignes suivantes :

« Mon cher duc,

« Je sais votre retour...

« J'espérais votre première visite, je puis même avouer que j'y comptais, mais je vois que vous m'oubliez, et je n'aime pas que l'on m'oublie...

« Il faut que d'ici à quatre jours le mariage projeté soit rompu et que le mariage promis soit conclu. — IL LE FAUT.

« Souvenez-vous !

« Votre amie,

« CLAUDIA. »

LVII

La chaîne impossible à rompre faisait de nouveau sentir son poids.

— Ah ! — murmura le duc avec une sourde rage, — que n'ai-je pu briser cette femme comme j'ai brisé les autres obstacles !... — Il faut lui obéir ! — Que je la hais ! !

Il alluma une bougie et réduisit la lettre en cendres.

On vint lui annoncer que le déjeuner était servi et il descendit à la salle à manger où Henry l'attendait.

Le sénateur, forcé de courber la tête sous la volonté tyrannique de son ancienne maîtresse, était résolu à en finir le plus tôt possible.

En conséquence il se disposait à battre en brèche l'amour de son fils adoptif pour M¹¹ᵉ Isabeau de Lilliers, mais il ne se dissimulait point que le résultat serait malaisé à obtenir et l'entrée en matière lui semblait difficile.

Henry se chargea de la lui fournir...

— Mon père, — dit-il, — je crois savoir que vous avez fait, hier, plusieurs visites...

— En effet...

— Me permettez-vous de vous demander si vous avez vu le comte de Lilliers?

— Non, je ne l'ai pas vu.

— Je le regrette beaucoup... — Le comte, vous sachant de retour, peut et doit trouver, j'en ai peur, un tel oubli blessant.

— Ce n'est point un oubli... — répliqua le sénateur, — ou du moins cet oubli est volontaire.

Le jeune avocat regarda son père avec surprise et inquiétude.

Que signifiaient les paroles qu'il venait d'entendre?...

— Je vous comprends mal!... — murmura-t-il. — Quoi! de propos délibéré, vous risquez de froisser le comte dont je vais épouser la fille...

— Ce mariage n'est pas encore fait.

— Sans doute, mais il ne tardera guère.

— Qui sait?

La surprise de Henry se changeait en stupeur.

— Doutez-vous donc que des projets depuis si longtemps arrêtés puissent s'accomplir? — s'écria-t-il.

— Les projets dont tu parles n'ont jamais eu ma complète approbation...

— Mon père, que dites-vous?

— La vérité...

— Il me semble que je rêve!

— Tu ne rêves pas le moins du monde... — Je n'ai point manifesté d'opposition, j'en conviens, parce que je pousse ma tendresse pour toi jusqu'à la faiblesse, mais il est certain que j'ai éprouvé une contrariété vive en te voyant t'éprendre de Mlle Isabeau de Lilliers...

— N'est-elle pas charmante?

— La beauté du diable, voilà tout...

— Son père est votre ami...

— Mon ami... mon ami... Enfin, soit, admettons qu'il est mon ami, mais il y a beaucoup de degrés dans l'amitié... — Celle dont le comte et moi faisons profession l'un pour l'autre est assurément des moins solides... Nous as-tu jamais vu d'accord?

— Mais sans doute, sauf dans les questions politiques, et cela n'a pas d'importances...

— Pas d'importance! — répéta le duc d'un air scandalisé. — L'importance de ces questions est capitale au contraire! — Certes le comte est un bon gentilhomme, un homme loyal, mais il possède le jugement le plus faux et la tête la plus mal organisée que je sache! — C'est un esprit révolutionnaire...

— Vous voulez dire libéral...

— L'un vaut l'autre!... — Il se fait gloire d'appartenir à l'opposition, donc il est l'ennemi du gouvernement dont je suis l'un des fermes soutiens... — J'ai réfléchi pendant mon voyage et j'ai compris qu'une alliance était impossible entre deux familles dont les chefs, un jour d'émeute, peuvent se trouver face à face dans des camps opposés...

Henry n'interrompait point, mais il était très pâle et le frémissement de ses lèvres décelait son agitation intérieure.

— Mon père, — demanda-t-il d'une voix brève et saccadée, — la conclusion de tout cela est-elle que vous retirez votre consentement à mon union avec Isabeau ?...

— Ce consentement je ne l'ai jamais donné... — Si je l'avais donné, je le retirerais...

— C'est une insulte que vous faites au comte !...

— S'il s'en trouve offensé, il m'en demandera raison...

— Une insulte à sa fille !...

— Ceci n'est pas sérieux... — Mlle de Lilliers est complètement en dehors du débat...

— Mais je l'aime... — s'écria le jeune homme avec exaltation... — Je l'aime !...

Le sénateur haussa les épaules et répliqua :

— Vous êtes presque un enfant encore et l'amour à votre âge ne saurait avoir jeté dans un cœur de profondes racines... — Vous oublierez...

— Jamais, mon père !...

— Vous oublierez parce qu'il le faut !... Vous oublierez parce que je le veux !...

— Vous n'avez pas le droit de m'imposer une volonté injuste et cruelle...

— Injuste et cruelle ! — répéta le vieillard.

— Oui, mon père...

M. de la Tour-Vaudieu fronça le sourcil. — Son visage prit une expression sévère.

— Souvenez-vous, Henry, — dit-il avec hauteur, — de ce que vous auriez été sans moi et de ce que vous êtes grâce à moi ! — Je vous ai pris à l'hospice des Enfants-Trouvés pour vous donner un grand nom, une fortune princière. — J'ai fait de vous mon fils et j'ai sur vous l'autorité d'un père. — Par l'adoption mes ancêtres sont devenus les vôtres, vous êtes responsable de leur honneur sans tache depuis des siècles, et c'est non seulement mon droit strict, mais mon devoir d'empêcher que cet honneur ne soit souillé par vous !

— Je suis reconnaissant de vos bienfaits, Dieu le sait ! — balbutia le jeune homme. — Mais comment admettre que je souille le nom de vos aïeux en m'alliant à la fille d'un gentilhomme, d'un honnête homme, à qui ses adversaires politiques eux-mêmes accordent leur estime ?

— Je ne discute pas... — fit le sénateur d'un ton impérieux, — je commande !

— Ainsi, parce que les opinions du comte de Lilliers ne sont point les vôtres, il faut briser mon cœur... étouffer mes aspirations... renoncer au beau rêve qui me rendait heureux?

— Il le faut, puisque c'est ma volonté...

— Je le répète, mon père, vous êtes cruel, vous êtes sans pitié... Mais vous l'avez dit, je vous dois tout et je ne serai point ingrat... — J'accepte le sacrifice, quelle qu'en soit l'amertume... — C'est payer bien cher le nom et la fortune que je tiens de vous, mais je ne marchande pas, j'obéis...

M. de la Tour-Vaudieu respira.

Il espérait à peine triompher si facilement des résistances de son fils adoptif.

— Te voilà tel que tu dois être et tel que j'aime à te voir... — dit-il d'un ton affectueux. — Je te sais gré d'une soumission sur laquelle je comptais. Je ne tarderai guère à t'en récompenser... — Garde-toi de croire, d'ailleurs, que je te condamne au célibat... — J'attends au contraire avec impatience un héritier de notre nom. — Je songe à ton mariage et je t'ai trouvé une femme...

Henry devint très pâle.

— Une femme! — répéta-t-il d'une voix altérée, — une femme, à moi!

— Oui, mon cher enfant, une jeune fille adorable.

— Mon père, je ne me marierai jamais...

— Quand tu sauras de qui je parle, tu changeras d'avis...

— Je ne veux pas le savoir! je ne veux pas connaître cette jeune fille...

— Tu la connais déjà...

— Moi?

— Tu la connais beaucoup, et tu te montres, paraît-il, fort empressé et même galant avec elle...

Henry ne pouvait deviner qu'il fût question d'Olivia.

— C'est une énigme... — murmura-t-il.

— Énigme dont le mot est facile à deviner... — répondit le duc avec un embarras que, malgré tout son empire sur lui-même, il dissimulait mal. — Évoque tes souvenirs les plus proches... — Souviens-toi d'une blonde enfant, mignonne, distinguée, exquise, et d'une mère charmante encore, veuve d'un gentleman que j'estimais fort... — Ceci doit te mettre sur la voie.

— Non, mon père... — Je ne comprends pas du tout... — Quelle est cette veuve? Quelle est cette jeune fille?

— Allons, cela manque de sérieux!! — Il y a quatre jours à peine, tu passais la soirée rue de Berlin.

Le jeune avocat tressaillit et regarda son père avec une véritable épouvante.

— Rue de Berlin!! — s'écria-t-il. — Ce n'est point de mistress Dick Thorn et de sa fille qu'il s'agit, n'est-ce pas? — Dites-moi vite que ce n'est pas d'elles...

Le sénateur se troubla.

L'effarement de son fils était trop visible pour lui échapper.

Il se souvint que Claudia lui avait parlé de certaines questions au moins singulières formulées par Henry à la suite de l'épisode du tableau vivant.

L'idée lui vint que le jeune homme soupçonnait peut-être mistress Dick Thorn d'une complicité quelconque dans le crime du pont de Neuilly... — Mais était-ce vraisemblable?... était-ce possible?

Il imposa silence à son émotion et répondit d'un ton très ferme :

— En effet, il s'agit de ces dames, et je ne comprends rien à ton étonnement.

Henry ne put étouffer sur ses lèvres un cri d'horreur et de dégoût.

— C'est Olivia! c'est la fille de cette femme que vous pensez à me faire épouser? — dit-il ensuite avec violence.

— Sans doute...

— C'est à la fille de cette femme que je sacrifierais mon noble et pur amour pour Mlle de Lilliers?... — Non! non! C'est impossible !

— Impossible, dis-tu!... Pourquoi ?

— Vous ne connaissez donc pas mistress Dick Thorn? Vous ignorez donc son passé?

Le doute n'était plus permis au duc.

Henry savait, ou tout au moins devinait quelque chose; mais quoi?... — Jusqu'où allaient ses certitudes ou ses suppositions?

M. de la Tour-Vaudieu voulut sortir à l'instant d'incertitude à cet égard.

— Ah çà, mais, — s'écria-t-il, — tu es fou!

— Si j'étais fou, mon père, je souffrirais moins qu'en ce moment... — Du reste, il suffira de vous éclairer pour que vous repoussiez vous-même avec horreur un irréalisable projet...

— Explique-toi... — Que se passe-t-il? — Pourquoi le nom de mistress Dick Thorn a-t-il paru te mettre hors de toi?...

En prononçant ces paroles le sénateur était visiblement ému, mais on pouvait se tromper sur la cause de son émotion...

LVIII

Au lieu de répondre, Henry interrogea.

— Mon père, — demanda-t-il, — connaissez-vous mistress Dick Thorn depuis longtemps?...

— Oui... — répliqua le sénateur. — Depuis dix-neuf ans environ... — Je l'ai connue jeune fille en Italie, son pays natal... — Je l'ai revue à Paris qu'elle a momentanément habité... Enfin je l'ai retrouvée en Angleterre, mariée à un riche gentleman dont j'appréciais les qualités solides et brillantes, et que j'avais antérieurement rencontré dans plusieurs maisons de haute respectabilité...

— Avant votre première rencontre avec la future mistress Dick Thorn, rencontre qui, m'avez-vous dit, remonte à dix-neuf ans, poursuivit Henry, — savez-vous ce que faisait cette femme?

— Elle menait l'existence indépendante que lui permettait sa fortune...

— Vous ne vous êtes point enquis de son passé?

— Tout le monde s'accordait à le déclarer irréprochable...

— Tout le monde se trompait, mon père... — Cette femme aux manières distinguées, à l'esprit séduisant, était une misérable créature... une criminelle...

— Une criminelle! — répéta le duc en simulant la stupeur et l'effroi.

— La complice d'un assassinat! — continua le jeune homme.

— Ce que tu dis là est insensé!

— Non, mon père!... — Celle qui se nomme aujourd'hui mistress Dick Thorn a fait il y a vingt ans assassiner un homme au pont de Neuilly... — Elle assistait au crime et, après avoir armé et payé le meurtrier, elle tentait de l'empoisonner.

M. de la Tour-Vaudieu, haussant les épaules, fit entendre un rire d'incrédulité.

— Et la justice n'a pas poursuivi... — répondit-il. — Tu conviendras que c'est invraisemblable...

— La justice a poursuivi, mais abusée par de fausses apparences elle a fait tomber sur l'échafaud la tête d'un innocent...

— C'est absurde et c'est impossible!

— Et cependant c'est vrai, mon père...

— Je te défie de me le prouver...

— Ne me défiez pas!... J'ai des preuves...

Un frisson d'épouvante courut sur la chair du sénateur.

— Des preuves... — balbutia-t-il, — tu as des preuves?..,

— Vivantes... et j'en vais faire usage pour demander aux tribunaux la réhabilitation du condamné... du martyr...

— Mais de quelles preuves parles-tu?

— La misérable femme avait deux complices... — Le premier, celui qu'elle a voulu tuer, est vivant et parlera quand l'heure sera venue... L'autre, plus infâme encore, entasse de nouveaux crimes pour effacer le crime d'autrefois et n'arrive qu'à tomber de nouveau sous le coup de la loi qui grâce à la prescription ne pouvait plus l'atteindre... Il se croit bien caché, mais nous sommes sur sa trace... nous le tiendrons demain, si ce n'est aujourd'hui... — En face de ces deux hommes mistress Dick Thorn, vous devez le comprendre, n'essayera même plus de garder un masque inutile... — Vous avez été la dupe de cette créature pendant de longues années, comme moi pendant quelques jours... — Heureusement un hasard providentiel est venu m'éclairer, et je vous éclaire... — S'il

Leblond le suivit pendant un quart d'heure, revint en toute hâte sur ses pas.

faut renoncer à Mlle de Lilliers j'obéirai, le cœur brisé, je vous le répète, mais vous ne me parlerez plus de cette femme, ni de sa fille...

En ce moment on frappa discrètement à la porte.

— Entrez... — commanda le duc d'une voix éteinte.

Le valet de chambre de Henry se présenta et dit :

— M. le docteur Étienne Loriot demande si monsieur le marquis peut le recevoir? — Il s'agit, paraît-il, d'une chose importante et pressée...

— Conduisez le docteur dans mon cabinet où j'irai le rejoindre avant peu....
Le domestique sortit.

M. de la Tour-Vaudieu, sombre, anéanti, le visage décomposé, les yeux hagards, s'était laissé tomber sur un siège.

Il devait inspirer la pitié à quiconque ne connaissait pas la cause vraie de cette effroyable prostration.

— La nouvelle que je viens de vous apprendre vous écrase, je le vois, mon père... — fit le jeune avocat. — Je comprends votre stupeur douloureuse, mais il était indispensable que vous sachiez tout pour vous mettre en garde contre cet hôtel de la rue de Berlin dont la justice franchira bientôt le seuil...

Le sénateur inclina la tête sans répondre.

Henry ébaucha un geste de compassion et se retira.

M. de la Tour-Vaudieu, resté seul, parut soudain se ranimer.

Il se leva et se mit à marcher avec agitation en balbutiant :

— Comment sait-il ces choses et que valent ses preuves? — Jean-Jeudi qu'il croit vivant est mort... René Moulin ne peut rien prouver... Esther Derieux est inguérissable et séparée du monde à jamais... — Il se croit sur la trace du complice inconnu... il s'abuse.... ma trace n'existe pas... — Mais comment songe-t-il à défendre la mémoire de Paul Leroyer et qui l'a chargé de cette tâche? — La mère est morte... — Abel est mort... — Berthe n'existe plus... — Qui donc à le droit, à cette heure, de demander la réhabilitation du condamné?... Je ne vois personne... — Autour de moi les ténèbres, le chaos... — D'où viendra le danger?—Henry m'accuserait, moi, son père adoptif et son bienfaiteur!... Allons donc! — S'il découvrait jamais que le duc de la Tour-Vaudieu était le complice de Claudia Varni, il se tairait et il éteindrait la lumière prête à jaillir... — De ce côté je n'ai rien à craindre, mais il faut que Théfer sache ce qui se passe...

Le duc donna l'ordre d'atteler et sortit.

Il allait chez le policier.

Henry était allé rejoindre Étienne Loriot.

— Je sais ce qui t'amène, mon ami, — lui dit-il; — l'arrivée de mon père a forcément retardé l'enquête que nous devons faire ensemble avant d'adresser un mémoire au procureur impérial, mais je me proposais de te voir aujourd'hui même pour me mettre entièrement à ta disposition...

— Il n'y a point péril en la demeure jusqu'à ce jour, — répliqua le jeune médecin, — et le temps écoulé n'a pas été perdu... — Les personnes que tu dois interroger sont, grâce à Dieu, en état de te répondre...

— Jean-Jeudi?

— A peu près hors de danger...

— Esther Derieux?

— Guérie.

— Rien de nouveau du côté de la rue de Berlin?

— Rien. — Mistress Dick Thorn ne soupçonne point le coup de foudre qui va la frapper...

— Tout est donc pour le mieux. — Je t'attendrai ce soir à huit heures au café de la Rotonde, au Palais-Royal... — Tu viendras me rejoindre avec René Moulin, et nous irons cité Rébeval...

— C'est convenu, et maintenant permets-moi de t'exprimer ma profonde gratitude...

— Ta gratitude!... Je ne comprends pas... — A quel sujet?...

— Je sais enfin que si j'ai obtenu le poste de médecin-adjoint à l'hospice de Charenton, c'est à toi que je le dois... et je t'en suis reconnaissant de toute mon âme...

— Tu en aurais fait autant pour moi, le cas échéant, je suppose...

— Ah! certes!...

— Donc tu vois que rien au monde n'était plus naturel... ainsi n'en parlons plus...

— Soit!... mais je m'en souviendrai...—J'ai vu le préfet de police... —Il m'a reçu avec une extrême bienveillance... — J'ai obtenu de lui l'ordre de mise en liberté d'Esther Derieux, et devine où je l'ai conduite?

— Chez toi?

— Non, mais auprès de Berthe...

— Rue de l'Université! — s'écria Henry stupéfait.

— Au pavillon qui t'appartient et où tu pourras dans quelques heures prendre note de ses réponses aux questions que je lui adresserai en ta présence...

— Sais-tu déjà quelque chose de son histoire?

— Non, car j'ai fait en sorte de la maintenir dans un état d'engourdissement qui me semblait indispensable, mais qui sera ce soir complètement dissipé...

— La marche à suivre est toute tracée... — dit le jeune avocat; — j'ai déjà mis en ordre les dépositions de Mlle Berthe et de René Moulin... — Il me suffira de peu de temps pour y joindre les révélations de Jean-Jeudi et d'Esther Derieux, si comme tu le supposes elles peuvent nous être utiles... — Sans perdre un instant alors j'adresserai mon mémoire accompagné d'une plainte au procureur impérial qui me témoigne beaucoup d'estime... — Le parquet conduira vivement l'affaire... — Les auteurs du crime commis sur Jean-Jeudi et sur Mlle Leroyer seront arrêtés, mis en jugement, reconnus coupables et condamnés... — Nous profiterons de ce nouveau jugement pour demander la revision de l'ancien procès, pour provoquer la réhabilitation du martyr de la barrière Saint-Jacques... et nous réussirons...

Étienne prit les deux mains de son ami et les serra avec effusion.

— A ce soir donc, mon cher Henry, — lui dit-il, — et merci... merci cent fois... mille fois merci!..

Puis le docteur prit le chemin de la rue de l'Université où il avait des soins à donner à Esther et à Berthe.

Cette dernière allait de mieux en mieux et veillait au chevet d'Esther déjà plus vaillante elle-même malgré la torpeur incessante qui l'empêchait d'évoquer ses souvenirs.

Le docteur fit part à l'orpheline de l'entretien qu'il venait d'avoir avec Henry de la Tour-Vaudieu, et des choses convenues entre eux qui devaient s'accomplir le soir même.

— Oh! mon ami, — dit Berthe en joignant les mains et avec un accent de supplication, — je suis assez forte, n'est-ce pas pour vous accompagner cité Rébeval?...

— Y songez-vous, chère enfant? — s'écria le jeune homme avec une sorte d'effroi.

— J'y songe et je le souhaite ardemment.

— Le récit de ce misérable éveillerait en vous de lugubres souvenirs qui pourraient vous être funestes...

— Ne craignez point cela... — J'ai besoin, pour oser croire à la réhabilitation prochaine du martyr, d'entendre moi-même les aveux de Jean-Jeudi... — Accordez-moi cette joie douloureuse... ne me refusez pas cette amère volupté... Je vous le demande au nom de mon père qui vous aurait aimé, au nom d'Abel qui vous aimait...

— Que votre volonté soit faite... — murmura le neveu de Pierre Loriot. — J'ai tort de consentir et le courage de refuser me manque... — Vous viendrez avec nous ce soir, mais d'abord vous allez prendre une potion que Françoise fera préparer et qui doublera vos forces...

Il écrivit une ordonnance, puis il sortit pour aller rejoindre René Moulin, après avoir de nouveau promis à Berthe de venir la chercher à sept heures.

LIX

L'agent Leblond habitait le quartier des Halles. — En quittant la préfecture de police il se rendit à son logement.

Il connaissait de longue date les ruses de Théfer qu'on lui ordonnait de *filer*, mais il était, lui aussi, un fort adroit compère, et il ne demandait qu'une occasion pour prouver ses aptitudes.

Cette occasion se présentant, il la saisissait aux cheveux.

Quand il sortit de sa chambre au bout d'une demi-heure, sous le costume d'un marchand d'habits et le visage admirablement grimé, son plus intime ami n'aurait pu le reconnaître.

Rien ne manquait à son déguisement, ni les défroques jetées sur son épaule gauche, ni la médaille de cuivre suspendue à la boutonnière d'un paletot montrant la corde.

Une barbe inculte et grisonnante cachait les trois quarts de sa figure, et son nez rubicond avait dû *coûter cher à mettre en couleur*, comme on dit chez les *mannezingues*.

Leblond connaissait l'adresse de Théfer.

Il résolut de rôder autour de sa maison afin de le voir sortir et, sachant que cette maison n'avait point de concierge, il décida qu'il ferait tout d'abord une perquisition chez l'ancien chef qui l'avait plus d'une fois malmené, ce dont il lui conservait une véritable rancune.

Que risquait-il en s'introduisant dans le logis de l'ex-agent de la sûreté? Absolument rien.

Si par hasard on le surprenait, on ne pourrait l'accuser de vol. — Il prouverait sans la moindre peine qu'il agissait dans l'intérêt de la mission à lui confiée.

En conséquence il s'achemina vers la rue du Pont-Louis-Philippe, en criant d'une voix de rogomme que plus d'un fripier de profession aurait pu lui envier :

— Habits... habits... vieux chapeaux... vieux habits... V'là l'chand d'habits... Avez-vous des habits à vendre?

Après avoir passé à deux ou trois reprises devant l'allée noire et puante où nous avons plus d'une fois introduit nos lecteurs, Leblond aperçut enfin Théfer.

Le policier, nullement déguisé, quittait sa demeure d'un pas tranquille et s'éloignait dans la direction du quai.

Leblond le suivit pendant un quart d'heure, revint en toute hâte sur ses pas, entra dans la maison et gravit l'escalier.

Il avait apporté souvent des rapports à Théfer et s'arrêta sans hésiter devant la porte du troisième étage.

Là, s'adossant à la rampe, il prêta l'oreille afin de s'assurer que personne ne montait ni ne descendait.

Rassuré par le silence absolu il tira de sa poche une boulette de cire à modeler, et il allait l'appuyer sur la serrure pour en prendre l'empreinte, quand un bruit soudain le fit tressaillir.

Il entendait craquer les marches au-dessous de lui.

— On vient... — murmura-t-il; — j'allais me faire pincer... — Peut-être ce gêneur entrera-t-il au-dessous... Nous verrons bien...

Leblond se pencha, et à son grand étonnement vit se dessiner dans la pénombre la forme d'un homme bien vêtu.

— Fichtre ! — murmura le policier. — Un particulier chic!... pantalon gris perle... bottines vernies, chapeau reluisant, redingote de la bonne coupe, et des gants ! — Tenue d'agent de change ! — Chez qui vient ce milord dans une pareille boîte à vermine?...

Leblond, ne voulant pas être surpris, gagna le quatrième étage en ayant soin de ne faire aucun bruit.

Le visiteur montait toujours.

Arrivé au troisième il fit halte à la même place que l'agent venait de quitter, et mit en branle le cordon de sonnette qui pendait à côté de la porte.

Penché sur la rampe de l'étage supérieur, Leblond épiait, en se disant tout bas:

— Le milord sonne chez Théfer... un monsieur de la haute! un individu très cossu!... — C'est drôle... — Est-ce que par hasard je tiendrais du premier coup le bout du fil de l'écheveau à débrouiller? — Ça serait de la veine!...

Une seconde s'écoula.

Le duc Georges de la Tour-Vaudieu — (que nos lecteurs ont deviné) — agita la sonnette une deuxième fois et plus violemment.

Rien ne bougeant à l'intérieur, il frappa contre la porte trois petits coups espacés d'une façon franc-maçonnique.

Même silence.

Le sénateur fit un geste de dépit, puis tirant de sa poche un carnet fermé par un porte-crayon d'argent, il l'ouvrit et déchira une page blanche sur laquelle il traça quelques mots.

Ensuite il se baissa et, après avoir plié la feuille en deux, il la glissa sous la porte de l'ex-inspecteur.

Immédiatement après il regagna la voiture qui l'attendait à l'angle de la rue Saint-Antoine.

Leblond n'avait perdu aucun détail de ce que nous venons de raconter.

— Ça va bien! — pensa-t-il en se frottant les mains. — Pour sûr je vais savoir quelque chose...

Il dégringola l'escalier comme une trombe, sortit de la maison, se dirigea vers la rue Saint-Antoine à son tour, arriva à un magasin de quincaillerie et acheta un morceau de fil de fer mince, long d'un mètre et très flexible.

Muni de cette emplette il retourna rue du Pont-Louis-Philippe, à la maison de Théfer, gagna le carré du troisième étage, ploya en forme de crochet l'extrémité du fil de fer et, l'introduisant entre la porte et le plancher, manœuvra de façon à amener à lui le mystérieux billet.

Il y réussit sans trop de peine, car à la troisième tentative le crochet harponna la feuille arrachée du carnet.

Le policier la ramassa, la mit dans sa poche, reprit le chemin de la rue, entra chez un marchand de tabac sous prétexte d'allumer sa pipe, déplia le papier et lut avec un frémissement de joie les lignes suivantes :

« *Je vous attendrai à minuit à la maison de la rue Saint-Étienne, à Batignolles. — Prévenez rue de Berlin... — Il faut qu'on s'y trouve. — Urgence absolue.* »

— Ah! ah! — murmura l'agent dont le visage rayonnait. — C'est un rendez-vous dans toutes les règles! — « *Prévenez rue de Berlin.* » — L'intrigue est compliquée... — Pas de signature... — Qu'importe? — On connaîtra bientôt celui qui a écrit ces quatre bredouilles... — Vite à la préfecture!

Leblond prit au pas gymnastique la direction de la rue de Jérusalem, et entra dans les bureaux que le langage pittoresque du peuple parisien appelait des *boîtes à mouches.*

Le chef de la sûreté arrivait de Bagnolet.

— Y a-t-il déjà du nouveau? — demanda-t-il à l'agent, qui se fit annoncer et qu'il hésitait à reconnaître sous son déguisement.

— Oui, monsieur...

— Une chose importante?

— Je le crois... — Vous allez en juger d'ailleurs.

Leblond présenta le billet en question au chef de la sûreté, qui le déplia, le lut et s'écria :

— Où avez-vous trouvé cela?

— Chez Théfer...

— Dans quelles circonstances?

L'agent raconta ce qu'il avait vu et ce qu'il avait fait rue du Pont-Louis-Philippe.

— Bonne nouvelle!... — dit le chef. — Évidemment nous tenons la clef de l'énigme...

— Que faut-il faire, monsieur?...

— Retournez chez Théfer, remettez ce billet où vous l'avez pris, et revenez ici... — Je vais avertir le préfet, le procureur impérial, et donner des ordres...

— Bien, monsieur...

Et le faux marchand d'habits regagna la rue du Pont-Louis-Philippe.

.·.

Tandis que ceci se passait à la préfecture, un fiacre s'arrêtait rue d'Enfer en face de la porte de l'hospice des Enfants-Trouvés.

Le cocher descendit du siège, chargea un commissionnaire de veiller sur son cheval et pénétra dans le couloir conduisant à la loge du gardien-concierge.

Le fiacre portait le numéro 13.

C'est assez dire que le cocher n'était autre que notre ami Pierre Loriot, revenu le matin même de son petit voyage en province.

Le gardien-concierge l'arrêta par ses mots :

— Vous désirez, monsieur?

— Un renseignement.

Le bureau des renseignements et des réclamations, où dans un autre roman nous avons déjà conduit nos lecteurs lui fut indiqué et il s'y rendit aussitôt.

L'employé principal était un petit vieillard qui, depuis plus de trente ans, occupait le même bureau et le même fauteuil en cuir, garni d'un rond hygiénique.

Il accueillit Pierre Loriot avec une affabilité pleine de bonhomie et, tout en essuyant ses lunettes sur ses fausses manches, lui demanda ce qu'il voulait.

— Voilà l'affaire, mon cher monsieur, — répondit le digne cocher, — je voudrais savoir ce qu'est devenu un gosse déposé dans le tour...

— A quelle époque?

— Oh! ça ne date pas d'hier...—C'était dans la nuit du 24 septembre 1837...

— En quelle qualité, monsieur, réclamez-vous ce renseignement?

— Tout bonnement, mon cher monsieur, parce que j'ai besoin de le savoir... L'employé sourit.

— Je comprends bien que vous avez besoin ou envie de le savoir, — répliqua-t-il, — mais j'ai besoin, moi, de connaître la raison de ce besoin ou de ce désir... — Est-ce la curiosité pure ou un autre motif qui vous pousse à demander si l'enfant a vécu, où il est, et s'il a retrouvé ses parents?... — Êtes-vous un parent vous-même, ou connaissez-vous sa famille?

— Bon!... Nous allons nous expliquer... — Voici de quoi il retourne. — Figurez-vous que c'est moi qui ai apporté le gosse à l'époque indiquée, et que, par un effet du hasard compliqué de plusieurs circonstances tout à fait particulières, j'ai tout lieu de croire qu'on pourrait bien être au moment de retrouver les parents du petit.

— Bref, vous demandez si l'enfant vit?

— D'abord, et ensuite où on pourrait le trouver, si véritablement on avait la chance de mettre la main sur sa famille...

— Eh bien! présentez votre requête sur papier timbré, en indiquant le jour exact et l'heure précise du dépôt de l'enfant, et joignez-y quelque indication de nature à rendre toute erreur impossible...

LX

— Mais, mon cher monsieur, — fit observer Pierre Loriot, — tout ça c'est bien compliqué! — Il vous serait si facile de me répondre *illico*, rien qu'en feuilletant un registre.

— Ce sont des formalités indispensables, monsieur... — répondit le vieil employé.

— Voici l'objet, dit-elle en riant. Ça ne pèse pas bien lourd.

— C'est que, voyez-vous, je suis très pressé de savoir à quoi m'en tenir...
— Ne pourriez-vous sauter tant soit peu par-dessus les formalités?...
L'employé sourit et répliqua :
— Oh! impossible!... — le règlement!... — Mais pour vous être agréable,
je vais vous fournir une feuille de papier timbré et écrire moi-même sous votre
dictée la demande que je porterai au directeur... — Il mettra son *visa* pour

autorisation, et alors je pourrai vous répondre également par écrit... — Cette pièce officielle sera pour vous d'une grande importance...

— Et je pourrai l'avoir?

— A six heures, après la fermeture des bureaux...

— Sapristi!... Pour six heures je suis retenu... — Voudrez-vous charger un commissionnaire de la porter chez moi? Je vous laisserai l'argent de la course...

— Parfaitement...

— Mon cher monsieur, vous êtes un brave homme... — Prenez donc une feuille et griffonnez la chose, puisque c'est un effet de votre complaisance...

L'employé écrivit, sous la dictée de l'oncle d'Étienne :

« Moi, Pierre Loriot, cocher et loueur de voitures, demeurant à Paris, rue Oudinot, numéro 9, certifie que la nuit du 24 septembre 1837, à deux heures du matin, j'ai déposé dans le tour des Enfants-Trouvés un enfant du sexe masculin, qui paraissait avoir à peu près deux ans, et sur les vêtements duquel j'avais attaché avec une épingle un papier portant le numéro 13.

« Cet enfant avait été recueilli par moi, une heure auparavant, sous la porte cochère d'une maison de l'avenue des Champs-Élysées.

« Désirant savoir ce qu'il est devenu, j'ai l'honneur de prier l'administration de l'hospice de vouloir bien répondre aux questions suivantes :

1° Sous quel nom l'enfant a-t-il été enregistré?

2° Est-il vivant ou mort?

3° S'il est vivant, où il se trouve et quelle profession il exerce?

« Je déclare avoir des motifs de supposer que je pourrai lui faire retrouver ses parents. »

— C'est tout ce qu'il faut... — dit l'employé, — signez, et nous serons en règle...

Pierre Loriot traça son nom, suivi d'un gros parafe, paya les frais, plus la course du commissionnaire, remercia l'employé et se retira.

— Ce soir, — murmura-t-il avec satisfaction, — je saurai ce qu'est devenu le gosse...

∴

Nos lecteurs n'ont point oublié que le même soir, à neuf heures, Henry de la Tour-Vaudieu, accompagné du docteur et de René Moulin, devait se rendre auprès de Jean-Jeudi.

Nous les précéderons cité Rébeval.

Le voleur émérite était bien changé, mais il vivait malgré l'effroyable blessure à laquelle il aurait dû succomber.

Étienne avait employé toute sa science pour prolonger l'existence du misérable et pour le mettre en état de répondre au jeune avocat et de signer sa déclaration.

La garde-malade amenée par le docteur s'était acquittée de ses fonctions avec une ponctualité et un zèle irréprochables.

Elle faisait elle-même les pansements, et sa dextérité prouvait une grande habitude.

Au moment où nous pénétrons chez Jean-Jeudi, ce dernier était assis devant la cheminée où brillait un feu clair.

Mme Ursule, — (on appelait ainsi la garde-malade), — préparait un bouillon.

— Comme ça, ma chère dame, lui demanda le blessé d'une voix faible, vous pensez que j'en reviendrai?...

— Mais bien sûr que oui, monsieur Jean.

— Ce n'est pas pour me rassurer que vous me dites ça?

— Non, parole d'honnête femme! — Le docteur répond de vous... — Ah! vous avez la charpente solide...

— Il était solide aussi, le coup de couteau!

— Certainement, mais il n'a touché aucune partie essentielle, et dans quelques jours vous pourrez marcher...

Jean-Jeudi hocha dubitativement la tête.

— Vous ne me croyez point? — fit Mme Ursule.

— J'ai dans ma folle idée que le docteur se trompe... — Il me semble que mon compte est bon...

— Vous vous ferez du mal en vous mettant martel en tête... — Vous voulez vivre cependant...

Un éclair brilla dans les yeux caves du vieux bandit.

— Ah! oui, je veux vivre! — murmura-t-il d'une voix sourde! — Vivre assez longtemps du moins pour payer ma dette à ceux qui m'ont assassiné deux fois!

Mme Ursule n'avait pas entendu.

Elle reprit :

— Ce qu'il vous faudrait à présent, c'est l'air de la campagne... — Au bout de deux mois vous seriez remis.

Une sorte de rayonnement illumina le visage livide du blessé.

— Si j'en réchappe, — pensait-il, — je m'en irai là-bas... dans ma maisonnette, près du Havre... et j'y vivrai tranquille, en oubliant le mal que j'ai fait...

— Maintenant, — continua Mme Ursule, — voilà votre bouillon qui va bien, mais il faudrait du vin de Bordeaux, le docteur l'a recommandé et je n'ai plus d'argent...

— Vous allez en avoir, ma chère dame, seulement, pour ça, il faut aller dans la petite cour...

— Dans la petite cour?... — répéta la garde-malade stupéfaite.

— Oui... — Au milieu de la plate-bande, le long du mur, vous verrez une touffe de lilas... — Vous prendrez une bêche, qui est appuyée contre la mai son... — Vous creuserez au pied du lilas, à droite, et vous trouverez une boîte carrée de fer blanc, que vous m'apporterez... — C'est ma caisse... — C'est là que je cache mon magot...

— En voilà une idée!... — s'écria Mme Ursule, — si vous étiez mort sans pouvoir parler, vos héritiers n'auraient eu qu'à se fouiller!...

— Je n'ai point d'héritiers...

— Enfin, je vais chercher la boîte...

Et elle sortit.

Jean-Jeudi, resté seul, pencha la tête sur sa poitrine et songea.

— C'est vrai, — se disait-il, — si j'étais mort, un imbécile, quelque jour, aurait trouvé ça!... Rien que d'y penser ça me taquine... — Si je mourais, à qui ça irait-il? Au gouvernement... — les fafiots garatés, la maison de Sainte-Adresse, il prendrait tout... — Ah! non, par exemple... — Je sais bien ce que je vais faire...

Mme Ursule, en rentrant, interrompit ce monologue.

Elle portait la boîte de métal.

— Voici l'objet... — dit-elle en riant. — Ça ne pèse pas bien lourd... — S'il y a de l'or là dedans, il n'y en a guère...

Jean-Jeudi sans répondre ouvrit la boîte avec peine, car la rouille commençait à souder les charnières du couvercle.

La garde-malade qui regardait curieusement fit un geste de surprise.

— Des billets de banque! — s'écria-t-elle.

— Oui, ma chère dame...

— Miséricorde! ça vaut des mille et des cents!

— Ça vaut pas mal... — Je ne les enterrerai plus... J'en ai l'emploi... — Voici un billet de mille... — Allez changer... — Vous mettrez la monnaie dans la boîte et vous placerez la boîte dans le tiroir de la commode...

— Bien, monsieur Jean, j'y vais...— J'apporterai du vin de Bordeaux.

— C'est ça, et apportez-moi aussi une feuille de papier timbré.

— Vous voulez écrire votre testament?...

— Peut-être.

— Et vous aurez raison, ça ne fait pas mourir... — Je sors... j'aurai soin de fermer les portes et d'emporter les clefs...

— C'est cela, bouclez tout...

— Si je mourais, — continua le blessé d'une voix sourde lorsque la garde-malade fut sortie, — j'aurais tenté du moins de réparer une partie du mal que j'ai fait...

Mme Ursule rentra au bout d'une demi-heure, apportant différentes provisions, du vin, de la monnaie, et ce qu'avait demandé le blessé,

— Je mets le papier timbré sur la commode... — dit-elle; — vous vous en servirez quand la fantaisie vous en prendra...

Jean-Jeudi but son bouillon et un doigt de vin, puis demanda :

— Quelle heure est-il?

La garde-malade consulta la montre accrochée à la cheminée et répondit :

— Neuf heures bientôt... — Il est temps de vous coucher...

— Encore une petite minute... — Je suis bien là... — Je ne souffre pas, et je n'ai point envie de dormir...

— Vous allez vous fatiguer...

— Mais non... Ça me donne de la force, au contraire... et puis le docteur viendra peut-être ce soir...

— Il n'a rien dit...

— Peu importe... Je me figure qu'il viendra... je veux l'attendre...

— Comme vous voudrez... Moi je vais préparer mon lit.

Et Mme Ursule alla chercher un lit de sangle dans la seconde pièce.

En ce moment on heurta doucement à la porte de la rue.

Le vieux voleur dressa l'oreille.

— On frappe au dehors... — dit-il.

— J'entends bien... — Qui peut venir si tard?

— Le docteur sans doute... — Allez vite...

Mme Ursule s'empressa d'ouvrir.

C'était en effet Étienne Loriot, suivi de Berthe, de Henry de la Tour-Vaudieu et de René Moulin.

En voyant tant de monde la garde-malade poussa une exclamation de surprise aussitôt réprimée par Étienne.

— Comment va notre blessé? — lui demanda le jeune médecin.

— De mieux en mieux... — répondit Mme Ursule.

— Il est couché sans doute?

— Non, monsieur le docteur, il est au coin du feu... — Il vous attendait presque ce soir...

— Allons auprès de lui.

Jean-Jeudi entendait parler; — son regard impatient se tournait vers la porte...

LXI

Étienne franchit le seuil.

Un éclair de joie brilla dans les yeux du blessé, mais son visage se rembrunit quand il aperçut derrière le médecin Henry de la Tour-Vaudieu qu'il ne reconnut pas tout d'abord, et Berthe Leroyer marchant avec peine, appuyée au bras du mécanicien.

La présence de l'orpheline fit courir un frisson sur sa chair.

Il voulut se lever; Étienne l'arrêta du geste.

Berthe, en se trouvant en face de l'assassin du médecin de Brunoy, sentit son cœur se serrer et sa petite main trembla sur la main de René.

Jean-Jeudi vit ce mouvement.

Il étendit les bras vers la jeune fille. — Ses lèvres s'agitaient. — Il se laissa glisser de son siège sur ses deux genoux dans une posture humble et suppliante, des larmes inondèrent son visage contracté et il balbutia :

— Oh! pardonnez-moi... pardonnez-moi.

Cette voix rauque et brisée, ces pleurs de repentir causèrent une émotion profonde à tous les spectateurs de cette scène.

L'orpheline elle-même sentit sa colère et sa haine se fondre comme la neige sous un rayon de soleil.

Étienne voulut relever Jean-Jeudi, dont une agitation si vive pouvait rouvrir la blessure.

Le vieux bandit le repoussa doucement.

— Non... non... docteur, — dit-il avec des sanglots, — je dois être à genoux... — Laissez-moi demander pardon à celle que mes crimes ont rendue orpheline... Je suis un misérable... un infâme... — Oui! mademoiselle, — poursuivit-il en s'adressant à Berthe, — c'est de moi que sont venues toutes vos souffrances... — Votre père est mort sur l'échafaud, léguant à sa famille un nom déshonoré, et c'est moi seul, entendez-vous, moi le meurtrier du médecin de Brunoy, moi dont la tête devait tomber à la barrière Saint-Jacques! — Je suis un monstre, je le sais bien ; mais je sens que je vais mourir et, en face de la mort qui s'approche, j'implore de vous une pitié dont je me sens indigne... un pardon que je ne mérite pas...

Suffoquée, presque anéantie par les terribles souvenirs qu'évoquait Jean-Jeudi, Berthe était hors d'état de répondre.

Étienne prit la parole à sa place.

— Mlle Leroyer, — dit-il d'une voix lente et grave, — ne peut oublier le deuil dans lequel on a plongé sa famille et la honte imméritée résultant de ce deuil, mais elle pourra pardonner à l'homme qui, poussé par des misérables, a causé tout ce mal, si cet homme aide à réhabiliter la mémoire du martyr.

— J'ai juré de m'accuser et je m'accuserai... — répliqua le bandit ; — je suis prêt à déclarer tout et à signer ma déclaration. — Il faut que justice soit faite!

— Et justice sera faite! — s'écria Henry en sortant de la pénombre où il s'était tenu jusqu'à ce moment.

— Ah! monsieur de la Tour-Vaudieu, — murmura Jean-Jeudi qu'Étienne contraignit à se relever, — je suis content que ce soit vous qui vous chargiez de cela!... — L'affaire est entre bonnes mains... — Vous venez pour m'interroger, n'est-ce pas? — Je vais tout vous dire, je témoignerai au jour du jugement, si le bon Dieu permet que je vive jusque-là... — Avant de m'en aller de ce monde, où je n'ai rien fait qui vaille, j'aurai du moins vengé l'innocent et conquis le pardon d'un ange, car vous me pardonnez, bien vrai? N'est-ce pas, mademoiselle?

Berthe fit deux pas en avant et balbutia :

— Au nom de ceux qui ne sont plus, et en mon nom, je vous pardonne...

Une expression de joie surhumaine illumina le visage du blessé, puis il devint pâle comme un spectre et sembla près de défaillir.

En même temps il appuyait la main sur sa poitrine où se faisait sentir une douleur aiguë.

— Assez d'émotions!... — dit vivement Étienne. — Calmez-vous! soyez homme! ou je ne réponds de rien!...

Et il fit prendre une cuillerée de potion à Jean-Jeudi qui, se ranimant, bégaya :

— Je souffre bigrement, docteur... — La place du coup de couteau me brûle comme un fer rouge, mais j'aurai du courage... j'aurai de la force... — Qu'on me questionne... je puis répondre... je ne veux pas mourir avant d'avoir tout dit...

Henry de la Tour-Vaudieu commença son interrogatoire, et les spectateurs de cette scène frissonnèrent au récit de la tragédie dont nos lecteurs connaissent les moindres détails.

Seul, le jeune avocat demeurait impassible et prenait note de chaque réponse.

— Ainsi, — demanda-t-il, — vous ignoriez le nom des infâmes qui vous embauchaient?

— Oui, monsieur...

— C'est au hasard seul que vous devez de les avoir, après vingt ans, retrouvés à Paris...

— Au hasard seul, oui, monsieur...

— Et vous vous croyez sûr que les deux complices sont mistress Dick Thorn et Frédéric Bérard...

— J'en suis sûr...

— Sur quoi se base cette certitude ?

Jean-Jeudi raconta ce qui s'était passé à partir du moment où, pénétrant la nuit pour la première fois dans l'hôtel de la rue de Berlin, il avait cru reconnaître mistress Dick Thorn, jusqu'à la soirée du 20 octobre, terminée par l'effraction d'un meuble et le vol d'un portefeuille bourré de billets de banque.

— Je vois un point à éclaircir au sujet de ce vol... — interrompit Henry. — M. René Moulin, demeuré à l'hôtel après vous, est convaincu que mistress Dick Thorn se préoccupait moins de la perte d'une fortune que de celle de papiers importants renfermés dans ce portefeuille.

— On me l'a dit déjà... — murmura Jean-Jeudi.

— Vous n'y avez trouvé que des billets de banque?

— Oui... — Cent trois mille francs. — J'ai ouvert tous les compartiments, il n'y avait que cela.

— Peut-être existait-il une poche secrète.

— Je l'ignore... — Je sais seulement que cette poche n'aurait pas pu contenir grand'chose, car les côtés m'ont paru assez minces, quoique le portefeuille fût très grand.

— Décrivez-le-moi.

— Il était en maroquin noir, à fermoir d'argent.

L'attention du jeune avocat, déjà profonde, sembla grandir encore.

— Ne vous rappelez-vous pas une particularité quelconque de ce portefeuille!

Jean-Jeudi secoua la tête.

— Non... — dit-il.

— Interrogez votre mémoire... — N'y avait-il rien sur un des côtés?...

— Ah!... je me souviens... — une initiale imprimée à froid et très peu visible...

— Laquelle?

— Un C ou un G...

Henry tressaillit.

— Et vous avez perdu cet objet si important!! — reprit-il.

— Le gredin qui m'a frappé, Frédéric Bérard, l'homme du pont de Neuilly, l'a volé dans la poche de mon vêtement...

— Ici?

— Oui. — Je l'avais encore à la *Boule-Noire*... — Il renfermait même plus de deux mille francs...

— Voilà qui est bien étrange!... — fit Henry.

— Quoi donc? demanda Étienne Loriot.

— Tu le comprendras tout à l'heure... — répondit l'avocat. Puis, s'adressant à Jean-Jeudi, il ajouta : — Quelle heure était-il quand Frédéric Bérard vous a frappé dans la chambre où nous sommes?...

— A peu près une heure du matin...

— Et moi, à minuit et demi, à l'angle de la rue d'Amsterdam et de la rue de Berlin, j'ai trouvé dans l'embrasure d'une porte cochère un portefeuille exactement semblable à celui que vous venez de décrire, maroquin noir, fermoir d'argent, initiale C, imprimée à froid...

— Deux gouttes d'eau ne sont pas plus pareilles!! — s'écria Jean-Jeudi. — Et il était vide?

— Les poches ne contenaient ni billets de banque, ni papiers. — Je crois me souvenir que l'un des côtés m'a paru plus épais que l'autre, mais sur le

La veuve de Sigismond s'élança hors du lit, elle bondit vers le duc.

moment je n'ai attaché aucune importance à ce détail, insignifiant peut-être, d'ailleurs.

— Si c'était le portefeuille de Jean-Jeudi?... — hasarda René Moulin.

— Le signalement permettrait de le croire, mais comment admettre qu'il soit tombé là, Jean-Jeudi n'ayant pu suivre ce chemin pour aller de la *Boule-Noire* à Belleville ?

Le vieux bandit restait songeur.

A coup sûr un travail se faisait dans son esprit.

— Ah ! c'est bien drôle, — murmura-t-il, — et même impossible... à moins que...

Pendant une seconde, il s'interrompit, et soudain poussa une exclamation : Il venait de penser à Mignolet.

— M'y voilà ! — fit-il ensuite, — ce n'est pas ici qu'on m'a volé le portefeuille, c'est à la *Boule-Noire*... Mignolet aura mis la main dessus et s'en sera débarrassé après l'avoir vidé.

— Je l'ai chez moi, — reprit Henry, — et nous verrons s'il existe une poche secrète... — Revenons à notre enquête : — Vous êtes sûr que l'homme qui vous attendait ici, caché, pour vous frapper, est le même qui sortait de chez mistress Dick Thorn et qui demeure rue du Pot-de-Fer-Saint-Marcel?

— Oui, monsieur, l'homme d'autrefois... l'homme du pont de Neuilly... le complice de la femme qui m'empoisonnait il y a vingt ans.

— Vous m'avez parlé d'un ex-notaire, faussaire de profession, ayant écrit au nom d'une tierce personne la lettre qui devait attirer dans un piège le malheureux médecin de Brunoy?

— Oui, monsieur...

— Nous devions avoir une copie de cette lettre... — ajouta René Moulin. — Une mauvaise chance ne l'a pas permis...

— L'ex-notaire a dû vous dire de quel nom elle était signée.

Jean-Jeudi, après avoir échangé un regard avec le mécanicien, répliqua :

— Elle ne portait que des initiales...

— Celles de Frédéric Bérard sans doute?

Le blessé garda le silence.

LXII

Henry répéta sa question.

— Non, monsieur... — répondit René Moulin avec embarras.

Il se rappelait la signification attribuée jadis aux lettres mystérieuses qui désignaient, selon Plume-d'Oie, Sigismond de la Tour-Vandieu.

— Enfin, — reprit le jeune avocat, — interrogez votre mémoire... tâchez de vous souvenir... — Nous sommes en face d'un problème qu'il importe de résoudre...—Si la lettre, écrite pour attirer dans un piège le médecin de Brunoy, n'était pas signée des initiales de Frédéric Bérard, on peut supposer qu'il y avait un autre complice...

En face d'une telle insistance il devenait impossible de se taire.

— Je me souviens... — murmura René.

— Ces initiales étaient?...

—. S. DE LA T. V...

Après avoir écrit, Henry demanda :

— L'ex-notaire n'a-t-il point essayé de reconstituer le nom commençant par ces lettres?...

— Je ne sais, monsieur, — fit le mécanicien avec hésitation, — mais la particule indiquant une famille noble, j'ai pris un armorial...

— Qu'avez-vous trouvé?

— Rien d'utile, car ces initiales s'appliquent à plusieurs noms...

— Qu'est devenu ce Plume-d'Oie?

— Il est en prison...

— Nous saurons donc où le prendre quand nous aurons besoin de lui, car son témoignage ne peut manquer de nous être utile... — Parlons maintenant de l'enfant sauvé d'abord, puis abandonné par Jean-Jeudi sous une porte cochère de l'avenue des Champs-Élysées... — Peut-on suivre sa trace?...

— Oui, — répliqua vivement Étienne, — on le peut, grâce au hasard le plus étrange et le plus providentiel... — Mon oncle Pierre, revenant du pont de Neuilly cette nuit-là, entendit les cris du petit être, le mit dans sa voiture et le conduisit à l'hospice de la rue d'Enfer?...

— Savez-vous si l'enfant a vécu?

— Je le saurai demain, car mon oncle, revenu à Paris ce matin après une absence de trois jours, a dû s'en occuper aujourd'hui...

— Tu comprends, mon cher Étienne, que c'est d'une importance capitale, le linge pouvant être marqué et nous mettre sur la voie...— Selon moi, le but du crime était de faire disparaître l'enfant... — Le mobile de tant d'infamies devait être une question d'héritage... — Enfin, tout cela s'éclaircira... — Demain, j'aurai mis en ordre les déclarations de Jean-Jeudi, et il les signera en même temps que la plainte portée par lui contre Frédéric Bérard et mistress Dick Thorn...

— Ah! de grand cœur! — s'écria le blessé.

— J'irai trouver ensuite le procureur impérial... — A demain... — Nous vous laissons prendre un repos dont vous devez avoir grand besoin...

Berthe s'approcha du vieux bandit.

— Je demande à Dieu votre guérison, — lui dit-elle, — et je n'oublierai pas ce que vous avez fait pour réparer le mal dont vous étiez l'auteur.

Jean-Jeudi, les yeux pleins de larmes, voulut tomber pour la seconde fois aux genoux de l'orpheline.

Étienne l'empêcha doucement de quitter son siège et, dans l'intérêt de la cause à laquelle il était désormais tout dévoué, lui enjoignit le calme et le sommeil.

Quelques instants après, Jean-Jeudi restait seul avec Mme Ursule.

— Voilà qu'il se fait tard, monsieur, et vous n'en pouvez plus... — lui dit la garde-malade — il faut vous coucher...

— Non, — répondit-il, — pas encore... — il me reste auparavant quelque chose à faire...

— Quoi donc, monsieur Jean?

— Je veux écrire... — Placez là, sur la table, devant moi, une plume, de l'encre, et la feuille de papier timbré...

— Il sera temps demain...

— Qui sait! je ne veux pas remettre...

Mme Ursule, — tout en haussant les épaules, — fit ce que lui demandait son malade...

Ce dernier trempa la plume dans l'encre et, en tête de la feuille de papier timbré écrivit :

« CECI EST MON TESTAMENT. »

.·.

Il était près de onze heures du soir.

Tout dormait ou semblait dormir, rue Saint-Dominique, à l'hôtel du duc Georges de la Tour-Vaudieu.

Le service intérieur étant fini, les domestiques avaient gagné leurs chambres.

Henry était dehors, mais il avait, une fois pour toutes, défendu de l'attendre, et son valet de chambre avait suivi l'exemple général.

Sur la façade de l'hôtel aucun rayon lumineux ne se glissait à travers les contrevents clos, et cependant quelqu'un veillait.

Le sénateur se souvenait du rendez-vous assigné par lui à Théfer et à mistress Dick Thorn.

Il passa dans son cabinet de toilette, endossa le vêtement de forme surannée et se coiffa du chapeau rond qui métamorphosaient le grand seigneur en petit bourgeois; — il prit une minuscule lanterne sourde, dont il avait soin de se munir pour ses expéditions nocturnes; — il quitta son cabinet de travail en ayant soin de refermer derrière lui les portes à double tour, et il descendit au sous-sol où il ouvrit l'huis mystérieux qui donnait accès dans le passage souterrain que nous connaissons et qui réunissait le pavillon de la rue de l'Université à l'hôtel de la rue Saint-Dominique.

Avec une sage lenteur il suivit ce couloir étroit. — La lanterne éclairant faiblement, il aurait pu se heurter aux murailles.

Enfin il atteignit l'escalier donnant accès dans le vestibule du pavillon.

Là, sûr d'être seul, il ne prenait aucune précaution pour ouvrir les portes.

Ayant gravi les marches, il jeta un coup d'œil autour du vestibule, referma sa lanterne et la posa comme d'habitude sur un fût de colonne où il la trouverait à son retour.

Soudain il tressaillit, croyant qu'une voix venait de frapper son oreille.

Il se retourna brusquement, très inquiet.

Son inquiétude devint de l'angoisse et de la terreur quand il vit une raie de lumière filtrer sous une des portes ouvrant sur les pièces intérieures.

— Qu'est-ce que cela? — se demanda-t-il avec une sorte d'effarement. — Des voleurs se seraient-ils introduits ici pour dévaliser le pavillon! — Impossible de donner l'alarme... il faudrait expliquer ma présence... — Je suis sans armes... quel parti prendre?...

Immobile, il prêta l'oreille et n'entendit plus rien. — Un silence profond s'était rétabli.

Il s'approcha doucement de la porte et appliqua son oreille sur un des panneaux.

Alors il perçut un bruit faible, semblable à la respiration d'une personne endormie, mais oppressée.

— Quelqu'un est là... — murmura-t-il, — qui donc? — Si je pouvais savoir...

La curiosité, atteignant son paroxysme, l'emporta sur la crainte — Il réfléchit d'ailleurs qu'en cas de danger il lui serait facile de regagner le couloir inconnu où nul ne songerait à le poursuivre.

Saisissant d'une main ferme le bouton de la serrure, il le fit tourner doucement.

La porte, n'étant point fermée à clef, s'entrebâilla de quelques centimètres.

Si étroite que fût l'ouverture elle permettait de jeter un coup d'œil à l'intérieur.

Le duc regarda et son étonnement grandit, tant le spectacle qui frappa ses yeux était différent de celui auquel il s'attendait.

Un feu de bois, vif et clair, pétillait dans la cheminée.

Sur une table, placée au milieu de la pièce, une bougie usée aux trois quarts achevait de se consumer.

Les rideaux entr'ouverts du lit permettaient de voir, ou plutôt de deviner, une forme humaine couchée.

L'oreiller, sur lequel reposait la tête, noyait dans l'ombre tout le visage du dormeur ou de la dormeuse, dont la respiration oppressée se faisait entendre distinctement.

Un épais tapis d'Aubusson couvrait le parquet et pouvait amortir le bruit des pas.

M. de la Tour-Vaudieu ouvrit la porte plus largement et entra.

— Qui donc est là? — se répétait-il. — A qui mon fils, en mon absence, a-t-il offert l'hospitalité de ce pavillon?

Pour avoir la solution du problème il lui suffisait de faire quelques pas.

Il s'avança vers le lit en marchant sur la pointe des pieds; il se pencha :

— Une femme... — murmura-t-il à voix basse. — C'est une femme... — la maîtresse de Henry, peut-être...

Et il se pencha de plus en plus, pour reculer bientôt, livide, en poussant un cri d'épouvante.

En même temps ses lèvres sèches bégayaient :

— Esther Derieux... C'est Esther...

Au cri du sénateur un autre cri répondit.

La veuve de Sigismond, réveillée brusquement, se dressa sur son séant.

Georges, terrifié, semblait cloué au sol.

La flamme de la bougie et les clartés du foyer mettaient son visage en pleine lumière.

Esther, en voyant ce visage, laissa jaillir de sa gorge une rauque exclamation.

Elle s'élança hors du lit, elle bondit vers le duc en lui disant avec une effrayante intensité de haine et de colère :

— Voleur ! voleur ! je te tiens donc enfin ! Qu'as-tu fait de mon enfant ?

La pensée de la pauvre femme, endormie depuis vingt-deux ans dans la folie, se reportait à la nuit sinistre où Georges de la Tour-Vaudieu avait escaladé la fenêtre de la villa Rougeau-Plumeau pour tuer l'enfant de Sigismond.

Les traits de Georges, quoique à demi couverts de suie cette nuit-là, s'étaient gravés, dans la mémoire d'Esther.

Les années de folie, semblables à des heures de sommeil, faisaient de ce vieux souvenir un souvenir de la veille.

Vingt-deux ans écoulés n'avaient, pour Esther, duré qu'un jour.

Le duc, lui aussi, se rappelait la terrible nuit de Brunoy.

En voyant la veuve de son frère s'avancer vers lui menaçante, il eut peur et porta vivement ses deux mains à son cou pour le protéger contre une étreinte pareille à celle dont les meurtrissures incrustées dans sa chair offraient les stigmates ineffaçables.

LXIII

— C'est toi, bandit ! — poursuivit Esther, — c'est bien toi ! je te reconnais !... tu viens pour me voler et tu veux tuer mon fils !

Georges reculait effaré, les yeux hagards, la sueur au front.

La veuve de Sigismond, en proie à une sorte de délire, continua :

— Comme autrefois je le défendrai contre toi, misérable ! Comme autrefois je t'empêcherai d'arriver jusqu'à lui ! — Avant que touches à mon fils, je t'étranglerai !!

Déjà les doigts crispés d'Esther effleuraient le cou du sénateur.

Georges, fou d'épouvante, recula.

Dans ce mouvement brusque il heurta et renversa la table sur laquelle se trouvait le flambeau, qui s'éteignit.

La chambre n'était plus éclairée que par les lueurs du foyer.

M. de la Tour-Vandieu cherchait la porte; aveuglé par la terreur, il ne la trouvait pas et longeait les murailles comme une bête fauve prise au piège.

Esther le poursuivit et, des deux mains s'accrochant à ses vêtements, le contraignit à s'arrêter.

Le duc laissa s'échapper un nouveau cri où se mêlaient la peur et la rage; — il saisit la pauvre femme par les épaules et la repoussa de toutes ses forces.

Elle alla rouler sur le parquet en exhalant un gémissement faible.

Délivré de cette étreinte, Georges finit par trouver une issue, se précipita dans le vestibule et de là dans le jardin.

Haletant, suffoqué, tremblant sur ses jambes, il fit halte pour essuyer la sueur qui baignait son front et ses tempes.

— Qui donc a conduit cette femme ici? — balbutiait-il. — Quel infernal complot trame-t-on contre moi, et quels dangers me menacent encore?

Au bout d'une ou deux secondes il se remit en marche, dans la direction de la rue de l'Université.

Il allait atteindre le mur de clôture.

Le bruit d'une voiture qui s'arrêtait se fit entendre dans la rue; — des voix s'élevaient; — une clef grinça dans la serrure.

Georges fit volte-face, la tête perdue, regagna le pavillon en courant, prit sa lanterne sur le fût de colonne, ouvrit le couloir souterrain et s'y précipita.

Il était temps.

La porte du jardin venait de s'ouvrir pour laisser passer Henri de la Tour-Vandieu, René Moulin, Étienne et Berthe.

René demeura un peu en arrière afin de pousser les verrous, tandis que les trois jeunes gens allaient droit au pavillon, gravissaient le perron, traversaient le vestibule et entraient dans la chambre du rez-de-chaussée, occupée par Esther après l'avoir été par Berthe.

Étienne poussa un cri de frayeur et s'élança.

Il venait d'apercevoir, à la lueur du foyer, la convalescente étendue sans connaissance sur le parquet.

— La table renversée... — murmura Berthe. — La lumière éteinte... des traces de lutte... — Que s'est-il donc passé ici?...

René Moulin venait d'entrer.

Il aida le docteur à relever la veuve de Sigismond et à la placer sur un fauteuil.

— Où est Françoise? — s'écria Étienne. — Pourvu qu'il ne lui soit pas arrivé malheur!...

La brave servante couchait au premier étage, **auprès de Berthe.**

Très fatiguée quand venait le soir, elle dormait **profondément.**

On alla la réveiller ; — elle fut bien vite debout et descendit.

— Vous n'avez donc rien entendu de ce qui s'est passé dans cette chambre ? — lui demanda le jeune médecin.

— Non, monsieur le docteur, — répondit-elle, — **je dormais à poings fermés...** — Il y a une heure, à peu près, votre oncle est venu frapper à la porte du jardin... — il arrivait de la rue Cuvier... — Il voulait vous voir pour une chose très importante. — Je lui ai dit que vous étiez cité Rébeval... — Il est remonté sur son siège pour aller vous trouver... — Il faut qu'il vous voie cette nuit... — Il est capable de revenir... — J'ai pensé qu'il vous trouverait là-bas et que je pouvais dormir... — Quand je suis montée, la pauvre dame était au lit tranquillement et dormait.

— C'est bien étrange ! — fit Henri de la Tour-Vaudieu.

— Nous allons savoir ce qui s'est passé... — reprit Étienne Loriot. — Esther revient à elle.

L'évanouissement, en effet, touchait à sa fin.

La protégée de Mme Amadis commençait à donner signe de vie. — Ses paupières s'agitaient.

Elles se soulevèrent.

Esther jeta un long regard autour d'elle.

Étienne lui tenait la main, et deux de ses doigts, appuyés sur le poignet, étudiaient les pulsations de l'artère.

La convalescente, tout à coup, parut se souvenir.

— Mon fils ? où est mon fils ? — demanda-t-elle en s'adressant au docteur.

— Il était là, dans son berceau... — Le misérable est revenu pour me voler et tuer l'enfant... — Cette fois encore j'ai lutté... je l'ai défendu... — Appelez mon mari et Mme Amadis... ils me rendront mon fils...

On écoutait avec angoisse ces paroles qui ressemblaient à des divagations.

— Elle est folle plus que jamais... — dit Henry de la Tour-Vaudieu à l'oreille d'Étienne.

— Non, — répliqua ce dernier, — elle se souvient, mais la notion du temps a disparu pour elle... — Elle croit être au lendemain du jour où la folie a commencé.

Esther avait entendu.

— La folie... — répéta-t-elle en portant les deux mains à son front. — Pourquoi parlez-vous de folie ? — Vous figurez-vous donc que j'ai été folle ? — J'ai toute ma raison... je me souviens... — Nous sommes à Brunoy depuis huit jours, Mme Amadis et moi... — Mon père est à Paris... il ignore tout encore, mais il me pardonnera, car il apprendra mon mariage en même temps que ma faute... — J'ai un fils... — Un misérable a voulu me le voler... Je le

Les deux hommes introduisirent dans la chambre d'Esther l'étranger visiteur.

défendais... Un coup de feu s'est fait entendre... je suis tombée... j'ai perdu
connaissance, mais mon fils était sauvé, grâce au docteur Leroyer...

— Le docteur Leroyer... — répétèrent à la fois, avec une émotion profonde,
Berthe, Henry et René.

— Vous voyez bien que j'avais raison... — L'histoire d'Esther Derieux se lie
indissolublement au crime du pont de Neuilly...

Esther secoua la tête.

— Non... — fit-elle. — C'était à Brunoy... C'est de Brunoy que je vous parle... — J'étais dans une chambre qu'il me semble voir encore... Ce n'est pas celle-ci... Le docteur Leroyer vient chaque jour... et..

Elle s'interrompit.

A coup sûr une lacune existait dans sa mémoire. — Ses sourcils contractés, l'expression soucieuse de son visage, indiquaient le travail de son esprit.

Étienne coupa court à ce travail.

— Mon enfant, — lui dit-il, — ne cherchez pas à vous souvenir... — Je vous apprendrai d'abord la vérité tout entière, et ensuite vous répondrez à nos questions.

— Oui.. je vous le promets... mais auparavant je veux savoir pourquoi mon mari, Mme Amadis et le bon docteur ne sont pas auprès de moi. — Où est le berceau de mon fils?

— Esther, — murmura le neveu de Pierre Loriot, — votre fils n'est plus au berceau...

— Mort!! — s'écria la pauvre mère.

— Rien ne le prouve, et nous parlerons de lui tout à l'heure... — A quelle époque croyez-vous qu'il est venu au monde...

— Il y a quelques jours...

— En quelle année sommes-nous?

— En 1835...

— Il y a vingt-deux ans et nous sommes en 1857... — Vous n'êtes pas en ce moment à Brunoy, mais à Paris.

La veuve de Sigismond regarda Étienne avec stupeur.

— Vingt-deux ans!... — répéta-t-elle; — vingt-deux ans! Est-ce vrai? Est-ce possible?...

— Oui, et pendant ce temps vous n'avez rien vu, rien compris, rien pensé... — vous n'avez pas vécu, vous avez végété...

— Mon Dieu... — balbutia Esther en devenant très pâle, — tout à l'heure vous parliez de folie... Est-ce que?...

— Oui... — répondit le jeune médecin... — Vous étiez folle...

— Et je suis guérie?

— Oui.

— Et je conserverai ma raison?...

— Toujours.

— Pendant mon long sommeil, que sont devenus ceux que j'aimais?...

— Nous le saurons sans doute quand vous nous aurez répondu..

— Interrogez-moi donc... je suis prête à répondre...

— C'est à Brunoy qu'une personne nommée Mme Amadis vous a conduite pour y cacher votre accouchement?...

Esther devint cramoisie comme une jeune fille prise en faute.

— Oui, monsieur... — fit-elle d'une voix très basse

— Le docteur Leroyer vous soignait ?

— Oui... et il était bien bon pour moi... — Un jour... je venais de mettre mon enfant au monde... J'entendais à peine ce qui se passait autour de moi, tant j'étais faible. — Je comprenais vaguement que ma vie était en danger... Alors un prêtre entra dans ma chambre accompagné de plusieurs inconnus... — Ce prêtre me demanda si je consentais à prendre pour mari l'homme que j'aimais plus que tout au monde... L'excès de la joie ne peut tuer, puisque je suis vivante!... — Quelques minutes plus tard mon fils avait un nom, et j'étais duchesse de la Tour-Vaudieu...

Esther se tut.

Un cri d'étonnement accueillit le nom qu'elle venait de prononcer.

— Duchesse de la Tour-Vaudieu! — répéta Henry stupéfait.

— Oui, — reprit Esther, — le gentilhomme que j'aimais et qui faisait de moi sa femme se nommait Armand-Sigismond, duc de la Tour-Vaudieu, pair de France, et mon fils portera le titre de son père...

Henry était devenu livide.

Un cercle de fer enveloppait ses tempes. — De sombres pensées hantaient son esprit. — Il se demandait à quel drame sinistre et peut-être sanglant le nom de la Tour-Vaudieu se trouvait mêlé. — Il tremblait...

René Moulin, se souvenant de ce que l'ex-notaire Plume-d'Oie avait dit à Jean-Jeudi, commençait à croire que le criminel pourrait bien être Georges de la Tour-Vaudieu.

— Et, — demanda Henry d'une voix tremblante, — votre enfant fut confié au médecin de Brunoy, le docteur Leroyer?

— A partir du coup de feu tiré sur moi, je ne me souviens de rien, — répondit Esther. — Seulement, ici, tout à l'heure, j'ai revu l'homme de Brunoy... J'ai lutté contre lui comme autrefois... — Il était le plus fort... — Je suis tombée et la violence de ma chute m'a fait perdre connaissance...

LXIV

— Ici!! cet homme!! — s'écria le jeune avocat. — C'est insensé!... C'est un rêve impossible...

— Non, ce n'est pas un rêve... — répliqua vivement Esther. — Je l'ai vu, je l'ai reconnu et j'ai marché sur lui comme je l'avais fait il y a vingt-deux ans pour défendre mon fils... Il a vieilli... Ses joues se sont creusées... Ses cheveux ont blanchi... Mais c'est le même visage et le même regard!... — J'affirme devant Dieu que c'est lui.

Henry de la Tour-Vaudieu semblait atterré.

Autour de lui chacun gardait le silence, car tous avaient la même pensée, tous devinaient le secret terrible.

— Maintenant, — dit tout à coup Esther, — à votre tour de répondre... — Que s'est-il passé autour de moi depuis la catastrophe de Brunoy ! — Sigismond, mon mari ?...

— Mort il y a vingt ans... — répliqua René.

— Mort !... — répéta douloureusement Esther, dont le cœur se brisa et dont les larmes jaillirent ; mais au bout d'une seconde elle reprit en essuyant ses yeux : — Et mon fils ?...

— Votre fils devait être confié aux soins du docteur Leroyer. — Le soir même de la mort du duc Sigismond votre mari, le médecin de Brunoy attiré dans un piège fut assassiné, et l'enfant disparut.

Esther se tordit les mains avec désespoir.

— Disparu, mon enfant !... — s'écria-t-elle affolée. — Ainsi j'aurai dormi vingt-deux ans pour ne pas le revoir au moment du réveil !... Dieu ne saurait permettre cela !... — Qu'ai-je fait pour subir un châtiment si dur ?

— Je vais vous donner une espérance peut-être vaine, madame, — dit René Moulin, — mais cependant je ne crois pas que Dieu vous frappe si cruellement et vous refuse la joie suprême d'embrasser votre fils...

Et le mécanicien raconta l'histoire lugubre du pont de Neuilly et tous les détails relatifs à l'enfant que la Providence, cette nuit-là, avait visiblement protégé.

— Il est vivant, j'en suis sûre... — s'écria la pauvre mère, — il est vivant et je le reverrai...

Henry de la Tour-Vaudieu était de plus en plus sombre.

Sa tête se penchait sur sa poitrine. — Il semblait anéanti.

Une question d'Esther l'arracha brusquement à sa douloureuse rêverie.

— Quel misérable, — demandait la veuve de Sigismond, — quel misérable avait donc intérêt à commettre ce crime ?

Personne ne répondit.

Henry se leva.

— C'est ce que nous devons chercher maintenant... — répliqua-t-il d'une voix sourde. — Je rentre à l'hôtel pour m'occuper de cette affaire et pour mettre mes notes en ordre. — Je vous reverrai tous demain..

Étienne lui tendit la main.

Le jeune avocat prit cette main et la serra avec effusion, puis il sortit.

René et le docteur l'accompagnèrent jusqu'à la porte donnant sur la rue, mais sans échanger avec lui une seule parole. — Qu'auraient-ils pu lui dire ?

Henry fut bientôt arrivé à l'hôtel de la rue Saint-Dominique.

Il lui sembla voir de la lumière dans l'appartement du duc, mais au lieu d'en franchir le seuil il alla droit à son cabinet où il s'enferma.

Alors, parmi les papiers entassés sur son bureau, il chercha d'une main fiévreuse un objet auquel il n'attachait aucune importance quelques heures auparavant.

C'était le portefeuille trouvé au coin de la rue de Berlin et de la rue d'Amsterdam.

Il l'ouvrit d'un geste brusque.

*
* *

Étienne Loriot et René Moulin avaient rejoint Esther et Berthe.

— Oh! mes amis, — dit cette dernière en allant au-devant d'eux, — c'est effrayant et c'est effroyable!...

— De quoi parlez-vous? — demanda le mécanicien.

— Hélas! vous le savez aussi bien que moi!! — Je n'ai pas besoin de vous nommer le coupable, n'est-ce pas?... — Le passé tout entier crie contre lui... — La première idée de Jean-Jeudi était la bonne. — Le complice de mistress Dick Thorn, caché sous le nom de Frédéric Bérard, n'est autre que le duc Georges de la Tour-Vaudieu!!

— Le père par adoption de mon cher Henry... — fit Étienne, — et Henry lui-même l'a deviné... — La situation est horrible!... — Que va-t-il faire? Quel coup! Je crains pour sa vie...

Esther se leva, frémissante, et demanda :

— Caïn est-il ressucité? — Le duc actuel a-t-il assassiné son frère?

— Tout l'accuse... — murmura René. — Ce sénateur millionnaire est à n'en pouvoir douter le dernier des misérables... et la fatalité a voulu que nous confiions à son fils adoptif, à l'héritier légal de son nom, la tâche de réclamer pour lui l'échafaud qu'il mérite!

— Oui, — murmura Berthe, — c'est horrible... — Je frémis à la pensée qu'à cause de nous notre ami, notre protecteur, sera frappé si cruellement...

— J'ai lu dans les regards de Henry la plus sombre détermination... — dit Étienne. — Il n'est pas homme à subir le déshonneur du nom qui est le sien... — Il songe à se tuer cette nuit...

— Mon Dieu!... — s'écria l'orpheline affolée en se tordant les mains. — Mon Dieu!... ne permettez pas cela!... — Nous avons bien changé de nom, nous, quand une honte imméritée nous atteignait... — Qu'il fasse comme nous, et qu'il vive... — Courez, Étienne... courez...

En ce moment le bruit d'une cloche se fit entendre à la porte de la rue.

On se tut et on écouta.

La sonnerie retentit plus fort.

— Qui peut venir si tard? — demanda René.

— Ne serait-ce point l'oncle de monsieur le docteur? — fit observer Françoise. — N'ayant trouvé personne cité Rébeval, il sera revenu ici, car il voulait absolument vous parler...

Pour la troisième fois on sonna avec une impatience manifeste.

René sortit du pavillon, traversa le jardin, et demanda :

— Qui est là?

— C'est moi, monsieur René, moi et le fiacre numéro 13, — répondit la bonne voix de Pierre Loriot. — Ouvrez-moi vivement la grande porte, s'il vous plaît, que j'entre avec ma boîte... — C'est pressé, allez

Sans solliciter d'explications, René s'empressa d'ouvrir.

Étienne était venu le rejoindre.

— Que se passe-t-il donc, mon oncle? — fit-il

— Il se passe du nouveau... — Jean-Jeudi est dans mon carabas.

— Lui!... Ici!

— Oui... — répliqua le brave cocher tout en arrêtant sa voiture devant le perron, car les paroles qui précèdent s'étaient échangées tout en marchant. — Vous veniez de partir quand je suis arrivé cité Rébeval, et Jean-Jeudi, sachant quelles choses sérieuses j'avais à vous apprendre, n'a pas voulu me quitter.

Le vieux bandit venait d'ouvrir la portière du fiacre et descendait péniblement.

— C'est vrai... — murmura-t-il d'une voix faible, — je veux le revoir avant de mourir... Je veux qu'il me pardonne aussi, lui...

— Qui donc?... — demandèrent à la fois Etienne et René.

— Un peu de patience! — fit Pierre Loriot. — Conduisez Jean-Jeudi dans le pavillon... — Je mets la musette à *Milord*, je vous rejoins et vous saurez tout...

Les deux hommes introduisirent dans la chambre d'Esther l'étrange visiteur, à la grande surprise de Berthe, qui ne s'attendait pas à le revoir sitôt.

Il était livide et tremblait de fièvre. — Pour ne pas défaillir, il lui fallait une volonté de fer.

On le fit asseoir.

Pierre Loriot entra, son chapeau d'une main, son fouet de l'autre, saluant à la ronde, très poliment.

— Et maintenant, mon cher oncle, expliquez-vous vite! — dit Etienne. — Nous sommes sur des charbons ardents! qu'allez-vous nous apprendre?...

— Laisse-moi procéder par ordre... Ca ne sera pas long... — Voici la chose : — Je suis allé ce matin à l'hospice de la rue d'Enfer pour savoir ce qu'était devenu l'enfant que portait le grand-oncle de Mlle Berthe, le médecin de Brunoy, lorsqu'il a été assassiné au pont de Neuilly...

En entendant ces mots, Esther s'élança près du cocher.

— L'enfant que portait le médecin de Brunoy... — s'écria-t-elle d'une voix frémissante. — C'était mon fils !...

Pierre Loriot, tout étourdi, la regardait avec stupeur.

Jean-Jeudi se soulevait sur son siège et frissonnait de tout son corps, mais une flamme passait dans ses yeux.

— Votre fils... — balbutia l'oncle d'Étienne, — l'enfant qu'on devait tuer après avoir tué le vieillard, et qui a été épargné...

— C'était mon fils !... — répéta Esther avec exaltation, — je vous dis que c'était mon fils !... — Est-il vivant ?

— Oui, madame... — répondit Pierre Loriot, — et je vous fiche mon billet que c'est un brave jeune homme... — Vous le connaissez tous, parbleu !... c'est votre protecteur...

Étienne et René échangèrent un regard d'une indicible expression.

— Son nom... son nom, mon oncle... — fit le jeune médecin que l'émotion étranglait.

— Henry de la Tour-Vaudieu, le fils adoptif du duc Georges de la Tour-Vaudieu...

Berthe et René, Esther et le docteur, poussèrent un même cri.

— Lui ! — fit ensuite Esther avec épouvante, — lui ! adopté par ce monstre, l'assassin de Sigismond, l'assassin du docteur !...

— Je ne sais ce que vous voulez dire, — reprit Pierre Loriot, — mais l'enfant est bien le même, et voici qui le prouve :

Il tira de sa poche un papier timbré et lut à haute voix :

« L'enfant déposé dans le tour de l'hospice de la rue d'Enfer au cours de la nuit du 24 au 25 septembre 1837, et qu'un papier attaché à ses vêtements et portant le nombre 13 permet de désigner à coup sûr, a été adopté le 7 janvier 1840 par M. le duc Georges de la Tour-Vaudieu. »

— Et c'est signé, parafé, légalisé ! — ajouta le cocher du fiacre du numéro 13 ; — rien n'y manque.

— Mon fils... Mon fils existe !... — balbutia Esther en sanglotant convulsivement. — Je veux le serrer dans mes bras... Je veux lui crier qu'il peut vivre, qu'aucun déshonneur ne saurait l'atteindre, que la résolution fatale lue par vous dans ses yeux n'a pas de raison d'être... — Que lui importe à lui, à lui duc de la Tour-Vaudieu, le misérable qui se parait d'un titre volé dans le sang ?... Docteur, docteur, conduisez-moi près de mon fils...

— Je veux le voir aussi, moi... — fit Jean-Jeudi, dont la voix s'affaiblissait de plus en plus. — Je veux qu'il me pardonne et qu'il obtienne pour moi le pardon de sa mère...

Et le moribond se laissa tomber à genoux devant Esther qui lui dit :

— Quoi que vous ayez fait, je vous dois la vie de mon fils... — Je n'ai rien à vous pardonner, moi, et je prie pour vous...

LXV

René Moulin coupa court à cette scène émouvante.

— Voyons... voyons... — s'écria-t-il, — nous n'avons pas un instant à perdre pour rassurer M. Henry et pour éviter un malheur... — Il est acquis que Georges de la Tour-Vaudieu voulait faire supprimer l'enfant de son frère pour hériter de la fortune et du titre...

— Le scélérat de Neuilly, ce n'est donc pas Frédéric Bérard? — demanda Jean-Jeudi.

— Frédéric Bérard et le sénateur doivent être le même homme.

— Ça explique tout, et Plume-d'Oie avait raison...

— Devons-nous aller frapper à la porte de l'hôtel et nous faire ouvrir? — reprit René. — Je ne le crois pas...

— Pourquoi? — demanda le docteur.

— Parce que M. Henry pourrait croire que la police vient arrêter son père, et se brûler immédiatement la cervelle...

— Oh! — balbutia Esther épouvantée, — ne dites pas cela! — Je ne l'aurais donc retrouvé que pour le perdre! — Ce serait monstrueux...

— Georges de la Tour-Vaudieu était ici tout à l'heure, — poursuivit le mécanicien. — Donc un passage inconnu de nous conduit à son hôtel... — Il faut découvrir ce passage, aller trouver M. Henry et lui apprendre ce qui se passe...

— Fameuse idée! — s'écria Pierre Loriot, — je ne m'étais pas mis le doigt dans l'œil, moi non plus, preuve que j'ai de la jugeotte! C'était bien ici que venait ce prétendu Frédéric Bérard... Il passait par la rue de l'Université pour aller rue Saint-Dominique, où on le croyait en voyage... S'agit de trouver son truc...

— Cherchons... — répondit René.

.

Retournons de quelques heures en arrière et prions nos lecteurs de nous accompagner de nouveau à la préfecture de police.

Après avoir donné l'ordre à l'agent Leblond de replacer sous la porte de Théfer le billet adressé à ce dernier par son mystérieux correspondant, le chef de la sûreté alla trouver le procureur impérial, le mit au fait de la situation et lui demanda l'autorisation de conduire cette affaire à sa guise.

Il obtint carte blanche.

A la nuit tombante il envoya à Batignolles une douzaine d'agents déguisés,

— Les preuves sont là... — répondit Henry en désignant du geste les papiers.....

qui s'installèrent isolément ou par deux chez les marchands de vin, dans les
estaminets et dans les crémeries.

Leblond alla rôder rue du Pont-Louis-Philippe.

Vers huit heures du soir il vit Théfer rentrer chez lui, en ressortir au bout de
vingt minutes, se diriger vers une station et monter en voiture.

L'agent en prit une lui-même et dit au cocher :

— Suivez ce fiacre sans en avoir l'air... — Si vous ne le perdez pas de vue il y aura cent sous de pourboire...

Théfer se fit arrêter rue de Milan.

— Il veut aller à pied jusqu'à la rue de Berlin... — Malice cousue de fil blanc! pensa Leblond.

Et, descendant à son tour, il marcha sur les traces de Théfer, qui gagna l'hôtel de mistress Dick Thorn, dont il franchit le seuil et où il resta près d'une heure.

Au bout de ce temps le complice de Georges de la Tour-Vaudieu regagna sa voiture.

— Inutile de le suivre, — se dit le policier. — Tout va bien. — La personne qu'il vient de prévenir ici sortira vers onze heures et demie pour aller rue Saint-Étienne. — C'est cette personne qui me guidera... — J'ai plus de temps qu'il ne m'en faut pour dîner quelque part aux environs.

A onze heures moins un quart Leblond remonta dans son fiacre qu'il fit stationner rue de Berlin, à quinze pas du numéro 24, et s'arma de patience, l'œil et l'oreille au guet.

Onze heures et demie sonnèrent.

La porte de l'hôtel s'ouvrit; — mistress Dick Thorn en franchit le seuil et la referma sans bruit.

— C'est une femme! — pensa Leblond. — Tiens! tiens! ce sera drôle!

Il mit pied à terre, donna l'ordre au cocher d'aller l'attendre à Batignolles à l'angle de la rue Saint-Étienne, et s'élança sur les traces de Claudia, qui marchait vite et dont un voile noir très épais cachait le visage.

Arrivée au chemin de ronde, mistress Dick Thorn le suivit jusqu'à la barrière située à cette époque presque en face du théâtre des Batignolles, franchit cette barrière, gagna la rue des Dames, tourna à droite et s'engagea dans la première rue à sa gauche, c'est-à-dire dans la rue Saint-Étienne.

Un fiacre stationnait à l'endroit indiqué.

Leblond reconnut son cocher endormi sur le siège.

Claudia descendit la rue presque jusqu'à son extrémité, s'arrêta devant une petite porte percée dans un mur derrière lequel on devinait des squelettes de grands arbres à demi dépouillés de leurs feuilles, et agita le cordon d'une sonnette.

Quelques instants s'écoulèrent et la porte s'ouvrit pour laisser entrer mistress Dick Thorn.

— Le duc est-il arrivé? — demanda-t-elle à Théfer, qui répondit :

— Non, madame, mais il ne peut tarder maintenant... — J'ai fait du feu dans la maison, venez.

Nos deux personnages traversèrent le jardin et franchirent le seuil d'une pièce très modestement meublée où Claudia se laissa tomber dans un fauteuil placé près du foyer.

Elle semblait inquiète et préoccupée.

Théfer se tint debout en face d'elle.

Lui non plus n'avait pas sa physionomie ordinaire.— Les rides de son front, le tic incessant du côté gauche de son visage, décelaient une fièvreuse impatience.

Pendant quelques secondes aucune parole ne fut échangée.

Claudia, la première, rompit le silence.

— Ainsi, — demanda-t-elle, — vous n'avez pas vu le duc depuis son retour à Paris?

— Non, madame, — répliqua le policier, — et j'étais aussi surpris de son silence que je le suis en ce moment de son retard...

— Devinez-vous ce qu'il peut avoir à nous communiquer?...

— Je ne m'en doute pas...

— Rien ne vous fait supposer qu'un danger nous menace?

— Rien. — L'affaire du fiacre numéro 13 me paraît enterrée... — On n'en parle plus... Elle sera vite oubliée...

— Que s'est-il passé au sujet de la mort de Jean-Jeudi?

— Rien n'a transpiré à la préfecture au sujet de cette mort... — Le commissaire de police du quartier aura rédigé sans doute un *constat* de suicide, et tout aura été dit... — Je n'ai pas voulu prendre de renseignements dans la crainte de me compromettre; mais j'ai passé devant la maison; elle est muette et close... — S'est-on aperçu seulement de la fin tragique du misérable... — La bicoque qu'il habitait seul, située au fond d'une cour, ne touche point au corps de logis principal... — Jean-Jeudi s'absentait souvent... — Peut-être le croit-on loin de Paris...

— Et René Moulin?

— Toujours en province... — Mais vous-même, madame, n'avez-vous pas reçu de nouvelles directes de M. de la Tour-Vaudieu?...

— Aucune... et cependant je lui ai écrit relativement au mariage projeté de son fils et de ma fille... — Il n'a pas répondu.

— Madame, — dit brusquement Théfer, — voulez-vous que je vous fasse part de mes craintes?...

— De vos craintes!... Vous en avez donc?

— Oui.

— Relativement au duc?

— Oui.

— Vous croyez qu'il ne joue pas franc jeu avec nous? — demanda Claudia, dont les yeux exprimèrent l'angoisse. — Vous croyez qu'il nous livrerait à la justice?

— A la justice, non, car il sait bien que nous parlerions, mais nous avons été ses complices, nous sommes pour lui une gêne et un danger permanent... il nous regarde comme des ennemis, et quand il s'agit de supprimer un ennemi il n'hésite pas.

— Supposez-vous qu'il nous aurait attirés cette nuit dans un piège?

— Qui sait?

— J'ai peine à le croire... — Je connais bien Georges... Il n'a de force pour agir que lorsqu'il se sent soutenu... Or, en ce moment, il est seul ; je le sais à bout d'énergie, et j'ai la conviction...

Claudia n'acheva pas sa phrase.

Théfer venait de la saisir par le bras.

— Écoutez, — lui dit-il à voix basse, — on marche dans le jardin...

— C'est peut-être le duc...

— Je suis sûr que non...

— Pourquoi?

— Avant de quitter Paris il m'a confié les clefs du jardin et de la maison et ne peut entrer sans que je lui ouvre... — Il a donc fallu escalader les murs... — D'ailleurs j'entends les pas de plusieurs personnes... — M. de la Tour-Vaudieu veut se débarrasser de nous.... — Eh bien! malheur à lui!

L'ex-inspecteur tira de sa poche deux revolvers.

— Quel est votre projet?... — demanda mistress Dick Thorn effarée.

— Écoutez-moi... — répondit Théfer. — En servant le duc j'ai acquis une fortune, je la porte sur moi pour être prêt à fuir, et je me suis promis d'en jouir... — Je veux me défendre jusqu'à la mort, car je sais ce qui m'attends si la police mettait la main sur moi... — Mais ce n'est pas la police, j'en ai le pressentiment, ce sont des gens payés par le duc pour se défaire de nous... — Êtesvous femme à m'aider dans la lutte et à nous ouvrir un passage... Une fois hors d'ici nous irons prendre votre fille, et je me charge de vous faire passer à l'étranger...

— Ah! — s'écria Claudia d'un ton farouche, — l'énergie ne me fait point défaut, mais je n'ai pas d'armes...

— Voici un revolver...

— Merci... — Par où fuir?

— On peut franchir la muraille du jardin, derrière laquelle se trouvent des terrains vagues... — Venez...

Théfer, suivi de mistress Dick Thorn, s'engagea dans le couloir qui traversait la maison, ouvrit doucement la porte du fond, glissa sa tête par l'entrebâillement, et fouilla du regard les profondeurs obscures du jardin.

Les ténèbres étaient profondes, le silence absolu.

L'ex-policier saisit Claudia par la main et l'entraîna.

Soudain deux ombres se dressèrent devant eux.

— Rebroussons chemin, — dit Théfer à l'oreille de sa compagne de fuite, — et allons droit à la porte de sortie...

Tous deux prirent leur course.

On ne semblait point les poursuivre.

LXVI

Théfer tira de sa poche une clef, l'introduisit dans la serrure et la fit tourner deux fois.

— Sauvés! — murmurait-il déjà.

Il avait parlé trop vite !

Dans la rue, de l'autre côté de la porte ouverte, un groupe d'hommes se dressait devant lui.

— Nous sommes perdus, c'est la police! — s'écria l'ex-agent, qui venait de reconnaître le chef de la sûreté.

Puis, tournant sur lui-même, il bondit vers le fond du jardin, mais à peine avait-il fait quelques pas que six ombres lui barrèrent le passage.

Trois fois de suite, il fit feu et reprit son élan. Mais il trébucha presque aussitôt sur le corps d'un homme abattu par son revolver et tomba.

Il essaya de se relever. — Des mains vigoureuses le saisirent, et son ancien subordonné Leblond lui dit d'un ton railleur :

— Ne faites pas le malin, monsieur Théfer!... — Nous sommes en force! — Vous êtes pincé!... — Portez-le dans la maison, — ajouta l'agent, — Monsieur le procureur impérial désire causer avec lui...

Deux minutes plus tard Théfer écumant de rage se trouvait de nouveau dans la pièce où les magistrats attendaient, en compagnie de mistress Dick Thorn, désarmée et soigneusement *ligottée*.

L'infernale créature échangea un regard significatif avec le policier.

— Théfer, — dit le procureur impérial à l'ex-inspecteur, — vous savez pourquoi vous êtes arrêté?

— Non, monsieur, je ne le sais pas... — répliqua très audacieusement le prisonnier. — J'étais ici avec madame pour des motifs qui ne regardent personne... — Nous allions nous séparer... — Voyant des hommes dans le jardin et croyant à une agression, nous avons pris la fuite... — Assaillis de nouveau, je me suis servi de mon revolver pour me défendre.

— Assez de mensonges! — interrompit le magistrat. — La justice n'ignore rien de ce qui vous concerne... — Elle connait l'assassinat de Plantade et les crimes commis au plateau de Bagnolet, dans la maison incendiée par Dubief et Terremonde, vos affidés... — Vous êtes arrêté au nom de la loi, ainsi que mistress Dick Thorn, votre complice... — Qu'avez-vous à dire?

— Rien en ce moment... — Je répondrai au cours de l'instruction.

— Et vous, madame? — reprit le procureur impérial en s'adressant à Claudia.

— Moi aussi, monsieur, — s'écria l'ex-courtisane, — j'attendrai l'instruction pour prouver mon innocence et désigner le vrai coupable... celui qui devrait être ici avec nous, et qui nous a livrés, espérant follement, sans doute, se décharger sur nous des crimes qu'il a commis...

— Vous parlez de Frédéric Bérard?

— Je parle du misérable qui se cache sous ce nom, mais que je mets au défi de nier en notre présence son identité!... Je parle du duc Georges de la Tour-Vaudieu, sénateur et millionnaire...

— Vous venez de vous livrer, madame, et de dénoncer votre complice, — dit le magistrat avec calme; — personne ne vous avait trahie...

Claudia, foudroyée, baissa la tête.

***

Quittons la petite maison de la rue Saint-Étienne, retournons à l'hôtel de la rue Saint-Dominique, et rejoignons Henry que nous avons laissé enfermé dans son cabinet et ouvrant le portefeuille trouvé à l'angle de la rue d'Amsterdam et de la rue de Berlin.

Un examen attentif lui prouva qu'une des parois de ce portefeuille, offrant une épaisseur anormale, devait renfermer une cachette.

Sa fiévreuse impatience ne lui permit pas de chercher un ressort presque introuvable et, prenant son canif, il fendit le cuir dans toute sa longueur.

Une enveloppe carrée et une feuille de papier pliée en quatre tombèrent sur le bureau.

— Que vais-je apprendre?... — murmura le jeune homme. — Ma main tremble et mon cœur se serre...

L'enveloppe était coupée par le haut et scellée d'un large cachet de cire rouge intact.

Henry regarda l'empreinte de la cire et tressaillit.

— Les armes de la Tour-Vaudieu sur le manteau d'hermine de la pairie!! — s'écria-t-il, — et cette lettre était adressée au docteur Leroyer, à Brunoy!!...

La feuille retirée de l'enveloppe contenait ces lignes qu'il lut comme à travers un nuage:

« CECI EST MON TESTAMENT »

« Moi, Sigismond, duc de la Tour-Vaudieu, sain de corps et d'esprit au moment où j'écris ces dispositions dernières, je lègue ma fortune à Pierre-Sigismond-Maximilien de la Tour-Vaudieu, né du mariage célébré à Brunoy, le 30 novembre 1835, entre Esther Derieux et moi, ainsi qu'en font foi les registres de la paroisse.

« Ma bien-aimée femme Esther, duchesse de la Tour-Vaudieu, aura la jouissance totale des revenus de cette fortune jusqu'à la majorité de notre fils.

« Après la majorité de Pierre-Sigismond-Maximilien, la duchesse conservera
pendant toute la durée de sa vie la jouissance de la moitié.

« Paris, 23 septembre 1837.

                              « SIGISMOND DE LA TOUR-VAUDIEU. »

Henri fit un geste de désespoir.

— Mon père adoptif connaissait l'existence de ce testament, — pensait-il, —
et il conservait la fortune !... C'est un voleur !

Il déplia le second papier et le parcourut avec épouvante.

En voici le contenu :

« Je soussigné Claudia Varni, demeurant à Paris rue du Cirque, numéro 16,
agissant tant en mon nom personnel qu'en celui de M. le marquis Georges
de la Tour-Vaudieu, et par lui autorisée à cet effet, je m'engage à payer au
signor Guiseppe Corticelli la somme de dix-huit mille francs, un mois jour pour
jour après la mort de M. le duc Sigismond de la Tour-Vaudieu, si cette mort
résulte d'un duel avec le signor Guiseppe Corticelli.

« Paris, le 21 septembre 1837.

                              « CLAUDIA VARNI. »

Au bas du document, on lisait ces deux mots : POUR ACQUIT, et la signature GUISEPPE CORTICELLI.

— Ce n'est pas seulement un voleur, — poursuivit Henry, — c'est un
assassin... — Tout est vrai !... — Les millions dont je devais hériter un jour
sont ramassés dans des flots de sang !...

Henry cacha son visage dans ses deux mains et pleura longtemps, puis tout
à coup il releva la tête et dit presque à voix haute, avec une résolution
farouche :

— Et cet infâme m'a donné son nom, comme il devait un jour me donner
sa fortune... — Pour échapper à tant de honte il ne me reste qu'un asile... la
mort... — Je suis prêt à mourir, mais je parlerai d'abord à l'homme que j'appelais mon père...

Le jeune avocat prit dans un tiroir un revolver, s'assura qu'il était chargé,
et le plaça sur le testament de Sigismond et sur le reçu de Corticelli.

Ceci fait, il se disposa à aller trouver le duc.

Un coup, frappé contre la porte de son cabinet, l'arrêta.

— Qui est là ? — demanda-t-il.

Une voix connue, — celle du sénateur, — répondit :

— Ouvre... c'est moi...

En tirant les verrous qui tenaient la porte, Henry pensait :

— Ici ou chez lui, qu'importe ?...

Georges de la Tour-Vaudieu parut.

— Peut-être t'étonnes-tu de me voir à cette heure... — fit-il, — ma visite est cependant très naturelle... — Je ne pouvais dormir... je t'entendais parler et je savais que tu étais seul... — Tu pouvais être souffrant... l'inquiétude s'est emparée de moi... — Je suis venu... Rassure-moi, je t'en prie...

M. de la Tour-Vaudieu parlait d'une façon brève et saccadée, en regardant avec angoisse les traits pâles et décomposés de son fils adoptif.

Henry répliqua d'une voix sourde :

— Je ne suis pas malade, monsieur le duc, mais en effet je parlais haut sans en avoir conscience, tant l'épouvante et l'horreur me dominaient...

— L'épouvante... l'horreur... — répéta le vieillard, pris d'un tremblement soudain.

— Oui, et au moment où vous avez frappé, j'allais me rendre chez vous...

— Qu'avais-tu donc à me dire ?

— Ceci : — Je vous ai parlé ce matin d'une cause qui m'était confiée... cause sainte entre toutes, puisqu'il s'agit de réhabiliter le nom d'un juste souillé par une condamnation infamante et imméritée...

— Ceci m'intéresse peu... — balbutia Georges en s'efforçant de cacher son émotion.

Henry continua :

— Ce matin j'accusais mistress Dick Thorn d'avoir armé la main de Jean-Jeudi, d'accord avec un troisième complice dont j'ignorais le nom... — Ce nom, je le connais à présent.

— Que m'importe cela ?... — bégaya le sénateur en chancelant.

— Si cela ne vous importe point, pourquoi donc êtes-vous livide et pourquoi tremblez-vous ainsi ?

Le duc essaya de grimacer un sourire :

— En vérité, — fit-il, — tu es fou ! - Où prends-tu que je tremble, et pourquoi tremblerais-je ?

Sans même paraître l'avoir entendu, le jeune avocat poursuivit :

— L'homme qui a fait tuer son frère en duel et payé le meurtre de son neveu et du médecin de Brunoy... l'homme qui a empoisonné il y a vingt ans et assassiné il y a huit jours Jean-Jeudi... l'homme qui a fermé les portes d'une maison d'aliénés sur la femme de son frère et voulu brûler vive la fille de Paul Leroyer, cet homme ne s'appelle point Frédéric Bérard, mais Georges de la Tour-Vaudieu...

AVIS. — Le *Fiacre n° 13* finira dans la prochaine livraison qui sera double comme celle-ci. Nous offrons en prime à tous nos lecteurs les 1re et 2e livraisons du **MARI DE MARGUERITE,** le plus beau roman de XAVIER DE MONTÉPIN qui paraît à la suite.

Le sénateur avait les poings crispés, les yeux hagards, les lèvres frémissantes.

— Mensonge ! — cria-t-il avec rage. — Mensonge ! mensonge !!

— Les preuves sont là... — répondit Henry en désignant du geste les papiers posés sur son bureau.

— Les preuves !... — Quelles preuves ?

— Le testament du duc Sigismond... — le reçu du spadassin Corticelli.

M. de la Tour-Vaudieu changea de figure. — Une lueur s'alluma dans ses prunelles. — Il murmura d'une voix à peine distincte :

— Alors le danger n'existe plus... — Tu vas brûler ces preuves, puisque tu les possèdes... ou plutôt je les brûlerai moi-même...— Donne-les moi...

Et le sénateur étendait ses mains vers les pièces accusatrices.

Henry les fit disparaître et répondit :

— Elles appartiennent à Berthe Leroyer ! C'est la réhabilitation du nom de son père !

— Mais c'est pour moi la cour d'assises... l'échafaud... — fit Georges atterré.

L'avocat prit le revolver et répliqua en le montrant au duc.

— Il vous reste quelques heures pour fuir et sauver votre tête... Voici mon avenir, à moi. — Quand j'aurai remis ces papiers à la fille de votre victime, cette arme me délivrera du nom déshonoré que vous m'avez donné !...

LXVII

En ce moment la porte s'ouvrit avec violence ; un homme apparut sur le seuil du cabinet et s'écria :

— Un nom que vous avez le devoir de venger, monsieur Henry, car il est à vous, bien à vous, non par l'adoption, mais par la nature et par la loi ! — Vous êtes le fils légitime du duc Sigismond de la Tour-Vaudieu, et voici votre mère !

En disant ces mots Pierre Loriot poussait Esther Derieux dans les bras de son fils, et laissait passer Berthe Leroyer, Étienne, René Moulin et Jean-Jeudi.

Le sénateur poussa un cri en se voyant entouré de ses victimes, qu'il croyait mortes, et tomba sur un siège comme frappé de la foudre.

— Et, — continua le digne cocher du fiacre numéro 13 en brandissant un papier, — et voilà une note qui prouve ce que j'avance... une note officielle, s'il vous plaît... — L'enfant épargné par Jean-Jeudi et porté par moi à l'hospice de la rue d'Enfer, c'est vous... vous adopté par ce gredin que je reconnais pour l'homme de la rue du Pot-de-Fer-Saint-Marcel...

Jean-Jeudi s'avança.

— Et que je reconnais, moi, — dit-il, — pour l'homme du pont de Neuilly et pour mon assassin de la cité Rébeval...

— C'est lui qui volait une lettre chez René Moulin... — fit Berthe à son tour. — C'est lui qui m'a frappée en pleine poitrine à la villa de Bagnolet.

La veuve de Sigismond s'avança vers le duc et s'écria :

— C'est l'homme qui voulait écraser mon enfant à Brunoy, il y a vingt-deux ans, et c'est aussi l'homme de cette nuit...

Le duc, anéanti, semblait désormais inconscient de ce qui se passait autour de lui.

Tous ces coups se succédant sans relâche ne le faisaient plus tressaillir...

Un bruit inattendu de pas et de voix retentit soudain au rez-de-chaussée.

Le concierge se précipita dans le cabinet, effaré, essoufflé, à demi vêtu.

— Qu'y a-t-il donc? — lui demanda Henry.

— La police vient d'envahir l'hôtel... — Les agents sont sur mes talons...

Jamais nouvelle ne fut plus vraie, car avant qu'une demi-minute se fût écoulée le chef de la sûreté et le procureur impérial firent leur entrée, en compagnie du juge d'instruction et du commissaire aux délégations.

Derrière eux, Leblond et ses agents conduisaient mistress Dick Thorn et Théfer.

— Monsieur le procureur impérial, — dit Henry en saluant le magistrat, — je sais ce qui vous amène ici... — Vous venez chercher le complice de madame...

Il désignait Claudia.

— Le voilà... — ajouta-t-il en étendant la main vers le sénateur.

— Votre père adoptif... — murmura le magistrat. — Croyez que je vous plains...

— Il ne faut pas me plaindre... — Cet homme est l'assassin de mon père, Sigismond de la Tour-Vaudieu... — J'aurai l'honneur de vous en porter la preuve demain, au Palais, en même temps que je déposerai dans vos mains les plaintes de ses victimes...

— Dont je suis la dernière... — balbutia Jean-Jeudi d'une voix défaillante. — J'ai dit toute la vérité, j'ai signé ma déposition et on peut me croire, car à l'article de la mort on ne ment guère... — J'ai été un grand scélérat, mais je ne mourrai pas sans avoir réparé, autant que je l'aurai pu, le mal que j'ai fait... — Mademoiselle Berthe, prenez ceci, prenez, je vous en prie ..

Et il tendait un papier à la jeune fille qui le reçut de ses mains.

— C'est mon testament... — continua-t-il, — et j'ai...

Il ne put en dire davantage et tomba sans connaissance dans un fauteuil.

Le procureur impérial reprit :

— J'attendrai demain les dépositions et les plaintes que doit me remettre M. Henry de la Tour-Vaudieu, et je prie monsieur le docteur Étienne Loriot de vouloir bien passer au parquet... — J'ai à le questionner au sujet d'une aliénée qu'il a guérie d'une façon, paraît-il, presque miraculeuse... Mme Esther Derieux...

— La voici, — fit Étienne en prenant Esther par la main.

— Et, — ajouta Henry, — c'est ma mère... la veuve de Sigismond, duc de la Tour-Vaudieu...

Le magistrat s'inclina.

— Alors, madame, — dit-il, — je puis vous apprendre à l'instant une nouvelle qui vous intéresse... — Mme Amadis Parpaillot vient de mourir dans le Midi en vous laissant par testament sa fortune entière... — une grande fortune...

Esther pencha la tête, essuya ses yeux humides et murmura :

— Triste nouvelle pour moi, monsieur... — J'aimais tendrement cette femme, et je donnerais de grand cœur l'héritage dont vous me parlez pour être témoin de sa joie quand je lui dirais : *Je suis guérie !*...

— Partons... — fit le procureur impérial.

Georges de la Tour-Vaudieu ne faisait aucun mouvement ; — il paraissait ne rien entendre ou plutôt ne rien comprendre.

Des agents s'approchèrent de lui pour le soulever.

Il attacha sur eux un regard fixe, d'une expression étrange, puis un éclat de rire s'échappa de ses lèvres.

— Que signifie cela ? — demanda vivement le magistrat.

Étienne Loriot, après avoir examiné le sénateur pendant une seconde, répondit :

— Cet homme est fou !

— Il ne faut pas moins l'emmener... — Faites avancer les voitures...

— Mon magistrat, — s'écria Pierre Loriot. — J'ai la mienne. — Mon fiacre numéro 13. — Ne refusez pas de vous en servir... — *Milord* sera si content de conduire au Dépôt tous ces gredins-là...

On entraîna les trois prisonniers.

René Moulin s'approcha de l'orpheline.

— Mademoiselle, — lui dit-il d'une voix émue, — notre tâche est finie... — M. Henry de la Tour-Vaudieu fera le reste... et désormais le succès n'est pas douteux.

La fille du martyr tendit successivement ses mains à René, à Étienne et à Henry, puis elle éleva son âme et remercia Dieu...

.·.

Cinq mois environ après les événements que nous venons de raconter, la cour d'assises condamnait Théfer à la peine de mort et mistress Dick Thorn à la réclusion perpétuelle. — C'était le premier acte de la réhabilitation de Paul Leroyer, qui fut bientôt prononcée.

Georges de la Tour-Vaudieu ne passa point en jugement.

Quinze jours après son arrestation il mourut fou, ou pour mieux dire idiot.

Jean-Jeudi avait succombé aux suites de sa blessure, déplorant le passé hideux et racheté par le repentir.

Henry, mis en possession de l'héritage de son père, épousa Mˡˡᵉ de Lilliers qu'il aimait et fut l'un des témoins du mariage de Berthe et d'Étienne.

Il supplia René Moulin de prendre en main la direction de son immense fortune, et René consentit à lui rendre ce service, non comme intendant mais comme ami, et afin de ne jamais se séparer de lui.

Berthe Leroyer, légataire universelle de Jean-Jeudi, n'accepta la succession de l'ex-voleur que pour l'employer au soulagement d'une infortune imméritée.

Olivia, la blonde enfant de mistress Dick Thorn, innocente des crimes de sa mère, fut substituée à tous ses droits par la fille de Paul Leroyer, et la pauvre mignonne alla vivre modestement dans la maison d'Ingouville.

Le fiacre numéro 13 avait conduit à l'église Étienne et Berthe, le jour de leur mariage.

Il suivit le même chemin pour le baptême de leur premier enfant, puis Pierre Loriot consentit à prendre sa retraite et à vendre son établissement de loueur ; mais il garda le vieux *Milord* afin de donner les invalides à ce vaillant reste de cheval anglais.

La tombe du cimetière Montparnasse existe toujours.

Sur la plaque de marbre noir, au-dessous du mot : JUSTICE! on a gravé ce nom :

PAUL LEROYER,

Suivi de ces deux lignes :

Monté sur l'échafaud pour le crime d'un autre, et réhabilité vingt ans après sa mort !

FIN